भाग : एक

पतंजलि : योग-सूत्र

'योग : दि अल्फा एंड दि ओमेगा' शीर्षक से
ओशो द्वारा अंग्रेजी में दिए गए
सौ अमृत प्रवचनों में से
प्रथम बीस प्रवचनों का हिंदी अनुवाद।

भूमिका

डा. विवेकीराय

सुप्रसिद्ध लेखक

बुलाते हैं फिर तुम्हें

भाग : एक

ओशो

अनुवाद
योग निरूपम
संपादन
योग चिन्मय
सहयोग
प्रेम कल्पना
अमृत साधना
संयोजन
योग अमित
आवरण-सज्जा
ओशो मल्टीमीडिया
फोटो टाइपसेटिंग
अक्षर फोटो टाइपसेटर्स, मुम्बई

प्रकाशक
फ्यूजन बुक्स
X-30, ओखला इंडस्ट्रियल एरिया, फेज-II
नई दिल्ली-110020
फोन : 011-40712100
फैक्स : 011-41611866
ईमेल : sales@dpb.in
वेबसाइट : www@dpb.in
संस्करण : 2021
Patanjali Yog Sutra, Vol-1

For more information : www.osho.com
A comprehensive multilingual website
featuring
osho's meditations
Books and tapes and an online tour of
Osho International Meditation Resort.
ISBN : 978-81-841-9131-8

भूमिका

शास्त्रों के पार का सम्प्रेषण

ओशो से मेरा परिचय सन् 1964 में तब हुआ जब वे 115 नैपियर टाउन जबलपुर (म. प्र.) में रहते थे। तब से मैं उन्हें बराबर रुचि पूर्वक साभार पढ़ता आया हूं परंतु अब मुझे उनकी कृति 'पतंजलि : योग सूत्र (भाग एक)' पर लिखना पड़ रहा है तो मैं बहुत कठिनाई में फंस गया हूं।

क्या हो सकता है इस विश्व के अद्वितीय रहस्यदर्शी चिन्तक और अभिनव विचार क्रांति के प्रस्तोता की कृति की भूमिका? मेरी दृष्टि तो बस इसके सृजनात्मक आयामों से जा-जाकर टकराती है और बाकी सब अगम लगता है और बहुत अगम प्रतीत होता है मुझ साहित्य सेवी के लिए अंतरजगत का वह वैज्ञानिक और अनुशासन मूलक योग-दर्शन का स्त्रष्टा पतंजलि जिसकी भूमिका में पुनस्सृजन के स्वयं साथ ओशो के दर्शन होते हैं।

'बीज ही फूल हैं' शीर्षक अध्याय में वे लिखते हैं, 'मैं व्याख्या करने के लिए तुमसे बातें नहीं कर रहा हूं। मेरा बोलना एक सृजनात्मक घटना है।' और मैं देखता हूं कि ऐसी घटनाओं के स्त्रष्टा के रूप में वे पाठकों को कभी चमत्कृत करते हैं तो कभी भौंचक्के और फिर निरुत्तर, मौन, कृत कृत्य और कायल, घायल भी! इसीलिए

कृति के भीतर से गुज़र जाने के बाद मन जो कृतज्ञ होता है तो जुड़े हाथ प्रणाम के लिए आकाश में उठ जाते हैं और कुछ लिखने के लिए जो संदर्भ बनता है वह भूमि का नहीं, आकाश का होता है।

आकाश जैसे ओशो, शास्ता, सतगुरु, उपदेशक, शिक्षक और उदबोधक अपनी कृति में सतर्क समर्थ सृजनात्मक भाषा के बल पर शास्त्रों के पार वाली नयी संप्रेषण-कला के कलाकार के रूप में प्रतिष्ठित दिख रहे हैं।

कथ्य के लिए झट संपूर्ण वातावरण बना देने वाली और सीधे संवाद के शिल्प में जीवंत ओशो की आधुनिक भाषा के ऊर्जस्वित प्रवाह में धुलकर जब योग जैसे नीरस, जटिल, क्लिष्ट विषय के सूत्र सरस-सरल और सहज अनुरंजन पूर्वक बोधगम्य बन जाते हैं तब मानना पड़ता है कि यह सामान्य नहीं, असामान्य भाषा है। यह भाषा अपने अंतर्नाद से गहन विचारचित्रों को चित्त-भित्ति पर चमका कर प्रतिष्ठित करने के बाद भीतर से झकझोरकर कुछ उठा देती है। तब लगता है, जीवन-वृक्ष का सर्वोतम ऊंचा फल योग अलभ्य नहीं है। कोई हंसा-खेलाकर, डरा-धमकाकर अथवा फुसला-पुचकारकर तथा हमारे हाथों को उस लक्ष्य की ओर उँचकाकर सहारा देते हुए प्रोत्साहित कर रहा है, बढ़ो, बढ़कर बस भेंट लो, यह रहा आंतरिक अस्तित्व का विज्ञान, योग!

विकट समस्या 'योग के प्रवेश द्वार' की!

यहां संपूर्ण निराशा का एक ऐसा कठोर अनुशासन है जिस में योग यदि आशा की एक नौका है तो इस किनारे से उस किनारे तक पहुंचाने में सहायक पतवार गुरु के हाथों में है। यह गुरु भी खूब है! दक्षिणा नहीं, प्रवेश शुल्क के रूप में वह सीधे सिर की मांग करता है। 'सीस उतारे भुंइ धरे तब पैठे घर मांहि।' इस सिर की कीमत चुकाकर ही कोई प्रवेशार्थी कबीर बीर होता है। इसीलिए दो टूक भाषा में सदगुरु ओशो घोषित करते हैं, 'गुरु मृत्यु है'। वे संपूर्ण रूपांतरण के लिए निर्मम-निष्ठुर आक्रामक बन साधक शिष्य के देह-गेह की धज्जी-धज्जी उड़ा देते हैं।

सदगुरु सबद कमान ले, बाहन लागे तीर।
एक जु बाहा प्रीति सूं, भीतर बिंधा शरीर।।
सतगुरु सांचा सूरिवां, सबद जु बाह्या एक।
लागत ही मैं मिलि गया, पड़्या कलेजै छेक।।
सतगुरु मारया बाणा भरि, धरि करिसू धी मूठ।
अंगि उघारै लागिया, गयी दवा सूं फूटि।।
हंसै न बोले उनमनी, चंचल मेलह्या मारि।
कहै कबीर भीतर भिधा, सतगुरु कै हथियार।।
गूंगा हूआ बावला, बहरा हूआ कान।
पाऊं तैं पंगुल भया, सतगुरु मारा बान।।

यहां देखते हैं कि पतंजलि के तीखे तीर ओशो के हाथों में पड़कर और अधिक बेधक बन गए हैं। उनकी नोक से वे अंतर-कोष्ठ के ना-वापसी वाले मन के चौथे अवचेतन-द्वार को मुक्त करने में जुटे हैं। वे हमें अपनी आदतों और अभ्यासों के विरुद्ध लड़ाई के लिए सन्नद्ध करते हैं। चित चूनर रंगने वालों की परंपरा के वे आधुनिक रंगरेज हैं। वैज्ञानिक उपलब्धियों वाली इस भविष्यान्ध शताब्दी को जिसमें पागल बुद्धिजीवियों की सभ्यता दीनता और हीनता और समृद्धि से भरी है तथा जिनमें तनावग्रस्त भटकन और अहंकार पूर्ण रिक्तता मनुष्य की पहचान बनी है, वे नए जीवन के संदर्भ में आश्वस्त कराते हैं।

अनुक्रम

यह विवादास्पद दुस्साहसी और विद्रोही विचारक मनुष्य जाति के बाहरी-भीतरी संसार का पहली बार व्यापक सर्वेक्षण कर, मन के आंतरिक रचनातंत्र को समझ कर, शास्त्रीय उलझाव और भटकाव की प्रवंचक तहों को काट कर तथा सच्चे-सीधे दो टूक तथ्य सामने सरका कर 'पतंजलि की तीसरी संभावना—युद्ध और पलायन के बीच जागरूकता' को प्रतिष्ठित करते हैं। ताकि साक्षी खड़ा हो जाए, वैराग्य की पहली अवस्था!

वे आदर्श शिक्षक की भांति अपना निर्णय अपने प्रेमियों पर न थोप कर उन्हें स्वयं ही एक सही मार्ग चयन कर उस पर डटे रहने के लिए चेतित-प्रेरित करते हैं। इसीलिए अपने रचनात्मक प्रवचनों में वे समस्त परस्पर विरोधी दृष्टिकोणों पर संश्लेषणात्मक शैली में बोलते हैं ताकि श्रोता या पाठक हर ओर से देखकर अपना निर्णय ले लें। इसका परिणाम यह होता है कि कृति सूत्रों को छूकर व्याख्या मात्र नहीं प्रस्तुत करती है, वह योग के संपूर्ण परिवेश को गहराई से छान कर उठाती है। उसमें व्याख्या वाले अध्यायों के पश्चात क्रम से एक-एक स्वतंत्र अध्याय संबंधित विविध प्रश्नों, जिज्ञासाओं, शंकाओं और समस्याओं के समाधान वाले होते हैं और प्रायः ऐसे होते हैं जिनमें मूल विषय की सीमाएं टूटी होती हैं और वे अनुभूति परक स्वतंत्र चिंतन का रूप लिए होते हैं।

'समाधि का अर्थ', वाले अध्याय में ओशो का कहना है, 'सूत्रों का अनुवाद करना लगभग असंभव है। अतः मैं अनुवाद की अपेक्षा व्याख्या करूंगा, तुम्हें अनुभूति देने के लिए, क्योंकि शब्द तुम्हें भटका देंगे।' इस मूल्यवान तथ्य को 'बीज ही फूल हैं' वाले अध्याय में भी उठाया गया है, 'मैं यहां इसलिए नहीं बोल रहा हूं कि इस प्रकार तुम पतंजलि को समझने लायक हो जाओगे।...पतंजलि एक बहाना भर है, खूंटी।...यदि तुम मेरे शब्दों को सुनते हो तो तुम पतंजलि को समझ जाओगे, एक स्पष्टता होगी। लेकिन यदि तुम मेरे नाद को सुनते हो, शब्दों को नहीं बल्कि मुझे सुनते हो, तब वास्तविक अर्थ तुम्हारे लिए उदघाटित हो जाएंगे और उस अर्थ का पतंजलि से कुछ भी संबंध नहीं है। वह शास्त्रों के पार का संप्रेषण है।'

—और इस प्रकार होता है यह पतंजलि के अथवा शास्त्रों के बहाने 'शास्त्रों के पार का संप्रेषण'!

कृष्णमूर्ति, हेराक्लतु, गुरजिएफ, लाओत्से, महर्षि रमण और फिर बुद्ध, महावीर, मोहम्मद, क्राइस्ट, अष्टावक्र और कृष्ण के सहारे; विविध उदाहरणों, दृष्टांतों, कहानियों, बोधकथा, मिथक-प्रतीक और फन्तासियों के सहारे, मुल्ला नसरुद्दीन के सहारे, शब्दों की असमर्थता को पार करते हुए क्या घटता है ओशो के शब्दों में?

'शास्त्रों के पार का संप्रेषण!'
और अंत में, 'अभावात्मक योग-चरणों' के जीवन में अवतरण के लिए,
'असमायोजन पूर्वक ग्रंथि-मोचन' के लिए
अखिल क्लेश की जड़
मन की समाप्ति के लिए
योग के नाम पर चालू भ्रांत सिद्धि
चमत्कार-उपचार
बाजार-व्यापार-व्यायामादि से परे
उसके विशुद्ध वास्तव से वास्ता जोड़ने के लिए,
और
'अथयोगानुशासनम्' की दुख-भूमि से साक्षात्कार के लिए,
कि—

'सुखिया सब संसार है, खायै अरु सोवै।
दुखिया दास कबीर है, जागै अरु रोवै।।'

भगवान पतंजलि
और
ओशो
के प्रति कृतज्ञता ज्ञापन ही अलम् है।

विवेकीराय

बड़ी बाग, गाजीपुर,
उ. प्र. 233001

डॉक्टर विवेकी राय बहुआयामी साहित्यिक प्रतिभा से सम्पन्न कवि, कहानीकार, उपन्यासकार, निबंध की विविध विधाओं के यशस्वी लेखक, समर्थ समीक्षक और एक कुशल सम्पादक हैं। वे गांव और जनपद से लेकर राजधानियों तक अपनी सामाजिक और साहित्यिक सेवाओं के स्तर पर जुड़े हुए हैं। वे एक प्रखर विचारक और सृजनधर्मी लेखक हैं एवं शोध और समीक्षा की गहन प्रवृत्ति, मूल्यांकन की निष्पक्षता तथा रहस्य-बोध से सिक्त हैं।

प्रवचन 1

योग के प्रवेश द्वार पर

योगसूत्र

अथ योगानुशासनम् ।। १ ।।

अब योग का अनुशासन।

योगश्चित्तवृत्तिनिरोधः ।। २ ।।

योग मन की समाप्ति है।

तदा द्रष्टुः स्वरूपेऽवस्थानम् ।। ३ ।।

तब साक्षी स्वयं में स्थापित हो जाता है।

वृत्तिसारूप्यमितरत्र ।। ४ ।।

अन्य अवस्थाओं में मन की वृत्तियों के साथ तादात्म्य हो जाता है।

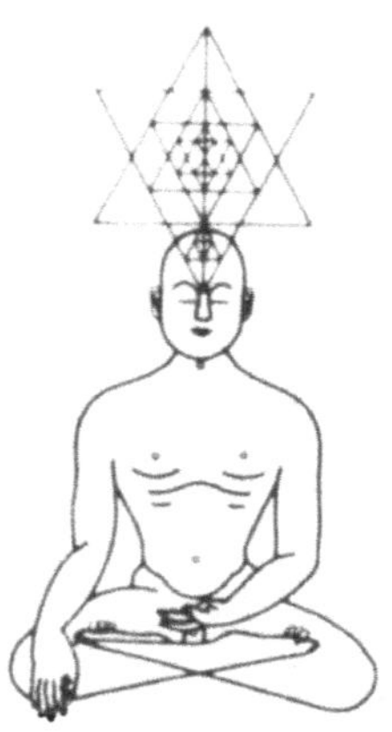

हम एक गहरी भ्रांति में जीते हैं—आशा की भ्रांति में, किसी आने वाले कल की, भविष्य की भ्रांति में। जैसा आदमी है, वह आत्म-वंचनाओं के बिना जी नहीं सकता। नीत्से ने एक जगह कहा है कि आदमी सत्य के साथ नहीं जी सकता; उसे चाहिए सपने, भ्रांतियां; उसे कई तरह के झूठ चाहिए जीने के लिए। और नीत्से ने जो यह कहा है, वह सच है। जैसा मनुष्य है, वह सत्य के साथ नहीं जी सकता। इस बात को बहुत गहरे में समझने की जरूरत है, क्योंकि इसे समझे बिना उस अन्वेषण में नहीं उतरा जा सकता जिसे योग कहते हैं।

और इसके लिए मन को गहराई से समझना होगा—उस मन को जिसे झूठ की जरूरत है, जिसे भ्रांतियां चाहिए; उस मन को जो सत्य के साथ नहीं जी सकता; मन जिसे सपनों की बड़ी जरूरत है।

तुम केवल रात में ही सपने नहीं देखते; तुम तो जब जाग रहे हो तब भी लगातार सपने ही देखे चले जाते हो। तुम मुझे देख रहे हो, सुन रहे हो, लेकिन एक सपने की धारा लगातार तुम में दौड़ी चली जा रही है। मन लगातार सपने, रूप और कल्पनाएं बनाता जा रहा है।

अब वैज्ञानिक कहते हैं कि मनुष्य नींद के बिना तो जी सकता है, लेकिन सपनों के बिना नहीं जी सकता। पुराने समय में समझा जाता था कि नींद जीवन की बड़ी जरूरत है। लेकिन अब आधुनिक खोजें कहती हैं कि नींद सचमुच कोई बड़ी जरूरत नहीं है। नींद की जरूरत है, ताकि तुम सपने देख सको। सपने जरूरी हैं। यदि तुम्हें नींद में सपने न देखने दिया जाए, तो सुबह तुम अपने को ताजा और जीवंत नहीं पाओगे। तुम स्वयं को इतना थका हुआ पाओगे जैसे कि बिलकुल सो ही नहीं पाये।

रात कुछ समय होता है गहरी नींद का और कुछ समय होता है सपनों का। एक आवर्तन है, एक लय है। जैसे रात और दिन के आने जाने की एक लय है। आरम्भ में तुम गहरी नींद में उतर जाते हो, कोई चालीस या पैंतालीस मिनट के लिए। फिर स्वप्नावस्था प्रारम्भ होती है और तुम सपने देखने लगते हो। फिर स्वप्नहीन निद्रा आ जाती है, और उसके बाद फिर से सपनों का आना शुरू हो जाता है। सारी रात यह क्रम चलता है। यदि तुम्हारी नींद में उस समय बाधा आये जब तुम स्वप्नरहित गहरी नींद में सो रहे हो, तो सुबह तुम ऐसा अनुभव नहीं करोगे कि कहीं कुछ खोया है। लेकिन नींद यदि उस समय टूटे जब तुम सपने देख रहे हो तब सुबह तुम स्वयं को बिलकुल थका हुआ और निढाल-सा पाओगे।

अब इन बातों को बाहर से भी जाना जा सकता है। यदि कोई सो रहा है तो तुम जान सकते हो कि वह सपने

देख रहा है या नहीं। अगर वह सपने देख रहा है तो उसकी आंखें लगातार गतिमान हो रही होंगी—मानो वह बंद आंखों से कुछ देख रहा है। जब वह स्वप्नरहित गहरी नींद में है तो उसकी आंखें गतिमान नहीं होंगी; ठहरी हुई होंगी। जब आंखें गतिमान हों और तुम्हें बाधा पहुंचाई जाये, तो सुबह तुम थके-मांदे अनुभव करोगे। और यदि आंखें थिर हों और नींद तोड़ी जाये तो सुबह उठने पर कोई थकावट महसूस नहीं होती, कुछ खोता नहीं।

अनेकों शोधकर्ताओं ने प्रमाणित कर दिया है कि मनुष्य का मन सपनों पर ही पलता है। यद्यपि सपना पूर्णतः एक स्वचालित वंचना है। फिर यह सपनों की बात केवल रात के विषय में ही सच नहीं है; जब तुम जागे हुए होते हो तब भी मन में कुछ ऐसी ही प्रक्रिया चलती रहती है। दिन में भी तुम अनुभव कर सकते हो कि किसी समय मन में स्वप्न तैर रहे होते हैं और किसी समय स्वप्न नहीं होते हैं।

दिन में जब सपने चल रहे हैं और अगर तुम कुछ कर रहे हो तो तुम अनुपस्थित-से होओगे क्योंकि कहीं भीतर तुम व्यस्त हो। उदाहरण के लिए, तुम यहां हो; यदि तुम्हारा मन स्वप्निल दशा में से गुजर रहा है, तो तुम मुझे सुनोगे बिना कुछ सुने क्योंकि मन भीतर व्यस्त है। और अगर तुम ऐसी स्वप्निल दशा में नहीं हो, तो ही केवल तुम मुझे सुन सकते हो।

मन दिन-रात इन्हीं अवस्थाओं के बीच डोलता रहता है—गैर-स्वप्न से स्वप्न में, फिर स्वप्न से गैर-स्वप्न में। यह एक आंतरिक लय है। इसलिए ऐसा नहीं है कि हम सिर्फ रात्रि में ही निरंतर सपने देखते हैं, जीवन में भी हम अपनी आशाओं को भविष्य की ओर प्रक्षेपित करते रहते हैं।

वर्तमान तो लगभग हमेशा नरक जैसा है। तुम उसके साथ जी लेते हो तो उन आशाओं के सहारे ही, जिन्हें तुमने भविष्य में प्रक्षेपित कर रखा है। तुम आज जी लेते हो, आने वाले कल के भरोसे। तुम आशा किये चले जा रहे हो कि कल कुछ न कुछ घटित होगा; कि कल किसी न किसी स्वर्ग के द्वार खुलेंगे। वे आज तो हरगिज नहीं खुलते। और कल जब आता है तो वह कल की तरह नहीं आता; वह 'आज' की तरह आता है। पर तब तक तुम्हारा मन फिर से कहीं और आगे बढ़ चुका होता है। तुम अपने से भी आगे दौड़ते चले जाते हो; यही है सपनों का अर्थ। तुम यथार्थ से तो एकात्म नहीं हो, वह जो कि पास है, वह जो यहां और अभी उपस्थित है। तुम कहीं और हो, आगे गतिमान—आगे कूदते-फांदते !

उस कल को, उस भविष्य को तुमने कई-कई नाम दे रखे हैं। कुछ लोग उसे स्वर्ग कहते हैं, कुछ मोक्ष कहते हैं। लेकिन यह सदा भविष्य में है। कोई धन के बारे में सोच रहा है, पर वह धन भी भविष्य में ही मिलने वाला है। कोई स्वर्ग की आकांक्षा में खोया हुआ है, पर वह स्वर्ग मृत्यु के उपरांत ही आने वाला है। स्वर्ग है दूर, सुदूर किसी भविष्य में। जो नहीं है उसी के लिए तुम अपना वर्तमान खोते हो—यही है स्वप्न में जीने का अर्थ। तुम अभी और यहीं नहीं हो सकते। इस क्षण में होना दुःसाध्य प्रतीत होता है।

तुम अतीत में जी सकते हो, क्योंकि वह भी स्वप्नवत है : उन बातों की स्मृतियां, यादें, जो अब नहीं हैं। और या तुम भविष्य में जी सकते हो, लेकिन वह भी एक प्रक्षेपण है, यह फिर अतीत में से ही कुछ निर्मित करना है। भविष्य कुछ और नहीं, वरन अतीत की ही प्रतिछबि है—ज्यादा रंगीन, ज्यादा सुंदर, ज्यादा खुशनुमा, लेकिन वह है तो अतीत का ही एक परिष्कृत रूप।

तुम अतीत के सिवा और किसी चीज के बारे में सोच ही नहीं सकते। और भविष्य भी अतीत की प्रतिछाया

है। न तो अतीत अस्तित्वगत है और न भविष्य। है तो वर्तमान ही, लेकिन तुम कभी उसमें नहीं होते। यही है सपनों में जीने का अर्थ। तो नीत्से सही है जब वह कहता है कि मनुष्य सत्य के संग जी नहीं सकता। उसे झूठ चाहिए, उसी के सहारे वह जी सकता है।

नीत्से कहता है कि हम सब कहे जाते हैं कि हमें सत्य चाहिए, लेकिन कोई सत्य को नहीं चाहता। हमारे तथाकथित सत्य कुछ और नहीं, झूठ ही हैं—सुंदर झूठ ! नग्न वास्तविकता को देखने को कोई तैयार नहीं है।

यह जो मन है वह योग के पथ पर प्रवेश नहीं कर सकता क्योंकि योग सत्य को उद्‌घाटित करने की एक पद्धति है। योग तो एक विधि है स्वप्नविहीन मन तक पहुंचने की। योग विज्ञान है—अभी और यहां होने का। योग का अर्थ है कि अब तुम तैयार हो कि भविष्य की कल्पना न करोगे। इसका अर्थ है कि तुम्हारी वह अवस्था है कि अब तुम न आशाएं बांधोगे और न स्वयं की सत्ता से, वर्तमान क्षण से आगे छलांग लगाओगे। योग का अर्थ है : सत्य का साक्षात्कार—जैसा वह है।

इसलिए योग के मार्ग में वही प्रवेश कर सकता है जो अपने मन से जैसा वह है, बिलकुल थक गया हो, निराश हो गया हो। यदि तुम अब भी आशा किये चले जा रहे हो कि तुम मन द्वारा कुछ न कुछ पा लोगे, तो योग का यह पथ तुम्हारे लिए नहीं है। समग्र पराजय का भाव चाहिए; इस सत्य का रहस्योद्‌घाटन कि यह मन जो आशाओं को पकड़े रखता है, यह मन जो प्रक्षेपण करता है, यह व्यर्थ है; यह निरर्थक है और यह कहीं नहीं ले जाता। यह मन तुम्हारी आंख बंद कर देता है, तुम्हें मूर्च्छित करता है और कभी भी सत्य तुम्हें प्रगट हो सके इसका कोई मौका नहीं देता। यह मन तुम्हें सत्य से बचाता है।

तुम्हारा मन एक नशा है। जो है—मन उसके विरुद्ध है। इसलिए जब तक तुम अपने मन को, अपने अब तक के होने के ढंग को पूरी तरह व्यर्थ हुआ न जान लो; जब तक इस मन को तुम बेशर्त छोड़ न सको, तब तक तुम योग-मार्ग में प्रवेश नहीं कर सकते।

कई व्यक्ति योग में उत्सुक होते हैं, लेकिन बहुत कम लोग ही योग में प्रवेश कर पाते हैं। क्योंकि तुम्हारी रुचि भी मन के कारण ही बनती है। शायद तुम आशा बनाते हो कि अब योग के द्वारा तुम कुछ पा लोगे; कुछ पाने का प्रयोजन तो बना ही रहता है। तुम सोचते हो कि शायद योग तुम्हें एक सम्पूर्ण योगी बना देगा; तुम आनंदपूर्ण अवस्था तक पहुंच जाओगे; तुम ब्रह्म में लीन हो जाओगे; शायद तुम्हें सच्चिदानंद—अस्तित्व, चैतन्य और परमानंद मिल जाये ! और अगर यही बातें योग में रस लेने का, अभिरुचि बनाने का कारण हैं तो कभी भी तुम्हारा मिलन उस पथ से नहीं हो सकता, जिसे योग कहते हैं। इस मनोदशा में तो तुम इस मार्ग के पूर्णतः विरुद्ध हो; तो तुम बिलकुल ही विपरीत दिशा में चल रहे हो।

योग का अर्थ है कि अब कोई आशा न बची, अब कोई भविष्य न रहा, अब कोई इच्छा न बची। अब व्यक्ति तैयार है उसे जानने के लिए, जो है। अब कोई रुचि न रही इस बात में कि क्या हो सकता है, क्या होना चाहिए या कि क्या होना चाहिए था। जरा भी रस न रहा। अब केवल उसी में रस है—जो है। क्योंकि केवल सत्य ही तुम्हें मुक्त कर सकता है, केवल वास्तविकता ही मुक्ति बन सकती है।

परिपूर्ण निराशा की जरूरत है। ऐसी निराशा को ही बुद्ध ने दुख कहा है। और अगर सचमुच ही तुम्हें दुख है, तो आशा मत बनाओ, क्योंकि तुम्हारी आशा दुख को और आगे बढ़ा देगी। तुम्हारी आशा एक नशा है जो

तुम्हें और कहीं नहीं, केवल मृत्यु तक जाने में सहायक हो सकती है। तुम्हारी सारी आशाएं तुम्हें केवल मृत्यु में पहुंचा सकती हैं। वे तुम्हें वहीं ले ही जा रही हैं।

पूर्ण रूप से आशा रहित हो जाओ। अगर कोई भविष्य नहीं बचता तो आशा भी नहीं बचती। बेशक यह कठिन है। सत्य का सामना करने के लिए बड़े साहस की जरूरत है। लेकिन देर-अबेर वह क्षण आता है। हर आदमी के जीवन में वह क्षण आता ही है, जब वह परिपूर्ण निराशा का अनुभव करता है। नितान्त अर्थहीनता का भाव घटित होता है उसके साथ। जब उसे बोध होता है कि वह जो कुछ कर रहा है, व्यर्थ है; जहां कहीं भी जा रहा है, कहीं पहुंच नहीं पा रहा है; कि सारा जीवन अर्थहीन है—तब अनायास ही आशाएं गिर जाती हैं, भविष्य खो जाता है और तब पहली बार वह वर्तमान के साथ लयबद्ध होता है। तब पहली बार सत्य से आमना-सामना होता है।

जब तक तुम्हारे लिए यह क्षण न आये तब तक कितने ही योगासन किये चले जाओ लेकिन वह योग नहीं है। योग तो अंतस की ओर मुड़ना है। यह पूरी तरह विपरीत मुड़ना है। जब तुम भविष्य में गति नहीं कर रहे हो, जब तुम अतीत में नहीं भटक रहे हो, तब तुम अपने भीतर की ओर गतिमान होने लगते हो, क्योंकि तुम्हारा अस्तित्व अभी और यहीं है, वह भविष्य में नहीं है। तुम अभी और यहां उपस्थित हो—अब तुम यथार्थ में प्रविष्ट हो सकते हो। तब मन का इसी क्षण में उपस्थित रहना जरूरी है।

पतंजलि का पहला सूत्र इसी क्षण की ओर संकेत करता है। इससे पहले कि इस प्रथम सूत्र पर चर्चा हो, कुछ और बातें समझ लेनी होंगी। पहली बात, योग कोई धर्म नहीं है, यह बात स्मरण रहे। योग हिन्दू नहीं है, मुसलमान नहीं है। योग तो एक विशुद्ध विज्ञान है—गणित, फिजिक्स या कैमिस्ट्री की तरह। फिजिक्स न तो ईसाई है और न बौद्ध। चाहे ईसाइयों द्वारा ही फिजिक्स के नियमों की खोज की गयी हो, लेकिन फिर भी इस विज्ञान को ईसाई नहीं कहा जा सकता। यह संयोग मात्र है कि ईसाइयों ने फिजिक्स के नियमों का अन्वेषण किया। भौतिकी विज्ञान तो मात्र विज्ञान है। और योग भी मात्र एक विज्ञान है। यह फिर एक संयोगपूर्ण घटना ही है कि हिंदुओं ने योग को खोजा। लेकिन इससे यह हिन्दू तो न हुआ। यह तो एक विशुद्ध गणित हुआ आंतरिक अस्तित्व का। इसलिए एक मुसलमान भी योगी हो सकता है; ईसाई भी योगी हो सकता है। इसी तरह एक जैन, एक बौद्ध भी योगी हो सकता है।

योग तो शुद्ध विज्ञान है। और जहां तक योग-विज्ञान की बात है पतंजलि इस क्षेत्र के सबसे बड़े नाम हैं। यह पुरुष विरल है। किसी अन्य की पतंजलि के साथ तुलना नहीं की जा सकती। मनुष्यता के इतिहास में धर्म को पहली बार विज्ञान की अवस्था तक लाया गया। पतंजलि ने धर्म को मात्र नियमों का विज्ञान बना दिया, जहां विश्वास की जरूरत नहीं है।

सब तथाकथित धर्मों को विश्वासों की जरूरत रहती है। धर्मों में परस्पर कोई विशेष अंतर नहीं है। अंतर है तो उनकी अलग-अलग धारणाओं में ही। एक मुसलमान के अपने विश्वास हैं; इसी तरह हिन्दू और ईसाई के अपने-अपने विश्वास हैं। अंतर तो विश्वासों में ही है। जहां तक विश्वासों की बात है, योग इस विषय में कुछ नहीं कहता। योग तो तुम्हें किसी बात पर विश्वास करने को नहीं कहता। योग कहता है : अनुभव करो। जैसे विज्ञान कहता है : प्रयोग करो, योग कहता है : अनुभव करो। प्रयोग और अनुभव एक ही बात है, उनकी दिशाएं

अलग-अलग हैं। प्रयोग का अर्थ है कि तुम कुछ बाहर की ओर कर रहे हो; अनुभव का अर्थ है कि तुम कुछ अपने भीतर कर रहे हो। अनुभव है एक आन्तरिक प्रयोग।

विज्ञान कहता है, विश्वास मत करो; जितना बन पड़े संदेह ही करो। लेकिन अविश्वास भी मत करो, क्योंकि अविश्वास भी एक तरह का विश्वास ही है। तुम ईश्वर में विश्वास कर सकते हो या तुम निरीश्वरवाद की धारणा में विश्वास बना सकते हो। तुम आग्रहपूर्वक कह सकते हो कि ईश्वर है या इसके विपरीत उसी हठधर्मी के साथ कह सकते हो कि 'ईश्वर नहीं है।' आस्तिक और नास्तिक दोनों ही विश्वासी हैं। लेकिन विश्वास विज्ञान की दिशा नहीं है। विज्ञान का अर्थ है : 'जो है' उसका अनुभव करना; किसी विश्वास की जरूरत नहीं। तो दूसरी बात याद रखनी है कि योग अस्तित्वगत है, अनुभवजन्य है, प्रायोगिक है। वहां किसी विश्वास की अपेक्षा नहीं, किसी निष्ठा की आवश्यकता नहीं। वहां केवल साहस चाहिए प्रयोग करने का। लेकिन इसी की तो कमी है।

तुम विश्वास तो बड़ी आसानी से कर लेते हो, क्योंकि तब तुम रूपांतरित होनेवाले नहीं हो। विश्वास तो ऐसी चीज है, जो ऊपरी तौर पर एक सतही ढंग से तुमसे जुड़ जाती है; उससे तुम्हारा अंतस परिवर्तित नहीं होता; तुम किसी रूपांतरण की प्रक्रिया से नहीं गुजर रहे होते। तुम हिन्दू हो तो तुम अगले दिन ईसाई बन सकते हो। तुम सरलता से बदल जाते हो। तुम गीता की जगह कुरान या बाइबिल पकड़ सकते हो। लेकिन वह व्यक्ति, जिसके हाथ में गीता थी और अब जो बाइबिल या कुरान पकड़े हुए है, वह तो ज्यों का त्यों बना रह जाता है। उसने केवल अपने विश्वासों को बदल लिया है।

विश्वास तो कपड़ों की भांति हैं। किसी आधारभूत तत्व का रूपांतरण नहीं होता; तुम भीतर वही के वही बने रहते हो। जरा हिन्दू और मुसलमान की चीरफाड़ करके देखो, भीतर दोनों एक समान ही हैं। हिन्दू मंदिर जाता है और मुसलमान मंदिर से नफरत करता है। मुसलमान मसजिद जाता है और हिन्दू मसजिद से नफरत करता है। लेकिन भीतर दोनों एक जैसे ही आदमी हैं।

विश्वास आसान है क्योंकि उसमें तुम्हें वास्तव में कुछ करना नहीं पड़ता। वह तो एक छिछला-सा पहरावा है, सज्जा है; जिस क्षण चाहो उसे अलग करके रख सकते हो। योग विश्वास नहीं है। इसलिए यह कठिन है, दुष्कर है और कई बार तो लगता है कि बिलकुल असंभव है। योग एक अस्तित्वगत प्रयोग है। तुम किसी विश्वास के द्वारा सत्य को नहीं पाओगे, बल्कि अपने ही अनुभव द्वारा पाओगे; अपने ही बोध द्वारा उसे उपलब्ध करोगे। और इसका अर्थ हुआ कि तुम्हें आमूल रूप से रूपांतरित होना होगा। तुम्हारा दृष्टिकोण, तुम्हारे जीने का ढंग, तुम्हारा मन, तुम्हारे चित्त का पूरा ढांचा—यह सब जैसा है उसे चकनाचूर कर देना होगा। कुछ नये का सृजन करना होगा। उसी नवतत्व के साथ तुम यथार्थ के सम्पर्क में आ सकोगे।

योग मृत्यु तथा नवजीवन दोनों ही है। तुम जैसे हो, उसे तो मरना होगा। और जब तक पुराना मरेगा नहीं, नये का जन्म नहीं हो सकता। नया तुममें ही तो छिपा है। तुम केवल उसके बीज हो। और बीज को गिरना ही होगा, धरती में पिघलने के लिए। बीज को तो मिटना ही होगा, केवल तभी तुममें से नया प्रकट होगा। तुम्हारी मृत्यु ही तुम्हारा नवजीवन बन पायेगी। योग दोनों है—मृत्यु भी और जन्म भी। जब तक तुम मरने को तैयार न होओ तब तक तुम्हारा नया जन्म नहीं हो सकता। यह केवल विश्वास को बदलने की बात नहीं है।

योग दर्शन-शास्त्र नहीं है। मैंने कहा, योग धर्म नहीं है। मैं यह भी कहता हूं कि योग दर्शन-शास्त्र नहीं है।

यह कोई ऐसी बात नहीं जिसके बारे में तुम कुछ विचार करो। यह कुछ ऐसा है जैसा कि तुम्हें होना होगा। केवल सोचने-विचारने से कुछ नहीं होगा। विचार तो तुम्हारे मस्तिष्क में चलता रहता है, यह तुम्हारे अस्तित्व की जड़ों में कहीं गहरे नहीं होता। विचार तुम्हारी समग्रता नहीं है। यह तो मात्र एक हिस्सा है, एक कामचलाऊ हिस्सा; और इसे प्रशिक्षित किया जा सकता है। तुम तर्कपूर्ण ढंग से विवाद कर सकते हो, युक्तिपूर्ण विचार कर सकते हो, लेकिन तुम्हारा हृदय तो वैसा का वैसा ही बना रहेगा। तुम्हारा हृदय गहनतम केंद्र है, सिर तो उसकी शाखा मात्र है। तुम मस्तिष्क के बिना तो हो सकते हो, लेकिन हृदय के बिना नहीं हो सकते। तुम्हारा मन आधारभूत तत्व नहीं है।

योग तुम्हारे समग्र अस्तित्व से, तुम्हारी जड़ों से संबंधित है। वह दार्शनिक नहीं है। इसलिए पतंजलि के साथ हम चिंतन-मनन नहीं करेंगे। पतंजलि के साथ तो हम जीवन के और उसके रूपांतरण के परम नियमों को जानने का प्रयत्न करेंगे। पुराने की मृत्यु और सर्वथा नये के जन्म के नियमों को और अंतस की एक नव लयबद्धता की कीमिया को जानने का प्रयत्न हम करेंगे। इसलिए मैं योग को एक विज्ञान कहता हूं।

पतंजलि अत्यंत विरल व्यक्ति हैं। वे प्रबुद्ध हैं बुद्ध , कृष्ण और जीसस की भांति; महावीर, मोहम्मद और जरथुस्त्र की भांति, लेकिन एक ढंग से अलग हैं। बुद्ध, कृष्ण, महावीर, मोहम्मद, जरथुस्त्र—इनमें से किसी का दृष्टिकोण वैज्ञानिक नहीं है। वे महान धर्म प्रवर्तक हैं, उन्होंने मानव-मन और उसकी संरचना को बिलकुल बदल दिया, लेकिन उनकी पहुंच वैज्ञानिक नहीं है।

पतंजलि बुद्ध पुरुषों की दुनिया के आइंस्टीन हैं। वे अद्‌भुत घटना हैं। वे सरलता से आइंस्टीन, बोर, मैक्स प्लांक या हेसनबर्ग की तरह नोबल पुरस्कार विजेता हो सकते थे। उनकी अभिवृत्ति और दृष्टि वही है जो किसी परिशुद्ध वैज्ञानिक मन की होती है। कृष्ण कवि हैं; पतंजलि कवि नहीं हैं। पतंजलि नैतिकवादी भी नहीं हैं, जैसे महावीर हैं। पतंजलि बुनियादी तौर पर एक वैज्ञानिक हैं, जो नियमों की भाषा में ही सोचते-विचारते हैं। उन्होंने मनुष्य के अंतस जगत के निरपेक्ष नियमों का निगमन करके सत्य और मानवीय मानस की चरम कार्य-प्रणाली के विस्तार का अन्वेषण और प्रतिपादन किया।

यदि तुम पतंजलि का अनुगमन करो तो तुम पाओगे कि वे गणित के फार्मूले जैसी ही सटीक बात कहते हैं। तुम वैसा करो जैसा वे कहते हैं और परिणाम निकलेगा ही; ठीक दो और दो चार की तरह सुनिश्चित। यह घटना उसी तरह निश्चित ढंग से घटेगी जैसे पानी को सौ डिग्री तक गर्म करें तो वाष्प बन उड़ जाता है। किसी विश्वास की कोई जरूरत नहीं है। बस, तुम उसे करो और जानो। यह कुछ ऐसा है जिसे करके ही जाना जा सकता है। इसलिए मैं कहता हूं कि पतंजलि बेजोड़ हैं। इस पृथ्वी पर पतंजलि जैसा दूसरा कोई नहीं हुआ। बुद्ध की वाणी में तुम्हें कविता मिल सकती है। वहां कविता होगी ही। अपने को अभिव्यक्त करते हुए बुद्ध बहुत बार काव्यमय हुए हैं। परम आनंद का, चरम ज्ञान का जो संसार है वह इतना सुंदर, इतना भव्य है कि काव्यात्मक हो जाने के मोह से बचना मुश्किल है। उस अवस्था की सुंदरता ऐसी, उसका मंगल आशीष ऐसा, उसका परम आनंद ऐसा कि उद्‌गार सहज ही काव्यमय भाषा में फूट पड़ते हैं।

लेकिन पतंजलि इस पर रोक लगाते हैं। हालांकि यह बहुत कठिन है। ऐसी अवस्था में आज तक कोई भी स्वयं को नहीं रोक सका। जीसस, कृष्ण, बुद्ध, सभी काव्यमय हो गये। जब उसकी अपार भव्यता और उसका

परम सौंदर्य तुम्हारे भीतर फूटता है, तो तुम नाच उठोगे, गाने लगोगे। उस अवस्था में तुम उस प्रेमी की तरह हो जो सारी सृष्टि के ही प्रेम में पड़ गया है।

पतंजलि इस पर रोक लगा लेते हैं। वे कविता का प्रयोग नहीं करते। वे एक भी काव्यात्मक प्रतीक का उपयोग नहीं करते। कविता से उन्हें कोई सरोकार ही नहीं। वे सौंदर्य की भाषा में बात ही नहीं करते। वे गणित की भाषा में बात करते हैं। वे संक्षिप्त होंगे और तुम्हें कुछ सूत्र देंगे। वे सूत्र संकेत मात्र हैं कि क्या करना है। वे आनंदातिरेक में फूट नहीं पड़ते। वे ऐसा कुछ भी कहने का प्रयास नहीं करते, जिसे शब्दों में कहा न जा सके। वे असंभव के लिए प्रयत्न ही नहीं करते। वे तो बस नींव बना देंगे और यदि तुम उस नींव का आधार लेकर चल पड़े, तो उस शिखर पर पहुंच जाओगे जो अभी सबके परे है। वे बड़े कठोर गणितज्ञ हैं, यह बात ध्यान में रखना।

पहला सूत्र है : *अब योग का अनुशासन। 'अथ योगानुशासनम्।'*

'अब योग का अनुशासन।' एक-एक शब्द को ठीक से समझना है, क्योंकि पतंजलि एक भी अनावश्यक शब्द का प्रयोग नहीं करते। 'अब योग का अनुशासन।' पहले 'अब' शब्द को समझने का प्रयत्न करें। यह 'अब' मन की उसी अवस्था की ओर संकेत करता है, जिसकी बात मैं तुमसे कह रहा था।

यदि तुम्हारा मोहभंग हुआ है, यदि तुम आशारहित हुए हो, यदि तुमने सब इच्छाओं की व्यर्थता को पूरी तरह जान लिया है; यदि तुमने देखा है कि तुम्हारा जीवन अर्थहीन है, और जो कुछ भी अब तक तुम कर रहे थे वह सब बिलकुल निर्जीव होकर गिर गया है; यदि भविष्य में कुछ भी नहीं बचा है; यदि तुम समग्र रूप से निराशा में डूब गये हो, जिसे कीर्कगार्द ने तीव्र व्यथा कहा है; अगर तुम इस तीव्र व्यथा में हो, पीड़ित—नहीं जानते कि क्या करना है, कहां जाना है, किसकी सहायता खोजनी है; बस पागलपन या आत्महत्या या मृत्यु की कगार पर खड़े हो, यदि तुम्हारे पूरे जीवन का ढांचा अचानक व्यर्थ हो गया है—और यदि ऐसा क्षण आ गया है तो पतंजलि कहते हैं—'अब योग का अनुशासन।' केवल अब, तुम योग के विज्ञान को, योग के अनुशासन को समझ सकते हो।

यदि ऐसा क्षण नहीं आया तो तुम योग का अध्ययन किये चले जा सकते हो, तुम एक बड़े विद्वान बन सकते हो लेकिन तुम योगी नहीं बनोगे। तुम इस पर शोध-प्रबंध लिख सकते हो, भाषण भी दे सकते हो, लेकिन तुम योगी न बनोगे। वह क्षण अभी तुम्हारे लिए नहीं आया है। बौद्धिक तौर पर तुम इसमें रुचि ले सकते हो, मन के द्वारा तुम योग से संबंधित हो सकते हो लेकिन योग कुछ नहीं है, अगर यह अनुशासन नहीं है। योग कोई शास्त्र नहीं है; योग अनुशासन है। यह कुछ ऐसा है जिसे तुम्हें करना है। यह कोई जिज्ञासा नहीं है, यह दार्शनिक चिंतन भी नहीं है। यह इन सबसे कहीं गहरा है। यह तो सवाल है जीवन और मरण का।

यदि वह क्षण आ गया है जब कि तुम महसूस करते हो कि सारी दिशाएं अस्त-व्यस्त हो गयी हैं, सारी राहें खो गयी हैं, भविष्य अंधियारा है और हर इच्छा कड़ुआ गयी है और हर इच्छा द्वारा तुमने केवल निराशा ही पायी है, यदि आशाओं और सपनों की ओर सारी गतियां समाप्त हो चुकी हैं—'अब योग का अनुशासन।' और यह 'अब' आया ही नहीं होगा तो मैं योग के विषय में कितना ही कहता जाऊं लेकिन तुम नहीं सुन पाओगे। तुम तभी सुन सकते हो, यदि वह 'क्षण' तुम में उपस्थित हो चुका है।

क्या तुम वास्तव में असंतुष्ट हो ? हर कोई कह देगा 'हां', लेकिन वह असंतुष्टि वास्तविक नहीं है। तुम इससे-उससे—किसी बात से असंतुष्ट हो सकते हो लेकिन तुम पूरी तरह असंतुष्ट नहीं हो। तुम अब भी आशा किये जा रहे हो। तुम असंतुष्ट हो भी तो अतीत की किन्हीं आशाओं के कारण, लेकिन भविष्य के लिए तो तुम अब तक आशा किये जा रहे हो। तुम्हारी असंतुष्टि संपूर्ण नहीं है। तुम अब भी कहीं कोई संतोष, कहीं कोई संतुष्टि पा लेने को ललक रहे हो।

कई बार तुम निराशा अनुभव करते हो लेकिन वह निराशा सच्ची नहीं है। तुम निराशा अनुभव करते हो क्योंकि कुछ आशाएं पूरी नहीं हुईं, कुछ आशाएं विफल हो गयी हैं। किंतु आशा अब भी जारी है। आशा गिरी नहीं। तुम अब भी आशा करोगे। तुम किसी विशेष आशा के प्रति ही असंतुष्ट हो लेकिन तुम आशा मात्र से असंतुष्ट नहीं हो। यदि तुम आशा मात्र से निराश हो गये हो तो वह क्षण आ गया है जब तुम योग में प्रविष्ट हो सकते हो। और यह प्रवेश किसी मानसिक और वैचारिक घटना में प्रविष्ट होने जैसा नहीं होगा। यह प्रवेश होगा एक अनुशासन में प्रवेश।

अनुशासन क्या है ? अनुशासन का अर्थ है अपने भीतर एक व्यवस्था निर्मित करना। जैसे तुम हो, तुम एक अराजकता हो। जैसे कि तुम हो, पूरी तरह अव्यवस्थित-से हो—गुरजिएफ कहा करते थे। और गुरजिएफ की बहुत-सी बातें पतंजलि की भांति हैं। उन्होंने भी धर्म के मर्म को विज्ञान बनाने का प्रयास किया। गुरजिएफ कहा करत थे : तुम एक नहीं हो, तुम भीड़ हो। जब तुम कहते हो 'मैं', तो कोई मैं होता नहीं। तुम्हारे भीतर अनेक 'मैं' अनेक अहं हैं। सुबह कोई एक 'मैं' है, दोपहर कोई और 'मैं' है और शाम कोई तीसरा ही 'मैं' होता है। लेकिन इस गड़बड़ी के प्रति तुम कभी सचेत भी नहीं होते। क्योंकि सचेत होगा भी कौन ? कोई अंतस केंद्र ही नहीं है, जिसे इसका बोध हो पाये।

'योग अनुशासन है' इसका अर्थ है कि योग तुम्हारे भीतर एक क्रिस्टलाइज्ड सेंटर का, एकजुट केंद्र का निर्माण करना चाहता है। तुम तो जो हो, एक भीड़ हो। और भीड़ के बहुत-से गुण होते हैं। एक तो यह कि भीड़ पर कोई विश्वास नहीं कर सकता। गुरजिएफ कहते थे कि आदमी वादा नहीं कर सकता। वादा करेगा भी कौन ? तुम तो वहां होते ही नहीं और तुम वादा करते हो उसे पूरा कौन करेगा ? अगली सुबह वह तो रहा ही नहीं जिसने वादा किया था !

मेरे पास लोग आते हैं और कहते हैं, 'अब मैं व्रत लूंगा।' वे कहते हैं, 'अब मैं यह करने की प्रतिज्ञा करता हूं ?' मैं उनसे कहता हूं, 'इससे पहले कि तुम कोई प्रतिज्ञा लो, दो बार फिर सोच लो। क्या तुम्हें पूरा आश्वासन है कि जिसने वादा किया है वह अगले क्षण बना भी रहेगा ?' तुम कल से सुबह जल्दी चार बजे उठने का निर्णय लेते हो। और चार बजे तुम्हारे भीतर कोई कहता है, 'झंझट मत लो। बाहर इतनी सर्दी पड़ रही है! और ऐसी जल्दी भी क्या है ? मैं यह कल भी कर सकता हूं।' और तुम फिर सो जाते हो।

जब सुबह उठते हो तो पछताते हो। सोचते हो कि यह अच्छा नहीं हुआ; तुम्हें जल्दी ही उठ जाना चाहिए था। तुम फिर निर्णय लेते हो कि कल तुम चार बजे ही उठोगे। लेकिन कल भी यही कुछ होने वाला है क्योंकि जिसने प्रतिज्ञा की वह सुबह चार बजे वहां होता नहीं, कोई दूसरा ही उसकी जगह आ बैठता है। तुम रोटरी क्लब की भांति हो। चेयरमैन निरंतर बदलता रहता है। तुम्हारा हर हिस्सा रोटरी चेयरमैन बन जाता है। यह चक्र चल रहा

है, हर घड़ी कोई और ही प्रधान बन जाता है।

गुरजिएफ कहा करते थे कि मनुष्य का प्रमुख अभिलक्षण यही है कि वह प्रतिज्ञा नहीं कर सकता। तुम वचन पूरा नहीं कर सकते। वचनबद्ध हुए चले जाते हो, और तुम अच्छी तरह जानते हो कि वचनों को पूरा नहीं कर पाओगे। क्योंकि तुम एक नहीं हो, तुम एक अव्यवस्था हो, एक अराजकता हो। इसलिए पतंजलि कहते हैं, 'अब योग का अनुशासन।' यदि तुम्हारा जीवन एक परमदुख बन चुका है, यदि अनुभव करते हो कि तुम जो भी करते हो उससे नर्क ही बनता है, तब वह क्षण आ गया है। यह क्षण तुम्हारी हस्ती के, तुम्हारे अस्तित्व के आयाम को बदल सकता है।

अभी तक तो तुम एक अव्यवस्था, एक भीड़ की तरह जिये। योग का मतलब है कि अब तुम्हें लयबद्ध बनना होगा, तुम्हें 'एक' बनना होगा। एकजुट होने की आवश्यकता है, केंद्रीकरण की आवश्यकता है। और जब तक तुम केंद्र नहीं पा लेते, जो कुछ भी तुम करते हो वह व्यर्थ है। जीवन और समय का बेकार विनष्ट होना है। पहली आवश्यकता है केंद्रबिंदु। और जिसके पास यह केंद्र है वही व्यक्ति आनंदित हो सकता है। हर व्यक्ति आनंद की मांग करता है। लेकिन तुम मांग नहीं कर सकते। इसे तो तुम्हें अर्जित करना होगा। अंतस की आनंद अवस्था के लिए सब लालायित रहते हैं, लेकिन केवल केंद्रस्थ व्यक्ति ही आनंदित हो सकता है। भीड़ तो कैसे आनंदमय हो सकती है। भीड़ का तो कोई व्यक्तित्व नहीं है। वहां कोई आत्मा नहीं, इसलिए आनंदमय होगा तो कौन ?

आनन्द का अर्थ है, एक परम मौन। और ऐसा मौन तभी संभव है जब भीतर लयबद्धता हो, जब सारे बेमेल टुकड़ों का मेल हो जाये, वे एक बन जायें; जब भीड़ न रहे बल्कि केवल एक ही हो। जब भीतर घर में कोई न हो और तुम अकेले हो, तब तुम आनन्द से भर जाओगे। पर अभी तो हर एक तुम्हारे घर में है। तुम वहां हो नहीं, केवल मेहमान ही वहां हैं। मेजबान तो सदा ही अनुपस्थित है। और केवल मेजबान आनन्दमय हो सकता है।

इस केंद्रीयकरण की प्रक्रिया को ही पतंजलि ने अनुशासन कहा है—अनुशासनम्, डिसिप्लिन। यह डिसिप्लिन शब्द बहुत सुंदर है। यह उसी जड़, उसी उद्‌गम से आया है जहां से डिसाइपल शब्द आया। अनुशासन का मतलब है सीखने की क्षमता, जानने की क्षमता। किन्तु तब तक तुम नहीं जान सकते, नहीं सीख सकते, जब तंक तुम स्व-केंद्रित न हो जाओ।

एक बार एक आदमी बुद्ध के पास आया। वह आदमी अवश्य कोई समाज-सुधारक रहा होगा, कोई क्रांतिकारी। उसने बुद्ध से कहा, 'संसार बहुत दुख में है; आपकी इस बात से मैं सहमत हूं।' बुद्ध ने यह कभी कहा ही नहीं कि संसार दुख में है। बुद्ध ने कहा, 'तुम दुख हो, संसार नहीं। जीवन दुख है, संसार नहीं। मन दुख है, संसार नहीं।' लेकिन क्रांतिकारी ने कहा, 'संसार बड़ी तकलीफ में है। मैं आपसे सहमत हूं। अब मुझे बताइए कि मैं क्या कर सकता हूं ? बड़ी गहरी करुणा है मुझमें और मैं मानवता की सेवा करना चाहता हूं।'

सेवा करना जरूर उसका आदर्श रहा होगा। बुद्ध ने उसकी तरफ देखा और वे मौन ही रहे। बुद्ध के शिष्य आनन्द ने कहा, यह आदमी सच्चा जान पड़ता है। इसे राह दिखाइए। आप चुप क्यों हैं ? तब बुद्ध ने उस क्रांतिकारी से कहा, 'तुम संसार की सेवा करना चाहते हो, लेकिन तुम हो कहां ? मैं तुम्हारे भीतर किसी को नहीं देख रहा। मैं देखता हूं और वहां कोई नहीं है।'

तुम्हारा कोई केन्द्र नहीं। और जब तक तुम्हारे भीतर एक ठोस केन्द्र नहीं बनता तब तक तुम जो भी करोगे उससे और अनिष्ट होगा। तुम्हारे सारे समाज-सुधारक, क्रांतिकारी, तुम्हारे नेता, वे सब अनिष्टकारी और उपद्रव मचाने वाले हैं। दुनिया बेहतर होती यदि नेता न होते। लेकिन वे आदत से मजबूर हैं। वे यही महसूस करते हैं कि उन्हें कुछ करना चाहिए क्योंकि संसार बड़े दुख में है। और स्वयं भीतर केंद्रस्थ हुए नहीं, अतः जो भी वे करते हैं, उससे दुख की मात्रा बढ़ती ही है। केवल करुणा और केवल सेवा सहायक न हो सकेगी। आत्म-केंद्रित व्यक्ति से उठी करुणा की बात ही और है। भीड़ से उठी करुणा हानिकारक है, उपद्रव मचाने वाली है; वह तो जहर है।

'अब योग का अनुशासन।' अनुशासन का मतलब है : होने की क्षमता, जानने की क्षमता, सीखने की क्षमता। हमें ये तीनों बातें समझ लेनी चाहिए। 'होने की क्षमता।' पतंजलि कहते हैं, यदि तुम अपना शरीर हिलाये बिना मौन रह कर कुछ घंटे बैठ सकते हो, तब तुम्हारे भीतर होने की क्षमता बढ़ रही है। तुम हिलते क्यों हो ? कुछ पल भी तुम बिना हिले-डुले नहीं बैठ सकते। तुम्हारा शरीर सतत चंचल है। कहीं तुम्हें खुजलाहट होती है, टांगें सुन्न होने लगती हैं, बहुत कुछ होना शुरू हो जाता है। ये सब हिलने के बहाने हैं।

तुम मालिक नहीं हो। शरीर से नहीं कह सकते कि 'अब एक घंटे तक मैं नहीं हिलूंगा।' शरीर तो तत्काल विद्रोह कर देगा। उसी पल तुम्हें वह मजबूर करेगा हिलने के लिए, कुछ करने के लिए। और वह तुम्हें कारण भी देगा कि 'तुम्हें हिलना ही है क्योंकि एक कीड़ा काट रहा है, वगैरह-वगैरह।' तुम उस कीड़े को जब देखने जाओ तो हो सकता है उसे ढूंढ़ भी न पाओ।

तुम आत्मस्थ नहीं हो। तुम एक सतत कंपित ज्वरग्रस्त हलचल हो। पतंजलि के बताये आसन किसी शारीरिक प्रशिक्षण से खास संबंधित नहीं है, बल्कि वे एक आंतरिक प्रशिक्षण से संबंधित हैं कि बस, होना; कि बिना कुछ किये, बिना किसी गति के, बिना किसी हलचल के बस, ठहर जाओ। यह ठहरना अंतस के केंद्रीयकरण में सहायक होगा।

यदि तुम एक ही आसन में ठहर सकते हो तो शरीर गुलाम, सेवक बन जायेगा फिर वह तुम्हारा अनुगमन करेगा। शरीर जितना अधिक तुम्हारा अनुगमन करेगा, उतना ही अधिक शक्तिपूर्ण और विराट बनेगा तुम्हारे भीतर का अस्तित्व। और इसे ध्यान में रखना कि तुम्हारे शरीर में गति नहीं होती तो तुम्हारा मन भी गतिमय नहीं हो सकता। क्योंकि शरीर और मन कोई अलग-अलग चीजें नहीं हैं। वे एक ही घटना के दो छोर हैं। तुम शरीर और मन नहीं हो, तुम हो शरीर-मन। तुम्हारा व्यक्तित्व मनोशरीर है, साइकोसोमैटिक है, एक साथ शरीर और मन दोनों है। मन शरीर का सबसे सूक्ष्म हिस्सा है और तुम इससे विपरीत भी कह सकते हो : शरीर सबसे स्थूल हिस्सा है मन का।

इसलिए जो कुछ शरीर में घटित होता है वही मन में घटित होता है। और इसके विपरीत जो कुछ मन में घटित होता है वही शरीर में घटित होता है। यदि शरीर में कोई गति नहीं हो रही और तुम एक ही आसन में स्थिर रह सकते हो, यदि तुम शरीर को खामोश रहने के लिए कह सकते हो तो मन भी खामोश बना रहेगा। वास्तव में मन गतिमय बनता है तो शरीर में भी गति लाने की कोशिश करता है। क्योंकि शरीर में गति आयेगी तो फिर मन भी आसानी से गति कर सकता है। गतिहीन शरीर के साथ मन गतिमय नहीं हो सकता। मन को गतिमान शरीर का

सहयोग चाहिए।

यदि शरीर अगतिमान है और मन भी अगतिमान है, तब तुम केंद्र में, अंतस में केंद्रस्थ हो। स्थिर आसन केवल शारीरिक प्रशिक्षण नहीं है। यह एक ऐसी स्थिति का निर्माण करना हुआ जिसमें कि केंद्रस्थता घटित हो सकती है; जिसमें कि तुम अनुशासित हो सकते हो। जब तुम बस हो, जब तुम केंद्रस्थ हो गये हो, जब तुम जान गये कि मात्र होने का क्या अर्थ है, तब तुम सीख सकते हो क्योंकि तभी विनम्र बनोगे। तब तुम समर्पित हो सकते हो। तब कोई नकली अहंकार तुमसे चिपका न रहेगा क्योंकि एक बार जब स्वयं में केंद्रित हो जाते हो तब जान लेते हो कि सारे अहंकार झूठे हैं। तब तुम झुक सकते हो। और तब एक शिष्य का जन्म होता है।

शिष्य होना एक बड़ी उपलब्धि है। अनुशासन के द्वारा ही तुम शिष्य बनते हो। अंतस में केंद्रस्थ होकर ही तुम विनम्र बनोगे। तुम ग्रहणशील बनोगे, तुम खाली हो पाओगे और तब गुरु अपने को तुममें उंड़ेल सकता है। तुम्हारी रिक्तता में, तुम्हारे मौन में ही वह प्रवेश कर सकता है, तुम तक पहुंच सकता है। तभी संप्रेषण संभव हो पाता है।

शिष्य का अर्थ है, जो अंतस में केंद्रित है, जो विनम्र, ग्रहणशील और खुला है; जो तैयार है, सचेत है; प्रतीक्षारत और प्रार्थनामय है। योग में गुरु अत्यंत महत्वपूर्ण है—सर्वथा महत्वपूर्ण है। क्योंकि जब तुम उस व्यक्ति के, जो कि आत्मस्थ है, उसके गहन सान्निध्य में होते हो तभी तुम्हारे केंद्रीभूत होने की घटना घटेगी।

यही है सत्संग का मतलब। तुमने सत्संग शब्द को सुना है। इस शब्द का प्रयोग बिलकुल गलत किया जाता है। सत्संग का अर्थ है सत्य का गहरा सान्निध्य। इसका अर्थ है सत्य के पास होना, सद्‌गुरु के पास होना, जो कि सत्य के साथ एकात्म हो चुका हो। बस, सद्‌गुरु के निकट बने रहना खुले हुए, ग्रहणशील और प्रतीक्षारत। और यदि तुम्हारी प्रतीक्षा गहरी और सघन हो जाती है तब एक गहन आत्म-मिलन घटित होगा।

सद्‌गुरु कुछ कर नहीं रहा। बस वह वहां है, मौजूद, उपलब्ध। यदि तुम खुले हो तो वह तुममें प्रवाहित हो जायेगा। यह प्रवाहित होना ही सत्संग कहलाता है। सद्‌गुरु के साथ तुम्हें कुछ और सीखने की आवश्यकता नहीं है। यदि तुमने सत्संग सीख लिया, उतना काफी है। यदि तुम सद्‌गुरु के निकट रह सकते हो बिना कुछ पूछे, बिना सोच-विचार के, बिना तर्क के, बस, गुरु के निकट उपस्थित हो, प्राप्य हो, तो सद्‌गुरु का आत्म-अस्तित्व तुममें प्रवाहित हो सकता है। और आत्म-अस्तित्व प्रवाहित हो सकता है। वह तो प्रवाहित हो ही रहा है। जब कोई व्यक्ति अखंडता प्राप्त कर लेता है, तब उसका अस्तित्व एक विकिरण, रेडिएशन बन जाता है। वह प्रवाहित होता रहता है। तुम उसे ग्रहण करने के लिए वहां हो या नहीं इसका कोई प्रश्न ही नहीं। वह तो नदी की भांति बह रहा है। और यदि तुम खाली हो एक पात्र की तरह—तैयार और खुले हुए तो वह तुममें बह आयेगा।

शिष्य का अर्थ है, वह व्यक्ति जो ग्रहण करने को तैयार है, जो एक गर्भाशय की तरह बन चुका है ताकि सद्‌गुरु उसमें प्रवेश कर सकें, उसे अनुप्राणित कर सकें। सत्संग शब्द का यही अर्थ है। सत्संग प्रवचन नहीं है। हां, प्रवचन हो सकता है, लेकिन प्रवचन तो बस एक बहाना है।

तुम यहां हो और मैं पतंजलि के सूत्रों पर बोलूंगा, लेकिन वह एक बहाना है। यदि तुम सच में ही यहां हो तब यह प्रवचन, यह बोलना, यह तो तुम्हारे यहां होने का बहाना मात्र ही है। यदि तुम सच में ही यहां हो तो सत्संग आरम्भ होने लगता है। मैं प्रवाहित हो सकता हूं और वह प्रवाह किसी भी बातचीत से कहीं अधिक गहरा है।

वह प्रवाह भाषा के द्वारा बने संप्रेषण से, तुम्हारे साथ हुई किसी भी मानसिक भेंट से बहुत गहरा है। जब तुम्हारा मन सुनने में संलग्न है, तब यह मिलन, यह संप्रेषण घटित होता है। यदि तुम शिष्य हो, यदि तुम एक अनुशासित व्यक्ति हो, यदि तुम्हारा मन मुझे सुनने में संलग्न है, तुम्हारी अंतस सत्ता सत्संग में हो सकती है। तब तुम्हारा सिर व्यस्त रहता है और हृदय खुला रहता है, तब एक गहरे तल पर मिलन घटित होता है। वही मिलन सत्संग है। और दूसरी बातें तो बस बहाने हैं, सद्गुरु के निकट होने के।

पास होना ही सब कुछ है। लेकिन केवल शिष्य ही पास हो सकता है। कोई भी या हर कोई पास नहीं आ सकता। क्योंकि जुड़ाव का, पास आने का मतलब है एक प्रेम-भरा भरोसा।

हम निकट क्यों नहीं होते ? क्योंकि डर रहता है। बहुत नजदीक होना खतरनाक हो सकता है, बहुत खुला होना खतरनाक हो सकता है क्योंकि तब तुम अति संवेदनशील हो जाते हो और तब स्वयं का बचाव करना मुश्किल हो जायेगा। इसलिए एक सुरक्षा के उपाय की तरह हम हर व्यक्ति से एक खास दूरी बनाये रखते हैं।

प्रत्येक व्यक्ति के आस-पास एक अपना क्षेत्र होता है। और जब कोई तुम्हारे उस क्षेत्र में प्रवेश करता है, तुम भयभीत हो जाते हो। हर व्यक्ति के पास बचाव के लिए बनाया फासला है। तुम अकेले अपने कमरे में बैठे हो और एक अजनबी कमरे में दाखिल होता है। तब जरा ध्यान देना कि तुम सचमुच डर जाते हो। एक सीमाबिन्दु है। यदि वह व्यक्ति उस बिन्दु तक पहुंच जाये या उसके पार पहुंच जाये तो तुम आशंकित हो उठोगे, भयभीत हो जाओगे। अचानक एक कंपन महसूस करने लगोगे। वह आदमी एक खास सीमाबिन्दु तक ही आ सकता है।

पास होने का अर्थ है कि अब तुम्हारा कोई अपना क्षेत्र न बचा। पास होने का अर्थ है कि अब तुम कोमल और असुरक्षित हो। इसका अर्थ है कि अब चाहे कुछ भी हो जाये, तुम किसी तरह की सुरक्षा की बात सोच ही नहीं रहे।

एक शिष्य पास आ सकता है। दो कारणों से : एक तो यह कि वह अंतस केंद्रित हो चुका है; एक यह कि वह केंद्रस्थ होने का प्रयत्न कर रहा है। जो केंद्रस्थ होने का प्रयत्न कर रहा है वह व्यक्ति भी निर्भय हो जाता है। उसके पास ऐसा कुछ है जिसे मिटाया नहीं जा सकता। तुम्हारे पास कुछ है नहीं और इसीलिए तुम डरते हो। तुम एक भीड़ हो। भीड़ किसी भी क्षण बिखर सकती है। तुम्हारे पास ऐसा कुछ नहीं है, जो कुछ भी घटित होने पर चट्टान की तरह ही मजबूती से बना रहे। तुम जी रहे हो बिना किसी ठोस आधार के, बिना किसी नींव के—ताश के घर की तरह। तो निश्चित ही हमेशा भय में जीयोगे। कोई तेज हवा, या हवा का हल्का झोंका तक तुम्हें नष्ट कर सकता है। इसलिए तुम्हें स्वयं का बचाव करना होता है।

और इसी लगातार बचाव के कारण तुम प्रेम नहीं कर सकते, भरोसा नहीं कर सकते, मैत्री नहीं कर सकते। तुम्हारे बहुत से मित्र हो सकते हैं लेकिन मैत्री नहीं है क्योंकि मित्रता समीपता की मांग करती है।

तुम्हारे पति हैं, पत्नियां हैं और तथाकथित प्रेमी, प्रेमिकाएं हैं लेकिन प्रेम कहीं नहीं। क्योंकि प्रेम तो सन्निकटता की मांग करता है; भरोसा चाहिए उसके लिए। हो सकता है कि तुम्हारे गुरु हैं, शिक्षक हैं, लेकिन शिष्यत्व कहीं नहीं। क्योंकि तुम किसी के अंतस अस्तित्व के प्रति स्वयं को पूरी तरह दे नहीं सकते । तुम स्वयं को मौका नहीं दे पाते कि पूरी तरह गुरु के पास हो सको, गहरी घनिष्ठता बना सको उसके अस्तित्व के साथ, ताकि वह तुम्हें पूर्णरूप से अभिभूत कर सके, अपने प्रवाह में तुम्हें पूरी तरह प्लावित कर सके।

शिष्य का अर्थ है एक ऐसा खोजी, अन्वेषक, जो भीड़ नहीं है; जो केंद्रीभूत होने की, एकजुट होने की कोशिश कर रहा है, जो कम से कम प्रयास कर रहा है, मेहनत कर रहा है; गहनता से प्रयास कर रहा है, व्यक्ति बनने के लिए, अपनी सत्ता को महसूस करने के लिए, अपना मालिक स्वयं बनने के लिए। तुम तो ऐसे जैसे हो, बस, एक गुलाम हो कितनी-कितनी इच्छाओं के। कितने ही मालिक हैं और तुम तो बस एक गुलाम हो, और अनेक दिशाओं में खींचे जा रहे हो।

'अब योग का अनुशासन।' योग अनुशासन है, साधना है। यह तुम्हारा प्रयत्न है स्वयं को रूपान्तरित करने का। और इसमें बहुत-सी चीजें समझ लेने जैसी हैं।

योग चिकित्सा-विज्ञान नहीं है। पश्चिम में आज बहुत से मनोवैज्ञानिक रोगोपचारों का चलन है और पश्चिम के बहुत से मनोवैज्ञानिक समझते हैं कि योग भी चिकित्सा है। ऐसा नहीं है। योग अनुशासन है, साधना है। अन्तर क्या है ? अन्तर यही है कि चिकित्सा की आवश्यकता होती है यदि तुम बीमार होते हो, रोगग्रस्त हो। चिकित्सा की तो तब आवश्यकता आ पड़ती है अगर तुम रोगात्मक हो। लेकिन अनुशासन की आवश्यकता तो स्वस्थ होने पर भी है। वास्तव में अनुशासन तो सहायक ही तभी होता है जब तुम स्वस्थ होते हो।

रोगियों के लिए योग नहीं है। यह उनके लिए है जो चिकित्साशास्त्र की दृष्टि से तो पूरी तरह स्वस्थ हैं। जो सहज-सामान्य हैं। जो स्किड्ज़ोफ्रीनिक (खण्डित-मनस्क) नहीं हैं; पागल नहीं हैं, न्यूरॉटिक (विक्षिप्त) नहीं हैं। वे सहज सामान्य लोग हैं, स्वस्थ लोग हैं जिन्हें कोई रोग नहीं। फिर भी वे जान गये हैं कि जिसे सामान्य कहा जाता है वह व्यर्थ है; जिसे स्वास्थ्य कहा जाता है वह भी बेकार है। कुछ और चाहिए, कुछ ज्यादा विशाल चाहिए, कुछ ज्यादा स्वस्थ, ज्यादा पावन और ज्यादा समग्र चाहिए।

चिकित्साएं बीमार लोगों के लिए होती हैं। चिकित्साएं तुम्हारी सहायता कर सकती हैं योग तक आने के लिए, लेकिन योग चिकित्सा-विज्ञान नहीं है। योग स्वास्थ्य की एक अलग और ऊंची दशा के लिए है, एक भिन्न प्रकार की समग्रता और सत्ता के लिए है। चिकित्साशास्त्र अधिक से अधिक यही कर सकता है कि तुम्हें व्यवस्थित कर दे, समायोजित कर दे। फ्रायड भी कहता है कि हम इससे अधिक और कुछ नहीं कर सकते। हम तुम्हें समाज का एक सामान्य, समायोजित सदस्य बना सकते हैं। लेकिन यदि समाज स्वयं ही रुग्ण हो तब क्या किया जाये ? और ऐसा है। समाज खुद ही बीमार है। कोई चिकित्सा तुम्हें सहज बना सकती है तो इसी लिहाज से कि तुम समाज के अनुकूल हो जाओ, लेकिन समाज तो स्वयं बीमार है, अस्वस्थ है।

इसलिए कई बार यही होता भी है कि एक बीमार समाज में स्वस्थ व्यक्ति को बीमार समझ लिया जाता है। जीसस को बीमार समझा गया और हर प्रयत्न किया गया उन्हें अनुकूल बनाने के लिए। और जब यह जान लिया गया कि उनके बदले जाने की कोई भी आशा नहीं तो उन्हें सूली पर चढ़ा दिया गया। जब जान लिया गया कि अब कुछ किया ही नहीं जा सकता, कि यह आदमी असाध्य है, तब उन्हें सूली पर चढ़ाया गया !

समाज स्वयं बीमार है क्योंकि समाज है कुछ नहीं, केवल तुम्हारा सामूहिक रूप है। यदि किसी समाज के सारे लोग ही बीमार हैं, तो समाज बीमार है और उसके हर सदस्य को रुग्ण समाज के साथ समझौता करना होता है।

योग चिकित्सा नहीं है, योग किसी भी रूप में यह कोशिश नहीं करता कि समाज के साथ तुम्हारा सामंजस्य किया जाये। यदि तुम समन्वय या सामंजस्य की भाषा में ही योग की व्याख्या करना चाहते हो, तब यह समन्वय

समाज के साथ नहीं, योग समन्वय है अस्तित्व के साथ, दिव्य सत्ता के साथ।

यह हो सकता है कि एक श्रेष्ठ योगी तुम्हें पागल मालूम पड़े। ऐसा लग सकता है कि इंद्रियां उसके वश में नहीं, दिमाग फिर गया है उसका; क्योंकि अब वह किसी अधिक विराट, किसी अधिक ऊंचे मस्तिष्क का स्पर्श पा रहा है। वह जुड़ गया है चीजों की किसी ऊंची व्यवस्था के साथ। वह जुड़ा है उस व्यापक और वैश्विक मनस के साथ। हमेशा इसी भांति हुआ है। बुद्ध, जीसस, कृष्ण, वे हमेशा कुछ अनियमित और मौजी से ही दीख पड़ते हैं। वे हम जैसे नहीं लगते; वे अनजाने, बाहरी व्यक्ति जान पड़ते हैं !

इसीलिए हम उन्हें अवतार कहते हैं—बाहरी व्यक्ति ! जैसे कि वे किसी अन्य ग्रह से आये हों, जैसे कि वे हमारे इस संसार से संबंधित न हों। वे ऊंचे हैं, अच्छे हैं बहुत, पावन भी हैं लेकिन वे हमारे बीच के व्यक्ति नहीं। वे कहीं और से आते हैं, वे हमारे अस्तित्व के अनिवार्य अंग नहीं। यह भावना अटल हो गयी है कि वे कहीं बाहर के व्यक्ति हैं; पर वे 'बाहरी' व्यक्ति नहीं हैं। वे वास्तविक अंतरंगी हैं क्योंकि उन्होंने अस्तित्व के अंतरतम सार का स्पर्श किया है, उसके सबसे आन्तरिक मर्म से जुड़े हैं। लेकिन हमें बाहरी व्यक्ति ही लगते हैं।

'अब योग का अनुशासन।'

यदि तुम्हारे मन ने पूरी तरह समझ लिया है कि जो कुछ तुम अब तक कर रहे थे वह बिलकुल निरर्थक था; कि वह बुरे से बुरा दुख स्वप्न था या अच्छे से अच्छा सपना था, तब अनुशासन का मार्ग तुम्हारे सामने खुल जाता है। वह मार्ग क्या है ?

उसकी मूलभूत परिभाषा है—*योग मन की समाप्ति है। योगश्चित्तवृत्तिनिरोधः।*

मैंने तुमसे कहा था, पतंजलि तो सीधे गणितज्ञ हैं। एक ही वाक्य—'अब योग का अनुशासन'—और बात खत्म हो गयी। यही केवल एक वाक्य है जिसे पतंजलि तुम्हारे लिए प्रयोग करते हैं। फिर वे इसे निश्चित हुआ ही समझ लेते हैं कि तुम्हारी योग में रुचि है—आशा के रूप में नहीं, अनुशासन के रूप में; एक रूपांतरण के रूप में—अभी और यहां। वे और आगे परिभाषा देते हैं—'योग मन की समाप्ति है।'

यही योग की परिभाषा है, सबसे सही परिभाषा। योग को बहुत ढंग से परिभाषित किया गया है। बहुत-सी परिभाषाएं हैं इसकी। कुछ कहते हैं कि योग दिव्य सत्ता के साथ मन का मिलन है, इसीलिए इसे 'योग' कहा जाता है, क्योंकि योग का मतलब है मिलना, दो का जुड़ना। और कई कहते हैं कि योग का अर्थ है अहंकार का गिर जाना। अहंकार ही बीच में बाधा है और जिस क्षण तुमने अहंकार को गिरा दिया, तुम दिव्य सत्ता से जुड़ जाते हो। तुम जुड़े ही हुए थे लेकिन इस अहंकार के कारण ही लगता रहा कि तुम जुड़े हुए नहीं हो। बहुत व्याख्याएं हैं, लेकिन पतंजलि की परिभाषा सबसे ज्यादा वैज्ञानिक है। वे कहते हैं, 'योग मन का अवसान है, समाप्ति है।' योग अ-मन होने की अवस्था है।

यह शब्द 'मन' इन सबको अपने में समेटता है—तुम्हारा अहंकार, तुम्हारी इच्छाएं, तुम्हारी आशाएं, तुम्हारे तत्वज्ञान, तुम्हारे धर्म, तुम्हारे शास्त्र। ये सब मन के अन्तर्गत हैं। जो कुछ भी तुम सोचते हो वह मन है। जो भी जाना गया है, जो भी जाना जा सकता है, जो ज्ञेय है वह सब मन के अन्तर्गत है। मन की समाप्ति का अर्थ है जो जाना है, उसकी समाप्ति; जो जानना है उसकी समाप्ति। यह एक छलांग है अज्ञात में। जब मन न रहा, तब तुम अज्ञात हो। योग अज्ञात में एक छलांग है। पर उसे अज्ञात कहना भी बिलकुल सही नहीं होगा। वरन कहना

तो उसे चाहिए अज्ञेय, ज्ञानातीत।

मन है क्या ? मन कर क्या रहा है ? यह क्या है ? आम तौर पर हम यही सोच लेते हैं कि मन जो है, सिर में पड़ी कोई भौतिक चीज है। पतंजलि इसे नहीं स्वीकारते। और जिसने भी मन के भीतर को जाना है इसे नहीं ही स्वीकारेगा। आधुनिक विज्ञान भी इसे नहीं स्वीकारता। मन कोई भौतिक तत्व नहीं, जो पड़ा है सिर में। मन एक वृत्ति है, क्रियाशीलता है।

तुम चलते हो तो मैं कहता हूं, तुम चल रहे हो, पर यह 'चलना' है क्या ? यदि तुम रुक जाते हो तो वह चलना, चाल कहां है ? यदि तुम बैठ जाओ तो चलना किधर चला गया ? चलना कोई ठोस, भौतिक चीज नहीं है, वह तो एक क्रिया है। इसलिए जब तुम बैठे हुए हो तो कोई नहीं पूछ सकता कि तुमने अपनी गति कहां रख दी ? अभी-अभी तो तुम चल रहे थे, कहां गया वह चलना ? तुम हंसोगे इस पर। तुम कहोगे, चलना कोई वास्तविक तत्व नहीं है। वह एक क्रिया मात्र है। मैं चल सकता हूं, मैं फिर-फिर चल सकता हूं और मैं चलना रोक भी सकता हूं। यह तो क्रियाकलाप है।

मन भी एक क्रिया है, लेकिन इस शब्द 'मन' की वजह से लगता है कि वह भीतर कोई ठोस चीज है। इस मन को, इस माइंड को 'माइंडिंग' कहना बेहतर होगा—जैसे चलने को 'वॉकिंग' कहते हैं। माइंड का मतलब माइंडिंग, मन का मतलब सोचना। यह एक सक्रियता है।

मैं बोधिधर्म का बार-बार उद्धरण देता रहा हूं। वह चीन गया और चीन का सम्राट उसके पास आया मिलने के लिए। सम्राट ने उससे कहा, 'मेरा मन बहुत बेचैन है, बहुत अशांत है। आप महान संत हैं और मैं आपकी प्रतीक्षा कर रहा था। मुझे बतायें कि मैं क्या करूं जिससे मेरा मन शांत हो जाये ?'

बोधिधर्म ने कहा, 'कुछ भी मत करो। पहले अपना मन मेरे पास ले आओ।' सम्राट कुछ समझ नहीं सका। उसने कहा, 'आप कहना क्या चाहते हैं ?' बोधिधर्म ने कहा, 'सुबह चार बजे आना जब यहां कोई नहीं होता। अकेले आना। और ध्यान रखना, अपने मन को साथ लेते आना।'

वह सम्राट सारी रात सो नहीं सका। बहुत बार उसने वहां जाने का विचार ही रद्द कर दिया। वह स्वयं से कहता, 'यह आदमी पागल जान पड़ता है। यह कहने से उसका आखिर मतलब क्या है कि भूलना नहीं, मन को साथ लेकर आना !'

लेकिन वह व्यक्ति इतना मोहक, इतना चमत्कारिक था कि सम्राट उस नियोजित भेंट को रद्द न कर सका। जैसे कि कोई चुम्बक उसे अपनी तरफ खींच रहा था। चार बजे वह बिस्तर से उठ बैठा और कहने लगा, 'चाहे जो हो, मुझे जाना ही है। इस व्यक्ति के पास कुछ होगा। उसकी आंखें कहती हैं कि उसके पास कुछ है। थोड़ा-सा पगला जरूर लगता है पर फिर भी मुझे जाना चाहिए और देखना है कि क्या हो सकता है।'

इस प्रकार वह वहां पहुंचा। बोधिधर्म अपने मोटे सोंटे (डंडे) को लिये बैठे हुए थे। उन्होंने कहा, 'आ गये तुम ? कहां है तुम्हारा मन ? उसे अपने साथ लाये हो या नहीं ?'

सम्राट ने कहा, 'आप क्या फिजूल बात कहते हैं। अब मैं यहां हूं तो मेरा मन भी यहीं है और वह कोई ऐसी चीज है भी नहीं जिसे कहीं भूल से रख आ सकता हूं। वह मुझमें ही है।'

बोधिधर्म ने कहा, 'अच्छा, तो ठीक ! सो पहली बात का तो निर्णय हुआ, कि मन तुममें ही है।' सम्राट ने

कहा, 'हां, ठीक, मन मुझमें ही है।' बोधिधर्म ने कहा, 'तो अब आंखें बंद कर लो और खोजो जरा कि मन कहां है। और तुम उसे ढूंढ़ लो कि वह कहां है तो फिर उसी क्षण मुझे बता देना। मैं उसकी अवस्था शांत बना दूंगा।'

सम्राट ने आंखें बंद कर लीं और कोशिश करता ही गया देखने की, और देखने की। जितना ही भीतर झांकता गया उतना ही होश आता गया कि वहां कोई मन नहीं; मन एक क्रिया मात्र है। वह कोई चीज नहीं कि जिसे ठीक-ठीक इंगित किया जा सके। लेकिन जिस क्षण उसने जाना कि मन कोई वस्तु नहीं, उसी क्षण उसे अपनी खोज का बेतुकापन भी खुलकर प्रकट हो गया। यदि मन कुछ है ही नहीं तो फिर इसके बारे में कुछ किया ही नहीं जा सकता। यदि यह क्रिया है तो फिर उस क्रिया को क्रियान्वित मत करो, बस, हो गयी बात। यदि यह गति की भांति, चाल की भांति है तो मत चलो।

उसने अपनी आंखें खोलीं। वह बोधिधर्म के सामने झुक गया और बोला, 'ढूंढ़ निकालने को मन जैसा कुछ है ही नहीं।' बोधिधर्म ने कहा, 'मैंने तब उसे शांत बना दिया है। और जब भी तुम महसूस करो कि तुम अशांत हो, बस जरा भीतर झांक लेना और देख लेना कि वह बेचैनी कहां है।' यह अवलोकन ही मनविरोधी है, एंटीमाइंड है। क्योंकि यह देखना सोचना नहीं है। यदि तुम पूरी उत्कटता से झांको तो तुम्हारी सारी ऊर्जा एक दृष्टि बन जाती है, और वही ऊर्जा गति और सोच-विचार भी बन सकती है।

'योग मन की समाप्ति है।'

यह पतंजलि की परिभाषा है। जब मन सक्रिय न हो, तब तुम योग में हुए। जब मन मौजूद हो तो तुम योग में नहीं हो। तो तुम सारे के सारे आसन लगाये जाओ, मुद्राएं बनाये जाओ लेकिन यदि मन कार्य करता ही रहे, यदि तुम सोचते ही रहो तो तुम योग में नहीं उतरे।

योग अ-मन होने की अवस्था है। यदि तुम कोई आसन लगाये बिना भी अ-मन बने रह सको तब तुम एक सम्पूर्ण योगी हुए। बिना किसी आसन किये, बहुतों के साथ ऐसा घटित हुआ है। और ऐसा उन बहुतों के साथ घटित नहीं हुआ जो योगासनों को साधे जा रहे हैं जन्मों-जन्मों से।

सबसे बुनियादी बात जो समझने की है वह यह कि जब सोचने-विचारने की क्रिया वहां नहीं होती, तब वहां तुम होते हो। जब मन की सक्रियता वहां नहीं होती, जब विचार तिरोहित हो जाते हैं, जो कि बादलों की भांति हैं। और जब वे तिरोहित हो जाते हैं तो तुम्हारा अस्तित्व जो आकाश की भांति है, वह ढका हुआ नहीं रहता। वह स्व-सत्ता तो हमेशा ही वहां है, केवल आच्छादित रहता है बादलों से, ढका रहता है विचारों से।

'योग मन की समाप्ति है।'

अब तो पश्चिम में 'झेन' के लिए बहुत आकर्षण बन गया है। झेन जापानी प्रणाली है योग की। यह शब्द 'झेन' ध्यान शब्द से ही बना है। बोधिधर्म द्वारा चीन में इस शब्द 'ध्यान' का प्रसार हुआ। बौद्धों की पाली भाषा में ध्यान शब्द 'झान' बन गया और फिर चीन में यही शब्द 'चान' बना और फिर यह शब्द जापान में पहुंच कर 'झेन' बन गया।

शब्द का मूल 'ध्यान' ही है। ध्यान का अर्थ होता है अ-मन। और इसलिए जापान में झेन के सारे प्रशिक्षणों का सार है कि मन की क्रियाओं को कैसे रोका जाये, अ-मन कैसे हुआ जाये, बिना विचार के होना कैसे फलित हो।

कोशिश करो। जब मैं कहता हूं, 'कोशिश करो', तो बात कुछ विरोधाभासपूर्ण मालूम होगी, लेकिन इसे कहने का और कोई ढंग नहीं है। यदि तुम कोशिश करो, तो यह प्रयास मन से ही आता हुआ मालूम पड़ता है। तुम एक आसन लगा बैठ सकते हो और कोई जाप कर सकते हो, मंत्र पढ़ सकते हो या तुम कुछ भी न सोचते हुए मौन बैठने का प्रयत्न कर सकते हो। लेकिन कुछ न सोचने का प्रयत्न करना भी सोचना बन जाता है। तुम स्वयं से कहते चले जाते हो, 'मुझे कुछ नहीं सोचना है; कुछ न सोचो; सोचना बन्द करो।' लेकिन यह सब सोचना ही है।

समझने की कोशिश करो। जब पतंजलि कहते हैं अ-मन की बात, 'मन की समाप्ति' की बात, तो उनका मतलब है पूरी समाप्ति। वे कभी भी जाप करने की स्वीकृति नहीं देंगे कि 'राम-राम-राम' दोहराये चले जाओ। वे कहेंगे, जप करना मन की समाप्ति नहीं है। तुम मन को तो इस्तेमाल कर ही रहे हो, वे कहेंगे, बस, रुक जाओ। लेकिन तुम पूछोगे, 'कैसे ?' 'कैसे रुक जायें ?' मन तो चलता ही रहता है। यदि तुम बैठ भी जाओ, तो भी मन सतत चलता है। यदि तुम कुछ न करो, तो भी मन अपनी गति करता ही जाता है।

पतंजलि कहते हैं, बस, तुम देखो। मन को चलने दो, मन को करने दो, जो वह कर रहा है। तुम बस देखो; कोई बाधा मत डालो। मात्र साक्षी बन जाओ, दर्शक बन जाओ, असंबंधित। जैसे मन तुम्हारा है ही नहीं, जैसे तुम्हारा उससे कुछ लेना-देना नहीं है, कोई नाता नहीं उससे। संबंधित मत होओ। बस, देखो, और बहने दो मन को। वह बह रहा है तो अतीत के संवेग के कारण, क्योंकि तुमने हमेशा इसकी मदद की है बहने में। इसकी क्रियाशीलता ने अपनी एक गति बना ली है इसलिए यह बह रहा है। इसे बिलकुल सहयोग न दो। देखो, और मन को बहने दो।

बहुत-बहुत जन्मों से, हो सकता है लाखों जन्मों से तुमने इसे सहयोग दिया है, सहायता दी है, तुमने अपनी ऊर्जा दी है इसे। नदी कुछ समय तक बहेगी लेकिन यदि तुम सहयोग न दो, यदि तुम असंबंधित-से बने रहो—जिसे बुद्ध ने कहा है उपेक्षा : बिना किसी संबद्धता के देखना; बस देखना; किसी भी रूप में कुछ न करना। ऐसे में मन कुछ देर बहेगा और फिर स्वयं ही थम जायेगा। जब संवेग चुक जाता है, जब ऊर्जा बह चुकी होती है, तब मन रुक जायेगा। और जब मन रुक जाता है, तुम योग में उतरते हो। तुमने अनुशासन पा लिया है। यही परिभाषा है : 'मन की समाप्ति योग है।'

तब साक्षी स्वयं में स्थापित हो जाता है।

जब मन का होना समाप्त होता है, साक्षी स्वयं में स्थापित हो जाता है। जब तुम केवल देख सको बिना मन के साथ तादात्म्य बनाये, बिना निर्णय किये, बिना प्रशंसा या आलोचना किये, बिना चुनाव किये—बस, केवल देखते रहो जबकि मन बह रहा हो, तो ऐसा क्षण आ जाता है जब स्वयं ही मन रुक जाता है, थम जाता है।

जब मन नहीं है, तब तुम अपने साक्षी में प्रतिष्ठित हो जाते हो। तब तुम साक्षी बन गये—केवल देखने वाले, एक द्रष्टा। तब तुम कर्ता न रहे, विचारक न रहे। तब बस, तुम हो—शुद्ध अस्तित्व, शुद्धतम अस्तित्व। तब साक्षी स्वयं में स्थापित हो गया।

'अन्य अवस्थाओं में मन की वृत्तियों के साथ तादात्म्य बना रहता है।'

साक्षी के अतिरिक्त और दूसरी सभी अवस्थाओं में मन के साथ तुम्हारा तादात्म्य बना रहता है। तुम विचारों के प्रवाह के साथ एक हो जाते हो; एक हो जाते हो बादलों के साथ : कई बार सफेद बादलों के साथ, कई बार वर्षा से भरे बादलों के साथ, तो कई बार वर्षारिक्त खाली बादलों के साथ। लेकिन कुछ भी हो, तुम किसी विचार के साथ, किसी बादल के साथ एक हो ही जाते हो। और इस तरह तुम आकाश की शुद्धता गंवा देते हो, खो देते हो अंतरिक्ष की शुद्धता। तुम जैसे बादलों में घिर जाते हो। और बादलों का यह घेराव घटित होता है क्योंकि तुम तादात्म्य जोड़ लेते हो, तुम विचारों के साथ एक हो जाते हो।

खयाल आता है कि तुम भूखे हो और विचार मन में कौंध जाता है। विचार इतना भर है कि भूख है, कि पेट को भूख लगी है। उसी क्षण तुम तादात्म्य स्थापित कर लेते हो। तुम कहते हो, 'मैं भूखा हूं। मुझे भूख लगी है।' मन में तो भूख का विचार भर आया था पर तुमने उसके साथ तादात्म्य बना लिया है। तुम कह देते हो, 'मुझे भूख लगी है।' यही तादात्म्य है।

बुद्ध भी भूख महसूस करते हैं, पतंजलि भी भूख महसूस करते हैं, लेकिन पतंजलि कभी नहीं कहेंगे 'मुझे भूख लगी है।' वे कहेंगे कि शरीर भूखा है। वे कहेंगे, मेरा पेट भूख महसूस कर रहा है। वे कहेंगे, भूख वहां है। वे तो कहेंगे, मैं साक्षी हूं। मैं इस विचार का साक्षी बना हूं जो पेट द्वारा दिमाग तक कौंध गया, वह यह कि मुझे भूख लगी है। पेट भूखा है, पतंजलि तो उसके साक्षीमात्र बने रहेंगे। लेकिन तुम तादात्म्य बना लेते हो, विचार के साथ एक हो जाते हो।

'तब साक्षी स्वयं में स्थापित होता है।'

'अन्य अवस्थाओं में मन की वृत्तियों के साथ तादात्म्य हो जाता है।'

यही परिभाषा है : 'योग मन की समाप्ति है।' जब मन थमता है, समाप्त होता है, तुम अपनी साक्षी सत्ता में अवस्थित होते हो। इस अवस्था के अतिरिक्त बाकी सभी अवस्थाओं में तादात्म्य बना ही रहता है। ये तादात्म्य ही संसार बनाते रहते हैं। वे ही हैं संसार। यदि तुम इन तादात्म्यों में हो, तब तुम संसार में हो, दुख में हो। और यदि तुम इन तादात्म्यों के परे हो गये, तब तुम मुक्त हुए। तब तुम सिद्ध हो गये, सम्बोधि को उपलब्ध हुए। तुमने निर्वाण पा लिया। तुम इस दुख-भरे संसार के पार चले गये और आनंद के जगत में प्रविष्ट हुए।

और वह जगत अभी और यहां है। बिलकुल अभी, इसी क्षण। तुम्हें इसके लिए एक पल भी प्रतीक्षा करने की आवश्यकता नहीं है। मन के साक्षी भर बन जाओ और तुम उस जगत में प्रविष्ट कर जाओगे। मन के साथ तादात्म्य जोड़ लो, तो उसे खो दोगे। यही है बुनियादी परिभाषा।

इन सारी बातों को याद रखना, क्योंकि बाद में, दूसरे सूत्रों में हम और विस्तार में जायेंगे—कि क्या करना है, कैसे करना है, लेकिन हमेशा ध्यान में रखना कि बुनियाद यही है।

साधक को अ-मन की अवस्था उपलब्ध करनी है। यही लक्ष्य है।

प्रवचन 2

शिष्यत्व और सद्गुरु की खोज

प्रश्नसार

● योग-पथ पर चलने के लिए क्या निराशा और विफलता का भाव नितान्त जरूरी है ?

● क्या योग एक नास्तिकवादी दर्शन है ?

● योग के मार्ग पर शिष्यत्व की बड़ी महत्ता है, लेकिन एक नास्तिक शिष्य कैसे हो सकता है ?

● यदि योग आस्था की मांग नहीं करता है तो शिष्य का समर्पण कैसे हो ?

● क्या सत्संग का अर्थ सद्‌गुरु से शारीरिक निकटता है ? शारीरिक दूरी से क्या शिष्य हानि में रहता है ?

● मन को यदि समाप्त होना है, तो आपके प्रवचनों को कौन समझेगा ?

● अगर योग आंतरिक रूपांतरण की प्रक्रिया है तो यह बिना उद्देश्य के कैसे संभव होगा ?

आपने कल रात कहा कि एक समग्र निराशा, विफलता और आशारहितता योग का प्रारंभिक आधार बनाती हैं। यह बात योग को निराशावादी रूप देती है। योग के पथ पर बढ़ने के लिए क्या सचमुच निराशापूर्ण अवस्था की जरूरत होती है ? क्या आशावादी व्यक्ति भी योग के पथ पर बढ़ना आरंभ कर सकता है ?

योग इन दोनों में से कुछ नहीं। यह न निराशावादी है और न ही आशावादी। क्योंकि निराशावाद और आशावाद एक ही सिक्के के दो पहलू हैं। निराशावादी व्यक्ति वह है जो पहले अतीत में आशावादी था। आशावादी का अर्थ है वह जो भविष्य में निराशावादी बनेगा। सारे आशावाद ले जाते हैं निराशावाद तक क्योंकि हर आशा ले जाती है निराशा तक।

यदि तुम अब तक आशाएं किये चले जा रहे हो, तब योग तुम्हारे लिए नहीं। इच्छाएं हैं, आशाएं हैं, वहां संसार अभी है। तुम्हारी इच्छाएं ही संसार हैं और तुम्हारी आशा बंधन है, क्योंकि आशा तुम्हें वर्तमान में होने न देगी। यह तुम्हें जबरदस्ती भविष्य की ओर ले जाती जायेगी, तुम्हें केंद्रीभूत न होने देगी। यह खींचेगी और धकेलेगी लेकिन यह तुम्हें विश्रामपूर्ण क्षण में, स्थिरता की अवस्था में रहने न देगी। यह तुम्हें ऐसा न होने देगी।

इसलिए जब मैं कहता हूं समग्र निराशा की बात, तो मेरा मतलब होता है कि आशा विफल हो गयी और निराशा भी निरर्थक बन गयी। तब वह निराशा समग्र है। एक संपूर्ण निराशा का अर्थ है कि कहीं कोई निराशा भी नहीं है, क्योंकि जब तुम निराशा अनुभव करते हो तो एक सूक्ष्म आशा वहां होती है, वरना तुम निराशा महसूस करो ही क्यों ? आशा अभी बाकी है, तुम अब भी उससे चिपके हुए हो; इसलिए निराशा भी है।

संपूर्ण निराशा का मतलब है कि अब कोई आशा न रही। और जब कोई भी आशा न रहे तो निराशा भी बच नहीं सकती। तुमने पूरी प्रक्रिया को ही गिरा दिया। दोनों पहलू फेंक दिये गये, सारा सिक्का ही गिरा दिया गया। मन की इस अवस्था में ही तुम योग के मार्ग में प्रविष्ट हो सकते हो, इससे पहले हरगिज नहीं। इससे पहले तो कोई संभावना नहीं। आशा योग के विपरीत है।

योग निराशावादी नहीं है। तुम आशावादी या निराशावादी हो सकते हो, लेकिन योग इन दोनों में से कुछ नहीं है। अगर तुम निराशावादी हो, तो तुम योग के मार्ग पर नहीं बढ़ सकते क्योंकि एक निराशावादी व्यक्ति अपने दुखों से ही चिपका रहता है। वह अपने दुखों को तिरोहित न होने देगा। एक आशावादी व्यक्ति चिपका रहता है अपनी आशाओं से और निराशावादी चिपका रहता है अपने दुखों से, अपनी निराशा से। वह निराशा ही संगी-साथी बन

जाती है। योग उसके लिए ही है जो न तो आशावादी है और न ही निराशावादी। यह उसके लिए है जो पूरी तरह यूं निराश हो चुका है कि निराशा को महसूस करना तक व्यर्थ हो गया है।

वह विपरीतता, नकारात्मकता केवल तभी अनुभव हो सकती है अगर तुम गहरे में कहीं सकारात्मक से चिपके ही चले जाते हो। यदि तुम आशा से चिपकते हो, तुम निराशा का अनुभव कर सकते हो। अगर तुम अपेक्षा से चिपकते हो तो तुम विफलता अनुभव कर सकते हो। लेकिन यदि तुम सिर्फ इतना भर पूरी तरह समझ जाओ कि अपेक्षा की कोई संभावना है ही नहीं तो कुंठा कहां हो सकती है ? तो अस्तित्व का यह स्वभाव है कि अपेक्षा के लिए, आशा के लिए कोई संभावना नहीं है। जब ऐसा होना निश्चितता बन जाता है तब तुम निराशा कैसे अनुभव कर सकते हो ! और तब आशा और निराशा दोनों विलीन हो जाती हैं।

पतंजलि कहते हैं, 'अब योग का अनुशासन।' वह 'अब' केवल तभी घटित होगा जब तुम न तो निराशावादी रहे और न ही आशावादी। निराशावादी और आशावादी दृष्टिकोण, ये दोनों ही बीमार दृष्टिकोण हैं। लेकिन ऐसे शिक्षक मौजूद हैं जो आशावादिता की भाषा में बातें किये चले जाते हैं—विशेषकर अमरीकी ईसाई प्रचारक। वे आशा, आशावादिता, भविष्य और स्वर्ग की भाषा में ही बोले चले जाते हैं। पतंजलि की दृष्टि में यह केवल बचकानापन है क्योंकि तुम एक और नयी बीमारी ला रहे हो। तुम नयी बीमारी को पुरानी बीमारी की जगह रख रहे हो। तुम दुखी हो और किसी भी तरह सुखी होने की सोच रहे हो। इसलिए जो कोई भी तुम्हें आश्वासन देता है कि यह रास्ता तुम्हें खुशी की ओर ले जायेगा, तुम उसी के पीछे चल पड़ोगे। वह तुम्हें आशा दे रहा है। लेकिन तुम अतीत की आशाओं के कारण ही इतने ज्यादा दुखी हो रहे हो; वह फिर किसी आगामी नरक का निर्माण किये दे रहा है।

योग तुमसे ज्यादा वयस्क, ज्यादा परिपक्व होने की अपेक्षा रखता है। योग कहता है कि कोई संभावना नहीं है अपेक्षा की; भविष्य में कोई संभावना नहीं है किसी परितोष की। भविष्य में कोई स्वर्ग तुम्हारी प्रतीक्षा नहीं कर रहा है और ईश्वर क्रिसमस का उपहार लिये तुम्हारी प्रतीक्षा नहीं कर रहा है। कोई नहीं है जो तुम्हारी प्रतीक्षा कर रहा है। इसलिए भविष्य के पीछे ललकते मत फिरो।

और यदि तुम सचेत हो गये हो कि कुछ ऐसा नहीं है जो कहीं भविष्य में घटित होने वाला है, तो तुम अभी और यहीं जागरूक हो जाओगे क्योंकि कहीं कुछ है नहीं आगे बढ़ने के लिए। तब कंपित होने का कोई कारण नहीं है। तब एक स्थिरता तुममें घटित होती है। अचानक तुम गहरे विश्राम में होते हो। तुम कहीं जा नहीं सकते, तुम घर में हो। गति समाप्त हो जाती है; बेचैनी गायब हो जाती है। अब समय है योग में उतरने का।

पतंजलि तुम्हें कोई आशा नहीं देंगे। तुम जितना अपना आदर करते हो, उससे कहीं अधिक आदर करते हैं वे तुम्हारा। वे सोचते हैं, तुम परिपक्व हो और खिलौने तुम्हारी मदद न करेंगे। जो भी अवस्था है उसके प्रति जागरूक होना अच्छा है। पर जैसे ही मैं कहता हूं 'समग्र निराशा' की बात तो तुम्हारा मन कहता है, यह तो निराशावादी लगता है। क्योंकि तुम्हारा मन आशा के द्वारा ही जीवित है, तुम्हारा मन इच्छाओं से, अपेक्षाओं से चिपका रहता है।

अभी तुम इतने दुखी हो कि तुम आत्महत्या कर लेते अगर कोई आशा न होती। यदि पतंजलि वास्तव में सही हैं, तो तुम्हारा क्या होगा ? अगर कोई आशा न हो, कोई भविष्य न हो और तुम अपने वर्तमान में फेंक दिये जाओ,

तो तुम आत्महत्या कर लोगे। तब जीने के लिए कोई आधार नहीं होता। तुम किसी उस बात के लिए जीते हो जो कभी और कहीं घटित होगी। वह घटित होने वाली नहीं है लेकिन ऐसी आशा कि वह घटित हो सकती है, तुम्हारी सहायता करती है, जिंदा रहने के लिए।

इसलिए मैं कहता हूं कि जब तुम उस बिंदु तक आ गये हो जहां आत्महत्या अर्थपूर्ण बन गयी है, जहां जीवन ने अपने सारे अर्थ खो दिये हैं, जहां तुम स्वयं को मार सकते हो, उसी घड़ी में योग संभाव्य बनता है। क्योंकि तुम अपने को बदलने के लिए राजी ही न होओगे, जब तक कि जीवन की यह तीव्र व्यर्थता तुम में घटित न हो जाये। तुम अपने को बदलने के लिए तभी राजी होओगे, जब तुम अनुभव करो कि या तो साधना या आत्महत्या; इसके अतिरिक्त कोई दूसरा रास्ता नहीं है। या तो आत्महत्या कर लो या अपने अस्तित्व को रूपांतरित कर लो। जब केवल दो विकल्प बचते हैं, केवल तभी योग चुना जाता है, उसके पहले हरगिज नहीं। लेकिन योग निराशावादी नहीं है। अगर तुम आशावादी हो, तो योग तुम्हें निराशावादी लगेगा। ऐसा लगता है तुम्हारे कारण ही।

पश्चिम में बुद्ध को निराशावाद की पराकाष्ठा मान लिया गया है क्योंकि बुद्ध ने कहा है कि जीवन दुख है, तीव्र व्यथा है। इसलिए पश्चिमी दार्शनिक बुद्ध के बारे में कहते रहे हैं कि बुद्ध निराशावादी हैं। एल्बर्ट श्वाइत्जर जैसा व्यक्ति भी—ऐसा व्यक्ति जिसके कुछ जानने की आशा हम रख सकते हैं, वह भी इसी भ्रम में है। वह सोचता है कि सारा पूरब निराशावादी है। और यह बहुत बड़ी आलोचना है। वह अनुभव करता है कि सारा पूरब निराशावादी है। बुद्ध, पतंजलि, महावीर, लाओत्सु ये सभी उसके लिए निराशावादी हैं। वे निराशावादी लगते हैं। वे ऐसा लगते हैं क्योंकि वे कहते हैं कि तुम्हारा जीवन अर्थहीन है। ऐसा नहीं है कि वे जीवन को अर्थहीन कहते हैं। वे केवल उसी जीवन को कहते हैं जिसे कि तुम जानते हो। और जब तक यह जीवन पूर्णतः अर्थहीन नहीं हो जाता, तुम इसका अतिक्रमण नहीं कर सकते। तुम इससे चिपके रहोगे।

जब तक तुम इस जीवन के, अपने होने के इस ढंग के पार नहीं जाते, तुम नहीं जान पाओगे कि आनंद क्या है। लेकिन बुद्ध या पतंजलि आनंद के बारे में अधिक नहीं कहेंगे क्योंकि उनमें एक गहरी करुणा है तुम्हारे लिए। यदि वे आनंद के बारे में कहना शुरू करते तो तुम फिर आशा बनाने लगते। तुम दुःसाध्य हो। तुम फिर आशा बना लेते। तुम कह दोगे, ठीक है। तो हम यह जीवन छोड़ सकते हैं। यदि एक अधिक भरपूर जीवन, एक अधिक शानदार जीवन की संभावना है तो हम इच्छाएं छोड़ सकते हैं। यदि इच्छाएं छोड़ने से आत्यंतिक सत्य और आनंद का शिखर मिलना संभव है, तो हम इच्छाएं छोड़ सकते हैं। लेकिन इन्हें हम केवल बड़ी इच्छा के कारण छोड़ सकते हैं।

तब तुम छोड़ कहां रहे हो ? तुम बिलकुल ही नहीं छोड़ रहे। तुम तो बस पुरानी इच्छाओं की जगह नयी इच्छाएं रख रहे हो। और नयी इच्छा कहीं ज्यादा खतरनाक होगी पुरानी इच्छा से क्योंकि पुरानी के प्रति तो तुम निराश हो ही। नयी इच्छा के प्रति निराश होने के लिए, जहां कह सको कि ईश्वर व्यर्थ है, जहां कह सको कि स्वर्ग की बात मूर्खतापूर्ण है, जहां तुम कह सको कि सारा भविष्य निरर्थक है, ऐसे बिंदु तक पहुंचने के लिए तुम्हें कुछ और जन्म लेने पड़ सकते हैं।

यह सांसारिक इच्छाओं का प्रश्न नहीं है। यह इच्छा मात्र का प्रश्न है। इच्छा करना ही बंद होना चाहिए। केवल तभी तुम तैयार होते हो, केवल तभी तुम साहस एकत्र करते हो, केवल तभी द्वार खुलता है और तुम अज्ञात

में प्रवेश कर सकते हो। अतः पतंजलि का पहला सूत्र : 'अब योग का अनुशासन।'

ऐसा कहा जाता है कि योग एक नास्तिकवादी पद्धति है। क्या आप इससे सहमत हैं ?

योग न तो आस्तिक है और न नास्तिक। योग एक सीधा विज्ञान है। पतंजलि सचमुच अपूर्व हैं, एक चमत्कार हैं। वे ईश्वर के विषय में कभी बोलते ही नहीं। और यदि उन्होंने एक बार ईश्वर का उल्लेख किया भी है, तब भी वे इतना ही कहते हैं कि ईश्वर परम सत्य तक पहुंचने की विधियों में से एक विधि ही है। और ईश्वर है नहीं। ईश्वर में विश्वास करना पतंजलि के लिए केवल एक उपाय है। क्योंकि ईश्वर में विश्वास करने से प्रार्थना संभव होती है, ईश्वर में विश्वास करने से समर्पण संभव होता है। महत्व समर्पण और प्रार्थना का है, ईश्वर का नहीं।

पतंजलि सचमुच अद्‌भुत हैं। उन्होंने कहा कि ईश्वर, ईश्वर में किया गया विश्वास, ईश्वर की धारणा—अनेक विधियों में से एक विधि है सत्य तक पहुंचने की। ईश्वर-प्रणिधान—ईश्वर में विश्वास करना तो केवल एक मार्ग है। लेकिन यह अपरिहार्य नहीं है। तुम कुछ और चुन सकते हो। बुद्ध परम यथार्थ तक पहुंच जाते हैं ईश्वर में विश्वास किये बगैर। वे भिन्न मार्ग चुनते हैं, जहां ईश्वर की आवश्यकता नहीं है।

यह ऐसे है जैसे तुम मेरे घर आये हो और एक निश्चित गली से गुजरे हो। लेकिन वह गली साध्य नहीं थी, वह साधन मात्र थी। तुम उसी घर में किसी दूसरे रास्ते से भी पहुंच सकते थे और कई लोग दूसरे रास्तों से भी पहुंचे हैं। तुम्हारे रास्ते पर हो सकता है हरे वृक्ष हों, विशाल वृक्ष हों और दूसरे रास्तों पर न हों। अतः ईश्वर केवल एक मार्ग है, फर्क को जरा ध्यान में रखना। ईश्वर लक्ष्य नहीं है, ईश्वर बहुत से मार्गों में से मात्र एक मार्ग है।

पतंजलि कभी इनकार नहीं करते, वे कभी अनुमान नहीं लगाते। वे पूर्णतया वैज्ञानिक हैं। ईसाई लोगों के लिए कठिन है यह समझना कि बुद्ध कैसे परम सत्य को उपलब्ध हो सके ! क्योंकि उन्होंने कभी ईश्वर में विश्वास नहीं किया। और हिंदुओं के लिए यह विश्वास करना कठिन है कि महावीर मोक्ष उपलब्ध कर सके क्योंकि महावीर ने ईश्वर में कभी विश्वास नहीं किया।

पूर्वी धर्मों के प्रति सचेत होने से पहले, पश्चिमी विचारकों ने धर्म को हमेशा ईश्वर-केंद्रित रूप में परिभाषित किया। जब वे पूर्वी विचारधारा के संपर्क में आये तो उन्हें ज्ञात हुआ कि सत्य तक पहुंचने के लिए एक परंपरागत मार्ग भी रहा है, जो कि ईश्वरविहीन मार्ग है। वे तो घबड़ा गये। उनके लिए यह असंभव था।

एच. जी. वेल्स ने बुद्ध के विषय में लिखा है कि बुद्ध सबसे अधिक ईश्वरविहीन व्यक्ति हैं और फिर भी वे सबसे अधिक ईश्वरीय हैं। उन्होंने कभी विश्वास नहीं किया और वे कभी किसी से कहेंगे भी नहीं किसी ईश्वर में विश्वास करने के लिए, फिर भी वे स्वयं सबसे उत्कृष्ट घटना हैं दिव्य सत्ता के घटित होने की। और महावीर भी उस मार्ग की यात्रा करते हैं जहां ईश्वर की आवश्यकता नहीं है।

पतंजलि पूर्णतया वैज्ञानिक हैं। पतंजलि कहते हैं, हम साधनों से नहीं बंधे हुए हैं, साधन हजारों हैं। सत्य ही लक्ष्य है। उसे कइयों ने ईश्वर के द्वारा उपलब्ध किया, तो वही ठीक। तो ईश्वर में विश्वास करो और लक्ष्य प्राप्त करो, क्योंकि जब लक्ष्य उपलब्ध हो जाता है, तुम अपने विश्वास को फेंक दोगे। इसलिए विश्वास तो बस उपकरण है। यदि तुम विश्वास नहीं करते, वह भी ठीक है। मत करो विश्वास। अविश्वास के मार्ग की यात्रा

करो और लक्ष्य तक पहुंचो।

पतंजलि न तो आस्तिक हैं और न ही नास्तिक। वे किसी धर्म का निर्माण नहीं कर रहे हैं। वे तो बस, तुम्हें सारे मार्ग दिखा रहे हैं जो कि संभव हैं। और दिखा रहे हैं सारे नियम, जो तुम्हारे रूपांतरण के लिए कार्य करते हैं। ईश्वर उन्हीं मार्गों में से एक है लेकिन वह जरूरी नहीं है। यदि तुम ईश्वररहित हो तो अधार्मिक होना जरूरी नहीं है। पतंजलि कहते हैं कि तुम भी पहुंच सकते हो। इसलिए बने रहो ईश्वररहित। ईश्वर की चिंता ही मत करो। ये नियम हैं और ये प्रयोग हैं और यह ध्यान है। गुजरो इसमें से।

वे किसी धारणा पर जोर नहीं देते। ऐसा करना बहुत कठिन है। इसीलिए पतंजलि के 'योगसूत्र' विरले हैं, बेजोड़ हैं। ऐसी पुस्तक पहले कभी हुई ही नहीं, और आगे कभी होगी ऐसी संभावना नहीं। क्योंकि जो कुछ भी योग के विषय में लिखा जा सकता है, उन्होंने लिख दिया है। उन्होंने कुछ भी बाकी नहीं छोड़ा है। इसमें कोई कुछ नहीं जोड़ सकता। पतंजलि के योगसूत्र जैसे अन्य किसी शास्त्र की रचना होने की भविष्य में कोई संभावना नहीं। उन्होंने कार्य संपूर्ण रूप से समाप्त कर दिया है। और वे इतनी समग्रता से ऐसा कर सके क्योंकि वे एकांगी नहीं थे। यदि वे एकांगी होते तो वे इतनी समग्रता से इसे संपन्न न कर सकते थे।

बुद्ध एकांगी हैं, महावीर एकांगी हैं, जीसस एकांगी हैं, मोहम्मद एकांगी हैं। इनमें से हर एक का एक निश्चित मार्ग है। लेकिन उनकी यह आंशिकता तुम्हारी वजह से हो सकती है। यह तुम्हारे प्रति गहरी दिलचस्पी, गहरी करुणा के कारण हो सकती है। वे एक निश्चित मार्ग पर जोर देते हैं। जिंदगी भर वे उसी पर जोर देते रहे। वे कहते रहे, 'दूसरी हर बात गलत है और यही है ठीक मार्ग।' वे ऐसा कहते केवल तुममें आस्था निर्मित करने के लिए। तुम इतने आस्थाहीन हो, तुम इतनी शंकाओं से भरे हो कि यदि वे कहते कि यह मार्ग ले जाता है लेकिन दूसरे मार्ग भी ले जाते हैं तो तुम किसी मार्ग पर चलोगे नहीं। इसलिए वे जोर देते हैं कि केवल 'यह' मार्ग ले जाता है।

यह सच नहीं है। यह तो तुम्हारे लिए निर्मित एक उपाय मात्र ही है। क्योंकि तुम उनमें कोई अनिश्चयात्मकता अनुभव करते, अगर वे कहते, 'यह भी ले जाता है, वह भी ले जाता है; यह भी सच है, वह भी सच है;' तो तुम अनिश्चयी बन जाओगे। तुम पहले से अनिश्चयी हो, इसलिए तुम्हें कोई ऐसा चाहिए जो कि बिलकुल निश्चित हो। तुम्हें निश्चित देखने के लिए ही वे आंशिक होने का बहाना करते हैं।

लेकिन यदि तुम आंशिक हो, तो तुम सारे आयाम नहीं समेट सकते। पतंजलि आंशिक नहीं हैं। वे तुमसे कम संबंधित हैं और मार्ग के पूर्ण रूपांकन से अधिक संबंधित हैं। वे झूठ का प्रयोग नहीं करेंगे। वे युक्ति का प्रयोग नहीं करेंगे। वे तुम्हारे साथ समझौता नहीं करेंगे। कोई वैज्ञानिक समझौता नहीं कर सकता।

बुद्ध समझौता कर सकते हैं, वे करुणामय हैं। वे वैज्ञानिक तौर से तुम्हारा उपचार नहीं कर रहे। तुम्हारे लिए उनमें इतनी गहरी मानवीय भावना है कि वे झूठ तक कह सकते हैं तुम्हारी सहायता के लिए। और तुम सत्य को समझ नहीं सकते, इसलिए वे तुम्हारे साथ समझौता करते हैं। लेकिन पतंजलि तुम्हारे साथ समझौता नहीं करेंगे। जो कुछ भी है तथ्य वे उसी तथ्य के विषय में बोलेंगे। वे एक कदम भी नीचे नहीं उतरेंगे तुमसे मिलने के लिए। वे नितांत असमझौतावादी हैं। विज्ञान को ऐसा होना ही होता है। विज्ञान समझौता नहीं कर सकता, वरना वह स्वयं तथाकथित धर्म बन जायेगा।

पतंजलि न तो नास्तिक हैं और न ही आस्तिक। वे न तो हिंदू हैं न मुसलमान, न ईसाई हैं न जैन और न ही बौद्ध। वे एक बिलकुल वैज्ञानिक खोजी हैं। बस उद्घाटित कर रहे हैं—जैसी भी बात है; उद्घाटित कर रहे हैं बिना किसी पौराणिकता के। वे एक भी दृष्टांतमयी कथा का प्रयोग नहीं करेंगे। जीसस कथाओं द्वारा बोलते जायेंगे क्योंकि तुम बच्चे हो और तुम केवल कहानियां समझ सकते हो। वे कथाओं के सहारे बात कहेंगे। और बुद्ध इतनी सारी कहानियों का उपयोग करते हैं केवल एक हलकी-सी झलक पाने में तुम्हारी मदद करने के लिए।

मैं पढ़ रहा था एक हसीद, एक यहूदी गुरु बालशेम के बारे में। वह रबाई था एक छोटे से गांव में, और जब कभी कोई विपत्ति आती, कोई रोग, कोई संकट गांव में फैलता, वह जंगल में चला जाता। वह एक निश्चित स्थान पर, निश्चित वृक्ष के नीचे जाता। वहां वह धार्मिक कर्मकांड संपन्न करता और फिर उसके बाद परमात्मा से प्रार्थना करता। और ऐसा हमेशा ही हुआ कि विपत्ति गांव छोड़ गयी, महामारी गांव से गायब हो गयी, आपदा चली गयी।

फिर बालशेम मर गया। उसका एक उत्तराधिकारी था। और समस्या फिर आयी। वह गांव मुसीबत में था। कोई संकट आ पड़ा था और गांव के लोगों ने उस उत्तराधिकारी, उस नये रबाई से जंगल में जाकर प्रार्थना करने के लिए कहा। वह नया रबाई बहुत घबड़ा गया क्योंकि सही स्थान और उस वृक्ष का उसे पता नहीं था। वह परिचित न था। लेकिन फिर भी वह किसी एक पुराने वृक्ष के नीचे चला गया। उसने आग जलाई, कर्मकांड संपन्न किये और प्रार्थना की। उसने परमात्मा से कहा, 'देखो, मुझे उस स्थान का कुछ पता नहीं जहां मेरे गुरु जाया करते थे लेकिन आप जानते हैं। आप सर्वशक्तिमान हैं, आप सर्वव्यापी हैं, इसलिए आप जानते ही हैं और सुनिश्चित स्थान को खोजने की आवश्यकता नहीं है। मेरा गांव मुसीबत में है इसलिए सुनिए और कुछ कीजिए।' वह विपत्ति दूर हो गयी।

फिर जब यह रबाई भी मर गया और उसका उत्तराधिकारी वहां था, तब फिर एक समस्या आ खड़ी हुई। वह गांव एक निश्चित संकट-स्थिति में से गुजर रहा था और फिर गांव वाले चले आये। वह रबाई घबड़ा गया। वह प्रार्थना तक भूल चुका था। वह जंगल में गया और यों ही कोई स्थान चुन लिया। वह नहीं जानता था कि विधि के अनुसार अग्नि कैसे जलायी जाती है, लेकिन किसी तरह उसने आग जलायी और कहने लगा परमात्मा से, 'सुनो, मैं नहीं जानता कि विधि के अनुसार अग्नि कैसे जलायी जाती है। वह सही स्थान मुझे मालूम नहीं और मैं वह प्रार्थना भूल गया हूं। लेकिन आप सर्वज्ञ हैं इसलिए आप जानते ही हैं, इसकी कोई आवश्यकता नहीं। इसलिए जो जरूरी है वह कर दें।' वह वापस आ गया और गांव संकट को पार कर गया।

फिर वह भी मर गया और उसका भी एक उत्तराधिकारी था। उस गांव पर फिर मुसीबत आयी इसलिए गांव के लोग फिर उसके पास आये। वह अपनी आराम कुर्सी पर बैठा था। उसने कहा, 'मैं कहीं नहीं जाना चाहता। सुनो ईश्वर ! आप तो सब जगह हैं। प्रार्थना मुझे आती नहीं। किसी कर्मकांड का मुझे कुछ पता नहीं। लेकिन उससे कुछ नहीं होता। मेरे जानने की तो बात ही नहीं। आप सब कुछ जानते हैं इसलिए क्या प्रयोजन है प्रार्थना का ? क्या उपयोग है कर्मकांड का और क्या प्रयोजन है किसी विशेष पवित्र स्थान का ? मुझे तो केवल अपने पूर्वज रबाइयों की कहानियों का ही पता है। मैं तो वही कहानी आपको सुनाऊंगा कि ऐसा बालशेम के समय में घटित हुआ, फिर उसका उत्तराधिकारी हुआ, फिर उसका भी उत्तराधिकारी हुआ। और ऐसी कहानी है। अब वही करें

जो ठीक है और इतना ही काफी होगा।' और विपत्ति चली गयी। ऐसा कहा जाता है कि परमात्मा को वह कहानी बड़ी प्यारी लगी।

लोग अपनी कहानियों से प्रेम करते हैं और उनका परमात्मा भी उन्हें प्रेम करता है। और कहानियों के द्वारा तुम्हें कुछ आभास मिल सकते हैं। लेकिन पतंजलि किसी बोधकथा का प्रयोग नहीं करेंगे। जैसे कि मैंने तुमसे कहा, वे आइंस्टीन और बुद्ध का जोड़ हैं। यह एक बहुत ही दुर्लभ संयोग है। उनके पास बुद्ध का आंतरिक साक्षी-भाव था और आइंस्टीन के मन जैसा क्रियातंत्र था।

अतः वे न तो आस्तिक हैं और न ही नास्तिक। आस्तिकता किस्सा-कहानी है, नास्तिकता प्रति-कहानी है। वे हैं मात्र काल्पनिक कथाएं, मानव-निर्मित नीतिकथाएं हैं। कइयों को एक रास्ता भा जाता है और कइयों को दूसरा। पतंजलि की कहानियों में, काल्पनिक कहानियों में कोई दिलचस्पी नहीं। वे रुचि रखते हैं नग्न सत्य में। वे उसे वस्त्र तक नहीं पहनायेंगे। किसी तरह का आवरण नहीं रखेंगे उस पर, वे उसे नहीं सजायेंगे। आवरण-सज्जा उनका ढंग नहीं है, इसे ध्यान में रखना।

हम बहुत ही रूखी-सूखी धरती पर चलेंगे, मरुस्थल जैसी भूमि पर। लेकिन मरुस्थल का अपना सौंदर्य है। उसमें वृक्ष नहीं होते, उसमें नदियां नहीं होतीं, लेकिन उसका एक अपना विस्तार होता है। किसी जंगल की तुलना उससे नहीं की जा सकती। जंगलों का अपना सौंदर्य है, पहाड़ियों का अपना सौंदर्य है, नदियों की अपनी सुंदरताएं हैं। मरुस्थल की अपनी विराट अनंतता है।

हम मरुभूमि की राह से चलेंगे। साहस की आवश्यकता है। पतंजलि तुम्हें एक भी वृक्ष नहीं देंगे कि तुम उसके नीचे आराम कर सको। वे तुम्हें कोई कहानी नहीं देंगे, देंगे केवल नग्न तथ्य। वे किसी एक भी अनावश्यक शब्द का उपयोग नहीं करेंगे। इसलिए एक शब्द है 'सूत्र' : सूत्र का अर्थ है मूलभूत अल्पतम।

एक सूत्र एक पूरा वाक्य तक नहीं है ! वह तो अल्पतम सारभूत है। वह तो ऐसे है जैसे तुम तार देते हो और तुम अनावश्यक शब्द काटते जाते हो। तब वह एक सूत्र हो जाता है क्योंकि केवल नौ या दस शब्द उसमें रखे जा सकते हैं। अगर तुम पत्र लिख रहे होते तो तुमने दस पन्ने भर दिये होते और दस पन्नों में भी संदेश पूरा न हो पाता। लेकिन एक तार में, दस शब्दों में वह केवल पूरा ही नहीं होता, वह पूरे से भी अधिक होता है। वह हृदय पर चोट करता है; सारतम उसमें होता है।

टेलीग्राम हैं पतंजलि के ये सूत्र। वे कंजूस हैं। वे एक भी फालतू शब्द का उपयोग नहीं करेंगे। तो वे कहानियां कैसे कह सकते हैं ? वे कह नहीं सकते, इसलिए कोई आशा मत रखो। तो मत पूछो कि वे आस्तिक हैं या नास्तिक ? ये तो मात्र किस्से-कहानियां हैं।

दार्शनिकों ने कितनी पुराण कथाएं रची हैं ! और यह एक खेल है। यदि तुम्हें नास्तिकवाद का खेल पसंद है तो हो जाओ नास्तिक। यदि तुम्हें आस्तिकवाद का खेल पसंद है, आस्तिक हो जाओ। लेकिन ये सब खेल हैं, सत्य नहीं। यथार्थ, वास्तविकता और ही चीज है। वास्तविकता तुमसे संबंध रखती है, उससे नहीं जो कि तुम्हारा विश्वास है। 'तुम' हो वास्तविकता, तुम्हारा विश्वास नहीं। वास्तविकता मन से परे है, मन की तरंगों में नहीं। आस्तिकता मन की एक लहर है, नास्तिकता मन की ही एक लहर है। वे मन की ही तरंगें हैं। हिंदुत्व मन की एक धारणा है। क्रिश्चएनिटी मन का एक विषय है।

पतंजलि की रुचि है 'पार' में—मन के खेलों में नहीं। वे कहते हैं, फेंक दो पूरे सारे मन को ही। इसमें जो है, व्यर्थ है। तुम सुंदर-सुंदर दार्शनिक विचारों को ढो रहे हो। लेकिन पतंजलि कहेंगे, फेंको उन्हें, ये सब बकवास हैं। यह कठिन है। यदि कोई कहता है कि तुम्हारी बाइबिल फिजूल है, तुम्हारी गीता फिजूल है, तुम्हारे धार्मिक ग्रंथ फिजूल हैं, बकवास हैं; उन्हें फेंक दो! तुम्हें बहुत धक्का लगेगा। लेकिन यही होने जा रहा है। पतंजलि तुमसे कोई समझौता नहीं करने वाले हैं। वे अडिग-अटल हैं। और यही सौंदर्य है, यही उनकी बेजोड़ता है।

आपने योग के मार्ग पर शिष्यत्व की सार्थकता के विषय में कहा। एक नास्तिक शिष्य कैसे हो सकता है?

न तो आस्तिक शिष्य हो सकता है और न ही नास्तिक। उन्होंने पहले ही धारणाएं पकड़ी हुई हैं, वे पहले ही निर्णय ले चुके हैं, तो शिष्य होने का क्या प्रश्न रहा? यदि तुम पहले ही जानते हो, तो तुम शिष्य कैसे हो सकते हो? शिष्य होने का अर्थ है यह बोध कि तुम नहीं जानते। न नास्तिक और न आस्तिक, वे शिष्य नहीं हो सकते।

यदि तुम किसी धारणा में विश्वास करते हो तो तुम शिष्यत्व के सौंदर्य को खो देते हो। यदि तुम पहले ही कुछ जानते हो, वह जानना तुम्हें अहंकार देगा, वह तुम्हें विनम्र नहीं बनायेगा। इसीलिए पंडित और विद्वान चूक जाते हैं। कई बार पापी पहुंचे हैं लेकिन विद्वान कभी नहीं। वे बहुत ज्यादा जानते हैं। वे बहुत चालाक हैं। उनकी चालाकी उनकी बीमारी है, वह आत्मघातक बन जाती है। वे सुनेंगे नहीं, क्योंकि वे सीखने को राजी नहीं हैं।

शिष्यत्व का सीधा अर्थ है—सीखने का भाव। पल-पल सचेत रहना कि तुम नहीं जानते। यह जानना कि तुम नहीं जानते, यह सजगता कि तुम अज्ञानी हो, तुम्हें एक खुलापन देती है। तब तुम बंद नहीं रहते। जिस घड़ी तुम कहते हो 'मैं जानता हूं' तुम बंद घेरे होते हो। द्वार अब खुला नहीं है। लेकिन जब तुम कहते हो, 'मैं नहीं जानता', इसका अर्थ है, तुम सीखने को राजी हो। इसका अर्थ है, द्वार खुला है।

यदि तुम पहुंच ही चुके हो, निष्कर्ष निकाल चुके हो, तो तुम शिष्य नहीं हो सकते। इसके लिए तो ग्रहणशील होना पड़ता है। लगातार सचेत रहना होता है कि सत्य अज्ञात है और जो कुछ भी तुम जानते हो सतही है, बिलकुल कूड़ा-करकट है। तुम जानते क्या हो? हो सकता है तुमने बहुत-सी सूचनाएं इकट्ठी कर ली हों लेकिन वह ज्ञान नहीं है। हो सकता है विश्वविद्यालयों द्वारा तुमने काफी धूल जमा कर ली हो लेकिन वह ज्ञान नहीं है। तुम बुद्ध के विषय में जान सकते हो, तुम जीसस के बारे में जान सकते हो, लेकिन वह ज्ञान नहीं है। जब तक तुम बुद्ध न हो जाओ, कोई ज्ञान नहीं। जब तक कि तुम स्वयं एक जीसस न हो जाओ; ज्ञान फलित नहीं होता।

ज्ञान अंतस सत्ता से आता है, स्मृति द्वारा नहीं। तुम्हारी स्मृति प्रशिक्षित हो सकती है, लेकिन स्मृति तो मात्र एक यंत्र-रचना है। यह तुम्हें कोई समृद्ध स्व-सत्ता नहीं देगी। यह तुम्हें बुरे सपने दे सकती है, लेकिन यह तुम्हें अधिक समृद्ध स्व-सत्ता न देगी। तुम वैसे ही बने रहोगे—बहुत-सी धूल से ढंके हुए। ज्ञान और विशेषकर वह अहंकार, जो ज्ञान के साथ चला आता है, वह धारणा कि मैं जानता हूं, तुम्हें बंद करती है। अब तुम शिष्य नहीं हो सकते। और यदि तुम शिष्य नहीं हो सकते तो तुम योग के अनुशासन में प्रवेश नहीं कर सकते। इसलिए योग के द्वार पर आओ अज्ञानी होकर; अपने अज्ञान के प्रति जागरूक होकर; यह होश रख कर कि तुम नहीं जानते। और मैं तुमसे

कहूंगा कि केवल यही जानना है जो मदद कर सकता है : यह बोध कि 'मैं नहीं जानता'।

यह तुम्हें विनम्र बनायेगा। एक सूक्ष्म विनम्रता आ जायेगी तुममें। अहंकार धीरे-धीरे विलीन होता जायेगा। यह जानते हुए कि तुम नहीं जानते, तुम अहंकारी कैसे हो सकते हो ? ज्ञान सबसे सूक्ष्म भोजन है अहंकार के लिए। तुम अनुभव करते हो कि तुम कुछ हो। तुम जानते हो, इसलिए तुम विशिष्ट हो जाते हो।

अभी दो दिन पहले पश्चिम से आयी एक युवती को मैंने संन्यास में दीक्षित किया। मैंने उसे नाम दिया 'योग संबोधि'। और उससे पूछा कि इसका उच्चारण करना सरल तो होगा न ! उसने कहा 'हां, यह तो बिलकुल अंग्रेजी के शब्द 'समबडी' जैसा लगता है।' लेकिन संबोधि इसके बिलकुल विपरीत है। जब तुम 'कोई नहीं' हो जाते हो तब संबोधि घटित होती है। संबोधि का अर्थ है बुद्धत्व। यदि तुम 'कोई' हो तो संबोधि कभी घटित न होगी। यह 'कोई-हूं-पन' ही बाधा है।

जब तुम अनुभव करते हो कि तुम 'कोई' नहीं, जब तुम अनुभव करते हो कि तुम 'कुछ' नहीं, तब अचानक तुम सुलभ हो जाते हो बहुत से रहस्यों के तुममें घटित होने के लिए। तुम्हारे द्वार खुले हैं। सूर्योदय हो सकता है, सूर्य की किरणें तुम्हारे भीतर उतर सकती हैं। तुम्हारी उदासी, तुम्हारा अंधेरा विलीन हो जायेगा। लेकिन तुम बंद हो। हो सकता है सूरज तुम्हारा द्वार खटखटा रहा हो, लेकिन वहां कोई खुलापन नहीं है; एक खिड़की तक नहीं खुली है।

आस्तिक या नास्तिक, हिंदू या मुसलमान, ईसाई या बौद्ध इस मार्ग पर प्रवेश नहीं कर सकते। वे विश्वास करते हैं। वे पहुंच ही चुके हैं, बिना कहीं पहुंचे हुए ! उन्होंने निर्णय ले लिया है बिना किसी बोध के। उनके मन में हैं—शब्द, धारणाएं, सिद्धांत और शास्त्र। और जितना अधिक बोझ होता है विचारों का, उतने ही वे मुरदा होते जाते हैं।

आपने कहा कि योग किसी आस्था की मांग नहीं करता। लेकिन यदि प्रारंभिक शर्त के रूप में शिष्य को निष्ठा, समर्पण और गुरु में भरोसा करने की आवश्यकता हो, तब वह पहला कथन कैसे तर्कसंगत बनता है ?

मैंने कभी नहीं कहा कि योग निष्ठा की मांग नहीं करता। मैंने कहा कि योग किसी विश्वास की मांग नहीं करता। निष्ठा बिलकुल अलग चीज है, श्रद्धा बिलकुल अलग चीज है। विश्वास एक बौद्धिक चीज है, लेकिन आस्था एक बहुत गहरी आत्मीयता है। यह बौद्धिक नहीं है। यदि तुम गुरु से प्रेम करते हो, तब तुम आस्था करते हो और श्रद्धा होती है। लेकिन यह आस्था किसी धारणा में नहीं है। आस्था उस व्यक्ति में है। और यह शर्त नहीं है, यह अपेक्षित नहीं है, इस भेद को ध्यान में रखना। यह जरूरी नहीं कि गुरु में तुम्हारी आस्था होनी ही चाहिए, यह कोई पूर्व-शर्त नहीं है। जो कहा गया वह यह है : यदि गुरु और तुम्हारे बीच श्रद्धा घटित हो जाती है, तब सत्संग संभव हो जायेगा। यह केवल एक स्थिति है, शर्त नहीं। अपेक्षित कुछ नहीं है।

जैसा प्रेम में होता है वैसा ही है यह। यदि प्रेम हो जाता है तो बाद में विवाह हो सकता है, लेकिन तुम प्रेम को एक शर्त नहीं बना सकते। तुम नहीं कह सकते कि पहले तुम्हें प्रेम करना ही चाहिए और बाद में विवाह होगा। तब तुम पूछोगे, 'प्रेम कैसे कर सकते हैं ?' अगर यह होता है, तो होता है; अगर यह नहीं हो रहा, तो नहीं हो रहा।

तुम कुछ नहीं कर सकते। उसी तरह तुम आस्था को जबरदस्ती नहीं लाद सकते।

पुराने समय में खोजी संसार भर में घूमते थे। वे एक गुरु से दूसरे गुरु तक घूम लेते थे। एक अद्‌भुत घटना के घटित होने की प्रतीक्षा करते हुए। तुम इसे जबरदस्ती नहीं ला सकते। हो सकता है जब तक तुममें कोई झरोखा खुले, तुम बहुत से गुरुओं के बीच से खोजते हुए गुजरो। तो श्रद्धा कहीं घटित हो चुकी होगी, लेकिन वह शर्त न थी। तुम गुरु के पास जाकर उस पर श्रद्धा करने का प्रयत्न नहीं कर सकते। तुम श्रद्धा करने का प्रयत्न कैसे कर सकते हो ? वही प्रयत्न, वही प्रयास दर्शाता है कि तुम श्रद्धा नहीं करते। तुम किसी को प्यार करने की कोशिश कैसे कर सकते हो ? कैसे कर सकते हो तुम ? यदि तुम कोशिश करते हो, तो सारी बात ही झूठी बन जायेगी।

यह एक घटना है। लेकिन जब तक यह घटित नहीं होती, सत्संग संभव न हो पायेगा। तब तक गुरु अपनी कृपा तुम्हें नहीं दे सकता। ऐसा नहीं है कि इसे देने से वह स्वयं को रोके रखेगा। लेकिन तुम सुलभ नहीं होते हो उसे ग्रहण करने के लिए। वह कुछ नहीं कर सकता। तुम खुले हुए नहीं हो।

हो सकता है सूरज खिड़की के करीब ही प्रतीक्षा कर रहा हो लेकिन यदि खिड़की बंद है, सूर्य क्या कर सकता है ? किरणें पीछे लौट आयेंगी। वे आयेंगी, द्वार खटखटायेंगी और वापस लौट जायेंगी। ध्यान रखना, यह शर्त नहीं है कि यदि तुम द्वार खोलो, तो सूर्योदय होगा। ऐसी शर्त नहीं है। हो सकता है सूर्य वहां न हो। हो सकता है रात हो। केवल द्वार खोल कर ही तुम सूर्य को निर्मित नहीं कर सकते। तुम्हारा खुलना, तुम्हारा द्वार, बस तुम्हें सुलभ बनाते हैं। यदि सूर्य वहां है, तो वह प्रविष्ट हो सकता है।

इसलिए खोजी चलते रहेंगे। उन्हें एक गुरु से दूसरे गुरु तक बढ़ते ही रहना होगा। केवल एक बात जो उन्हें ध्यान में रखनी है वह यह कि उन्हें खुले रहना चाहिए और उन्हें फैसला नहीं देना चाहिए। यदि तुम किसी गुरु के पास आते हो और उसके साथ कोई तालमेल नहीं पाते, तो आगे बढ़ जाओ। लेकिन निर्णय मत दो क्योंकि तुम्हारा मूल्यांकन गलत होगा। तुम उसके संपर्क में कभी नहीं आये। जब तक कि तुम उसे प्रेम न करो, तुम उसे जान नहीं सकते इसलिए निर्णय मत दो। इतना ही कहो, 'यह गुरु मेरे लिए नहीं, मैं इस गुरु के लिए नहीं। वह बात घटित हुई नहीं।' और बस आगे बढ़ जाओ।

यदि तुम निर्णय देना आरंभ करते हो, तब तुम स्वयं को बंद कर लेते हो दूसरे गुरुओं के लिए भी। तुम्हें कई-कई स्थितियों में से गुजरना पड़ सकता है, लेकिन इसे ध्यान में रखना : निर्णय मत दो। जब कभी तुम्हें लगे कि इस गुरु में कुछ गलत है, आगे बढ़ जाओ। इसका अर्थ है कि तुम उसमें श्रद्धा नहीं रख सकते। कुछ गलत हो गया; तुम उस पर आस्था नहीं रख सकते। लेकिन मत कहना कि गुरु गलत है। तुम जानते नहीं। केवल आगे बढ़ जाना। उतना काफी है। कहीं और खोजना।

यदि तुम निर्णय देना, दोष देना, निष्कर्ष निकालना आरंभ करते हो तो तुम बंद हो जाओगे। और आंखें जो निर्णय लेती हैं, कभी भी श्रद्धा न कर पायेंगी। एक बार तुम निर्णय के शिकार बन गये तो तुम कभी भरोसा न कर पाओगे क्योंकि तुम हमेशा कुछ न कुछ खोज लोगे जो कि तुम्हें आस्था न करने देगा; जो तुम्हें एक संकीर्णता देगा।

इसलिए यदि तुम गुरु में श्रद्धा नहीं करते तो उसे जांचो मत। बस आगे बढ़ जाओ। यदि तुम बढ़ते रहो, घटना घटित होकर ही रहती है—किसी दिन, कहीं, किसी क्षण में। क्योंकि ऐसे क्षण होते हैं, जब तुम अति

संवेदनशील होते हो और गुरु प्रवाहित हो रहा होता है। और तुम इसके साथ कुछ कर नहीं सकते। तुम अति संवेदनशील होते हो इसलिए तुम मिलते हो। देश, स्थान और समय के एक विशेष बिंदु पर यह भेंट घटित होती है। तब सत्संग संभव हो जाता है।

सत्संग का अर्थ है : गुरु के निकट की सन्निधि। उस व्यक्ति के निकट होना जिसने जाना है। क्योंकि उसने जान लिया है, वह प्रवाहित हो सकता है। वह प्रवाहित हो ही रहा है। सूफी कहते हैं कि इतना काफी है; गुरु के निकट, उसके सान्निध्य में होना काफी है। बस उसके पास बैठना; उसके करीब ही चलना; उसके कमरे के बाहर बैठ जाना; रात में उसकी दीवार के पास बैठे जागना; उसे याद करते रहना काफी है। लेकिन इसमें बरसों लग जाते हैं—प्रतीक्षा के वर्ष। और वह तुम्हारे साथ अच्छा व्यवहार नहीं करेगा। वह हर ढंग की बाधा खड़ी करेगा। वह तुम्हें बहुत से अवसर देगा कि तुम उसके बारे में निर्णय दो। वह अपने बारे में बहुत-सी अफवाहें फैलायेगा जिससे कि तुम सोच सको कि वह गलत है और तुम भाग सको। वह हर तरह से तुम्हारी मदद करेगा निकल भागने में। इसलिए पहले तुम्हें इन सब बाधाओं को पार करना होगा। और ये आवश्यक हैं क्योंकि सस्ती आस्था किसी काम की नहीं। लेकिन वह आस्था जो मंजी हुई आस्था है, जिसने लंबी प्रतीक्षा की है, एक मजबूत चट्टान बन गयी है—और केवल तभी गहनतम परतों से उतरा जा सकता है।

पतंजलि नहीं कहते कि तुम्हें विश्वास करना ही है। विश्वास बौद्धिक है। तुम हिंदुत्व में विश्वास करते हो लेकिन यह आस्था नहीं है। यह तो बस ऐसा है कि तुम संयोगवश हिंदू परिवार में पैदा हो गये, इसलिए तुमने अपने बचपन से ही हिंदुत्व के बारे में सुन लिया है। तुम इससे सरोबोर हो चुके हो। इसका गहरा प्रभाव तुम्हारे सिद्धांतों, धारणाओं, चिंतनों पर पड़ा है। वे तुम्हारे रक्त का हिस्सा बन गये हैं। वे तुम्हारे अचेतन में प्रविष्ट हो चुके हैं। तुम उनमें विश्वास करते हो। लेकिन यह विश्वास किसी काम का नहीं क्योंकि उसने तुम्हें रूपांतरित नहीं किया। वह मरी हुई चीज है, उधार ली हुई।

आस्था मरी हुई चीज बिलकुल नहीं है। तुम अपने परिवार से आस्था उधार नहीं ले सकते। यह एक व्यक्तिगत घटना है। तुम्हें इस तक आना होगा। हिंदुत्व परंपरागत है, मुसलमान होना परंपरागत है। लेकिन मोहम्मद के आस-पास एकत्र पहले समूह के लिए—और वे वास्तव में मुसलमान थे—वह आस्था ही थी। वे गुरु तक स्वयं आये थे। वे गुरु के निकट के सान्निध्य में रहे थे, उन्होंने सत्संग पाया था।

उन्हें मोहम्मद में निष्ठा थी। और मोहम्मद ऐसे व्यक्ति न थे जिन पर कि आसानी से आस्था की जा सके। यह कठिन था। यदि तुम मोहम्मद के पास गये होते तो तुम भाग आते। उनकी नौ पत्नियां थीं। ऐसे व्यक्ति पर भरोसा करना असंभव था। उनके हाथ में तलवार थी और तलवार पर लिखा था, 'शांति आदर्श है।' इसलाम शब्द का अर्थ है शांति। ऐसे व्यक्ति का तुम कैसे विश्वास कर सकते हो ?

तुम महावीर में निष्ठा बना सकते हो, जब वे अहिंसा की बातें करते हैं। वे अहिंसावादी हैं। स्पष्ट ही तुम महावीर पर भरोसा कर सकते हो। लेकिन मोहम्मद जो तलवार को साथ लिये हैं, उनमें कैसे आस्था रख सकते हो। और वे कहते हैं, 'प्रेम संदेश है और शांति आदर्श है।' तुम विश्वास नहीं कर सकते। यह व्यक्ति बाधाएं खड़ी कर रहा था।

मोहम्मद एक सूफी थे, वे एक गुरु थे। वे हर कठिनाई निर्मित करेंगे। इसलिए अगर तुम्हारा मन अब तक

कार्य कर रहा होगा, यदि तुम संदेह करोगे, यदि तुम संशय से भरे हुए होओगे, तो तुम भाग सकते हो। लेकिन यदि तुम ठहरे, प्रतीक्षा की, यदि तुममें धैर्य रहा—और असीम धैर्य की आवश्यकता होगी—तो किसी दिन तुम मोहम्मद को जान जाओगे। तुम मुसलिम हो जाओगे। मात्र उनको जान लेने में, तुम मुसलमान हो जाओगे।

शिष्यों का वह पहला समूह बिलकुल ही अलग था। बुद्ध के शिष्यों का पहला समूह भी एक नितांत भिन्न बात थी। अब बौद्ध मृत हैं, मुसलमान मृत हैं; वे परंपरागत रूप से मुसलमान हैं, लेकिन सत्य को संपत्ति की भांति हस्तांतरित नहीं किया जा सकता।

तुम्हारे माता-पिता तुम्हें सत्य नहीं दे सकते। वे तुम्हें संपत्ति दे सकते हैं क्योंकि संपत्ति संसार की चीज होती है, लेकिन सत्य संसार का नहीं है। इसे वे तुम्हें नहीं दे सकते, वे इसे एक खजाने की तरह संजो कर नहीं रख सकते। वे इसे बैंक में नहीं रख सकते जिससे कि यह तुम तक हस्तांतरित हो सके। इसे तुम्हें स्वयं ही खोजना होगा। तुम्हें कष्ट सहन करना होगा, तुम्हें शिष्य होना होगा और तुम्हें कड़े अनुशासन में से गुजरना पड़ेगा। यह एक व्यक्तिगत घटना होगी। सत्य हमेशा व्यक्तिगत होता है। यह एक व्यक्ति में ही घटित होता है।

आस्था एक बात है और विश्वास कुछ अलग बात है। विश्वास तुम्हें दूसरों के द्वारा दिया जाता है, लेकिन आस्था तुम्हारे द्वारा स्वयं अर्जित की जानी चाहिए। पतंजलि को किसी विश्वास की अपेक्षा नहीं, लेकिन आस्था न हो तो कोई गति नहीं हो सकती, आस्था के बिना कोई चीज संभव नहीं। लेकिन इसे जबरदस्ती नहीं ला सकते। इसे समझो। इसे जबरदस्ती लाना तुम्हारे अपने हाथ में नहीं। यदि तुम इसे जबरदस्ती लाते हो, तो यह नकली होगी। और अनास्था नकली आस्था से बेहतर है। नकली आस्था के साथ तो तुम अपने को व्यर्थ गंवा रहे हो। कहीं और आगे बढ़ जाना बेहतर है, जहां वास्तविक श्रद्धा घटित हो सकती है।

निर्णय मत करो, बस, आगे बढ़ते रहो। किसी दिन.... कहीं, तुम्हारा गुरु प्रतीक्षा कर रहा है। और गुरु तुम्हें दिखाया नहीं जा सकता। कोई नहीं कह सकता, 'यहां जाओ और तुम्हें तुम्हारे सद्‌गुरु मिल जायेंगे।' तुम्हें खोजना होगा, तुम्हें कष्ट झेलना होगा, क्योंकि कष्ट झेलने और खोजने के द्वारा ही तुम उसे देखने के योग्य होओगे। तुम्हारी आंखें स्वच्छ हो जायेंगी, आंसू गायब हो जायेंगे। तुम्हारी आंखों के आगे आये बादल छंट जायेंगे और बोध होगा कि यह हैं सद्‌गुरु !

ऐसा कहा गया है कि एक सूफी, जुन्नैद, एक बूढ़े फकीर के पास आया। वह उससे कहने लगा, 'मैंने सुना है आप जानते हैं। मुझे राह दिखाइए।' बूढ़े आदमी ने उत्तर दिया, 'तुमने सुना है कि मैं जानता हूं। तुम नहीं जानते कि मैं जानता हूं।' जुन्नैद ने कहा, 'आपके प्रति मुझे कुछ अनुभूति नहीं हो रही, लेकिन बस एक बात करें, मुझे वह राह दिखायें जहां मैं अपने गुरु को पा सकूं।' वह बूढ़ा आदमी बोला, 'पहले मक्का जाओ; तीर्थयात्राएं करो; और ऐसे-ऐसे आदमी को खोजो। वह पेड़ के नीचे बैठा होगा। उसकी आंखें ऐसी होंगी कि जो रोशनी फेंकती होंगी। तुम उसके आसपास कस्तूरी-सुगन्ध महसूस करोगे। जाओ और उसे खोजो।'

जुन्नैद बीस वर्ष तक यात्रा ही यात्रा करता रहा। जहां कहीं सुना कि कोई गुरु है, वहां गया। लेकिन उसे न तो वह पेड़ मिला, न सुगन्ध, न कस्तूरी; और न ही वे आंखें जिनका वर्णन बूढ़े आदमी ने किया था। जिस व्यक्तित्व की खोज कर रहा था वह मिलने वाला ही नहीं था। और उसके पास एक बना-बनाया फार्मूला था, जिससे वह तुरन्त ही निर्णय कर लेता : 'यह मेरा गुरु नहीं है' और वह आगे बढ़ जाता। बीस वर्ष पश्चात वह एक खास वृक्ष

तक पहुंचा। गुरु वहां था। कस्तूरी की गंध धुंध की भांति उस व्यक्ति के आस-पास हवा में बह रही थी। उसकी आंखें प्रज्वलित थीं, और लाल प्रकाश उनसे छलक रहा था। यही था वह व्यक्ति। जुन्नैद गुरु के चरणों पर गिर पड़ा और बोला, 'गुरुदेव, मैं बीस वर्ष से आपको खोज रहा था।'

गुरु ने उत्तर दिया, 'मैं भी बीस वर्ष से तुम्हारी प्रतीक्षा कर रहा था। फिर से मेरी ओर देखो।' जुन्नैद ने देखा, यह वही व्यक्ति था जिसने बीस वर्ष पहले उसे गुरु को खोजने का मार्ग दिखाया था। जुन्नैद रोने लगा और बोला, 'आपने ऐसा क्यों किया ? क्या आपने मेरे साथ मजाक किया ? बीस वर्ष बेकार हो गये हैं ! आप क्यों नहीं कह सके कि आप मेरे गुरु हैं ?'

बूढ़े आदमी ने जवाब दिया, 'उससे मदद न मिलती, उसका कुछ उपयोग न हुआ होता। क्योंकि जब तक तुम्हारे पास आंखें नहीं हैं देखने के लिए, कुछ नहीं हो सकता। इन बीस वर्षों ने तुम्हारी मदद की है मुझे देखने में। मैं वही व्यक्ति हूं जैसा कि तब था, लेकिन बीस वर्ष पहले तुमने मुझसे कहा था कि तुम्हें मेरे प्रति कोई अनुभूति नहीं होती। मैं तो वही हूं, लेकिन अब तुम अनुभूति पाने में सक्षम हो गये हो। तुम बदल गये हो, इन पिछले वर्षों ने तुम्हें जोर से मांज दिया। सारी धूल छंट गयी, तुम्हारा मन निर्मल है। कस्तूरी की यह सुगन्ध उस समय भी थी, लेकिन इसे सूंघने की तुममें क्षमता न थी। तुम्हारी नाक बन्द थी, तुम्हारी आंखें कार्य नहीं कर रही थीं, तुम्हारा हृदय सचमुच स्पंदित नहीं हो रहा था। इसलिए संयोग सम्भव नहीं था तब।'

तुम स्वयं नहीं जानते। और कोई नहीं कह सकता कि तुम्हारी श्रद्धा कहां घटित होगी। मैं नहीं कहता, गुरु पर श्रद्धा करो। मैं केवल इतना कहता हूं कि ऐसा व्यक्ति खोजो जहां श्रद्धा घटित होती हो। वही व्यक्ति तुम्हारा गुरु है। और तुम कुछ कर नहीं सकते इसे घटित होने देने में। तुम्हें घूमना होगा। घटना घटित होनी निश्चित है, लेकिन खोजना आवश्यक है क्योंकि खोज तुम्हें तैयार करती है। ऐसा नहीं है कि खोज तुम्हें गुरु तक ले जाये। खोजना तुम्हें तैयार करता है ताकि तुम उसे देख सको। हो सकता है वह तुम्हारे बिलकुल नजदीक हो।

पिछली रात्रि आपने सत्संग और शिष्य के गुरु के निकट होने पर बात की। क्या इसका अर्थ शारीरिक निकटता है ? वह शिष्य जो गुरु से बहुत शारीरिक दूरी पर रहता है, नुकसान में रहता है क्या ?

हां और नहीं। हां, आरंभ में शारीरिक निकटता आवश्यक है क्योंकि जैसे कि तुम हो, अभी तो तुम कोई चीज समझ नहीं सकते। तुम शरीर को समझ सकते हो, तुम शारीरिक भाषा समझ सकते हो। तुम भौतिक स्तर पर जीवित हो, इसलिए हां, शारीरिक निकटता आवश्यक है—आरंभ में।

लेकिन मैं कहता हूं नहीं भी; क्योंकि जैसे ही तुम विकसित होते हो, जैसे ही एक अलग भाषा सीखना आरंभ करते हो जो कि गैर-शारीरिक है, तब शारीरिक निकटता की आवश्यकता नहीं है। तब तुम कहीं भी जा सकते हो। तब दूरी से कोई अन्तर नहीं पड़ता। तुम्हारा सम्पर्क बना रहता है। और केवल स्थान की दूरी ही नहीं, समय से भी कुछ अन्तर नहीं पड़ता। गुरु का शरीर न रहे, लेकिन तुम्हारा सम्पर्क तब भी बना रहता है। उसने अपना भौतिक शरीर त्याग दिया हो लेकिन तुम्हारा सम्पर्क बना रहता है। यदि श्रद्धा घटित होती है तो समय और स्थान दोनों का अतिक्रमण हो जाता है।

श्रद्धा ही वह चमत्कार है। यदि श्रद्धा है तो बिलकुल अभी तुम्हारी निकटता बन सकती है मोहम्मद, जीसस या बुद्ध के साथ। लेकिन यह कठिन है। यह कठिन है क्योंकि तुम जानते नहीं कि श्रद्धा कैसे की जाये। तुम एक जीवित व्यक्ति पर भरोसा नहीं कर सकते तो एक मृत व्यक्ति पर भरोसा कैसे कर सकते हो ? लेकिन यदि श्रद्धा घटित हो, तो तुम इस क्षण भी बुद्ध के निकट हो सकते हो। और उनके लिए बुद्ध जीवित हैं, जिनकी उनमें आस्था है। कोई गुरु कभी मरता नहीं उनके लिए जो श्रद्धा कर सकते हैं। वह मदद करता रहता है। वह हमेशा यहां ही है। लेकिन तुम्हारे लिए बुद्ध यहां शारीरिक रूप में भी मौजूद हों, यदि तुम्हारे आगे या पीछे ही खड़े हों, या तुम्हारे साथ ही बैठे हों, तुम उनके निकट न होओगे। तुम्हारे और बुद्ध के बीच एक बड़ी दूरी बनी रहेगी।

प्रेम, श्रद्धा और आस्था स्थान और समय दोनों को मिटा देती हैं। आरंभ में क्योंकि तुम दूसरी कोई भाषा नहीं समझ सकते हो, शारीरिक निकटता आवश्यक है--लेकिन केवल आरंभ में ही। एक घड़ी आयेगी जब गुरु स्वयं तुम्हें दूर जाने के लिए विवश कर देगा क्योंकि वह भी आवश्यक हो जाता है। वरना हो सकता है तुम शारीरिक भाषा के साथ ही चिपटे रहना शुरू कर दो।

गुरजिएफ जिंदगी भर, लगभग हमेशा ही अपने शिष्यों को बाहर दूर भेजता रहा। वह उनके लिए इतनी दुखद स्थितियां निर्मित करता कि उन्हें जाना ही पड़ता। उसके साथ रहना असंभव हो जाता। एक निश्चित स्थिति तक पहुंचने के बाद चले जाने में वह उनकी मदद करता। वह वास्तव में उन्हें जाने के लिए विवश कर देता। क्योंकि शारीरिक रूप पर किसी को बहुत निर्भर नहीं रहना चाहिए। वह दूसरी उच्चतर भाषा विकसित होनी ही चाहिए। तुम जहां भी हो, गुरु के निकट होने की अनुभूति पानी आरंभ करनी होगी क्योंकि शरीर का अतिक्रमण करना ही है। केवल तुम्हारे शरीर का ही नहीं, गुरु के शरीर का भी अतिक्रमण करना है।

लेकिन आरंभ में शारीरिक निकटता से बड़ी मदद मिलती है। एक बार बीज बो दिये जाते हैं, एक बार वे जड़ें पकड़ लेते हैं, तुम काफी मजबूत हो जाते हो, तब तुम दूर जा सकते हो और तब भी तुम गुरु को अनुभव कर सकते हो। यदि दूर चले जाने भर से संपर्क खो जाता है, तब वह संपर्क बहुत महत्वपूर्ण न था। जितना दूर तुम जाते हो, भरोसा और अधिक बढ़ेगा। क्योंकि इस पृथ्वी पर तुम चाहे जहां कहीं हो गुरु की उपस्थिति का निरंतर अनुभव करोगे। भरोसा बढ़ेगा। गुरु अब छिपे हुए हाथों से, अदृश्य हाथों से तुम्हारी मदद कर रहा होगा। वह सपनों द्वारा तुम पर कार्य कर रहा होगा और तुम निरंतर अनुभव करोगे कि वह परछाईं की भांति तुम्हारा पीछा कर रहा है।

लेकिन यह बहुत बड़ी विकसित भाषा है। बिलकुल आरंभ से ही इसके लिए प्रयत्न मत करना क्योंकि तब तुम स्वयं को धोखा दे सकते हो। धीरे-धीरे आगे बढ़ो। जहां कहीं भरोसा बने, श्रद्धा घटित हो, आंखें बंद कर लेना और आंखें मूंद पीछे हो लेना। वस्तुतः जिस घड़ी श्रद्धा घटित होती है तुमने आंखें बंद कर ली होती हैं। तब तर्क करने या सोचने का प्रयोजन क्या है ? श्रद्धा घटित हो गयी है और श्रद्धा अब कोई बात सुनेगी नहीं।

तब पीछे चलो और गुरु के निकट बने रहो, जब तक कि वह स्वयं तुम्हें दूर न भेजे। और जब वह स्वयं तुम्हें दूर भेजता है, तब चिपके मत रहो, तब आगे बढ़ो। उसके अनुदेश पर चलो और दूर चले जाओ, क्योंकि वह बेहतर जानता है। वह जानता है कि क्या उपयोगी है।

कई बार कठिन हो सकता है गुरु के निकट विकसित होना। जैसे कि बड़े वृक्ष के नीचे एक नये बीज को विकसित होने में कई कठिनाइयां आयेंगी। एक बड़े वृक्ष के नीचे, एक नया वृक्ष अपंग हो जायेगा। वृक्ष तक भी

ध्यान रखते हैं कि अपने बीज बहुत दूर तक फेंकें ताकि वे बीज फूट सकें। बीजों को दूर भेजने के लिए वृक्ष कई युक्तियां प्रयोग करते हैं, वरना यदि बीज बड़े वृक्ष के नीचे गिर जाये, तो वह मर जायेगा। वहां इतनी अधिक छांव है। वहां कोई सूर्य नहीं पहुंचता; सूर्य की किरणें नहीं पहुंचती वहां।

तो गुरु तुमसे बेहतर जानता है। यदि वह अनुभव करता है कि तुम्हें दूर जाना चाहिए, तो बाधा मत डालना। तब बस मान लेना और चले जाना। यह दूर चले जाना गुरु के और अधिक निकट आना हो जायेगा। यदि तुम स्वीकार कर सकते हो बिना किसी प्रतिरोध के, तो यह दूर चले जाना और अधिक निकट आना होगा। तुम एक नयी निकटता उपलब्ध करोगे।

जब आप कोई बात स्पष्टतः समझने के लिए हमसे कहते हैं, तब आप किसे संबोधित कर रहे होते हैं ? मन को तो समाप्त होना है इसलिए मन को कुछ समझाने का तो कोई उपयोग नहीं। तब किसे समझना चाहिए ?

हां, मन को समाप्त होना है। लेकिन अभी यह समाप्त हुआ नहीं। मन पर कार्य करना होगा। एक समझ मन में निर्मित करनी है। उस समझ के द्वारा मन मर जायेगा। वह समझ विष की भांति है। तुम विष लेते हो। तुम्हीं हो जो विष लेते हो, और तब वह विष तुम्हें मार डालता है। मन ही समझता है, लेकिन यह समझ मन के लिए विष है। इसलिए मन इतने प्रतिरोध डालता है। यह न समझने के ही प्रयत्न किये चला जाता है। यह संदेह बनाता है, यह हर तरह से लड़ता है, यह अपने को बचाता है क्योंकि समझ मन के लिए विष है। यह तुम्हारे लिए अमृत है, लेकिन मन के लिए विष है।

इसलिए जब मैं स्पष्ट रूप से समझने के लिए कहता हूं, तो मेरा मतलब तुम्हारे मन से होता है, न कि तुमसे; क्योंकि तुम्हें किसी समझ की आवश्यकता नहीं है। तुम समझे ही हुए हो। तुम्हीं विवेक हो, प्रज्ञा हो। 'तुम्हें' मेरी या किसी की भी मदद की कोई आवश्यकता नहीं। तुम्हारे मन को बदलना होगा। और यदि समझ मन में घटित होती है, तो मन मर जायेगा। और मन के साथ वह समझ विलीन हो जायेगी। तब तुम अपनी शुद्धता में होओगे। तब तुम्हारा अस्तित्व दर्पण जैसी विशुद्धता उद्‌घाटित करेगा। कोई विषय-वस्तु नहीं, अंतर्वस्तुरहित; लेकिन आंतरिक अस्तित्व को किसी समझ की आवश्यकता नहीं। वह है ही समझ का सार। उसे समझ की कोई आवश्यकता नहीं है। केवल मन के बादलों को फुसलाना होगा—विलीन होने के लिए।

वास्तव में समझ है क्या ? मन को चले जाने के लिए फुसला लेने का एक तरीका है। ध्यान रहे, मैं लड़ने के लिए नहीं कहता, मैं फुसलाने के लिए कहता हूं। यदि तुम लड़ते हो, तो मन छोड़ कर कभी नहीं जायेगा क्योंकि लड़ाई द्वारा तुम अपना भय दिखाते हो। यदि तुम लड़ते हो, तो तुम दिखाते हो कि मन कोई ऐसी चीज है जिससे तुम डरते हो। बस मन को राजी करो। ये सारी शिक्षाएं, ये सारे ध्यान एक गहरे रूप से मन को फुसलाना है, उस बिंदु तक पहुंचने के लिए, जहां मन आत्मघात कर सके; जहां यह बस, गिर जाये; जहां मन स्वयं एक ऐसा बेतुकापन बन जाता है कि तुम उसे और अधिक नहीं ढो सकते। बस, तब तुम उसे गिरा देते हो। या कि यह कहना ज्यादा उचित है कि मन स्वयं गिर जाता है।

इसलिए जब मैं बोलता हूं तब मैं तुममें स्पष्ट समझ निर्मित करने के लिए तुम्हें संबोधित करता हूं; मैं तुम्हारे मन

को संबोधित कर रहा होता हूं। और कोई दूसरा रास्ता नहीं है। केवल तुम्हारे मन तक पहुंच हो सकती है क्योंकि तुम अनुपलब्ध हो। तुम भीतर बहुत गहरे छिपे हुए हो, और केवल मन द्वार पर है। मन को राजी करना पड़ता है द्वार को छोड़ने के लिए और द्वार को खुला रहने देने के लिए। तब तुम सुलभ हो जाओगे।

मैं संबोधित कर रहा हूं मन को—तुम्हारे मन को, न कि तुमको। यदि मन गिर जाये, तो संबोधित करने की कोई आवश्यकता नहीं है। तब मैं मौन बैठ सकता हूं और तुम समझ जाओगे। तब संबोधित करने की कोई आवश्यकता नहीं है। मन को शब्दों की जरूरत है। मन को विचारों की आवश्यकता है। मन को कुछ ऐसी मानसिक चीज चाहिए जो इसे राजी कर सके। जब बुद्ध या पतंजलि या कृष्ण तुमसे बात करते हैं, तो वे तुम्हारे मन को संबोधित करके कह रहे हैं।

एक घड़ी आती है जब मन सारे बेतुकेपन के प्रति जागरूक हो जाता है। यह कुछ इस तरह है : यदि मैं देखता हूं कि तुम अपने जूतों के फीते खींच रहे हो और उनके द्वारा स्वयं को ऊपर खींचने का प्रयत्न कर रहे हो, तो मैं तुमसे कहता हूं कि क्या बेवकूफी कर रहे हो ! कि यह असंभव है। मात्र अपने जूतों के फीतों द्वारा तुम स्वयं को ऊपर नहीं खींच सकते। यह असंभव ही है; यह हो नहीं सकता। इसलिए मैं तुम्हें मना लेता हूं, सारी बात पर और अधिक सोचने के लिए, कि यह बेतुका है। तुम कर क्या रहे हो ? लेकिन तब तुम दुखित होते हो कि कुछ हो नहीं रहा है। इसलिए मैं तुमसे कहता जा रहा हूं, जोर दे रहा हूं, चोट कर रहा हूं। तब एक दिन शायद तुम्हें होश आये और तुम कहो, 'हां, यह बेतुका है। क्या कर रहा हूं मैं !'

मन के साथ तुम्हारा प्रयत्न ऐसा है जैसे अपने जूतों के फीतों द्वारा स्वयं को ऊपर खींचने का प्रयत्न करना। जो कुछ भी तुम कर रहे हो, बेतुका है। यह तुम्हें नर्क के अतिरिक्त, दुख के अतिरिक्त और कहीं नहीं ले जा सकता। यह तुम्हें हमेशा दुख तक ले गया है, लेकिन तुम अब तक होश में नहीं आये हो। मेरी ओर से यह सारा संप्रेषण मात्र तुम्हारे मन को सजग करने के लिए ही है कि तुम्हारा सारा प्रयास निरर्थक है, बेतुका है। एक बार तुम अनुभव करने लगो कि सारा प्रयास बेतुका है, तो प्रयास गिर जाते हैं। ऐसा नहीं है कि तुम्हें अपने जूते के फीते छोड़ने होंगे, कि तुम्हें कुछ प्रयास करना होगा जो श्रमसाध्य होने ही वाला है—तुम सीधे इस तथ्य को देखोगे। तुम अपना प्रयास छोड़ दोगे और तुम हंसोगे। तुम प्रबुद्ध हो जाओगे, यदि तुम अपने जूतों के फीते छोड़ खड़े हो....और हंस भर सकते हो। और यही घटना होने वाली है।

समझ के द्वारा मन गिर जाता है। अचानक तुम्हें होश आ जाता है कि कोई दूसरा तुम्हारे दुख के लिए जिम्मेवार नहीं था। तुम सतत इसे निर्मित कर रहे थे, क्षण-प्रतिक्षण तुम्हीं इसे रचने वाले थे। तुम दुख को निर्मित कर रहे थे और तुम पूछ रहे थे इसके पार कैसे जायें ? कैसे हो कि दुखी न बनें ? आनंद कैसे पायें, समाधि कैसे पायें ? और जब तुम पूछ रहे थे, तब तुम दुख का निर्माण किये जा रहे थे। यह पूछना कि 'समाधि कैसे प्राप्त करें', दुख निर्मित करता है क्योंकि तब तुम कहते हो, मैंने इतना अधिक प्रयत्न किया और समाधि अब तक उपलब्ध नहीं हुई ! सब कुछ जो किया जा सकता है मैं कर रहा हूं, और समाधि अब भी नहीं मिली है ! मैं बुद्ध कब होऊंगा !

जब तुम संबोधि को भी इच्छा का लक्ष्यबिन्दु बना लेते हो, जो असंगत है, तब तुम एक नये दुख का निर्माण कर रहे होते हो। कोई इच्छा परितृप्ति नहीं पा सकती। इसे जब तुम जान लेते हो, इच्छाएं गिर जाती हैं। तब तुम प्रबुद्ध होते हो। इच्छा-विहीन तुम प्रबुद्ध हो जाते हो। लेकिन इच्छाओं के साथ, दुख के एक चक्र में घूमते चले

जाते हो।

आपने कहा कि योग एक विज्ञान है, आंतरिक जागरण की एक विधि है। लेकिन 'होने' का और अ-मन के निकट जाने का प्रयत्न उद्देश्य और आशा को ध्वनित करता है। आंतरिक रूपांतरण की प्रक्रिया से गुजरना भी किसी उद्देश्य का संकेत करता है। आशा और उद्देश्य साथ लिये कोई योग के मार्ग पर कैसे बढ़ सकता है ? क्या प्रतीक्षा उद्देश्य का संकेत नहीं करती ?

तुम उद्देश्य को साथ लिये, कामना के साथ, आशा के साथ योग के मार्ग पर नहीं बढ़ सकते। वास्तव में योग का मार्ग कोई गतिमयता नहीं है। जहां तुम समझ जाते हो कि सारी इच्छाएं बेतुकी हैं, सब इच्छाएं दुख हैं, करने को कुछ है नहीं, क्योंकि प्रत्येक कार्य एक नयी इच्छा होगा। करने को कुछ है ही नहीं। तुम कुछ कर ही नहीं सकते क्योंकि जो कुछ भी तुम करते हो वह तुम्हें नये दुख में ले जायेगा। तब तुम कुछ नहीं करोगे। इच्छाएं मिट चुकी होंगी, मन समाप्त हो चुका होगा। और यही है योग। तो तुम प्रविष्ट हो चुके हो। यह गति नहीं है, यह स्थिरता है।

लेकिन भाषा के कारण समस्याएं उठ खड़ी होती हैं। जब मैं कहता हूं कि तुम प्रविष्ट हो चुके हो, तो ऐसा लगता है जैसे कि तुम आगे बढ़ गये हो। लेकिन जब इच्छाएं समाप्त होती हैं, सारी गतियां थम जाती हैं, तब तुम योग में हुए —'अब योग का अनुशासन।'

योग के नाम पर उद्देश्य साथ लेकर तुम फिर दुखों का निर्माण करोगे। रोज मैं लोगों से मिलता हूं। वे आते हैं और कहते हैं, 'मैं तीस वर्षों से योग का अभ्यास कर रहा हूं, लेकिन कुछ हुआ नहीं है।' लेकिम तुमसे कहा किसने कि कुछ घटित होने वाला है ? तुम कुछ घटित होने की प्रतीक्षा में लगे हुए होओगे, इसलिए कुछ घटित नहीं हुआ है। योग कहता है, भविष्य की प्रतीक्षा मत करो।

तुम ध्यान करते हो लेकिन तुम इस उद्देश्य के साथ ध्यान करते हो कि ध्यान के द्वारा तुम कहीं किसी लक्ष्य तक पहुंच जाओगे। तुम बात चूक रहे हो। ध्यान में डूबो और उसका आनंद लो। कोई लक्ष्य नहीं है। कोई भविष्य नहीं है। आगे कुछ नहीं है। ध्यान करो और आनंद मनाओ, बिना किसी उद्देश्य के।

तब अचानक साध्य वहां होता है। अचानक बादल छंट जाते हैं क्योंकि वे तुम्हारी इच्छाओं द्वारा निर्मित हुए थे। तुम्हारा उद्देश्य वह धुआं है जो बादलों को निर्मित करता है। अब वे तिरोहित हो जायेंगे। इसलिए ध्यान के साथ खेलो, आनंदित होओ। उसे साधन मत बनाओ। वह साध्य है। समझने की सारी बात ही यही है।

नयी इच्छाएं मत बनाओ। बल्कि समझो कि इच्छा का स्वभाव ही दुख है। तुम इच्छा के स्वभाव को समझने का प्रयत्न भर करो, तो तुम जान जाओगे कि यह दुख है।

तब क्या करना होगा ? कुछ नहीं करना है। सजग हो जाने पर कि इच्छा दुख है, इच्छाएं गिर जाती हैं। 'अब योग का अनुशासन'। तुम मार्ग पर प्रवेश कर चुके हो।

और यह तुम्हारी अपनी प्रगाढ़ता पर निर्भर करता है। यदि तुम्हारा यह बोध कि इच्छा दुख है इतना गहरा है कि यह समग्र है, तब तुमने योग के मार्ग पर ही प्रवेश न किया होगा, तुम सिद्ध बन चुके होओगे। तुम साध्य तक

पहुंच चुके होओगे।

लेकिन यह तुम्हारी प्रगाढ़ता पर निर्भर करेगा। यदि तुम्हारी प्रगाढ़ता समग्र है, तब तुम लक्ष्य तक पहुंच चुके होओगे, तुम मार्ग पर प्रवेश कर चुके होओगे।

प्रवचन 3

मन की पांच वृत्तियां

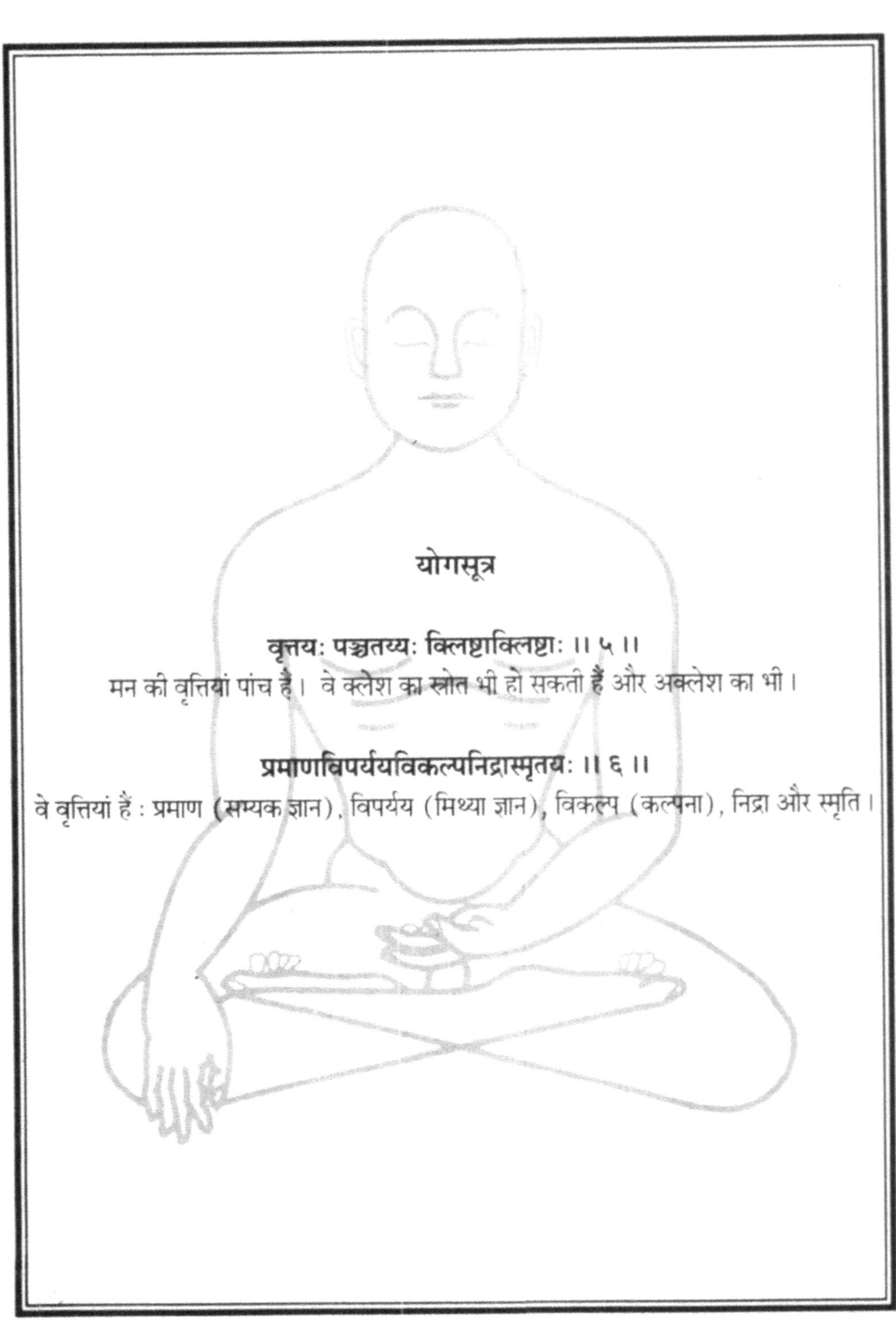

योगसूत्र

वृत्तयः पञ्चतय्यः क्लिष्टाक्लिष्टाः ।। ५ ।।

मन की वृत्तियां पांच हैं। वे क्लेश का स्रोत भी हो सकती हैं और अक्लेश का भी।

प्रमाणविपर्ययविकल्पनिद्रास्मृतयः ।। ६ ।।

वे वृत्तियां हैं : प्रमाण (सम्यक ज्ञान), विपर्यय (मिथ्या ज्ञान), विकल्प (कल्पना), निद्रा और स्मृति।

मन दासता का स्रोत हो सकता है और मुक्ति का भी। मन इस संसार का द्वार बन जाता है, प्रवेश बन जाता है लेकिन वह बाहर निकलने का द्वार भी बन सकता है। मन तुम्हें नरक की ओर ले जाता है, लेकिन मन तुम्हें स्वर्ग की ओर भी ले जा सकता है। यह इस पर निर्भर करता है कि मन का उपयोग कैसे किया जाता है। मन का ठीक उपयोग ध्यान बन जाता है, मन का गलत उपयोग पागलपन बन जाता है।

हर व्यक्ति में मन है। अंधकार और प्रकाश दोनों संभावनाएं इसमें विहित हैं। मन स्वयं न शत्रु है और न मित्र है। तुम इसे मित्र बना सकते हो और तुम इसे शत्रु बना सकते हो। यह तुम पर निर्भर करता है—तुम जो मन के पीछे छिपे हुए हो। यदि तुम अपने मन को अपना उपकरण बना सकते हो, अपना दास, तो मन वह मार्ग बन जाता है जिसके द्वारा तुम चरम साध्य तक पहुंच सकते हो। यदि तुम गुलाम बन जाते हो और मन को मालिक होने देते हो, तब यह मन जो मालिक बन गया है तुम्हें चरम मनोव्यथा और अंधकार तक ले जायेगा।

सारी तरकीबें, सारी विधियां, योग के सारे मार्ग वास्तव में गहरे रूप से एक ही समस्या से संबंधित हैं : मन का उपयोग कैसे करें। ठीक प्रकार से उपयोग किया हुआ मन उस बिंदु तक पहुंच जाता है जहां यह अ-मन बन जाता है। गलत प्रकार से उपयोग किया हुआ मन उस बिंदु तक पहुंच जाता है जहां यह मात्र अराजकता बना होता है। बहुत-सी आवाजें, परस्पर विरोधी, विरोधाभासी, भ्रमभरी, विक्षिप्त।

पागलखाने में बैठे एक पागल आदमी ने और बोधि-वृक्ष के नीचे बैठे बुद्ध ने, दोनों ने मन का प्रयोग किया है। दोनों मन में से गुजरे हैं लेकिन बुद्ध उस परिस्थिति तक आ पहुंचे हैं जहां मन विलीन हो जाता है। ठीक प्रकार से उपयोग करने पर यह मिटने लगता है। और एक घड़ी आती, जब यह होता ही नहीं है। उस पागल आदमी ने भी मन का उपयोग किया है। गलत ढंग से उपयोग किया हुआ मन बंटा हुआ हो जाता है। गलत प्रकार से उपयोग किया मन अनेक बन जाता है। गलत प्रकार से प्रयुक्त होने पर यह भीड़ बन जाता है। और अंत में केवल पागल मन ही वहां होता है और तुम बिलकुल अनुपस्थित होते हो।

बुद्ध का मन समाप्त हो गया है, लेकिन बुद्ध अपनी समग्रता में उपस्थित हैं। पागल आदमी का मन समग्र हो गया है, और वह स्वयं पूरी तरह अनुपस्थित हो गया है। ये दो छोर हैं। यदि तुम और तुम्हारा मन दोनों साथ बने रहते हैं, तब तुम दुख में रहोगे। या तो तुम्हें विलीन होना होगा या मन को विलीन होना होगा। यदि मन मिट जाता है, तब तुम सत्य को उपलब्ध करते हो। यदि तुम मिट जाते हो, अनुपस्थित हो जाते हो, तब तुम विक्षिप्तता को पाते हो। और यही संघर्ष है : कौन मिटने वाला है ? तुम्हें मिटना है या मन को ? यही है द्वंद्व—सारे संघर्ष की

जड़।

पतंजलि के ये सूत्र तुम्हें एक-एक कदम मन की समझ तक ले जायेंगे—क्या है यह; कितने प्रकार के रूप यह ले सकता है; किस प्रकार की वृत्तियां इसमें चली आती हैं; तुम कैसे इसका उपयोग कर सकते हो और कैसे तुम इसके पार जा सकते हो। और ध्यान रहे, तुम्हारे पास अभी और कुछ भी नहीं है, केवल मन है। तुम्हें इसका ही उपयोग करना है।

यदि तुम इसका गलत उपयोग करते हो तो तुम अधिक से अधिक दुख में गिरते चले जाओगे। तुम दुख में हो, क्योंकि बहुत जन्मों से तुमने अपने मन का उपयोग गलत ढंग से किया है। मन मालिक बन गया है और तुम दास मात्र हो; एक परछाईं, जो मन के पीछे चल रही है। तुम मन से कह नहीं सकते, 'रुको।' तुम अपने मन को आज्ञा नहीं दे सकते। तुम्हारा मन आज्ञा दिये चला जाता है और तुम्हें उसके पीछे चलना पड़ता है। तुम्हारी अंतस सत्ता एक परछाईं बन गयी है, एक दास। और मन का उपकरण मालिक हो गया है।

मन कुछ और नहीं, केवल एक उपकरण है। यह तुम्हारे हाथों और पांवों की तरह ही है। जब तुम अपने पांवों और हाथों को कुछ करने की आज्ञा देते हो, तो वे गति करते हैं। जब तुम कहते हो, 'रुको', वे रुक जाते हैं। तुम मालिक हो। यदि मैं अपना हाथ हिलाना चाहता हूं, तो मैं इसे हिलाता हूं। यदि मैं इसे नहीं हिलाना चाहता, तो मैं इसे नहीं हिलाता। हाथ मुझसे नहीं कह सकता, 'चाहे कुछ करो तुम, अब मैं हिलूंगा; मैं नहीं सुनने वाला तुम्हारी।' और यदि मेरे बावजूद मेरा हाथ हिलना शुरू कर दे, तब शरीर में अव्यवस्था मच जायेगी। लेकिन ऐसा ही घटित हो गया है मन के साथ।

तुम नहीं सोचना चाहते, पर मन सोचता चला जाता है। तुम सोना चाहते हो। तुम अपने बिस्तर पर लेट कर करवटें बदलते रहते हो। तुम सो जाना चाहते हो, लेकिन मन चलता रहता है। मन कहता है 'नहीं, मुझे कुछ सोचना ही है।' तुम मन से कहते चले जाते हो, 'रुको', लेकिन यह कभी तुम्हारी नहीं सुनता। तुम कुछ नहीं कर सकते। मन भी एक उपकरण है, लेकिन तुमने इसे बहुत अधिकार दे दिया है। यह अधिनायक बन गया है। और यदि इसे तुम इसके ठीक स्थान पर रखने का प्रयत्न करो तो यह बड़ा संघर्ष करेगा।

बुद्ध भी मन का प्रयोग करते, लेकिन वे अपने मन का प्रयोग उस तरह करते जैसे तुम अपनी टांगों का करते हो। लोग मेरे पास आते रहते हैं और पूछते हैं, 'बुद्धपुरुष के मन को क्या हो जाता है ? क्या वह विलीन ही हो जाता है ? क्या वे उसका उपयोग नहीं कर सकते ?'

यह मालिक के रूप में विलीन हो जाता है, लेकिन दास के रूप में बना रहता है। वह एक निश्चेष्ट उपकरण के रूप में बना रहता है। यदि कोई बुद्ध इसका उपयोग करना चाहते हैं, तो वे इसका उपयोग कर सकते हैं। जब बुद्ध तुमसे बात करते हैं तो उन्हें इसका उपयोग करना ही होगा, क्योंकि वाणी की कोई संभावना नहीं है मन के बिना। मन का उपयोग करना ही होगा। तुम बुद्ध के पास जाते हो और वे तुम्हें पहचान जाते हैं। पहचान जाते हैं कि तुम उनके पास पहले गये हो। इसके लिए मन का उपयोग उन्हें करना होता है। बिना मन के कोई पहचान नहीं होती। बिना मन के कोई स्मृति नहीं होती। लेकिन वे मन का उपयोग मात्र करते हैं, यह ध्यान रहे; यही अन्तर है। तुम मन के द्वारा इस्तेमाल किये जा रहे हो। जब भी वे इसका उपयोग करना चाहते हैं, वे इसका उपयोग करते हैं। जब कभी वे इसका उपयोग नहीं करना चाहते, वे इसका उपयोग नहीं करते। यह निश्चेष्ट उपकरण है; मन

की उनके ऊपर कोई पकड़ नहीं।

बुद्ध दर्पण की तरह बने रहते हैं। यदि तुम दर्पण के सामने आते हो, दर्पण में तुम्हारी छाया पड़ती है। फिर तुम आगे बढ़ जाते हो, वह प्रतिबिम्ब चला जाता है, और दर्पण खाली होता है। लेकिन तुम दर्पण जैसे नहीं हो। तुम किसी को देखते हो, वह आदमी चला जाता है, पर उसके बारे में तुम्हारा सोचना चलता रहता है; प्रतिबिंब बना रहता है। तुम उसके बारे में सोचते चले जाते हो। यदि तुम रुकना भी चाहो, तो भी मन सुनेगा नहीं।

मन पर स्वामित्व बनाना योग है।

और जब पतंजलि कहते हैं 'मन की समाप्ति', तो उनका अर्थ है—मालिक के रूप में मन की समाप्ति। मन का मालिक हो जाना समाप्त हो जाता है। तब वह सचेष्ट नहीं रहता। तब वह एक निश्चेष्ट उपकरण होता है। तुम आदेश देते हो और वह कार्य करता है। तुम आदेश नहीं देते वह स्थिर बना रहता है। वह प्रतीक्षा भर कर रहा है। वह स्वयं की बलपूर्वक घोषणा नहीं कर सकता। वह दावा खो गया है; आक्रामकता खो गयी है। मन तुम्हें नियंत्रित करने का प्रयत्न नहीं करेगा।

अभी स्थिति उल्टी है। तुम मालिक कैसे बन सकते हो ? तुम मन को उसके स्थान पर कैसे रख सकते हो, जहां तुम इसका उपयोग कर सकते हो और जहां, यदि तुम इसका उपयोग नहीं करना चाहते, तुम इसे एक ओर रख चुप बने रह सकते हो ? मन के इस सारे रचनातंत्र को समझना होगा। अब हम सूत्र में प्रवेश करेंगे।

'मन की वृत्तियां पांच हैं। वे क्लेश के स्रोत भी हो सकती हैं और अक्लेश के भी।'

पहली बात समझने की यह है कि मन शरीर से अलग कोई चीज नहीं है, इसे ध्यान में रखना। मन शरीर का ही हिस्सा है। यह शरीर ही है, लेकिन गहरे रूप से सूक्ष्म। यह शरीर की एक अवस्था है, लेकिन बड़ी नाजुक, बड़ी परिष्कृत। तुम इसे पकड़ नहीं सकते लेकिन शरीर के द्वारा तुम इस पर प्रभाव डाल सकते हो। यदि तुम नशा करते हो, यदि तुम एल एस डी लेते हो, या मारिजुआना या शराब या और कुछ लेते हो, तो तुरंत मन पर असर पड़ता है। नशे की चीज शरीर में जाती है, मन में नहीं; लेकिन मन पर असर पड़ता है। शरीर का सबसे सूक्ष्म हिस्सा है मन।

इसके जो विपरीत है वह भी सत्य है। मन को प्रभावित करो और शरीर पर प्रभाव पड़ता है। सम्मोहन में यही कुछ होता है। एक व्यक्ति जो नहीं चल सकता, जो कहता है कि उसे पक्षाघात हुआ है, सम्मोहन के अंतर्गत चल सकता है। तुम्हें पक्षाघात नहीं हुआ, लेकिन यदि सम्मोहन के अंतर्गत यह कहा जाता है कि तुम्हारे शरीर को अब पक्षाघात हो गया है, तो तुम चल नहीं सकोगे। और पक्षाघाती व्यक्ति सम्मोहन के अंतर्गत चल सकता है। क्या हो रहा है ? सम्मोहन मन में जाता है, सम्मोहन संकेत मन में जाता है। तब शरीर भी पीछे चल पड़ता है।

सबसे पहली बात समझनी होगी—मन और शरीर दो नहीं हैं। यह पतंजलि की सबसे गहरी खोजों में से एक खोज है। अब आधुनिक विज्ञान तक भी इसे मान्यता देता है। लेकिन पश्चिम में यह ज्ञान बिलकुल नया है। अब वे कहते हैं कि शरीर और मन के विभाजन की बात करना ठीक नहीं है। वे कहते हैं कि यह 'साइकोसोमैटिक' है; यह मनःशारीरिक है। ये दोनों शब्द एक घटना के दो कार्य भर हैं। एक छोर मन है दूसरा

छोर शरीर है, अतः तुम एक को बदलने के लिए किसी दूसरे पर कार्य कर सकते हो।

शरीर के पास क्रिया के पांच अवयव हैं—पांच इंद्रियां, क्रिया के पांच उपकरण। मन की पांच वृत्तियां हैं, क्रिया के पांच रूप। मन और शरीर एक हैं। शरीर पांच क्रियाओं में बंटा हुआ है, मन भी पांच क्रियाओं में बंटा हुआ है। हम हर क्रिया के विस्तार में जायेंगे।

इस सूत्र के संबंध में दूसरी बात यह है कि मन की क्रियाएं क्लेश का स्रोत भी हो सकती हैं और अक्लेश का भी। मन की ये पांच वृत्तियां, मन की यह समग्रता तुम्हें गहरी वेदना में पहुंचा सकती हैं। पहुंचा सकती हैं दुख में, पीड़ा में। और यदि तुम मन का, इसकी क्रियात्मकता का उपयोग ठीक ढंग से करते हो, तो ये तुम्हें गैर-दुख में भी ले जा सकती हैं।

गैर-दुख शब्द बड़ा अर्थपूर्ण है। पतंजलि नहीं कहते कि मन तुम्हें आनंद में ले जायेगा, परमआनंद में ले जायेगा—नहीं। यह तुम्हें दुख में ले जा सकता है यदि तुम इसका गलत ढंग से उपयोग करते हो, यदि तुम इसके गुलाम बन जाते हो। लेकिन यदि तुम मालिक बन जाओ, तो यह मन तुम्हें गैर-दुख में ले जा सकता है, आनंद में नहीं। क्योंकि आनंद तुम्हारा स्वभाव ही है। मन तुम्हें उस तक नहीं ले जा सकता। लेकिन यदि तुम गैर-दुख में हो, तो आंतरिक आनंद बहना शुरू हो जाता है।

आनंद वहां भीतर सदा से ही है। यह तुम्हारा निजी स्वभाव है। यह प्राप्त करने वाली या अर्जित करने वाली कोई चीज नहीं है। यह कहीं और पहुंचने और पाने की चीज नहीं है। तुम इसके साथ जन्मे हो; तुम्हारे पास यह है ही। यह अवस्था मिली हुई ही है। इसीलिए पतंजलि नहीं कहते कि मन तुम्हें दुख या आनंद में ले जा सकता है। नहीं, वे पूरे वैज्ञानिक हैं, बहुत परिशुद्ध हैं। वे एक भी शब्द ऐसा नहीं प्रयोग करेंगे जो तुम्हें कोई झूठी सूचना दे। वे सीधे ही कहते हैं कि या तो दुख में या गैर-दुख में।

बुद्ध ने भी कई बार यही कहा था; जब-जब खोजी उनके पास आते—और खोजी आनंद प्राप्त करने के पीछे ही पड़े होते हैं—वे बुद्ध से पूछते, 'हम आनंद तक कैसे पहुंच सकते हैं, परमआनंद तक?' वे कहते, 'मैं नहीं जानता। मैं तुम्हें केवल वह मार्ग दिखा सकता हूं जो गैर-पीड़ा तक ले जाता है, केवल दुख की अनुपस्थिति तक ले जाता है। मैं सुनिश्चित आनंद के बारे में कुछ नहीं कहता; नकारात्मक के बारे में ही कहता हूं। मैं तुम्हें संकेत दे सकता हूं कि गैर-दुख के संसार में कैसे रहा जाये!'

इतना भर ही है जो विधियां कर सकती हैं। एक बार जब तुम गैर-पीड़ा की अवस्था में होते हो, आंतरिक आनंद बहने लगता है। लेकिन वह मन से नहीं आता, वह तुम्हारी आंतरिक सत्ता से आता है। इसलिए मन का आनंद से कुछ लेना-देना नहीं है। मन इसे निर्मित नहीं कर सकता है। यदि मन दुख में होता है, तब मन बाधा बन जाता है। यदि मन गैर-दुख में होता है, तब मन द्वार हो जाता है। लेकिन यह निर्माणकर्ता नहीं होता, यह कुछ कर नहीं रहा होता।

तुम खिड़कियां खोलते हो और सूर्य की किरणें प्रवेश करती हैं। खिड़कियां खोलने के द्वारा तुम सूर्य का निर्माण नहीं कर रहे होते। सूर्य वहां था ही। यदि वह वहां नहीं होता, तब खिड़कियों को केवल खोल देने से किरणें प्रविष्ट न होतीं। पर तुम्हारी खिड़की रुकावट बन सकती है। हो सकता है बाहर सूर्य की किरणें हों, लेकिन खिड़की बंद है। खिड़की बाधा डाल सकती है या वह अंदर आने दे सकती है। वह राह बन सकती है, लेकिन

वह निर्माणकर्त्री नहीं हो सकती। वह उन किरणों का निर्माण नहीं कर सकती। वे किरणें वहां हैं।

तुम्हारा मन यदि दुखी होता है, तो बंद हो जाता है। ध्यान रहे, दुख का एक लक्षण बंदपन है। जब कभी तुम दुख में होते हो, तुम बंद हो जाते हो। जब कभी तुम कोई व्यथा अनुभव करते हो, तुम संसार के प्रति बंद होते हो; अपने सबसे प्रिय मित्र तक के लिए भी तुम बंद होते हो। जब तुम दुख में होते हो तुम पत्नी, अपने बच्चों, अपने प्रिय तक के लिए बंद होते हो, क्योंकि दुख तुम्हें भीतर एक सिकुड़न देता है। तुम सिकुड़ते हो। हर ओर से तुम अपने द्वार बंद कर लिये होते हो।

इसीलिए दुख में लोग आत्महत्या की बात सोचने लगते हैं। आत्महत्या का मतलब है संपूर्ण बंदपन। किसी संवाद की कोई संभावना ही नहीं है, किसी द्वार की कोई संभावना नहीं। एक बंद दरवाजा भी खतरनाक होता है। कोई इसे खोल सकता है, इसलिए दरवाजे को ही नष्ट कर दो। सारी संभावनाओं को नष्ट कर दो। आत्महत्या का अर्थ है—अब मैं किसी भी द्वार-दरवाजे के खुलने की सारी संभावनाओं को नष्ट करने जा रहा हूं। अब मैं स्वयं को संपूर्णतया बंद कर रहा हूं।

जब कभी तुम दुख में होते हो, तुम आत्महत्या की सोचना शुरू कर देते हो। जब तुम खुश होते हो, तुम आत्महत्या की बात सोच तक नहीं सकते। तुम इसकी कल्पना भी नहीं कर सकते। लोग आत्महत्या क्यों करते हैं, तुम इस बारे में सोच तक नहीं सकते। जीवन इतना सुख देने वाला है, जीवन एक गहरा संगीत है, तो भी लोग अपना जीवन नष्ट क्यों कर लेते हैं ? यह असंभव लगता है।

ऐसा क्यों है कि जब तुम खुश होते हो तब आत्महत्या असंभव लगती है ? क्योंकि तुम खुले होते हो। जीवन तुममें प्रवाहित होता है। जब तुम प्रसन्न हो, तब तुम्हारे पास कहीं बड़ी आत्मा होती है, तब आत्मा फैलती है। जब तुम अप्रसन्न होते हो, तुम्हारे पास कहीं छोटी आत्मा होती है, एक सिकुड़न होती है।

जब कोई अप्रसन्न होता है, तब उसका स्पर्श करो, उसका हाथ अपने हाथ में लो। तुम अनुभव करोगे कि उसका हाथ मरा हुआ है। उसके द्वारा कुछ नहीं बह रहा है। कोई प्रेम नहीं, कोई ऊष्मा नहीं। वह मात्र ठण्डा है, जैसे कि वह किसी लाश का हाथ हो। लेकिन जब कोई प्रसन्न होता है और तुम उसका हाथ छुओ, वहां कुछ संप्रेषित होता है। ऊर्जा बह रही है। उसका हाथ मरा हुआ हाथ भर नहीं है, उसका हाथ एक पुल बन गया है। उसके हाथ द्वारा कोई ऊर्जा तुम तक आती है, संचारित होती है, जुड़ती है। ऊष्मा बहती है; तुम तक पहुंचती है। वह तुममें बहने का हर प्रयत्न करता है और तुम्हें भी अपने में बहने देता है।

जब दो व्यक्ति प्रसन्न होते हैं, वे एक हो जाते हैं। इसीलिए प्रेम में एकत्व घटित होता है और प्रेमी सोचने लगते हैं कि वे दो नहीं हैं। वे दो होते हैं, और वे महसूस करने लगते हैं कि वे दो नहीं हैं क्योंकि प्रेम में वे इतने खुश होते हैं कि पिघलाव घटित हो जाता है। वे एक दूसरे में पिघलने लगते हैं, वे एक दूसरे में बहने लगते हैं। सीमाएं टूट जाती हैं, परिभाषाएं धुंधला जाती हैं और वे नहीं जानते कि कौन कौन है। उस घड़ी में वे एक हो जाते हैं।

जब तुम खुश होते हो, तुम दूसरों में बह सकते हो और तुम दूसरों को भी स्वयं में बहने देते हो। यही है उत्सव का अर्थ। जब तुम हर एक को स्वयं में बहने देते हो और तुम हर एक में बहते हो, तुम जीवन का उत्सव मना रहे होते हो। और उत्सव सबसे बड़ी प्रार्थना है, ध्यान का सबसे ऊंचा शिखर।

दुख में तुम आत्महत्या करने की बात सोचना शुरू कर देते हो। दुख में, तुम विनाश की सोचना शुरू कर देते

हो। दुख में तुम उत्सव के विपरीत छोर पर होते हो। तुम दोष देते हो। तुम उत्सव नहीं मना सकते। हर चीज के लिए तुममें दुर्भाव है। हर चीज गलत है और तुम निषेधात्मक हो। तुम बह नहीं सकते, तुम जुड़ नहीं सकते, और तुम किसी को अपने में बहने नहीं देते। तुम एक द्वीप बन गये हो—पूरी तरह से बंद। यह एक जीवित मृत्यु है। जीवन केवल तभी है जब तुम खुले हो और बह रहे हो—जब तुम निडर, निर्भय, खुले, अति संवेदनशील होकर उत्सव मना रहे होते हो।

पतंजलि कहते हैं कि मन दो बातें कर सकता है—यह निर्मित कर सकता है दुख या गैर-दुख। तुम इस तरह इसका उपयोग कर सकते हो कि तुम दुखी हो जाओ। और तुमने इसका उपयोग इसी तरह किया है। तुम सब इस बात में निपुण हो। इस पर अधिक बात करने की आवश्यकता नहीं है, तुम इसे जानते ही हो। तुम दुख निर्मित करने की कला जानते हो। हो सकता है तुम्हें इसका होश न हो, लेकिन यही तुम कर रहे हो निरंतर। जो कुछ तुम छूते हो, दुख का स्रोत बन जाता है। जो कुछ भी !

मैं गरीब आदमियों को देखता हूं। स्पष्टतः वे दुखी हैं। वे गरीब हैं, जीवन की आधारभूत आवश्यकताएं पूरी नहीं हो रही हैं। लेकिन फिर मैं धनवान व्यक्तियों को देखता हूं और वे भी दुखी हैं। ये धनवान व्यक्ति सोचते हैं कि धन कहीं नहीं ले जाता है। लेकिन यह सही नहीं है। धन उत्सव तक ले जा सकता है, पर उत्सव मनाने वाला मन तुम्हारे पास नहीं है। इसलिए यदि तुम गरीब हो, तुम दुखी हो। और यदि तुम धनवान हो जाते हो तो तुम ज्यादा दुखी होते हो। जिस घड़ी तुम समृद्धि को छूते हो, तुम उसे नष्ट कर देते हो।

तुमने राजा मीडास की ग्रीक कहानी सुनी है ? जो कुछ भी उसने छुआ, सोने में बदल गया। तुम सोने को छूते हो, और तत्क्षण वह कीचड़ बन जाता है। वह धूल हो जाता है। और तब तुम सोचते हो कि इस संसार में कुछ नहीं है। धन-दौलत भी व्यर्थ है, ऐसा नहीं है। पर तुम्हारा मन उत्सव नहीं मना सकता। तुम्हारा मन किसी गैर-दुख में हिस्सा नहीं ले सकता। यदि तुम्हें स्वर्ग में भी निमंत्रित किया जाये, तो तुम वहां स्वर्ग नहीं पाओगे। तुम एक नरक का निर्माण कर लोगे। तुम जैसे हो, जहां कहीं तुम जाते हो, तुम अपना नरक अपने साथ ले जाते हो।

एक अरबी कहावत है कि नरक और स्वर्ग भौगोलिक स्थान नहीं हैं, वे दृष्टिकोण हैं। और कोई स्वर्ग या नरक में प्रवेश नहीं करता। हर कोई स्वर्ग और नरक सहित प्रवेश करता है। जहां कहीं तुम जाते हो, तुम अपने नरक का प्रक्षेपण और स्वर्ग का प्रक्षेपण अपने साथ ले जाते हो। तुम्हारे भीतर एक प्रक्षेपक है। फौरन तुम प्रक्षेपण कर लेते हो।

लेकिन पतंजलि सतर्क हैं। वे कहते हैं दुख या गैर-दुख; विधायक दुख या नकारात्मक दुख; लेकिन आनंद नहीं। मन तुम्हें नहीं दे सकता आनंद; आनंद कोई भी नहीं दे सकता। आनंद तुममें ही छिपा है। जब मन गैर-दुख की अवस्था में होता है तो आनंद बहने लगता है। यह मन से नहीं आता, यह कहीं पार से आ रहा होता है। इसलिए मन की वृत्तियां क्लेश का स्रोत भी हो सकती हैं और अक्लेश की भी।

मन की वृत्तियां पांच हैं। वे हैं—प्रमाण (सम्यक ज्ञान), विपर्यय (मिथ्या ज्ञान), कल्पना, निद्रा और स्मृति।

पहला है 'प्रमाण'—सम्यक ज्ञान। संस्कृत का शब्द 'प्रमाण' बहुत गहरा है और वास्तव में अनुवादित हो भी

नहीं सकता। 'सम्यक ज्ञान' तो अर्थ की परछाईं मात्र है, बिलकुल सही अर्थ नहीं है क्योंकि अंग्रेजी में भी ऐसे शब्द नहीं हैं जो 'प्रमाण' को अनूदित कर सकें। 'प्रमाण' आता है मूल शब्द 'प्रमा' से। इस विषय में बहुत-सी चीजें समझ लेनी हैं।

पतंजलि कहते हैं कि मन की एक क्षमता होती है। यदि वह क्षमता ठीक तरह से निर्देशित की जाये, तब जो कुछ भी जाना जाये, सत्य होता है—वह स्वयं-सिद्ध होता है। लेकिन हम इसके प्रति जागरूक नहीं, क्योंकि हमने कभी इसका उपयोग नहीं किया है। मन का वह आयाम अप्रयुक्त रह गया है। यह ठीक ऐसे है, जैसे कमरा अंधेरा है, तुम उसमें आते हो। तुम्हारे पास टॉर्च है, लेकिन तुम उसका प्रयोग नहीं कर रहे, इसलिए कमरा अंधेरा ही बना रहता है। तुम इस मेज से, उस कुर्सी से ठोकर खाते चले जाते हो। और तुम्हारे पास टॉर्च है ! लेकिन टॉर्च जलानी तो पड़ेगी। ज्यों ही तुम टॉर्च जलाओ, उसी क्षण अंधकार मिट जाता है। जिस जगह भी टॉर्च को एकाग्र करते हो, उसे तुम जान लेते हो। कम से कम वह एक जगह स्पष्ट हो जाती है—स्वयं-सिद्ध रूप से स्पष्ट।

मन के पास क्षमता है प्रमाण की, सम्यक ज्ञान की, प्रज्ञा की। एक बार तुम जान लो कि इसे कैसे प्रयुक्त करना है, तब तुम कहीं भी इसका प्रकाश भेजो, सम्यक ज्ञान ही उद्घाटित होगा। और इस क्षमता का उपयोग कैसे किया जाता है इसे जाने बिना, जो कुछ भी तुम जानते हो, वह गलत ही होगा।

मन की क्षमता है—असत ज्ञान की भी। संस्कृत में गलत ज्ञान को 'विपर्यय' कहा गया है। वह झूठा है, मिथ्या है। तुम्हारी वह भी क्षमता है। तुम नशा करते हो, और क्या हो जाता है ? सारा संसार विपर्यय बन जाता है, सारा संसार मिथ्या हो जाता है। तुम उन चीजों को देखने लगते हो, जो वहां हैं नहीं।

क्या हो जाता है ? अल्कोहल चीजों का निर्माण नहीं कर सकता है। अल्कोहल तुम्हारे शरीर और मस्तिष्क के साथ कुछ कर रहा है। नशा उस केंद्र को उत्तेजित कर देता है जिसे पतंजलि विपर्यय कहते हैं। मन का एक केंद्र है जो किसी भी चीज को विकृत कर सकता है। जैसे ही यह केंद्र कार्य करना प्रारंभ करता है, हर चीज विकृत हो जाती है।

मुझे एक कहानी याद आती है। एक बार ऐसा हुआ कि मुल्ला नसरुद्दीन और उसके मित्र एक मदिरालय में शराब पी रहे थे। जब वे वहां से उठे तो वे पूरी तरह नशे में धुत्त हो चुके थे। और नसरुद्दीन एक पुराना, अनुभवी शराबी था। दूसरा अभी नया था इसलिए उस पर ज्यादा असर हो गया। वह कहने लगा, 'अब मैं देख नहीं सकता, मैं सुन नहीं सकता, मैं ठीक से चल तक नहीं सकता। मैं अपने घर कैसे पहुंचूंगा ? तुम मुझे बताओ नसरुद्दीन ! कृपा करके मुझे राह दिखाओ। कैसे मुझे घर पहुंचना चाहिए ?'

नसरुद्दीन बोला, 'पहले तुम जाओ। इतने कदम चलने पर तुम एक जगह पहुंचोगे जहां दो रास्ते हैं। एक दायीं ओर जाता है, दूसरा बायीं ओर। तुम बायीं ओर जाओ, क्योंकि वह रास्ता जो दायीं ओर जाता है वह है ही नहीं। मैं उस दायीं ओर के रास्ते पर बहुत बार गया, लेकिन अब मैं एक अनुभवी आदमी हूं। ध्यान रखना, तुम दो रास्ते देखोगे। बायीं ओर वाला चुन लेना, दायीं ओर वाला मत चुनना। वह दायीं ओर वाला रास्ता है ही नहीं। मैं उस पर बहुत बार जा चुका हूं, लेकिन फिर कहीं पहुंचना नहीं होता। तुम अपने घर कभी नहीं पहुंचते।'

एक बार नसरुद्दीन अपने बेटे को शराब पीने का पहला पाठ पढ़ा रहा था। बेटा बहुत उत्सुक था। इसलिए

अपने पिता से बोला, 'कब रुकना होता है ?' नसरुद्दीन ने कहा, 'उस मेज को देखो। चार आदमी वहां बैठे हुए हैं। जब तुम्हें आठ दिखने लगें, रुक जाना।' लड़के ने कहा, 'लेकिन पिताजी, वहां तो केवल दो आदमी बैठे हैं।'

यह भी मन की क्षमता है। यह क्षमता कार्य करती है, जब कभी तुम किसी नशे के, किसी मादक पदार्थ के प्रभाव में होते हो। यह वह मानसिक क्षमता है, जिसे पतंजलि विपर्यय कहते हैं—मिथ्या ज्ञान; विकृति का केंद्र।

इसके ठीक विपरीत सामने एक केंद्र है जिसके बारे में तुम कुछ नहीं जानते हो। इससे ठीक विपरीत एक केंद्र है। यदि तुम गहराई से मौनपूर्वक ध्यान करो, तो वह दूसरा केंद्र कार्य करना शुरू कर देगा। वही केंद्र प्रमाण कहलाता है—सम्यक ज्ञान। उस केंद्र के कार्य करने पर जो कुछ जाना जाये वही ठीक होता है। तो प्रश्न यह नहीं है कि तुम क्या जानते हो, प्रश्न यह है कि तुम कहां से जानते हो।

इसलिए सारे धर्म शराब के विरुद्ध रहे हैं। ऐसा किसी नैतिकतावादी आधार पर नहीं होता रहा है। नहीं। ऐसा है क्योंकि शराब विकृति के केंद्र को प्रभावित करता है। और प्रत्येक धर्म ध्यान के लिए कहता है क्योंकि ध्यान का अर्थ है : अधिक से अधिक शांति का निर्माण करना, अधिक से अधिक मौन हो जाना।

शराब इसके बिलकुल विपरीत किये चली जाती है। वह तुम्हें ज्यादा से ज्यादा भड़काती, उत्तेजित करती, अशांत बनाती है। तुम में एक कंपकंपी प्रविष्ट हो जाती है। शराबी ठीक से चल तक नहीं सकता। उसका संतुलन खो जाता है। केवल शरीर का ही नहीं, मन के भीतर भी उसका संतुलन खो जाता है।

ध्यान का अर्थ है, एक आंतरिक संतुलन पाना। जब तुम आंतरिक संतुलन प्राप्त करते हो, और कोई कंपन नहीं रहता; जब सारा शरीर और मन स्थिर बन जाता है, तब सम्यक ज्ञान का केंद्र कार्य करना शुरू करता है। उस केंद्र द्वारा जो कुछ भी जाना जाये, वह सत्य होता है।

लेकिन तुम कहां हो ? तुम शराबी नहीं हो और न ध्यानी हो। तो तुम्हें दोनों के बीच कहीं होना चाहिए। तुम किसी केंद्र में नहीं हो। तुम सम्यक ज्ञान और मिथ्या ज्ञान के इन दोनों केंद्रों के बीच हो। इसलिए तुम उलझ गये हो।

कई बार तुम्हें झलकें मिलती हैं। तुम सम्यक ज्ञान के केंद्र की तरफ थोड़ा झुकते हो और तब कुछ झलकें तुम्हें मिलती हैं। या तुम विकृति के केंद्र की तरफ झुकते हो और तब विकृति तुममें प्रविष्ट होती है। हर चीज तुममें मिश्रित हो गई है; तुम अंध-व्यवस्था में पड़े हो। इसलिए तुम्हें या तो ध्यानी बनना होता है और या तुम शराबी बन जाओगे, क्योंकि उलझन बहुत ही कठिन होती है। और ये ही दो रास्ते हैं।

यदि तुम स्वयं को नशे में डुबा लेते हो, तब तुम चैन पाते हो। कम से कम तुमने एक केंद्र प्राप्त कर लिया होता है। हो सकता है यह केंद्र मिथ्या ज्ञान का हो; लेकिन चाहे जो हो, तुम केंद्रीभूत होते हो। चाहे सारा संसार कहे कि तुम गलत हो, लेकिन तुम ऐसा नहीं सोचते। तुम सोचते हो कि सारा संसार गलत है। लेकिन बेहोशी के उन क्षणों में कम से कम तुम केंद्रीभूत तो होते हो; लेकिन मिथ्या के केंद्र में केंद्रित होते हो। लेकिन तुम प्रसन्न होते हो, क्योंकि मिथ्या के केंद्र में केंद्रित होना भी एक निश्चित सुख देता है। तुम इसका रस लेते हो। इसलिए शराब के लिए इतना अधिक आकर्षण है।

सदियों से सरकारें इसके विरोध में लड़ रही हैं। नियम बनाये गये हैं, नशेबंदी के और सब कुछ किया गया,

लेकिन कुछ नहीं हो पाया। जब तक मानवता ध्यानमय नहीं हो जाती, तब तक कोई चीज मदद नहीं कर सकती। लोग यही किये जायेंगे। वे नये तरीके और नये साधन ढूंढ़ लेंगे नशा करने के। उन्हें रोका नहीं जा सकता। और जितना अधिक उन्हें रोकने का प्रयास होगा, जितने अधिक मद्य-निषेध के नियम होंगे, नशे के लिए उतना अधिक आकर्षण होगा।

अमरीका ने यह प्रयत्न किया और उसे पीछे हटना पड़ा। उन्होंने पूरी कोशिश की, लेकिन जब शराबबंदी की गयी, तो और अधिक शराब इस्तेमाल की जाने लगी। उन्होंने प्रयत्न किया, परंतु वे असफल रहे। और स्वतंत्रता के बाद भारत भी शराब से पीछा छुड़ाने की कोशिशें करता रहा है। ऐसा करने में वह असफल रहा और बहुत से प्रांतों ने इसे फिर से प्रारंभ कर दिया है। निषेध का प्रयास ही व्यर्थ लगने लगा है।

जब तक आदमी भीतर से परिवर्तित नहीं होता, तुम किसी निषेध को जबरदस्ती उस पर नहीं थोप सकते। ऐसा असंभव है, क्योंकि तब व्यक्ति पागल हो जायेगा। यह उसका तरीका है स्वस्थ और समझदार बने रहने का ! कुछ घंटों के लिए वह नशे में रहता है, पत्थर बना हुआ, तब वह ठीक रहता है। तब वहां कोई दुख नहीं है, तब वहां कोई संताप नहीं है। दुख आयेगा, संताप आयेगा, लेकिन कम से कम यह स्थगित हो जायेगा। अगले दिन सुबह दुख होगा, संताप होगा और उसे उसका सामना करना होगा। लेकिन वह शाम की आशा कर सकता है। एक बार फिर वह शराब पी लेगा और निश्चित हो जायेगा।

ये दो विकल्प हैं। यदि तुम ध्यानमग्न नहीं हो, तो देर-अबेर तुम्हें कोई नशा खोज लेना होगा। और सूक्ष्म नशे हैं। शराब बहुत सूक्ष्म नहीं है, यह बहुत स्थूल है। लेकिन सूक्ष्म नशे हैं। काम-वासना तुम्हारे लिए एक नशा बन सकती है। काम-वासना द्वारा तुम अपना होश खो सकते हो। तुम किसी भी चीज को नशे की तरह इस्तेमाल कर सकते हो, लेकिन केवल ध्यान मदद कर सकता है। क्यों ? क्योंकि ध्यान तुम्हें उस केंद्र पर केंद्रस्थ कर देता है जिसे पतंजलि कहते हैं—'प्रमाण'।

हर धर्म में ध्यान पर इतना जोर क्यों है ? ध्यान जरूर कोई आंतरिक चमत्कार करता रहा होगा। यही चमत्कार है—कि ध्यान सम्यक ज्ञान के प्रकाश को जलाने में मदद करता है। तब जहां कहीं तुम गति करो, जहां कहीं तुम्हारा होश पड़े, तब जो कुछ जाना जाये, सत्य होता है।

बुद्ध से हजारों-हजारों प्रश्न पूछे गये। एक दिन किसी ने उनसे कहा, 'हम आपके पास नये प्रश्न लेकर आते हैं। हमने आपके सामने प्रश्न रखा भी नहीं होता और आप उनका उत्तर देने लगते हैं। आप कभी इसके बारे में सोचते नहीं। ऐसा कैसे हो जाता है ?'

बुद्ध ने कहा, 'यह सोचने का प्रश्न नहीं है। तुम प्रश्न पूछते हो और मैं केवल उसे देखता हूं। जो कुछ सत्य है, उद्‌घाटित हो जाता है। इसके बारे में सोचने का, विचारमग्न होने का प्रश्न नहीं है। वह उत्तर संगत निष्कर्ष की तरह नहीं आता है। यह केवल सही केंद्र पर ऊर्जा को फोकस करने का परिणाम है।'

बुद्ध किरणपुंज (टॉर्च) की तरह हैं। जिस किसी दिशा में टॉर्च घूमती है, वहां जो है उसे उद्‌घाटित कर देती है। प्रश्न क्या है, यह बात नहीं है। बुद्ध के पास प्रकाश है और जब कभी किसी प्रश्न पर प्रकाश आ पहुंचेगा, उत्तर प्रकट हो जायेगा। उस प्रकाश के कारण उत्तर आयेगा। यह एक स्वाभाविक घटना है, यह एक सहज बोध है।

जब कोई तुमसे कुछ पूछता है, तब तुम्हें उसके बारे में सोचना पड़ता है। लेकिन तुम कैसे सोच सकते हो, यदि तुम जानते नहीं ? और यदि तुम जानते हो, तो सोचने की कोई आवश्यकता नहीं है। यदि तुम नहीं जानते हो, तो तुम करोगे क्या ? तुम अपनी स्मृति में खोजोगे, तुम्हें बहुत-से सुराग मिल जायेंगे। तुम कुछ जोड़जाड़ करोगे। लेकिन वास्तव में तुम जानते नहीं हो। अन्यथा तुम्हारा उत्तर तुरंत आता।

मैंने सुना है एक शिक्षक के बारे में, प्राइमरी स्कूल की एक महिला शिक्षक के बारे में, उसने बच्चों से पूछा, 'क्या तुम्हारे पास कोई प्रश्न है ? एक छोटा लड़का उठ खड़ा हुआ और कहने लगा, 'मेरा एक प्रश्न है—और मैं इसे पूछने की प्रतीक्षा कर रहा था कि कब आप प्रश्न पूछने के लिए कहेंगी—पृथ्वी का वजन कितना है ?'

शिक्षिका तो घबड़ा गयी क्योंकि उसने कभी इस बारे में सोचा न था; उसने कभी इस बारे में पढ़ा न था। सारी पृथ्वी का वजन कितना है ? उसने एक चालाकी चली, जिसे शिक्षक जानते हैं। उन्हें चालाकियां चलनी पड़ती हैं। उसने कहा, 'हां प्रश्न महत्वपूर्ण है। कल के लिए हर एक को इसका उत्तर खोजना है।' उसे समय चाहिए था। वह बोली, 'कल मैं यह प्रश्न पूछूंगी। जो कोई सही उत्तर लायेगा उसे उपहार मिलेगा।'

सारे बच्चे खोजते रहे, खोजते रहे लेकिन उन्हें उत्तर नहीं मिला। शिक्षिका लाइब्रेरी में दौड़ी गयी। सारी रात वह खोजती रही और सुबह हो गयी तब कहीं वह पृथ्वी का वजन पता लगा सकी। वह बहुत खुश थी। वह स्कूल आ पहुंची और बच्चे थे वहां। वे थक चुके थे। उन्होंने कहा, 'हम नहीं पता लगा सके। हमने मम्मी से पूछा और हमने डैडी से पूछा। और हमने सबसे पूछा। कोई नहीं जानता। यह प्रश्न बहुत कठिन लगता है।'

शिक्षिका हंस पड़ी और बोली, 'यह कठिन नहीं है। मैं उत्तर जानती थी, लेकिन मैं तो यह देखना चाह रही थी कि तुम पता लगा सकते हो या नहीं। पृथ्वी का वजन है.... ।' वह छोटा बच्चा जिसने प्रश्न उठाया था, फिर खड़ा हो गया और पूछने लगा, 'लोगों को मिला कर या बिना लोगों के ?'

तुम बुद्ध को ऐसी स्थिति में नहीं डाल सकते। कहीं उत्तर खोज लेने की बात नहीं है। बात वस्तुतः तुम्हें उत्तर देने की भी नहीं है। तुम्हारा प्रश्न तो उनके लिए केवल एक बहाना है। तुम जब उनके सामने प्रश्न रखते हो, तो वे सीधे अपना प्रकाश प्रश्न की ओर मोड़ देते हैं और जो कुछ प्रकट होता है, उन्हें दिख जाता है। वे तुम्हें उत्तर देते हैं। वह उनके सही केंद्र से दिया जाने वाला उत्तर है—प्रमाण।

पतंजलि कहते हैं कि मन की पांच वृत्तियां हैं। पहला है प्रमाण—सम्यक ज्ञान। यदि सम्यक ज्ञान का यह केंद्र तुममें क्रियाशील होने लगता है, तो तुम मनीषी हो जाओगे, एक संत। तुम धार्मिक हो जाओगे। और इससे पहले तुम धार्मिक नहीं हो सकते।

इसीलिए जीसस या मोहम्मद पागल दिखते हैं। क्योंकि वे बहस नहीं करते, वे अपनी बात तर्कपूर्ण ढंग से सामने नहीं लाते। वे तो सीधे निश्चयपूर्वक कहते हैं। यदि तुम जीसस से पूछते, 'क्या आप वास्तव में ईश्वर के एकमात्र पुत्र हैं ?' वे कहते, 'हां।' और यदि तुम उनसे इसका प्रमाण देने को कहो, तो वे हंस देंगे। वे कह देंगे, 'प्रमाणित करने की आवश्यकता नहीं। मैं जानता हूं। यही वस्तुस्थिति है। यह स्वयं-सिद्ध है।' हमें यह तर्कयुक्त नहीं लगता। यह आदमी विक्षिप्त जान पड़ता है। बिना किसी प्रमाण के कुछ दावा कर रहा है।

यदि यह प्रमाण, यह प्रमा का केंद्र, सम्यक ज्ञान का यह केंद्र क्रियाशील होने लगता है, तो तुम वैसे ही हो जाओगे। तुम निश्चयपूर्वक कहने के योग्य हो जाओगे, लेकिन तुम प्रमाण नहीं दे पाओगे। तुम प्रमाणित कैसे

कर सकते हो ? यदि तुम्हें प्रेम हो जाता है तो तुम इसका प्रमाण कैसे दे सकते हो कि तुम्हें प्रेम हो गया है ? तुम ऐसा निश्चयपूर्वक कह ही सकते हो। यदि तुम्हारी टांग में दर्द है, तो तुम कैसे प्रमाणित कर सकते हो कि मुझे दर्द है ? तुम भीतर कहीं इसे जानते हो। वह जानना काफी है।

रामकृष्ण से पूछा गया, 'क्या ईश्वर है ?' उन्होंने कहा, 'हां।' उस व्यक्ति ने कहा, 'तो इसे प्रमाणित करें।' रामकृष्ण ने उत्तर दिया, 'इसकी कोई आवश्यकता नहीं है। मैं जानता हूं। मेरे लिए कोई आवश्यकता नहीं। तुम्हारे लिए इसकी आवश्यकता है तो तुम खोजो। इसे मेरे लिए कोई प्रमाणित नहीं कर सका और मैं इसे तुम्हारे लिए प्रमाणित नहीं कर सकता। मुझे खोजना पड़ा; और मैंने पा लिया है। ईश्वर है।'

यह सही केंद्र की क्रियाशीलता है। लेकिन रामकृष्ण या जीसस बेतुके लगते हैं। वे कुछ चीजों का दावा कर रहे हैं बगैर कोई प्रमाण दिये हुए। लेकिन वे दावा नहीं कर रहे हैं। वे किसी चीज के लिए दावा नहीं कर रहे हैं। कुछ चीजें उनके सामने उद्घाटित हो गयी हैं क्योंकि उनके पास एक नये केंद्र की क्रियाशीलता है जो कि तुम्हारे पास नहीं है। क्योंकि तुम्हारे पास यह है ही नहीं इसीलिए तुम्हें प्रमाणित करना पड़ता है।

ध्यान रहे, प्रमाण देना प्रमाणित करता है कि किसी चीज के लिए तुम्हारे पास कोई आंतरिक अनुभूति नहीं है, हर चीज को सिद्ध करना पड़ता है। और लोग यही किये चले जा रहे हैं। मैं बहुत-से दंपतियों को जानता हूं जो यही करते हैं। पति प्रमाणित करने में लगा रहता है कि वह प्रेम करता है लेकिन इसे वह पत्नी को स्वीकार नहीं करा पाता। और पत्नी प्रमाणित किये जा रही है कि वह प्रेम करती है लेकिन वह पति को स्वीकार नहीं करा पाती। वे अनिश्चयी बने रहते हैं और यह द्वंद्व बना रहता है। हर एक अनुभव करता रहता है कि दूसरे ने अभी तक अपने प्रेम का प्रमाण नहीं दिया है।

प्रेमी अपने प्रेम के प्रमाण जुटाने में लगे रहते हैं। वे स्थितियां बनाते हैं जिसमें दूसरे को अपने-अपने प्रेम का प्रमाण देना ही पड़े। और धीरे-धीरे दोनों प्रमाण देने की इस बेकार कोशिश से ऊब जाते हैं। और प्रमाणित कुछ नहीं किया जा सकता। तुम प्रेम का प्रमाण कैसे दे सकते हो ? तुम उपहार दे सकते हो, लेकिन प्रमाणित कुछ नहीं होता। तुम चुंबन और आलिंगन कर सकते हो, और तुम गा सकते हो और तुम नाच सकते हो, लेकिन प्रमाणित कुछ नहीं होता ! हो सकता है तुम अभिनय भर कर रहे हो।

तो यह सम्यक ज्ञान मन की पहली वृत्ति है। ध्यान इस वृत्ति तक ले जाता है। और जब तुम ठीक से जान सकते हो तब प्रमाण देने की आवश्यकता नहीं रहती। केवल तभी मन छोड़ा जा सकता है; उससे पहले नहीं। जब प्रमाण देने की कोई आवश्यकता नहीं है, तब मन की आवश्यकता नहीं है, क्योंकि मन एक तार्किक उपकरण है।

तुम्हें हर क्षण मन की जरूरत है। तुम्हें सोचना पड़ता है यह जानने के लिए कि क्या सही और क्या गलत है। हर क्षण चुनाव हैं, विकल्प हैं। तुम्हें चुनना ही पड़ता है। केवल जब प्रमाण का केंद्र कार्यशील होता है, जब सम्यक ज्ञान कार्य करता है, तब तुम मन को छोड़ सकते हो, क्योंकि चुनने का अब कोई अर्थ नहीं है। तुम चुनावरहित हो जाते हो। जो कुछ सही है, तुम्हारे सामने उद्घाटित हो जाता है।

संत वह है जो कभी चुनता नहीं। वह कभी बुरे के विरुद्ध अच्छे को नहीं चुनता। वह तो केवल उस दिशा की ओर बढ़ता है जो कि शुभ का है। वह तो सूर्यमुखी के फूल जैसा होता है। जब सूर्य पूर्व में होता है, तब यह

फूल भी पूर्व की ओर मुड़ जाता है। यह चुनता कभी नहीं। जब सूर्य पश्चिम की ओर मुड़ता है, यह फूल पश्चिम की ओर मुड़ जाता है। यह सूर्य के साथ ही चलता रहता है। इसने बढ़ना चुना नहीं है, इसने निर्णय नहीं किया है। इसने निश्चय नहीं किया—'अब मुझे बढ़ना चाहिए। क्योंकि सूर्य पश्चिम की ओर बढ़ गया है !'

संत इस फूल की भांति है। जहां कहीं शुभ है वह बस उस ओर बढ़ जाता है। तो जो कुछ वह करता है, शुभ है। उपनिषद कहते हैं—'संतों का मूल्यांकन मत करो।' तुम्हारे साधारण मापदंड काम न देंगे। तुम्हें बुरे के विरुद्ध अच्छे को चुनना पड़ता है, लेकिन संत चुनता नहीं है। जो अच्छा है वह उस ओर बस बढ़ जाता है। और तुम उसे बदल नहीं सकते क्योंकि यह विकल्पों का प्रश्न नहीं है। यदि तुम कहो, 'यह बुरा है।' वह कहेगा, 'ठीक है, हो सकता है यह बुरा हो। लेकिन मैं इसी भांति चलता हूं। इस तरह ही बहता है मेरा अंतस अस्तित्व।'

जो जानते हैं—और उपनिषदों के समय लोग जानते थे—वे निर्णय कर चुके हैं कि 'हम किसी संत की आलोचना नहीं करेंगे।' एक बार व्यक्ति स्वयं में केंद्रित हो जाता है, एक बार व्यक्ति ध्यान को प्राप्त कर लेता है, एक बार व्यक्ति मौन हो जाता है और मन छूट जाता है, तो वह हमारे नैतिक मापदंड से परे है, हमारी परंपरा से परे है। वह हमारी सीमाओं से बाहर है। यदि हममें पीछे चलने की क्षमता है, तो हम उसके पीछे चल सकते हैं। यदि हम पीछे नहीं चल सकते, तो हम असहाय हैं। लेकिन कुछ किया नहीं जा सकता। और हमें निर्णय नहीं देना चाहिए।

यदि सम्यक ज्ञान क्रियाशील होता है, यदि तुम्हारे मन ने सम्यक ज्ञान की वृत्ति को ग्रहण कर लिया है, तो तुम धार्मिक हो जाओगे। इसे समझो। पतंजलि पूरी तरह से भिन्न हैं। पतंजलि नहीं कहते कि यदि तुम मसजिद में, गुरुद्वारे में, मंदिर में जाओ, यदि तुम कोई धार्मिक विधि-विधान, कोई प्रार्थना संपन्न करो तो वही धर्म है। नहीं, वह धर्म नहीं है। तुम्हें सम्यक ज्ञान के अपने केंद्र को क्रियाशील करना है। तो चाहे तुम मंदिर जाते हो या नहीं, इसका महत्व नहीं है। यदि सम्यक ज्ञान का तुम्हारा केंद्र क्रियाशील हो जाता है तो जो कुछ भी तुम करो वह प्रार्थना है, और जहां तुम जाओ, वहां मंदिर है।

कबीर ने कहा है, 'जहां कहीं मैं जाता हूं मैं आपको पाता हूं, मेरे भगवान ! जहां कहीं बढ़ता हूं, मैं आपमें बढ़ता हूं; मैं तुमसे जा मिलता हूं। और जो कुछ मैं करता हूं—चाहे चलना या खाना—वह प्रार्थना है।' कबीर कहते हैं, 'यह सहजता मेरी समाधि है। सहज हो जाना ही मेरा ध्यान है।'

मन की दूसरी वृत्ति है, असत्य ज्ञान। यदि तुम्हारा असत्य ज्ञान का केंद्र कार्य कर रहा है तो जो कुछ भी तुम करो, तुम गलत ढंग से करोगे। और जो कुछ भी तुम चुनो, गलत ढंग से चुनोगे। जो कुछ भी निर्णय तुम करोगे, गलत होगा। क्योंकि वास्तव में तुम निर्णय कर ही नहीं रहे। वह गलत केंद्र कार्य कर रहा है।

ऐसे लोग हैं जो स्वयं को बहुत अभागा अनुभव करते हैं, क्योंकि जो कुछ वे करते हैं, वह गलत हो जाता है। वे कोशिश करते हैं कि गलत नहीं करेंगे, लेकिन इससे मदद मिलने वाली नहीं है क्योंकि केंद्र को बदलना होगा। उनके मन गलत ढंग से कार्य करते हैं। वे सोच सकते हैं कि वे अच्छा कर रहे हैं लेकिन वे बुरा करेंगे। अपनी तमाम शुभ इच्छाओं के बावजूद वे इससे अन्यथा नहीं कर सकते। ये निस्सहाय हैं।

मुल्ला नसरुद्दीन एक संत के पास जाया करता था। वह कई-कई दिन तक उसके पास जाता रहा। वह संत मौनी संत था और वह कुछ बोलता नहीं था। तब मुल्ला नसरुद्दीन को कहना पड़ा, 'मैं आपके पास बार-बार

आता रहा, आपके कुछ कहने की प्रतीक्षा करता रहा, लेकिन आपने कुछ नहीं कहा है। और जब तक आप बोलते नहीं, मैं समझ सकता नहीं। इसलिए मेरी जिंदगी भर के लिए मुझे कोई संदेश दे दें, कोई दिशा, जिससे कि मैं उसी दिशा की ओर बढ़ सकूं।'

उस सूफी फकीर ने कहा, 'नेकी कर और कुएं में डाल।' सबसे पुरानी सूफी कहावतों में यह एक कहावत है, 'नेकी कर और कुएं में डाल।' इसका मतलब है, अच्छा करो और फिर उसे फौरन भूल जाओ। इस बात को साथ ढोते हुए मत चलो कि तुमने अच्छाई की है।

यदि तुम्हारा गलत केंद्र कार्य कर रहा हो तो जो कुछ तुम करोगे, वह गलत होगा। तुम कुरान पढ़ सकते हो, तुम गीता पढ़ सकते हो। और तुम ऐसे अर्थ ढूंढ़ निकालोगे कि कृष्ण चौंकेंगे, मोहम्मद चौंकेंगे यह जान कर कि तुम ऐसे अर्थ भी खोज सकते हो।

महात्मा गांधी ने अपनी आत्मकथा इस इरादे से लिखी कि उससे लोगों को मदद मिलेगी। तब बहुत से पत्र आ गये उनके पास क्योंकि उस किताब में उन्होंने अपने यौन-जीवन का वर्णन किया था। वे बहुत ईमानदार व्यक्ति थे, सर्वाधिक ईमानदार व्यक्तियों में से एक। इसलिए उन्होंने सब कुछ लिख दिया था। जो कुछ भी अतीत में घटित हुआ था उस सबके बारे में उन्होंने लिख दिया कि वह किस तरह ज्यादा काम-आसक्त थे, जिस दिन उनके पिता की मृत्यु हो रही थी; वे उनके पास बैठ तक न सके। उस दिन भी उन्हें अपनी पत्नी के बिस्तर में जाना पड़ा।

डॉक्टर उनसे कह चुके थे कि 'यह अंतिम रात है। सुबह आपके पिताजी बच नहीं सकते। सुबह होने तक वे खत्म हो जायेंगे।' लेकिन रात के कोई बारह या एक बजे उन्हें इच्छा महसूस होने लगी, यौन इच्छा। उनके पिताजी सो रहे थे, तो वे वहां से खिसक आये, अपनी पत्नी के पास चले आये और काम-वासना में लिप्त हो गये। और पत्नी गर्भवती थी। वह नौवां महीना था। पिता मर रहे थे, और बच्चा भी पैदा होते ही उसी क्षण मर गया। पिता तो उसी रात्रि चल बसे और सारी जिंदगी भर गांधी गहन पश्चाताप करते रहे कि वह अपने पिता के मरते समय उनके पास न थे। काम-वासना इतनी हावी हो गयी थी!

गांधी ने सब कुछ लिखा था—और केवल दूसरों की मदद करने के लिए। वे ईमानदार थे। लेकिन उनके पास बहुत पत्र आने लगे और वे पत्र ऐसे थे कि वे हैरान रह गये। बहुत से लोगों ने उन्हें लिखा कि—आपकी आत्मकथा ऐसी है कि इसे पढ़ने भर से ही हम पहले से अधिक कामवासना से भर गये हैं। आपकी आत्मकथा पढ़ कर हम ज्यादा कामुक हो गये और भोगी हो गये हैं। वह कामोत्तेजक है।

यदि गलत केंद्र कार्य कर रहा होता है, तब कुछ नहीं किया जा सकता। जो कुछ भी तुम करो या पढ़ो, कैसे भी तुम व्यवहार करो, वह गलत ही होगा। तुम गलत की ओर ही बढ़ोगे। तुम्हारे पास एक केंद्र है जो तुम्हें गलत की ओर बढ़ने के लिए धक्का दे रहा है। तुम बुद्ध के पास भी चले जाओ, लेकिन तुम उनमें भी कुछ गलत देख लोगे! तत्काल ही! तुम बुद्ध को अनुभव भी नहीं कर सकते। तुम तुरंत कुछ गलत देख ही लोगे। तुम्हारे पास केंद्रीकरण है गलत के लिए। एक गहरी लालसा है। कहीं भी, हर कहीं गलत की खोज करने की।

मन की इस वृत्ति को पतंजलि विपर्यय कहते हैं। विपर्यय का मतलब है विकृति। तुम हर चीज विकृत कर देते हो। तुम हर चीज के अर्थ इस तरह लगाते हो कि वह विकृति बन जाती है।

उमर खय्याम लिखता है, मैंने सुना है, कि ईश्वर दयालु है। यह सुंदर भाव है। मुसलमान दोहराये चले जा

रहे हैं, 'खुदा रहमान (करुणावान) है—रहम रहीम, रहम कर।' वे इसे लगातार दोहराये जाते हैं। इसलिए उमर खय्याम कहता है, 'यदि वह वास्तव में दयालु है, यदि उसमें दया है, तो डरने की कोई जरूरत नहीं। मैं पाप किये जा सकता हूं। यदि वह दयालु है तब डर क्या ? जो कुछ मैं चाहूं, मैं कर सकता हूं और वह तो भी दयालु रहेगा। इसलिए जब भी मैं उसके सामने खड़ा होऊंगा, मैं कहूंगा, रहीम, रहमान—ओ करुणामय ईश्वर ! मैंने पाप किये हैं, लेकिन तुम करुणापूर्ण हो। यदि तुम वास्तव में करुणापूर्ण हो, तब मुझ कर करुणा करो।' सो उमर खय्याम शराब पीता रहा। जिसे वह पाप समझता था उसे भी करता रहा। लेकिन उसने इसको बड़े विकृत ढंग से प्रतिपादित किया है।

सारी दुनिया भर में लोगों ने यही किया है। भारत में हम कहते हैं, 'यदि तुम गंगा हो आओ, यदि तुम गंगा में स्नान करो, तो तुम्हारे पाप धुल जायेंगे।' यह अपने आपमें एक सुंदर धारणा थी। यह बहुत बातों को दर्शाती है। यह बतलाती है कि पाप कोई गहरी चीज नहीं है। यह तुम पर पड़ी धूल की तरह है। यह धारणा कहती है, 'इससे बहुत ग्रसित न हो जाओ, अपराधी मत अनुभव करो। यह धूल मात्र है, और भीतर तुम निर्दोष बने रहते हो। गंगा में स्नान करना तक मदद कर सकता है !'

ऐसा तुम्हारी मदद के लिए कहा गया है, ताकि तुम पाप में इतने आविष्ट न हो जाओ, जैसा कि ईसाई धर्म हो गया है। अपराध इतना बोझिल हो गया है कि गंगा में स्नान करना तक मदद करेगा। तुम्हें इतना डरने की जरूरत नहीं है। लेकिन हमने इसके कैसे अर्थ लगाये हैं ! हम कहते हैं, 'तो पाप करते जाना ठीक ही है।' और कुछ समय बाद जब तुम अनुभव करते हो कि अब तुमने बहुत पाप कर लिये, तो तुम गंगा को एक अवसर देते हो कि वह तुम्हें शुद्ध करे। तो तुम वापस आ जाते हो और फिर पाप करते हो। विकृति का केंद्र यह कार्य कर रहा है।

मन की तीसरी वृत्ति है—कल्पना। मन के पास कल्पना करने की क्षमता है। यह अच्छा है, यह सुंदर है। और वह जो सुंदर है, कल्पनाशक्ति के द्वारा उतरा है। चित्रकारी, कला, नृत्य, संगीत, जो भी सुंदर है, वह कल्पना द्वारा जन्मी है। लेकिन जो असुंदर है, वह भी कल्पना द्वारा आयी है। हिटलर, माओ, मुसोलिनी, वे सब कल्पनाशक्ति द्वारा बने हैं।

हिटलर ने सुपरमैन की, अतिमानवों वाली दुनिया की कल्पना की। उसने फ्रेडरिक नीत्से को माना, जिसने कहा था, 'उन सबको समाप्त कर दो, जो कमजोर हैं। उन सबको नष्ट कर दो जो श्रेष्ठ नहीं हैं। पृथ्वी पर केवल महामानवों को बचा रहने दो।' तो हिटलर ने विनाश किया। लेकिन यह मात्र कल्पना है, केवल आदर्शवादी कल्पना—यह मानना कि केवल कमजोर का विनाश करके, असुंदर को नष्ट करने भर से, शारीरिक रूप से अपंग का विनाश करने भर से ही तुम एक सुंदर संसार पा जाओगे। लेकिन सब से कुरूप चीज जो इस संसार में संभव है वह विनाश ही तो है—यही विनाश !

तो हिटलर कल्पनाशक्ति द्वारा कार्य कर रहा था। उसके पास कल्पना थी—एक यूटोपियन कल्पना, अव्यावहारिक। वह अत्यधिक कल्पनाशील व्यक्ति था। कल्पनाशक्ति-संपन्न व्यक्तियों में से एक था हिटलर। उसकी कल्पना इतनी मतांध और इतनी उन्मत्त हो गयी कि अपने कल्पनापूर्ण संसार के कारण उसने इस संसार को पूरी तरह नष्ट करने की कोशिश की। उसकी कल्पना विक्षिप्त हो गयी थी।

कल्पनाशक्ति तुम्हें काव्य और चित्रांकन और कला दे सकती है, और कल्पनाशक्ति तुम्हें पागलपन भी दे सकती

है। यह निर्भर करता है कि तुम कैसे इसका प्रयोग करते हो। सारे महान वैज्ञानिक अन्वेषण कल्पनाशक्ति द्वारा पैदा हुए हैं। उन व्यक्तियों द्वारा जनमे हैं जो कल्पना कर सकते थे, जो असंभव की कल्पना कर सकते थे।

अभी हम हवा में उड़ सकते हैं, अब हम चांद पर जा सकते हैं। ये बहुत गहरी कल्पनाएं रही हैं। सदियों से, हजारों सदियों से आदमी कल्पना कर रहा है कि कैसे उड़ें, कैसे चांद पर जायें। हर बच्चे की अभिलाषा होती है कि चांद पर जाये, चांद को पकड़ ले। तो हम उस तक पहुंच गये। कल्पना द्वारा सृजन होता है, लेकिन कल्पना द्वारा विनाश भी आता है।

पतंजलि कहते हैं कि कल्पनाशक्ति मन की तीसरी वृत्ति है। तुम इसका उपयोग गलत ढंग से कर सकते हो, और तब यह तुम्हें नष्ट कर देगा। या तुम इसका उपयोग सही ढंग से कर सकते हो। इसलिए कल्पना आधारित ध्यान की विधियां हैं। वे कल्पना से आरंभ होती हैं, लेकिन धीरे-धीरे कल्पना सूक्ष्म और सूक्ष्म और सूक्ष्मतर होती जाती है। इसके बाद अंत में कल्पना मिट जाती है और तुम सत्य के ऐन सामने होते हो।

ईसाइयों और मुसलमानों के सारे ध्यान मूल रूप से कल्पनाशक्ति के हैं। पहले तुम्हें किसी चीज की कल्पना करनी होती है। तुम इसकी कल्पना किये चले जाते हो, और फिर कल्पनाशक्ति के द्वारा तुम आस-पास एक वातावरण रच लेते हो। तुम इसका प्रयोग कर सकते हो। तुम देख सकते हो कि कल्पनाशक्ति के द्वारा क्या संभव होता है। असंभव भी संभव हो जाता है।

यदि तुम सोचते हो कि तुम सुंदर हो, यदि तुम कल्पना करते हो कि तुम सुंदर हो, तो एक अनिवार्य सुंदरता तुम्हारे शरीर में घटित होने लगेगी। जब कभी कोई पुरुष किसी स्त्री से कहता है, 'तुम सुंदर हो' वह स्त्री उसी क्षण बदल जाती है। चाहे पहले वह सुंदर न रही हो। हो सकता है इस क्षण से पहले वह सुंदर न रही हो, घरेलू-सी, साधारण हो, लेकिन इस आदमी ने उसे कल्पना दे दी है।

इसलिए वह औरत जो प्रेम पाती है, सुंदर हो जाती है। वह पुरुष जिसे प्रेम मिलता है, ज्यादा सुंदर हो जाता है। ऐसा व्यक्ति जिसे प्रेम न मिला हो, चाहे रूपवान हो, कुरूप हो जाता है। क्योंकि वह कल्पना नहीं कर सकता, वह कल्पना नहीं कर सकती। और यदि कल्पनाशक्ति नहीं होती है, तो तुम सिकुड़ जाते हो।

कुए—पश्चिम के बड़े मनोवैज्ञानिकों में एक, उसने केवल कल्पनाशक्ति द्वारा कई-कई रोगों से छुटकारा पाने में लाखों लोगों की मदद की। उसका फार्मूला बड़ा सीधा था। वह कहता कि महसूस करना शुरू करो कि तुम ठीक हो। मन के भीतर दोहराते ही रहो, 'मैं बेहतर से बेहतर होता जा रहा हूं। हर रोज मैं बेहतर हो रहा हूं।' रात को जब तुम सो जाते हो, तो सोचते जाना, 'मैं स्वस्थ हूं, मैं हर पल अधिक स्वस्थ होता जा रहा हूं,' और तुम सुबह होने तक दुनिया के सबसे अधिक स्वस्थ व्यक्ति हो जाओगे। तो बस ऐसी कल्पना किये चले जाओ।

और उसने लाखों लोगों की मदद की। असाध्य रोग भी ठीक हो गये थे। यह चमत्कार जान पड़ता था, लेकिन ऐसा कुछ था नहीं। यह सिर्फ एक बुनियादी नियम है—तुम्हारा मन तुम्हारी कल्पनाशक्ति के पीछे चलता है।

मनोवैज्ञानिक अब कहते हैं कि यदि तुम बच्चों को कहो कि वे मूढ़ हैं, मंद हैं, तो वे वैसे ही हो जाते हैं। तुम उन्हें मंद होने के लिए धक्का देते हो—उनकी कल्पनाशक्ति को इनके सुझाव दे-दे कर।

और इसे सिद्ध करने के लिए कई प्रयोग किये गये हैं। यदि तुम एक बच्चे से कहते हो, 'तू मंदबुद्धि है, तू कुछ

नहीं कर सकता। तू इस गणित को, इस प्रश्न को हल नहीं कर सकता।' और फिर तुम उसे प्रश्न दो और इसे करने के लिए उससे कहो, तो वह इसे हल नहीं कर पायेगा। तुमने द्वार बंद कर दिया है। लेकिन यदि तुम बच्चे से कहो, 'तुम बहुत बुद्धिमान हो और मैंने तुम जैसा बुद्धिमान कोई दूसरा लड़का नहीं देखा है। अपनी उम्र के लिहाज से तुम बहुत ज्यादा बुद्धिमान हो। तुममें बहुत संभावनाएं दिखती हैं, तुम कोई भी प्रश्न हल कर सकते हो।' और फिर तुम उससे प्रश्न हल करने के लिए कहो, वह उसे हल कर पायेगा। तुमने उसे कल्पना दे दी है।

अब तो वैज्ञानिक अन्वेषण हुए हैं और उनके प्रमाण हैं कि जो भी बात कल्पना में उतर जाती है, वह बीज बन जाती है। कई पीढ़ियों को, कई सदियों को, कई राष्ट्रों को बदल डाला गया है कल्पनाशक्ति का प्रयोग करके।

तुम भारत में, पंजाब में जाकर देख सकते हो। एक बार मैं दिल्ली से मनाली तक की यात्रा कर रहा था। मेरा ड्राइवर एक सिख, एक सरदार था। वह सड़क खतरनाक थी और हमारी कार बहुत बड़ी थी। कई बार ड्राइवर भयभीत हुआ। कई बार कह उठा, 'अब मैं और आगे नहीं जा सकता। हमें पीछे जाना पड़ेगा।' हमने हर तरह से उसे राजी करने की कोशिश की। एक जगह तो वह इतना डर गया कि उसने कार रोक दी और वह बाहर निकल आया और कहने लगा, 'नहीं! अब मैं यहां से आगे नहीं बढ़ सकता।' वह कहने लगा, 'यह खतरनाक है। हो सकता है यह आपके लिए खतरनाक न हो; आप मरने के लिए तैयार हो सकते हो। लेकिन मैं नहीं हूं। मैंने वापस जाने की ठान ली है।'

संयोगवश मेरा एक मित्र जो सरदार ही था और जो एक बड़े पुलिस अफसर थे, वह भी उसी सड़क पर साथ ही आ रहे थे। मनाली में ध्यान शिविर में भाग लेने के लिए वह मेरे पीछे ही आ रहा था। उसकी कार उसी जगह आ पहुंची, जहां हम रुक गये थे। सो मैंने उससे कहा, 'कुछ करो। यह आदमी तो कार से उतर पड़ा है।' पुलिस अफसर उस आदमी के पास गया और बोला, 'तुम एक सरदार, एक सिख हो और ऐसे डरपोक? चलो कार में जाओ।' वह आदमी फौरन कार में आ बैठा। कार चला दी। तो मैंने उससे पूछा, 'क्या हुआ?' वह बोला, 'अब उसने मेरे अहंकार को छू दिया है। उसने कहा था, तुम कैसे सरदार हो? सरदार का अर्थ है, लोगों का अगुआ। एक सिख और ऐसा डरपोक? उसने मेरी कल्पना को जगा दिया है। उसने मेरे स्वाभिमान को छू दिया है।' उस आदमी ने कहा, 'अब हम जा सकते हैं। मुर्दा या जिन्दा हम मनाली पहुंचेंगे।'

और ऐसा केवल एक व्यक्ति के साथ घटित नहीं हुआ है। यदि तुम पंजाब जाओ, तो तुम देखोगे कि ऐसा लाखों के साथ घटित हुआ है। पंजाब के हिंदुओं और पंजाब के सिखों को जरा देखना। उनका खून एक ही है, वे एक ही प्रजाति के हैं। केवल पांच सौ वर्ष पहले सब हिंदू ही थे। लेकिन एक अलग तरह की प्रजाति, एक अलग तरह की सैनिक जाति पैदा हो गयी। केवल दाढ़ी बढ़ा लेने से, केवल अपना चेहरा भर बदल लेने से, तुम बहादुर नहीं बन सकते। लेकिन तुम बन सकते हो। यह केवल कल्पनाशक्ति की बात है।

नानक ने सिखों को एक कल्पना दे दी कि उनकी एक भिन्न प्रजाति है। उन्होंने उनसे कहा, 'तुम अजेय हो।' और एक बार उन्होंने इस पर विश्वास कर लिया, एक बार पंजाब में कल्पनाशक्ति कार्य करने लगी तो पांच सौ वर्षों के भीतर, पंजाबी हिंदुओं से बिलकुल भिन्न एक नयी प्रजाति अस्तित्व में आ गयी। भारत में उनसे ज्यादा बहादुर कोई नहीं हैं। इन दो विश्वयुद्धों से प्रमाणित हो गया है कि सारी पृथ्वी पर सिखों की कोई तुलना नहीं। वे निडरता से लड़ सकते हैं।

क्या घटित हो गया है ? इतना ही हुआ है कि उनकी कल्पनाशक्ति ने उनके आस-पास एक वातावरण निर्मित कर दिया है। वे अनुभव करते हैं कि केवल सिख हो जाने से ही वे भिन्न हो जाते हैं। कल्पना काम करती है। यह तुम्हें बहादुर आदमी बना सकती है, यह तुम्हें डरपोक बना सकती है।

मैंने सुना है कि मुल्ला नसरुद्दीन एक शराबखाने में बैठा शराब पी रहा था। वह बहादुर आदमी नहीं था, वह सबसे बड़े डरपोकों में से एक था। लेकिन शराब ने उसे हिम्मत दे दी। तभी एक आदमी, एक भीमकाय आदमी शराबखाने में दाखिल हुआ। वह क्रूर आकृति का था, खतरनाक दिखता था, वह खूनी जैसा लगता था ! किसी और वक्त मुल्ला होश में होता, तब डर गया होता। लेकिन अब वह नशे में था, इसलिए वह बिलकुल भयभीत नहीं था।

वह क्रूर आकृति वाला आदमी मुल्ला के पास आ गया और यह देखकर कि वह बिलकुल डरा हुआ नहीं है, वह मुल्ला के पैरों को जा दबाया। मुल्ला गुस्से में आ गया, उग्र हो गया और बोला, 'क्या कर रहे हो तुम ? क्या तुम ऐसा इरादतन कर रहे हो या यह सिर्फ एक तरह का मजाक है ?'

वह आदमी बोला, 'ऐसा प्रयोजन से किया है।' मुल्ला नसरुद्दीन बोला, 'तो धन्यवाद। यदि यह प्रयोजन से किया है तो ठीक है, क्योंकि मुझे इस तरह का मजाक पसंद नहीं है।'

पतंजलि कहते हैं कि कल्पना तीसरी मानसिक शक्ति है। तुम कल्पना किये चले जाते हो तो तुम अपने आस-पास विभ्रम बना लेते हो—भ्रम, सपने; और तुम उनमें गुम हो सकते हो। एल एस डी और दूसरे नशे इस केंद्र पर कार्य करने में मदद करते हैं। इस प्रकार जितनी आंतरिक क्षमताएं तुम्हारे भीतर होती हैं, तुम्हारा एल एस डी ट्रिप उन्हें बढ़ाने में मदद करेगा। एल एस डी के विषय में कुछ भी निश्चित नहीं है। यदि तुम्हारी सुखद कल्पनाएं हैं तो नशे की यात्रा एक प्रसन्नता वाली यात्रा होगी, ऊंची उड़ान ! यदि तुम्हारी कल्पनाएं दुखद होती हैं, भयानक स्वप्न जैसी कल्पनाएं, तो वह यात्रा बुरी होने वाली है।

इसलिए बहुत-से लोग एल एस डी के बारे में परस्पर विरोधी विवरण देते हैं। हक्सले का कहना है कि यह स्वर्ग के द्वार की चाबी बन सकती है और रैनर कहता है कि यह चरम नरक है। यह तुम पर निर्भर करता है, एल एस डी कुछ नहीं कर सकती। यह एकदम तुम्हारी कल्पनाशक्ति के केंद्र में कूद जाती है और वहां रासायनिक तौर पर कार्य करना शुरू कर देती है। यदि तुम्हारी कल्पना भयावह स्वप्न की तरह की है, तुम उसी को विकसित कर लोगे। तुम नरक में से गुजरोगे। और यदि तुम सुंदर सपनों के प्रति आसक्त हो, तुम स्वर्ग तक पहुंच सकते हो।

यह कल्पना या तो नरक या स्वर्ग जैसा कार्य कर सकती है। तुम पूरी तरह पागल हो जाने में इसका प्रयोग कर सकते हो। पागलखानों में जो पागल आदमी हैं उनके साथ क्या हुआ है ? उन्होंने अपनी कल्पनाशक्ति का प्रयोग किया है लेकिन उन्होंने इसका प्रयोग इस ढंग से किया है कि वे इससे ग्रसित हो गये हैं। एक पागल आदमी अकेला बैठा हो सकता है, और हो सकता है किसी से जोर-जोर से बातें भी कर रहा हो। वह केवल बातें ही नहीं करता; वह जवाब भी देता है। वही प्रश्न करता है और वही उत्तर देता है। वह दूसरे की ओर से भी बोलता है जो मौजूद नहीं है। तुम सोचोगे कि वह पागल है, पर वह वास्तविक व्यक्ति से बातें कर रहा है। उसकी कल्पना में वह व्यक्ति वास्तविक है और वह फैसला नहीं कर सकता कि क्या काल्पनिक है और क्या वास्तविक है।

बच्चे भी फैसला नहीं कर सकते। कई बार होता है कि एक बच्चा सपने में खिलौना खो दे और फिर वह सुबह

रोयेगा कि 'मेरा खिलौना कहां है ?' बच्चे नहीं जांच सकते कि सपने, सपने हैं और वास्तविकता, वास्तविकता है। उन्होंने कुछ खोया नहीं है; वे केवल सपने देख रहे थे। लेकिन सीमाएं धुंधली हो गयीं। वे नहीं जानते कि कहां सपना समाप्त होता है और कहां वास्तविकता आरंभ होती है।

एक पागल आदमी के लिए भी सीमाएं धुंधली हो गयी हैं। वह नहीं जानता कि क्या वास्तविक है और क्या अवास्तविक। यदि कल्पनाशक्ति का ठीक प्रकार से प्रयोग किया जाये, तो तुम जान लोगे कि यह कल्पना है। और सचेत रहोगे कि यह कल्पना ही है। तुम उसमें मजा ले सकते हो, लेकिन तुम जानते हो कि यह वास्तविक नहीं है।

जब लोग ध्यान करते हैं तो बहुत-सी बातें घटित होती हैं उनकी कल्पना द्वारा। उन्हें रोशनियां, रंग, दृश्य दिखने लग जाते हैं। वे स्वयं भगवान से बातें करने लगते हैं या जीसस के साथ चलने लगते हैं या कृष्ण के साथ नाचने लगते हैं। ये काल्पनिक चीजें हैं और ध्यानी को याद रखना पड़ता है कि ये कल्पनाशक्ति की क्रियाएं हैं। तुम उनका मजा ले सकते हो; इसमें कुछ गलत नहीं है। वे हैं, लेकिन मत सोचना कि वे वास्तविक हैं।

ध्यान रहे, केवल साक्षी चैतन्य ही वास्तविक है, और कुछ भी वास्तविक नहीं है। जो कुछ घटित होता है, सुंदर हो सकता है, मजा लेने जैसा हो तो मजा लो। कृष्ण के साथ नाचना बहुत सुंदर है, इसमें कुछ गलत नहीं है। नाचो ! उत्सव मनाओ ! लेकिन ध्यान रहे निरंतर कि यह केवल एक कल्पना है—एक सुंदर सपना। इसमें खो मत जाना। यदि तुम खो जाते हो, तो कल्पना खतरनाक हो जाती है। कई धार्मिक व्यक्ति अपनी कल्पनाओं में खो जाते हैं। वे कल्पनाओं में रहते हैं और अपना जीवन गंवा देते हैं।

मन की चौथी वृत्ति है निद्रा। जहां तक कि तुम्हारी बाहर गतिमान चेतना का संबंध है, निद्रा का अर्थ है मूर्छा। तुम्हारा चैतन्य स्वयं में ही बहुत गहरे चला गया है। क्रिया रुक गयी है; सचेतन क्रिया रुक गयी है। मन कार्य नहीं कर रहा है। निद्रा अक्रिया है मन की। यदि तुम्हें सपना आ रहा है, तो वह निद्रा नहीं है। तुम केवल जागने और सोने के बीच हो। तुमने जागना छोड़ दिया है, लेकिन अभी तुमने निद्रा में प्रवेश नहीं किया है। तुम तो बस बीच में हो।

निद्रा का अर्थ है एक समग्र निर्विषय अवस्था। कोई क्रिया, कोई चेष्टा मन में नहीं है। मन पूरी तरह से लीन हो गया है। वह विश्राम में है। यह निद्रा सुंदर है, यह जीवनदायिनी है। तुम इसका उपयोग कर सकते हो। और यदि तुम जानते हो कि इस निद्रा का उपयोग कैसे करना है, तो यह समाधि बन सकती है। समाधि और निद्रा बहुत भिन्न नहीं हैं। अंतर केवल यही है कि समाधि में तुम जागरूक रहोगे। दूसरी हर चीज समान होगी।

निद्रा में हर चीज वैसी ही होती है। फर्क केवल यही है कि तुम जागरूक नहीं होते। तुम उसी आनंद में होते हो जिसमें बुद्ध ने प्रवेश किया है, जिसमें रामकृष्ण जीते रहे हैं, जिसमें जीसस ने अपना घर बनाया। गहरी निद्रा में तुम उसी सुखद अवस्था में होते हो, लेकिन तुम जागरूक नहीं होते हो। सुबह तुम अनुभव करते हो कि रात अच्छी रही। सुबह तुम ताजा, सजीव और परिपुष्ट अनुभव करते हो। सुबह तुम अनुभव करते हो कि यह रात सुंदर थी, लेकिन यह मात्र परिणाम-बोध है। तुम नहीं जानते कि नींद में क्या घटित हुआ, वास्तव में क्या घटित हुआ है। तब तुम होश में नहीं थे।

निद्रा का दो ढंग से उपयोग किया जा सकता है। पहला, ध्यान के रूप में और दूसरा, सहज विश्राम की

तरह। लेकिन तुमने वह भी खो दिया है। वास्तव में लोग अब निद्रा में जा ही नहीं पाते। वे लगातार सपने ही देखे चले जाते हैं। कई बार, बहुत कम क्षणों के लिए, वे निद्रा को छूते हैं। और तब फिर उन्हें सपने आने लगते हैं। निद्रा की चुप्पी, निद्रा का वह आनंदमय संगीत अज्ञात हो गया है। तुमने उसे नष्ट कर दिया है। स्वाभाविक निद्रा तक विनष्ट हो गयी है। तुम इतने शिक्षित और उत्तेजित हो कि मन पूरी तरह से विस्मरण विलीनता में नहीं उतरता।

लेकिन पतंजलि कहते हैं कि नैसर्गिक निद्रा शारीरिक स्वास्थ्य के लिए अच्छी होती है। और यदि तुम नींद में सचेत हो सकते हो तो यह समाधि बन सकती है, यह आध्यात्मिक घटना बन सकती है। तो विधियां हैं। और हम आगे बाद में उन पर विचार करेंगे कि निद्रा, ध्यान और जागरण कैसे बन सकती है। गीता में कहा है कि योगी नींद में भी सोता नहीं है; वह नींद में भी सचेत बना रहता है। उसके भीतर कुछ जागरूक बना रहता है। सारा शरीर निद्रा में डूब जाता है, मन उतर जाता है निद्रा में, लेकिन साक्षीबोध बना रहता है। कोई जागता रहता है। मीनार जैसी ऊंचाई पर कोई द्रष्टा बना ही रहता है। तब निद्रा समाधि बन जाती है। वह परम आनन्दोल्लास बन जाती है।

और अंतिम, मन की पांचवीं वृत्ति है—स्मृति। इसका भी उपयोग या दुरुपयोग हो सकता है। यदि स्मृति का दुरुपयोग किया जाता है, तो भ्रांति बनती है। वास्तव में, तुम्हें कुछ याद भी रह जाये, तो भी तुम निश्चित नहीं हो सकते कि यह उस तरह घटित हुआ था या नहीं। तुम्हारी स्मृति विश्वसनीय नहीं है। तुम इसमें बहुत सारी चीजें जोड़ सकते हो। इसमें कल्पना प्रवेश कर सकती है। हो सकता है तुम इससे बहुत सारी चीजें निकाल दो, तुम इसके साथ बहुत कुछ कर लो। जब तुम कहते हो, यह 'मेरी स्मृति है,' यह बहुत संस्कारित हुई होती है, बहुत बदली हुई। यह वास्तविक नहीं होती है।

सब कहते हैं कि उनका बचपन बिलकुल स्वर्ग जैसा था। और बच्चों की ओर देखो ! ये भी फिर बाद में यही कहेंगे कि इनका बचपन स्वर्ग था, लेकिन अभी वे दुख उठा रहे हैं। और हर बच्चा जल्दी बड़ा हो जाने के लिए, वयस्क हो जाने के लिए ललकता है, हर बच्चा सोचता है कि वयस्क लोग मजे कर रहे हैं। हर चीज जो रस लेने योग्य है, वे उसका रस ले रहे हैं। वे शक्तिशाली हैं। वे सब कुछ कर सकते हैं। और वह स्वयं निस्सहाय है। बच्चे सोचते हैं, वे कष्ट पा रहे हैं। लेकिन ये बच्चे भी बड़े हो जायेंगे जैसे कि तुम बड़े हो, और तब बाद में वे कहेंगे, बचपन सुंदर था, बिलकुल एक स्वर्ग !

तुम्हारी स्मृति विश्वसनीय नहीं है। तुम कल्पना किये जा रहे हो, तुम केवल अपने अतीत को आगे प्रक्षेपित कर रहे हो। तुम अनुभव के प्रति सच्चे नहीं हो, और तुम इसमें से बहुत सारी चीजें छोड़ देते हो। वह सब जो कुरूप था, वह सब जो उदास था, वह सब जो दुखद था, तुम छोड़ देते हो। लेकिन वह सब जो सुंदर था, तुम बचाये रहते हो। वह सब जो तुम्हारे अहंकार को बल देता था, तुम याद रखते हो, और वह सब जो बल नहीं देता, तुम छोड़ देते हो।

इसलिए हर आदमी के पास छोड़ दी गयी स्मृतियों का एक विशाल गोदाम होता है। और जो कुछ भी तुम कहते हो, सच नहीं है। क्योंकि तुम ठीक-ठीक याद नहीं रख सकते हो। तुम्हारे केंद्र बिलकुल ही घपले में हैं। वे एक-दूसरे में प्रवेश कर जाते हैं और एक-दूसरे को अस्त-व्यस्त कर देते हैं।

सम्यक स्मृति—बुद्ध ने ध्यान के लिए 'सम्यक स्मृति' शब्द का प्रयोग किया है। पतंजलि कहते हैं कि स्मृति के सम्यक होने के लिए अपने प्रति समग्र रूप से सच्चा होना पड़ता है। केवल तभी स्मृति सही हो सकती है। जो कुछ भी घटित हुआ है, अच्छा या बुरा, उसे परिवर्तित मत करो। जो जैसा है उसे वैसा ही जानो। ऐसा बहुत कठिन होता है। यह दुष्कर है। साधारणतया तुम चुन लेते हो और बदल देते हो। अपना अतीत जैसा था उसे वैसा ही जान लेना, तुम्हारी सारी जिंदगी को बदल देगा। जैसा तुम्हारा अतीत था यदि तुम उसे ठीक से जान लेते हो, तो तुम भविष्य में उसे दोहराना नहीं चाहोगे। अभी हर आदमी रुचि ले रहा है कि अतीत को परिवर्तित रूप में कैसे दोहराया जाये। लेकिन जैसा अतीत था उसे यदि तुम ठीक से जान लेते हो तो तुम उसे दोहराना नहीं चाहोगे।

सारे अतीत से मुक्त कैसे हुआ जाये इसके लिए सम्यक स्मृति तुम्हें प्रेरणा-शक्ति देगी। और यदि स्मृति सही है, तो तुम पूर्व जन्मों की स्मृतियों में भी जा सकते हो। यदि तुम सच्चे हो, तब तुम अतीत की स्मृतियों में जा सकते हो। तब तुम्हारी केवल एक इच्छा होगी—इस सारी निरर्थकता का अतिक्रमण करना। लेकिन तुम सोचते हो कि वह अतीत सुंदर था, और तुम सोचते हो कि भविष्य सुंदर बनने वाला है और केवल वर्तमान ही गलत है। लेकिन कुछ दिन पहले अतीत वर्तमान ही था और वह भविष्य कुछ दिनों पश्चात वर्तमान बन जायेगा। और हर वर्तमान गलत है और अतीत हमेशा सुंदर लगता है और भविष्य हमेशा सुंदर लगता है। यह भ्रांतिपूर्ण स्मृति है। अतीत को प्रत्यक्ष ढंग से देखो। उसे बदलो मत। अतीत जैसा था, उसे देखो। लेकिन हम बेईमान हैं।

हर आदमी अपने पिता से नफरत करता है, लेकिन यदि तुम किसी से पूछो तो वह कहेगा, 'मैं अपने पिता से प्यार करता हूं। सबसे अधिक मैं अपने पिता का आदर करता हूं।' हर औरत अपनी मां से नफरत करती है, लेकिन पूछो और हर औरत कहेगी, 'मेरी मां ! वह तो बिलकुल दिव्य है।' यह है भ्रांतिपूर्ण स्मृति।

जिब्रान की एक कहानी है। एक रात मां और बेटी अचानक उठ गयीं। दोनों निद्राचारी थीं, स्लीपवाकर। फिर वे दोनों बाग में टहलने लगीं, नींद में ही। वे स्लीपवाकर थीं। वह बूढ़ी स्त्री, वह मां बेटी से कह रही थी, 'तेरे कारण—तू कुतिया ! तेरे कारण, मेरा यौवन नष्ट हो गया है। तूने मुझे नष्ट किया। अब हर आदमी जो घर में आता है, तुझे देखता है। मुझे कोई नहीं देखता।' मां एक गहरी ईर्ष्या व्यक्त कर रही थी जो हर मां को होती है, जब उसकी बेटी युवा और सुंदर हो जाती है। ऐसा हर मां के साथ होता है, लेकिन इसे भीतर छिपा कर रख लिया जाता है।

और बेटी कह रही थी, 'तू सड़ियल बुढ़िया ! तेरी वजह से मैं जीवन का आनंद नहीं ले सकती। तू ही अड़चन है। हर कहीं तू ही अड़चन है, बाधा है। मैं प्रेम नहीं कर सकती। मजे नहीं कर सकती !'

और तभी अचानक शोर के कारण, वे दोनों जाग गयीं। बूढ़ी स्त्री बोली, 'मेरी बच्ची, तुम यहां क्या कर रही हो ? तुम्हें सर्दी लग सकती है। अंदर आ जाओ।' और बेटी बोली, 'लेकिन तुम यहां क्या कर रही हो ? तुम्हारी तबीयत ठीक नहीं थी और यह सर्दी की रात है। आओ मां, बिस्तर में लेटो।'

वह पहली बात जो हो रही थी, अचेतन मन से चली आ रही थी। अब वे फिर अभिनय कर रही थीं। वे जाग गयी थीं। अचेतन मन पीछे चला गया था और चेतन मन लौट आया था। अब वे पाखंडी हो गयी थीं। तुम्हारा चेतन मन पाखंडी है।

अपनी स्मृतियों के प्रति सच्चे तौर पर ईमानदार होने के लिए कठिन प्रयास में से सचमुच गुजरना पड़ता है। और तुम्हें सच्चा होना पड़ता है, चाहे कुछ हो। तुम्हें नग्न रूप से वास्तविक होना पड़ता है। इसे तुम्हें जानना ही होगा कि तुम सचमुच क्या सोचते हो अपने पिता के बारे में, अपनी मां के बारे में, अपने भाई के बारे में, अपनी बहन के बारे में—जो तुम वास्तव में सोचते हो। और अतीत में जो तुम्हारे साथ घटित हुआ है, उसे तोड़ो-मरोड़ो मत, बदलो मत, संवारो मत। वह जैसा है उसे वैसा ही रहने दो। यदि ऐसा हो जाता है तो पतंजलि कहते हैं, यही बात मुक्ति बन जायेगी। तुम इसे छोड़ दोगे। सारी बात निरर्थक है, और तुम इसे फिर भविष्य में प्रक्षेपित करना नहीं चाहोगे।

और तब तुम एक पाखण्डी नहीं रहोगे। तुम वास्तविक, सच्चे, निष्कपट रहोगे। तुम प्रामाणिक हो जाओगे। और जब तुम प्रामाणिक हो जाते हो, तुम चट्टान की भांति हो जाते हो। कोई चीज तुम्हें नहीं बदल सकती है, कोई चीज भ्रम पैदा नहीं कर सकती।

तुम तलवार जैसे हो गये हो। जो कुछ गलत है उसे तुम काट सकते हो। जो कुछ सही है उसे तुम गलत से अलग कर सकते हो। और तब मन की स्पष्टता उपलब्ध हो जाती है। वह स्पष्टता, स्वच्छता तुम्हें ध्यान की ओर ले जाती है। वह स्पष्टता विकास के लिए बुनियादी जमीन बन सकती है—विकसित होकर अतिक्रमण में उतरने के लिए।

प्रवचन 4

मन के पार है बोध

प्रश्नसार

● मनुष्य के लिए दो ही विकल्प हैं—पागलपन या ध्यान। तो क्या मनुष्य अब तक वहां पहुंच चुका है ?

● यदि सम्यक ज्ञान का केंद्र मन के भीतर है, तो उससे वास्तविक तथ्यों का स्पष्ट-दर्शन कैसे संभव है ? और यह केंद्र सम्बोधि के पश्चात सक्रिय होता है या पहले ?

● ध्यान में घटित होने वाले दिव्य अनुभवों की प्रमाणिकता कैसे जांची जाए ?

● क्या जागरूकता भी मन की ही वृत्ति है ?

● विचारों के स्रोत मस्तिष्क की कोशिकाओं में अंकित संस्कार हैं। कृपया समझाएं कि साक्षी का प्रयोग इनसे मुक्ति कैसे लाता है।

● ताओ, तंत्र, भक्ति और योग आदि विषयों पर आप इतनी आत्मीयता से कैसे बोल पाते हैं ?

आपने कहा कि मनुष्य के लिए केवल दो विकल्प हैं, पागलपन या ध्यान, लेकिन पृथ्वी के लाखों लोग दोनों में से किसी तक नहीं पहुंच पाये हैं। क्या आप सोचते हैं, वे पहुंचेंगे ?

वे पहुंच चुके ! वे ध्यान में नहीं पहुंचे, पागलपन में पहुंच चुके हैं। और वे पागल जो पागलखानों में हैं और वे पागल जो बाहर हैं इनमें अंतर केवल मात्रा का है। कोई गुणात्मक अंतर नहीं है, मात्रा का ही अंतर है। हो सकता है तुम थोड़े कम पागल हो, वे ज्यादा पागल होंगे, लेकिन जैसा मनुष्य है, पागल है।

मैं क्यों कहता हूं कि जैसा मनुष्य है, पागल है ? पागलपन का अर्थ बहुत सारी चीजों से है। एक है—तुम केंद्रित नहीं हो। और यदि तुम केंद्रित नहीं हो तो बहुत से स्वर होंगे तुम्हारे भीतर। तुम अनेक हो, तुम भीड़ हो। घर में कोई मालिक नहीं है और घर का हर नौकर मालिक होने का दावा करता है। वहां है अस्तव्यस्तता, द्वंद्व और एक अनवरत संघर्ष। तुम निरंतर गृहयुद्ध में रहते हो। यदि यह गृहयुद्ध नहीं चल रहा होता, तब तुम ध्यान में उतरते। लेकिन यह दिन-रात चौबीसों घंटे चलता रहता है। कुछ क्षणों तक जो कुछ भी तुम्हारे मन में चलता हो उसे लिख लेना, और पूरी ईमानदारी से लिखना। जो चलता है उसे ठीक-ठीक लिख देना और तुम स्वयं अनुभव करोगे कि यह विक्षिप्तता है।

मेरे पास एक खास विधि है जिसका प्रयोग मैं कई व्यक्तियों के साथ करता हूं। मैं उनसे कहता हूं कि एक बंद कमरे में बैठ जाओ और जो कुछ तुम्हारे मन में आये उसे जोर से बोलने लगो। उसे इतने जोर से कहो, ताकि उसे तुम सुन सको। केवल पंद्रह मिनट की बातचीत—और तुम अनुभव करोगे कि जैसे तुम किसी पागल आदमी को सुन रहे हो। निरर्थक, असंगत, असम्बद्ध टुकड़े मन में तैरने लगते हैं। और यही है तुम्हारा मन।

तो तुम शायद निन्यानबे प्रतिशत पागल हो। दूसरा कोई व्यक्ति सीमा पार कर चुका हो, वह सौ प्रतिशत के भी पार चला गया हो। जो सौ प्रतिशत के पार चले गये हैं उन्हें हम पागलखाने में डाल देते हैं। लेकिन तुम्हें पागलखाने में नहीं रखा जा सकता क्योंकि यहां इतने ज्यादा पागलखाने नहीं हैं; और हो भी नहीं सकते। तब तो यह सारी पृथ्वी पागलखाना बन जायेगी !

खलील जिब्रान ने लिखी है एक छोटी-सी बोधकथा। वह कहता है कि उसका एक मित्र पागल हो गया, इसलिए उसे पागलखाने में डाल दिया गया। तब प्रेम और करुणावश ही वह उसे देखने गया, उसे मिलने गया।

पागलखाने के बाग में एक पेड़ के नीचे वह बैठा हुआ था, बगीचा एक बहुत बड़ी दीवार से घिरा हुआ था। खलील जिब्रान वहां गया, अपने दोस्त के पास एक बेंच पर बैठ गया और उससे पूछने लगा, 'क्या तुमने कभी इस बारे में सोचा है कि तुम यहां क्यों हो ?' वह पागल आदमी हंस दिया। वह बोला, 'मैं यहां हूं क्योंकि मैं बाहर के उस बड़े पागलखाने को छोड़ देना चाहता था। मैं यहां शांति से हूं। इस पागलखाने में, जिसे तुम पागलखाना कहते हो, कोई पागल नहीं है।'

पागल आदमी नहीं सोच सकते कि वे पागल हैं। यह पागलपन का एक बुनियादी लक्षण है। यदि तुम पागल हो, तो तुम नहीं सोच सकते कि तुम पागल हो। यदि तुम सोच सको कि तुम पागल हो, तब तुम्हारे लिए कोई संभावना है। यदि तुम सोच सको और समझ पाओ कि तुम पागल हो, तो तुम थोड़े स्वस्थचित्त हो। पागलपन अपनी समग्रता में घटित नहीं हुआ है। तो यही है विरोधाभास : जो कि वास्तव में स्वस्थचित्त हैं वे जानते हैं कि वे पागल हैं, और वे जो पूरी तरह पागल हैं, नहीं सोच सकते कि वे पागल हैं।

तुम कभी नहीं सोचते कि तुम पागल हो। यह पागलपन का ही हिस्सा है। यदि तुम केंद्रित नहीं हो, तो तुम स्वस्थचित्त नहीं हो सकते हो। तुम्हारी स्वस्थचित्तता केवल सतही है, आयोजित है। मात्र सतह पर ही तुम स्वस्थ लगते हो, और इसलिए तुम्हें अपने आस-पास के संसार को निरंतर धोखा देना पड़ता है। तुम्हें बहुत कुछ छुपाना पड़ता है, तुम्हें बहुत कुछ रोकना होता है। तुम हर चीज को बाहर नहीं आने देते। तुम सोचोगे कुछ, लेकिन कहोगे कुछ और ही। तुम ढोंग रच रहे हो और इसी आडम्बर के कारण तुम्हारे आस-पास न्यूनतम सतही मानसिक स्वास्थ्य तो हो सकता है, लेकिन भीतर तुम उबल रहे हो।

कई बार विस्फोट होते हैं। क्रोध में तुम फूट पड़ते हो और वह पागलपन जिसे तुम छिपाये रहे, बाहर आ जाता है। यह तुम्हारी सारी व्यवस्थाएं तोड़ देता है। इसलिए मनसविद कहते हैं कि क्रोध अस्थायी पागलपन है। तुम फिर से संतुलन पा लोगे; तुम फिर अपनी वास्तविकता छिपा लोगे; तुम फिर अपना बाहरी हिस्सा संवार लोगे। तुम फिर स्वस्थचित्त हो जाओगे। और तब तुम कहोगे, 'यह गलत था। अपने न चाहने के बावजूद भी मैंने ऐसा किया। मेरा ऐसा इरादा न था। इसलिए मुझे माफ करो।' लेकिन तुम्हारा वैसा इरादा था। वह ज्यादा असली था। क्षमा की यह मांग केवल एक ढोंग है। तुम फिर अपना बाहरी रंग-रूप, अपना मुखौटा ठीक बना रहे हो।

एक स्वस्थचित्त व्यक्ति का कोई मुखौटा नहीं होता। उसका चेहरा मौलिक होता है। जो कुछ भी वह है, वह है। लेकिन एक पागल आदमी को लगातार अपने चेहरे बदलने पड़ते हैं। हर घड़ी उसे अलग स्थिति के लिए, भिन्न संबंधों के लिए भिन्न मुखौटा इस्तेमाल करना पड़ता है। जरा अपने को ही देखना अपने चेहरे बदलते हुए। जब तुम अपनी पत्नी के पास जाते हो, तुम्हारा एक चेहरा होता है; जब तुम अपनी प्रेमिका के पास जाते हो, तुम्हारा बिलकुल ही अलग चेहरा होता है।

जब तुम अपने नौकर से बातें करते हो, तो तुम पर अलग मुखौटा लगा होता है। और जब तुम अपने किसी अधिकारी से बातें करते हो, तो तुम्हारा मुखौटा बिलकुल ही अलग होता है। यह हो सकता है कि तुम्हारा नौकर तुम्हारी दायीं ओर खड़ा हुआ है और तुम्हारा मालिक तुम्हारी बायीं ओर। तब एक साथ तुम्हारे दो चेहरे होते हैं। बायीं ओर कोई एक चेहरा होता है और दायीं ओर तुम्हारा कोई अलग चेहरा होता है। क्योंकि तुम नौकर को वही चेहरा नहीं दिखा सकते। तुम्हें जरूरत नहीं। वहां तुम बॉस हो। तो तुम्हारे चेहरे का एक पहलू मालिक होगा।

लेकिन तुम वह चेहरा अपने बॉस को नहीं दिखा सकते क्योंकि तुम उसके नौकर हो, तो तुम्हारा दूसरा पहलू चाटुकारी-वृत्ति दर्शायेगा।

निरंतर यही होता जा रहा है। तुम ध्यान से नहीं देख रहे हो और इसीलिए तुम्हें इसका बोध नहीं है। यदि तुम ध्यान से देखो, तो तुम्हें बोध होगा कि तुम पागल हो। तुम्हारे पास कोई एक चेहरा नहीं है। मौलिक चेहरा खो चुका है। और ध्यान का अर्थ है कि मौलिक चेहरे को फिर से पा लेना।

झेन गुरु कहते हैं, 'जाओ और अपना मौलिक चेहरा ढूंढ़ निकालो। तुम्हारा वह चेहरा, जो पैदा होने से पहले था। वह चेहरा, जो तुम्हारा होगा जब तुम मर जाते हो।' जन्म और मृत्यु के बीच तुम्हारे पास झूठे चेहरे होते हैं। तुम लगातार धोखा दिये चले जाते हो। और केवल दूसरों को ही नहीं, जब तुम दर्पण के सामने खड़े होते हो तुम स्वयं को भी धोखा देते हो। तुम दर्पण में अपना वास्तविक चेहरा कभी नहीं देखते। तुम्हारे पास इतनी हिम्मत नहीं कि अपने ही सामने हो पाओ ! दर्पण में दिखता चेहरा भी झूठा है। तुम इसे बनाते हो, तुम इसमें रस लेते हो, लेकिन यह एक रंगा हुआ मुखौटा है।

हम केवल दूसरों को धोखा नहीं दे रहे, हम अपने को भी धोखा दे रहे हैं। वस्तुतः यदि हमने स्वयं को ही धोखा नहीं दिया है तो दूसरों को धोखा नहीं दे सकते हैं। हमें अपने ही झूठ में विश्वास करना होता है; केवल तभी हम उसमें दूसरों का विश्वास बना सकते हैं। यदि तुम अपने झूठ में विश्वास नहीं करते, तो कोई दूसरा भी धोखे में आने वाला नहीं है।

और यह सारा उपद्रव, जिसे तुम अपना जीवन कहते हो, कहीं नहीं ले जाता है। यह एक पागल मामला है। तुम बहुत ज्यादा काम करते हो। तुम अत्यधिक परिश्रम करते हो, तुम चलते और दौड़ते हो। सारी जिंदगी तुम संघर्ष करते हो और कभी भी नहीं पहुंचते। तुम नहीं जानते तुम कहां से आ रहे हो और तुम नहीं जानते कि तुम किधर बढ़ रहे हो, कहां जा रहे हो। यदि तुम सड़क पर किसी आदमी से मिलो और तुम उससे पूछो, 'तुम कहां से आ रहे हो श्रीमान ?' और वह कहे, 'मैं नहीं जानता।' और तब तुम उससे पूछो, 'कहां जा रहे हो ?' और वह फिर कहता है, 'मैं नहीं जानता।' लेकिन तब भी वह कहता है, 'मुझे रोको मत, मैं जल्दी में हूं।' तो तुम उसके बारे में क्या सोचोगे ? तुम सोचोगे कि वह पागल है।

यदि तुम जानते नहीं कि तुम कहां से आ रहे हो और तुम कहां जा रहे हो तो फिर जल्दी क्या है ? लेकिन हर व्यक्ति की यही स्थिति है और हर व्यक्ति सड़क पर है। जीवन एक सड़क है और तुम हमेशा इसके बीच में होते हो। तुम नहीं जानते कि तुम कहां से आ रहे हो; तुम नहीं जानते कि तुम जा कहां रहे हो। तुम्हें स्रोत का कोई ज्ञान नहीं है; तुम्हें लक्ष्य का कोई बोध नहीं है। तो भी तुम हर कोशिश कर रहे हो, बहुत जल्दी में हो—'कहीं नहीं' पहुंचने के लिए !

किस प्रकार की स्वस्थचित्तता है यह ? और इस सारे संघर्ष में से सुख की झलकियां तक तुम तक नहीं आतीं। झलकियां भी नहीं। तुम बस आशा करते हो कि किसी दिन, कहीं—कल, परसों या मृत्यु के उपरांत किसी परलोक में सुख तुम्हारी प्रतीक्षा कर रहा है ! यह एक तरकीब है स्थगित करने की, ताकि तुम अभी बहुत दुख अनुभव न करो।

तुम्हारे पास आनंद की झलकियां तक नहीं हैं। किस प्रकार की स्वस्थचित्तता है यह ? तुम अनवरत दुख में

हो, और वह दुख किसी दूसरे के द्वारा निर्मित किया हुआ नहीं है। तुम स्वयं अपना दुख निर्मित करते हो। किस प्रकार की स्वस्थचित्तता है यह ? लगातार तुम अपना दुख निर्मित कर रहे हो। मैं इसे पागलपन कहता हूं।

स्वस्थचित्तता यह होगी कि तुम जागरूक हो जाओगे कि तुम केंद्रित नहीं हो। तो पहली जो बात करनी है वह यह है कि केंद्रीभूत हो जाना है। तुम्हें अपने भीतर एक केंद्र पाना है, जहां से तुम अपना जीवन आगे ले जा सको, जहां से तुम अपने जीवन को अनुशासित कर सको। अपने भीतर एक मालिक पाना है जिससे तुम निर्देश पा सको; जिससे तुम आगे बढ़ सको। पहली बात है, भीतर एकजुट और संगठित हो जाना और फिर दूसरी चीज होगी, अपने लिए दुख का निर्माण न करना। उस सबको गिरा दो जो दुख का निर्माण करता है—वे सारे उद्देश्य, इच्छाएं और आशाएं जो दुख का निर्माण करती हैं।

लेकिन तुम्हें होश नहीं है। तुम तो बस दुख को ही निर्मित किये जाते हो। लेकिन तुम समझते नहीं हो कि तुम्हीं इसका निर्माण कर रहे हो। जो कुछ भी तुम करते हो, उससे भीतर तुम कोई बीज बो रहे होते हो। फिर पीछे वृक्ष आयेंगे। जो कुछ भी तुमने बोया है, उसी की फसल काटनी होगी। और जब भी तुम कोई फसल काटते हो, दुख वहां होता है, लेकिन तुम कभी विचार नहीं करते यह समझने के लिए कि बीज तुम्हारे द्वारा बोये गये थे। जब भी तुम्हें दुख होता है, तुम सोचते हो यह कहीं और से आ रहा है। तुम सोचते हो यह कोई दुर्घटना है या कि कुछ दुष्ट शक्तियां तुम्हारे विरुद्ध काम कर रही हैं।

तुमने शैतान को निर्मित किया है। लेकिन शैतान केवल एक तर्कसंगत बहाना है। तुम शैतान हो। तुम्हीं अपना दुख बनाते हो। लेकिन जब भी तुम व्यथित होते, तुम इसका दोष शैतान पर ही मढ़ देते हो कि वह शैतान कुछ कर रहा है। तो तुम अपने मूर्खतापूर्ण जीवन-शैली के प्रति कभी जागरूक नहीं होते हो।

या तुम इसे भाग्य कहते हो, या तुम कहते हो कि विधाता का खेल है। लेकिन तुम इस बुनियादी तथ्य को टालते जाते हो कि जो कुछ भी तुम्हें होता है, तुम्हीं उसके एकमात्र कारण हो, और कुछ भी आकस्मिक नहीं है। हर चीज का कारण होता है और तुम हो वह कारण।

उदाहरण के तौर पर, तुम प्रेम में पड़ जाते हो। प्रेम तुम्हें एक अनुभूति देता है—एक अनुभूति कि आनंद कहीं पास ही है। तुम पहली बार अनुभव करते हो कि किसी के द्वारा तुम्हारा स्वागत किया गया है। कम से कम एक व्यक्ति तुम्हारा स्वागत करता है। तुम खिलना शुरू कर देते हो। केवल एक व्यक्ति द्वारा तुम्हारा स्वागत करने से, तुम्हारी प्रतीक्षा करने, तुम्हें प्रेम करने, तुम्हारा ध्यान रखने से तुम खिलना आरंभ कर देते हो। लेकिन ऐसा केवल आरंभ में होता है, और फिर तुरंत तुम्हारा अपना गलत ढांचा कार्य करने लगता है। तुम फौरन प्रेयसी के, प्रिय के मालिक हो जाना चाहते हो।

लेकिन मालिक होना घातक है। जिस क्षण तुम प्रेमी पर कब्जा जमाते हो, तुम प्रेम को मार चुके होते हो। तब तुम दुख उठाते हो। तब तुम रोते और चीखते हो और फिर तुम सोचते हो कि तुम्हारा प्रेमी गलत है, कि किस्मत गलत है, कि भाग्य की तुम पर कृपा नहीं है। लेकिन तुम नहीं जानते कि तुमने आधिपत्य द्वारा, कब्जा जमाकर प्रेम को विषाक्त कर दिया है।

लेकिन हर प्रेमी यही कर रहा है। और हर प्रेमी इसके कारण दुख भोगता है। प्रेम, जो तुम्हें गहनतम वरदान दे सकता है, वह गहनतम दुख बन जाता है। इसलिए सारी संस्कृतियों ने, विशेषकर पुराने समय के भारत ने, प्रेम

की इस घटना को पूरी तरह नष्ट कर दिया। उन्होंने बच्चों के लिए पर-नियोजित विवाहों की व्यवस्था दे दी, ताकि प्रेम में पड़ने की कोई संभावना ही न रहे, क्योंकि प्रेम दुख की ओर ले जाता है। यह एक इतना ज्ञात तथ्य है कि यदि तुम प्रेम होने देते हो, तो प्रेम दुख की ओर ले जाता है। ऐसा माना गया कि संभावना की भी गुंजाइश न होने देना बेहतर है। छोटे बच्चों का विवाह हो जाने दो। इससे पहले कि उन्हें प्रेम हो जाये, उनका विवाह कर दिया जाये। वे कभी नहीं जान पायेंगे कि प्रेम क्या है, और तब वे दुखी न होंगे !

लेकिन प्रेम कभी दुख का निर्माण नहीं करता है। यह तुम हो, जो इसमें विष घोल देते हो। प्रेम सदा आनंद है, प्रेम सदा उत्सव है। प्रेम तुम्हें प्रकृति द्वारा मिला गहनतम आनंदोल्लास है। लेकिन तुम इसे नष्ट कर देते हो। ताकि कहीं दुख में न पड़ जाओ। भारत में और दूसरे पुराने, पुरातन देशों में, प्रेम की संभावना पूरी तरह से समाप्त कर दी गयी थी। तब तुम दुख में न पड़ोगे, लेकिन तब तुमने प्रकृति द्वारा मिला वह एकमात्र आनंदोल्लास गंवा दिया होगा। केवल एक सामान्य जीवन होगा वहां। कोई दुख नहीं, कोई प्रसन्नता नहीं, बस किसी तरह जीवन को खींचे जाना है ! और यही है जो कुछ विवाह का अर्थ रहा है अतीत में।

अब अमरीका प्रयत्न कर रहा है, पश्चिम प्रयत्न कर रहा है प्रेम को पुनर्जीवित करने के लिए, पर उसमें से बहुत दुख चला आ रहा है। और देर-अबेर पश्चिमी देशों को फिर से बाल-विवाह का निर्णय लेना होगा। कुछ मनोवैज्ञानिक सुझाव दे ही चुके हैं कि बाल-विवाह को वापस लाना होगा क्योंकि प्रेम इतना अधिक दुख पैदा कर रहा है। लेकिन मैं फिर कहता हूं कि यह प्रेम नहीं है। प्रेम दुख की रचना नहीं कर सकता। यह तुम हो, तुम्हारे पागलपन का ढांचा है, जो दुख को रचता है। और केवल प्रेम में ही नहीं, हर कहीं। हर कहीं तुम अपना मन जरूर ले जाओगे।

उदाहरण के लिए, बहुत-से लोग मेरे पास आते हैं, वे ध्यान करना आरंभ करते हैं। शुरू में आकस्मिक झलकियां कौंधती हैं, लेकिन केवल शुरू में ! एक बार उन्होंने निश्चित अनुभवों को जान लिया, एक बार उन्हें निश्चित झलकियां मिल गयीं, फिर हर चीज रुक जाती है। तब वे रोते-चीखते मेरे पास आते हैं और पूछते हैं, 'क्या हो रहा है ? कुछ हो रहा था, कुछ घटित हो रहा था, लेकिन अब हर चीज रुक गयी है। हम अपनी पूरी कोशिश लगा रहे हैं, लेकिन अब कुछ भी घटित नहीं होता है !'

मैं उनसे कहता हूं, 'पहली बार वैसा हुआ क्योंकि तुम अपेक्षा नहीं कर रहे थे। अब तुम आशा कर रहे हो, जिससे कि सारी स्थिति बदल गयी है।' जब पहली बार निर्भार होने की अनुभूति तुम्हें हुई थी, किसी अज्ञात द्वारा पूरित होने की वह अनुभूति, अपने मुर्दा जीवन से दूर हो जाने की वह अनुभूति, भाव-विभोर क्षणों की वह अनुभूति, तब तुम उसकी अपेक्षा नहीं कर रहे थे। तुमने ऐसे क्षणों को कभी जाना न था। वे पहली बार तुममें उतर रहे थे। तुम बेखबर थे, अपेक्षाशून्य। ऐसी थी स्थिति।

अब तुम स्थिति बदल दे रहे हो। अब हर रोज तुम ध्यान करने बैठते, और किसी चीज की आशा करते रहते हो। अब तुम हो चालाक, होशियार, हिसाब लगाने वाले। जब पहली बार तुम्हें कोई झलक मिली थी, तब तुम निर्दोष थे एक बच्चे की भांति। तुम ध्यान के साथ खेल रहे थे, लेकिन वहां कोई अपेक्षा न थी। और तब घटना घट गयी थी। और वह फिर घटेगी, लेकिन तब तुम्हें फिर निर्दोष होना होगा।

अब तुम्हारा मन तुम्हारे लिए दुख ला रहा है। और यदि तुम यही आग्रह किये चले जाते हो कि बारंबार वही

अनुभव मिलना चाहिए, तो तुम इसे हमेशा के लिए गंवा दोगे। यदि तुम उसे पूरी तरह भूल न जाओ, इसमें वर्षों लग सकते हैं। यदि तुम पूरी तरह से असंबंधित हो जाओ इससे, कि कहीं अतीत में ऐसी घटना हुई थी, तो फिर से वह संभावना तुम्हारे लिए प्रकट हो पायेगी।

इसे मैं कहता हूं पागलपन। तुम हर चीज नष्ट कर देते हो। जो कुछ भी तुम्हारे हाथ में आता है, तुम फौरन उसे नष्ट कर देते हो। और ध्यान रखना, जीवन बहुत से उपहार देता है जो बिन मांगे मिलते हैं। तुमने कभी जीवन से मांगा नहीं, और जीवन तुम्हें बहुत से उपहार देता है। लेकिन तुम हर देन को नष्ट कर देते हो। और वरदान लगातार फैलता जाता है; वह विकसित हो सकता है, क्योंकि जिंदगी तुम्हें कभी कोई मुर्दा चीज नहीं देती है। यदि प्रेम तुम्हें दिया गया है, वह विकसित हो सकता है। वह अज्ञात आयामों तक विकसित हो सकता है, लेकिन पहले ही क्षण से तुम उसे नष्ट कर देते हो।

यदि ध्यान तुममें घटित हो गया है, तो उसे भूल जाओ और केवल धन्यवाद अनुभव करो उस दिव्यता के प्रति। केवल कृतज्ञ अनुभव करो। और अच्छी तरह से याद रखना कि तुम्हारे पास उस पर दावा करने की क्षमता नहीं है; तुम्हें किसी भी तरह से अधिकार नहीं दिया गया है उसे पाने का। वह एक देन है। वह भगवत्ता का एक प्रवाह है। उपलब्धि को भूलो। उसकी अपेक्षा मत बनाओ, उसकी मांग मत करो। अगले दिन वह फिर आयेगा कहीं ज्यादा गहरे, ऊंचे, विराट रूप में। वह फैलता चला जायेगा, लेकिन हर रोज उसे मन से मुक्त हो जाने देना।

संभावनाओं का कहीं कोई अंत नहीं है। वह असीम है। सारा ब्रह्मांड तुम्हारे लिए आनंदमग्न हो जायेगा। लेकिन तुम्हारे मन को मिटना ही होगा। तुम्हारा मन एक पागलपन है। इसलिए जब मैं कहता हूं कि केवल दो विकल्प हैं, पागलपन या ध्यान, तो मेरा मतलब होता है—मन और ध्यान। यदि तुम्हारा होना मन तक ही सीमित रहता है, तो तुम पागल ही रहोगे। जब तक तुम मन का अतिक्रमण नहीं करते, तब तक तुम पागलपन का अतिक्रमण नहीं कर सकते। अधिक से अधिक तुम समाज के काम-चलाऊ सदस्य हो सकते हो, बस इतने ही। और तुम समाज के काम-चलाऊ, उपयोगी सदस्य हो सकते हो क्योंकि यह सारा समाज तुम जैसा ही है। हर कोई पागल है, इसीलिए पागलपन सामान्य स्थिति है।

होश में आओ। और मत सोचो कि दूसरे पागल हैं, गहराई से अनुभव करो कि तुम पागल हो और इसके लिए कुछ करना ही है। तत्क्षण ! यह एक संकटकालीन स्थिति है। इसे स्थगित मत करो क्योंकि एक ऐसी घड़ी आ सकती है जब तुम कुछ नहीं कर सकते। शायद तुम इतने पागल हो जाओ कि तुम कुछ भी करने के योग्य न रहो।

अभी ही तुम कुछ कर सकते हो। अभी तक तुम सीमा में हो। कुछ किया जा सकता है; कुछ प्रयास किये जा सकते हैं; ढांचा बदला जा सकता है। लेकिन एक घड़ी आ सकती है जब तुम कुछ कर नहीं सकते; जब तुम पूरी तरह से टूट-फूट जाते हो और जब तुमने होश भी गंवा दिया होता है।

यदि तुम अनुभव करते हो कि तुम पागल हो, तो यह बहुत आशापूर्ण लक्षण है। यह संकेत है कि तुम अपनी वास्तविकता के प्रति सचेत हो। द्वार वहां है। तुम वास्तव में स्वस्थचित्त हो सकते हो। कम से कम इतनी स्वस्थचित्तता वहां है कि तुम स्थिति समझ सकते हो।

सम्यक ज्ञान की क्षमता मन की पांच क्षमताओं में से एक है, लेकिन यह अ-मन की अवस्था नहीं है। फिर यह कैसे संभव है कि जो कुछ इस केंद्र द्वारा देखा जाता है वह सत्य होता है ? क्या सम्यक ज्ञान का यह केंद्र संबोधि के पश्चात कार्य करता है ? क्या एक ध्यानी, एक साधक भी इस केंद्र में उतर सकता है ?

हां, सम्यक ज्ञान का केन्द्र—प्रमाण—अभी मन के भीतर है। अज्ञान मन का होता है। और ज्ञान भी मन का होता है। जब तुम मन के पार चले जाते हो, वहां कुछ नहीं होता : न तो अज्ञान होता है और न ही ज्ञान। ज्ञान भी एक बीमारी है। यह एक अच्छी बीमारी है, एक सुनहरी बीमारी, लेकिन यह एक बीमारी है। इसलिए वास्तव में यह नहीं कहा जा सकता है कि बुद्ध जानते हैं। यह नहीं कहा जा सकता कि वे नहीं जानते। वे पार चले गये हैं। किसी चीज का दावा नहीं किया जा सकता कि वे जानते हैं या नहीं जानते हैं।

जब कोई मन ही नहीं, तुम कैसे जान सकते हो या नहीं जान सकते हो ? जानना मन के द्वारा होता है। मन के द्वारा तुम ठीक ढंग से जान सकते हो, मन के द्वारा ही तुम गलत ढंग से जान सकते हो। लेकिन जब मन नहीं है, ज्ञान-अज्ञान दोनों समाप्त हो जाते हैं। ऐसा समझना कठिन होगा, लेकिन यह आसान है यदि तुम समझ लेते हो कि मन जानता है इसलिए मन अज्ञानी हो सकता है। लेकिन जब मन न हो तो कैसे तुम अज्ञानी हो सकते हो और कैसे ज्ञानी हो सकते हो ! तुम हो, लेकिन जानना और न जानना दोनों समाप्त हो गये हैं।

मन के दो केंद्र हैं। एक सम्यक ज्ञान का है। यदि वह केंद्र क्रियाशील होता है....और यह क्रियान्वित होने लगता है एकाग्रता, ध्यान, मनन, प्रार्थना के द्वारा; तब जो कुछ भी तुम जान लेते हो सत्य होता है। एक मिथ्या ज्ञान का केंद्र भी है। यह कार्य करता है यदि तुम उनींदे होते हो, यदि तुम सम्मोहित होने जैसी अवस्था में होते हो, किसी न किसी चीज द्वारा मदहोश होते हो—कामवासना, संगीत, नशे या किसी चीज से।

तुम आदी हो सकते हो भोजन के; तब यह नशा हो जाता है। शायद तुम बहुत ज्यादा खाते हो। शायद तुम खाने के लिए पागल और भोजन-ग्रसित हो सकते हो। तब खाना शराब की भांति हो जाता है। कोई चीज जो तुम्हारे मन पर स्वामित्व जमा लेती है, कोई चीज जिसके बिना तुम जी नहीं सकते, नशा देने वाली बन जाती है। और यदि तुम नशों द्वारा जीते हो तब तुम्हारा मिथ्या ज्ञान का केंद्र कार्य करता है और जो कुछ भी तुम जानते हो मिथ्या है, असत्य है। तुम झूठ के संसार में जीते हो।

लेकिन ये दोनों केंद्र मन से ही संबंध रखते हैं। जब मन छूट जाता है और ध्यान अपनी समग्रता में पहुंच जाता है, तब तुम अ-मन तक पहुंच जाते हो। संस्कृत में हमारे पास दो शब्द हैं : एक शब्द तो है ध्यान। दूसरा शब्द है समाधि। 'समाधि' का अर्थ होता है, ध्यान की परिपूर्णता; जहां ध्यान तक अनावश्यक बन जाता है, जहां ध्यान करना अर्थहीन है। तुम उसे करते नहीं हो, तुम वही बन गये हो, तब यह समाधि है।

समाधि की इस अवस्था में मन नहीं बचता। वहां न ज्ञान होता है और न ही अज्ञान। वहां केवल शुद्ध अस्तित्व होता है। यह शुद्ध होना बिलकुल ही अलग आयाम है। यह जानने का आयाम नहीं है। यह होने का आयाम है।

यदि बुद्ध या जीसस जैसे पुरुष भी तुम्हारे साथ संपर्क करना चाहें, तो उन्हें भी मन का उपयोग करना होगा। संवाद के लिए उन्हें मन का उपयोग करना ही होगा। यदि तुम उनसे कोई प्रश्न करते हो, तो उन्हें अपने सम्यक

ज्ञान वाले केंद्र का उपयोग करना होगा। मन संपर्क बनाने का, सोच-विचार करने का, जानने का उपकरण है।

लेकिन जब तुम कुछ पूछ नहीं रहे हो और बुद्ध अपने बोधि-वृक्ष के नीचे बैठे हुए हैं, तब वे अज्ञानी होते हैं और न ही ज्ञानी। वे तो बस वहां होते हैं। वास्तव में तब बुद्ध और वृक्ष में कोई अंतर नहीं होता है। एक अंतर है, लेकिन एक तरह से कोई अंतर नहीं होता है। वे वृक्ष की भांति हो गये हैं, वे केवल हैं। वहां कोई प्रवृत्ति नहीं, जानने की भी नहीं। सूर्योदय होगा, लेकिन वे नहीं 'जानेंगे' कि सूर्योदय हो गया है। ऐसा नहीं है कि वे अज्ञानी बने रहेंगे—नहीं। यह केवल ऐसा है कि जानना अब उनकी क्रिया न रही। वे इतने मौन हो गये हैं, इतने निश्चल कि उनमें कुछ नहीं हिलता-डुलता।

वे वृक्ष की भांति हैं। तुम कह सकते हो कि वृक्ष पूर्णतया अज्ञानी होता है। या तुम कह सकते हो कि वृक्ष मन से नीचे होता है। उसके मन ने अभी कार्य करना शुरू नहीं किया है। वृक्ष किसी जन्म में एक व्यक्ति बन जायेगा। वृक्ष किसी जन्म में तुम्हारी तरह पागल बन जायेगा। और वृक्ष किसी जन्म में ध्यान करने का प्रयास करेगा और वृक्ष एक दिन बुद्ध भी हो जायेगा। वृक्ष मन के नीचे है और वृक्ष के नीचे बैठे हुए बुद्ध मन से ऊपर हैं। दोनों मनविहीन हैं। एक को अभी मन को प्राप्त करना है, और एक ने उसे प्राप्त कर लिया और उसके पार हो गया है।

इसलिए जब मन का अतिक्रमण होता है, जब अ-मन उपलब्ध हो जाता है, तब तुम शुद्ध अस्तित्व हो—सच्चिदानंद। तुममें कुछ घटित नहीं हो रहा है। न तो क्रिया वहां है और न ही ज्ञान वहां है। लेकिन हमारे लिए यह कठिन होता है। शास्त्र बताते रहे हैं कि सारे द्वैत का अतिक्रमण हो जाता है।

ज्ञान भी द्वैत का हिस्सा है—अज्ञान और ज्ञान। लेकिन तथाकथित संत कहे चले जाते हैं कि बुद्ध जाननेवाले हो गये हैं। यह है द्वैत से चिपकना। इसीलिए बुद्ध कभी उत्तर न देते थे। कई बार, लाखों बार उनसे यह पूछा गया, 'क्या घटित होता है जब एक व्यक्ति बुद्ध हो जाता है ?' वे मौन ही रहते। वे कहते, 'हो जाओ और जानो।' क्या घटित होता है, इसके बारे में कुछ नहीं कहा जा सकता, क्योंकि जो कुछ कहा जा सकता है, वह तुम्हारी भाषा में कहा जायेगा। और तुम्हारी भाषा बुनियादी तौर से द्वैतवादी है। अतः जो कुछ कहा जा सकता है, भ्रांतिपूर्ण होगा।

यदि यह कहा जाता है कि वे जानते हैं तो यह गलत होगा। यदि यह कहा जाता है कि वे अपर हो गये हैं तो यह गलत होगा। यदि यह कहा जाता है कि अब उन्हें परम आनंद उपलब्ध हो गया, तो यह असत्य होगा, क्योंकि सारे द्वैत मिट जाते हैं। दुख मिट जाता है, सुख मिट जाता है। अज्ञान मिट जाता है, ज्ञान मिट जाता है। अंधकार मिट जाता है, प्रकाश मिट जाता है। मृत्यु मिट जाती है, जीवन मिट जाता है। कुछ नहीं कहा जा सकता है। या केवल इतना ही कहा जा सकता है, कि जो कुछ तुम सोच सकते हो, वह वहां नहीं होगा। जो कुछ धारणा तुम बना सकते हो, वह वहां नहीं होगी। और एकमात्र तरीका है कि वही हो जाओ। केवल तभी तुम जानोगे।

आपने कहा कि यदि हम राम की झलकियां देख पाते हैं या कल्पना करते हैं कि हम कृष्ण के साथ नृत्य कर रहे हैं, तो ध्यान रखें कि यह केवल कल्पना है। लेकिन अभी पिछली एक रात आपने कहा कि यदि हम ग्रहणशील हैं, तो हम बिलकुल अभी बुद्ध या जीसस या कृष्ण से संपर्क बना सकते हैं। तो क्या यह मिलन भी कल्पना है,

या ऐसी ध्यानमग्न अवस्थाएं हैं जिनमें क्राइस्ट या बुद्ध वास्तव में वहां होते हैं ?

पहली बात—सौ में से, निन्यानबे घटनाएं तो कल्पना द्वारा होंगी। तुम कल्पना कर लेते हो इसीलिए कृष्ण ईसाई को कभी दिखाई नहीं पड़ते और मोहम्मद कभी हिंदू को नहीं दिखाई पड़ते। हम मोहम्मद और जीसस को भूल सकते हैं, वे बहुत दूर हैं। जैन के सामने राम के दर्शन की झलकियां कभी प्रकट नहीं होतीं, वे नहीं दिख सकते। हिंदू के सामने महावीर कभी प्रकट नहीं होते। क्यों ? क्योंकि महावीर की तुम्हारे पास कोई कल्पना नहीं है।

यदि तुम जन्म से हिंदू हो, तो तुम राम और कृष्ण की अवधारणा पर पले हो। यदि तुम जन्म से ईसाई हो, तब तुम पले हो—तुम्हारा कम्प्यूटर, तुम्हारा मन पला है जीसस की धारणा, जीसस की प्रतिमा के साथ। जब कभी तुम ध्यान करना शुरू करते हो, वह पोषित प्रतिमा मन में चली आती है, वह मन में प्रक्षेपित हो जाती है।

जीसस ईसाई व्यक्ति को दिखते हैं, लेकिन यहूदियों को कभी दिखाई नहीं देते जीसस। और वे यहूदी थे। जीसस यहूदी की तरह जन्मे और यहूदी की तरह मरे। लेकिन वे यहूदियों को दिखाई नहीं देते, क्योंकि उन्होंने उनमें कभी विश्वास नहीं किया। वे लोग सोचते थे जीसस मात्र एक आवारा है। उन्हें एक अपराधी की तरह सूली पर चढ़ा दिया उन्होंने। इसलिए जीसस यहूदियों को कभी नहीं जंचे। लेकिन वे यहूदियों के संबंधी थे। उनकी धमनियों में यहूदी खून था।

मैंने एक मजाक सुना है कि नाजी जर्मनी में हिटलर के सिपाही एक शहर में यहूदियों को मार रहे थे। वे बहुतों को मार चुके थे लेकिन कुछ यहूदी बचकर भाग निकले थे। वह एक रविवार की सुबह थी, इसलिए जब वे बचकर भागे, तो वे एक चर्च में चले गये क्योंकि उन्होंने सोचा था कि वह छुपने के लिए सबसे अच्छी जगह रहेगी—एक ईसाई चर्च। वह चर्च ईसाइयों से भरा था। वह इतवार की सुबह थी, और लगभग एक दर्जन यहूदी वहां छिपे हुए थे।

लेकिन सिपाहियों को भी खबर मिल गयी कि कुछ यहूदी चर्च में जा छिपे हैं तो वे चर्च में गये। उन्होंने पादरी से कहा, 'अपना धार्मिक अनुष्ठान बंद करो।' सिपाहियों का नेता मंच पर गया और बोला, 'तुम हमें धोखा नहीं दे सकते। कुछ यहूदी यहां छिपे हुए हैं। जो कोई यहूदी है उसे बाहर आकर पंक्ति में खड़े हो जाना चाहिए। यदि तुम हमारा आदेश माने तो तुम बच सकते हो, लेकिन यदि कोई हमें धोखा देने की कोशिश करेगा तो फौरन मार दिया जायेगा।'

धीरे-धीरे यहूदी चर्च से बाहर आ गये और वे एक पंक्ति में खड़े हो गये। तब अचानक चर्च की सारी भीड़ को ध्यान आया कि जीसस लुप्त हो गये थे। गायब हो गयी वह मूर्ति जीसस की। वे भी यहूदी थे इसलिए वे बाहर उसी पंक्ति में खड़े हुए थे।

लेकिन जीसस यहूदियों के सामने कभी प्रकट नहीं होते और वे ईसाई न थे। वे किसी ईसाई चर्च से संबंधित न रहे थे। यदि वे वापस आ जायें, वे ईसाई चर्च को पहचानेंगे भी नहीं। वे सिनागोग की ओर बढ़ जायेंगे। वे यहूदी संप्रदाय में जा पहुंचेंगे। वे किसी रबाई से मिलने चले जायेंगे। वे कैथोलिक या प्रोटेस्टेंट पादरी से मिलने नहीं जा सकते। वे उन्हें नहीं जानते। लेकिन यहूदियों को वे कभी दिखाई नहीं पड़ते क्योंकि उनकी कल्पनाओं में

वे कभी बीज की तरह पड़े नहीं। उन्हें अस्वीकृत कर दिया था उन्होंने, तो बीज वहां नहीं है।

इसलिए जो कुछ घटित होता है, निन्यानबे संभावनाएं ऐसी हैं कि वह केवल तुम्हारा पोषित ज्ञान, धारणाएं और प्रतिमाएं होती होंगी। वे तुम्हारे मन के सामने झलक जाती हैं। और जब तुम ध्यान करने लगते हो, तो तुम इतने संवेदनशील हो जाते हो कि तुम स्वयं अपनी कल्पनाओं के शिकार हो सकते हो। और तुम्हारी कल्पनाएं बहुत वास्तविक लगेंगी। और इसे जांचने का कोई रास्ता नहीं है कि वे वास्तविक होती हैं या अवास्तविक।

केवल एक प्रतिशत मामलों में यह काल्पनिक न होगा, लेकिन पता कैसे चले ? उन एक प्रतिशत मामलों में वास्तव में वहां किसी धारणा की कोई छबि होगी ही नहीं। तुम यह अनुभव नहीं करोगे कि जीसस सूली पर चढ़े हुए तुम्हारे सामने खड़े हैं; तुम नहीं अनुभव करोगे कि कृष्ण तुम्हारे सामने खड़े हैं या तुम उनके सामने नाच रहे हो। तुम उनकी उपस्थिति को अनुभव करोगे, लेकिन कोई प्रतिमा न होगी, इसे ध्यान में रखना। तुम एक दिव्य उपस्थिति का अवतरण अनुभव करोगे। तुम किसी अज्ञात द्वारा भर जाओगे, लेकिन वह बिना किसी आकार का है। वहां नृत्य करते हुए कृष्ण न होंगे; सूली पर चढ़े हुए जीसस न होंगे और न सिद्धासन में बैठे हुए बुद्ध होंगे वहां। नहीं, वहां तो केवल एक उपस्थिति होगी। एक जीवंत उपस्थिति तुममें लहराती हुई—भीतर और बाहर। तुम उससे अभिभूत हो जाओगे, तुम उसकी अथाह जलराशि में उतर जाओगे।

जीसस तुममें नहीं होंगे, तुम जीसस में होओगे—यह होगा अंतर। कृष्ण प्रतिमा की तरह तुम्हारे मन में न होंगे, तुम कृष्ण में होओगे। लेकिन कृष्ण निराकार होंगे। वह एक अनुभव होगा, कल्पनात्मक धारणा नहीं।

तब उसे कृष्ण क्यों कहा जाये ? वहां कोई आकृति नहीं होगी। उन्हें जीसस क्यों कहा जाये ? ये तो केवल प्रतीक हैं; भाषा-विज्ञान के प्रतीक हैं। तुम इस शब्द 'जीसस' के साथ घुल-मिल गये हो, इसलिए जब वह उपस्थिति तुममें भर जाती है और तुम उसका एक हिस्सा बन जाते हो—उसका एक आंदोलित हिस्सा, जब तुम उस महासागर की एक बूंद बन जाते हो, तो इसे व्यक्त कैसे करो ? शायद तुम्हारे लिए सबसे सुंदर शब्द हो : 'जीसस'; या सबसे सुंदर शब्द होगा 'बुद्ध' या 'कृष्ण'; ये शब्द मन में पलते रहे हैं इसलिए तुम कुछ निश्चित शब्द चुन लेते हो उस उपस्थिति को बताने के लिए।

लेकिन वह उपस्थिति मात्र छाया नहीं है, वह स्वप्न नहीं है। वह कोई मनोछबि नहीं है। तुम जीसस का उपयोग कर सकते हो, तुम कृष्ण का उपयोग कर सकते हो, तुम क्राइस्ट का उपयोग कर सकते हो या जो भी कोई नाम तुम्हें अच्छा लगे। जो भी नाम प्रीतिकर हो। यह तुम पर है। वह शब्द और वह नाम और वह रूप तुम्हारे मन से आयेगा, लेकिन वह अनुभव स्वयं अरूप है। वह कल्पना नहीं है।

एक कैथोलिक पादरी एक झेन गुरु नान-इन से मिलने जा रहा था। नान-इन ने जीसस के बारे में कभी सुना नहीं था तो इस कैथोलिक पादरी ने सोचा, यह अच्छा होगा यदि मैं जाकर 'दि सरमन ऑन दि माउंट' का कुछ हिस्सा पढ़कर सुनाऊं। और मैं देखूंगा कि नान-इन क्या प्रतिक्रिया करता है। लोग कहते हैं कि वह बुद्ध-पुरुष है।

इसलिए कैथोलिक पादरी नान-इन के पास गया और बोला, 'गुरुदेव, मैं ईसाई हूं और मेरे पास एक पुस्तक है जो मुझे प्यारी है। मैं इसमें से कुछ पढ़कर आपको सुनाना चाहूंगा, केवल यह जानने के लिए कि आप उसे कैसे प्रतिसंवेदित करते हैं, क्या प्रतिक्रिया दिखाते हैं।' उसने कुछ पंक्तियां 'दि सरमन ऑन दि माउंट' में से पढ़ीं.... न्यू

टेस्टामेंट से। और उसने उनका अनुवाद जापानी में किया क्योंकि नान-इन केवल जापानी समझ सकता था।

जब उसने अनुवाद करना आरंभ किया, नान-इन का सारा चेहरा बिलकुल ही बदल गया। उसकी आंखों से आंसू बहने लगे और वह बोला, 'ये बुद्ध के वचन हैं।' वह ईसाई पादरी कहने लगा, 'नहीं-नहीं, ये जीसस के वचन हैं।' नान-इन बोला, 'कोई बात नहीं, तुम जो नाम दे दो, मैं अनुभव करता हूं कि ये बुद्ध के वचन हैं क्योंकि मैं केवल बुद्ध को जानता हूं और ये वचन केवल बुद्ध के द्वारा आ सकते हैं। और यदि तुम कहते हो, ये जीसस के द्वारा आये हैं तो जीसस बुद्ध थे। इससे कुछ अंतर नहीं पड़ता है। तो मैं अपने शिष्यों से कहूंगा जीसस बौद्ध थे।'

यही होगा बोध। यदि तुम दिव्य उपस्थिति को अनुभव करते हो तो फिर नाम नगण्य है। नाम तो अलग होंगे ही हर एक के लिए क्योंकि नाम शिक्षा द्वारा पहुंचते हैं, नाम सभ्यता द्वारा आते हैं, नाम जाति से आते हैं, जिससे तुम संबंधित होते हो। लेकिन अनुभव समाज से संबंध नहीं रखता। अनुभव तो किसी सभ्यता से संबंध नहीं रखता। अनुभव तुम्हारे कम्प्यूटर-मन से संबंधित नहीं है। वह तुम्हारा अपना ही है।

इसलिए खयाल रहे, यदिं तुम दृश्य देखते हो, तो वे कल्पनाएं हैं। लेकिन यदि तुम उपस्थिति को अनुभव करने लगते हो—आकारहीन, अस्तित्वगत अनुभूतियां; स्वयं को उनमें लपेट देते हो, उनमें विलीन हो जाते हो, उनमें घुल जाते हो और तब तुम वास्तव में संपर्क पा लेते हो।

तुम उस उपस्थिति को जीसस कह सकते हो या तुम उस उपस्थिति को बुद्ध कह सकते हो। यह तुम पर निर्भर करता है, इससे कोई फर्क नहीं पड़ता। जीसस बुद्ध हैं और बुद्ध क्राइस्ट हैं। वे, जो मन के पार चले गये हैं, व्यक्तित्व के भी पार चले गये हैं। आकार व रूप के भी पार चले गये हैं। यदि जीसस और बुद्ध एक साथ खड़े हो जायें, तो वहां दो शरीर होंगे, पर आत्मा एक ही। वहां दो शरीर होंगे, लेकिन दो मौजूदगियां नहीं; केवल मौजूदगी ही।

यह ऐसा है जैसे कि तुम दो लैम्प एक कमरे में रख दो। लैम्प दो हैं, वे मात्र शरीर हैं, लेकिन प्रकाश एक है। तुम निर्धारित नहीं कर सकते कि यह प्रकाश इस लैम्प का है और वह प्रकाश उस लैम्प का है। प्रकाश मिल गये हैं। लैम्पों का भौतिक भाग अलग बना रहा है लेकिन अभौतिक भाग एक हो गया है।

यदि बुद्ध और जीसस समीप आ जायें यदि वे एक साथ खड़े हो जायें, तो तुम दो अलग लैम्प देखोगे, लेकिन उनके प्रकाश मिल ही चुके हैं। वे एक हो गये हैं। वे सब जिन्हें सत्य का बोध हुआ है, एक हो गये हैं। उनके नाम अलग हैं उनके अनुयायियों के लिए, लेकिन उनके लिए अब कोई नाम नहीं रहे हैं।

कृपया समझाइए कि क्या जागरूकता भी मन की एक वृत्ति है?

नहीं, जागरूकता मन का हिस्सा नहीं है। वह मन के द्वारा प्रवाहित होती है लेकिन वह मन का हिस्सा नहीं है। यह बल्ब की भांति है, जिसके द्वारा विद्युत प्रवाहित होती है, लेकिन विद्युत बल्ब का हिस्सा नहीं है। यदि तुम बल्ब को तोड़ते हो, तो तुमने बिजली को नहीं तोड़ा है। उसकी अभिव्यक्ति में रुकाव आ जायेगा, लेकिन क्षमता प्रच्छन्न रहती है। यदि तुम दूसरा बल्ब रखते हो, तो बिजली प्रवाहित होने लगती है।

मन केवल एक उपकरण है। जागरूकता उसका हिस्सा नहीं है, लेकिन जागरूकता उसके द्वारा प्रवाहित होती है। जब मन का अतिक्रमण हो जाता है, जागरूकता अपने आप बनी रहती है। इसीलिए मैं कहता हूं कि बुद्ध को भी मन का प्रयोग करना होगा, यदि उन्हें तुमसे बात करनी हो, यदि उन्हें तुमसे संबंधित होना हो। क्योंकि तब उन्हें एक प्रवाह की आवश्यकता होगी—उनके आंतरिक स्रोत का प्रवाह। उन्हें प्रयोग करना पड़ेगा उपकरणों का, माध्यमों का, और फिर मन कार्य करेगा। लेकिन मन केवल एक वाहन है, एक साधन।

तुम वाहन में घूमते-फिरते हो लेकिन तुम वाहन नहीं हो। तुम कार में जाते हो, हवाई जहाज द्वारा उड़ान करते हो, लेकिन तुम वाहन नहीं हो। मन वाहन मात्र है। और तुम मन की पूरी क्षमता का उपयोग नहीं कर रहे हो। यदि तुम इसकी पूरी क्षमता का उपयोग करो, तो यह सम्यक ज्ञान हो जायेगा।

हम मन का उपयोग ऐसे कर रहे हैं जैसे कोई हवाई जहाज का उपयोग बस की भांति कर रहा हो। तुम हवाई जहाज के पंख काट सकते हो और सड़क पर उसे बस की तरह चला सकते हो; वह काम करेगा। वह बस की तरह काम करेगा। लेकिन तुम मूर्ख हो। वह बस उड़ सकती है ! तुम उसकी भरपूर क्षमता का उपयोग नहीं कर रहे।

तुम अपने मन का उपयोग कर रहे हो सपनों, कल्पनाओं और पागलपन के लिए। तुम ठीक से इसका उपयोग नहीं कर रहे; तुमने इसके पंख काट दिये हैं। यदि तुम पंख सहित इसका उपयोग करो, तो यह सम्यक ज्ञान बन सकता है। यह प्रज्ञा बन सकता है। लेकिन वह भी मन का ही हिस्सा है, वह भी एक साधन है। उपयोग करने वाला पीछे बना रहता है, उपयोग करने वाले का उपयोग नहीं किया जा सकता। तुम मन का उपयोग कर रहे हो। तुम स्वयं जागरूकता हो। और ध्यान की सारी कोशिशों का अर्थ है इसी चैतन्यता को इसकी शुद्धता में जान लेना, बिना किसी माध्यम के। तुम्हें इसका बोध हो सकता है बिना किसी साधन के। तुम्हें इसका बोध हो सकता है। लेकिन इसका बोध केवल तभी हो सकता है जब मन ने कार्य करना बंद कर दिया हो। जब मन ने कार्य करना बंद कर दिया हो, तब तुम सचेत हो जाओगे कि चैतन्यता वहां है। तुम इससे भरे हुए हो, मन तो केवल एक वाहन था, एक मार्ग। अब यदि तुम चाहो, तुम मन का उपयोग कर सकते हो। यदि तुम न चाहो, तो तुम्हें कोई जरूरत नहीं इसके उपयोग की।

शरीर और मन दोनों वाहन हैं। तुम वाहन नहीं हो। तुम वाहन के पीछे छिपे मालिक हो। लेकिन तुम इसे पूरी तरह से भूल चुके हो। तुम बैलगाड़ी बन गये हो, तुम वाहन बन गये हो। इसे ही गुरजिएफ ने तादात्म्य कहा है, इसे ही भारत में योगियों ने कहा तादात्म्य—तादात्म्य बना लेना किसी उस चीज के साथ, जो तुम नहीं हो।

कृपया समझाइए, यह कैसे संभव है कि केवल देखने द्वारा, साक्षी द्वारा मस्तिष्क की कोशिकाओं की रेकार्डिंग्ज, विचार-प्रक्रिया के स्रोत समाप्त हो सकते हैं।

वे समाप्त कभी नहीं होते लेकिन साक्षी होने से तादात्म्य टूट जाता है। संबोधि पाने के बाद बुद्ध चालीस वर्ष तक अपने शरीर में रहे। शरीर समाप्त नहीं हुआ। चालीस वर्ष तक वे बोलते रहे थे, लगातार समझाते रहे, लोगों को समझाते रहे कि उन्हें क्या घटित हुआ था और वही उन्हें कैसे घटित हो सकेगा। वे इसी मन का उपयोग कर

रहे थे, यह मन समाप्त नहीं हो गया था। और जब बारह वर्ष बाद वे अपने शहर में वापस आये, तो उन्होंने अपने पिता को पहचान लिया, पत्नी को पहचाना, बेटे को पहचाना। मन था वहां, स्मृति थी उसमें, वरना पहचान असंभव हो गयी होती।

मन वास्तव में समाप्त नहीं हो जाता। जब हम कहते हैं कि मन समाप्त हो जाता है, हमारा मतलब होता है कि इसके साथ बना तुम्हारा तादात्म्य टूट जाता है। अब तुम जानते हो कि वह मन है यह 'मैं' हूं। पुल टूट चुका है। अब मन मालिक नहीं है। यह तो बस एक उपकरण हो गया है, यह अपने सही स्थान पर जा पड़ा है। जब कभी तुम्हें इसकी जरूरत हो, तुम इसका उपयोग कर सकते हो। यह तो पंखे की तरह है। यदि तुम इसका उपयोग करना चाहते हो, तुम इसे चला देते हो, और तब पंखा चलने लगता है। अभी तुम पंखे का उपयोग नहीं कर रहे हो इसलिए यह गैर-क्रियात्मक है। लेकिन यह वहां है, इसका होना समाप्त नहीं हुआ है। किसी क्षण तुम इसका उपयोग कर सकते हो। यह विलीन नहीं हुआ है।

साक्षीभाव द्वारा केवल तादात्म्य विलीन हो जाता है, मन नहीं। लेकिन जब तादात्म्य विलीन हो जाता है, तुम बिलकुल ही नयी सत्ता हो। पहली बार तुम जान लेते हो अपनी वास्तविक सत्ता को, अपनी सही वास्तविकता को। पहली बार तुम जान पाते हो कि तुम कौन हो। अब मन तुम्हारे आस-पास घिरी एक यंत्र-रचना का हिस्सा भर होता है।

यह तो ऐसा है जैसे तुम पाइलट बन हवाई जहाज चलाते हो। तुम बहुत से यंत्रों का इस्तेमाल करते हो, तुम्हारी आंखें कई यंत्रों के साथ कार्य करती हैं। वे लगातार इस और उस चीज का होश रखती हैं। लेकिन तुम नहीं हो यंत्र।

यह मन, यह शरीर और शरीर-मन के कई कार्य, चारों ओर हैं तुम्हारे। यही संरचना है। इस संरचना में तुम दो ढंग से हो सकते हो। होने का एक तरीका है कि स्वयं को भूल जाओ और अनुभव करो कि तुम मैकेनिज्म हो। यह है बंधन, यह है दुख, यही है जगत, संसार।

क्रियाशील होने का दूसरा तरीका यह है—सचेत हो जाओ कि तुम पृथक हो, कि तुम भिन्न हो। तब तुम यंत्र-रचना का उपयोग किये चले जा सकते हो, तो भी यह पृथक ही है। तब तुम वह नहीं हो। और यदि यांत्रिक-बनावट में कुछ गलत हो जाता है, तुम इसे ठीक करने की कोशिश कर सकते हो, लेकिन घबराओगे नहीं। यदि पूरी यंत्र-रचना विलीन भी हो जाये, तो तुम्हारी शांति भंग न होगी।

बुद्ध का मरना और तुम्हारा मरना दो अलग घटनाएं हैं। जब बुद्ध मरते हैं, तो वे जानते हैं कि केवल यंत्र-रचना मर रही है। इसका उपयोग हो चुका है और अब इसकी और जरूरत नहीं रही। बोझ हट गया है; वे मुक्त हो रहे हैं। अब वे बिना रूपाकार के घूमेंगे-फिरेंगे। लेकिन जब तुम मरते हो तो वह बिलकुल अलग होता है। तुम दुखी होते हो, तुम चीखते हो, क्योंकि तुम अनुभव करते हो कि 'तुम' मर रहे हो, यंत्र-रचना नहीं। वह 'तुम्हारी' मृत्यु है। तब वह गहन पीड़ा बन जाती है।

केवल साक्षीभाव द्वारा मन समाप्त नहीं होता है और मस्तिष्क की कोशिकाएं समाप्त न होंगी। बल्कि वे अधिक जीवंत हो जायेंगी क्योंकि उन में द्वंद्व कम होगा और ऊर्जा ज्यादा होगी। वे ज्यादा ताजी हो जायेंगी। तुम ज्यादा सही ढंग से उनका उपयोग कर पाओगे, ज्यादा ठीक-ठीक। लेकिन तुम उनके द्वारा बोझिल नहीं होओगे।

और वे कुछ करने के लिए तुम्हें विवश नहीं करेंगी। वे तुम्हें इधर-उधर धकेलेंगी और खींचेंगी नहीं। तुम मालिक हो जाओगे।

लेकिन केवल साक्षीभाव द्वारा यह कैसे घटित होता है ? वह विपरीत, वह बंधन घटित हुआ है साक्षी न होने से। बंधन घटित हुआ है, क्योंकि तुम जागरूक नहीं हो। तो बंधन छूट जाये, यदि तुम जागरूक हो जाओ। बंधन केवल अचेतनता है। किसी और चीज की जरूरत नहीं है सिवाय इसके कि जो कुछ तुम करो उसमें और भी सजग हो जाओ।

तुम यहां बैठे हुए मुझे सुन रहे हो; तुम जागरूकता से सुन सकते हो या तुम बिना जागरूकता के सुन सकते हो। बिना जागरूकता के भी सुनना हो जायेगा, लेकिन वह एक दूसरी चीज होगी। गुण में अंतर होगा। तब तुम्हारे कान सुन रहे होंगे, लेकिन तुम्हारा मन कहीं और ही कार्य कर रहा होगा।

तब किसी तरह कुछ शब्द तुममें भर जायेंगे। वे मिल-जुल कर उलझ जायेंगे। और तुम्हारा मन अपने ढंग से उनकी व्याख्या कर लेगा। वह अपने विचार उनमें रख देगा। हर चीज गड़बड़ और धुंधली हो जायेगी। तुमने सुन लिया होगा, लेकिन बहुत बातें बाहर से ही गुजर जायेंगी और बहुत-सी बातों को तुम सुन न पाये होगे। तुम चुनोगे। तब सारी बात ही विकृत हो जायेगी।

यदि तुम सजग होते हो, जिस घड़ी तुम सजग होते हो, सोचना समाप्त हो जाता है। सजगता के साथ तुम सोच नहीं सकते। यदि पूरी ऊर्जा सचेत हो जाती है, तब विचार के लिए ऊर्जा बची ही नहीं। यदि तुम एक क्षण के लिए भी सजग हो जाते हो, तो तुम केवल सुनते हो। कोई बाधा नहीं रहती। जो मैंने कहा है, उसके साथ मिश्रित होने के लिए तुम्हारे अपने शब्द नहीं रहे। तुम्हें अर्थ लगाने की जरूरत न रही। प्रभाव सीधा है।

यदि तुम सजगता से सुन सकते हो, तब मैं जो कह रहा हूं, वह अर्थपूर्ण हो सकता है, या अर्थपूर्ण नहीं भी हो सकता है, लेकिन तुम्हारा सजगता के साथ सुनना महत्वपूर्ण अर्थ रखेगा। यह सजगता ही तुम्हारी चेतना को एक शिखर तक ले जायेगी। अतीत विलीन हो जायेगा, भविष्य मिट जायेगा। तुम कहीं और न होओगे। तुम होओगे केवल अभी और यहीं। और मौन के उसी क्षण में जब सोचना नहीं रहा, तुम अपने स्रोत के साथ गहरा संपर्क पा जाओगे। और वह स्रोत है आनंद। वह स्रोत दिव्य है। इसलिए करना है तो केवल यही कि हर बात सजगता के साथ करनी है।

जब लाओत्सु पर बात कर रहे हों तो आप एक ताओवादी संत बन जाते हैं, जब तंत्र पर बोल रहे हों तो आप तांत्रिक बन जाते हैं, जब भक्ति की बात कर रहे हों तो आप संबोधि पाए हुए भक्त बन जाते हैं, जब योग पर बोल रहे हैं तो आप एक पूर्ण योगी बन गये हैं। क्या आप कृपया स्पष्ट करेंगे कि किस तरह यह अद्‌भुत घटना संभव हो पायी है ?

जब तुम नहीं होते, केवल तभी यह संभव होता है। यदि तुम हो, तब वह संभव नहीं हो पाता। यदि तुम नहीं हो, यदि मेजबान बिलकुल चला जाता है, तभी मेहमान मेजबान बनता है। वे मेहमान लाओत्सु हो सकते हैं, वे मेहमान हो सकते हैं पतंजलि। मेजबान वहां नहीं है, इसलिए मेहमान पूर्णतया उसकी जगह ले लेता है, वह

मेजबान बन जाता है। यदि तुम न रहो, तब तुम पतंजलि हो सकते हो, उसमें कोई कठिनाई नहीं है। तुम कृष्ण बन सकते हो, तुम क्राइस्ट बन सकते हो। लेकिन यदि तुम रहो वहां, तब यह बहुत कठिन है। यदि तुम हो वहां, तब जो कुछ तुम कहते हो भ्रांतिपूर्ण होगा।

इसीलिए मैं कहता हूं कि ये व्याख्याएं नहीं हैं। मैं पतंजलि पर चर्चा नहीं कर रहा। मैं तो अनुपस्थित हूं; पतंजलि को आने दे रहा हूं। इसलिए यह कोई व्याख्या या टीका-टिप्पणी नहीं है। व्याख्या का अर्थ होता है कि पतंजलि कुछ पृथक हैं, मैं कुछ पृथक हूं, और मैं पतंजलि पर चर्चा कर रहा हूं। तब यह विकृत होगा ही। क्योंकि कैसे मैं पतंजलि पर टीका कर सकता हूं ? जो कुछ मैं कहता हूं, वह मेरा कहना होगा। और जो कुछ भी मैं कहता हूं, वह मेरा अर्थ-निर्णय होगा। वह पतंजलि का अपना नहीं हो सकता। और वह शुभ नहीं है। यह ध्वंसात्मक है। इसलिए मैं व्याख्या नहीं कर रहा। मैं केवल होने दे रहा हूं। और यह होने देना संभव होता है यदि तुम न रहो।

यदि तुम साक्षी हो जाते हो, तो अहंकार विलीन हो जाता है। जब अहंकार विलीन हो जाता है, तब तुम वाहन बन जाते हो, तुम एक मार्ग बन जाते हो। तुम एक बांस की पोंगरी बन जाते हो। और बांसुरी पतंजलि के अधरों पर रखी जा सकती है, बांसुरी कृष्ण के अधरों पर रखी जा सकती है। वह बांसुरी वही रहती है लेकिन जब यह बुद्ध के होठों पर होती है तब बुद्ध प्रवाहित हो रहे होते हैं।

इसलिए यह कोई व्याख्या नहीं है। यह समझना मुश्किल है क्योंकि तुम तैयार नहीं हो कि होने देओ। तुम भीतर इतने विद्यमान हो कि तुम किसी और को वहां होने नहीं देते। पतंजलि व्यक्ति नहीं हैं—एक उपस्थिति हैं। यदि तुम मौजूद नहीं होते हो, तो उनकी उपस्थिति कार्य कर सकती है।

यदि तुम पतंजलि से पूछो, तो वे यही कहेंगे। यदि तुम पतंजलि से पूछो तो वे नहीं कहेंगे कि ये सूत्र उनके द्वारा रचे गये हैं। वे कहेंगे, ये बहुत प्राचीन हैं—सनातन। वे कहेंगे, लाखों और लाखों ऋषियों ने यह देखा है। मैं तो केवल एक वाहन हूं। मैं अनुपस्थित हूं और वे बोल रहे हैं। यदि तुम कृष्ण से पूछो, वे कहेंगे, 'मैं नहीं बोल रहा हूं। ये अत्यंत प्राचीन संदेश हैं। ये सदा से ऐसे रहे हैं।' और यदि तुम जीसस से पूछो, वे कहेंगे, मैं तो हूं ही नहीं। मैं नहीं हूं।

यह आग्रह क्यों ? कोई भी जो अनुपस्थित हो जाता है, जो अहंकारशून्य हो जाता है, वाहन की भांति कार्य करने लगता है—एक मार्ग की तरह—वह सब जो सत्य है उसका एक मार्ग; वह सब जो अस्तित्व में छिपा हुआ है और जो प्रवाहित हो सकता है उसका मार्ग। और जो कुछ मैं कहता हूं उसे तुम केवल तभी समझ पाओगे जब तुम अनुपस्थित हो जाओ, चाहे कुछ क्षणों के लिए ही।

यदि तुम वहां बहुत ज्यादा होते हो, यदि तुम्हारा अहंकार वहां है, तो जो कुछ मैं कह रहा हूं, वह तुममें प्रवाहित नहीं हो सकता है। यह केवल एक बौद्धिक संप्रेषण नहीं है। यह कुछ है जो अधिक गहरा है।

यदि तुम एक क्षण के लिए भी अहंकारशून्य हो जाते हो, तब घनिष्ठ संपर्क अनुभव होगा, तब कुछ अज्ञात तुममें प्रवेश कर चुका होगा और उस क्षण में तुम समझ पाओगे। और दूसरा कोई रास्ता नहीं है समझने का, जानने का।

प्रवचन 5

सम्यक ज्ञान, असम्यक ज्ञान और मन

योगसूत्र

प्रत्यक्षानुमानागमाः प्रमाणानि ।। ७ ।।

सम्यक ज्ञान (प्रमाण वृत्ति) के तीन स्रोत हैं : प्रत्यक्ष बोध, अनुमान और बुद्धपुरुषों के वचन।

विपर्ययो मिथ्या ज्ञानमतद्रूपप्रतिष्ठम् ।। ८ ।।

विपर्यय एक मिथ्या ज्ञान है, जो विषय से उस तरह मेल नहीं खाती जैसा वह है।

शब्दज्ञानानुपाती वस्तुशून्यो विकल्पः ।। ९ ।।

शब्दों के जोड़ मात्र से बनी एक धारणा जिसके पीछे कोई ठोस वास्तविकता नहीं होती, वह विकल्प है, कल्पना है।

अभावप्रत्ययालम्बनावृत्तिर्निद्रा ।। १० ।।

निद्रा मन की वह वृत्ति है, जो अपने में किसी विषय-वस्तु की अनुपस्थिति पर आधारित होती है।

अनुभूतविषयासम्प्रमोषः स्मृतिः ।। ११ ।।

स्मृति है पिछले अनुभवों को स्मरण करना।

सम्यक ज्ञान (प्रमाण वृत्ति) के तीन स्रोत हैं—प्रत्यक्ष बोध, अनुमान और बुद्धपुरुषों के वचन।

प्रत्यक्ष, प्रत्यक्ष-बोध सम्यक ज्ञान का पहला स्रोत है। प्रत्यक्ष-बोध का मतलब है, आमने-सामने का साक्षात्कार—बिना किसी मध्यस्थ के, बिना किसी माध्यम के, बिना किसी एजेंट के। जब तुम प्रत्यक्ष रूप से कुछ जानते हो, ज्ञाता तुरंत सामना करता है ज्ञात का। बतलाने के लिए कोई और नहीं, कोई भी सेतु नहीं है। तब तो वह सम्यक ज्ञान है। लेकिन तब बहुत-सी समस्याएं उठ खड़ी होती हैं।

साधारणतया, प्रत्यक्ष—प्रत्यक्ष-बोध बड़े गलत ढंग से अनुवादित, व्याख्यायित, और वर्णित किया जाता है। इस शब्द प्रत्यक्ष का अर्थ होता है—आंखों के आगे, आंखों के सामने। लेकिन आंखें स्वयं मध्यस्थ हैं, जानने वाला पीछे छिपा है। आंखें माध्यम हैं। तुम मुझे सुन रहे हो, लेकिन यह प्रत्यक्ष नहीं है, यह सीधा नहीं है। तुम मुझे इंद्रियों के द्वारा सुन रहे हो, कानों के द्वारा। तुम मुझे आंखों के द्वारा देख रहे हो।

तुम्हारी आंखें तुम्हें गलत ढंग से खबर दे सकती हैं, तुम्हारे कान गलत ढंग से खबर दे सकते हैं। किसी चीज पर विश्वास नहीं किया जाना चाहिए; किसी मध्यस्थ पर विश्वास नहीं करना चाहिए, क्योंकि तुम मध्यस्थ पर भरोसा नहीं कर सकते। यदि तुम्हारी आंखें बीमार हैं, वे अलग तरह से खबर देंगी; यदि तुम्हारी आंखें स्मृतियों से भरी हुई हैं, वे अलग खबर देंगी।

यदि तुम प्रेम में पड़ जाते हो, तब तुम अलग ढंग से देखते हो। यदि तुम प्रेम में नहीं पड़े हो, तुम उस तरह कभी नहीं देखते। एक साधारण स्त्री दुनिया की सबसे अधिक सुंदर स्त्री हो जाती है यदि तुम प्रेम की दृष्टि से देखो। जब तुम्हारी नजरें प्रेम से भरी होती हैं, वे तुम्हें कुछ अलग ही खबर देती हैं। और वही व्यक्ति कुरूप लग सकता है यदि तुम्हारी नजरें नफरत से भरी हुई हों। तुम्हारी आंखें विश्वसनीय नहीं हैं।

तुम कानों द्वारा सुनते हो, लेकिन कान उपकरण मात्र हैं। वे गलत ढंग से कार्य कर सकते हैं। वे कुछ ऐसी बात सुन सकते हैं जो कही नहीं गयी है। वे कुछ नहीं भी सुन सकते हैं जो कहा गया है। इंद्रियां भरोसे के योग्य हो नहीं सकतीं क्योंकि इंद्रियां केवल यांत्रिक साधन हैं।

फिर प्रत्यक्ष है क्या ? प्रत्यक्ष-बोध है क्या ? प्रत्यक्ष-बोध केवल तभी हो सकता है जब कोई भी मध्यस्थ नहीं होता है; इंद्रियां भी नहीं। पतंजलि कहते हैं कि तब वह है सम्यक ज्ञान, प्रत्यक्ष। यह पहला बुनियादी स्रोत है सम्यक ज्ञान का—जब तुम कुछ जानते हो और तुम्हें किसी दूसरे पर निर्भर होने की जरूरत नहीं होती है।

केवल गहरे ध्यान में तुम इंद्रियों का अतिक्रमण कर पाते हो। तब प्रत्यक्ष-बोध संभव हो जाता है। जब बुद्ध अपने अंतरतम अस्तित्व को जानते हैं, वही अंतरतम सत्ता प्रत्यक्ष है। वही प्रत्यक्ष-बोध है। इंद्रियां भागीदार नहीं हैं। किसी ने किसी चीज की खबर नहीं दी; एजेंट जैसी कोई चीज वहां नहीं है। ज्ञाता और ज्ञात आमने-सामने हो जाते हैं। उनके बीच कुछ नहीं है। यह है प्रत्यक्षता। और केवल प्रत्यक्षता सत्य हो सकती है।

इसलिए पहला सम्यक ज्ञान केवल आंतरिक सत्ता का हो सकता है। तुम सारे संसार को जान सकते हो, लेकिन यदि तुमने अपने अस्तित्व के आंतरिक मर्म को नहीं जाना है, तब तुम्हारा सारा ज्ञान असंगत है। वास्तव में यह ज्ञान नहीं है। यह सत्य नहीं हो सकता क्योंकि पहला आधारभूत सम्यक ज्ञान तुममें घटित नहीं हुआ है। तुम्हारी सारी उन्नति मिथ्या है। तुमने बहुत-सी चीजें जान ली होंगी, लेकिन यदि तुमने स्वयं को नहीं जाना है, तुम्हारा सारा ज्ञान सूचनाओं पर टिका होता है; इंद्रियों द्वारा मिली खबर पर। लेकिन तुम किस प्रकार निश्चित कर सकते हो कि इंद्रियां ठीक खबर ही दे रही हैं ?

रात को तुम्हें सपने आते हैं। स्वप्न देखते हुए तुम स्वप्न में विश्वास करने लगते हो कि यह सच है। तुम्हारी इंद्रियां सपने का विवरण पहुंचा रही हैं। तुम्हारी आंखें इसे देख रही हैं, तुम्हारे कान इसे सुन रहे हैं, हो सकता है तुम इसका स्पर्श कर रहे हो। तुम्हारी इंद्रियां तुम्हें खबर दे रही हैं। इसीलिए तुम भ्रम में पड़ जाते हो कि वह वास्तविक है। तुम यहां हो; शायद यह केवल एक सपना हो। तुम कैसे निश्चय कर सकते हो कि मैं वास्तव में ही तुम से बात कर रहा हूं ? संभव है कि शायद यह सिर्फ एक सपना हो कि तुम मेरे बारे में सपना देख रहे हो। हर सपना सत्य होता है जब तुम्हें वह सपना दिखता है।

च्वांगत्सु कहता है कि एक बार उसने सपना देखा कि वह तितली बन गया है। सुबह वह उदास था। उसके शिष्यों ने पूछा, 'आप क्यों उदास हैं ?' च्वांगत्सु बोला, 'मैं मुसीबत में हूं, और ऐसी मुसीबत में तो पहले मैं कभी नहीं पड़ा। उलझन असंभव जान पड़ती है, यह हल नहीं हो सकती। पिछली रात मुझे सपना आया कि मैं तितली बन गया हूं।'

शिष्य हंस पड़े। वे बोले, 'इसमें गलत क्या है ? यह पहेली नहीं है। सपना केवल सपना होता है।' च्वांगत्सु ने कहा, 'पर सुनो ! मैं मुश्किल में हूं। यदि च्वांगत्सु सपना देख सकता है कि वह तितली बन गया है, तो शायद तितली अभी सपना देख रही हो कि वह च्वांगत्सु बन गयी है। तो मैं निर्णय कैसे करूं कि मैं अब वास्तविकता का सामना कर रहा हूं या कि यह फिर एक सपना है ? यदि च्वांगत्सु तितली बन सकता है, तो एक तितली सपना क्यों नहीं देख सकती कि वह च्वांगत्सु बन गयी है ?'

कुछ भी असंभव नहीं है, विपरीत घटित हो सकता है। इसलिए तुम इंद्रियों पर भरोसा नहीं कर सकते। सपने में वे तुम्हें धोखा देती हैं। यदि तुम नशा करते हो, एल एस डी का या किसी चीज का, तो तुम्हारी इंद्रियां तुम्हें धोखा देने लगती हैं। तुम वे चीजें देखने लगते हो, जो नहीं हैं। वे तुम्हें इस हद तक धोखा दे सकती हैं, और तुम चीजों में इतनी पूरी तरह विश्वास कर सकते हो, कि हो सकता है तुम खतरे में पड़ जाओ।

न्यूयॉर्क में एक लड़की ने सोलहवीं मंजिल से छलांग लगा दी क्योंकि एल एस डी के प्रभाव में उसने सोचा कि अब वह उड़ सकती है ! च्वांगत्सु गलत नहीं था। लड़की वास्तव में खिड़की के बाहर उड़ गयी। बेशक, वह मर गयी। वह कभी नहीं जान पायेगी कि नशे के प्रभाव में वह अपनी इंद्रियों द्वारा धोखा खा गयी।

बिना नशों के भी हमें भ्रम होते हैं। तुम एक अन्धेरी सड़क से गुजर रहे हो, और अचानक तुम डर जाते हो। क्योंकि एक सांप वहां है। तुम भागना शुरू कर देते हो, और बाद में पता चलता है कि वहां कोई सांप न था, सिर्फ एक रस्सी वहां पड़ी हुई थी। लेकिन जब तुम्हें लगा कि वहां सांप था, तो वहां सांप था। तुम्हारी आंखें खबर दे रही थीं कि एक सांप वहां था और तुमने उसी के अनुसार व्यवहार किया। तुम उस जगह से भाग निकले।

इंद्रियों पर विश्वास नहीं किया जा सकता। तो फिर प्रत्यक्ष-बोध क्या है ? प्रत्यक्ष-बोध कुछ ऐसा है जिसे इंद्रियों के बिना जाना जाता है। इसलिए पहला सम्यक ज्ञान केवल आन्तरिक सत्ता का हो सकता है, क्योंकि ऐसा केवल वहीं है जहां कि इंद्रियों की आवश्यकता न होगी। और हर कहीं उनकी आवश्यकता होगी। यदि तुम मुझे देखना चाहते हो, तो तुम्हें अपनी आंखों के द्वारा ही मुझे देखना होगा, लेकिन यदि तुम स्वयं को देखना चाहते हो, तो आंखों की आवश्यकता नहीं है। एक अन्धा आदमी भी स्वयं को देख सकता है। यदि तुम मुझे देखना चाहते हो तो प्रकाश की आवश्यकता पड़ेगी, लेकिन यदि तुम स्वयं को देखना चाहते हो तो अन्धकार भी ठीक है, प्रकाश की आवश्यकता नहीं है।

गहनतम अन्धेरी गुफा में भी तुम स्वयं को जान सकते हो। कोई भी माध्यम नहीं—न प्रकाश, न आंखें, न ही कोई और चीज, कुछ नहीं चाहिए। वह आन्तरिक अनुभव प्रत्यक्ष होता है। और वही प्रत्यक्ष अनुभव सारे सम्यक ज्ञान का आधार है।

एक बार तुम उस आन्तरिक अनुभव में मूलबद्ध (रूटेड) हो जाते हो, फिर बहुत-सी चीजें तुममें घटित होनी शुरू हो जायेंगी लेकिन उन्हें अभी समझना संभव न होगा। यदि कोई अपने केंद्र में गहरे प्रतिष्ठित हो जाता है—अपनी आन्तरिक सत्ता में, यदि कोई इसे प्रत्यक्ष अनुभूति जैसा अनुभव करने लगता है, तो इंद्रियां उसे धोखा नहीं दे सकतीं। वह जाग्रत हो गया है। फिर उसकी आंखें उसे धोखा नहीं दे सकतीं, फिर उसके कान उसे धोखा नहीं दे सकते; तब कोई भी चीज उसे धोखा नहीं दे सकती। धोखा समाप्त हो गया है।

तुम धोखा खा सकते हो क्योंकि तुम भ्रांति में जी रहे हो। लेकिन तुम्हें धोखा नहीं मिल सकता, जैसे ही तुम सम्यक ज्ञाता हो जाते हो। तब तुम धोखा नहीं खा सकते। तब धीरे-धीरे हर चीज सम्यक ज्ञान का रूप धारण करने लगती है। एक बार तुम स्वयं को जान लो, तब जो कुछ तुम जानते हो, अपने आप ठीक हो जायेगा क्योंकि अब तुम ठीक हो। यही है फर्क जिसे याद रखना होगा। यदि तुम ठीक हो, तो हर चीज ठीक हो जाती है। अगर तुम गलत होते हो, तो हर चीज गलत हो जाती है। इसलिए यह बाहर कुछ करने की बात नहीं है, यह बात है भीतर कुछ करने की।

तुम बुद्ध को धोखा नहीं दे सकते। यह असम्भव है। तुम बुद्ध को कैसे धोखा दे सकते हो ? वे स्वयं में गहरे प्रतिष्ठित हैं। तुम पारदर्शक हो उनके लिए। तुम उन्हें धोखा नहीं दे सकते। इससे पहले कि तुम स्वयं को जानो, वे तुम्हें जानते हैं। तुम्हारे विचार की एक टिमटिमाहट भी उनके द्वारा स्पष्टतया देख ली जाती है। वे तुम्हारी अंतरतम सत्ता तक प्रवेश करते हैं।

तुम दूसरों में उसी सीमा तक उतर सकते हो जितना कि तुम स्वयं में उतर सको। यदि तुम स्वयं में उतर सको, उसी सीमा तक तुम हर चीज में उतर सकते हो। जितनी ज्यादा गहराई से तुम भीतर बढ़ते हो, उतनी ज्यादा गहराई से तुम बाहर बढ़ सकते हो। लेकिन भीतर तुम इंच भर भी नहीं बढ़े हो, इसलिए जो तुम बाहर करते हो, वह स्वप्न

जैसा है।

पतंजलि कहते हैं कि सम्यक ज्ञान का पहला स्रोत है तात्कालिक—प्रत्यक्ष ज्ञान, प्रत्यक्ष। उनका कोई संबंध नहीं है चार्वाकों से, प्राचीन भौतिकवादियों से, जो कहते थे कि प्रत्यक्ष—केवल जो नजरों के सामने है वही सत्य है।

यह शब्द प्रत्यक्ष, प्रत्यक्ष ज्ञान—इसके कारण बहुत भ्रम घटित हुआ है। भौतिक जड़वादियों की भारतीय शाखा चार्वाक कहलाती है। भारतीय भौतिकवाद का स्रोत थे बृहस्पति। बहुत कुशाग्र विचारक, लेकिन एक विचारक ही। एक बहुत गहन गंभीर दार्शनिक, लेकिन एक दार्शनिक ही; बोध-प्राप्त चैतन्य नहीं। उन्होंने कहा कि केवल प्रत्यक्ष ही वास्तविक है। और प्रत्यक्ष से उनका मतलब था कि जो कुछ भी तुम इंद्रियों द्वारा जानते हो वह यथार्थ है। और वे कहते हैं कि बिना इंद्रियों के किसी चीज को जानने का कोई तरीका नहीं है। इसलिए केवल इंद्रियात्मक ज्ञान वास्तविक है चार्वाकों के लिए।

इसलिए बृहस्पति ने अस्वीकार किया कि कोई ईश्वर हो सकता है क्योंकि किसी ने ईश्वर को कभी देखा नहीं है। केवल जो देखा जा सके वही वास्तविक हो सकता है, जो देखा नहीं जा सकता वह वास्तविक नहीं हो सकता है। ईश्वर नहीं है, क्योंकि तुम उन्हें नहीं देख सकते। आत्मा नहीं है, क्योंकि तुम उसे नहीं देख सकते। बृहस्पति कहते हैं, 'यदि ईश्वर है, तो उसे मेरे सामने लाओ जिससे मैं देख सकूं। यदि मैं उसे देख सकूं, तो वह है, क्योंकि केवल देखना ही वास्तविकता है।'

वे भी प्रत्यक्ष ज्ञान शब्द का उपयोग करते हैं, लेकिन उनका अभिप्राय बिलकुल अलग है। जब पतंजलि प्रत्यक्ष शब्द का उपयोग करते हैं, तब उनका अर्थ अलग स्तर का होता है। वे कहते हैं कि वह ज्ञान जो किसी साधन द्वारा प्राप्त किया हुआ न हो, किसी माध्यम द्वारा उत्पन्न किया हुआ न हो, प्रत्यक्ष हो—वास्तविक है। और एक बार यह ज्ञान घटित हो जाता है, तो तुम वास्तविक बन जाते हो। अब कुछ भी मिथ्या तुममें घटित नहीं हो सकता है। जब तुम सत्य होते हो, प्रामाणिक रूप से सत्य में बद्धमूल होते हो, तब भ्रांतियां असंभव हो जाती हैं।

इसलिए यह कहा जाता है कि बुद्ध कभी सपने नहीं देखते। वह जो जागा हुआ है, सपने नहीं देखता है। जिसमें सपने तक घटित नहीं होते, वह धोखे में नहीं आ सकता। वह सोता है, लेकिन तुम्हारी तरह नहीं। वह बिलकुल ही अलग तरीके से सोता है। गुण में भेद होता है। केवल उसका शरीर सोता है, विश्राम करता है। उसकी सत्ता जागरूक बनी रहती है।

यह जागरूकता किसी सपने को घटित होने न देगी। तुम केवल तभी सपना देख देख सकते हो, जब जागरूकता खो जाती है। जब तुम जागरूक नहीं होते हो, जब तुम गहरे सम्मोहन में होते हो, तब तुम सपने देखना शुरू कर देते हो। सपने केवल तभी घटित हो सकते हैं, जब तुम पूरी तरह से अजाग्रत होते हो। जितनी ज्यादा अजाग्रतता होती है, उतने ज्यादा सपने दिखते हैं। ज्यादा जागरूकता हो, कम सपने दिखते हैं। यदि तुम पूरी तरह से जागरूक होते हो तो सपने आते ही नहीं। सपने भी असंभव हो जाते हैं उसके लिए, जो स्वयं में गहरे स्थित हो गया है; जिसने आंतरिक सत्ता को सीधे जान लिया है।

यह सम्यक ज्ञान का पहला स्रोत है।

दूसरा स्रोत अनुमान है। यह गौण है लेकिन यह भी ध्यान रखने लायक है। क्योंकि जैसे तुम बिलकुल अभी

हो, तुम नहीं जानते कि तुम्हारे भीतर आत्मा है या नहीं। अपने आंतरिक अस्तित्व का तुम्हें कोई सीधा ज्ञान नहीं है, तो करोगे क्या ? दो संभावनाएं हैं। पहली—तुम बिलकुल अस्वीकार कर सकते हो कि तुम्हारी सत्ता का कोई आंतरिक मर्म है; कि कोई आत्मा है। जैसे चार्वाकों ने किया या जैसा पश्चिम में एपिकूरस, मार्क्स, एंजेल्स या कई दूसरों ने स्थापित किया है।

या एक और संभावना है। पतंजलि कहते हैं कि यदि तुम जानते हो तो अनुमान की कोई जरूरत ही नहीं है। लेकिन यदि तुम नहीं जानते, तब अनुमान करना सहायक होगा। उदाहरण के लिए, देकार्त, पश्चिम का एक महान विचारक, उसने अपनी दार्शनिक खोज संदेह सहित आरंभ की। उसने बिलकुल शुरू से यह दृष्टिकोण अपनाया है कि वह किसी ऐसी चीज में विश्वास नहीं करेगा जब तक वह असंदिग्ध न हो। जिस पर संदेह किया जा सकता था, वह संदेह करता था। और वह उस बात को ढूंढ़ निकालने की कोशिश करता, जिस पर संदेह न किया जा सकता था। और केवल उसी बात के बिंदु पर वह अपने चिंतन का सारा भवन निर्मित करता था। एक सुंदर खोज—ईमानदार, कठिन, खतरनाक।

उसने ईश्वर को अस्वीकार किया क्योंकि तुम ईश्वर पर संदेह कर सकते हो। बहुतों ने संदेह किया है, और उनके संदेहों का उत्तर कोई भी नहीं दे पाया है। वह अस्वीकार करता गया। जिस किसी पर भी संदेह किया जा सकता था, जो कुछ संदिग्ध माना जा सकता था, उसने अस्वीकार किया। अनेकों वर्ष वह निरंतर मानसिक अशांति में रहा। अंततः वह उस बात से जा टकराया, जो असंदिग्ध थी। वह स्वयं को अस्वीकार नहीं कर सका; यह असंभव था। तुम नहीं कह सकते, 'मैं नहीं हूं।' यदि तुम ऐसा कहते हो, तुम्हारा कहना ही सिद्ध करता है कि तुम हो। यह उसकी बुनियादी चट्टान थी—कि 'मैं स्वयं को अस्वीकार नहीं कर सकता। मैं नहीं कह सकता कि मैं नहीं हूं। यह कौन कहेगा ? संदेह करने के लिए भी, मेरा होना जरूरी है।'

यह है अनुमान। यह प्रत्यक्ष-बोध नहीं है। यह युक्तियुक्त तर्क द्वारा होता है। लेकिन यह एक परछाईं देता है; यह एक झलक देता है, यह तुम्हें एक संभावना देता है, एक द्वार। तो देकार्त के पास चट्टान थी, और इस चट्टान पर भव्य मंदिर का निर्माण किया जा सकता था। एक असंदिग्ध तथ्य के साथ तुम परम सत्य तक पहुंच सकते हो। लेकिन यदि तुम किसी संदेहपूर्ण चीज के साथ आरंभ करो, तो तुम कहीं नहीं पहुंचोगे। नींव में ही संदेह मौजूद रहेगा।

पतंजलि कहते हैं, अनुमान दूसरा स्रोत है सम्यक ज्ञान का। सम्यक तर्क, सम्यक संदेह, सम्यक युक्ति, तुम्हें कुछ ऐसी चीज दे सकते हैं जो वास्तविक ज्ञान की ओर जाने में तुम्हारी मदद कर सकती है। यही चीज है जिन्हें वे कहते हैं अनुमान। तुमने प्रत्यक्ष तौर पर नहीं देखा है, लेकिन हर चीज सिद्ध करती है कि यह ऐसा ही होना चाहिए। परिस्थितिजनक प्रमाण मिल जाते हैं कि यह उसी तरह ही होना चाहिए।

उदाहरण के लिए, तुम इस विराट सृष्टि में चारों ओर खोजते हो, हो सकता है तुम कल्पना न कर पाओ कि ईश्वर वहां है, लेकिन तुम इसका खंडन नहीं कर सकते हो। सामान्य अनुमान द्वारा भी तुम खंडन नहीं कर सकते इसका कि सारा जगत एक व्यवस्था है, एक सुसंगत जोड़ है, एक उद्देश्यात्मक रूप है। इसका खंडन नहीं किया जा सकता। वह रूपरेखा इतनी स्पष्ट है कि विज्ञान भी इसका खंडन नहीं कर सकता। बल्कि इसके विपरीत, विज्ञान अधिक से अधिक रूपरेखाएं, ज्यादा से ज्यादा नियम खोजता चला जाता है।

यदि यह जगत मात्र एक संयोग है, तो विज्ञान असंभव है। लेकिन जगत संयोग जैसा नहीं लगता है। यह आयोजित किया हुआ जान पड़ता है। और यह निश्चित नियमों के अनुसार चल रहा है, जो नियम कभी नहीं टूटते हैं।

पतंजलि कहेंगे कि सृष्टि की संरचना को अस्वीकार नहीं किया जा सकता है। और यदि तुम एक बार अनुभव कर लेते हो कि सृजन वहां है, तब सृजनकर्ता प्रवेश कर चुका होता है। लेकिन यह अनुमान है। तुमने प्रत्यक्ष रूप से उसे नहीं जाना है। तुमने केवल सृष्टि की इस रूपरेखा को जाना है, योजना को, नियमों को, व्यवस्था को जाना है। और व्यवस्था बहुत भव्य है। यह बहुत सूक्ष्म है, बहुत भव्य, बहुत असीम है। एक सुव्यवस्था है वहां, हर चीज व्यवस्थाबद्ध रूप से मर्मर ध्वनि कर रही है। सारे ब्रह्मांड में एक संगीतपूर्ण लयबद्धता है। कोई पीछे छिपा हुआ प्रतीत होता है। लेकिन यह अनुमान है।

पतंजलि कहते हैं कि अनुमान भी मदद कर सकता है सम्यक ज्ञान की तरफ जाने में, लेकिन वह सम्यक अनुमान होना चाहिए। तर्क खतरनाक है। वह दुधारा होता है। तुम तर्क को गलत ढंग से प्रयोग कर सकते हो, और तब भी तुम किसी निष्पत्ति पर पहुंचोगे।

उदाहरण के तौर पर, मैंने तुमसे कहा कि सृष्टि में एक योजना है; कि सृष्टि में एक योजनाबद्ध रूपरेखा है। विश्व की एक व्यवस्था है, एक सुंदर व्यवस्था, संपूर्ण। सम्यक अनुमान यह होगा कि इसके पीछे किसी का हाथ जान पड़ता है। शायद हम प्रत्यक्ष रूप से इसके प्रति जागरूक न हों, हो सकता है हम उस हाथ का सीधा स्पर्श न पायें, लेकिन एक हाथ वहां जान पड़ता है, छिपा हुआ। यह है सम्यक अनुमान।

लेकिन उसी आधार से तुम गलत ढंग से भी अनुमान कर सकते हो। ऐसे विचारक हुए हैं जो कह चुके हैं। दिदरो ने कहा है कि 'सुव्यवस्था के कारण मैं विश्वास नहीं कर सकता कि ईश्वर है। विश्व में एक श्रेष्ठ व्यवस्था दिखाई पड़ती है, इसी व्यवस्था के कारण मैं ईश्वर में विश्वास नहीं कर सकता।' कैसा है उसका तर्क ? वह कहता है कि यदि इसके पीछे कोई व्यक्ति था, तो इतनी अधिक व्यवस्था नहीं हो सकती थी। यदि इसके पीछे व्यक्ति था, तो उसने कई बार गलतियां की होतीं। कई बार वह मनमौजी हो जाता, पगला हो जाता। कई बार वह चीजें बदल देता। नियम संपूर्ण नहीं हो सकते यदि कोई उनके पीछे होता है। नियम केवल तभी संपूर्ण हो सकते हैं जब उनके पीछे कोई नहीं होता और वे केवल यांत्रिक होते हैं।

यह भी एक आकर्षक दृष्टि है। यदि हर चीज बिलकुल सही चलती रहती है, तो वह यांत्रिक लगती है। क्योंकि मनुष्य के बारे में कहा जाता है कि भूल करना मानवोचित है। यदि कोई व्यक्ति वहां है, तो कई बार उसे भूल करनी चाहिए। इतनी अधिक पूर्णता से ऊब जाएगा वह। और कई बार वह चीजों को बदल देना चाहेगा।

पानी सौ डिग्री पर उबलता है। वह हजारों शताब्दियों से सौ डिग्री पर उबल रहा है; सदा-सदा से। ईश्वर को तो ऊब जाना चाहिए। यदि कोई इस ब्रह्मांड के नियमों के पीछे है तो उसे ऊब जाना चाहिए, दिदरो कहता है। इसलिए केवल परिवर्तन के लिए ही एक दिन वह कहेगा, 'अब आगे से पानी नब्बे डिग्री पर उबलेगा।' लेकिन ऐसा कभी नहीं हुआ है, इसलिए कोई व्यक्ति वहां दिखाई नहीं पड़ता है।

दोनों तर्क एकदम सही लगते हैं, लेकिन पतंजलि कहते हैं कि सम्यक अनुमान वह है जो तुम्हें विकसित होने की संभावनाएं देता है। सवाल यह नहीं है कि तर्क बिलकुल पूर्ण है या नहीं। सवाल यह है कि तुम्हारा निष्कर्ष

एक प्रारम्भ हो जाना चाहिए। यदि ईश्वर नहीं है, यह बात समाप्ति बन जाती है, तब तुम विकसित नहीं हो सकते। यदि तुम निष्पत्ति लेते हो कि कोई छिपा हुआ सहायक हाथ है, तब दुनिया एक रहस्य बन जाती है। तब तुम यहां मात्र संयोगवश नहीं हो। तब तुम्हारा जीवन अर्थपूर्ण बन जाता है। तब तुम एक विशाल आयोजन का हिस्सा बन जाते हो.। तब कोई बात संभव हो पाती है। तुम कुछ कर सकते हो। तुम जागरूकता में बढ़ सकते हो।

सम्यक अनुमान का अर्थ है वह, जो तुम्हें विकास दे सके। और असम्यक अनुमान वह है जो कि चाहे कितना भी श्रेष्ठ लगे, तुम्हारे विकास को समाप्त कर देता है।

अनुमान भी सम्यक ज्ञान का स्रोत हो सकता है। तर्क का उपयोग भी सम्यक ज्ञान के स्रोत की भांति किया जा सकता है। लेकिन तुम्हें इसके प्रति बहुत जागरूक होना है कि तुम क्या कर रहे हो। यदि तुम केवल तर्कपूर्ण हो, तो तुम इसके द्वारा आत्महत्या कर सकते हो। तर्क आत्महत्या बन सकता है। वह यही बनता है बहुतों के लिए।

अभी कुछ दिन पहले एक खोजी कैलीफोर्निया से यहां आया हुआ था। वह बहुत दूर से घूमता हुआ आया था। वह यहां मुझसे मिलने आया था। वह कहने लगा, 'मैंने सुना है कि जो कोई आपके पास आता है आप उसे ध्यान में धकेल देते हैं। तो इससे पहले कि मैं ध्यान करूं या इससे पहले कि आप मुझे ध्यान करने के लिए कहें या इससे पहले कि आप मुझे धकेलें, मेरे बहुत-से प्रश्न हैं।' उसके पास कम से कम सौ प्रश्नों की सूची थी। मुझे नहीं लगता कि उसने कोई संभव प्रश्न छोड़ा था। उसके पास ईश्वर के बारे में प्रश्न थे, आत्मा के बारे में, सत्य के बारे में, स्वर्ग-नरक के बारे में और हर चीज के बारे में। एक लंबा कागज प्रश्नों से भरा हुआ था। वह बोला, 'जब तक आप इन प्रश्नों का समाधान नहीं करते, मैं ध्यान करने वाला नहीं।'

वह एक तरह से तर्कसंगत है क्योंकि वह कहता है, 'जब तक मेरे प्रश्नों का उत्तर नहीं दिया जाता, मैं ध्यान कैसे कर सकता हूं ? जब तक कि मैं आश्वस्त अनुभव न करूं कि आप सही हैं; कि आपने मेरे संदेहों का समाधान कर दिया है, मैं उस दिशा में कैसे जा सकता हूं जिसे आप दिखाते और निर्देशित करते हैं ? आप गलत हो सकते हैं। यदि मेरे शक मिट जाते हैं तो ही आप अपना सहीपन सिद्ध कर सकते हैं।'

लेकिन उसके शक ऐसे हैं कि वे मिट नहीं सकते। तो यह है असमंजस : यदि वह ध्यान करता है तो वे मिट सकते हैं। लेकिन वह कहता है कि वह केवल तभी ध्यान करेगा जब उसके शक न रहें। क्या किया जाये ? वह बोला, 'पहले प्रमाण दीजिए कि ईश्वर है।' किसी ने कभी प्रमाणित नहीं किया। कोई कभी कर नहीं सकता। इसका मतलब यह नहीं है कि ईश्वर नहीं है; लेकिन उसे सिद्ध नहीं किया जा सकता है। वह कोई छोटी वस्तु नहीं है जिसे सिद्ध या असिद्ध किया जा सकता हो। ईश्वर इतना जीवंत है कि, तुम्हें उसे जीना होगा उसे जानने के लिए। कोई प्रमाण मदद नहीं कर सकता।

लेकिन तर्कसंगत ढंग से वह सही है। वह कहता है, 'जब तक आप प्रमाणित न करें, मैं कैसे आरंभ करूं ? यदि आत्मा नहीं है, तो कौन ध्यान कर रहा है ? इसलिए पहले सिद्ध करें कि आत्मा है, तब मैं ध्यान कर सकता हूं!'

यह आदमी आत्महत्या कर रहा है। उसे कोई भी कभी उत्तर नहीं दे पायेगा। उसने सारी बाधाओं की रचना कर डाली है। और इन्हीं घेरों के कारण वह विकसित नहीं हो पायेगा। लेकिन वह तर्कपूर्ण है। ऐसे व्यक्ति के साथ मुझे क्या करना होगा ! यदि मैं उसके प्रश्नों का उत्तर देने लगता हूं, तो ऐसा आदमी जो सौ संदेह बना सकता

है वह लाखों संदेह बना सकता है। क्योंकि संदेह करना मन का एक ढंग है। तुम किसी प्रश्न का उत्तर दे सकते हो, और तुम्हारे उत्तर के कारण ही वह दस प्रश्न और खड़े कर देगा क्योंकि मन तो वैसा ही बना रहता है।

वह इस किस्म का व्यक्ति है जो कि संदेह को ढूंढ़ता है। और यदि मैं तर्कपूर्ण ढंग से उत्तर देता हूं तो मैं उसके तर्कपूर्ण मन के पोषण में, उसके मजबूत होने में मदद कर रहा हूं। मैं उसे पोषित कर रहा हूं। इससे मदद न मिलेगी। उसे तार्किकता से बाहर लाना है।

इसलिए मैंने उससे पूछा, 'क्या तुम कभी प्रेम में पड़े हो ?' वह बोला, 'क्यों ? आप विषय बदल रहे हैं।' मैंने कहा, 'मैं तुम्हारे विषय पर पुनः आऊंगा, लेकिन अचानक मेरे लिए बहुत अर्थपूर्ण हो गया है यह पूछना कि तुम्हें कभी प्रेम हुआ है ?' वह बोला, 'हां।' उसका चेहरा बदल गया था। मैंने उससे पूछा, 'क्या तुमने पहले प्रेम किया या प्रेम करने से पहले तुमने सारी घटना पर संदेह किया ?'

तब वह घबड़ा गया। वह बेचैन हो उठा, वह बोला, 'नहीं, मैंने इसके बारे में पहले कभी सोचा नहीं था। मैं तो बस प्रेम में पड़ गया, और केवल तभी मैंने प्रेम के बारे में जाना।' मैंने कहा, 'अब इसके विपरीत करो। पहले प्रेम के बारे में सोचो—क्या प्रेम संभव है, कि क्या प्रेम का अस्तित्व है, या कि क्या प्रेम का अस्तित्व हो सकता है ! पहले इसे सिद्ध करने की कोशिश करो और इसे एक शर्त बना लो कि जब तक यह सिद्ध न हो जाये तुम किसी को प्रेम न करोगे।'

वह बोला, 'आप क्या कह रहे हैं ? आप मेरा जीवन नष्ट कर देंगे। यदि मैं इसे शर्त बना लेता हूं, तब मैं प्रेम नहीं कर पाऊंगा।' मैंने उससे कहा, 'पर यह तो वही है जो तुम कर रहे हो। ध्यान प्रेम जैसा है। तुम्हें पहले इसका बोध पाना होता है। ईश्वर प्रेम जैसा है। इसीलिए जीसस कहते ही रहे कि ईश्वर प्रेम है। यह प्रेम की भांति है—पहले अनुभव करना पड़ता है।'

एक तर्कशील मन बंद हो सकता है। और इतने तर्कपूर्ण ढंग से बंद हो जाता है, कि वह कभी अनुभव नहीं करेगा कि उसने स्वयं अपना द्वार बंद कर दिया है विकास की हर संभावना के लिए।

तो अनुमान का अर्थ है, इस ढंग से सोचना कि विकास में मदद मिले। तब यह सम्यक ज्ञान का स्रोत बन जाता है।

सम्यक ज्ञान का तीसरा स्रोत सबसे अधिक सुंदर है। किसी और जगह इसे सम्यक ज्ञान का स्रोत नहीं बनाया गया है। बुद्धपुरुषों के वचन—'आगम'। इस तीसरे स्रोत के बारे में बड़ा वाद-विवाद रहा है। पतंजलि कहते हैं कि तुम प्रत्यक्ष रूप से जान सकते हो, और तब वह ठीक होता है। तुम ठीक अनुमान कर सकते हो और तब भी तुम ठीक मार्ग पर ही हो और तुम स्रोत तक पहुंच जाओगे।

लेकिन कुछ चीजें हैं जिनका तुम अनुमान भी नहीं कर सकते, और तुमने उन्हें जाना नहीं है। लेकिन तुम इस धरती पर पहले नहीं हो; तुम्हीं पहले खोजी नहीं हो। लाखों युगों से लाखों लोग खोज रहे हैं। और केवल इसी ग्रह पर नहीं, बल्कि और ग्रहों पर भी। खोज शाश्वत है। और बहुत लोग पहुंच चुके हैं। वे लक्ष्य तक पहुंच चुके हैं। वे मंदिर में प्रवेश कर चुके हैं। उनके शब्द भी सम्यक ज्ञान के स्रोत हैं।

'आगम' का अर्थ है उनके शब्द, जो जान चुके हैं। बुद्ध कुछ कहते हैं या जीसस कुछ कहते हैं; हम वास्तव में नहीं जानते कि वे क्या कह रहे हैं। हमने उसे अनुभव नहीं किया है, इसलिए उसके बारे में निर्णय करने का

हमारे पास कोई उपाय नहीं है। हम नहीं जानते उनके शब्दों द्वारा ठीक से क्या अनुमान करें और कैसे अनुमान करें। और शब्द परस्पर विरोधी होते हैं, इसलिए तुम जो चाहो उससे अनुमान लगा सकते हो।

इसीलिए कुछ ऐसे हैं जो सोचते हैं कि जीसस न्यूरॉटिक थे। पश्चिम के मनोवैज्ञानिक सिद्ध करने की कोशिश करते रहे हैं कि वे न्यूरॉटिक थे, कि वे सनकी थे। जीसस ने दावा किया, 'मैं ईश्वर का बेटा हूं—और मैं एकमात्र बेटा हूं।' तो वे एक अहंवादी-पगले, न्यूरॉटिक थे। क्योंकि बहुत-से न्यूरॉटिक लोग हैं जो ऐसी बातों का दावा करते हैं। तुम इसे मालूम कर सकते हो। पागलखाने में ऐसे बहुत-से लोग होते हैं।

एक बार बगदाद में ऐसा हुआ, जब खलीफा उमर राजा था तब एक आदमी ने बगदाद की गलियों में ऐलान किया था कि मैं पैगम्बर हूं, मैं संदेशवाहक हूं, मैं प्रॉफेट हूं। अब मोहम्मद रद्द कर दिये गये हैं, क्योंकि मैं यहां हूं। मैं अंतिम वचन हूं, अंतिम संदेश हूं ईश्वर का। अब मोहम्मद की कोई जरूरत नहीं। वे बिलकुल पुराने पड़ गये हैं। अब तक वे दूत थे, लेकिन अब मैं आ गया हूं इसलिए तुम मोहम्मद को भूल सकते हो।

यह कोई हिंदू देश नहीं था। हिंदू हर चीज सहन कर सकते हैं। किसी ने हिंदुओं की तरह सहन नहीं किया है। वे सब कुछ बरदाश्त कर सकते हैं क्योंकि वे कहते हैं, जब तक हम ठीक-ठीक न जान लें, हम हां नहीं कह सकते और हम ना नहीं कह सकते। कौन जाने, वह पैगम्बर ही हो!

लेकिन मुसलमान अलग होते हैं, बहुत मतवादी। वे बरदाश्त नहीं कर सकते। तो खलीफा उमर ने इस नये पैगम्बर को पकड़ जेल में डाल दिया और उससे कहा, 'तुम्हें चौबीस घंटे दिये जा रहे हैं, फिर से सोच लो। यदि तुम कहते हो कि तुम पैगम्बर नहीं हो, मोहम्मद पैगम्बर हैं तो तुम छोड़ दिये जाओगे। लेकिन यदि तुम अपने पागलपन में अपनी बात पर ही जोर देते रहे, तो चौबीस घंटे बाद मैं जेल में आऊंगा और तुम्हें मार दिया जायेगा।'

वह आदमी हंस पड़ा। वह बोला, 'देखो, ऐसा शास्त्रों में लिखा है कि पैगम्बरों के साथ हमेशा यही बर्ताव किया जायेगा, जैसा कि तुम मुझसे बर्ताव कर रहे हो।' वह तर्कपूर्ण था। खुद मोहम्मद तक से इसी तरह व्यवहार किया गया, इसलिए यह कुछ नया नहीं था। वह आदमी उमर से कहने लगा, 'यह कोई नयी बात नहीं है। बेशक चीजें इसी तरह होने वाली हैं और मैं ऐसी हालत में नहीं कि फिर से सोचूं। सिर्फ ईश्वर इसे बदल सकता है। चौबीस घंटे बाद तुम आ सकते हो। तुम मुझे वैसा ही पाओगे। जिसने मुझे नियुक्त किया है केवल वही इसे बदल सकता है?'

जब यह बातचीत चल रही थी, तब दूसरा पागल जो एक खंभे के साथ जंजीर से बंधा हुआ था, हंसने लगा। उमर ने पूछा, 'तुम हंस क्यों रहे हो?' वह बोला, 'यह आदमी बिलकुल गलत है। मैंने इसे कभी नियुक्त नहीं किया था। मैं ऐसा नहीं होने दे सकता। मोहम्मद के बाद मैंने किसी पैगम्बर को नहीं भेजा।'

बुद्धपुरुषों के वचन बहुत विरोधात्मक और अतर्क्य हैं। हर आदमी जिसे बोध हो गया है, परस्पर-विरोधी ढंग से, विरोधाभासी ढंग से बोलने के लिए विवश हो जाता है। क्योंकि सत्य ऐसा है कि इसे केवल विरोधाभासों द्वारा अभिव्यक्त किया जा सकता है। उनके कथन स्पष्ट नहीं हैं, वे रहस्यपूर्ण हैं। तुम उससे कुछ भी निष्कर्ष निकाल सकते हो। तुम अनुमान करते हो, लेकिन तुम्हीं अनुमान करते हो। तुम्हारा मन उसमें है। इसलिए अनुमान तुम्हारा ही अनुमान होगा।

पतंजलि कहते हैं, एक तीसरा स्रोत है। तुम नहीं जानते। यदि तुम सीधे जान सकते होते, तो कोई समस्या न

थी। तब किसी दूसरे स्रोत की कोई जरूरत न होती। यदि तुम्हें प्रत्यक्ष-बोध है, तब अनुमान करने या बुद्धपुरुषों के वचनों की कोई जरूरत नहीं है। तब तुम स्वयं संबोधि पा गये हो। तब तुम दूसरे दोनों स्रोत छोड़ सकते हो। यदि ऐसा नहीं हुआ है तब अनुमान है; वह अनुमान होगा तुम्हारा। यदि तुम पागल हो, तब तुम्हारा अनुमान पागल होगा। तब तीसरा स्रोत आजमाने लायक है—बुद्धपुरुषों के वचन।

तुम उन्हें सिद्ध नहीं कर सकते, तुम उन्हें असिद्ध नहीं कर सकते। तुम उनमें केवल आस्था कर सकते हो और वह आस्था परिकल्पित होती है। यह बहुत वैज्ञानिक है। विज्ञान में भी तुम बिना हाइपोथीसिस के, परिकल्पना के आगे नहीं बढ़ सकते। लेकिन परिकल्पना आस्था नहीं है। यह केवल एक कार्यात्मक संयोजन है। परिकल्पना तो एक दिशा-संकेत है, तुम्हें प्रयोग करना होगा। यदि प्रयोग ठीक प्रमाणित हो जाता है, तब हाइपोथीसिस सिद्धांत बन जाता है। यदि प्रयोग गलत सिद्ध हो जाता है, तब हाइपोथीसिस को अलग फेंक दिया जाता है। बुद्धपुरुषों के वचन श्रद्धा पर ग्रहण किये जाते हैं—किसी परिकल्पना की तरह। फिर उन्हें अपने जीवन में कार्यान्वित करते हो। यदि वे वास्तविक सिद्ध होते हैं, तब परिकल्पना श्रद्धा बन जाती है। यदि वे मिथ्या प्रमाणित होते हैं, तब परिकल्पना का परित्याग कर देना पड़ता है।

तुम बुद्ध के पास जाते हो। वे कहेंगे, 'प्रतीक्षा करो, धैर्य रखो, ध्यान करो और दो वर्ष तक कोई प्रश्न न पूछो।' यह तुम्हें श्रद्धा से ही स्वीकार करना होता है। दूसरा कोई रास्ता नहीं है।

तुम सोच सकते हो, 'यह आदमी शायद मुझे धोखा ही दे रहा हो। फिर तो मेरी जिंदगी के दो साल बेकार हो जायेंगे। यदि दो साल के बाद यह प्रमाणित हो जाता है कि यह आदमी तो बस बहका देने वाला था, केवल एक छलिया या स्वयं को छलने वाला—भ्रांति में है कि इसे संबोधि प्राप्त हो गयी है—तो मेरे दो साल बेकार हो जायेंगे।' लेकिन दूसरा कोई रास्ता नहीं है। तुम्हें खतरा उठाना ही पड़ता है। और यदि तुम वहीं पर रहे बुद्ध पर श्रद्धा रखे बिना, तो भी ये दो साल बेकार हो ही जायेंगे। क्योंकि जब तुम श्रद्धा नहीं करते, तुम प्रयोग नहीं कर सकते। रूपांतरण का कार्य इतना सघन है कि यदि तुममें श्रद्धा हो तभी तुम बिलकुल पूरी तरह, पूर्णतया इसमें उतर सकते हो। यदि तुममें श्रद्धा नहीं है, यदि तुम कुछ रोक कर रखते चले जाते हो, तब वह रोकना तुम्हें उसे अनुभव न करने देगा जो बुद्ध ने निर्देशित किया है।

खतरा तो है, लेकिन जीवन स्वयं ही एक खतरा है। ज्यादा ऊंचे जीवन के लिए, ज्यादा ऊंचे खतरे होंगे। तुम खतरनाक रास्ते पर चलते हो। लेकिन ध्यान रहे, जीवन में केवल एक भूल होती है और वह है, बिलकुल ही न चलना; केवल डर के मारे एक ही जगह बैठे रहना। डरना, कि यदि तुम बढ़ो तो कुछ गलत हो सकता है, तो बेहतर है प्रतीक्षा करना और बैठे रहना! केवल यही है भूल। तुम खतरे में नहीं पड़ोगे, लेकिन कोई विकास भी संभव न होगा।

पतंजलि कहते हैं कि ऐसी चीजें हैं जिन्हें तुम जानते नहीं और ऐसी चीजें हैं जिनका अनुमान तुम्हारा तर्क नहीं कर सकता। तुम्हें उन्हें श्रद्धा पर ही धारण करना पड़ता है। इस तीसरे स्रोत के कारण, वह गुरु, जो जानता है, एक अनिवार्यता बन जाता है। इसलिए तुम्हें खतरा उठाना ही पड़ता है, और मैं इसे कहता हूं खतरा, क्योंकि कोई गारंटी नहीं, आश्वासन नहीं है। यह सारी बात केवल एक क्षति सिद्ध हो सकती है, लेकिन खतरा उठाना ज्यादा अच्छा है—क्योंकि अगर यह बात क्षति भी सिद्ध हो जाती है, तो भी तुम बहुत कुछ सीख चुके होओगे। अब

कोई दूसरा व्यक्ति तुम्हें उतनी आसानी से धोखा न दे पायेगा। कम से कम तुमने इतना तो सीख लिया है।

और यदि तुम श्रद्धा से चलते हो, समग्रता से चलते हो, छाया की तरह बुद्ध के पीछे हो लेते हो, चीजें तुममें घटित होने लग सकती हैं, क्योंकि वे इस व्यक्ति में घटित हो चुकी हैं। इन्हीं गौतम बुद्ध में, जीसस में, महावीर में वे घटित हो चुकी हैं। और अब वे मार्ग जानते हैं, वे उस पर यात्रा कर चुके हैं। यदि तुम उनसे तर्क करो, तो तुम्हीं गंवाने वाले बनोगे। वे गंवाने वाले नहीं हो सकते। वे तुम्हें बिलकुल एक ओर छोड़ देंगे।

इस सदी में ऐसा गुरजिएफ के साथ हुआ है। बहुत-से लोग उसके प्रति आकर्षित होते, लेकिन वह ऐसी परिस्थितियां बना देता नये शिष्यों के लिए कि जब वे समग्रता से श्रद्धा नहीं करते, उन्हें तुरंत चले जाना पड़ता—जब तक कि वे बेतुकेपन में भी श्रद्धा नहीं रखते और वे बेतुकी बातें आयोजित की हुई होती थीं। गुरजिएफ झूठ बोलता जाता। सुबह वह एक बात कहता, दोपहर को कुछ और। और फिर तुम कुछ पूछ तो सकते नहीं थे। वह तुम्हारे तर्कपूर्ण मन को पूरी तरह तहस-नहस कर डालता।

सुबह वह कहता, 'इस गड्ढे को खोदो। ऐसा करना अनिवार्य ही है। शाम तक यह पूरा हो जाना चाहिए।' सारा दिन तुम इसे खोदते रहते। तुम बहुत ज्यादा परिश्रम करते, तुम थक जाते, तुम पसीना-पसीना हो जाते, तुमने कुछ भी खाया न होता और शाम होने पर वह आता और कह देता, 'मिट्टी को वापस गड्ढे में फेंक दो। और तुम्हारे सोने से पहले वह काम पूरा हो जाना चाहिए।' इस समय तक तो एक साधारण बुद्धि वाला भी कह देगा, 'आपका मतलब क्या है ? मैंने सारा दिन बरबाद कर दिया। मैंने सोचा था कि यह कुछ बहुत जरूरी है जिसे शाम तक पूरा करना ही पड़ता था, और अब आप कहते हैं, मिट्टी को वापस फेंको।' यदि तुम ऐसी बात उससे कहते, गुरजिएफ कहता, 'सीधे भाग जाओ। जाओ। मैं तुम्हारे लिए नहीं, तुम मेरे लिए नहीं।'

यह गड्ढे की या उसे खोदने की बात नहीं है। असल में वह देखना चाह रहा है तुम तब भी उसमें श्रद्धा रख सकते हो या नहीं, जब वह बेतुका हो। एक बार वह जान लेता कि तुम उसमें श्रद्धा रख सके हो और वह जहां भी ले गया उसके साथ चल सके हो, केवल तभी वास्तविक चीजें चली आतीं। तब परीक्षा समाप्त हो गयी। तुम परख लिये गये और प्रामाणिक पाये गये हो—एक सच्चा खोजी जो प्रयोग कर सकता है और श्रद्धा रख सकता है। तभी वास्तविक चीजें तुम्हें घट सकती हैं। इससे पहले हरगिज नहीं।

पतंजलि स्वयं गुरु हैं, और यह तीसरा स्रोत जिसे वे हजारों-हजारों शिष्यों के साथ हुए अपने अनुभव द्वारा बहुत अच्छी तरह से जानते हैं। वे कितने-कितने शिष्यों और खोजियों के साथ कार्य कर चुके होंगे, क्योंकि केवल तभी यह संभव हो सकता था कि योगसूत्र जैसा शोध-ग्रंथ लिखा जाये। यह किसी विचारक की रचना नहीं है। यह कार्य उसके द्वारा हुआ है जिसने बहुत तरह की मनोवृत्तियों के साथ प्रयोग किये हैं। और उसने जिनके साथ कार्य किया उन हर तरह के व्यक्तियों के मन की कितनी तहों को वह बेध चुका है। तो इसे वे तीसरा स्रोत बनाते हैं—बुद्धपुरुषों के वचन।

विपर्यय एक मिथ्या ज्ञान है, जो विषय से उस तरह मेल नहीं खाती जैसा वह है।

अब कुछ परिभाषाएं जो आगे चलकर सहायक होंगी। 'विपर्यय' की परिभाषा—असत ज्ञान : किसी विषय

के बारे में मिथ्या धारणा है जो विषय से उस तरह मेल नहीं खाती, जैसा वह है। हम सबके पास असत ज्ञान का बड़ा बोझ है क्योंकि इससे पहले कि हम तथ्य का साक्षात्कार करें, हमारे पास पहले से ही पूर्वधारणाएं होती हैं।

यदि तुम हिंदू हो और किसी का तुमसे परिचय कराया जाता है, और यह कहा जाता है कि वह मुसलमान है, फौरन तुमने गलत विचार ले लिया कि वह आदमी गलत ही होगा। यदि तुम ईसाई हो और कोई तुमसे परिचित हुआ यहूदी के रूप में तो तुम इस व्यक्ति को स्वीकार नहीं करने वाले, तुम इस आदमी के सामने खुलने वाले नहीं हो। 'एक यहूदी' ऐसा कहने से ही तुम्हारी पूर्वधारणा प्रवेश कर गयी। तुम्हें लगता है जैसे कि तुम इस आदमी को जानते ही हो। अब इसे जानने की कोई आवश्यकता न रही। तुम जानते हो यह किस तरह का आदमी है : एक यहूदी !

तुम्हारा पहले से ही धारणा बना लेने वाला, पूर्वाग्रही मन है। और यह पूर्वाग्रही मन तुम्हें असत ज्ञान देता है। सभी यहूदी बुरे नहीं होते हैं, न ही सब ईसाई अच्छे होते हैं। न सारे मुसलमान बुरे होते हैं और न सभी हिंदू अच्छे होते हैं। वस्तुतः अच्छाई और बुराई का संबंध किसी जाति से नहीं होता है। इसका संबंध व्यक्तियों से है। बुरे मुसलमान हो सकते हैं या बुरे हिंदू हो सकते हैं, अच्छे मुसलमान होते हैं या अच्छे हिंदू होते हैं। अच्छाई और बुराई का किसी देश से, किसी जाति से, किसी सभ्यता से कोई संबंध नहीं है। इसका संबंध व्यक्तियों से है, व्यक्तित्व से है। लेकिन कठिन है बिना किसी पूर्वाग्रह वाले व्यक्ति का सामना करना ! यदि तुम कर सको, तो तुम एक नया बोध पाओगे।

एक बार मेरे साथ कुछ घटित हुआ, जब मैं यात्रा कर रहा था। मैं अपने डिब्बे में दाखिल हुआ,बहुत-से लोग मुझे छोड़ने आये हुए थे, तो वह व्यक्ति, वह दूसरा यात्री जो डिब्बे में था, फौरन मेरे पैर छूने लगा और बोला, 'आप तो कोई बड़े संत ही होंगे। इतने सारे लोग आपको छोड़ने आये।'

मैंने उस आदमी से कहा, 'मैं मुसलमान हूं। शायद मैं बड़ा संत हूं लेकिन मैं मुसलमान हूं।' उसे झटका लगा। उसने मुसलमान के पांव छू लिये थे, और वह एक ब्राह्मण था। उसे पसीना आने लगा। वह घबड़ा गया था। उसने फिर मेरी ओर देखा और बोला, 'नहीं, आप मजाक कर रहे हैं।' केवल अपने को तसल्ली देने के लिए ही उसने कहा था, 'आप मजाक कर रहे हैं।' 'मैं मजाक नहीं कर रहा हूं। मैं क्यों करूंगा मजाक ?' मैंने कहा, 'मेरे पांव छूने से पहले तुम्हें पूछताछ कर लेनी चाहिए थी उसके बारे में।'

फिर हम दोनों साथ थे डिब्बे में। बार-बार वह मेरी ओर देख लेता। और वह लंबी, गहरी सांस भरता। वह जरूर सोच रहा होगा जाकर स्नान कर लेने की बात। वह मुझसे साक्षात्कार नहीं कर रहा था। मैं वहां मौजूद था, लेकिन उसके लिए महत्व रखती थी अपनी मुसलमान संबंधी धारणा; और यह कि वह ब्राह्मण था; कि मुझे छू लेने से अशुद्ध हो गया है।

चीजें जैसी हैं, वैसा उनके साथ कोई साक्षात्कार नहीं करता है। तुममें पूर्वधारणाएं हैं। ये पूर्वाग्रह विपर्यय का निर्माण करते हैं। ये पूर्वधारणाएं असत ज्ञान का निर्माण करती हैं। जो कुछ भी तुम सोचते हो, यदि तुमने तथ्य को ताजे रूप में नहीं पाया है तो वह गलत ही होने वाला है। अपने अतीत को बीच में मत लाओ; अपने पूर्वाग्रहों को बीच में मत लाओ। अपने मन को एक तरफ रख दो और तथ्य का साक्षात्कार करो। जो कुछ भी देखने को

है, केवल देखो उसे। प्रक्षेपण मत करो।

हम प्रक्षेपण किये चले जाते हैं। हमारे मन तो बस बचपन से ही पूरी तरह मरे हुए, जड़ हुए होते हैं। हर चीज हमें बनी-बनायी दे दी गयी है, और उस बने-बनाये तैयार ज्ञान द्वारा सारा जीवन एक भ्रांति बन गया है। तुम वास्तविक व्यक्ति से कभी नहीं मिलते। तुम वास्तविक फूल कभी नहीं देखते। केवल सुन कर कि, 'यह गुलाब है' तुम यंत्रवत कह देते हो, 'सुंदर'। तुम्हें सुंदरता की प्रतीति नहीं हुई; तुमने सुंदरता को महसूस नहीं किया; तुमने इस फूल को छुआ नहीं। केवल इतना है कि 'गुलाब सुंदर होते हैं' यह तुम्हारे मन में है, इसलिए जिस क्षण तुम सुनते हो 'गुलाब', मन प्रक्षेपण करता है और कह देता है, 'यह सुंदर है'।

हो सकता है कि तुम विश्वास कर लो कि तुम्हें अनुभव हो गया है कि गुलाब सुंदर है, लेकिन ऐसा होता नहीं है। यह भ्रम है। जरा इस पर ध्यान दो। इसलिए बड़ों की अपेक्षा बच्चे चीजों में कहीं ज्यादा गहरे पहुंचते हैं, क्योंकि वे नामों को नहीं जानते हैं। वे अभी पूर्वाग्रही नहीं हैं। यदि कोई गुलाब सुंदर है, केवल तभी वे सोचेंगे कि वह सुंदर है। उनके लिए सभी गुलाब सुंदर नहीं हैं। बच्चे चीजों के ज्यादा करीब चले आते हैं। उनकी नजरें ताजी होती हैं। चीजें जैसी हैं वे उसी तरह उन्हें देखते हैं क्योंकि वे नहीं जानते कि किसी चीज को कैसे प्रक्षेपित करें।

लेकिन हम हमेशा उन्हें बड़ा करने की, उन्हें वयस्क बनाने की जल्दी में होते हैं। हम उनके मन को ज्ञान से, जानकारियों से भर रहे हैं। इधर मनोवैज्ञानिकों की सबसे नयी खोज है कि जब बच्चे स्कूल में दाखिल होते हैं, तो वे ज्यादा बुद्धिमान होते हैं उससे जबकि वे यूनिवर्सिटी छोड़ते हैं। नवीनतम खोजें यही सिद्ध करती हैं। पहली श्रेणी में जब बच्चे प्रवेश करते हैं, तब उनके पास ज्यादा बुद्धि होती है। उनकी बुद्धि कम और कम और कम होती जायेगी, जैसे-जैसे वे ज्ञान में विकसित होते जाते हैं।

जब तक वे स्नातक और पंडित और डॉक्टर होते हैं, वे समाप्त हो जाते हैं। जब वे लौटते हैं डॉक्टर की डिग्री लेकर, पी-एच.डी. लेकर, वे अपनी बुद्धि कहीं यूनिवर्सिटी में ही छोड़ चुके होते हैं। वे मुर्दा होते हैं। वे ज्ञान से भरे हुए होते हैं, ज्ञान से ठसाठस भरे होते हैं, लेकिन यह ज्ञान मिथ्या ही है—हर चीज के लिए पूर्वाग्रह। अब वे चीजों को सीधे-सीधे अनुभव नहीं कर सकते। वे जीवित व्यक्तियों का प्रत्यक्ष अनुभव नहीं कर सकते। वे सीधे तौर पर संबंधित नहीं हो सकते। हर चीज शब्दों का आडंबर हो गयी है, शाब्दिक। अब वह वास्तविक नहीं है, वह मनोगत हो गयी है।

विपर्यय एक मिथ्या ज्ञान है, जो विषय से उस तरह मेल नहीं खाती जैसा वह है।

अपने पूर्वाग्रह, ज्ञान, धारणाएं, पहले से सूत्रबद्ध की हुई जानकारी एक ओर रख दो, और ताजी निगाहों से देखो। फिर से बालक बन जाओ। ऐसा क्षण-प्रतिक्षण करना पड़ता है क्योंकि हर क्षण तुम धूल इकट्ठी कर रहे हो।

सबसे पुराने योगसूत्रों में से एक सूत्र है : हर क्षण अतीत के प्रति मरो ताकि तुम हर क्षण पुनर्जीवित हो सको। अतीत के हर क्षण को जाने दो; उस सारी धूल को फेंको जो तुमने इकट्ठी कर ली है, और फिर नये सिरे से देखो।

लेकिन ऐसा निरंतर करना पड़ता है, क्योंकि अगले ही क्षण धूल फिर इकट्ठी हो चुकी होगी।

नान-इन जब एक खोजी था तो किसी झेन गुरु की खोज में था। फिर वह बहुत वर्षों तक अपने गुरु के साथ रहा, और एक दिन गुरु ने कहा, 'हर चीज ठीक है। तुमने लगभग प्राप्त कर लिया है।' लेकिन गुरु ने कहा था 'लगभग'! इसलिए नान-इन ने पूछा, 'आपका मतलब क्या है ?' गुरु ने कहा, 'मुझे, तुम्हें कुछ दिनों के लिए दूसरे गुरु के पास भेजना होगा। यह बात अंतिम परिष्कृति का संस्पर्श दे देगी।'

नान-इन बहुत जोश में था। वह बोला, 'मुझे फौरन भेजिए।' एक चिट्ठी उसे दे दी गयी, और वह बहुत उत्तेजित था क्योंकि उसने सोचा, उसको ऐसे व्यक्ति के पास भेजा जा रहा था जो उसके अपने गुरु से अधिक महान था। जब वह पहुंचा, उसने पाया कि वह आदमी कुछ खास नहीं था—बस, सराय का रक्षक, द्वारपाल।

नान-इन ने बहुत निराशा महसूस की और उसने सोचा, 'यह किसी किस्म का मजाक होगा। यह आदमी मेरा अंतिम गुरु होने जा रहा है ? यह मुझे समापन-संस्पर्श देने वाला है ?' लेकिन नान-इन आ ही गया था, इसलिए उसने सोचा, कुछ दिनों के लिए यहीं रहना बेहतर है, कम से कम विश्राम के लिए ही। फिर मैं वापस जाऊंगा। यह बहुत लंबी यात्रा थी। इसलिए उसने सराय के रखवाले से कहा, 'मेरे गुरु ने यह चिट्ठी भेजी है।'

सराय का रखवाला बोला, 'लेकिन मैं पढ़ नहीं सकता, इसलिए तुम अपनी चिट्ठी रखो। इसकी जरूरत नहीं। और चाहे जो भी है तुम यहां ठहर तो सकते ही हो।' नान-इन ने कहा, 'लेकिन मुझे भेजा गया है तुमसे कुछ सीखने को।'

भठियारे ने उत्तर दिया, 'मैं केवल सराय का रक्षक हूं, मैं गुरु नहीं हूं, मैं कोई शिक्षक नहीं हूं, जरूर कोई गलतफहमी हुई है। तुम शायद गलत आदमी के पास चले आये हो। मैं केवल एक भठियारा हूं। मैं सिखा नहीं सकता; मैं कुछ जानता नहीं हूं। लेकिन चूंकि तुम आ ही गये हो, तुम मुझे ध्यान से देख तो सकते हो। शायद यह सहायक हो। बस, विश्राम करो और देखो।'

लेकिन ध्यान से देखने को कुछ था नहीं वहां। सुबह वह सराय का दरवाजा खोलता। फिर अतिथि आते और वह उनकी चीजें साफ कर देता—पात्र, और हर चीज, और वह काम करता। और रात को जब सब लोग जा चुके होते थे और अतिथि अपने बिस्तरों पर सोने के लिए चले गये होते, तब वह फिर चीजों को साफ करता—पात्र, बरतन, हर चीज। फिर सुबह को फिर सब वही।

तीसरे दिन तक नान-इन ऊब गया था। वह बोला, 'ध्यान से देखने के लिए कुछ है नहीं—तुम बरतन साफ किये जाते हो। साधारण काम करते रहते हो। तो मुझे प्रस्थान करना चाहिए।' सराय-रक्षक हंस पड़ा, लेकिन कुछ बोला नहीं।

नान-इन वापस आ गया। वह अपने गुरु के साथ बहुत नाराज हुआ और कहने लगा, 'क्यों ? क्यों मुझे इतनी लंबी यात्रा पर भेज दिया ? और यह बात थकाने वाली थी, जबकि वह आदमी तो केवल एक सराय-रक्षक था ? और उसने मुझे कुछ नहीं सिखाया। वह तो बस बोला, 'ध्यान से देखो', और वहां ध्यान से देखने को कुछ था ही नहीं।'

गुरु ने कहा, 'लेकिन तो भी तुम वहां तीन-चार दिनों तक तो रहे। यदि वहां देखने को कुछ नहीं भी था, तुमने देखा तो होगा। तुम क्या कर रहे थे ?' वह बोला, 'मैं देखता था। रात को वह बरतन-हंडियां साफ करता। वह

हर चीज अलग लगा कर रखता और सुबह वह फिर साफ कर रहा होता। '

गुरु ने कहा, 'यही, यही है वह शिक्षण। यही है जिसके लिए तुम्हें भेजा गया था। वह रात को उन बरतनों को साफ कर चुका होता। इसका क्या अर्थ है ? रात में, जबकि कुछ हुआ भी नहीं, वे फिर गंदे हो चुके होते थे, कोई धूल फिर जम चुकी होती। तो हो सकता है तुम शुद्ध होओ। अभी हो तुम। शायद तुम निर्दोष हो, लेकिन हर क्षण तुम्हें सफाई जारी रखनी पड़ती है। हो सकता है तुम कुछ नहीं कर रहे हो, लेकिन तब भी केवल समय के व्यतिक्रम द्वारा तुम अशुद्ध हो जाते हो, क्षण-प्रतिक्षण मात्र समय के बीतने द्वारा। यदि तुम कुछ कर भी नहीं रहे होते; केवल एक पेड़ के नीचे बैठे हुए होते हो; तुम मैले हो जाते हो। और वह मैलापन इसलिए नहीं होता कि कि तुम कुछ बुरा कर रहे थे या कुछ गलत कर रहे थे। यह घटित होता है केवल समय के बीत जाने द्वारा। धूल इकट्ठी हो जाती है। इसलिए तुम्हें सफाई करते रहना होगा, और यही अंतिम संस्पर्श है। इसकी आवश्यकता है क्योंकि मैं अनुभव करता हूं कि तुम गर्वीले हो गये हो कि तुम शुद्ध हो। और अब तुम्हें सफाई करने की सतत आवश्यकता के लिए प्रयत्न करने की चिंता नहीं रही है। '

क्षण-प्रतिक्षण व्यक्ति को मरना होता है और फिर पुनर्जीवित होना होता है। केवल तभी तुम असत ज्ञान से मुक्त होते हो।

शब्दों के जोड़ मात्र से बनी एक धारणा जिसके पीछे कोई ठोस वास्तविकता नहीं होती, वह विकल्प है—कल्पना है।

कल्पना तो बस शब्दों, शाब्दिक ढांचों द्वारा बनती है। तुम एक चीज का निर्माण करते हो, लेकिन वह वहां होती नहीं, वह वास्तविकता नहीं है। तुम अपनी मानसिक धारणाओं द्वारा उसका निर्माण करते हो। और तुम इस हद तक इसका निर्माण कर सकते हो कि तुम स्वयं इसके द्वारा धोखा खा जाते हो, और तुम सोचते हो यह वास्तविक है। ऐसा हिप्नोसिस में घटित होता है। यदि तुम किसी व्यक्ति को हिप्नोटाइज करो और उससे कुछ कहो तो वह कल्पना को जोड़ लेता है, और वही कल्पना वास्तविक हो जाती है। तुम ऐसा कर सकते हो। यह तुम बहुत तरह से कर रहे हो।

एक बहुत प्रसिद्ध अमरीकी अभिनेत्री, ग्रेटा गारबो, उसने अपने संस्मरण लिखे हैं। वह एक साधारण लड़की थी, घरेलू-सी सामान्य लड़की, बहुत गरीब। केवल बहुत थोड़े पैसों के लिए ही वह एक नाई की दुकान में काम कर रही थी, और वह ग्राहक के चेहरे पर साबुन लगाती। तीन साल से वह यही कर रही थी।

एक दिन एक अमरीकी फिल्म-निर्देशक नाई की दुकान में आया हुआ था। वह उसके चेहरे पर साबुन लगा रही थी—और जिस ढंग के अमेरिकन होते हैं, उसका शायद यह मतलब हो भी नहीं—उसने दर्पण में लड़की के प्रतिबिंब की तरफ देखा और बोला, 'कितनी सुंदर !' और उसी क्षण ही ग्रेटा गारबो का जन्म हुआ था।

वह लिखती है—अचानक वह दूसरी हो गयी थी ! उसने कभी स्वयं को सुंदर न जाना था, वह ऐसा मान ही न सकती थी। और उसने पहले कभी किसी को कहते नहीं सुना था कि वह सुंदर है। पहली बार उसने भी दर्पण में देखा, उसका चेहरा असाधारण था। इस आदमी ने उसे सुंदर बना दिया था। फिर उसकी सारी जिंदगी बदल

गयी। उसने उस आदमी की बात को ग्रहण कर लिया और एक बहुत प्रसिद्ध अभिनेत्री बन गयी।

क्या घटित हुआ था? केवल एक हिप्नोसिस, एक सम्मोहन। 'सुंदर' शब्द द्वारा हुए सम्मोहन ने काम कर दिया। यह काम करता है; यह रसायन बन जाता है। हर कोई अपने बारे में कुछ विश्वास रखता है। वह विश्वास वास्तविकता बनता है क्योंकि वह विश्वास तुम पर कार्य करना शुरू करता है।

कल्पना एक शक्ति है, लेकिन जोड़ा गया आवेग है, एक काल्पनिक शक्ति है। तुम इसका इस्तेमाल कर सकते हो या तुम इसके द्वारा इस्तेमाल किए जा सकते हो। यदि तुम इसका इस्तेमाल कर सको, तो यह सहायक होगी। लेकिन यदि तुम इसके द्वारा इस्तेमाल किए जाते हो, तो यह घातक होती है, खतरनाक होती है। कल्पना किसी भी क्षण में पागलपन बन सकती है। लेकिन कल्पना सहायक हो सकती है यदि इसके द्वारा तुम अपने आंतरिक विकास के लिए, अपने क्रिस्टलाइजेशन के लिए किसी परिस्थिति का निर्माण कर सको।

यह शब्दों द्वारा होता है कि तुम चीजों को कल्पना-बिंबों में जोड़ लेते हो। मनुष्य के लिए शब्द, भाषा, शाब्दिक ढांचे इतने महत्वपूर्ण हो गए हैं कि अब इससे ज्यादा कोई चीज महत्वपूर्ण नहीं रही। यदि कोई अचानक चीख पड़ता है, 'आग!' तो यह शब्द तुम्हें फौरन बदल देगा। हो सकता है कहीं कोई आग न हो, लेकिन तब भी तुम मुझे सुनना बंद कर दोगे। बंद करने के लिए कोई प्रयास न करना होगा। अचानक तुम सुनना बंद कर दोगे, और तुम यहां-वहां दौड़ना शुरू कर दोगे। यह शब्द 'आग' कल्पना को पकड़ चुका होगा।

और तुम शब्दों द्वारा इस तरह प्रभावित होते हो! विज्ञापन-व्यापार वाले लोग जानते हैं कौन से शब्दों का उपयोग करना है कल्पना-बिंबों की छबि बना देने के लिए। उन शब्दों द्वारा वे तुम्हें अधिकार में कर लेते हैं, वे तमाम जनसमूह को जीत लेते हैं। और बहुत से ऐसे शब्द होते हैं। वे फैशन के साथ बदलते रहते हैं।

पिछले कुछ वर्षों से खास शब्द चल रहा है 'नया'। तो विज्ञापनों के अनुसार हर चीज है नयी, 'न्यू लक्स सोप!' नया लक्स साबुन! 'लक्स साबुन' नहीं चलेगा। यह 'नया' तुरंत आकर्षित करता है। हर व्यक्ति नये के पीछे है, हर व्यक्ति नये को खोज रहा है—कुछ नया। क्योंकि हर व्यक्ति पुराने से ऊब चुका है। इसलिए हर नयी चीज में आकर्षण है। हो सकता है वह पुरानी से बेहतर न हो। वह बदतर हो सकती है, लेकिन मात्र यह शब्द 'नया' मन में कई प्रत्याशाएं खोल देता है।

ऐसे शब्द और उनके प्रभाव गहराई से समझ लेने होंगे। वह व्यक्ति जो सत्य की खोज में है, उसे शब्दों के प्रभाव के प्रति जाग्रत रहना होगा। राजनीतिज्ञ, विज्ञापन देने वाले लोग, वे शब्दों का इस्तेमाल कर रहे हैं। और वे शब्दों द्वारा ऐसी धारणाएं निर्मित कर सकते हैं कि तुम अपने जीवन की बाजी लगा सकते हो। तुम अपनी जिंदगी गंवा सकते हो—केवल शब्दों के कारण।

'राष्ट्र', 'राष्ट्रीय झंडा', 'हिंदुत्व'—ये क्या हैं? मात्र शब्द। तुम कह सकते हो, 'हिंदुत्व खतरे में है', और अचानक कितने ही लोग तैयार हो जाते हैं कुछ कर गुजरने के लिए या मरने के लिए भी। मात्र थोड़े से शब्द और हमारे देश का अपमान हो जाता है। क्या है हमारा देश? केवल शब्द। एक झंडा कुछ नहीं है सिवाय कपड़े के एक टुकड़े के, लेकिन सारा देश एक झंडे के लिए मर सकता है, क्योंकि किसी ने इसका अपमान कर दिया, इसे दूषित कर दिया। शब्दों के कारण इस दुनिया में कितनी मूर्खताएं चलती रहती हैं! शब्द खतरनाक होते हैं। तुम्हारे भीतर प्रभाव करने का उनमें गहरा स्रोत होता है। वे तुम्हारे भीतर कुछ उत्पन्न कर देते हैं, और तुम पर कब्जा

किया जा सकता है।

कल्पना शक्ति को समझना है, पतंजलि कहते हैं, क्योंकि ध्यान के मार्ग पर शब्दों को छोड़ देना पड़ेगा, ताकि दूसरों के प्रभाव को छोड़ा जा सके। ध्यान रखना, शब्द दूसरों द्वारा सिखलाये जाते हैं, तुम शब्दों के साथ नहीं जन्मते। वे तुम्हें सिखलाये जाते हैं और शब्दों द्वारा बहुत-सी पूर्वधारणाएं सिखला दी जाती हैं। शब्दों द्वारा धर्म, शब्दों द्वारा पौराणिक कथा—हर चीज पोषित कर दी जाती है। शब्द माध्यम हैं सभ्यता के। समाज के वाहक हैं, जानकारियों के वाहक हैं।

तुम चींटियों को नहीं भड़का सकते देश की खातिर लड़ने के लिए। तुम उन्हें नहीं भड़का सकते क्योंकि वे नहीं जानतीं कि राष्ट्र क्या है। इसलिए जीव-जंतुओं के राज्य में कोई युद्ध नहीं होता। वहां कोई युद्ध नहीं, झंडे नहीं , मंदिर नहीं, मसजिद नहीं। और यदि पशु हमारा अवलोकन कर सकते, तो उन्हें सोचना ही पड़ता कि मनुष्य शब्दों के साथ ग्रस्त क्यों है ! क्योंकि लड़ाइयां निरंतर होती रहती हैं और लाखों लोग मार दिये जाते हैं केवल शब्दों के कारण !

कोई यहूदी है इसलिए उसे मार दो। केवल 'यहूदी' शब्द के कारण ही। लेकिन लेबल बदल दो, नाम बदल दो, उसे ईसाई कहो, तब उसे मारने की कोई आवश्यकता नहीं। लेकिन वह स्वयं लेबल बदलने को राजी नहीं होता। वह कहेगा, 'मैं मर जाना ज्यादा पसंद करूंगा बजाय इसके कि अपना नाम बदलूं। मैं एक यहूदी हूं।' वह वैसा ही अटल है जैसे कि दूसरे। लेकिन ईसाई या यहूदी दोनों मात्र शब्द हैं।

ज्यां पाल सार्त्र ने जो शीर्षक अपनी आत्मकथा को दिया है वह है 'वर्ड्स'—शब्द। और यह सुंदर है क्योंकि जहां तक मन का संबंध है मन की सारी आत्मकथा शब्दों से बनी होती है और किसी दूसरी चीज से नहीं।

और पतंजलि कहते हैं कि इसके प्रति जाग्रत रहना पड़ता है क्योंकि ध्यान के मार्ग पर, शब्दों को पीछे छोड़ देना होता है। राष्ट्र, धर्म, शास्त्र, भाषाएं पीछे छोड़ देनी पड़ती हैं और व्यक्ति को निर्दोष होना होता है, शब्दों से मुक्त। जब तुम शब्दों से मुक्त हो जाते हो तो कोई कल्पना नहीं रहेगी। और जब कोई कल्पना नहीं होती, तुम सत्य का सामना कर सकते हो। वरना तुम कल्पना किये चले जाओगे।

यदि तुम परमात्मा से मिलने आते हो, तुम्हें बिना किन्हीं शब्दों के उससे मिलना चाहिए। यदि तुम्हारे पास शब्द हैं, तो हो सकता है वह उस पर पूरा न उतरे या उससे मेल न खाये जो तुम्हारा उसके बारे में विचार है। हिंदू सोचते हैं कि भगवान के एक हजार हाथ हैं, और यदि भगवान केवल दो हाथों के साथ आ जाते हैं, तो हिंदू उन्हें अस्वीकार कर देगा, यह कह कर कि 'तुम किसी तरह भगवान नहीं हो। तुम्हारे केवल दो हाथ हैं ! भगवान के तो हजारों हाथ हैं। मुझे अपने दूसरे हाथ दिखाओ। केवल तभी मैं तुममें विश्वास कर सकता हूं।'

इसी पिछली सदी के एक अत्यंत सुंदर व्यक्ति थे शिरडी के साईंबाबा। साईंबाबा मुसलमान थे। या कोई निश्चित तौर पर नहीं जानता कि वे मुसलमान थे या हिंदू। लेकिन क्योंकि वे एक मसजिद में रहते थे, तो ऐसा माना जाता है कि वे मुसलमान थे। उनका एक मित्र और अनुयायी था, हिंदू अनुयायी, जो उन्हें प्रेम करता था, उनका आदर करता; जिसकी साईंबाबा में बहुत आस्था थी। हर रोज वह साईंबाबा के पास आ जाता, उनके दर्शन पाने को, और उनका दर्शन किये बिना वह जाता नहीं था। कई बार ऐसा होता कि उसे सारे दिन प्रतीक्षा करनी पड़ती, लेकिन वह उनका दर्शन किये बिना नहीं जाता। वह खाना नहीं खाता, जब तक साईंबाबा के दर्शन न कर लेता।

एक दिन ऐसा हुआ कि सारा दिन बीत गया, और वहां बहुत-से लोग इकट्ठे हुए थे, एक बड़ी भीड़, इतनी बड़ी कि वह प्रवेश नहीं कर सका। जब हर कोई चला गया, तो रात को उसने साईंबाबा के चरण-स्पर्श किये।

साईंबाबा ने उससे कहा, 'क्यों तुम नाहक प्रतीक्षा करते हो ? यहां आकर मेरे दर्शन करने की कोई आवश्यकता नहीं है, मैं तुम्हारे पास आ सकता हूं। इसे कल से छोड़ दो। अब मैं आ जाऊंगा तुम्हारे पास। इससे पहले कि तुम अपना भोजन लो, तुम मेरा दर्शन पाओगे।'

वह शिष्य बहुत प्रसन्न था। अगले दिन वह प्रतीक्षा ही प्रतीक्षा करता रहा, लेकिन कुछ घटित नहीं हुआ। वस्तुतः बहुत कुछ घटित हुआ, लेकिन उसकी परिकल्पना के अनुसार कुछ घटित नहीं हुआ। शाम तक वह बहुत नाराज हो गया। उसने अभी तक भोजन नहीं लिया था, और क्योंकि साईंबाबा अब भी प्रकट नहीं हुए थे, वह फिर उनके दर्शन के लिए चला गया। वह बोला, 'आप वचन देते हैं और उसे पूरा नहीं करते ?'

साईंबाबा बोले, 'सिर्फ एक बार ही नहीं, तीन बार प्रकट हुआ। जब पहली बार मैं आया, मैं एक भिखारी था। तुमने मुझसे कहा, 'दूर हटो। यहां मत आओ।' दूसरी बार जब मैं तुम्हारे पास आया, एक बूढ़ी स्त्री के रूप में, और तुमने मेरी ओर देखा तक नहीं। तुमने अपनी आंखें बंद कर लीं।' स्त्रियों की ओर न देखना उस शिष्य की आदत थी। वह स्त्रियों को न देखने का अभ्यास कर रहा था, इसलिए उसने अपनी आंखें बंद कर ली थीं। साईंबाबा बोले, 'मैं आया था। लेकिन तुम क्या आशा रखते हो ? मैं तुम्हारी आंखों में प्रवेश कर जाऊं—बंद आंखों में ? मैं बिलकुल वहीं खड़ा हुआ था, लेकिन तुमने अपनी आंखें बंद कर लीं। फिर तीसरी बार तुम्हारे पास कुत्ते के रूप में आया, लेकिन तुमने मुझे अंदर नहीं आने दिया। तुम एक डंडा लेकर दरवाजे पर खड़े हो गये।'

और ये तीनों बातें वस्तुतः घटित हुई थीं। ऐसी बातें सारी मानवता के साथ घटित होती रही हैं। भगवत्ता बहुत रूप में आती है, लेकिन तुममें पूर्वधारणाएं होती हैं; तुममें पूर्वगठित परिकल्पना होती है, तुम देख नहीं सकते। परमात्मा को तुम्हारे अनुसार प्रकट होना चाहिए। और वह कभी तुम्हारे अनुसार प्रकट नहीं होता है। वह कभी तुम्हारे अनुसार प्रकट होगा भी नहीं। तुम उसके लिए नियम नहीं हो सकते और तुम कोई शर्तें नहीं बना सकते।

जब सारी कल्पनाएं गिर जाती हैं, केवल तभी सत्य प्रकट होता है। वरना कल्पनाशक्ति शर्तें बनाती जाती है और सत्य प्रकट नहीं हो सकता। केवल नग्न मन में, शून्य में, खाली मन में ही सत्य प्रकट होता है क्योंकि तब तुम उसे विकृत नहीं कर सकते।

मन की वह वृत्ति जो अपने में किसी विषय-वस्तु की अनुपस्थिति पर आधारित होती है, निद्रा है।

यही निद्रा की परिभाषा है। मन की चौथी वृत्ति। जब कोई विषय-वस्तु नहीं होता है.... निद्रा के अतिरिक्त मन हमेशा विषय-वस्तु से भरा रहता है। कुछ-न-कुछ वहां होता है। कोई विचार चल रहा होता है, कोई आवेश होता है, कोई आकांक्षा बढ़ रही होती, कोई स्मृति, कोई भावी कल्पना, कोई शब्द, कोई चीज चलती ही रहती है। निरंतर कुछ चलता रहता है। केवल जब तुम सोये होते हो गहरी निद्रा में, तभी अंतर्विषय थम जाते हैं। मन मिट जाता है, और तुम स्वयं में होते हो बिना किसी विषय-वस्तु के।

इसे ध्यान में रख लेना है क्योंकि यही अवस्था समाधि में भी होने वाली है, केवल एक अंतर के साथ—तुम जागरूक रहोगे। नींद में तुम जागरूक नहीं होते, मन पूरी तरह गैर-अस्तित्व में चला जाता है। तुम अकेले हो जाते हो, अकेले छोड़ दिये जाते हो। कोई विचार नहीं होते; केवल तुम्हारा अस्तित्व होता है। लेकिन तुम जागरूक नहीं हो। तुम्हें विचलित करने के लिए मन वहां नहीं है, लेकिन तुम जागरूक नहीं हो।

वरना निद्रा संबोधि बन सकती है। विषय-वस्तु रहित चेतना वहां है, लेकिन वह चेतना जागरूक नहीं है। वह छिपी हुई है बीज मात्र में। समाधि में, वह बीज प्रस्फुटित हो जाता है, चेतना जागरूक हो जाती है। और यदि चेतना जागरूक हो और कोई अंतर्विषय न रहे—यही तो लक्ष्य है। निद्रा हो और जागरूकता हो, यही है लक्ष्य।

यह है मन की चौथी वृत्ति—निद्रा। लेकिन वह लक्ष्य—जागरूकता के साथ वाली घटित हुई निद्रा, मन की वृत्ति नहीं है। वह मन के बाहर है; जागरूकता मन के परे है। यदि तुम एक साथ निद्रा और जागरूकता को जोड़ सको, तो तुम संबोधि पा जाओगे। लेकिन यह कठिन है क्योंकि दिन में जब हम जागे हुए होते हैं तब भी हम जाग्रत नहीं होते। यह शब्द ही भ्रांति-जनक है। जब हम सोये हों, तो हम जागे हुए कैसे हो सकते हैं ? जब हम जागे भी होते हैं, हम जागे हुए नहीं होते।

तुम्हें होशपूर्ण होना है, जब तुम जाग्रत होते हो—अधिक से अधिक, पूरी सघनता से जाग्रत। और फिर तुम्हें प्रयत्न करना होता है सपनों में जागते रहने का। सपने देखते समय तुम्हें जागरूक रहना पड़ता है। जब तुम जाग्रत अवस्था के साथ सफलता पा जाते हो और फिर स्वप्नावस्था के साथ, तब तुम तीसरी अवस्था के साथ भी सफलता पाओगे, जो है निद्रा की।

पहले तो जागरूक होने की कोशिश करो। जिस समय सड़क पर चलते हो, स्वचालित ढंग से, यंत्रवत ही मत चलते चले जाना। हर क्षण के प्रति, हर सांस जो तुम लेते हो उसके प्रति सजग हो जाना। श्वास छोड़ते हुए, श्वास लेते हुए, जागरूक रहो। आंख की हर गति जो तुम बनाते हो, उसके प्रति जिसे तुम देखते हो, जागरूक रहो। जो कुछ भी तुम कर रहे हो, जागरूक बने रहो, और उसे जागरूकता के साथ करो।

तो रात को, जब तुम सो रहे होते हो, जागरूक बने रहने का प्रयत्न करो। रात की अंतिम अवस्था बीत रही होगी, स्मृतियां बह रही होंगी। जागरूक बने रहो और जागरूकता सहित ही सोने का प्रयत्न करो। यह कठिन होगा। लेकिन यदि तुम प्रयत्न करो, तो कुछ सप्ताह के भीतर, तुम झलक पाने लगोगे। तुम सोये हुए होओगे और जागरूक होओगे।

यदि तुम ऐसा क्षण भर के लिए भी कर लो, तो यह इतना सुंदर है, यह इतने आनंद से भरा हुआ है, कि तुम कभी फिर वैसे ही न रह पाओगे। और फिर तुम नहीं कहोगे कि सोना तो सिर्फ समय गंवाना है। यह सर्वाधिक मूल्यवान साधना बन सकती है। क्योंकि जब जागने की अवस्था चल रही होती और निद्रा आरंभ होती है तो परिवर्तन होता है। एक नये आयाम का परिवर्तन भीतर होता है। जब तुम एक आयाम से दूसरे, इस तरह आयाम बदलते हो तो एक क्षण के लिए, जब तुम इन दोनों के बीच होते हो तो एक निष्क्रिय गियर (आयाम) आता है। वह कोई वास्तविक गियर नहीं होता है। निष्क्रियता की वह घड़ी बहुत सार्थक होती है।

यही मन के साथ घटित होता है। जब तुम जाग्रत अवस्था से निद्रा की ओर बढ़ते हो, तब एक घड़ी होती है जब तुम न तो जागे हुए होते हो और न सोये हुए। उस घड़ी में कोई गियर नहीं होता, यंत्र-प्रक्रिया कार्य नहीं कर

रही होती है। तुम्हारा स्वचलित व्यक्तित्व उस घड़ी में निष्प्रभ हो जाता है। उस घड़ी में तुम्हारी पुरानी आदतें तुम्हें निश्चित ढांचे में जाने के लिए बाध्य नहीं कर सकतीं। उस घड़ी में तुम छुटकारा पा सकते हो और जागरूक हो सकते हो।

भारत में उस क्षण को 'संध्या' कहा जाता है—दो अवस्थाओं के बीच की घड़ी। दो संध्याएं होती हैं। दो बीच की घड़ियां होती हैं—एक तो रात में जब तुम जाग्रत अवस्था से निद्रा की ओर जाते हो, और दूसरी जब तुम सुबह को फिर निद्रा से जागने की तरफ चलते हो। इन दो घड़ियों को हिंदुओं ने प्रार्थना की घड़ियां कहा है—'संध्याकाल'; बीच के काल। क्योंकि तब तुम्हारा व्यक्तित्व एक क्षण के लिए वहां नहीं होता है। उस एक क्षण में तुम शुद्ध होते हो, निर्दोष। और यदि उस क्षण में तुम जागरूक हो सको, तो तुम्हारी पूरी जिंदगी बदल चुकी होगी। तुमने रूपांतरण के लिए नींव रख दी होगी।

इसलिए प्रयत्न करो, सपनों की अवस्था में जागरूक बनने का। इसके लिए विधियां हैं कि सपनों की अवस्था में जागरूक कैसे बना जाये ? एक काम करो, यदि तुम प्रयास करना चाहते हो, पहले तो जाग्रत अवस्था में प्रयास करो। जब तुम जाग्रत अवस्था में सफल हो जाओ, तब तुम स्वप्नावस्था में सफलता पा सकोगे। क्योंकि सपने देखना अधिक गहरा है, अधिक प्रयास की आवश्यकता होगी। यह भी कठिन है, क्योंकि सपने में क्या किया जा सकता है ! और तुम इसे कैसे कर सकते हो !

स्वप्नावस्था के लिए गुरजिएफ ने एक सुंदर विधि विकसित की थी। यह तिब्बतियों की पुरानी विधियों में से एक है, और तिब्बती खोजियों ने स्वप्न-संसार का रहस्य बहुत गहरे ढंग से समझा था। वह विधि है : जब तुम सोने ही वाले होते हो, तो एक बात ध्यान में रखने की कोशिश करो—कोई एक बात : उदाहरण के तौर पर गुलाब ही। एक गुलाब की कल्पना भर करो। केवल सोचते जाओ कि तुम उसे स्वप्न में देखोगे। उसे मन में स्पष्ट रूप से देखो, और सोचते जाओ कि तुम्हारे स्वप्न में, जो कोई भी स्वप्न हो, वह गुलाब होगा ही। उसका रंग, उसकी खुशबू, हर चीज की कल्पना करो। उसे महसूस करो जिससे कि वह तुम्हारे भीतर जीवंत हो जाये। और उसी गुलाब सहित सो जाओ।

कुछ दिनों के भीतर तुम उस गुलाब को अपने स्वप्न में ला पाओगे। यह एक बड़ी सफलता है क्योंकि अब तुमने कम-से-कम अपने स्वप्न के एक हिस्से का तो निर्माण कर लिया है। अब तुम मालिक हो। कम-से-कम स्वप्न का एक हिस्सा, वह फूल बन आया है। क्योंकि तुम्हीं ने इसे बनाया है आने के लिए। और जिस क्षण तुम फूल को देखते हो, तुम्हें तत्क्षण ध्यान आयेगा कि यह तो सपना है।

किसी और चीज की आवश्यकता नहीं। वह फूल और यह जागरूकता कि यह स्वप्न है, दोनों परस्पर संबद्ध हो जाते हैं क्योंकि तुमने ही सपने में फूल का निर्माण किया है। तुम निरंतर सोचते रहे थे कि यह फूल सपने में दिखना चाहिए, और वह फूल दिखा। फौरन तुम पहचान जाओगे कि यह तो सपना है। और सपने का, फूल का, सपने और उसके आस-पास की हर चीज का सारा स्वरूप बदल जायेगा। तुम जागरूक हो चुके हो।

तब तुम सपने का आनंद ऐसे नये ढंग से ले सकते हो जैसे कि वह कोई फिल्म हो। और फिर यदि तुम सपने को रोकना चाहो, तुम उसे आसानी से रोक सकते हो और उसे दूसरी दिशा में ले जा सकते हो। लेकिन इसमें थोड़ा अधिक समय और अभ्यास चाहिए होगा। फिर तुम अपने सपनों का निर्माण स्वयं कर सकते हो। सपनों का

शिकार होने की कोई आवश्यकता नहीं है। तुम अपने स्वप्न स्वयं निर्मित कर सकते हो, तुम अपने सपनों को जी सकते हो। इससे पहले कि तुम सो जाओ, तुम कोई विषय ले सकते हो, और तुम अपने सपनों को निर्देशित कर सकते हो किसी फिल्म-निर्देशक की तरह ही। तुम इससे किसी प्रसंग का निर्माण कर सकते हो।

स्वप्न-सृजन का प्रयोग तिब्बतियों ने किया है, क्योंकि स्वप्न-सृजन द्वारा तुम बदल सकते हो अपना पूरा मन; उसका सारा ढांचा। और जब तुम सपनों के साथ सफल हो जाते हो, तब तुम निद्रा के साथ सफल हो सकते हो। लेकिन स्वप्नरहित निद्रा के लिए कोई तरकीब नहीं है, क्योंकि उसमें कोई विषय-वस्तु नहीं है। तरकीब तो केवल विषय के साथ काम कर सकती है। चूंकि कोई विषय ही नहीं है, इसलिए कोई तरकीब काम नहीं दे सकती। लेकिन सपनों द्वारा तुम जागरूक होना सीख जाओगे, और वही जागरूकता निद्रा में जारी रखी जा सकती है।

स्मृति है पिछले अनुभव को स्मरण करना।

ये परिभाषाएं हैं। पतंजलि चीजों को स्पष्ट कर रहे हैं जिससे कि बाद में तुम उलझन में न पड़ जाओ। स्मृति क्या है ? पिछले अनुभवों को स्मरण करना। निरंतर स्मृति घटित हो रही है। जब कभी तुम कुछ देखते हो, फौरन स्मृति बीच में चली आती है और उसे विकृत कर देती है। तुम पहले मुझे देख चुके हो। जब तुम मुझे फिर देखते हो, स्मृति तत्काल चली आती है। यदि तुमने मुझे पांच वर्ष पहले देखा था, तब पांच वर्ष पहले की तस्वीर, वह पिछली तस्वीर, तुम्हारी दृष्टि में आ जाती है और तुम्हारी आंखों को भर देती है। तुम मुझे उस तस्वीर द्वारा देखोगे।

इसीलिए, यदि तुमने अपने मित्र को बहुत दिनों से नहीं देखा होता है, तो जिस क्षण उसे देखते हो तुरंत कह देते हो, 'तुम बहुत दुबले दिख रहे हो', या 'तुम बहुत अस्वस्थ दिख रहे हो', या 'तुम्हारा मोटापा बढ़ गया है।' तुरंत तुम यह कह देते हो। क्यों ? क्योंकि तुम तुलना कर रहे हो। स्मृति बीच में आ गयी है। वह आदमी शायद स्वयं न जानता हो कि वह मोटा हो गया है या कि पतला हो गया है, लेकिन तुम जान जाते हो क्योंकि फौरन तुम तुलना कर सकते हो। वह पिछला, वह उसका अंतिम चित्र, जो तुम्हारे मन में था, चला आता है और फौरन तुम तुलना कर सकते हो।

यह स्मृति निरंतर रहती है। यह प्रक्षेपित हो रही है हर चीज पर, जिसे तुम देखते हो। लेकिन यह पिछली स्मृति छोड़नी होती है। इसे तुम्हारे बोध में सतत हस्तक्षेप नहीं बने रहना चाहिए क्योंकि यह तुम्हें नये को जानने नहीं देती। तुम हमेशा पुराने ढांचे जानते हो। वह तुम्हें नये को अनुभव करने नहीं देती, वह हर चीज को पुराना और रद्दी बना देती है। और स्मृति के कारण, हर व्यक्ति ऊबा हुआ है, सारी मानवता ऊबी हुई है। किसी के चेहरे की ओर देखो, हर कोई ऊबा हुआ दिखता है। मरने की हालत तक ऊबे हुए। कुछ नया नहीं है, कोई उल्लास नहीं है।

बच्चे इतने आनंदित क्यों होते हैं ? और वे इतनी साधारण बातों को लेकर आनंदित हो जाते हैं कि तुम सोच नहीं सकते कि आनंद घटित कैसे हो रहा है। समुद्र-तट के कुछ रंगीन पत्थरों की वजह से ही वे नाचना शुरू कर देते हैं। उन्हें क्या हो रहा है ? तुम इस तरह क्यों नहीं नाच सकते ? क्योंकि तुम जानते हो कि वे तो केवल पत्थर ही हैं। तुम्हारी स्मृति इनमें है। लेकिन बच्चों के लिए इनमें कोई स्मृति नहीं है। वे पत्थर एक नयी घटना

हैं—वैसी नयी जैसे कि चांद पर पहुंचना।

मैं पढ़ रहा था कि जब पहला आदमी चांद पर पहुंचा, तो संसार में सर्वत्र उत्तेजना थी। हर व्यक्ति अपना टी. वी. देख रहा था लेकिन पंद्रह मिनट के भीतर हर कोई ऊब गया, समाप्त हो गयी वह बात। आगे करने को क्या है ? आदमी चांद पर चल ही रहा है। केवल पंद्रह मिनट बाद वे ऊब गये, और इस स्वप्न के सफल होने में लाखों वर्ष लगे। अब किसी को दिलचस्पी न थी उसमें जो घटित हुआ था।

हर चीज पुरानी पड़ जाती है। तत्काल वह स्मृति बन जाती है, वह पुरानी हो जाती है। यदि केवल तुम अपनी स्मृतियों को गिरा सकते ! लेकिन गिराने का मतलब यह नहीं है कि तुम स्मरण रखना बंद कर दो। गिराने का तो इतना ही मतलब है कि तुम इस सतत हस्तक्षेप को गिरा देते हो। जब तुम्हें आवश्यकता हो, तुम स्मृति को वापस सक्रियता में ला सकते हो। लेकिन जब तुम्हें इसकी आवश्यकता न हो, इसे चुपचाप पड़ा रहने दो। तुम्हारे मन में यह निरंतर न आती रहे।

अतीत यदि निरंतर वर्तमान रहे तो वह वर्तमान को घटित न होने देगा। और यदि तुम वर्तमान को खो देते हो, तो तुम सब खो देते हो।

प्रवचन 6

योग-विज्ञान की शुचिता

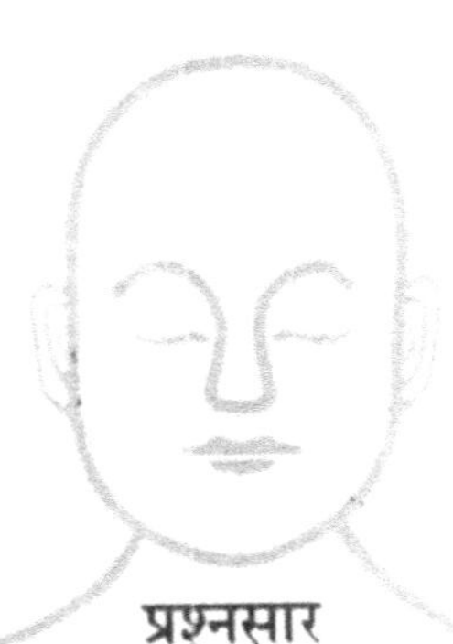

प्रश्नसार

- अगर पतंजलि का योग तर्कबद्ध विज्ञान है तो क्या इसका अर्थ यह न हुआ कि असीम सत्य की प्राप्ति सीमित मन द्वारा की जा सकती है ?

- स्वयं पर संदेह दिव्यता का द्वार बन जाता है—कैसे ?
- बुद्ध द्वारा महाकाश्यप को दिया गया ज्ञान किस कोटि में आता है—प्रत्यक्ष, अनुमान या आगम ?

- क्या पतंजलि के सूत्रों में भी मिलावट की गयी है ?

- वह कौन-सी शक्ति है जो दुखों के बावजूद भी मनुष्य के मन को संसार में ग्रसित रखती है ?

आपने कहा कि पतंजलि का योग सुनिश्चित विज्ञान है, नितांत तर्कसंगत, जिसमें परिणाम इस तरह निश्चित होता है जिस तरह दो और दो मिल कर चार बनते हैं। यदि अज्ञात की, असीम की प्राप्ति मात्र तर्क के अनुसार नियंत्रित की जा सकती है, तो क्या सच नहीं है और साथ ही बेतुका भी, कि असीम सत्य सीमित मन के दायरे के भीतर ही है ?'

यह बेतुका लगता है, यह असंगत लगता है, लेकिन अस्तित्व बेतुका है और अस्तित्व असंगत है। आकाश असीम है, लेकिन यह एक बहुत छोटे तालाब में प्रतिबिंबित हो सकता है। बेशक, उसका सारा भाग प्रतिबिंबित नहीं होगा, वह प्रतिबिंबित हो नहीं सकता। लेकिन अंश भी पूर्ण होता है और वह अंश आकाश का भी हिस्सा होता है।

मानव का मन एक दर्पण मात्र है। यदि यह शुद्ध है तब असीम इसमें प्रतिबिंबित हो सकता है। वह प्रतिबिंब असीम न होगा। वह केवल एक हिस्सा होगा, एक झलक। लेकिन वह झलक द्वार बन जाती है। फिर धीरे-धीरे, तुम दर्पण को पीछे छोड़ सकते हो और असीम में प्रवेश कर सकते हो। तुम प्रतिबिंब को पीछे छोड़ देते हो और यथार्थ में प्रवेश करते हो।

तुम्हारी खिड़की के बाहर, खिड़की के उस छोटे-से चौखट के पार वहां असीम आकाश है। यदि तुम खिड़की में से देखो, बेशक तुम्हें सारा आकाश नहीं दिखेगा। फिर भी जो कुछ भी तुम देखते हो वह आकाश ही होता है। तो केवल यही बात ध्यान में रखनी है कि जो कुछ तुमने देखा, मत सोचना कि वह असीम है। वह असीम का हिस्सा हो सकता है, लेकिन वह असीम नहीं है। इसलिए जो कुछ मनुष्य का मन समझ सकता है वह शायद दिव्य होता हो, लेकिन वह केवल एक हिस्सा ही है, एक झलक। यदि तुम इसे सतत याद रखे रहो, तब कहीं कोई भ्रामकता नहीं। फिर धीरे-धीरे मनोदशा के ढांचे को मिटा दो, धीरे-धीरे मन को बिलकुल मिटा दो ताकि दर्पण ही बाकी न बचे। और तुम प्रतिबिंब से मुक्त हो जाओगे और तुम वास्तविकता में प्रवेश कर सकते हो।

बाहरी तौर पर यह बेतुका लगता है। कैसे इतने छोटे-से मन से कोई संपर्क बन सकता है शाश्वत के साथ, असीम के साथ, अनंत के साथ ? एक दूसरी बात भी समझ लेनी है। यह मन वस्तुतः छोटा नहीं है, क्योंकि यह भी असीम का एक हिस्सा है। यह छोटा लगता है तुम्हारे कारण, यह सीमित लगता है तो तुम्हारे कारण। तुमने सीमाएं बना ली हैं। ये सीमाएं मिथ्या हैं। तुम्हारा छोटा मन भी असीम से संबंध रखता है। यह उसका हिस्सा

है।

बहुत-सी बातें समझ लेनी हैं। असीमित के संबंध में जो बहुत-सी विरोधाभासी बातें हैं उनमें से एक है—कि अंश हमेशा संपूर्ण के बराबर होता है क्योंकि तुम असीम को विभक्त नहीं कर सकते। सारे विभाजन मिथ्या हैं हालांकि वर्गीकरण करना उपयोगी हो सकता है। मैं कह सकता हूं कि मेरे घर के ऊपर का आकाश, मेरी छत के ऊपर का आकाश मेरा आकाश है; जैसे कि भारत के लोग कहते हैं, भारतीय महाद्वीप के ऊपर का आकाश भारतीय आकाश है। क्या अर्थ करते हो तुम इसका ? तुम आकाश को विभाजित नहीं कर सकते। वह चीनी या भारतीय नहीं हो सकता। वह एक अविभक्त विस्तार है। वह कहीं आरंभ नहीं होता, वह कहीं खत्म नहीं होता।

यही बात मन के साथ घटित हुई है। तुम इसे कहते हो, तुम्हारा मन, लेकिन यह 'तुम्हारा' भ्रांतिजनक है। मन असीम का अंश है। जैसे कि पदार्थ असीम का हिस्सा है, मन असीम का हिस्सा है। तुम्हारी आत्मा भी असीम का ही अंश है।

जब यह 'मेरा' खो जाता है, तुम ही असीम हो जाते हो। इसलिए यदि तुम सीमित दिखते हो, तो यह केवल एक भ्रांति है। सीमितता वास्तविकता नहीं है, सीमितता सिर्फ एक धारणा है, एक भ्रम। और तुम्हारी धारणा के कारण तुम सीमा में बंद रहते हो। जो कुछ तुम विचारते हो, हो जाते हो। बुद्ध ने कहा है—और वे लगातार यही दोहराते रहे चालीस वर्ष तक—कि जो कुछ तुम सोचो, वह तुम हो जाते हो। सोचना-विचारना तुम्हें बनाता है। जो कुछ भी तुम हो—यदि तुम सीमित हो, यह एक दृष्टिकोण है जिसे तुमने अपना लिया है। दृष्टिकोण को गिरा दो और तुम असीम हो जाते हो।

योग की सारी प्रक्रिया एक ही है—मन को कैसे गिरायें। मनोदशा के ढांचे को कैसे गिरायें; दर्पण को कैसे नष्ट करें; प्रतिबिंब से यथार्थ की ओर कैसे बढ़ें; सीमाओं के पार कैसे जायें ?

सीमाएं स्व-रचित होती हैं, वे वस्तुतः वहां होती नहीं। वे मात्र विचार हैं। इसलिए जब कभी मन में कोई विचार नहीं होता है, तुम होते ही नहीं। विचारशून्य मन अहंकारशून्य होता है। एक विचारशून्य मन सीमारहित होता है। एक विचारशून्य मन असीम है ही। यदि एक क्षण के लिए भी कोई विचार न रहे, तुम असीमित हो जाते हो क्योंकि विचार के बिना सीमाएं रह नहीं सकतीं। विचार के बिना तुम मिट जाते हो और भगवत्ता उतरती है।

विचार में बने रहना मानवीय है—विचार के नीचे रहना पशु होना है; विचार के पार चले जाना दिव्य हो जाना है। लेकिन तर्कपूर्ण मन तो प्रश्न उठायेगा। तर्क भरा मन कहेगा, 'कोई अंश संपूर्ण के बराबर कैसे हो सकता है ? अंश तो संपूर्ण से कम होगा। वह बराबर नहीं हो सकता।'

ऑस्पेंस्की लिखता है, विश्व की सबसे अच्छी पुस्तकों में से एक—'तर्सियम आर्गेनम' में, कि कोई अंश केवल बराबर ही नहीं हो सकता संपूर्ण के, वह तो संपूर्ण से भी अधिक विराट हो सकता है। लेकिन ऑस्पेंस्की इसे उच्चतर गणित कहता है। उस गणित का संबंध उपनिषद से है। ईशावास्य उपनिषद में कहा गया है, 'तुम पूर्ण में से पूर्ण निकाल सकते हो और तब भी पूर्ण पीछे बना रहता है। तुम पूर्ण में पूर्ण डाल सकते हो और तब भी पूर्ण बना रहता है।'

यह असंगत है। यदि तुम इसे बेतुका कहना चाहो, तो तुम कह सकते हो इसे बेतुका, लेकिन वस्तुतः यह है

उच्चतर गणित, जहां सीमाएं खो जाती हैं और बूंद समुद्र बन जाती है। और समुद्र कुछ नहीं है सिवा एक बूंद के।

तर्क प्रश्न उठाता है। वह उन्हें उठाये ही जाता है। यही तर्कयुक्त मन का स्वभाव है। और यदि तुम उन प्रश्नों के पीछे चलते जाते हो, तो तुम अनंत तक बढ़ते जा सकते हो। मन को एक ओर रख दो—उसका तर्क, उसके विवेचन—और कुछ क्षणों के लिए बगैर विचार के रहने का प्रयत्न करो। यदि तुम निर्विचार की वह अवस्था एक क्षण को भी पा सको, तो तुम जान जाओगे कि अंश संपूर्ण के बराबर है, क्योंकि अचानक तुम देखोगे कि सारी सीमाएं विलीन हो गयी हैं। वे केवल स्वप्न-सीमाएं थीं। सारे भेद समाप्त हो गये हैं, और तुम और वह पूर्ण एक हो चुके होओगे।

यह एक अनुभव हो सकता है। यह तर्कपूर्ण अनुमान नहीं हो सकता। लेकिन जब कहता हूं पतंजलि अपने निष्कर्षों में तर्कयुक्त हैं, मेरा मतलब क्या होता है? कोई तर्कयुक्त नहीं हो सकता जहां तक कि आंतरिक, आध्यात्मिक परम अनुभव का संबंध होता है। लेकिन मार्ग पर तुम वैसे हो सकते हो। जहां तक कि योग के परम परिणाम का संबंध है, पतंजलि भी तर्कयुक्त नहीं हो सकते, कोई भी नहीं हो सकता। लेकिन उस लक्ष्य तक पहुंचने के लिए तुम्हें तर्कपूर्ण मार्ग अपनाना होता है।

इस दृष्टि से पतंजलि तर्कसंगत, बुद्धिपरक, गणितीय और वैज्ञानिक हैं। वे किसी विश्वास की मांग नहीं करते। वे केवल परीक्षण करने वाले साहस, आगे बढ़ने के साहस, अज्ञात में छलांग लगाने के साहस के लिए कहते हैं। वे नहीं कहते, 'विश्वास करो, और फिर तुम अनुभव करोगे।' वे कहते हैं, 'अनुभव लो, और फिर तुम विश्वास करोगे।'

और उन्होंने एक ढांचे का निर्माण किया है कि एक-एक कदम कैसे आगे बढ़ा जाये। उनका मार्ग अव्यवस्थित नहीं है, वह किसी भूलभुलैया की तरह नहीं है। वह राजपथ की तरह है। हर चीज स्पष्ट है। और वे सबसे छोटा संभव रास्ता देते हैं। लेकिन तुम्हें पूरे ब्योरेवार ढंग से इस पर चलना पड़ता है, वरना तुम मार्ग के बाहर हो कहीं बीहड़ वन में चलने लगते हो।

इसीलिए मैं कहता हूं कि वे तर्कसंगत हैं। और तुम जानोगे कि वे किस तरह तर्कसंगत हैं। वे शरीर से आरंभ करते हैं क्योंकि तुम शरीर में बद्धमूल हो। वे तुम्हारी श्वास-क्रिया से प्रारंभ करते हैं और उस पर कार्य करते हैं, क्योंकि श्वास तुम्हारा जीवन है। पहले वे शरीर पर कार्य करते हैं, और फिर वे प्राण पर—अस्तित्व की दूसरी परत, तुम्हारे श्वसन पर कार्य करते हैं। फिर वे विचारों पर कार्य करना आरंभ करते हैं।

बहुत-सी विधियां हैं जो सीधे विचार से ही आरंभ होती हैं। वे बहुत तर्कयुक्त और वैज्ञानिक नहीं हैं क्योंकि आदमी, जिस पर कि तुम्हें कार्य करना है, शरीर में ही बद्धमूल होता है। वह 'सोमा' है, एक शरीर। एक वैज्ञानिक पहुंच को शरीर से आरंभ करना चाहिए। पहले तुम्हारे शरीर को बदलना होगा। जब तुम्हारा शरीर बदलता है, तब तुम्हारा श्वसन बदला जा सकता है। जब तुम्हारा श्वसन बदलता है, तब तुम्हारे विचार बदल सकते हैं। और जब तुम्हारे विचार बदलते हैं, तब तुम बदल सकते हो।

तुमने शायद खयाल न किया हो कि तुम बहुत-सी परतों की साथ-साथ जुड़ी एक क्रमबद्धता हो। यदि तुम दौड़ रहे होते हो, तब तुम्हारी श्वास-क्रिया बदल जाती है क्योंकि ज्यादा ऑक्सीजन की जरूरत पड़ती है। जब तुम दौड़ रहे होते हो, तुम्हारी श्वास-क्रिया बदल जाती है। और जब तुम्हारी श्वास-क्रिया बदलती है, तुम्हारे

विचार तत्काल ही बदल जाते हैं।

तिब्बत में कहते हैं कि यदि तुम क्रोधित होते हो, तो बस दौड़ लगाओ। अपने घर के चारों ओर दो-तीन चक्कर लगा लो, और फिर वापस आ जाओ और देखो तुम्हारा क्रोध कहां चला गया है। क्योंकि यदि तुम तेज दौड़ते हो, तुम्हारा श्वसन बदलता है। यदि तुम्हारा श्वसन बदलता है, तुम्हारा सोचने का ढांचा वैसा ही नहीं बना रह सकता। वह बदलता ही है।

लेकिन दौड़ने की कोई आवश्यकता नहीं। तुम केवल पांच गहरी सांसें ले सकते हो। सांस बाहर छोड़ो और सांस भीतर लो, और देखो तुम्हारा क्रोध कहां चला गया। सीधे तौर पर क्रोध को परिवर्तित करना कठिन होता है। यह ज्यादा आसान है—शरीर को परिवर्तित करना, फिर श्वसन को और फिर क्रोध को। यह एक वैज्ञानिक प्रक्रिया है। इसीलिए मैं कहता हूं कि पतंजलि वैज्ञानिक हैं।

कोई दूसरा इतना वैज्ञानिक नहीं रहा है। यदि तुम बुद्ध के पास जाओ, तो वे क्रोध को गिरा देने के लिए कहेंगे। पतंजलि ऐसा कभी नहीं कहेंगे। वे कहेंगे कि यदि तुम क्रोधित हो, तो इसका अर्थ है, जो तुम्हारा श्वसन-क्रिया का ढांचा है वह क्रोध करने में मदद करता है। और जब तक श्वसन-क्रिया का यह ढांचा नहीं बदलता है, तुम क्रोध को नहीं मिटा सकते। तुम इसके साथ संघर्ष कर सकते हो, लेकिन उससे मदद नहीं मिलने वाली। या ऐसा करना बहुत अधिक समय ले सकता है। यह अनावश्यक है। इसलिए वे तुम्हारे श्वसन का ढांचा, सांस की लय ध्यान से देखेंगे। और यदि तुम्हारी कोई निश्चित श्वसन-लय है, उसका मतलब हुआ, तुमने इसके लिए एक निश्चित शारीरिक-भंगिमा अपनायी हुई है।

सबसे स्थूल शरीर है और सबसे सूक्ष्म होता है मन। लेकिन सूक्ष्म से आरंभ मत करो क्योंकि यह ज्यादा कठिन होगा। यह धुंधला है, तुम्हारी समझ की पकड़ में वह नहीं आ सकता। शरीर से आरंभ करो। इसीलिए पतंजलि शारीरिक मुद्रा से आरंभ करते हैं।

क्योंकि हम जीवन में बहुत अजाग्रत होते हैं : हो सकता है तुमने ध्यान न दिया हो कि जब कभी तुम्हारे मन में एक निश्चित भाव होता है तो उसके साथ तुम्हारी कोई निश्चित शारीरिक भंगिमा भी जुड़ जाती है। यदि तुम्हें क्रोध आया हुआ होता है, तो क्या तुम आराम से बैठ सकते हो ? यह असंभव है। यदि तुम क्रोधित होते हो, तो तुम्हारे शरीर की स्थिति बदल जायेगी। यदि तुम एकाग्र होते हो, तो तुम्हारे शरीर की स्थिति बदल जायेगी। यदि तुम उनींदे होते हो, तो तुम्हारे शरीर की स्थिति बदल जायेगी।

यदि तुम पूर्णतया मौन होते हो, तो तुम बुद्ध की भांति बैठोगे, तुम बुद्ध की भांति चलोगे। और यदि तुम बुद्ध की भांति चलते हो, तो तुम अनुभव करोगे कि एक निश्चित मौन तुम्हारे हृदय के भीतर उदित हो रहा है। एक निश्चित मौन का सेतु निर्मित हो रहा है तुम्हारे बुद्ध की तरह चलने से। जरा बुद्ध की भांति पेड़ के नीचे बैठ जाओ। बैठो; जरा शरीर को बैठने दो। अचानक तुम देखोगे कि तुम्हारा श्वसन बदल रहा है। वह ज्यादा विश्रामपूर्ण है, वह ज्यादा लयबद्ध है। जब श्वसन विश्रांत और लयबद्ध होता है, तब तुम अनुभव करोगे कि मन कम तनावपूर्ण होता है। कम विचार होते हैं, कम बादल, ज्यादा जगह, ज्यादा आकाश। तुम अनुभव करोगे, मौन बाहर-भीतर बह रहा है।

इसलिए मैं कहता हूं कि पतंजलि वैज्ञानिक हैं। यदि तुम अपने शरीर की भंगिमाएं बदलना चाहते हो, तो

पतंजलि कहेंगे, अपनी भोजन-विषयक आदतें बदलो, क्योंकि हर भोजन-संबंधी आदत एक शारीरिक भंगिमा का निर्माण करती है। यदि तुम मांसाहारी हो, तो तुम बुद्ध की भांति नहीं बैठ सकते। यदि तुम मांसाहारी हो, तो तुम्हारी भंगिमाएं एक तरह की होंगी। यदि तुम शाकाहारी हो, तो तुम्हारी भंगिमाएं अलग होंगी। क्योंकि शरीर तुम्हारे भोजन द्वारा बनता है। यह आकस्मिक नहीं है। जो कुछ भी तुम शरीर में डाल रहे हो, शरीर उसे प्रतिबिंबित करेगा।

इसलिए शाकाहारी होना पतंजलि के लिए कोई नैतिकतावादी पंथ नहीं है। यह एक वैज्ञानिक विधि है। जब तुम मांस खाते हो, तब तुम केवल भोजन ही नहीं कर रहे होते हो, तुम एक निश्चित जानवर को आने दे रहे हो—जिससे कि मांस पहुंचा—तुममें प्रवेश करने के लिए। एक खास प्राणी-शरीर का हिस्सा था मांस, वह मांस एक विशेष वृत्ति के ढांचे का हिस्सा था। केवल कुछ घंटे पहले वह मांस जानवर ही था, और वह मांस जानवर के सभी प्रभाव पहुंचाता है, जानवर की सभी आदतें। जब तुम मांस खा रहे होते हो, तुम्हारी बहुत-सी मुद्राएं इसके द्वारा प्रभावित हो जायेंगी।

यदि तुम संवेदनशील हो, तो तुम सजग हो सकते हो कि जब कभी तुम निश्चित चीजें खाते हो, निश्चित बातें फौरन पीछे चली आती हैं। जब कभी तुम शराब पीते हो, तब तुम वही नहीं रहते, तुरंत एक नया व्यक्तित्व आ पहुंचा। शराब किसी व्यक्तित्व का निर्माण नहीं कर सकती, लेकिन यह तुम्हारे शरीर का ढांचा बदल देती है। शारीरिक रसायन बदल जाता है। शरीर का रसायन बदलने के साथ, मन को अपना ढांचा बदलना पड़ता है। और जब मन अपना ढांचा बदलता है, तब एक नया व्यक्तित्व चला आता है।

मैंने प्राचीनतम चीनी कथाओं में से एक कथा सुनी है। एक बार ऐसा हुआ कि ह्विस्की की एक बोतल मेज से गिर पड़ी। ऐसा केवल संयोगवश हुआ, कोई बिल्ली कूद पड़ी होगी। वह बोतल टूट गयी और ह्विस्की सारे फर्श पर फैल गयी। रात में तीन चूहे ह्विस्की को चाट गये। तत्काल एक चूहा बोला, 'अब मैं महल की ओर जा रहा हूं, राजा के पास, उसे अपनी जगह ठिकाने लगा देने के लिए।' दूसरा कहने लगा, 'मैं राजाओं के बारे में चिंतित नहीं हूं। मैं खुद सारी पृथ्वी का सम्राट होने जा रहा हूं।' और वह तीसरा बोला, 'जो कुछ तुम्हें पसंद है वही करो। ऐ मित्रो ! मैं ऊपरी मंजिल पर जा रहा हूं, बिल्ली से संभोग करने के लिए।'

सारा व्यक्तित्व बदल गया है। एक चूहा एक बिल्ली से संभोग करने की सोच रहा है ! लेकिन यह हो सकता है, यह हर रोज होता है। जो कुछ भी तुम खाते हो, तुम्हें बदल देता है। जो कुछ भी तुम पीते हो, तुम्हें बदल देता है। क्योंकि शरीर तुम्हारा एक बड़ा हिस्सा है। तुम्हारा नब्बे प्रतिशत तुम्हारा शरीर है।

पतंजलि वैज्ञानिक हैं क्योंकि वे हर चीज का ध्यान रख लेते हैं—भोजन का, शारीरिक स्थिति का; तुम्हारे सोने का तरीका, तुम्हारा सुबह उठने का तरीका, जब तुम सुबह उठते हो, जब तुम सोने के लिए जाते हो। वे हर चीज को ध्यान में लेते हैं, जिससे कि तुम्हारा शरीर एक अवसर बन जाये किसी उच्चतर घटना के लिए।

फिर वे तुम्हारी श्वास-क्रिया पर ध्यान देते हैं। यदि तुम उदास होते हो, तो तुम्हारे श्वसन की लय अलग होती है। इस पर जरा ध्यान देना; आजमाओ इसे। तुम बहुत सुंदर प्रयोग कर सकते हो। जब भी तुम उदास होते हो, तब अपनी सांस को देखना—कितना समय तुम सांस खींचने में लेते हो और फिर कितना समय तुम सांस बाहर छोड़ने में लेते हो। जरा इसे ध्यान में लो। जरा भीतर गिनो—एक, दो, तीन, चार, पांच....तुम पांच तक या

लगभग इतना ही गिनते हो और सांस भीतर खींचना समाप्त हो जाता है। फिर, जब तुमने एक से लेकर दस तक गिन लिया है, सांस बाहर छोड़ना समाप्त हो जाता है। इसे सूक्ष्म तौर पर ही देखना, जिससे कि तुम अनुपात को जान सको। और फिर, जब भी तुम प्रसन्नता अनुभव करो, तुरंत वही उदासी वाला अनुपात आजमाओ—पांच, दस, या जो भी। प्रसन्नता विलीन हो जायेगी।

विपरीत भी सच है। जब कभी तुम प्रसन्नता अनुभव करो, ध्यान रख लेना कि तुम किस तरह सांस ले रहे हो। फिर जब कभी तुम उदास होगे, उसी ढांचे को आजमाओ। तुरंत उदासी गायब हो जायेगी। क्योंकि मन शून्य में नहीं जी सकता। यह क्रमबद्धता में जीवित रहता है, और श्वास-क्रिया मन के लिए गहनतम क्रमबद्धता है।

सांस विचार है। यदि तुम सांस लेना बंद करते हो, तत्काल ही विचार समाप्त हो जाते हैं। इसका एक पल के लिए परीक्षण करो, सांस लेना बंद करो। सोचने की प्रक्रिया फौरन भंग हो जाती है। वह प्रक्रिया टूट जाती है। विचार अदृश्य छोर है, दृश्य श्वसन प्रक्रिया का।

यही है मेरा मतलब, जब मैं कहता हूं कि पतंजलि वैज्ञानिक हैं। वे कवि नहीं हैं। यदि वे कहते हैं, 'मांस मत खाओ,' तो वे इसलिए नहीं कह रहे हैं क्योंकि मांस खाना हिंसा है; नहीं। वे यह कह रहे हैं इसलिए कि मांस खाना स्व-विनाशक है। कवि हैं जो कहते हैं कि अहिंसात्मक होना सुंदर है। लेकिन पतंजलि कहते हैं कि अहिंसात्मक होना स्वस्थ होना है; अहिंसात्मक होना स्वार्थी होना है। यानी तुम किसी दूसरे के लिए करुणा नहीं कर रहे, तुम स्वयं अपने लिए करुणा कर रहे हो।

पतंजलि केवल तुमसे संबंध रखते हैं और तुम्हारे रूपांतरण से। और तुम परिवर्तन के बारे में सोचने भर से चीजों को परिवर्तित नहीं कर सकते हो। तुम्हें परिस्थिति का निर्माण करना होता है। वरना, संसार में सर्वत्र प्रेम सिखाया जाता रहा है, लेकिन प्रेम का अस्तित्व कहीं नहीं होता है क्योंकि परिस्थिति का ही अस्तित्व नहीं होता। तुम कैसे प्रेमपूर्ण हो सकते हो यदि तुम मांसाहारी होते हो ? यदि तुम मांस खाते हो, तो हिंसा उसमें होती है। और इतनी गहरी हिंसा के साथ प्रेमपूर्ण कैसे हो सकते हो ? तुम्हारा प्रेम मात्र झूठा होगा। या वह घृणा का एक रूप भर होगा।

एक प्राचीन भारतीय कहानी है। एक ईसाई मिशनरी किसी जंगल में से गुजर रहा था। वह प्रेम में विश्वास करता था, स्वभावतः इसलिए उसने बंदूक पास नहीं रखी हुई थी। अचानक उसने एक सिंह को पास आते हुए देखा, वह डर गया। वह सोचने लगा, अब तो प्रेम का सिद्धांत नहीं चलेगा। अक्लमंदी होती यदि पास में बंदूक रखता।

लेकिन कुछ तो करना ही था, वह संकट में था। उसे याद था कि किसी ने कहीं कहा था कि यदि तुम दौड़ो, सिंह तुम्हारे पीछे चला आयेगा, और कुछ पलों के भीतर तुम पकड़ लिये जाओगे और मर जाओगे। लेकिन अगर तुम सिंह की आंखों में एक टक देखते जाते हो, तब कुछ संभावना होती है कि वह शायद प्रभाव में आ जाये, सम्मोहित हो जाये। हो सकता है वह अपना मन बदल ले। और ऐसी कहानियां है कि बहुत बार सिंहों ने अपने मन बदल लिये; वे दूर हो पीछे हट गये।

इसलिए यह आजमाने लायक था। और भाग निकलने का प्रयत्न करने में तो कोई फायदा न था। वह

मिशनरी टकटकी लगा कर देखने लगा। वह सिंह समीप आ गया। वह भी आंखें गड़ाये हुए देख रहा था मिशनरी की आंखों में ताकते हुए ! पांच मिनट तक वे आमने-सामने खड़े रहे, एक दूसरे की आंखों पर आंखें गड़ाये हुए। तब अचानक मिशनरी ने एक चमत्कार देखा। सिंह ने अचानक अपने पंजे एक-दूसरे से जोड़ कर रख लिये और फिर बड़े प्रार्थनापूर्ण भाव में उन पर झुक आया—जैसे कि वह प्रार्थना कर रहा हो।

यह तो बहुत ज्यादा हुआ ! मिशनरी भी इतने की तो अपेक्षा नहीं कर रहा था कि एक सिंह को प्रार्थना करनी शुरू कर देनी चाहिए। वह खुश हो गया। लेकिन फिर उसने सोचा, 'अब क्या करना होगा ? मुझे क्या करना चाहिए ?' लेकिन इस वक्त तक सम्मोहित वह भी हो चुका था—केवल सिंह ही नहीं; इसलिए उसने सोचा सिंह का अनुसरण करना बेहतर है।

वह भी झुक गया और प्रार्थना करनी शुरू कर दी। पांच मिनट फिर और गुजर गये। फिर सिंह ने आंखें खोलीं और बोला, 'ओ आदमी, तुम क्या कर रहे हो ? मैं प्रार्थना कर रहा हूं, लेकिन तुम क्या कर रहे हो ?' वह सिंह एक धार्मिक सिंह था, पवित्र, लेकिन केवल विचारों से ही ! कर्म से वह एक सिंह था, और वह एक सिंह की भांति ही बरताव करने जा रहा था। वह एक आदमी को मारने जा रहा था, इसलिए वह कृत्य के पहले अहोभाव कह रहा था।

सारी मानव-घटना की यही स्थिति है, सारी मानवता की। तुम केवल विचारों में पवित्र हो। कर्म से आदमी पशु ही बना रहता है। और यही कुछ हमेशा होता रहेगा जब तक हम विचारों से चिपके रहना समाप्त नहीं करते और इसकी बजाय परिस्थितियों का निर्माण नहीं करते, जिनमें विचार बदलते हैं।

पतंजलि नहीं कहेंगे कि प्रेममय होना अच्छा है। वे तुम्हारी सहायता करेंगे उस परिस्थिति का निर्माण करने में, जिसमें कि प्रेम खिल सकता है। इसीलिए मैं कहता हूं वे वैज्ञानिक हैं। यदि तुम एक-एक कदम उनको समझते जाते हो, तो तुम अपने में बहुत से फूल खिलते अनुभव करोगे जो पहले कल्पनातीत थे, अकल्पनीय थे। तुम उनके स्वप्न भी न देख सकते थे। यदि तुम अपना भोजन बदलते हो, यदि तुम अपने शरीर की स्थितियां बदलते हो, यदि तुम अपने सोने की शैली बदलते हो, यदि तुम साधारण आदतें बदलते हो, तुम देखोगे कि एक नया व्यक्ति तुममें उदित हो रहा है। तब विभिन्न परिवर्तनों की संभावना होती है। एक परिवर्तन के बाद दूसरे परिवर्तन संभव हो जाते हैं। धीरे-धीरे अधिक संभावनाएं खुलने लगती हैं। इसलिए मैं कहता हूं पतंजलि तर्कयुक्त हैं। वे कोई तार्किक दार्शनिक नहीं हैं; वे तर्कयुक्त हैं, वे हैं प्रायोगिक व्यक्ति।

कल आपने एक पश्चिमी विचारक का जिक्र किया था, जिसने हर चीज पर संदेह करना शुरू कर दिया था जिस पर कि संदेह किया जा सकता था, लेकिन जो स्वयं पर संदेह नहीं कर सका था ! आपने कहा कि यह बड़ी उपलब्धि है—स्वयं को दिव्यता के प्रति खोल देना ! कैसे ?

उच्चतर चेतना की ओर खुलने का मतलब है, तुम्हारे भीतर कुछ होना चाहिए जो असंदिग्ध है। यही है श्रद्धा का अर्थ। तुम्हारे पास कम से कम एक विषय है जिस पर तुम श्रद्धा रखते हो, जिस पर तुम अगर चाहो भी तो संदेह नहीं कर सकते। इसीलिए मैंने कहा कि देकार्त उस एक बिंदु तक आ पहुंचा था अपनी तर्कपूर्ण खोज द्वारा,

जहां उसने जाना कि हम स्वयं पर संदेह नहीं कर सकते। मैं इस पर संदेह नहीं कर सकता कि मैं हूं, क्योंकि यह कहने के लिए भी कि 'मुझे संदेह है', मुझे होना होता है। यह दावा ही कि 'मैं संदेह करता हूं', सिद्ध करता है कि मैं हूं।

तुमने सुना होगा देकार्त का प्रसिद्ध कथन—'कॉजिटो एर्गो सम'। 'मैं सोचता हूं इसलिए मैं हूं'। संदेह करना सोचना है; मैं संदेह करता हूं, इसलिए मैं हूं। लेकिन यह केवल प्रारंभ है। और देकार्त कभी भी इस द्वार के पार नहीं गया। वह फिर वापस मुड़ आया। तुम द्वार से ही वापस आ सकते हो। वह खुश था कि उसने केंद्र को ढूंढ़ लिया था, एक असंदिग्ध केंद्र को। और वहां से उसने अपने दर्शन पर कार्य करना शुरू किया। वह सब जिसका वह पहले खंडन कर चुका था, उसे भीतर खींचने लगा पिछले दरवाजे से। उसने तर्क किये—'क्योंकि मैं हूं, तो कोई रचनाकार भी होगा, जिसने मेरी रचना की है।' और फिर वह स्वर्ग और नरक तक चला गया। फिर भगवान और पाप, और फिर सारा ईसाई धर्मशास्त्र पिछले द्वार से आ पहुंचा।

उसने इस विधि का प्रयोग किया—तात्विक अन्वेषण के लिए। वह योगी नहीं था, वह वास्तव में अपने अस्तित्व की खोज में नहीं था, वह सिद्धांत की खोज में था। लेकिन तुम इस विधि का उपयोग एक प्रारंभिक द्वार की तरह कर सकते हो। प्रारंभिक द्वार का मतलब हुआ : तुम्हें इसका अतिक्रमण करना होता है, तुम्हें इसके पार जाना होता है, तुम्हें इससे गुजर जाना होता है। तुम्हें इससे चिपके नहीं रहना होता। यदि तुम चिपकते हो, तब कोई भी द्वार बंद हो जायेगा।

यह जान लेना अच्छा है कि कम से कम मैं स्वयं पर संदेह नहीं कर सकता। फिर अगला सही कदम यह होगा—'यदि मैं स्वयं पर संदेह नहीं कर सकता, यदि मैं अनुभव करता हूं कि मैं हूं, तब मुझे जानना होगा कि मैं हूं कौन।' तब यह सही अन्वेषण बन जाता है। तब तुम धर्म में आगे बढ़ते हो, क्योंकि जब तुम पूछते हो कि मैं कौन हूं ? तब तुम एक बुनियादी प्रश्न पूछते हो—दार्शनिक नहीं बल्कि अस्तित्वगत। कोई दूसरा व्यक्ति उत्तर नहीं दे सकता कि कौन हो तुम। कोई दूसरा तुम्हें बना-बनाया उत्तर नहीं दे सकता। तुम्हें इसके लिए स्वयं ही खोज करनी होगी, तुम्हें इसके लिए खोजना होगा स्वयं के भीतर।

केवल यह तर्कसंगत निश्चितता—'मैं हूं'—ज्यादा काम की नहीं है, यदि तुम आगे नहीं बढ़ते और पूछते नहीं कि 'मैं कौन हूं ?' और प्रश्न नहीं है यह। यह तो एक प्यास हो जाने वाली है। प्रश्न तो हो सकता है तुम्हें दर्शनशास्त्र तक ले जाये, लेकिन प्यास तुम्हें धर्म में ले जाती है। इसलिए अगर तुम महसूस करते हो कि तुम स्वयं को नहीं जानते, तो किसी के पास जाओ नहीं पूछने के लिए कि 'कौन हूं मैं ?' कोई तुम्हें उत्तर नहीं दे सकता। तुम वहां भीतर हो छिपे हुए। तुम्हें उस अंतस आयाम तक उतर जाना होता है जहां तुम हो, और स्वयं का साक्षात्कार करना होता है।

यह एक अलग प्रकार की यात्रा है, एक आंतरिक यात्रा। हमारी सारी यात्राएं बाहरी होती है। हम पुल बना रहे हैं कहीं और पहुंचने के लिए। इस प्यास का मतलब होता है : दूसरों की ओर जाते तुम्हारे सारे पुल तुम्हें तोड़ देने होते हैं। वह सब, जो तुमने बाहरी तौर पर किया है गिरा देना होता है, और कुछ नया प्रारंभ करना पड़ता है भीतर। लेकिन यह कठिन होगा क्योंकि तुम बाहर में बहुत जकड़ गये हो। तुम हमेशा दूसरों की सोचते हो ! तुम कभी अपने बारे में नहीं सोचते।

यह अजीब बात है कि कोई अपने बारे में नहीं सोचता है। हर कोई दूसरे के बारे में सोचता है। और अगर कभी तुम अपने बारे में सोचते हो, वह भी दूसरों से संबंध रखता है। वह शुद्ध हरगिज नहीं होता। वह सीधे तुम्हारे बारे में नहीं होता। फिर जब तुम केवल अपने बारे में सोचते हो, तब फिर सोचने को भी गिरा देना होगा। किसके बारे में सोच सकते हो तुम ? तुम दूसरों के बारे सोच सकते हो। सोचने का मतलब हुआ, किसी के विषय में। लेकिन तुम अपने बारे में क्या सोच सकते हो ? तुम्हें सोचने को गिराना पड़ेगा और तुम्हें भीतर देखना होगा। सोचना नहीं, केवल देखना। देखना, अवलोकन करना, साक्षी बने रहना। सारी प्रक्रिया बदल जायेगी। हर किसी को खोजना पड़ता है स्वयं।

संदेह अच्छा होता है। यदि तुम संदेह करते हो, यदि तुम निरंतर संदेह करते रहते हो तो केवल एक चट्टान जैसी घटना होती है जिस पर संदेह नहीं किया जा सकता; वह है तुम्हारा अस्तित्व। तब एक नयी प्यास जागेगी। तुम्हें पूछना पड़ेगा, 'मैं कौन हूं ?'

अपनी सारी जिंदगी रमण महर्षि अपने शिष्यों को सिर्फ एक विधि देते रहे थे। वे कहते, 'बस, बैठ जाओ। अपनी आंखें बंद कर लो, और पूछते चले जाओ, मैं कौन हूं ? मैं कौन हूं ?' मंत्र की तरह इसका उपयोग करो। लेकिन यह मंत्र नहीं है। तुम्हें इसका उपयोग मुर्दा शब्दों की तरह नहीं करना चाहिए। इसे आंतरिक ध्यान बन जाना चाहिए।

'मैं कौन हूं ?' पूछते जाओ यह। तुम्हारा मन बहुत बार जवाब देगा कि तुम एक आत्मा हो, तुम दिव्य हो। इन बातों को मत सुनो। ये सब उधार हैं। तुमने इन बातों को सुना है। इन्हें एक तरफ रख दो जब तक कि तुम जान न लो कि तुम कौन हो। और अगर तुम निरंतर मन को अलग एक तरफ रखकर पूछते ही चले जाते हो, तो किसी दिन विस्फोट होगा। मन विस्फोटित होता है, और सारा उधार ज्ञान विलीन हो जाता है। पहली बार तुम स्वयं के साथ आमने-सामने होते हो, स्वयं के भीतर देखते हुए। यही द्वार है। और यही मार्ग और यही प्यास है।

पूछो कि तुम कौन हो। और सस्ते उत्तरों से चिपक मत जाना। दूसरों के द्वारा जो उत्तर तुम्हें दिये जाते हैं, वे सब सस्ते होते हैं। वास्तविक उत्तर तो केवल तुममें से आ सकता है। वह असली फूल की तरह होता है जो स्वयं वृक्ष में से ही फूट सकता है। तुम बाहर से उसे वहां नहीं रख सकते। तुम ऐसा कर सकते हो, लेकिन तब वह एक मुर्दा फूल होगा। हो सकता है वह दूसरों को धोखा दे पाये, लेकिन वह स्वयं वृक्ष को तो धोखा नहीं दे सकता। वृक्ष जानता है कि यह तो केवल एक मुर्दा फूल मेरी डाल पर लटक रहा है। यह केवल एक भार है। यह कोई प्रसन्नता नहीं है। यह केवल एक बोझ है। वृक्ष उसका उत्सव नहीं मना सकता। वृक्ष उसका स्वागत नहीं कर सकता।

वृक्ष तो केवल ऐसी चीज का स्वागत कर सकता है जो उसकी अपनी जड़ों से आता है, अपने आंतरिक अस्तित्व से, अपने अंतरतम हृदय से। और जब वह उसके अपने अंतरतम हृदय से आता है, तो फूल उसकी आत्मा बन जाता है। और फूल के द्वारा वृक्ष अपना नृत्य, अपना गान अभिव्यक्त करता है। उसका सारा जीवन अर्थपूर्ण बन जाता है। बस, ऐसे ही वह उत्तर तुम्हारे भीतर से आयेगा, तुम्हारी जड़ों में से। तब तुम उसके संग नाच उठोगे। तब तुम्हारी सारी जिंदगी अर्थपूर्ण बन जायेगी।

यदि उत्तर बाहर से दिया जाता है, वह प्रतीक मात्र होगा—एक मुर्दा प्रतीक। लेकिन अगर वह भीतर से आता

है, तब वह प्रतीक नहीं होगा; तब वह परम सार्थकता होगी। इन दोनों शब्दों को खयाल में रखना—प्रतीक और सार्थकता। प्रतीक बाहर से लिया जा सकता है, लेकिन सार्थकता केवल भीतर से ही खिल सकती है। दार्शनिकता प्रतीकों के साथ, धारणाओं के साथ, शब्दों के साथ कार्य करती है। धर्म सार्थकता के लिए कार्य करता है। उसका शब्दों और लक्षणों और प्रतीकों के साथ संबंध नहीं होता है।

लेकिन यह तुम्हारे लिए एक कठिन यात्रा होने वाली है। क्योंकि वस्तुतः कोई मदद नहीं कर सकता। और सारे मददगार एक तरह से बाधाएं हैं। अगर कोई कृपा भी कर रहा हो और तुम्हें उत्तर देता हो, तो वह तुम्हारा दुश्मन है। कोई कुछ कर सकता है तो इतना ही कि मार्ग दिखा दे। वह मार्ग, जहां से तुम्हारा अपना उत्तर उदित होगा, जहां से तुम उत्तर का साक्षात्कार करोगे।

महान गुरुओं ने केवल विधियां दी हैं; उन्होंने उत्तर नहीं दिये हैं। दार्शनिकों ने उत्तर दिये हैं, लेकिन पतंजलि, जीसस या बुद्ध, उन्होंने उत्तर नहीं दिये हैं। तुम उत्तरों की मांग करते हो और वे तुम्हें विधियां दे देते हैं, उपाय देते हैं। तुम्हें अपने उत्तर को स्वयं ही प्राप्त करना होता है, अपने प्रयास द्वारा, अपनी अंतर्दृष्टि द्वारा, अपनी तपश्चर्या द्वारा। केवल तभी उत्तर आ सकता है। और तब यह सार्थकता बन सकता है। तुम्हारी परिपूर्णता इसी के द्वारा आती है।

अंततः बुद्ध ने महाकाश्यप को वह दिया जिसे वे शब्दों द्वारा किसी दूसरे को न दे सके। यह बोध कौन-सी कोटि में आता था—प्रत्यक्ष, आनुमानिक या बुद्ध पुरुषों के वचन ? वह संदेश क्या था ?

पहले तुम पूछते हो, वह संदेश क्या था ! यदि बुद्ध उसे शब्दों द्वारा नहीं बतला सकते थे, तो मैं भी उसे शब्दों द्वारा नहीं बतला सकता। यह संभव नहीं है।

मैं तुम्हें एक किस्सा बताता हूं। एक शिष्य मुल्ला नसरुद्दीन के पास पहुंचा। वह मुल्ला से बोला, 'मैंने सुना है कि आपके पास छिपा हुआ रहस्य है, परम रहस्य। वह चाबी जिसके द्वारा सारे रहस्य-द्वार खुल जाते हैं।' नसरुद्दीन बोला, 'हां, मेरे पास वह है। उसमें क्या ! तुम उसके बारे में क्यों पूछ रहे हो ?' वह आदमी मुल्ला के पैरों पर गिर पड़ा और बोला, 'मैं आपकी ही तलाश में रहा हूं, गुरुदेव ! अगर आपके पास चाबी और रहस्य है, तो मुझे बता दें।'

नसरुद्दीन बोला, 'अगर यह ऐसा है रहस्य है, तो तुम्हें समझ लेना चाहिए कि इसे इतनी आसानी से नहीं बताया जा सकता। तुम्हें प्रतीक्षा करनी होगी।' उस शिष्य ने पूछा, 'कितनी देर !' नसरुद्दीन बोला, 'वह भी निश्चित नहीं है। यह तुम्हारे धैर्य कर निर्भर करता है—तीन साल या तीस साल।' शिष्य ने प्रतीक्षा की, तीन साल बाद उसने फिर पूछा। नसरुद्दीन बोला, 'अगर तुम फिर पूछते ही हो, तो इसमें तीस साल लगेंगे। बस, प्रतीक्षा करो। यह कोई साधारण बात नहीं है। यह परम रहस्य है।'

तीस साल गुजर गये और वह शिष्य कहने लगा, 'गुरुदेव अब तो मेरी सारी जिंदगी बेकार हो गयी है। मेरे पास कुछ नहीं है। अब, मुझे वह रहस्य दें।' नसरुद्दीन बोला, 'एक शर्त है : तुम्हें मुझसे वायदा करना होगा कि तुम्हें भी इसे रहस्य की तरह रखना होगा, तुम इसे किसी से कहोगे नहीं।' वह आदमी बोला, 'मैं आपको वचन

देता हूं कि मेरे मरने तक यह रहस्य ही बना रहेगा। मैं इसकी चर्चा किसी से न करूंगा।'

नसरुद्दीन बोला, 'धन्यवाद। यही तो मेरे गुरु ने मुझसे कहा था। ऐसा ही वचन मैंने दिया था गुरु को। और अगर तुम मरते दम तक इस रहस्य को गोपनीय रख सकते हो तो क्या समझते हो, मैं इसे रहस्य नहीं रख सकता क्या ?'

यदि बुद्ध मौन रहे थे, तो मैं भी इसके बारे में मौन रह सकता हूं। यह कुछ ऐसा है कि जिसे कहा नहीं जा सकता। यह संदेश नहीं है क्योंकि संदेश हमेशा बताये जा सकते हैं। यदि उन्हें नहीं बताया जा सकता, तो वे संदेश नहीं होते। संदेश कुछ वह है जिसे कहा जाता है; वह कुछ जिसे कहा जाना है; जो कहा जा सकता है। संदेश हमेशा शाब्दिक होता है।

लेकिन बुद्ध के पास कोई संदेश न था, इसलिए वे उसे कह न सकते थे। उनके दस हजार शिष्य थे, लेकिन केवल महाकाश्यप को वह मिला क्योंकि वह बुद्ध के मौन को समझ सकता था। यही रहस्यों का रहस्य था : वह मौन को समझ सकता था।

एक सुबह बुद्ध वृक्ष के नीचे बैठे मौन ही बने रहे। उन्हें प्रवचन देना था और सब भिक्षु प्रतीक्षा कर रहे थे। लेकिन वे मौन बने रहे। शिष्य बेचैन होने लगे। पहले ऐसा कभी न हुआ था। साधारणतया वे आते और वे बोलते और चले जाते। लेकिन कोई आधा घंटा बीत गया था। सूर्योदय हो गया था और प्रत्येक व्यक्ति को गर्मी लग रही थी। ऊपरी तौर पर वहां मौन था, लेकिन भीतर हर कोई बेचैन था। वे बातें कर रहे थे, भीतर पूछ रहे थे, क्यों बुद्ध चुप हैं आज ?

वे वहां बैठे हुए थे वृक्ष के नीचे हाथ में फूल लिये हुए और फूल को ही देखे चले जा रहे थे; जैसे कि वे सजग न हों उन दस हजार शिष्यों के प्रति, जो उन्हें सुनने के लिए इकट्ठे हुए थे। वे बहुत-बहुत दूर से आये थे। देश भर के गांवों से वे आये थे और इकट्ठे हुए थे।

अंततः किसी ने पूछा, किसी ने साहस एकत्रित किया और पूछा, 'आप बोल क्यों नहीं रहे हैं ? हम प्रतीक्षा कर रहे हैं।' कहा जाता है कि बुद्ध ने कहा, 'मैं बोल रहा हूं। इस आधे घंटे में बोलता रहा हूं मैं।'

यह अत्यंत विरोधाभासी था। यह स्पष्टतया असंगत था। वे मौन ही रहे थे, वे कुछ नहीं बोले थे। लेकिन बुद्ध से कहना कि आप बेतुकी बातें कर रहे हैं, संभव न था, अतः शिष्य फिर चुप रह गये। ज्यादा तकलीफ में थे अब।

अचानक एक शिष्य, महाकाश्यप हंस पड़ा। बुद्ध ने उसे समीप बुलाया, उसे वह फूल दे दिया और बोले, 'जो कुछ भी कहा जा सकता है, मैंने दूसरों से कह दिया है; और जो कुछ नहीं कहा जा सकता है वह मैंने तुम्हें दे दिया है।' उन्होंने केवल फूल ही दिया था, लेकिन यह फूल तो प्रतीक मात्र था। फूल के साथ उन्होंने कुछ अर्थ-भरा भी दे दिया था। वह फूल एक प्रतीक मात्र था, लेकिन कुछ और दे दिया गया था, जिसे शब्दों द्वारा नहीं कहा जा सकता था।

तुम भी कुछ ऐसी अनुभूतियों को जानते हो जो बतलायी नहीं जा सकतीं। जब तुम अत्यंत गहरे प्रेम में पड़ते हो, तो क्या करते हो ? तुम इसे अर्थहीन पाओगे केवल यही कहते चले जाने को कि, 'मैं तुम्हें प्यार करता हूं, मैं तुम्हें प्यार करता हूं।' और अगर तुम कहते ही चले जाते हो, तो दूसरा ऊब जायेगा। अगर तुम कहे जाओ , तो

दूसरा सोचेगा, तुम तो बस एक तोते हो। और अगर तुम इसे जारी रखते हो, तो दूसरा सोचेगा कि तुम्हें मालूम नहीं, प्रेम क्या है।

जब तुम प्रेम का अनुभव करते हो, तब यह कहना निरर्थक हो जाता है कि तुम प्रेम करते हो। तुम्हें कुछ करना पड़ता है—कुछ अर्थपूर्ण। वह एक चुम्बन हो सकता है, वह एक आलिंगन हो सकता है। यह हो सकता है कि कुछ न करना और केवल दूसरे का हाथ अपने हाथ में लिये रहना। लेकिन यह कुछ सार्थकता रखता है। तुम कुछ व्यक्त कर रहे हो जो शब्दों द्वारा व्यक्त नहीं किया जा सकता है।

बुद्ध ने वह कुछ दे दिया जो शब्दों द्वारा नहीं दिया जा सकता है। उन्होंने फूल दिया। वह उपहार था। वह उपहार सामने दिख रहा था, लेकिन वह कुछ जो नहीं दिखायी पड़ता था, दिया जा रहा था उपहार के साथ।

जब तुम अपने मित्र का हाथ अपने हाथ में लेते हो, यह प्रत्यक्ष होता है। मित्र का हाथ अपने हाथ में ले लेना भर कोई ज्यादा भाव नहीं बनाता, लेकिन कुछ और प्रवाहित हो रहा है। यह एक विनिमय है। कोई ऊर्जा, कोई अनुभूति, कुछ इतना कि जिसे शब्द अभिव्यक्त नहीं कर सकते, प्रवाहित हो रहा होता है। यह एक संकेत होता है। हाथ एक संकेत मात्र है। वह सार्थकता जो हस्तांतरित हो रही है वह अदृश्य है। वह कोई संदेश नहीं—एक उपहार है, एक प्रसाद है।

बुद्ध ने स्वयं अपने को दे दिया। उन्होंने कोई संदेश नहीं दिया था। उन्होंने स्वयं को प्रवाहित कर दिया महाकाश्यप में। दो कारणों से महाकाश्यप इसे पाने के योग्य हुआ था। एक तो यह कि वह समग्र रूप से मौन रहा जब बुद्ध मौन थे। दूसरे भी ऊपरी तौर पर तो मौन थे, लेकिन नहीं थे वे वास्तव में। वे लगातार सोच रहे थे, 'बुद्ध मौन क्यों है ?' वे एक-दूसरे की ओर देख रहे थे, संकेत कर रहे थे और हैरान हो रहे थे। 'बुद्ध को क्या हुआ है ? क्या वे पागल हो गये हैं ? वे इतने चुप तो कभी नहीं हुए थे।'

वास्तव में मौन कोई न था। दस हजार भिक्षुओं की उस विशाल सभा में, केवल महाकाश्यप मौन था। वह बेचैन न था, वह सोच-विचार नहीं कर रहा था। बुद्ध फूल की ओर देख रहे थे, और महाकाश्यप बुद्ध की ओर देख रहा था। और तुम बुद्ध से बड़ा फूल नहीं पा सकते। वे मनुष्य की चेतना की उच्चतम खिलावट, उच्चतम विकास थे। बुद्ध फूल की ओर देखते रहे और महाकाश्यप बुद्ध की ओर देखता रहा। केवल दो व्यक्ति नहीं सोच रहे थे। बुद्ध सोच नहीं रहे थे; वे मात्र देख रहे थे। महाकाश्यप सोच नहीं रहा था; वह भी देख रहा था। एक यह बात थी जिसने उसे ग्रहण करने योग्य बना दिया।

दूसरी बात, जिस कारण से महाकाश्यप इसे पाने योग्य हुआ, यह थी कि वह हंस पड़ा था। यदि मौन उत्सव नहीं बन सकता, यदि मौन हंसी नहीं बन सकता, यदि मौन नृत्य नहीं बन सकता, यदि मौन आनन्दोल्लास नहीं बन सकता, तो वह रुग्ण है। तब वह उदासी बन जायेगा। तब वह रुग्णता में बदल जायेगा। तब मौन जीवंत नहीं होगा। वह मुर्दा होगा।

तुम मौन हो सकते हो मुर्दा बनने मात्र से, लेकिन तब तुम बुद्ध की अनुकंपा न पाओगे। तब दिव्यता तुममें नहीं उतर सकती। दिव्यता को दो चीजों की आवश्यकता है : मौन—नृत्य करता हुआ मौन, एक जीवित मौन। लेकिन महाकाश्यप उस घड़ी में दोनों ही था। वह मौन था। और जब दूसरे सब गंभीर थे, तो वह हंस पड़ा। बुद्ध ने स्वयं को महाकाश्यप में उंडेल दिया, लेकिन यह संदेश न था।

इन दो चीजों को प्राप्त करो, तब मैं स्वयं को तुममें उंडेल सकता हूं। मौन होओ, और इस मौन को एक उदास चीज मत बनाओ। इसे नाचता हुआ और हंसता हुआ बनने दो। इस मौन को बाल-सुलभ होना होगा—ऊर्जा से भरा हुआ, पुलकित, मस्ती में डूबा हुआ। इसे मुर्दा नहीं होना चाहिए। तभी, केवल तभी जो बुद्ध ने महाकाश्यप को दिया, तुम्हें दिया जा सकता है।

मेरी सारी चेष्टा है कि किसी दिन, कोई महाकाश्यप हो जाये। लेकिन यह कोई संदेश नहीं है जो दिया जाना है।

आपने कई बार कहा कि ज्यादा शास्त्रों का बहुत हिस्सा वही कुछ है जो पीछे से जोड़े हुए अंश कहलाता है। क्या पतंजलि का योगसूत्र भी इसी दोष से ग्रस्त है, और किस तरह आप इस पर विचार करेंगे ?

नहीं, पतंजलि के योगसूत्र नितांत शुद्ध हैं। किसी ने कभी उनमें कोई चीज बाद में जोड़ी नहीं है। और कारण हैं कि क्यों ऐसा नहीं किया जा सका। पहली बात, पतंजलि का योगसूत्र कोई लोक-प्रचलित ग्रंथ नहीं है। यह गीता नहीं है, यह कोई रामायण नहीं है, यह बाइबिल नहीं है। सामान्य जन कभी इसमें दिलचस्पी लेने वाले नहीं रहे। जब सामान्य भीड़ किसी चीज में दिलचस्पी लेती है, वह उसे दूषित कर देती है। ऐसा होना ही होता है। क्योंकि तब शास्त्रों को उनके स्तर तक नीचे खींच लाना पड़ता है। पतंजलि के योगसूत्र केवल विशेषज्ञों के लिए बने रहे हैं। केवल कुछ चुने हुए व्यक्ति ही उनमें दिलचस्पी लेंगे। हर कोई उनमें दिलचस्पी नहीं लेने वाला। अगर संयोगवश अनजाने में पतंजलि का योगसूत्र तुम पा लेते हो, तो तुम केवल थोड़े से पृष्ठ ही पढ़ोगे और फिर तुम उसे दूर फेंक दोगे। यह तुम्हारे लिए नहीं है। यह एक कथा नहीं है। यह कोई नाटक नहीं है। यह एक प्रतीक-कथा नहीं है। यह एक सीधा वैज्ञानिक शोध-प्रबंध है—केवल कुछ लोगों के लिए। जिस ढंग से इसे लिखा गया है वह ऐसा है कि जो इसके लिए तैयार नहीं हैं वे स्वचालित ढंग से इसकी ओर अपनी पीठ फेर लेंगे।

ऐसी ही घटना घटित हुई है इस सदी में गुरजिएफ के साथ। लगातार तीस वर्षों से गुरजिंएफ एक पुस्तक तैयार कर रहा था। गुरजिएफ जैसी योग्यता वाला आदमी उस काम को तीन दिन में कर सकता है। तीन दिन भी शायद ज़रूरत से ज्यादा हों। लाओत्सु ने ऐसा किया था—तीन दिन में सारी 'ताओ तेह किंग' लिखी गयी थी। गुरजिएफ अपनी पहली पुस्तक तीन दिन में लिख सकता था, इसमें कोई कठिनाई न थी। लेकिन उसने तीस साल लगा दिये अपनी पहली पुस्तक लिखने में। और वह कर क्या रहा था ? वह एक अध्याय लिखता और फिर वह अपने शिष्यों के सम्मुख उन्हें पढ़े जाने की अनुमति देता। शिष्य उस अध्याय को सुन रहे होते, और वह शिष्यों की ओर देख रहा होता। अगर वे समझ सकते तो वह उसे बदल देता। यह उसकी कसौटी थी कि अगर वह देखता कि वे उसे समझ रहे हैं तो वह अध्याय गलत होता। लगातार तीस वर्षों तक, हर अध्याय हजारों बार पढ़कर सुनाया गया था, और हर बार वह ध्यान से अवलोकन कर रहा था। जब पुस्तक इतनी पूरी तरह से असंभव हो गयी कि कोई उसे पढ़ और समझ नहीं सकता था, तो वह संपूर्ण हो गयी थी।

एक अत्यंत बुद्धिमान व्यक्ति को भी उसे कम से कम सात बार तो पढ़ना ही पड़ेगा, तब उसके अभिप्राय की झलकियां आनी शुरू होंगी। लेकिन वे भी झलकियां मात्र ही होंगी। यदि कोई इसमें ज्यादा उतरना चाहता हो,

तो उसे उसका अभ्यास करना होगा, जो कुछ भी गुरजिएफ ने कहा था। और अभ्यास द्वारा अर्थ स्पष्ट हो जायेगा। और जो गुरजिएफ ने लिख दिया है उसकी एक समग्र समझ पाने में कम से कम एक पूरी जिंदगी लग जायेगी।

इस प्रकार की पुस्तक में पीछे से कुछ नहीं जोड़ा जा सकता। वस्तुतः गुरजिएफ की पहली पुस्तक के बारे में कहा गया है कि बहुत थोड़े-से लोगों ने उसे पूरी तरह पढ़ा है। वह कठिन है। एक हजार पृष्ठ ! जब पहला संस्करण प्रकाशित हुआ था, गुरजिएफ ने उसे एक शर्त सहित प्रकाशित करवाया। केवल सौ पृष्ठ, प्रारंभिक भाग, काटे जाने थे। और सारे पृष्ठ नहीं काटे गये थे, वे अनकटे थे। केवल सौ पृष्ठ कटे हुए थे। और एक टिप्पणी पुस्तक पर छपी हुई थी जो बताती थी : 'अगर आप पहले सौ पृष्ठ पढ़ सकें और फिर भी आगे पढ़ने की सोचते हों, तभी दूसरे जुड़े हुए पृष्ठ खोलिए, वरना प्रकाशक को पुस्तक लौटा दें और अपना पैसा वापस ले लें।'

ऐसा कहा जाता है कि बहुत थोड़े लोग वर्तमान हैं जिन्होंने कभी सारी किताब पूरी तरह से पढ़ी। यह इस तरह से लिखी गयी है कि तुम हताश हो जाओगे। बीस या पच्चीस पृष्ठ पढ़ लेना काफी है। और गुरजिएफ पगला लगता है।

ये सूत्र हैं, पतंजलि के सूत्र। हर चीज बीज रूप में घनीभूत कर दी गयी है। अभी कल ही कोई मेरे पास आया और मुझसे पूछने लगा, 'क्यों ? जब पतंजलि ने सूत्रों को संक्षिप्त कर दिया, तो फिर आप इतने ज्यादा विस्तार से क्यों बोलते हैं ?' मुझे बोलना पड़ता है, क्योंकि उन्होंने वृक्ष को बीज बनाया है, और मुझे बीज को फिर वृक्ष बनाना पड़ता है।

हर सूत्र घनीभूत किया हुआ है, समग्र रूप से घनीभूत। तुम इसमें कुछ कर नहीं सकते। और किसी को ऐसा करने में दिलचस्पी नहीं है। संक्षिप्त रूप में लिखना उन्हीं विधियों में से एक विधि थी जिसका प्रयोग पुस्तक को सदैव शुद्ध रखने के लिए ही किया जाता था। और कितने हजारों वर्षों तक यह पुस्तक लिखी न गयी। इसे शिष्यों द्वारा कंठस्थ भर किया गया था। यह एक से दूसरे को स्मृति द्वारा दी गयी थी। यह लिखी न गयी थी, अतः इसमें कोई कुछ कर नहीं सकता था। यह एक पावन स्मृति थी, सुरक्षित रखी हुई। और जब पुस्तक लिखी भी जा चुकी थी, यह इस तरह से लिखी गयी थी कि अगर तुम इसमें कोई चीज जोड़ देते, उसे तत्क्षण ढूंढ़ लिया जाता।

जब तक कि पतंजलि की योग्यता का व्यक्ति इसका प्रयास नहीं करता, ऐसा किया नहीं जा सकता। जरा सोचो, अगर तुम्हारे पास आइंस्टीन का फार्मूला होता, तो तुम उसके साथ क्या कर सकते हो ? यदि तुम उसके साथ कुछ कर सकते हो, तो उसे फौरन पकड़ लिया जायेगा। जब तक कि आइंस्टीन जैसे दिमाग का आदमी उसके साथ खेल करने की कोशिश न करे, उसमें कुछ किया नहीं जा सकता। फार्मूला संपूर्ण है। उसमें कुछ भी जोड़ा नहीं जा सकता, न ही कुछ घटाया जा सकता है। स्वयं में यह एक इकाई है। जो कुछ भी तुम इसमें करते हो, वह खोज लिया जायेगा।

ये सब बीज-सूत्र हैं। अगर तुम उनमें एक भी शब्द जोड़ते हो तो कोई भी जो योग के मार्ग पर कार्य कर रहा है, फौरन जान जायेगा कि यह गलत है।

मैं तुम्हें एक घटना सुनाता हूं; यह इसी सदी में घटित हुआ है। भारत के एक महान कवि रवींद्रनाथ टैगोर ने अपनी पुस्तक 'गीतांजलि' का अनुवाद किया, बंगला से अंग्रेजी में। उन्होंने स्वयं उसका अनुवाद किया था, लेकिन वे थोड़ी हिचकिचाहट में थे। इस विषय में कि वह अनुवाद ठीक था या नहीं। इसलिए उन्होंने महात्मा

गांधी के एक मित्र-शिष्य, सी. एफ. एंड्रयूज से कहा, उसकी जांच करने के लिए कि यह देखा जा सके कि अनुवाद कैसा हो पाया था। सी. एफ. एंड्रयूज कवि न था किंतु वह एक अंग्रेज था। अच्छा पढ़ा-लिखा, भाषा का, व्याकरण का और हर चीज का ज्ञाता। लेकिन वह कोई कवि न था।

चार जगह, चार स्थानों पर, कुछ निश्चित शब्दों को बदल देने के लिए उसने रवीन्द्रनाथ से कहा। वे व्याकरण विरुद्ध थे और उसने कहा कि अंग्रेज लोग उन्हें समझ न पायेंगे। अतः रवीन्द्रनाथ ने उन्हें बदल दिया जो एंड्रयूज ने सुझाव दिये थे। उन्होंने अपने सारे अनुवाद में से चार शब्द बदल दिये। फिर वे लंदन चले गये और पहली बार कवि-सभा में अनुवाद पढ़ा गया। उनके समय के एक अंग्रेज कवि यीट्स ने वह सभा आयोजित की थी। उस अनुवाद को पहली बार पढ़ कर सुनाया गया था।

सारा अनुवाद सुना दिया गया था, और सब उसे सुन चुके थे। उसके बाद रवीन्द्रनाथ ने पूछा, 'क्या आपका कोई सुझाव है ? क्योंकि यह तो अनुवाद भर है और अंग्रेजी मेरी मातृभाषा नहीं है।'

और कविता का अनुवाद करना बहुत कठिन होता है। यीट्स ने, जो रवीन्द्रनाथ जितनी योग्यता का ही कवि था, जवाब दिया, 'केवल चार स्थलों पर कुछ गड़बड़ है।' और वे ठीक वही चार शब्द थे जिनका सुझाव एंड्रयूज ने दिया था।

रवीन्द्रनाथ इस पर विश्वास न कर सके ! वे बोले, 'कैसे—कैसे तुम उन्हें ढूंढ़ सके ?—क्योंकि ये ही चार शब्द थे जिनका अनुवाद मैंने नहीं किया है। एंड्रयूज ने इनका सुझाव दिया और मैंने उन्हें रख दिया इसमें।' यीट्स ने कहा, 'सारी कविता एक प्रवाह है, केवल ये ही चार शब्द पत्थरों जैसे हैं। वे प्रवाह को तोड़ देते हैं। ऐसा जान पड़ता है कि किसी और ने उन्हें वहां रख दिया है। हो सकता है तुम्हारी भाषा व्याकरण पर पूरी न उतरती हो। तुम्हारी भाषा शत-प्रतिशत ठीक नहीं है। यह हो नहीं सकती, इतना हम समझते हैं। लेकिन यह शत-प्रतिशत कविता है। ये चार शब्द किसी स्कूल मास्टर के पास से आये हैं। व्याकरण सही हो गया है, लेकिन कविता गलत हो गयी है।'

पतंजलि के साथ तुम कुछ नहीं कर सकते। कोई भी जो योग के मार्ग पर कार्य कर रहा है तुरंत जान जायेगा कि किसी और ने, जो कुछ नहीं जानता, कोई चीज बाद में जोड़ दी है। ऐसी बहुत थोड़ी पुस्तकें हैं जो अब तक शुद्ध हैं; जिनमें शुद्धता अब तक बनी रही है। यह उन्हीं में से एक है। कुछ बदला नहीं गया है— एक शब्द भी नहीं। कुछ जोड़ा नहीं गया। यह वैसी है जैसे पतंजलि इसका अर्थ रखना चाहते थे।

यह वस्तुनिष्ठ कला की रचना है। जब मैं कहता हूं, 'वस्तुनिष्ठ कला की रचना', तो मेरा मतलब होता है एक निश्चित बात। इसके साथ हर सतर्कता बरती गयी है। जब ये सूत्र संक्षिप्त किये जा रहे थे, तब हर सतर्कता ली गयी थी जिससे कि वे नष्ट नहीं किये जा सकें। वे इस ढंग से निर्मित किये गये हैं कि कोई बाहरी चीज, उनमें आ पहुंचा कोई बाहरी तत्व, एक कर्कश-स्वर बन जायेगा। लेकिन मैं कहता हूं कि अगर पतंजलि जैसा आदमी कुछ जोड़ने की कोशिश करता है तो वह यह कर सकता है।

लेकिन पतंजलि जैसा आदमी ऐसी बात के लिए हरगिज कोशिश न करेगा। केवल निकृष्ट दिमाग हमेशा जोड़ने-बढ़ाने की कोशिश करते हैं। निकृष्ट दिमाग यह कोशिश कर सकते हैं, लेकिन कोई चीज अपने बढ़े हुए रूप में केवल तभी निरंतर बनी रहती है जब वह भीड़ की चीज बन जाती है। भीड़ जागरूक नहीं है। वह

जागरूक हो नहीं सकती। केवल यीट्स जागरूक हुआ कि अनुवाद में कुछ गलत था। सभा में बहुत-से और लोग मौजूद थे, लेकिन कोई और जागरूक न था।

पतंजलि का योग एक गोपनीय पंथ है, एक गूढ़ परंपरा। हालांकि पुस्तक लिखी भी गयी, पुस्तक रूप में उसे विश्वसनीय नहीं माना गया। और अब भी कुछ लोग जीवित हैं जिन्हें पतंजलि के सूत्र सीधे अपने गुरु से मिले हैं, पुस्तक से नहीं। यह मौखिक परंपरा अब तक जीवित बनी रही है। और यह बनी रहेगी, क्योंकि पुस्तवें विश्वसनीय नहीं होतीं। कई बार पुस्तकें गुम हो सकती हैं, बहुत-सी चीजें पुस्तकों के साथ गलत हो सकती हैं।

अतः एक गूढ़ परंपरा अब भी अस्तित्ववान है। उस परंपरा को कायम रखा गया है। और जो सूत्रों को जानते हैं अपने गुरु के वचनों द्वारा, वे निरंतर रूप से जांचते रहते हैं कि क्या पुस्तक के रूप में कुछ गलत हुआ है या कि कुछ बदल दिया गया है।

ऐसा दूसरे शास्त्रों के साथ नहीं बना रहा है। बाइबिल में बहुत-सी बातें बाद में जोड़ी हुई हैं। यदि जीसस वापस आ जाते, तो वे नहीं समझ पाते, क्या हुआ। किस तरह कुछ खास चीजें बाइबिल में चली आयी हैं ? जीसस की मृत्यु के दो सौ वर्ष उपरान्त पहली बार बाइबिल लिखी गयी; इससे पहले नहीं। और उन दो सौ वर्षों में बहुत सारी चीजें गायब हो गयी थीं। जो शिष्य जीसस के पास रहे उनके पास भी अलग-अलग कहानियां थीं बताने को।

बुद्ध नहीं रहे। उनकी मृत्यु के पांच सौ वर्ष पश्चात उनके वचन लिपिबद्ध किये गये थे। कई बौद्ध धाराएं हैं, बहुत-से शास्त्र हैं, और कोई नहीं कह सकता कि कौन-सा सत्य है और कौन-सा असत्य है। लेकिन बुद्ध समूह से बातचीत कर रहे थे, साधारण सामान्य लोगों से। इसलिए वे पतंजलि की तरह सघन सूत्रवत नहीं हैं। वे चीजों को विस्तार दे रहे थे ब्योरेवार रूप में। उन ब्योरों में, बहुत सारी चीजें जोड़ी जा सकती थीं, बहुत हटायी जा सकती थीं और कोई जानेगा नहीं कि कुछ बदल दिया गया है।

लेकिन पतंजलि भीड़ से नहीं कह रहे। वे कुछ चुनिंदा लोगों से कह रहे थे, एक समूह से, बहुत थोड़े-से लोगों के एक समूह से—जैसा कि गुरजिएफ के साथ हुआ। गुरजिएफ भीड़ के सम्मुख कभी कुछ नहीं बोले। केवल उनके शिष्यों का एक बहुत चुना हुआ वर्ग उसे सुन पाता था, और वे भी सुनते बहुत शर्तों के साथ। कोई सभा पहले से घोषित नहीं की जाती थी। अगर किसी रात गुरजिएफ साढ़े आठ बजे बोलने जा रहा होता तो आठ बजे के लगभग तुम्हें सूचना मिलती कि गुरजिएफ बोलने जा रहा है कहीं। और तुम्हें फौरन वहां पहुंचना होता क्योंकि साढ़े आठ बजे द्वार बंद हो जाता। लेकिन वे तीस मिनट कभी बहुत काफी न होते। और जब तुम पहुंचते, तुम पा सकते थे कि वह बोलना स्थगित कर चुका था। अगले दिन यही बात फिर घटित होती।

एक बार उसने लगातार सात दिन तक इसे रद्द होने दिया। पहले दिन चार सौ व्यक्ति आये थे, अंतिम दिन केवल चौदह ही। धीरे-धीरे वे हतोत्साहित हो गये थे। अंततः यह असंभव लगने लगा था कि वह बोलने वाला है। फिर अंतिम दिन, जब वहां केवल चौदह आदमी थे, उसने उनकी ओर देखा और बोला, 'अब लोगों की सही मात्रा बच रही है। तुम सात दिन तक इंतजार कर सकते थे निराश हुए बिना, सो अब तुमने इसे अर्जित किया है। अब मैं बोलूंगा और केवल तुम चौदह इस प्रवचन-माला को सुन पाओगे। अब किसी दूसरे को सूचित नहीं किया जायेगा कि मैंने बोलना शुरू कर दिया है।'

इस ढंग का कार्य भिन्न होता है। और पतंजलि ने भी बड़े गोपनीय समूह के साथ कार्य किया था। इसलिए इसमें से कोई धर्म नहीं निकला है, कोई संस्था नहीं निकली। पतंजलि के कोई संप्रदाय नहीं है। वे इतनी बड़ी शक्ति थे, लेकिन वे एक छोटे समूह के भीतर ही निकटता बनाये रहे। और उन्होंने इसे ऐसे ढंग से कार्यान्वित किया कि सूत्रों की शुद्धता सुरक्षित रखी रहे। वह शुद्धता अब तक सुरक्षित रखी हुई है।

कृपया आप उस अज्ञात शक्ति का कार्य समझायेंगे जो मानवीय मन को संसारी चीजों और आदतों से जोड़े रखती है, यह जानते हुए कि अंतिम परिणाम दुख के अतिरिक्त और कुछ नहीं है ?

हमारी यह जागरूकता समग्र नहीं है। यह जागरूकता तो बस बौद्धिक है। तर्कपूर्ण ढंग से तुम समझ लेते हो कि 'जो कुछ मैं कर रहा हूं, वह मुझे दुख की ओर ले जा रहा है', लेकिन यह तुम्हारा अस्तित्वगत अनुभव नहीं होता है। तुम इसे केवल बौद्धिक तौर पर समझ लेते हो। यदि तुम बस तुम्हारी बुद्धि मात्र होते तो कहीं कोई समस्या न होती, लेकिन तुम अबुद्धि भी हो। यदि तुम्हारे पास केवल चेतन मन ही होता तो भी ठीक रहता, लेकिन तुम्हारे पास अचेतन मन भी है। चेतन मन जानता है कि तुम प्रतिदिन दुख में जा रहे हो अपनी ही चेष्टाओं के कारण, कि तुम अपना नरक स्वयं निर्मित कर रहे हो। लेकिन अचेतन इसके प्रति जागरूक नहीं है। और अचेतन तुम्हारे चेतन मन से नौ गुना बड़ा होता है। यह अपनी आदतों के साथ डटा रह जाता है।

तुम फिर क्रोधित न होने का निर्णय ले लेते हो। क्योंकि क्रोध, तुम्हारा अपना शरीर विषमय बना देने के अतिरिक्त और कुछ नहीं है, यह तुम्हें दुख देता है। लेकिन अगली बार, जब कोई तुम्हारा अपमान करता है, तो अचेतन मन तुम्हारे चेतन तर्क को एक ओर रख देगा। वह फूट पड़ेगा, और तुम क्रोधित हो जाओगे। अचेतन ने तुम्हारे निर्णय के विषय में कुछ भी नहीं जाना है और यही अचेतन है जो सक्रिय शक्ति बना रहता है।

चेतन मन सक्रिय नहीं होता है। वह केवल सोचता है। वह एक विचारक है, वह कर्त्ता नहीं है। तो क्या करना होता है ? केवल चेतन रूप से सोच लेने से कि कुछ गलत है, तुम उसे रोकने वाले नहीं। तुम्हें अनुशासन पर कार्य करना होगा। और अनुशासन द्वारा चेतन ज्ञान तीर की भांति अचेतन में बिंध जायेगा।

अनुशासन के द्वारा, योग के द्वारा, अभ्यास के द्वारा चेतन निर्णय अचेतन में पहुंच जायेगा। और जब यह अचेतन में पहुंचता है, केवल तभी इसका कोई उपयोग होगा। अन्यथा तुम एक ही बात सोचते चले जाओगे, और तुम कुछ बिलकुल ही उल्टा करते जाओगे।

सेंट ऑगस्टीन कहते हैं, 'जो कुछ भी अच्छा मुझे मालूम है मैं हमेशा उसे करने की सोचता हूं। लेकिन जब कभी उसे करने का मौका आता है, मैं हमेशा वही कुछ करूंगा जो गलत है !' यही मानवी दुविधा है।

योग मार्ग है चेतन का सेतु अचेतन से बांधने का। जब हम अनुशासन में और गहरे उतरेंगे तब तुम जागरूक हो जाओगे कि ऐसा किस तरह किया जा सकता है। ऐसा किया जा सकता है। अतः चेतन पर भरोसा न करो। वह निष्क्रिय है। अचेतन सक्रिय हिस्सा है। और केवल यदि तुम अचेतन को बदलते हो, तो ही तुम्हारे जीवन का अलग अर्थ हो जायेगा। वरना तुम और ज्यादा दुख में पड़ जाओगे।

सोचना एक चीज और करना दूसरी चीज, यह बात निरंतर अव्यवस्था, केऑस का निर्माण करेगी। और

धीरे-धीरे तुम आत्म-विश्वास खो दोगे। धीरे-धीरे तुम अनुभव करोगे कि तुम बिलकुल अक्षम हो, नपुंसक हो; कि तुम कुछ नहीं कर सकते। एक आत्म-भर्त्सना उठ खड़ी होगी। तुम अपराधी अनुभव करोगे। और अपराध-भाव ही एकमात्र पाप है।

प्रवचन 7

वैराग्य और निष्ठापूर्ण अभ्यास

योगसूत्र

अभ्यासवैराग्याभ्यां तन्निरोधः ।। १२ ।।

(सतत आंतरिक) अभ्यास और वैराग्य से इन वृत्तियों की समाप्ति की जाती है।

तत्र स्थितौ यत्नोऽभ्यासः ।। १३ ।।

इन दो में, अभ्यास स्वयं में दृढ़ता से प्रतिष्ठित होने का प्रयास है।

स तु दीर्घकालनैरन्तर्यसत्काराऽऽसेवितो दृढ़भूमिः ।। १४ ।।

बिना किसी व्यवधान के श्रद्धा-भरी निष्ठा के साथ लगातार लंबे समय तक इसे जारी रखने से वह दृढ़ अवस्थावाला हो जाता है।

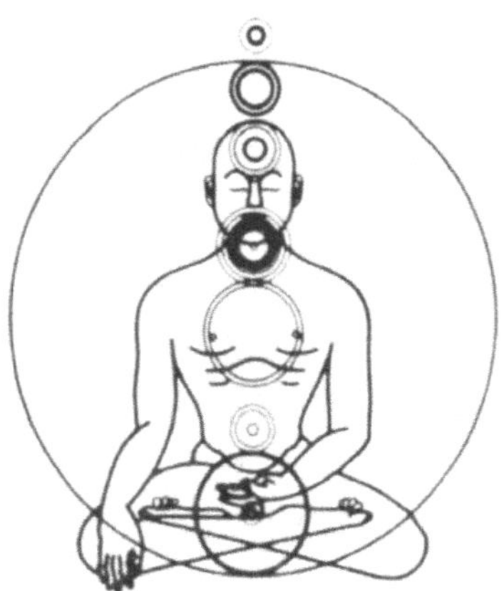

आदमी केवल उसका चेतन मन ही नहीं है। उसके पास चेतन से नौ गुना ज्यादा, मन की अचेतन परत भी है। केवल यही नहीं, आदमी के पास शरीर है—सोमा, जिसमें यह मन विद्यमान होता है। शरीर नितांत अचेतन है। उसका कार्य लगभग अनैच्छिक है। केवल शरीर की सतह ऐच्छिक है। आंतरिक स्रोत अनैच्छिक होते हैं, तुम उनके बारे में कुछ नहीं कर सकते। तुम्हारी संकल्पशक्ति प्रभावकारी नहीं है।

मनुष्य के अस्तित्व का यह ढंग समझना होता है, इससे पहले कि कोई स्वयं में प्रवेश करे। और यह समझ केवल बौद्धिक नहीं बनी रहनी चाहिए। यह और गहरी उतरनी चाहिए। इसे अचेतन परतों को बेधना चाहिए, इसे शरीर तक को प्रभावित करना चाहिए।

इसलिए है अभ्यास का महत्व। सतत आंतरिक अभ्यास। ये दो शब्द बहुत सार्थक हैं—अभ्यास और वैराग्य। अभ्यास का मतलब है अविरत आंतरिक अभ्यास। और वैराग्य का मतलब है अनासक्ति, इच्छा-विहीनता। आगे आने वाले पतंजलि के सूत्र इन्हीं सर्वाधिक अर्थपूर्ण धारणाओं से संबंध रखते हैं। लेकिन इससे पहले कि हम सूत्रों में प्रवेश करें, यह विचार कि मनुष्य के व्यक्तित्व का ढांचा समग्र रूप से बौद्धिक नहीं है, गहराई से समझ लेना होगा।

अगर यह केवल बुद्धिगत होता, तो फिर अभ्यास को सतत दोहराये जाने वाले प्रयास की कोई जरूरत ही न होती। यदि कोई चीज बुद्धि-संगत होती है, तुम तुरंत मन द्वारा उसे समझ सकते हो। लेकिन केवल बुद्धिगत समझ काम नहीं देगी। उदाहरण के लिए तुम आसानी से समझ सकते हो कि क्रोध बुरा है, विषाक्त है। लेकिन यह समझ काफी नहीं है इसके लिए कि क्रोध तुम्हें छोड़ जाये; विलीन हो जाये। तुम्हारी समझ के बावजूद क्रोध जारी रहेगा, क्योंकि क्रोध तुम्हारे अचेतन की बहुत-सी तहों में बना रहता है। और केवल तुम्हारे मन में ही नहीं बल्कि तुम्हारे शरीर में भी।

शरीर मात्र शाब्दिक प्रयास द्वारा नहीं समझ सकता। केवल तुम्हारा सिर समझ सकता है, लेकिन शरीर अप्रभावित बना रहता है। और जब तक समझ एकदम शरीर की जड़ तक न पहुंचे, तुम रूपांतरित नहीं हो सकते। तुम वैसे ही रहोगे। तुम्हारे विचार बदलते रह सकते हैं, लेकिन तुम्हारा व्यक्तित्व वैसा ही बना रहेगा। और तब एक नया द्वंद्व उठ खड़ा होगा। तुम हमेशा से कहीं अधिक अशांति में जा पड़ोगे। क्योंकि अब तुम देख सकते हो कि क्या गलत है और फिर भी तुम्हारा उसे करने का आग्रह बना रहता है।

तुम उसे किये जाते हो, और एक आत्म-अपराध और निंदा निर्मित होती है। तुम स्वयं को घृणा करने लगते हो, तुम स्वयं को पापी समझने लगते हो। और जितना ज्यादा तुम समझते हो, उतनी ज्यादा निंदा बढ़ती जाती है। क्योंकि तुम देखते हो कितना कठिन है ! लगभग असंभव है स्वयं को परिवर्तित करना।

योग बौद्धिक समझ में विश्वास नहीं करता। यह शारीरिक समझ में विश्वास रखता है; एक समग्र समझ में, जिसमें तुम्हारी अखंडता अंतर्निहित होती है। केवल तुम्हारा सिर ही नहीं बदलता बल्कि तुम्हारी अंतस सत्ता के गहन स्रोत भी बदल जाते हैं।

वे कैसे बदल जाते हैं ? किसी विशेष अभ्यास का निरंतर दोहराव अनैच्छिक होता जाता है। यदि तुम कोई विशेष अभ्यास सतत रूप से करते हो, बस उसे लगातार दोहरा रहे होते हो, धीरे-धीरे वह चेतन मन से गिर जाता है, अचेतन तक पहुंच जाता है। और उसका हिस्सा बन जाता है। एक बार जब वह अचेतन का हिस्सा बन जाता है, तो वह गहन स्रोत से कार्य करना आरंभ कर देता है।

कोई चीज अचेतन बन सकती है अगर तुम लगातार उसे दोहराते जाते हो। उदाहरण के तौर पर; तुम्हारा नाम बचपन से निरंतर दोहराया जा रहा है, वह अचेतन का हिस्सा बन गया है। तुम सौ व्यक्तियों के साथ एक कमरे में सोये हुए हो सकते हो लेकिन यदि कोई आता है और पुकारता है, 'राम ! क्या राम यहां हैं ?' वे नब्बे प्रतिशत व्यक्ति, जिनका इस नाम से कोई संबंध नहीं है, सोते ही रहेंगे। वे अशांत नहीं होंगे। लेकिन वह एक व्यक्ति जिसका नाम 'राम' है, अचानक पूछेगा, 'कौन बुला रहा है मुझे ? क्यों तुम मेरी नींद खराब कर रहे हो?'

नींद में भी, वह जानता है कि उसका नाम राम है। यह नाम इतने गहरे तक कैसे पहुंच गया ? केवल निरंतर दोहराव द्वारा। ऐसा है, क्योंकि हर कोई उसका नाम दोहरा रहा है, हर कोई उसे इसी नाम से बुला रहा है। वह स्वयं इसका प्रयोग करता है अपना परिचय देने में। और यह नाम लगातार प्रयोग में रहता है। अब यह चेतन नहीं है। यह अचेतन तक पहुंच चुका है।

तुम्हारी भाषा, तुम्हारी मातृ-भाषा, अचेतन का हिस्सा बन जाती है। और जो कुछ भी तुम सीखते हो बाद में, वह कभी इतना अचेतनीय न होगा जितना कि यह। वह तो चेतन बना रहेगा। इसीलिए तुम्हारी अचेतन भाषा तुम्हारी चेतन भाषा को निरंतर प्रभावित करती रहेगी।

यदि कोई जर्मन अंग्रेजी बोलता है, वह अलग होती है; यदि कोई फ्रांसीसी आदमी अंग्रेजी बोलता है, वह अलग होती है; अगर कोई भारतीय अंग्रेजी बोलता है तो वह अलग होती है। भेद अंग्रेजी में नहीं होता है, भेद उनके अंतरतम ढांचों में होता है। फ्रांसीसी आदमी की एक अलग भाषा-प्रक्रिया होती है। एक अचेतन प्रक्रिया जो प्रभावित करती है उस ढंग को जिससे वह दूसरी भाषा बोलता है। अतः जो कुछ तुम बाद में सीखते हो, तुम्हारी मातृभाषा द्वारा प्रभावित होगा ही। और यदि तुम बेहोश हो जाते हो, तब केवल तुम्हारी मातृभाषा याद रह जायेगी।

मुझे अपने एक मित्र की याद है जो महाराष्ट्र का था। वह जर्मनी में बीस साल तक था, या इससे भी ज्यादा ही। बीस साल से वह जर्मन भाषा का प्रयोग कर रहा था। वह बिलकुल भूल चुका था अपनी मातृभाषा—मराठी। वह उसे पढ़ नहीं सकता था। वह उसे बोल नहीं सकता था। चेतन रूप से वह भाषा बिलकुल भुलायी जा चुकी थी क्योंकि उसका प्रयोग न हुआ था।

फिर वह बीमार हो गया था। बीमारी के दौरान वह कई बार बेहोश हो जाता। जब कभी बेहोश होता, एक

बिलकुल अलग तरह का व्यक्तित्व प्रकट हो जाता। वह अलग ढंग से व्यवहार करने लगता। जब वह बेहोश होता था, तो मराठी के शब्द बोलने लगता, जर्मन के नहीं। जब वह बेहोश होता था, तो जो मराठी भाषा के शब्द होते हैं उन्हें बोलने लगता। और बेहोशी के बाद जब वह पहले होश की हालत में वापस आता, तो एक मिनट के लिए तो वह जर्मन भाषा समझ भी न पाता।

बचपन के दौरान लगातार दोहराव गहरे उतरता जाता है क्योंकि बच्चे के पास वस्तुतः चेतन नहीं है। उसके पास अपना अचेतन ज्यादा है—बस ऊपरी हिस्से के पास ही। हर चीज अचेतन में प्रवेश करती है। जैसे-जैसे वह ज्यादा सीखेगा, जैसे वह शिक्षित होगा, चेतन एक ज्यादा मोटी परत बन जायेगा। तब कम और बहुत कम चीजें प्रवेश करेंगी अचेतन में।

मनसविद कहते हैं कि तुम्हारे सीखने का लगभग पचास प्रतिशत समाप्त हो जाता है जब तक कि तुम सात वर्ष के होते हो। तुम्हारे जीवन के सातवें वर्ष तक, तुम लगभग वे आधी चीजें सीख चुके होते हो जो तुम्हें कभी जाननी होती हैं। तुम्हारी आधी शिक्षा समाप्त हो जाती है और यही आधा भाग आधार बनने वाला है। अब हर दूसरी चीज इस पर आरोपित मात्र होगी। गहरे में वही ढांचा बना रहेगा जो बचपन का है।

इसीलिए आधुनिक मनोविज्ञान, आधुनिक मनोविश्लेषण, मनोचिकित्सा, ये सभी बचपन तक उतरने की कोशिश करते हैं। यदि तुम मानसिक रूप से बीमार हो तो मूल कारण को खोजना होता है कहीं तुम्हारे बचपन में; न कि वर्तमान में। वह ढांचा तुम्हारे बचपन में ही कहीं स्थापित मिलेगा। एक बार उस गहरे ढांचे का पता लग जाता है, फिर कुछ किया जा सकता है और तुम रूपांतरित हो सकते हो।

लेकिन गहरे कैसे प्रवेश करें? योग के पास एक विधि है; वह विधि अभ्यास कहलाती है। 'अभ्यास' का अर्थ है किसी चीज को अविरत दोहराये जाने की प्रक्रिया। लेकिन ऐसा क्यों है कि दोहराव के द्वारा कोई चीज अचेतन बन जाती है? इसके कुछ कारण हैं।

यदि तुम कुछ सीखना चाहते हो, तो तुम्हें उसे दोहराना ही पड़ेगा। क्यों? यदि तुम कोई कविता बस एक बार पढ़ते हो, तुम शायद इधर-उधर से कुछ शब्द याद कर लो, लेकिन अगर इसे दो बार, तीन बार, बहुत ज्यादा बार पढ़ लेते हो, तब तुम याद कर सकते हो पंक्तियों को, पैराग्राफ को। यदि तुम इसे सौ बार दोहराते हो, तब तुम इसे संपूर्ण ढांचे की भांति याद कर सकते हो। और अगर तुम और भी ज्यादा दोहराते हो, तो यह बनी रह सकती है, यह वर्षों तक तुम्हारी स्मृति में बनी रह सकती है। तुम इसे भूल न सकोगे।

क्या घट रहा है? जब तुम एक निश्चित चीज को दोहरते जाते हो, जितना ज्यादा तुम दोहराते हो, उतनी ज्यादा यह मस्तिष्क-कोशिकाओं पर अंकित हो जाती है। सतत दोहराव एक सतत चोट है। तब वह मन पर अंकित हो जाता है। वह तुम्हारी मस्तिष्क-कोशिकाओं का एक हिस्सा हो जाता है। और जितना ज्यादा यह तुम्हारी मस्तिष्क-कोशिकाओं का हिस्सा बनता है, चेतना की आवश्यकता उतनी ही कम होती है। तुम्हारी चेतना आगे बढ़ सकती है, अब उसकी जरूरत नहीं है।

इसलिए जो कुछ तुम गहनता से सीखते हो, तुम्हें उसके प्रति सचेत होने की जरूरत नहीं होती है। शुरू में जब तुम ड्राइविंग सीखते हो तो कार चलाना एक सचेत प्रयास होता है। इसीलिए यह इतना कठिन होता है, क्योंकि तुम्हें लगातार सचेत रहना होता है। और बहुत ज्यादा चीजें हैं जिनके प्रति सचेत होना होता है—सड़क, ट्रैफिक,

मैकेनिज्म, व्हील, एक्सेलेटर, ब्रेक्स, सड़क के नियम और अधिनियम, और हर चीज। तुम्हें हर चीज के प्रति लगातार जागरूक होना होता है। तुम इसमें इतने सम्मिलित हो जाते हो कि यह कठिन हो जाता है। यह बात एक गहरा प्रयत्न बन जाती है।

लेकिन धीरे-धीरे तुम हर चीज पूरी तरह भुला देने योग्य हो जाओगे। तुम ड्राइविंग करोगे, लेकिन ड्राइविंग अचेतन बन जायेगी। इसमें अपने मन को लाने की जरूरत न रहेगी। तुम जिस किसी चीज के बारे में चाहो सोचते रह सकते हो, जहां चाहो मन को पहुंचा सकते हो, और कार चलती रहेगी अचेतन की क्षमता से। अब तुम्हारा शरीर इसे सीख चुका है, अब सारी संरचना इसे जानती है। यह एक अचेतन शिक्षा बन चुकी है।

जब कभी कुछ इतना गहरा हो जाता है कि तुम्हें उसका होश रखने की जरूरत न रहे, तो वह अचेतन में जा पड़ा होता है। और एक बार कोई चीज अचेतन में पड़ जाती है, तो वह तुम्हारे होने को, जीवन को, चरित्र को परिवर्तित करना शुरू कर देगी। यह परिवर्तन प्रयासहीन होगा अब, तुम्हें इससे संबंध रखने की जरूरत नहीं है। तुम उस दिशा में आगे बढ़ने लगोगे जहां अचेतन तुम्हें ले जा रहा है।

योग ने बहुत अधिक कार्य किया है 'अभ्यास' पर। सतत पुनरावृत्ति। यह सतत दोहराव है मात्र तुम्हारे अचेतन को कार्य पर ले आने के लिए। और जब अचेतन कार्य करना शुरू करता है, तुम निश्चिंत होते हो। किसी प्रयास की आवश्यकता नहीं है, चीजें स्वाभाविक बन जाती हैं। पुराने शास्त्रों में कहा गया है कि संत वह नहीं है जिसके पास अच्छा चरित्र है, क्योंकि ऐसी चेतना भी दिखाती है कि 'विरोधी तत्व' अब भी बना हुआ है, विपरीत अब भी जीवित है।

संत वह है जो बुरा नहीं कर सकता, जो उसके बारे में सोच भी नहीं सकता। अच्छाई अचेतन बन गयी है, वह सांस जैसी बन गयी है। जो कुछ भी वह करने जा रहा है वह अच्छा होगा। उसके अस्तित्व में यह इतने गहरे उतर चुकी है कि किसी प्रयास की आवश्यकता नहीं है। वह उसकी जिंदगी बन चुकी है। अतः तुम नहीं कह सकते कि संत एक अच्छा आदमी होता है। वह नहीं जानता कि क्या अच्छा है और क्या बुरा ? अब दो के बीच कोई अन्तर्संघर्ष नहीं है उसमें। अच्छाई इतनी गहराई में प्रवेश कर चुकी है कि उसके लिए इस बारे में जागरूक होने की कोई जरूरत नहीं है।

यदि अपनी अच्छाई के प्रति तुम सचेत हो, तो बुराई अब तक पास-पास बनी हुई है और यह एक निरंतर संघर्ष है। हर बार तुम्हें कार्य करना पड़ता है, तुम्हें चुनना पड़ता है—'मुझे अच्छा करना चाहिए, मुझे बुरा नहीं करना चाहिए।' और यह बात एक गहरी अशांति, संघर्ष, एक सतत आंतरिक हिंसा, एक भीतर-युद्ध बनने वाली है। और यदि अंतर्संघर्ष वहां है, तो तुम विश्रामपूर्ण और चैन से नहीं रह सकते।

अब हमें सूत्र में प्रवेश करना चाहिए। मन की समाप्ति योग है, लेकिन मन और उसकी वृत्तियां कैसे समाप्त हों ?

इनकी समाप्ति सतत आंतरिक अभ्यास और वैराग्य द्वारा लायी जाती है।

दो तरीके हैं जिससे कि मन अपनी सारी वृत्तियों सहित समाप्त हो सकता है। एक तो—'अभ्यास', सतत

आंतरिक अभ्यास; और दूसरा—वैराग्य। वैराग्य स्थिति का निर्माण करेगा और सतत अभ्यास एक विधि है उस स्थिति में प्रयुक्त होने की। दोनों को समझने की कोशिश करो।

जो कुछ तुम करते हो, तुम करते हो क्योंकि तुम्हारी निश्चित इच्छाएं हैं। वे इच्छाएं पूरी की जा सकती हैं कुछ निश्चित बातें करने से ही। तो जब तक वे इच्छाएं नहीं गिरा दी जातीं, तुम्हारे क्रियाकलाप नहीं गिराये जा सकते : तुम्हारी कुछ लागत लगी है उन क्रियाओं में, उन कार्यों में। मनुष्य चरित्र और मन की एक दुविधा यह है कि तुम निश्चित क्रियाओं को रोकना चाह सकते हो क्योंकि वे तुम्हें दुख की ओर ले जाती हैं।

लेकिन तुम उन्हें क्यों करते हो ? तुम उन्हें करते हो क्योंकि तुम्हारी कुछ निश्चित इच्छाएं हैं और उन्हें किये बिना ये इच्छाएं पूरी की नहीं जा सकतीं। तो ये दो चीजें हैं। एक—तुम्हें कुछ निश्चित चीजें करनी पड़ती हैं। उदाहरण के तौर पर—क्रोध। तुम क्यों क्रोधित हो जाते हो ? तुम तब क्रोधित होते हो जब कहीं, किसी तरह, कोई तुम्हारे लिए बाधा निर्मित कर देता है। तुम्हारी इच्छा बाधित हो जाती है, तो तुम्हें क्रोध आ जाता है।

तुम चीजों पर भी क्रोध करते हो। अगर तुम चल रहे होते हो, और तुम फौरन कहीं पहुंचने की कोशिश कर रहे होते हो, और एक कुर्सी तुम्हारे रास्ते में आ जाती है, तो तुम्हें कुर्सी पर क्रोध आ जाता है। अगर तुम दरवाजे का ताला खोलने की कोशिश करते हो और चाबी काम नहीं दे रही है, तो तुम्हें दरवाजे पर क्रोध आ जाता है। यह पागलपन है, क्योंकि चीजों के साथ क्रोध करना निरर्थक है। लेकिन कोई भी चीज जो किसी प्रकार की रुकावट बनाती है, क्रोध निर्मित करती है।

तुम्हारी आकांक्षा है कहीं पहुंचने की, कुछ करने की, कुछ पाने की। जो कोई तुम्हारी इच्छा और तुम्हारे बीच आता है, तुम्हें अपना दुश्मन लगता है। तुम उसे नष्ट करना चाहते हो। यही है क्रोध का मतलब कि तुम बाधाओं को नष्ट कर देना चाहते हो। लेकिन क्रोध दुख तक ले जाता है, क्रोध एक रोग बन जाता है। इसलिए तुम चाहते हो क्रोधित न होना।

तुम क्रोध कैसे गिरा सकते हो अगर तुम्हारे पास इच्छाएं और उद्देश्य हैं ? अगर तुममें इच्छाएं और उद्देश्य हैं तो तुममें क्रोध होगा ही, क्योंकि जीवन जटिल है। तुम यहां इस पृथ्वी पर अकेले ही नहीं हो, लाखों लोग जूझ रहे हैं अपनी इच्छाओं के लिए, जो सभी एक-दूसरे को आड़ी-तिरछी काट रही हैं। वे एक-दूसरे के रास्ते में आ जाती हैं। इसलिए अगर तुममें इच्छाएं हैं, तो क्रोध आयेगा ही; विषाद बनेगा ही; हिंसा होगी ही। और जो कोई तुम्हारे रास्ते में आता है तुम्हारा मन उसे नष्ट करने की सोचेगा।

बाधा को नष्ट करने की यह मनोवृत्ति क्रोध है। लेकिन क्रोध दुख निर्मित करता है, इसलिए तुम क्रोधित होना नहीं चाहते हो। लेकिन केवल क्रोध न करने की चाहना कोई ज्यादा सहायक नहीं होगी, क्योंकि क्रोध एक ज्यादा बड़े ढांचे का हिस्सा है—उस मन का, जो इच्छा करता है; मन, जो कही पहुंचना चाहता है। तुम क्रोध को गिरा नहीं सकते।

तो पहली बात है इच्छा न करना। तब क्रोध की आधी संभावना गिर जाती है, बुनियाद ही गिर जाती है। लेकिन फिर भी यह जरूरी नहीं है कि क्रोध मिटेगा ही, क्योंकि तुम लाखों वर्षों से क्रोध करते चले आ रहे हो। यह गहराई में उतर गयी एक गहरी आदत बन चुका है।

तुम इच्छाओं को गिरा सकते हो, लेकिन क्रोध फिर भी बना रहेगा। यह उतना प्रबल नहीं होगा, लेकिन यह

अड़ा रहेगा क्योंकि अब यह एक आदत है। यह एक अचेतन आदत बन चुका है। बहुत-बहुत जन्मों से तुम इसे ढो रहे हो। यह तुम्हारी आनुवंशिकता बन चुका है। यह तुम्हारी कोशिकाओं में है, शरीर ने उसे धारण कर लिया है। यह अब रासायनिक और दैहिक है। तो तुम्हारी इच्छाओं को तुम्हारे गिराने भर से ही तुम्हारा शरीर अपना ढांचा नहीं बदलने वाला। ढांचा बहुत पुराना है। तुम्हें इस ढांचे को भी बदलना पड़ेगा।

इस परिवर्तन के लिए आवृत्तिमूलक अभ्यास की जरूरत होगी। आंतरिक देह-संरचना को बदलने के लिए दोहराये जाने वाले अभ्यास की जरूरत होगी; सारे शरीर-मन के ढांचे को नया करने की जरूरत होगी। लेकिन यह संभव है केवल यदि तुमने इच्छा करना गिरा दिया है।

इसे दूसरे दृष्टिकोण से देखो। एक आदमी मेरे पास आया और कहने लगा, 'मैं उदास नहीं होना चाहता, पर मैं हमेशा उदास और थका हुआ रहता हूं। कई बार मैं जानता भी नहीं क्या कारण है, क्यों उदास हूं मैं, लेकिन मैं उदास होता हूं। प्रत्यक्ष कारण कोई नहीं होता है, ऐसा कुछ नहीं जिसका मैं ठीक-ठीक पता लगा सकूं और कह सकूं कि यह कारण है। ऐसा लगता है कि उदास रहना मेरा ढंग ही बन गया है। मुझे याद नहीं कि मैं कभी खुश भी था। और मैं उदास नहीं होना चाहता हूं। यह एक मृत बोझ है। मैं सबसे ज्यादा दुखी आदमी हूं। अपनी उदासी मैं कैसे छोड़ सकता हूं ?'

मैंने उससे पूछा, 'क्या तुम्हारी उदासी में तुम्हारी कोई लागत लगी है ?' वह बोला, 'क्यों लगी होनी चाहिए मेरी कोई लागत ?' लेकिन थी उसकी लागत। मैं इस व्यक्ति को अच्छी तरह से जानता था। मैं इसे बहुत वर्षों से जानता था। लेकिन वह सजग नहीं था कि कोई निहित स्वार्थ उसमें है। वह उदासी को उतार देना चाहता है, लेकिन उसे होश नहीं कि उदासी उसमें क्यों है। वह इसे दूसरे कारणों से बनाये हुए है जिन्हें वह स्मरण नहीं कर पा रहा है।

उसे प्रेम की जरूरत है, लेकिन अगर तुम्हें प्रेम चाहिए तो तुम्हें प्रेममय होना पड़ता है। अगर तुम प्रेम की मांग करते हो, तो तुम्हें प्रेम देना होता है, और जितना मांग सकते हो उससे ज्यादा तुम्हें देना होता है। लेकिन वह कंजूस है; वह प्रेम नहीं दे सकता। देना उसके लिए असंभव है; वह कोई चीज नहीं दे सकता। देने का नाम भर लो और वह अपने भीतर सिकुड़ जायेगा। वह केवल ले सकता है, वह दे नहीं सकता। जहां तक देने का संबंध है; वह बंद है।

बिना प्रेम के तुम नहीं खिल सकते। बिना प्रेम के तुम कोई आनंद प्राप्त नहीं कर सकते, तुम प्रसन्न नहीं हो सकते। लेकिन वह प्रेम नहीं कर सकता क्योंकि प्रेम तो ऐसा लगता है जैसे तुम कुछ दे रहे हो। यह देना है—वह सब, जो तुम्हारे पास है—तुम्हारा अस्तित्व भी; उसे पूरे हृदय से अर्पित करना। वह प्रेम दे नहीं सकता, वह प्रेम ले नहीं सकता। तो करोगे क्या ? लेकिन वह इसके लिए लालायित है, जैसा कि सभी लालायित हैं प्रेम के लिए। भोजन की तरह यह एक बुनियादी जरूरत है। बिना भोजन के तुम्हारा शरीर मर जायेगा और बिना प्रेम के तुम्हारी आत्मा सिकुड़ जायेगी। यह अनिवार्य बात है।

अतः उसने एक परिपूरक बना लिया है उसकी जगह, और वह परिपूरक है सहानुभूति। वह प्रेम नहीं पा सकता क्योंकि वह प्रेम दे नहीं सकता, लेकिन वह सहानुभूति पा सकता है। सहानुभूति एक दरिद्र परिपूरक है प्रेम के लिए। वह उदास है, क्योंकि जब वह उदास होता है, तो लोग उसे सहानुभूति देते हैं। जो कोई भी उसके पास

आता है सहानुभूतिपूर्ण होता है क्योंकि वह तो हमेशा चीख-चिल्ला रहा है और रो रहा है और उसका मूड हमेशा दुखी आदमी का है। लेकिन वह इसमें रस लेता है। जब कभी तुम उसे सहानुभूति देते हो, उसका मजा लेता है वह। तब वह और ज्यादा दुखी बन जाता है, क्योंकि जितना ज्यादा वह दुखी होता है, उतनी ज्यादा सहानुभूति उसे मिल सकती है।

मैंने उससे कहा, 'तुम्हारी उदासी में तुम्हारी एक निश्चित लागत लगी है। यह सारा ढांचा गिराना होगा। उदासी मात्र नहीं गिरायी जा सकती। यह कहीं और ही बद्धमूल है। सहानुभूति की मांग मत करो।· लेकिन तुम सहानुभूति की मांग करना बंद कर सकते हो केवल तभी, जब तुम प्रेम देना शुरू करते हो। क्योंकि यह एक परिपूरक है। और एक बार तुम प्रेम देने लगते हो, तो प्रेम तुममें घटित होगा। तब तुम प्रसन्न होओगे। तब एक अलग ढांचा निर्मित होगा।'

मैंने सुना है कि एक आदमी कार-पार्किंग की जगह में दाखिल हुआ। वह बहुत हास्यास्पद मुद्रा में था। जैसा वह दिख रहा था, वह ढंग, लगभग असंभव लगता था, क्योंकि वह नीचे झुका जा रहा था, जैसे कि वह कार चला रहा हो। उसके हाथ किसी अदृश्य व्हील पर घूम रहे थे, उसके पांव किसी अदृश्य एक्सेलरेटर पर थे और वह चला रहा था। अत्यधिक कठिन लगता था, बहुत असंभव। भीड़ वहां इकट्ठी हो गयी। वह कुछ असंभव बात कर रहा था। उन्होंने परिचारक से पूछा, 'क्या बात है ? यह आदमी क्या कर रहा है ?'

परिचारक बोला, 'इतने जोर से मत पूछो। अपने अतीत में इस आदमी को कारों से प्यार रहा, बस यही है बात। उसकी गिनती श्रेष्ठ ड्राइवरों में हुआ करती थी। वह कारों की दौड़ में राष्ट्रीय पुरस्कार भी जीत चुका है। लेकिन अब किसी मानसिक दोष के कारण, वह निकाला जा चुका है। उसे कार नहीं चलाने दी जाती, लेकिन पुरानी आदत उसके साथ बनी हुई है बस।'

भीड़ ने कहा, 'यदि तुम यह जानते हो, तो उसे कहते क्यों नहीं कि तुम्हारे पास कार नहीं है; तुम यहां क्या कर रहे हो ?' वह आदमी बोला, 'इसीलिए मैंने कहा था, बहुत जोर से मत बोलो। मैं यह उससे नहीं कह सकता, क्योंकि वह मुझे हर रोज एक रुपया देता है कार धोने का। इसलिए मैं ऐसा नहीं कर सकता। मैं नहीं कह सकता कि तुम्हारी कोई कार नहीं है। वह कार पार्क करने जा रहा है और तब मैं उसे धोऊंगा।'

उस एक रुपये का लोभ, वह निहित स्वार्थ वहां है। तुम्हारे बहुत से निहित स्वार्थ हैं तुम्हारे दुख में, तुम्हारी मनोव्यथा में, तुम्हारी बीमारी में भी। और तब तुम कहे चले जाते हो, 'लेकिन मैं इसे चाहता नहीं। मैं क्रोध नहीं चाहता; मैं यह या वह नहीं होना चाहता।' लेकिन जब तक तुम जान न जाओ कि कैसे ये सारी बातें तुममें घटित हुई हैं, जब तक तुम समझ न लो सारा ढंग, तब तक कुछ नहीं बदला जा सकता।

मन का सबसे ज्यादा गहरा ढांचा इच्छा है। जो कुछ तुम हो, वह इसलिए हो कि तुम्हारी निश्चित इच्छाएं हैं, इच्छाओं का समूह है। इसलिए पतंजलि कहते हैं, 'पहली चीज गैर-मोह है।' सारी इच्छाएं गिरा दो। आसक्त मत बने रहो। और फिर है, अभ्यास।

उदाहरण के लिए कोई मेरे पास आता है और कहता है, 'मैं मोटा नहीं होना चाहता। मैं अपने शरीर में और ज्यादा चरबी इकट्ठी नहीं करना चाहता, लेकिन मैं खाये ही जाता हूं ! मैं इसे रोकना चाहता हूं, लेकिन मैं खाता ही जाता हूं।'

यह चाहना ऊपरी है। ऐसा है, क्योंकि भीतर एक ढांचा है और इसीलिए वह ज्यादा, और ज्यादा खाये चला जाता है। और अगर वह कुछ दिनों के लिए रुक भी जाये, तो वह फिर शुरू कर देता है, और खाता है ज्यादा जोश के साथ। और कुछ दिनों के उपवास करने और नियंत्रित भोजन करने द्वारा उसने जितना खोया उससे कहीं ज्यादा वजन इकट्ठा कर लेगा। और ऐसा लगातार हो रहा है वर्षों से। यह कम खाने की बात नहीं है। क्यों वह ज्यादा खा रहा है ? शरीर को यह नहीं चाहिए, लेकिन कहीं मन में भोजन किसी चीज के बदले परिपूरक बन चुका है।

हो सकता है वह मृत्यु से भयभीत हो। जिन्हें मृत्यु का भय होता है वे लोग ज्यादा खाते हैं क्योंकि खाना जीवन का आधार दिखाई पड़ता है। तुम ज्यादा खाते हो, तो ज्यादा जीवंत तुम होते हो—यह गणित बैठा है तुम्हारे मन में, क्योंकि अगर तुम नहीं खाते, तो तुम मर जाते। न खाना मृत्यु के बराबर हो जाता है और ज्यादा खा लेना ज्यादा जीवन के तुल्य हो जाता है। इसलिए अगर तुम्हें मृत्यु-भय है तो तुम ज्यादा खाओगे। और अगर तुम्हें कोई प्रेम नहीं करता, तो तुम ज्यादा खाओगे।

भोजन प्रेम की जगह एक परिपूरक बन सकता है, क्योंकि बच्चा शुरू में भोजन और प्रेम का संबंध जोड़ना सीखता है। पहली चीज, जिसके प्रति बच्चा सजग होने वाला है, वह है मां—मां के द्वारा आया भोजन और मां के द्वारा आया प्रेम। प्रेम और भोजन उसकी चेतना में साथ-साथ प्रवेश करते हैं। और जब भी मां प्रेमपूर्ण होती है, वह ज्यादा दूध दे देती है। स्तन प्रसन्नतापूर्वक दिया जाता है। लेकिन जब भी मां क्रोध में होती है, अप्रेमपूर्ण होती है, वह स्तन को तुरंत छीन लेती है। वह दूध नहीं देती।

भोजन दूर कर दिया जाता है जब-जब मां अप्रेमपूर्ण होती है। भोजन दिया जाता है जब वह प्रेमपूर्ण होती है। तो प्रेम और भोजन एक हो जाते हैं। मन में, बच्चे के मन में वे संबंधित हो जाते हैं। इसलिए जब कभी बच्चा ज्यादा प्रेम पाता है, वह अपने आहार को कम कर देगा क्योंकि बहुत ज्यादा प्रेम के साथ भोजन की जरूरत नहीं होती है। जब कभी प्रेम नहीं होता, वह ज्यादा खायेगा क्योंकि संतुलन बनाये रखना पड़ता है। और अगर प्रेम बिलकुल ही नहीं होता, तो वह अपना पेट पूरा भर लेगा।

तुम्हें यह जानकर शायद आश्चर्य होगा कि जिस समय व्यक्ति प्रेम में पड़ते हैं, वे मोटापा खो देते हैं। इसीलिए लड़कियों का जब विवाह हो जाता है उसी क्षण से वे मोटापा इकट्ठा करना शुरू कर देती हैं। जब प्रेम व्यवस्थित हो जाता है तो वे मोटी होना शुरू हो जाती हैं, क्योंकि अब कोई प्रेम वहां नहीं होता। अब प्रेम और प्रेम का संसार एक ढंग से खत्म ही है !

उन देशों में जहां तलाक ज्यादा प्रचलित हो चुका है, स्त्रियां कहीं बेहतर रूपाकृति में दिखायी पड़ रही हैं। वह देश जहां तलाक ज्यादा प्रचलित नहीं है, औरतें अपनी देहाकृति के बारे में जरा भी फिक्र नहीं करतीं। अगर तलाक संभव हो तो स्त्रियों को नये प्रेमी खोजने पड़ेंगे इसलिए वे देहाकृति के प्रति सचेत हो जाती हैं। प्रेम की खोज शारीरिक आकृति को मदद देती है। लेकिन जब प्रेम व्यवस्थित हो जाता है, तो एक ढंग से वह खत्म हो जाता है। तब तुम्हें शरीर की चिंता करने की कोई जरूरत नहीं रहती। तुम्हें कुछ ध्यान रखने की जरूरत नहीं।

तो यह व्यक्ति—मैं जिसके बारे में बात कर रहा था—शायद मृत्यु से भयभीत होगा। या शायद यह हो कि उसे किसी के साथ गहरा आंतरिक प्रेम न हो। और ये दोनों बातें फिर जुड़ी हुई हैं। अगर तुम प्रेम में पड़ जाते हो तो तुम्हें मृत्यु का भय नहीं रहता। प्रेम इतना तृप्तिदायी है कि तुम फिक्र नहीं करते कि भविष्य में क्या होने वाला

है। प्रेम स्वयं एक परितृप्ति है। अगर मृत्यु भी आ जाती है, तो उसका भी स्वागत किया जा सकता है। लेकिन यदि तुम प्रेम में नहीं हो, तब मृत्यु भय उत्पन्न करती है, क्योंकि तुमने अभी तक प्रेम भी नहीं किया है और मृत्यु पास आती जा रही है। और मृत्यु हर चीज समाप्त कर देगी और कोई समय वहां न बचेगा, कोई भविष्य न होगा उसके बाद।

यदि जीवन में प्रेम नहीं है, तो मृत्यु का भय अधिक होगा। यदि प्रेम है, तो मृत्यु का भय कम होता है। और यदि समग्र प्रेम होता है, तो मृत्यु मिट जाती है। ये सब चीजें भीतर से जुड़ी हुई हैं। बहुत सीधी-सरल चीजें भी बहुत बड़े ढांचों में गहरे रूप से बद्धमूल होती हैं।

मुल्ला नसरुद्दीन अपने पशुओं के चिकित्सक के सामने अपने कुत्ते के साथ खड़ा हुआ था और आग्रह कर रहा था, 'मेरे कुत्ते की पूंछ काट दो।' डॉक्टर बोला, 'क्यों नसरुद्दीन ? अगर मैं तुम्हारे कुत्ते की पूंछ काट दूं, तो यह खूबसूरत कुत्ता नष्ट हो जायेगा। वह बदसूरत लगेगा। तुम इस पर क्यों जोर दे रहे हो ?' नसरुद्दीन कहने लगा, 'तुम्हारे और मेरे बीच की बात है, इसे किसी से कहना नहीं। मैं कुत्ते की पूंछ कटवा देना चाहता हूं क्योंकि मेरी सास जल्दी ही आनेवाली है और मैं अपने घर में स्वागत का कोई लक्षण नहीं चाहता। मैंने हर चीज हटा दी है। केवल यह कुत्ता अब भी मेरी सास का स्वागत कर सकता है।'

एक कुत्ते की पूंछ के तले भी बहुत-से संबंधों का बड़ा ढांचा होता है। और अगर मुल्ला नसरुद्दीन एक कुत्ते के द्वारा भी अपनी सास का स्वागत नहीं कर सकता, तो उसे अपनी पत्नी से प्रेम नहीं हो सकता। यह असंभव है। अगर तुम्हें अपनी पत्नी से प्रेम है, तो तुम सास का स्वागत करोगे। तुम उसके प्रति प्रेमपूर्ण होओगे।

वे चीजें जो बाहरी तौर पर सीधी-सरल हैं, गहरे तौर पर जटिल चीजों में बद्धमूल होती हैं। और हर चीज अंतर्संबंधित होती है। तो विचार को बदलने भर से कुछ नहीं बदलता है, जब तक कि तुम जटिल ढांचे में नहीं पहुंचो और उसे सहज न करो, असंस्कारित न कर दो, नया ढांचा न निर्मित करो। केवल तभी इसमें से नया जीवन उदित हो सकता है। तो इसे घटित होना ही होता है। अनासक्ति होनी चाहिए; हर चीज के प्रति अनासक्ति।

लेकिन इसका यह अर्थ नहीं कि तुम आनंद लेना बंद कर दो। यह गलतफहमी रही है। और योग का बहुत ढंग से गलत अर्थ लगाया गया है। जिनमें से एक भ्रांत व्याख्या यह है कि योग कह रहा है कि तुम जीवन के प्रति मरो, क्योंकि अनासक्ति का अर्थ है कि तुम किसी चीज की इच्छा नहीं करते। यदि तुम किसी चीज की इच्छा नहीं करते, यदि तुम्हें किसी चीज का मोह नहीं है, यदि तुम्हें किसी चीज से प्रेम नहीं है, तब तुम सिर्फ एक मुरदा लाश होओगे।

नहीं, यह अर्थ नहीं हैं। अनासक्ति का अर्थ है : किसी चीज पर निर्भर मत होओ। और अपने जीवन तथा खुशी को किसी चीज पर निर्भर मत बनने दो। पसंद ठीक है, लेकिन मोह ठीक नहीं है। जब मैं कहता हूं पसंद ठीक है, तो मेरा मतलब होता है कि तुम कुछ ज्यादा पसंद कर सकते हो, तुम्हें पसंद करना ही पड़ता है। अगर बहुत-से लोग हैं, तो तुम्हें किसी को प्रेम करना होता है, तुम्हें किसी को चुनना पड़ता है, तुम्हें किसी के साथ मैत्रीपूर्ण होना पड़ता है। किसी को पसंद करो, लेकिन मोह मत बनाओ।

तो अंतर क्या है ? अगर तुम आसक्ति जोड़ लेते हो, तो वह मोहग्रस्तता बन जाता है। यदि वह व्यक्ति नहीं होता, तो तुम दुखी हो जाते हो। अगर तुम व्यक्ति का अभाव अनुभव करते हो, तो तुम दुख में पड़ जाते हो।

और आसक्ति ऐसा रोग है कि यदि व्यक्ति वहां नहीं होता तो तुम दुख में पड़ते हो, और यदि वही व्यक्ति वहां होता है तो तुम तटस्थ रहते हो। तब तो ठीक ही है, इसे निश्चित बात ही मान लिया जाता है। अगर व्यक्ति मौजूद है, तो ठीक है। इससे ज्यादा कुछ नहीं। लेकिन अगर व्यक्ति वहां नहीं होता है, तो तुम दुखी होते हो। यह है आसक्ति, मोह।

पसंद इसके ठीक विपरीत है। यदि व्यक्ति वहां नहीं होता, तुम ठीक होते हो। यदि व्यक्ति पास होता है, तुम प्रसन्नता अनुभव करते हो, कृतज्ञ अनुभव करते हो। यदि व्यक्ति समीप होता है, तो तुम इसे निश्चित बात नहीं मानते। तुम प्रसन्न होते, तुम इसका आनंद अनुभव करते, इसका उत्सव मनाते। लेकिन अगर व्यक्ति पास नहीं होता, तो तुम ठीक रहते हो। तुम मांग नहीं करते, तुम चिंता-ग्रसित नहीं हो जाते। तुम अकेले रह सकते हो और खुश भी। तुम ज्यादा चाहते हो कि वह व्यक्ति वहां होता; लेकिन यह कोई मोह नहीं है।

पसंद अच्छी होती है, मोह एक बीमारी है। और वह व्यक्ति जो पसंद के साथ जीता है, वह गहरी प्रसन्नता में जीवन जीता है। तुम उसे दुखी नहीं बना सकते। तुम उसे केवल प्रसन्न बना सकते हो। लेकिन जो व्यक्ति आसक्ति सहित जीता है, तुम उसे प्रसन्न नहीं बना सकते। तुम उसे केवल ज्यादा दुखी बना सकते हो। और तुम यह जानते हो। तुम यह खूब जानते हो। यदि तुम्हारा मित्र पास होता है, तो तुम इसमें बहुत आनंद नहीं मानते। लेकिन अगर तुम्हारा मित्र नहीं होता, तो तुम उसकी कमी बहुत महसूस करते हो।

अभी कुछ ही दिन पहले एक युवती मेरे पास आयी। वह दो महीने पहले अपने प्रेमी के साथ मुझसे मिलने आयी थी। वे लगातार एक-दूसरे से लड़ते रहते थे। लड़ाई एक रोग बन चुकी थी। इसलिए मैंने उनसे कुछ सप्ताह के लिए अलग रहने को कहा था। वे बता चुके थे कि इकट्ठे रहना असंभव था, इसलिए मैंने उन्हें अलग कर दूर भेज दिया था।

वह लड़की यहीं थी क्रिसमस ईव को, और उसने कहा, 'इन दो महीनों में, मैंने अपने प्रेमी की कमी बहुत ज्यादा महसूस की है। मैं लगातार उसके बारे में सोच रही हूं। मेरे सपनों तक में भी वह दिखाई देने लगा है। पहले ऐसा कभी न हुआ था। जब हम साथ-साथ थे, मैंने उसे अपने सपनों में कभी न देखा था। मैं अपने सपनों में दूसरे पुरुषों के साथ संभोग करती थी। लेकिन अब निरंतर मेरा प्रेमी मेरे सपनों में रहता है। अब हमें फिर इकट्ठा रहने दीजिए।'

तो मैंने उससे कहा, 'इसमें कुछ अड़चन नहीं, तुम फिर से एक साथ रह सकते हो। लेकिन जरा इसे खयाल में लेना कि अभी दो महीने पहले ही तुम साथ रह रहे थे और तुम बिलकुल खुश न थे।'

मोह एक बीमारी है। जब तुम एक साथ होते हो, तुम सुखी नहीं होते। यदि तुम्हारे पास धन-दौलत हो, तो तुम सुखी नहीं होते। लेकिन तुम दुखी होओगे, अगर तुम गरीब हो। अगर तुम स्वस्थ होते हो, तो तुम कभी कृतज्ञता अनुभव नहीं करते। अगर तुम स्वस्थ होते हो, तो तुम कभी अस्तित्व के प्रति कृतज्ञ अनुभव नहीं करते। लेकिन अगर तुम बीमार होते हो, तो तुम सारे जीवन की और अस्तित्व की निंदा कर रहे होते हो। हर चीज अर्थहीन होती है और कहीं कोई ईश्वर नहीं होता।

एक मामूली-सा सिरदर्द भी काफी है तुम्हें ऐसा बना देने को कि तुम ईश्वर को व्यर्थ मान लो। लेकिन जब तुम प्रसन्न और स्वस्थ होते हो, तो तुम केवल धन्यवाद देने के लिए चर्च या मंदिर जाने जैसा अनुभव नहीं करते

कि, 'मैं खुश हूं और मैं स्वस्थ हूं और मैंने इन्हें अर्जित नहीं किया है। ये तुम्हारे द्वारा दिये गये उपहार हैं।'

मुल्ला नसरुद्दीन एक बार एक नदी में गिर गया, और वह बस डूबने ही वाला था। वह कोई धार्मिक आदमी नहीं था, लेकिन अचानक मृत्यु की कगार पर खड़ा वह जोर से चीख पड़ा, 'अल्लाह, ईश्वर, कृपा करके मुझे बचायें, मदद करें। और आज से मैं प्रार्थना किया करूंगा, जो कुछ धर्मशास्त्रों में लिखा है, मैं करूंगा।'

जब वह कह रहा था 'ईश्वर, मेरी मदद करो', तभी उसने नदी के ऊपर लटक रही एक शाखा को पकड़ लिया। जब वह उसे पकड़ रहा था, सुरक्षा की ओर पहुंच रहा था, उसने आराम अनुभव किया और वह बोला, 'अब ठीक है। अब तुम्हें फिक्र करने की जरूरत नहीं।' उसने फिर ईश्वर से कहा, 'अब तुम्हें फिक्र करने की जरूरत नहीं। अब मैं सुरक्षित हूं।' अचानक शाखा टूट गयी और वह फिर गिर पड़ा तो वह बोला, 'क्या तुम सीधा-सा मजाक नहीं समझ सकते ?'

लेकिन हमारे मन इसी तरह चल-फिर रहे हैं। मोह तुम्हें ज्यादा और ज्यादा दुखी बनाता जायेगा। पसंद तुम्हें ज्यादा से ज्यादा सुखी बनायेगी। पतंजलि विरुद्ध हैं मोह के, पर पसंद के नहीं। हर किसी को चुनना पड़ता है। हो सकता है तुम एक भोजन पसंद करो, शायद दूसरा तुम पसंद न करो। लेकिन यह तो बस पसंद है। यदि तुम्हारी पसंद का भोजन उपलब्ध नहीं होता है, तब तुम दूसरा भोजन चुन लोगे। और तुम प्रसन्न होओगे क्योंकि तुम जानते हो, पहला वाला उपलब्ध नहीं है और जो कुछ भी उपलब्ध है उसका आनंद लेना पड़ता है। तुम चिल्लाओगे और रोओगे नहीं। तुम जीवन को स्वीकार लोगे जिस भांति वह घटित हो।

लेकिन जो आदमी लगातार हर चीज से मोह जोड़े रखता है, वह कभी किसी चीज का आनंद नहीं मना सकता और हमेशा अभाव अनुभव करता है। सारा जीवन एक सतत दुख बन जाता है। अगर तुम मोह नहीं रखते हो, तो तुम मुक्त होते हो। तुम्हारे पास बहुत ऊर्जा होती है। तुम किसी चीज पर निर्भर नहीं होते। तुम स्वतंत्र होते हो और यह ऊर्जा आंतरिक प्रयास में प्रवाहित की जा सकती है। यह ऊर्जा अभ्यास बन सकती है। अभ्यास क्या है ? अभ्यास है पुराने अभ्यस्त ढांचों से लड़ना। हर धर्म ने बहुत सारे अभ्यास विकसित किये हैं, लेकिन उनका आधार पतंजलि का यह सूत्र है।

उदाहरण के लिए, जब कभी तुम्हें यह पता चले कि तुम्हें क्रोध आ रहा है तो इसे सतत अभ्यास बना लो कि क्रोध में प्रवेश करने के पहले तुम पांच गहरी सांसें लो। यह एक सीधा-सरल अभ्यास है। स्पष्टतया क्रोध से बिलकुल संबंधित नहीं है और कोई इस पर हंस भी सकता है कि इससे मदद कैसे मिलने वाली है ? लेकिन इससे मदद मिलने वाली है। इसलिए जब कभी तुम्हें अनुभव हो कि क्रोध आ रहा है तो इसे व्यक्त करने के पहले पांच गहरी सांस अंदर खींचो और बाहर छोड़ो।

क्या होगा इससे ? इससे बहुत सारी चीजें हो पायेंगी। क्रोध केवल तभी हो सकता है अगर तुम होश नहीं रखते। और यह श्वसन एक सचेत प्रयास है। बस, क्रोध व्यक्त करने से पहले जरा होशपूर्ण ढंग से पांच बार अंदर-बाहर सांस लेना। यह तुम्हारे मन को जागरूक बना देगा। और जागरूकता के साथ क्रोध प्रवेश नहीं कर सकता। और यह केवल तुम्हारे मन को ही जागरूक नहीं बनायेगा, यह तुम्हारे शरीर को भी जागरूक बना देगा, क्योंकि शरीर में ज्यादा ऑक्सीजन हो तो शरीर ज्यादा जागरूक होता है। जागरूकता की इस घड़ी में, अचानक तुम पाओगे कि क्रोध विलीन हो गया है।

दूसरी बात, तुम्हारा मन केवल एक-विषयी हो सकता है। मन दो बातें साथ-साथ नहीं सोच सकता; यह मन के लिए असंभव है। यह एक से दूसरी चीज में बहुत तेजी से परिवर्तित हो सकता है। दो विषय एक साथ एक ही समय मन में नहीं हो सकते। एक चीज होती है, एक वक्त में। मन का गलियारा बहुत संकरा होता है। एक वक्त में केवल एक चीज वहां हो सकती है। इसलिए यदि क्रोध वहां होता, तो क्रोध वहां होता है, लेकिन यदि तुम पांच बार सांस अंदर-बाहर लो, तो अचानक मन सांस लेने के साथ संबंधित हो जाता है। वह दूसरी दशा में मोड़ दिया गया है। अब वह अलग दिशा में बढ़ रहा होता है। और यदि तुम फिर क्रोध की ओर सरकते भी हो, तो तुम फिर से वही नहीं हो सकते क्योंकि वह घड़ी जा चुकी है।

गुरजिएफ ने कहा था, जब मेरे पिता मर रहे थे, उन्होंने मुझसे केवल एक बात याद रखने को कहा, 'जब कभी तुम्हें क्रोध आये तो चौबीस घंटे प्रतीक्षा करो, और फिर वह करो जो कुछ भी तुम चाहते हो। अगर तुम जाकर कत्ल भी करना चाहते हो, जाओ और कर दो कत्ल, लेकिन चौबीस घंटे प्रतीक्षा करना।'

चौबीस घंटे तो बहुत ज्यादा हैं; चौबीस सेकंड चल जायेंगे। प्रतीक्षा करना मात्र तुम्हें बदल देता है। वह ऊर्जा जो क्रोध की ओर बह रही है, नया रास्ता अपना लेती है। यह वही ऊर्जा है। यह क्रोध बन सकती है, यह करुणा बन सकती है। इसे जरा मौका दे दो।

तो पुराने शास्त्र कहते हैं, 'यदि कोई अच्छा विचार तुम्हारे मन में आता है, तो उसे स्थगित मत करो; उस काम को तुरंत करो। और यदि कोई बुरा विचार मन में आता है, तो उसे स्थगित कर दो; उसे तत्काल कभी मत करो।' लेकिन हम बहुत चालाक हैं, बहुत होशियार। हम सोचते हैं, और जब भी कोई अच्छा विचार आता है, हम उसे स्थगित कर देते हैं।

मार्क ट्वेन ने अपने संस्मरणों में लिखा है कि वह दस मिनट तक एक पादरी को सुन रहा था, किसी चर्च में। व्याख्यान तो असाधारण था और उसने अपने मन में सोचा, आज मुझे दस डॉलर दान करने ही हैं। यह पादरी अद्‌भुत है। इस चर्च की मदद की ही जानी चाहिए! उसने निर्णय ले लिया कि व्याख्यान के बाद उसे दस डॉलर दान करने ही हैं। दस मिनट और हुए और वह सोचने लगा कि दस डालर तो बहुत ज्यादा होंगे। पांच से काम चलेगा। दस मिनट और हुए और उसने सोचा, 'यह आदमी तो पांच के लायक भी नहीं है।'

अब वह कुछ सुन भी नहीं रहा था। अब वह उन दस डॉलर के लिए चिंतित था। उसने इस विषय में किसी से कुछ नहीं कहा था, लेकिन अब वह अपने को यकीन दिला रहा था कि यह तो बहुत ज्यादा था। जिस समय तक व्याख्यान समाप्त हुआ, उसने कहा, 'मैंने कुछ न देने का फैसला किया। और जब वह आदमी मेरे सामने चंदा लेने आया, वह आदमी जो इधर से उधर जा रहा था चंदा इकट्ठा करने के लिए, मैंने कुछ डॉलर उठा लेने और चर्च से भागने तक की बात सोच ली।'

मन निरंतर परिवर्तित हो रहा है। यह गतिहीन कभी नहीं है; यह एक प्रवाह है। तो अगर कुछ बुरा वहां है, तो थोड़ी प्रतीक्षा करना। तुम मन को स्थिर नहीं कर सकते। मन एक प्रवाह है। बस, थोड़ी प्रतीक्षा करना और तुम बुरा नहीं कर पाओगे। लेकिन अगर कुछ अच्छा होता है और तुम उसे करना चाहते हो, तो फौरन उसे कर डालो क्योंकि मन परिवर्तित हो रहा है। कुछ मिनटों के बाद तुम उसे कर न पाओगे। तो अगर वह प्रेमपूर्ण और भला कार्य है, तो उसे स्थगित मत करो। और अगर यह कुछ हिंसात्मक या विध्वंसक है, तो उसे थोड़ा-सा स्थगित

कर दो।

यदि क्रोध आये, तो उसे पांच सांसों तक स्थगित करना, और तुम क्रोध कर न पाओगे। यह एक अभ्यास बन जायेगा। हर बार जब क्रोध आये, पहले अंदर सांस लो और बाहर निकालो पांच बार। फिर तुम मुक्त हो वह करने के लिए, जो तुम करना चाहते हो। निरंतर इसे किये जाओ। यह आदत बन जाती है, तुम्हें इसके बारे में सोचने की भी जरूरत नहीं। जिस क्षण क्रोध प्रवेश करता है, तुम्हारे अंदर का रचनातंत्र तेज, गहरी सांस लेने लगता है। तुम सांस शांत और शिथिल लेने लगो, तो कुछ वर्षों के भीतर तुम्हारे लिए नितांत असंभव हो जायेगा क्रोध करना। तुम क्रोधित हो नहीं पाओगे।

कोई अभ्यास, कोई सचेतन प्रयास तुम्हारे पुराने ढांचे को बदल सकता है। लेकिन यह कोई ऐसा कार्य नहीं है जो तुरंत किया जा सकता हो। इसमें समय लगेगा क्योंकि तुमने अपनी आदतों का ढांचा बहुत से जन्मों से बनाया है। यदि तुम एक जीवन में भी इसे बदल सको, तो यह बहुत जल्दी है।

मेरे संन्यासी मेरे पास आते और वे कहते हैं, 'कब घटित होगा यह ?' मैं कहता हूं, 'जल्दी।' तब वे कहते हैं, आपके इस जल्दी का क्या अर्थ है ? क्योंकि वर्षों से आप हमें कहते आ रहे हैं 'जल्दी'।

अगर यह एक जीवन में भी घटित हो जाता है, यह जल्दी ही है। जब भी यह घटित होता है, उसे समय से पहले घटित हुआ समझो। क्योंकि तुमने अपना ढांचा बहुत जन्मों से निर्मित किया है। उसे नष्ट करना पड़ता है। अतः अगर यह बात कभी कई जीवन भी ले ले तो बहुत ज्यादा देर नहीं हुई होती है।

मन की समाप्ति सतत आंतरिक अभ्यास और वैराग्य द्वारा लायी जा सकती है। इन दो में से, अभ्यास— आंतरिक अभ्यास स्वयं में दृढ़ता से प्रतिष्ठित होने का प्रयास है।

अभ्यास का सार है स्वयं में केंद्रित होना। जो कुछ भी घटित हो, तुम्हें तुरंत नहीं प्रभावित होना चाहिए। पहले तुम्हें स्वयं में केंद्रित हो जाना चाहिए और फिर उस केंद्रस्थ दशा से आस-पास देखना चाहिए और फिर निर्णय लेना चाहिए।

कोई तुम्हारा अपमान कर देता है और तुम उस अपमान द्वारा धकेल दिये जाते हो। अपने केंद्र का संपर्क किये बगैर तुम आगे बढ़ गये हो। एक क्षण के लिए भी केंद्र तक वापस गये बगैर फिर आगे बढ़ रहे हो, तुम आगे सरक चुके हो।

अभ्यास का अर्थ है आंतरिक प्रयास। सचेतन प्रयास का अर्थ है, 'इससे पहले कि मैं बाहर बढ़ूं, मुझे भीतर बढ़ना चाहिए। पहले मुझे अपने केंद्र से संपर्क स्थापित करना चाहिए। वहां केंद्रित होकर मैं स्थिति पर दृष्टि डालूंगा और फिर निर्णय लूंगा।' और यह इतनी बड़ी, इतनी रूपांतरकारी घटना है कि एक बार तुम भीतर केंद्रित हो जाते हो तो सारी बात ही अलग दिखाई पड़ने लगती है, परिप्रेक्ष्य बदल चुका होता है। तब अपमान शायद अपमान जैसा न लगे। हो सकता है वह आदमी तो बस मूर्ख लगे। या अगर तुम वास्तव में केंद्रित हो गये हो, तो तुम शायद जान जाओ कि वह ठीक है; कि यह कोई अपमान नहीं है। वह तुम्हारे बारे में कुछ गलत नहीं बोला है।

मैंने सुना है कि एक बार ऐसा हुआ—मैं नहीं जानता कि यह सच है या नहीं, लेकिन मैंने यह किस्सा सुना है—कि एक अखबार लगातार रिचर्ड निक्सन के विरुद्ध लिख रहा था। लगातार ! वह उसे बदनाम कर रहा था, उसकी निंदा कर रहा था, इसलिए रिचर्ड निक्सन संपादक के पास गया और बोला, 'तुम क्या कर रहे हो ? तुम मेरे बारे में झूठी बातें कह रहे हो और तुम इसे खूब अच्छी तरह से जानते हो।' वह संपादक बोला, 'हां, हम जानते हैं कि हम आपके बारे में झूठ कह रहे हैं। लेकिन यदि हम आपके बारे में सच कहना शुरू कर दें, तो आप ज्यादा मुसीबत में पड़ जायेंगे।'

इसलिए अगर कोई तुम्हारे बारे में कुछ कह रहा है तो हो सकता है वह झूठ कह रहा हो, लेकिन फिर से इस पर विचार करना। यदि वह वास्तव में सच कह रहा होता, वह इससे बुरा हो सकता था। या जो कुछ भी वह कह रहा है, शायद तुम पर लागू भी होता हो। जब तुम केंद्रित हो जाते हो, तब तुम भी स्वयं को तटस्थ ढंग से देख सकते हो।

पतंजलि कहते हैं कि इन दोनों में से अभ्यास, आंतरिक अभ्यास स्वयं में दृढ़ता से प्रतिष्ठित होने का प्रयास है। कार्य में बढ़ने से पहले—किसी किस्म का कार्य, तुम स्वयं के भीतर उतरो; पहले भीतर प्रतिष्ठित हो जाओ, एक क्षण के लिए भी, और तुम्हारा व्यवहार समग्र रूप से अलग होगा। वह वही पुराना बेहोश ढांचा नहीं हो सकता। वह कुछ नया ही होगा, वह एक जीवंत प्रति-संवेदन होगा। इसलिए इसे जरा प्रयोग करना। जब कभी तुम अनुभव करो कि तुम कोई कार्य या व्यवहार करने वाले हो, पहले भीतर उतर जाना।

अब तक तुम जो कुछ भी करते रहे हो रोबोट जैसा, यंत्रमानव जैसा बन गया है। यंत्रवत। तुम इसे दोहराव भरे चक्र में लगातार किये चले जा रहे हो। अगर तुम बीस दिन तक एक डायरी में हर चीज बस पूरी तरह से लिख लो जो सुबह से शाम तक घटित होती है, तो तुम ढांचे को देख पाओगे। तुम मशीन की भांति चल-फिर रहे हो। तुम आदमी नहीं हो। तुम्हारे प्रति-संवेदन मुरदा हैं। जो कुछ भी तुम करते हो, पहले से अनुमानित होता है। और अगर तुम गहरे उतर कर अपनी डायरी को ध्यान से जांचो, तो हो सकता है, तुम ढांचे का अर्थ निकाल पाओ। उदाहरण के लिए ढांचा ऐसा हो सकता है कि सोमवार को, हर सोमवार को तुम क्रोध में होओ; हर इतवार को तुम काम-वासना महसूस करो; हर शनिवार तुम लड़ रहे होओ। या सुबह शायद तुम अच्छा अनुभव करते हो; दोपहर में हो सकता है तुम दुखद अनुभव करो, और शाम तक तुम सारे संसार के विरुद्ध हो जाते हो। तुम ढांचे को समझ सकते हो। और एक बार तुम ढांचे को समझ लेते हो, तो बस तुम देख सकते हो कि तुम रोबोट की तरह यंत्रवत कार्य कर रहे हो। यंत्रवत हो जाना ही दुख है। तुम्हें बोधपूर्ण होना है, कोई यांत्रिक चीज नहीं।

गुरजिएफ कहा करता था, 'जैसा कि आदमी है, वह एक मशीन है।' तभी तुम मनुष्य बनते हो, जब तुम होशपूर्ण बनते हो। और स्वयं में दृढ़ता से स्थिर होने का यह सतत प्रयास तुम्हें बोधपूर्ण बना देगा, तुम्हें गैर-यांत्रिक बना देगा, तुम्हें अननुमेय (अनप्रेडिक्टेबल) बना देगा, तुम्हें मुक्त बना देगा। तब कोई तुम्हारा अपमान कर सकता है और तुम फिर भी हंस सकते हो। उससे पहले तुम कभी नहीं हंसे हो, जब यह घटित हुआ है। कोई तुम्हारा अपमान कर सकता है और तुम उसके प्रति कृतज्ञ हो सकते हो। कुछ नया उत्पन्न हो रहा है। तुम अपने भीतर एक सचेतन अस्तित्व निर्मित कर रहे हो।

क्रियाशील होने का अर्थ है : बाहर की ओर बढ़ना, दूसरों की ओर चलना, स्वयं से दूर जाना। हर क्रिया स्वयं से दूर जाना है। क्रिया में चले जाने से पहले, इससे पहले कि तुम दूर जाओ, पहली बात यह करनी है कि एक बार गौर से देखो; संपर्क बनाओ; डुबकी लो अपने आंतरिक अस्तित्व में। पहले स्थिर हो जाओ।

हर कर्म के पहले वहां एक क्षण ध्यान का होने दो। यह अभ्यास है। जो कुछ भी तुम करो, उसे करने से पहले अपनी आंखें बंद कर लो, मौन बने रहो, भीतर उतरो। बस तटस्थ बन जाओ, अनासक्त, ताकि तुम प्रेक्षक की तरह देख सको—पक्षपातशून्य—जैसे कि तुम सम्मिलित ही नहीं हो; तुम केवल एक साक्षी हो। और फिर आगे बढ़ो।

एक दिन सबेरे-सबेरे, मुल्ला नसरुद्दीन की पत्नी मुल्ला से बोली, 'रात को जब तुम सोये थे, तो तुम मेरा अपमान कर रहे थे। तुम मेरे विरुद्ध बातें कह रहे थे, मेरे विरुद्ध गाली दे रहे थे। तुम्हारा मतलब क्या है, तुम्हें साफ बताना होगा।' मुल्ला नसरुद्दीन कहने लगा, 'पर किसने कहा कि मैं सोया था ? मैं सोया हुआ नहीं था। यही है कि जो बातें मैं कहना चाहता हूं, मैं दिन में नहीं कह सकता। मैं इतना अधिक साहस इकट्ठा नहीं कर सकता।'

अपने सपनों में, अपने जागने में, तुम लगातार कुछ बातें कर रहे हो, लेकिन वे बातें चेतन-रूप से नहीं की जाती हैं। यह तो ऐसे जैसे कि उन्हें करने को तुम मजबूर किये जा रहे हो। तुम्हारे सपनों में भी तुम मुक्त नहीं हो। और यह सतत यांत्रिक व्यवहार बंधन है।

तो स्वयं में स्थिर कैसे हों ?—अभ्यास द्वारा।

सूफी निरंतर इसका प्रयोग करते हैं। इससे पहले कि कोई चीज सूफी कहे या करे, इससे पहले कि वह बैठता है या खड़ा होता है, जो कुछ भी करता है इससे पहले—उदाहरण के लिए—इससे पहले, कि कोई सूफी शिष्य खड़ा हो, वह अल्लाह का नाम लेगा। पहले वह अल्लाह का नाम लेगा। जब वह बैठेगा उससे पहले वह अल्लाह का नाम लेगा। किसी कार्य को करने से पहले—और बैठना भी एक क्रिया है—वह कहेगा, 'अल्लाह।' तो बैठते हुए वह कहेगा, 'अल्लाह।' खड़े होते हुए वह कहेगा, 'अल्लाह।' और अगर इसे जोर से कहना संभव न हो, तो वह इसे भीतर कह देगा। हर कार्य अल्लाह के स्मरण के साथ किया जाता है। और धीरे-धीरे यह स्मरण एक सतत अवरोध बन जाता है उसके और क्रिया के बीच। एक विभाजन, एक खाली जगह।

जितनी ज्यादा यह खाली जगह बढ़ती है, उतने ज्यादा वह अपने कार्य पर दृष्टि डाल सकता है, जैसे कि वह कर्ता हो ही नहीं। धीरे-धीरे अल्लाह की निरंतर पुनरुक्ति द्वारा वह समझने लगता है कि केवल अल्लाह ही कर्ता है। वह अनुभव करता है, मैं कर्ता नहीं हूं। मैं केवल एक साधन हूं या एक उपकरण। और जिस क्षण यह अंतर बढ़ता है, सब जो बुरा है, गिर जाता है। तुम बुरा नहीं कर सकते। तुम बुरा कर सकते हो, केवल जब कर्ता और कर्म के बीच कोई अंतर न हो। अंतर के साथ शुभ स्वचालित ढंग से आता है।

जितना बड़ा अंतर कर्ता और कर्म के बीच हो, उतनी ज्यादा अच्छाई वहां होती है। जीवन एक पवित्र घटना बन जाती है। तुम्हारा शरीर एक मंदिर बन जाता है। और कोई भी चीज जो तुम्हें जागरूक बनाती है, तुम्हें भीतर ठहरा हुआ बनाती है, अभ्यास है।

इन दो में से अभ्यास—आंतरिक अभ्यास, प्रयास है स्वयं में दृढ़ता से स्थिर होने का। बिना किसी व्यवधान के श्रद्धा से भरी निष्ठा के साथ लगातार लंबे समय तक इसे जारी रखने से यह दृढ़ अवस्था वाला हो जाता है।

दो बातें हैं। पहली बात—बहुत लंबे समय तक निरंतर अभ्यास। लेकिन कितने समय तक ? यह निर्भर करेगा। यह तुम पर निर्भर करेगा, एक-एक व्यक्ति पर। समय की लंबाई निर्भर करेगी प्रगाढ़ता पर। अगर प्रगाढ़ता समग्र है, तब यह बहुत जल्दी घट सकता है—तत्काल भी ! अगर प्रगाढ़ता बहुत गहन नहीं है, तब यह बात ज्यादा लंबा समय लेगी।

मैंने सुना है कि एक सूफी रहस्यवादी, जुन्नैद टहल रहा था। सुबह को अपने गांव के बाहर ही सैर कर रहा था। एक आदमी दौड़ता हुआ उसके पास आया और जुन्नैद से पूछने लगा, 'इस राज्य की राजधानी.... मैं राजधानी तक पहुंचना चाहता हूं, तो मुझे अब और कितनी देर तक यात्रा करनी पड़ेगी ? कितनी देर लगेगी इसमें ?'

जुन्नैद ने उस आदमी की तरफ देखा और उसे उत्तर दिये बिना फिर टहलना शुरू कर दिया। वह आदमी भी उसी दिशा में जा रहा था, इसलिए वह पीछे-पीछे हो लिया। उस आदमी ने सोचा, यह बूढ़ा व्यक्ति बहरा लगता है। इसलिए दूसरी बार उसने जोर से पूछा, 'मैं जानना चाहता हूं कि राजधानी तक पहुंचने में कितना समय लगेगा ?'

जुन्नैद अब भी चलता जा रहा था। उस आदमी के साथ दो मील चलने के बाद जुन्नैद ने कहा, 'तुम्हें कम से कम दस घंटे चलना पड़ेगा।' वह आदमी बोला, 'लेकिन यह तुम पहले कह सकते थे।' जुन्नैद बोला, 'यह मैं कैसे कह सकता था ? पहले मुझे तुम्हारी रफ़्तार देखनी थी। यह तुम्हारी रफ़्तार पर निर्भर करता है। तो दो मील तक मैं ध्यान से देखता रहा, यह जानने के लिए कि तुम्हारी रफ़्तार क्या है। केवल तभी मैं जवाब दे सकता था।' तो यह तुम्हारी प्रगाढ़ता पर निर्भर करता है, तुम्हारी रफ़्तार पर।

पहली बात है, लंबे समय तक का सतत अभ्यास बिना किसी रुकाव के। इसे याद रखना है। अगर तुम अपने अभ्यास का क्रम भंग करते हो, अगर तुम कुछ दिनों के लिए इसे करते हो और फिर कुछ दिनों के लिए इसे छोड़ देते हो, तो सारा प्रयत्न खो जाता है। फिर जब तुम शुरू करते हो दोबारा, तो फिर यह एक शुरुआत होती है।

अगर तुम ध्यान कर रहे हो और फिर तुम कहते हो कि कुछ दिनों के लिए इसमें कोई फर्क नहीं पड़ता, यदि तुम सुस्त अनुभव करते हो, यदि तुम सोया हुआ अनुभव करते हो और तुम कहते हो, मैं इसे स्थगित कर सकता हूं, मैं इसे कल कर सकता हूं तो याद रखो कि एक दिन भी गंवाना बहुत दिनों के कार्य को विनष्ट कर देता है ! तुम उस दिन ध्यान नहीं कर रहे हो, पर तुम दूसरी बहुत-सी चीजें कर रहे होओगे। वे दूसरी बहुत सारी चीजें तुम्हारे पुराने ढांचे से संबंध रखती हैं, अतः एक तह निर्मित हो जाती है। तुम्हारा बीता कल तुम्हारे आने वाले कल से अलग हो जाता है। आज एक तह बन चुकी है, एक विभिन्न तह। निरंतरता खो गयी है। और जब तुम कल फिर से शुरू करते हो तो वह फिर एक शुरुआत होती है। मैंने बहुत से लोगों को देखा है प्रारंभ करते, समाप्त करते, फिर प्रारंभ करते। वह काम जो महीनों के भीतर किया जा सकता है, वे उसे करने में कई वर्ष लगा देते हैं।

तो इसे ध्यान में रखना है—बिना व्यवधान के। जो कुछ भी तुम चुनो, उसे अपनी सारी जिंदगी के लिए चुनो। बस उस पर ही चोट करते जाओ। मन की मत सुनो। मन तुम्हें राजी करने की कोशिश करेगा। और मन बड़ा बहकाने वाला है। मन तुम्हें सब प्रकार के कारण दे सकता है—जैसे कि आज तुम्हें अभ्यास नहीं करना चाहिए क्योंकि तुम बीमार अनुभव कर रहे हो; या सिर दर्द है और तुम रात को सो नहीं सके; या तुम इतने ज्यादा थक चुके हो कि यह अच्छा होगा, अगर तुम आराम ही कर सको। लेकिन ये मन की चालाकियां हैं।

मन अपने पुराने ढांचे पर चलना चाहता है। लेकिन मन अपने पुराने ढांचे पर क्यों चलना चाहता है ? क्योंकि इसमें न्यूनतम प्रतिरोध होता है ! यह ज्यादा आसान है। और हर कोई ज्यादा आसान मार्ग पर चलना चाहता है, ज्यादा आसान दिशा में। मन के लिए यह आसान है—पुराने के पीछे चलना। नया कठिन होता है।

मन हर उस चीज का विरोध करता है जो नयी है। तो अगर तुम प्रयोग में हो, अभ्यास में, तो मन की मत सुनो, बस किये चले जाओ। धीरे-धीरे यह नया अभ्यास मन में गहरे उतर जायेगा। और मन इसका विरोध करना समाप्त कर देगा क्योंकि तब यह कहीं आसान हो जायेगा। तब यह एक सहज प्रभाव होगा मन के लिए। जब तक यह सहज प्रवाह न बन जाये, इसे रोकना मत। तुम बड़े प्रयास को व्यर्थ कर सकते हो थोड़ी-सी सुस्ती द्वारा। अतः अभ्यास अविच्छिन्न रूप से किया जाना चाहिए।

और दूसरी बात, तुम्हें श्रद्धाभरी निष्ठा के साथ अभ्यास करना चाहिए। तुम अभ्यास कर सकते हो यांत्रिक ढंग से, बिना किसी प्रेम के, बिना निष्ठा के, उसके प्रति पावनता की अनुभूति के बिना। तब इसमें बहुत लंबा समय लगेगा, क्योंकि केवल प्रेम द्वारा चीजें आसानी से तुम्हारे भीतर उतरती हैं। निष्ठा के द्वारा तुम खुले होते हो, ज्यादा खुले। बीज अधिक गहरे गिरता है।

बिना निष्ठा के तुम अभ्यास कर सकते हो उसी चीज का। एक मंदिर को देखते हो, जहां किराये का पुजारी होता है ! वर्षों से वह लगातार प्रार्थनाएं किये चला जायेगा, बिना किसी परिणाम के, इसमें किसी परितोष के बिना। वह इसे कर रहा है जैसा कि इसे निर्धारित किया गया है। लेकिन यह काम बगैर निष्ठा का है। वह निष्ठा दिखा सकता है, लेकिन वह नौकर मात्र है। उसे अपने वेतन में रुचि है; प्रार्थना में नहीं, पूजा में नहीं, धार्मिक अनुष्ठान में नहीं। इसे करना ही पड़ेगा। यह एक कर्तव्य है, यह कोई प्रेम नहीं है। इसलिए वह ऐसा वर्षों तक करेगा। अपनी पूरी जिंदगी वह किराये का पुजारी ही बना रहेगा, एक वेतनभोगी आदमी। और अंत में वह ऐसे मर जायेगा, जैसे कि उसने कभी प्रार्थना की ही न थी। हो सकता है वह मंदिर में प्रार्थना करते हुए मरे, लेकिन ऐसे वह मरेगा, जैसे कि उसने कभी प्रार्थना नहीं की थी, क्योंकि उसमें कोई निष्ठा न थी।

अतः अभ्यास मत करो—बिना निष्ठा के, क्योंकि तब तुम अनावश्यक रूप से ऊर्जा गंवा रहे हो। बहुत घटित हो सकता है इसमें से, अगर निष्ठा वहां हो। क्या है अंतर ? अंतर है प्रेम और कर्तव्य के बीच का। कर्तव्य वह कुछ है, जिसे तुम्हें करना पड़ता है। तुम आनंदित नहीं होते उसे करते हुए। तुम्हें किसी तरह उसे ढोना पड़ता है। तुम्हें उसे जल्दी समाप्त करना होता है। वह तो बस बाहरी काम है। और अगर यही है मनोवृत्ति, तब यह कैसे तुम्हारे भीतर उतर सकता है ?

प्रेम कोई कर्तव्य नहीं है, तुम उसमें रस लेते हो। उसके आनंद की कोई सीमा नहीं है, उसे समाप्त करने की कोई जल्दी नहीं है। जितनी ज्यादा देर वह होता है, उतना ही अच्छा है। वह कभी काफी नहीं होता। हमेशा तुम

अनुभव करते हो कि तुम कुछ ज्यादा करना चाहते हो, कुछ और ज्यादा। यह हमेशा अपूर्ण है। अगर यह अभिवृत्ति है, तब चीजें तुममें गहरे चली जाती हैं। बीज अधिक गहरी भूमि में पहुंच जाते हैं। और निष्ठा का मतलब है, तुम उस खास अभ्यास के प्रेम में पड़े हुए हो—एक विशिष्ट अभ्यास।

मैं बहुत से लोगा को ध्यान से देखता हूं, बहुत से लोगों के साथ कार्य करता हूं। यह विभाजन बहुत स्पष्ट होता है। जो ध्यान का अभ्यास ऐसे करते हैं जैसे कि कोई तरकीब भर संपन्न कर रहे हों, वे वर्षों तक यही किये चले जाते हैं, लेकिन कोई परिवर्तन नहीं घटता है। यह उनकी थोड़ी-बहुत मदद कर देता है शारीरिक रूप से। वे ज्यादा स्वस्थ हो जायेंगे। उनका शरीर-गठन इसके द्वारा कुछ लाभ पा लेगा। लेकिन यह व्यायाम ही है। फिर वे मेरे पास आते हैं और कहते हैं, 'कुछ नहीं हो रहा है।'

कुछ नहीं होगा, क्योंकि इस तरह से वे इसे कर रहे हैं, मानो यह कुछ बाहरी चीज है। केवल एक कार्य। वे इसे कुछ ऐसे कर रहे हैं जैसे वे ग्यारह बजे ऑफिस जाते हैं और पांच बजे ऑफिस से लौट आते हैं। बिना किसी लगन के ध्यान-भवन में जाते हैं। वे एक घंटा ध्यान कर सकते हैं और बिना किसी अंतर लगन के। यह उनके हृदय में नहीं होता।

दूसरा वर्ग उन लोगों का है जो इसे प्रेमपूर्वक करते हैं। तो यह कुछ करने का प्रश्न नहीं है। यह मात्रात्मक नहीं है, यह गुणात्मक है। यह है कि कितने तुम सम्मिलित हो, कितनी गहनता से तुम इसे प्रेम करते हो, कितने तुम आनंदित होते हो इसमें—उद्देश्य को, ध्येय को, परिणाम को नहीं—मात्र अभ्यास को।

सूफी कहते हैं कि ईश्वर के नाम की पुनरुक्ति, अल्लाह के नाम को दोहराना स्वयं में एक आनंद है। वे दोहराये चले जाते हैं और वे आनंदित होते हैं यह करके। यह उनकी सारी जिंदगी बन जाता है—नाम को दोहराना मात्र ही।

नानक कहते हैं, नामस्मरण—नाम को स्मरण करना काफी है। तुम भोजन कर रहे हो, तुम सोने जा रहे हो, तुम स्नान कर रहे हो और निरंतर तुम्हारा हृदय स्मरण से भरा हुआ है। राम या अल्लाह या जो भी है, तुम तो बस दोहराये जा रहे हो—शब्द की भांति नहीं, बल्कि श्रद्धा की तरह, प्रेम की तरह।

तुम्हारा सारा अस्तित्व भरा हुआ अनुभव करता है। वह इसके साथ कम्पित रहता है। वह तुम्हारी गहरी सांस बन जाता है। तुम उसके बिना जिंदा नहीं रह सकते। और धीरे-धीरे यह बात एक आंतरिक समस्वरता को जन्म देती है, एक संगीत को। तुम्हारा सारा अस्तित्व एक लयबद्धता में डूबने लगता है। एक आनंदोल्लास का जन्म होता है; एक गुनगुनाती अनुभूति, एक मिठास तुम्हें घेर लेती है। तब जो कुछ तुम कहते हो वह अल्लाह का नाम बन जाता है। जो कुछ तुम कहते हो, ईश्वर का स्मरण बन जाता है।

किसी अभ्यास को बिना व्यवधान के और श्रद्धाभरी निष्ठा के साथ धारण कर लो। लेकिन पश्चिमी मस्तिष्क के लिए यह बहुत कठिन होता है। वे अभ्यास को समझ सकते हैं, लेकिन वे श्रद्धापूर्ण निष्ठा को नहीं समझ सकते। वे उस भाषा को पूर्णतया भूल चुके हैं और बिना उस भाषा के, अभ्यास एकदम मुरदा होता है।

पश्चिम के खोजी मेरे पास आते हैं। वे कहते हैं, जो कुछ भी आप कहते हैं हम करेंगे। और वे उस पर चलते हैं। ठीक उस तरह, जैसा कहा जाता है। लेकिन वे उस पर कार्य करते हैं जैसे कि वे बस किसी भी दूसरी जानकारी पर कार्य कर रहे हों—किसी तरकीब पर। वे उसके प्रेम में नहीं पड़े हैं। वे उसे लेकर पागल नहीं हुए।

वे उसमें खोये नहीं। वे योजनापूर्ण चालाक बने रहते हैं।

वे नियंत्रण में बने रहते हैं। और वे तरकीब को चालाकी से काम में लाये चले जाते हैं, जैसे कि वे किसी मशीनी-यंत्र को चलाते होंगे। यह ऐसा है जैसे कि तुम बटन दबा सकते हो और पंखा चलने लगता है। बटन के लिए या पंखे के लिए किसी श्रद्धापूर्ण निष्ठा की आवश्यकता नहीं है। और तुम जीवन में हर चीज इसी तरह करते हो, लेकिन अभ्यास इस तरह से नहीं किया जा सकता है। तुम्हें अपने अभ्यास से बहुत गहरे रूप में संबंधित होना पड़ता है। तुम्हारा अभ्यास, जिसमें कि तुम द्वितीय बन जाते हो, और वह अभ्यास प्रथम बन जाता है; जैसे कि तुम प्रतिछाया बन जाते हो, और अभ्यास आत्मा बन जाता है; जैसे कि जो अभ्यास कर रहा है वह तुम नहीं हो। अभ्यास हो रहा है अपने से ही, और तुम तो उसके हिस्से मात्र हो, उसके साथ प्रदोलित हो रहे हो, तब ऐसा हो सकता है कि ज्यादा समय की आवश्यकता न रहेगी।

गहरी श्रद्धा के साथ परिणाम तुरंत पीछे-पीछे चले आ सकते हैं। श्रद्धा की एक घड़ी में तुम अतीत की कई जिंदगियों को मिटा सकते हो। श्रद्धा के गहरे क्षण में तुम अतीत से पूर्णतया मुक्त हो सकते हो।

श्रद्धा से भरी निष्ठा का क्या अर्थ होता है इसे स्पष्ट करना कठिन है। मित्रता होती है, प्रेम होता है। और एक भिन्न कोटि है मित्रता में पगे मिले प्रेम की जो श्रद्धाभरी निष्ठा कहलाती है। मित्रता और प्रेम समान-समान के बीच घटता है। प्रेम विपरीत लिंगी के साथ होता है, और मित्रता समान लिंग के साथ, लेकिन दोनों समरूप तल पर होते हैं। तुम समान होते हो।

करुणा तो निष्ठामयी श्रद्धा से बिलकुल भिन्न है। करुणा उच्चतर स्रोत से निम्नतर स्रोत की ओर बनी रहती है। वह हिमालय से समुद्र की तरफ बहती नदी की भांति है। बुद्ध करुणामय हैं। इससे कुछ फर्क नहीं पड़ता कि कौन उनके पास आता है, उनकी करुणा तो नीचे की ओर बह रही है। श्रद्धा बिलकुल विपरीत होती है। यह ऐसे है जैसे गंगा समुद्र से हिमालय की ओर बह रही हो—निम्नतर से उच्चतर की ओर।

प्रेम समान के बीच होता है, करुणा उच्चतर से निम्नतर की ओर होती है, और श्रद्धा निम्नतर से उच्चतर की ओर होती है।

करुणा और श्रद्धा दोनों खो गयी हैं और केवल मित्रता बनी रह गयी है। लेकिन बिना करुणा और श्रद्धा के मित्रता तो बस बीच में लटक रही है मुरदा-सी, क्योंकि दो छोर लापता हैं। यह केवल उन दो छोरों के बीच जीवित रह सकती है।

अगर तुममें श्रद्धा होती है, तब देर-अबेर करुणा तुम्हारी ओर बहना शुरू कर देगी। अगर तुममें श्रद्धा होती है, तब ऊर्जा का कोई उन्नत शिखर तुम्हारी ओर बहने लगेगा। लेकिन यदि तुम श्रद्धा में नहीं हो, तो करुणा तुम्हारी ओर नहीं बह सकती। तुम उसकी ओर खुले हुए नहीं होते हो।

सारे अभ्यास, सारे प्रयोग, सबसे नीचे होने के हैं; जिससे कि उच्चतम तुममें बह सके। सबसे नीचे होने के ! जैसा कि जीसस कहते हैं, कि मेरे प्रभु के राज्य में वही पहले होंगे जो आखीर में खड़े हैं।

बन जाओ नत, अंतिम। अचानक जब तुम सबसे नीचे होते हो, तुममें सबसे ऊंचे को ग्रहण करने की क्षमता होती है। और केवल सबसे निचली गहराई की ओर ही उच्चतम आकर्षित होता और खिंचता है। वह चुम्बक बन जाती है। 'श्रद्धा के साथ' का अर्थ हुआ, तुम सबसे नीचे हो। इसीलिए बौद्धों ने भिक्षु होना चुना है, सूफियों

ने चुना है फकीर होना—निम्नतम मात्र ही—फकीर। और हमने देखा है कि इन भिखारियों में श्रेष्ठतम घटित हुआ है।

लेकिन यही उनका चुनाव है। उन्होंने स्वयं को आखीर में रख दिया है। वे अन्तिम व्यक्ति होते हैं। किसी के साथ प्रतिस्पर्द्धा में नहीं, बस घाटी की भांति, नीचे। सबसे नीचे।

इसलिए पुराने सूफी कथनों में यह कहा गया है 'ईश्वर के गुलाम बन जाओ—गुलाम मात्र। उसका नाम जपते हुए। निरंतर उसकी अनुकंपा मानते हुए। निरंतर कृतज्ञता अनुभव करते हुए। निरंतर बहुत से आशीषों से भरे हुए, जिसे उसने तुम पर बरसाया है।'

और इस भाव के साथ, इस श्रद्धा के साथ अविरत अभ्यास को भी चलने दो। पतंजलि कहते हैं कि ये दोनों, वैराग्य और अभ्यास, मन के समाप्त होने में मदद करते हैं। और जब मन समाप्त होता है, तुम पहली बार वास्तव में वही होते हो, जो तुम्हारी आत्यंतिक क्षमता है; वही, जो तुम्हारी आत्यंतिक नियति है।

प्रवचन ४

दुख की संरचना का बोध

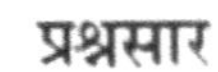

प्रश्नसार

- अनासक्ति यात्रा के आरंभ में ही होगी या अंत में ?

- क्या बुद्ध और महाकाश्यप के बीच घटा संप्रेषण समूह के लिए संभव नहीं है ?

- अभ्यास एक मनःशारीरिक संस्कारीकरण है। और इसी के द्वारा समाज मनुष्य को गुलाम बना लेता है। फिर 'अभ्यास' से मुक्ति कैसे फलित होगी ?

- पश्चिमी-मन का अधैर्य और छिछलापन देखते हुए भी क्या उसे योग-साधना में ले जाया जा सकता है ?

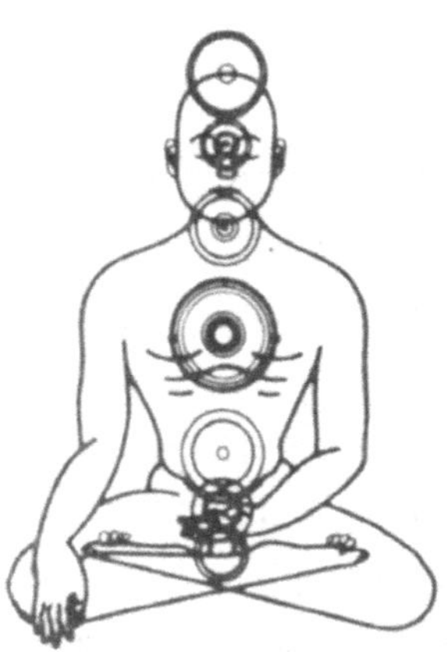

पतंजलि ने स्वयं में बद्धमूल होने के लिए अनासक्ति अर्थात इच्छाओं की समाप्ति के महत्व पर जोर दिया है। लेकिन अनासक्ति क्या वास्तव में यात्रा के आरंभ में होती है, या यह बिलकुल अंत पर ही होती है ?

आरंभ और अंत सोचो। यदि तुम में मौन बीज हुआ है। अतः आरंभ तो बीज है। आरंभ और अंत दो चीजें नहीं हैं। आरंभ अंत है। इसलिए दोनों को बांटो मत और द्वैत की भाषा में मत सोचो। यदि तुम अंत में मौन होना चाहते हो, तो तुम्हें मौन को आरंभ करना होगा बिलकुल आरंभ से ही। आरंभ में मौन बीज की भांति होगा, अंत में वह वृक्ष बन जायेगा। लेकिन वह वृक्ष बीज में ही छिपा हुआ है। अतः आरंभ तो बीज है।

जो कुछ भी परम उद्देश्य है, वह अभी और यहीं छिपा हुआ है, तुममें ही, बिलकुल प्रारंभ में ही। अगर वह वहां आरंभ में ही नहीं है, तो तुम उसे अंत में नहीं पा सकते। स्वभावतः अंतर तो होगा। आरंभ में वह केवल बीज हो सकता है, अंत में वह समग्र रूप से खिल जायेगा। हो सकता है तुम उसे पहचान न पाओ जबकि वह बीज होता है, लेकिन वह वहां है; चाहे तुम उसे जानो या नहीं। इसलिए जब पतंजलि कहते हैं कि यात्रा के एकदम आरंभ में ही अनासक्ति की आवश्यकता होती है, वे नहीं कह रहे हैं कि अंत में इसकी आवश्यकता नहीं रहेगी।

आरंभ में अनासक्ति चेष्टा-सहित होगी, अंत में अनासक्ति सहज होगी। आरंभ में तुम्हें इसके प्रति सचेत रहना होगा, अंत में इसके प्रति सचेत होने की कोई आवश्यकता न रहेगी। यह तो बस तुम्हारा स्वाभाविक प्रवाह होगा।

आरंभ में तुम्हें इसका अभ्यास करना होता है। सतत जागरूकता की आवश्यकता होगी। एक संघर्ष होगा तुम्हारे अतीत के साथ, तुम्हारी आसक्ति के ढांचों के साथ। संघर्ष तो वहां होगा। लेकिन अंत में कोई संघर्ष नहीं रहेगा, कोई विकल्प नहीं, कोई चुनाव नहीं। तुम बस कामना-रहितता की दिशा की ओर प्रवाहित होओगे। यह तुम्हारा स्वभाव बन जायेगी।

लेकिन ध्यान रहे, जो कुछ भी उद्देश्य है उसका बिलकुल शुरू से अभ्यास करना पड़ता है। वह पहला कदम ही अंतिम भी है। अतः बहुत सतर्क रहना पड़ता है पहले कदम के प्रति। यदि पहला कदम सम्यक दिशा में होता है, केवल तभी अंतिम की उपलब्धि होगी। अगर तुम पहले कदम को गंवा देते हो, तो तुमने सारे को गंवा दिया होता है।

इसके प्रति भ्रम बार-बार तुम्हारे मन में उठेगा, इसलिए इसे समझो गहरे ढंग से। क्योंकि पतंजलि कई बातें

कहेंगे जो लगती हैं अंतिम लक्ष्य की भांति। उदाहरण के तौर पर—अहिंसा अंत है, साध्य है। व्यक्ति इतना करुणामय बन जाता है, इतने गहरे रूप से प्रेम से भरा हुआ कि उसमें कोई हिंसा नहीं होती, हिंसा की कोई संभावना नहीं। प्रेम या अहिंसा अंत है। लेकिन पतंजलि आरंभ से ही इसका अभ्यास करने को कहेंगे।

ध्येय को आरंभ से ही तुम्हारी दृष्टि में होना पड़ता है। यात्रा का पहला कदम ध्येय के प्रति पूर्णतया समर्पित होना चाहिए, ध्येय की ओर निर्देशित, ध्येय की ओर बढ़ता हुआ। यह शुरू में एक दृढ़ चीज नहीं हो सकती, न ही पतंजलि इसकी आशा रखते हैं। प्रारंभ में तुम समग्र रूप से अनासक्त नहीं हो सकते, लेकिन तुम कोशिश कर सकते हो। वह प्रयास ही तुम्हारी सहायता करेगा।

तुम बहुत बार गिरोगे; बार-बार तुम मोह में पड़ जाओगे। और तुम्हारा मन इस तरह का है कि तुम अनासक्ति से भी आसक्त हो जाते हो। तुम्हारा ढांचा बहुत अचेतन है। लेकिन चेष्टा, सचेत चेष्टा, धीरे-धीरे तुम्हें सचेत और जागरूक बना देगी। और एक बार तुम मोह की पीड़ा को अनुभव करने लगे तो प्रयास की कम जरूरत रहेगी। क्योंकि कोई भी दुखी नहीं होना चाहता, कोई अप्रसन्न नहीं होना चाहता।

हम दुखी हैं क्योंकि हम नहीं जानते कि हम क्या कर रहे हैं, लेकिन हर मनुष्य में प्रसन्नता के लिए ललक होती है। कोई दुख के लिए लालायित नहीं होता, लेकिन हर कोई दुख का निर्माण कर लेता है। क्योंकि हम नहीं जानते, हम क्या कर रहे हैं। हम इच्छाओं में सरक रहे होते हैं, प्रसन्नता को पाने के उद्देश्य से, लेकिन मन का ढांचा ऐसा है कि हम वस्तुतः दुख की ओर बढ़ते हैं।

बिलकुल प्रारंभ से, जब बच्चा पैदा होता है और फिर पाला-पोसा जाता है, गलत बनावट उसके मन में भर दी जाती है, गलत-मनोवृत्तियां भर दी जाती हैं। कोई उसे गलत बनाने का प्रयत्न नहीं कर रहा है, लेकिन गलत ढांचों वाले लोग चारों ओर हैं। वे कुछ और हो नहीं सकते, वे निस्सहाय हैं।

एक बच्चा बिना किसी ढांचे के उत्पन्न होता है। केवल एक गहरी ललक सुख पाने के लिए उपस्थित होती है लेकिन वह नहीं जानता उसे कैसे प्राप्त करे। यह 'कैसे' अज्ञात है। वह जानता है यही कि इतना भर निश्चित है कि सुख प्राप्त करना ही है। वह इसके लिए जीवन भर संघर्ष करेगा। लेकिन वे साधन, वे विधियां कि उसे कैसे पाया जाये, कहां पाया जाये, उसे कहां जाना चाहिए उसे ढूंढ़ने, वह नहीं जानता है। समाज उसे सिखाता है, सुख को किस तरह प्राप्त करना है। और समाज गलत है।

एक बच्चा सुख चाहता है, लेकिन हम नहीं जानते उसे कैसे सिखायें सुखी होना। और जो कुछ भी हम उसे सिखाते हैं वह दुख की ओर जाता हुआ मार्ग बन जाता है। उदाहरण के लिए हम उसे सिखाते हैं अच्छा बनने की बात। हम उसे सिखाते हैं, कुछ निश्चित बातें नहीं करना और दूसरी बातें करना—बिना कभी यह सोचे हुए कि वे स्वाभाविक हैं या अस्वाभाविक। हम कह देते हैं, 'यह करो, वह मत करो'। लेकिन हमारा 'अच्छा' अस्वाभाविक हो सकता है। और यदि जो कुछ हम अच्छे की भांति सिखाते हैं वह अस्वाभाविक हो तो हम दुख का एक ढांचा निर्मित कर रहे होते हैं।

उदाहरण के लिए, एक बच्चा क्रोध में होता है; हम उसे कह देते हैं, 'क्रोध बुरा है। क्रोध मत करो।' लेकिन क्रोध स्वाभाविक है, और केवल कह देने से कि, 'क्रोध मत करो', तुम क्रोध को नष्ट नहीं कर रहे। हम बच्चे को सिखा रहे हैं केवल उसे दबा देना। और दमन दुख बन जायेगा क्योंकि जो कुछ भी दबाया जाता है, जहर बन जाता

है। वह शरीर के रसायनों में ही घूमता-फिरता रहता है, वह विषाक्त होता है। और उसे क्रोधित न होने की बात लगातार सिखाने के द्वारा हम उसे अपना शरीर विषमय करना सिखा रहे होते हैं।

एक चीज जो हम उसे नहीं सिखा रहे, वह है क्रोधित कैसे न हुआ जाये। हम तो बस उसे सिखा रहे हैं कि क्रोध को किस तरह दबाया जाये। और हम उसे बाध्य कर सकते हैं क्योंकि वह हम पर आश्रित है। वह निस्सहाय है, उसे हमारे पीछे चलना पड़ता है। यदि हम कहते, 'क्रोध मत करो', तो वह मुस्कुरा देगा। वह मुस्कुराहट झूठी होगी। भीतर तो वह कुलबुला रहा है, भीतर वह घबराहट में है, वहां भीतर आग है और वह बाहर मुस्कुरा रहा है।

एक छोटा बच्चा! और हम उसे पाखण्डी बना रहे हैं। वह झूठा और विखण्डित बन रहा है। वह जानता है कि उसकी मुस्कान नकली है और उसका क्रोध वास्तविक है, लेकिन वास्तविक को दबाना पड़ता है और अवास्तविक को जबरदस्ती लाना पड़ता है। वह हिस्सों में बंट जायेगा। और धीरे-धीरे वह खंडित होना इतना गहरा हो जायेगा, वह भेद इतना गहरा हो जायेगा, कि जब कभी वह मुस्कुराता है वह एक झूठी मुस्कान मुस्कुरायेगा।

और यदि वह प्रामाणिकता पूर्वक क्रोधी नहीं हो सकता, तब वह किसी चीज के बारे में प्रामाणिक नहीं हो पायेगा। क्योंकि तब प्रामाणिकता निंदित हो जाती है। वह अपना प्रेम अभिव्यक्त नहीं कर पायेगा, वह अपना आनंदोल्लास अभिव्यक्त नहीं कर पायेगा। वह भयभीत हो जायेगा यथार्थ के प्रति। यदि तुम यथार्थ के एक हिस्से की निंदा करते हो, तो सारी वास्तविकता निंदित हो जाती है। क्योंकि वास्तविकता बांटी नहीं जा सकती और एक बच्चा बांट नहीं सकता।

एक बात तो निश्चित है—बच्चा समझ चुका है कि वह स्वीकृत नहीं हुआ। जैसा कि वह है, वह प्रीतिकर नहीं है। वास्तविक कुछ बुरा ही है, इसलिए उसे नकली होना ही है। उसे चेहरों, मुखौटों का प्रयोग करना ही है। यदि एक बार वह यह सीख लेता है, तो सारा जीवन नकली दिशा की ओर बढ़ने लगेगा। और असत्य केवल दुख की ओर ही ले जा सकता है। असत्य सुख की ओर नहीं ले जा सकता। केवल सत्य, प्रामाणिक सत्य तुम्हें आनंद की ओर ले जा सकता है, जीवन के शिखर अनुभवों की ओर—प्रेम, खुशी, ध्यान, या जो कुछ नाम तुम दे सकते हो।

हर कोई इसी ढांचे में पला है, इसलिए तुम सुख के लिए लालायित रहते हो। लेकिन जो कुछ भी तुम करते हो वह दुख निर्मित करता है। सुख की ओर बढ़ने का पहला कदम है, स्वयं को स्वीकार कर लेना। लेकिन स्वयं को स्वीकार करना समाज तुम्हें हरगिज नहीं सिखाता। यह तुम्हें सिखलाता है स्वयं की निंदा करना, स्वयं के प्रति अपराधी होना, तुम्हारे स्वयं के बहुत-से हिस्सों का त्याग करना। यह तुम्हें अपंग कर देता है। और विकलांग व्यक्ति लक्ष्य तक नहीं पहुंच सकता। और हम सभी अपंग हैं।

मोह दुख है, लेकिन बिलकुल शुरू से ही बच्चे को मोह की बात सिखा दी जाती है। मां अपने बच्चे से कहेगी, 'मुझे प्रेम करो, मैं तुम्हारी मां हूं।' और पिता कहेंगे, 'मुझे प्रेम करो, मैं तुम्हारा पिता हूं।' जैसे कि कोई अपने आप ही प्रिय बन जाता हो, बस पिता या मां होने के द्वारा ही।

केवल मां होना बहुत अर्थ नहीं रखता है या केवल पिता होना बहुत महत्व नहीं रखता। पिता होना एक बड़े

अनुशासन में से गुजरना है। प्रीतिकर होना पड़ता है। और मां होना बच्चे पैदा करना मात्र नहीं है। मां होने का अर्थ है एक बड़ा प्रशिक्षण बड़ा आंतरिक अनुशासन। स्वयं को प्रीतिकर होना पड़ता है।

यदि मां प्रीतिकर होती है, तो बच्चा बिना किसी मोह के प्रेम करेगा। जब कभी वह किसी ऐसे को पायेगा जो प्यारा है, वह प्रेम करेगा। लेकिन माताएं प्रीतिकर नहीं होतीं, पिता प्रीतिकर नहीं होते। उन्होंने कभी उस शैली में सोचा नहीं है कि प्रेम एक आंतरिक गुण है। तुम्हें उसे निर्मित करना पड़ता है। तुम्हें वह हो जाना होता है।

तुम्हें विकसित होना होता है, केवल तभी तुम दूसरों में प्रेम उत्पन्न कर सकते हो। प्रेम का दावा नहीं किया जा सकता। और यदि तुम इसका दावा करते हो, तो वह मोह बन सकता है, लेकिन प्रेम नहीं। तब बच्चा मां को प्रेम करेगा तो सिर्फ इसलिए क्योंकि वह उसकी मां है। मां या पिता ध्येय बन जाते हैं। लेकिन ये संबंध हैं, प्रेम नहीं। तब बच्चा परिवार के मोह में पड़ जाता है। और परिवार एक भंजक शक्ति है क्योंकि यह तुम्हें पड़ोस के परिवार से अलग कर देती है। तुम्हारा पड़ोसी परिवार प्रीतिकर नहीं लगता क्योंकि तुम उससे संबंध नहीं रखते। तब तुम अपनी बिरादरी की, अपने देश की भाषा में सोचते हो, और पड़ोसी देश को शत्रु की तरह समझते हो।

तुम सारी मानवता को प्रेम नहीं कर सकते। और तुम्हारा परिवार इसका मूल कारण है। परिवार ने नहीं सिखाया तुम्हें प्यारा व्यक्ति होना, एक प्रेमपूर्ण व्यक्ति होना। इसने कुछ निश्चित संबंध तुम पर जबरदस्ती लाद दिये हैं। मोह एक संबंध है, और प्रेम—प्रेम मन की एक अवस्था है। लेकिन तुम्हारे पिता तुम्हें नहीं कहेंगे, प्रेममय बनो क्योंकि अगर तुम प्रेममय हो तो तुम किसी के प्रति प्रेममय हो सकते हो। हो सकता है कई बार पड़ोसी तुम्हारे पिता से ज्यादा प्रिय हो, लेकिन पिता यह स्वीकार नहीं कर सकता कि कोई उससे अधिक प्रिय हो सकता है। क्योंकि वह तुम्हारा पिता है। इसलिए संबंध सिखाने पड़ते हैं, प्रेम नहीं।

यह मेरा देश है। इसलिए मुझे इसे प्रेम करना पड़ता है। यदि प्रेम मात्र सिखाया जाता है, तो मैं किसी भी देश को प्रेम कर सकता हूं। लेकिन राजनेता इसके विरुद्ध होंगे क्योंकि मैं यदि किसी भी देश को प्रेम करता हूं, यदि मैं इस सारी पृथ्वी को प्रेम करूं, तब मैं युद्ध में घसीटा नहीं जा सकता। राजनेता सिखायेंगे, 'इस देश को प्रेम करो। यह तुम्हारा देश है क्योंकि तुम यहां पैदा हुए हो। तुम इस देश के हो, तुम्हारा जीवन, तुम्हारी मृत्यु इस देश से संबंध रखती है।' तब वे इसके लिए तुम्हें बलिदान कर सकते हैं।

सारा समाज तुम्हें संबंधों, आसक्तियों की शिक्षा दे रहा है, प्रेम की नहीं। प्रेम खतरनाक है क्योंकि यह किन्हीं सीमाओं को नहीं जानता। यह आगे बढ़ सकता है, यह स्वतंत्रता है। इसलिए एक पत्नी अपने पति को सिखायेगी, 'मुझे प्रेम करो क्योंकि मैं तुम्हारी पत्नी हूं।' जबकि पति सिखा रहा है पत्नी को, 'मुझे प्रेम करो क्योंकि मैं तुम्हारा पति हूं।' कोई प्रेम नहीं सिखा रहा।

यदि केवल प्रेम सिखाया जाता, तब पत्नी कह सकती थी कि दूसरा व्यक्ति ज्यादा प्रिय है। यदि वास्तव में संसार प्रेम करने के लिए स्वतंत्र होता, तब पति होना भर ही कोई अर्थ नहीं रख सकता, पत्नी होना मात्र कोई अर्थ न रखता। तब प्रेम मुक्त भाव से बहता है। लेकिन यह खतरनाक है। समाज इसे स्वीकार नहीं कर सकता, परिवार इसे नहीं मान सकता। धर्म इसकी अनुमति नहीं दे सकते। तो प्रेम के नाम पर वे मोह सिखाते हैं, और तब हर कोई दुख में पड़ जाता है।

जब पतंजलि कहते हैं अनासक्ति, तो वे प्रेम-विरोधी नहीं हैं। वस्तुतः वे प्रेम के लिए कहते हैं। अनासक्ति का

अर्थ है : स्वाभाविक, प्रेममय, प्रवाहमान होना, लेकिन सम्मोहित और आसक्त मत हो जाओ। आसक्ति एक समस्या है। तब प्रेम एक रोग की भांति है। यदि तुम अपने बच्चे के अतिरिक्त किसी को प्रेम नहीं कर सकते, तो यह आसक्ति है। तब तुम दुख में पड़ोगे। तुम्हारा बच्चा मर सकता है, तब तुम्हारे प्रेम के प्रवाहित होने की कोई संभावना नहीं है। और यदि तुम्हारा बच्चा नहीं भी मरे, तो वह बड़ा होगा और जितना ज्यादा वह बड़ा होता है उतना ज्यादा वह स्वतंत्र हो जायेगा। तब पीड़ा होगी। हर मां यही झेलती है, हर पिता यही भुगतता है।

जब बच्चा वयस्क हो जाता है, तब वह किसी स्त्री के प्रेम में पड़ जायेगा। तब मां कष्ट पाती है। एक प्रतिद्वंद्वी प्रविष्ट हो गया है। लेकिन वह पीड़ा मोह के कारण ही है। अगर मां ने वास्तव में बच्चे को प्रेम किया होता, वह उसे स्वतंत्र होने में मदद करती। वह उसे संसार में घूमने में मदद देगी, जितने संभव हो उतने प्रेम-संपर्क बनाने में, क्योंकि वह जानेगी कि जितना ज्यादा तुम प्रेम करते हो, उतने ज्यादा तुम परितृप्त होते हो। जब उसका बच्चा किसी स्त्री के प्रेम में पड़ता है, तो मां प्रसन्न होगी, वह आनंद से नाच उठेगी।

प्रेम तुम्हें कभी दुख नहीं देता क्योंकि अगर तुम किसी को प्रेम करते हो, तुम उसकी प्रसन्नता को प्रेम करते हो। लेकिन यदि तुम किसी के प्रति आसक्त होते हो, तुम उसकी प्रसन्नता को प्रेम नहीं करते, तुम केवल अपने स्वार्थ के कारण प्रेम करते हो। तुम केवल अपनी अहं केंद्रित मांगों के साथ ही संबंध रखते हो।

फ्रॉयड ने बहुत सारी चीजें खोजी हैं उनमें से एक है मां या पिता के प्रति बंध जाना—फिक्सेशन। फ्रॉयड कहता है कि सबसे ज्यादा खतरनाक मां वह है जो अपने बच्चे को अपने से प्यार करने के लिए इतना अधिक बाध्य कर देती है कि वह मां से बंध जाता है। और तब शायद वह किसी और को प्रेम करने के योग्य न रहे। और लाखों लोग हैं जो दुख भोग रहे हैं ऐसे बंध जाने के कारण ही।

मैं बहुत लोगों का अध्ययन करता रहा हूं। लगभग सारे पति—कम से कम निन्यानबे प्रतिशत, अपनी पत्नियों में अपनी माताओं को ढूंढ़ने की कोशिश कर रहे हैं। निस्संदेह, तुम अपनी पत्नी में अपनी मां को नहीं पा सकते। तुम्हारी पत्नी तुम्हारी मां नहीं है। लेकिन मां के साथ गहरा फिक्सेशन है। तब पति असंतुष्ट हो जाता है पत्नी के साथ, क्योंकि वह उसका ध्यान मां की भांति नहीं रख रही। और हर पत्नी अपने पति में अपनी पिता की खोज कर रही है। कोई पति उसका पिता नहीं हो सकता, लेकिन यदि वह उसकी पितानुमा देखभाल के साथ संतुष्ट नहीं होती, तब वह अपने पति के साथ असंतुष्ट हो जाती है।

ये फिक्सेशन हैं। पतंजलि की भाषा में, वे उन्हें मोह कहते हैं। फ्रॉयड उन्हें फिक्सेशन कहता है। शब्द भिन्न होते हैं, लेकिन अर्थ वही है। जड़ मत हो जाओ, प्रवाहमान रहो। अनासक्ति का अर्थ है, तुम जड़ (फिक्स) नहीं हुए हो। बर्फ के टुकड़ों की भांति मत हो जाना। पानी की भांति हो जाओ—बहते हुए। जमे हुए न होना।

हर मोह जमी हुई चीज बन जाता है—मुरदा। वह जीवन के साथ आंदोलित नहीं हो रहा होता, जह एक निरंतर गतिमान प्रतिसंवेदन नहीं होता। वह क्षण-प्रतिक्षण जीवंत नहीं होता, वह जड़ होता है। तुम किसी व्यक्ति को प्रेम करते हो—यदि वह वास्तव में प्रेम है, तब तुम भविष्य की नहीं बता सकते कि अगले क्षण क्या घटित होने वाला है। भविष्यंवाणी असंभव होती है, क्योंकि मनोदशाएं मौसम की भांति बदलती हैं। तुम नहीं कह सकते कि अगले क्षण तुम्हारा प्रेमी भी तुम्हारे प्रति प्रेमपूर्ण होगा। हो सकता है अगले क्षण वह प्रेमपूर्ण अनुभव न कर रहा हो। तुम यह आशा नहीं रख सकते।

यदि वह अगले क्षण भी तुमसे प्रेम करता है, तो यह अच्छा है, तुम कृतज्ञ हो। लेकिन यदि वह अगले क्षण तुम्हें प्रेम नहीं कर रहा तो कुछ किया नहीं जा सकता। तुम असहाय हो। तुम्हें इस तथ्य को स्वीकार करना पड़ता है कि वह वैसी मनोदशा में नहीं है; रोने-धोने की कोई बात नहीं है। बस वह प्रेम के भाव में नहीं है। तुम स्थिति को स्वीकार कर लेते हो। तुम प्रेमी को ढोंग रचने के लिए विवश नहीं करते, क्योंकि आडंबर खतरनाक होता है।

यदि मैं तुम्हारे प्रति प्रेमपूर्ण अनुभव करूं, तो मैं कहता हूं, 'मैं तुमसे प्रेम करता हूं' लेकिन अगले ही पल मैं कह सकता हूं, 'नहीं, इस क्षण मैं कोई प्रेम अनुभव नहीं करता।' केवल दो संभावनाएं हैं—या तो तुम मेरी अप्रेमपूर्ण मनोदशा स्वीकार कर लो या तुम मुझे विवश कर दो यह दिखाने को कि मैं तुम्हें प्रेम करता हूं; चाहे मैं प्रेम अनुभव कर रहा हूं या नहीं। यदि तुम विवश करते हो, तो मैं झूठ बन जाता हूं और संबंध एक दिखावा बन जाता है, एक पाखंड। तब हम एक-दूसरे के प्रति सच्चे नहीं होते। और वे दो व्यक्ति जो एक-दूसरे के प्रति सच्चे नहीं, प्रेम में किस तरह पड़ सकते हैं ? उनका संबंध एक जड़ निर्धारण, फिक्सेशन बन जायेगा।

पत्नी और पति जड़ होते हैं, मुरदा। हर चीज निश्चित है। वे एक-दूसरे के प्रति ऐसा व्यवहार करते हैं जैसे कि दूसरा कोई एक वस्तु हो। जब तुम घर लौटते हो, तो तुम्हारा फर्नीचर वही होता है। क्योंकि फर्नीचर मुरदा होता है। तुम्हारा घर वही है, क्योंकि घर मुरदा है। लेकिन तुम अपनी पत्नी से वही होने की आशा नहीं रखते। वह जीवंत है, एक व्यक्ति है। यदि तुम उससे वही होने की आशा रखते हो जैसी कि वह तब थी जब तुमने घर छोड़ा था, तब तुम उसे फर्नीचर की भांति होने के लिए बाध्य कर रहे हो, मात्र एक वस्तु होने के लिए। मोह संबंधित व्यक्तियों को बाध्य करता है वस्तुएं हो जाने के लिए। और प्रेम व्यक्तियों की मदद करता है ज्यादा स्वतंत्र होने के लिए, ज्यादा सच्चे होने के लिए। सत्य केवल सतत प्रवाह में हो सकता है, वह कभी जमा हुआ नहीं हो सकता।

जब पतंजलि कहते हैं 'अ-मोह', तब वे तुम्हारे प्रेम को मारने की बात नहीं कह रहे हैं। बल्कि, उल्टे वे उस सबको जो तुम्हारे प्रेम को जहरीला बनाता है, मारने के लिए, सारी बाधाओं को खत्म करने के लिए कह रहे हैं। जो तुम्हारे प्रेम को मार डालती हैं, उन सारी बाधाओं को नष्ट करने के लिए कह रहे हैं। केवल एक योगी प्रेमपूर्ण हो सकता है। सांसारिक व्यक्ति प्रेमपूर्ण नहीं हो सकता, वह केवल आसक्त हो सकता है।

इसे ध्यान में रखना—मोह का अर्थ है जड़ हो जाना। तुम किसी नयी चीज को स्वीकार नहीं कर सकते, केवल अतीत को करते हो। तुम वर्तमान को नहीं आने दे सकते। किसी चीज को बदलने के लिए तुम भविष्य को आने नहीं देते। लेकिन जीवन एक परिवर्तन है। केवल मृत्यु अपरिवर्तनशील है।

यदि तुम अनासक्त होते हो तो पल-दर-पल तुम आगे बढ़ते हो बगैर किसी जड़ता के। हर क्षण जिंदगी तुम्हारे लिए नयी खुशियां लायेगी, नये दुख लायेगी। अंधेरी रातें होंगी और उजले दिवस होंगे, लेकिन तुम खुले होते हो, तुम जड़-मना नहीं होते। और जब तुम्हारा जड़ हुआ मन नहीं होता, तो कोई दुखद स्थिति भी तुम्हें दुख नहीं दे सकती, क्योंकि उससे तुलना करने के लिए तुम्हारे पास कोई चीज नहीं है। तुम किसी और चीज की अपेक्षा नहीं रख रहे थे इसलिए तुम निराश नहीं हो सकते।

तुम मांगों के कारण विफल हो जाते हो। उदाहरण के लिए तुम सोचते हो कि जब तुम घर लौटो तो तुम्हारी पत्नी बाहर ही तुम्हारे स्वागत के लिए खड़ी हुई होगी। यदि वह तुम्हारे स्वागत के लिए बाहर खड़ी नहीं होती तो इसे तुम स्वीकार नहीं कर सकते। यह बात तुम्हें हताशा और दुख देती है। तुम मांग करते हो, और तुम्हारी मांगों

के द्वारा ही तुम दुख निर्मित कर लेते हो। लेकिन मांग की संभावना है केवल यदि तुम मोह में पड़ो। तुम उन व्यक्तियों से मांग नहीं कर सकते जो तुम्हारे लिए अजनबी हों। केवल मोह के साथ मांग भीतर चली आती है। इसलिए सारे मोह नरक की भांति बन जाते हैं।

पतंजलि कहते हैं, अनासक्त हो जाओ। इसका अर्थ है, प्रवाहमान हो जाओ। जो कुछ भी जीवन लाये उसे स्वीकृति देने वाले बन जाओ। मांग मत करो और जबरदस्ती मत करो क्योंकि जीवन तुम्हारे पीछे चलने वाला नहीं है। तुम जीवन को बाध्य नहीं कर सकते तुम्हारे अनुसार चलने के लिए। नदी के साथ बहना बेहतर है बजाय उसे धकेलने के। बस, उसके साथ बहो। तब बहुत खुशी की संभावना होती है। अभी भी तुम्हारे चारों ओर बहुत खुशी है, लेकिन तुम फिक्सेशन, जड़-निर्धारण के कारण उसे देख नहीं सकते।

प्रारंभ में गैर-मोह केवल एक बीज होगा। अंत में गैर-मोह इच्छारहितता बन जाता है। प्रारंभ में गैर-मोह का अर्थ होता है गैर-जड़ता, लेकिन अंत में गैर-मोह का अर्थ होगा इच्छारहितता—कोई इच्छा नहीं। आरंभ में कोई मांग नहीं, अंत में कोई इच्छा नहीं।

लेकिन यदि तुम निर्वासना के इस अंत तक पहुंचना चाहते हो, तो मांगरहितता से आरंभ करो। पतंजलि के सूत्र को आजमाओ, चाहे चौबीस घंटों के लिए ही। चौबीस घंटों के लिए, बस जिंदगी के साथ बहो बिना किसी चीज को मांगे। जो कुछ भी जिंदगी देती है, अनुगृहीत अनुभव करो, कृतज्ञ। चौबीस घंटे के लिए बस मन की प्रार्थनापूर्ण अवस्था में घूमते रहो—बिना कुछ मांगे, बिना दावा किये, बिना अपेक्षा के; और तुम एक नया खुलापन पाओगे। वे चौबीस घंटे नया झरोखा बन जायेंगे। तुम अनुभव करोगे कि तुम कितने आनंदित हो सकते हो। लेकिन आरंभ में तुम्हें जागरूक होना पड़ेगा। किसी खोजी से यह अपेक्षा नहीं की जा सकती है कि गैर-मोह उसके लिए सहज क्रिया हो सकती है।

ऐसा क्यों है कि बुद्ध-पुरुष स्वयं को केवल एक व्यक्ति को देते हैं, जैसा कि महाकाश्यप के विषय में बुद्ध ने किया था। वस्तुतः एक शिष्य द्वारा ज्योति ग्रहण करने की बौद्ध परंपरा आठ पीढ़ियों तक जारी रही। क्या एक समूह के लिए संभव नहीं था उसको पाना ?

नहीं, यह संभव नहीं था क्योंकि एक समूह की कोई आत्मा नहीं होती। एक समूह का कोई व्यक्तित्व नहीं होता। केवल एक व्यक्ति ग्रहणशील हो सकता है, पा सकता है। क्योंकि केवल एक व्यक्ति का हृदय होता है। समूह व्यक्ति नहीं होता है।

तुम सब यहां हो और मैं बोल रहा हूं, लेकिन मैं समूह से नहीं बोल रहा हूं क्योंकि समूह के साथ कोई संवाद नहीं हो सकता। मैं यहां प्रत्येक व्यक्ति से बात कर रहा हूं। तुम एक समूह में एकत्रित हुए हो, लेकिन तुम मुझे समूह की तरह नहीं सुन रहे। तुम मुझे व्यक्तियों की तरह सुन रहे हो। वास्तव में समूह अस्तित्व नहीं रखता। केवल व्यक्ति रखते हैं। 'समूह' एक शब्द मात्र है। उसकी कोई वास्तविकता नहीं, कोई सत्व नहीं। वह एक जोड़ का नाम भर है।

तुम समूह को प्रेम नहीं कर सकते; तुम देश को प्रेम नहीं कर सकते; तुम मानवता को प्रेम नहीं कर सकते।

लेकिन ऐसे व्यक्ति हैं जो दावा करते हैं कि वे मानवता से प्रेम करते हैं। वे स्वयं को धोखा दे रहे हैं क्योंकि कहीं मानवता जैसी कोई चीज नहीं है। केवल मानवप्राणी हैं। जाओ और खोजो, तुम कहीं मानवता नहीं खोज पाओगे।

वास्तव में, जो व्यक्ति दावा करते हैं कि वे मानवता से प्रेम करते हैं, वे व्यक्ति वे हैं जो व्यक्तियों को प्रेम नहीं कर सकते। वे व्यक्तियों से प्रेम करने में असमर्थ हैं। वे कहते हैं, वे मानवता को, देश को, विश्व को प्रेम करते हैं। हो सकता है वे ईश्वर को भी प्रेम करते हों, लेकिन वे व्यक्ति को प्रेम नहीं कर सकते क्योंकि व्यक्ति को प्रेम करना दुष्कर होता है, कठिन होता है। यह एक संघर्ष होता है। तुम्हें स्वयं को बदलना पड़ता है। मानवता से प्रेम करना कोई समस्या नहीं है, क्योंकि कोई मानवता है नहीं। तुम अकेले हो। सत्य, सौन्दर्य, प्रेम या कोई चीज जो महत्वपूर्ण है, हमेशा व्यक्ति से संबंध रखती है, इसलिए केवल व्यक्ति ग्रहणशील हो सकते हैं।

दस हजार संन्यासी उपस्थित थे जब बुद्ध ने अपना सारा अस्तित्व महाकाश्यप में उंडेल दिया। समूह उसे ग्रहण करने के अयोग्य था। कोई समूह योग्य नहीं हो सकता क्योंकि चेतना वैयक्तिक है, जागरूकता वैयक्तिक है। महाकाश्यप उस शिखर तक उठ गये थे, जहां वे बुद्ध को ग्रहण कर सकते थे। दूसरे व्यक्ति भी उस शिखर तक पहुंच सकते हैं, लेकिन समूह नहीं पहुंच सकता।

बुनियादी तौर से धर्म व्यक्तिमूलक बना रहता है; अन्यथा हो नहीं सकता। साम्यवाद और धर्म की बुनियादी लड़ाइयों में से यह एक लड़ाई है—साम्यवाद समूहों, समाजों, सामूहिकताओं की भाषा में सोचता है, और धर्म व्यक्ति की भाषा में सोचता है। साम्यवाद सोचता है कि समाज संपूर्ण रूप से परिवर्तित हो सकता है और धर्म सोचता है कि केवल व्यक्ति परिवर्तित हो सकते हैं। समाज संपूर्ण रूप में नहीं बदला जा सकता, क्योंकि समाज की कोई आत्मा नहीं होती। वह रूपांतरित नहीं हो सकता। वस्तुतः समाज नहीं है, केवल व्यक्ति हैं।

साम्यवाद का कहना है व्यक्ति नहीं है, केवल समाज है। साम्यवाद और धर्म नितांत विरोधात्मक हैं एक दूसरे के लिए। और यही है विरोध—यदि साम्यवाद चलन में आता है, तो वैयक्तिक स्वतंत्रता विलीन हो जाती है। तब केवल समाज विद्यमान रहता है। व्यक्ति को वास्तव में वहां होने नहीं दिया जाता। वह केवल एक हिस्से की भांति बना रह सकता है, पहिये में केवल एक आरे की तरह। उसे एक निजता नहीं होने दिया जा सकता।

मैंने एक घटना सुनी है। एक आदमी मास्को पुलिस स्टेशन में गया और शिकायत दर्ज करवायी कि उसका तोता गुम हो गया है। जो ऐसी बातों से संबंध रखता था उस क्लर्क की ओर उसे भेज दिया गया। क्लर्क ने रपट लिखी। फिर उसने उस आदमी से पूछा, 'क्या तोता बोलता भी है ? क्या वह बातें करता है ?' वह आदमी डर गया। वह थोड़ी मुसीबत में पड़ गया; बेचैन हो गया। वह आदमी कहने लगा, 'हां, वह बोलता है। लेकिन जो कुछ राजनीतिक विचार वह जाहिर करता है, वह राजनीतिक विचार सच पूछिए तो उसके अपने हैं।' यह व्यक्ति भयभीत था क्योंकि तोते के राजनीतिक विचार उसके मालिक के ही होंगे। एक तोता तो बस नकल करता है।

साम्यवाद के साथ वैयक्तिकता नहीं आने दी जाती। तुम व्यक्तिगत मत नहीं रख सकते क्योंकि विचार केवल राज्य का विषय होते हैं, समूह-मन का। और समूह-मन निम्नतम संभव चीज है। व्यक्ति शिखर तक पहुंच सकते हैं, लेकिन कोई समूह कभी बुद्ध जैसा या जीसस जैसा नहीं हुआ। केवल व्यक्ति शिखर बन गये हैं।

बुद्ध ने अपने जीवन भर का अनुभव महाकाश्यप को दिया था क्योंकि दूसरा कोई रास्ता नहीं है। वह किसी

समूह को नहीं दिया जा सकता। ऐसा नहीं हो सकता, यह बिलकुल असंभव है। संवाद, अंतर्मिलन केवल दो व्यक्तियों के बीच हो सकता है। यह वैयक्तिक होता है, गहन वैयक्तिक आस्था। समूह व्यक्तित्वहीन होता है। और खयाल रहे, समूह बहुत सारी चीजें कर सकता है। पागलपन समूह के लिए संभव है, लेकिन बुद्धत्व संभव नहीं। समूह पागल हो सकता है, लेकिन समूह प्रबुद्ध नहीं हो सकता।

घटना जितनी ज्यादा निम्न हो, उतना ही ज्यादा समूह उसमें भाग ले सकता है। इसलिए सारे बड़े पाप समूहों द्वारा किये गये हैं, व्यक्ति द्वारा नहीं। एक व्यक्ति कुछ लोगों का खून कर सकता है, लेकिन एक व्यक्ति 'फासीज्म' नहीं बन सकता। वह लाखों का खून नहीं कर सकता। 'फासीज्म' लाखों का खून कर सकता है और अच्छे इरादों के साथ।

दूसरे विश्वयुद्ध के बाद सारे युद्ध अपराधियों ने सफाई में कहा कि वे जिम्मेदार नहीं थे। उन्होंने दावा किया कि उन्होंने तो बस ऊपर से आज्ञा पायी थी और उन्होंने आदेशों का पालन किया था। वे समूह का हिस्सा मात्र थे। हिटलर और मुसोलिनी भी बड़े संवेदनशील आदमी थे अपने निजी जीवन में। हिटलर संगीत सुना करता था, उसे संगीत से प्रेम था। कई बार वह चित्र भी बनाया करता था, उसे चित्रकला से प्रेम था। हिटलर का चित्रकला और संगीत से प्रेम करना असंभव लगता है कि वह इतना संवेदनशील हो सकता था और तब भी वह लाखों यहूदियों को मार सकता था बिना किसी असुविधा के, अपने अंतःकरण को कोई कष्ट दिये बिना। एक चुभन भी नहीं! लेकिन वह जिम्मेदार न था, वह तो बस एक समूह का नेता था।

जब तुम भीड़ में चल रहे होते हो, तब तुम कुछ भी कर सकते हो क्योंकि तुम अनुभव करते हो, जैसे कि भीड़ उसे कर रही है और तुम बस उसका हिस्सा हो। यदि तुम अकेले होते हो, तो तुम दो-तीन बार सोचोगे इस बारे में कि उसे करें या न करें। भीड़ में जिम्मेदारी खो जाती है; तुम्हारा वैयक्तिक सोचना-विचारना, तुम्हारा विवेक खो जाता है; तुम्हारी जागरूकता खो जाती है। तुम भीड़ का एक हिस्सा मात्र बन जाते हो। और भीड़ पागल हो सकती है। हर देश इसे जानता है। इतिहास का हर काल इसे जानता है। भीड़ पागल हो सकती है, और तब वह कुछ भी कर सकती है। लेकिन यह कभी नहीं सुना गया है कि भीड़ बुद्धत्व को पा सकती है।

चेतना की उच्चतर अवस्थाएं केवल व्यक्तियों द्वारा उपलब्ध की जा सकती हैं। ज्यादा जिम्मेदारी अनुभव करनी पड़ती है, ज्यादा वैयक्तिक जिम्मेदारी, ज्यादा विवेक। जितना अधिक तुम अनुभव करते हो, उतने तुम जिम्मेदार हो। और जितना अधिक तुम अनुभव करते हो कि तुम्हें जागरूक होना है, उतना अधिक तुम एक व्यक्ति बनते हो।

बुद्ध ने महाकाश्यप को अपना मौन-अनुभव संप्रेषित किया था— उनकी मौन संबोधि, उनका मौन बुद्धत्व; क्योंकि महाकाश्यप भी शिखर बन चुके थे। एक ऊंचाई! और दो ऊंचाइयां अब मिल सकती थीं। और ऐसा हमेशा रहेगा। इसलिए यदि तुम अधिक ऊंचे शिखरों तक पहुंचना चाहते हो, तो समूहों की भाषा में मत सोचो। तुम्हारी अपनी निजता की भाषा में सोचो। समूह प्रारंभ में सहायक हो सकता है, लेकिन जितने ज्यादा तुम विकसित होते हो, उतना ही कम सहायक हो सकता है समूह। अंततः एक बिंदु आ जाता है, जब समूह कोई सहायता नहीं दे सकता। तुम अकेले छोड़ दिये जाते हो। और जब तुम समग्र रूप से अकेले होते हो और तुम अपने अकेलेपन में विकसित होने लगते हो, तब पहली बार तुम अस्तित्ववान बनते हो। तुम एक आत्मा बनते

हो, एक व्यक्तित्व।

अभ्यास एक तरह का संस्कारीकरण है शारीरिक और मानसिक स्तर पर। और इसी के द्वारा समाज व्यक्ति को अपना गुलाम बना लेता है। उस अवस्था में पतंजलि का अभ्यास मुक्ति का साधन कैसे हो सकता है ?

समाज तुम्हें संस्कारित करता है, तुम्हें एक गुलाम, एक आज्ञाकारी सदस्य बना देने के लिए। इसलिए प्रश्न तर्कसंगत लगता है—मन को सतत संस्कारित करना किस तरह तुम्हें मुक्त बना सकता है ? लेकिन प्रश्न तर्कसंगत लगता ही है क्योंकि तुम दो प्रकार के संस्कारों को उलझा रहे हो।

उदाहरण के तौर पर तुम मेरे पास आये हो, तुमने दूर की यात्रा की है। जब तुम वापस जाते हो, तुम फिर उसी राह की यात्रा करोगे। मन पूछ सकता है, जो राह मुझे यहां लायी है वही राह मुझे वापस कैसे ले जा सकती है ? राह वही होगी, लेकिन तुम्हारी दिशा भिन्न होगी—बिलकुल विपरीत। जब तुम मेरी ओर आ रहे थे, तुम मेरी ओर मुख किये हुए थे; लेकिन जब तुम वापस जाते हो, तब तुम विपरीत दिशा की ओर मुख किये हुए होओगे। लेकिन रास्ता वही होगा।

समाज तुम्हें संस्कारों से भरता है, तुम्हें एक आज्ञाकारी सदस्य, एक गुलाम बनाने के लिए। यह तो बस एक रास्ता है। उसी रास्ते पर यात्रा करनी होगी तुम्हें मुक्त बनने के लिए; केवल दिशा विपरीत होगी। वही विधि प्रयोग करनी होती है तुम्हें अ-संस्कारित करने के लिए।

मुझे एक कथा याद है—एक बार बुद्ध अपने भिक्षुओं के पास आये, वे प्रवचन देने जा रहे थे। वे वृक्ष के नीचे बैठे थे अपने हाथ में एक रूमाल पकड़े हुए। उन्होंने रूमाल की ओर देखा। सारी सभा ने भी देखा जानने के लिए कि वे क्या कर रहे थे। फिर उन्होंने पांच गांठें रूमाल में बाधीं और उन्होंने पूछा, 'अब मुझे क्या करना चाहिए इस रूमाल की गांठें खोलने के लिए ? क्या करना चाहिए अब मुझे ?' फिर उन्होंने दूसरा प्रश्न पूछा—'क्या रूमाल वैसा ही है जब इसमें कोई गांठें न थीं, या यह भिन्न है ?'

एक भिक्षु बोला, 'एक अर्थ में यह वही है क्योंकि रूमाल का स्वरूप नहीं बदला है। गांठों के साथ भी यह वैसा ही है—वही रूमाल । अंतर्निहित स्वरूप वही है। लेकिन एक अर्थ में यह बदल गया है क्योंकि कुछ नया घटित हुआ है। गांठें पहले नहीं थीं और अब गांठें वहां हैं। इसलिए ऊपरी तौर पर यह बदल गया है, लेकिन गहराई में यह वही है।'

बुद्ध ने कहा, 'यही है मुनष्य के मन की स्थिति। गहरे तल पर वह खुली हुई रहती है। स्वरूप वही रहता है।' जब तुम प्रबुद्ध हो जाते हो, बुद्ध-पुरुष, तब तुम्हारा कोई भिन्न चैतन्य नहीं होगा। स्वरूप वही बना रहेगा। अंतर केवल यही होता है कि अभी तुम गांठों वाले रूमाल हो, तुम्हारे चैतन्य की कुछ गांठें हैं।

दूसरा प्रश्न बुद्ध ने पूछा, वह था, 'मुझे क्या करना चाहिए रूमाल की गांठ खोलने के लिए ?' एक दूसरे भिक्षु ने उत्तर दिया, 'जब तक कि हम जान न लें कि आपने उसमें गांठ बांधने के लिए क्या किया है, हम कुछ नहीं कह सकते, क्योंकि विपरीत प्रक्रिया प्रयोग में लानी होगी। जिस ढंग से आपने इसमें गांठ बांधी है पहले उसे जानना है, क्योंकि विपरीत क्रम फिर से उसकी गांठ खोल देने वाला ढंग होगा।' बुद्ध ने कहा, 'यह दूसरी चीज है। तुम

इस बंधन में कैसे आ गये इसे समझ लेना है। तुम अपने बंधन में संस्कारित कैसे हो गये हो, इसे समझना है क्योंकि वही होगी प्रक्रिया, विपरीत क्रम में, तुम्हें संस्कारशून्य करने के लिए।'

यदि आसक्ति संस्कारग्रस्त करने वाला कारण है, तब अनासक्ति सहज करने वाला कारण बन जायेगा। यदि अपेक्षाएं तुम्हें दुख की ओर ले जाती हैं, तब अनपेक्षा तुम्हें गैर-दुख में ले जायेगी। अगर क्रोध तुम्हारे भीतर नरक निर्मित करता है, तो करुणा स्वर्ग निर्मित करेगी। दुख की जो भी प्रक्रिया है उससे सुख की प्रक्रिया विपरीत होगी।

असंस्कारित होने का अर्थ है कि मनुष्य चेतना की सारी गांठों-भरी स्थिति—जैसी वह है, तुम्हें समझनी है। योग की यह सारी प्रक्रिया जटिल गांठों को समझने के और फिर उन गांठों को खोलने के, उन्हें सहज करने के सिवा और कुछ नहीं हो सकती। ध्यान रहे, यह पुनः संस्कारीकरण नहीं है। यह केवल संस्कारीकरण का अभाव है, यह नकारात्मक है। अगर यह पुनःसंस्कारीकरण है, तब तुम फिर गुलाम बन जाओगे। एक नयी जेल में एक नये तरह के गुलाम। अतः यह अंतर याद रखना है। यह संस्कारों का अभाव है, पुनः संस्कारित करना नहीं।

इसके कारण बहुत समस्याएं उठ खड़ी हुई हैं। कृष्णमूर्ति कहे जाते हैं कि 'यदि तुम कुछ करते हो, तो वह पुनः संस्कार बन जायेगा, इसलिए कुछ करो नहीं। यदि तुम कुछ करते हो, तो वह नया संस्कार बन जायेगा। हो सकता है तुम बेहतर गुलाम हो जाओ, लेकिन तुम गुलाम बने रहोगे।' उन्हें सुनते हुए बहुत लोगों ने सारे प्रयत्न छोड़ दिये हैं। लेकिन यह बात उन्हें मुक्त नहीं बना देती। वे मुक्त नहीं हुए हैं अभी तक। संस्कार वहां हैं। वे संस्कार विहीन नहीं हो रहे। कृष्णमूर्ति को सुनते हुए वे बंद ही हो गये हैं। वे नव-संस्कारित नहीं हो रहे। लेकिन संस्कारों से मुक्त भी नहीं हो रहे। वे गुलाम रहते हैं।

तो मैं नव-संस्कार के लिए नहीं कहता, न ही पतंजलि नव-संस्कार की कहते हैं। मैं संस्कार के अभाव की बात कहता हूं, और पतंजलि भी संस्कार के अभाव की बात कहते हैं। जरा मन को समझना। जो भी है बीमारी, बीमारी को समझना, उसका निदान करना और विपरीत क्रम में गति करना।

क्या है अंतर ? एक वास्तविक उदाहरण लो—तुम क्रोध अनुभव करते हो। क्रोध एक संस्कार है, तुमने उसे सीख लिया है। मनोवैज्ञानिक कहते हैं कि यह एक शिक्षण है, यह एक आयोजित दशा है। तुम्हारा समाज इसे तुम्हें सिखाता है। वे समाज अब भी हैं जो कभी क्रोधित नहीं होते। उसके सदस्य कभी क्रोधित नहीं होते। समाज हैं—छोटे जनजातीय कबीले अब भी विद्यमान हैं, जिन्होंने कभी किसी लड़ाई या किसी युद्ध को नहीं जाना है।

फिलिपाइंस में एक छोटा आदिवासी समुदाय विद्यमान है। तीन हजार वर्षों से इसने कोई लड़ाई नहीं जानी है। एक कत्ल नहीं हुआ, एक भी आत्महत्या नहीं। वे सबसे अधिक शांतिप्रिय लोग हैं, सबसे अधिक सुखी लोग हैं। यह कैसे हुआ है ? बिलकुल शुरू से उनका समाज उन्हें क्रोध के लिए कभी संस्कारित नहीं करता। उस आदिम जाति में, अगर तुम अपने सपने में भी किसी को मार दो, तो तुम्हें जाना पड़ता है और उससे माफी मांगनी पड़ती है—चाहे तुमने उसे केवल सपने में ही मारा था। अगर तुम किसी के साथ नाराज हो और तुम उसके साथ लड़ते रहे हो सपने में, तब अगले दिन तुम्हें गांव में घोषित करना होता है कि तुमने कुछ गलत किया है। तब ग्रामवासी एक साथ एकत्रित होंगे, और गांव का प्रज्ञावान मुखिया तुम्हारे सपने का निदान करेगा और राय देगा कि अब क्या करना चाहिए। छोटे बच्चों के साथ भी यही होता है !

मैं उनके स्वप्न-विश्लेषण पढ़ रहा था। वे बात के मर्म तक अत्यधिक पैठने वाले लोगों में से एक जान पड़ते हैं। एक छोटा बच्चा स्वप्न देखता है। अपने स्वप्न में वह पड़ोसी के लड़के को बहुत उदास हुआ देखता है। सुबह वह अपने पिता को यह सपना सुना देता है। वह कहता है, 'मैंने हमारे पड़ोसी के बेटे को बहुत उदास हुआ देखा है।'

पिता सपने के बारे में सोचता है, अपनी आंखें बंद कर लेता है, ध्यान करता है और फिर कहता है, 'अगर तुमने उसे उदास देखा है, तो इसका मतलब हुआ कि किसी तरह उसकी उदासी तुमसे संबंधित है। किसी दूसरे ने उसके उदास होने के बारे में सपना नहीं देखा है। इसलिए जाने या अनजाने तुमने कुछ किया है उसकी उदासी निर्मित करने में। या, अगर तुमने कुछ नहीं किया है, तो भविष्य में तुम ऐसा करने वाले हो। सपना तो बस एक भविष्य-कथन है। बहुत मिठाइयां, बहुत उपहार साथ ले जाओ। लड़के को मिठाइयां और उपहार दो और उससे क्षमा मांगो—या तो जो कुछ अतीत में किया उसके लिए, या किसी उस चीज के लिए जिसे तुम भविष्य में करने वाले हो।'

तो वह लड़का जाता है, फल देता है, मिठाइयां और उपहार देता है, और उस दूसरे बच्चे से क्षमा मांगता है क्योंकि किसी तरह, सपने के अनुसार, वह उसकी उदासी के लिए जिम्मेदार है। और बिलकुल शुरू से ही बच्चे इसी ढंग से पाले जाते हैं। अगर यह आदिम जाति बिना संघर्ष, लड़ाई, कत्ल या आत्महत्या के बनी रही है, तो कोई आश्चर्य नहीं है। वे इन चीजों की कल्पना नहीं कर सकते। एक अलग प्रकार का मन वहां काम कर रहा है।

अब मनसविद कहते हैं कि घृणा और क्रोध स्वाभाविक नहीं होता है। प्रेम स्वाभाविक है। घृणा और क्रोध तो निर्मित किये जाते हैं। वे प्रेम के लिए बाधाएं हैं, लेकिन समाज उनके लिए तुम्हें संस्कारित कर देता है। संस्कार के अभाव का अर्थ है कि जो कुछ भी समाज ने किया है, उसने किया है। उसकी निंदा ही करते चले जाने का कोई उपयोग नहीं है। यह अवस्था है। केवल कह देने भर से कि समाज जिम्मेदार है, तुम्हें सहायता नहीं मिलती है। संस्कारित तो कर दिया गया है। बिलकुल अभी जो तुम कर सकते हो वह यह है कि स्वयं को अ-संस्कारित करो। तो जो कुछ भी तुम्हारी समस्या है, उसे गहरे में देखो। उसमें उतरो, उसे विश्लेषित करो और समझो कि तुम कैसे उसमें संस्कारित किये गये हो।

उदाहरण के लिए—ऐसे समाज हैं जो कभी प्रतिस्पर्धा नहीं करते। भारत में भी आदिवासी जातियां हैं जिनके लिए प्रतिस्पर्धा कोई अस्तित्व नहीं रखती। बेशक वे हमारे मानदंडों के अनुसार बहुत प्रगतिशील नहीं हो सकते। क्योंकि हमारी तरह की उन्नति केवल प्रतियोगिता का परिणाम हो सकती है, और वे प्रतियोगी नहीं होते हैं। लेकिन क्योंकि वे प्रतियोगी नहीं हैं, वे क्रोधी नहीं हैं, वे ईर्ष्यालु नहीं हैं, वे बहुत ज्यादा घृणा से भरे हुए नहीं हैं, वे इतने हिंसात्मक नहीं हैं। वे बहुत अपेक्षा नहीं रखते और वे प्रसन्न तथा कृतज्ञ अनुभव करते हैं उसके लिए, जो जीवन उन्हें देता है।

तुम्हें चाहे जीवन कुछ भी दे दे, तुम कभी कृतज्ञ अनुभव नहीं करते। तुम हमेशा निराश रहते हो क्योंकि तुम हमेशा अधिक की मांग कर सकते हो। तुम्हारी आशाओं और इच्छाओं का कोई अंत नहीं है। इसलिए अगर तुम दुखी अनुभव करते हो, तो दुख को जांचना और उसका विश्लेषण करना। वे संस्कारक तत्व क्या हैं जो दुख

निर्मित कर रहे हैं ? और यह बहुत कठिन नहीं है समझना। यदि तुम दुख निर्मित कर सकते हो, यदि तुम इतने समर्थ हो दुख निर्मित करने में, तो इसे समझने में कोई कठिनाई नहीं है। यदि तुम इसे निर्मित कर सकते हो, तो तुम इसे समझ सकते हो।

पतंजलि का सारा दृष्टिकोण यह है : आदमी के दुख पर दृष्टि डालते हुए, यह पाया गया है कि आदमी स्वयं जिम्मेदार है। वह कुछ कर रहा है दुख निर्मित करने के लिए। वह करना एक आदत हो गया है, इसलिए वह किये चला जाता है। वह आवृत्तिमूलक बन गया है, यांत्रिक, यंत्र-मानव जैसा। लेकिन यदि तुम जागरूक बन जाते हो, तो तुम इसे समाप्त कर सकते हो। तुम आसानी से कह सकते हो कि मैं सहयोग नहीं दूंगा। तब रचनातंत्र कार्य करना बंद कर देगा।

कोई तुम्हारा अपमान कर देता है। तुम बस स्थिर बने रहते हो और चुप हो जाते हो। प्रक्रिया आरंभ होगी; पिछला ढांचा सक्रिय हो जायेगा। क्रोध आयेगा, धुआं उठेगा और तुम बस पागल होने की सीमा पर होओगे। लेकिन तुम निश्चेष्ट बने रहो। सहयोग मत दो और बस देखो कि कल-पुरजे क्या कर रहे हैं। तुम अनुभव करोगे चक्र के भीतर चक्र घूम रहे हैं तुम्हारे भीतर, लेकिन वे असमर्थ हैं क्योंकि तुम सहयोग नहीं दे रहे।

या अगर तुम असंभव पाते हो ऐसी स्थिर अवस्था में बने रहना, तो अपने कमरे में चले जाओ, दरवाजा बंद कर लो, अपने सामने एक तकिया रख लो, और तकिये को मारो-पीटो। तकिये पर क्रोध करो। जब तुम तकिये को पीट रहे होते हो, तकिये पर क्रोध कर रहे होते हो और पागल हुए जाते हो, तब जरा ध्यान से देखना कि तुम क्या कर रहे हो—क्या हो रहा है, ढांचा अपने को कैसे दोहरा रहा है।

यदि तुम निश्चेष्ट हो सकते हो, वह सबसे अच्छा है। यदि तुम अनुभव करते हो यह कठिन है, कि तुम खिंचे जा रहे हो, तब कमरे में चले जाओ और तकिये पर क्रोध कर लो। तकिये के साथ तुम्हारा पागलपन तुम्हारे सामने पूरी तरह प्रकट हो जायेगा। वह साफ दिख जायेगा। और तकिया प्रतिक्रिया नहीं करने वाला, इसलिए तुम ज्यादा आसानी से देख सकते हो। कोई खतरा नहीं है, सुरक्षा की कोई समस्या नहीं है। तुम ध्यान से देख सकते हो। धीरे-धीरे, क्रोध का चढ़ना होता है और फिर क्रोध का ढलना होता है।

दोनों की लय पर ध्यान दो। और जब तुम्हारा क्रोध निढाल हो जाता है और तुम तकिये को अब और पीटने जैसा अनुभव नहीं करते, या तुमने हंसना शुरू कर दिया है या तुम हास्यास्पद अनुभव करते हो, तब अपनी आंखें बंद कर लो, जमीन पर बैठ जाओ, और उस पर ध्यान करो जो घटित हुआ है। क्या तुम अब भी उस व्यक्ति के लिए क्रोध अनुभव करते हो जिसने तुम्हारा अपमान किया है, या क्या क्रोध उस तकिये के ऊपर फेंक दिया गया है ? तुम अनुभव करोगे, एक स्पष्ट शांति तुम पर बरस रही है। जो व्यक्ति संबंधित है, तुम अब उस पर और क्रोध अनुभव न करोगे। बल्कि हो सकता है तुम उसके लिए करुणा भी अनुभव करो।

एक युवा अमरीकी लड़का दो वर्ष पहले यहां था। वह अमरीका से भाग आया था एक समस्या, एक आवेश के कारण। वह लगातार सोचता रहा था अपने पिता की हत्या करने की बात। पिता खतरनाक आदमी रहा होगा, उसने लड़के को बहुत ज्यादा दबाया होगा। अपने सपनों में बेटा अपने पिता की हत्या करने की सोचता रहा था, और अपने दिवास्वप्नों में भी वह उनकी हत्या करने की सोचता रहा था। वह घर से भागा था तो केवल इसलिए कि वह अपने पिता के पास नहीं रहेगा। वरना किसी दिन कुछ घटित हो सकता था। पागलपन मौजूद था, वह

किसी क्षण फूट सकता था।

वह लड़का यहां मेरे पास था। मैंने उससे कहा, 'अपनी भावनाओं का दमन मत करो।' मैंने उसे तकिया दिया और कहा, 'यह तुम्हारे पिता हैं। अब जो कुछ तुम चाहते हो, करो।' पहले तो उसने हंसना शुरू कर दिया, पागल ढंग का हंसना। वह बोला, 'यह बेतुका लगता है।' मैंने उससे कहा, 'होने दो बेतुका। अगर यही है मन में, तो इसे बाहर आने दो।' पंद्रह दिन तक लगातार वह तकिये को पीटता रहा था और चीरता-फाड़ता रहा था, और जो कुछ वह चाहता था करता रहा। सोलहवें दिन, वह चाकू लेकर आया। मैंने यह लाने को नहीं कहा था उससे। इसलिए मैंने उससे पूछा, 'यह चाकू क्यों ?'

वह बोला, 'अब मुझे रोकिए मत। मुझे मारने दें। अब तकिया मेरे लिए कोई तकिया नहीं रहा। तकिया वास्तव में मेरा पिता बन गया है।' तो उस दिन उसने अपने पिता को मार डाला। फिर उसने रोना शुरू कर दिया; उसकी आंखों में आंसू आ गये। वह शांत पड़ गया, हल्का हो आया और फिर उसने मुझसे कहा, 'अब मैं अपने पिता के लिए ज्यादा प्रेम अनुभव कर रहा हूं, ज्यादा करुणा। अब मुझे वापस घर जाने दीजिए।'

अब वह वापस अमरीका पहुंच गया है। अपने पिता के साथ उसका संबंध पूरी तरह बदल चुका है। क्या घटित हुआ है ? बस यही कि एक यांत्रिक-आवेग टूट गया था।

जब कुछ पुराने ढांचे तुम्हारे मन को पकड़े हुए हों तब अगर तुम स्थिर बने रह सकते हो तो यह अच्छा है। यदि तुम नहीं रह सकते, तब इसे नाटकीय ढंग से घटित होने दो, लेकिन अकेले; किसी के साथ नहीं। क्योंकि जब कभी तुम अपने ढांचे का अभिनय करते हो, जब कभी तुम अपने ढांचे को किसी के साथ स्वयं व्यक्त होने देते हो, तो यह नयी प्रतिक्रियाएं निर्मित करता है और यह एक दुष्चक्र बन जाता है।

सबसे अधिक महत्वपूर्ण बात है ढांचे के प्रति चौकन्ने होना। चाहे तुम मौन बने खड़े हुए हो या अपने क्रोध और घृणा को अभिनीत कर रहे हो। यह कैसा खुलता जाता है इसे देखते हुए सजग रहो। और यदि तुम रचना-तंत्र को देख सकते हो, तो तुम उसे मिटा सकते हो।

योग के सारे चरण बस उसे अनकिया करने के लिए हैं जिसे तुम करते रहे हो। वे नकारात्मक हैं; कुछ नया निर्मित नहीं करना है। गलत को नष्ट मात्र करना है, और तब ठीक वहां पहले से ही है। तो विधायक कुछ नहीं किया जाना है, केवल कुछ नकारात्मक ही करना है। विधायक उसके तले ही छिपा है। वह किसी लहराती धारा की भांति है जो चट्टान के नीचे छिपी है। तुम धारा का निर्माण नहीं कर रहे। वह वहां निनाद कर रही है पहले से ही। वह मुक्त हो प्रवाहमान हो जाना चाहती है। एक चट्टान वहां है। इस चट्टान को हटा देना है। एक बार चट्टान हटा दी जाती है, धारा बहना शुरू कर देती है।

आनंद, सुख, हर्ष या जो कुछ भी तुम नाम रखो उसका, वह तुम्हारे भीतर बह ही रहा है। केवल कुछ चट्टानें वहां हैं। वे चट्टानें समाज के आरोपित संस्कार हैं। उन्हें असंस्कारित कर दो। अगर तुम अनुभव करते हो कि आसक्ति चट्टान है, तो अनासक्ति के लिए प्रयत्न करो। अगर तुम अनुभव करते हो कि क्रोध है चट्टान, तो अ-क्रोध के लिए प्रयास करो। अगर तुम्हें लगता है लोभ चट्टान है, तब अ-लोभ के लिए प्रयास करो। बस विपरीत करो। लोभ का दमन मत करो, केवल विपरीत करो। कोई चीज करो जो गैर-लोभ की हो। क्रोध का दमन मात्र मत करो, कुछ करो जो अ-क्रोध की बात हो।

जापान में जब किसी को क्रोध आता है, तो उनका एक परंपरागत शिक्षण होता है; अगर कोई क्रोधित होता है, तो तुरंत उसे कुछ ऐसी बात करनी होती है जो अ-क्रोध की हो। वही ऊर्जा जो क्रोध में सरकने जा रही थी अब अ-क्रोध में सरकने लगती है। ऊर्जा तटस्थ है। यदि तुम किसी पर क्रोध अनुभव करते हो और तुम उसके चेहरे पर चांटा जड़ देना चाहते हो, उसे फूल दो और देखो क्या घटित होता है !

तुम उसके चेहरे पर चांटा मारना चाहते थे, तुम क्रोध में कुछ करना चाहते थे। उसे फूल दो और जरा ध्यान दो, क्या घटित हो रहा है। तुम कुछ बात कर रहे हो जो अ-क्रोध की है। वही ऊर्जा जो तुम्हारे हाथ को क्रोध में बढ़ाने वाली थी, अब भी तुम्हारे हाथ को चलायेगी। वही ऊर्जा जो उसे मारने जा रही थी, अब उसे फूल देने जा रही है। स्वभाव बदल गया है। तुमने कुछ किया है। और ऊर्जा तटस्थ है। अगर तुम कुछ नहीं करते, तब तुम दमन करते हो। और दमन विष है। तो कुछ करो, लेकिन विपरीत ही करो। यह कोई नया संस्कार नहीं है। यह तो बस पुराने को अ-संस्कारित करना है। जब पुराना मिट गया है, जब गाठें विलीन हो गयी हैं, तुम्हें कुछ करने की चिंता न रहेगी। तब तुम सहज रूप से बह सकते हो।

आपने कहा था कि आध्यात्मिक प्रयास बीस-तीस वर्ष या जिंदगियां भी ले सकता है, और तब भी शायद वह बहुत जल्दी हो। लेकिन पश्चिमी-मन बहुत परिणामोन्मुख, अधैर्यवान और बहुत व्यावहारिक लगता है। वह तात्कालिक परिणाम चाहता है। पश्चिम में धार्मिक तरकीबें आती और जाती हैं दूसरी सनकों की तरह। तब आप पश्चिमी-मन में योग उतार देने का इरादा कैसे करते हैं ?

मैं पश्चिम-मन में या पूरबी-मन में रुचि नहीं रखता। यह तो बस एक मन के दो पहलू हैं। मेरी दिलचस्पी मन में ही है। और यह पूरबी, पश्चिमी विभाजन बहुत अर्थपूर्ण नहीं है। अब तो महत्वपूर्ण भी नहीं है। पश्चिम में पूरबी-मन है और पश्चिमी-मन मौजूद है पूरब में। और अब सारी बात ही एक गड़बड़ी बन गयी है। पूरब भी अब शीघ्रता में है। पुराना पूरब मिट गया है पूरी तरह से।

इस बात ने मुझे एक ताओ कथा की याद दिला दी है। तीन ताओवादी एक गुफा में ध्यान कर रहे थे। एक वर्ष व्यतीत हो गया था। वे मौन थे, बस बैठे हुए थे और ध्यान कर रहे थे। एक दिन एक घुड़सवार पास से गुजर गया। उन्होंने ऊपर देखा। उन तीन एकांतवासियों में से एक बोला, 'वह घोड़ा सफेद था, जिसकी वह सवारी कर रहा था।' दूसरे दोनों चुप रहे। एक वर्ष बाद वह दूसरा साधक बोला, 'वह घोड़ा काला था, सफेद नहीं।' फिर एक और वर्ष व्यतीत हो गया। तीसरा एकांतवासी साधक बोला, 'अगर कोई झगड़े होने वाले हैं तो मैं जा रहा हूं। मैं जा रहा हूं ! तुम मेरे मौन में विघ्न डाल रहे हो।'

यह बात क्या महत्व रखती थी कि वह घोड़ा सफेद था या काला ? तीन वर्ष ! लेकिन इस ढंग से जीवन प्रवाहित होता था पूरब में। समय-बोध नहीं था। पूरब समय के प्रति बिलकुल सचेत न था। पूरब शाश्वतता में जीया; जैसे कि समय व्यतीत नहीं हो रहा था। हर चीज स्थिर थी।

लेकिन उस पूरब का अब कोई अस्तित्व नहीं है। पश्चिम ने हर चीज को विकृत कर दिया है, और वह पूरब मिट चुका है। पश्चिमी शिक्षा के कारण हर कोई पश्चिमी है अब। केवल कुछ थोड़े से अकेले लोग अब तक

हैं जो पूरबी हैं। और वे पश्चिम में हो सकते हैं, वे पूरब में हो सकते हैं। अब वे किसी तरह पूरब तक परिसीमित नहीं। बल्कि देखा जाये तो कुल मिलाकर पूरी दुनिया, यह सारी पृथ्वी ही पश्चिमी बन गयी है।

योग कहता है—और इसे तुम अपने में उतरने दो बहुत गहरे क्योंकि यह बहुत अर्थपूर्ण होगा—योग कहता है कि जितने अधिक तुम व्यग्र होते हो, उतना अधिक समय तुम्हारे रूपांतरण के लिए लगेगा। जितने ज्यादा तुम जल्दी में होते हो, उतनी ज्यादा तुम्हें देर लगेगी। शीघ्रता स्वयं ही इतनी उलझन निर्मित करती है कि परिणाम में देर लगेगी ही।

जितना कम तुम जल्दी में होते हो, उतने जल्दी परिणाम होंगे। अगर तुम असीम रूप से धैर्यपूर्ण होते हो, तो बिलकुल इसी क्षण रूपांतरण घटित हो सकता है। यदि तुम हमेशा के लिए प्रतीक्षा करने को तैयार हो तो हो सकता है तुम्हें अगले क्षण तक भी प्रतीक्षा न करनी पड़े। इसी क्षण वह बात घट सकती है। क्योंकि यह समय का प्रश्न नहीं, यह तुम्हारे मन की गुणवत्ता का प्रश्न है।

असीम धैर्य की आवश्यकता होती है। परिणामों के लिए न ललचना तुम्हें बहुत गहराई दे देता है। लेकिन शीघ्रता तुम्हें छिछला बनाती है। तुम इतनी जल्दी में हो कि गहरे नहीं हो सकते। तुम्हें इस क्षण में रुचि भी नहीं है जो यहां है, बल्कि तुम उसकी ओर आकृष्ट हो जो आगे घटित होने वाला है। तुम परिणाम में दिलचस्पी लेने वाले हो। तुम स्वयं से आगे बढ़ रहे हो, तुम्हारी प्रवृत्ति पागल है। तुम शायद बहुत दूर दौड़ जाओ, तुम बहुत दूर यात्रा कर आओ, लेकिन तुम कहीं नहीं पहुंचोगे क्योंकि जिस लक्ष्य तक पहुंचना है वह बस यहीं है। तुम्हें उसमें डूबना होता है। कहीं पहुंचना नहीं है। और डूब जाना तभी संभव है जब तुम पूरी तरह धैर्यवान होते हो।

मैं तुमसे एक झेन कथा कहूंगा। एक झेन भिक्षु जंगल में से गुजर रहा है। अचनाक वह सजग हो जाता है कि एक शेर उसका पीछा कर रहा है, इसलिए वह भागना शुरू कर देता है। लेकिन उसका भागना भी झेन ढंग का है। वह जल्दी में नहीं है, वह पागल नहीं है। उसका भागना भी शांत है, लयबद्ध। वह इसमें रस ले रहा है। यह कहा जाता है कि भिक्षु ने अपने मन में सोचा, 'अगर शेर इसका मजा ले रहा है तो मुझे क्यों नहीं लेना चाहिए ?'

और शेर उसका पीछा कर रहा है। फिर वह ऊंची चट्टान के नजदीक पहुचता है। शेर से बचने के लिए ही वह पेड़ की डाली से लटक जाता है। फिर वह नीचे की ओर देखता है—एक सिंह घाटी में खड़ा हुआ है, उसकी प्रतीक्षा करता हुआ। फिर शेर वहां पहुंच जाता है, पहाड़ी की चोटी पर, और वह पेड़ के पास ही खड़ा हुआ है। भिक्षु बीच में लटक रहा है बस डाल को पकड़े हुए। नीचे घाटी में गहरे उतार पर सिंह उसकी प्रतीक्षा कर रहा है।

भिक्षु हंस पड़ता है। फिर वह ऊपर देखता है। दो चूहे एक सफेद, एक काला, डाली ही कुतर रहे है। तब वह बहुत जोर से हंस देता है। वह कहता है, 'यह है जिंदगी। दिन और रात, सफेद और काले चूहे काट रहे हैं। और जहां मैं जाता हूं, मौत प्रतीक्षा कर रही है। यह है जिंदगी।' और यह कहा जाता है कि भिक्षु को 'सतोरी' उपलब्ध हो गयी—संबोधि की पहली झलक। यह है जिंदगी! चिंता करने को कुछ है नहीं, चीजें इसी तरह हैं। जहां तुम जाते हो मृत्यु प्रतीक्षा कर रही है। और अगर तुम कहीं नहीं भी जाते तो दिन और रात तुम्हारा जीवन काट रहे हैं। इसलिए भिक्षु जोर से हंस पड़ता है।

फिर वह चारों ओर देखता है, क्योंकि अब हर चीज निर्धारित है। अब कोई चिंता नहीं। जब मृत्यु निश्चित

है तब चिंता क्या है? केवल अनिश्चितता में चिंता होती है। जब हर चीज निश्चित है, कोई चिंता नहीं होती है, अब मृत्यु नियति बन गई है। इसलिए वह चारों ओर देखता है यह जानने के लिए कि इन थोड़ी-सी आखिरी घड़ियों का आनंद कैसे उठाया जाये। उसे होश आता है कि डाल के बिलकुल निकट ही कुछ स्ट्राबेरीज हैं, तो वह कुछ स्ट्राबेरी तोड़ लेता है और उन्हें खा लेता है। वे उसके जीवन की सबसे बढ़िया स्ट्राबेरी हैं। वह उनका मजा लेता है। और ऐसा कहा जाता है कि वह उस घड़ी में संबोधि को उपलब्ध हो गया था।

वह बुद्ध हो गया क्योंकि मृत्यु के इतना निकट होने पर भी वह कोई जल्दी में नहीं था। वह स्ट्राबेरी में रस ले सकता था। वह मीठी थी। उसका स्वांद मीठा था। उसने भगवान को धन्यवाद दिया। ऐसा कहा जाता है कि उस घड़ी में हर चीज खो गयी थी—वह शेर, वह सिंह, वह डाल, वह स्वयं भी। वह ब्रह्मांड बन गया।

यह है धैर्य। यह है संपूर्ण धैर्य। जहां तुम हो, उस क्षण का आनंद मनाओ भविष्य की पूछे बिना। कोई भविष्य मन में नहीं होना चाहिए। केवल वर्तमान क्षण हो, क्षण की वर्तमानता, और तुम संतुष्ट होते हो। तब कहीं जाने की कोई आवश्यकता नहीं है। जहां तुम हो उसी बिन्दु से, उसी क्षण ही, तुम सागर में गिर जाओगे। तुम ब्रह्मांड के साथ एक हो जाओगे।

लेकिन मन के लिए अभी और यहीं का महत्व नहीं है। मन को कहीं भविष्य में किन्हीं परिणामों में दिलचस्पी है। तो प्रश्न, एक ढंग से, ऐसे मन के लिए प्रासंगिक है—आधुनिक मन के लिए। उसे 'आधुनिक मन' कहना बेहतर होगा बजाय पश्चिमी मन कहने के। आधुनिक मन निरंतर भविष्य से, परिणाम से ग्रस्त होता रहता है, और अभी और यहीं नहीं होता है।

इस मन को योग कैसे सिखाया जा सकता है? इस मन को योग सिखाया जा सकता है क्योंकि यह भविष्योन्मुखता कहीं नहीं ले जा रही है। यह भविष्य की ओर अभिमुख होते जाना आधुनिक मन के लिए सतत दुख का निर्माण कर रहा है। हमने नरक का निर्माण कर लिया है। और हमने इसे बहुत निर्मित कर लिया है। अब मनुष्य को या तो इस पृथ्वी से मिट जाना होगा, या उसे स्वयं को रूपांतरित करना होगा। या तो मनुष्यता को पूर्णतया मरना होगा—क्योंकि यह नरक अब और जारी नहीं रखा जा सकता—या हमें अंतस क्रांति से गुजरना होगा।

इसलिए, योग बहुत अर्थपूर्ण और महत्वपूर्ण बन सकता है आधुनिक मन के लिए, क्योंकि योग बचा सकता है। यह तुम्हें सिखा सकता है फिर से यहीं और अभी कैसे होओ, अतीत को किस तरह भूलो, भविष्य को कैसे भूलो। और किस तरह वर्तमान क्षण में बने रहो इतनी प्रगाढ़ता के साथ कि यह क्षण कालातीत बन जाता है; यही क्षण शाश्वतता बन जाता है।

पतंजलि अधिक से अधिक अर्थपूर्ण बन सकते हैं। जैसे ही यह शताब्दी अपनी समाप्ति तक पहुंची, मानवीय रूपांतरणविषयक विधियां ज्यादा और ज्यादा महत्वपूर्ण हो जायेंगी। वे अभी ही ऐसी हो गयी हैं सारे संसार में। चाहे तुम उन्हें योग या झेन कहते हो, या चाहे तुम उन्हें सूफी विधियां कहते हो, या तुम उन्हें तंत्र विधियां कहते हो। बहुत-बहुत तरीकों से सारी पुरानी परंपरागत शिक्षाएं प्रकट हो रही हैं। कोई गहरी आवश्यकता है। और हर जगह संसार के हर भाग में, लोग यह ढूंढ़ने में संलग्न हो गये हैं कि ऐसे स्वर्गिक सुख के साथ, ऐसे आनंद के साथ मानवता अतीत में किस तरह विद्यमान थी। ऐसी गरीब स्थितियों के साथ, उतने समृद्ध व्यक्ति अतीत काल

में कैसे अस्तित्व रखते थे ? और हम क्यों इतनी समृद्ध अवस्था होते हुए इतने दीन-हीन हैं ?

यह विरोधाभास है, आधुनिक विरोधाभास। पहली बार हमने समृद्ध वैज्ञानिक समाज निर्मित किये हैं, और वे सर्वाधिक कुरूप हैं, सबसे अधिक अप्रसन्न। अतीत में कोई वैज्ञानिक टैक्नालाजी नहीं थी, चीजों की कोई बहुतायत नहीं, दौलतमंदी नहीं, विशेष कुछ सुविधा नहीं, लेकिन मानवता इतने गहरे, शांतिपूर्ण वातावरण में बनी रही थी—प्रसन्न, अनुगृहीत। क्या घट गया है ? हम अधिक सुखी हो सकते हैं, लेकिन हमने अस्तित्व के साथ संपर्क खो दिया है।

और वह अस्तित्व अभी और यहीं है। और बेचैन मन उसके संपर्क में नहीं हो सकता। बेचैनी मन की ज्वरग्रस्त, पागल अवस्था है। तुम भागते चले जाते हो। अगर लक्ष्य आ भी जाता है, तो भी तुम स्थिर नहीं खड़े हो सकते क्योंकि भागना एक तरह की आदत बन गया है। अगर तुम लक्ष्य तक पहुंच भी जाते हो, तो तुम उसे खो दोगे। तुम उसके बाहर-बाहर ही निकल जाओगे। क्योंकि तुम ठहर नहीं सकते। यदि तुम ठहर सकते हो, तो लक्ष्य को कहीं खोजना नहीं है।

एक झेन गुरु हुईहाइ ने कहा है, 'खोजो, और तुम खो दोगे। खोजो मत, और तुम उसे तुरंत पा सकते हो। ठहरो, और वह यहीं है। भागो, और वह कहीं नहीं है।'

प्रवचन ९

स्वयं में प्रतिष्ठित हो जाओ

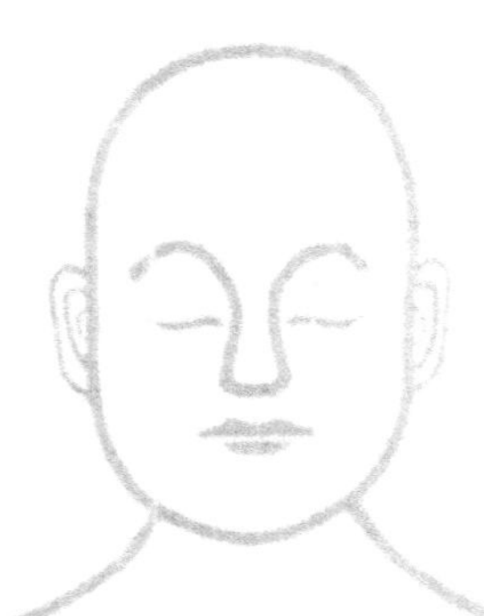

योगसूत्र

दृष्टानुश्रविकविषयवितृष्णस्य वशीकारसंज्ञा वैराग्यम् ।। १५ ।।

वैराग्य, निराकांक्षा की 'वशीकारसंज्ञा' नामक पहली अवस्था है—ऐंद्रिक सुखों की तृष्णा में, सचेतन प्रयास द्वारा, भोगासक्ति की समाप्ति।

तत्परं पुरुषख्यातेर्गुणवैतृष्ण्यम् ।। १६ ।।

वैराग्य, निराकांक्षा की अंतिम अवस्था है—पुरुष के, परम आत्मा के अंतरतम स्वभाव को जानने के कारण समस्त इच्छाओं का विलीन हो जाना।

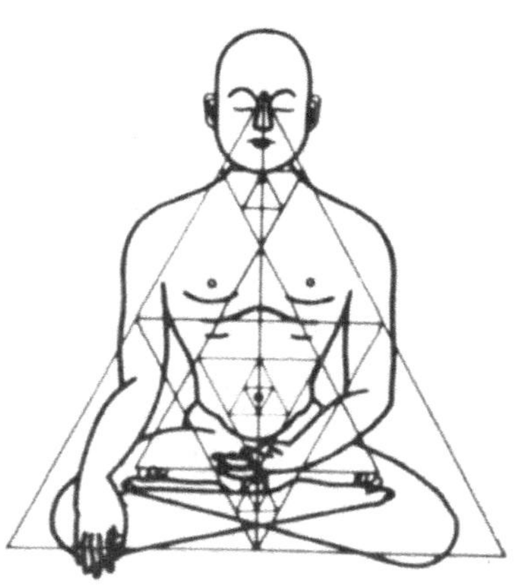

अभ्यास और वैराग्य—सतत आंतरिक अभ्यास और इच्छारहितता—ये दो बुनियादी शिलाएं हैं पतंजलि के योग की। सतत आंतरिक प्रयास की आवश्यकता है, इस कारण नहीं कि कुछ पाना है, बल्कि इस कारण कि आदतें गलत हैं। लड़ाई प्रकृति के विरुद्ध नहीं है, लड़ाई आदतों के विरुद्ध है। प्रकृति मौजूद है, हर क्षण उपलब्ध है तुममें प्रवाहित होने के लिए, तुम्हारे उसके साथ एक होने के लिए, लेकिन तुम्हारे पास आदतों का गलत ढांचा है। वे आदतें बाधाएं निर्मित करती हैं। लड़ाई इन आदतों के विरुद्ध है। और जब तक वे नष्ट नहीं होतीं, स्वभाव, तुम्हारा आंतरिक स्वभाव प्रवाहित नहीं हो सकता, आगे नहीं बढ़ सकता; उस नियति तक नहीं पहुंच सकता जिसके लिए यह बना है।

तो यह पहली बात ध्यान में लेना—संघर्ष स्वभाव के विरुद्ध नहीं है। संघर्ष गलत स्वभाव के, गलत आदतों के विरुद्ध है। तुम स्वयं से नहीं लड़ रहे हो; तुम कुछ दूसरी चीज की ओर से लड़ रहे हो, जो तुम्हारे भीतर जड़ हो गयी है। यदि इसे ठीक से नहीं समझा जाता तो तुम्हारी सारी कोशिश गलत दिशा की ओर जा सकती है। हो सकता है तुम स्वयं के साथ लड़ना शुरू कर दो, और एक बार तुम स्वयं से लड़ना शुरू करते हो, तो तुम हारने वाली लड़ाई लड़ रहे होते हो। तुम कभी विजयी नहीं हो सकते। कौन विजयी होगा और कौन पराजित होगा? तुम दोनों हो—एक वह जो लड़ रहा है और एक वह जिससे तुम लड़ रहे हो, दोनों एक हैं।

अगर मेरे दोनों हाथ लड़ना शुरू कर दें, तो कौन जीतने वाला है? एक बार तुम स्वयं से लड़ना शुरू करते हो, तो तुम हारने ही वाले हो। और बहुत सारे लोग, अपने प्रयास में, आध्यात्मिक सत्य की अपनी खोज में, इस भूल में गिर जाते हैं। वे इस भूल के शिकार हो जाते हैं। वे स्वयं से लड़ने लग जाते हैं। यदि तुम स्वयं से लड़ते हो, तो तुम ज्यादा और ज्यादा विक्षिप्त हो जाओगे। तुम ज्यादा से ज्यादा विभाजित हो जाओगे। विखंडित। तुम स्किड्जोफ्रेनिक, खंडित मनस्क हो जाओगे। और यही है जो पश्चिम में घट रहा है।

क्रिश्चिएनिटी सिखा गयी है—क्राइस्ट नहीं, बल्कि क्रिश्चिएनिटी सिखा गयी है—स्वयं से लड़ने के लिए, स्वयं की निंदा करने के लिए, स्वयं को अस्वीकार करने के लिए। ईसाइयत ने बड़े विभाजन निर्मित कर दिये हैं नीचे और ऊंचे के बीच। कुछ निचला नहीं है और कुछ ऊंचा नहीं है, लेकिन ईसाइयत निम्नतर आत्मा और उच्चतर आत्मा के बारे में कहती है, शरीर और आत्मा। किसी भी तरह ईसाइयत तुम्हें विभक्त करती है और लड़ाई निर्मित करती है। यह लड़ाई अंतहीन होने वाली है। यह तुम्हें कहीं नहीं ले जायेगी। अंतिम परिणाम केवल आत्मविनाश हो सकता है, विखंडित मनस्क अव्यवस्था। यही तो हो रहा है पश्चिम में।

योग कभी तुम्हें विभक्त नहीं करता, लेकिन तब भी एक संघर्ष है। लेकिन यह संघर्ष तुम्हारे स्वभाव के विरुद्ध नहीं है। इसके विपरीत, संघर्ष तुम्हारे स्वभाव के लिए है। तुमने बहुत सारी आदतें संचित कर ली हैं। वे आदतें तुम्हारे बहुत-से जन्मों की प्राप्तियां हैं—तुम्हारे गलत ढांचे। और उन्हीं गलत ढांचों के कारण तुम्हारा स्वभाव सहजता से आगे नहीं बढ़ सकता। सहजता से प्रवाहित नहीं हो सकता, अपनी नियति तक नहीं पहुंच सकता। इन आदतों को नष्ट करना होता है। और ये केवल आदतें ही होती हैं। वे तुम्हें स्वभाव की भांति जान पड़ सकती हैं क्योंकि तुम उनसे इतने ज्यादा ग्रसित हुए होते हो। हो सकता है तुम उनके साथ तादात्म्य बना चुके हो, लेकिन तुम वे ही नहीं हो।

यह अंतर मन में स्पष्टतया बनाये रखना होता है अन्यथा तुम पतंजलि का गलत अर्थ लगा सकते हो। जो कुछ भी तुममें बाहर से आया है और जो गलत है, उसे मिटा देना होता है ताकि वह जो तुम्हारे भीतर है, बह सके, खिल सके। अभ्यास, सतत आंतरिक अभ्यास, आदतों के विरुद्ध होता है।

दूसरी बात, दूसरी बुनियादी शिला, वैराग्य है—इच्छाशून्यता। यह भी तुम्हें गलत दिशा में ले जा सकता है। और ध्यान रहे, ये नियम नहीं हैं, ये सीधी-सादी दिशाएं हैं। जब मैं कहता हूं कि ये नियम नहीं हैं, तो मेरा मतलब होता है किसी सम्मोह की तरह उनके पीछे नहीं चलना है। उन्हें समझना होता है—उनका अर्थ, उनका महत्व। और उस अर्थवत्ता को अपने जीवन में उतारना होता है।

वह सार्थकता हर एक के लिए अलग होने वाली है, अतः ये जड़ नियम नहीं हैं। तुम्हें मतांध होकर उन पर नहीं चलना है। तुम्हें महत्व को समझना है और फिर उसे स्वयं के भीतर विकसित होने देना है। यह खिलावट हर व्यक्ति में अलग-अलग ढंग से होने वाली है। इसलिए ये मुरदा, मतांध नियम नहीं हैं; ये सीधी-सादी दिशाएं हैं। वे दिशा निर्देश देती हैं। वे तुम्हें ब्योरा नहीं देतीं।

मुझे याद आता है कि एक बार मुल्ला नसरुद्दीन म्यूजियम के द्वारपाल की हैसियत से काम कर रहा था। जिस पहले दिन वह नियुक्त हुआ, उसने नियमों के बारे में पूछा कि कौन-से नियमों पर चलना है। उसे पुस्तक दी गयी उन नियमों वाली, जिन्हें द्वारपाल द्वारा पालन किया जाना था। उसने याद कर लिया उन्हें। उसने पूरा ध्यान रखा एक भी ब्योरा न भूलने का।

तब पहले दिन जब वह काम पर था, पहला दर्शक आया। उसने दर्शक से कहा, अपना छाता वहां दरवाजे के बाहर छोड़ देने को। दर्शक चकरा गया। वह बोला, 'लेकिन मेरे पास कोई छाता नहीं है।' तो नसरुद्दीन बोला, 'उस अवस्था में तुम्हें वापस जाना होगा और छाता लाना होगा क्योंकि यही नियम है। जब तक कि दर्शक अपना छाता यहां बाहर न छोड़ें, उसे अंदर नहीं आने दिया जा सकता।'

और बहुत सारे लोग हैं जो नियमों से ग्रस्त हैं। वे अंधों की भांति अनुगमन करते हैं। पतंजलि तुम्हें नियम देने में रुचि नहीं रखते। जो कुछ वे कहने वाले हैं वे स्वाभाविक दिशाएं हैं। उनका अनुगमन नहीं करना है, बल्कि उन्हें समझना है। अनुगमन तो उस समझ में चला आयेगा। और उल्टा घटित नहीं हो सकता है। अगर तुम नियमों के पीछे चलते हो, तो समझ नहीं आयेगी। लेकिन यदि तुम नियमों को समझते हो, तो अनुगमन अपने आप आ पहुंचेगा, छाया की तरह।

इच्छाशून्यता एक दिशा है। यदि तुम नियम की भांति उसके पीछे चलते हो, तब तुम अपनी इच्छाओं को

मारना शुरू कर दोगे। और बहुतों ने यह किया है, लाखों ने यही किया। अपनी इच्छाओं को मारना शुरू कर देते हैं। बेशक, ऐसा अपने आप से पीछे चला आता है। यह बुद्धिसंगत है। यदि वैराग्य को, निराकांक्षा को पाना है, तब यह सबसे अच्छा ढंग है—सभी इच्छाओं को मार देना। तब तुम बिना इच्छाओं के होओगे !

लेकिन तुम मरे हुए भी होओगे। तुम नियमों पर ठीक-ठीक चल रहे होओगे। लेकिन यदि तुम सारी इच्छाओं को मार देते हो तो तुम स्वयं को मार रहे होओगे। क्योंकि इच्छाएं केवल इच्छाएं नहीं हैं, वे जीवन-ऊर्जा का प्रवाह हैं। तो वैराग्य प्राप्त करना है किसी चीज को मारे बिना। वैराग्य प्राप्त करना है अधिक जीवन के साथ, अधिक ऊर्जा के साथ; कम ऊर्जा के साथ नहीं।

उदाहरण के लिए, तुम कामवासना को आसानी से मार सकते हो अगर तुम शरीर को भूखों मारते हो क्योंकि कामवासना और भोजन गहरे रूप से संबंधित हैं। भोजन की आवश्यकता है तुम्हारे जीवित रहने के लिए, व्यक्ति के जीवित रहने के लिए, और कामवासना की आवश्यकता है, प्रजाति के, मानव जाति के जीवित रहने के लिए। एक तरह से वे दोनों भोजन हैं। बिना भोजन के व्यक्ति जीवित नहीं रह सकता और बिना कामवासना के मनुष्य जाति जीवित नहीं रह सकती। लेकिन मुख्य बात है व्यक्ति। यदि व्यक्ति जीवित नहीं रह सकता, तब मनुष्य जाति के जीवित रहने का तो कोई प्रश्न ही नहीं।

तो यदि तुम अपने शरीर को भूखा मारते हो, यदि तुम अपने शरीर को इतना कम भोजन देते हो कि उससे जो ऊर्जा निर्मित होती है वह रोज-रोज के दैनिक कार्य में खर्च हो जाती है—तुम्हारे चलने, तुम्हारे बैठने, तुम्हारे सोने में, और कोई अतिरिक्त ऊर्जा संचित नहीं होती, तब कामवासना विलीन हो जायेगी। क्योंकि कामवासना हो सकती है केवल तभी, जब व्यक्ति अतिरिक्त ऊर्जा एकत्रित कर रहा हो—जितनी उसे अपने जीवित रहने के लिए जरूरत है उससे ज्यादा। तब शरीर प्रजाति के बने रहने की सोच सकता है। लेकिन यदि तुम खतरे में होते हो, तब शरीर बिलकुल भूल जाता है कामवासना के बारे में।

इसलिए उपवास के लिए इतना ज्यादा आकर्षण है, क्योंकि अगर तुम उपवास रखते हो, तो कामवासना मिट जाती है। लेकिन यह निर्वासना नहीं है। यह तो बस अधिक और अधिक मुरदा हुए जाना है; कम और कम जीवित होना। भारत में जैन मुनि निरंतर उपवास रखते रहे हैं केवल ब्रह्मचर्य को उपलब्ध करने के लिए ही, क्योंकि अगर तुम निरंतर उपवास रखते हो, अगर तुम सदा भुखमरी वाले आहार पर रहो, तो कामवासना मिट जाती है। किसी दूसरी चीज की जरूरत नहीं है—न मन के रूपांतरण की, न आंतरिक ऊर्जा के रूपांतरण की। केवल भूखा रहना मदद करता है।

फिर तुम भूखा रहने की आदत डाल लेते हो। और अगर तुम इसे वर्षों तक सतत जारी रखो, तो तुम एकदम भूल ही जाओगे कि कामवासना अस्तित्व भी रखती है। कोई ऊर्जा निर्मित नहीं हुई, कोई ऊर्जा कामकेंद्र की ओर नहीं बहती। बहने के लिए कोई ऊर्जा है ही नहीं। व्यक्ति बना रहता है, बस मरी हुई चीज की तरह। कोई कामवासना नहीं होती।

लेकिन यह अर्थ नहीं है पतंजलि का। यह इच्छाविहीन अवस्था नहीं है। यह एकदम दुर्बल अवस्था है। ऊर्जा वहां है नहीं। तुमने शायद तीस या चालीस वर्ष के लिए शरीर को भूखा रख लिया हो, लेकिन अगर तुम शरीर को सही भोजन दो, तो कामवासना फिर तुरंत प्रकट हो जायेगी। तुम परिवर्तित नहीं हुए हो। कामवासना

तो बस वहां छिपी हुई है, ऊर्जा के प्रवाहित होने की प्रतीक्षा करते हुए। जब कभी ऊर्जा प्रवाहित होती है, कामवासना फिर जीवंत हो उठेगी।

तो वैराग्य की कसौटी क्या है ? कसौटी को याद रखना पड़ता है। ज्यादा जीवंत रहो, ऊर्जा से ज्यादा भरे रहो, सक्रिय रहो, और फिर वैराग्यपूर्ण बन जाओ। अगर तुम्हारा वैराग्य तुम्हें ज्यादा जीवंत बनाता है, केवल तभी तुमने सम्यक दिशा को समझा है। अगर यह तुम्हें केवल मुरदा व्यक्ति बनाता है, तब तुमने केवल नियम का अनुसरण किया है। नियम का अनुसरण करना सरल है क्योंकि किसी बौद्धिकता की आवश्यकता नहीं है। नियम पर चलना सरल है क्योंकि सीधी चालाकियां काम कर सकती हैं। उपवास एक सीधी चालाकी है। कुछ ज्यादा उसमें समाविष्ट नहीं होता, उससे कोई बुद्धिमानी जनमने वाली नहीं है।

ऑक्सफोर्ड में एक प्रयोग हुआ। तीस दिन तक बीस विद्यार्थियों का एक समूह पूरी तरह भूखा रह गया था। वे युवा, स्वस्थ लड़के थे। सातवें या आठवें दिन के बाद उन्होंने लड़कियों के प्रति होने वाला आकर्षण खोना शुरू कर दिया। नग्न तस्वीरें उन्हें दी जायें और वे उदासीन रहें। और यह उदासीनता मात्र शारीरिक नहीं थीं, उनके मन भी उस ओर आकर्षित नहीं थे।

यह ज्ञात हुआ क्योंकि अब विधियां मौजूद हैं मन को आंकने की। जब कभी कोई युवक, कोई स्वस्थ युवा, युवती की नग्न तस्वीर को देखता है, तो उसकी आंखों की पुतलियां बड़ी हो जाती हैं, वे ज्यादा खुली होती हैं नग्न रूप को भोगने के लिए। और तुम अपनी आंखों की पुतलियों को नियंत्रित नहीं कर सकते, वे ऐच्छिक नहीं होती हैं। तुम कह सकते हो कि तुम कामवासना में दिलचस्पी नहीं रखते, लेकिन एक नग्न तस्वीर दिखा देगी कि तुम दिलचस्पी रखते हो या नहीं। और तुम स्वेच्छा से कुछ नहीं कर सकते। तुम अपनी आंखों की पुतलियों को नियंत्रित नहीं कर सकते। वे फैल जाती हैं क्योंकि कुछ बहुत आकर्षक उनके सामने आ गया है, वे ज्यादा खुल जाती हैं। पुतलियां ज्यादा खुल जातीं हैं, ज्यादा पाने को। स्त्रियों को नग्न पुरुष में आकर्षण नहीं है, उन्हें छोटे बच्चों में ज्यादा आकर्षण है। इसलिए अगर एक सुंदर बच्चे की तस्वीर उन्हें दी जाती है, तो उनकी आंखें फैल जाती हैं।

हर प्रयत्न कर लिया गया यह जानने के लिए कि क्या लड़कों को कामवासना में आकर्षण था ? लेकिन कोई आकर्षण नहीं था। धीरे-धीरे आकर्षण ढल गया। अपने सपनों में भी उन्होंने लड़कियां देखना बंद कर दिया था। कोई यौनस्वप्न नहीं आते थे। दूसरे सप्ताह तक चौदहवें या पंद्रहवें दिन तक, वे एकदम मरी हुई लाशें थे। अगर कोई सुंदर लड़की पास आयी भी, तो वे न देखते। अगर कोई गंदा मजाक करता तो वे न हंसते। तीस दिन तक वे भूखे रहे। तीस दिन बाद तो सारा समूह कामवासनाहीन था ! उनके मन में या शरीरों में कोई कामवासना न थी।

तब फिर उन्हें भोजन दिया गया। पहले दिन ही वे फिर उसी पुराने ढंग के हो गये थे। अगले दिन तक वे कामवासना में ज्यादा आकृष्ट थे और तीसरे दिन तक तीस दिनों की सारी भुखमरी पूरी तरह गायब हो गयी थी। अब वे कामवासना में केवल आकृष्ट ही न थे, वे पूरे ग्रस्त होकर आकृष्ट थे—जैसे कि अंतराल ने आकर्षण के बढ़ने में मदद कर दी थी। कुछ सप्ताह के लिए वे सनकी ढंग से यौनपूर्ण थे। केवल लड़कियों के बारे में ही सोचते रहे और दूसरा कुछ नहीं। जब भोजन था शरीर में, लड़कियां फिर से महत्वपूर्ण हो गयी थीं।

किंतु ऐसा सारे संसार में बहुत देशों में किया जाता रहा है। बहुत धर्मों ने उपवास करने के अभ्यास का पालन

किया है। और फिर लोग समझने लगते हैं कि वे कामवासना के पार चले गये हैं। तुम कामवासना के पार जा सकते हो, लेकिन उपवास नहीं है उसका उपाय। यह तो एक चालाकी है। और यह चालाकी हर तरह से प्रयोग की जा सकती है। अगर तुम उपवास करते हो, तो तुम कम भूखे होओगे। और अगर तुम उपवास करने की आदत बना लेते हो, तब बहुत सारी चीजें तुम्हारी जिंदगी से गिर ही जायेंगी क्योंकि आधार गिर गया है। भोजन होता है आधार।

जब तुम्हारे पास अधिक ऊर्जा होती है, तुम अधिक आयामों की ओर सरकते हो। जब तुम ऊर्जा के अतिरेक प्रवाह से भरे हुए होते हो, तो तुम्हारी उमड़ पड़ रही ऊर्जा तुम्हें बहुत-सी इच्छाओं में ले जाती है। इच्छाएं कुछ नहीं हैं सिवाय ऊर्जा की अभिव्यक्ति के।

तो दो तरीके संभव हैं। एक तो यह कि तुम्हारी इच्छाएं बदल जाती हैं लेकिन ऊर्जा बनी रहती है। और दूसरा है कि ऊर्जा मार डाली जाती है लेकिन इच्छाएं बनी रहती हैं। ऊर्जा बड़ी आसानी से हटायी जा सकती है। सरलता से तुम्हारी शल्य-क्रिया की जा सकती है जननेंद्रिय की, और तब कामवासना मिट जाती है। कुछ हार्मोन्स तुम्हारे शरीर से निकाल दिये जा सकते हैं। यही है जो उपवास कर रहा है। कुछ हार्मोन्स मिट जाते हैं और तब तुम कामविहीन हो सकते हो।

लेकिन यह नहीं है पतंजलि का ध्येय। पतंजलि कहते हैं कि ऊर्जा बनी रहनी चाहिए और इच्छाएं मिट जानी चाहिए। केवल जब इच्छाएं मिट जाती हैं और तुम ऊर्जा से भरे हुए होते हो, तब तुम उस आनंदमयी अवस्था को उपलब्ध हो सकते हो, जिसके लिए योग प्रयत्न करता है। एक मुरदा-सा व्यक्ति दिव्यता तक नहीं पहुंच सकता है। दिव्यता केवल उमड़ती हुई ऊर्जा द्वारा पायी जा सकती है—भरपूर ऊर्जा, एक महासागर ऊर्जा का।

तो यह दूसरी बात है सतत याद रखने की—ऊर्जा नष्ट मत करो, इच्छाएं नष्ट करो। यह कठिन होगा। यह दुस्साध्य होने वाली है। क्योंकि इसमें तुम्हारे अस्तित्व के समग्र रूपांतरण की आवश्यकता होती है। लेकिन पतंजलि इसी के लिए कहते हैं। इसलिए वे अपने वैराग्य को, इच्छारहितता को बांट लेते हैं, दो चरणों में। अब हम सूत्रों में प्रवेश करेंगे।

वैराग्य, निराकांक्षा की वशीकार संज्ञा नामक पहली अवस्था है—ऐंद्रिक सुखों की तृष्णा में, सचेतन प्रयास द्वारा, भोगासक्ति की समाप्ति।

बहुत सारी चीजें अंतर्निहित हैं और समझनी पड़ेंगी। एक—इंद्रिय-सुख में लिप्तता। तुम ऐंद्रिक सुख की मांग क्यों करते हो? क्यों मन सदा इंद्रिय भोगों के बारे में सोचता रहता है। क्यों तुम बार-बार भोगासक्ति के उसी ढांचे में सरकते रहते हो?

पतंजलि के लिए, और उन सबके लिए जिन्होंने जाना है, कारण यह है कि तुम भीतर आनंदित नहीं होते हो, इसलिए ऐंद्रिक सुख के लिए इच्छा होती है। सुखोन्मुख मन का अर्थ है कि जैसे तुम हो, अपने भीतर, तुम आनंदित नहीं हो। इसीलिए तुम सुख को कहीं और ही खोजते चले जाते हो। कोई व्यक्ति जो दुखी है, इच्छाओं में सरकने को विवश है। इच्छा दुखी मन के लिए सुख खोजने का एक ढंग है। बेशक, यह मन कहीं सुख नहीं

पा सकता। ज्यादा से ज्यादा यह थोड़ी झलक पा सकता है। वे झलकियां सुख की भांति प्रतीत होती हैं। सुख का अर्थ होता है, प्रसन्नता की झलकियां। और यह भ्रामकता है कि सुख खोजने वाला मन सोचता है कि ये झलकियां और सुख कहीं और से, बाहर से आ रहे हैं। लेकिन वे हमेशा भीतर से आते हैं।

समझने की कोशिश करो—तुम किसी के प्रेम में पड़े हो, तो तुम कामवासना में सरकते हो। कामवासना तुम्हें सुख की झलक देती है, यह तुम्हें प्रसन्नता की झलक देती है। क्षण भर के लिए तुम विश्राम अनुभव करते हो। सारे दुख मिट गये हैं, सारी मानसिक यंत्रणा अब नहीं रही। एक क्षण के लिए तुम अभी और यहीं हो। तुम हर चीज भूल गये हो। एक क्षण के लिए वहां कोई अतीत नहीं और कोई भविष्य नहीं। चूंकि वहां कोई अतीत नहीं और कोई भविष्य नहीं, और एक क्षण के लिए तुम अभी और यहीं हो, ऊर्जा तुम्हारे भीतर से प्रवाहित होती है। इस क्षण में तुम्हारी आंतरिक आत्मा प्रवाहित होती है, और तुम्हें सुख की झलक मिलती है।

लेकिन तुम सोचते हो कि वह झलक साथी से आ रही है—स्त्री से या पुरुष से। वह पुरुष या स्त्री से नहीं आ रही है। वह तुम्हारे भीतर से आ रही है। दूसरे ने तो मदद भर की है तुम्हें वर्तमान में उतरने के लिए। दूसरे ने तो केवल मदद की है तुम्हें इस क्षण की वर्तमानता में आने के लिए।

अगर तुम बिना कामवासना के इस वर्तमान क्षण में पहुंच सकते हो, धीरे-धीरे कामवासना गैर-जरूरी हो जायेगी, वह लुप्त हो जायेगी। वह एक इच्छा न होगी तब। अगर तुम उसमें उतरना चाहो, तो तुम खेल की तरह उसमें उतर सकते हो, पर इच्छा की भांति नहीं। तब उसके साथ कोई ग्रस्तता नहीं रहती क्योंकि तुम उस पर आश्रित नहीं होते हो।

एक दिन वृक्ष के नीचे बैठो। एकदम प्रातःकाल में जब सूर्य अभी उदय नहीं हुआ है, क्योंकि सूर्योदय होने के बाद तुम्हारा शरीर तरंगायित होता है, और भीतर शांति बनी रहनी कठिन होती है। इसलिए पूरब हमेशा सूर्योदय से पहले ध्यान करता रहा है। वे इस समय को ब्रह्ममुहूर्त कहते हैं—दिव्यता के क्षण। और वे ठीक हैं, क्योंकि सूर्य के साथ ऊर्जाएं उठती हैं और वे पुराने ढांचे में प्रवाहित होने लगती हैं, जिसे तुम निर्मित कर चुके हो।

एकदम सुबह जब सूर्य अभी क्षितिज पर नहीं आया है, हर चीज मौन है और प्रकृति गहरी नींद सोयी है—वृक्ष सोये हैं, पक्षी सोये हैं, सारा संसार सोया हुआ है, तुम्हारा शरीर भी भीतर सुप्त है। तुम वृक्ष के नीचे बैठने आ पहुंचे हो, और हर चीज मौन है। बस, यहीं इसी क्षण में होने का प्रयत्न करो। कुछ मत करो, ध्यान भी नहीं। कोई चेष्टा मत करो। बस अपनी आंखें बंद कर लो और प्रकृति के मौन में, मौन बने रहो। अचानक तुम्हें वही झलक मिलेगी जो तुम्हारे पास आ रही थी कामवासना द्वारा। या उससे भी बड़ी कोई झलक, कहीं अधिक गहरी। अचानक तुम अनुभव करोगे भीतर से ऊर्जा का एक तेज प्रवाह आ रहा है। और अब तुम धोखा नहीं खा सकते क्योंकि वहां दूसरा और कोई नहीं है, अतः यह निश्चित तौर पर तुमसे आ रहा है। यह भीतर से प्रवाहित हो रहा है। कोई दूसरा तुम्हें नहीं दे रहा है इसे, तुम इसे दे रहे हो स्वयं को।

लेकिन एक परिस्थिति की आवश्यकता है—एक मौन। ऊर्जा उत्तेजना में न रहे। तुम कुछ नहीं कर रहे हो, बस वहां हो वृक्ष के नीचे, और तुम वह झलक पा जाओगे। और यह वस्तुतः ऐंद्रिक सुख नहीं होगा। यह प्रसन्नता होगी क्योंकि अब तुम सम्यक स्रोत की ओर देख रहे हो। सम्यक दिशा की ओर। एक बार तुम इसे जान लेते हो, फिर तुम तुरंत पहचान लोगे कि कामवासना में दूसरा दर्पण मात्र था, तुम उसमें बस प्रतिबिंबित हुए थे।

और तुम दर्पण थे दूसरे के लिए। तुम एक-दूसरे की सहायता कर रहे थे वर्तमान में उतरने के लिए, विचार से घिरे चित्त से दूर हट कर निर्विचार अवस्था में पहुंचने के लिए।

मन जितना ज्यादा शोरगुल से भरा हुआ होता है, उतना ज्यादा कामवासना का आकर्षण होता है। पूरब में काम कभी भी ऐसी सनक न था जैसा यह पश्चिम में बन गया है। फिल्में, कहानियां, उपन्यास, कविता, पत्रिकाएं, हर चीज यौनग्रस्त बन गयी है। तुम कोई चीज नहीं बेच सकते जब तक कि यौनाकर्षण को निर्मित न कर लो। अगर तुम्हें कार बेचनी होती है, तो तुम उसे केवल कामोत्तेजेक वस्तु की भांति बेच सकते हो। अगर तुम टूथपेस्ट बेचना चाहते हो, तो तुम उसे केवल यौनाकर्षण द्वारा बेच सकते हो। कामवासना के बिना कुछ नहीं बेचा जा सकता। ऐसा जान पड़ता है कि केवल कामवासना का ही बाजार है, महत्व है; दूसरी किसी चीज का नहीं !

प्रत्येक अर्थवत्ता कामभाव के द्वारा आती है। सारा मन कामवासना से ग्रस्त है। क्यों ? क्यों ऐसा कभी घटित नहीं हुआ पहले ? मनुष्य के इतिहास में यह कुछ नया है। और कारण यह है कि अब पश्चिम विचार के साथ इतनी बुरी तरह से उलझ गया है कि कामवासना के सिवाय यहीं और अभी होने की और कोई संभावना नहीं है। कामवासना एकमात्र संभावना बनी हुई है, और वह भी लुप्त हुई जा रही है।

आधुनिक व्यक्ति के लिए यह भी संभव हो गया है कि जब वह संभोग कर रहा हो तो वह दूसरी चीजों के बारे में सोच सकता है। और चूंकि तुम इसके योग्य हो गये हो कि जब संभोग कर रहे हो, तब तुम किसी दूसरी चीज के बारे में सोचते जाते हो—जैसे कि बैंक के तुम्हारे खाते के बारे में—या तुम मित्र से बातें किये चले जाते हो, या तुम किसी दूसरी जगह बने रहते हो जबकि संभोग यहां कर रहे होते हो, तो काम-भावना भी खतम हो जायेगी। तब वह केवल एक ऊब और खीज का कारण होगी, क्योंकि स्वयं कामवासना की बात न थी। बात केवल यही थी—कि काम ऊर्जा इतनी तेजी से प्रवाहित हो रही थी, कि तुम्हारा मन एकदम ठहर गया। काम ने उस पर अधिकार कर लिया। काम ऊर्जा इतनी तेजी से बहती है, इतनी सक्रियता से, कि तुम्हारे सोचने के साधारण ढांचे ठहर जाते हैं।

मैंने सुना है कि एक बार ऐसा हुआ कि मुल्ला नसरुद्दीन एक जंगल में से गुजर रहा था। उसे एक खोपड़ी मिल गयी। जैसा कि वह हमेशा कुतूहल से भरा रहता था, उसने खोपड़ी से पूछा, 'आपको यहां कौन पहुंचा गया श्रीमान ?' वह चकरा गया, क्योंकि खोपड़ी ने उत्तर दिया, 'बोलना मुझे यहां ले आया श्रीमान।' मुल्ला इस पर विश्वास नहीं कर सकता था, लेकिन उसने इसे सुन लिया था इसलिए वह राजमहल तक दौड़ा गया। उसने वहां कहा कि 'मैंने एक चमत्कार देखा है ! एक खोपड़ी, एक बोलने वाली खोपड़ी बिलकुल हमारे गांव के नजदीक जंगल में पड़ी है।'

राजा भी इस पर विश्वास नहीं कर सकता था, लेकिन वह जिज्ञासु हो गया था। जब वे जंगल में गये तो सारी राजसभा उनके पीछे चल दी। नसरुद्दीन खोपड़ी के निकट गया और उसने फिर वही प्रश्न पूछा—'तुम्हें यहां कौन लाया श्रीमान ?' लेकिन खोपड़ी खामोश रही। उसने दोबारा और तीसरी बार और बार-बार पूछा, लेकिन खोपड़ी मृत, निःशब्द बनी रही।'

राजा बोला, 'मैं यह पहले से जानता था, नसरुद्दीन, कि तुम झूठे हो। लेकिन यह अब बहुत हुआ। तुमने मजाक कर खिलवाड़ किया है और तुम्हें इसके लिए प्राण-दंड भुगतना होगा।' उसने अपने सैनिकों को मुल्ला

का सिर काटने और सिर को, खोपड़ी के निकट फेंकने का आदेश दिया जहां चीटियां उसे खा जायें। जब हर कोई चला गया—राजा, उसका दरबार—तब खोपड़ी ने फिर बोलना शुरू कर दिया। उसने पूछा, 'आपको यहां कौन लाया, जनाब ?' नसरुद्दीन ने जवाब दिया, 'बोलना मुझे यहां लाया जनाब !'

और बोलना आदमी को उस हालत तक ले आया है, जो आज यहां है। सतत बकबक करता मन किसी सुख को नहीं आने देता, सुख की किसी संभावना को नहीं आने देता, क्योंकि केवल एक मौन चित्त भीतर देख सकता है। केवल मौन चित्त ही सुन सकता है उस मौन को, उस मस्ती को जो हमेशा वहां गुनगुना रही है। वह इतनी सूक्ष्म है कि चित्त के शोरगुल सहित तुम उसे सुन नहीं सकते।

केवल संभोग में यह शोरगुल कई बार थम जाता है। मैं कहता हूं कई बार, क्योंकि अगर तुम कामवासना के भी अभ्यस्त हो जाते हो, जैसे पति और पत्नियां हो जाते हैं, तब शोरगुल कभी नहीं थमता। सारी क्रिया स्वचालित हो जाती है और मन अपने से ही चलता रहता है। तब कामवासना भी एक ऊब बन जाती है।

किसी चीज का तुम्हें आकर्षण होता है अगर वह तुम्हें झलक दे सकती हो। वह झलक बाहर से आ रही जान पड़ सकती है, लेकिन वह हमेशा भीतर से आती है। बाहरी हिस्सा तो केवल एक दर्पण हो सकता है। जब भीतर से प्रवाहित हो रही प्रसन्नता बाहर से प्रतिबिंबित होती है, वह सुख कहलाती है। यह पतंजलि की परिभाषा है। भीतर से बहने वाली प्रसन्नता बाहर से प्रतिबिंबित होती है, बाहरी हिस्सा दर्पण की तरह कार्य कर रहा है। यदि तुम सोचते हो कि यह प्रसन्नता बाहर से आ रही है, तो यह ऐंद्रिक सुख कहलाती है। हम एक गहन प्रसन्नता की खोज में हैं, ऐंद्रिक सुख की खोज में नहीं। इसलिए जब तक तुम्हें इस प्रसन्नता की झलकियां न गिल सकें, तुम अपनी भोग-विलास को ढूंढ़नेवाली तलाश समाप्त नहीं कर सकते। आसक्ति का अर्थ है : ऐंद्रिक सुख, भोग-विलास की खोज।

बोधपूर्ण प्रयास की आवश्यकता है। तो जब कभी तुम अनुभव करो कि एक ऐंद्रिक सुख का क्षण है, तो उसे ध्यानपूर्ण अवस्था में रूपांतरित कर दो। जब कभी तुम्हें प्रतीत हो कि तुम सुख का अनुभव कर रहे हो, तुम प्रसन्न, आनंदपूर्ण हो, तब अपनी आंखें बंद कर लेना, भीतर झांकना और जानना कि यह कहां से आ रहा है। यह क्षण मत गंवाओ, यह कीमती है। अगर तुम सचेतन नहीं होते तो तुम शायद सोचना जारी रखो कि यह बाहर से आता है और यही संसार का भ्रम है।

यदि तुम सचेतन और ध्यानपूर्ण होते हो, यदि तुम वास्तविक स्त्रोत की खोज करते हो तो कभी न कभी तुम जान जाओगे कि यह भीतर से प्रवाहित हो रहा है। एक बार तुम जान लो कि यह सदा भीतर से प्रवाहित होता है, कि यह वह कुछ है जो तुम्हारे पास पहले से ही है, तब भोग-विलास-लोलुपता गिर जायेगी, और यह पहला चरण होगा वैराग्य का। तब तुम खोज नहीं रहे होते; लालायित नहीं हो रहे होते। तो तुम इच्छाओं को मार नहीं रहे हो, तुम इच्छाओं से लड़ नहीं रहे हो। तुमने एकदम कुछ ज्यादा बड़ा पा लिया है, इसलिए इच्छाएं अब उतनी महत्वपूर्ण नहीं लगतीं। वे निस्तेज हो जाती हैं।

यह ध्यान में लेना—उन्हें मारना और नष्ट करना नहीं है। वे मुर्झा जाती हैं। तुम उनमें रुचि नहीं रखते हो क्योंकि तुम्हारे पास अब अधिक गहरा स्त्रोत है। तुम चुंबकीय ढंग से उसकी ओर आकर्षित होते हो। अब तुम्हारी सारी ऊर्जा भीतर की ओर सरक रही होती है। और इच्छाएं बस उपेक्षित होती हैं।

लेकिन तुम उनसे लड़ नहीं रहे। अगर तुम उनके साथ लड़ते हो, तो तुम कभी नहीं जीतोगे। यह तो ठीक ऐसे कि तुम्हारे साथ पत्थर हैं, रंगीन पत्थर हैं तुम्हारे हाथ में। अब अचानक तुम हीरों के बारे में जान जाते हो और वे पास पड़े हुए हैं। तो तुम रंगीन पत्थरों को फेंकते हो केवल अपने हाथ में हीरों के लिए रिक्त स्थान निर्मित करने के लिए। तुम पत्थरों से नहीं लड़ रहे हो, लेकिन हीरे वहां होते हैं तो तुम बड़ी आसानी से पत्थरों को गिरा देते हो। वे अपना अर्थ खो चुके होते हैं।

इच्छाओं का महत्व ही गिर जाना चाहिए। अगर तुम उनसे लड़ते हो, तो महत्व नष्ट नहीं हुआ। उल्टे, संघर्ष उन्हें अधिक महत्व दे सकता है। वे अधिक महत्वपूर्ण बन जाती हैं। और यही हो रहा है। जो किसी इच्छा के साथ लड़ते हैं उनके साथ यही होता है कि इच्छा मन का केंद्र बिंदु बन जाती है। उदाहरण के लिए, यदि तुम कामवासना से लड़ते हो, तो कामभाव केंद्र बन जाता है। फिर, सतत तुम इसमें व्यस्त हो जाते हो, इससे घिर जाते हो। यह घाव की तरह बन जाता है। जहां कहीं तुम देखते हो, वह कामवासनापूर्ण बन जाता है।

मन का एक मेकेनिज्म है, एक रचनातंत्र है, एक पुराना बचे रहने का मेकेनिज्म—संघर्ष या पलायन। दो तरीके हैं मन के—या तो तुम किसी चीज से संघर्ष कर सकते हो या तुम उससे पलायन कर सकते हो। अगर तुम मजबूत होते हो, तब तुम लड़ते हो। अगर तुम कमजोर होते हो, तब तुम भाग निकलते हो; तब तुम पलायन ही कर जाते हो। लेकिन दोनों तरीकों में अन्य महत्वपूर्ण हो जाता है। वह अन्य होता है केंद्र। तुम लड़ सकते हो या तुम संसार से पलायन कर सकते हो—उस संसार से, जहां इच्छाएं संभव होती हैं। तुम हिमालय पर जा सकते हो, वह भी एक संघर्ष है; कमजोर का संघर्ष।

मैंने सुना है कि एक बार मुल्ला नसरुद्दीन एक गांव में खरीद-फरोख्त कर रहा था। उसने अपने गधे को गली में छोड़ दिया और दुकान में चला गया कुछ खरीदने के लिए। जब वह बाहर आया तो वह बहुत क्रोधित हो गया। किसी ने उसके गधे को पूरी तरह लाल रंग से, गहरे लाल रंग से रंग दिया था। वह बहुत क्रोध में था और उसने पूछा, 'किसने किया है ऐसा ? मैं उस आदमी को मार दूंगा।'

एक छोटा लड़का वहां खड़ा हुआ था। वह बोला, 'एक आदमी ने ऐसा किया है, और वह आदमी अभी-अभी शराब-घर के भीतर गया है।' नसरुद्दीन भीतर गया। वह तेजी से अंदर जा पहुंचा—क्रोधित, पागल हुआ। वह बोला, 'किसने किया है यह ? किसने आखिर मेरे गधे को रंग दिया है ?'

एक बहुत लंबा-चौड़ा, बहुत मजबूत आदमी खड़ा हो गया और बोला, 'मैंने किया है। क्या कहना है इस बारे में ?' तो नसरुद्दीन बोला, 'शुक्रिया जनाब ! आपने बड़ा सुंदर काम किया है। मैं तो आपको बताने के लिए अंदर आया कि पहला लेप सूख गया है।'

अगर तुम मजबूत होते हो तो तुम लड़ने के लिए तैयार रहते हो। अगर तुम कमजोर होते हो, तब तुम भाग निकलने को, पलायन करने को तैयार होते हो। लेकिन दोनों अवस्थाओं में तुम ज्यादा मजबूत नहीं बन रहे। दोनों अवस्थाओं में वह दूसरा ही, तुम्हारे मन का केंद्र बन गया है। ये दो वृत्तियां हैं—संघर्ष या पलायन। और दोनों गलत हैं क्योंकि दोनों द्वारा मन बलशाली बन गया है।

पतंजलि कहते हैं कि एक तीसरी संभावना है—लड़ो मत और पलायन मत करो। बस, जागरूक रहो। सचेतन रहो। जो कुछ भी है स्थिति, एक साक्षी बनो।

सचेतन प्रयास का पहला अर्थ है—प्रसन्नता के आंतरिक स्रोत के लिए तलाश करना और दूसरा—आदतों के पुराने ढांचे को देखना। उससे लड़ना नहीं, बल्कि उसे देखना भर।

वैराग्य, निराकांक्षा की वशीकार संज्ञा नामक पहली अवस्था है—ऐंद्रिक सुखों की तृष्णा में, सतत प्रयास द्वारा, भोगासक्ति की समाप्ति।

'सचेतन प्रयास' है मूल सूत्र। चेतना की आवश्यकता है और प्रयास की भी आवश्यकता होती है। और उस प्रयास को सचेतन होना चाहिए क्योंकि प्रयास अचेतन भी हो सकता है। तुम इस ढंग से प्रशिक्षित हो सकते हो कि तुम निश्चित इच्छाएं गिरा दो यह जाने बिना कि उन्हें तुमने गिरा दिया है।

उदाहरण के लिए, अगर तुम शाकाहारी घर में उत्पन्न हुए हो, तो तुम शाकाहारी भोजन खाओगे। मांसाहारी भोजन का तो प्रश्न ही न उठेगा। तुम इसे कभी बोधपूर्वक नहीं गिराते। बस यह है कि तुम इस ढंग से पाले गये हो कि अनजाने ही यह स्वयं गिर गया है लेकिन यह बात तुम्हें कोई सघनता नहीं देने वाली है। यह तुम्हें कोई आध्यात्मिक बल देने वाली नहीं है। जब तक कि तुम सचेतन रूप से कुछ न करो, तुमने उसकी प्राप्ति नहीं की होती है।

बहुत से समाजों ने अपने बच्चों के साथ इसका परीक्षण किया है। उन्हें इस तरीके से पाला है कि कुछ गलत बातें उनके जीवन में प्रवेश ही नहीं करतीं। वे प्रवेश नहीं करतीं, लेकिन इससे कुछ हासिल नहीं होता है क्योंकि वास्तविक चीज जो हासिल करनी है वह चैतन्य है। और चैतन्य केवल प्रयास द्वारा अर्जित किया जा सकता है। अगर कोई चीज तुममें संस्कारित कर दी जाती है बिना प्रयास के, तो वह उपलब्धि जरा भी नहीं है।

इसलिए भारत में शाकाहारी तो बहुत हैं। जैन, ब्राह्मण, बहुत लोग हैं शाकाहारी, लेकिन उससे कुछ उपलब्धि नहीं होती है क्योंकि शाकाहारी परिवार में मात्र पैदा होने के कारण ही शाकाहारी होने में कोई गुणवत्ता नहीं है। उसमें सचेतन प्रयास नहीं होता है, तुमने उसके लिए कुछ नहीं किया है। अगर तुम मांसाहारी परिवार में पैदा हुए होते, तो तुमने सहज ही मांसाहारी भोजन अपना लिया होता।

जब तक कि कोई सचेतन प्रयत्न नहीं किया जाता, क्रिस्टलाइजेशन, केंद्रीकरण कभी घटित नहीं होता। तुम्हें अपने से कुछ करना होता है। जब तुम अपने से कुछ करते हो, तब तुम कुछ उपलब्ध करते हो। कुछ उपलब्ध नहीं किया जाता है बिना होश के—इसे ध्यान में रखना।

यह परम नियमों में से एक है—कुछ उपलब्ध नहीं होता बिना चैतन्य के! तुम श्रेष्ठ संत बन सकते हो, लेकिन यदि तुम चैतन्य द्वारा ऐसे नहीं बनते हो तो यह निरर्थक होता है, व्यर्थ होता है। तुम्हें इंच-इंच संघर्ष करना चाहिए क्योंकि संघर्ष द्वारा अधिक बोध घटित होता है, तब और अधिक चेतना की आवश्यकता होगी। और जितना ज्यादा तुम अभ्यास करते हो चेतना का, उतने ज्यादा सचेतन बनते हो। तब वह क्षण आता है, जब तुम शुद्ध चैतन्य बन जाते हो।

ऐंद्रिक सुखों की तृष्णा में भोगासक्ति की समाप्ति, सचेतन प्रयास द्वारा।

तो करना क्या है? जब कभी तुम किसी ऐंद्रिक सुख की अवस्था में होते हो—सेक्स, भोजन, धन, सत्ता, कोई भी चीज जो तुम्हें सुख देती है, उस पर ध्यान करो। ठीक जानने की चेष्टा करो कि वह सुख कहां से आ रहा है। क्या तुम्हीं हो स्रोत, या कहीं और है स्रोत? अगर स्रोत कहीं और होता है, तब किसी रूपांतरण की कोई संभावना नहीं होती क्योंकि तुम उस स्रोत पर आश्रित बने रहोगे।

लेकिन, सौभाग्यवश स्रोत कहीं और नहीं है, वह तुम्हारे भीतर ही है। यदि तुम ध्यान करते हो, तो तुम उसे खोज लोगे। हर क्षण वह भीतर से खटखटा रहा है, कह रहा है, 'मैं यहां हूं।' एक बार तुम्हें प्रतीति हो गयी कि वह वहां है हर क्षण खटखटाता हुआ; यह प्रतीति कि तुम बाहरी हिस्से पर जहां यह घटित होता जान पड़ता था वहां, केवल स्थितियां निर्मित कर रहे थे, तो यह बिना परिस्थितियों के घटित हो सकता है। तब तुम्हें किसी व्यक्ति पर या किसी चीज पर निर्भर होने की आवश्यकता नहीं है—भोजन पर या कामवासना पर, सत्ता पर या किसी चीज पर भी नहीं। तुम स्वयं में पर्याप्त हो। एक बार तुम इस अनुभूति तक पहुंच जाते हो, पर्याप्तता की अनुभूति, तब भोगासक्ति, वह मन जो आसक्त हो जाता है, भोगासक्त मन लुप्त हो जाता है।

इसका अर्थ यह नहीं है कि तुम भोजन में रस नहीं लोगे। तुम इसमें ज्यादा आनंद पाओगे, लेकिन अब भोजन तुम्हारी प्रसन्नता का स्रोत नहीं होगा, तुम्हीं स्रोत होगे। तुम भोजन पर निर्भर नहीं करोगे; तुम उससे ग्रसित नहीं होओगे।

इसका यह मतलब नहीं कि तुम कामवासना में सुख नहीं पाओगे। तुम इसमें ज्यादा रस पा सकते हो, लेकिन अब यह मौज है, खेल है, यह एक उत्सव मात्र है, लेकिन तुम इस पर निर्भर नहीं हो। यह तुम्हारे सुख का स्रोत नहीं है। और एक बार दो व्यक्ति, दो प्रेमी यह खोज लेते हैं कि वह दूसरा उनके सुखों का स्रोत नहीं है, तब वे एक दूसरे से लड़ना बंद कर देते हैं। पहली बार वे एक-दूसरे से प्रेम करना शुरू करते हैं।

जिस पर तुम किसी भी ढंग से निर्भर करो, तुम उस व्यक्ति से प्रेम नहीं कर सकते। तुम उससे घृणा करोगे क्योंकि तुम्हारी निर्भरता का आधार है वह। उसके बिना तुम प्रसन्न नहीं हो सकते। उसके पास है चाबी। और जिस व्यक्ति के पास तुम्हारी प्रसन्नता की चाबी है वह तुम्हारा जेलर है। इसलिए प्रेमी लड़ते हैं क्योंकि वे सोचते हैं कि दूसरे के पास चाबी है और कि वह स्त्री या पुरुष उन्हें प्रसन्न या अप्रसन्न बना सकता है। एक बार तुम जान लेते हो कि तुम अपनी प्रसन्नता का उद्‌गम हो और दूसरा अपनी निजी प्रसन्नता का उद्‌गम है, तब तुम अपनी प्रसन्नता को बांट सकते हो। यह दूसरी बात है। तुम निर्भर नहीं हो अतः तुम बांट सकते हो। तुम दोनों एक साथ उत्सव मना सकते हो। यही है प्रेम का अर्थ—एक साथ उत्सव मनाना, साथ-साथ शामिल होना, दूसरे से कोई चाह नहीं करना, दूसरे का उपयोग नहीं करना।

शोषण प्रेम नहीं हो सकता क्योंकि तब तुम दूसरे का साधन की भांति उपयोग कर रहे हो। और जिसका तुम साधन की भांति उपयोग करते हो, वह तुमसे घृणा करेगा। प्रेमी एक दूसरे से घृणा करते हैं क्योंकि वे एक-दूसरे का उपयोग कर रहे हैं, एक दूसरे का शोषण कर रहे हैं। और प्रेम, जिसे गहनतम आनंदोल्लास होना चाहिए, सबसे कुरूपतम नरक बन जाता है। लेकिन एक बार तुम जान लेते हो कि तुम्हीं हो तुम्हारी प्रसन्नता के स्रोत, तब तुम इसे मुक्त भाव से बांट सकते हो। तब वह दूसरा तुम्हारा शत्रु नहीं रहता, एक अंतरंग शत्रु भी नहीं। पहली बार मित्रता उदित होती है और तुम हर चीज में रस ले सकते हो।

तुम रस ले सकोगे केवल तभी जब तुम स्वतंत्र होते हो। केवल स्वतंत्र व्यक्ति आनंद ले सकता है। एक व्यक्ति जो भोजन के लिए पागल है और उससे ग्रसित है, उसका आनंद नहीं उठा सकता। शायद वह अपना पेट भर ले, लेकिन उसमें आनंद नहीं ले सकता। उसका भोजन करना हिंसात्मक होता है। यह एक तरह का हनन है। वह भोजन को मार रहा होता है, वह भोजन को नष्ट कर रहा होता है। और प्रेमी जो अनुभव करते हैं कि उनकी प्रसन्नता दूसरे पर निर्भर करती है, वे लड़ रहे होते हैं; दूसरे पर शासन करने की कोशिश कर रहे होते हैं; दूसरे को मारने की कोशिश करते हैं, दूसरे को नष्ट करने की कोशिश में होते हैं। तुम हर चीज में अधिक आनंद पा सकोगे जब तुम जान लेते हो कि वह स्रोत भीतर है। तब सारा जीवन एक खेल बन जाता है, और पल-दर-पल तुम उत्सव मनाये चले जा सकते हो असीम रूप से।

यह है पहला कदम, यह चेष्टा। होश और प्रयास सहित तुम इच्छारहितता प्राप्त कर लेते हो। लेकिन पतंजलि कहते हैं कि यह तो पहला ही कदम है क्योंकि प्रयास भी, होश भी अच्छा नहीं है क्योंकि इसका मतलब होता है कि कोई संघर्ष, कोई छिपा हुआ संघर्ष फिर भी चल रहा है।

वैराग्य का दूसरा और अंतिम चरण, निराकांक्षा की अंतिम अवस्था है— *पुरुष के उस परम आत्मा के अंतरतम स्वभाव को जानने से समस्त इच्छाओं का विलीन हो जाना।*

पहले तुम्हें जानना पड़ता है कि सारी प्रसन्नता जो तुममें घटित होती है, तुम्हीं हो उसके मूल उद्‌गम। दूसरी बात, तुम्हें अपनी आंतरिक आत्मा के समग्र स्वभाव को जानना पड़ता है। पहली बात, तुम्हीं हो उद्‌गम। दूसरी बात, तुम्हें जानना पड़ता है कि यह उद्‌गम है क्या। पहले इतना भर काफी है कि तुम अपनी प्रसन्नता के उद्‌गम हो। और दूसरी बात है, तुम्हें जानना होता है कि यह स्रोत अपनी समग्रता में क्या है। यह पुरुष, आंतरिक आत्मा क्या है! मैं कौन हूं समग्र रूप में।

एक बार तुम इस उद्‌गम को इसकी समग्रता में जान लेते हो, तो तुमने सब जान लिया होता है। तब केवल प्रसन्नता ही नहीं, सारा ब्रह्मांड भीतर ही होता है। केवल प्रसन्नता ही नहीं, तब वह सब जिसका अस्तित्व है, भीतर वास करता है। तब ईश्वर कहीं बादलों में नहीं बैठा हुआ होता है, वह भीतर विद्यमान होता है। तब तुम उद्‌गम होते हो, सबके मूल-स्रोत। तब तुम्हीं केंद्र होते हो।

और एक बार तुम अस्तित्व के केंद्र बन जाते हो, एक बार तुम जान लेते हो कि तुम अस्तित्व के केंद्र हो, तो सारे दुख मिट जाते हैं। अब इच्छारहितता सहज स्वाभाविक बन जाती है। किसी प्रयास, किसी मेहनत, किसी संपोषण की आवश्यकता नहीं है। यह बस है, यह स्वाभाविक बन गयी है। तुम खींच या धकेल नहीं रहे हो। अब वहां कोई 'मैं' नहीं है, जो इसे खींच और धकेल सकता हो।

इसे ध्यान में लेना—यह संघर्ष है, जो अहंकार निर्मित करता है। अगर तुम संसार में संघर्ष करते हो तो यह एक स्थूल अहंकार को निर्मित करता है। शायद तुम अनुभव करो, मैं कोई हूं धनी, मान-सम्मान वाला, सत्तावान। और अगर तुम भीतर संघर्ष करते हो, तो यह एक सूक्ष्म अहंकार को निर्मित करता है। हो सकता है तुम अनुभव करो, मैं शुद्ध हूं, मैं संत हूं, मैं एक मनीषी हूं, लेकिन इस संघर्ष के साथ 'मैं' बना रहता है। तो कुछ

लोग पवित्र अहंकारी हैं, जिनका बड़ा सूक्ष्म अहंकार है। हो सकता है वे सांसारिक व्यक्ति न हों। वे नहीं होते। वे पारलौकिक होते हैं। लेकिन संघर्ष उनमें होता है। उन्होंने कुछ प्राप्त कर लिया है, लेकिन वह 'प्राप्ति' अब तक 'मैं' की अंतिम छाया ढो रही है।

पतंजलि के लिए वैराग्य की दूसरी और अंतिम सीढ़ी है, अहंकार का पूर्ण विसर्जन। अब स्वभाव मात्र प्रवाहित हो रहा है। कोई 'मैं' नहीं है, कोई सचेतन प्रयास नहीं है। इसका यह मतलब नहीं कि तुम बोधपूर्ण न होओगे। तुम परम चैतन्य होओगे। लेकिन बोधपूर्ण होने में कोई प्रयास निहित नहीं है। कोई अहं-चेतना नहीं होगी, केवल शुद्ध चेतना। तुमने स्वयं को और अस्तित्व को जैसा वह है, स्वीकार कर लिया है।

एक समग्र स्वीकृति। यही है जिसे लाओत्सु कहता है ताओ—सागर की ओर बहती हुई नदी। वह कोई प्रयास नहीं कर रही। उसे कोई जल्दी नहीं है सागर तक पहुंचने की। अगर वह नहीं भी पहुंचती, तो वह निराश नहीं होगी। अगर वह लाखों वर्ष बाद भी पहुंचे, तो भी सब ठीक है। नदी तो बस बह रही है, क्योंकि बहना उसका स्वभाव है। कोई प्रयास नहीं। वह बहती ही जायेगी।

जब इच्छाओं पर पहली बार ध्यान दिया जाता है और उन्हें जाना जाता है तो चेष्टाएं उत्पन्न होती हैं—सूक्ष्म चेष्टा। पहला कदम भी एक सूक्ष्म चेष्टा है। तुम जाग्रत होने की कोशिश करने लगते हो कि तुम्हारी प्रसन्नता कहां से आ रही है। तुम्हें कुछ करना पड़ता है, और वह करना ही अहंकार निर्मित कर देगा। इसीलिए पतंजलि कहते हैं कि यह केवल प्रारंभ है, और तुम्हें ध्यान रखना चाहिए कि यह अंत नहीं है। अंत में, न केवल इच्छाएं मिट चुकी होती हैं; तुम भी मिट जाते हो। केवल आंतरिक अस्तित्व अपने प्रवाह में बना रह जाता है।

यह सहज प्रवाह परम आनंद है क्योंकि इससे कोई दुख संभव नहीं होता है। दुख अपेक्षाओं द्वारा आता है, मांग द्वारा। अब कोई नहीं होता अपेक्षा करने को या मांग करने को, अतः जो कुछ घटित होता है, प्रिय है। जो कुछ भी घटता है, एक आशीष होता है। तुम इसकी किसी दूसरी चीज से तुलना नहीं कर सकते। बस, यह है और चूंकि अतीत के साथ या भविष्य के साथ तुलना नहीं करते हो, क्योंकि तुलना करने को कोई है नहीं, तुम्हें कोई चीज दुख की भांति, पीड़ा की भांति नहीं लग सकती। अगर इस दशा में पीड़ा घटित होती भी है, तो वह कष्टकर नहीं होगी। इसे समझने की कोशिश करना। यह कठिन है।

जीसस को सूली पर चढ़ा दिया गया था, अतः ईसाइयों ने जीसस को बहुत उदास चित्रित किया है। उन्होंने यह भी कहा है कि वे कभी हंसे नहीं। और उनके चर्चों में हर कहीं जीसस की उदास प्रतिमाएं ही हैं। यह मानवोचित है। हम इसे समझ सकते हैं। एक व्यक्ति, जिसे सूली पर चढ़ा दिया जाता है उसे उदास ही होना चाहिए। वह आंतरिक पीड़ा में होगा, वह दुख पा ही रहा होगा।

इसलिए ईसाई कहे चले जाते हैं कि जीसस ने हमारे पापों के कारण दुख सहा; कि उन्होंने प्राणदंड पाया उनके लिए। यह बिलकुल गलत है ! अगर तुम पतंजलि से या मुझसे पूछो तो यह बिलकुल गलत है। जीसस दुख नहीं भोग सकते। जीसस के लिए असंभव है दुख भोगना। और अगर उन्होंने दुख उठाया, फिर तो तुम्हारे और उनके बीच कोई भेद ही नहीं है।

पीड़ा वहां है, लेकिन वे दुख नहीं पा सकते। यह रहस्यपूर्ण लग सकता है, पर ऐसा है नहीं। यह सीधा-सरल है। जितना भर हम बाहर से देख सकते हैं, पीड़ा तो वहां है। उन्हें सूली पर चढ़ाया जा रहा है, अपमानित किया

जा रहा है, उनका शरीर नष्ट किया जा रहा है। दर्द है वहां, लेकिन जीसस को पीड़ा नहीं हो सकती। उस क्षण जब जीसस को सूली पर चढ़ाया जा रहा है, वे कोई इच्छा नहीं कर सकते। उनकी कोई मांग नहीं है। वे नहीं कह सकते, 'यह गलत है। यह ऐसा नहीं होना चाहिए। मुझे तो ताज पहनाया जाना चाहिए और मुझे सूली पर चढ़ाया जा रहा है।'

अगर उनके मन में यह हो कि 'मुझे तो ताज पहनाया जाना चाहिए, और मुझे सूली पर चढ़ाया जा रहा है', तब दुख होगा। अगर उनके मन में कोई भविष्य नहीं है, कोई विचार नहीं है कि उन्हें ताज पहनाया जाना चाहिए, भविष्य के लिए आशा नहीं है, पहुंचने को निर्धारित लक्ष्य नहीं है, तब जहां कहीं वह स्वयं को पाते हैं, लक्ष्य होता है। और वे तुलना नहीं कर सकते। वह जो स्थिति है, उससे अन्यथा कुछ हो नहीं सकता। यह है मौजूदा क्षण जो उनके लिए आ बना है; यह सलीब पर चढ़ना ही ताज है।

वे दुखी नहीं हो सकते, क्योंकि दुखी होने का मतलब है विरोध। यदि तुम कुछ प्रतिरोध करते हो तो दुख भोग सकते हो। इसे आजमाओ। तुम्हारे लिए यह सूली पर चढ़ना कठिन होगा, किंतु हर रोज की सलीबें हैं, छोटी-छोटी। उनसे ही काम चलाना।

तुम्हारी टांग में या माथे में दर्द होता है या तुम्हें सिर-दर्द है। तुमने शायद इसकी प्रक्रिया पर ध्यान न दिया हो। तुम्हारे सिर में दर्द होता है और तुम निरंतर संघर्ष करते हो और प्रतिरोध करते हो। तुम उसे नहीं चाहते। तुम उसके विरुद्ध हो, इसलिए तुम स्वयं को विभाजित कर देते हो। तुम कहीं सिर के भीतर ही खड़े हुए हो और वहां सिर-दर्द है। तुम एक नहीं हो, सिर-दर्द कुछ अलग चीज है, और तुम जोर देते हो कि सिर-दर्द वहां नहीं होना चाहिए। यही है वास्तविक समस्या।

एक बार प्रयत्न करो न लड़ने का। सिर-दर्द के साथ बहो, सिर-दर्द ही बन जाओ। मान लो, 'यही है वस्तु स्थिति। मेरा सिर इस प्रकार ही है इस क्षण में। और इस क्षण में कुछ और संभव नहीं है। भविष्य में शायद यह चला जाये, लेकिन इस क्षण सिर-दर्द वहां है।' विरोध मत करो। इसे होने दो, इसके साथ एक हो जाओ। अपने को अलग मत करो, इसके साथ बहो। तब अचानक लहर उमड़ेगी एक नये प्रकार के प्रसन्नता की, जिसे कभी तुमने नहीं जाना है। जब विरोध करने को कोई नहीं होता है, सिर-दर्द भी पीड़ादायी नहीं होता। लड़ाई निर्मित करती है पीड़ा को। पीड़ा का अर्थ है सदा लड़ना पीड़ा के विरुद्ध। यही है वास्तविक पीड़ा।

जीसस स्वीकार कर लेते हैं। इस तरह का है उनका जीवन; यह उन्हें सूली तक ले गया है। यह है उनकी नियति। यही है जिसे पूरब में उन्होंने सदा भाग्य कहा है—भाग्य, किस्मत। कोई अर्थ नहीं है तुम्हारा भाग्य के साथ विवाद करने में, कोई सार नहीं है इससे लड़ने में। तुम कुछ नहीं कर सकते; यह घट रहा है। तुम्हारे लिए केवल एक बात संभव है—तुम इसके साथ बह सकते हो या तुम इसके साथ लड़ सकते हो। यदि तुम लड़ते हो, तो यह अधिक यंत्रणादायक हो जाती है। यदि तुम इसके साथ बहते हो तो कम यंत्रणा होती है। और अगर तुम समग्रता से बहते हो, तो व्यथा तिरोहित हो जाती है। तुम्हीं प्रवाह बन जाते हो।

इसे आजमाना जब तुम्हें सिर-दर्द हो, आजमाना इसे जब तुम्हारा शरीर बीमार हो, इसे आजमा लेना जब तुम्हें कोई दर्द हो। बस इसके साथ बहना और एक बार भी तुम ऐसा होने देते हो, तो तुम जीवन के गूढ़तम रहस्यों में से एक तक पहुंच चुके होगे। वह दर्द तिरोहित हो जाता है अगर तुम उसके साथ बहते हो। और यदि तुम

समग्रता से बह सकते हो, तो व्यथा प्रसन्नता बन जाती है।

लेकिन यह कोई तर्कसंगत चीज नहीं है समझने की। तुम बौद्धिक तल पर इसे समझ सकते हो, पर इससे कुछ होगा नहीं। इसे अस्तित्वगत रूप से आजमाओ। हर रोज की स्थितियां हैं—हर क्षण कुछ गलत होता है। जो हो रहा है उसके साथ बहो और देखो कि तुम कैसे सारी स्थिति को रूपांतरित कर देते हो। उस रूपांतरण के द्वारा तुम उसके परे हो जाते हो।

बुद्ध कभी पीड़ित नहीं हो सकते, यह असंभव है। केवल अहंकार पीड़ित हो सकता है। पीड़ित होने के लिए अहंकार जरूरी है। अगर अहंकार है तो तुम अपने सुखों को भी दुख में बदल देते हो, और अगर अहंकार वहां नहीं होता है, तुम अपने दुखों को सुखों में बदल सकते हो। रहस्य अहंकार में ही छिपा पड़ा है।

वैराग्य, निराकांक्षा की अंतिम अवस्था है—पुरुष के, परम आत्मा के अंतरतम स्वभाव को जानने के कारण समस्त इच्छाओं का विलीन हो जाना।

यह कैसे होता है ? अपने अंतरतम मर्म को, उस 'पुरुष' को, भीतर के निवासी को जानने के द्वारा ही। केवल उसके बोध द्वारा। पतंजलि कहते हैं, बुद्ध कहते हैं, लाओत्सु कहते हैं कि केवल इसके बोध से सारी इच्छाएं तिरोहित हो जाती हैं।

यह रहस्यमय है, और तर्कयुक्त मन यह पूछेगा ही कि यह कैसे हो सकता है कि केवल स्वयं की आत्मा का बोध हो और इच्छाएं तिरोहित हो जाती हैं ? ऐसा होता है क्योंकि सारी इच्छाएं स्वयं की आत्मा को न जानने से उदित हुई होती हैं। इच्छाएं मात्र अज्ञान हैं आत्मा का। क्यों ? क्योंकि वह सब जो तुम इच्छाओं द्वारा खोज रहे हो, वहां है, आत्मा में छिपा हुआ। तो यदि तुम आत्मा को जानते हो, तो इच्छाएं तिरोहित हो जायेंगी।

उदाहरण के लिए—तुम शक्ति की मांग कर रहे हो। हर कोई सत्ता की, शक्ति की मांग कर रहा है। शक्ति किसी में पागलपन निर्मित करती है। ऐसा लगता है कि मानव-समाज इस ढंग से बना है कि हर कोई सत्ता-लोलुप है।

जब बच्चा पैदा होता है, तब वह असहाय होता है। यह पहली अनुभूति है, और फिर तुम इसे हमेशा अपने साथ ढोते चलते हो। बच्चा पैदा होता है और वह दुर्बल होता है। और दुर्बल बच्चा बल चाहता है। यह स्वाभाविक है क्योंकि हर व्यक्ति उससे अधिक बलशाली है। मां शक्तिशाली है, पिता शक्तिशाली है, भाई शक्तिशाली है, हर एक शक्तिशाली है। और बच्चा बिलकुल दुर्बल है। तब स्वभावतः पहली इच्छा जो उठती है वह है शक्ति पाने की—कैसे बलशाली बन जाये, कैसे अधिकार रखने वाला बने। बच्चा उसी क्षण से ही राजनैतिक होने लगता है। शासन कैसे जमाया जाये, इसकी चालाकियां वह सीखने लगता है।

अगर वह ज्यादा रोता है, तो वह जान लेता है कि वह रोने के द्वारा अधिकार जमा सकता है। वह रोने के द्वारा घर भर पर शासन कर सकता है, इसलिए वह रोना-चीखना सीख लेता है। स्त्रियां इसे जारी रखती हैं, जब वे बच्चियां न भी रही हों। उन्होंने रहस्य सीख लिया है, और वे उसे जारी रखती हैं। उन्हें इसे बनाये रखना पड़ता है क्योंकि वे कमजोर बनी रहती हैं। यह शक्ति की राजनीति है।

बच्चा युक्ति जानता है, और वह अशांति निर्मित कर सकता है। और वह ऐसा उत्पात मचा सकता है कि तुम्हें उसे स्वीकार करना पड़ता है और उसके साथ समझौता करना पड़ता है। हर क्षण वह गहराई से अनुभव करता है कि जिस एक चीज की आवश्यकता है, वह है शक्ति, अधिक शक्ति। वह शिक्षा प्राप्त करेगा, वह स्कूल जायेगा, वह बड़ा होगा, वह प्रेम करेगा, लेकिन उसकी शिक्षा, प्रेम, खेल, हर चीज के पीछे वह ढूंढ रहा होगा कि अधिक सत्ता कैसे प्राप्त करे। शिक्षा द्वारा वह अधिकार जमाना चाहेगा। वह सीख लेगा कि क्लास में प्रथम कैसे आया जाये जिससे कि वह अधिकार रख सके। ज्यादा पैसा कैसे पाया जाये ताकि वह शासनकर्ता बन सके। प्रभुत्व के क्षेत्र में किस तरह प्रभाव बढ़ता रहे। अपनी सारी जिंदगी वह शक्ति के, सत्ता के पीछे पड़ा रहेगा।

अनेक जन्म व्यर्थ ही खो जाते हैं। और अगर तुम शक्ति पा भी लेते हो, तो क्या कर लोगे तुम ? एक बचकानी आकांक्षा मात्र पूरी हो जाती है। जब तुम नेपोलियन या हिटलर बन जाते हो, तब अचानक तुम सजग हो जाओगे कि सारी चेष्टा ही व्यर्थ रही है, असार ! बस, एक बचकानी आकांक्षा पूरी हो गयी है, इतना ही। तब क्या करोगे ? करोगे क्या इस शक्ति का ? अगर आकांक्षा पूरी हो जाती है, तो तुम उत्साहरहित बन जाते हो और अगर आकांक्षा पूरी नहीं होती है तो तुम निराश होते हो। और यह पूर्णतया तो पूरी हो नहीं सकती। कोई इतना ज्यादा शक्तिशाली नहीं हो सकता कि वह अनुभव कर सके कि 'अब यह पर्याप्त है।' कोई नहीं ! जीवन इतना जटिल है कि हिटलर भी खास क्षणों में शक्तिहीन अनुभव करता है, नेपोलियन भी शक्तिहीन अनुभव करेगा किन्हीं क्षणों में। कोई भी व्यक्ति परम शक्ति का अनुभव नहीं कर सकता, इसलिए तुम्हें कोई चीज संतुष्ट नहीं कर सकती है।

लेकिन जब कोई व्यक्ति अपनी आत्मा के बोध को उपलब्ध होता है, तो वह परम शक्ति के स्रोत को ही जान लेता है। तब शक्ति की इच्छा तिरोहित हो जाती है। क्योंकि तुम जान जाते हो कि तुम पहले से ही सम्राट हो और तुम सिर्फ सोच रहे थे कि तुम भिखारी हो। तुम ज्यादा बड़े भिखारी बनने को संघर्ष कर रहे थे, ज्यादा ऊंचे भिखारी। और तुम पहले से ही सम्राट थे ! अचानक तुम स्पष्ट अनुभव करते हो कि तुम्हारे पास किसी चीज का अभाव नहीं है। तुम असहाय नहीं हो। तुम समस्त ऊर्जाओं के स्रोत हो। तुम हो जीवन के असली स्रोत। बचपन की शक्तिहीनता वाली अनुभूति दूसरों द्वारा निर्मित हुई थी। और वह केवल एक दुष्चक्र था जिसे उन्होंने तुममें निर्मित किया था। क्योंकि यह उनमें निर्मित हुआ उनके माता-पिता द्वारा, और इसी तरह और पीछे भी यही।

तुम्हारे माता-पिता तुममें यह भाव निर्मित करते हैं कि तुम शक्तिहीन हो। क्यों ? क्योंकि केवल इसके द्वारा वे अनुभव करते कि वे शक्तिशाली हैं। तुम शायद सोच रहे होते हो कि तुम अपने बच्चों को बहुत ज्यादा प्यार करते हो, लेकिन वस्तु-स्थिति यह नहीं जान पड़ती है। तुम सत्ता से प्यार करते हो, और जब तुम्हारे बच्चे होते हैं, जब तुम माता-पिता बनते हो, तब तुम शक्तिशाली, सत्तापूर्ण होते हो। तुम्हारी कोई न सुनता होगा, तुम संसार में कोई स्थान न रखते होओगे। लेकिन कम से कम तुम्हारे घर की सीमाओं के भीतर तुम शक्तिशाली होते हो। कम से कम तुम छोटे बच्चों को सता सकते हो !

जरा पिताओं और माताओं की तरफ देखो। वे सताते हैं। और वे इतने प्रेमपूर्ण ढंग से सताते हैं कि तुम उनसे कह भी नहीं सकते कि वे उत्पीड़ित कर रहे हैं। 'उनके अपने भले' के लिए वे उत्पीड़ित कर रहे हैं—बच्चों के भले के लिए ही। वे 'विकसित' होने में उनकी सहायता कर रहे हैं ! वे शक्तिशाली अनुभव करते हैं इससे।

समाजशास्त्री कहते हैं कि बहुत लोग अध्यापन करते हैं केवल शक्तिशाली अनुभव करने को ही। तुम्हारे अधिकार में तीस बच्चे हों तो तुम किसी सम्राट की भांति ही होते हो।

ऐसा सुना जाता है कि औरंगजेब को उसके बेटे ने जेल में डाल दिया था। जब वह जेल में था तो उसने अपने बेटे को एक चिट्ठी लिखी। उसने कहा, 'मेरी सिर्फ एक चाह है। अगर तुम इसे पूरा कर सको तो यह अच्छा होगा और मैं बहुत खुश होऊंगा। बस, मेरे पास तीस बच्चे भेज दो ताकि मैं उन्हें यहां पढ़ा सकूं अपनी कैद के दौरान।'

सुनते हैं उसके बेटे ने यह कहा कि 'मेरे पिता हमेशा बादशाह रहे हैं, और वे अपना राज्य नहीं खो सकते। जेल में भी उन्हें तीस बच्चों की जरूरत है जिससे कि वे उन्हें पढ़ा सकें।'

जरा देखना। किसी स्कूल में जाना। कुर्सी पर बैठे हुए शिक्षक के पास पूरी सत्ता होती है। वह हर चीज का मालिक होता है जो वहां घटित हो रही हो। लोग बच्चे इसलिए नहीं चाहते कि वे उन्हें प्यार करते हैं। अगर वे सचमुच ही प्यार करते होते, तो संसार पूर्णतया अलग तरह का होता। अगर तुमने अपने बच्चों से प्रेम किया होता तो संसार पूर्णतया भिन्न होता। तुम उसकी सहायता न करते उसके निस्सहाय होने में, असहाय अनुभव करने में। तुम उसे इतना प्रेम देते कि वह अनुभव करता कि वह शक्तिशाली है। अगर तुम प्रेम देते हो, तो वह शक्ति की मांग कभी नहीं कर रहा होगा। वह राजनेता नहीं बनेगा। वह चुनावों के पीछे नहीं जायेगा। वह धन-संग्रह करने की कोशिश नहीं करेगा और उसके पीछे पागल नहीं हो जायेगा, क्योंकि वह जानता होगा कि यह बात व्यर्थ है। वह शक्तिशाली है ही। प्रेम ही पर्याप्त है।

पर अगर कोई भी उसे प्रेम नहीं दे रहा है, तब वह इसके लिए परिपूरक निर्मित करेगा। तुम्हारी सारी इच्छाएं, चाहे सत्ता की या धन की या प्रतिष्ठा की, वे सब दर्शाती हैं कि तुम्हारे बचपन में कुछ चीज तुम्हें सिखा दी गयी थी, कोई चीज तुम्हारे जैविक-कम्प्यूटर में भर दी गयी है और तुम उस अंकन के पीछे चल रहे हो—भीतर झांके बिना, देखे बिना कि जो कुछ तुम मांग रहे हो, वह पहले से ही वहां है।

पतंजलि की सारी चेष्टा है तुम्हारे जैविक-कम्प्यूटर को मौन बना देने की, जिससे कि वह दखल न देता रहे। यही है ध्यान। यह तुम्हारे जैविक-कम्प्यूटर को, निश्चित क्षणों के लिए, मौन में रख रहा है, शब्दशून्य अवस्था में, जिससे तुम भीतर देख सको और तुम्हारे गहनतम स्वभाव को सुन सको। एक झलक मात्र तुम्हें बदल देगी क्योंकि तब वह जैविक-कम्प्यूटर तुम्हें धोखा नहीं दे सकता है। तुंम्हारा जैविक-कम्प्यूटर कहता ही जाता है, 'यह करो; वह करो।' वह लगातार तुम्हें चालाकी से प्रभावित किये जाता है, तुम्हें कहता रहता है कि तुम्हारे पास अधिक शक्ति होनी चाहिए, अन्यथा तुम कुछ नहीं हो।

अगर तुम भीतर देख लो, तो कोई दूसरा बनने की कोई जरूरत ही नहीं है, कुछ होने की कोई जरूरत नहीं है। जैसे तुम हो, स्वीकार कर ही लिये गये हो। सारा अस्तित्व तुम्हें स्वीकार करता है, तुमको लेकर प्रसन्न है। तुम एक खिलावट हो। एक व्यक्तिगत खिलावट—किसी दूसरे से भिन्न, बेजोड़। और ईश्वर तुम्हारा स्वागत करता है, अन्यथा तुम यहां हो न सकते थे। तुम यहां हो तो केवल इसलिए कि तुम स्वीकृत हो। तुम यहां हो सिर्फ इसीलिए कि ईश्वर तुम्हें प्रेम करता है; ब्रह्मांड तुम्हें प्रेम करता है; अस्तित्व को तुम्हारी जरूरत रहती है। तुम जरूरी हो।

एक बार तुम अपने अन्तरतम स्वभाव को जान लेते हो—जिसे पतंजलि 'पुरुष' कहते हैं.... 'पुरुष' का अर्थ

होता है अंतर्वासी—तब किसी दूसरी चीज की जरूरत नहीं है। शरीर तो बस घर है। अंतर्वासित चेतना पुरुष है। एक बार तुम अंतरवासी चेतना को जान लेते हो, फिर किसी चीज की जरूरत नहीं रहती। तुम पर्याप्त हो। पर्याप्त से कहीं अधिक। जैसे तुम हो, पूर्ण हो। तुम पूर्णतया स्वीकृत हो, सत्कार पाये हुए हो। अस्तित्व एक आशीष बन जाता है। इच्छाएं तिरोहित हो जाती हैं क्योंकि वे आत्म-अज्ञान का हिस्सा थीं। आत्म-बोध होने से वे तिरोहित हो जाती हैं, वे विलीन हो जाती हैं।

'अभ्यास', सतत आंतरिक अभ्यास, जागरूक होने का अधिक से अधिक सचेतन प्रयास; अधिक और अधिक मालिक होना स्वयं का; आदतों द्वारा, यांत्रिक, यंत्र-मानव की तरह के रचनातंत्रों द्वारा कम और कम शासित होते जाना; और वैराग्य—निराकांक्षा—इन दोनों को उपलब्ध हुआ व्यक्ति योगी बन जाता है। इन दोनों को उपलब्ध किये हुए व्यक्ति ने लक्ष्य प्राप्त कर लिया होता है।

पर मैं दोहराऊंगा—संघर्ष निर्मित मत करना। अधिक से अधिक सहज होने के लिए जो घट रहा है उस सबको होने देना। नकारात्मक से लड़ना मत। उल्टे विधायक को निर्मित करना। कामवासना के साथ, भोजन के साथ, किसी चीज के साथ लड़ना मत। बल्कि, पता लगाना कि क्या है जो तुम्हें प्रसन्नता देता है, वह कहां से आता है। और उसी दिशा की ओर बढ़ना। इच्छाएं धीरे-धीरे तिरोहित होती जाती हैं।

और दूसरी बात—अधिक और अधिक सचेतन होना। जो कुछ घटित हो रहा हो, अधिक से अधिक सजग रहना। और उसी क्षण में बने रहना, उस क्षण को स्वीकार कर लेना। किसी दूसरी चीज की मांग मत करना। फिर तुम दुख को निर्मित नहीं कर रहे होओगे। अगर पीड़ा है, रहने दो उसे वहीं। उसमें बने रहो और उसमें बहो। एकमात्र शर्त यही है कि जागरूक बने रहना। बोधपूर्ण ढंग से, जाग्रत ढंग से, उसमें बढ़ना, उसमें बहना। प्रतिरोध मत करना।

जब पीड़ा तिरोहित हो जाती है, सुख की इच्छा भी विलीन हो जाती है। जब तुम संताप में नहीं होते हो, तब तुम भोगासक्ति की मांग नहीं करते हो। जब अधिक व्यथा नहीं होती है, तब भोगासक्ति अर्थहीन हो जाती है। तुम ज्यादा और ज्यादा आंतरिक खाई में उतरते चले जाते हो। और यह इतना ज्यादा आनंदपूर्ण होता है, यह इतना गहरा उल्लास होता है, कि इसकी एक झलक से भी सारा संसार अर्थहीन हो जाता है। तब वह सब, जो यह संसार तुम्हें दे सकता है, किसी काम का नहीं रहता है।

लेकिन इसे संघर्षकारी अभिवृत्ति नहीं बनना चाहिए। तुम्हें एक योद्धा नहीं बनना चाहिए; तुम्हें ध्यानी बनना चाहिए। यदि तुम ध्यान करते रहते हो, चीजें सहज रूप से तुमको घटेंगी, जो तुम्हें रूपांतरित करती जायेंगी और बदलती जायेंगी। लड़ना शुरू करते हो, तो तुमने दमन का आरंभ कर दिया है। और दमन तुम्हें ज्यादा और ज्यादा दुख में ले जायेगा। और तुम धोखा नहीं दे सकते।

बहुत लोग हैं जो केवल दूसरों को ही धोखा नहीं दे रहे हैं; वे अपने को धोखा दिये चले जाते हैं। वे सोचते हैं कि वे दुख में नहीं हैं। वे कहे जाते हैं कि वे दुख में नहीं हैं। लेकिन उनका सारा अस्तित्व दुखी है। जब वे कह रहे हैं कि वे दुख में नहीं हैं, तो उनके चेहरे, उनकी आंखें, उनके हृदय, हर चीज दुख में होती है।

मैं तुमसे एक कथा कहूंगा, और फिर मैं समाप्त करूंगा। मैंने सुना है कि एक बार ऐसा हुआ कि बारह स्त्रियां परलोक के पाप मोचन स्थान पर पहुंचीं। वहां के पदधारी फरिश्ते ने उनसे पूछा, 'जब तुम पृथ्वी पर थीं तो क्या

तुममें से कोई अपने पति के प्रति विश्वासघाती थीं ? अगर किसी ने अपने पति के साथ विश्वासघात किया था, तो उसे अपना हाथ उठा देना चाहिए।' लजाते हुए, हिचकिचाते हुए धीरे-धीरे ग्यारह स्त्रियों ने अपने हाथ ऊंचे कर दिये। पदधारी फरिश्ते ने अपना फोन उठाया और कॉल की। वह बोला, 'हलो ! क्या यह नर्क है ? क्या तुम्हारे पास वहां बारह विश्वासघाती पत्नियों के लिए कमरा है ? और उनमें से एक तो पत्थर की तरह बहरी है !'

इससे कुछ फर्क नहीं पड़ता, चाहे तुम कुछ स्वीकारो या नहीं। तुम्हारा चेहरा, तुम्हारा अस्तित्व ही हर चीज दर्शा देता है। हो सकता है तुम कहो कि तुम दुखी नहीं हो, लेकिन जिस तरह से तुम यह कहते हो, जिस ढंग से तुम व्यवहार करते हो, वह बता देता है कि तुम दुखी हो। तुम धोखा नहीं दे सकते। और इसमें कोई सार नहीं है क्योंकि कोई किसी दूसरे को धोखा नहीं दे सकता। तुम केवल स्वयं को ही धोखा दे सकते हो।

ध्यान रखना, यदि तुम दुखी होते हो, तो तुम्हीं ने यह सब निर्मित किया है। इसे तुम्हारे हृदय में गहरे उतरने दो कि तुम्हीं ने अपनी व्यथा निर्मित की है क्योंकि यह बात सूत्र बनने वाली है, चाबी। अगर तुमने ही निर्मित की है तुम्हारी व्यथा, तो केवल तुम्हीं उसे मिटा सकते हो। अगर किसी दूसरे ने उसे निर्मित किया है, तब तो तुम असहाय हो। तुमने निर्मित किये हुए होते हैं तुम्हारे दुख तो तुम उन्हें मिटा सकते हो। तुमने उन्हें गलत आदतों, गलत अभिवृत्तियों, आसक्तियों, इच्छाओं द्वारा निर्मित किया है।

इस ढांचे को गिरा दो ! नये सिरे से देखो ! तब यह जीवन ही वह सच्चिदानंद है, जो मानवीय चेतना के लिए संभव है।

प्रवचन 10

साक्षी और वैराग्य—प्रारंभ भी, अंत भी

प्रश्नसार

- हमारे मन की समस्याओं को, आप मन के पार होकर भी कैसे समझते हैं ?
- योगी बनने के लिए हठीले योद्धा के भाव की क्या जरूरत है ?
- अगर वैराग्य ही मुक्त कर सकता है तो फिर योगानुशासन का क्या प्रयोजन है ?

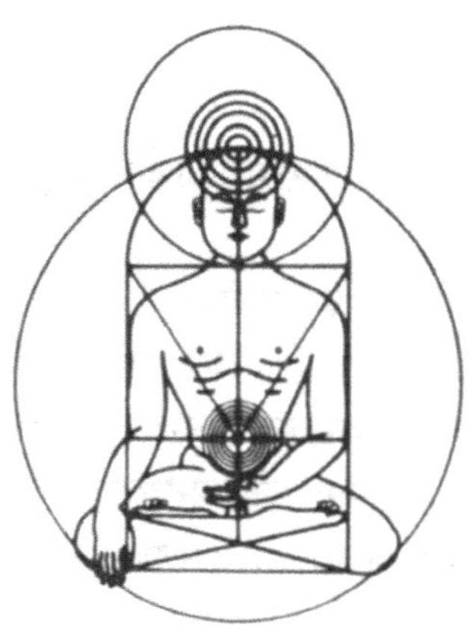

यह कैसे संभव हुआ है कि आपने हमारे जीने के ढंग को, आप जिसके परे जा चुके हैं, इतने सही रूप में और हर ब्योरे में वर्णित कर दिया है, जबकि हम इसके प्रति इतने अनजान रहते हैं ? क्या यह विरोधाभासी नहीं है ?

यह विरोधाभासी लगता है, पर यह है नहीं। तुम समझ सकते हो, केवल तभी जब तुम परे जा चुके होते हो। जब तुम एक निश्चित मनोदशा में होते हो, तब तुम नहीं समझ सकते मन की वह दशा, क्योंकि तुम उससे बहुत ज्यादा अंतर्ग्रस्त होते हो, उससे बहुत तादात्म्य बनाये हुए होते हो। समझने के लिए रिक्त स्थान की आवश्यकता होती है, दूरी की जरूरत होती है। और वहां दूरी कोई है नहीं। केवल जब तुम मन की अवस्था का अतिक्रमण करते हो, तुम उसे समझने के योग्य होते हो क्योंकि तब दूरी होती है वहां। तब तुम दूर, अलग खड़े हुए होते हो। अब तुम तादात्म्य बनाये बिना देख सकते हो। वहां दृश्य है अब, परिप्रेक्ष्य।

जब तुम प्रेम में पड़ते हो, तब तुम प्रेम को नहीं समझ सकते। शायद तुम उसे अनुभव कर लो, लेकिन तुम उसे समझ नहीं सकते। तुम्हारा होना उसमें इतना ज्यादा है, और समझने के लिए अलगाव, विरक्त अलगाव की आवश्यकता रहती है। समझ के लिए तुम्हें जरूरत है निरीक्षक होने की। जब तुम प्रेम में पड़ते हो तो निरीक्षक पिछड़ जाता है। तुम एक कर्ता बन चुके हो। तुम एक प्रेमी हो। तुम उसके साक्षी नहीं हो सकते। केवल जब तुम प्रेम का अतिक्रमण करते हो, जब तुम संबोधि पाते हो और प्रेम के पार जा चुके होते हो, तब तुम समझ पाओगे उसे।

एक बच्चा नहीं समझ सकता बचपन क्या है। जब बचपन खो चुका हो, तुम पीछे देख सकते हो और समझ सकते हो। युवा नहीं समझ सकता यौवन क्या है। केवल जब तुम बूढ़े हो चुके होते हो और पीछे देखने के योग्य होते हो, विलग, दूर, तब तुम उसे समझ पाओगे। जो कुछ भी समझा जाता है, परे हो जाने के द्वारा ही समझा जाता है। अतिक्रमण, पार हो जाना सारी समझ का आधार है। इसीलिए ऐसा हर रोज होता है कि कोई दूसरा जो मुसीबत में होता है तो तुम उसे सलाह, अच्छी सलाह दे सकते हो, पर अगर तुम उसी मुसीबत में हो, तो तुम वही अच्छी सलाह स्वयं को नहीं दे सकते।

अगर कोई दूसरा मुसीबत में होता है तो तुम्हारे पास देखने को, निरीक्षण करने को एक दूरी होती है। तुम साक्षी हो सकते हो, तुम अच्छी सलाह दे सकते हो। लेकिन जब तुम उसी मुसीबत में होते हो, तो तुम उतने ज्यादा सक्षम न होओगे। तुम सक्षम हो सकते हो अगर तुम तब भी अलग रह सको। तुम सक्षम हो सकते हो अगर तब भी

तुम समस्या को यूं देख सको जैसे कि समस्या तुम्हारी नहीं है; जैसे कि तुम बाहर हो, पहाड़ी पर खड़े हुए नीचे देख रहे हो।

कोई भी समस्या हल हो सकती है यदि एक क्षण के लिए भी तुम उससे बाहर होते हो और उसे साक्षी की भांति देख सकते हो। साक्षीभाव हर चीज सुलझा देता है। लेकिन जब तुम किसी अवस्था में गहन रूप से स्थित होते हो तो साक्षी होना कठिन होता है। तुम इतना ज्यादा तादात्म्य बना लेते हो। जब तुम क्रोधित हो जाते हो, तब तुम क्रोध बन जाते हो। कोई पीछे नहीं रहा है जो देख सके, निरीक्षण कर सके, ध्यान से देख सके, निर्णय ले सके। कोई पीछे नहीं रह गया है। जब तुम पूर्णतया कामवासना में सरक जाते हो, तब कोई केंद्र वहां ऐसा नहीं रहता जो अंतर्ग्रस्त न हो।

उपनिषदों में यह कहा गया है कि वह व्यक्ति जो स्वयं को ध्यान से देख रहा है, एक वृक्ष की भांति है, जहां दो पक्षी बैठे हैं। एक पक्षी कूद रहा है, आनन्द मना रहा है, खा रहा है, गा रहा है। और दूसरा पक्षी बस, वृक्ष के शिखर पर बैठा दूसरे पक्षी को देख भर रहा है।

अगर तुम साक्षी व्यक्तित्व बना सकते हो, जो ऊपर बना रहता है और नीचे चल रहे नाटक को देखता चला जाता है—जिसमें तुम अभिनेता हो, जिसमें तुम नाचते और कूदते हो, गाते और बोलते हो, सोचते हो और आवेष्टित हो जाते हो; अगर तुममें गहरे बैठा हुआ कोई इस नाटक को देखता रह सकता है, अगर तुम ऐसी दशा में हो सकते हो जहां तुम रंगमंच पर अभिनेता की भांति अभिनय कर रहे हो और साथ ही साथ दर्शकों में बैठे हुए ध्यान से देख रहे हो; यदि तुम अभिनेता और दर्शक दोनों हो सकते हो, तब साक्षी का उदय हुआ है। यह साक्षी तुम्हें जानने के, समझने के, विवेक पाने के योग्य बना देगा।

इसलिए यह विरोधाभासी लगता है। अगर तुम बुद्ध के पास जाते हो, तो वे तुम्हारी समस्याओं में गहरे उतर सकते हैं। इसलिए नहीं कि वे समस्या में पड़े हैं, बल्कि केवल इसलिए कि वे समस्याग्रस्त नहीं हैं। वे तुममें प्रवेश कर सकते हैं। वे स्वयं को तुम्हारी स्थिति में रख सकते हैं और फिर भी साक्षी बने रह सकते हैं।

वे जो संसार में होते हैं, संसार को नहीं समझ सकते हैं। केवल वे ही जो इसके पार चले गये हैं, इसे समझते हैं। इसलिए जो कुछ भी तुम समझना चाहते हो, उसके पार जाओ। यह विरोधाभासी जान पड़ता है। कुछ भी जो तुम जानना चाहते हो उसके पार जाओ; केवल तभी बोध घटित होगा। अगर तुम किसी भी बात में ग्रसित हो कर प्रवेश करते हो, तो भले ही ज्यादा जानकारी इकट्ठी कर लो, लेकिन एक प्रज्ञावान व्यक्ति नहीं बनोगे।

तुम क्षण-प्रतिक्षण इसका अभ्यास कर सकते हो। तुम दोनों हो सकते हो—अभिनेता होओ और दर्शक भी। जब तुम क्रोधित होते हो, तब तुम मन को कहीं स्थानांतरित कर सकते हो, जिससे तुम क्रोध से अलग हो जाते हो। यह एक गहन कला है। अगर तुम प्रयास करो, तुम इसे कर पाओगे। तुम मन को स्थानांतरित कर सकते हो।

एक क्षण के लिए तुम क्रोधित हो सकते हो। फिर अलग हो जाओ और क्रोध को देखो। तुम्हारे अपने चेहरे को दर्पण में देखो। देखो उसे जो तुम कर रहे हो, देखो उसे जो तुम्हारे चारों ओर घट रहा है, देखो जो तुमने दूसरों के प्रति किया है और किस तरह वे प्रतिक्रिया कर रहे हैं। क्षण भर को देखो, फिर क्रोधित हो जाओ; क्रोध में सरक जाओ। फिर दोबारा निरीक्षक बन जाओ। यह किया जा सकता है, लेकिन फिर बहुत गहरे अभ्यास की जरूरत

होगी।

इसे आजमाओ। जब खा रहे होओ, एक क्षण को खाने वाले ही बन जाना। उसमें पूरा रस लेना। भोजन ही बन जाना, भोजन करना ही बन जाना। भूल जाना कि कोई ऐसा भी है जो इसका निरीक्षण कर सकता है। जब तुम इसमें काफी सरक चुके होते हो, तब एक क्षण को हट जाना। खाते ही जाना पर इसकी ओर देखना शुरू करते हुए—भोजन है, भोजनकर्ता है, और तुम अलग खड़े इसे देख रहे हो।

जल्दी ही तुम दक्ष हो जाओगे, और तुम मन के गियर्स बदल पाओगे—अभिनेता से दर्शक होने तक के, भाग लेने वाले से प्रेक्षक होने तक के। तब यह तुम्हारे सामने उद्‌घाटित हो जायेगा कि भाग लेने के द्वारा कुछ नहीं जाना है, केवल निरीक्षण द्वारा ही चीजें उद्‌घाटित होती हैं और ज्ञात होती हैं। इसीलिए जिन्होंने संसार छोड़ दिया है वे मार्गदर्शक बन गये हैं। वे जो पार चले गये हैं, सद्‌गुरु बन गये हैं।

फ्रायड अपने शिष्यों को अलगावपूर्ण बने रहने के लिए कहता था। लेकिन यह उनके लिए बहुत मुश्किल था। क्योंकि फ्रायड के अनुयायी—वे मनोविश्लेषक, वे व्यक्ति न थे जो पार हो गये थे। वे संसार में रहते थे। वे विशेषज्ञ मात्र थे। लेकिन फ्रायड ने भी उन्हें सुझाव दिया कि जब रोगियों की सुन रहे होते हो, उसकी जो बीमार है, मानसिक रूप से बीमार है, तो मनोचिकित्सक को अलग बने रहना चाहिए। उसने उनसे कहा था, भावुक तौर पर अभिभूत मत होना। अगर तुम अभिभूत होते हो, तब तुम्हारी सलाह निरर्थक होती है। बस, दर्शक बने रहना।

यह बात क्रूर भी लगती है। कोई चीख रहा हो, रो रहा हो....और तुम भी महसूस करते हो क्योंकि तुम एक मानव-प्राणी हो। पर फ्रायड ने कहा था, 'अगर तुम मनोवैज्ञानिक की भांति, मनोविश्लेषक की भांति कार्य कर रहे हो, तो तुम्हें असम्मिलित बने रहना चाहिए। तुम्हें व्यक्ति की ओर ऐसे देखना चाहिए जैसे कि वह कोई समस्या ही है। उसकी ओर ऐसे मत देखो जैसे कि वह मानव-प्राणी है; नहीं तो तुम तुरंत अंतर्ग्रस्त हो जाते हो। तुम भाग लेने वाले बन जाते हो और फिर तुम सलाह नहीं दे सकते। तब जो कुछ भी तुम कहते हो वह पक्षपातपूर्ण होगा। तब तुम उसके बाहर नहीं होते हो।'

यह कठिन है, बहुत कठिन। अतः फ्रायडवादी बहुत तरह से इसका प्रयत्न करते रहे हैं। फ्रायडवादी मनोविश्लेषक सीधे तौर पर रोगी के सामने नहीं होगा क्योंकि जब तुम किसी व्यक्ति के सम्मुख होते हो तो असम्मिलित रहना कठिन होता है। अगर तुम किसी व्यक्ति की आंखों में झांकते हो, तो तुम उसमें प्रवेश करते हो। इसलिए फ्रायडियन मनोविश्लेषक पर्दे के पीछे बैठता है, और रोगी कोच पर लेटा रहता है।

यह भी बहुत अर्थपूर्ण है। फ्रायड समझ पाया था कि अगर कोई आदमी लेटा हुआ होता है और तुम बैठे या खड़े हुए होते हो, उसे नहीं देख रहे होते, तो सम्मिलित होने की कम संभावना होती है। क्यों ? एक लेटा हुआ व्यक्ति आसानी से कोई समस्या बन जाता है, जिस पर कि कार्य करना होता है—जैसे कि वह सर्जन की मेज पर हो। तुम उसकी चीरफाड़ कर सकते हो। साधारणतया, ऐसा कभी होता नहीं। अगर तुम किसी व्यक्ति से मिलने जाते हो, तो वह तुमसे बात नहीं करेगा जबकि लेटा हुआ हो और तुम बैठे हुए हो—जब तक कि वह रोगी न हो, जब तक कि वह अस्पताल ही में न हो।

तो फ्रायड के मनोविश्लेषण में रोगी को कोच पर लेटे रहना चाहिए। तब मनोविश्लेषक को लगता रहता है

कि वह आदमी मरीज है, बीमार है। उसकी सहायता करनी ही है। वह वास्तव में कोई व्यक्ति नहीं है बल्कि एक समस्या है, अतः उसके साथ सम्मिलित होने की किसी को जरूरत नहीं। और मनोविश्लेषक को व्यक्ति के सम्मुख नहीं होना चाहिए। उसे मरीज का सामना नहीं करना चाहिए। पर्दे के पीछे छिपे हुए वह उसे सुनेगा। फ्रायड कहता है कि रोगी को छूना मत, क्योंकि अगर तुम उसे छूते हो, अगर तुम रोगी का हाथ अपने हाथ में लेते हो, तो संभावना है कि तुम उसमें उलझ जाओ।

यह सावधानी लेनी पड़ती थी क्योंकि मनसविद बुद्धपुरुष नहीं होते हैं। पर यदि तुम बुद्ध के पास जाते, तो तुम्हें लेटने की कोई जरूरत नहीं। तुम्हें पर्दे के पीछे छिपने की कोई जरूरत नहीं। बुद्ध को सचेत रहने की कोई जरूरत नहीं कि उन्हें अंतर्ग्रस्त नहीं होना है। वे अंतर्ग्रस्त हो नहीं सकते। जो कुछ भी हो दशा, वे असम्मिलित बने रहते हैं।

वे तुम्हारे लिए करुणा अनुभव कर सकते हैं, लेकिन वे सहानुभूति भरे नहीं हो सकते। इसे ध्यान में रखना। और करुणा तथा सहानुभूति के बीच का अंतर समझने की कोशिश करना। करुणा उच्चतर स्रोत से चली आती है। बुद्ध तुम्हारे प्रति करुणामय रह सकते हैं। वे तुम्हारी बात समझते हैं कि तुम मुश्किल में हो, लेकिन वे तुम्हारे प्रति सहानुभूति भरे नहीं हैं क्योंकि वे जानते हैं कि यह तुम्हारी मूर्खता के कारण हुआ है कि तुम मुश्किल में हो। यह तुम्हारी मूढ़ता के कारण ही है कि तुम कठिनाई में पड़े हो।

उनके पास करुणा है। तुम्हारी नासमझी में से तुम्हें बाहर लाने में वे हर तरह से मदद करेंगे। लेकिन तुम्हारी नासमझी कोई ऐसी चीज नहीं है जिसके साथ वे सहानुभूति करने वाले हैं। तो एक तरह से वे बहुत ऊष्मामय होंगे और एक तरह से बहुत शीतल और भावशून्य। जहां तक उनकी करुणा का संबंध है, वे स्नेही होंगे। और वे बहुत शीतल और तटस्थ होंगे—जहां तक कि उनकी सहानुभूति का संबंध है।

और साधारणतया अगर तुम बुद्ध के पास जाते तो तुम अनुभव करोगे कि वे तटस्थ हैं। क्योंकि तुम नहीं जानते करुणा क्या है और तुम नहीं जानते करुणा की शीतलता को। तुम केवल सहानुभूति की गर्मी को जानते हो, और वे सहानुभूतिपूर्ण नहीं हैं। वे जान पड़ते हैं क्रूर, भावशून्य। अगर तुम रोते-चीखते हो, तो वे नहीं रोने-चीखने वाले तुम्हारे साथ। और अगर वे रोते हैं, तब कोई संभावना नहीं होती कि कोई सहायता उनसे तुम तक पहुंच सके। तब तो वे उसी स्थिति में हैं जिसमें कि तुम हो। वे नहीं रो सकते, तो तुम्हें इसकी चोट पहुंचेगी—'मैं चीख रहा हूं, रो रहा हूं और वे सिर्फ बुत की तरह बने रहते हैं—जैसे कि उन्होंने सुना ही न हो !' किन्तु वे तुम्हारे प्रति सहानुभूति नहीं रख सकते। सहानुभूति उसके द्वारा होती है जिसका उसी प्रकार का मन हो, जैसा कि तुम्हारा है।

करुणा उच्चतर स्रोत से आती है। वे तुम्हें देख सकते हैं। तुम उनके सामने पारदर्शी होते हो, पूर्णतया नग्न। और वे जानते हैं कि तुम क्यों दुख भोग रहे हो। तुम्हीं हो कारण। और वे इस कारण को तुम्हें समझाने की चेष्टा करेंगे। यदि तुम उन्हें सुन सकते हो, तो सुनने का कार्य ही तुम्हारी बहुत मदद कर देगा।

यह विरोधाभासी दिखता है लेकिन है नहीं। बुद्ध भी तुम्हारी तरह जीये हैं। अगर इस जीवन में नहीं, तो किन्हीं पिछले जन्मों में। वे उन्हीं संघर्षों में चलते रहे। वे तुम्हारी तरह नासमझ रहे, उन्होंने तुम्हारी तरह कष्ट पाया, उन्होंने तुम्हारी तरह ही संघर्ष किया। बहुत-बहुत जन्मों से वे उसी मार्ग पर थे। वे सारी यंत्रणा को जानते हैं, सारे संघर्ष को, अंतर्द्वंद्व को, पीड़ा को। वे जागरूक हैं, तुमसे अधिक जागरूक, क्योंकि अब ये सारे पिछले जन्म उनकी

नजरों के सामने हैं—केवल अपने ही नहीं बल्कि तुम्हारे भी। उन्होंने वे सब समस्याएं जी ली हैं जिन्हें कोई मानव-मन जी सकता है, इसलिए वे जानते हैं। लेकिन वे उनके पार चले गये हैं, अतः अब वे जानते हैं, क्या कारण हैं। और वे यह भी जानते हैं कि उन्हें किस प्रकार रूपांतरित किया जा सकता है।

वे हर तरह से मदद करेंगे तुम्हें समझा देने में कि तुम्हीं हो तुम्हारे दुखों का कारण। यह बहुत दुष्कर है। यह समझना सर्वाधिक कठिन होता है कि 'मैं ही मेरे दुखों का कारण हूं।' यह गहरे चोट करता है। व्यक्ति चोट अनुभव करता है। जब भी कोई कहता है कि कोई दूसरा व्यक्ति है कारण, तब तुम ठीक अनुभव करते हो। जो व्यक्ति ऐसा कहता है, तुम्हें सहानुभूतिपूर्ण जान पड़ता है। अगर वह कहता है, 'तुम कष्ट उठाने वाले हो, एक शिकार और दूसरे तुम्हारा शोषण कर रहे हैं, दूसरे नुकसान कर रहे हैं, दूसरे हिंसात्मक हैं', तब तुम अच्छा अनुभव करते हो। लेकिन यह अच्छाई टिकने वाली नहीं है। यह एक क्षणिक सांत्वना है, और खतरनाक; बहुत बड़ी कीमत पर मिलने वाली। क्योंकि वह जो सहानुभूति दे रहा है तुम्हारे दुख के कारण को बढ़ावा दे रहा होता है।

तो वे जो तुम्हारे प्रति सहानुभूतिपूर्ण जान पड़ते हैं वस्तुतः तुम्हारे शत्रु होते हैं क्योंकि उनकी सहानुभूति तुम्हारे दुख के कारण के मजबूत होने में मदद करती है। दुख का स्रोत ही मजबूत हो जाता है। तुम अनुभव करते हो कि तुम ठीक हो और सारा संसार गलत है, कि तुम्हारा दुख किसी दूसरी जगह से आता है।

अगर तुम बुद्ध के पास जाते, किसी बुद्ध-पुरुष के पास, तो वे कठिन होंगे ही। क्योंकि वे तुम्हें बाध्य करेंगे इस तथ्य का सामना करने के लिए कि कारण तुम्हीं हो। और एक बार तुम्हें लगने लगता है कि तुम्हारे नरक का कारण तुम हो, तो रूपांतरण आरंभ हो ही चुका होता है। जिस क्षण तुम इसे अनुभव करते हो, आधा काम तो हो ही चुका है। तुम मार्ग पर आ ही पहुंचे हो। तुम आगे बढ़ गये हो। एक बड़ा परिवर्तन तुम पर उतर चुका है।

आधे दुख तो अचानक ही तिरोहित हो जायेंगे, यदि एक बार तुम समझ जाओ कि तुम्हीं हो कारण। क्योंकि तब तुम उनके साथ सहयोग नहीं कर सकते। तब तुम इतने अज्ञानी न रहोगे कि उस कारण को मजबूत करने में मदद करो जो दुखों को निर्मित करता है। तुम्हारा सहयोग टूट जायेगा। पर दुख फिर भी कुछ समय के लिए बने रहेंगे—केवल पुरानी आदतों के कारण।

एक बार मुल्ला नसरुद्दीन कचहरी पहुंचने को मजबूर हो गया क्योंकि वह फिर शराब पिये हुए सड़क पर पाया गया था। मैजिस्ट्रेट ने कहा, 'नसरुद्दीन, मुझे याद है कि तुम्हें इसी अपराध के लिए बहुत बार जांचता रहा हूं। क्या तुम्हारे पास कोई स्पष्टीकरण है तुम्हारे पक्के शराबीपन के लिए ?' नसरुद्दीन बोला, 'बेशक, युअर ऑनर ! मेरे पास मेरे पक्के शराबीपन के लिए एक सफाई है देने को। यह है मेरी सफाई—पक्की प्यास।'

अगर तुम सजग हो भी जाओ, तो भी अभ्यस्त ढांचा कुछ देर को तुम्हें उसी दिशा में सरकने को बाध्य कर देगा। लेकिन यह बहुत देर तक नहीं बना रह सकता। ऊर्जा अब वहां नहीं रही। कुछ देर को वह मृत ढांचे की भांति बना रह सकता है, लेकिन धीरे-धीरे यह सूख जायेगा। इसे हर दिन पोषित होने की जरूरत रहती है, इसे हर दिन मजबूत होने की जरूरत होती है। निरंतर तुम्हारे सहयोग की आवश्यकता होती है।

एक बार तुम सजग हो जाओ कि तुम्हारे दुखों का कारण तुम हो, तो सहयोग गिर ही जायेगा। इसलिए जो कुछ मैं तुमसे कहता हूं वह तुम्हें एकमात्र तथ्य के प्रति सजग करने के लिए ही होता है—कि जहां कहीं तुम हो, जो कुछ तुम हो, तुम्हीं कारण हो। और इसके प्रति निराशावादी मत होओ। यह बहुत आशाजनक है। अगर

कोई दूसरा व्यक्ति कारण होता है, तो कुछ नहीं किया जा सकता।

इसी कारण महावीर ईश्वर को नहीं स्वीकारते। महावीर कहते हैं कि ईश्वर नहीं है। क्योंकि अगर ईश्वर है, तो कुछ नहीं किया जा सकता। जब वही है हर चीज का कारण, तो फिर मैं क्या कर सकता हूं? तब तो मैं असहाय हूं। तो उसी ने संसार बनाया है। उसी ने मुझे बनाया है। अगर वह है बनाने वाला, तब केवल वही मिटा सकता है। और अगर मैं दुखी हूं, तब वही है जिम्मेदार और मैं कुछ कर नहीं सकता।

अतः महावीर कहते हैं, अगर ईश्वर है, तो आदमी असहाय है। इसीलिए वे कहते हैं, 'मैं ईश्वर में विश्वास नहीं करता।' और इसका कोई दार्शनिक कारण नहीं है, कारण बहुत मनोवैज्ञानिक है। यह युक्ति है जिससे कि तुम किसी को अपने लिए जिम्मेदार नहीं ठहरा सको। तो प्रश्न यह नहीं है कि ईश्वर अस्तित्व रखता है या नहीं।

महावीर कहते, 'मैं चाहता हूं, तुम समझ जाओ कि जो कुछ तुम हो उसके कारण तुम हो।' और यह बहुत आशापूर्ण है। अगर तुम ही हो कारण, तो तुम इसे बदल सकते हो। अगर तुम नरक का निर्माण कर सकते हो, तो तुम स्वर्ग का निर्माण भी कर सकते हो। तुम हो मालिक।

इसलिए निराश अनुभव मत करो। जितना ज्यादा तुम दूसरों को जिम्मेदार ठहराते हो तुम्हारी जिंदगी के लिए, उतने ज्यादा तुम गुलाम होते हो। अगर तुम कहते हो, 'मेरी पत्नी मुझे क्रोधी बना रही है', तो तुम एक गुलाम हुए। अगर तुम कहो कि तुम्हारा पति तुम्हारे लिए मुसीबत खड़ी कर रहा है, तो तुम गुलाम हो। अगर तुम्हारा पति तुम्हारे लिए मुसीबत बना भी रहा है, लेकिन तुमने चुना है उस पति को। तुम्हें चाहिए ही थी यह मुसीबत, इस तरह की मुसीबत। यह तुम्हारा चुनाव है। अगर तुम्हारी पत्नी तुम्हारे लिए नरक बना रही है तो याद कर लेना कि तुमने चुना है इस पत्नी को।

किसी ने मुल्ला नसरुद्दीन से पूछा, 'तुम्हारी पत्नी से तुम्हारी पहचान कैसे हुई? किसने तुम्हारा परिचय कराया?' वह बोला, 'बस, यह हो गया। मैं किसी को दोष नहीं दे सकता।'

कोई किसी को दोष नहीं दे सकता। और यह मात्र घटना नहीं है, यह चुनाव है। एक खास तरह का पुरुष एक खास तरह की स्त्री को चुन लेता है। यह संयोग नहीं है। वह उसे खास कारणों से चुनता है। अगर यह स्त्री मर जाये, तो फिर वह उसी प्रकार की स्त्री चुनेगा। अगर वह इस स्त्री को तलाक दे दे, तो फिर वह इसी प्रकार की स्त्री चुनेगा।

एक व्यक्ति पत्नियों को बदलता जा सकता है, लेकिन जब तक वह स्वयं नहीं बदलता, कोई वास्तविक परिवर्तन हो नहीं सकता। केवल नाम बदलते हैं। एक व्यक्ति चुनाव बनाता है। वह विशिष्ट चेहरा पसंद करता है, उसे विशिष्ट नाक पसंद होती है, वह विशिष्ट आंखें पसंद करता है, उसे एक व्यवहार पसंद होता है। यह एक जटिल बात है। तुम एक विशेष प्रकार की नाक पसंद करते हो, लेकिन नाक मात्र नाक ही नहीं है। वह क्रोध वहन करती है, वह अहंता पास रखे है, वह मौन पहुंचाती है, वह शांति पहुंचाती है, वह बहुत सारी चीजों को साथ लिये हुए है।

अगर तुम एक खास तरह की नाक पसंद करते हो, तो तुम शायद उस व्यक्ति को पसंद कर रहे होओ जो तुम्हें क्रोधी होने को विवश कर सकता हो। एक अहंकारी व्यक्ति की अलग प्रकार की नाक होती है। वह तुम्हें सुंदर भी लग सकता है, लेकिन यह सुंदर लगता है केवल इस कारण कि तुम उस किसी की खोज में हो जो तुम्हारे चारों

ओर नरक बना सके। देर-अबेर नरक पीछे-पीछे चला ही आयेगा। शायद तुम इसे संबंधित न कर पाओ, तुम इसे जोड़ न सको। जीवन जटिल है, और तुम इसमें इतने उलझे हुए होते कि तुम उसे जोड़ नहीं सकते। तुम केवल तभी देख पाओगे जब तुम इसके पार चले जाते हो।

यह बिलकुल उसी तरह है जब तुम हवाई जहाज में उड़ रहे होते हो बंबई के ऊपर। सारी बंबई देखी जा सकती है—उसका सारा नक्शा। लेकिन यदि तुम बंबई में रह रहे होते हो और सड़कों पर चलते हो, तो तुम सारे ढांचे को नहीं देख सकते। बंबई का सारा नक्शा-ढांचा उन व्यक्तियों द्वारा नहीं देखा जा सकता जो बंबई में रहते हैं। यह केवल उन्हें दिख सकता है जो उसके ऊपर उड़ें। तब सारा ढांचा दिखाई देता है। तब चीजें ढांचे में दिखती हैं। अतिक्रमण का अर्थ है, मानवीय समस्याओं के पार चले जाना। तब तुम उनमें प्रवेश कर सकते हो और उन्हें देख सकते हो।

मैंने बहुत-बहुत लोगों के भीतर झांका है। जो कुछ वे करते हैं, वे सजग नहीं होते कि वे क्या कर रहे हैं। वे सजग होते हैं केवल जब परिणाम चले आते हैं। वे मिट्टी में बीज गिराते जाते हैं, लेकिन वे सजग नहीं होते। केवल जब उन्हें फल-प्राप्ति करनी होती है तो उन्हें होश आता है। और वे जोड़ नहीं बैठा सकते कि वे ही दोनों हैं—उनकी फसल के कारण भी और फसल पाने वाले भी।

एक बार तुम समझ लो कि तुम हो कारण, तो तुम मार्ग पर बढ़ चुके हो। अब बहुत सारी चीजें संभव हो जाती हैं। अब तुम कुछ कर सकते हो उस समस्या के बारे में जो तुम्हारी जिंदगी है। तुम उसे बदल सकते हो। स्वयं को बदलने मात्र से तुम उसे बदल सकते हो।

एक स्त्री मेरे पास आयी। वह बहुत धनी परिवार से है, बहुत भले परिवार से—सुसंस्कृत, परिष्कृत, शिक्षित। उसने पूछा मुझसे, 'अगर मैं ध्यान करना शुरू कर दूं, तो क्या यह बात पति के साथ मेरे संबंध को गड़बड़ा देगी ?' और इससे पहले कि मैं उसे उत्तर देता, वह स्वयं कहने लगी, 'मैं जानती हूं यह बात अशांति बनाने वाली नहीं क्योंकि अगर मैं बेहतर हो जाऊं—ज्यादा शांत और ज्यादा प्रेमपूर्ण, तो यह मेरे संबंध को गड़बड़ा कैसे सकती है ?'

लेकिन मैंने उससे कहा, 'तुम गलत हो। संबंध अस्त-व्यस्त होने ही वाला है। तुम बेहतर बनो कि बदतर, यह अप्रासंगिक है। तुम बदलते हो, दो में से एक व्यक्ति बदलता है, और संबंध में अड़चन आनी ही होती है। और यही है आश्चर्य। अगर तुम बुरे बन जाओ, तो संबंध में कोई ज्यादा बिगड़ाव नहीं आयेगा। अगर तुम अच्छे बन जाते हो, बेहतर, तो बस संबंध तहस-नहस होने ही वाला है। क्योंकि जब एक साथी नीचे गिरता है और बुरा बन जाता है, तो दूसरा बेहतर अनुभव करता है तुलना में। यह अहंकार पर चोट पड़ने की बात नहीं है। बल्कि यह अहंकार-संतुष्टि है।'

इसलिए एक पत्नी अच्छा अनुभव करती है अगर पति शराब पीना शुरू कर दे क्योंकि अब वह नैतिक आचरण की उपदेशक बन सकती है। अब वह उस पर अधिक शासन जमा सकती है। अब, जब कभी वह घर में दाखिल होता है वह अपराधी की तरह दाखिल होता है। और बस, क्योंकि वह शराब पीता है तो, हर चीज जो वह कर रहा है, गलत हो जाती है। उतना भर काफी है क्योंकि अब पत्नी यह बहस बार-बार कहीं से सामने ला सकती है। तो अब हर चीज निंदित है जो पति करता है।

पर अगर पति या पत्नी ध्यानस्थ हो जाये, तब और भी गहरी समस्याएं उठ खड़ी होंगी क्योंकि दूसरे का अहंकार चोट खायेगा। उनमें से एक उच्च हो रहा है, और दूसरा ऐसा न होने देने की हर तरह से कोशिश करेगा। वह हर संभव मुसीबत खड़ी करेगा। और यदि ऐसा घटे भी कि एक ध्यानी बन जाये, तो दूसरा इसे न मानने की चेष्टा करेगा कि ऐसा घटित हुआ है। वह सिद्ध करेगा कि यह अभी तक नहीं घटा है। वह कहता ही रहेगा, 'तुम वर्षों से ध्यान पर जुटे हो और कुछ नहीं हुआ है। इसका क्या लाभ है ? यह तो बेकार है। तुम फिर भी क्रोध करते हो, तुम तो वैसे ही बने रहे हो।' दूसरा जोर देने की कोशिश करेगा कि कुछ नहीं हो रहा है। यह एक तसल्ली है उसके लिए।

और अगर कुछ वास्तव में घटित हुआ हो, अगर पत्नी या पति वास्तव में ही परिवर्तित हो गये हों, तब यह संबंध जारी नहीं रह सकता। यह असंभव है जब तक कि दूसरा भी बदलने को राजी न हो। किंतु स्वयं को बदलने के लिए राजी हो पाना बहुत कठिन है क्योंकि यह अहंकार पर चोट करता है। इसका अर्थ होता है कि जो कुछ तुम हो, गलत हो। परिवर्तन की आवश्यकता है।

इसलिए कभी कोई अनुभव नहीं करता कि उसे परिवर्तित होना है। हर कोई अनुभव करता है, 'सारे संसार को बदलना है, सिर्फ मुझे नहीं। मैं ठीक हूं, बिलकुल ठीक, और संसार गलत है क्योंकि यह मेरे अनुसार काम नहीं करता।' समस्त बुद्ध-पुरुषों की सारी चेष्टा बहुत सीधी है—यह है तुम्हें जागरूक बनाने के लिए; कि जहां कहीं तुम हो, जो कुछ तुम हो, तुम हो कारण।

क्यों बहुत लोग योग मार्ग पर एक दृष्टिकोण अपना लेते हैं—युद्ध का, संघर्ष का, कड़े नियम पालने के प्रति अतिचिंतित होने का, और योद्धा जैसे होने का ? वस्तुतः एक योगी होने के लिए क्या यह आवश्यक है ?

यह नितांत अनावश्यक है। और न केवल अनावश्यक है, बल्कि योग के मार्ग पर यह हर प्रकार की बाधाएं निर्मित करता है। योद्धा-जैसा दृष्टिकोण सबसे बड़ी अड़चन है जो संभव है क्योंकि कोई है नहीं जिससे लड़ा जाये। भीतर तुम अकेले हो। यदि तुम लड़ने लगते हो, तो तुम स्वयं को ही खंडित कर रहे हो।

यह सबसे बड़ी बीमारी है—बंट जाना, स्किड्जोफ्रेनिक होना। और सारा का सारा संघर्ष निरर्थक है क्योंकि यह कहीं ले जाने वाला नहीं है। कोई नहीं जीत सकता। तुम दोनों तरफ हो। ज्यादा से ज्यादा तुम खेल सकते हो। तुम खेल सकते हो आंख-मिचौनी का खेल। कई बार 'अ' नामक हिस्सा जीतता है, कई बार 'ब' नामक हिस्सा जीतता है, फिर दोबारा हिस्सा 'अ', फिर दोबारा हिस्सा 'ब'। इस तरीके से तुम चल सकते हो। कई बार वह जीतता है जिसे तुम अच्छा कहते हो। लेकिन बुरे के साथ लड़ते हुए, बुरे को जीतते हुए, अच्छा हिस्सा थक-हार जाता है और बुरा हिस्सा ऊर्जा एकत्रित कर लेता है। कभी न कभी वह बुरा हिस्सा उठेगा, और यह और आगे चल सकता है अनंत तक।

किंतु ऐसा योद्धा-जैसा भाव घटता क्यों है? अधिकतर लोग लड़ने क्यों लगते हैं? जिस क्षण वे रूपांतरण की सोचते हैं, वे लड़ने लगते हैं। क्यों? क्योंकि वे केवल एक ढंग जानते हैं जीतने का—और वह है लड़ने का।

जो संसार बाहर है उसमें, बाह्य संसार में एक तरीका है विजयी होने का और वह है लड़ना—लड़ना और दूसरे

को नष्ट करना। बाहरी जगत में केवल यही तरीका है विजयी होने का। तुम इस बाहर के जगत में लाखों-लाखों वर्षों से रह रहे हो और तुम हमेशा लड़ते रहे हो। अगर तुम ठीक से नहीं लड़ते तो कई बार हार जाते हो। कई बार विजयी होते हो, अगर अच्छी तरह लड़ते हो। तो मजबूती से लड़ने का यह एक पक्का अंदरूनी कार्यक्रम ही बन चुका है। विजयी होने का मात्र एक रास्ता है और वह है, कठोर लड़ाई के द्वारा।

जब तुम भीतर मुड़ते हो, तब तुम प्रोग्राम, वही व्यवस्था भीतर ले जाते हो क्योंकि तुम केवल इसी से परिचित होते हो। किंतु भीतर के संसार में बिलकुल विपरीत है दशा—लड़ो और तुम हार जाओगे, क्योंकि लड़ने को कोई है ही नहीं। अंतर्जगत में विजयी होने का तरीका है छोड़ देना। समर्पण है तरीका विजयी होने का। आंतरिक स्वभाव को बहने देना, लड़ना नहीं—यह तरीका है विजयी होने का। नदी को बहने देना, उसे धकेलना नहीं—यही है मार्ग जहां तक कि अंतर्जगत का संबंध है। लेकिन यह बिलकुल विपरीत है उसके, जिसके तुम अभ्यस्त हो। तुम केवल बाह्य जगत को जानते हो, अतः शुरू में लड़ाई होगी ही। जो कोई भीतर प्रवेश करता है वह वही शस्त्र ले जाता है—वही भाव, वही लड़ाई, वही मोर्चाबंदी।

मेक्यावेली बाहर के संसार से संबंध रखता है; लाओत्सु, पतंजलि और बुद्ध आंतरिक संसार से संबंध रखते हैं। और वे अलग चीजों को समझाते हैं। मेक्यावेली कहता है, आक्रमण सबसे अच्छा बचाव है। मत करो प्रतीक्षा। दूसरे के आक्रमण करने की प्रतीक्षा मत करो, क्योंकि फिर तो तुम पहले से ही हारने की ओर होते हो। तुम पहले ही हार चुके क्योंकि वह दूसरा शुरू कर चुका है। वह पहले ही आगे बढ़ गया है। तो शुरू कर देना हमेशा ज्यादा अच्छा रहता है। बचाव करने की प्रतीक्षा ही मत करो। हमेशा आक्रामक बनो। इससे पहले कि कोई दूसरा तुम पर आक्रमण करे, तुम उस पर आक्रमण कर दो। और जितना संभव बन पड़े, उतनी ज्यादा चालाकी से लड़ो। जितना संभव हो सके उतनी बेईमानी के साथ। बेईमान बनो, चालाक बनो और आक्रमणशील बनो। धोखा दो, क्योंकि वही है एकमात्र तरीका। ये साधन हैं, जिनका सुझाव मेक्यावेली देता है। और मेक्यावेली एक ईमानदार आदमी है इसलिए वह ठीक वही सुझाता है, जो कुछ आवश्यक है।

पर अगर तुम लाओत्सु, पतंजलि या बुद्ध से पूछो, तो वे एक अलग प्रकार की विजय की बात कह रहे हैं—आंतरिक विजय की। वहां चालाकी काम न देगी, आक्रामकता न चलेगी, क्योंकि धोखा तुम किसे दे रहे हो ? किसे तुम हराने वाले हो ? तुम अकेले हो वहां। बाह्य संसार में तुम कभी अकेले नहीं होते हो। दूसरे वहां होते हैं, वे हैं शत्रु। लेकिन अंतर्जगत में तुम अकेले ही हो। वहां कोई दूसरा नहीं है। वहां न कोई शत्रु है न कोई मित्र। यह एक पूर्णतया नयी स्थिति है तुम्हारे लिए। तुम पुराने हथियार ले जाओगे, लेकिन वे पुराने हथियार तुम्हारी पराजय का कारण बन जायेंगे। तो जब तुम बाह्य जगत से अंतर्जगत में प्रवेश करने जाओ, तो सब पीछे छोड़ देना जो तुमने बाहर से सीखा है। उससे मदद नहीं मिलने वाली है।

किसी ने रमण महर्षि से पूछा, 'मुझे क्या सीखना होगा मौन होने के लिए—स्वयं को जानने के लिए ?' कहा गया है कि रमण महर्षि ने कहा, 'अंतर-आत्मा तक पहुंचने के लिए तुम्हें कोई चीज सीखने की जरूरत नहीं। तुम्हें अनसीखा करने की जरूरत है; सीखना मदद न देगा। यह मदद करता है बाहर गति करने में। मदद तो करेगा अनसीखा करना।'

जो कुछ तुमने सीखा है, उसे अनसीखा करो, उसे भूलो, गिरा दो उसे। भीतर बढ़ो बालसुलभ निर्दोषपूर्ण ढंग

से। चालाकी और होशियारी के साथ नहीं, बल्कि बच्चे जैसी आस्था और निर्दोषता के साथ। इस भाषा में मत सोचो कि कोई तुम पर आक्रमण करने वाला है। कोई नहीं है। अतः असुरक्षित मत अनुभव करो और प्रतिरक्षा का कोई इंतजाम मत करो। बने रहो सुभेद्य, ग्रहणशील, खुले। यही है अर्थ श्रद्धा का, आस्था का।

बाहर संदेह की आवश्यकता होती है, क्योंकि दूसरा वहां है। वह शायद तुम्हें धोखा देने की सोच रहा हो, इसलिए तुम्हें संदेह करना पड़ता है और संशयी होना होता है। किंतु भीतर संदेह की, अविश्वास की आवश्यकता नहीं होती। कोई नहीं है वहां तुम्हें धोखा देने को। जैसे तुम हो, बस वैसे ही वहां रह सकते हो।

हर कोई यह योद्धा-जैसा भाव भीतर भी ले जाता है, लेकिन इसकी जरूरत नहीं है। यह एक बाधा है, सबसे बड़ी बाधा। इसे बाहर छोड़ो। और तुम इसे सूत्र बना सकते हो याद रखने का कि जो कुछ बाहर आवश्यक है वह भीतर बाधा बनेगा। मैं कहता हूं, 'जो कुछ भी ! बेशर्त।' भीतर ठीक विपरीत का प्रयास करना होता है।

अगर संदेह बाहर मदद करता है वैज्ञानिक अनुसंधान में, तो श्रद्धा भीतर मदद करेगी धार्मिक अन्वेषण में। अगर आक्रामकता बाहर मदद करती है—सत्ता, प्रतिष्ठा और दूसरों के संसार में—तो गैर-आक्रामकता भीतर मदद देगी। अगर चालाक, हिसाबी-किताबी मन बाहर मदद करता है—तो एक निर्दोष, गैर-हिसाबी किताबी, बच्चों जैसा मन भीतर मदद देगा।

इसे खयाल में लेना—जो कुछ मदद देता है बाहरी जगत में, उसका ठीक विपरीत भीतर मदद देगा। तो पढ़ो मेक्यावेली का 'दि प्रिंस'। वह ढंग है बाहरी विजय पाने का। फिर मेक्यावेली के 'दि प्रिंस' के बिलकुल विपरीत करो, और तुम भीतर पहुंच सकते हो। जरा मेक्यावेली को औंधा खड़ा कर दो, और वह लाओत्सु हो जाता है ! बस, उसे शीर्षासन में रख दो—सिर के बल। तो अपने सिर पर खड़ा मेक्यावेली पतंजलि बन जाता है।

तो पढ़ना 'दि प्रिंस'। यह सुंदर है। सबसे सुनिश्चित कथन, जो संभव है बाहरी विजय के लिए। फिर पढ़ो लाओत्सु की 'ताओ तेह किंग' या पतंजलि का 'योग-सूत्र' या बुद्ध का 'धम्मपद' या जीसस का 'सरमन ऑन दि माउंट'। वे तो परस्पर विरोधी ही हैं। ठीक उल्टे। ठीक विपरीत।

जीसस कहते हैं, 'वे सौभाग्यशाली हैं जो विनम्र हैं क्योंकि वे पृथ्वी को विरासत में पायेंगे'—जो विनम्र हैं, निर्दोष, कमजोर। किसी भी अर्थ में प्रबल नहीं। वे कहते हैं, 'सौभाग्यशाली हैं निर्धन, क्योंकि वे मेरे प्रभु के राज्य में प्रवेश करेंगे।' और जीसस इसे स्पष्ट कर देते हैं कि उनका मतलब है 'अभिमान में निर्धन।' उनके पास दावा करने को कुछ नहीं। वे नहीं कह सकते, 'मेरे पास यह है।' वे किसी को कब्जे में नहीं रखते—न ज्ञान, न धन, न ही सत्ता या प्रतिष्ठा। वे किसी पर मालकियत नहीं बनाते। वे निर्धन हैं। वे दावा नहीं कर सकते, 'यह मेरा है।'

हम दावा करते ही रहते हैं; 'यह मेरा है, वह मेरा है।' जितना ज्यादा हम दावा कर सकते हैं उतना ज्यादा हम अनुभव करते, मैं हूं। बाह्य जगत में तुम्हारे मन का क्षेत्र जितना बड़ा होता है उतने ज्यादा तुम होते हो। अंतर्जगत में जितना कम होता है मन का क्षेत्र, उतने विशाल तुम होते हो। और जब मन का क्षेत्र मिट जाता है पूरी तरह और तुम शून्य हो जाते हो, तब—तब तुम महानतम होते हो। तब तुम होते हो विजयी। तब विजय घट चुकी है।

योद्धा-जैसे भावों वाला चित्त, संघर्ष लड़ाई कड़े नियमों-अधिनियमों के प्रति अतिचिंतित, हिसाब-किताब योजनाएं बनाने वाला मन ही भीतर चला जाता है। क्योंकि यही तुमने बाहर सीखा है। तुम और कुछ जानते नहीं

हो। इसलिए सद्‌गुरु की आवश्यकता है। वरना तुम अपने पुराने तौर-तरीके आजमाते चले जाओगे जो एकदम असंगत होते हैं अंतर्जगत में।

इसलिए दीक्षा की आवश्यकता है। दीक्षा में अंतर्निहित होता है कि कोई है जो तुम्हें वह मार्ग दिखा सके जिस पर तुम कभी चले नहीं हो। कोई जो तुम्हें अपने द्वारा झलक दे सके उस संसार की, उस आयाम की, जो तुम्हारे लिए बिलकुल अज्ञात है। तुम करीब-करीब अंधे हो उसके प्रति। तुम उसे नहीं देख सकते। क्योंकि आंखें केवल वही देख सकती हैं जो कुछ देखना उन्होंने सीखा है।

अगर तुम यहां आते हो और तुम दर्जी हो तो तुम चेहरों की ओर नहीं देखते, तुम वस्त्रों की ओर देखते हो। चेहरे कुछ बहुत अर्थ नहीं रखते, लेकिन कपड़ों को देखने भर से ही तुम जान लेते हो किस प्रकार का आदमी है। तुम एक विशेष भाषा जानते हो।

अगर तुम जूता बनाने वाले हो, तो तुम्हें वस्त्रों की ओर देखने की भी जरूरत नहीं होती। जूतों से पता चलेगा। एक चमार बस सड़क पर देखता रह सकता है और वह जानता है, कौन गुजर रहा है। वह आदमी कोई बड़ा नेता है या नहीं। केवल जूतों को देखते हुए वह बता सकता है कि वह कोई कलाकार है, बोहेमियन है, हिप्पी है, या धनवान; वह सुसंस्कृत, शिक्षित, अशिक्षित है या नहीं; वह ग्रामीण है या कौन है। केवल जूतों को देखने भर से वह जान लेता है क्योंकि जूते सारी खबर दे देते हैं। मोची वह भाषा जानता है। अगर कोई आदमी जीवन में जीत रहा हो, तो उसके जूते की अलग ही चमक होती है। अगर वह जीवन में हारा हुआ हो, तो उसके जूते हारे हुए लगते हैं। तब जूता फीका-फीका होता है। देख-रेख करवाया हुआ नहीं होता। और जूता बनाने वाला इसे जानता है। उसे तुम्हारे चेहरे की ओर देखने की जरूरत नहीं है। जूता ही उसे हर बात बता देगा, जो वह जानना चाहता है।

हम कुछ सीखते हैं और फिर हम उसमें आबद्ध हो जाते हैं। फिर वही हम देखने लगते हैं। तुमने कुछ सीखा है, और तुमने बहुत से जीवन बरबाद किये हैं उन्हें सीखने में। अब यह गहराई में बद्धमूल है, अंकित हो चुका। यह तुम्हारे मस्तिष्क की कोशिकाओं का हिस्सा बन चुका है। लेकिन जब तुम भीतर मुड़ते हो तो वहां केवल अंधकार होता है, और कुछ नहीं। तुम वहां कुछ नहीं देख सकते। वह सारा जगत जिसे तुम जानते हो, अदृश्य हो जाता है।

यह ऐसे है, जैसे कि तुम कोई एक भाषा जानते हो और अचानक तुम एक देश में भेज दिये गये हो जहां कोई तुम्हारी भाषा नहीं समझता और तुम किसी और को नहीं समझते। लोग बोल रहे हैं और बड़-बड़ कर रहे हैं, और तुम अनुभव करते हो कि वे निरे पागल हैं। ऐसा लगता है जैसे कि अनाप-शनाप बोल रहे हों। और यह बहुत शोर से भरा हुआ लगता है क्योंकि तुम कुछ समझ नहीं सकते। वे बहुत जोर से बातें करते जान पड़ते हैं। लेकिन यदि तुम इसे समझ सको, तो सारी बात बदल जाती है। तुम इसके हिस्से बन जाते हो। तब यह अनाप-शनाप नहीं रहती। यह अर्थपूर्ण हो जाती है।

जब तुम भीतर प्रवेश करते हो, तब तुम केवल बाहर की भाषा जानते हो, इसलिए भीतर अंधकार होता है। तुम्हारी आंखें देख नहीं सकतीं, तुम्हारे कान सुन नहीं सकते, तुम्हारे हाथ अनुभव नहीं कर सकते। किसी की जरूरत होती है, कोई जो तुम्हें दीक्षा दे, तुम्हारे हाथ अपने हाथ में ले ले और तुम्हें आगे बढ़ाये इस अज्ञात पथ पर

जब तक कि तुम परिचित न हो जाओ; जब तक तुम अनुभव न करने लगो; जब तक तुम्हें अपने चारों ओर के किसी प्रकाश के प्रति, किसी अर्थ के प्रति, किसी सार्थकता के प्रति होश न आ जाये।

एक बार तुम पहली दीक्षा पा लेते हो, तो चीजें घटनी शुरू हो जायेंगी। लेकिन पहली दीक्षा कठिन बात है क्योंकि यह बिलकुल उल्टा घूमना है, एक संपूर्ण परिवर्तन विपरीत दिशा में। अचानक तुम्हारे अभिप्राय का संसार तिरोहित हो जाता है। तुम अपरिचित संसार में होते हो। तुम कोई चीज नहीं समझते। कहां बढ़ें, क्या करें और इस दुर्व्यवस्था में से क्या बना लें! गुरु का इतना ही मतलब है कि कोई, जो जानता है। और यह अव्यवस्था, यह भीतरी अंधव्यवस्था, उसके लिए अव्यवस्था नहीं है; यह एक व्यवस्था बन गयी है, ब्रह्मांड-सी एक सुव्यवस्था, और वह तुम्हें इसमें ले जा सकता है।

दीक्षा का अर्थ है अंतर्जगत में झांकना किसी और की आंखों द्वारा। लेकिन बिना श्रद्धा के यह असंभव है क्योंकि तुम अपना हाथ थामने न दोगे। तुम किसी को तुम्हें अज्ञात में ले जाने न दोगे। और गुरु तुम्हें कोई गारंटी नहीं दे सकता। कोई गारंटी किसी काम की न होगी। जो कुछ वह कहे, तुम्हें उसे श्रद्धा पर ग्रहण करना पड़ता है।

पुराने दिनों में, जब पतंजलि अपने सूत्र लिख रहे थे, श्रद्धा बहुत सरल थी। विशेषकर पूरब में और विशेष रूप से भारत में, क्योंकि दीक्षा का एक ढांचा बाहरी संसार में भी निर्मित कर दिया गया था। उदाहरण के लिए : व्यापार, व्यवसाय परिवारों से संबंधित थे आनुवंशिकता द्वारा। एक पिता बच्चे को दीक्षा देता होगा व्यवसाय में, और स्वभावतः बच्चा अपने पिता पर आस्था रखता था। अगर पिता किसान या कृषक होता, तो वह बच्चे को खेतों पर ले जाता और वह उसे खेती की दीक्षा देता। जो कुछ व्यवसाय, जो कुछ भी व्यापार वह कर रहा होता था, वह उसी की दीक्षा बच्चे को देता।

पूरब में, बाहरी संसार में भी दीक्षा मौजूद होती थी। हर कुछ दीक्षित होने द्वारा किया जाता था। कोई जो जानता था, तुम्हें रास्ता दिखाता था। इससे बहुत ज्यादा मदद मिली क्योंकि फिर तुम दीक्षा से, तुम्हें ले जाने वाले से परिचित होते थे। तब, जब आंतरिक दीक्षा का समय आता था तो तुम श्रद्धा कर सकते थे।

श्रद्धा, आस्था कहीं ज्यादा सरल थी उस संसार में जो टेक्नालॉजिकल नहीं था। टेक्नालॉजिकल संसार में चालाकी, हिसाब-किताब, गणित, कुशलता की जरूरत होती है, निर्दोषता की नहीं। टेक्नालॉजिकल संसार में अगर तुम निर्दोष हो, तो नासमझ मालूम पड़ोगे। पर अगर तुम चालाक हो तो तुम होशियार, बुद्धिमान दिखाई दोगे। हमारे विश्वविद्यालय इसके अतिरिक्त कुछ नहीं कर रहे। ये तुम्हें कुशल, चालाक, स्वार्थी बना रहे हैं। ज्यादा हिसाबी-किताबी, और ज्यादा धूर्त होते हो, तो तुम संसार में अधिक सफल हो जाओगे।

अतीत में बिलकुल विपरीत दशा थी पूरब में। अगर तुम धूर्त होते थे तो तुम्हारे लिए बाहर के संसार में सफल होना भी असंभव होता था। केवल निर्दोषता स्वीकार की गयी थी। बाह्य कुशलता की कोई बहुत ज्यादा कीमत न थी, बल्कि आंतरिक गुण बहुत ज्यादा मूल्यवान माना गया था।

अगर कोई व्यक्ति चालाक होता और वह ज्यादा अच्छा जूता बनाता, तो पुराने समय में पूरब में कोई उसके पास न जाता। वे उस व्यक्ति के पास जाते जो सरलचित्त होता था। वह शायद उतने अच्छे जूते न बनाता होता, लेकिन वे उस व्यक्ति के पास जाते जो निर्दोष होता था क्योंकि जूता मात्र एक चीज होने से कुछ ज्यादा है। यह

उस व्यक्ति का गुण-स्वभाव साथ में लिये होता है जिसने इसे बनाया होता है। तो अगर धूर्त और चालाक शिल्पी होता, तो कोई उसके पास न जाता। वह कष्ट उठाता, वह असफलता पाता। लेकिन अगर वह गुणवान चित्त वाला होता, निर्दोष-व्यक्तित्व वाला, तो लोग उसके पास जाते। चाहे उसकी चीजें बदतर होतीं, लोग उसकी चीजों को ज्यादा महत्वपूर्ण समझते।

कबीर एक जुलाहे, एक बुनकर थे और वे बुनकर ही रहे। सम्बोधि प्राप्ति के बाद भी उन्होंने बुनाई जारी रखी। और वे इतने आनंदपूर्ण थे, इतने आनंदमग्न कि उनकी बुनाई बहुत अच्छी नहीं हो सकती थी। वे नाच रहे होते और गा रहे होते और बुन रहे होते ! बहुत गलतियां होतीं और बहुत भूलें होतीं, लेकिन उनकी चीजें मूल्यवान जानी जातीं, अति मूल्यवान।

बहुत लोग बस इसी की प्रतीक्षा करते कि कब कबीर कोई चीज लायेंगे। यह मात्र कोई चीज न होती, उपयोगी वस्तु ही न होती, यह तो कबीर के पास से आयी होती। स्वयं चीज में एक आंतरिक गुण होता था। यह कबीर के हाथों में से आयी थी। कबीर ने इसका स्पर्श किया था और कबीर इसके आसपास नाचते रहे थे जब वे इसे बुन रहे थे। और वे निरंतर स्मरण कर रहे थे परमात्मा का। तो वह चीज, कपड़ा या पोशाक या कोई भी चीज पुनीत हो जाती, पावन। बात परिमाण की न थी; गुण की थी। शिल्पगत पहलू द्वितीय था, मानवीय पहलू प्राथमिक बात थी।

अतः पूरब में, बाहरी संसार में भी उन्होंने एक ढांचे की व्यवस्था की हुई थी, जो तुम्हारी मदद करता जब तुम भीतर की ओर मुड़ते, जिससे तुम उस आयाम से पूरी तरह अपरिचित न होते थे। कुछ तो था जो तुम जानते। कुछ मार्गदर्शक दिशाएं, तुम्हारे पास का कोई प्रकाश। तुम समग्र अंधकार में नहीं सरक रहे होते थे।

और बाहरी संबंधों में होने वाली यह आस्था हर कहीं थी। एक पति विश्वास ही न कर सकता था कि उसकी पत्नी विश्वासघात कर सकती है। यह करीब-करीब असंभव ही था। और अगर पति मर जाता, तो पत्नी उसके साथ मर सकती थी क्योंकि जीवन ऐसी सम्मिलित होने की घटना थी। उसकी मृत्यु के बाद, यह अर्थहीन होता उसके बिना जीना, जिसके साथ जीवन इतनी सम्मिलित हुई चीज बन चुका होता था।

यह घटना आगे चल कर कुरूप हो गयी, पर आरंभ में यह सुंदरतम चीजों में से एक थी जो कभी भी इस धरती पर घटी है। तुम किसी को प्रेम करते थे और वह समाप्त हो गया, तो तुमने उसी के साथ ही समाप्त हो जाना चाहा। उसके बिना रहना तो मृत्यु से भी ज्यादा बुरा होता। मृत्यु ज्यादा अच्छी और चुनने लायक थी। ऐसी थी आस्था, जो बाहर की चीजों में भी बनी रहती थी। पत्नी और पति के बीच का संबंध एक बाहरी चीज ही है। सारा समाज श्रद्धा के, आस्था के, प्रामाणिक साझेदारी के आसपास गतिमान हो रहा था। और यह सहायक था। जब भीतर बढ़ने का समय आता, तो ये सारी चीजें मदद करतीं व्यक्ति के सरलता से दीक्षित होने में, किसी के प्रति श्रद्धा रखने में, समर्पण करने में।

लड़ाई, संघर्ष, आक्रामकता, ये सब बाधाएं हैं। उन्हें साथ मत लिये रहो। जब तुम भीतर की ओर मुड़ते हो, तो उन्हें द्वार पर छोड़ आओ।

यदि तुम उन्हें पास रखे रहते हो, तुम भीतर के मंदिर को खो दोगे; तुम इस तक कभी न पहुंचोगे। इन चीजों के साथ तुम भीतर की ओर नहीं बढ़ सकते।

क्या वैराग्य, अनासक्ति या निराकांक्षा स्वयं में पर्याप्त नहीं है किसी को सांसारिक बंधन से मुक्त करने के लिए ? तब क्या प्रयोजन हुआ योग के अनुशासन का, अभ्यास का, प्रयास और कार्यकलाप का ?

वैराग्य पर्याप्त है, निराकांक्षा पर्याप्त है। फिर किसी अनुशासन की आवश्यकता न रही। लेकिन कहां है वह निराकांक्षा ? यह है नहीं। इसे मदद देने को अनुशासन की आवश्यकता है। अनुशासन आवश्यक है केवल इसीलिए कि निराकांक्षा अपनी संपूर्णता में तुम्हारे भीतर नहीं है।

अगर निराकांक्षा वहां होती है, तब तो किसी चीज का अभ्यास करने की कोई बात ही नहीं। किसी अनुशासन की जरूरत नहीं। तुम मुझे सुनने नहीं आओगे, तुम पतंजलि के सूत्रों को नहीं पढ़ोगे। अगर इच्छारहितता, निराकांक्षा पूर्ण है, तो पतंजलि निरर्थक हैं। अपना समय पतंजलि के सूत्रों में क्यों गंवाते हो ? फिर मैं निरर्थक हूं। तो क्यों आते हो मेरे पास ?

तुम एक अनुशासन की तलाश में हो। तुम किसी अनुशासन की तलाश में भटक रहे हो, जो तुम्हें रूपांतरित कर दे। तुम शिष्य हो, और शिष्य का अर्थ ही है वह व्यक्ति, जो अनुशासन की खोज में है। और तुम स्वयं को धोखा मत दो। अगर तुम कृष्णमूर्ति के पास भी जाते हो, तो तुम अनुशासन की खोज में हो। क्योंकि वह जो जरूरत में नहीं है, जायेगा नहीं ! चाहे कृष्णमूर्ति कहते हैं कि किसी को भी शिष्य होने की जरूरत नहीं; किसी अनुशासन की आवश्यकता नहीं; तो तुम क्यों जाते हो वहां ? उनके संकल्प के ये शब्द तुम्हारा अनुशासन बन जायेंगे। तुम उनके आसपास एक ढांचा निर्मित कर लोगे। और तुम उस ढांचे का अनुसरण करना आरंभ कर दोगे।

निराकांक्षा नहीं है भीतर, इसलिए तुम तकलीफ में हो। और कोई व्यक्ति दुख भोगना पसंद नहीं करता है, हर कोई दुख के पार हो जाना चाहता है। दुख का अतिक्रमण कैसे करें ? यही है, जिसमें अनुशासन तुम्हारी मदद करेगा। अनुशासन केवल एक साधन है छलांग लगाने के लिए तुम्हें तैयार करने का—इच्छारहितता में छलांग लगाने के लिए। अनुशासन का अर्थ है अभ्यास।

तुम अभी तैयार नहीं हो। तुम्हारे पास बहुत स्थूल यंत्र है। तुम्हारा शरीर और तुम्हारा मन, वे स्थूल हैं। वे सूक्ष्म को ग्रहण नहीं कर सकते। तुम समस्वरित नहीं हो। सूक्ष्म को पकड़ने के लिए तुम्हें तालमेल बिठाना होगा। तुम्हारी स्थूलता मिटानी होगी। इसे खयाल में लेना : सूक्ष्म को ग्रहण करने के लिए तुम्हें सूक्ष्म होना होगा। जैसे तुम हो, शायद ईश्वर तुम्हारे आसपास होता है, लेकिन तुम इससे संपर्क नहीं बना सकते।

यह एक रेडियो जैसा ही है जो शायद यहीं कमरे में हो लेकिन कार्य न कर रहा हो। कुछ तार गलत ढंग से जुड़े हुए हैं या टूटे हुए हैं या कोई खूंटी खो गयी है। रेडियो है यहां, रेडियो की तरंगें निरंतर गुजर रही हैं, लेकिन रेडियो के सुरों में तालमेल नहीं बैठा है। वह ग्रहणशील नहीं बन सकता।

तुम तो बस एक रेडियो जैसे हो, जो उस हालत में नहीं है कि कार्य कर सके। बहुत सारी चीजें खोयी हुई हैं, बहुत चीजें गलत ढंग से जुड़ी हुई हैं। 'अनुशासन' का अर्थ है, तुम्हारे रेडियो को क्रियाशील, ग्रहणशील, समस्वरित बनाना। दिव्य तरंगें तुम्हारे चारों ओर हैं। एक बार तुम स्वरसंगति पा जाते हो, तो वे अभिव्यक्त हो जाती हैं। वे व्यक्त हो सकती हैं तुम्हारे द्वारा ही। और जब तक वे तुम्हारे द्वारा व्यक्त नहीं होतीं, तुम जान नहीं

सकते उन्हें। हो सकता है वे मेरे द्वारा व्यक्त हो चुकी हों, वे कृष्णमूर्ति या किसी और के द्वारा व्यक्त हो चुकी हों, लेकिन यह बात तुम्हारा रूपांतरण नहीं बन सकती।

वस्तुतः तुम नहीं जान सकते कि कृष्णमूर्ति के भीतर, गुरजिएफ के भीतर क्या घट रहा है—उनके भीतर क्या घट रहा है, किस ढंग की समस्वरता घट रही है, उनका यंत्र किस तरह इतना सूक्ष्म हो गया है कि यह ब्रह्मांड का सूक्ष्मतम संदेश पकड़ लेता है, कि किस प्रकार अस्तित्व स्वयं को इसके द्वारा प्रकट करने लगता है!

अनुशासन का अर्थ है, तुम्हारे भीतर की यंत्र-संरचना को परिवर्तित करना; इसे समस्वरित करना; इसे एक उपयुक्त साज बना देना ताकि यह अभिव्यक्तिपूर्ण और ग्रहणशील हो सके। कभी-कभी यह बिना अनुशासन के संयोगवशात भी घट सकता है। रेडियो मेज से गिर सकता है। मात्र गिरने से, केवल संयोग द्वारा, कुछ तार शायद जुड़ जायें या अलग हो जायें। मात्र गिरने से ही रेडियो किसी स्टेशन से जुड़ सकता है। तब यह कुछ व्यक्त करने लगेगा, लेकिन यह तो एक अंधव्यवस्था होगी।

यह बहुत बार घट चुका है। कई बार संयोग द्वारा लोग दिव्यता को जान गये और भगवत्ता को अनुभव कर लिया। लेकिन फिर वे पागल हो जाते हैं क्योंकि वे अनुशासित नहीं होते इतनी बड़ी घटना को धारण करने के लिए। वे तैयार नहीं होते हैं। वे इतने छोटे हैं और इतना विशाल महासागर उन पर टूट पड़ता है। ऐसा घटित हुआ है। सूफी दर्शन में ऐसे व्यक्तियों को प्रभु के मतवाले कहते हैं। वे उन्हें कहते हैं 'मस्त'।

बहुत लोग, कभी-कभी बिना अनुशासन के, किसी संयोग द्वारा, किसी गुरु द्वारा, किसी गुरु के प्रसाद द्वारा या केवल किसी गुरु की मौजूदगी द्वारा समस्वरित हो जाते हैं। उनका देह-मन का पूरा रचनातंत्र तैयार नहीं होता है, लेकिन कोई हिस्सा क्रियाशील होना शुरू कर देता है। तब वे व्यवस्था के बाहर होते हैं। तब तुम अनुभव करोगे कि वे पागल हैं, क्योंकि वे कुछ बातें कहने लगेंगे जो असंगत दिखती हैं। वे भी अनुभव कर सकते हैं कि वे बातें असंगत हैं, लेकिन वे कुछ कर नहीं सकते। कुछ आरंभ हो गया है उनमें, वे रोक नहीं सकते इसे।

वे एक विशिष्ट मस्ती का अनुभव करते हैं। इसीलिए वे कहलाते हैं 'मस्त'—खुश, प्रसन्न लोग। लेकिन वे बुद्ध जैसे नहीं होते हैं। वे बुद्ध-पुरुष नहीं होते। और यह कहा जाता है कि 'मस्तों' के लिए, इन आनंदित लोगों के लिए जो पागल हो गये हैं, बहुत कुशल गुरु की जरूरत होती है क्योंकि अब वे स्वयं के साथ कुछ नहीं कर सकते। वे तो बस अराजकता में हैं। सुखपूर्वक हैं इसमें, पर एक गड़बड़ी में। अब वे अपने से कुछ नहीं कर सकते।

पुराने दिनों में, महान सूफी गुरु सारी पृथ्वी पर इधर से उधर घूमते। जब कभी वे सुनते कि कोई 'मस्त' कहीं है, कोई मतवाला-पागल है कहीं, तो वे वहां जाते और वे उस आदमी की मदद करते उसका तालमेल ठीक बैठाने में।

इस शताब्दी में ही, मेहरबाबा ने यह कार्य किया है—इस प्रकार का एक बड़ा कार्य, एक दुर्लभ कार्य। निरंतर, कई वर्षों के लिए वे भारत भर की यात्रा करते रहे। और जिन स्थानों को देखने जाते, वे पागलखाने थे। क्योंकि पागलखानों में बहुत 'मस्त' रह रहे होते हैं। किन्तु तुम कोई फर्क नहीं कर सकते दोनों के बीच कि कौन पागल है और कौन 'मस्त' है। वे दोनों ही पागल हैं। पर कौन वास्तव में पागल है और कौन पागल है केवल एक दिव्य संयोग के कारण—इस कारण कि कोई समस्वरता घट गयी है किसी संयोग द्वारा? इसमें तुम कोई भेद

नहीं कर सकते।

बहुत 'मस्त' वहां पागलखानों में हैं, इसलिए मेहरबाबा यात्रा करते और वे पागलखानों में जाकर रहते। वे मदद करते और सेवा देते उन 'मस्तों' को, उन पागलों को। और उनमें से बहुत अपने पागलपन से बाहर हो गये और अपनी यात्रा शुरू कर दी संबोधि की ओर।

पश्चिम में बहुत लोग पागलखानों में हैं, पागलों के आश्रमों में। बहुत हैं जिन्हें मनः चिकित्सीय सहायता की कोई जरूरत नहीं क्योंकि मनसविद उन्हें केवल सामान्य ही बना सकते हैं फिर से। जो संबोधि को उपलब्ध हो चुका हो, उसकी मदद की जरूरत है उन्हें, मनसविद की नहीं; क्योंकि वे बीमार नहीं हैं। या अगर वे रुग्ण हैं तो वे रुग्ण हैं एक दिव्य रोग से। और तुम्हारी स्वस्थता उस रुग्णता के सामने कुछ नहीं है। वह रुग्णता बेहतर है। तुम्हारी सारी 'स्वस्थता' गंवा देने लायक है। किंतु तब अनुशासन की जरूरत होती है।

भारत में यह घटना बहुत बड़ी नहीं रही, जैसी यह मुसलमानी देशों में रही है। इसीलिए सूफियों के पास विशेष विधियां हैं इन 'मस्त' लोगों को मदद करने की—प्रभु के पागलों को।

किंतु पतंजलि ने इतनी सूक्ष्म पद्धति निर्मित कर दी है कि किसी सांयोगिक दुर्घटना की कोई जरूरत नहीं रही। वह अनुशासन इतना वैज्ञानिक है कि अगर तुम उस अनुशासन में से गुजरते हो तो तुम बुद्धत्व तक पहुंच जाओगे मार्ग पर पागल हुए बिना। यह एक संपूर्ण प्रणालो है।

सूफी धर्म अभी भी कोई संपूर्ण प्रणाली नहीं है। बहुत सारी चीजों का अभाव है इसमें। और उनका अभाव है मुसलमानों की हठी मनोवृत्तियों के कारण। वे इसे इसके शिखर तक, पराकाष्ठा तक विकसित होने नहीं देते। और सूफी साधना को इस्लामी धर्म के ढांचे' ढर्रे के पीछे चलना पड़ता है। मुसलमानी धर्म के ढांचे के कारण ही सूफी मार्ग मस्तों के पार नहीं जा पाया और संपूर्ण नहीं हो पाया।

पतंजलि किसी धर्म के पीछे नहीं चलते, वे अनुगमन करते हैं केवल सत्य का। वे हिंदूवाद या मुस्लिमवाद या किसी भी 'वाद' के साथ कोई समझौता न करेंगे। वे वैज्ञानिक सत्य को ही ग्रहण करते हैं। सूफियों को समझौता करना पड़ता था। उन्हें करना पड़ता उन कुछ सूफियों के कारण जिन्होंने कोशिश की थी कोई भी समझौता न करने की। उदाहरण के लिए बिस्ताम के बायजीद या अलहिल्लाज मंसूर—उन्होंने कोई समझौता नहीं किया था। और तब उन्हें मार डाला गया, उनका वध कर दिया गया।

इसलिए सूफी गोपनीयता में उतर गये। उन्होंने अपने विज्ञान को पूर्णतया रहस्य बना दिया। और वे केवल अंशों को, हिस्सों को ज्ञात होने देते—केवल उन अंशों को, जो इसलाम और उसके ढांचे के उपयुक्त होते। दूसरे सारे हिस्से गोपनीय रखे गये। अतः संपूर्ण प्रणाली ज्ञात नहीं है, यह कार्य नहीं कर रही है। और हिस्सों के द्वारा तो बहुत लोग पागल हो जाते हैं।

पतंजलि की पद्धति संपूर्ण है, और अनुशासन की आवश्यकता है। इससे पहले कि तुम भीतर के अज्ञात संसार में उतरो, एक गहन अनुशासन की आवश्यकता होती है, ताकि कोई दुर्घटना संभव न हो। पर तुम अनुशासन के बिना आगे बढ़ते हो, तो फिर बहुत सारी चीजें संभव हैं।

वैराग्य पर्याप्त है, किंतु वास्तविक वैराग्य तुम्हारे हृदय में है नहीं। अगर वह वहां है, फिर तो कोई समस्या नहीं। फिर पतंजलि की पुस्तक बंद कर दो और इसे जला दो। यह एकदम अनावश्यक है। पर वह असली

वैराग्य वहां होता नहीं। और बेहतर है धीरे-धीरे अनुशासित मार्ग पर बढ़ना, जिससे तुम किसी दुर्घटना का शिकार नहीं होते। अन्यथा दुर्घटनाएं घटती हैं; यह संभावना मौजूद रहती है।

बहुत सारी पद्धतियां संसार में काम कर रही हैं, पर कोई प्रणाली इतनी संपूर्ण नहीं जितनी पतंजलि की है क्योंकि किसी देश ने इतने लंबे समय के लिए प्रयोग नहीं किया है। और पतंजलि इस प्रणाली के आविष्कारक नहीं हैं। वे तो केवल सुव्यवस्था देने वाले हैं। योगमार्ग ने विकास पाया था, पतंजलि से हजारों वर्ष पहले। बहुत लोगों ने काम किया था। पतंजलि ने तो बस हजारों वर्षों के कार्य का सार दे दिया।

किंतु उन्होंने इसे ऐसे ढंग से बनाया है कि तुम खतरे के आगे बढ़ सकते हो। तुम भीतर गति कर रहे हो, तो यह मत सोच लेना कि तुम सुरक्षित संसार की ओर सरक रहे हो। यह संकटपूर्ण हो सकता है। यह खतरनाक भी है और तुम इसमें भटक सकते हो। और अगर तुम इसमें भटक जाते हो, तो तुम पागल हो जाओगे। इसीलिए कृष्णमूर्ति जैसे शिक्षक जी जोर देते हैं कि गुरु की जरूरत नहीं है वे खतरनाक हैं। क्योंकि लोग जो अदीक्षित हैं, शायद उन्हीं का दृष्टिकोण अपना लें और अपने से ही काम करना शुरू कर दें।

खयाल रखना, अगर तुम्हारी कलाई घड़ी बिगड़ भी जाती है, तो तुम्हारी ऐसी प्रवृत्ति और कौतूहल है—क्योंकि यह वृत्ति बंदरों से चली आयी है—कि तुम उसे खोलते हो और कुछ करते हो। कठिन होता है इसे रोकना। तुम विश्वास नहीं कर सकते कि तुम इसके बारे में कुछ नहीं जानते। तुम मालिक हो सकते हो किंतु घड़ी का मालिक होना भर ही यह अर्थ नहीं रखता कि तुम कुछ जानते हो। इसे खोलना मत ! यह ज्यादा अच्छा हो कि उसे सही व्यक्ति के पास ले जाओ जो इन चीजों के बारे में जानता हो। और घड़ी तो एक सीधी यंत्ररचना है जबकि मन इतनी बड़ी जटिल यंत्ररचना है। तो इसे अपने से कभी खोलना मत, क्योंकि जो कुछ तुम करते हो, गलत होगा।

कभी-कभी यह होता है कि तुम्हारी घड़ी खराब हो जाती है, तो तुम बस इसे हिला देते हो और यह चलने लगती है किंतु यह कोई वैज्ञानिक कौशल नहीं है। कई बार यह होता है कि तुम कुछ करते हो, और केवल भाग्यवश, संयोगवश तुम्हें प्रतीत होता है कि कुछ घट रहा है। पर तुम सिद्ध नहीं बन गये हो। और अगर यह एक बार घट गया है तो इसे फिर मत आजमाना, क्योंकि अगली बार तुम घड़ी को झटका दो, तो शायद यह हमेशा के लिए बंद हो जाये। यह घड़ी को झटके देना कोई विज्ञान नहीं है।

संयोगों (एक्सिडेंट्स) द्वारा मत आगे बढ़ो। अनुशासन बचाव का एक उपाय ही है; संयोगों द्वारा नहीं बढ़ो। गुरु के साथ आगे बढ़ो, जो जानता है कि वह क्या कर रहा है। जो जानता है अगर कुछ गलत हो जाता है, और जो तुम्हें सम्यक मार्ग पर ला सकता है। गुरु, जो तुम्हारे अतीत के प्रति सजग होता है और जो तुम्हारे भविष्य के लिए भी जागरूक होता है; जो तुम्हारे अतीत और भविष्य को एक दूसरे से जोड़ सकता है।

इसलिए भारतीय शिक्षा में गुरुओं पर इतना ज्यादा जोर है। वे जानते थे। और जो वे कहते थे, उसका ठीक-ठीक वही अर्थ होता था। क्योंकि कोई इतना ज्यादा जटिल यंत्र नहीं होता जितना कि मानव-मन। कोई कंप्यूटर इतना जटिल नहीं होता है जैसा कि मनुष्य का मन।

आदमी अभी तक मन के जैसी कोई चीज विकसित करने लायक नहीं हुआ है। और मैं नहीं समझता कि यह कभी विकसित होने भी वाली है। कौन विकसित करेगा इसे ? अगर मानव-मन कोई चीज विकसित कर सके, तो यह हमेशा निम्नतर और कमतर ही होनी चाहिए, उस मन से जो इसे निर्मित करता है। कम से कम एक बात

तो निश्चित है कि जो कुछ भी मानव-मन निर्मित करता है, वह निर्मित की हुई चीज मानव-मन का निर्माण नहीं कर सकती। तो मानव-मन सर्वाधिक उच्च बना रहता है, सबसे उत्कृष्ट ढंग की जटिल यंत्ररचना।

कुछ मत करो मात्र जिज्ञासा के कारण, या सिर्फ इसीलिए कि दूसरे उसे कर रहे हैं। दीक्षित हो जाओ और फिर उसके साथ आगे बढ़ो, जो मार्ग को ठीक से जानता हो; वरना परिणाम पागलपन हो सकता है। यह पहले घट चुका है, और बिलकुल यही अभी भी घट रहा है बहुत से लोगों को।

पतंजलि संयोग में, एक्सिडेंट्स में विश्वास नहीं करते। वे वैज्ञानिक सुव्यवस्था में विश्वास करते हैं। इसलिए वे एक-एक चरण आगे बढ़ते हैं। और वे इन दो बातों को अपना आधार बना लेते हैं: वैराग्य—इच्छारहितता; और अभ्यास—सतत, बोधपूर्ण आंतरिक अभ्यास। अभ्यास साधन है और वैराग्य है साध्य। इच्छाविहीनता है साध्य और सतत, बोधपूर्ण अभ्यास है साधन।

किंतु साध्य आरंभ होता है बिलकुल आरंभ से। और अंत छिपा रहता है आरंभ में। वृक्ष छिपा हुआ है बीज में, इसलिए आरंभ में ही गर्भित है अंत। इसीलिए पतंजलि कहते हैं कि इच्छारहितता की आरंभ में भी जरूरत होती है। आरंभ के भीतर ही है अंत और अंत के भीतर भी आरंभ होगा।

गुरु भी, जब कि वह सिद्ध हो चुका हो, पूर्ण हो चुका हो, फिर भी वह अभ्यास जारी रखता है! यह असंगत लगेगा तुम्हें तो। तुम्हें अभ्यास करना पड़ता है क्योंकि तुम आरंभ पर हो और लक्ष्य उपलब्ध हुआ नहीं है, लेकिन जब लक्ष्य उपलब्ध भी हो जाता है, तो भी अभ्यास जारी रहता है। अब यह सहज स्वाभाविक हो जाता है, पर यह बना रहता है। यह कभी थमता नहीं। यह थम सकता नहीं, क्योंकि अंत और आरंभ दो चीजें नहीं हैं। अगर वृक्ष है बीज में, तो बीज फिर वृक्ष में चला आयेगा।

किसी ने बुद्ध से पूछा—उनके शिष्यों में से एक पूर्णकाश्यप, उसने पूछा, 'हम देखते हैं, भन्ते, कि आप अब तक भी एक सुनिश्चित अनुशासन का पालन करते हैं।'

बुद्ध फिर भी एक निश्चित अनुशासन पर चल रहे थे। वे एक सुनिश्चित ढंग से चलते, वे एक निश्चित ढंग से बैठते, वे जागरूक हुए रहते, वे निश्चित भोज्य पदार्थ ही खाते, वे निश्चित ढंग से व्यवहार करते—हर चीज अनुशासनपूर्ण जान पड़ती।

तो पूर्णकाश्यप ने कहा, 'आप सम्बुद्ध हो चुके हैं, किंतु हम अनुभव करते हैं कि तब भी आप एक सुनिश्चित अनुशासन को रखे हुए हैं।' बुद्ध बोले, 'यह इतना ज्यादा पक्का और गहरा हो चुका है कि अब मैं इसके पीछे नहीं चल रहा हूं। यह मेरे पीछे चल रहा है। यह एक छाया बन चुका है। मुझे जरूरत नहीं इसके बारे में सोचने की। वह है यहां। सदा है। यह छाया बन चुका है।'

अतः अन्त है आरंभ ही में, और आरंभ भी बना हुआ होगा अंत में। ये दो चीजें नहीं हैं, बल्कि दो छोर हैं एक ही घटना के।

प्रवचन 11

समाधि का अर्थ

योगसूत्र

वितर्कविचारानंदास्मितानुगमात् संप्रज्ञातः।।१७।।

संप्रज्ञात समाधि वह समाधि है जो वितर्क, विचार, आनंद और अस्मिता के भाव से युक्त होती है।

विरामप्रत्ययाभ्यासपूर्वः संस्कारशेषोऽन्यः।।१८।।

असंप्रज्ञात समाधि में सारी मानसिक क्रिया की समाप्ति होती है और मन केवल अप्रकट संस्कारों को धारण किये रहता है।

भवप्रत्ययो विदेहप्रकृतिलयानाम्।।१९।।

विदेहियों और प्रकृतिलयों को असंप्रज्ञात समाधि उपलब्ध होती है क्योंकि अपने पिछले जन्म में उन्होंने अपने शरीरों के साथ तादात्म्य बनाना समाप्त कर दिया था। वे फिर जन्म लेते हैं क्योंकि इच्छा के बीज बने रहते हैं।

श्रद्धावीर्यस्मृतिसमाधिप्रज्ञापूर्वक इतरेषाम्।।२०।।

दूसरे जो असंप्रज्ञात समाधि को उपलब्ध होते हैं वे श्रद्धा, वीर्य (प्रयत्न), स्मृति, समाधि (एकाग्रता) और प्रज्ञा (विवेक) के द्वारा उपलब्ध होते हैं।

पतंजलि सबसे बड़े वैज्ञानिक हैं अंतर्जगत के। उनकी पहुंच एक वैज्ञानिक मन की है। वे कोई कवि नहीं हैं। और इस ढंग से वे बहुत बिरले हैं। क्योंकि जो लोग अंतर्जगत में प्रवेश करते हैं, प्रायः सदा कवि ही होते हैं। जो बहिर्जगत में प्रवेश करते हैं, अक्सर हमेशा वैज्ञानिक होते हैं।

पतंजलि एक दुर्लभ पुष्प हैं। उनके पास वैज्ञानिक मस्तिष्क है, लेकिन उनकी यात्रा भीतरी है। इसीलिए वे पहले और अंतिम वचन बन गये। वे ही आरंभ हैं और वे ही अंत हैं। पांच हजार वर्षों में कोई उनसे ज्यादा उन्नत नहीं हो सका। लगता है कि उनसे ज्यादा उन्नत हुआ ही नहीं जा सकता। वे अंतिम वचन ही रहेंगे। क्योंकि यह जोड़ ही असंभव है। वैज्ञानिक दृष्टिकोण रखना और आंतरिक जगत में प्रवेश करना करीब-करीब असंभव संभावना है। वे एक गणितज्ञ, एक तर्कशास्त्री की भांति बात करते हैं। वे अरस्तू की भांति बात करते हैं और वे हैं हेराक्लतु जैसे रहस्यदर्शी।

उनके एक-एक शब्द को समझने की कोशिश करो। यह कठिन होगा। यह कठिन होगा क्योंकि उनकी शब्दावली तर्क की, विवेचन की है, पर उनका संकेत प्रेम की ओर, मस्ती की ओर, परमात्मा की ओर है। उनकी शब्दावली उस व्यक्ति की है जो वैज्ञानिक प्रयोगशाला में काम करता है, लेकिन उनकी प्रयोगशाला आंतरिक अस्तित्व की है। अतः उनकी शब्दावली द्वारा भ्रमित न होओ, और यह अनुभूति बनाये रहो कि वे परम काव्य के गणितज्ञ हैं। वे स्वयं एक विरोधाभास हैं, लेकिन वे विरोधाभासी भाषा हरगिज प्रयुक्त नहीं करते। कर नहीं सकते।' वे बड़ी मजबूत तर्कसंगत पृष्ठभूमि बनाये रहते हैं। वे विश्लेषण करते, विच्छेदन करते, पर उनका उद्देश्य संश्लेषण है। वे केवल संश्लेषण करने को ही विश्लेषण करते हैं।

तो हमेशा ध्यान रखना कि ध्येय तो है परम सत्य तक पहुंचना, केवल मार्ग ही है वैज्ञानिक। इसलिए मार्ग द्वारा दिग्भ्रमित मत होना। इसलिए पतंजलि ने पश्चिमी मन को बहुत ज्यादा प्रभावित किया है। पतंजलि सदैव एक प्रभाव बने रहे हैं। जहां कहीं उनका नाम पहुंचा है, वे प्रभाव बने रहे क्योंकि तुम उन्हें आसानी से समझ सकते हो। लेकिन उन्हें समझना ही पर्याप्त नहीं है। उन्हें समझना उतना ही आसान है जितना कि आइंस्टीन को समझना। वे बुद्धि से बातें करते हैं, पर उनका लक्ष्य हृदय ही है। इसे तुम्हें खयाल में लेना है।

हम एक खतरनाक क्षेत्र में बढ़ रहे होंगे। अगर तुम भूल जाते हो कि वे एक कवि भी हैं, तो तुम मार्ग से बहक जाओगे। तब तुम उनकी शब्दावली को, उनकी भाषा को, उनके तर्क को बहुत जड़ता से पकड़ लोगे और तुम उनके ध्येय को भूल जाओगे। वे चाहते हैं कि तर्क के द्वारा ही तुम तर्क के पार चले जाओ। यह एक संभावना

है। तुम तर्क को इतने गहरे तौर पर खींच सकते हो कि तुम उसके पार हो जाओ। तुम तर्क द्वारा चलते हो, तुम उसे टालते नहीं। तुम तर्क का उपयोग सीढ़ी की तरह करते हो—तर्क से पार जाने के लिए। अब उनके शब्दों पर ध्यान दो। हर शब्द को विश्लेषित करना है।

संप्रज्ञात समाधि वह समाधि है जो वितर्क, विचार, आनंद और अस्मिता के भाव से युक्त होती है।

वे समाधि को, उस परम सत्य को, दो चरणों में बांट देते हैं। परम सत्य बांटा नहीं जा सकता। यह तो अविभाज्य है, और वस्तुतः कोई चरण है ही नहीं। लेकिन मन को, साधक को सहायता देने के लिए ही वे पहले इसे दो चरणों में बांट देते हैं। पहले चरण को वे नाम देते हैं संप्रज्ञात समाधि। यह वह समाधि है, जिसमें मन अपनी शुद्धता में सुरक्षित रहता है।

इस पहले चरण में, मन को परिष्कृत और शुद्ध होना पड़ता है। पतंजलि कहते हैं, तुम इसे एकदम से गिरा नहीं सकते। इसे गिराना असंभव है क्योंकि अशुद्धियों की प्रवृत्ति है चिपकने की। तुम इसे केवल तभी गिरा सकते हो जब मन बिलकुल शुद्ध होता है—इतना शुद्ध, इतना सूक्ष्म कि उसकी कोई प्रवृत्ति नहीं रहती चिपकने की।

वे मन को गिरा देने के लिए नहीं कहते; जैसा कि झेन गुरु कहते हैं। वे तो कहते हैं यह असंभव है। और अगर तुम ऐसा कहते हो तो तुम नासमझी की बात कह रहे हो। तुम सत्य ही कह रहे हो, पर यह संभव नहीं है क्योंकि एक अशुद्ध मन बोझिल होता है। किसी पत्थर की भांति वह बोझ झूलता रहता है। और एक अशुद्ध मन में इच्छाएं होती हैं—लाखों इच्छाएं, जो अधूरी हैं, जो पूरी होने को ललकती रहती हैं, पूरी होने की मांग करती हैं। इसमें लाखों विचार हैं, जो अपूर्ण हैं। कैसे गिरा सकते हो तुम इसे ? अपूर्ण सदा संपूर्ण होने की चेष्टा करता है।

ध्यान रखना, पतंजलि कहते हैं कि जब कोई चीज संपूर्ण होती है केवल तभी तुम उसे गिरा सकते हो। तुमने ध्यान दिया ? अगर तुम चित्रकार हो और तुम चित्र बना रहे हो, तो जब तक चित्र पूरा नहीं हो जाता, तुम उसे भूल नहीं सकते; वह बना रहता है, तुम्हारे पीछे लगा रहता है। तुम ठीक से सो नहीं सकते; वह वहीं डटा है। मन में इसकी अंतर्धारा है। यह सक्रिय रहती है और संपूर्ण होने की मांग करती है। एक बार यह पूरी हो जाती है, तो बात खत्म हो गयी। तुम इसे भूल सकते हो।

मन की वृत्ति है संपूर्णता की ओर जाने की। मन पूर्णतावादी है, इसलिए जो कुछ अपूर्ण रहता है वह मन पर एक तनाव हो जाता है। पतंजलि कहते हैं कि तुम सोचने को नहीं गिरा सकते जब तक कि सोचना इतना संपूर्ण न हो जाये कि अब इसके बारे में करने-सोचने को कुछ रहे ही नहीं। तब तुम इसे सरलता से गिरा सकते हो और भूल सकते हो।

यह झेन से, हेराक्लतु से पूरी तरह विपरीत मार्ग है।

प्रथम समाधि, जो केवल नाममात्र की समाधि है, वह है, संप्रज्ञात समाधि—सूक्ष्म और शुद्ध हुए मन वाली समाधि। द्वितीय समाधि है असंप्रज्ञात समाधि—अ-मन की समाधि। किंतु पतंजलि कहते हैं कि जब मन तिरोहित हो जाता है, जब कोई विचार नहीं बच रहते, फिर भी अतीत के सूक्ष्म बीज अचेतन में संचित रहते हैं।

चेतन मन दो में बंटा हुआ है। प्रथम : संप्रज्ञात—शुद्ध हुई अवस्था का चित्त बिलकुल शोधित मक्खन जैसा। इसका एक अपना ही सौंदर्य है, लेकिन यह मन मौजूद तो है। और चाहे कितना ही सुंदर हो, मन अशुद्ध है, मन कुरूप है। कितना ही शुद्ध और शांत हो जाये मन, लेकिन मन का होना मात्र अशुद्धि है। तुम विष को शुद्ध नहीं कर सकते। वह विष ही बना रहता है। उल्टे, जितना ज्यादा तुम इसे शुद्ध करते हो, उतना ज्यादा यह विषमय बनता जाता है। हो सकता है यह बहुत-बहुत सुंदर लगता हो। इसके अपने रंग, अपनी रंगतें हो सकती हैं, लेकिन यह फिर भी अशुद्ध ही होता है।

पहले तुम इसे शुद्ध करो; फिर तुम गिरा दो। लेकिन तो भी यात्रा पूरी नहीं हुई है क्योंकि यह सब चेतन मन में है। अचेतन का क्या करोगे तुम ? चेतन मन की तहों के एकदम पीछे ही अचेतन का फैला हुआ महादेश है। तुम्हारे सारे पिछले जन्मों के बीज अचेतन में रहते हैं।

तो पतंजलि अचेतन को दो में बांट देते हैं। वे सबीज समाधि को कहते हैं—वह समाधि, जिसमें अचेतन मौजूद है और चेतन रूप से मन गिरा दिया गया है। यह समाधि है बीजसहित—'सबीज'। जब वे बीज भी जल चुके हों, तो तुम उपलब्ध होते हो संपूर्ण—निर्बीज समाधि को, बीजरहित समाधि को।

तो चेतन दो चरणों में बंटा है और फिर अचेतन दो चरणों में बंटा है। और जब निर्बीज समाधि घटती है—वह परमानंद—जब कोई बीज तुम्हारे भीतर नहीं होते अंकुरित होने के लिए या विकसित होने के लिए जो कि तुम्हें अस्तित्व में आगे की यात्राओं पर ले चलें, तो तुम तिरोहित हो जाते हो।

इन सूत्रों में वे कहते हैं, 'संप्रज्ञात समाधि वह समाधि है जो वितर्क, विचार, आनंद और अस्मिता के भाव से युक्त होती है।'

लेकिन यह पहला चरण है। और बहुत लोग भटक जाते हैं। वे सोचते हैं कि यही अंतिम है क्योंकि यह इतनी शुद्ध है। तुम इतना पुलकित अनुभव करते हो, इतना आनंदित, कि तुम सोचते हो कि अब पाने को और कुछ नहीं है। अगर तुम पतंजलि से पूछो, तो वे कहेंगे कि झेन की सतोरी तो पहली समाधि ही है। वह अंतिम, परम नहीं है। परम सत्य तो अभी बहुत दूर है।

जो शब्द वे प्रयोग करते हैं उनका ठीक से अनुवाद नहीं किया जा सकता क्योंकि संस्कृत सर्वाधिक संपूर्ण भाषा है; कोई भाषा इसके निकट भी नहीं आ सकती। अतः मुझे तुम्हें सुस्पष्ट करना होगा। जो शब्द प्रयुक्त हुआ है वह है 'वितर्क' : अंग्रेजी में तो इसका अनुवाद रीजनिंग किया जाता है। यह तो एक दरिद्र अनुवाद हुआ। 'वितर्क' को समझ लेना है। लॉजिक को कहा जाता है तर्क, और पतंजलि कहते हैं तर्क तीन प्रकार के होते हैं। एक को वे कहते हैं 'कुतर्क'—ऐसा तर्क, जो निषेध की ओर उन्मुख हो जाता है, सदैव नकारात्मक ढंग से सोचता है; जिसमें कि तुम अस्वीकार कर रहे हो, संदेह कर रहे हो, विनाशवादी होते हो।

चाहे तुम कुछ भी कहो, वह आदमी जो 'कुतर्क' में जीता है—निषेधात्मक तर्क में—सदा सोचता है, इसे अस्वीकार कैसे करें, न कैसे कहें। वह निषेध को खोजता है। वह तो हमेशा शिकायत कर रहा है, खीज रहा है। वह सदा अनुभव करता है कि कहीं कुछ गलत है—सदा ही। तुम उसे ठीक नहीं कर सकते क्योंकि यही है उसका देखने का ढंग। अगर तुम उसे सूरज देखने के लिए कहते हो, तो वह सूरज को नहीं देखेगा। वह देखेगा सूरज के धब्बों को; वह हमेशा चीजों के ज्यादा अंधेरे पहलू को देखगा—यह है 'कुतर्क', गलत तर्क। लेकिन यह तर्क

की भांति जान पड़ता है।

अंततः यह नास्तिकता की ओर ले जाता है। तब तुम ईश्वर को अस्वीकार करते हो, क्योंकि अगर तुम शुभ को देख नहीं सकते, अगर तुम जीवन के अधिक प्रकाशमय पक्ष को नहीं देख सकते, तो तुम ईश्वर को कैसे अनुभव कर सकते हो ? तब तुम केवल इनकार करते हो। तब पूरा अस्तित्व अंधेरा हो जाता है। तब हर चीज गलत होती है, और तुम अपने चारों ओर नरक निर्मित कर लेते हो। अगर हर चीज गलत है तो तुम प्रसन्न कैसे हो सकते हो ? और यह तुम्हारा निर्माण है, और तुम हमेशा कुछ गलत खोज कर सकते हो, क्योंकि जीवन द्वैत से बना होता है।

गुलाब की झाड़ी में सुंदर फूल होते हैं, लेकिन कांटे भी होते हैं। 'कुतर्क' वाला आदमी कांटों की गिनती करेगा, और फिर वह इस समझ तक आ पहुंचेगा कि यह गुलाब तो भ्रामक ही होगा; यह हो नहीं सकता। बहुत सारे कांटों के बीच, लाखों काटों के बीच, एक गुलाब कैसे बना रह सकता है ? यह असंभव है। यह संभावना ही त्याज्य हो जाती है। जरूर कोई धोखा दे रहा है।

मुल्ला नसरुद्दीन बहुत उदास था। वह पादरी के पास गया और बोला, 'क्या करूं ? मेरी फसल फिर बरबाद हो गयी है। बारिश नहीं हुई।' पादरी बोला, 'इतने उदास मत होओ, नसरुद्दीन। जिंदगी के ज्यादा रोशन पहलू की ओर देखो। तुम खुश हो सकते हो क्योंकि फिर भी तुम्हारे पास बहुत ज्यादा है। और हमेशा ईश्वर पर भरोसा रखो, जो दाता है। वह आकाश में उड़ते पक्षियों के लिए भी जुटा देता है, तो तुम क्यों चिंतित हो ?' नसरुद्दीन बहुत कटुतापूर्वक बोला, 'हां मेरे अनाज द्वारा ! ईश्वर आकाश के पक्षियों का इंतजाम करता है मेरे अनाज द्वारा !'

वह बात नहीं समझ सकता। उसकी फसल इन पक्षियों द्वारा नष्ट हुई है, और ईश्वर उनका भरण-पोषण कर रहा है, इसलिए वह कहता है, 'मेरी फसल बरबाद हुई है।' इस प्रकार का मन हमेशा कुछ न कुछ खोज निकालेगा, और हमेशा क्षुब्ध रहेगा। चिंता छाया की भांति उसका पीछा करेगी। इसे पतंजलि कहते हैं कुतर्क—निषेधात्मक तर्क, निषेधात्मक तर्कणा !

फिर है तर्क—सीधा तर्क। सीधा तर्क कहीं नहीं ले जाता। यह एक चक्कर में घूम रहा है क्योंकि इसका कोई ध्येय नहीं है। तुम तर्क और तर्क और तर्क किये चले जा सकते हो, लेकिन तुम किसी निश्चय तक नहीं पहुंचोगे। क्योंकि तर्क किसी निश्चय तक केवल तभी पहुंचता है, जब बिलकुल आरंभ से ही कोई ध्येय हो। अगर तुम एक दिशा में बढ़ रहे हो, तब तुम कहीं पहुंचते हो। अगर तुम सब दिशाओं में बढ़ रहे हो—कभी दक्षिण में, कभी पूर्व में, कभी पश्चिम में, तो तुम ऊर्जा गंवाते हो।

बिना ध्येय का विचार तर्क कहलाता है; निषेधात्मक रुख वाला तर्क कुतर्क कहलाता है; विधायक भूमि वाला तर्क वितर्क कहलाता है। वितर्क का अर्थ है, विशिष्ट तर्क।

तो वितर्क प्रथम तत्व है संप्रज्ञात समाधि का। जो व्यक्ति आंतरिक शांति पाना चाहता है उसे वितर्क में प्रशिक्षित होना होता है—विशिष्ट तर्क। वह सदा ज्यादा प्रकाशमय पक्ष की ओर, विधायक की ओर देखता है। वह फूलों को महत्व देता है और कांटों को भूल जाता है। ऐसा नहीं है कि कांटे नहीं हैं, लेकिन उसे उनसे कुछ लेना-देना नहीं। अगर तुम फूलों से प्रेम करते हो और फूलों को गिनते रहते हो, तो एक क्षण आता है जब तुम कांटों में विश्वास नहीं कर सकते। क्योंकि यह कैसे संभव है कि जहां इतने सुंदर फूल विद्यमान हों, वहीं कांटे बने

रहते हों ! कहीं कुछ भ्रामकता होगी।

कुतर्क वाला व्यक्ति कांटे गिनता है; तब फूल अवास्तविक बन जाते हैं। वितर्कयुक्त व्यक्ति फूल गिनता है; तब कांटे अवास्तविक हो जाते हैं। इसलिए पतंजलि कहते हैं कि वितर्क प्रथम तत्व है। इसके द्वारा आनंद संभव है। वितर्क द्वारा व्यक्ति को स्वर्गोपलब्धि होती है। व्यक्ति अपना ही स्वर्ग चारों ओर निर्मित कर लेता है।

तुम्हारा दृष्टिकोण निर्णायक है। जो कुछ तुम चारों ओर पाते हो, वह तुम्हारा अपना निर्माण है—स्वर्ग या नरक। और पतंजलि कहते हैं कि तुम तर्क और बुद्धि के पार जा सकते हो, केवल विधायक तर्क के द्वारा। निषेधात्मक तर्क के द्वारा तुम कभी पार नहीं जा सकते, क्योंकि जितना अधिक तुम नकारते हो, उतना ज्यादा तुम उदास पाते हो चीजों को। अगर तुम 'नहीं' कहते हो और त्यागते हो, धीरे-धीरे तुम भीतर एक सतत नकार बन जाते हो, एक अंधियारी रात। तो फूल नहीं, केवल कांटें ही तुममें विकसित हो सकते हैं। तुम एक मरुस्थल होते हो।

जब तुम हां कहते हो, तब तुम ज्यादा और ज्यादा चीजें पाते हो हां कहने के लिए। जब तुम कहते हो हां, तुम 'हां कहने वाले' बन जाते हो। जीवन का स्वीकार हुआ। और तुम्हारी 'हां' द्वारा तुम वह सब आत्मसात कर लेते हो जो शुभ है, सुंदर है; वह सब जो सत्य है। 'हां' तुम्हारे भीतर एक द्वार बन जाता है भगवत्ता के प्रवेश करने का; 'नहीं' एक बंद द्वार बनता है। तुम्हारे बंद द्वार सहित, तुम एक नरक होते हो। तुम्हारे खुले द्वार सहित, सारे खुले द्वार-दरवाजों सहित, अस्तित्व तुम्हारे भीतर बह आता है। तुम ताजे, यौवनमय, जीवंत होते हो, तुम एक फूल बन जाते हो।

वितर्क, विचार, आनंद—पतंजलि कहते हैं अगर तुम वितर्क के साथ मेल बनाते हो—विधायक तर्क के साथ, तब तुम एक विचारक हो सकते हो; उससे पहले हरगिज नहीं। तब विचारणा उदित होती है। उनके लिए विचारणा का बिलकुल अलग ही अर्थ है। तुम भी सोचते हो कि तुम विचार करते हो। पतंजलि सहमत नहीं होंगे। वे कहते हैं तुम्हारे पास विचार हैं, पर विचारणा नहीं। इसलिए मैं कहता हूं कि कठिन है उन्हें अनुवादित करना।

वे कहते हैं, तुम्हारे पास विचार हैं, भागते-दौड़ते विचार हैं भीड़ की तरह, लेकिन कोई विचारणा नहीं है। तुम्हारे दो विचारों के बीच कोई अंतर्धारा नहीं है। वे उखड़ी हुई चीजें हैं; कोई अंतर्व्यवस्था नहीं है। तुम्हारा सोचना एक अस्त-व्यस्तता है। यह सुव्यवस्था नहीं है; इसमें कोई आंतरिक अनुशासन नहीं है।

जैसे एक माला होती है, वहां मनके हैं, और एक-दूसरे से बंधे हैं अदृश्य धागे द्वारा, जो उनमें से गुजर रहा है। विचार मनके हैं; विचारणा धागा है। तुम्हारे पास मनके हैं बहुत सारे, वस्तुतः जितने तुम्हें चाहिए उससे ज्यादा, लेकिन कोई आंतरिक धागा, कोई अंतर्सूत्र उनमें व्याप्त नहीं है। उस अंतर्सूत्र को पतंजलि कहते हैं—विचार।

तुम्हारे पास विचार हैं, पर कोई विचारणा नहीं। और अगर ऐसा ही होता चला जाता है तो तुम पागल हो जाओगे। पागल आदमी वह आदमी है जिसके पास लाखों विचार हैं और विचारणा नहीं। और संप्रज्ञात समाधि वह अवस्था है जिनमें विचार नहीं होते हैं, लेकिन विचारणा समग्र होती है। यह भेद समझ लेना।

पहली तो बात यह कि तुम्हारे विचार तुम्हारे नहीं हैं। तुमने उन्हें इकट्ठा कर लिया है। जैसे अंधेरे कमरे में, कभी रोशनी की किरण छत से चली आती है और तुम धूल के असंख्य कणों को उस किरण में तैरते हुए देख लेते

हो। जब मैं तुममें झांकता हूं, मैं वही घटना देखता हूं—धूल के लाखों कण। तुम उन्हें विचार कहते हो। वे तुम्हारे बाहर-भीतर चल रहे हैं। वे एक सिर से दूसरे में प्रवेश करते हैं, और वे चलते जाते हैं। उनकी अपनी जिंदगी है।

विचार एक वस्तु है; उसका अपना स्वयं का अस्तित्व होता है। जब कोई आदमी मरता है, तो उसके सारे पागल विचार तुरंत निकल भागते हैं और वे कहीं न कहीं शरण ढूंढ़ना शुरू कर देते हैं। फौरन वे उनमें प्रवेश कर जाते हैं जो आस-पास होते हैं। वे कीटाणुओं की भांति होते हैं; उनका अपना जीवन है। तुम जब जीवित भी होते हो, तब तुम अपने चारों ओर विचार बिखेरते चले जाते हो। जब तुम बोलते हो, तब निस्संदेह अपने विचार तुम दूसरों पें फेंकते हो। किंतु जब तुम मौन होते हो, तब भी तुम चारों ओर विचार फेंक रहे होते हो। वे तुम्हारे नहीं होते : यह तो है पहली बात।

विधायक तर्क वाला व्यक्ति उन सारे विचारों को निकाल फेंकेगा, जो उसके अपने न हों। वे प्रामाणिक नहीं होते हैं; उन्हें उसने स्वयं अनुभव द्वारा नहीं पाया होता। उसने दूसरों द्वारा संचित कर लिया है, वे उधार हैं। वे मैले हैं। वे बहुत हाथों और सिरों में रहे हैं। सोचने-विचारने वाला व्यक्ति उधार नहीं जीयेगा। वह अपने स्वयं के ताजे विचार पाना चाहेगा। और अगर तुम विधायक हो, और अगर तुम सौंदर्य को, सत्य को, शुभ को, फूलों को देखते हो, अगर तुम सबसे अंधियारी रात में भी देखने के योग्य हो जाते हो कि सबेरा निकट आ रहा है, तो तुम विचारने के योग्य हो जाओगे।

तब तुम स्वयं अपने विचार निर्मित कर सकते हो। और वह विचार जो तुम्हारे द्वारा निर्मित हो जाता है, वास्तव में शक्तिशाली होता है; उसकी स्वयं की अपनी शक्ति होती है। ये विचार जो तुमने उधार ले लिये हैं, करीब-करीब मुरदा हैं। क्योंकि वे यात्रा करते रहे हैं, लाखों वर्षों से यात्रा कर रहे हैं। उनका स्रोत खो चुका है। अपने स्रोत के साथ वे सारा संपर्क खो चुके हैं। वे तो बस चारों ओर तैरते धूलि-कणों की भांति हैं। तुम उन्हें पकड़ लेते हो। कई बार तुम उनके प्रति जाग्रत भी हो जाते हो, लेकिन तुम्हारी जागृति ऐसी है कि चीजों को आर-पार देख नहीं सकती।

कई बार तुम बैठे हुए होते हो। अचानक तुम उदास हो जाते हो बिना किसी भी कारण के। तुम कारण ढूंढ़ नहीं सकते। तुम चारों ओर देखते हो, और कारण कोई होता नहीं। कुछ नहीं है वहां, कुछ घटित नहीं हुआ। तुम बिलकुल वैसे ही हो। अचानक एक उदासी तुम्हें जकड़ लेती है। एक विचार गुजर रहा है; तुम तो बस रास्ते में हो। यह एक दुर्घटना है। विचार एक बादल की भांति गुजर रहा था—एक उदास विचार किसी के द्वारा छोड़ा हुआ। यह एक दुर्घटना है कि तुम पकड़ में आ गये हो। कई बार कोई विचार अड़ा रहता है। तुम नहीं जानते कि तुम क्यों इसके बारे में सोचते चले जाते हो। यह बेतुका दिखाई पड़ता है; यह किसी काम का नहीं जान पड़ता। लेकिन तुम कुछ नहीं कर सकते। यह द्वार खटखटाये चला जाता है। यह कहता है, 'मुझे सोचो।' एक विचार द्वार पर प्रतीक्षा कर रहा है खटखटाता हुआ। यह कहता है, 'स्थान दो, मैं भीतर आना चाहूंगा।'

प्रत्येक विचार का अपना स्वयं का जीवन है। यह चलता रहता है। और इसके पास ज्यादा शक्ति है। और तुम बहुत कमजोर हो क्योंकि तुम बहुत बेखबर हो; अतः तुम विचारों द्वारा चलाये जाते हो ! तुम्हारा सारा जीवन ऐसी दुर्घटनाओं से बना है। तुम लोगों से मिलते हो, और तुम्हारी जिंदगी का सारा ढांचा-ढर्रा बदल जाता है।

कुछ तुममें प्रवेश करता है। फिर तुम वशीभूत हो जाते हो, और तुम भूल जाते हो कि तुम कहां जा रहे थे। तुम अपनी दिशा बदल देते हो; तुम इस विचार के पीछे हो लेते हो। यह एक दुर्घटना ही है। तुम बच्चों की भांति हो।

पतंजलि कहते हैं कि यह विचारणा नहीं है। यह विचारणा की अनुपस्थिति वाली अवस्था है—यह विचारणा नहीं है। तुम भीड़ हो। तुम्हारे पास, तुम्हारे भीतर कोई केंद्र नहीं है, जो सोच सके। जब कोई वितर्क के अनुशासन में बढ़ता है—सम्यक तर्क में, तब वह धीरे-धीरे सोचने के योग्य बनता है। सोचना एक क्षमता है, विचार क्षमता नहीं है, विचार दूसरों से सीखे जा सकते हैं; विचारणा कभी नहीं। विचारणा तुम्हें स्वयं ही सीखनी होती है।

और यही है भेद पुराने भारतीय विद्यापीठों और आधुनिक विश्वविद्यालयों के बीच। आधुनिक विश्वविद्यालयों में तुम विचारों को जुटा रहे हो। प्राचीन विद्यालयों में, ज्ञान-विद्यालयों में, वे सोचना-विचारना सिखाते रहे थे, न कि विचार।

विचारशीलता तुम्हारे आंतरिक अस्तित्व की गुणवत्ता है। विचारशीलता का अर्थ क्या है ? इसका अर्थ है : तुम्हारी चेतना को बनाये रखना; समस्या से साक्षात्कार करने को, सजग और जागरूक बने रहना। समस्या वहां मौजूद है, तुम अपनी समग्र जागरूकता के साथ उसका सामना करो। और तब एक उत्तर उठ खड़ा होता है—एक प्रत्युत्तर। यह है विचारणा।

एक प्रश्न सामने रखा जाता है और तुम्हारे पास एक बना-बनाया उत्तर होता है। इससे पहले कि तुम इसके बारे में सोचो भी, उत्तर आ पहुंचता है। कोई कहता है, 'क्या ईश्वर है ?' उसने अभी यह कहा भी न हो और तुम कह देते हो, 'हां।' तुम अपना निर्जीव सिर 'हां' में हिला देते हो। तुम कह देते हो, 'हां ईश्वर है।'

क्या यह तुम्हारा विचार है ? क्या तुमने बिलकुल अभी समस्या के बारे में सोचा है, या तुम अपनी स्मृति में कोई बना-बनाया उत्तर ढो रहे हो ? किसी ने तुम्हें इसे दे दिया है—तुम्हारे माता-पिता ने, तुम्हारे शिक्षकों ने, तुम्हारे समाज ने। किसी ने इसे तुम्हें दे दिया है, और तुम इसे कीमती खजाने की तरह लिये चलते हो, और यह उत्तर उसी स्मृति से आता है।

विचारशील व्यक्ति, हर बार जब समस्या होती है तो अपनी चेतना का उपयोग करता है। ताजे रूप से वह अपनी चेतना का उपयोग करता है। वह समस्या से साक्षात्कार करता है, और फिर उसके भीतर जो कोई विचार उदित होता है वह स्मृति का हिस्सा नहीं होता। भेद यही है। विचारों से भरा व्यक्ति स्मृति का व्यक्ति है; उसके पास चिंतन की क्षमता नहीं है। अगर तुम वह प्रश्न पूछते हो जो नया है, वह हकबकाया हुआ होगा। वह उत्तर नहीं दे सकता। अगर तुम कोई प्रश्न पूछते हो जिसका उत्तर वह जानता है, वह तुरंत उत्तर देगा। यह अंतर है पंडित और उस व्यक्ति के बीच, जो जानता है; वह व्यक्ति जो सोच सकता है।

पतंजलि कहते हैं कि वितर्क, सम्यक तर्क ले जाता है अनुचिंतन की ओर, विचार की ओर। अनुचिंतन, विचार ले जाता है आनंद की ओर। यह पहली झलक है, और निस्संदेह यह एक झलक ही है। यह आयेगी और यह खो जायेगी। तुम इसे बहुत देर तक पकड़े नहीं रख सकते। यह मात्र झलक ही बनने वाली थी; जैसे कि एक क्षण को बिजली कौंधी, और तुम देखते हो, सारा अंधकार तिरोहित हो जाता है। किंतु फिर वहां अंधकार आ बनता है। यह ऐसा है कि जैसे कि बादल तिरोहित हो गये और तुमने क्षण भर को चांद देखा, फिर दोबारा वहां

बादल आ जाते हैं।

या किसी उज्जवल सुबह हिमालय के निकट, क्षण भर को तुम्हें गौरीशंकर की झलक मिल सकती है--उच्चतम शिखर की। लेकिन फिर वहां धुंध होती है। और फिर वहां बादल होते हैं, और शिखर खो जाता है। यह है सतोरी। इसीलिए सतोरी का अनुवाद समाधि की भांति करने की कोशिश कभी न करना। सतोरी एक झलक है। यह उपलब्ध हो जाती है तो बहुत कुछ करना होता है इसके बाद। वस्तुतः, वास्तविक कार्य शुरू होता है पहली सतोरी के बाद, पहली झलक के बाद, क्योंकि तब तुमने अपरिसीम का स्वाद पा लिया होता है। अब एक वास्तविक, प्रामाणिक तलाश शुरू होती है। इससे पहले तो, वह बस ऐसी-वैसी थी, कुनकुनी; क्योंकि तुम वास्तव में आश्वस्त न थे, निश्चित न थे, इस बात के लिए कि तुम क्या कर रहे हो, तुम कहां जा रहे हो, क्या हो रहा है।

इससे पहले, यह एक आस्था थी, श्रद्धा थी। इसके पहले एक गुरु की आवश्यकता थी तुम्हें मार्ग दर्शाने को, तुम्हें बार-बार वापस मार्ग पर लाने को। लेकिन अब सतोरी के घटित होने के बाद यह कोई आस्था न रही। यह एक अनुभव बन चुका है। अब आस्था एक प्रयत्न नहीं है। अब तुम श्रद्धा करते हो क्योंकि तुम्हारे अपने अनुभव ने तुम्हें दर्शा दिया है। पहली झलक के बाद वास्तविक खोज शुरू होती है। इससे पहले तो तुम गोल-गोल घूम रहे थे।

सम्यक तर्क ले जाता है सम्यक अनुचिंतन की तरफ, सम्यक अनुचिंतन ले जाता है आनंदमयी अवस्था की तरफ। और यह आनंदपूर्ण अवस्था ले जाती है विशुद्ध अंतस सत्ता की अवस्था में।

एक नकारात्मक मन हमेशा अहंकारी होता है, यह है अंतस सत्ता की अशुद्ध अवस्था। तुम अनुभव करते हो 'मैं' को, लेकिन तुम 'मैं' का अनुभव गलत कारणों से करते हो। जरा ध्यान देना, अहंकार 'नहीं' पर पलता है। जब कभी तुम कहते हो 'नहीं', अहंकार उठ खड़ा होता है। जब कभी तुम 'हां' कहते हो, अहंकार नहीं उठ सकता क्योंकि अहंकार संघर्ष चाहता है, अहंकार चाहता है चुनौती। अहंकार स्वयं को किसी के विरुद्ध रख देना चाहता है; किसी चीज के विरुद्ध। यह अकेला नहीं बना रह सकता है, इसे द्वैत चाहिए। एक अहंकारी हमेशा संघर्ष की तलाश में रहता है—किसी के साथ, किसी चीज के साथ, किसी परिस्थिति के साथ का संघर्ष। वह हमेशा किसी चीज को खोज रहा है न कहने को, जीतने को, उसे विजित करने को।

अहंकार हिंसक होता है। और 'नहीं' एक सूक्ष्मतम हिंसा है। जब तुम साधारण चीजों के प्रति भी नहीं कहते हो, वहां भी अहंकार उठ खड़ा होता है।

एक छोटा बच्चा मां से कहता है, 'क्या मैं बाहर खेलने जा सकता हूं ?' और वह कहती है 'नहीं।' कुछ बड़ी उलझन न थी, लेकिन जब मां कहती है 'नहीं', तो वह अनुभव करती है कि वह कुछ है।

तुम रेलवे स्टेशन पर जाते हो और तुम टिकट के लिए पूछते हो। क्लर्क तुम्हारी तरफ बिलकुल नहीं देखता। वह काम करता जाता है, चाहे कोई काम न भी हो। वह कह रहा है, 'नहीं।' 'ठहरो।' वह अनुभव करता है कि वह कुछ है, वह कोई है। इसलिए दफ़्तरों में हर कहीं, तुम 'नहीं' सुनोगे। 'हां' बहुत कम है, बहुत दुर्लभ। एक साधारण क्लर्क किसी को 'नहीं' कह सकता है, तुम कौन हो इसका महत्व नहीं। वह शक्तिशाली महसूस करता है।

नहीं कह देना तुम्हें ताकत की अनुभूति देता है। इसे याद रखना। जब तक यह बिलकुल आवश्यक ही न हो, हरगिज नहीं मत कहना, अगर यह बिलकुल आवश्यक भी हो तो इसे इतने स्वीकारात्मक ढंग से कहो कि अहंकार खड़ा न हो। तुम ऐसा कह सकते हो। नहीं भी इस ढंग से कहा जा सकता है कि यह हां की भांति लगता है। तुम इस ढंग से हां कह सकते हो कि यह 'नहीं' की भांति लगता है। यह बात भाव-भंगिमा पर निर्भर करती है; अभिवृत्ति पर निर्भर करती है।

इसे खयाल में लेना—खोजियों को इसे सतत याद रखना पड़ता है कि तुम्हें सतत हां की सुवास में रहना होता है। आस्थावान ऐसा ही होता है; वह हां कहता है। जब नहीं की भी आवश्यकता हो, वह कहता है हां। वह नहीं देखता कि जीवन में कोई प्रतिरोध है। वह स्वीकार करता है। वह अपने शरीर के प्रति हां कहता है, वह मन के प्रति हां कहता है, प्रत्येक के प्रति हां कहता है, वह संपूर्ण अस्तित्व के प्रति हां कहता है। जब तुम निरपेक्ष हां कहते हो बिना किन्हीं शर्तों के, तब परम खिलावट घटित होती है। तब अचानक अहंकार गिर जाता है; वह खड़ा नहीं रह सकता। इसे नकार के सहारे चाहिए होते हैं। नकारात्मक दृष्टिकोण अहंकार निर्मित करता है। विधायक दृष्टिकोण के साथ अहंकार गिर जाता है, और तब अस्तित्व शुद्ध होता है।

संस्कृत में दो शब्द हैं 'मैं' के लिए—'अहंकार' और 'अस्मिता'। इनका अनुवाद करना कठिन है। अहंकार 'मैं' का गलत बोध है। जो 'नहीं' कहने से चला आता है। 'अस्मिता' सम्यक बोध है 'मैं' का, जो 'हां' कहने से आता है। दोनों 'मैं' हैं। एक अशुद्ध है। 'नहीं' अशुद्धता है। तुम नकारते हो, नष्ट करते हो। 'नहीं' ध्वंसात्मक है; यह एक बहुत सूक्ष्म विध्वंस है। इसका प्रयोग हरगिज मत करना। जितना तुमसे हो सके इसे गिरा देना। जब कभी तुम सजग होओ इसका उपयोग मत करना। आस-पास का कोई मार्ग ढूंढ़ने की कोशिश करो। अगर तुम्हें इसे कहना भी पड़े तो इस ढंग से कहो कि इसकी प्रतीति हां की भांति हो। धीरे-धीरे तुम्हारा ताल-मेल बैठ जायेगा, और हां द्वारा बहुत शुद्धता तुम्हारी ओर आती तुम अनुभव करोगे।

फिर है 'अस्मिता'। 'अस्मिता' अहंकारविहीन अहं है। किसी के विरुद्ध 'मैं' होने की अनुभूति नहीं होती। यह मात्र अनुभव करना है स्वयं का, स्वयं को किसी के विरुद्ध रखे बिना। यह तो तुम्हारे समग्र अकेलेपन को अनुभव करना है। और समग्र अकेलापन एक शुद्धतम अवस्था है। जब हम कहते हैं, 'मैं हूं' तो 'मैं' अहंकार है। 'हूं' है अस्मिता। वहां बस अनुभूति है हूं-पन की। इसके साथ कोई 'मैं' नहीं जुड़ा। मात्र अस्तित्व को, होने को अनुभव करना। 'हां' सुंदर है, 'नहीं' असुंदर है।

असंप्रज्ञात समाधि में, सारी मानसिक क्रिया की समाप्ति होती है, और मन केवल अप्रकट संस्कारों को धारण किये रहता है।

संप्रज्ञात समाधि है पहला चरण। इसमें अंतर्निहित है सम्यक तर्क, सम्यक विचारणा, आनंद की अवस्था, आनंद की झलक और हूं-पन की अनुभूति—शुद्ध सरल अस्तित्व, जिसमें कोई अहंकार न हो। यह संप्रज्ञात समाधि की ओर ले जाता है। पहला चरण है शुद्धता; दूसरा है तिरोहित होना। शुद्धतम भी अशुद्ध है क्योंकि यह है। 'मैं' असत है, 'हूं' भी असत है। यह 'मैं' से बेहतर है, लेकिन उच्चतर संभावना वहां होती है जब 'हूं' भी

तिरोहित हो जाता है—केवल 'अहंकार' ही नहीं लेकिन 'अस्मिता' भी। तुम अशुद्ध हो; फिर तुम शुद्ध बन जाते हो। लेकिन यदि तुम अनुभव करने लगो, 'मैं शुद्ध हूं' तो शुद्धता स्वयं अशुद्धता बन चुकी होती है। उसे भी तिरोहित होना है।

शुद्धता का तिरोहित होना असंप्रज्ञात समाधि है; अशुद्धता का तिरोहित होना संप्रज्ञात समाधि है। शुद्धता का तिरोहित होना असंप्रज्ञात है। शुद्धता का भी तिरोहित हो जाना असंप्रज्ञात समाधि है। पहली अवस्था में विचार तिरोहित हो जाते हैं। दूसरी अवस्था में विचारणा, विचार करना भी तिरोहित हो जाता है। पहली अवस्था में कांटे छंट जाते हैं। दूसरी अवस्था में फूल भी तिरोहित हो जाते हैं। जब 'नहीं' मिट जाता है पहली अवस्था में तो 'हां' बना रहता है। दूसरी अवस्था में 'हां' भी मिट जाता है क्योंकि 'हां' भी 'नहीं' के साथ संबंधित है।

तुम 'हां' को कैसे बनाये रख सकते हो बिना 'नहीं' के ? वे साथ-साथ हैं; तुम उन्हें अलग नहीं कर सकते। अगर 'नहीं' तिरोहित हो जाता है, तो तुम 'हां' कैसे कह सकते हो ? गहन तल पर 'हां' नहीं को 'नहीं' कह रहा है। यह निषेध है निषेध का। एक सूक्ष्म 'नहीं' बना रहता है। जब तुम कहते हो 'हां', तो क्या कर रहे हो तुम ? तुम नहीं तो नहीं कह रहे हो; लेकिन भीतर नहीं खड़ा है। तुम इसे बाहर नहीं ला रहे; यह अप्रकट है।

तुम्हारी 'हां' कोई अर्थ नहीं रख सकती अगर तुम्हारे भीतर कोई 'नहीं' न हो। क्या अर्थ होगा इसका ? यह अर्थहीन होगी। 'हां' का तो अर्थ बनता है केवल नहीं के कारण। नहीं का अर्थ बनता है हां के कारण। वे द्वैत हैं। संप्रज्ञात समाधि में 'नहीं' गिर जाता है। वह सब जो गलत है, गिर जाता है। असंप्रज्ञात समाधि में, 'हां' गिर चुका होता है। सब जो सम्यक है, सब जो शुद्ध है, वह भी गिर जाता है। संप्रज्ञात समाधि में तुम गिरा देते हो शैतान को; असंप्रज्ञात समाधि में तुम ईश्वर को भी छोड़ देते हो। क्योंकि बिना शैतान के भगवान कैसे अस्तित्व रख सकता है ? वे एक ही सिक्के के दो पहलू हैं।

सारी क्रिया समाप्त हो जाती है। 'हां' भी एक क्रिया है और क्रिया एक तनाव है। कुछ हुआ जा रहा है। यह सुंदर भी हो सकता है, किंतु फिर भी कुछ हो तो रहा है। और एक समय के बाद सुंदर भी असुंदर हो जाता है। एक समय के बाद तुम फूलों से भी ऊब जाते हो। कुछ समय के बाद क्रिया, बहुत सूक्ष्म और शुद्ध हो तो भी तुम्हें एक तनाव देती है; यह एक चिंता बन जाती है।

'असंप्रज्ञात समाधि में सारी मानसिक क्रिया की समाप्ति होती है और मन केवल अप्रकट संस्कारों को धारण किये रहता है।' किंतु फिर भी, यही ध्येय नहीं है। क्योंकि क्या होगा उन सब प्रभावों का, विचारों का जिन्हें तुमने अतीत में इकट्ठा किया है ? अनेक-अनेक जन्मों को तुमने जीया है, अभिनीत किया है, प्रतिक्रिया की है। तुमने बहुत सारी चीजें की हैं, बहुत-सी नहीं की हैं। क्या होगा उनका ? चेतन मन शुद्ध हो चुका है; चेतन मन ने शुद्धता की क्रिया को भी गिरा दिया है। किंतु अचेतन बड़ा है और वहां तुम सारे बीजों को वहन करते हो, सारी रूपरेखाओं को। वे तुम्हारे भीतर हैं।

वृक्ष मिट चुका है; तुम संपूर्णतया काट चुके हो वृक्ष को। पर बीज जो गिर चुके हैं, वे धरती पर पड़े हुए हैं। वे फूटेंगे, जब उनका मौसम आयेगा। तुम्हारी एक और जिंदगी होगी; तुम फिर पैदा होओगे। निस्संदेह तुम्हारी गुणवत्ता अब भिन्न होगी, किंतु तुम फिर पैदा होओगे क्योंकि वे बीज अब भी जले नहीं हैं।

तुमने उसे काट दिया है जो व्यक्त हुआ था। उस चीज को काट देना सरल है जिसकी अभिव्यक्ति हुई हो।

सारे वृक्षों को काट देना आसान होता है। तुम बगीचे में जा सकते हो और सारे लॉन को, घास को पूरी तरह उखाड़ सकते हो; तुम हर चीज को नष्ट कर सकते हो। पर दो सप्ताह के भीतर ही घास फिर से बढ़ जायेगी क्योंकि तुमने केवल उसे उखाड़ा था, जो प्रकट हुआ था। जो बीज मिट्टी में पड़े हुए हैं उन्हें तुमने अब तक छुआ नहीं है। यही करना होता है तीसरी अवस्था में।

असंप्रज्ञात समाधि अब भी 'सबीज' है, बीजों सहित है। और विधियां मौजूद हैं उन बीजों को जलाने की, अग्नि निर्मित करने की—वह अग्नि जिसकी चर्चा हेराक्लतु करते हैं, कि अग्नि कैसे निर्मित करें और अचेतन बीजों को जला दें। जब वे भी मिट जाते, तब भूमि नितांत शुद्ध होती है; कुछ भी नहीं उदित हो सकता इसमें से। फिर कोई जन्म नहीं, कोई मृत्यु नहीं। तब सारा चक्र तुम्हारे लिए थम जाता है; तुम चक्र के बाहर गिर चुके होते हो। और समाज से बाहर निकल आना कारगर न होगा, जब तक कि तुम भव-चक्र से ही बाहर न आ जाओ। तब तुम एक संपूर्ण समाप्ति बनते हो।

बुद्ध संपूर्ण रूप से अलग हुए हैं, संपूर्ण समाप्ति हैं। महावीर, पतंजलि संपूर्ण समाप्ति हैं। वे व्यवस्था या समाज से बाहर नहीं हुए हैं, वे जीवन और मृत्यु के चक्कर से ही बाहर हो गये हैं। पर तभी यह घटता है जब सारे बीज जल गये हों। अंतिम है निर्बीज समाधि—बीजरहित। 'असंप्रज्ञात समाधि में मानसिक क्रिया की समाप्ति होती है और मन केवल अप्रकट संस्कारों को धारण किये रहता है।'

विदेहियों और प्रकृतिलयों को असंप्रज्ञात समाधि उपलब्ध होती है क्योंकि अपने पिछले जन्म में उन्होंने अपने शरीरों के साथ तादात्म्य बनाना समाप्त कर दिया था। वे फिर जन्म लेते हैं क्योंकि इच्छा के बीज बने रहते हैं।

बुद्ध भी जन्म लेते हैं। अपने पिछले जन्म में वे असंप्रज्ञात समाधि को उपलब्ध हो चुके थे, लेकिन बीज मौजूद थे। उन्हें एक बार और आना ही था। महावीर भी जन्म लेते हैं, बीज उन्हें ले आते हैं। लेकिन यह अंतिम जन्म ही होता है। असंप्रज्ञात समाधि के पश्चात केवल एक जीवन संभव है। लेकिन तब जीवन की गुणवत्ता संपूर्णतया भिन्न होगी क्योंकि यह व्यक्ति देह के साथ तादात्म्य नहीं बनायेगा। और इस व्यक्ति को वस्तुतः कुछ करना नहीं होता क्योंकि मन की क्रिया समाप्त हो चुकी है। तो क्या करेगा वह ? इस जिंदगी की ही जरूरत किसलिए है ? उसे तो बस उन बीजों को व्यक्त होने देना है, और वह साक्षी बना रहेगा। यही है अग्नि।

एक व्यक्ति आया और बुद्ध पर थूक दिया; वह क्रोध में था। बुद्ध ने अपना चेहरा पोंछा और पूछा, 'तुम्हें और क्या कहना है ?' वह आदमी नहीं समझ सका। वह सचमुच क्रोध में था, लाल-पीला हुआ जा रहा था। वह तो समझ ही न सका कि बुद्ध क्या कह रहे थे। और सारी बात ही इतनी बेतुकी थी, क्योंकि बुद्ध ने प्रतिक्रिया नहीं की थी। वह आदमी बिलकुल असमंजस में पड़ गया कि क्या करे, क्या कहे। वह चला गया। सारी रात वह सो नहीं सका। कैसे सो सकते हो तुम, जब किसी का अपमान कर दो और प्रतिक्रिया ही न मिले ? तब तुम्हारा अपमान तुम्हारे पास वापस चला आता है। तुमने तीर फेंक दिया है, पर इसे प्रवेश नहीं मिला है। यह वापस आ जाता है। कोई आश्रय न पा यह वापस स्रोत तक लौट आता है। उसने बुद्ध का अपमान किया, किंतु अपमान वहां कोई आश्रय न पा सकता था तो यह कहां जायेगा ? यह वास्तविक मालिक तक आ पहुंचता है।

सारी रात वह व्यग्रता से बेचैन रहा था; वह विश्वास नहीं कर सकता था उस पर, जो घटित हुआ। और फिर उसने पछताना शुरू कर दिया; यह अनुभव करना कि वह गलत था; कि उसने अच्छा नहीं किया। अगली सुबह बहुत जल्दी वह गया और उसने क्षमा मांगी। बुद्ध बोले, 'इसके लिए चिंता मत करो। अतीत में जरूर मैंने तुम्हारे साथ कुछ बुरा किया है। अब हिसाब पूरा हो गया है। और मैं प्रतिक्रिया करने वाला नहीं। वरना यही बार-बार होता रहेगा। खत्म हुई बात। मैं प्रतिक्रियात्मक नहीं हुआ। क्योंकि यह बीज कहीं था, इसे समाप्त होना ही था। अब मेरा हिसाब तुम्हारे साथ समाप्त हुआ।'

इस जीवन में, कोई 'विदेह'—जो जान लेता है कि वह देह नहीं है, जो असंप्रज्ञात समाधि को उपलब्ध हो चुका है—संसार में आता है मात्र हिसाब-किताब बंद करने को ही। उसका सारा जीवन समाप्त हो रहे हिसाबों से बना होता है। लाखों जन्म, ढेरों संबंध, बहुत सारे उलझाव और वादे—हर चीज को समाप्त हो जाने देना है।

ऐसा घटित हुआ कि बुद्ध एक गांव में आये। सारा गांव एकत्रित हुआ; वे उत्सुक थे उन्हें सुनने को। यह एक दुर्लभ अवसर था। राजधानियां भी सतत बुद्ध को आमंत्रित करती रहती थीं, और वे नहीं पहुंचते थे। किंतु वे इस गांव में आये जो जरा मार्ग से हट कर था—और बिना किसी निमंत्रण के आये क्योंकि ग्रामवासी कभी साहस न जुटा सकते थे उनके पास जाने और उन्हें गांव में आने के लिए कहने का। यह थोड़ी-सी झोपड़ियों वाला एक छोटा-सा गांव था, और बुद्ध बगैर किसी निमंत्रण के ही आ गये थे। सारा गांव उत्तेजना से प्रज्वलित था, और वे वृक्ष के नीचे बैठे हुए थे और बोल नहीं रहे थे।

कुछ लोग कहने लगे, 'आप अब किसके लिए प्रतीक्षा कर रहे हैं ? सब लोग हैं यहां; सारा गांव यहां है। आप आरंभ करें।' बुद्ध बोले, 'पर मुझे प्रतीक्षा करनी है क्योंकि मैं किसी के लिए यहां आया हूं, जो यहां नहीं है। एक वचन पूरा करना है, एक हिसाब पूरा करना है। मैं उसी के लिए प्रतीक्षा कर रहा हूं।' फिर एक युवती आयी, तो बुद्ध ने प्रवचन आरंभ किया। उनके बोलने के बाद लोग पूछने लगे, 'क्या आप इसी युवती की प्रतीक्षा कर रहे थे ?'

यह युवती तो अछूत है, सबसे नीच जाति की। कोई सोच तक न सकता था कि बुद्ध उसकी प्रतीक्षा कर सकते थे। वे बोले, 'हां, मैं उसकी प्रतीक्षा कर रहा था। जब मैं आ रहा था, वह मुझे राह में मिली और वह बोली, जरा प्रतीक्षा कीजिएगा, मैं दूसरे शहर किसी काम से जा रही हूं। पर मैं जल्दी आऊंगी।' और पिछले जन्मों में कहीं मैंने उसे वचन दिया था कि जब मैं संबोधि को उपलब्ध हो जाऊं तो मैं आऊंगा और जो कुछ मुझे घटा उस बारे में उसे बताऊंगा। वह हिसाब पूरा करना ही था। वह वचन मुझ पर लटक रहा था। और यदि मैं इसे पूरा नहीं कर सकता तो मुझे फिर आना होता।'

'विदेह' या 'प्रकृतिलय'—दोनों शब्द सुंदर हैं। 'विदेह' का अर्थ है वह, जो देहविहीनता में जीता है। जब तुम असंप्रज्ञात समाधि को उपलब्ध होते हो तो देह तो होती है, लेकिन तुम देहशून्य होते हो। तुम अब देह नहीं रहे। देह निवासस्थान बन जाती है। तुमने तादात्म्य नहीं बनाया।

ये दो शब्द सुंदर हैं—'विदेह' और 'प्रकृतिलय'। 'विदेह' का अर्थ है—वह, जो जानता है कि वह देह नहीं है। ध्यान रहे, जो जानता है, विश्वास ही नहीं करता है। 'प्रकृतिलय' वह है, जो जानता है कि वह शरीर नहीं है; अब वह प्रकृति नहीं रहा।

देह भौतिक से संबंध रखती है। एक बार तुम्हारा पदार्थ के साथ, बाह्य के साथ तादात्म्य टूट जाता है तो तुम्हारा प्रकृति से संबंध विसर्जित हो जाता है। वह व्यक्ति जो इस अवस्था को उपलब्ध हो जाता है जहां वह अब देह नहीं रहता; जो उस अवस्था को प्राप्त करता है, जिसमें अब वह अभिव्यक्त न रहा, प्रकृति न रहा, तब उसका प्रकृति से नाता समाप्त हो जाता है। उसके लिए अब कोई संसार नहीं; उसका अब कोई तादात्म्य नहीं है। वह इसका साक्षी बन गया है। ऐसा व्यक्ति भी कम से कम एक बार पुनर्जन्म लेता है क्योंकि उसे बहुत सारे हिसाब समाप्त करने होते हैं। बहुत वचन पूरे करने हैं, बहुत सारे कर्म गिरा देने हैं।

ऐसा हुआ कि बुद्ध का चचेरा भाई देवदत्त उनके विरुद्ध था। उसने उन्हें मारने का बहुत तरीकों से प्रयत्न किया। बुद्ध ध्यान करते एक वृक्ष.के नीचे रुके थे। उसने पहाड़ से एक विशाल चट्टान नीचे लुड़का दी। चट्टान चली आ रही थी, हर कोई भाग खड़ा हुआ। बुद्ध वहीं बने रहे वृक्ष के नीचे बैठे हुए। यह खतरनाक था, और वह चट्टान आयी उन तक, बस छूकर निकल गयी। आनंद ने उनसे पूछा, 'आप भी क्यों नहीं भागे, जब हम सब भाग खड़े हुए थे ? काफी समय था !'

बुद्ध बोले, 'तुम्हारे लिए काफी समय है। मेरा समय समाप्त है। और देवदत्त को यह करना ही था। पिछले किसी समय का, किसी जीवन का कोई कर्म था। मैंने उसे दी होगी कोई पीड़ा, कोई व्यथा, कोई चिंता। इसे पूरा होना ही था। यदि मैं बच निकलूं, यदि मैं कुछ करूं तो फिर एक नया जीवन अनुक्रम शुरू हो जाये।'

एक विदेही—एक व्यक्ति जो असंप्रज्ञात समाधि को उपलब्ध हो चुका है, प्रतिक्रिया नहीं करता। वह तो सिर्फ देखता है, साक्षी है। और यही साक्षी होने की अग्नि है जो अचेतन के सारे बीजों को जला देती है। तब एक क्षण आता है जब भूमि पूर्णतया शुद्ध होती है। अंकुरित होने की प्रतीक्षा में कोई बीज नहीं रहता। फिर वापस आने की कोई आवश्यकता नहीं रहती। पहले प्रकृति विलीन होती है, और फिर वह स्वयं को विसर्जित करता है ब्रह्मांड में।

'विदेही और प्रकृतिलय असंप्रज्ञात समाधि को उपलब्ध होते हैं क्योंकि उन्होंने अपने पिछले जन्म में अपने शरीरों के साथ तादात्म्य बनाना बंद कर दिया था। वे पुनर्जन्म लेते हैं क्योंकि इच्छा के बीज बचे हुए थे।

मैं यहां कुछ पूरा करने को हूं; तुम यहां मेरा हिसाब पूरा करने को हो। तुम यहां संयोगवशात नहीं हो। संसार में लाखों व्यक्ति हैं। तुम्हीं यहां क्यों हो, और दूसरा कोई क्यों नहीं है ? कुछ पूरा करना है।

दूसरे जो असंप्रज्ञात समाधि को उपलब्ध होते हैं, वे श्रद्धा, वीर्य (प्रयत्न), स्मृति, एकाग्रता और विवेक द्वारा उपलब्ध होते हैं।

तो ये दो संभावनाएं हैं। यदि तुम पिछले जन्म में असंप्रज्ञात समाधि को उपलब्ध हो चुके हो, तो इस जन्म में तुम लगभग बुद्ध की भांति जन्मते हो। कुछ बीज हैं जिन्हें पूरा करना है, जिन्हें गिराना है, जलाना है। इसीलिए मैं कहता हूं, तुम करीब-करीब बुद्ध की भांति ही उत्पन्न होते हो। तुम्हें कोई जरूरत नहीं है कुछ करने की; जो कुछ घटित हो, तुम्हें तो बस देखना है।

इसीलिए कृष्णमूर्ति निरंतर जोर देते हैं कि कोई जरूरत नहीं कुछ करने की। उनके लिए यह ठीक है, उनके

श्रोताओं के लिए यह ठीक नहीं। उनके श्रोताओं के लिए बहुत कुछ है करने को, और वे भटक जायेंगे इस कथन द्वारा। वे स्वयं के बारे में बोल रहे हैं। वे असंप्रज्ञात बुद्ध ही उत्पन्न हुए। वे विदेही उत्पन्न हुए, वे प्रकृतिलय उत्पन्न हुए।

जब वे केवल पांच वर्ष के थे, वे स्नान कर रहे थे मद्रास में, अडियार के निकट भारत में, और सबसे महान थिआसाफिस्ट लेडबीटर ने उन्हें देखा। वे बिलकुल ही अलग प्रकार के बच्चे थे। अगर कोई उन पर कीचड़ फेंक रहा होता, तो वे प्रतिक्रिया न करते। बहुत सारे बच्चे खेल रहे थे। अगर कोई उन्हें नदी में धकेल देता, तो वे बस चले जाते। वे क्रोधित न होते। वे लड़ाई शुरू न करते। उनकी बिलकुल अलग गुणवत्ता थी—असंप्रज्ञात बुद्ध की गुणवत्ता। लेडबीटर ने एनी बीसेंट को बुलाया इस बच्चे को देखने के लिए। वह कोई साधारण बालक न था, और सारा थिआसाफी आंदोलन उसके चारों ओर घूमने लगा।

उन्होंने बड़ी आशा की थी कि वह अवतार होगा; कि वह इस युग का श्रेष्ठतम गुरु होगा। लेकिन समस्या गहरी थी। उन्होंने सही व्यक्ति को चुन लिया था, किंतु उन्होंने गलत ढंग से आशा की थी। क्योंकि वह व्यक्ति जो असंप्रज्ञात बुद्ध के समान उत्पन्न होता है, अवतार की भांति सक्रिय नहीं हो सकता। सारी क्रिया समाप्त हो गयी है। वह मात्र देख सकता है; वह एक साक्षी हो सकता है। उसे बहुत सक्रिय नहीं बनाया जा सकता। वह केवल एक निष्क्रियता हो सकता है। उन्होंने सही व्यक्ति चुन लिया था, पर फिर भी वह गलत था।

और उन्होंने बहुत ज्यादा आशा बांध रखी थी। सारा आंदोलन कृष्णमूर्ति के चारों ओर तेजी से घूमने लगा। जब वे इससे बाहर हो अलग हो गये, तो वे बोले, 'मैं कुछ नहीं कर सकता क्योंकि किसी चीज की जरूरत नहीं है।' सारा आंदोलन ही विफल हो गया क्योंकि उन्होंने इस आदमी से बड़ी आशा रखी थी, और फिर सारी बात ने ही पूर्णतया अलग मोड़ ले लिया। किंतु इसकी भविष्यवाणी पहले से ही की जा सकती थी।

एनी बीसेंट, लेडबीटर और दूसरे, वे बहुत प्यारे व्यक्ति थे, पर वास्तव में पूरब की विधियों के प्रति सजग न थे। उन्होंने पुस्तकों से, शास्त्रों से बहुत कुछ सीख लिया था, किंतु वे ठीक-ठीक रहस्य को न जानते थे जिसे पतंजलि दर्शा रहे हैं; कि एक असंप्रज्ञात बुद्ध, एक विदेह जन्म लेता है, पर वह सक्रिय नहीं होता। वह एक निष्क्रियता होता है। उसके द्वारा बहुत कुछ हो सकता है, पर वह तभी हो सकता है जब कोई आये और उसे समर्पण करे। क्योंकि वह एक निष्क्रियता है। वह बाध्य नहीं कर सकता तुम्हें कुछ करने को। वह मौजूद है, लेकिन वह आक्रामक नहीं हो सकता।

उसका निमंत्रण पूरा है और सबके लिए है। यह एक खुला निमंत्रण है, पर वह विशेष रूप से तुम्हें निमंत्रण नहीं भेज सकता, क्योंकि वह सक्रिय हो नहीं सकता। वह एक खुला द्वार है; अगर तुम्हें पसंद हो, तुम गुजर सकते हो। आखिरी जीवन एक परम निष्क्रियता होता है। मात्र साक्षित्व। यह एक मार्ग है : असंप्रज्ञात बुद्ध जन्म ले सकते हैं पिछले जन्म की परिस्थिति के परिणामवश।

किंतु इस जन्म में भी कोई असंप्रज्ञात बुद्ध बन सकता है, उनके लिए पतंजलि कहते हैं : *श्रद्धा, वीर्य, स्मृति, समाधि, प्रज्ञा। दूसरे हैं जो असंप्रज्ञात समाधि को उपलब्ध होते हैं श्रद्धा, प्रयत्न, स्मृति, एकाग्रता और विवेक द्वारा।*

इसका अनुवाद करना लगभग असंभव है अतः मैं अनुवाद करने की अपेक्षा व्याख्या करूंगा, तुम्हें अनुभूति

देने को ही, क्योंकि शब्द तुम्हें भटका देंगे।

श्रद्धा ठीक-ठीक विश्वास जैसी नहीं होती। यह आस्था की भांति अधिक है। आस्था बहुत ही अलग है विश्वास से। विश्वास वह चीज है जिसमें तुम जन्मते हो; आस्था वह है जिसमें तुम विकसित होते हो। हिंदू होना एक विश्वास है; ईसाई होना विश्वास है, मुसलमान होना विश्वास है। पर यहां मेरे साथ शिष्य होना आस्था है। मैं किसी विश्वास की मांग नहीं कर सकता—स्मरण रखना। जीसस भी किसी विश्वास की मांग न कर सकते थे क्योंकि विश्वास वह है, जिसमें तुम जन्मते भर हो। यहूदी विश्वास से भरे थे; उनमें विश्वास था। और वस्तुतः इसीलिए उन्होंने जीसस को समाप्त कर दिया। क्योंकि उन्होंने सोचा कि वे उन्हें विश्वास से बाहर ला रहे हैं, उनका विश्वास नष्ट कर रहे हैं।

जीसस आस्था के लिए कह रहे थे। आस्था एक व्यक्तिगत निकटता है, यह कोई सामाजिक घटना नहीं। तुम इसे अपने प्रत्युत्तर, रेसपान्स द्वारा प्राप्त करते हो। कोई आस्था में उत्पन्न नहीं हो सकता, पर विश्वास में उत्पन्न हो सकता है। विश्वास एक मरी हुई श्रद्धा है; श्रद्धा एक जीवंत विश्वास है। अतः इस भेद को समझने की कोशिश करना।

श्रद्धा वह है जिसमें किसी को विकसित होना है। और यह हमेशा व्यक्तिगत होती है। जीसस के पहले शिष्य श्रद्धा को प्राप्त हुए। वे यहूदी थे, जन्मतः यहूदी। वे अपने विश्वास से बाहर सरक आये थे। यह एक विद्रोह था। विश्वास एक अंधविश्वास है; श्रद्धा विद्रोह है। श्रद्धा पहले तुम्हें तुम्हारे विश्वास से दूर ले जाती है। इसे ऐसा होना ही होता है, क्योंकि अगर तुम मुरदा कब्रिस्तान में रह रहे होते हो तब पहले तुम्हें इससे बाहर आना होता है। केवल तभी तुम्हें फिर जीवन से परिचित कराया जा सकता है। जीसस लोगों को श्रद्धा की ओर लाने का प्रयत्न करते रहे। दिखायी हमेशा यह पड़ेगा कि वे उनका विश्वास नष्ट कर रहे हैं।

अब जब कोई ईसाई मेरे पास आता है, तब वही स्थिति फिर से दोहरायी जाती है। ईसाइयत एक विश्वास है, जैसे जीसस के वक्त में यहूदी धर्म एक विश्वास मात्र ही था। जब कोई ईसाई मेरे पास आता है, मुझे उसे फिर उसके विश्वास से बाहर लाना होता है—उसे श्रद्धा की ओर बढ़ने में मदद देने को। धर्म विश्वास पर आधारित होते हैं, किंतु धार्मिक होना श्रद्धा में होना है। और धार्मिक होने का अर्थ ईसाई होना, हिंदू होना या मुसलमान होना नहीं है, क्योंकि श्रद्धा का कोई नाम नहीं होता; इस पर लेबल नहीं लगा होता। यह प्रेम की भांति है। क्या प्रेम ईसाई, हिंदू या मुसलमान होता है ? विवाह ईसाई, हिंदू या मुसलमान होता है। प्रेम ? प्रेम तो जाति को, भेदों को नहीं जानता। प्रेम किन्हीं हिंदुओं या ईसाइयों को नहीं जानता।

विवाह विश्वास की भांति है; प्रेम है श्रद्धा की भांति। तुम्हें इसमें विकसित होना है। यह एक साहसिक अभियान है। विश्वास कोई साहस नहीं है। तुम इसी में पैदा हुए हो; यह सुविधाजनक है। अगर तुम आराम और सुविधा को खोज रहे हो, तो बेहतर है विश्वास में ही बने रहो। बने रहो हिंदू या ईसाई। नियमों पर चलो। किंतु यह एक मुरदा बात बनी रहेगी, जब तक तुम अपने हृदय से उतर न पाओ, जब तक तुम अपनी जिम्मेदारी पर धर्म में प्रवेश न करो। और इसलिए नहीं कि तुम ईसाई पैदा हुए। तुम जन्मजात ईसाई कैसे हो सकते हो ?

धर्म जन्म के साथ कैसे संबद्ध हो सकता है ? जन्म तुम्हें धर्म नहीं दे सकता। यह तुम्हें एक समाज, एक पंथ, एक सिद्धांत, एक संप्रदाय दे सकता है; यह तुम्हें दे सकता है अंधविश्वास। यह शब्द अंधविश्वास यानी

सुपरस्टिशन बहुत अर्थपूर्ण है। इसका अर्थ है 'अनावश्यक विश्वास।' सुपर शब्द का अर्थ है अनावश्यक, अतिरिक्त, सुपरफ्लुअस। विश्वास, जो अनावश्यक बन गया है, विश्वास जो मुरदा बन गया है। किसी समय शायद यह जीवित रहा हो, पर धर्म को फिर-फिर जन्म लेना होता है।

ध्यान रहे, तुम धर्म में पैदा नहीं होते, धर्म तुममें बार-बार पैदा होता है। तब यह होती है श्रद्धा। तुम अपने बच्चों को तुम्हारा धर्म नहीं दे सकते। उन्हें खोजना होगा और उन्हें उनका अपना धर्म पाना होगा। प्रत्येक को अपना धर्म खोजना है और पाना है। यह एक जोखम है, साहस है, सबसे बड़ा साहस। तुम अज्ञात में बढ़ते हो।

पतंजलि कहते हैं, श्रद्धा पहली चीज है, अगर तुम असंप्रज्ञात समाधि को उपलब्ध होना चाहते हो। संप्रज्ञात समाधि के लिए तुम्हें तर्क की जरूरत है—सम्यक तर्क की। भेद को समझो। संप्रज्ञात समाधि के लिए सम्यक तर्क, सम्यक विचार आधार है। असंप्रज्ञात समाधि के लिए—सम्यक श्रद्धा—तर्कणा नहीं।

तर्क नहीं बल्कि एक तरह का प्रेम होता है। और प्रेम अंधा होता है। यह तार्किक बुद्धि को अंधा दिखता है क्योंकि यह एक छलांग है अंधेरे में। तर्कगत बुद्धि पूछती है, 'कहां जा रहे हो तुम ? ज्ञात क्षेत्र में बने रहो। और प्रयोजन क्या है नयी घटना में जाने का ? क्यों न पुरानी परत में ही ठहरे रहो ? यह सुविधापूर्ण है, आरामदायक है और जो कुछ तुम चाहते हो, यह पहुंचा सकती है।' किंतु प्रत्येक को उसका अपना मंदिर खोजना होता है। केवल तभी वह जीवित होता है।

तुम यहां मेरे पास हो; यह है श्रद्धा। जब मैं यहां नहीं रहूंगा, तुम्हारे बच्चे शायद यहां होंगे। वह होगा विश्वास। श्रद्धा घटित होती है केवल जीवित गुरु के साथ; विश्वास होता है मृत गुरुओं के प्रति, जो अब नहीं रहे। पहले शिष्यों के पास धर्म होता है। दूसरी और तीसरी पीढ़ी धीरे-धीरे धर्म खो देती है। तब यह संप्रदाय बन जाता है। तब तुम आसानी से उस पर चलते हो क्योंकि तुम इसमें उत्पन्न हुए होते हो। यह एक कर्तव्य होता है, प्रेम नहीं। यह एक सामाजिक आचार-संहिता है। यह बात मदद करती है, लेकिन यह तुममें गहरे नहीं उतरी होती। यह तुम तक कुछ नहीं लाती, यह घटना नहीं है। यह तुममें प्रकट हो रही गहराई नहीं है। यह मात्र एक सतह है, एक आकार। जरा जाओ और चर्च में देखो। रविवार को जाने वाले लोग ! वे जाते हैं, वे प्रार्थना भी करते हैं। पर वे प्रतीक्षा कर रहे होते हैं कि कब यह समाप्त हो !

एक छोटा बच्चा चर्च में बैठा हुआ था। पहली बार ही वह आया था, और वह सिर्फ चार साल का था। मां ने उससे पूछा, 'तुमने इसे पसंद किया ?' वह बोला, 'संगीत अच्छा है, लेकिन कमर्शियल बहुत लंबा है।'

जब तुममें कोई श्रद्धा न हो तब यह कमर्शियल ही होता है। श्रद्धा सम्यक आस्था है, विश्वास असम्यक आस्था है। किसी दूसरे से मत ग्रहण करो धर्म। तुम इसे उधार नहीं ले सकते। वह तो धोखा हुआ। तब तो तुम इसे पा रहे हो इसके लिए बिना कुछ खर्च किये। और हर चीज की कीमत चुकानी होती है। असंप्रज्ञात समाधि को उपलब्ध होना सस्ता मामला नहीं है। तुम्हें पूरी कीमत चुकानी होती है। और पूरी कीमत है—तुम्हारा समग्र अस्तित्व।

ईसाई होना मात्र एक लेबल है; धार्मिक होना लेबल नहीं है। तुम्हारा संपूर्ण अस्तित्व संलग्न होता है। यह एक प्रतिबद्धता होती है।

लोग मेरे पास आते हैं और वे कहते हैं, 'हम आपसे प्रेम करते हैं। जो कुछ भी आप कहते हैं, अच्छा है।

किंतु हम संन्यास नहीं लेना चाहते क्योंकि हम वचनबद्ध नहीं होना चाहते।' पर जब तक तुम वचनबद्ध न होओ, अंतर्ग्रस्त न होओ, तुम विकसित नहीं हो सकते, क्योंकि तब कोई संबंध नहीं होता। तब तुम्हारे और मेरे बीच शब्द होते हैं, संबंध नहीं। तब मैं एक शिक्षक हो सकता हूं, लेकिन मैं तुम्हारा गुरु नहीं होता। तब तुम एक विद्यार्थी हो सकते हो, पर शिष्य नहीं।

श्रद्धा प्रथम द्वार है, दूसरा द्वार है वीर्य। वह भी कठिन है। इसे प्रयत्न की तरह अनूदित किया जाता है। नहीं, प्रयत्न तो इसका हिस्सा मात्र है। वीर्य शब्द का अर्थ बहुत सारी चीजों से है, लेकिन बहुत गहन अर्थ है—जैविक ऊर्जा। अनेक अर्थों में वीर्य का एक अर्थ है शुक्राणु, काम-ऊर्जा। अगर तुम ठीक से इसका अनुवाद करना चाहते हो, तो वीर्य है जैविक ऊर्जा, तुम्हारी समग्र ऊर्जा, तुम्हारा ऊर्जामय रूप। निस्संदेह, यह ऊर्जा केवल प्रयास द्वारा लायी जा सकती है; इसलिए इसका एक अर्थ प्रयास है। लेकिन यह बड़ा क्षुद्र अर्थ हुआ; उतना विराट नहीं है जितना कि वीर्य शब्द।

वीर्य का अर्थ होता है कि तुम्हारी संपूर्ण ऊर्जा को इसमें ले आना। केवल मन काम न देगा। तुम मन से हां कह सकते हो, लेकिन यह काफी न होगा। कुछ भी बचाये बिना स्वयं को पूरा का पूरा दांव पर लगाने की जरूरत होती है—यही है वीर्य का अर्थ। और यह तभी संभव होता है, जब श्रद्धा हो। अन्यथा तुम कुछ बचा लोगे मात्र सुरक्षित होने के लिए ही, निरापद होने के लिए ही। तुम्हें लगेगा, 'यह आदमी शायद हमें गलत दिशा में ले ज रहा हो और हम किसी भी क्षण पीछे हटने की सुविधा बनाये रखना चाहते हैं। एक क्षण में हम कह सकें कि बस जितना है काफी है, अब और नहीं।'

तुम तुम्हारा अपना एक हिस्सा रोके रहते हो सिर्फ सावधानी से देखने के लिए ही कि यह आदमी कहां ले जा रहा है। मेरे पास लोग आते हैं और वे कहते हैं, 'हम सतर्कता से देख रहे हैं। पहले हमें देखने दें कि क्या घट रहा है।' वे बहुत चालाक हैं—नासमझ चालाक—क्योंकि ये चीजें बाहर से नहीं देखी जा सकतीं। जो घट रही है वह आंतरिक घटना है। कई बार तुम देख भी नहीं सकते कि किसे यह घट रही है। बहुत बार केवल मैं देख सकता हूं जो घट रहा है। तुम बाद में ही सजग होते हो उसके प्रति, जो घटित हुआ है।

दूसरे नहीं देख सकते। बाहर से कोई संभावना नहीं देखने की। कैसे तुम बाहर से देख सकोगे? शारीरिक मुद्रा तुम देख सकते हो। लोग ध्यान कर रहे हैं, यह तुम देख सकते हो। लेकिन जो अंदर घटित हो रहा है वह ध्यान है। जो वे बाहर कर रहे हैं वह केवल स्थिति का निर्माण करना है।

ऐसा हुआ कि एक बहुत बड़ा सूफी गुरु था, जलालुद्दीन। उसका एक छोटा-सा विद्यालय था अनूठे शिष्यों का। वे अनूठे थे क्योंकि वह बहुत ध्यान से चुनने वाला गुरु था। जब तक कि उसने उसे चुन ही न लिया हो, वह किसी को न आने देता। उसने बहुत थोड़े लोगों पर काम किया, लेकिन जो लोग वहां से गुजरते, कई बार उसे देखन आ जाते जो वहां घटित हो रहा था। एक बार लोगों की एक टोली आयी—कुछ प्रोफेसर थे। वे हमेशा बड़े सजग लोग होते हैं, बड़े चालाक। और उन्होंने देखा। गुरु के घर में, अहाते में ही, पचास लोगों का समूह बैठा हुआ था, और वे पागलों जैसी मुद्राएं बना रहे थे। कोई हंस रहा था, कोई रो-चीख रहा था, कोई कूद रहा था।

प्रोफेसर लोग देखते रहे। वे बोले, 'क्या हो रहा है? यह आदमी उन्हें पागलपन की ओर ले जा रहा है। वे

पागल ही हैं और वे मूर्ख हैं क्योंकि एक बार कोई पागल हो जाता है तो वापस लौटना कठिन होता है। और यह तो बिलकुल मूर्खता हो गयी। हमने इस तरह की बात कभी नहीं सुनी। जब लोग ध्यान करते हैं, वे शांतिपूर्वक बैठते हैं।'

और उनके बीच बहुत विवाद हुआ। उनके एक वर्ग ने कहा, 'चूंकि हम नहीं जानते क्या घट रहा है, तो कोई निर्णय देना अच्छा नहीं है।' फिर उनमें लोगों का एक तीसरा वर्ग था जो बोला, 'जो कुछ भी हो, यह आनंददायक है। हम देखना चाहेंगे। यह सुंदर है। हम क्यों नहीं इसका आनंद ले सकते ? जो वे कर रहे हैं उसकी क्यों फिक्र करें ? उन्हें देखना भर ही इतना सुंदर है।'

कुछ महीनों बाद, फिर वही टोली आश्रम में आयी देखने को। अब क्या हो रहा था ? हर कोई मौन था। पचास व्यक्ति वहां थे, गुरु था वहां। वे शांति से बैठे हुए थे—इतने मौनपूर्वक, जैसे कि वहां कोई था ही नहीं। वे मूर्तियों की भांति थे। फिर बहस छिड़ी। उनका एक वर्ग था जो कहने लगा, 'अब वे बेकार हैं। देखने को है क्या ? कुछ नहीं। पहली बार हम आये थे तो यह सुंदर था। हमने इसका मजा लिया। लेकिन अब वे सिर्फ ऊबाऊ हैं।' दूसरा वर्ग बोला, 'पर लगता है कि वे ध्यान कर रहे हैं। पहली बार तो वे पागल-से ही थे। यह सही चीज है करने की, इसी तरह ध्यान किया जाता है। यह शास्त्रों में लिखा हुआ है। इसी तरह से व्याख्या की गयी है।'

किंतु फिर भी उनमें एक तीसरा वर्ग था जिसने कहा, 'हम ध्यान के बारे में कुछ भी नहीं जानते। कैसे निर्णय दे सकते हैं हम ?'

तब, फिर कुछ महीनों बाद वह टोली आयी। अब वहां कोई न था। केवल वे सद्गुरु बैठे थे और मुसकुरा रहे थे। सारे शिष्य गायब हो गये थे। अतः उन्होंने पूछा, 'क्या हो रहा है ? पहली बार हम आये तो वहां पागल भीड़ थी, और हमने सोचा कि यह व्यर्थ था और आप लोगों को पागल किये दे रहे थे। अगली बार हम आये तो वह बहुत अच्छा था। लोग ध्यान कर रहे थे। कहां चले गये हैं वे सब ?'

सद्गुरु ने कहा, 'काम हो चुका है, इसलिए शिष्य यहां नहीं रहे। और मैं प्रसन्नतापूर्वक मुसकुरा रहा हूं क्योंकि घटना घट चुकी। और तुम हो नासमझ। जानता हूं मैं। देखता मैं भी रहा हूं, केवल तुम्हीं नहीं। मैं जानता हूं तुम्हारे बीच जो विवाद चल रहे थे, और जो तुम पहली बार और दूसरी बार सोच रहे थे,' जलालुद्दीन ने कहा, 'वह कोशिश जो तुमने तीन बार यहां आने में की वह काफी थी तुम्हारे ध्यानी बनने के लिए। और जिस वादविवाद में तुम पड़े थे, उसमें जो ऊर्जा तुमने लगायी उतनी ऊर्जा काफी थी तुम्हें शांत बना देने को। और उसी अवधि में वे शिष्य जा चुके हैं, और तुम उसी स्थान पर खड़े हुए हो। भीतर आओ। बाहर से मत देखो।' वे बोले, 'हां, इसीलिए तो हम फिर-फिर आ रहे हैं देखने को, कि क्या घट रहा है। जब हम निश्चित हो जायें तो ठीक है। अन्यथा हम प्रतिबद्ध नहीं होना चाहते।'

चालाक लोग कभी प्रतिबद्ध नहीं होना चाहते, लेकिन क्या कोई जीवन होता है बिना प्रतिबद्धता का ? लेकिन चालाक लोग सोचते हैं कि प्रतिबद्धता बंधन है। लेकिन क्या कोई स्वतंत्रता होती है बिना बंधन की ? पहले तुम्हें संबंध में उतरना होता है; केवल तभी तुम उसके पार जा सकते हो। पहले तुम्हें गहरी प्रतिबद्धता में उतरना होता है—गहराई से गहराई का, हृदय से हृदय का संबंध, और केवल तब तुम इसके पार हो सकते हो। दूसरा कोई

मार्ग नहीं है। अगर तुम बाहर ही खड़े रहो, और देखते रहो, तो तुम कभी मंदिर में प्रवेश नहीं कर सकते। मंदिर प्रतिबद्धता है। और फिर कोई संबंध नहीं हो सकता।

गुरु और शिष्य एक प्रेम संबंध में होते हैं। यह उच्चतम प्रेम है, जो संभव है। जब तक कि संबंध न हो, तुम विकसित नहीं हो सकते।

पतंजलि कहते हैं, 'पहली बात है श्रद्धा और दूसरी ऊर्जा—प्रयास।' तुम्हारी सारी ऊर्जा को ले आना होता है, एक हिस्सा काम न देगा। यह घातक भी हो सकता है अगर तुम केवल आंशिक रूप से भीतर आओ और आंशिक रूप से बाहर भी बने रहो। क्योंकि यह बात तुम्हारे भीतर एक दरार पैदा करेगी। यह बात तुम्हारे भीतर एक तनाव निर्मित कर देगी; यह आनंद की अपेक्षा एक चिंता बन जायेगी।

जहां तुम तुम्हारी समग्रता में होते हो, वहां आनंद होता है; जहां तुम केवल हिस्से में होते हो, तो वहां चिंता होती है, क्योंकि तब तुम बंट जाते हो और उससे तनाव पैदा होता है। दो हिस्से अलग ढंग से चल रहे हैं। तब तुम कठिनाई में होते हो।

दूसरे जो असंप्रज्ञात समाधि को उपलब्ध होते हैं, वे श्रद्धा, वीर्य (ऊर्जा), स्मृति, समाधि (एकाग्रता) और प्रज्ञा (विवेक) के द्वारा उपलब्ध होते हैं।

यह 'स्मृति' शब्द जो है, यह है स्मरण—जिसे गुरजिएफ कहते हैं, आत्मस्मरण। यह है स्मृति।

तुम अपने को स्मरण नहीं करते। हो सकता है तुम लाखों चीजों का स्मरण करो, लेकिन तुम निरंतर भूलते चले जाते हो स्वयं को, जो तुम हो। गुरजिएफ के पास एक विधि थी। उसने इसे पाया पतंजलि से। और वस्तुतः, सारी विधियां पतंजलि से चली आती हैं। वे विशेषज्ञ थे विधियों के। स्मृति है स्मरण—जो कुछ तुम करो उसमें स्व-स्मरण बनाये रहना। तुम चल रहे हो—गहरे में स्मरण रखना कि 'मैं चल रहा हूं' कि 'मैं हूं।' चलने में ही खो मत जाना। चलना भी है—वह गति, वह क्रिया; और वह आंतरिक केंद्र भी है। गति, क्रिया और आंतरिक केंद्र—मात्र सजग, देखता हुआ साक्षी।

लेकिन मन में दोहराओ मत कि मैं चल रहा हूं। अगर तुम दोहराते हो, तो वह स्मरण नहीं है। तुम्हें निःशब्द रूप से जागरूक होना है कि 'मैं चल रहा हूं, मैं खा रहा हूं, मैं बोल रहा हूं, मैं सुन रहा हूं।' जो कुछ करते हो तुम, उस भीतर के 'मैं' को भूलना नहीं चाहिए, यह बना रहना चाहिए। यह अहं-बोध नहीं है। यह आत्म-बोध है। मैं-बोध अहंकार है; आत्मा का बोध है अस्मिता—शुद्धता, सिर्फ मैं हूं इसका होश।

साधारणतः तुम्हारी चेतना किसी विषय वस्तु की ओर लक्षित हुई रहती है। तुम मेरी ओर देखते हो; तुम्हारी संपूर्ण चेतना मेरी ओर बह रही है एक तीर की भांति। तो तुम मेरी ओर लक्षित हो। आत्म-स्मरण का अर्थ है : तुम्हारे पास द्विलक्षित तीर होगा। इसका एक हिस्सा मुझे देख रहा हो, दूसरा हिस्सा अपने को देख रहा हो। द्वि-लक्षित तीर है स्मृति, आत्म-स्मरण।

यह बहुत कठिन है, क्योंकि विषय वस्तु को स्मरण रखना और स्वयं को भूलना आसान होता है। विपरीत भी आसान है—स्वयं को स्मरण रखना और विषय को भूल जाना। दोनों आसान हैं; इसीलिए वे जो बाजार में होते,

संसार में होते, और वे जो मंदिरों-मठों में होते, संसार से बाहर होते, वे एक ही हैं। दोनों एकलक्षित हैं। बाजार में वे वस्तुओं को, विषयों को देख रहे होते हैं। मठों में वे अपने को देख रहे होते हैं।

स्मृति न तो बाजार में है, न ही संसार के बाहर वाले मठों में। स्मृति एक घटना है आत्म-स्मरण की, जब 'स्व' और 'पर' दोनों एक साथ चैतन्य में होते हैं। यह संसार की सर्वाधिक कठिन बात है। अगर तुम इसे क्षण भर को, एक आंशिक क्षण को भी प्राप्त कर सको तो तुम्हें तुरंत सतोरी की झलक प्राप्त होगी। तत्काल तुम शरीर से कहीं और बाहर जा चुके होओगे।

इसे आजमाना। लेकिन ध्यान रहे, अगर तुममें श्रद्धा नहीं है तो यह एक तनाव बन जायेगी। ये उसकी समस्याएं हैं। यह ऐसा तनाव बन सकती है कि तुम पागल बन सकते हो, क्योंकि यह एक बहुत तनाव की स्थिति होती है। इसलिए 'स्व' और 'पर', भीतरी और बाहरी दोनों को याद रखना कठिन होता है। दोनों को याद रखना बहुत-बहुत दुःसाध्य है। अगर श्रद्धा होती है तो वह तनाव को कम कर देगी क्योंकि श्रद्धा है प्रेम। यह तुम्हें शांत करेगी, यह तुम्हारे चारों ओर एक संतोषदायिनी शक्ति होगी। वरना तनाव इतना ज्यादा हो सकता है, कि तुम सो न पाओगे। तुम किसी क्षण शांत न हो पाओगे क्योंकि यह एक निरंतर उलझन बनी रहेगी। और तुम निरंतर एक चिंता में ही रहोगे।

इसीलिए तुम एक बात कर सकते हो, ऐसा आसान होता है कि तुम एक एकांत मठ में जा सकते हो, आंखें बंद कर सकते हो, स्वयं का स्मरण कर सकते हो और संसार को भूल सकते हो। लेकिन कर क्या रहे हो तुम ? तुम तो बस, सारी प्रक्रिया को उल्टा भर रहे हो, और कुछ नहीं कर रहे। कोई परिवर्तन नहीं। या, तुम इन धर्मस्थानों को भूल सकते हो और भूल सकते हो इन मंदिरों को और इन गुरुओं को और बने रह सकते हो संसार में, आनंद उठा सकते हो संसार का। वह भी आसान है। कठिन बात तो है दोनों के प्रति सचेत होना।

और जब तुम दोनों के प्रति सचेत होते हो और साथ-साथ ऊर्जा जागरूक होती है, संपूर्णतया ही विपरीत दिशाओं को लक्षित होती हुई, तो तनाव होता है, इंद्रियातीत अनुभव होता है। तुम मात्र तीसरे बन जाते हो। तुम दोनों के साक्षी हो जाते हो। और जब तीसरा प्रवेश करता है, पहले तुम विषय वस्तु को और स्वयं को देखने की कोशिश करते हो। लेकिन अगर तुम दोनों को देखने की कोशिश करते हो तो बाद में, थोड़ी देर में तुम अनुभव करते हो तुम्हारे भीतर कुछ घट रहा है क्योंकि तुम 'तीसरे' बन रहे हो। तुम दोनों के बीच में हो—'पर' और 'स्व' के बीच। अब तुम न तो विषय हो और न ही विषयी।

'श्रद्धा, प्रयास, स्मृति, एकाग्रता और विवेक द्वारा उपलब्ध होते हैं।' श्रद्धा है आस्था। वीर्य है समग्र प्रतिबद्धता, समग्र प्रयास। समग्र ऊर्जा ले आनी होती है, तुम्हारी सारी शक्ति लगानी पड़ती है। यदि तुम वास्तव में ही सत्य के खोजी हो, तो तुम कोई दूसरी चीज नहीं खोज सकते। इसमें संपूर्णतः डूबना होता है। तुम इसे पार्ट-टाइम जॉब नहीं बना सकते और न ही कह सकते, 'सुबह किसी समय में ध्यान करता हूं और फिर खत्म।' नहीं, ध्यान को तुम्हारे लिए चौबीस घंटे का सातत्य बनना होता है। जो कुछ भी तुम करो, ध्यान को सतत वहां पृष्ठभूमि में होना होता है। ऊर्जा की आवश्यकता होगी, तुम्हारी समस्त ऊर्जा की आवश्यकता होगी।

और अब कुछ और बातें समझ लेनी हैं। अगर तुम्हारी सारी ऊर्जा की आवश्यकता होती है, तो कामवासना अपने आप तिरोहित हो जाती है क्योंकि इस पर नष्ट करने को तुम्हारे पास ऊर्जा नहीं है। ब्रह्मचर्य पतंजलि के लिए

कोई अनुशासन नहीं है। यह एक परिणाम है। तुम तुम्हारी समग्र ऊर्जा आध्यात्मिक अभ्यास में लगा देते हो, तो तुम्हारे पास कामवासना के लिए कोई ऊर्जा नहीं बची रहती। और ऐसा साधारण जीवन में भी घटता है। किसी बड़े चित्रकार को देखो, वह स्त्री को पूरी तरह भूल जाता है। जब वह चित्र बना रहा होता है तो उसके मन में कामवासना नहीं होती, क्योंकि उसकी सारी ऊर्जा चित्र में संलग्न रहती है। कामवासना के लिए उसके पास कोई अतिरिक्त ऊर्जा नहीं है।

कोई महान कवि, महान गायक, नृत्यकार जो अपनी प्रतिबद्धता में पूर्णतया डूबा होता है बिना किसी प्रयास के ब्रह्मचर्य पा लेता है। ब्रह्मचर्य के लिए उसके पास कोई अनुशासन नहीं है। कामवासना अतिरिक्त ऊर्जा है; काम एक सुरक्षा-साधन है। जब तुम्हारे पास बहुत ऊर्जा होती है और तुम इसके साथ कुछ नहीं कर सकते, तो प्रकृति ने सेफ्टी वॉल्व बनाया है, एक सुरक्षा की व्यवस्था, ताकि इसे तुम बाहर फेंक सको, तुम इसे मुक्त कर सको; अन्यथा तुम पागल हो जाओगे या फूट पड़ोगे। तुम विस्फोटित हो जाओगे। और अगर तुम इसे दबाने की कोशिश करते हो, तो भी तुम पागल हो जाओगे क्योंकि इसे दबाना मदद न देगा। इसे आवश्यकता है रूपांतरण की। और वह रूपांतरण समग्र प्रतिबद्धता द्वारा आता है। एक योद्धा, अगर वह वस्तुतः योद्धा है—एक अपराजेय योद्धा, वह कामवासना से परे होगा। उसकी सारी ऊर्जा कहीं और लगी है।

एक बहुत सुंदर कहानी है। एक महान दार्शनिक था, विचारक, जिसका नाम था वाचस्पति। वह अपने अध्ययन में बहुत ज्यादा अंतर्ग्रस्त था। एक दिन उसके पिता ने उससे कहा, 'अब मैं बूढ़ा हो चला और मैं नहीं जानता कि कब किस क्षण मर जाऊं। और तुम मेरे इकलौते बेटे हो और मैं चाहता हूं तुम विवाहित होओ।' वाचस्पति अध्ययन में इतना ज्यादा डूबा हुआ था कि वह बोला, 'ठीक है', यह सुने बगैर कि उसके पिता क्या कह रहे हैं। तो उसका विवाह हुआ, पर वह बिलकुल भूला रहा कि उसकी पत्नी थी, इतना डूबा हुआ था वह अपनी अध्ययनशीलता में।

और यह केवल भारत में घट सकता है; यह कहीं और नहीं घट सकता। पत्नी उससे इतना अधिक प्रेम करती थी कि वह उसे अड़चन न देना चाहती। तो यह कहा जाता है कि बारह वर्ष गुजर गये। वह छाया की भांति उसकी सेवा करती, हर बात का ध्यान रखती, लेकिन वह जरा भी शांति भंग न करती। वह न कहती, 'मैं हूं यहां, और क्या कर रहे हो तुम ?' वाचस्पति लगातार एक व्याख्या लिख रहा था—जितनी व्याख्याएं लिखी गयी हैं, उनमें से एक महानतम व्याख्या। वह बादरायण के ब्रह्म-सूत्र पर भाष्य लिख रहा था और वह उसमें डूबा हुआ था इतना ज्यादा, इतनी समग्रता से कि वह केवल अपनी पत्नी को ही नहीं भूला, उसे इसका भी होश न था कि कौन भोजन लाया, कौन थालियां वापस ले गया, कौन आया शाम को और दीया जला गया, किसने उसकी शय्या तैयार की।

बारह वर्ष गुजर गये, और वह रात्रि आयी जब उसकी व्याख्या पूरी हो गयी थी। उसे अंतिम शब्द भर लिखना था। और उसने प्रण किया हुआ था कि जब व्याख्या पूरी होगी, वह संन्यासी हो जायेगा। तब वह मन से संबंधित न रहेगा, और सब कुछ समाप्त हो जायेगा। यह व्याख्या उसका एकमात्र कर्म था, जिसे परिपूर्ण करना था।

उस रात वह थोड़ा विश्रांत था क्योंकि उसने करीब बारह बजे अंतिम वाक्य लिख दिया था। पहली बार वह अपने वातावरण के प्रति सजग हुआ। दीया धीमा जल रहा था और अधिक तेल चाहिए था। एक सुंदर हाथ

उसमें तेल उड़ेलने लगा था। उसने पीछे देखा, यह देखने को कि वहां कौन था। वह नहीं पहचान सका चेहरे को, और बोला, 'तुम कौन हो और यहां क्या कर रही हो ?' पत्नी बोली, 'अब जो आपने पूछ ही लिया है, तो मुझे कहना है कि बारह वर्ष पहले आपने मुझे अपनी पत्नी के रूप में ग्रहण किया था। लेकिन आप इतने डूबे हुए थे, अपने कार्य के प्रति इतने प्रतिबद्ध थे, कि मैं बाधा डालना या शांति भंग करना न चाहती थी।'

वाचस्पति रोने लगा; उसके अश्रु बहने लगे। पत्नी ने पूछा, 'क्या बात है ?' वह बोला, 'यह बहुत जटिल बात है। अब मैं धर्म-संकट में पड़ घबरा गया हूं क्योंकि व्याख्या पूरी हो गयी है और मैं संन्यासी होने जा रहा हूं। मैं गृहस्थ नहीं हो सकता; मैं तुम्हारा पति नहीं हो सकता। व्याख्या पूरी हुई और मैंने प्रतिज्ञा की है। अब मेरे लिए कोई समय नहीं। मैं तुरंत जा रहा हूं। तुमने मुझसे पहले क्यों न कहा ? मैं तुम्हें प्रेम कर सकता था। तुम्हारी सेवा, तुम्हारे प्रेम, तुम्हारी निष्ठा के लिए अब मैं क्या कर सकता हूं ?'

ब्रह्म-सूत्र पर अपने भाष्य का उसने नाम दिया 'भामती।' भामती था उसकी पत्नी का नाम। बेतुका है नाम। बादरायण के ब्रह्म-सूत्र के भाष्य को 'भामती' कहना बेतुका है, इस नाम का कोई संबंध जुड़ता नहीं। लेकिन उसने कहा, 'अब कुछ और मैं कर नहीं सकता। अब केवल पुस्तक का नाम लिखना ही शेष है अतः मैं इसे भामती कहूंगा जिससे कि तुम्हारा नाम सदैव याद रहे।'

उसने घर त्याग दिया। पत्नी रो रही थी, आंसू बहा रही थी, पर पीड़ा में नहीं, आनंद में। वह बोली, 'यह पर्याप्त है। तुम्हारी यह भावदशा, तुम्हारी आंखों में भरा यह प्रेम पर्याप्त है। मैंने पर्याप्त पाया, अतः अपराधी अनुभव न करें। जायें, मुझे बिलकुल भूल जायें। मैं आपके मन पर बोझ नहीं बनना चाहूंगी। मुझे याद करने की कोई आवश्यकता नहीं।'

यह संभव होता है। अगर तुम किसी चीज में समग्रता से डूबे होते हो, तो कामवासना तिरोहित हो जाती है। क्योंकि कामवासना सुरक्षा का एक उपाय है। जब तुम्हारे पास अप्रयुक्त ऊर्जा होती है, तब कामवासना तुम्हारे चारों ओर पीछा करती एक छाया बन जाती है। जब तुम्हारी समग्र ऊर्जा प्रयुक्त हो जाती है, कामवासना तिरोहित हो जाती है। और वह है अवस्था ब्रह्मचर्य की, वीर्य की, तुम्हारी सारी अंतर्निहित ऊर्जा के विकसित होने की।

श्रद्धा, वीर्य (प्रयास), स्मृति, समाधि (एकाग्रता) और प्रज्ञा विवेक....। श्रद्धा। वीर्य—तुम्हारी समग्र जीव-ऊर्जा, तुम्हारी समग्र प्रतिबद्धता। और प्रयत्न। स्मृति—स्व-स्मरण। और समाधि। इस शब्द 'समाधि' का अर्थ है, मन की वह अवस्था जहां कोई समस्या अस्तित्व नहीं रखती। यह शब्द आया है समाधान से। यह मन की वह अवस्था है, जहां तुम नितांत स्वस्थ अनुभव करते हो, जहां कोई समस्या नहीं होती, कोई प्रश्न नहीं। यह मन की एक प्रश्नशून्य और समस्याशून्य अवस्था होती है। यह कोई एकाग्रता नहीं। एकाग्रता तो मात्र एक गुणवत्ता है, जो उस मन में चली आती है, जो समस्यारहित होता है। अनुवाद करने की यही कठिनाई है।

मन की इस अवस्था का हिस्सा है एकाग्रता। यह तो बस घटती है। उस बच्चे को देखो जो अपने खेल में निमग्न है; उसकी एकाग्रता प्रयासरहित है। वह अपने खेल पर एकाग्र नहीं हो रहा है। एकाग्रता सह-परिणाम है। वह खेल में इतना अधिक तल्लीन है कि एकाग्रता घटती है। अगर तुम किसी चीज पर जानबूझकर एकाग्र होते हो तो प्रयास होता है। तब तनाव होता है। तब तुम थक जाओगे।

समाधि स्वतः घटती है, सहजतापूर्वक, अगर तुम तन्मय होते हो, डूबे हुए होते हो। अगर तुम मुझे सुन रहे हो,

यह समाधि है। अगर तुम मुझे समग्रतापूर्वक सुनते हो, तो किसी दूसरे ध्यान की जरूरत नहीं। यह बात एक एकाग्रता बन जाती है। ऐसा नहीं है कि तुम एकाग्र होते हो। यदि तुम प्रेमपूर्वक सुनते हो, एकाग्रता पीछे चली आती है।

असंप्रज्ञात समाधि में, जब श्रद्धा संपूर्ण होती है, जब प्रयास संपूर्ण होता है, जब स्मरण गहरा होता है, समाधि घटती है। जो कुछ भी तुम करते हो, तुम संपूर्ण एकाग्रता सहित करते हो—एकाग्र होने के प्रयास के बिना। और यदि एकाग्रता को प्रयास की आवश्यकता होती है तो यह असुंदर है। यह बात तुम्हें रोग की तरह ग्रसती रहेगी; तुम इसकें द्वारा नष्ट होओगे। एकाग्रता को एक परिणाम की भांति होना चाहिए। तुम किसी व्यक्ति को प्रेम करते हो, और मात्र उसके साथ होने से तुम एकाग्र हो जाते हो। ध्यान रखना, किसी चीज पर एकाग्र कभी न होना। बल्कि गहराई से सुनना, समग्रता से सुनना और तुम्हारे पास एकाग्रता स्वयं चली आयेगी।

फिर होता है विवेक—प्रज्ञा। प्रज्ञा विवेक नहीं है; विवेक केवल एक हिस्सा है प्रज्ञा का। वस्तुतः प्रज्ञा का अर्थ है—एक बोधपूर्ण जागरूकता। बुद्ध ने कहा है कि ध्यान की लौ ऊंची प्रज्वलित होती है, तो उस अग्नि शिखा को घेरने वाला प्रकाश प्रज्ञा है। भीतर है समाधि, और तुम्हारे चारों ओर एक प्रकाश, एक आभा पीछे आने लगती है। तुम्हारे प्रत्येक कार्य में तुम प्रज्ञावान और विवेकपूर्ण होते हो। यह ऐसा नहीं है कि तुम विवेकपूर्ण होने की कोशिश कर रहे हो। यह तो बस घटता है क्योंकि तुम इतनी अधिक समग्रता से जागरूक होते हो। जो कुछ तुम करते हो विवेकपूर्ण होता है। ऐसा नहीं है कि तुम निरंतर सोच रहे हो सही काम करने की बात।

वह व्यक्ति जो लगातार सोच रहा है सही काम करने की बात, वह तो कुछ कर ही न पायेगा। वह गलत भी न कर पायेगा क्योंकि यह बात इतना तनाव बन जायेगी उसके मन पर। और क्या सही है और क्या गलत है ? तुम कैसे निर्णय ले सकते हो ? प्रज्ञावान व्यक्ति चुनता नहीं। वह मात्र अनुभव करता है। वह तो अपनी जागरूकता सब ओर फेंकता है, और उसके प्रकाश में वह आगे बढ़ता है। जहां-कहीं वह बढ़ता है, सही है।

सही बात चीजों से संबंधित नहीं है; यह तुमसे संबंधित है—वह जो कार्य कर रहा है, उससे। ऐसा नहीं है कि बुद्ध सही बातें करते थे—नहीं। जो कुछ वे करते, वह सही होता। विवेक तो अपर्याप्त शब्द है। प्रज्ञावान व्यक्ति के पास विवेक होता ही है। वह उसके बारे में सोचता नहीं है; यह उसके लिए सहज है। यदि तुम इस कमरे से बाहर जाना चाहते हो, तो तुम बस दरवाजे से बाहर चले जाते हो। तुम टटोलते-ढूंढ़ते नहीं। तुम पहले दीवार के पास नहीं चले जाते रास्ता खोजने को। तुम तो बाहर ही चले जाते हो। तुम सोचते भी नहीं कि यह दरवाजा है।

लेकिन जब अंधे आदमी को बाहर जाना होता है, तो वह पूछता है, 'कहां है दरवाजा ?' और फिर इसके बाद वह इसे ढूंढ़ने की कोशिश भी करता है। वह अपनी छड़ी लिये बहुत जगह दस्तक देगा, वह टटोलेगा, ढूंढ़ेगा। और अपने मन में वह निरंतर सोचेगा, 'यह द्वार है या दीवार ? मैं सही जा रहा हूं या गलत ?' और जब वह द्वार तक आ पहुंचेगा, तब वह सोचेगा, 'हां, अब यही है द्वार !'

यह सब घटता है क्योंकि वह अंधा है। तुम्हें चुनाव करना होता है क्योंकि तुम अंधे होते हो। तुम्हें सोचना पड़ता है क्योंकि तुम अंधे हो। तुम्हें अनुशासन और नैतिकता में रहना होता है क्योंकि तुम अंधे हो। जब समझ खिलती होती है, जब ज्योति वहां होती है, तुम मात्र देखते हो और हर चीज स्पष्ट होती है; जब तुम्हारे पास आंतरिक

स्पष्टता होती है, तब हर चीज स्पष्ट होती है; तुम संवेदनशील बन जाते हो। जो कुछ तुम करते हो, सही ही होता है। ऐसा नहीं है कि यह सही है और इसलिए तुम इसे करते हो। तुम इसे समझ सहित करते हो, और यह सही है।

तो श्रद्धा, वीर्य, स्मृति, समाधि, प्रज्ञा। दूसरे, जो असंप्रज्ञात समाधि को उपलब्ध होते हैं, इसे उपलब्ध करते हैं श्रद्धा, असीम ऊर्जा, प्रयास, समग्र आत्म-स्मरण, समस्याशून्य मन और विवेक की अग्नि शिखा के द्वारा।

प्रवचन 12

अहंकार को दुःसाध्य का आकर्षण

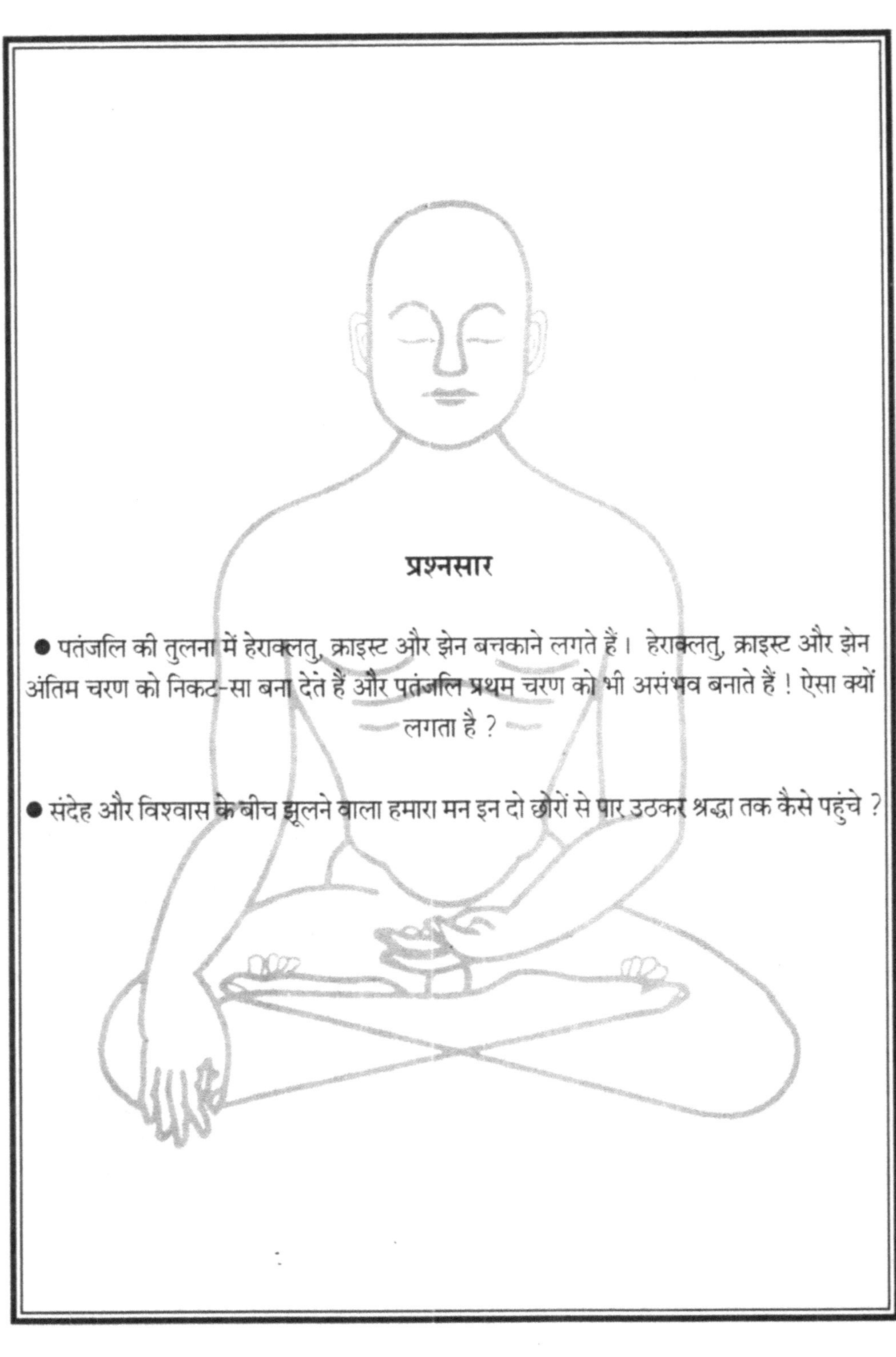

प्रश्नसार

● पतंजलि की तुलना में हेराक्लतु, क्राइस्ट और झेन बचकाने लगते हैं। हेराक्लतु, क्राइस्ट और झेन अंतिम चरण को निकट-सा बना देते हैं और पतंजलि प्रथम चरण को भी असंभव बनाते हैं ! ऐसा क्यों लगता है ?

● संदेह और विश्वास के बीच झूलने वाला हमारा मन इन दो छोरों से पार उठकर श्रद्धा तक कैसे पहुंचे ?

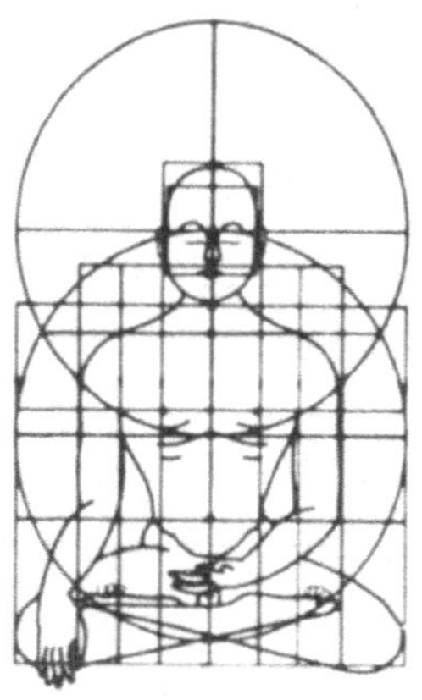

आप जो हेराक्लतु, क्राइस्ट और झेन के विषय में कहते रहे हैं, वह पतंजलि की तुलना में शिशुवत लगता है। हेराक्लतु, क्राइस्ट और झेन अंतिम चरण को निकट-सा बना देते हैं; पतंजलि पहले चरण को भी लगभग असंभव दिखता बना देते हैं। ऐसा लगता है कि जितना कार्य करना है उसे पश्चिम के लोगों ने मुश्किल से ही स्पष्ट अनुभव करना शुरू किया है।

लाओत्सु का कहना है, 'अगर ताओ पर हंसा नहीं जा सकता तो वह ताओ नहीं होता।' और मैं तुमसे कहना चाहता हूं कि अगर तुम मेरा गलत अर्थ न लगाते, तो तुम तुम ही न होते। तुम्हें कुछ का कुछ समझना ही होता है। जो मैंने कहा हेराक्लतु, झेन और जीसस के विषय में वह तुमने नहीं समझा है। और यदि हेराक्लतु, झेन और जीसस को नहीं समझ सकते, तो तुम पतंजलि को भी न समझ पाओगे।

समझने का पहला नियम है तुलना न करना। तुम तुलना कैसे कर सकते हो ? तुम हेराक्लतु या बाशो या बुद्ध या जीसस या पतंजलि के अंतरतम की अवस्था के विषय में क्या जानते हो ? तुम तुलना करने वाले हो कौन ? तुलना एक निर्णय है। तुम निर्णय करने वाले हो कौन ? लेकिन मन करना चाहता है निर्णय क्योंकि निर्णय में मन कहीं ऊंचा अनुभव करता है। तुम निर्णायक बन जाते हो, इसलिए तुम्हारा अहंकार बहुत अच्छा अनुभव करता है। तुम अहंकार को पोषित करते हो। निर्णय और तुलना द्वारा तुम सोचते हो कि तुम जानते हो।

वे सब विभिन्न प्रकार के फूल हैं—अतुलनीय। तुम गुलाब की तुलना कमल से कैसे कर सकते हो ? क्या तुलना करने की कोई संभावना है ? इसकी कोई संभावना नहीं, क्योंकि दोनों विभिन्न संसार हैं। तुम चंद्रमा की तुलना सूर्य से कैसे कर सकते हो ? कोई संभावना नहीं। वे विभिन्न आयाम हैं। हेराक्लतु जंगल के फूल हैं, पतंजलि एक परिष्कृत बगीचे हैं। पतंजलि तुम्हारी बुद्धि के ज्यादा निकट होंगे। हेराक्लतु तुम्हारे हृदय के ज्यादा निकट होंगे। लेकिन जैसे-जैसे तुम और गहराई में जाते हो, भेद खो जाते हैं। जब तुम स्वयं खिलने लगते हो, तब एक नयी समझ का सूर्योदय तुममें प्रकट होता है—यह समझ, कि फूल अपने रंग में भिन्न होते हैं, सुगंध में भिन्न होते हैं, बनावट में भिन्न, रूप में भिन्न होते हैं लेकिन खिलने में वे अलग नहीं होते। वह खिलना, वह घटना कि वे खिल गये हैं, वही होती है।

हेराक्लतु निस्संदेह अलग हैं; ऐसा उन्हें होना ही है। प्रत्येक व्यक्ति बेजोड़ है; और पतंजलि भिन्न हैं। तुम

उन्हें एक श्रेणी में नहीं रख सकते। कोई कोष्ठ अस्तित्व नहीं रखते, जहां तुम उन्हें जबरदस्ती ला सको या उन्हें श्रेणीबद्ध कर सको। पर अगर तुम भी खिलते हो, तो तुम समझ पाओगे कि विकसित होना, खिलना वही होता है; चाहे वह फूल कमल हो या गुलाब, इससे कुछ फर्क नहीं पड़ता। ऊर्जा के उत्सव तक पहुंचने की अंतरतम घटना वही है।

वे अलग ढंग से बात कहते हैं; उनके मन के ढांचे विभिन्न हैं। पतंजलि वैज्ञानिक विचारक हैं। वे एक व्याकरणविद हैं, भाषाविद हैं। हेराक्लतु एक आदिम, एक उद्दाम कवि हैं। वे व्याकरण और भाषा और रूप की चिंता नहीं करते। और जब तुम कहते हो कि पतंजलि पर मेरे विचार सुनते हुए तुम अनुभव करते हो कि हेराक्लतु और क्राइस्ट और झेन बचकाने लगते हैं, बाल-शिक्षण की भांति तो तुम पतंजलि या हेराक्लुत के बारे में कुछ नहीं कह रहे तुम अपने ही बारे में कुछ कह रहे हो। तुम कह रहे हो कि तुम मस्तिष्क में जीने वाले व्यक्ति हो।

पतंजलि को तुम समझ सकते हो; हेराक्लतु तो एकदम तुम्हारी समझ में नहीं आते हैं। पतंजलि ज्यादा ठोस हैं। उनके साथ तुम पकड़ पा सकते हो। हेराक्लतु एक बादल हैं, तुम उन पर कोई पकड़ नहीं बना सकते। पतंजलि से तुम तर्क-संगतता के कुछ ओर-छोर जुटा सकते हो; वे बुद्धि संगत लगते हैं। तुम हेराक्लतु का या बाशो का क्या करोगे ? नहीं, वे एकदम अतार्किक ही हैं। उनके विषय में सोचते हुए, तुम्हारा मन नितांत नपुंसक हो जाता है। जब तुम ऐसी बातें कहते हो, जब तुम तुलनाएं करते हो, निर्णय बनाते हो, तब तुम कुछ कहते हो अपने बारे में ही; उस बारे में जो कि तुम हो।

पतंजलि समझे जा सकते हैं; इसमें कोई मुश्किल नहीं। वे बिलकुल तर्कसंगत हैं। उनके पीछे चला जा सकता है; इसमें कोई समस्या नहीं। उनकी सारी विधियां काम में लायी जा सकती हैं क्योंकि वे तुम्हें देते हैं, 'कैसे'। और 'कैसे' को समझना हमेशा आसान होता है। क्या करना है, कैसे करना है ? वे तुम्हें विधियां देते हैं।

पूछो बाशो या हेराक्लतु से कि क्या करना है, और वे यही कह देंगे कि करने को कुछ है नहीं। तब तुम हार ही जाते हो। यदि कुछ किया जाना हो तो तुम इसे कर सकते हो, लेकिन यदि कुछ न किया जाना हो तो तुम किंकर्तव्यविमूढ़ हो जाते हो। फिर भी तुम बार-बार पूछते चले जाओगे, 'क्या करना है ? इसे कैसे करना है ? जो आप कह रहे हैं उसे प्राप्त कैसे करना है ?'

वे परम सत्य की बात कहते हैं बिना उस मार्ग की कहते हुए, जो वहां तक ले जाता है। पतंजलि मार्ग की बात कहते हैं, लक्ष्य की हरगिज नहीं। पतंजलि का संबंध साधनों से है, हेराक्लतु का साध्य से। साध्य रहस्यपूर्ण होता है। वह एक कविता है, वह कोई गणित का हल नहीं है। वह एक रहस्य होता है। पर मार्ग, विधि, कैसे की जानकारी, एक वैज्ञानिक बात है, यह तुम्हें आकर्षित करती है। लेकिन यह तुम्हारे बारे में कुछ बता देती है, पतंजलि या हेराक्लतु के बारे में नहीं। तुम मस्तिष्कोन्मुख व्यक्ति हो, मनोग्रसित व्यक्ति हो। इसे देखने की कोशिश करो, पतंजलि और हेराक्लतु की तुलना मत करो। सिर्फ बात को समझने की कोशिश करो, कि यह तुम्हारे बारे में कुछ दिखाती है। और यदि तुम्हारे बारे में कुछ दिखाती है, तो तुम कुछ कर सकते हो।

मत सोचना कि तुम जानते हो पतंजलि क्या हैं और हेराक्लतु क्या हैं। तुम तो बगीचे के एक साधारण फूल को भी नहीं समझ सकते, और वे तो अस्तित्व में घटित परम खिलावट हैं। जब तक तुम उसी ढंग से न खिलो,

तुम समझ नहीं पाओगे। पर तुम तुलना कर सकते हो, तुम निर्णय कर सकते हो, और निर्णय द्वारा तुम सारी बात ही गंवा दोगे।

तो समझने का पहला नियम है—निर्णय कभी न देना। निर्णय कभी मत दो और बुद्ध, महावीर, मोहम्मद, क्राइस्ट, कृष्ण की तुलना हरगिज मत करो। कभी मत करो तुलना। वे तुलना के पार के आयाम में अस्तित्व रखते हैं। और जो कुछ तुम उनके बारे में जानते हो, वस्तुतः कुछ नहीं है—मात्र टुकड़े भर हैं। तुम उनसे एक समग्र बोध नहीं पा सकते हो। वे इतने पार हैं। वास्तव में, तुम अपने मन के जल में उनके प्रतिबिंब भर ही देखते हो।

तुमने चांद को नहीं देखा है; तुमने झील में चांद को देख लिया है। तुमने यथार्थ को नहीं देखा है, तुमने मात्र दर्पण के प्रतिबिंब को देखा है, और प्रतिबिंब दर्पण पर निर्भर करता है। यदि दर्पण दोषपूर्ण है, तो प्रतिबिंब अलग होता है। तुम्हारा मन तुम्हारा दर्पण है।

जब तुम कहते हो कि पतंजलि बहुत बड़े लगते हैं, कि उनका शिक्षण बहुत महान है, तब तुम इतना ही कह रहे हो कि तुम हेराक्लतु को बिलकुल भी नहीं समझ सकते। और यदि तुम नहीं समझ सकते, तो यह बात ही दर्शाती है कि वे पतंजलि से भी कहीं बहुत ज्यादा तुम्हारे पार हैं; वे और आगे चले गये हैं पतंजलि के।

कम से कम तुम इतना भर समझ सकते हो कि पतंजलि कठिन दिखते हैं। अब ध्यान से मुझे समझो। यदि कोई चीज कठिन होती है, तो तुम उससे जूझ सकते हो। कितनी ही कठिन क्यों न हो, तुम उसमें जुट सकते हो। ज्यादा कठिन प्रयास की आवश्यकता होती है, लेकिन वह किया तो जा सकता है।

हेराक्लतु सरल नहीं हैं, वे असंभव ही हैं। पतंजलि कठिन हैं, और जो कठिन है उसे तुम समझ सकते हो। तब तुम कुछ कर सकते हो। तुम तुम्हारा संकल्प, तुम्हारा प्रयास, तुम्हारी सारी ऊर्जा इसमें ला सकते हो। तुम कुछ कर सकते हो, और कठिन को हल किया जा सकता है, कठिन सरल बनाया जा सकता है, ज्यादा सूक्ष्म विधियां पायी जा सकती हैं। लेकिन असंभव का क्या करोगे तुम ? उसे सरल नहीं बनाया जा सकता। फिर भी तुम स्वयं को धोखा दे सकते हो। तुम कह सकते हो, इसमें तो कुछ नहीं; यह बचकाना है ! और तुम तो इतने बड़े हो गये हो इसलिए यह तुम्हारे लिए नहीं है। यह बच्चों के लिए है, न कि तुम्हारे लिए।

यह मन की चालाकी है असंभव से बचने की। क्योंकि तुम जानते हो, तुम इसका सामना न कर पाओगे। तो सर्वाधिक सरल रास्ता है सिर्फ कह देना कि 'यह मेरे लिए नहीं है; यह मुझसे नीचे है—एक बाल शिक्षा है।' और तुम एक विकसित परिपक्व व्यक्ति हो। तुम्हें चाहिए विश्वविद्यालय, तुम्हें बाल-विद्यालय नहीं चाहिए। पतंजलि तुम्हें जंचते हैं, पर वे बहुत कठिन लगते हैं। फिर भी वे हल किये जा सकते हैं। लेकिन असंभव को हल नहीं किया जा सकता है।

यदि तुम हेराक्लतु को समझना चाहते हो, तो कोई रास्ता नहीं सिवाय इसके, कि तुम अपना मन पूरी तरह गिरा दो। यदि तुम पतंजलि को समझना चाहते हो, तो एक क्रमिक मार्ग है। वे तुम्हें सीढ़ियां देते हैं, जिनसे तुम काम चला लेते हो। लेकिन ध्यान रहे, आखिरकार, अंततः वे भी तुमसे कहेंगे, 'मन को गिरा दो।' जो हेराक्लतु प्रारंभ में कहते हैं, वे उसे अंत में कहेंगे; लेकिन मार्ग पर, रास्ते पर, तुमसे चक्कर लगवाया जा सकता है। अंत में वे वही बात कहने वाले हैं, पर फिर भी वे बोधगम्य होंगे। क्योंकि वे क्रम निर्मित करते हैं। और तब वह छलांग की भांति नहीं दिखती अगर तुम्हारे पास सीढ़ियां हों।

यह है वस्तुस्थिति। हेराक्लतु तुम्हें अगाध खाई तक ले आते हैं और कहते हैं, 'लगाओ छलांग।' तुम नीचे देखते हो, तुम्हारा मन समझ ही नहीं सकता कि वे क्या कह रहे हैं। यह आत्मघाती जान पड़ता है। कोई सीढ़ियां नहीं हैं, और तुम पूछते हो, 'कैसे ?' वे कहते हैं, 'कोई कैसे नहीं है। तुम बस छलांग लगा दो।' वहां कोई 'कैसे' हो कैसे हो सकता है ? क्योंकि चरण नहीं हैं, सीढ़ियां नहीं हैं, 'कैसे' की व्याख्या की नहीं जा सकती। तुम छलांग ही लगा दो। वे कहते हैं, 'अगर तुम तैयार हो तो मैं तुम्हें धकेल सकता हूं, पर विधियां नहीं हैं।' छलांग लगाने की कोई विधि है क्या ? छलांग आकस्मिक है। विधियां विद्यमान रहती हैं, जब कोई चीज, कोई प्रक्रिया क्रमिक होती है। इसे असंभव पाकर तुम बिलकुल विपरीत दिशा में मुड़ते हो। पर स्वयं को सांत्वना देने को, कि तुम इतने दुर्बल व्यक्ति नहीं हो, तुम कहते हो, 'यह बच्चों के लिए है। यह तो काफी कठिन नहीं है।' यह तुम्हारे लिए नहीं।

पतंजलि तुम्हें उसी अगाध खाई तक ले आते हैं, लेकिन उन्होंने सीढ़ियां बनायी हैं। वे कहते हैं, एक समय में एक सीढ़ी। यह पसंद आता है। तुम समझ सकते हो। गणित सीधा है, तुम एक चरण उठा सकते हो, फिर दूसरा। कोई छलांग नहीं है। पर खयाल रहे, देर-अबेर वे तुम्हें उस बिंदु तक ले जायेंगे जहां से तुम्हें छलांग लगानी होती है। उन्होंने सीढ़ियां निर्मित कर ली हैं, लेकिन वे तलहटी तक नहीं जातीं, वे तो बस मध्य में हैं। और तलहटी इतनी दूर है कि तुम कह सकते हो कि यह एक अतल अगाध खाई है।

तो कितनी सीढ़ियां तुम चलते हो, इससे कुछ फर्क नहीं पड़ता। खाई वैसी ही बनी रहती है। वे तुम्हें निन्यानबे चरणों द्वारा पहुंचायेंगे और तुम बहुत प्रसन्न होते हो—जैसे कि तुमने खाई पार कर ली है, और अब तलहटी ज्यादा पास चली आ रही है ! नहीं, तलहटी उतनी ही दूर बनी रहती है जितनी कि पहले थी। ये निन्यानबे चरण तो तुम्हारे मन को उलझाये रहते हैं, मात्र तुम्हें एक विधि, एक 'कैसे' देने को। फिर सौवें चरण पर वे कहते हैं, 'अब छलांग लगा दो।' और अगाध शून्य वैसा ही बना रहता है; शून्य फैलाव वही है।

कोई अंतर नहीं है क्योंकि खाई असीम है, परमात्मा असीम है। धीरे-धीरे उससे कैसे मिल सकते हो ? लेकिन ये निन्यानबे चरण तुम्हें उलझाये रखेंगे। पतंजलि ज्यादा होशियार हैं। हेराक्लतु सीधे-सच्चे हैं। वे इतना ही कहते हैं, 'यह है चीज, खाई यहां है। लगा दो छलांग।' वे तुम्हें इसके लिए फुसलाते नहीं; वे तुम्हें बहकाते नहीं। वे केवल कहते हैं, 'यही है वास्तविकता। यदि तुम छलांग लगाना चाहते हो, लगा दो छलांग; यदि तुम छलांग नहीं लगाना चाहते, तो चले जाओ।'

और वे जानते हैं कि चरण निर्मित करना व्यर्थ है क्योंकि अंततः छलांग लगानी होती है। पर मैं समझता हूं, तुम्हारे लिए पतंजलि का अनुगमन करना अच्छा होगा क्योंकि धीरे-धीरे वे तुम्हें प्रलोभन देते हैं। तुम कम से कम एक चरण चल सकते हो, तो दूसरा आसान हो जाता है, फिर तीसरा। और जब तुम निन्यानबे सीढ़ियां तय कर चुके होते हो, तो वापस जाना कठिन होगा। क्योंकि तब वापस जाना तुम्हारे अहंकार के विपरीत होगा। क्योंकि तब सारा संसार हंसेगा कि तुम इतने बड़े महात्मा हो गये हो, और तुम वापस संसार में लौट रहे हो ? तुम इतने महायोगी थे—बड़े योगी, तो वापस क्यों आ रहे हो ? अब तुम पकड़ लिये गये हो, और तुम वापस नहीं जा सकते।

हेराक्लतु सीधे हैं, निर्दोष। उनका शिक्षण बाल-विद्यालय का नहीं है, पर वे बालक हैं यह सही है—बच्चे

की भांति निर्दोष, बच्चे की भांति बुद्धिमान भी। पतंजलि चालाक हैं, होशियार हैं। लेकिन पतंजलि तुम्हें उपयुक्त लगेंगे क्योंकि तुम्हें चाहिए कोई, जो तुम्हें चालाक ढंग से उस बिंदु तक ले जा सके जहां से तुम वापस न जा सको। यह एकदम असंभव हो जाता है।

गुरजिएफ कहा करते थे कि दो प्रकार के गुरु होते हैं : एक निर्दोष और सरल; दूसरे छली और चालाक। उसने स्वयं कहा, 'मैं दूसरी श्रेणी से संबंध रखता हूं।' पतंजलि स्रोत हैं, सारे चालाक गुरुओं के। वे गुलाब वाटिका की ओर ले चलते हैं और फिर अचानक खाई की ओर ! और तुम अपने ही द्वारा बनायी पकड़ में इस तरह आ फंसते हो कि तुम वापस नहीं जा सकते। तुमने ध्यान किया, तुमने संसार त्यागा, पत्नी और बच्चों को छोड़ दिया। वर्षों से तुम आसन लगा रहे थे, ध्यान कर रहे थे, और तुमने तुम्हारे चारों ओर ऐसा वातावरण निर्मित कर लिया कि लोग तुम्हें पूजने लगे। लाखों व्यक्तियों ने भगवान की भांति तुम्हें देखा और अब आता है अगाध शून्य। अब इज्जत रखने को ही तुम्हें छलांग लगानी होती है; मात्र तुम्हारी इज्जत बचाने को ही। जाते कहां हो ? अब तुम नहीं जा सकते।

बुद्ध सरल हैं; पतंजलि चालाक हैं। सारा विज्ञान चालाकी है। इसे समझ लेना है, और मैं यह किसी अनादर भाव से नहीं कह रहा हूं, खयाल रहे; मैं इसकी निंदा नहीं कर रहा हूं। सारा विज्ञान चालाकी है।

ऐसा कहा जाता है कि लाओत्सु का एक अनुयायी—एक बूढ़ा आदमी, एक किसान कुएं से पानी खींच रहा था, और बैल या घोड़ों का उपयोग करने की बजाय वह खुद—बूढ़ा आदमी—और उसका बेटा, वे बैलों की भांति काम कर रहे थे और कुएं से पानी ढो रहे थे, पसीने से लथपथ। मुश्किल से सांस ले पा रहे थे। बूढ़े व्यक्ति के लिए यह कठिन था।

कन्फ्यूशियस का एक अनुयायी वहां से गुजर रहा था। वह इस वृद्ध से कहने लगा, 'क्या तुमने सुना नहीं ? यह बहुत असभ्य है, पुराना है। तुम अपनी श्वास क्यों नष्ट कर रहे हो ? अब बैल इस्तेमाल किये जा सकते हैं, घोड़े इस्तेमाल किये जा सकते हैं। क्या तुमने सुना नहीं है कि नगरों में, शहरों में, कोई इस तरह काम नहीं करता जिस तरह कि तुम कर रहे हो ? यह बहुत पुराना ढंग है। विज्ञान ने तेजी से उन्नति की है।'

वृद्ध व्यक्ति बोला, 'ठहरो, और इतने जोर से मत बोलो। जब मेरा बेटा चला जाये, तो मैं जवाब दूंगा।' जब बेटा कुछ काम करने चला गया तो वह बोला, अब तुम एक खतरनाक आदमी हो। अगर मेरा बेटा इसके बारे में कभी सुन ले, तो तुरंत वह कह देगा, 'ठीक है। तो मैं इसे खींचना नहीं चाहता। मैं बैलों का यह काम नहीं कर सकता। बैलों की जरूरत है।'

कन्फ्यूशियस का शिष्य कहने लगा, 'उसमें गलत क्या है ?' बूढ़ा आदमी बोला, 'हर चीज गलत है इसमें, क्योंकि यह चालाकी है। यह बैल को धोखा देना हुआ, यह घोड़े को धोखा देना हुआ। और एक बात ले जाती है दूसरी बात तक। अगर यह लड़का जो जवान है और विवेकपूर्ण नहीं है, एक बात जान लेता है कि जानवरों के साथ चालाक हुआ जा सकता है, तो वह संदेह करेगा कि क्यों कोई मनुष्य के साथ चालाक नहीं हो सकता ? एक बार वह जान लेता है कि चालाकी द्वारा कोई शोषण कर सकता है, तो मैं नहीं जानता वह कहां रुकेगा। इसलिए कृपया आप यहां से जाइए, और इस सड़क पर कभी मत लौटना। और ऐसी चालाकी की बातें इस गांव में न लाना। हम प्रसन्न हैं।'

लाओत्सु विज्ञान के विरुद्ध है। वह कहता है, विज्ञान चालाकी है। यह प्रकृति को धोखा दे रहा है, सृष्टि से अनुचित लाभ उठा रहा है। चालाक तरीकों द्वारा प्रकृति को तोड़ रहा है। और आदमी जितना ज्यादा वैज्ञानिक बनता है, उतना ज्यादा वह चालाक होता है, स्वभावतः। एक निर्दोष व्यक्ति वैज्ञानिक नहीं हो सकता; यह कठिन है। लेकिन आदमी चतुर और चालाक हो गया है। और पतंजलि अच्छी तरह जानते हैं कि वैज्ञानिक होना चालाकी है। इसलिए वे यह भी जानते हैं कि मनुष्य नयी चाल द्वारा ही, एक नयी चालाकी द्वारा अपने स्वभाव तक वापस लाया जा सकता है।

योग अंतस आत्मा का विज्ञान है क्योंकि तुम निर्दोष नहीं हो, तुम्हें चालाक तरीके द्वारा स्वभाव तक वापस लाना होता है। अगर तुम निर्दोष होते हो, तो साधनों की जरूरत नहीं है, किन्हीं विधियों की जरूरत नहीं है। केवल सीधी-सादी समझ, बाल सुलभ समझ—और तुम रूपांतरित हो जाओगे। लेकिन तुम्हारे पास यह है नहीं। इसीलिए तुम अनुभव करते हो कि पतंजलि बहुत महान जान पड़ते हैं। ऐसा होता है तुम्हारे सिर में जी रहे मन के कारण और तुम्हारी चालाकी के कारण।

दूसरी चीज याद रखने की है—वे कठिन प्रतीत होते हैं। और तुम सोचते हो हेराक्लतु सरल हैं ? चूंकि पतंजलि कठिन प्रतीत होते हैं, यह बात भी अहंकार के लिए एक आकर्षण बन जाती है। अहंकार हमेशा वह कुछ करना चाहता है जो कठिन हो, क्योंकि कठिन के मुकाबले तुम अनुभव करते हो, तुम कुछ हो। अगर कुछ बहुत सरल होता है तो इसके द्वारा अहंकार पोषितं कैसे हो सकता है ?

मेरे पास लोग आते हैं और वे कहते, 'कई बार आप समझाते हैं कि मात्र बैठ जाने और कुछ न करने द्वारा बात घट सकती है। यह इतनी सहज कैसे हो सकती है ?' च्वांगत्सु कहता है, 'सरल बात सही होती है', लेकिन ये लोग कहते हैं, 'नहीं। यह इतनी सरल कैसे हो सकती है ? यह कठिन होनी चाहिए, बहुत-बहुत कठिन, दुःसाध्य।'

तुम कठिन बातें करना चाहते हो क्योंकि जब तुम कठिनाई के विरुद्ध लड़ रहे होते हो, धारा के विरुद्ध, तब तुम अनुभव करते हो कि तुम कुछ हो—एक विजेता हो। अगर कोई चीज सहज-सरल होती है, अगर कोई चीज इतनी आसान होती है कि एक बच्चा भी इसे कर सके, तब तुम्हारा अहंकार कहां खड़ा होगा ? तुम बाधाओं के लिए मांग करते हो, कठिनाइयों की पूछते हो, और अगर कठिनाइयां नहीं होतीं तो तुम उन्हें निर्मित कर लेते हो जिससे कि तुम लड़ सको, जिससे कि तुम हवा के विरुद्ध उड़ सको और अनुभव करो, 'मैं कुछ हूं, एक विजेता हूं।'

पर इतने होशियार मत बनो। तुम वह मुहावरा 'स्मार्ट एलेक' जानते हो ? तुम शायद नहीं जानते हो कि यह कहां से आया है—यह एलेक्जेंडर दि ग्रेट से आया है। 'एलेक' शब्द एलेक्जेंडर से आता है; यह एक संक्षिप्त रूप है। इसका अर्थ होता है, स्मार्ट एलेक्जेंडर मत होओ। सहज रहो, विजेता होने की कोशिश मत करो, क्योंकि यह मूढ़ता है। कुछ होने की कोशिश मत करो।

लेकिन पतंजलि जंचते हैं। पतंजलि अहंकार को बहुत ज्यादा आकर्षित करते हैं। तो भारत ने संसार के सूक्ष्मतम अहंकारी निर्मित किये। तुम इससे ज्यादा सूक्ष्म अहंकारी संसार भर में कहीं और नहीं खोज सकते, जितने कि भारत में। सरल-चित्त योगी को खोजना लगभग असंभव है। योगी सरल नहीं हो सकता। क्योंकि

वह इतने सारे आसन किये जा रहा है, इतनी सारी मुद्राएं, वह इतना कठिन काम कर रहा है, तो कैसे हो सकता है वह सीधा ? वह स्वयं को एक ऊंचाई पर समझता है—एक विजेता। सारे संसार को उसके आगे झुकना होता है, वह सर्वोत्तम व्यक्ति है—जीवन का नमक, सारभूत।

जाओ और योगियों को देखो—तुम उनमें बहुत सूक्ष्म अहंकार पाओगे। उनका आंतरिक मंदिर अब भी खाली है; ईश्वर भीतर नहीं आया। मंदिर अब तक सिंहासन है उनके अपने अहंकारों के लिए ही। उनके अहंकार बहुत सूक्ष्म हो गये होंगे, वे इतने सूक्ष्म हो गये होंगे कि ये योगी बहुत विनम्र दिख सकते हैं। लेकिन उनकी विनम्रता में भी, अगर तुम ध्यान से देखो, तो तुम अहंकार पाओगे।

वे सजग हैं कि वे विनम्र हैं, यही है कठिनाई। एक वास्तविक विनम्र व्यक्ति को यह बोध नहीं होता कि वह विनम्र है। एक वास्तविक विनम्र व्यक्ति तो बस विनम्र होता है, विनम्रता के प्रति सजग नहीं। और वास्तविक विनम्र व्यक्ति कभी दावा नहीं करता कि मैं विनम्र हूं, क्योंकि सारे दावे अहंकार के होते हैं। विनम्रता का दावा नहीं किया जा सकता। विनम्रता कोई दावा नहीं है, यह होने की एक अवस्था है। और सारे दावे अहंकार की परिपूर्ति करते हैं। यह क्यों घटित हुआ ? भारत क्यों बहुत सूक्ष्म अहंकारी देश हो गया ? और जब अहंकार होता है, तुम अंधे हो जाते हो।

भारतीय योगियों से बात करो और तुम देखोगे, वे सारे संसार की निंदा कर रहे हैं। वे कहते हैं, पश्चिम भौतिकवादी है; केवल भारत आध्यात्मिक है। सारा संसार भौतिकवादी है, वे कहते हैं। जैसे कि यह कोई एकाधिकार है ! और वे इतने अंधे हैं, वे इस तथ्य को नहीं देख पाते कि वास्तविकता एकदम विपरीत है।

जितना ज्यादा मैं भारतीय और पश्चिमी मन को देखता रहा हूं, उतना ज्यादा अनुभव करता रहा हूं कि पश्चिमी मन कम भौतिकवादी है भारतीय मन से। भारतीय मन ज्यादा भौतिकवादी है। यह चीजों से ज्यादा चिपका रहता है। यह बांट नहीं सकता; यह कंजूस है। पश्चिम ने इतनी ज्यादा भौतिक संपन्नता निर्मित कर ली है इसका मतलब यह नहीं है कि पश्चिम भौतिकवादी है। और भारत गरीब है तो इसका यह अर्थ नहीं है कि भारत अध्यात्मवादियों का देश है।

अगर गरीबी आध्यात्मिकता होती है तो नपुंसकता ब्रह्मचर्य होगी। नहीं, गरीबी आध्यात्मिकता नहीं है; न ही संपन्नता भौतिकता है। भौतिकवादिता चीजों से संबंध नहीं रखती, यह अभिवृत्तियों से संबंध रखती है। न ही आध्यात्मिकता गरीबी से संबंधित होती है; यह अंतर से संबंध रखती है—उनसे संबंध रखती है जो अनासक्त हैं, बांटने वाले हैं। भारत में तुम किसी को कोई चीज बांटते हुए नहीं पा सकते। कोई परस्पर बांट नहीं सकता, हर कोई जमा करता रहता है। और चूंकि वे ऐसे जमाखोर हैं, इसीलिए वे गरीब हैं। थोड़े-से लोग बहुत अधिक संचय करते हैं, इसलिए बहुत सारे लोग गरीब हो जाते हैं।

पश्चिम आपस में बांटता रहा है। इसीलिए सारा समाज गरीबी से अमीरी तक उन्नत हुआ है। भारत में, थोड़े-से लोग अत्यधिक धनवान हो गये हैं। तुम ऐसे धनवान लोग कहीं और पा नहीं सकते—लेकिन थोड़े-से इने-गिने। और सारा समाज स्वयं को गरीबी में घसीटता रहता है, और अंतर भारी है। तुम कहीं इतना अंतर नहीं पा सकते। एक बिड़ला और एक भिखारी के बीच का अंतर बहुत बड़ा है। ऐसा अंतर कहीं नहीं बना रह सकता और कहीं विद्यमान है भी नहीं। पश्चिम में धनवान व्यक्ति हैं, पश्चिम में गरीब व्यक्ति हैं, पर अंतर इतना बड़ा

नहीं है। यहां तो अंतर असीम ही है। तुम ऐसे भेद की कल्पना नहीं कर सकते।

यह कैसे संयुक्त किया जा सकता है ? यह परस्पर जोड़ा नहीं जा सकता क्योंकि लोग भौतिकवादी हैं। वरना यह भेद हो ही कैसे सकता है ? क्यों है यह अंतर ? क्या तुम बांट नहीं सकते ? यह असंभव होता है। लेकिन भारतीय अहंकार कहता है कि संसार, सारा संसार भौतिकवादी है। ऐसा हुआ है क्योंकि लोग पतंजलि की ओर और उन लोगों की ओर आकर्षित थे, जो कठिन विधियां दे रहे थे। पतंजलि के साथ कुछ गलत नहीं है, लेकिन भारतीय अहंकार ने सुंदर, सूक्ष्म बहाना खोज लिया अहंकारी होने के लिए।

यही तुम्हारे साथ घट रहा है। पतंजलि तुम्हें जंचते हैं क्योंकि वे कठिन हैं। हेराक्लतु 'बाल-शिक्षण' है क्योंकि वह इतना सरल है ! सरलता अहंकार को कभी नहीं जंचती। लेकिन ध्यान रहे, यदि सरलता का आकर्षण बन सके, तो मार्ग लंबा नहीं है। अगर कठिनाई का आकर्षण बनता है, तब मार्ग बहुत लंबा हो जाने वाला है क्योंकि बिलकुल आरंभ से ही, अहंकार को गिराने की बजाय तुमने इसे संचित और पुष्ट करना शुरू कर दिया है।

तुम और ज्यादा अहंकारी न बनो इसलिए मैं पतंजलि पर बोल रहा हूं। देखना और ध्यान रखना। मुझे सदा भय है पतंजलि के बारे में बोलने से। मैं कभी भयभीत नहीं हूं हेराक्लतु, बाशो या बुद्ध के बारे में बोलने से; मुझे भय है तुम्हारे कारण। पतंजलि सुंदर हैं, पर तुम गलत कारणों से आकर्षित हो सकते हो। और यह एक गलत कारण होगा—अगर तुम सोचो कि वे कठिन हैं। तब वह कठिनाई ही आकर्षण बनती है। किसी ने एडमंड हिलेरी से पूछा, जिसने माउंट एवरेस्ट को विजय किया—सबसे ऊंची चोटी को, पर्वत की एकमात्र चोटी जो अविजित थी—तो किसी ने उससे पूछा, 'क्यों ? क्यों तुम इतनी अधिक मुसीबत उठाते हो ? जरूरत क्या है ? और अगर तुम चोटी तक पहुंच भी जाओ, तो करोगे क्या तुम ? तुम्हें लौटना तो पड़ेगा ही।'

हिलेरी ने कहा, 'यह एक चुनौती है मानव-अहंकार के लिए। एक अविजित शिखर को जीतना ही होता है। इसका कोई और लाभ नहीं है।' क्या किया उसने ? वह गया वहां, झंडा लगाया और वापस लौट आया ! कितनी निरर्थक बात है ! और बहुत सारे व्यक्ति मर गये इसी प्रयास में। लगभग सौ वर्षों से बहुत सारे दल कोशिश करते रहे थे। बहुत मर गये। वे अतल खाई में जा गिरे और नष्ट हो गये और कभी लौट कर न आये। लेकिन यह पहुंचना जितना ज्यादा कठिन हुआ, आकर्षण उतना ज्यादा बना।

चांद पर क्यों जाते हो ? क्या करोगे तुम वहां ? क्या पृथ्वी काफी नहीं है ? पर नहीं, मानव-अहंकार इसे बरदाश्त नहीं कर सकता कि चांद अजेय बना रहे। आदमी को वहां पहुंचना ही चाहिए क्योंकि यह बहुत ज्यादा कठिन है। इसे जीतना ही है। तो तुम गलत कारणों से आकर्षित हो सकते हो। अब चांद पर जाना कोई काव्यमय प्रयत्न नहीं है। यह छोटे बच्चों की भांति नहीं जो अपने हाथ ऊपर उठा देते हैं और चांद को पकड़ने की कोशिश करते हैं।

जब से मनुष्यता अस्तित्व में आयी, हर बच्चा चांद पर पहुंचने के लिए तरसा। हर बच्चे ने कोशिश की है, लेकिन भेद समझ लेना है गहराई से। बच्चे की कोशिश सुंदर है। चांद इतना सुंदर है। इसे छूना, इस तक पहुंचना एक काव्यात्मक प्रयास है। इसमें कोई अहंकार नहीं है। यह एक सीधा-सादा आकर्षण है, एक प्रेम-संबंध। हर बच्चा इस प्रेम-संबंध में पड़ता है। वह बच्चा ही क्या, जो चांद द्वारा आकर्षित न हो ?

चांद एक सूक्ष्म कविता निर्मित करता है, एक सूक्ष्म आकर्षण। कोई इसे छूना चाहेगा और महसूस करना

चाहेगा; कोई चांद पर जाना चाहेगा। लेकिन वैज्ञानिक का यह कारण नहीं है। वैज्ञानिक के लिए चांद एक चुनौती की भांति है। यह चांद साहस कैसे करता है कि वहां सतत एक चुनौती की भांति रहे ! और आदमी यहां है और वह पहुंच नहीं सकता ! उसे पहुंचना ही है।

तुम गलत कारणों से आकर्षित हो सकते हो। दोष चांद का नहीं है, और न ही पतंजलि का कोई दोष है। लेकिन तुम्हें गलत कारणों से आकर्षित नहीं होना चाहिए। पतंजलि कठिन हैं—सबसे अधिक कठिन—क्योंकि वे संपूर्ण मार्ग का विश्लेषण करते हैं। हर खंड बहुत कठिन प्रतीत होता है, लेकिन कठिनाई कोई आकर्षण नहीं बननी चाहिए—इस बात को खयाल में लेना। तुम पतंजलि के द्वार से गुजर सकते हो। फिर भी तुम्हें कठिनाई के प्रेम में नहीं पड़ना है, बल्कि उस अंतर्दृष्टि के प्रेम में पड़ना है—वह प्रकाश जिसे पतंजलि मार्ग पर उतारते हैं। तुम्हें प्रकाश के प्रेम में पड़ना है, मार्ग की कठिनाई के प्रेम में नहीं। वह एक गलत कारण होगा।

जो आप हेराक्लतु, क्राइस्ट और झेन के बारे में कहते रहे हैं वह पतंजलि की तुलना में बाल-शिक्षा की भांति लगता है।

इसलिए कृपा करके तुलना मत करना। तुलना भी अहंकार ही है। अस्तित्व में चीजें बगैर किसी तुलना के होती हैं। एक वृक्ष जो आकाश में चार सौ फीट तक उठ आया है, और एक बहुत छोटा-सा घास का फूल, दोनों एक ही हैं जहां तक कि अस्तित्व का संबंध है। लेकिन तुम जानते हो और तुम कहते हो, 'यह एक बड़ा वृक्ष है। और यह क्या है ? मात्र एक साधारण घास का फूल !' तुम तुलना को बीच में ले आते हो, और जहां कहीं तुलना आती है, वहां कुरूपता होती है। इसके द्वारा तुमने एक सुंदर घटना को नष्ट कर दिया है।

वृक्ष अपने 'वृक्ष-पन' में महान था और घास अपने 'घास-पन' में महान थी। वृक्ष चार सौ फीट ऊंचा उठ आया होगा। इसके फूल उच्चतम आकाश में खिल सकते होंगे, और घास तो बस धरती से ही लिपट रही है। इसके फूल बहुत-बहुत छोटे होंगे। कोई जानता भी न होगा, जब वे खिलते और जब वे कुम्हला जाते हैं। लेकिन जब इस घास के फूल खिलते हैं, तो खिलने की घटना वही होती है, उत्सव वही होता है, और जरा भी भेद नहीं होता। इसे ध्यान में रखना। अस्तित्व में कोई तुलना नहीं होती। मन लाता है तुलना। यह कहता है, 'तुम ज्यादा सुंदर हो ?' क्या तुम इतना भर नहीं कह सकते, 'तुम सुंदर हो ?' इस 'ज्यादा' को बीच में क्यों लाना ?

मुल्ला नसरुद्दीन एक स्त्री के प्रेम में पड़ा हुआ था, और जैसी कि स्त्रियां होती हैं, जब मुल्ला नसरुद्दीन ने उसे चूमा तो उस स्त्री ने पूछा, 'क्या तुम मुझे पहली स्त्री की हैसियत से चूम रहे हो ? क्या मैं पहली स्त्री हूं जिसे तुम चूम रहे हो ? क्या मुझसे पहले किसी और स्त्री को तुम्हारा पहला चुंबन दिया जा चुका है ?' नसरुद्दीन बोला, 'हां, पहला और सबसे मधुर।'

तुलना तुम्हारे खून में घुस गयी है। जैसी चीज होती है उसके साथ तुम नहीं बने रह सकते। वह स्त्री भी तुलना की मांग कर रही है; वरना चिंता क्या करनी कि यह पहला चुंबन है या कि दूसरा है ? हर चुंबन ताजा और कुंआरा होता है। इसका कोई संबंध नहीं होता अतीत के या भविष्य के किसी दूसरे चुंबन के साथ। हर चुंबन की स्वयं में एक सत्ता है। यह अस्तित्व रखता है केवल इसकी एकान्तिकता में ही। यह स्वयं में एक शिखर है, यह एक

इकाई है—किसी भी रूप में अतीत या भविष्य के साथ संबंधित नहीं है। पूछना क्यों : क्या यह पहला है ? और उस पहले चुंबन में ऐसा कौन-सा सौंदर्य होता है ? क्या दूसरा या तीसरा चुंबन उतना सुंदर नहीं हो सकता ?

लेकिन मन चाहता है तुलना करना। मन क्यों चाहता है तुलना करना ? क्योंकि तुलना द्वारा अहंकार पोषित होता है। यह अनुभव कर सकता है, 'मैं हूं पहली स्त्री। यह है पहला चुंबन।' तुम्हारे लिए चुंबन का महत्व नहीं, चुंबन की गुणवत्ता का महत्व नहीं। इस क्षण चुंबन ने हृदय में एक द्वार खोल दिया है, लेकिन तुम्हें उसमें दिलचस्पी नहीं है। तुम्हारे लिए वह कुछ है ही नहीं। तुम रुचि रखते हो इसमें कि यह पहला है या नहीं ? अहंकार सदा तुलना में रुचि रखता है और अस्तित्व किसी तुलना को जानता नहीं। और हेराक्लतु तथा पतंजलि जैसे लोग अस्तित्व में रहते हैं, मन में नहीं। उनकी तुलना मत करना।

बहुत लोग मेरे पास आते हैं और वे पूछते हैं, 'कौन ज्यादा महान है, बुद्ध या क्राइस्ट ?' कितनी मूर्खता है पूछना। मैं उनसे कहता हूं बुद्ध ज्यादा महान हैं क्राइस्ट से और क्राइस्ट ज्यादा महान हैं बुद्ध से। क्यों तुम किये जाते हो तुलना ? कोई सूक्ष्म चीज वहां काम कर रही है। अगर तुम क्राइस्ट के अनुयायी हो, तो तुम क्राइस्ट को सबसे महान कहना चाहोगे। क्योंकि क्राइस्ट सबसे महान हों तो तुम महान हो सकते हो। यह तुम्हारे अपने अहंकार की परिपूर्णता है। कैसे तुम्हारा गुरु सबसे महान नहीं हो सकता ? उसे होना ही है क्योंकि तुम इतने महान शिष्य हो ! और अगर क्राइस्ट सबसे महान नहीं, तो कहां जायेंगे, क्या करेंगे ईसाई ? अगर बुद्ध सबसे महान न हों, तब क्या होगा बौद्धों के अहंकार का ?

प्रत्येक जाति, प्रत्येक धर्म, प्रत्येक देश, स्वयं को सबसे अधिक महान समझता है—इसलिए नहीं कि कोई देश महान होता है; इसलिए नहीं कि कोई जाति महान होती है। इस अस्तित्व में तो हर चीज महानतम है। अस्तित्व केवल महानतम का निर्माण करता है। हर जीव बेजोड़ है। लेकिन मन को यह बात जंचती नहीं क्योंकि तब तो महानता एक सामान्य-सी बात हो जाती है। हर कोई महान है ! तब इसका लाभ क्या ? किसी को ज्यादा नीचे होना चाहिए। पदानुक्रम निर्मित करना पड़ता है।

अभी एक रात, मैं एक किताब पढ़ता था जॉर्ज माइक्स की, और उसने कहा है कि बुडापेस्ट में, हंगरी में, जहां वह पैदा हुआ, एक अंग्रेज महिला उसके प्रेम में पड़ गयी। उसे कुछ ज्यादा प्रेम वगैरह न था, लेकिन वह अभद्र भी नहीं होना चाहता था। इसलिए जब उसने पूछा, 'क्या हम विवाह नहीं कर सकते ?' तो वह बोला, 'यह कठिन होगा क्योंकि मेरी मां मुझे ऐसा करने न देगी। और अगर मैं एक विदेशी से विवाह करूं तो वह खुश न होगी।' वह अंग्रेज महिला बहुत ज्यादा नाराज हुई। वह बोली, 'क्या ? मैं, और विदेशी ? मैं विदेशी नहीं हूं। मैं अंग्रेज हूं। तुम हो विदेशी और तुम्हारी मां भी।' माइक्स ने कहा, 'बुडापेस्ट में, हंगरी में, क्या मैं विदेशी हूं ?' वह कहने लगी, 'हां। सत्य भूगोल पर निर्भर नहीं करता है।'

हर कोई इसी ढंग से सोचता है। मन कोशिश करता है। अपनी इच्छाओं को पूरा करने की; वह सबसे अधिक ऊंचा होने की कोशिश करता है। धर्म हो, जाति हो, देश हो, हर चीज में व्यक्ति को सचेत रहना होता है। केवल तभी तुम अहंकार की इस सूक्ष्म घटना के पार जा सकते हो।

'हेराक्लतु, क्राइस्ट और झेन के वचनों से अंतिम चरण निकट प्रतीत होता है। पतंजलि पहले चरण को भी लगभग असंभव-सा बनाते हैं।'—क्योंकि वह दोनों है। वह निकटतम से भी ज्यादा निकट है और वह दूरतम

से भी दूर है—यही उपनिषद कहते हैं। वह निकट और दूर दोनों है। उसे होना ही है, अन्यथा कौन होगा दूर ? और उसे निकट भी होना है, अन्यथा कौन होगा तुम्हारे निकट ? वह तुम्हारी त्वचा को स्पर्श करता है, और वह किन्हीं सीमाओं के पार फैला हुआ है। वह दोनों है।

हेराक्लतु निकटता पर जोर देते हैं क्योंकि वे एक सरल व्यक्ति हैं। और वे कहते हैं कि वह इतना निकट है कि उसे निकट लाने को कुछ करने की जरूरत नहीं है। वह वहां होता ही है। वह तो तुम्हारे द्वार पर खड़ा ही है; खटखटा रहा है तुम्हारा द्वार, तुम्हारे हृदय के निकट प्रतीक्षा कर रहा है, कुछ नहीं करना है। तुम बस, मौन हो जाना और जरा देखना; केवल शांत, मौन होकर बैठ जाओ और देखो। तुमने उसे कभी नहीं खोया। सत्य निकट है।

वास्तव में, यह कहना कि वह निकट है, गलत है क्योंकि तुम्हीं सत्य हो। निकटता भी काफी दूर प्रतीत होती है। निकटता भी दर्शाती है कि एक पृथकता है, एक भेद है, एक अंतर है। वह अंतर भी वहां नहीं है; तुम हो वह। उपनिषद कहता है, 'वह तुम्हीं हो—तत्त्वमसि श्वेतकेतु।' तुम वह हो ही। 'वह निकट है', ऐसा कहना गलत है क्योंकि उतनी दूरी भी नहीं है वहां।

हेराक्लतु और झेन चाहते हैं कि तुम तुरंत छलांग लगा दो, प्रतीक्षा न करो। पतंजलि कहते हैं कि वह बहुत दूर है। वे भी सही हैं; वह बहुत दूर भी है। और पतंजलि तुम्हें ज्यादा आकर्षित करेंगे, क्योंकि यदि वह इतना निकट है और तुमने उसे पाया नहीं, तो तुम बहुत-बहुत पराजित और उदास अनुभव करोगे। यदि वह इतना निकट है, बस किनारे पर ही, खड़ा ही है तुम्हारे पहलू में, अगर वही एकमात्र पड़ोसी है, अगर हर तरफ से वह तुम्हें घेरे हुए है और तुमने उसे पाया नहीं, तो तुम्हारा अहंकार बहुत ज्यादा पराजित अनुभव करेगा। तुम्हारे जैसा इतना महान व्यक्ति, और वह इतना निकट है और तुम उसे चूक रहे हो ? यह बात बहुत पराजित करने वाली मालूम पड़ती है। लेकिन अगर वह बहुत दूर है, तब तो सब ठीक है क्योंकि तब समय की जरूरत रहती है, प्रयास की जरूरत होती है, फिर तुम्हारी कोई गलती नहीं है; वही इतनी दूर है।

दूरी इतनी विराट चीज है। तुम समय लोगो, तुम चलते जाओगे, तुम बढ़ोगे और एक दिन तुम पा लोगे। यदि वह निकट है, तो तुम अपराधी अनुभव करोगे। तब तुम उसे क्यों नहीं पा रहे ? हेराक्लतु और बाशो और बुद्ध को पढ़ते हुए, कोई असुविधा अनुभव करता है। ऐसा पतंजलि के साथ कभी नहीं होता। उनके साथ व्यक्ति निश्चिंत अनुभव करता है।

जरा मन के विरोधाभास को देखो। सबसे आसान बात के साथ व्यक्ति बेचैनी अनुभव करता है। असुविधा तुम्हारे कारण ही आती है। हेराक्लतु या जीसस के साथ चलना बहुत असुविधाजनक है क्योंकि वे जोर दिये जाते हैं कि प्रभु का राज्य तुम्हारे भीतर ही है। और तुम जानते हो कि सिवाय नरक के तुम्हारे भीतर कुछ विद्यामन नहीं है। लेकिन वे जोर देते हैं कि प्रभु का राज्य तुम्हारे भीतर है, इसलिए यह बात कष्टकर हो जाती है।

यदि प्रभु का राज्य तुम्हारे भीतर है तो तुम्हारे साथ ही कुछ गड़बड़ है। क्यों तुम इसे देख नहीं सकते ? और अगर यह इतना अधिक मौजूद है, तो यह बिलकुल इसी क्षण क्यों नहीं घट सकता ? यही है झेन का संदेश—कि यह तात्कालिक है। प्रतीक्षा करने की कोई जरूरत नहीं। कोई जरूरत नहीं समय गंवाने की। यह बिलकुल अभी घट सकता है, इस क्षण ही। वहां कोई बहाना नहीं। यह बात तुम्हें लज्जित बना देती है। तुम बेचैनी अनुभव करते हो, क्योंकि तुम कोई बहाना नहीं ढूंढ़ सकते। पतंजलि के साथ तो तुम लाखों बहाने खोज सकते

हो, कि वह बहुत दूर है। लाखों जन्मों तक प्रयास करने की जरूरत है। हां, इसे पाया जा सकता है, पर हमेशा भविष्य में ही। तब तुम निश्चिंत होते हो इसके बारे में कोई बहुत तात्कालिकता नहीं होती है, और जैसे तुम अभी हो, वैसे ही रह सकते हो। कल सुबह तुम मार्ग पर बढ़ना शुरू करोगे ! और कल कभी आता नहीं।

पतंजलि तुम्हें समय देते हैं, भविष्य देते हैं। वे कहते हैं, 'यह करो और वह करो, और ऐसा करो। और धीरे-धीरे तुम पहुंचोगे किसी दिन। कब ? यह कोई जानता नहीं। पहुंचेंगे भविष्य की किसी जिंदगी में।' तब तुम सुख-चैन में होते हो; कोई बड़ी जरूरत नहीं। तुम वैसे रह सकते हो जैसे तुम हो; कोई जल्दी नहीं है।

ये झेन के लोग, ये तुम्हें पागल बना देते हैं। और मैं तुम्हें ज्यादा पागल बना देता हूं क्योंकि मैं दोनों ओर से बोलता हूं। यह मात्र एक ढंग है। यह एक कोआन है, पहेली है। यह सिर्फ एक तरीका है तुम्हें मतवाला बना देने का। मैं हेराक्लतु का उपयोग करता हूं, मैं पतंजलि का उपयोग करता हूं लेकिन ये युक्तियां हैं तुम्हें मतवाला बना देने की। तुम्हें बिलकुल शिथिल नहीं होने दिया जा सकता। जब कभी भविष्य होता है, तुम्हें ठीक लगता है। तब मन परमात्मा की आकांक्षा कर सकता है। और तुम्हारी कोई गलती नहीं है। यह घटना ही ऐसी है कि यह समय लेगी ! यह बात एक बहाना बन जाती है।

पतंजलि के साथ तुम स्थगित कर सकते हो, तैयार हो सकते हो, झेन के साथ तुम स्थगित नहीं कर सकते। अगर तुम स्थगित करते हो, तो यह तुम ही हो जो स्थगित कर रहे हो, परमात्मा नहीं। पतंजलि के साथ तुम स्थगित कर सकते हो, तैयार हो सकते हो, क्योंकि परमात्मा का स्वभाव ही ऐसा है कि वह केवल क्रमिक मार्गों द्वारा पाया जा सकता है। वह बहुत-बहुत कठिन है। इसीलिए कठिनाई के साथ तुम सुविधा अनुभव करते हो। और यही है विरोधाभास : जो कहते हैं कि यह आसान है उनके साथ तुम असुविधा अनुभव करते हो; जो कहते हैं कि यह कठिन है उनके साथ तुम सुविधा अनुभव करते हो। होना तो उलटा चाहिए।

लेकिन दोनों सत्य हैं, इसलिए यह तुम पर निर्भर करता है। अगर तुम स्थगित करना चाहते हो, तैयार होना चाहते हो, तो पतंजलि श्रेष्ठ हैं। अगर तुम इसे यहीं और अभी चाहते हो, तो झेन को सुनना होगा और तुम्हें निर्णय लेना होगा। क्या तुम बहुत तात्कालिकता में हो ? क्या तुमने पर्याप्त दुख नहीं उठा लिया है ? क्या तुम और दुख उठाना चाहते हो ? तो पतंजलि श्रेष्ठ हैं। तुम पतंजलि के पीछे चलो। तब कहीं दूर, आगे भविष्य में तुम आनंद प्राप्त कर लोगे।

पर यदि तुमने पर्याप्त दुख उठाया है, तो यह अभी घट सकता है। और यही होती है परिपक्वता—समझ लेना कि तुमने पर्याप्त दुख उठा लिया है।

और तुम हेराक्लतु और झेन को 'बच्चों जैसा' कह देते हो। 'बाल-शिक्षा, किंडरगार्टन ?' मैंने काफी दुख उठा लिया इसके बोध से भर जाना ही एकमात्र परिपक्वता है। अगर तुम ऐसा अनुभव करते हो, तो एक तात्कालिकता निर्मित हो जाती है; तब अग्नि निर्मित हो जाती है। कुछ कर लेना है, बिलकुल अभी ! तुम इसे स्थगित नहीं कर सकते। स्थगित करने और तैयार होने में कोई अर्थ नहीं। तुम इसे काफी स्थगित कर चुके हो। लेकिन यदि तुम भविष्य चाहते हो, अगर तुम थोड़ा और दुख उठाना चाहते हो,अगर तुम नरक के साथ आसक्त हो गये हो, अगर तुम एक दिन और चाहते हो वैसा ही बने रहने को, या अगर तुम सिर्फ कुछ चाहते हो मामूली रूपांतरण, तो पतंजलि के पीछे हो लेना।

इसीलिए पतंजलि कहते हैं, 'यह करो, वह करो—धीरे-धीरे। एक चीज करो, फिर दूसरी चीज करो।' लाखों चीजें हैं जो करनी होती हैं। और उन्हें तुरंत किया नहीं जा सकता। तो तुम स्वयं को थोड़ा-थोड़ा परिवर्तित किये चले जाते हो। आज तुम प्रतिज्ञा करते हो कि तुम अहिंसात्मक रहोगे; कल तुम दूसरी प्रतिज्ञा करोगे। फिर परसों तुम ब्रह्मचारी बन जाओगे, और इस तरह ये बातें चलती चली जाती हैं। तब लाखों चीजों को गिराना होता है—झूठ बोलना गिराना होता है, हिंसा गिरानी होती है; धीरे-धीरे, क्रोध, घृणा, ईर्ष्या, परिग्रह आदि लाखों चीजें—जो तुम्हारे पास हैं।

लेकिन इस बीच तुम वही रहते हो। कैसे तुम क्रोध गिरा सकते हो, यदि तुमने घृणा को नहीं गिरा दिया है? यदि तुमने ईर्ष्या को नहीं गिरा दिया है , तो कैसे तुम क्रोध गिरा सकते हो ? कैसे तुम क्रोध गिरा सकते हो यदि तुमने आक्रामकता को नहीं गिराया ? वे अंतर्संबंधित हैं। तुम कहते हो कि अब तुम और क्रोधित नहीं होओगे, लेकिन क्या कह रहे हो तुम ? बड़ी मूढ़ता की बात। तुम घृणा से भरे रहोगे, तुम आक्रामक बने रहोगे, तुम फिर भी शासन जमाना चाहोगे, तुम फिर भी एकदम ऊंचाई पर रहना चाहोगे, और तुम गिरा रहे हो क्रोध को ? कैसे तुम इसे गिरा सकते हो ? वे बातें अंतर्संबधित हैं।

झेन यही कहता है कि यदि तुम किसी चीज को गिराना चाहते हो, तो इस घटना को समझ लेना कि हर चीज संबंधित है। या तो तुम इसे अभी गिरा दो, या फिर तुम इसे कभी न गिराओगे। स्वयं को धोखा मत दो। तुम मात्र लीपा-पोती कर सकते हो—थोड़ी यहां, एक मरम्मत वहां, और पुराना घर इसके पुरानेपन सहित बना रहता है। और जब तुम काम किये चले जाते हो, दीवारों को रंगते हो और सूराखों को भरते हो और यह करते हो और वह करते हो, तो तुम सोचते हो कि तुम कोई नया जीवन निर्मित कर रहे हो। और इस बीच तुम वही बने रहते हो। और जितना ज्यादा इसे तुम किये जाते हो, यह उतनी ज्यादा गहरी जड़ें जमा लेता है।

धोखा मत देना। यदि तुम समझ सकते हो, तो समझना तुरंत होता है। यही है झेन का संदेश। अगर तुम नहीं समझ सकते, तो कुछ करना होता है, और पतंजलि ठीक रहेंगे। तब तुम पतंजलि का अनुसरण करते हो। किसी न किसी दिन, तुम्हें समझ तक पहुंच जाना होगा, जहां तुम देखोगे कि यह सारी बात एक चालाकी रही—बच निकलने की तुम्हारे मन की एक चालाकी, वास्तविकता को टाल जाने की, टालने की और पलायन की चालाकी—और उस दिन अकस्मात तुम गिरा दोगे।

पतंजलि क्रमिक हैं, झेन अकस्मात है। यदि तुम अकस्मात नहीं हो सकते, तो बेहतर है क्रमिक हो जाना। कुछ न होने की बजाय—न तो यह, न ही वह—बेहतर होगा तुम क्रमिक ही हो जाओ। पतंजलि भी तुम्हें इसी स्थिति तक लायेंगे, लेकिन वे तुम्हें थोड़ा समय देंगे। यह ज्यादा सुविधापूर्ण है; कठिन है, पर ज्यादा सुविधापूर्ण है। किसी तात्कालिक रूपांतरण की मांग नहीं की जाती, और क्रमिक विकास के साथ मन ठीक बैठ सकता है।

'हेराक्लतु, क्राइस्ट और झेन के द्वारा अंतिम चरण निकट प्रतीत होता है, पतंजलि पहले चरण को भी लगभग असंभव-सा बना देते हैं। ऐसा लगता है, स्वयं पर कितना काम करना है इसका अनुमान पाश्चिमात्य लोग शायद ही लगा पाते हों।'

यह तुम पर निर्भर है। यदि तुम काम करना चाहते हो, तो तुम कर सकते हो इसे। अगर तुम जानना चाहते हो बिना काम किये, वह भी संभव है। वह भी है संभव। यह चुनाव तुम्हारा है। अगर तुम कठिन श्रम करना

चाहते हो तो मैं तुम्हें दूंगा कठिन श्रम। मैं तो और ज्यादा सोपान भी निर्मित कर सकता हूं। पतंजलि और लंबाये भी जा सकते हैं। उन्हें और फैलाया जा सकता है। मैं लक्ष्य को और ज्यादा दूर भी रख सकता हूं; मैं तुम्हें करने को असंभव चीजें दे सकता हूं। यह तुम्हारी पसंद होती है। या अगर तुम वास्तव में जानना चाहते हो, तो यह इसी क्षण घट सकता है। यह तुम पर है। पतंजलि देखने का एक ढंग हैं, हेराक्लतु भी देखने का एक ढंग हैं।

एक बार ऐसा हुआ कि मैं एक सड़क पर से गुजरता था और मैंने एक छोटे बच्चे को बहुत बड़ा तरबूज खाते देखा। उसके लिहाज से वह तरबूज बहुत बड़ा था। मैंने देखा और मैंने ध्यान दिया, और मैंने जाना कि उसे खत्म करना उसे कुछ कठिन लग रहा था। सो मैंने उससे कहा, 'यह तो सचमुच बहुत बड़ा लगता है, न ?' उस लड़के ने मेरी तरफ देखा और कहा, 'नहीं। मैं ही छोटा पड़ता हूं।'

वह भी ठीक है। हर चीज दो दृष्टिकोणों से देखी जा सकती है। परमात्मा निकट है और दूर है। अब यह तुम पर है निर्णय लेना कि तुम कहां से छलांग लगाना चाहोगे—निकट से या दूर से। अगर तुम दूर से छलांग लगाना चाहते हो, तब सारी विधियां चली आती हैं। क्योंकि वे तुम्हें दूर ले जायेंगी, और वहां से तुम छलांग लगाओगे। यह बिलकुल इस भांति है, जैसे तुम सागर के इस किनारे खड़े हो। सागर यहां है और वहां भी है दूसरे किनारे पर, जो कि पूरी तरह अदृश्य है—बहुत-बहुत दूर। तुम इस किनारे से छलांग लगा सकते हो क्योंकि यह वही सागर है, लेकिन यदि तुम दूसरे किनारे से छलांग लगाने का निर्णय लेते हो तो पतंजलि तुम्हें नाव दे देते हैं।

सारा योग एक नाव है दूसरे किनारे तक ले जाने के लिए, जहां से तुम छलांग लगा सको। यह तुम पर है। तुम यात्रा का मजा ले सकते हो; इसमें गलत नहीं है कुछ। मैं नहीं कह रहा, यह गलत है। यह तुम पर है। तुम नाव ले सकते हो और दूसरे किनारे पर जा सकते हो, और तुम वहां से लगा सकते हो छलांग। लेकिन वही सागर है वहां। क्यों न इसी किनारे से छलांग लगा दो ? छलांग वही होगी, सागर तो वही होगा, और तुम भी वही होगे। इससे क्या फर्क पड़ता है, अगर तुम दूसरे किनारे पर जाते हो ? वहां दूसरे किनारे पर लोग हो सकते हैं और वे यहां आने की कोशिश कर रहे होंगे। वहां भी कई पतंजलि होते हैं; उन्होंने वहां नावें बना ली हैं। वे यहां आ रहे हैं बड़ी दूर से छलांग लगाने के लिए।

ऐसा हुआ कि एक आदमी सड़क पार करने की कोशिश कर रहा था। वह भीड़ का समय था, और सड़क पार करना कठिन था। बहुत-सी कारें बहुत तेज दौड़ी जा रही थीं। वह बहुत धीमा आदमी था। उसने बहुत बार कोशिश की और फिर लौट आया। फिर उसने मुल्ला नसरुद्दीन को देखा—एक पुराना परिचित, जो दूसरी ओर था। वह चिल्लाया, 'नसरुद्दीन, तुमने कैसे सड़क पार की ?' नसरुद्दीन बोला, 'मैंने कभी नहीं पार की। मैं तो पैदा हुआ इस ओर।'

लोग हैं जो सदा सोचते रहते हैं दूर के किनारे की। दूर की बात हमेशा सुंदर लगती है। दूर का एक अपना ही चुंबकीय आकर्षण होता है, क्योंकि यह धुंध में लिपटा होता है। लेकिन सागर वही है। यह तुम पर है चुनना। उस किनारे पर जाने में कुछ गलत नहीं है लेकिन जाओ सही कारणों से। हो सकता है, तुम इस किनारे से छलांग लगाना सिर्फ टाल ही रहे होओ। अगर नाव तुम्हें दूसरे किनारे तक ले भी जाती है, तो जिस क्षण तुम उस किनारे पर पहुंचते हो, तुम इस किनारे की सोचने लगोगे, क्योंकि तब यह बात बहुत दूर की बात होगी। और बहुत बार, बहुत जन्मों से तुमने यही किया है। तुमने किनारे बदल लिये हैं, लेकिन तुमने छलांग नहीं लगायी है।

मैंने देखा है तुम्हें इस ओर से उस ओर तक सागर पार करते हुए और उस ओर से इस ओर पार करते हुए। यही है समस्या—वह किनारा बहुत दूर है क्योंकि तुम यहां हो, और जब तुम वहां होते हो तो यह किनारा बहुत दूर हो जायेगा। और तुम एक ऐसी नींद में हो कि तुम बार-बार बिलकुल भूल ही जाते हो कि तुम उस किनारे तक भी जा चुके हो। जिस समय तक तुम दूसरे किनारे पर पहुंचते हो, तुम उस किनारे को भूल जाते हो, जिसे तुम पीछे छोड़ चुके होते हो। जिस समय तक तुम पहुंचते हो, विस्मरण अधिकार जमा लेता है, तुम पर।

तुम दूर की ओर देखते, और फिर कोई कह देता, 'श्रीमान, यह रही नाव। आप जा सकते हो दूसरे किनारे पर, और आप लगा सकते हो वहां से छलांग क्योंकि परमात्मा बहुत-बहुत दूर है।' और तुम फिर तैयारी शुरू कर देते उस किनारे को छोड़ने की। पतंजलि तुम्हें दूसरे किनारे पर जाने के लिए नाव देते हैं। लेकिन जब तुम दूसरे पर पहुंच चुके होते हो, तो झेन सदा छलांग देगा तुम्हें। अंतिम छलांग झेन द्वारा होती है। इस बीच तुम बहुत सारी चीजें कर सकते हो, वह कोई सार नहीं है। जब कभी तुम छलांग लगाओगे, वह अचानक छलांग होगी। यह क्रमिक नहीं हो सकती।

इस किनारे से उस किनारे तक जाना यही सारी क्रमिकता है। लेकिन इसमें गलत कुछ भी नहीं है। अगर तुम यात्रा का आनंद लेते हो तो यह सुंदर है, क्योंकि 'वह' यहीं है, वह मध्य में है, वह उस किनारे पर भी है। दूसरे किनारे पर जाने की जरूरत नहीं है। तुम मध्य से भी छलांग लगा सकते हो, नाव से ही। तब नाव ही किनारा बन जाती है। जहां कहीं से तुम छलांग लगाते हो वही किनारा है। किसी क्षण तुम लगा सकते हो छलांग, तब जिस बिंदु से तुम छलांग लगाते हो, वह किनारा बन जाता है। अगर तुम छलांग नहीं लगाते, तो वह जगह फिर किनारा नहीं होती। यह तुम पर निर्भर करता है; इसे ठीक से ध्यान में रख लेना।

इसलिए मैं सारे परस्पर-विरोधी दृष्टिकोणों पर बोल रहा हूं, जिससे कि तुम हर तरफ से समझ सको और तुम हर तरफ से देख सको वास्तविकता को। फिर तुम निर्णय ले सकते हो। अगर तुम प्रतीक्षा करने का निर्णय लेते हो, तो सुंदर। अगर तुम बिलकुल अभी छलांग लगाने का निर्णय लेते हो, तो सुंदर। मेरे देखे, हर चीज सुंदर और महान है, और मेरा कोई चुनाव नहीं है। मैं तो बस तुम्हें दे देता हूं सारे चुनाव, सारे विकल्प। अगर तुम कहते हो, मैं थोड़ी और प्रतीक्षा करना चाहूंगा, तो मैं कहता हूं, शुभ ! मैं आशीष देता हूं। करो थोड़ी प्रतीक्षा। अगर तुम कहते हो, मैं तैयार हूं और मैं छलांग लगाना चाहता हूं, तो मैं कहता हूं, 'छलांग लगा दो, मेरे आशीष सहित।'

मेरे लिए कोई चुनाव नहीं—न तो हेराक्लतु, न ही पतंजलि। मैं तो केवल द्वार खोल रहा हूं तुम्हारे लिए इस आशा में कि शायद तुम किसी द्वार में प्रवेश कर जाओ। लेकिन याद रखना मन की चालाकियां। जब मैं हेराक्लतु पर बोलता हूं, तो तुम सोचते हो, 'यह बहुत धुंधला है, बहुत रहस्यपूर्ण, बहुत सरल !' जब मैं पतंजलि पर बोलता हूं, तो तुम सोचते हो, 'यह बहुत कठिन है; लगभग असंभव।' मैं द्वार खोल देता हूं, और तुम व्याख्या बना लेते हो। तुम निर्णय कर लेते हो। और तुम स्वयं को रोक लेते हो। द्वार खुला है लेकिन तुम्हारे निर्णय देने को नहीं, तुम्हारे प्रवेश करने के लिए।

विश्वास से बढ़कर श्रद्धा तक पहुंचने के विषय में आपने कहा है। संदेह और विश्वास के बीच झूलने वाले हमारे मन का उपयोग हम इन दो छोरों के पार जाने के लिए किस तरह कर सकते हैं ?

संदेह और विश्वास भिन्न नहीं हैं। वे एक ही सिक्के के दो पहलू हैं। पहले इसे समझ लेना है, क्योंकि लोग सोचते हैं कि जब वे विश्वास करते हैं, तो वे संदेह के पार जा चुके होते हैं। विश्वास संदेह के समान ही है क्योंकि दोनों मन के विषय हैं। तुम्हारा मन बहस करता, नहीं कहता, हां कहने में मदद देने को कोई प्रमाण नहीं जुटाता, तो तुम संदेह करते हो। फिर तुम्हारा मन हां कहने के लिए युक्ति खोजता है, प्रमाण खोजता है, तो तुम विश्वास कर लेते हो। लेकिन दोनों अवस्थाओं में तुम तर्क में विश्वास करते हो; दोनों अवस्थाओं में तुम युक्ति में विश्वास करते हो। भेद तो मात्र सतह पर ही है, नीचे गहरे में तुम तर्क में ही विश्वास करते हो; और श्रद्धा है तर्क के बाहर हो जाना।

श्रद्धा पागल है, अबौद्धिक है, बेतुकी है।

और मैं कहता हूं श्रद्धा विश्वास नहीं है; श्रद्धा व्यक्तिगत साक्षात्कार है। विश्वास फिर दिया हुआ ही होता है या उधार लिया होता है। वह एक संस्कार है। विश्वास एक संस्कार है, जिसे माता-पिता, सभ्यता, समाज तुम्हें देता है। तुम इसकी परवाह नहीं करते; तुम इसे व्यक्तिगत विषय नहीं बनाते। यह एक दी हुई चीज है। एक चीज जो दी गयी है और जो एक व्यक्तिगत विकास नहीं है, मात्र एक ऊपरी चीज होती है; एक नकली चेहरा, रविवारीय चेहरा।

छह दिन तुम अलग होते हो, फिर रविवार को तुम चर्च में प्रवेश करते हो और तुम मुखौटा चढ़ा लेते हो। जरा देखना, लोग चर्च में कैसे व्यवहार करते हैं। इतनी नरमाई से, इतने मानवीय होकर—वही लोग ! अगर एक खूनी भी चर्च में आ जाता है और प्रार्थना करता है, तो उसके चेहरे को देखना—वह इतना सुंदर और निर्दोष लगता है। और इसी आदमी ने कत्ल किया है। चर्च में तुम्हारे पास उपयोग करने को एक उपयुक्त चेहरा होता है, और तुम जानते हो उसे कैसे उपयोग करना है। यह एक संस्कारबद्धता रही है। बिलकुल बचपन से ही इसे तुम्हें दे दिया गया है।

विश्वास दिया जाता है; आस्था एक विकास है। तुम वास्तविकता से साक्षात्कार करते हो, तुम वास्तविकता का सामना करते हो, तुम वास्तविकता को जीते हो, और धीर-धीरे तुम एक समझ तक आ पहुंचते हो कि संदेह ले जाता है नरक तक, दुख तक। जितना ज्यादा तुम संदेह करते हो, उतने ज्यादा दुखी तुम हो जाते हो। यदि तुम पूरी तरह से संदेह कर सको, तो तुम संपूर्ण दुख में होओगे। अगर तुम संपूर्ण दुख में नहीं हो, तो इसी कारण कि पूरी तरह संदेह नहीं कर सकते। तुम अभी आस्था रखते हो। एक नास्तिक भी आस्था रखता है। वह व्यक्ति भी, जो संदेह करता है कि ईश्वर है या नहीं, वह भी आस्था रखता है, वरना वह जी नहीं सकता; जिंदगी असंभव हो जायेगी।

यदि संदेह समग्र हो जाता है, तो तुम एक पल भी न जी पाओगे। तुम कैसे सांस ले सकते हो यदि तुम संदेह करो ? यदि तुम वास्तव में संदेह करते हो, तो कौन जानता है कि सांस जहरीली नहीं है। कौन जानता है कि लाखों कीटाणु भीतर नहीं पहुंच रहे ! कौन जानता है कि कैंसर नहीं आ रहा सांस द्वारा। अगर तुम वास्तव में संदेह करते हो, तो तुम सांस भी नहीं ले सकते। तुम क्षण भर को नहीं जी सकते हो, तुम फौरन मर जाओगे। संदेह आत्मघात है। पर तुम कभी संपूर्णतया संदेह नहीं करते, अतः तुम विलंब किये जाते हो। तुम देर लगाते रहते हो; किसी तरह तुम चलाये चलते हो। लेकिन तुम्हारा जीवन समग्र नहीं होता। जरा सोचो अगर समग्र संदेह आत्मघात

होता है, तो समग्र श्रद्धा एक परम जीवन की संभावना है।

यही है जो घटता है श्रद्धावान को। वह श्रद्धा करता है। और जितनी ज्यादा वह श्रद्धा करता है, उतना ज्यादा वह श्रद्धा करने के योग्य बनता है। जितना ज्यादा वह श्रद्धा रखने में सक्षम बनता है, उतना ज्यादा जीवन खुलता है। वह ज्यादा अनुभव करता है, वह ज्यादा जीता है, पूर्णरूपेण जीता है। जीवन एक प्रामाणिक आनंद बन जाता है। अब वह अधिक श्रद्धा कर सकता है। ऐसा नहीं है कि वह धोखा नहीं खाता है। अगर तुम श्रद्धा करते हो, इसका मतलब यह नहीं कि कोई तुम्हें धोखा देने ही वाला नहीं। वस्तुतः ज्यादा लोग तुम्हें धोखा देंगे क्योंकि तुम असुरक्षित बन जाते हो। अगर तुम श्रद्धा करते हो, तो ज्यादा लोग तुम्हें धोखा देंगे, लेकिन कोई तुम्हें दुखी नहीं बना सकता; यही समझने की बात है। वे धोखा दे सकते हैं, वे तुम्हारी चीजें चुरा सकते हैं, वे रुपया उधार ले सकते हैं और उसे कभी नहीं लौटाते, लेकिन कोई तुम्हें दुखी नहीं बना सकता। यह असंभव हो जाता है। अगर वे तुम्हें मार भी डालें तो भी वे तुम्हें दुखी नहीं बना सकते।

तुम आस्था रखते हो। और आस्था तुम्हें असुरक्षित बना देती है लेकिन परम विजेता भी, क्योंकि कोई तुम्हें हरा नहीं सकता। वे धोखा दे सकते हैं, वे चुरा सकते हैं। हो सकता है तुम भिखारी बन जाओ, पर फिर भी तुम सम्राट रहोगे।

श्रद्धा भिखारियों को सम्राट बना देती है और संदेह सम्राटों को भिखारी बना देता है।

जरा किसी सम्राट को तो देखो; वह श्रद्धा नहीं कर सकता, वह सदा ही भयभीत रहता है। वह अपनी पत्नी पर आस्था नहीं रख सकता, वह अपने बच्चों पर आस्था नहीं रख सकता, क्योंकि एक सम्राट इतने अधिक का स्वामी होता है कि बेटा उसे मार डालेगा, पत्नी उसे जहर दे देगी। वह किसी पर भरोसा नहीं रख सकता। वह इतने संदेह से भरा है, वह पहले से ही नरक में है। अगर वह सोता भी है, तो वह आराम नहीं कर सकता। कौन जानता है कि क्या घटनेवाला है!

श्रद्धा तुम्हें ज्यादा और ज्यादा खुला बना देती है। निस्संदेह, जब तुम खुले होते हो, तो बहुत सारी चीजें संभव हो जायेंगी। जब तुम खुले होते हो तो मित्र तुम्हारे हृदय तक पहुंचेंगे, लेकिन निस्संदेह शत्रु भी तुम्हारे हृदय तक पहुंच पायेंगे। द्वार खुला है। अतः दोनों संभावनाएं हैं। यदि तुम सुरक्षित होना चाहते हो, तो पूरी तरह दरवाजा बंद कर दो। सांकल लगा दो और भीतर छिप जाओ। अब कोई शत्रु नहीं आ सकता, लेकिन कोई मित्र भी नहीं आ सकता। अगर परमात्मा भी आ जाये, तो वह प्रवेश नहीं कर सकता। अब कोई तुम्हें धोखा नहीं दे सकता, लेकिन सार क्या? तुम कब्र में हो। तुम मरे ही हुए हो। कोई तुम्हें मार नहीं सकता, बल्कि तुम पहले से ही मरे हुए हो; तुम बाहर नहीं आ सकते। तुम सुरक्षा में जीते हो निस्संदेह ही, पर किस प्रकार का है यह जीवन? तुम बिलकुल ही नहीं जीते। फिर तुम द्वार खोलते हो।

संदेह है द्वार का बंद करना; श्रद्धा है द्वार का खोलना। जब तुम द्वार खोलते हो, तो कई विकल्प संभव हो जाते हैं। मित्र प्रवेश कर सकते हैं, शत्रु प्रवेश कर सकते हैं। हवा बह आयेगी, फूलों की सुगंध ले आयेगी। लेकिन यह रोग के कीटाणु भी ले आयेगी। अब हर चीज संभव है—अच्छी और बुरी। प्रेम आयेगा, घृणा भी आयेगी। अब परमात्मा आ सकता है और शैतान भी आ सकता है। डर यह है कि हो सकता है कुछ गलत हो जाये, तो बंद करो द्वार। लेकिन फिर हर चीज गलत हो जाती है। द्वार खोलो तो संभावना हो सकती है कि कोई

चीज गलत हो जाये, लेकिन तुम्हारे लिए कुछ गलत नहीं, यदि तुम्हारी श्रद्धा समग्र है तो। शत्रु में भी तुम मित्र पा लोगे और शैतान में भी तुम ईश्वर पा लोगे। श्रद्धा एक ऐसा रूपांतरण है कि तुम बुरा पा ही नहीं सकते क्योंकि तुम्हारा सारा दृष्टिकोण ही बदल गया है।

यही है जीसस के कथन का अर्थ, 'अपने शत्रुओं से प्रेम करो।' तुम कैसे अपने शत्रुओं से प्रेम कर सकते हो ? यह एक उलझन में डालने वाली समस्या रही है ईसाई धर्मविदों के लिए; एक गूढ़ पहेली। कैसे तुम अपने शत्रु से प्रेम कर सकते हो ? लेकिन एक श्रद्धावान यह कर सकता है क्योंकि श्रद्धामय व्यक्ति किसी शत्रु को नहीं जानता। श्रद्धावान केवल मित्र को जानता है। जिस किसी रूप में वह आये उससे कुछ फर्क नहीं पड़ता। यदि वह चुराने आता है तो वह मित्र है; यदि वह कुछ ले जाने को आता है तो वह मित्र है;—यदि वह देने आता है, तो वह मित्र है—जिस किसी रूप में भी वह आये।

ऐसा हुआ कि अलहिल्लाज मंसूर—एक बड़ा रहस्यवादी, एक महान सूफी, उनका कत्ल कर दिया गया, उन्हें मार डाला गया। जिस समय वे आसमान की ओर देखने लगे, उनके अंतिम शब्द थे, 'तुम मुझे धोखा नहीं दे सकते।' बहुत लोग थे वहां, और अलहिल्लाज मुसकुरा रहे थे। वे आसमान की ओर देखकर कहते थे, 'तुम मुझे धोखा नहीं दे सकते।' तो किसी ने पूछा, 'तुम्हारा मतलब क्या है ? किससे बातें कर रहे हो तुम ?' वे बोले, 'मैं अपने ईश्वर से बातें कर रहा हूं। जिस किसी रूप में तुम आते हो, तुम मुझे धोखा नहीं दे सकते। मैं तुम्हें खूब जानता हूं। अब तुम मौत की तरह आये हो। तुम मुझे धोखा नहीं दे सकते।'

एक श्रद्धावान व्यक्ति धोखा नहीं पा सकता है। जो कुछ आता है, जिस किसी रूप में, उस तक हमेशा परमात्मा ही पहुंच रहा है क्योंकि श्रद्धा हर चीज को पावन बना देती है। श्रद्धा एक कीमिया है। यह केवल तुम्हें ही रूपांतरित नहीं करती, यह तुम्हारे लिए सारे संसार को रूपांतरित कर देती है। जहां कहीं तुम देखते हो, तुम 'उसे' ही पाते हो—मित्र में, शत्रु में, दिन में, रात में। हां, हेराक्लतु सही है। परमात्मा ग्रीष्म और शीत है, दिन और रात है, परमात्मा परितृप्ति है और भूख है। यह है श्रद्धा। पतंजलि श्रद्धा को आधार बना देते हैं—सारे विकास का आधार।

'आप विश्वास से श्रद्धा की ओर बढ़ने की कहते हैं....।' विश्वास वह है जो दिया जाता है; श्रद्धा वह है जो पायी जाती है। विश्वास तुम्हारे माता-पिता द्वारा दिया जाता है, श्रद्धा तुम्हारे द्वारा पायी जाती है। विश्वास समाज द्वारा दिया जाता है; श्रद्धा की तलाश तुम्हें करनी होती है; खोजना होता है और इसके बारे में पता लगाना होता है। श्रद्धा व्यक्तिगत होती है, आंतरिक होती है, विश्वास उपयोगी वस्तु की भांति होता है। इसे तुम बाजार से खरीद सकते हो।

जब मैं ऐसा कहता हूं तो मैं इसे बहुत समझ कर कहता हूं। तुम जाकर मुसलमान बन सकते हो; तुम जाकर हिंदू बन सकते हो। आर्य समाज में जाओ और तुम एक हिंदू में परिवर्तित किये जा सकते हो। कोई कठिनाई नहीं। विश्वास बाजार में खरीदा जा सकता है। मुसलमान से तुम हिंदू बन सकते हो; हिंदू से तुम जैन बन सकते हो। यह इतना आसान है कि कोई भी नासमझ पंडित-पुरोहित कर सकता है। लेकिन श्रद्धा कोई वस्तु नहीं है। तुम जाकर इसे बाजार में नहीं पा सकते, तुम इसे खरीद नहीं सकते। तुम्हें बहुत सारे अनुभवों में से गुजरना पड़ता है। धीरे-धीरे यह उदित होती है; धीरे-धीरे यह तुम्हें परिवर्तित करती है। एक नयी गुणवत्ता, एक नयी ज्योति

तुम्हारे अस्तित्व में आ पहुंचती है।

जब तुम देखते हो कि संदेह दुख है, तो आती है श्रद्धा। जब तुम देखते हो कि विश्वास मृत है, तब आती है श्रद्धा। यदि तुम एक ईसाई हो, एक हिंदू हो, एक मुसलमान हो, तो क्या तुमने ध्यान दिया कि तुम बिलकुल मर गये हो ? किस तरह के ईसाई हो तुम ? अगर तुम वास्तव में ईसाई हो, तो तुम क्राइस्ट होओगे उससे जरा भी कम नहीं। श्रद्धा तुम्हें क्राइस्ट बना देगी, विश्वास बनायेगा तुम्हें ईसाई और वह एक बहुत दरिद्र विकल्प है। किस तरह के ईसाई हो तुम ? तुम चर्च जाते, तुम बाइबिल पढ़ते, इसलिए तुम ईसाई हो ? तुम्हारा विश्वास कोई अनुभूति नहीं है। यह एक अज्ञान है।

ऐसा हुआ कहीं रोटरी क्लब में, कि एक बड़ा अर्थशास्त्री बोलने को आया। वह अर्थशास्त्र की खास भाषा में बोला। नगर का एक पादरी भी उपस्थित था उसे सुनने को। भाषण के पश्चात, वह उसके पास आया और बोला, 'यह एक सुंदर भाषण था जो आपने दिया, लेकिन स्पष्ट कहूं तो मैं एक शब्द भी नहीं समझ सका।' वह अर्थशास्त्री बोला, 'इस स्थिति में आपसे मैं वहीं कहूंगा जो आप कहते हो अपने श्रोताओं से—विश्वास रखो।'

जब तुम नहीं समझ सकते, जब तुम अज्ञानी होते हो, तो सारा समाज कहता है, 'विश्वास रखो।' मैं तुमसे कहूंगा झूठा विश्वास रखने से तो संदेह करना बेहतर है। संदेह करना बेहतर है, क्योंकि संदेह दुख निर्मित करेगा। विश्वास एक सांत्वना है; संदेह दुख निर्मित करेगा। और अगर दुख होता है तो तुम्हें श्रद्धा खोजनी ही पड़ेगी। यही है समस्या, दुविधा, जो संसार में घटी है विश्वास के ही कारण। श्रद्धा को किस तरह खोजना होता है, यह तुम भूल चुके हो। विश्वास के कारण तुम श्रद्धाहीन बन गये हो। विश्वास के कारण तुम लाशें ढोते रहते हो—तुम ईसाई हो, हिंदू हो, मुसलमान हो, और सोचते हो कि तुम धार्मिक हो ! तब खोज रुक जाती है।

ईमानदार संदेह बेहतर होता है बेईमान विश्वास से। तुम्हारा विश्वास मिथ्या है। और सारे विश्वास बनावटी हैं, अगर तुम इसमें विकसित नहीं हुए, अगर यह तुम्हारी अनुभूति नहीं, तुम्हारा अस्तित्व नहीं और तुम्हारा अनुभव नहीं। सारे विश्वास झूठे हैं। ईमानदार होओ। करो संदेह। दुख उठाओ। केवल दुख तुम्हें समझ तक ले आयेगा। अगर तुम सच ही दुख उठाते हो, तो एक न एक दिन तुम समझ जाओगे कि यह संदेह है, जो तुम्हें दुखी बना रहा है। और फिर रूपांतरण संभव हो जाता है।

तुम मुझसे पूछते हो, 'मन जो संदेह से विश्वास तक झूलता रहता है तो इन दो छोरों के पार जाने के लिए उस मन का उपयोग कैसे करें ?'

तुम इसका उपयोग नहीं कर सकते, क्योंकि तुमने कभी ईमानदारी से संदेह किया ही नहीं। तुम्हारा विश्वास झूठा है, संदेह गहरे तल पर छिपा हुआ है। मात्र सतह पर विश्वास का रंग-रोगन होता है। गहरे तल पर तुम संदेहपूर्ण होते हो। लेकिन यह जानने में तुम्हें भय होता है कि तुम संदेहवादी हो, अतः तुम विश्वास से चिपके रहते हो, तुम विश्वास के कृत्य किये चले जाते हो। तुम कर सकते हो कृत्य, लेकिन कृत्यों द्वारा तुम वास्तविकता को नहीं पा सकते। तुम जा सकते हो और झुक सकते हो तीर्थ-मंदिर में; तुम उस आदमी के कार्य कर रहे हो जो श्रद्धा करता है। लेकिन तुम विकसित नहीं होओगे, क्योंकि गहरे में कोई श्रद्धा नहीं है, केवल संदेह है। विश्वास तो बाह्य-आरोपण मात्र है।

यह तो ऐसे व्यक्ति का चुंबन करने जैसा है, जिसे तुम प्रेम नहीं करते। बाहर से तो हर चीज वैसी ही है, तुम

चुंबन लेने की क्रिया कर रहे हो। वैज्ञानिक कोई अंतर नहीं खोज सकता। अगर तुम किसी का चुंबन लेते हो, तो उसका छायाचित्र, शारीरिक घटना, होठों की एक जोड़ी से दूसरी तक लाखों कीटाणुओं का पहुंचना—हर चीज ठीक वैसी ही होती है, चाहे तुम प्रेम करो या नहीं। अगर वैज्ञानिक देखे और निरीक्षण करे, तो क्या होगा भेद ? कोई भेद नहीं; रत्ती भर भेद नहीं। वह कहेगा कि दोनों ही चुंबन हैं और ठीक एक समान ही हैं।

लेकिन तुम जो जानते हो कि जब तुम किसी को प्रेम करते हो तो कुछ अदृश्य घटता है, जिसका पता किसी उपकरण द्वारा नहीं लगाया जा सकता। जब तुम किसी व्यक्ति से प्रेम नहीं करते, तो तुम दे सकते हो चुंबन, लेकिन कुछ घटित नहीं होता। कोई ऊर्जात्मक संप्रेषण नहीं घटता, कोई मिलन नहीं घटता। ऐसा ही विश्वास और श्रद्धा के साथ है। श्रद्धा है प्रेममय चुंबन, जो अत्यंत प्रेममय हृदय का होता है, और विश्वास है एक प्रेमविहीन चुंबन।

तो कहां से शुरू करना होता है ? पहली बात है, संदेह की जांच-पड़ताल करना। झूठे विश्वास को फेंक दो। एक ईमानदार संदेहकर्ता हो जाओ—वास्तविक। तुम्हारी ईमानदारी मदद देगी। क्योंकि अगर तुम ईमानदार हो तो तुम इस महत्व की बात को कैसे भुला सकते हो कि संदेह दुख निर्मित करता है। अगर ईमानदार होते हो तो तुम्हें जानना होता ही है। देर-अबेर तुम पूरी तरह समझ जाओगे कि संदेह अधिक दुख निर्मित करता रहा है। जितना ज्यादा तुम संदेह में चले जाते हो, उतना ज्यादा दुख होगा। और केवल दुख द्वारा कोई विकसित होता है।

और जब तुम उस बिंदु तक पहुंच जाते हो जहां दुख सहन करना असंभव हो जाता है। जब यह असहनीय हो जाता है, तुम इसे गिरा देते हो। ऐसा नहीं है कि तुम वास्तव में ही इसे गिरा देते हो, असहनीयता ही गिराना बन जाती है। और एक बार जब संदेह नहीं रहता, तुम इसके द्वारा दुख उठा चुके होते हो, तब तुम श्रद्धा की ओर बढ़ना शुरू कर देते हो।

श्रद्धा रूपांतरण है। और पतंजलि कहते हैं कि श्रद्धा सारी समाधियों का आधार है; दिव्य के परम अनुभव का आधार।

प्रवचन 13

समग्र संकल्प या समग्र समर्पण

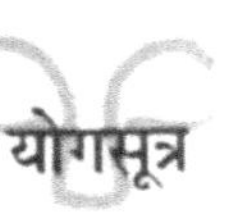

योगसूत्र

तीव्रसंवेगानामासन्नः ।। २१ ।।

सफलता उनके निटकतम होती है जिनके प्रयास तीव्र, प्रगाढ़ और सच्चे होते हैं।

मृदुमध्याधिमात्रत्वात्ततोऽपि विशेषः ।। २२ ।।

प्रयास की मात्रा मृदु, मध्यम और उच्च होने के अनुसार सफलता की संभावना विभिन्न होती है।

ईश्वरप्रणिधानाद्वा ।। २३ ।।

सफलता उन्हें भी उपलब्ध होती है जो ईश्वर के प्रति समर्पित होते हैं।

क्लेशकर्मविपाकाशयैरपरामृष्टः पुरुषविशेष ईश्वरः ।। २४ ।।

ईश्वर सर्वोत्कृष्ट है। वह दिव्य चेतना की वैयक्तिक इकाई है। वह जीवन के दुखों से तथा कर्म और उसके परिणाम से अछूता है।

तत्र निरतिशयं सर्वज्ञबीजम् ।। २५ ।।

ईश्वर में बीज अपने उच्चतम विस्तार में विकसित होता है।

तीन प्रकार के खोजी होते हैं। पहले प्रकार के तो मार्ग पर कुतूहल के कारण आते हैं। पतंजलि उन्हें कहते हैं—कुतूहली। इस प्रकार का व्यक्ति वास्तव में उत्सुक नहीं होता। वह तो जैसे किसी दुर्घटनावश आध्यात्मिकता में बह आया होता है। उसने कुछ पढ़ लिया होगा। हो सकता है उसने किसी को कुछ कहते हुए सुन लिया हो—परमात्मा के बारे में, सत्य के बारे में, परम मुक्ति के बारे में, और वह आकृष्ट हो गया हो। यह अभिरुचि बौद्धिक होती है, एक बच्चे की रुचि की भांति ही जो हर किसी चीज में रस लेता है और फिर कुछ समय बाद दूर हो जाता है उससे; क्योंकि और ज्यादा कुतूहल सदा उसके लिए द्वार खोल रहे हैं।

ऐसा आदमी कभी न पायेगा। कुतूहल से तुम सत्य को नहीं पा सकते हो क्योंकि सत्य के लिए सतत प्रयास की आवश्यकता होती है—एक निरंतरता की, एक स्थायित्व की। ये बातें कुतूहल भरे व्यक्ति के पास नहीं हो सकतीं। एक कुतूहल से भरा व्यक्ति अपनी मनःस्थिति के अनुसार कोई निश्चित बात कर सकता है, एक निश्चित समय के लिए, लेकिन फिर उसमें एक अंतराल आ जाता है। और उसी अंतराल में वह सब जो उसने किया, खो जाता है, नष्ट हो जाता है। फिर वह शुरू करेगा एकदम प्रारंभ से और फिर वही घटित होगा।

वह परिणाम की फसल प्राप्त नहीं कर सकता। वह बीज बो सकता है, लेकिन वह प्रतीक्षा नहीं कर सकता क्योंकि लाखों नयी दिलचस्पियां उसे हमेशा बुला रही होती हैं। वह दक्षिण में जाता है, फिर वह पूरब की ओर बढ़ता है, फिर वह पश्चिम की ओर जाता है, फिर उत्तर की तरफ। वह लकड़ी की भांति है जो सागर में इधर-उधर बह रही है। वह कहीं नहीं जा रहा, उसकी ऊर्जा किसी निश्चित लक्ष्य की ओर नहीं बढ़ रही। जो भी परिस्थितियां उसे धकेलती हैं वह उन्हीं के अनुसार चलता है। वह सांयोगिक है। और सांयोगिक व्यक्ति परमात्मा को नहीं पा सकता। और जहां तक क्रियात्मक होने की बात है वह शायद बहुत कुछ कर ले, लेकिन यह सब व्यर्थ है क्योंकि दिन में वह इसे करेगा और रात में वह इसे अनकिया कर देगा। दृढ़ता की जरूरत होती है; निरंतर रूप से चोट करने की जरूरत होती है।

जलालुद्दीन रूमी का एक छोटा-सा विद्यालय था—बोध का विद्यालय। वह अपने शिष्यों को खेतों की तरफ, फार्म के चारों ओर ले जाया करता था। विशेषकर एक खेत था जहां वह अपने सारे नये शिष्यों को ले जाया करता यह दिखाने के लिए कि वहां क्या होता था। जब कभी कोई नया शिष्य आ जाता, तो वह उसे उस खेत तक ले जाता। वहां देखने को था कुछ लाभप्रद। वह एक किसान के मन की एक निश्चित अवस्था का एक उदाहरण

था। किसान कुआं खोद रहा होता, लेकिन वह दस फीट खोदता, और फिर वह अपना मन बदल देता। वह सोचता, 'यह स्थान अच्छा नहीं दिखता', इसलिए वह एक दूसरे गड्ढे पर काम शुरू कर देता और फिर किसी दूसरे पर।

बहुत वर्षों तक, वह यही करता रहा होगा। अब वहां आठ अधूरे गड्ढे थे। सारा खेत नष्ट हो गया था, और वह नौवें पर कार्य कर रहा था। जलालुद्दीन अपने नये शिष्यों से कह देता, 'देखो। इस किसान की भांति मत होना। अगर यह अपनी सारी कोशिश एक गड्ढा पर लगा देता, तो इस समय तक वह गड्ढा कम से कम सौ फीट गहरा हो चुका होता। उसने इतना प्रयत्न किया, बहुत ज्यादा काम किया, पर वह प्रतीक्षा नहीं कर सकता। दस, बारह, पंद्रह फीट, और फिर वह ऊब जाता। फिर यह दूसरे गड्ढे पर काम करने लगता। इस ढंग से तो सारा खेत गड्ढों से भर जायेगा, और कुआं कभी बनेगा ही नहीं।'

यह कुतूहल वाला आदमी है; सांयोगिक आदमी, जो कुतूहल के कारण काम करता है। और जब वह आरंभ करता है, तो कहीं ज्यादा जोश होता है उसके पास; वास्तव में, बहुत ज्यादा ही होता है। यह बहुत अधिक जोश एक सातत्य नहीं बन सकता है। वह इतने तीव्र उत्साह और जोश सहित शुरू करता है कि तुम जान लेते हो कि वह जल्दी ही बंद कर देगा।

दूसरे प्रकार का व्यक्ति जो आंतरिक खोज तक पहुंचता है वह है जिज्ञासु व्यक्ति—पूरी खोज-बीन करने वाला। वह कुतूहल के कारण नहीं आता। वह गहन प्रश्नों सहित आता है। वह पूरा इरादा रखता है, लेकिन वह भी काफी नहीं है क्योंकि उसका यह इरादा रखना आधारभूत रूप से बौद्धिक होता है। वह दार्शनिक हो सकता है, लेकिन वह धार्मिक व्यक्ति नहीं हो सकता। वह गहराई से प्रश्न-परिप्रश्न करेगा, लेकिन उसकी जांच-पड़ताल बौद्धिक होती है। वह मस्तिष्कोन्मुखी बनी रहती है; यह एक समस्या हो जाती है जिसे कि सुलझाओ।

इसमें जीवन और मृत्यु की बातें संलग्न नहीं होतीं, यह कोई जीवन और मरण का प्रश्न नहीं बनता। यह एक पहेली होती है, एक समस्या। वह इसे हल करने का मजा लेता है उसी तरह जैसे तुम वर्ग-पहेली को हल करने का मजा लेते हो क्योंकि यह तुम्हें एक चुनौती देता है। इसे हल करना ही होता है और अगर इसे हल कर सको तो तुम बहुत अच्छा अनुभव करते हो। लेकिन यह बात बौद्धिक होती है, और गहरे तल में अहंकार उलझा होता है। यह आदमी दार्शनिक हो जायेगा। यह कठोर प्रयत्न करेगा। वह सोचेगा, ध्यान से विचारेगा, लेकिन वह ध्यान कभी न करेगा। वह तर्कसंगत ढंग से चिंतन-मनन करेगा; बौद्धिक ढंग से वह कई सूत्र ढूंढ़ लेगा। वह एक पद्धति का निर्माण कर लेगा, लेकिन सारी चीज उसका अपना प्रक्षेपण होगी।

सत्य को तुम्हारी समग्र रूप में आवश्यकता है। निन्यानबे प्रतिशत भी काम न देगा; तुम्हारा ठीक सौ प्रतिशत चाहिए। और सिर तो केवल एक प्रतिशत ही है। तुम बिना मस्तिष्क के रह सकते हो। जानवर बिना मस्तिष्क के जी रहे हैं, वृक्ष बिना मस्तिष्क के जी रहे हैं। जीवित बने रहने में मस्तिष्क कोई इतनी जरूरी चीज नहीं है। तुम आसानी से इसके बिना जी सकते हो। वस्तुतः तुम मस्तिष्क के साथ जीने की अपेक्षा मस्तिष्क के बिना ज्यादा आसानी से जी सकते हो। यह लाखों जटिलताएं निर्मित करता है। बुद्धि परम आवश्यकता नहीं है; और प्रकृति यह जानती है। यह एक फालतू विलासिता है। अगर तुम्हारे पास पर्याप्त भोजन नहीं होता है, तो शरीर जानता है कि भोजन को कहां जाने देना चाहिए। वह इसे बुद्धि को देना बंद कर देता है।

इसीलिए, गरीब देशों में विचारशक्ति विकसित नहीं हो सकती, क्योंकि विचारशक्ति एक सुख-साधन है। जब हर चीज खत्म हो जाती है, जब शरीर को हर चीज पूरी तरह मिल रही होती है, केवल तभी ऊर्जा सिर की ओर सरकती है। जिंदगी में भी ऐसा प्रतिदिन घटित होता है, लेकिन तुम सजग नहीं होते हो। ज्यादा खा लेते हो और तुरंत उनींदा महसूस करने लगते हो। क्या घटता है? शरीर को पचाने के लिए ऊर्जा चाहिए होती है। सिर भुलाया जा सकता है; ऊर्जा पेट की ओर सरकती है। तब सिर चकराया-सा उनींदा अनुभव करता है। ऊर्जा नहीं सरक रही, रक्त नहीं सरक रहा होता सिर की तरफ। शरीर की अपनी नीति है, व्यवस्था है।

कुछ बुनियादी चीजें होती हैं, कुछ गैर-बुनियादी चीजें होती हैं। पहले बुनियादी चीजें पूरी कर लेनी होती हैं। पहले इसलिए, क्योंकि गैर-बुनियादी चीजें इंतजार कर सकती हैं। तुम्हारा दर्शन इंतजार कर सकता है लेकिन तुम्हारी क्षुधा इंतजार नहीं कर सकती। तुम्हारा पेट पहले भरना ही चाहिए; भूख ज्यादा बुनियादी है। इसी अनुभव के कारण बहुत सारे धर्मों ने उपवास को आजमाया है। क्योंकि अगर तुम उपवास करते हो, तो मस्तिष्क नहीं सोच सकता। ऊर्जा इतनी ज्यादा है ही नहीं, इसलिए यह सिर को नहीं दी जा सकती। लेकिन यह एक धोखा है। जब ऊर्जा होगी वहां, तो सिर फिर सोचना शुरू कर देगा। इस प्रकार का ध्यान एक झूठ है।

यदि तुम निरंतर कुछ दिनों तक लंबा उपवास करते हो, तो मस्तिष्क नहीं सोच सकता। ऐसा नहीं कि तुम अ-मन को उपलब्ध हुए। केवल इतना ही हुआ है कि अतिरिक्त ऊर्जा अब तुममें विद्यमान नहीं रही। शारीरिक आवश्यकताएं सबसे पहले आती हैं। शारीरिक आवश्यकताएं बुनियादी होती हैं, महत्वपूर्ण होती हैं; मस्तिष्क की आवश्यकताएं गौण हैं, फालतू। यह तुम्हारे घर की अर्थ-व्यवस्था जैसा है। अगर तुम्हारा बच्चा मर रहा हो तो तुम टी.वी. सेट बेच दोगे। इसमें कुछ ज्यादा रखा नहीं है। जब बच्चा मर रहा हो तो तुम फर्नीचर बेच दोगे। जब तुम भूखे होते हो तो तुम मकान भी बेच सकते हो। पहले पहली चीजें और दूसरे नंबर पर दूसरी चीजें—यह है अर्थनीति का अर्थ। और मस्तिष्क अंतिम है। यह तुम्हारा केवल एक प्रतिशत है, और वह भी अतिरिक्त। तुम इसके बिना बने रह सकते हो।

क्या तुम पेट के बिना बने रह सकते हो? क्या तुम हृदय के बिना विद्यमान रह सकते हो? लेकिन तुम मस्तिष्क के बिना बने रह सकते हो। और जब तुम मस्तिष्क पर बहुत ज्यादा ध्यान देते हो, तुम पूरी तरह औंधे होते हो। तो तुम शीर्षासन कर रहे हो; सिर के बल खड़े हो। तुम बिलकुल ही भूल गये कि मस्तिष्क परम आवश्यक नहीं है।

जब तुम केवल तुम्हारा मस्तिष्क खोज-बीन में लगा देते हो, तो यह जिज्ञासा है। तब यह एक विलास है। तुम एक दार्शनिक हो सकते हो, और आरामकुर्सी पर बैठ आराम कर सकते हो और सोच सकते हो। दार्शनिक राजसी फर्नीचर की भांति है। अगर तुम ऐसा खर्च करने में समर्थ हो सकते हो तब खूब करना चिंतन। तो ठीक है, पर यह कोई जीवन-मरण का प्रश्न नहीं होता। इसलिए पतंजलि कहते हैं कि कुतूहल वाला आदमी, एक कुतूहली व्यक्ति प्राप्त नहीं कर सकता। और जिज्ञासु व्यक्ति, खोज-बीन करने वाला, दार्शनिक हो जायेगा।

फिर है तीसरा व्यक्ति जिसे पतंजलि मुमुक्षावान व्यक्ति कहते हैं। इस शब्द 'मुमुक्षा' का सीधा अनुवाद करना कठिन है, इसलिए मैं इसकी व्याख्या करूंगा। मुमुक्षा का अर्थ होता है इच्छाविहीन होने की इच्छा; संपूर्ण रूप से मुक्त होने की आकांक्षा; अस्तित्व-चक्र से बाहर हो जाने की इच्छा; फिर से जन्म न लेने की इच्छा; फिर से न मरने

की इच्छा; यह अनुभूति कि लाखों बार उत्पन्न होना पर्याप्त नहीं है; बार-बार मरना और उसी दुष्चक्र में घूमते रहना पर्याप्त नहीं है। मुमुक्षा का अर्थ होता है अस्तित्व-चक्र से ही अंतिम रूप से अलग हो जाना। ऊबकर, परेशान होकर व्यक्ति इसमें से बाहर हो जाना चाहता है। खोज अब जीवन-मरण की समस्या हो जाती है। तुम्हारा सारा अस्तित्व दांव पर लग जाता है। पतंजलि कहते हैं कि केवल मुमुक्षावान व्यक्ति जिसकी मोक्ष की कामना उदित हो चुकी है, धार्मिक व्यक्ति हो सकता है। और इसलिए भी, क्योंकि वह बहुत-बहुत तर्कसंगत विचारक होता है।

जो मुमुक्षा की कोटि से संबंधित होते हैं वे भी तीन प्रकार के व्यक्ति होते हैं। पहले प्रकार के व्यक्ति जो मुमुक्षा से संबंध रखते हैं वे अपनी समग्रता का एक-तिहाई प्रयास में लगाते हैं। तुम्हारे अस्तित्व का एक-तिहाई हिस्सा प्रयास में लगाने से तुम कुछ पा लोगे, लेकिन जो तुम पाओगे वह निषेधात्मक प्राप्ति होगी। तुम तनावपूर्ण नहीं होओगे। इसे बहुत गहराई से समझ लेना है। तुम शांत नहीं होओगे। तुम बेचैन भी नहीं होओगे; तनाव गिर जायेंगे। लेकिन तुम शांतिमय, प्रशांत, धैर्यवान नहीं होओगे। उपलब्धि निषेधात्मक होगी। अस्वस्थता मिट जायेगी। तुम क्षुब्धता अनुभव नहीं करोगे, तुम निराशा नहीं अनुभव करोगे। लेकिन तुम परिपूर्णता भी न अनुभव करोगे। निषेध गिर जायेंगे, कांटे गिर जायेंगे, लेकिन फूल नहीं उगेंगे।

यह मुमुक्षा की पहली अवस्था होती है। तुम बहुत सारे लोग पा सकते हो जो वहां अटक गये हैं। तुम एक निश्चित गुणवत्ता अनुभव करोगे उनमें। वे प्रतिक्रिया नहीं करते, वे क्षुब्ध नहीं होते, तुम उन्हें क्रोधी नहीं बना सकते, तुम उन्हें चिंता में नहीं डाल सकते। उन्होंने कोई चीज प्राप्त कर ली है, लेकिन तो भी तुम अनुभव करोगे कि किसी चीज की कमी है। वे निश्चित नहीं होते। चाहे क्रोधी न हों लेकिन उनमें करुणा नहीं होती। हो सकता है वे तुम पर क्रोधित न हों, लेकिन वे क्षमा नहीं कर सकते। यह भेद सूक्ष्म है। वे क्रोधित नहीं होते, यह सही है। लेकिन उनके अक्रोधी होने में भी कोई क्षमा नहीं होती। वे कहीं अटके हुए हैं।

वे तुम्हारी, तुम्हारे अपमान की चिंता नहीं करते, लेकिन वे एक तरह से संबंधों से कटे हुए हैं। वे बांट नहीं सकते। क्रोधित न होने के प्रयत्न में, वे संबंधों से बाहर हो गये हैं। वे द्वीप की भांति हो गये हैं—अलग-थलग। और जब तुम पृथक भू-प्रदेश की भांति होते हो, तब तुम उखड़े हुए होते हो। तुम खिल नहीं सकते, तुम प्रसन्न नहीं हो सकते, तुम स्वास्थ्य नहीं पा सकते। यह एक निषेधात्मक उपलब्धि होती है। कुछ फेंक दिया गया है, लेकिन प्राप्त कुछ नहीं हुआ है। निस्संदेह मार्ग स्पष्ट होता है। कुछ फेंकना भी बहुत अच्छा होता है क्योंकि अब संभावना बनी रहती है कि तुम कुछ विधायक चीज प्राप्त कर सकते हो।

पतंजलि ऐसे व्यक्तियों को मृदु कहते हैं। यह उपलब्धि की प्रथम अवस्था होती है, और यह निषेधात्मक होती है। तुम भारत में बहुत संन्यासियों को पाओगे, कैथोलिक मठों में बहुत सारे संतों को पाओगे, जो प्रथम अवस्था पर अटक गये हैं। वे अच्छे लोग हैं, लेकिन उन्हें तुम उदास, नीरस पाओगे। क्रोधित न होना बहुत अच्छा है, लेकिन यह पर्याप्त नहीं है। कुछ चूक रहा है; कुछ विधायक नहीं घटा है। वे खाली पात्र हैं। उन्होंने अपने को खाली कर दिया है, लेकिन किसी तरह वे फिर भर नहीं गये। उच्चतर उतरा नहीं है, लेकिन निम्नतर फेंक दिया गया है।

फिर द्वितीय श्रेणी की मुमुक्षा होती है—सम्यक खोजी की द्वितीय अवस्था, जो अपना दो-तिहाई लगा देता है प्रयास में। अभी समग्र नहीं है, वह मध्य में ही होता है। मध्य में होने से ही पतंजलि उसे कहते हैं

मध्य—'मध्यस्थ व्यक्ति।' वह कुछ प्राप्त कर लेता है। उसमें प्रथम अवस्था वाला व्यक्ति मौजूद होता है, लेकिन कुछ और ज्यादा जुड़ गया है। वह शांत होता है—मौन, शांत सुव्यवस्थित। जो कुछ संसार में घटता है उसे प्रभावित नहीं करता। वह अप्रभावित बना रहता है, निर्लिप्त। वह शिखर की भांति हो जाता है—बहुत शांत।

यदि तुम उसके निकट पहुंचते हो तो तुम उसकी शांति तुम्हारे चारों ओर छा रही अनुभव करोगे। उसी भांति, जैसे कि जब तुम बाग में जाते हो और ठंडी बयार और फूलों की सुगंध और पक्षियों का चहचहाना, ये सब तुम्हारे आसपास बना रहता है। यह तुम्हें स्पर्श करता है। तुम इन्हें महसूस कर सकते हो। प्रथम अवस्था वाले व्यक्ति के साथ, 'मृदु' के साथ, तुम कुछ महसूस न करोगे। तुम केवल एक रिक्तता अनुभव करोगे—एक मरुस्थल जैसा अस्तित्व; और पहले प्रकार का आदमी तुम्हें चूस लेगा। यदि तुम उसके निकट जाओगे तो तुम अनुभव करोगे कि तुम खाली हो चुके हो। कोई तुम्हें चूसता रहा है क्योंकि वह मरुस्थल है। उसके साथ तुम अपने प्राण रूखे-सूखे हुए अनुभव करोगे, और तुम भयभीत हो जाओगे।

ऐसा तुम बहुत संन्यासियों के प्रति अनुभव करोगे। यदि तुम उनके निकट जाओ, तुम अनुभव करोगे वे तुम्हें सोख रहे हैं—चाहे अनजाने तौर पर ही। उन्होंने प्रथम अवस्था प्राप्त कर ली होती है। वे रिक्त हो चुके होते हैं और वही रिक्तता सूराख बन जाती है। तुम स्वचालित रूप से इसके द्वारा चूस लिये जाते हो।

तिब्बत में ऐसा कहा जाता है कि यह पहली अवस्था वाला आदमी अगर कहीं मौजूद है, तो उसे नगर में नहीं आने-जाने देना चाहिए। जब तिब्बत के लामा प्रथम अवस्था की प्राप्ति कर लेते हैं, उनके मठों से बाहर जाने का निषेध कर दिया जाता है। क्योंकि यदि ऐसा आदमी किसी के निकट जाये तो वह उसे सोख लेता है। वह सोखना उसके नियंत्रण से परे होता है; वह इस बारे में कुछ नहीं कर सकता। वह मरुस्थल की भांति होता है जहां कोई चीज जो निकट आती है, सोख ली जाती है, शोषित हो जाती है।

प्रथम अवस्था के लामा को यह अनुमति नहीं दी जाती कि वृक्ष को छुए; क्योंकि ऐसा देखा गया कि तब वृक्ष मर जाते हैं। हिमालय में भी, हिंदू संन्यासियों को अनुमति नहीं है वृक्षों को छूने की क्योंकि वृक्ष मर जायेंगे। वे सोखने की घटना होते हैं। इस प्रथम अवस्था वाले लामा को अनुमति नहीं दी जाती किसी के विवाह में सम्मिलित होने की क्योंकि वह एक विध्वंसात्मक शक्ति बन जायेगा। वह किसी को आशीष देने को अनुमत नहीं होता क्योंकि वह दे नहीं सकता आशीष। वह आशीष दे भी रहा हो, तो वह सोख रहा होता है। शायद तुम इसे न जानते हो, लेकिन मठ इन प्रथम अवस्थागत लामाओं, संन्यासियों, साधुओं के लिए निर्मित किये गये थे जिससे कि वे अपने बंद संसार में जी सकें। उनको बाहर आने की अनुमति न थी। जब तक वे द्वितीय अवस्था प्राप्त नहीं कर लेते, तो वे किसी को आशीष देने को अनुमत नहीं होते।

द्वितीय श्रेणी का खोजी जिसने अपना दो-तिहाई लगा दिया होता है, शांतिपूर्ण, प्रशांत बन जाता है। यदि तुम उसके निकट जाते हो, वह तुममें प्रवाहित हो जाता है; वह बांटता है। अब वह मरुस्थल नहीं बना रहता; वह हरा-भरा जंगल होता है। बहुत चीजें उसमें पहुंच रही होती हैं—मौन रूप से, शांति से, सहज प्रशांत रूप से। तुम इसे अनुभव करोगे। लेकिन ध्येय यह भी नहीं है, और बहुत वहीं अटके रहते हैं। मात्र मौन होना पर्याप्त नहीं है। यह किस प्रकार की उपलब्धि है—मात्र शांत हो जाना ? यह मृत्यु की भांति हुआ। कोई उत्सव नहीं,

कोई आनंद नहीं।

तीसरी अवस्था का खोजी जो इसमें अपनी समग्रता लगा देता है, वह आनंद प्राप्त करता है। आनंद एक विधायक घटना है। शांति तो निकट होती ही है। जब आनंद निकट आता है, तुम शांत हो जाते हो। यह आनंद का दूरवर्ती प्रभाव होता है जो तुम्हारे निकट पहुंच रहा होता है। यह नदी के पास पहुंचने जैसा है—बहुत दूरी से तुम अनुभव करने लगते हो कि हवा ठंडी हो चली है, हरियाली की गुणवत्ता बदलने लगी है। वृक्ष ज्यादा पल्लवित हैं, ज्यादा हरे हैं। हवा ठंडी है। अभी तुमने नदी देखी नहीं लेकिन नदी है कहीं निकट। पानी का स्रोत कहीं निकट है। जब जीवन का स्रोत कहीं निकट होता है, तुम शांत हो जाते हो, लेकिन अभी तुमने पाया नहीं है। वह बस निकट ही है। पतंजलि इस व्यक्ति को कहते हैं मध्य—मध्यस्थ व्यक्ति।

वह भी ध्येय नहीं है। ध्येय तक पहुंचना हुआ नहीं, जब तक कि तुम मग्न होकर, मस्त होकर नाचने न लगो। यह आदमी नाच नहीं सकता, यह आदमी गा नहीं सकता, क्योंकि गाना शांति भंग करने जैसा दिखाई देगा। नाचना नासमझी की बात लगेगी। गाकर और नाचकर क्या करते हो तुम ? यह आदमी केवल मृत मूरत की भांति बैठ सकता है। निस्संदेह शांत है वह लेकिन खिला हुआ नहीं, हरा-भरा नहीं। फूल अभी तक खिले नहीं। परम उतरा नहीं है। फिर है तीसरी अवस्था का व्यक्ति जो नृत्य में उतर सकता है; जो पागल दिखाई देगा क्योंकि उसके पास बहुत है। वह स्वयं में समा नहीं सकता। और वह स्वयं को रोक नहीं सकता इसलिए वह गायेगा और नाचेगा और डोलेगा और वह बांटेगा। और जहां कहीं फेंक सकता हो वह वहीं फेंकेगा वे बीज, जो अनंत रूप से उस पर बरस रहे होते हैं। यह है तीसरी अवस्था का व्यक्ति।

पतंजलि कहते हैं—*सफलता उनके निकटतम होती है जिनके प्रयास तीव्र, प्रगाढ़ और सच्चे होते हैं। प्रयास की मात्रा मृदु, मध्य और उच्च होने के अनुसार सफलता की संभावना विभिन्न होती है।*

'सफलता उनके निकटतम होती है जिनके प्रयास तीव्र रूप से प्रगाढ़ और सच्चे होते हैं।' तुम्हारी समग्रता की आवश्यकता होती है। ध्यान रखना, सच्चाई वह गुण है जो तब घटता है जब तुम किसी चीज में समग्र रूप से होते हो। लेकिन लोगों की सच्चे होने की, वास्तविक होने की धारणा करीब-करीब हमेशा गलत होती है। गंभीर होना प्रामाणिक होना नहीं है। प्रामाणिकता, सच्चाई, एक वह गुण है जो घटता है, जब तुम किसी चीज में समग्र रूप से होते हो। अपने खिलौने के साथ खेल रहा बच्चा प्रामाणिक होता है। वह समग्र रूप से इसी में होता है। निमग्न ! कुछ पीछे नहीं छूटा रहता, कुछ भी रोके हुए नहीं। वह वस्तुतः वहां होता ही नहीं। केवल खेल चलता चला जाता है।

यदि तुम कोई चीज रोके हुए नहीं रहते तो कहां होते हो तुम ? तुम कार्य के साथ बिलकुल एक हो गये होते हो। कोई कर्त्ता नहीं रहा वहां। जब कोई कर्त्ता नहीं रहता, तो प्रामाणिक होता है। कैसे हो सकते हो तुम गंभीर ?

गंभीरता संबंध रखती है कर्त्ता से। तो मसजिदों में, मंदिरों में, चर्चों में, तुम दो प्रकार के व्यक्ति पाओगे—एक तो वे जो वास्तविक हैं और वे जो गंभीर हैं। गंभीर लोगों के बड़े नीरस चेहरे होंगे जैसे कि वे बड़ा महान कृत्य कर रहे हों—कोई पवित्र बात, कोई आध्यात्मिक बात कर रहे हों। यह भी अहंकार है। मानो तुम कोई महान बात

कर रहे हो। जैसे कि तुम सारे संसार को अनुगृहीत कर रहे हो क्योंकि तुम प्रार्थना कर रहे हो !

जरा धार्मिक व्यक्तियों की ओर देखना—तथाकथित धार्मिक। वे ऐसे चलते हैं जैसे कि वे सारे संसार को अनुगृहीत कर रहे हैं। वे पृथ्वी का सार-तत्व हैं जैसे। यदि वे मिट जायें तो सारा अस्तित्व मिट जायेगा। वे इसे संभाले हुए हैं। उन्हीं के कारण जीवन अस्तित्व रखता है; उनकी प्रार्थनाओं के कारण ही। तुम उन्हें गंभीर पाओगे।

गंभीरता संबंधित है अहंकार से, कर्त्ता से। एक पिता जो कहीं दुकान में, ऑफिस में काम कर रहा है उसकी ओर देखो। यदि वह अपनी पत्नी और बच्चों से प्रेम नहीं करता, तो वह गंभीर होगा क्योंकि यह एक कर्तव्य होता है। इसे करके, वह आस-पास के हर व्यक्ति को अनुगृहीत कर रहा होता है। वह हमेशा कहेगा, 'यह मैं अपनी पत्नी के लिए कर रहा हूं; यह तो मैं अपने बच्चों के लिए कर रहा हूं।' और अपनी गंभीरता द्वारा यह आदमी अपने बच्चों के गले पड़ा एक जड़ पत्थर बन जायेगा। और वे इस पिता को कभी माफ न कर पायेंगे। क्योंकि उसने प्रेम कभी किया नहीं।

यदि तुम प्रेम करते हो, तो तुम ऐसी बातें कभी नहीं कहते। यदि तुम बच्चों से प्रेम करते हो, तो तुम तुम्हारे ऑफिस हंसी-खुशी, नाचते-कूदते जाते हो। तुम उन्हें प्रेम करते हो, अतः यह कोई अनुगृहीत करना नहीं है। तुम कोई कर्तव्य भर पूरा नहीं कर रहे, यह तुम्हारा प्रेम होता है। तुम खुश हो कि तुम्हें अपने बच्चों के लिए कुछ करने दिया गया है। तुम प्रसन्न हो और पुलकित, कि तुम अपनी पत्नी के लिए कुछ कर सकते हो।

प्रेम इतना असहाय अनुभव करता है क्योंकि प्रेम बहुत चीजें करना चाहता है और उन्हें कर सकता नहीं। प्रेम हमेशा अनुभव करता है, जो कुछ मैं कर रहा हूं वह उससे कम है जो कि किया जाना चाहिए। और कर्तव्य ? कर्तव्य हमेशा अनुभव करता है, मैं जरूरत से ज्यादा कर रहा हूं। कर्तव्य गंभीर बन जाता है, प्रेम प्रामाणिक होता है, निष्कपट होता है। और प्रेम है समग्रता से किसी व्यक्ति के साथ होना। इतनी समग्रता से व्यक्ति के साथ होना कि द्वैत तिरोहित हो जाये। यदि ऐसा होना कुछ क्षणों के लिए भी हो, तो द्वैत नहीं रहता। तब दो में एक का अस्तित्व होता है, सेतु आ बनता है। प्रेम समग्र होता है, विचारपूर्ण कभी नहीं। और जब कभी तुम किसी चीज में अपना समग्र अस्तित्व लगा सको, यह प्रेम बन जाता है। यदि तुम एक माली हो और तुम इसे प्रेम करते हो, तो तुम इस कार्य में तुम्हारा समग्र अस्तित्व ले आते हो।

सच्चाई को तुम पैदा नहीं कर सकते। तुम विचारशीलता को पैदा कर सकते हो, लेकिन सच्चाई को कभी नहीं। किसी चीज में समग्र रूप से होना छाया है सच्चाई की। पतंजलि कहते हैं, 'सफलता उनके निकटतम होती है जिनके प्रयत्न प्रगाढ़ और सच्चे होते हैं।' निस्संदेह, प्रगाढ़ और सच्चे कहने की कोई आवश्यकता नहीं। सच्चाई सदा ही प्रगाढ़ होती है। लेकिन पतंजलि क्यों कहते हैं प्रगाढ़ और सच्चे ? निश्चित कारण से ही।

सच्चाई सदा प्रगाढ़ होती है लेकिन प्रगाढ़ता सदा आवश्यक रूप से ही सच्ची नहीं होती है। तुम किसी चीज में प्रगाढ़ हो सकते हो, पर सच्चे नहीं; शायद तुम सच्चे न हो। इसलिए वे योग्यता जोड़ते हैं, 'प्रगाढ़ और सच्चे' होने की। क्योंकि तुम तुम्हारी गंभीरता में भी प्रगाढ़ हो सकते हो। तुम प्रगाढ़ हो सकते हो तुम्हारे आंशिक अस्तित्व सहित भी। तुम एक निश्चित भावदशा में प्रगाढ़ हो सकते हो। तुम तीव्र रूप से प्रगाढ़ हो सकते हो तुम्हारे क्रोध में। तुम प्रगाढ़ हो सकते हो तुम्हारी लालसा में। तुम लाखों चीजों में प्रगाढ़ हो सकते हो और शायद

फिर भी तुम सच्चे न होओ, क्योंकि सच्चाई तो होती है तब, जब तुम समग्र रूप से इसमें होते हो।

तुम प्रगाढ़ हो सकते हो कामवासना में और शायद तुम सच्चे न होओ, क्योंकि कामवासना जरूरी नहीं कि प्रेम ही हो। तुम शायद बहुत ज्यादा प्रगाढ़ होओ तुम्हारी कामवासना में—लेकिन एक बार कामवासना संतुष्ट हो जाती है, तो यह खत्म। चली गयी प्रगाढ़ता। हो सकता है प्रेम बहुत प्रगाढ़ न लगता हो लेकिन यह वास्तविक होता है, तो प्रगाढ़ता बनी रहती है। वस्तुतः यदि तुम सचमुच प्रेम में पड़ते हो तो यह शाश्वतता बन जाती है। यह बात सदा प्रगाढ़ ही होती है। और स्पष्ट भेद समझ लेना, यदि तुम प्रगाढ़ होते हो बिना वास्तविकता के, तुम सदा के लिए प्रगाढ़ नहीं हो सकते। केवल क्षणिक तौर पर हो सकते हो तुम प्रगाढ़। जब इच्छा उठती है, तुम प्रगाढ़ होते हो। यह वास्तव में तुम्हारी प्रगाढ़ता नहीं है। यह इच्छा द्वारा लाद दी गयी है।

कामवासना उठती है, तुम एक भूख अनुभव करते हो। सारा शरीर, सारी जीव-ऊर्जा एक मुक्ति चाहती है, अतः तुम प्रगाढ़ हो जाते हो। लेकिन यह प्रगाढ़ता तुम्हारी नहीं; यह तुम्हारे अस्तित्व से नहीं चली आ रही है। यह तो तुम्हारे चारों ओर की जैविक परत द्वारा मात्र आरोपित हो गयी है। यह तुम्हारे अस्तित्व पर शरीर द्वारा लादी गयी प्रगाढ़ता है। यह केंद्र से नहीं पहुंच रही। यह बाह्य सतह से लादी जा रही है। तुम प्रगाढ़ होओगे और फिर कामवासना के संतुष्ट होने से प्रगाढ़ता चली जायेगी। तब तुम्हें स्त्री की परवाह नहीं रहती।

बहुत स्त्रियों ने मुझे बताया कि वे छली गयी अनुभव करती हैं। वे स्वयं को इस्तेमाल किया गया अनुभव करती हैं। जब उनके पति उन्हें प्रेम करते हैं, तो आरंभ में वे इतना प्रेममय अनुभव करते हैं, इतने प्रगाढ़; वे इतनी प्रसन्नता अनुभव करते हैं। लेकिन जिस क्षण कामवासना समाप्त हो जाती है तो पति दूसरी ओर करवट लेकर सो जाते हैं। स्त्री को क्या हो रहा है इस बात की वे बिलकुल परवाह नहीं करते। जब प्रेम कर चुकते हो, तब तुम मुसकुरा कर विदा नहीं लेते। तुम स्त्री को धन्यवाद नहीं देते। इसलिए स्त्री स्वयं को इस्तेमाल किया हुआ अनुभव करती है।

तुम्हारी प्रगाढ़ता जैविक है, शारीरिक है; तुमसे कुछ नहीं पहुंच रहा। कामवासना की प्रगाढ़ता में पूर्वक्रीड़ा, फोरप्ले होता है; लेकिन आफ्टरप्ले, पश्चात-क्रीड़ा कोई नहीं। यह शब्द सचमुच अस्तित्व नहीं रखता। मैंने काम पर लिखी हजारों पुस्तकें देखीं, यह शब्द 'आफ्टरप्ले' उनमें अस्तित्व नहीं रखता। किस प्रकार का प्रेम है यह ? शरीर की जरूरत पूरी होते ही प्रेम समाप्त हो जाता है। स्त्री का उपयोग कर लिया गया; अब तुम उसे फेंक सकते हो। जैसे तुम कोई चीज इस्तेमाल करते हो और फेंक देते हो। उदाहरण के लिए प्लास्टिक का कोई पात्र—तुम इसे इस्तेमाल करते हो और इसे फेंक देते हो। खत्म हो जाती है बात। जब इच्छा फिर से उठेगी, तो फिर तुम स्त्री की ओर देखोगे, और उस स्त्री के प्रति तुम बहुत भावप्रवण हो जाते हो।

नहीं, पतंजलि इस प्रकार की प्रगाढ़ता के लिए नहीं कहते। मैंने कामवासना की बात उठायी जिससे कि तुम्हें स्पष्ट कर दूं, क्योंकि मात्र वही प्रगाढ़ता है जो तुम्हारे साथ बाकी बची है। कोई अन्य उदाहरण संभव नहीं। तुम अपने जीवन में इतने कुनकुने हो चुके हो, तुम ऊर्जा के इतने निम्न तल पर जीते हो कि कोई प्रागढ़ता है नहीं। किसी तरह तुम ऑफिस जाते हो। जरा सड़क के एक कोने में खड़े हो जाओ, जब लोग अपने दफ़्तरों की ओर तेजी से चले जा रहे होते हैं, जरा उनके चेहरों को देखो—वे निर्जीव होते हैं।

कहां जा रहे होते हैं वे ? क्यों जा रहे होते हैं ? ऐसा जान पड़ता है जैसे कि उनके पास दूसरी कोई जगह नहीं है

जाने को, तो वे दफ़्तर की ओर जा रहे हैं ! वे और कुछ कर नहीं सकते। वरना क्या करेंगे वे घर पर ? इसलिए वे दफ़्तर की ओर जा रहे हैं—ऊबे हुए, स्वचालित यंत्र की भांति, यंत्र-मानव जैसे। जा रहे हैं क्योंकि हर कोई दफ़्तर जा रहा है और यह जाने का समय है। और यदि तुम जाना न चाहो तो ? करोगे क्या ? छुट्टियां इतनी पीड़ादायक बन जाती हैं। कोई प्रगाढ़ता नहीं होती। लोगों की ओर देखो शाम को घर लौटते हुए। नहीं जानते फिर क्यों जा रहे हैं वे। लेकिन कहीं और जाने को है नहीं, तो किसी तरह वे जिंदगी घसीट रहे हैं।

वे कुनकुने हैं। यह एक निम्न ऊर्जा का तल है। इसलिए मैंने कामवासना का उदाहरण दिया क्योंकि कोई दूसरी प्रगाढ़ता मैं नहीं पा सकता तुममें। तुम गाते नहीं, तुम नाचते नहीं, तुममें कोई प्रगाढ़ता नहीं। तुम हंसते नहीं, तुम रोते नहीं। सारी प्रगाढ़ता जा चुकी। कामवासना में थोड़ी प्रगाढ़ता बनी है और वह भी प्रकृति के कारण, तुम्हारे कारण नहीं।

पतंजलि कहते हैं, 'प्रगाढ़ और सच्चा।' धर्म वास्तव में कामवासना जैसा है। ज्यादा गहन है कामवासना से, उच्चतर है कामवासना से, ज्यादा पवित्र है कामवासना से, लेकिन है यौन की भांति। यह एक व्यक्ति का मिलन है संपूर्ण से—यह एक गहन संभोग है। तुम संपूर्ण में घुल-मिल जाते हो और बिलकुल तिरोहित हो जाते हो। प्रार्थना प्रेम की भांति है। वस्तुतः इस योग शब्द का अर्थ है ही मिलन, घनिष्ठता, दो का मिलन। और यह इतना गहन और प्रगाढ़ और सच्चा मिलन है कि दो मिट जाते हैं। सीमाएं धुंधला जाती हैं और केवल एक का अस्तित्व बना रहता है। यह बात किसी दूसरी तरह से हो नहीं सकती। यदि तुम वास्तविक और प्रगाढ़ नहीं हो, तो तुम्हारी समग्र सत्ता को जुटाओ। केवल तभी परम सत्य की संभावना होती है। तुम्हें संपूर्ण रूप से स्वयं का जोखम उठाना होता है; इससे कम चलेगा नहीं।

'प्रयास की मात्रा के अनुसार सफलता की संभावनाएं विभिन्न होती हैं।' यह एक मार्ग है—संकल्पशक्ति का मार्ग। पतंजलि मूल रूप से संकल्प के मार्ग से संबंध रखते हैं। लेकिन वे जानते हैं, वे सजग हैं कि दूसरे मार्ग का भी अस्तित्व है, इसलिए वे बस एक टिप्पणी, एक सूत्र देते हैं।

वह सूत्र है : *ईश्वरप्रणिधानाद्वा। सफलता उन्हें भी उपलब्ध होती है जो ईश्वर के प्रति समर्पित होते हैं।*

यह मात्र एक टिप्पणी है। सिर्फ यह सूचित करने के लिए दी गयी है कि दूसरा मार्ग भी है वहां। योग संकल्प का मार्ग है। प्रयास, जो प्रगाढ़ है, वास्तविक है, समग्र है। तुम्हारी समग्रता इस तक ले आओ। लेकिन पतंजलि जागरूक हैं। और जो जानते हैं वे सब दूसरे मार्ग के प्रति जागरूक होते हैं। और पतंजलि बहुत ध्यान देने वाले विचारशील हैं। वे बहुत वैज्ञानिक मन के हैं : वे एक भी बचाव का रास्ता नहीं छोड़ेंगे। लेकिन वह दूसरा मार्ग उनका मार्ग नहीं है, तो वे मात्र एक टिप्पणी दे देते हैं यह याद दिलाने को ही कि दूसरा मार्ग है 'ईश्वरप्रणिधानाद्वा। सफलता उन्हें भी उपलब्ध होती है जो ईश्वर के प्रति समर्पित होते हैं।'

चाहे मार्ग प्रयास का हो या समर्पण का, बुनियादी बात एक ही है—समग्रता की जरूरत होती है। मार्ग भेद रखते हैं, लेकिन वे पूर्णतया विभिन्न नहीं हो सकते। उनका प्रकार, उनका स्वरूप, उनकी दिशाएं अलग हो सकती हैं, लेकिन उनका भीतरी अर्थ और महत्व एक ही रहता है क्योंकि दोनों दिव्यता की ओर ले जाते हैं। प्रयास में

तुम्हारी समग्रता ही की जरूरत है। इसलिए मेरे देखे केवल एक मार्ग है, और वह वही है जिसमें तुम्हारी समग्रता तुम्हें ले आनी होती है।

चाहे तुम इसे प्रयास द्वारा लाओ—जो है योग—यह तुम पर निर्भर है; या चाहे तुम इसे समर्पण द्वारा लाओ। समर्पण—स्वयं को ढीला छोड़ना; यह भी तुम पर निर्भर है। लेकिन हमेशा ध्यान रहे कि समग्रता की जरूरत होगी; तुम्हें संपूर्णतया स्वयं को दांव पर लगा देना होगा। यह एक दांव है, अज्ञात के साथ एक जुआ। और कोई नहीं कह सकताः यह कब घटेगा, कोई भविष्यवाणी नहीं कर सकता। कोई तुम्हें गारंटी नहीं दे सकता। तुम जुआ खेलते हो, शायद तुम जीत जाओ, शायद तुम न जीतो। न जीतने की संभावना सदा वहां होती है क्योंकि यह एक बहुत जटिल घटना है। यह उतनी सरल नहीं जितनी कि दिखती है। लेकिन यदि तुम जुआ खेलते जाते हो, तो एक दिन यह घटित होना ही है।

यदि तुम एक बार चूक जाओ तो निराश मत होना, क्योंकि बुद्ध को भी बहुत बार चूकना होता है। यदि तुम चूकते हो, तो बस फिर जुट जाना और जोखम उठा लेना। कभी, किसी अज्ञात ढंग से सारा अस्तित्व आ पहुंचता है तुम्हारी सहायता देने को। किसी समय, किसी अज्ञात ढंग से, तुमने एकदम ठीक समय लक्ष्य साधा होता है जब द्वार खुला था। लेकिन तुम्हें बहुत बार लक्ष्य पर चोट करनी होती है। तुम्हारे चैतन्य का तीर तुम्हें फेंकते चले जाना होता है। परिणाम की चिंता मत लेना। बहुत घना अंधेरा है और लक्ष्य निर्धारित नहीं है, यह परिवर्तित होता रहता है। इसलिए तुम्हें तुम्हारा तीर अंधेरे में फेंकते जाना होता है। कई बार चूकोगे तुम, और मैं तुमसे यह कहता हूं ताकि तुम निराश न हो जाओ। हर कोई चूकता है बहुत बार, यह बात ही कुछ ऐसी है। लेकिन यदि तुम आगे बढ़ते जाते हो और बढ़ते जाते हो और बढ़ते जाते हो, बिना निराश हुए, तो घटना घटेगी। यह सदा घटी है। इसीलिए असीम धैर्य की जरूरत है।

परमात्मा के प्रति समर्पण है क्या ? कैसे कर सकते हो तुम समर्पण ? कैसे संभव होगा समर्पण ? वह भी संभव हो जाता है यदि तुम बहुत प्रयत्न करते हो, और चूकते चले जाते हो, और फिर भी बहुत प्रयास करते हो। तुम स्वयं पर निर्भर करते हो। प्रयास स्वयं पर निर्भर करता है। यह संकल्प-शक्ति पर आधारित होता है—संकल्प के मार्ग पर। तुम स्वयं पर निर्भर करते हो। तुम असफल और असफल और असफल होते हो। तुम फिर खड़े होते हो, तुम गिरते हो, तुम फिर खड़े होते हो, और तुम फिर चलना शुरू कर देते हो। और फिर एक क्षण आता है, तुम्हारे बहुत चूकने और असफल होने के बाद, जब तुम समझ जाते हो कि तुम्हारा प्रयास ही इसका कारण है क्योंकि तुम्हारा प्रयास तुम्हारा अहंकार बन चुका है।

संकल्प के मार्ग पर यही समस्या है। क्योंकि वह व्यक्ति जो संकल्प के मार्ग पर कार्य कर रहा है, प्रयास कर रहा है, विधियों का, तरकीबों का प्रयोग कर रहा है, यह कर रहा है, वह कर रहा है, वह एक निश्चित बोध एकत्र कर लेने को विवश होता है कि मैं हूं—मैं श्रेष्ठ हूं, विशिष्ट हूं, असाधारण हूं। मैं इतना-उतना सब कर रहा हूं—तपस्या, उपवास, साधना कर रहा हूं। मैंने इतना अधिक कर लिया।

संकल्प के मार्ग पर व्यक्ति को अहंकार के प्रति बहुत-बहुत सजग होना होता है, क्योंकि अहंकार तो अवश्य ही चला आयेगा। यदि तुम अहंकार पर ध्यान दे सको, यदि तुम अहंकार संचित न करो, तो समर्पण की कोई जरूरत नहीं। क्योंकि यदि अहंकार नहीं रहता, तो समर्पण करने को कुछ है नहीं। इसे बहुत-बहुत गहरे रूप से

समझ लेना है। और जब तुम समझने की कोशिश कर रहे हो—पतंजलि को समझने की—तो यह एक बुनियादी बात है।

यदि तुम बहुत वर्ष सतत प्रयास करते हो, तो अहंकार खड़ा होगा ही। तुम्हें जागरूक होना होता है। तुम्हें काम करना है, तुम्हें सारे प्रयत्न करने हैं, लेकिन अहंकार इकट्ठा मत करो। फिर कोई जरूरत नहीं रहती समर्पण करने की। तुम समर्पण किये बिना लक्ष्य साध सकते हो। तब कोई जरूरत नहीं क्योंकि बीमारी रही नहीं।

यदि अहंकार होता है, तो समर्पण करने की आवश्यकता उठ खड़ी होती है। इसीलिए पतंजलि प्रगाढ़ता, सच्चाई, समग्र प्रयास पर बोलने के पश्चात अकस्मात वे कहते हैं, 'ईश्वरप्रणिधानाद्वा—सफलता उन्हें भी उपलब्ध होती है जो ईश्वर के प्रति समर्पित होते हैं।'

यदि तुम अनुभव करते हो कि तुम निरंतर असफल हो रहे हो, तो ध्यान रखना कि असफलता परमात्मा के कारण नहीं है। असफलता घट रही है तुम्हारे अहंकार के कारण। वहां, जहां से बाण फेंका जा रहा है, तुम्हारे अस्तित्व का स्रोत, वहां कुछ घट रहा है—एक भटकन। अहंकार वहां एकत्रित हो रहा है। तब केवल एक संभावना रहती है—इसे समर्पित कर देना। तुम इसमें इतने समग्र रूप से असफल हो चुके हो, कई ढंग से। तुमने यह किया, वह किया, तुमने कुछ न कुछ करने की कोशिश की, और तुम असफल और असफल और असफल हुए। जब निराशा गहनतम हो जाती है और तुम नहीं समझ सकते कि क्या करना है, तो पतंजलि कहते हैं, 'अब ईश्वर को समर्पित हो जाओ।'

इस अर्थ में पतंजलि बहुत अनूठे हैं। वे ईश्वर में विश्वास नहीं करते; वे आस्तिक नहीं हैं। ईश्वर भी एक उपाय है। पतंजलि किसी ईश्वर में विश्वास नहीं करते; वे नहीं विश्वास करते कि कोई ईश्वर है। नहीं, वे कहते हैं, 'ईश्वर एक विधि है। वे जो असफल होते हैं, उनके लिए यह अंतिम विधि है।' यदि तुम इसमें भी चूक जाते हो, तो कोई मार्ग नहीं। पतंजलि कहते हैं कि ईश्वर है या नहीं, सवाल यह नहीं है। यह तो बिलकुल ही कोई विवाद का विषय नहीं। सार यह है कि ईश्वर परिकल्पित है। बिना ईश्वर के समर्पण करना कठिन होगा। तुम पूछोगे, 'किसे करें समर्पण ?'

अतः ईश्वर एक परिकल्पित बिंदु होता है मात्र तुम्हें समर्पण में सहायता देने को। जब तुम समर्पण कर चुके, तुम जानोगे कि कोई ईश्वर नहीं। लेकिन जब तुम समर्पण कर चुके होते हो और जब तुमने जान लिया होता है तब ऐसा होता है। पतंजलि के लिए ईश्वर भी तुम्हारी सहायता करने वाली एक परिकल्पना है। यह एक झूठ है। इसीलिए मैंने तुमसे कहा था कि पतंजलि एक चालाक गुरु हैं। यह है मात्र एक सहायता। बुनियादी बात समर्पण है, ईश्वर नहीं। और तुम्हें इस भेद को ध्यान में रख लेना है। क्योंकि ऐसे लोग हैं जो सोचते हैं कि ईश्वर बुनियादी बात है; कि ईश्वर है, इसलिए तुम समर्पण करते हो।

पतंजलि कहते हैं कि तुम्हें समर्पण करना है इसलिए ईश्वर को मान लो। ईश्वर मान ली गयी बात है। जब तुमने समर्पण कर दिया हो, तुम हंसोगे। ईश्वर है नहीं।

लेकिन एक बात और—ईश्वर है, पर एक ईश्वर नहीं। ईश्वरों की बहुलता है क्योंकि जब कभी तुम समर्पण करते हो, तुम भगवान हो जाते हो। अतः पतंजलि के ईश्वर को यहूदीवादी—ईसाइयों के ईश्वर के साथ एक मत समझ लेना। पतंजलि कहते हैं कि ईश्वरत्व प्रत्येक प्राणी की संभावना है। व्यक्ति ईश्वर के बीज की भांति

है—प्रत्येक व्यक्ति। और जब बीज विकसित होता है, जब यह परिपूर्णता तक पहुंचता है, तो बीज ईश्वर हो चुका होता है। तो प्रत्येक व्यक्ति, प्रत्येक प्राणी अंततः ईश्वर होगा।

'परमात्मा' का अर्थ है मात्र परम पराकाष्ठा, परम विकास। ईश्वर नहीं है, लेकिन बहुत सारे ईश्वर हैं; अनंत भगवान हैं। यह एक समग्रतया भिन्न अवधारणा है। यदि तुम मुसलमानों से पूछो, वे कहेंगे, केवल एक ही है ईश्वर। यदि तुम ईसाइयों से पूछो, वे कहेंगे, केवल एक ईश्वर है। लेकिन पतंजलि अधिक वैज्ञानिक हैं। वे कहते हैं कि ईश्वर एक संभावना है। हर कोई यह संभावना हृदय में लिये रहता है। प्रत्येक व्यक्ति बीज ही है, ईश्वर होने की क्षमता है, संभाव्यता है। जब तुम उच्चतम तक पहुंचते हो जिसके पार कुछ नहीं बना रहता, तो तुम भगवान हो जाते हो। तुमसे पहले बहुत पहुंच चुके हैं, बहुत पहुंचेंगे, और बहुत पहुंच रहे होंगे तुम्हारे बाद।

अंततः प्रत्येक भगवान हो जाता है, क्योंकि हर कोई बीज रूप से भगवान है। अनंत भगवान होते हैं। इसीलिए ईसाइयों के लिए इसे समझना कठिन हो जाता है। तुम राम को भगवान कहते हो, तुम कृष्ण को भगवान कहते हो, तुम महावीर को भगवान कहते हो। रजनीश को भी तुम कह देते हो भगवान।

एक ईसाई के लिए असंभव हो जाता है इसे समझना। क्या कर रहे हो तुम ? उनके लिए एक ही भगवान का अस्तित्व है—जिसने सृष्टि का निर्माण किया। पतंजलि के अनुसार तो किसी ने सृष्टि का निर्माण नहीं किया। लाखों भगवान अस्तित्व रखते हैं और हर कोई भगवान होने के मार्ग पर ही है। चाहे तुम इसे जानो या न जानो, तुम अपने अंतर-गर्भ के भीतर भगवान संभाले रहते हो। और शायद तुम बहुत बार चूक जाओ, लेकिन अंततः कैसे चूक सकते हो तुम ? यदि तुम इसे अपने भीतर लिये रहते हो, किसी न किसी दिन बीज विकसित होना ही है। तुम इसे बिलकुल नहीं चूक सकते। असंभव !

यह एक समग्र रूप से भिन्न अवधारणा है। ईसाइयों का ईश्वर बहुत तानाशाह मालूम पड़ता है, सारे अस्तित्व पर शासन करता है ! पतंजलि अधिक लोकतांत्रिक हैं। उनके साथ कोई शासक नहीं है, कोई तानाशाह नहीं, कोई स्टालिन नहीं, कोई जार सिंहासन के शिखर पर नहीं बैठा जिसके एक ओर उसका एकमात्र जन्मा बेटा क्राइस्ट हो और चारों तरफ उनके पट्टशिष्य हों। यह बड़ी नासमझी है। सारी धारणा ऐसी है जैसे यह सम्राट के सिंहासन पर बैठने की अवधारणा से निर्मित हुई हो ! नहीं, पतंजलि नितांत लोकतांत्रिक हैं। वे कहते हैं कि भगवत्ता हर किसी की गुणवत्ता है। तुम इसे लिये हुए हो, इसे इसकी समग्रता तक ले आना तुम पर निर्भर है। यदि तुम ऐसा नहीं चाहते तो यह भी तुम पर निर्भर करता है।

संसार के ऊपर कोई नहीं बैठा है शासक की तरह; कोई तुम्हें जबरदस्ती उत्पन्न नहीं कर रहा या तुम्हें निर्मित नहीं कर रहा। स्वतंत्रता संपूर्ण है। तुम पाप कर सकते हो स्वतंत्रता के कारण, तुम दूर हट सकते हो स्वतंत्रता के कारण। तुम स्वतंत्रता के कारण पीड़ा भोगते हो। और जब तुम इसे समझ लेते हो तो पीड़ा भोगने की कोई जरूरत नहीं रहती, तुम लौट सकते हो और वह भी स्वतंत्रता के कारण ही। कोई तुम्हें वापस नहीं ला रहा और कोई कयामत का दिन नहीं आने वाला। तुम्हें जांचने को सिवाय तुम्हारे, अस्तित्व में और कोई नहीं। तुम कर्त्ता हो, तुम निर्णायक हो। तुम्हीं हो अपराधी, तुम्हीं हो कानून। तुम्हीं हो सब कुछ। तुम लघु अस्तित्व हो।

ईश्वर सर्वोत्कृष्ट है। वह दिव्य चेतना की वैयक्तिक इकाई है। वह जीवन के दुखों से तथा कर्म और उसके

परिणामों से अछूता है।

ईश्वर चैतन्य की अवस्था है। वह वस्तुतः कोई व्यक्ति नहीं, लेकिन वह निजता, अस्मिता है। अतः तुम्हें व्यक्तित्व और निजता के बीच के अन्तर को समझना होगा। व्यक्तित्व है बाह्य सतह। जैसे तुम दूसरों को दिखते हो वह तुम्हारा व्यक्तित्व होता है। तुम कहते हो, 'एक अच्छा व्यक्तित्व, एक सुंदर व्यक्तित्व, एक कुरूप व्यक्तित्व।' यह जैसे तुम दूसरों को दिखायी पड़ते हो वैसा होता है। तुम्हारा व्यक्तित्व तुम्हारे बारे में दूसरों की राय है, निर्णय है। यदि तुम इस धरती पर अकेले रह जाओ, तो क्या तुम्हारा कोई व्यक्तित्व रह जायेगा ? कोई व्यक्तित्व नहीं रहेगा। क्योंकि कौन कहेगा कि तुम सुंदर हो, और कौन कहेगा तुम मूर्ख हो, और कौन कहेगा तुम लोगों के महान नेता हो ? कोई होगा ही नहीं तुम्हारे बारे में कुछ कहने को। कोई राय न हो, तो तुम्हारे पास कोई व्यक्तित्व न होगा।

व्यक्तित्व के लिए जो 'पर्सनलिटी' शब्द है यह ग्रीक शब्द 'पर्सोना' से आया है। ग्रीक नाटकों में, अभिनेताओं को मुखौटों का प्रयोग करना पड़ता था। वे मुखौटे कहलाते थे पर्सोना। पर्सनलिटी शब्द पर्सोना से आया है। वह चेहरा, जिसे तुम ओढ़े रखते हो। जब तुम पत्नी की ओर देखते हो और मुसकुराते हो, यह है—पर्सनलिटी—पर्सोना। तुम मुसकुराना चाहते नहीं, लेकिन तुम्हें मुसकुराना पड़ता है। एक अतिथि आता है और तुम उसका स्वागत करते हो, लेकिन भीतर गहरे में तुम कभी नहीं चाहते थे कि वह तुम्हारे यहां आये। तुम परेशान होते हो। तुम सोचते हो, 'अब क्या करूं इस आदमी का ?' लेकिन तुम मुसकुरा रहे होते हो और तुम उसका स्वागत कर रहे होते हो और तुम कह रहे होते हो, 'मुझे कितनी खुशी हुई कि तुम आये।'

व्यक्तित्व वह होता है जिसे तुम प्रस्तुत करते हो; यह एक ऊपरी रूप होता है, एक मुखौटा। लेकिन अगर तुम्हारे बाथरूम में कोई नहीं हो, तो जब तक कि तुम दर्पण में न देख लो तब तक तुम्हारा कोई व्यक्तित्व नहीं होता। तब फौरन व्यक्तित्व चला आता है क्योंकि तुम स्वयं 'दूसरे' का कार्य करना शुरू कर देते हो और राय देने लगते हो। तुम चेहरे को देखते हो और कह देते हो, 'सुंदर।' अब तुम बंटे हुए हो। अब तुम दो हो। तुम स्वयं के बारे में राय दे रहे हो। लेकिन बाथरूम में जब कोई नहीं होता, जब तुम बिलकुल निर्भय होते हो और आश्वस्त होते हो कि कोई नहीं देख रहा दरवाजे की कुंजी की सूराख में से, तुम व्यक्तित्व गिरा देते हो। क्योंकि अगर कोई सूराख में से देख रहा होता, तो फिर से व्यक्तित्व आ पहुंचता है।

केवल बाथरूम में तुम व्यक्तित्व गिरा देते हो। इसलिए बाथरूम इतना स्फूर्तिदायक होता है। तुम स्नान करके बाहर आते हो—सुंदर, ताजे ! कोई बाह्य व्यक्तित्व न रहा; तुम एक निजता हो जाते हो। निजता वह है जो तुम हो, व्यक्तित्व वह होता है जैसा तुम अपने को दिखाते हो। व्यक्तित्व तुम्हारा बाहरी चेहरा है; निजता तुम्हारा अस्तित्व है। पतंजलि की धारणा में, ईश्वर का कोई व्यक्तित्व नहीं है। वह एक वैयक्तिक इकाई है, एक निजता है।

यदि तुम विकसित होते हो तो कुछ समय बाद दूससें से आये मूल्यांकन बचकाने हो जाते हैं। तुम उनकी परवाह नहीं करते। जो वे कहते हैं, वह निरर्थक होता है। वे जो कहते हैं, वह कुछ अर्थ नहीं रखता। जो तुम हो, जो तुम होते हो, यही बात अर्थ रखती है। इससे कुछ नहीं होता कि वे कह दें 'सुंदर।' यह व्यर्थ है। यदि

तुम सुंदर हो तो असली बात है। जो वे कहते हैं, वह असंगत होता है। जो तुम हो—वास्तविक तुम, प्रामाणिक तुम, वही है निजता।

जब तुम बाह्य व्यक्तित्व को गिरा देते हो तब तुम संन्यासी हो जाते हो। जब तुम व्यक्तित्व को त्याग देते हो, तुम संन्यासी हो जाते हो। तुम एक वैयक्तिक इकाई बन जाते हो। अब तुम अपने प्रामाणिक केंद्र द्वारा जीते हो। जब तुम दिखावा नहीं करते, तब तुम्हें कोई चिंता नहीं रहती। जब तुम स्वयं को प्रस्तुत करने का रुख नहीं अपनाते, तो दूसरे जो कहते हैं उसका तुम पर प्रभाव नहीं पड़ता। जब तुम दिखावा नहीं करते, तो तुम निर्लिप्त हुए रहते हो। व्यक्तित्व निर्लिप्त नहीं रह सकता। यह एक बहुत नाजुक चीज है। यह तुम्हारे और दूसरे के बीच निर्मित होता है, और यह दूसरे पर निर्भर करता है। दूसरा अपना मन बदल सकता है; वह तुम्हें संपूर्णतया नष्ट कर सकता है। तुम किसी स्त्री की ओर देखते हो। वह मुसकुरा देती है, और तुम इतना सुंदर अनुभव करते हो उसकी मुसकान के कारण। लेकिन यदि आंखों में घृणा भर वह मुंह फेर लेती है, तब तुम एकदम टूट जाते हो। वस्तुतः तुम टूटे हुए हो क्योंकि तुम्हारा व्यक्तित्व उसके जूतों के नीचे फेंका गया था। वह तुम पर से गुजर जाती है। वह देखती तक नहीं।

हर क्षण तुम डरे हुए हो कि कोई तुम्हारा व्यक्तित्व न कुचल दे। तब सारा संसार एक चिंता बन जाता है। ईश्वर की निजता है, पर व्यक्तित्व नहीं। जो कुछ वह है, वही वह दिखाता है। जो कुछ वह भीतर है, वही वह बाहर है। वस्तुतः उसके लिए भीतर और बाहर तिरोहित हो गये हैं।

'ईश्वर सर्वोत्कृष्ट है।' अंग्रेजी में इसे ऐसा कहा जाता है, 'गॉड इज दि सुप्रीम रूलर।' इसीलिए मैं कहता हूं कि पतंजलि के विषय में गलतफहमी बनी हुई है। संस्कृत में वे ईश्वर को कहते हैं 'पुरुष-विशेष'—सर्वोत्कृष्ट निज सत्ता। कोई रूलर, कोई शासक नहीं। मैं 'ईश्वर' को 'दि सुप्रीम' ही कहना चाहूंगा। वह दिव्य चेतना की वैयक्तिक इकाई है। ध्यान रहे, वैयक्तिक है, सर्वसामान्य नहीं है, क्योंकि पतंजलि कहते हैं कि प्रत्येक व्यक्ति ईश्वर है।

'वह जीवन के दुखों से, कर्म से और उसके परिणाम से अछूता है।'

क्यों ? क्योंकि जितने ज्यादा तुम वैयक्तिक होते हो, जीवन उतनी ज्यादा विभिन्न गुणवत्ता पा लेता है। एक नया आयाम खुल जाता है—उत्सव का आयाम। जितना अधिक तुम संबंध रखते हो व्यक्तित्व के साथ और बाहर के साथ, बाहरी परतों के साथ, ऊपरी सतह के साथ, उतना अधिक तुम्हारे जीवन का आयाम बन जाता है एक कर्म। तुम परिणाम के विषय में चिंतित होते हो, इस बारे में कि तुम्हें लक्ष्य मिलेगा या नहीं। हमेशा चिंतित ही रहते हो कि चीजें तुम्हें मदद देने वाली हैं या नहीं। यह चिंता, कि कल क्या होगा ?

वह व्यक्ति, जिसका जीवन एक उत्सव बन गया है, कल की चिंता नहीं करता, क्योंकि वह जीता है केवल आज में। जीसस कहते हैं, 'लिली के इन फूलों की ओर देखो। वे इतने सुंदर हैं।' क्योंकि उनके लिए जीवन कोई कर्म नहीं है। नदियों की ओर देखो, सितारों की ओर देखो। मनुष्य के अतिरिक्त हर चीज सुंदर और पवित्र है, क्योंकि सारा अस्तित्व एक उत्सव है। वहां कोई परिणाम के लिए चिंतित नहीं है। क्या वृक्ष को इसकी चिंता होती है कि फूल आयेंगे या नहीं ? क्या नदी को चिंता है कि वह सागर तक पहुंचेगी या नहीं ? मनुष्य के अतिरिक्त कहीं किसी को चिंता नहीं। मनुष्य क्यों चिंतित है ? क्योंकि वह जीवन को कर्म की भांति देखता है, लीला की

भांति नहीं। और यह सारा अस्तित्व एक लीला है, एक उत्सव है।

पतंजलि कहते हैं कि जब कोई स्वयं के केंद्र में अवस्थित हो जाता है, तो वह एक लीला बन जाता है। तब लीला होती है। जीवन एक उत्फुल्ल क्रीड़ा है। और यह सुंदर है। परिणाम की चिंता करने की कोई जरूरत नहीं। परिणाम से कुछ लेना-देना नहीं है। यह बिलकुल असंगत है जो भी तुम कर रहे हो, वह स्वयं में मूल्य रखता है। मैं तुमसे बात कर रहा हूं; तुम मुझे सुन रहे हो। लेकिन तुम उद्देश्य लेकर सुन रहे हो, और मैं निरुद्देश्य होकर बात कह रहा हूं। तुम उद्देश्य सहित सुन रहे हो, और तुम आशा करते हो कि सुनने के द्वारा तुम्हें कुछ प्राप्त होने वाला है—कोई ज्ञान, कोई सूत्र, कुछ तरकीबें, कुछ विधियां, कोई समझ मिलने वाली है। और फिर तुम उनसे कोई रास्ता बना लोगे। तुम परिणाम के पीछे जाते हो, और मैं तुमसे कुछ कह रहा हूं प्रयोजनरहित होकर। मैं तो बस इसमें आनंद पाता हूं।

लोग मुझसे पूछते हैं, 'आप क्यों रोज प्रवचन देते हैं ?' मुझे आनंद है इसमें। यह पक्षियों के गाने, चहचहाने जैसा है। क्या है उद्देश्य ? क्या तुम गुलाब से पूछते हो कि वह क्यों खिलता चला जाता है ? क्या होता है उद्देश्य ? मैं बोल रहा हूं क्योंकि मेरा स्वयं को तुम्हारे साथ बांटना अपने में मूल्यवान है। इसमें एक आंतरिक मूल्य है। मैं परिणाम को नहीं खोज रहा; मुझे चिंता नहीं कि तुम इसके द्वारा रूपांतरित होते हो या नहीं। कोई चिंता नहीं है। यदि तुम मुझे सुनते हो, बस हो गयी बात। और अगर तुम भी चिंतित नहीं हो, तब रूपांतरण इसी क्षण घट सकता है। तुम्हें चिंता है कि जो कुछ मैं कहता हूं उसका उपयोग कैसे किया जाये—उसे कैसे उपयोग किया जाये, उसका क्या किया जाये !

तुम पहले से ही भविष्य में हो। तुम यहां नहीं हो; तुम क्रीड़ा का उत्सव नहीं मना रहे हो। तुम तो जैसे किसी कारखाने में हो। तुम जीवन-क्रीड़ा का उत्सव नहीं मना रहे। तुम इसके द्वारा कुछ परिणाम पा लेने की सोच रहे हो। और मैं सर्वथा प्रयोजनरहित हूं। इस तरह मैं स्वयं का आनंद तुममें बांटता हूं। मैं इसलिए नहीं बोल रहा हूं कि भविष्य में कुछ करना है; मैं बोल रहा हूं क्योंकि अभी इसी बांटने के द्वारा कुछ घट रहा है, और वह पर्याप्त है।

'आंतरिक मूल्य' इन शब्दों को खयाल में लेना; और अपने प्रत्येक कार्य में आंतरिक मूल्य होने देना। परिणाम की चिंता मत ले लेना क्योंकि जिस क्षण तुम परिणाम की सोचते हो, तो जो कुछ तुम कर रहे होते हो वह साधन बन जाता है और साध्य होता है भविष्य में। साधनों को ही साध्य बना दो; मार्ग को ही लक्ष्य बना दो, इसी क्षण को परम बना दो। इसके पार कुछ नहीं है। यह है एक भगवान की अवस्था। और जब भी कभी उत्सव मना रहे होते हो, तुम्हें इसकी थोड़ी झलक मिलती है।

बच्चे खेलते हैं, और तुम बच्चों के खेलने से अधिक दिव्य कोई और चीज नहीं खोज सकते। इसलिए जीसस कहते हैं, 'जब तक तुम बच्चों जैसे न हो जाओ तुम मेरे प्रभु के राज्य में प्रवेश न करोगे।' बच्चों जैसे हो जाओ। इसका अर्थ यह नहीं कि बचकाना होना है, क्योंकि बचकाना होना एक पूर्णतः भिन्न बात होती है। बच्चों जैसा होना समग्ररूपेण अलग बात है। बचकानापन गिराना पड़ता है। वह बालपन है, मूर्खता है। परंतु बच्चों की भांति होने की बात को बढ़ाना है। वह निर्दोषता है—प्रयोजनविहीन निर्दोषता। लाभ की बात साथ में विष ले आती है; परिणाम तुममें विष घोलता है। तब निर्दोषता खो जाती है।

'ईश्वर सर्वोत्कृष्ट है। वह दिव्य चेतना की व्यक्तिगत इकाई है। वह जीवन के दुखों से तथा कर्म और उसके परिणाम से अछूता है।'

तुम बिलकुल अभी भगवान हो सकते हो क्योंकि तुम वह हो ही। बात को केवल पूरी तरह समझ लेना है। तुम पहले से ही वही अवस्था हो। ऐसा नहीं है कि तुम्हें विकसित होना है भगवान होने के लिए। वास्तव में तुम्हें अनुभव कर लेना है कि तुम पहले से ही वही हो।

और यह घटता है समर्पण द्वारा।

पतंजलि कहते हैं कि तुम ईश्वर में विश्वास करते हो, तुम ईश्वर में आस्था रखते हो, जो है कहीं, वहां ब्रह्मांड में, कहीं ऊपर, ऊंचाई पर, और तुम समर्पण कर देते हो। वह ईश्वर मात्र एक आश्रय है समर्पण करने में तुम्हें मदद देने के लिए। जब समर्पण घटता है, तुम भगवान हो जाते हो। क्योंकि समर्पण का अर्थ है वह वृत्ति जिसमें तुम अनुभव करते हो कि अब मैं परिणाम से संबंध नहीं रखता। मैं भविष्य से संबंधित नहीं हूं, मैं स्वयं अपने से ही बिलकुल संबंध नहीं रखता। मैं समर्पण करता हूं।

जब तुम कहते हो, 'मैं समर्पण करता हूं,' तो किसका होता है यह समर्पण ? उस मैं का, उस अहंकार का। और बिना अहंकार के तुम उद्देश्य के बारे में, परिणाम के बारे में कैसे सोच सकते हो ? कौन सोचेगा उनके बारे में ? तब तुम स्वयं को बहने देते हो। तब तुम वहां जाते हो जहां चीजें ले जाती हैं। अब समग्र समष्टि करेगी निर्णय; तुमने तुम्हारे निर्णय बनाने का समर्पण कर दिया है।

पतंजलि कहते हैं कि दो तरीके हैं।

एक है, तुम्हारे प्रयास को समग्र बनाना। यदि तुम अहंकार एकत्रित नहीं करते, तब वह समग्र प्रयास स्वयं में ही एक समर्पण बन जायेगा। यदि तुम अहंकार एकत्रित करते हो, तब एक दूसरा तरीका होता है—ईश्वर को समर्पण कर दो।

ईश्वर में बीज अपने उच्चतम विस्तार में विकसित होता है।

तुम बीज हो, और परमात्मा प्रस्फुटित अभिव्यक्ति है। तुम बीज हो और परमात्मा वास्तविकता है। तुम हो संभावना; वह वास्तविक है। परमात्मा तुम्हारी नियति है, और तुम कई जन्मों से अपनी नियति पास रखे हुए हो बिना उसकी ओर देखे। क्योंकि तुम्हारी आंखें कहीं भविष्य में लगी होती हैं; वे वर्तमान को नहीं देखतीं। यदि तुम देखने को राजी हो तो यहीं, अभी, हर चीज वैसी है जैसी होनी चाहिए। किसी चीज की जरूरत नहीं। अस्तित्व संपूर्ण है हर क्षण। यह कभी अपूर्ण हुआ ही नहीं; यह हो सकता नहीं। यदि यह अपूर्ण होता, तो यह संपूर्ण कैसे हो सकेगा ? फिर कौन इसे संपूर्ण बनायेगा ?

अस्तित्व संपूर्ण है, कुछ करने की जरा भी कोई जरूरत नहीं है। यदि तुम इसे समझ लो तो समर्पण पर्याप्त है। किसी प्रयास, किसी प्राणायाम, भस्त्रिका, किसी शीर्षासन, योगासन, या ध्यान या कोई विधि—किसी चीज की जरूरत नहीं है। यदि तुम इसे समझ लो कि अस्तित्व जैसा है, बस पूर्ण है....। भीतर खोज लो, बाहर खोज

लो, हर चीज इतनी पूर्ण है कि उत्सव मनाने के अतिरिक़्त कुछ नहीं किया जा सकता। वह व्यक्ति, जो समर्पण करता है, उत्सव मनाना आरंभ कर देता है।

प्रवचन 14

बीज ही फूल है

प्रश्नसार

- कृपया समझायें कि समय के अंतराल के बिना एक बीज कैसे विकसित हो सकता है ?
- क्या ईश्वर को समर्पण करना और गुरु को समर्पण करना एक ही है ?
- क्या सतोरी के पश्चात गुरु की आवश्यकता होती है ?
- श्रवण की कला क्या होती है ? कृपया मार्गदर्शन करें।

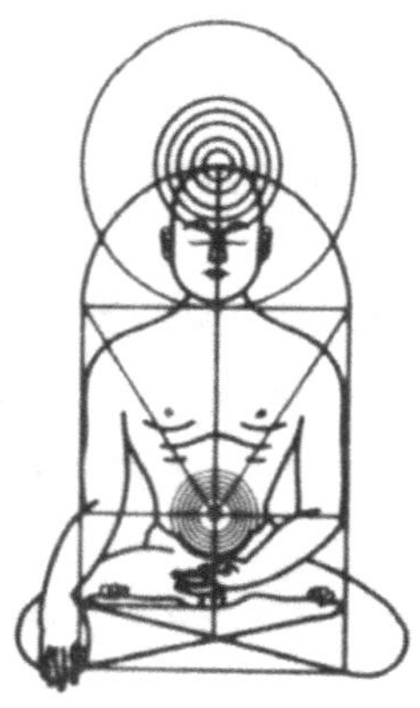

कृपया समझायें कि समय के अंतराल के बिना एक बीज कैसे विकसित हो सकता है ?

बीज तुम वह हो ही, समय की जरूरत पड़ती। तो समय लेने वाली विधि जरूर होगी। बीज विकसित हो सकता है बिना अंतराल के, बिना बीज वाले समयांतर के, क्योंकि बीज विकसित ही है। तुम वह हो ही, जो तुम हो सकते हो। यदि ऐसा न होता, तो बीज बिलकुल अभी खिल न सकता। तब समय की जरूरत पड़ती। तब झेन संभव न होता। तब केवल पतंजलि का मार्ग होता। यदि तुम्हें कुछ होना हो, तो समय लेने वाली विधि जरूरी होगी। लेकिन यही है बात समझ लेने की—जिन्होंने जाना है उन्होंने यह भी जाना कि कुछ होने की संभावना एक स्वप्न है। तुम अंतस सत्ता ही हो; तुम जैसे हो संपूर्ण हो।

अपूर्णता प्रकट हुई लगती है क्योंकि तुम गहरी नींद में हो। फूल खिल ही रहा है, केवल तुम्हारी आंखें बंद हैं। अगर बीज को फूल होने तक बढ़ना होता, तब ज्यादा समय की जरूरत होती। और यह कोई साधारण फूल नहीं; परमात्मा को खिलना है तुममें। तब शाश्वतता भी पर्याप्त न होगी, तब यह लगभग असंभव है। यदि तुम्हें खिलना हो, तब तो यह लगभग असंभव है। यह घटने वाला नहीं; यह घट सकता नहीं। अनंतकाल की आवश्यकता होगी।

नहीं, बात यह नहीं है। यह बिलकुल अभी घट सकता है, इसी क्षण। एक क्षण भी नहीं गंवाना है। प्रश्न बीज के फूल होने का नहीं है, प्रश्न है आंख खोलने का। तुम बिलकुल अभी अपनी आंख खोल सकते हो, और तब तुम पाओगे कि फूल तो सदा से खिलता रहा है। वह कभी अन्यथा न था; यह दूसरे ढंग से हो नहीं सकता था।

परमात्मा सदा तुम्हारे भीतर होता है। जरा ध्यान से देखो और वह प्रकट हो जाता है। ऐसा नहीं है कि वह बीज में छिपा हुआ था; तुम्हीं उसकी ओर नहीं देख रहे थे। तो केवल इतने भर की जरूरत होती है कि तुम उसकी ओर ध्यान से देख लो। जो कुछ भी तुम हो, उस ओर देख लो, उसके प्रति जागरूक हो जाओ। नींद में चलने वाले की भांति मत चलो-फिरो।

इसीलिए ऐसा बतलाया जाता है कि बहुत सारे झेन गुरु जब वे संबोधि को उपलब्ध हुए, ठहाका मारकर हंसने लगे थे। उनके शिष्य समझ न सकते थे, उनके सहयात्री नहीं समझ सकते थे कि क्या घट गया। क्यों वे पागलपन से अट्टहास कर रहे हैं ? क्यों है यह हंसी ? वे हंस रहे होते हैं इस सारे बेतुकेपन पर। वे उसे खोज रहे

थे जो मिला ही हुआ है; वे उस चीज के पीछे भाग रहे थे जो पहले ही उनके भीतर थी; वे कहीं और खोज रहे थे उसे, जो स्वयं खोजने वाले में ही छिपा था।

खोजी ही है खोज्य; यात्री स्वयं ही है मंजिल। तुम्हें कहीं और नहीं पहुंचना है। तुम्हें केवल स्वयं तक पहुंचना है। ऐसा केवल एक क्षण में घट सकता है; एक क्षणांश भी काफी होता है। यदि बीज को फूल होना होता, तब तो अनंतकाल पर्याप्त न था क्योंकि फूल है परमात्मा। यदि परमात्मा तुममें पहले से ही है, तो बस मुड़कर देखना, जरा भीतर झांक लेना और यह घट सकता है।

फिर पतंजलि की जरूरत क्या ? पतंजलि की जरूरत है तुम्हारे कारण। तुम इतना लंबा समय लेते हो तुम्हारी नींद में से निकलने के लिए ! तुम इतना लंबा समय लेते हो तुम्हारे सपनों में से बाहर आने के लिए ! तुम इतने उलझे हुए हो सपनों में ! तुमने अपना इतना कुछ लगा दिया है सपनों में, कि इसीलिए समय की जरूरत है। समय की जरूरत इसलिए नहीं है कि बीज को फूल होना है, समय की जरूरत इसलिए है क्योंकि तुम अपनी आंखें नहीं खोल सकते। तुम बंद आंखों के इतने ज्यादा आदी हो गये हो कि यह एक गहरी आदत बन चुकी है। केवल यही नहीं—तुम बिलकुल भूल गये हो कि तुम बंद आंखों सहित जी रहे हो। इसे तुम बिलकुल ही भूल गये हो। तुम सोचते हो, 'कैसी नासमझी की बात है यह ! मेरी आंखें तो खुली ही हुई हैं।' और तुम्हारी आंखें हैं बंद।

यदि मैं कहता हूं, 'अपने सपनों से बाहर आ जाओ', तो तुम कह देते हो, 'मैं जागा ही हुआ हूं।' लेकिन यह भी एक सपना है। तुम सपना ले सकते हो कि तुम जागे हुए हो; तुम सपना ले सकते हो कि तुम्हारी आंखें खुली हैं। तब अधिक समय की जरूरत होगी। ऐसा नहीं है कि फूल पहले से ही नहीं खिला हुआ था, बल्कि यह तुम्हारे जाग जाने की बात ही इतनी कठिन थी।

तुम्हारे बहुत सारे न्यस्त स्वार्थ हैं। इनको समझ लेना है। अहंकार बुनियादी स्वार्थ है। यदि तुम अपनी आंख खोल लो, तो तुम तिरोहित हो जाते हो। आंख का खुलना मृत्यु की भांति प्रतीत होता है। ऐसा है। इसीलिए तुम इसके बारे में बातें करते हो; तुम इसकी चर्चा सुनते हो, तुम इसके बारे में सोचते हो, लेकिन तुम अपनी आंख कभी नहीं खोलते क्योंकि तुम भी जानते हो कि यदि तुम वास्तव में अपनी आंख खोल लो तो तुम मिट जाओगे। तब कौन होओगे तुम ? एक न-कुछ। एक शून्यता। शून्यता यहां है, यदि तुम अपनी आंखें खोल लो तो। इसलिए यह सोचना बेहतर होता है कि तुम्हारी आंखें खुली ही हुई हैं। और तब तुम 'कुछ' बने रहते हो।

अहंकार पहला न्यस्त स्वार्थ है। अहंकार केवल तभी बना रह सकता है जब तुम सोये हुए हो। जैसे कि सपने केवल तभी बने रह सकते हैं जब तुम सोये हुए हो—आध्यात्मिक रूप से सोये हुए, अस्तित्वगत रूप से सोये हुए। आंखें खोलो अपनी। पहले तुम मिटते हो; फिर परमात्मा प्रकट होता है—यह है समस्या। और तुम भयभीत हो कि तुम कहीं मिट न जाओ। लेकिन वही है द्वार। तो तुम इसके बारे में चर्चा सुनते हो, तुम सोचते हो इसके बारे में, लेकिन तुम स्थगित किये चलते कल, और कल और कल के लिए।

इसलिए पतंजलि की आवश्यकता है। पतंजलि कहते हैं, तुरंत आंख खोलने की कोई जरूरत नहीं, बहुत सारे सोपान हैं। तुम सोपानों द्वारा क्रमशः तुम्हारी नींद से बाहर आ सकते हो। कुछ चीजें तुम आज कर सकते हो, कुछ चीज कल कर सकते हो, फिर कुछ चीजें परसों कर सकते हो, और इस सबमें लंबा समय लगने ही वाला है। पतंजलि तुम्हें रुचते हैं क्योंकि वे तुम्हे सोने को समय देते हैं। वे कहते हैं : बिलकुल अभी तुम्हें अपनी नींद

से बाहर आने की कोई जरूरत नहीं, बस करवट भर बदलना भी काम देगा। फिर थोड़ा सो लेना; फिर कुछ और कर लेना। फिर कुछ समय बाद, क्रम में चीजें घटेंगी।

वे बड़े लुभावने हैं। वे तुम्हें तुम्हारी नींद में से बाहर आने को फुसलाते हैं। झेन तुम्हारी नींद से तुम्हें झटके से बाहर लाता है। इसीलिए एक झेन गुरु तुम्हारे सिर पर चोट कर सकता है, लेकिन पतंजलि कभी नहीं। एक झेन गुरु तुम्हें खिड़की से बाहर फेंक सकता है, लेकिन पतंजलि कभी नहीं। एक झेन गुरु चौंकानेवाली विधि का उपयोग करता है। तुम झटके द्वारा तुम्हारी नींद में से बाहर लाये जा सकते हो, तो क्यों कोई तुम्हें राजी करने की कोशिश करता रहे ? क्यों समय गंवाना ?

पतंजलि थोड़ा-थोड़ा करके, धीरे-धीरे तुम्हें साथ-साथ ले आते हैं। वे तुम्हें नींद से बाहर लाते हैं, और तुम जान भी नहीं पाते वे क्या कर रहे हैं। वे मां की भांति हैं। वे बिलकुल विपरीत बात करते हैं, लेकिन वे इसे करते हैं मां की भांति ही। मां बच्चे को सोने के लिए राजी करती है, वे तुम्हें नींद से बाहर आने के लिए राजी करते हैं। वह लोरी गा सकती है बच्चे को महसूस कराने को कि वह मौजूद है वहां, इसलिए उसे डरने की जरूरत नहीं। एक ही पंक्ति बार-बार दोहराने से, बच्चा नींद में बहला दिया जाता है। वह मां का हाथ थामे नींद में उतर जाता है। उसे चिंता करने की जरूरत नहीं होती। मां है और वह गा रही है, और गाना सुंदर है। और मां नहीं कह रही कि 'सो जाओ', क्योंकि वह बात अड़चन देगी। वह अप्रत्यक्ष रूप से ही राजी करवा रही है। और वह बच्चे को कम्बल ओढ़ा देगी और कमरे से बाहर चली जायेगी, और बच्चा गहरी नींद सो जायेगा।

बिलकुल यही पतंजलि करते हैं विपरीत क्रम में। धीरे-धीरे वे तुम्हें तुम्हारी नींद से बाहर ले आते हैं। इसीलिए समय की जरूरत पड़ती है; वरना फूल तो पहले से ही खिला हुआ है। देखो ! यह पहले से ही है वहां। आंख खोलो और वह वहां होता ही है; द्वार खोलो और वह वहां खड़ा प्रतीक्षा कर रहा है तुम्हारी। वह सदा से वहां खड़ा है।

यह निर्भर करता है तुम पर। यदि तुम्हें चौंकाने वाली विधि पसंद है, तब झेन है मार्ग। यदि तुम पसंद करते हो बहुत धीरे-धीरे होने वाली प्रक्रिया, तब योग है मार्ग। चुन लेना। चुनने में भी तुम बहुत चालाक हो। तुम मुझसे कहते हो 'कैसे चुन सकता हूं मैं ?' यह भी एक चालाकी है। हर चीज साफ है। यदि तुम्हें समय की जरूरत है, पतंजलि को चुन लेना। यदि तुम झटकों से भयभीत हो, चुन लेना पतंजलि को। लेकिन चुन लेना। अन्यथा गैर-चुनाव स्थगन बन जायेगा। फिर तुम कह देते हो, 'चुनना कठिन है, लेकिन जब तक मैं चुन न लूं मैं कैसे आगे बढ़ सकता हूं !'

झटका देने की विधि सीधी होती है। यह फौरन तुम्हें सहज यथार्थ तक उतार देती है। मेरी अपनी विधियां चौंकाने वाली हैं। वे क्रमबद्ध नहीं हैं। मेरे साथ तुम इसी जन्म में प्राप्त करने की आशा कर सकते हो; पतंजलि के साथ बहुत-से जन्मों की आवश्यकता होगी। मेरे साथ तुम बिलकुल अभी प्राप्त कर लेने की आशा भी रख सकते हो। लेकिन फिर भी तुम्हें बहुत सारी चीजें करनी होंगी इससे पहले कि तुम प्राप्त करो।

तुम जानते हो अहंकार मिट जायेगा, तुम जानते हो कामवासना तिरोहित हो जायेगी। तब कामवासना की कोई संभावना नहीं होती। एक बार तुम उपलब्ध हो जाओ, ये बातें बेतुकी हो जाती हैं, हास्यास्पद। तो तुम सोचते हो, 'थोड़ी देर और। प्रतीक्षा करने में हर्ज क्या है ? मुझे थोड़ा और रस लेने दो।' क्रोध संभव न होगा, हिंसा की

संभावना नहीं होगी, ईर्ष्या नहीं होगी, मालकियत, चालाकियोंभरी योजनाएं नहीं होंगी। वे सारी चीजें तिरोहित हो जायेंगी।

तुम अचानक अनुभव करते हो, 'यदि ये सब मिट जायेंगी, तो मैं क्या रहूंगा ?' क्योंकि इन सबके सम्मिश्रण के, इन सबकी गठरी के अतिरिक्त तुम कुछ हो नहीं। यदि ये सब मिट जायें, तो केवल शून्यता बची रहती है। वह शून्यता तुम्हें डरा देती है। यह अगाध खाई जैसी जान पड़ती है। तुम अपनी आंखें बंद कर लेना चाहते हो और थोड़ी देर और सपने देख लेना चाहते हो। यह ऐसे है जैसे जब तुम सुबह उठते हो, और पांच मिनट के लिए दूसरी तरफ करवट लेना चाहते हो और थोड़ी ज्यादा देर सपना देखना चाहते हो क्योंकि इतना सुंदर था वह सपना।

एक रात मुल्ला नसरुद्दीन ने अपनी पत्नी को जगाया और उससे बोला, 'मेरा चश्मा फौरन लाओ। मैं इतना सुंदर सपना देख रहा था, और उससे भी ज्यादा अच्छे का आश्वासन था।'

इच्छाएं हमेशा तुम्हें विश्वास दिलाये जा रही हैं। अधिक का हमेशा आश्वासन है। वे कहती हैं, यह कर लो। वह कर लो। जब संबोधि हमेशा संभव है तो क्यों जल्दी करनी ? तुम कभी भी प्राप्त कर सकते हो; कोई जल्दी नहीं है। तुम इसे स्थगित कर सकते हो। यह अनंतकाल का प्रश्न है, अनंतकाल से संबंधित है, तो क्यों न इस क्षण आनंद मना लें ? तुमने कभी आनंद मनाया नहीं, क्योंकि बिना आंतरिक समझ वाला आदमी किसी चीज का आनंद मना नहीं सकता है। वह सिर्फ पीड़ा भोगता है, हर चीज उसके लिए पीड़ा बन जाती है। प्रेम, प्रेम जैसी चीज—उसमें भी वह पीड़ा पाता है। सोये हुए आदमी के लिए सबसे अधिक सुंदर घटना संभव है प्रेम की, लेकिन वह उसके द्वारा भी पीड़ा भोगता है। जब तुम सोये हुए होते हो तो इससे बेहतर बात संभव नहीं। प्रेम महानतम संभावना है, लेकिन तुम इसके द्वारा भी पीड़ा पाते हो। क्योंकि सवाल प्रेम का या दूसरी किसी चीज का नहीं है। नींद है पीड़ा; अतः जो कुछ भी घटता है, उससे तुम पीड़ा पाओगे। नींद हर स्वप्न को दुःस्वप्न में बदल देती है। यह बड़े सुंदर ढंग से शुरू होता है, लेकिन कोई न कोई चीज हमेशा गलत हो जाती है कहीं न कहीं। अंत में तुम नरक तक पहुंच जाते हो।

हर इच्छा नरक तक ले जाती है। कहते हैं कि हर रास्ता रोम तक ले जाता है। मैं इस बारे में नहीं जानता, लेकिन एक चीज के प्रति निश्चित हूं—हर इच्छा नरक तक ले जाती है। आरंभ में इच्छा तुम्हें बहुत आशा देती है, सपने देती है—वही चालाकी है। इसी तरह तो तुम जाल में फंसते हो। यदि बिलकुल प्रारंभ से ही इच्छा कह दे, 'सजग रहना; मैं तुम्हें नरक की ओर ले जा रही हूं', तो तुम उसके पीछे चलोगे नहीं। इच्छा तुम्हें विश्वास दिलाती है स्वर्ग का, और यह तुम्हें विश्वास दिलाती है कि मात्र कुछ कदम चलने से तुम इस तक पहुंच जाओगे। यह कहती है, 'बस, मेरे साथ चलो।' यह तुम्हें लुभाती है, तुम्हें सम्मोहित करती और तुम्हें बहुत सारी चीजों का आश्वासन देती, और तुम पीड़ा में होने के कारण सोचते हो, 'कोशिश करने में क्या बुराई है ? मुझे थोड़ा इस इच्छा को भी आजमा लेने दो।'

यह बात भी तुम्हें नरक तक ले जायेगी क्योंकि इच्छा अपने में ही नरक का मार्ग है। इसीलिए बुद्ध कहते हैं, 'जब तक इच्छाविहीन नहीं हो जाते, तुम आनंदमय नहीं हो सकते।' इच्छा है पीड़ा, इच्छा है स्वप्न। और इच्छा तभी विद्यमान होती है जब तुम सोये हुए होते हो। जब तुम जागे हुए और सजग होते हो, तब इच्छाएं तुम्हें मूर्ख नहीं बना सकतीं। तब तुम उनके पार देख सकते हो। तब हर चीज इतनी स्पष्ट होती है कि तुम मूर्ख नहीं बनाये

जा सकते। तब पैसा तुम्हें कैसे मूर्ख बना सकता है और कह सकता है कि जब धन हो तो तुम बहुत-बहुत खुश होओगे ? धनी व्यक्तियों की ओर देख लो—वे भी नरक में हैं—शायद समृद्ध नरक में हों, लेकिन समृद्ध नरक बदतर ही होने वाला है दरिद्र नरक से। अब उन्होंने धन प्राप्त कर लिया है, और वे एकदम निरंतर बेचैनी की अवस्था में ही हैं।

मुल्ला नसरुद्दीन ने बहुत धन इकट्ठा कर लिया, और फिर वह एक अस्पताल में दाखिल हुआ क्योंकि वह सो न सकता था। वह घबड़ाया हुआ था और निरंतर कंपता हुआ और डरा हुआ—किसी एक खास बात से डरा हुआ नहीं। एक गरीब आदमी भयभीत होता है किसी विशेष कारणवश; एक धनी आदमी तो मात्र भयभीत होता है। यदि तुम किसी विशेष बात के लिए भयभीत होते हो, तो किया जा सकता है कुछ। लेकिन मुल्ला नसरुद्दीन तो बस भयभीत मात्र था और वह जानता नहीं था कि ऐसा क्यों है। क्योंकि जब उसके पास हर चीज थी तो भयभीत होने की कोई जरूरत न थी, लेकिन वह तो एकदम भयभीत था और कंप रहा था।

वह अस्पताल में दाखिल हुआ, और सुबह नाश्ते में कुछ चीजें लायी गयीं। उन कुछ चीजों में हिलते-कंपते जिलेटिन का एक कटोरा था। वह बोला, 'नहीं, मैं नहीं खा सकता इसे।' डॉक्टर ने पूछा, 'तुम इस बारे में इतनी जिद क्यों करते हो ?' वह बोला, 'मैं अपने से अधिक बेचैन चीज को नहीं खा सकता।'

धनी व्यक्ति बेचैन होता ही है। कौन-सी है उसकी घबड़ाहट, उसका भय ? वह क्यों इतना डरा हुआ है ? क्योंकि हर इच्छा पूरी हो चुकी है, और फिर भी हताशा बनी हुई है। अब वह सपना भी नहीं देख सकता, क्योंकि उन सारे सपनों में से गुजर चुका है और उसने देख लिया है कि वे कहीं नहीं ले जाते हैं। वह सपना नहीं देख सकता और न ही आंख खोलने का साहस जुटा सकता है, क्योंकि न्यस्त स्वार्थ हैं। उसने अपनी नींद में बहुत सारी चीजों का वचन दिया हुआ है।

जब एक रात बुद्ध अपने महल से चले गये, वे अपनी पत्नी को बता देना चाहते थे कि वे जा रहे हैं। वह उस बच्चे को सहलाना चाहते थे जो एक दिन पहले ही पैदा हुआ था, क्योंकि उन्हें फिर वापस न आना था। वे कमरे के एकदम द्वार तक गये। उन्होंने अपनी पत्नी की ओर देखा। वह गहरी निद्रा में सोयी हुई थी। वह जरूर सपना देख रही होगी। बालक को बाहों में लिये उसका चेहरा सुंदर था, मुसकुराता हुआ। उन्होंने कुछ क्षण प्रतीक्षा की द्वार पर, फिर वे लौट गये। वे कहना चाहते थे कि वे जा रहे हैं, लेकिन फिर वे भयभीत हो गये। यदि वे कुछ कह देते, तो पत्नी जरूर रोने लगती और चीखने लगती और एक तमाशा बना डालती।

और वे स्वयं से भी भयभीत थे, क्योंकि यदि वह रो पड़ती और चीखने-चिल्लाने लगती, तब शायद उन्हें अपने उन वचनों का खयाल आ जाता कि 'मैं तुम्हें हमेशा और हमेशा प्रेम करता रहूंगा, और मैं हमेशा-हमेशा के लिए तुम्हारे साथ रहूंगा।' और यह बच्चा जो मात्र एक दिन का है इसका क्या करना होगा ? वह तो, निस्संदेह, बच्चे को मेरे सामने ले आयेगी, उन्होंने सोचा, और वह कहेगी, 'देखो जरा, तुम मेरे साथ क्या कर रहे हो ! फिर तुमने इस बच्चे को पैदा ही क्यों होने दिया था ? और अब कौन होगा इसका पिता ? क्या सिर्फ मैं ही इसके लिए जिम्मेदार हूं ? तुम कायर की तरह भाग रहे हो।' ये सारे विचार उनके मन में आये, क्योंकि नींद में तो हर कोई वचन देता है। हर कोई वचन दिये चला जाता है यह न जानते हुए कि वह उन्हें कैसे पूरा कर सकता है। लेकिन नींद में ऐसा होता है क्योंकि किसी को होश नहीं होता कि क्या हो रहा है।

अकस्मात वे सजग हो आये कि ये-ये बातें कही जायेंगी और फिर सारा परिवार इकट्ठा हो जायेगा—पिता और सब दूसरे। और वे पिता के इकलौते बेटे थे, और पिता उनकी ओर देख रहे होंगे; और अपनी नींद में उन्होंने वचन दिये हैं उन्हें भी। इसलिए वे बस निकल भागे। वे एकदम चोर की भांति भाग आये।

बारह वर्ष के पश्चात, जब वे वापस लौटे तो पहली बात जो पत्नी ने पूछी वह ठीक वही थी जिसके बारे में घर छोड़ने की रात उन्होंने सोचा था कि उसके मन में आयेगी। पत्नी ने उनसे पूछा, 'आपने मुझसे कह क्यों न दिया ? यही पहली बात मैं आपसे पूछना चाहूंगी। इन बारह वर्षों से मैं आपकी प्रतीक्षा कर रही थी। आपने मुझसे कहा क्यों नहीं ? किस प्रकार का है यह प्रेम ? आप तो मुझे एकदम छोड़ गये। आप कायर हैं।'

बुद्ध शांतिपूर्वक सुनते रहे। जब पत्नी शांत हुई, चुप हो गयी तो वे बोले, 'ये सारे विचार मुझमें उठे थे। मैं बिलकुल द्वार तक आ गया था, मैंने द्वार खोल भी दिया था। मैंने तुम्हारी ओर देखा था। नींद में मैंने बहुत सारी चीजों का आश्वासन दिया था। लेकिन यदि मुझे जागना था, यदि मैं नींद से बाहर आने ही वाला था, तब मैं नींद में दिये वचनों को पूरा नहीं कर सकता था। और यदि मैंने वचनों को पूरा करने की कोशिश की होती, तो मैं जाग न सकता था।

'तो तुम ठीक ही हो। तुम सोच सकती हो कि मैं कायर हूं; तुम सोच सकती हो कि मैं महल से पलायन कर गया चोर की भांति; योद्धा की भांति नहीं, साहसी व्यक्ति की भांति नहीं। लेकिन मैं तुमसे कहता हूं, ठीक विपरीत है सचाई। क्योंकि जब मैं पलायन कर रहा था, मेरे लिए वह क्षण महानतम वीरता का क्षण था, क्योंकि मेरा संपूर्ण अंतस कह रहा था, यह अच्छा नहीं, कायर मत बनो। और यदि मैं रुक गया होता, यदि मैंने अपने सोये हुए अस्तित्व की सुन ली होती, तो फिर मेरे जाग जाने की कोई संभावना न होती।

'और अब मैं तुम्हारे पास आया हूं। अब मैं कुछ पूरा कर सकता हूं। केवल वही व्यक्ति जो संबोधि को उपलब्ध है, कुछ पूर्ण कर सकता है। वह व्यक्ति जो अज्ञानी होता है, कैसे कुछ पूर्ण कर सकता है ? अब मैं तुम्हारे पास आया हूं। यदि मैं उस क्षण ठहर गया होता तो मैं तुम्हें कुछ न दे सकता था, लेकिन अब मैं एक विशाल निधि लाया हूं अपने साथ, और अब मैं इसे तुम्हें दे सकता हूं। रोओ-चिल्लाओ मत। अपनी आंखें खोलो और मेरी ओर देखो। मैं वही व्यक्ति नहीं हूं जो उस रात चला गया था। एक बिलकुल अलग मनुष्य आया है तुम्हारे द्वार। मैं तुम्हारा पति नहीं हूं। तुम मेरी पत्नी हो सकती हो, क्योंकि वह तुम्हारा भाव है, लेकिन मेरी ओर देखो। मैं समग्र रूप से अलग व्यक्ति हूं। अब मैं तुम्हारे लिए खजाना लाया हूं। मैं तुम्हें भी जाग्रत और बुद्ध बना सकता हूं।'

पत्नी सुनती थी सब। वही समस्या हमेशा हर एक को आती है। उसने बच्चे के बारे में सोचना शुरू कर दिया। अगर वह संन्यासी हो जाती है और इस भिक्षु के साथ चल देती है, अपने पुराने पति के साथ, यदि उसके साथ चल पड़े, तो क्या होगा इस बालक का ? वह कुछ न बोली थी पर बुद्ध बोले, 'मैं जानता हूं क्या सोच रही हो तुम, क्योंकि मैं उस कालावधि से गुजर चुका हूं जहां निद्राभरी अवस्था में वचन दिये जाते हैं जो सब भीड़ की तरह इकट्ठे हो जाते हैं और कहने लगते हैं : क्या कर रहे हो तुम ? तुम सोच रही हो, जरा यह बच्चा कुछ बड़ा हो जाये। फिर इसका विवाह हो जाये। फिर वह महल और राज्य का भार ले सकता है, और फिर मैं तुम्हारा अनुगमन करूंगी। लेकिन ध्यान रहे, कोई भविष्य नहीं, कोई कल नहीं। या तुम बिलकुल अभी मेरे पीछे आओ या आना

ही मत पीछे।'

लेकिन स्त्री का मन पुरुष-मन की अपेक्षा ज्यादा सोया हुआ है। और इसके कारण हैं। स्त्री ज्यादा बड़ी स्वप्नजीवी होती है। वह सपनों में और आशाओं में ज्यादा जीती है। उसे गहन निद्रा में होना ही होता है अन्यथा उसका मां के रूप में उपयोग करना प्रकृति के लिए कठिन होगा। स्त्री का गहन सम्मोहित अवस्था में रहना जरूरी होता है। केवल तभी वह नौ महीने तक बच्चे को गर्भ में संभाल सकती है और कष्ट पा सकती है। और फिर इस बच्चे का पालन-पोषण कर सकती है और दुख उठा सकती है। और फिर एक दिन यह बच्चा उसे छोड़ जाता है और दूसरी स्त्री के पास चला जाता है, और वह व्यथित होती है।

यह एक इतना लंबा दुख है, कि एक स्त्री के लिए आवश्यक हो जाता है कि वह पुरुष की अपेक्षा अधिक नींद में हो। अन्यथा कोई कैसे इतनी लंबी पीड़ा झेल सकता है ? और वह सदा आशा रखती है। फिर दूसरे बच्चे को लेकर आशा करती है, और फिर तीसरे बच्चे को लेकर, और उसका सारा जीवन व्यर्थ हो जाता है।

इसलिए बुद्ध ने कहा, 'मैं जानता हूं तुम क्या सोच रही हो। और मैं जानता हूं तुम मुझसे ज्यादा बड़ी स्वप्नद्रष्टा हो। लेकिन अब मैं आया हूं तुम्हारी निद्रा की तमाम जड़ों को काट देने के लिए। बच्चे को ले आओ। कहां है मेरा बेटा ? ले आओ उसे।' स्त्री-मन फिर एक चाल चल गया। वह राहुल को ले आयी, वह बच्चा जो अब बारह वर्ष का हो गया था, और वह कहने लगी, 'ये हैं तुम्हारे पिता। इनकी ओर देखो, ये भिखारी हो गये हैं ! पूछो इनसे, क्या है इनका दाय ? क्या दे सकते हैं ये तुम्हें ? ये तुम्हारे पिता हैं। कायर हैं, चोर की भांति चले गये थे मुझसे कुछ कहे बिना ही। और वह एक दिन के शिशु को छोड़ चले गये थे। उनसे पूछो, देने को क्या है उनकी संपत्ति ?'

बुद्ध हंस पड़े और वह आनंद से बोले, 'मेरा भिक्षा पात्र लाओ।' उन्होंने भिक्षा पात्र राहुल को दे दिया, और वह बोले, 'यह है मेरी कुल संपत्ति। मैं तुम्हें भिक्षु बनाता हूं। तुम दीक्षित हुए। तुम अब एक संन्यासी हो।' और उन्होंने अपनी पत्नी से कहा, 'मैंने जड़ ही काट दी हैं। अब सपने देखने की कोई जरूरत न रही। तुम भी जाग्रत हो जाओ क्योंकि यही है जड़। राहुल संन्यासी हो ही गया है, इसलिए तुम भी जाग जाओ। यशोधरा, तुम भी जाग जाओ और संन्यासी हो जाओ।'

ऐसा समय सदा आता है जब तुम उस संक्रमण-काल में होते हो जहां से निद्रा जागरण में परिवर्तित होती है। सारा अतीत तुम्हें रोकेगा। और अतीत शक्तिशाली होता है। भविष्य निर्बल होता है निद्रागत व्यक्ति के लिए। वह आदमी जो सोया हुआ नहीं है उसके लिए भविष्य शक्तिशाली होता है, उस आदमी के लिए जो गहरी निद्रा में है, अतीत शक्तिशाली होता है। जो आदमी गहरी नींद सोया है, उसकी पहचान केवल उन सपनों से है जो उसने अतीत में देखे थे। वह किसी भविष्य के प्रति जागरूक नहीं है। यदि वह भविष्य के बारे में सोचता भी है, तो वह सिर्फ अतीत का ही प्रतिबिंब होता है। अतीत ही फिर से प्रक्षेपित हो जाता है। जो व्यक्ति जागरूक है केवल वही भविष्य के प्रति जागरूक होता है। तब अतीत कुछ नहीं रहता।

इसे जरा खयाल में ले लेना। तुम शायद बिलकुल अभी न समझ पाओ लेकिन किसी दिन तुम समझ सकते हो। सोये हुए आदमी के लिए, कारण अधिक शक्तिशाली होता है परिणाम की अपेक्षा; फूल की अपेक्षा बीज अधिक शक्तिशाली होता है। जो व्यक्ति जागा हुआ है उसके लिए, कार्य अधिक शक्तिशाली होता है कारण से,

फूल अधिक शक्तिवान होता है बीज से।

निद्रा का तर्क यही है कि कारण निर्मित करता है कार्य को, बीज निर्मित करता है फूल को। जागरण का तर्क इसके बिलकुल विपरीत है। वह है कि फूल निर्मित करता है बीज को, कार्य निर्मित करता है कारण को। यह भविष्य ही होता है जो उत्पन्न करता है अतीत को; न कि अतीत उत्पन्न करता है भविष्य को! लेकिन निद्रामय-चित्त के लिए, अधिक शक्तिशाली होता है अतीत, मृत, व्यतीत—जो कि है नहीं।

जो अभी होने को है, वह अधिक शक्तिशाली है। जो अभी जन्मने को है वह अधिक शक्तिशाली है क्योंकि जीवन रहता है वहां। अतीत के कोई प्राण नहीं। कैसे हो सकता है वह शक्तिशाली ? अतीत तो पहले से ही कब्रिस्तान है। जीवन तो पहले से ही वहां से जा चुका है इसलिए यह होता है बीता हुआ। जीवन इसे छोड़ चुका। लेकिन कब्रिस्तान शक्तिशाली होते हैं तुम्हारे लिए। जो व्यक्ति जागरूकता के लिए है उसके लिए अभी जो होने को है, जो जन्म लेने को है अभी, ताजा, वह जो होने जा रहा है, ज्यादा शक्तिशाली बन जाता है। अतीत उसे रोके नहीं रख सकता।

अतीत रोकता है। तुम सदा पीछे की वचनबद्धताओं के बारे में सोचते हो; तुम सदा कब्रिस्तान के इर्द-गिर्द मंडराते रहते हो। तुम फिर-फिर जाते कब्रिस्तान की यात्रा करने और मृत को अपनी श्रद्धांजलि अर्पित करने। हमेशा अपनी श्रद्धा उसे दो, जो होने को है क्योंकि जीवन वहां होता है।

'कृपया समझायें कि बिना समय के अंतराल के बीज विकसित कैसे हो सकता है ?'

हां, यह विकसित हो सकता है क्योंकि यह विकसित है ही; खिला हुआ ही है। फूल निर्मित करता है बीज को, न कि बीज फूल को। फूल जो खिल रहा है, उसने संपूर्ण बीज का निर्माण किया है। लेकिन तुम्हें ध्यान में रख लेना है कि केवल द्वार खोलने की आवश्यकता होती है। खोलो द्वार; सूर्य वहां प्रतीक्षा कर रहा है। वस्तुतः यथार्थ में जीवन विकास नहीं है। निद्रा में यह विकास जैसा प्रतीत होता है।

अंतस सत्ता (बीईंग) वहां पहले से ही है। हर चीज जैसी है, पूर्ण ही है; पहले से ही परम है, आनंदमयी है। कोई चीज जोड़ी नहीं जा सकती; इसे संशोधित करने का कोई तरीका नहीं। फिर जरूरत किसकी होती है ? केवल एक चीज की, कि तुम बोधपूर्ण हो जाओ और इसे देखो। ऐसा दो ढंग से घट सकता है या तो तुम्हें झटके से तुम्हारी नींद से बाहर लाया जा सकता है—जो है झेन। या तुम्हें नींद से बाहर लाने के लिए राजी किया जा सकता है, जो है योग। चुनो। बीच में ही लटके मत रहना।

क्या ईश्वर को समर्पण करना और गुरु को समर्पण करना एक ही है ?

समर्पण, विषय पर निर्भर नहीं करता। यह एक गुणवत्ता है जो तुम अपने अस्तित्व में ले आते हो। किसे करते हो तुम समर्पण, इससे कुछ संबंध नहीं। विषय कोई भी हो सकता है। तुम एक वृक्ष को कर सकते हो समर्पण; तुम नदी को कर सकते हो समर्पण; तुम किसी को कर सकते हो समर्पण—तुम्हारी पत्नी को, तुम्हारे पति को; तुम्हारे बच्चे को। पात्र की समस्या नहीं; किसी भी पात्र से बात बनेगी। समस्या है समर्पण करने की।

घटना घटती है समर्पण के कारण, तुम किसे समर्पण करते हो इस कारण नहीं। और यह सबसे सुंदर चीज है

समझ लेने की—तुम जिस किसी को करते हो समर्पण, वह पात्र ईश्वर हो जाता है। ईश्वर को समर्पण करने का प्रश्न नहीं है। समर्पण करने के लिए ईश्वर को कहां पाओगे ? तुम उसे कभी न पाओगे। समर्पण करो और जिसे भी तुम समर्पण करते हो, ईश्वर वहां है। बच्चा बन जाता है भगवान, पत्नी बन जाती है भगवान, गुरु बन जाता है भगवान, एक पत्थर भी हो सकता है भगवान।

पत्थरों के द्वारा भी लोग उपलब्ध हुए हैं, क्योंकि तुम किसे समर्पण करते हो इसका बिलकुल कोई सवाल ही नहीं। तुम समर्पण करते हो और वही सब कुछ उत्पन्न कर देता है, द्वार खोल देता है। समर्पण, समर्पण करने का प्रयास एक खुलापन ले आता है तुम तक। और अगर तुम एक पत्थर के प्रति खुले होते हो, तो तुम संपूर्ण अस्तित्व के प्रति खुले हो जाते हो, क्योंकि यह केवल खुलने की बात है। जब एक बार तुम खुलेपन को जान जाते हो और जो सुख-बोध यह घटना ले आती है उसका आनंद, वह आनंदोल्लास—जो मात्र एक पत्थर के प्रति खुले होने से घटता है, उसे पा लेते हो एक बार, तो तुम इतना नासमझ व्यक्ति नहीं खोज सकते जो तुरंत बाकी के सारे अस्तित्व के प्रति स्वयं को बंद कर लेगा। जब एक पत्थर के प्रति खुलना भी इतना आनंदपूर्ण अनुभव दे सकता है, तो फिर क्यों न संपूर्ण के प्रति खुले हो जाओ ?

आरंभ में व्यक्ति किसी को समर्पण करता है, और फिर समस्त को समर्पण कर देता है। गुरु को समर्पण करने का यही अर्थ है; समर्पण करने के अनुभव में तुम एक सूत्र जान लेते हो, अब तुम सभी को समर्पण कर सकते हो। गुरु तो एक मार्ग बन जाता है गुजर जाने के लिए। वह एक द्वार बन जाता है, और उस द्वार के द्वारा तुम देख सकते हो संपूर्ण आकाश को।

ध्यान रहे, तुम समर्पण करने के लिए ईश्वर को नहीं पा सकते। लेकिन बहुत लोग इस ढंग से सोचते हैं। वे बहुत चालाक लोग हैं। वे सोचते हैं, 'जब ईश्वर हो तब हम समर्पण करेंगे।' यह असंभव है क्योंकि ईश्वर केवल तभी होता है जब तुम समर्पण करते हो। समर्पण किसी चीज को भगवान बना देता है। समर्पण तुम्हें आंख देता है। और हर चीज जो इस आंख तक आती है दिव्य हो जाती है। दिव्यता, भगवत्ता समर्पण द्वारा दी गयी गुणवत्ता है।

भारत में ईसाई, यहूदी और मुसलमान हिंदुओं पर हंसते हैं क्योंकि वे वृक्ष की पूजा कर सकते हैं और वे पत्थर की पूजा कर सकते हैं। यह चाहे गढ़ा हुआ भी न हो; यह चाहे मूर्ति भी न बना हो। वे सड़क के किनारे का पत्थर खोज सकते हैं और फौरन इसी को ईश्वर बना सकते हैं। किसी कलाकार की आवश्यकता नहीं, किसी मूल्यवान प्रकार के पत्थर की भी नहीं; संगमरमर की भी नहीं। कोई साधारण पत्थर जो उपेक्षित हो चुका हो, वह भी काम दे देगा। शायद ऐसा हो कि यह पत्थर बाजार में न बिक सकता हो और इसीलिए यह वहां सड़क के किनारे पड़ा हुआ हो, लेकिन हिंदू तुरंत इसको ईश्वर बना सकते हैं। यदि तुम समर्पण कर सको तो यह दिव्य हो जाता है। समर्पण की दृष्टि दिव्य के अतिरिक्त कोई दूसरी चीज खोज ही नहीं सकती।

गैर-हिंदू हंसते रहे; वे नहीं समझ सकते थे। वे समझते हैं कि ये लोग पत्थर-पूजक हैं, मूर्तिपूजक। वे नहीं हैं। हिंदुओं को समझने में गलती हुई। वे मूर्तिपूजक नहीं हैं। उन्होंने कुंजी खोल ली है, और वह कुंजी यह है कि अगर समर्पण कर दो तो तुम किसी चीज को दिव्य बना सकते हो। और यदि तुम समर्पण नहीं करते तो तुम लाखों जन्मों तक ईश्वर को खोजते रह सकते हो, लेकिन तुम उससे कभी न मिलोगे, क्योंकि तुम्हारे पास वह

गुणवत्ता नहीं है जिसका मिलन होता है; जो मिल सकती है, जो पा सकती है। तो प्रश्न है आत्मगत समर्पण का, समर्पण करने वाले विषय या पात्र का नहीं।

लेकिन निस्संदेह समस्याएं हैं। तुम ऐसे अकस्मात पत्थर को समर्पण नहीं कर सकते क्योंकि तुम्हारा मन कहे चला जाता है, 'यह तो मात्र एक पत्थर है। कर क्या रहे हो तुम ?' और अगर मन कहता ही जाये, 'यह तो पत्थर ही है, इस प्रकार क्या कर रहे हो तुम ?'—तो तुम नहीं कर सकते समर्पण क्योंकि समर्पण को आवश्यकता होती है तुम्हारी समग्रता की।

इसीलिए गुरु की सार्थकता है। गुरु का अर्थ है वह, जो सीमा पर खड़ा हुआ—मनुष्य और दिव्यता की सीमा पर। वह जो तुम्हारी तरह मानवप्राणी रहा है, लेकिन जो अब तुम्हारी भांति नहीं रहा। वह जिसे कुछ और घट गया है, जो अतिरिक्त है—एक मनुष्य और कुछ और। इसलिए यदि तुम उसके अतीत को देखते हो, तो वह तुम्हारी तरह ही होता है लेकिन यदि तुम उसके वर्तमान और भविष्य को देखते हो, तब तुम उस 'कुछ और' को, अतिरिक्त को देखते हो। तब वह दिव्यता होता है।

पत्थर को, नदी को समर्पण करना कठिन है, बहुत-बहुत कठिन। यदि गुरु को समर्पण करना भी इतना कठिन है तो पत्थर को समर्पण करना जरूर बहुत कठिन होगा ही; क्योंकि जब कभी तुम गुरु को देखते हो तो फिर तुम्हारा मन कह देता है, 'यह मेरी तरह का मनुष्य-प्राणी है, तो उसे समर्पण क्यों करना ?' तुम्हारा मन वर्तमान को नहीं देख सकता; मन केवल अतीत को देख सकता है कि वह आदमी तुम्हारी तरह पैदा हुआ था, कि वह तुम्हारी तरह भोजन करता है और वह तुम्हारी तरह सोता है, तो क्यों करना उसे समर्पण ? वह तो बिलकुल तुम्हारी तरह ही है।

वह तुम्हारी तरह है और फिर भी वह नहीं है। वह जीसस और क्राइस्ट दोनों है। जीसस जो मानव है, मानव-पुत्र और क्राइस्ट—अतिरिक्त, कुछ और। यदि तुम केवल प्रकट दृश्य को देखते हो, तो वह पत्थर की भांति होता है। तब तुम समर्पण नहीं कर सकते। यदि तुम प्रेम करते हो, यदि तुम आत्मीय हो जाते हो, यदि तुम उसकी मौजूदगी को अपने में गहरे उतरने देते हो, यदि तुम गहन एकात्मता खोज सकते हो—यही है सही शब्द, उसके अस्तित्व के साथ गहन एकात्मता (रैपर्ट)—तब अचानक तुम उस 'कुछ और' के प्रति जागरूक हो जाते हो। वह मनुष्य से कुछ ज्यादा होता है। किसी अज्ञात ढंग से, उसके पास कुछ है जो तुम्हारे पास नहीं। किसी अदृश्य ढंग से, वह मनुष्य की सीमा के पार उतर चुका है। लेकिन इसे तुम तभी महसूस कर सकते हो जब एक गहन एकात्मता हो।

यही है जिसे पतंजलि कहते हैं, श्रद्धा; श्रद्धा एकात्मता निर्मित करती है। एकात्मता (रैपर्ट) आंतरिक समस्वरता है दो अदृश्यों की। प्रेम है एक घनिष्ठता। किसी के साथ तुम्हारा एकदम तालमेल बैठ जाता है जैसे कि तुम दोनों एक-दूसरे के लिए ही उत्पन्न हुए। तुम इसे प्रेम कहते हो। एक क्षण में, पहली दृष्टि में ही, बस किसी का तुम्हारे साथ तालमेल हो जाता है, जैसे कि तुम साथ-साथ निर्मित हुए और अलग हुए, और अब तुम फिर मिल गये हो।

दुनिया भर के पुराणों की कथाओं में यह कहा गया है कि स्त्री और पुरुष एक साथ बनाये गये। भारतीय पौराणिक कथाओं में एक बहुत सुंदर कथा है। वह पौराणिक कथा है कि पत्नी और पति की रचना बिलकुल प्रारंभ से जुड़वों की भांति की गयी; भाई और बहन की भांति। वे पति और पत्नी एक साथ उत्पन्न हुए थे जुड़वां की

भांति; एक गर्भ में साथ-साथ। बिलकुल प्रारंभ से ही एक आत्मीयता थी। पहले क्षण से ही गहन एकात्म था। वे गर्भ में साथ-साथ थे एक-दूसरे को थामे हुए—और यही घनिष्ठता है। फिर, किसी दुर्भाग्य के कारण, वह घटना पृथ्वी पर से मिट गयी।

लेकिन पौराणिक कथा कहती है कि अब तक स्त्री और पुरुष के बीच एक नाता बना हुआ है। पुरुष यहां पैदा हो जाये और स्त्री हो सकता है अफ्रीका में, अमरीका में पैदा हो, लेकिन एक गहरा संबंध होता है। और जब तक वे एक-दूसरे को खोज नहीं लेते, कठिनाई रहेगी। और उनके लिए एक-दूसरे को खोज लेना बहुत कठिन होता है। संसार इतना बड़ा है, और तुम जानते नहीं कहां खोजना है और कहां पता लगाना है। अगर यह घटता है, तो यह संयोगवशात घटता है।

अब वैज्ञानिक भी मानते हैं कि कभी न कभी हम इस रैपर्ट को, इस एकात्म्य को आंक लेंगे वैज्ञानिक उपकरणों द्वारा। और इससे पहले कि कोई विवाह करे, उस जोड़े को प्रयोगशाला में जाना होगा जिससे वे पता लगा सकें कि उनकी जीव-ऊर्जा का मेल बैठता है या नहीं। यदि यह ठीक नहीं बैठता, तो वे भ्रम में पड़े हैं। यह विवाह चल नहीं सकता। वे शायद सोच रहे हों कि वे बहुत सुखी रहेंगे, लेकिन वे नहीं रह सकते क्योंकि भीतर की जीव-ऊर्जा का तालमेल नहीं बैठता।

इसलिए हो सकता है शायद तुम्हें स्त्री की नाक पसंद आये और स्त्री को तुम्हारी आंखें पसंद आ सकती हैं, लेकिन उसमें कोई मतलब नहीं है। आंखें पसंद करना मदद न देगा, नाक पसंद करना काम न देगा, क्योंकि दो दिन के बाद कोई नहीं देखता नाक की तरफ और आंखों की तरफ। फिर तो जीव-ऊर्जा की समस्या हो जाती है। आंतरिक ऊर्जाएं एक-दूसरे से घुलती-मिलती रहनी चाहिए, अन्यथा वे दोनों विद्रोह कर देंगी। यह बिलकुल ऐसा है जैसे कि तुम रक्तदान लो, तो या तो तुम्हारी देह इसे ग्रहण कर लेती है या फिर उसे अस्वीकृत कर देती है। क्योंकि रक्त के कई प्रकार होते हैं। यदि रक्त उसी प्रकार का होता है, केवल तभी शरीर इसे ग्रहण करता है; वरना यह एकदम अस्वीकृत ही कर देता है।

यही विवाह में घटता है। यदि जीव-ऊर्जा स्वीकार करती है तो यह स्वीकार होता है। और कोई सचेतन ढंग नहीं है इसे जानने का। प्रेम बहुत भ्रांति पैदा करवाता है क्योंकि प्रेम सदा किसी खास चीज पर केंद्रित होता है। स्त्री की आवाज अच्छी हो, और तुम मोहित हो जाते हो। लेकिन पूरी बात यह नहीं है। यह एक आंशिक चीज है। संपूर्ण का तालमेल होना चाहिए। दो जीव-ऊर्जाओं को इतनी समग्रता से एक-दूसरे को ग्रहण करना चाहिए कि गहन तल पर तुम एक प्राण हो जाओ। यह होती है एकात्मता। ऐसा बहुत कम घटता है प्रेम में क्योंकि सही साथी को खोजने की समस्या है। यह तो और भी दुःसाध्य है। मात्र प्रेम में पड़ना पक्की कसौटी नहीं है। हजार प्रेम-संबंधों में से नौ सौ निन्यानबे बार प्रेम असफल होता है। प्रेम एक असफलता सिद्ध हुआ है।

इससे कहीं ज्यादा गहन आत्मीयता घटती है गुरु के साथ। यह प्रेम से ज्यादा बड़ी होती है। यह श्रद्धा है। केवल तुम्हारे प्राण-ऊर्जा का ही नहीं, बल्कि तुम्हारी आत्मा का ही समग्र तालमेल बैठ जाता है। इसीलिए जब कभी कोई शिष्य हो जाता है तो सारा संसार सोचता है कि वह पागल है; क्योंकि संसार समझ नहीं सकता कि बात क्या है। क्यों तुम पागल हुए जा रहे हो इस आदमी के पीछे ? और तुम उसे समझा भी नहीं सकते, क्योंकि यह समझाया नहीं जा सकता है। शायद तुम चेतन रूप से जान भी न पाये हो कि क्या घट गया, लेकिन किसी पर

अचानक तुम्हारी श्रद्धा हो जाती है। अकस्मात कुछ मिल जाता है, एक हो जाता है। यह है रैपर्ट—एकात्म्य।

वह एकात्म्य पत्थर के साथ होना कठिन है। क्योंकि जीवित गुरु के साथ भी वह एकात्म्य हो पाना कठिन होता है तो इसे तुम पत्थर के साथ कैसे पा सकते हो ? लेकिन यदि ऐसा होता है तो तत्क्षण गुरु भगवान हो जाता है। शिष्य के लिए गुरु हमेशा भगवान होता है। वह गुरु और किसी के लिए भगवान न भी हो, लेकिन यह महत्वपूर्ण नहीं है। लेकिन इस शिष्य के लिए वह भगवान है और उसके द्वारा भगवत्ता के द्वार खुलते हैं। तब तुम चाबी पा लेते हो। चाबी है यह आंतरिक घनिष्ठता, यही समर्पण। तुम इसे आजमा सकते हो। उदाहरण के लिए, किसी नदी को समर्पण कर दो।

तुमने पढ़ी होगी हरमेन हेस की 'सिद्धार्थ'। सिद्धार्थ बहुत सारी बातें सीखता है नदी से। तुम उन्हें बुद्ध से नहीं सीख सकते। वह बस नदी को देखता रहता, नदी की अनेक-अनेक भाव भंगिमाओं को। उसके आस-पास की हजारों जलवायु परिवर्तनों को देखते-देखते वह नाविक हो जाता है। कई बार नदी खुश होती और नाच रही होती। और कई बार बहुत-बहुत उदास होती, जैसे कि बिलकुल निश्चल हो। कई बार वह बहुत क्रोध में होती—सारे अस्तित्व के विरुद्ध, और कई बार बहुत प्रशांत और शांतिमय होती बुद्ध की भांति। और सिद्धार्थ मात्र एक नाविक है। वह नदी से गुजरता है, नदी के करीब रहता है, नदी को देखता है। कुछ और करने को नहीं है। यह बात एक गहरा ध्यान और गहन एकात्म्य बन जाता है। और नदी द्वारा तथा उसकी 'नदीमयता' द्वारा वह प्राप्त कर गया। वह उसी झलक को उपलब्ध हो गया जैसी हेराक्लतु को मिली।

तुम उसी नदी में उतर सकते हो और नहीं भी उतर सकते। नदी वही है और वही नहीं भी है। यह एक बहाव है, और नदी तथा उसमें बनी आत्मीयता के द्वारा वह सारे अस्तित्व को नदी के रूप में जान पाया—नदीमयता के रूप में।

ऐसा किसी भी चीज के साथ घट सकता है। बुनियादी चीज है समर्पण; इसे ध्यान में रखो।

'क्या ईश्वर को समर्पण करना और गुरु को समर्पण करना एक ही बात है ?' हां। समर्पण हमेशा वही होता है। यह तुम पर निर्भर है कि तुम किसे समर्पण कर पाओ। व्यक्ति को ढूंढ़ो, नदी को खोजो, और समर्पण कर दो। यह एक जोखम है। बड़े से बड़ा जोखम है। तुम अज्ञात प्रदेश में विचर रहे होते हो और तुम इतनी ज्यादा शक्ति दे रहे होते हो उस व्यक्ति को या उस चीज को, जिसे कि तुम समर्पण करते हो।

यदि तुम मुझे समर्पण करते हो तो तुम मुझे समग्र शक्ति दे रहे हो। तब मेरी हां तुम्हारी हां है, मेरी नहीं तुम्हारी नहीं है। यदि मैं दिन में भी कहता हूं यह रात है, तुम कहते हो, 'हां, यह रात है।' तुम किसी को समग्र शक्ति दे रहे हो। अहंकार रोकता है। मन कहता है, यह अच्छा नहीं। स्वयं पर नियंत्रण रखो। कौन जाने यह आदमी तुम्हें कहां ले जाये ? कौन जाने, वह कह दे, पहाड़ के शिखर से कूद पड़ो। और फिर तुम मर जाओगे। कौन जाने, यह आदमी तुम्हें चालाकी से चलाये, तुम पर नियंत्रण करे, तुम्हारा शोषण करे। मन ये तमाम चीजें बीच में ले आयेगा। यह एक जोखम है, और मन सुरक्षा के सारे उपाय कर लेता है।

मन कहता है, 'सचेत रहना। इस आदमी को थोड़ा और परख लो।' यदि तुम मन की सुनते हो, तो समर्पण संभव नहीं। मन ठीक कहता है। यह एक जोखम है। लेकिन जब कभी तुम समर्पण करते हो, यह एक जोखम ही बनने वाला है। जांचना-परखना कोई बहुत मदद न देगा। तुम सदा ही जांच करते रह सकते हो और शायद

तुम निर्णय न ले सको क्योंकि मन कभी निर्णय नहीं ले सकता। मन उलझाव है। यह कभी निर्णायक नहीं होता। तुम्हें मन से बच निकलना होता है किसी न किसी दिन, और तुम्हें मन से कहना ही होता है, 'तुम ठहरो, मैं जाऊंगा, मैं कूद जाऊंगा और देखूंगा क्या घटता है !'

वस्तुतः क्या खोना है तुम्हें ? मैं हमेशा आश्चर्य करता हूं कि तुम्हारे पास है क्या, जिसे खोने में तुम इतने भयभीत हो ? जब तुम समर्पण करते हो तो तुम ला क्या रहे हो ? कुछ नहीं है तुम्हारे पास। तुम इससे कुछ पा सकते हो, लेकिन तुम कुछ भी गंवा नहीं सकते क्योंकि तुम्हारे पास कुछ है नहीं गंवाने को।

तुमने सुना होगा कार्ल मार्क्स का प्रसिद्ध घोषवाक्य—'दुनिया के मजदूरों, एक हो जाओ क्योंकि तुम्हारे पास गंवाने को कुछ भी नहीं, सिवाय तुम्हारी जंजीरों के।' शायद यह सच हो, शायद यह सच न हो। लेकिन एक खोजी के लिए ठीक यही बात है। तुम्हारे पास खोने को है क्या, सिवाय तुम्हारी जंजीरों के, तुम्हारे अज्ञान के, तुम्हारे दुःख के ? लेकिन लोग अपने दुख के प्रति भी बड़े आसक्त हो जाते हैं। अपने दुख से ही वे यूं चिपकते हैं जैसे कि यह कोई खजाना हो ! यदि कोई उनका दुख दूर करना चाहे, वे हर तरह की अड़चनें खड़ी कर देते हैं।

मैं हजारों लोगों को देखता रहा हूं जिनके साथ ये अड़चनें और ये चालाकियां लगी हैं। यदि तुम उनका दुख दूर करना भी चाहो, तो वे चिपके रहते हैं। यह बात किसी तथ्य की ओर इशारा करती है—उनके पास कुछ और नहीं है। यही है एकमात्र 'खजाना' जो उनके पास है, इसलिए वे सोचते हैं, 'इसे मत ले जाओ क्योंकि कुछ भी न होने से हमेशा बेहतर होता है कुछ पास में होना।' यह उनका तर्क है। कुछ पास में होना हमेशा बेहतर होता है कुछ भी पास न होने की अपेक्षा। कम से कम यह दुख तो होता है वहां।

यद्यपि तुम दुखी हो, तो भी तुम कुछ तो हो। तुम नरक लिये हुए हो तुम्हारे भीतर, लेकिन कम से कम तुम्हारे पास कोई चीज है तो ! लेकिन इसे जरा देखना, इसका निरीक्षण करना। और जब तुम समर्पण करते हो तो ध्यान रखना कि तुम्हारे पास कुछ और नहीं है देने को। गुरु तुम्हारा दुख लेता है, और कुछ नहीं। वह तुम्हारा जीवन नहीं ले रहा; तुम्हारे पास यह है नहीं। वह केवल तुम्हारी मृत्यु ले रहा है। वह कोई मूल्यवान चीज नहीं ले रहा तुमसे। वह तो तुम्हारे पास है ही नहीं। वह केवल रद्दी-कूड़ा ले रहा है; वह कबाड़खाना, जो तुमने बहुत जन्मों से इकट्ठा किया है और तुम बैठे हुए उस कूड़े-कबाड़े के ढेर पर, सोचते हो कि यह तुम्हारा राज्य है !

कुछ नहीं ले रहा है वह। यदि तुम तैयार हो अपना दुख देने को, तो तुम उसका आशीष पाने के योग्य हो जाओगे। यह है समर्पण। और तब गुरु भगवान हो जाता है। कोई चीज, कोई व्यक्ति जिसे तुम समर्पण कर दो, वह दिव्य हो जाता है। समर्पण दिव्यता निर्मित करता है। समर्पण एक सृजनात्मक शक्ति है।

क्या सतोरी के पश्चात गुरु की आवश्यकता होती है ?

हां। कुछ ज्यादा ही। क्योंकि सतोरी मात्र झलक है। और झलक खतरनाक होती है क्योंकि अब तुम अज्ञात क्षेत्र में प्रवेश करते हो। इससे पहले गुरु आवश्यक न था। इससे पहले तुम ज्ञात संसार में बढ़ रहे थे। केवल सतोरी के बाद वह परम रूप से आवश्यक हो जाता है। क्योंकि अब किसी की आवश्यकता है जो तुम्हारा हाथ थामे और तुम्हें उसकी ओर ले जाये जो मात्र झलक नहीं है, बल्कि जो परम यथार्थ बन जाता है। सतोरी के बाद

तुमने स्वाद पा लिया है। और स्वाद, और आकांक्षा निर्मित करता है। और स्वाद इतना चुंबकीय बन जाता है कि तुम इसमें पागलों की भांति तेजी से बढ़ जाना चाहोगे। अब होती है गुरु की आवश्यकता।

सतोरी के बाद और बहुत चीजें घटने वाली हैं। सतोरी ऐसी है जैसे एवरेस्ट के, गौरीशंकर के शिखर को साफ-साफ देख लेना। एक दिन किसी निर्मल स्वच्छ सुबह, उज्वल सुबह, जब धुंध नहीं होती, तुम हजारों मील दूर से देख सकते हो ऊंचे, खुले आकाश में उठते गौरीशंकर के सुंदर शिखर को। यह होती है सतोरी। अब वास्तविक यात्रा आरंभ होती है। अब सारा संसार व्यर्थ जान पड़ता है।

यह एक क्रांतिकारी मोड़ होता है। अब वह सब व्यर्थ हो जाता है जो तुम जानते थे। वह सब जो तुम्हारे पास था, एक बोझ हो जाता है। अब वह संसार, वह जीवन जिसे तुमने अब तक जीया था, एकदम तिरोहित हो जाता है स्वप्न की भांति, क्योंकि अब विराट घट गया है। और यह केवल सतोरी है, एक झलक। जल्दी ही धुंध वहां होगी, और शिखर दिखायी न देता रहेगा। बादल चले आयेंगे और शिखर खो जायेगा। अब तुम चेतना की एक नितांत अनिश्चित अवस्था में होओगे।

पहली बात समझने की होगी कि जो कुछ तुमने देखा, वास्तविक था या मात्र एक सपना था, क्योंकि कहां चला गया अब वह ? वह तिरोहित हो गया। वह तो बस एक झरोखा था, मात्र एक अंतराल था। और तुम वापस आ गये हो, तुम्हारी अपनी दुनिया की ओर फेंक दिये गये हो।

संदेह उठ खड़े होंगे। जो कुछ देखा है तुमने, क्या वह सच था ? क्या यह वस्तुतः था या कि तुमने उसका सपना देखा या उसकी कल्पना की ? और कल्पना करने की संभावनाएं होती हैं। बहुत लोग कल्पना कर लेते हैं, अतः आशंका गलत नहीं होती है। बहुत बार तुम कल्पना करोगे। और तुम भेद नहीं कर सकते इसका कि क्या वास्तविक है और क्या अवास्तविक है। केवल गुरु बता सकता है, 'हां, चिंतित मत होओ। यह वास्तविक था', या गुरु कह सकता है, 'छोड़ो इसे। फेंको इसे। यह मात्र काल्पनिक बात थी।'

केवल वही जिसने शिखर को जान लिया—और केवल दूर मैदान पर रह कर ही नहीं जाना, वह स्वयं शिखर को पा गया है; केवल वही जो स्वयं शिखर हो गया है, बता सकता है तुम्हें, क्योंकि उसके पास है कसौटी, उसके पास है निष्कर्ष। वह कह सकता है, 'फेंको भी इसे। कूड़ा-करकट है यह। केवल तुम्हारी कल्पना है यह।' क्योंकि जब खोजी इन चीजों के बारे में सोचता चला जाता है, तो मन सपने देखना शुरू कर देता है।

बहुत लोग आते हैं मेरे पास। उनमें से केवल एक प्रतिशत के पास होती है वास्तविक चीज; निन्यानबे प्रतिशत लोग अवास्तविक बातें ले आते हैं। लेकिन यह कठिन होता है उनके लिए निर्णय लेना—कठिन ही नहीं, असंभव। वे नहीं निर्णय कर सकते। अकस्मात ऊर्जा का उफान अनुभव करते हो रीढ़ में, पीठ के मेरुदंड में। कैसे तुम इसका निर्णय करोगे कि यह वास्तविक है या अवास्तविक ? तुम इसके बारे में बहुत ज्यादा सोचते रहे हो, तुम इसकी आकांक्षा भी करते रहे हो। अचेतन रूप से तुम इसके बीज बोते रहे हो कि ऐसा घटना चाहिए—कुंडलिनी जगनी चाहिए। और तुम पढ़ते रहे हो पतंजलि को, और तुम इस बारे में बातें करते रहे हो, और फिर तुम लोगों से मिलते हो जो कहते हैं कि उनकी कुंडलिनी जग गयी है।

तुम्हारा अहंकार बीच में चला आता है, और तब हर चीज मिश्रित हो जाती है। अकस्मात एक दिन तुम ऊर्जा का उफान अनुभव करते हो, लेकिन यह मन के निर्माण के सिवाय कुछ नहीं है। मन तुम्हें संतुष्ट करना चाहता है

यह कह कर कि, 'चिंतित मत होओ—इतने ज्यादा मत होओ चिंतित। जरा देखो। तुम्हारी कुंडलिनी तो जाग गयी।' और यह है मन की कल्पना मात्र। तो कौन करेगा निर्णय ? और कैसे करोगे तुम निर्णय ? तुम सच को जानते नहीं। केवल सत्य का अनुभव कसौटी बन सकता है कि यह सत्य है या कि असत्य यह निर्णय करने के लिए।

प्रथम सतोरी के पश्चात गुरु की जरूरत ज्यादा ही होती है। तीन होती हैं सतोरी। पहली सतोरी तो मात्र झलक है। यह कई बार नशों के द्वारा भी संभव होती है; यह संभव हो जाती है दूसरी बहुत सारी चीजों द्वारा; कई बार दुर्घटनाओं द्वारा भी। कई बार जब वृक्ष पर चढ़ते हुए, तुम नीचे गिर जाते हो, और यह ऐसा झटका होता है कि मन क्षण भर को ठहर जाता है। तब झलक होती है वहां, और तुम इतना सुख-बोध अनुभव करते हो कि तुम देह से बाहर ले जाये जाते हो। तुम कुछ जान लेते हो।

एक पल के भीतर तुम लौट आते हो। मन फिर सक्रिय हो उठता है। यह एक आघात मात्र था। बिजली के आघात द्वारा ऐसा सम्भव होता है, इन्सुलिन के आघात द्वारा ऐसा सम्भव होता है, नशों द्वारा यह सम्भव होंता है। कई बीमारियों में भी हो जाता है ऐसा। तुम इतने दुर्बल होते हो कि मन सक्रिय नहीं हो सकता, अतः अचानक तुम झलक पा लेते हो। कामवासना द्वारा यह सम्भव होता है। कामोन्माद में, जब सारा शरीर कंप जाता है, तब यह सम्भव हो जाता है।

जरूरी नहीं है कि पहली झलक आध्यात्मिक प्रयास द्वारा ही मिले। इसीलिए एल एस डी, मैस्कलीन, मारिजुआना, इतनी महत्वपूर्ण और आकर्षक हो उठी हैं। पहली झलक सम्भव है। और तुम नशे की पकड़ में आ सकते हो पहली झलक के कारण। यह स्थायी नशा बन सकती है, लेकिन तब यह बहुत खतरनाक होती है।

झलकियां मदद न देंगी। वे मदद कर सकती हैं लेकिन जरूरी नहीं कि कोई मदद उनसे पहुंचे। वे मदद कर सकती हैं केवल गुरु के आसपास ही, क्योंकि तब वह कहेगा, 'अब झलक के पीछे मत पड़े रहो। तुम्हें मिल गयी झलक, तो अब शिखर तक पहुंचने के लिए यात्रा शुरू करो।' लक्ष्य केवल शिखर तक पहुंचने भर का ही नहीं है, अंततः स्वयं शिखर होना होता है।

तो ये तीन अवस्थाएं हैं। पहली है झलक पाना। यह बहुत तरीकों द्वारा सम्भव है, जरूरी नहीं कि वे धार्मिक किस्म के ही तरीके हों। एक नास्तिक भी पा सकता है झलक, वह व्यक्ति जो धर्म में रुचि नहीं रखता उसे मिल सकती है झलक। नशे, रासायनिक द्रव्य तुम्हें दे सकते हैं झलक। किसी ऑपरेशन के बाद भी जब तुम क्लोरोफार्म से बाहर आ रहे होते हो, तुम झलक पा सकते हो। और जब तुम्हें क्लोरोफार्म दी जा रही होती है और तुम गहरे से गहरे जा रहे होते हो, तुम झलक पा सकते हो।

बहुत लोग उपलब्ध हुए पहली सतोरी को; यह कोई बहुत ज्यादा महत्वपूर्ण नहीं हैं। यह दूसरी सतोरी तक पहुंचने के लिए एक पिछले चरण की तरह उपयोग की जा सकती है। दूसरी सतोरी संयोगवशात कभी नहीं घटती। वह घटती है केवल विधियों, तरकीबों और रहस्य विद्यालयों में गहन अभ्यास द्वारा क्योंकि दूसरी सतोरी तक पहुंचना एक लम्बा प्रयास होता है।

और फिर होती है तीसरी सतोरी, जिसे पतंजलि कहते हैं समाधि। वह तीसरी है, स्वयं शिखर हो जाना। दूसरी से भी तुम नीचे पहुंच सकते हो। तुम पहुंच जाते हो शिखर तक, और शायद यह असहनीय हो जाये।

आनन्द भी कई बार बरदाश्त के बाहर होता है—केवल दर्द ही नहीं, बल्कि आनन्द भी। यह बहुत ज्यादा हो सकता है, अतः व्यक्ति वापस समतल में लौट आता है।

ऊंचे शिखर पर रहना कठिन है, बहुत कठिन। कोई वापस लौट आना चाहेगा। जब तक कि तुम स्वयं शिखर ही नहीं बन जाते, जब तक अनुभवकर्त्ता अनुभव नहीं बन जाता, यह बात खो सकती है। इसलिए तीसरी सतोरी तक, समाधि तक गुरु की आवश्यकता है। केवल जब अंतिम समाधि, वह परम समाधि घटती है तभी गुरु की आवश्यकता नहीं रहती।

आपको सुनते हुए बहुत बार कुछ शब्द गहरे उतर जाते हैं, और अकस्मात एक स्पष्टता तथा समझ होती है। जब मैं आपके द्वारा बोले शब्दों के प्रति बहुत एकाग्र रहूं तभी ऐसा होता है। फिर भी आपके शब्दों की ओर खास ध्यान दिये बिना आपको सुन रहे हों तो शांति उतरती है। वह भी उतनी ही आनन्ददायिनी होती है, लेकिन तब शब्द और उनके अर्थ खो जाते हैं। कृपया आपको सुनने की कला के विषय में हमारा मार्गदर्शन कीजिए, क्योंकि यह आपके श्रेष्ठ ध्यानों में से एक है।

शब्दों और उनके अर्थों की बहुत फिक्र मत लेना। यदि तुम शब्दों और उनके अर्थों पर ज्यादा मनोयोग लगाते हो तो यह एक बौद्धिक चीज है। निस्संदेह कई बार तुम स्पष्टता प्राप्त कर लोगे। अचानक बादल छंट जाते हैं और सूर्य होता है वहां, लेकिन ये केवल क्षणिक बातें होंगी और यह स्पष्टता ज्यादा मदद न देगी। अगले पल यह जा चुकी होती है। बौद्धिक स्पष्टता ज्यादा काम की नहीं होती।

यदि तुम सुनते हो शब्दों और उनके अर्थों को तो हो सकता है तुम बहुत सारी चीजें समझ लो, लेकिन तुम मुझे न समझ पाओगे और तुम स्वयं को भी न समझ पाओगे। वे बहुत सारी चीजें बहुत लाभप्रद नहीं हैं। शब्दों की और अर्थ की फिक्र मत करना। मुझे सुनो जैसे कि मैं वक्ता नहीं हूं, बल्कि एक गायक हूं, जैसे कि मैं शब्दों में नहीं बोल रहा तुमसे, बल्कि ध्वनियों में बोल रहा हूं, जैसे कि मैं कोई कवि हूं।

अर्थ खोजने की जरा भी आवश्यकता नहीं कि मेरा अर्थ क्या है। शब्दों और अर्थों पर कोई ध्यान दिये बगैर मात्र मुझे सुनते हुए, स्पष्टता की अलग गुणवत्ता तुम्हारे पास चली आयेगी। तुम आनन्दमय अनुभव करोगे। तुम शांति, मौन और चैन अनुभव करोगे। यह है वास्तविक अर्थ।

मैं यहां तुम्हें निश्चित बातें समझा देने को नहीं हूं, बल्कि तुम्हारे अस्तित्व के भीतर एक निश्चित गुणवत्ता का सृजन कर देने को यहां हूं। मैं व्याख्या करने के लिए तुमसे बातें नहीं कर रहा हूं, मेरा बोलना एक सृजनात्मक घटना है। मैं तुम्हें कोई चीज समझाने की कोशिश नहीं कर रहा। वह बात तुम पुस्तकों द्वारा भी कर सकते हो। लाखों दूसरे ढंग हैं ऐसी बातों को समझने के। मैं यहां हूं तुम्हें रूपांतरित करने के लिए।

मुझे सुनो सरलता से, निर्दोषतापूर्वक, शब्दों और उनके अर्थों के बारे में कोई चिंता बनाये बिना। उस स्पष्टता को गिरा दो; वह बहुत काम की नहीं है। जब तुम सिर्फ मुझे सुनते हो, पारदर्शी रूप से, बुद्धि अब वहां न रही—हृदय से हृदय, गहराई से गहराई, अंतस से अंतस—तब बोलने वाला खो जाता है और सुनने वाला भी। तब मैं यहां नहीं होता और तुम भी यहां नहीं रहते। एक गहन एकात्म्य बनता है; सुनने वाला और बोलने वाला

एक बन जाते हैं। और उस एकात्म्य में तुम रूपांतरित हो जाओगे। उस एकत्व को उपलब्ध होना ध्यान है। इसे ध्यान बनाओ—न कि चिंतन-मनन, न कि वैचारिक प्रक्रिया; तब शब्दों से ज्यादा बड़ी कोई चीज सम्प्रेषित होती है—अर्थों से परे की कोई चीज। वास्तविक अर्थ, परम अर्थ अवतरित होता है, चला आता है—कोई वह चीज जो शास्त्रों में नहीं है और हो नहीं सकती।

तुम स्वयं पढ़ सकते ही पतंजलि को। थोड़ा-सा प्रयास और तुम समझ जाओगे उसे। मैं यहां इसलिए नहीं बोल रहा कि इस प्रकार तुम पतंजलि को समझने के योग्य हो जाओगे; नहीं, यह तो बिलकुल उद्देश्य नहीं है। पतंजलि तो एक बहाना भर हैं, एक खूंटी। मैं उन पर कुछ ऐसा टांग रहा हूं जो शास्त्रों के पार का है।

यदि तुम मेरे शब्दों को सुनते हो तो तुम पतंजलि को समझ जाओगे; एक स्पष्टता होगी। लेकिन यदि तुम मेरे नाद को सुनते हो, यदि शब्दों को नहीं बल्कि मुझे सुनते हो, तब वास्तविक अर्थ तुम्हारे लिए उद्घाटित हो जायेंगे। और उस अर्थ का पतंजलि से कुछ भी सम्बन्ध नहीं है। वह शास्त्रों से पार का सम्प्रेषण है।

प्रवचन 15

गुरुओं का गुरु

योगसूत्र

पूर्वेषामपि गुरुः कालेनानवच्छेदात् । । २६ । ।

समय की सीमाओं के बाहर होने के कारण वह गुरुओं का गुरु है ।

तस्य वाचकः प्रणवः. । । २७ । ।

उसे ओम् के रूप में जाना जाता है ।

तज्जपस्तदर्थभावनम् । । २८ । ।

ओम् को दोहराओ और इस पर ध्यान करो ।

ततः प्रत्यक्चेतनाधिगमोऽप्यन्तरायाभावश्च । । २९ । ।

ओम् को दोहराना और उस पर ध्यान करना सारी बाधाओं का विलीनीकरण और एक नवचेतना का जागरण लाता है ।

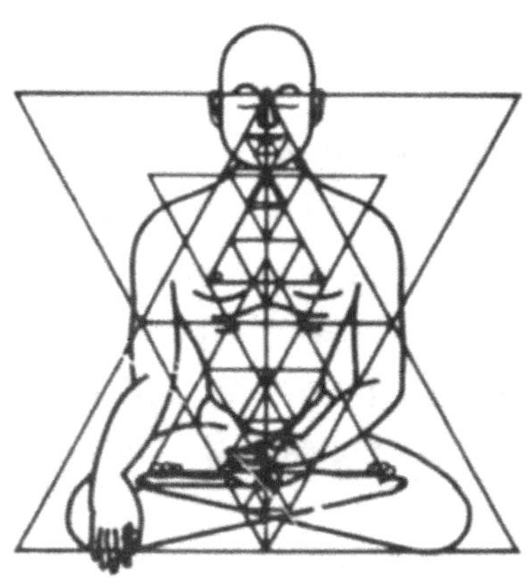

पतंजलि परमात्मा की घटना के बारे में कह रहे हैं। परमात्मा स्रष्टा नहीं है। पतंजलि के लिए परमात्मा है वैयक्तिक चेतना का परम रूप से खिलना। हर कोई और हर चीज परमात्मा होने के मार्ग पर है। न केवल तुम्हीं, बल्कि पत्थर, चट्टानें, अस्तित्व की प्रत्येक इकाई परमात्मा होने के मार्ग पर है। कई हो ही चुके हैं; कई हो रहे हैं; कई होंगे।

परमात्मा स्रष्टा नहीं है, बल्कि परमोत्कर्ष है, अस्तित्व का परम शिखर। वह आरम्भ में नहीं है, वह अन्त में है। और निस्संदेह एक अर्थ में वह आरम्भ में भी है, क्योंकि अन्त में केवल वही खिल सकता है जो वहां एकदम आरम्भ से ही बीज रूप में सदा रहा है। परमात्मा है एक अंतस संभावना, एक प्रच्छन्न सम्भावना। इस बात को ध्यान में रख लेना है। अतः पतंजलि के लिए एक ईश्वर नहीं है; अनन्त ईश्वर हैं। सारा अस्तित्व भरा हुआ है ईश्वरों से।

पतंजलि की ईश्वर की अवधारणा को तुम एक बार समझ लेते हो, तो ईश्वर वस्तुतः पूजा करने के लिए ही नहीं होता। तुम्हें वही होना होता है; वही होती है एकमात्र पूजा। यदि तुम ईश्वर की पूजा किये चले जाते हो, तो यह बात मदद न देगी। वस्तुतः यह नासमझी होती है। पूजा, वास्तविक पूजा तो तुम्हारे स्वयं के ईश्वर हो जाने से होती है। सारा प्रयास होना चाहिए तुम्हारी क्षमता को उस बिंदु तक ले आने का जहां यह वास्तविकता में विस्फोटित होती है, जहां बीज प्रस्फुटित होता है और जो अनन्त काल से वहां छिपा हुआ था, वह प्रकट हो जाता है। तुम अव्यक्त परमात्मा हो। और अव्यक्त को व्यक्त के स्तर तक ले आने का प्रयास होता है—इसे अभिव्यक्ति के तल तक ले आने का।

समय की सीमाओं के बाहर होने के कारण वह गुरुओं का गुरु है।

पतंजलि अपनी परमात्मा की अवधारणा के विषय में कह रहे हैं। जब कोई पूरी तरह खिल जाता है, जब किसी का अस्तित्व खिला हुआ कमल बन जाता है, तब उसे बहुत चीजें घटती हैं और उसके द्वारा बहुत चीजें अस्तित्व में घटनी शुरू हो जाती हैं। वह व्यक्ति एक विशाल शक्ति बन जाता है, अपरिसीम शक्ति; और उसके द्वारा बहुत ढंग से, अपने सच्चे रूप से ईश्वर होने में दूसरे मदद पाते हैं।

'समय की सीमाओं के बाहर होने के कारण वह गुरुओं का गुरु है।'

तीन प्रकार के गुरु होते हैं। एक जो है वह गुरु नहीं होता; बल्कि वह शिक्षक होता है। शिक्षक वह है जो शिक्षा देता है, जो चीजों को जानने में लोगों की मदद करता है, स्वयं उन्हें समझे बिना। कई बार शिक्षक हजारों लोगों को आकर्षित कर सकते हैं। केवल एक बात की आवश्यकता होती है कि उन्हें अच्छा शिक्षक होना चाहिए। हो सकता है उन्होंने स्वयं न जाना हो, लेकिन वे बतला सकते हैं, वे तर्क दे सकते हैं, वे उपदेश दे सकते हैं, और बहुत लोग उनके वचनों द्वारा, उनके धर्मोपदेशों द्वारा, उनके प्रवचनों द्वारा आकर्षित हो जाते हैं। निरंतर परमात्मा की बातें करते हुए शायद वे स्वयं को मूर्ख बना रहे हैं। हो सकता है धीरे-धीरे वे अनुभव करने लगते हों कि वे जानते हैं।

जब तुम किसी चीज की बात करते हो, तो सबसे बड़ा खतरा होता है कि शायद तुम यकीन ही करने लगो कि तुम जानते हो। शिक्षा देने का आकर्षण है क्योंकि यह बात बहुत अहंकार को भरती है। जब कोई बहुत एकाग्रता में तुम्हें सुनता है, कहीं बहुत गहरे में वह तुम्हारे अहंकार की परिपूर्ति करता है क्योंकि तुम अनुभव करते हो कि तुम जानते हो और वह नहीं जानता है। तुम ज्ञानी हो और वह अज्ञानी है।

ऐसा हुआ कि एक पादरी को, बड़े पादरी को पागलखाने में बुलाया गया वहां रहने वालों से कुछ शब्द कहने को। पादरी ज्यादा अपेक्षा न करता था, बल्कि वह तो हैरान हो गया। एक पागल आदमी इतनी एकाग्रता से उसे सुन रहा था, और उसने किसी व्यक्ति को न देखा था उसे इतनी एकाग्रता से सुनते हुए। वह बिलकुल आगे झुका हुआ था। वह हर शब्द को हृदय में बैठा रहा था। आदमी पलक तक न झपका रहा था। वह इतना एकाग्र था कि वह जैसे सम्मोहनावस्था में हो।

जब पादरी ने अपना प्रवचन समांप्त किया, उसने देखा कि वह आदमी सुपरिटेंडेंट के पास गया है और उससे कुछ कहा है उसने। पादरी को जिज्ञासा हुई। जैसे ही सम्भव हुआ, उसने सुपरिटेंडेंट से पूछा, 'वह आदमी आप से क्या कह रहा था ! क्या वह मेरे प्रवचन के बारे में कुछ कह रहा था ?' सुपरिटेंडेंट बोला, 'हां।' पादरी ने पूछा, 'क्या आप मुझे बता सकेंगे जो उसने कहा ?' सुपरिटेंडेंट थोड़ा-सा हिचकिचाया, लेकिन फिर वह बोला, 'हां, उस आदमी ने कहा था, जरा देखो तो, मैं यहां भीतर हूं और वे बाहर हैं।'

शिक्षक ठीक उसी स्थान पर है, उसी नाव में सवार है, जिस पर तुम हो। वह भी पागलखाने का अंतेवासी है। उसके पास तुमसे कुछ ज्यादा नहीं है—बस थोड़ी-सी ही ज्यादा जानकारी है। जानकारी का कोई अर्थ नहीं है। तुम भी इसे इकट्ठा कर सकते हो। साधारणतया, औसत बुद्धिमानी की आवश्यकता होती है जानकारी एकत्रित करने के लिए, बहुत विशिष्ट होने की जरूरत नहीं है, बहुत प्रतिभाशाली होने की जरूरत नहीं है। मात्र औसत बुद्धिमानी काफी है। तुम सूचनाएं एकत्रित कर सकते हो। तुम किये चले जा सकते हो एकत्रित; तुम बन सकते हो शिक्षक।

शिक्षक वह है जो बिना जाने जानता है। यदि वह अच्छा वक्ता है, अच्छा लेखक है, यदि उसके पास व्यक्तित्व है, यदि उसके पास उसका निश्चित जादू भरा आकर्षण है, चुम्बकीय आंखें हैं, ओजस्वी शरीर है, तो वह लोगों को आकर्षित कर सकता है। और धीरे-धीरे वह अधिकाधिक कुशल बन जाता है। लेकिन उसके आस-पास के लोग शिष्य नहीं हो सकते। वे विद्यार्थी रहेंगे। चाहे वह दावा करता भी रहे कि वह गुरु है, वह तुम्हें शिष्य नहीं बना सकता। अधिक से अधिक वह तुम्हें एक विद्यार्थी बना सकता है। विद्यार्थी वह है जो और ज्यादा जानकारी

की तलाश में है, और शिक्षक वह है जो ज्यादा जानकारी इकट्ठी कर चुका है। यह पहली प्रकार का गुरु होता है, जो बिलकुल गुरु नहीं होता।

फिर होता है एक दूसरी प्रकार का गुरु—वह जिसने स्वयं को जान लिया है। जो कुछ वह कहता है, वह हेराक्लतु की भांति कह सकता है—'मैंने खोज लिया।' या बुद्ध की भांति कह सकता है वह 'मैंने पा लिया।' हेराक्लतु ज्यादा विनम्र हैं। वे उन लोगों से बोल रहे थे जो नहीं समझ सकते थे यदि वे बुद्ध की भांति बोले होते, कि मैंने पा लिया। बुद्ध कहते हैं अब तक जितने बुद्धपुरुष हुए हैं उनमें मैं सबसे अधिक संपूर्ण बुद्धपुरुष हूं। यह अहंकारपूर्ण मालूम पड़ता है, तो भी है नहीं। वे अपने शिष्यों से बोल रहे थे, जो समझ सकते थे कि कोई अहंकार बिलकुल नहीं है। हेराक्लतु उन लोगों से बोल रहे थे जो शिष्य नहीं थे, मात्र साधारण मनुष्य थे। वे नहीं समझते होंगे। विनम्रतापूर्वक वे कहते, 'मैंने खोजा है', और यह शेष भाग—'मैंने पा लिया है', वे छोड़ देते हैं तुम्हारी कल्पनाशक्ति पर। बुद्ध कभी नहीं कहते, 'मैंने खोजा है।' वे कहते हैं, 'मैंने पा लिया। और ऐसी सम्बोधि पहले कभी नहीं घटी। यह पूर्णरूपेण चरम है।'

जिसने पा लिया है वह गुरु है। वह शिष्यों को ग्रहण करेगा। विद्यार्थी रोक दिये जाते हैं; विद्यार्थी अपने आप वहां नहीं जा सकते। यदि वे बेमतलब आ जायें और किसी तरह पहुंच भी जायें तो जितनी जल्दी सम्भव हो वे चल देंगे क्योंकि वह अधिक ज्ञान एकत्रित करने में तुम्हारी मदद न कर रहा होगा। वह तुम्हें रूपांतरित करने की कोशिश करेगा। वह तुम्हें देगा तुम्हारी अंतस सत्ता, बीइंग, न कि ज्ञान। वह तुम्हें देगा अधिक अस्तित्व, न कि अधिक ज्ञान। वह तुम्हें केन्द्र में अवस्थित करेगा। और केन्द्र है कहीं नाभि के निकट, सिर में नहीं है।

जो कुछ सिर में रहता है वह एकसेंट्रिक होता है, विकेंद्रित होता है। यह शब्द सुन्दर हैः अंग्रेजी के शब्द एकसेंट्रिक का अर्थ है, केन्द्र से दूर। वस्तुतः जो कोई मस्तिष्क में रहता है पागल होता है। मस्तिष्क बाहर की चीज है। तुम रह सकते हो तुम्हारे पैरों में या तुम रह सकते हो तुम्हारे सिर में। केन्द्र से बनी दूरी वही होती है। केन्द्र है कहीं नाभि के निकट।

एक शिक्षक मस्तिष्क में बद्धमूल होने में तुम्हारी मदद करता है; गुरु तुम्हारे सिर से तुम्हें उखाड़ देगा और तुम्हें पुनर्रोपित करेगा। यह यथार्थतः पुनर्रोपण ही है। इसमें बहुत अधिक पीड़ा होती है। यह होनी ही है। पीड़ा है, व्यथा है, क्योंकि जब तुम पुनर्रोपण करते हो, तो पौधे को जमीन से उखाड़ना ही होता है। हमेशा ऐसा ही होता रहा है। और तब फिर से इसे नयी मिट्टी में रोपना होता है। इसमें समय लगेगा। पुराने पत्ते गिर जायेंगे। सारा पौधा एक पीड़ा में से, अनिश्चितता में से गुजरेगा, न जानते हुए कि वह बचने वाला है या नहीं। यह पुनर्जन्म होता है। शिक्षक के साथ कोई पुनर्जन्म नहीं; गुरु के साथ पुनर्जन्म होता है।

सुकरात ठीक है। वह कहता है, 'मैं हूं मिडवाइफ, एक दाई।' हां, गुरु दाई होता है। पुनर्जीवित होने में वह तुम्हें मदद देता है। पर इसका अर्थ होता है तुम्हें मरना होगा—केवल तभी तुम पुनर्जीवित हो सकते हो। अतः गुरु केवल दाई ही नहीं होता; सुकरात केवल आधी बात कहता है। गुरु मार डालने वाला भी होता है—एक वधिक और एक दाई का जोड़। पहले वह तुम्हें मारेगा—तुम जिस रूप में हो, और केवल तभी नया बाहर आ सकता है तुममें से। तुम्हारी मृत्यु में से होता है पुनर्जन्म।

एक शिक्षक तुम्हें कभी नहीं बदलता। जो कुछ तुम होते हो, जो कोई तुम होते हो, वह सिर्फ तुम्हें और अधिक

सूचनाएं दे देता है। वह तुममें कुछ जोड़ देता है; वह उसी सातत्य को बनाये रखता है। हो सकता है वह तुम्हें किंचित परिवर्तित कर दे। वह तुम्हारा परिष्कार कर सकता है। शायद तुम ज्यादा सुसंस्कृत हो जाओ, ज्यादा परिष्कृत। लेकिन तुम वही रहोगे; आधार वही रहेगा।

गुरु के साथ एक अंतराल घटता है। तुम्हारा अतीत यूं हो जाता है जैसे कि वह कभी तुम्हारा न था; जैसे वह किसी और से सम्बन्धित था, जैसे तुमने इसका सपना देखा था। यह वास्तविक नहीं था; यह एक दुःस्वप्न था। निरंतरता टूटती है। एक अंतराल होता है। पुराना गिर जाता है और नया आ जाता है, और बीच में होती है खाली जगह, एक अंतराल। वही अंतराल है समस्या; उस अंतराल को गुजरने देना है। उस अंतराल में बहुत लोग घबड़ा ही जाते हैं और वापस चले जाते हैं। वे शीघ्रता से दौड़ते हैं और पुराने अतीत से जा चिपकते हैं।

इस अंतराल को पार करने में गुरु तुम्हारी मदद करता है, लेकिन शिक्षक के लिए ऐसा कुछ नहीं होता है; कोई समस्या नहीं होती। शिक्षक तुम्हें मदद देता है ज्यादा सीखने में, जबकि गुरु का पहला काम है अनसीखा होने में तुम्हारी मदद करना। यही है भेद।

किसी ने रमण महर्षि से पूछा, 'मैं बहुत दूर से आया हूं आपसे सीखने। मुझे शिक्षा दीजिए।' रमण हंस दिये और बोले, 'यदि तुम सीखने आये, तो किसी दूसरी जगह जाओ क्योंकि हम यहां सीखे को अनसीखा करते हैं। हम यहां सिखाते नहीं। तुम बहुत ज्यादा जानते ही हो। यही है तुम्हारी समस्या। ज्यादा सीखने से ज्यादा समस्याएं बढ़ेंगी। हम सिखाते हैं कैसे अनसीखा हुआ जाये, कैसे शांत हुआ जाये।'

गुरु आकर्षित करता है शिष्यों को, शिक्षक आकर्षित करता है विद्यार्थियों को। शिष्य क्या होता है ? हर चीज सूक्ष्म रूप से समझ लेनी है; केवल तब तुम समझ पाओगे पतंजलि को। कौन होता है शिष्य ? एक विद्यार्थी और एक शिष्य के बीच भेद क्या हैं ? विद्यार्थी ज्ञान की खोज में होता है, शिष्य होता है रूपांतरण की, अंतस क्रांति की खोज में। वह स्वयं के साथ हताश हो चुका होता है। वह उस स्थल तक पहुंच चुका है जहां वह जान लेता है, 'जैसा मैं हूं, मैं बेकार हूं, धूल हूं, कुछ और नहीं। जैसा मैं हूं, किसी मूल्य का नहीं हूं।'

वह आया है नया जन्म पाने को, नयी अंतस सत्ता पाने को। वह तैयार है सूली से गुजरने के लिए, मृत्यु और पुनर्जन्म की टीस और पीड़ाओं से गुजरने के लिए; इसलिए, यह शब्द आया शिष्य, 'डिसाइपल।' 'डिसाइपल' शब्द आया है डिसिप्लिन से—वह तैयार होता है किसी डिसिप्लिन , किसी अनुशासन से गुजर जाने के लिए। जो कुछ गुरु कहता है, वह उसका अनुकरण करने के लिए तैयार रहता है। अब तक वह अपने मन के पीछे चलता रहा है बहुत जन्मों से और वह पहुंचा कहीं नहीं। उसने अपने मन की ही सुनी और वह अधिकाधिक मुसीबत में पड़ता रहा है। अब वह जगह आ गयी जहां वह अनुभव करता है, 'यह बहुत हुआ।'

तब वह आता है गुरु के पास और समर्पण कर देता है। यह है अनुशासन, पहला सोपान। वह कहता है, 'अब मैं आपकी सुनूंगा। मैंने अपने मन की बहुत सुन ली है। मैं अनुयायी रहा मन का, उसका शिष्य रहा, और यह बात कहीं नहीं ले जाती। मैंने यह जान लिया है। अब आप मेरे गुरु हैं। इसका अर्थ है, अब आप मेरे मन हैं। आप जो कुछ कहते हैं, मैं सुनूंगा। जहां कहीं आप ले जाते हैं, मैं जाऊंगा। मैं आपसे पूछूंगा नहीं क्योंकि वह पूछना आयेगा मेरे मन से।'

शिष्य वह है जिसने जीवन से एक बात सीख ली है, कि मन है गड़बड़ी मचाने वाला; मन है उसके दुखों का

मूल कारण। मन हमेशा कह देता है, मेरे दुखों का कारण कोई दूसरा है, मैं नहीं हूं। 'शिष्य वह है जो जान चुका है कि यह तो एक चालाकी, है, यह मन का एक जाल है। यह हमेशा कहता है, कोई और है जिम्मेवार; मैं जिम्मेवार नहीं हूं। ' इस तरह यह स्वयं का बचाव करता है, संरक्षण करता है, स्वयं को सुरक्षित बनाये रहता है। शिष्य वह है जो समझ गया है कि यह गलत है, कि यह चालाकी है मन की। वह अनुभव करने लगा है मन के इस सारे पागलपन को।

यह तुम्हें आकांक्षाओं की ओर ले जाता है; आकांक्षाएं तुम्हें ले जाती हैं हताशा की ओर। यह तुम्हें ले जाता सफलता की ओर; प्रत्येक सफलता बन जाती है विफलता। यह तुम्हें आकर्षित करता है सुन्दरता की ओर; प्रत्येक सुन्दरता सिद्ध होती है असुन्दरता। यह तुम्हें आगे ही आगे ले जाता है, यह कोई वादा पूरा नहीं करता। यह तुम्हें आशा दिलाता है, लेकिन नहीं, एक भी आशा पूरी नहीं होती। यह तुम्हें संदेह देता है। संदेह हृदय में बन जाता है एक कीड़ा—एकदम विषैला। यह तुम्हें आस्था रखने नहीं देता, और बिना आस्था के कोई विकास नहीं होता। जब तुम समझ लेते हो यह सारी बात, केवल तभी तुम शिष्य हो सकते हो।

जब तुम गुरु के पास आते हो, तो प्रतीकात्मक-रूप से तुम अपना सिर उसके चरणों पर रख देते हो। यह होता है तुम्हारे सिर का गिरना। तुम्हारा सिर उसके चरणों पर रख देने का यही है अर्थ। तुम कहते हो, 'अब मैं सिरविहीन बना रहूंगा। अब जो कुछ तुम कहते हो वही मेरा जीवन होगा। ' यह होता है समर्पण। गुरु के शिष्य होते हैं जो मरने के लिए और पुनः जन्मने के लिए तैयार रहते हैं।

फिर आती है तीसरी कोटि—गुरुओं का प्रधान गुरु। पहली कोटि; विद्यार्थियों का शिक्षक; दूसरी—शिष्यों का गुरु होता है; और फिर तीसरी, गुरुओं का गुरु होता है। पतंजलि कहते हैं कि जब गुरु भगवान हो जाता है—और भगवान होने का अर्थ होता है समय के बाहर होना; वह हो जाना जिसके लिए समय अस्तित्व नहीं रखता है, जिसके लिए समय कुछ है नहीं; वह हो जाना जो समयातीतता को समझ चुका है; अनंतता को समझ चुका है, जो केवल बदला ही नहीं और जो केवल भगवान ही नहीं हुआ, जो केवल परिवर्तित और जाग्रत ही नहीं हुआ, बल्कि जो समय के बाहर जा चुका है, वह गुरुओं का गुरु हो जाता है। अब वह भगवान हो जाता है।

तो करता क्या होगा वह गुरुओं का गुरु ? यह अवस्था केवल तभी आती है जब गुरु देह छोड़ता है, उसके पहले कभी नहीं। देह में तुम जाग्रत हो सकते हो, देह में रह तुम जान सकते हो कि समय नहीं है। लेकिन देह के पास जैविक घड़ी है। वह भूख अनुभव करता है, और समय के अंतराल के बाद फिर अनुभव करता है भूख—परितृप्ति और भूख; नींद, रोग, स्वास्थ्य। रात में देह को निद्रा में चले जाना होता है, सुबह इसे जगाना होता है। देह की जैविक घड़ी होती है। अतः तीसरे प्रकार का गुरु केवल तभी घटता है जब गुरु सदा के लिए देह छोड़ देता है; जब उसे फिर से देह में नहीं लौटना होता।

बुद्ध के पास दो शब्द हैं। पहला है निर्वाण, सम्बोधि। जब बुद्ध सम्बोधि को उपलब्ध हुए, तो भी देह में बने रहे। यह थी सम्बोधि, निर्वाण। फिर चालीस वर्ष के पश्चात उन्होंने देह छोड़ दी। इसे वे कहते हैं परम निर्वाण—'महापरिनिर्वाण'। फिर वे हो गये गुरुओं के गुरु, और वे बने रहे हैं गुरुओं के गुरु।

प्रत्येक गुरु, जब वह स्थायी रूप से देह छोड़ देता है, जब उसे फिर नहीं लौटना होता, तब वह गुरुओं का गुरु हो जाता है। मोहम्मद, जीसस, महावीर, बुद्ध, पतंजलि, वे प्रत्येक गुरुओं के गुरु हुए और वे निरंतर रूप से गुरुओं

को निर्देशित करते रहे हैं न कि शिष्यों को।

जब कोई पतंजलि के मार्ग पर जाता हुआ गुरु हो जाता है, तो फौरन पतंजलि के साथ एक सम्पर्क सध जाता है। उनकी आत्मा असीम में तैरती रहती है उस वैयक्तिक चेतना के साथ, जिसे कि भगवान कहा जाता है। जब कभी कोई व्यक्ति पतंजलि के मार्ग का अनुसरण करता हुआ गुरु हो जाता है, संबोधि को उपलब्ध हो जाता है, तो तुरन्त उस आदिगुरु के साथ जो कि अब भगवान है, एक सम्बन्ध स्थापित हो जाता है।

जब कभी कोई बुद्ध का अनुसरण करते हुए सम्बोधि को उपलब्ध होता है, तो तुरन्त एक सम्बन्ध स्थापित हो जाता है; अकस्मात वह बुद्ध के साथ जुड़ जाता है। बुद्ध के साथ जो अब देह में नहीं रहे, जो समय में नहीं रहे और काल में नहीं रहे, लेकिन जो अब भी हैं; उन बुद्ध के साथ जुड़ जाता है जो समग्र समष्टि के साथ एक हो चुके हैं, लेकिन जो अब भी हैं।

यह बहुत विरोधाभासी है और समझना बहुत कठिन है क्योंकि हम वह कोई चीज नहीं समझ सकते जो समय के बाहर की होती है। हमारी सारी समझ समय के भीतर होती है; हमारी सारी समझ स्थान से जुड़ी होती है। जब कोई कहता है कि बुद्ध समयातीत और स्थानातीत हैं, तो यह बात हमारी समझ में नहीं आती।

जब तुम कहते हो कि बुद्ध समयातीत हैं, इसका अर्थ होता है कि वे कहीं विशेष स्थान में अस्तित्व नहीं रखते। और कैसे कोई अस्तित्व रख सकता है बिना किसी कहीं विशेष स्थान में अस्तित्व रखे हुए ? वे विद्यमान रहते हैं; वे मात्र अस्तित्व रखते हैं। तुम दिखा नहीं सकते कि कहां; तुम नहीं बता सकते कि वे कहां होते हैं। इस अर्थ में वे कहीं नहीं हैं और एक अर्थ में वे सभी जगह हैं। मन समय में रहता है अतः उसके लिए समय के पार की किसी चीज को समझना बहुत कठिन है। लेकिन जो बुद्ध की विधियों के पीछे चलता है और गुरु हो जाता है, तुरन्त उसका एक सम्पर्क हो जाता है। बुद्ध अब भी उन लोगों को मार्ग दिखाते रहते हैं जो उनके मार्ग पर चलते हैं। जीसस अब तक उन लोगों का पथ-प्रदर्शन करते रहते हैं जो उनके मार्ग का अनुसरण करते हैं।

तिब्बत में कैलाश पर एक स्थान है, जहां प्रत्येक वर्ष जिस दिन बुद्ध ने संसार त्यागा, वैशाख की पूर्णिमा की रात्रि, पांच सौ गुरु एक साथ एकत्रित होते हैं। जब पांच सौ गुरु इस जगह हर वर्ष इकट्ठे होते हैं, तो उन्हें बुद्ध फिर से अवतरित होते हुए दिखते हैं। बुद्ध फिर से दृश्य रूप ग्रहण करते हैं।

यह एक पुराना अभिवचन है, और बुद्ध अब तक इसे पूरा करते हैं। पांच सौ गुरुओं को आना होता है वहां। एक भी कम नहीं होना चाहिए, क्योंकि तब यह बात सम्भव न होगी। ये पांच सौ गुरु बुद्ध के अवतरण के लिए मदद देते हैं वजन की भांति, लंगर की भांति। एक भी गुरु की कमी हो, तो घटना घटती ही नहीं—क्योंकि कई बार ऐसी अवस्था हुई कि वहां पांच सौ गुरु मौजूद नहीं थे। तब उस वर्ष कोई सम्पर्क नहीं घटा, कोई प्रत्यक्ष सम्पर्क नहीं हुआ।

लेकिन तिब्बत में बहुत गुरु हैं, अतः यह कोई कठिनाई न थी। तिब्बत सर्वाधिक प्रज्ञावान देश है; अब तक यह ऐसा ही बना रहा। भविष्य में यह ऐसा नहीं रहेगा—माओ की कृपा के कारण ! उसने उस सारे सूक्ष्म ढांचे को नष्ट कर दिया है जिसे तिब्बत ने निर्मित किया था। सारा देश एक ध्यान का मठ था। दूसरे देशों में आश्रमों का अस्तित्व होता है, लेकिन पूरा तिब्बत ही आश्रम था।

ऐसा नियम था कि हर परिवार में से एक व्यक्ति को संन्यस्त हो जाना होता और लामा होना होता। और ऐसा

नियम बनाया गया था जिससे कि हर साल कम से कम पांच सौ लामा सदा मौजूद रहते। जब पांच सौ गुरु एक साथ कैलाश पर मध्यरात्रि को इकट्ठे होते बारह बजे, तो बुद्ध फिर प्रकट होते। वे समय और स्थान में उतर आते।

वे मार्ग दिखाते रहे हैं। प्रत्येक गुरु मार्ग-निर्देशन करता रहा है। एक बार तुम गुरु के निकट हो लेते हो—शिक्षक के निकट नहीं—तो तुम श्रद्धा रख सकते हो। चाहे तुम इस जीवन में सम्बोधि न भी पाओ, सूक्ष्म मार्ग-दर्शन सदा निरन्तर रूप से रहेगा तुम्हारे लिए—चाहे तुम जानो भी नहीं कि तुम निर्देशित किये जा रहे हो।

गुरजिएफ से सम्बन्धित बहुत लोग मेरे पास आ गये हैं। उन्हें आना ही है क्योंकि गुरजिएफ उन्हें मेरी ओर फेंकता रहा है। कोई और है नहीं जिसकी तरफ गुरजिएफ उन्हें फेंक सकता या धकेल सकता। और यह खेदजनक है, लेकिन ऐसा है कि अब गुरजिएफ की पद्धति में कोई गुरु नहीं है, अतः वह सम्पर्क नहीं बना सकता। गुरजिएफ के बहुत लोग कभी न कभी आयेंगे ही और वे सचेत रूप से नहीं आते, क्योंकि वे नहीं समझ सकते क्या घट रहा है। वे सोचते हैं कि यह तो मात्र संयोगिक है।

यदि गुरु समय और स्थान में एक निश्चित मार्ग पर विद्यमान होता है, तब आदिगुरु आदेश भेजता रह सकता है। और इसी तरह धर्म सदा जीवंत रहे हैं। एक बार श्रृंखला टूट जाती है, तो धर्म मुरदा हो जाता है। उदाहरण के लिए जैन धर्म मुरदा हो गया है क्योंकि एक भी ऐसा गुरु नहीं है जिसके पास महावीर नये निर्देश भेज सकते हों। क्योंकि हर युग के साथ चीजें बदल जाती हैं; मन बदल जाते हैं, इसलिए विधियों को बदलना ही होता है, विधियां आविष्कृत की ही जानी होती हैं, नयी चीजों को जोड़ना ही होता है, पुरानी चीजों को काट देना होता है। हर युग में बहुत-सा कार्य आवश्यक है।

किसी भी परम्परा में यदि गुरु होता है, तब आदिगुरु जो अब भगवान है, सतत आगे बढ़ा सकता है। लेकिन यदि गुरु ही नहीं होता पृथ्वी पर, तब श्रृंखला टूट जाती है और धर्म मुरदा हो जाता है और ऐसा बहुत बार होता है।

उदाहरण के लिए जीसस ने कभी नया धर्म निर्मित नहीं करना चाहा था, उन्होंने इसके बारे में कभी सोचा भी नहीं। वे यहूदी थे, और उन्हें सीधे निर्देश मिल रहे थे पुराने यहूदी गुरुओं से, जो भगवान हो गये थे, लेकिन यहूदी नये निर्देश को सुन नहीं सकते थे। वे कह देते, 'ऐसा तो धर्मशास्त्रों में लिखा नहीं। तुम किसकी बात कह रहे हो?' शास्त्रों में तो यह लिखा है कि यदि कोई तुम्हें ईंट मारे तो तुम्हें उस पर चट्टान फेंक देनी चाहिए—आंख के बदले आंख, जीवन के बदले जीवन। और जीसस ने कहना शुरू कर दिया कि 'अपने शत्रु से प्रेम करो। और यदि वह एक गाल पर मारे तो दूसरा उसकी ओर कर दो।'

ऐसा यहूदी धर्मग्रन्थों में नहीं लिखा हुआ था, लेकिन यह नया शिक्षण था क्योंकि युग बदल चुका था। चीजों को कार्यान्वित करने की यह नयी विधि थी, और जीसस सीधे भगवानों से निर्देश ग्रहण कर रहे थे—पतंजलि के अनुसार जो भगवान हैं उनसे; पुराने पैगम्बरों से। लेकिन जो उन्होंने सिखाया वह धर्मग्रन्थों में नहीं लिखा हुआ था। यहूदियों ने उन्हें मार दिया, न जानते हुए कि वे क्या कर रहे थे। इसलिए अन्तिम क्षणों में जीसस ने कहा था, जब वे सूली पर चढ़े हुए थे, 'परमात्मा, इन लोगों को क्षमा करो, क्योंकि वे नहीं जानते वे क्या कर रहे हैं। वे आत्महत्या कर रहे हैं। वे मार रहे हैं स्वयं को क्योंकि वे स्वयं अपने गुरुओं से सम्बन्ध तोड़ रहे हैं।'

और यही हुआ। जीसस की हत्या यहूदियों के लिए सबसे बड़ी दुर्घटना बनी और दो हजार वर्षों से उन्होंने दुख

झेला है क्योंकि उनके पास कोई सम्पर्क नहीं है। वे जीते हैं धर्मशास्त्रों को साथ चिपकाये; वे इस पृथ्वी पर सर्वाधिक शास्त्रोन्मुखी लोग हैं। वे शास्त्रों के साथ जीते हैं—तालमुद के, तोरा के साथ, और जब कभी समय-स्थान के पार के ऊंचे स्रोतों से प्रयत्न किया गया, वे सुनते नहीं।

ऐसा बहुत बार हुआ है। इसी प्रकार नये धर्म उत्पन्न होते हैं। यह अनावश्यक है। इसकी कोई जरूरत नहीं होती। लेकिन लोग सुनेंगे नहीं। वे पूछेंगे, 'कहां लिखा है ऐसा?' नहीं लिखा है यह। नयी देशनाएं हैं ये, एक नया धर्मशास्त्र। और यदि तुम नये शास्त्र को नहीं सुनते, तो नयी देशनाएं नया धर्म बन जायेंगी। और तुम देख सकते हो कि नया धर्म सदा ज्यादा शक्तिशाली लगता है पुराने से। क्योंकि इसके पास नवीनतम अनुदेश होते हैं, यह व्यक्ति की ज्यादा मदद कर सकता है।

यहूदी वैसे ही रहे। ईसाइयत आधी पृथ्वी पर फैल गयी। अब आधा संसार ईसाई है। भारत में जैन एक बहुत छोटा अल्पसंख्यक वर्ग बन चुके हैं क्योंकि वे सुनेंगे नहीं। और उनके पास कोई जीवंत गुरु नहीं है। उनके यहां बहुत साधु हैं, मुनि हैं; बहुत हैं, क्योंकि वह उनकी सामर्थ्य है। वे एक समृद्ध जमात हैं। लेकिन वहां एक भी जीवंत गुरु नहीं है। कोई अनुदेश उन्हें उच्चतर स्रोत द्वारा नहीं दिया जा सकता है। इस युग में, सारे संसार भर में—भारत की थियोसॉफी के सबसे बड़े रहस्योद्घाटनों में से एक यह था कि गुरु सतत निर्देश दिये चला जाता है। पतंजलि कहते हैं, यह गुरुओं की तीसरी कोटि होती है—गुरुओं के गुरु की। यही अर्थ वे भगवान का करते हैं।

समय की सीमाओं के बाहर होने के कारण वह गुरुओं का गुरु है।

क्या है समय और कैसे कोई समय के पार चला जाता है ? इसे समझने की कोशिश करना। समय इच्छा है क्योंकि इच्छा के लिए समय की जरूरत होती है। समय इच्छा का निर्माण है। यदि तुम्हारे पास समय न हो, तो कैसे तुम इच्छा कर सकते हो ? इच्छा के सरकने के लिए कोई जगह ही नहीं होती है। इच्छा को आवश्यकता होती है भविष्य की। इसलिए वे लोग जो लाखों इच्छाओं में जीते हैं हमेशा मृत्यु से भयभीत होते हैं। क्यों होते हैं वे मृत्यु से भयभीत ? क्योंकि मृत्यु तुरन्त समय को काट डालती है। कोई समय रहता नहीं। और तुम्हारी लाखों इच्छाएं हैं, और मृत्यु सदा द्वार पर खड़ी है।

मृत्यु का अर्थ है : अब कोई भविष्य न रहा। मृत्यु का अर्थ है : अब और समय न रहा। घड़ी भले ही टिकटिक करती धड़कती रहे, लेकिन तुम्हारी धड़कन नहीं टिकटिक कर रही होगी। और इच्छा की परिपूर्ति के लिए चाहिए समय, भविष्य। तुम वर्तमान में रह कर इच्छा में नहीं जी सकते; वर्तमान में इच्छाओं का अस्तित्व नहीं होता। क्या तुम किसी चीज की इच्छा कर सकते हो वर्तमान में रह कर ? कैसे करोगे तुम इसकी इच्छा ? यदि तुम इच्छा करते हो, तो फौरन भविष्य प्रवेश कर चुका होता है। कल भीतर आ पहुंचा या अगला पल आ गया। तुम इस पल में यहीं और अभी कैसे कर सकते हो इच्छा ?

समय के बगैर इच्छा असम्भव होती है। समय भी असम्भव है इच्छा के बगैर। एक साथ वे एक घटना हैं। एक ही सिक्के के दो पहलू हैं। जब कोई इच्छाविहीन हो जाता है, तो समयविहीन हो जाता है। भविष्य थम जाता

है, अतीत बंद हो जाता है। केवल वर्तमान होता है वहां। जब इच्छाएं थम जाती हैं तो यह बात उस घड़ी की भांति होती है, जिसके कांटे निकालने के बाद, वह टिकटिक किये जाती है। जरा उस घड़ी की कल्पना कर लेना जो बिना सुइयों के टिकटिक किये जाती है। तुम नहीं बता सकते कि कितना समय है।

बिना इच्छाओं के व्यक्ति वह घड़ी है जो बिना सुइयों के टिकटिक किये चला जा रहा है। ऐसी होती है बुद्ध की अवस्था। वे शरीर में जीते हैं; 'घड़ी' धड़कती जाती है—क्योंकि शरीर की अपनी जैविक प्रक्रिया होती है जारी रहने को। यह भूखा होगा और यह भोजन मांगेगा। यह प्यासा होगा और यह पेय की मांग करेगा। यह निद्रा अनुभव करेगा और यह सो जायेगा। शरीर की मांग होगी, अतः यह धड़के जा रहा है। लेकिन अन्तरतम अस्तित्व के पास समय नहीं; घड़ी बिना कांटे की है।

लेकिन उस शरीर के कारण ही तुम अटके हुए होते हो, संसार में लंगर डाले हुए होते हो—समय के संसार में। तुम्हारे शरीर का वजन है, और उसी वजन के कारण गुरुत्वाकर्षण अब भी तुम पर कार्य करता है। जब देह छोड़ दी जाती है, जब कोई बुद्ध अपनी देह छोड़ता है, तब टिकटिक स्वयं बंद हो जाती है। तब वह शुद्ध चेतना होता है। कोई शरीर नहीं, कोई भूख नहीं और कोई तृप्ति नहीं; शरीर नहीं तो प्यास नहीं, शरीर नहीं तो मांग नहीं।

इन दो शब्दों को खयाल में लेना—इच्छा और आवश्यकता। इच्छा होती है मन की; आवश्यकता होती है शरीर की। इच्छा रहित, तुम बिना सुइयों की घड़ी हो। और जब आवश्यकता भी गिर जाती है, तब तुम समय के पार हो जाते हो। यह होती है शाश्वतता। समयातीत है शाश्वतता।

उदाहरण के लिए, यदि मैं घड़ी की ओर नहीं देखता, तो मैं नहीं जानता कि कितना समय है। समय जानते रहने के लिए, मुझे सारा दिन लगातार देखना पड़ता है। यदि मैंने पांच मिनट पहले देखा भी हो, तो मुझे फिर देखना होता है क्योंकि मैं एकदम ठीक समय नहीं जानता। क्योंकि भीतर कोई समय नहीं; केवल शरीर टिकटिक कर रहा है।

चेतना के पास कोई समय नहीं। समय निर्मित होता है जब चेतना की कोई इच्छा होती है। तब यह तुरन्त निर्मित हो जाता है। अस्तित्व में कोई समय नहीं। यदि मनुष्य यहां इस धरती पर न होता, तो समय तुरन्त तिरोहित हो गया होता। वृक्ष टिकटिक करते, चट्टानें टिकटिक करतीं। सूर्य उदित होता और चन्द्रमा विकास पाता और चीजें जैसी हैं वैसी बनी रहतीं, लेकिन समय नहीं होता। क्योंकि समय वर्तमान के साथ नहीं आता; यह आता है अतीत की स्मृति से और भविष्य की कल्पना से।

बुद्ध का कोई अतीत नहीं। उनके लिए खत्म हो गया यह; वे इसे नहीं ढो रहे हैं। बुद्ध का कोई भविष्य नहीं। उनके लिए वह भी समाप्त हो गया क्योंकि उनकी कोई इच्छा नहीं। लेकिन आवश्यकताएं हैं क्योंकि शरीर है। थोड़े और कर्मों को पूरा करना है। थोड़े और दिनों के लिए शरीर धड़कता जायेगा। बस पुराना संवेग जारी रहेगा। तुम्हें घड़ी को चाबी देनी होती है। चाहे तुम चाबी भरना बंद कर भी दो, यह कुछ घंटों या कुछ दिनों के लिए टिकटिक करती ही रहेगी। पुरानी गति का बल जारी रहेगा

समय की सीमाओं के पार होने के कारण वह गुरुओं का गुरु है।

जब आवश्यकता और इच्छा दोनों तिरोहित हो जाते हैं तो समय तिरोहित हो जाता है। और इच्छा तथा आवश्यकता के बीच भेद कर लेने की बात ध्यान में रखना; अन्यथा तुम बहुत गहरी झंझट में पड़ सकते हो। आवश्यकताओं को गिराने की कोशिश कभी मत करना। कोई नहीं गिरा सकता उन्हें, जब तक कि शरीर ही न गिर जाये। और इन दोनों को एक मत मान लेना। हमेशा खयाल में रखना कि आवश्यकता क्या है और इच्छा क्या है।

आवश्यकता आती है शरीर से और इच्छा आती है मन से। आवश्यकता होती है पशु की, इच्छा होती है मानवीय। निःसंदेह, जब तुम भूख अनुभव करते हो तो तुम्हें भोजन की आवश्यकता होती है। रुक जाते हो, जब आवश्यकता खत्म हो जाती है। तुम्हारा पेट तुरन्त कह देता है, बस करो लेकिन मन कहता है, 'थोड़ा-सा और। यह इतना स्वादिष्ट है।' यह है इच्छा। तुम्हारा शरीर कहता है, 'मैं प्यासा हूं।' लेकिन शरीर कोकाकोला के लिए ही तो कभी नहीं कहता है ! शरीर कहता है, 'प्यासा हूं', तो तुम पी लेते हो। जितने की आवश्यकता होती है तुम उससे ज्यादा पानी नहीं पी सकते। लेकिन कोकाकोला तुम ज्यादा पी सकते हो। यह मन की घटना है।

कोकाकोला एकमात्र सार्वभौमिक चीज है इस युग में, सोवियत रूस तक में भी है। दूसरी किसी चीज ने वहां प्रवेश नहीं किया है, लेकिन कोकाकोला प्रवेश कर चुका है। लोहे के परदे से भी कुछ फर्क नहीं पड़ता क्योंकि मानवीय मन तो मानवीय मन ही है।

हमेशा ध्यान रखना कि कहां आवश्यकता समाप्त होती है और कहां इच्छा आरम्भ होती है। इसे निरंतर एक सजगता बनाये रहना। यदि तुम भेद कर सकते हो, तो तुमने कुछ पा लिया है, एक सूत्र अस्तित्व का पा लिया है। आवश्यकता सुन्दर होती है, इच्छा असुन्दर होती है। लेकिन ऐसे लोग हैं जो इच्छा किये चले जाते हैं, और वे अपनी आवश्यकताएं काटते चले जाते हैं। वे मूढ़ हैं, नासमझ हैं। तुम उनसे ज्यादा बड़े मूढ़ नहीं पा सकते दुनिया में, क्योंकि वे बिलकुल विपरीत बात कर रहे हैं।

ऐसे लोग हैं जो कई दिनों का उपवास करेंगे और इच्छा करेंगे स्वर्ग की। उपवास करना आवश्यकता को काटना है और स्वर्ग की इच्छा करना इच्छाओं को बढ़ावा देना है ! उनके पास तुम्हारी अपेक्षा कहीं ज्यादा समय है क्योंकि उन्हें स्वर्ग की सोचनी होती है। उनके पास बड़ी राशि होती है समय की। स्वर्ग शामिल होता है इसमें। तुम्हारा समय मृत्यु पर समाप्त हो जाता है। वे तुम्हें कहेंगे, 'तुम पदार्थवादी हो।' वे अध्यात्मवादी हैं क्योंकि उनका समय और-और आगे बढ़ता जाता है। यह स्वर्ग को शामिल करता है—और केवल एक नहीं, सातों स्वर्ग। और मोक्ष भी, अंतिम मुक्ति—वह भी है उनकी सीमाओं के भीतर। उनके पास बड़ी मात्रा होती है समय की, और तुम हो पदार्थवादी क्योंकि तुम्हारा समय समाप्त होता है मृत्यु पर।

ध्यान रहे, आवश्यकताओं को गिराना आसान है। क्योंकि शरीर इतना मौन है, तुम इसे उत्पीड़ित कर सकते हो। और शरीर इतना अधिक लचीला होता है कि यदि तुम इसे सताते हो बहुत लम्बे समय के लिए तो यह तुम्हारे उत्पीड़न के, सताने के प्रति समायोजित हो जाता है। और यह गूंगा होता है। यह कुछ कह नहीं सकता। यदि तुम उपवास करते हो, तो दो या तीन दिन तक यह कहेगा, 'मैं भूखा हूं, मैं भूखा हूं।' लेकिन तुम्हारा मन सोच रहा है स्वर्ग की बात, और भूखे रहे बिना तुम प्रवेश नहीं कर सकते। ऐसा शास्त्रों में लिखा है कि उपवास करो। तो तुम शरीर की सुनते नहीं। यह भी लिखा है शास्त्रों में, 'मत सुनो शरीर की, शरीर शत्रु है।'

और शरीर एक गूंगा जानवर है। तुम इसे सताये चले जा सकते हो। कुछ दिन यह कुछ नहीं कहेगा। यदि तुम लम्बा उपवास शुरू कर दो, अधिक से अधिक यह होगा कि पहले हफ्ते या पांच या छह दिन शरीर कुछ नहीं कहेगा। शरीर चुप हो जाता है क्योंकि कोई नहीं सुन रहा होता इसकी। फिर शरीर अपनी ही व्यवस्थाएं बिठाना शुरू कर देता है। इसके पास भोजन संग्रहित है नब्बे दिनों का। प्रत्येक स्वस्थ शरीर के पास नब्बे दिनों की चरबी का संग्रह होता है किसी आपात स्थिति के लिए—उपवास करने के लिए नहीं।

कई बार शायद तुम किसी जंगल में खो जाओ, भोजन नहीं पा सको। कई बार अकाल पड़ सकता है और तुम भोजन नहीं पा सकोगे। शरीर के पास नब्बे दिनों का संग्रह होता है। यह स्वयं पर चलेगा। यह स्वयं को ही खाता है। और इसकी दो गियर की व्यवस्था होती है। साधारणतया यह भोजन की मांग करता है। यदि तुम भोजन प्रदान करते हो, तो वह भीतर का खजाना, संचय अक्षुण्ण बना रहता है। यदि तुम भोजन प्रदान नहीं करते तो दो या तीन दिन यह मांग किये ही जाता है। अगर तुम फिर भी प्रदान नहीं करते, तो यह गियर ही बदल देता है। गियर बदल जाता है; तब यह स्वयं को ही खाने लगता है।

इसलिए उपवास करने से तुम प्रतिदिन एक किलो वजन खो देते हो। कहां जा रहा होता है यह वजन ? यह वजन खो रहा होता है क्योंकि तुम अपनी चरबी खा रहे होते हो, तुम्हारा अपना मांस खा रहे होते हो। तुम नरमांस भक्षक बन गये हो, एक नरभक्षी। उपवास करना नरभक्षण है। नब्बे दिनों के भीतर तुम सूख कर हड्डियों का ढांचा हो जाओगे, सब संचित चरबी समाप्त हो गयी। तब तुम्हें मरना पड़ता है।

शरीर के प्रति हिंसात्मक होना सरल होता है। यह इतना गूंगा है। लेकिन मन के साथ ऐसा करना कठिन है क्योंकि मन बहुत बोलने वाला है। यह सुनेगा नहीं। और वास्तविक बात है मन को आज्ञाकारी बनाना तथा इच्छाओं को काट देना। स्वर्ग और स्वर्गिक परलोक की मत पूछना।

जापान के नये धर्मों के बारे में एक पुस्तक मैं इधर पढ़ता था। जैसा कि तुम जानते हो, जापानी तकनीकी तौर पर बहुत निपुण लोग होते हैं। उन्होंने जापान में दो स्वर्ग निर्मित कर लिये हैं, मात्र तुम्हें झलक दे देने को। उन्होंने पहाड़ी स्थान पर एक छोटा स्वर्ग निर्मित कर लिया है तुम्हें दिखाने के लिए कि वहां वास्तविक स्वर्ग में कैसा क्या है। बस, तुम चले जाओ और झलक पा लो। इतनी सुन्दर जगह उन्होंने बना ली है और वे इसे बिलकुल साफ-सुथरा रखते हैं। वहां फूल ही फूल हैं और वृक्ष हैं और रंगछटा है, छाया है, और सुन्दर छोटे बंगले हैं। और वे तुम्हें दे देते हैं स्वर्ग की झलक ताकि तुम आकांक्षा करना शुरू कर दो।

कहीं कोई स्वर्ग नहीं होता है। स्वर्ग मन की निर्मिति है। और कोई नरक नहीं है। वह भी मन की ही निर्मिति है। नरक और कुछ नहीं है सिवाय स्वर्ग के अभाव के; बस इतना ही। पहले तुम इसे रचते हो, और फिर तुम इसे गंवा देते हो क्योंकि यह वहां है नहीं। और ये लोग, ये पंडित-पुरोहित, विषदायी हैं, वे हमेशा तुम्हें मदद देते हैं इच्छा करने में। पहले वे इच्छा का निर्माण करते हैं। फिर पीछे चला आता है नरक, फिर वे चले आते हैं तुम्हें बचाने को !

एक बार मैं एक बड़ी कच्ची सड़क पर से गुजर रहा था। गर्मियों के दिन थे और अचानक मैं सड़क के इतने कीचड़ भरे खंड पर आ पहुंचा कि मैं विश्वास नहीं कर सकता था कि कैसे यह सड़क ऐसी बन गयी ! बारिश बिलकुल नहीं हुई थी। जमीन का वह टुकड़ा कोई आधा मील लम्बा था, लेकिन मैने सोचा कि यह बहुत गहरा

नहीं हो सकता इसलिए मैं कार चलाता गया। मैं चला गया इसी में, फिर फंस गया। वह केवल कीचड़ से ही नहीं भरा था, उसमें बहुत सारे गड्ढे थे। फिर मैंने प्रतीक्षा की किसी के द्वारा मदद पाने की, कोई ट्रक ही आ जाये।

एक किसान ट्रक लिये आ पहुंचा। जब मैंने उसे मेरी मदद करने को कहा, वह बोला, वह बीस रुपये लेगा। तो मैंने कहा, 'ठीक है। तुम ले लो बीस रुपये, पर मुझे इसमें से बाहर तो निकालो।' जब मैं बाहर आया, तो मैंने कहा उस किसान से, 'इस कीमत पर तो तुम दिन-रात काम कर रहे होओगे।' वह बोला, 'नहीं, रात में नहीं। क्योंकि तब मुझे इस सड़क के लिए नदी से पानी लाना होता है। आप क्या सोचते हैं कि यहां कीचड़ किसने बना दिया ? और फिर मुझे थोड़ी नींद भी लेनी पड़ती है क्योंकि एकदम सुबह यह व्यापार शुरू हो जाता है !'

तो ऐसे पंडित-पुरोहित हैं। वे पहले कीचड़ बनाते हैं; वे दूर-दराज की नदी से पानी ढोकर लाते हैं। और तब तुम दलदल में फंस जाते हो, और फिर वे तुम्हारी मदद करते हैं। कहीं कोई स्वर्ग नहीं है और कोई नरक नहीं है। न स्वर्ग है और न नरक; तुम्हारा शोषण हो रहा है। और तुम शोषित किये जाओगे, जब तक कि तुम इच्छा करना समाप्त न कर दो।

वह व्यक्ति जो इच्छा नहीं करता, शोषित नहीं किया जा सकता। फिर कोई पुरोहित-पादरी शोषण नहीं कर सकता, फिर कोई मंदिर-चर्च उसका शोषण नहीं कर सकता। शोषण घटता है क्योंकि तुम इच्छा करते हो। तब तुम शोषित होने की सम्भावना निर्मित कर लेते हो। जितना बन सके, अपनी इच्छाओं को अलग कर दो क्योंकि वे अस्वभाविक हैं। अपनी आवश्यकताओं को कभी मत मारना क्योंकि वे सहज-स्वाभाविक हैं। अपनी आवश्यकताओं की परिपूर्ति कर लेना।

और इस सारी बात पर ध्यान दो। आवश्यकताएं बहुत नहीं हैं; बिलकुल ही ज्यादा नहीं हैं। और वे इतनी सीधी-सरल हैं। क्या चाहिए तुम्हें ? भोजन, पानी, मकान का आश्रय, कोई जो तुम्हें प्रेम करे और जिसे तुम प्रेम कर सको। और क्या चाहिए तुम्हें ? प्रेम, भोजन, घर—ये सीधी-साफ आवश्यकताएं हैं। और धर्म इन्हीं सारी आवश्यकताओं के विरुद्ध हो जाते हैं। प्रेम के विरुद्ध, वे कहते हैं ब्रह्मचर्य साधो। भोजन के विरुद्ध वे कहते हैं, उपवास रखा करो। घर की शरण के विरुद्ध वे कहते हैं, मुनि बन जाओ और घूमो-फिरो, भ्रमण करने वाले हो जाओ—अगृही। वे आवश्यकताओं के विरुद्ध हैं। इसीलिए वे नरक का निर्माण करते हैं। और तुम अधिकाधिक दुख में पड़ते हो। और ज्यादा और ज्यादा तुम उनके हाथों में पड़ते जाते हो। फिर तुम सहायता की मांग करते हो, और सारी घटना एक स्वरचित स्वांग है।

आवश्यकताओं के विरुद्ध कभी मत जाना, और इच्छाओं को हमेशा अलग करने की याद रखना। इच्छाएं व्यर्थ होती हैं। इच्छा है क्या ? मकान का आश्रय चाहिए, यह इच्छा नहीं है। बेहतर मकान चाहिए यह इच्छा है। इच्छा सापेक्ष होती है। आवश्यकता सीधी-सरल होती है—तुम्हें एक रहने का स्थान चाहिए। इच्छा चाहती है महल। आवश्यकता बहुत सीधी-सादी होती है। तुम्हें प्रेम करने को स्त्री या पुरुष चाहिए। लेकिन इच्छा ? इच्छा को तो चाहिए क्लियोपेट्रा। इच्छा तो बस असम्भव के लिए होती है। आवश्यकता होती है सम्भव के लिए और यदि सम्भव की परिपूर्ति हो जाती है, तुम निश्चिंत होते हो। एक बुद्ध को भी उसकी जरूरत होती है।

इच्छाएं बेवकूफियां हैं। इच्छाओं को काट दो और जाग्रत हो जाओ। तब तुम समय के बाहर हो जाओगे। इच्छाएं समय का निर्माण करती हैं, लेकिन यदि तुम इच्छाओं को मार देते हो तो तुम समयातीत हो जाओगे। जब

तक शरीर है, तब तक शारीरिक आवश्यकताएं बनी रहेंगी। लेकिन यदि इच्छाएं तिरोहित हो जाती हैं, तब यह तुम्हारा अंतिम या, अधिक से अधिक तुम्हारा शेष दो जन्म ही होगा। जल्दी ही तुम भी तिरोहित हो जाओगे। जिसने इच्छाविहीनता प्राप्त कर ली है वह देर-अबेर आवश्यकताओं के पार भी हो जायेगा क्योंकि तब शरीर की आवश्यकता नहीं रहती है। शरीर वाहन है मन का। यदि मन नहीं रहा, शरीर की फिर और जरूरत नहीं रह सकती।

उसे ओम् के रूप में जाना जाता है।

यह परमात्मा, यह सम्पूर्ण विकास, ओम् के रूप में जाना जाता है।

ओम् सर्वव्यापक नाद का प्रतीक है। स्वयं में तुम सुनते हो विचारों को, शब्दों को, लेकिन तुम्हारे अस्तित्व की ध्वनि को, नाद को कभी नहीं सुनते। जब कहीं कोई इच्छा नहीं होती, आवश्यकता नहीं होती, जब शरीर गिर चुका होता है, जब मन तिरोहित हो जाता है, तो क्या घटेगा ? तब स्वयं ब्रह्मांड का वास्तविक नाद सुनाई पड़ता है, जो है ओम्।

और सारे संसार भर में इस ओम् का अनुभव किया गया है। मुसलमान, ईसाई, यहूदी इसे कहते हैं आमीन। यह है ओम्। जरथुस्त्र के अनुयायी, पारसी, इसे कहते हैं, 'आहुरमाजदा'। वह अ और म है ओम्—'आहुर' है अ से और माजदा है म से। यह होता है ओम्। उन्होंने इसे देवता बना लिया है।

वह नाद सर्वव्यापी है। जब तुम थम जाते हो, तुम इसे सुन सकते हो। अभी तो तुम इतनी ज्यादा बातचीत कर रहे हो, भीतर इतने ज्यादा बड़बड़ा रहे हो कि तुम इसे सुन नहीं सकते। यह है मौन ध्वनि। यह इतनी मौन होती है कि जब तक तुम पूरी तरह रुक नहीं जाते, तुम इसे सुन नहीं पाओगे। हिन्दुओं ने अपने देवताओं को प्रतीकात्मक नाम से बुलाया है—ओम्। पतंजलि कहते हैं, 'वह ओम् के रूप में जाना जाता है।' और यदि तुम गुरु को खोजना चाहते हो, गुरुओं के गुरु को, तो तुम्हें 'ओम्' की ध्वनि से अधिकाधिक तालमेल बैठाना होगा।

ओम् को दोहराओ और इस पर ध्यान करो।

पतंजलि इतने वैज्ञानिक ढंग से अवस्थित हैं कि वे एक भी आवश्यक शब्द नहीं छोड़ेंगे, और न ही वे कोई अतिरिक्त शब्द प्रयुक्त करेंगे। 'दोहराओ और ध्यान करो'—जब कभी वे कहते, 'ओम् को दोहराओ', वे सदा जोड़ देते 'ध्यान करो।' भेद को समझ लेना है। 'दोहराओ और ध्यान करो ओम् पर।'

ओम् को दोहराना और उस पर ध्यान करना सारी बाधाओं का विलीनीकरण और एक नवचेतना का जागरण लाता है।

यदि तुम दोहराओ और ध्यान मत करो, तो यह बात हो जायेगी महर्षि महेश योगी का भावातीत ध्यान,

ट्रांसेंडेंटल मेडिटेशन—टी एम। यदि तुम दोहराते हो और ध्यान नहीं करते, तो यह बात एक हिप्नॉटिक चाल हो जाती है। तब तुम्हें नींद आ जाती है। यह अच्छा है क्योंकि निद्रा में उतर जाना सुंदर होता है। यह बात स्वस्थ है। तुम अधिक शांत होकर निकलोगे इसमें से। तुम कहीं अधिक स्वस्थता अनुभव करोगे, अधिक ऊर्जा, अधिक जोश अनुभव करोगे। लेकिन यह ध्यान नहीं।

यह एक साथ शामक दवा और पेप-पिल लेने की भांति है। यह तुम्हें अच्छी नींद देगी, और फिर तुम सुबह बहुत अच्छा अनुभव करते हो। ज्यादा ऊर्जा मौजूद होती है। लेकिन यह ध्यान नहीं है। और यह बात खतरनाक भी हो सकती है यदि तुम इसका उपयोग लम्बे समय तक करते हो। तुम्हें उसकी लत पड़ जाती है। और जितना ज्यादा तुम उपयोग करते हो इसका, उतना ज्यादा तुम समझ जाओगे कि एक स्थल ऐसा आ जाता है जहां तुम अटक जाते हो। अब यदि तुम इसे नहीं करते, तो तुम अनुभव करते हो कि तुम कुछ चूक रहे हो। यदि तुम इसे करते हो, तो कुछ घटता नहीं।

इस बात के सार-निचोड़ को खयाल में ले लेना है—ध्यान में, जब कभी तुम अनुभव करते हो कि अगर तुम इसे नहीं करते तो तुम इसे चूक रहे होते हो और यदि करते हो इसे तो कुछ घटता नहीं, तो तुम अटके हुए होते हो। तब तुरन्त कुछ करने की जरूरत होती है। यह बात एक आदत हो गयी है—वैसे ही जैसे कि सिगरेट पीना। यदि तुम सिगरेट नहीं पीते, तो तुम अनुभव करते हो कि कुछ चूक रहा है। तुम निरंतर अनुभव करते हो कि कुछ किया जाना चाहिए; तुम बेचैन अनुभव करते हो। और यदि तुम सिगरेट पीते हो, तो कुछ प्राप्त नहीं होता है। आदत की परिभाषा यही है। यदि कुछ प्राप्त होता है तो ठीक; लेकिन कुछ प्राप्त नहीं होता। यह एक आदत हो गयी है। यदि तुम इसे नहीं करते, तो तुम दुखी अनुभव करते हो। यदि तुम इसे करते हो, तो कोई आनन्द नहीं आता इससे।

दोहराओ और ध्यान करो। दोहराओ 'ओम्, ओम्, ओम्' और इस दोहराव से अलग खड़े रहो। 'ओम्, ओम्, ओम्'—यह ध्वनि तुम्हारे चारों ओर है और तुम सचेत हो, ध्यान दे रहे हो, साक्षी बने हुए हो। यह ध्यान करना होता है। ध्वनि को अपने भीतर निर्मित कर लो और फिर भी शिखर पर खड़े द्रष्टा बने रहो। घाटी में, ध्वनि सरक रही है—'ओम्, ओम्, ओम्'—और तुम ऊपर खड़े हो और देख रहे हो साक्षी बने हुए हो। यदि तुम साक्षी नहीं होते, तो तुम सो जाओगे। यह सम्मोहक निद्रा होगी। और पश्चिम में भावातीत ध्यान लोगों को आकर्षित कर रहा है क्योंकि उन्होंने ठीक से सोने की क्षमता गंवा दी है।

भारत में कोई परवाह नहीं करता महर्षि महेश योगी की क्योंकि लोग इतनी गहरी नींद सोये हुए हैं, खर्राटे भर रहे हैं! उन्हें इसकी आवश्यकता नहीं। लेकिन जब कोई देश अमीर हो जाता है और लोग कोई शारीरिक श्रम नहीं कर रहे होते, तो निद्रा विलीन हो जाती है। तब या तो तुम ट्रैंक्विलाइजर ले सकते हो या टी एम! और टी एम, निस्संदेह बेहतर है क्योंकि यह बहुत रासायनिक नहीं होता है। लेकिन फिर भी यह बहुत गहरी सम्मोहक चाल होती है।

सम्मोहन का कुछ निश्चित अवस्थाओं में प्रयोग किया जा सकता है, लेकिन इसे आदत ही नहीं बना लेना चाहिए, क्योंकि अंततः यह तुम्हें सोया हुआ अस्तित्व देगा। तुम ऐसे जीयोगे जैसे हिप्नॉसिस में हो। तुम जादू द्वारा संचालित शव (झोम्बी) की भांति लगोगे। तुम जागरूक और सचेत नहीं होओगे। और ओम् की ध्वनि एक

ऐसी लोरी होती है, क्योंकि यह सम्पूर्ण ध्वनि है। यदि तुम इसे दोहराते जाते हो, तुम इसके द्वारा पूर्णरूपेण मादक हो जाते हो, मदहोश हो जाते हो। और फिर खतरा है, क्योंकि वास्तविक बात है मदहोश न होना। वास्तविक बात है अधिकाधिक जागरूक होना। अतः दो सम्भावनाएं होती हैं इसकी कि कैसे तुम तुम्हारी चिंताओं से अलग हो सकते हो।

मनसविद मन को तीन परतों में बांटते हैं। पहली को वे कहते हैं चेतन, दूसरी को वे कहते हैं उपचेतन और तीसरी को वे कहते हैं अचेतन। चौथी से वे अभी भी परिचित नहीं हुए। पतंजलि इसे कहते हैं परम चैतन्य। यदि तुम ज्यादा सचेत हो जाते हो, तुम चेतन से आगे बढ़ जाते हो और परम चैतन्य तक पहुंच जाते हो। यह होती है एक भगवान की अवस्था—परम चैतन्य, परम जागरूक।

लेकिन यदि तुम मंत्र का जाप करते हो बिना ध्यान किये, तो तुम उपचेतन में जा पड़ते हो। यदि तुम चले जाते हो उपचेतन में तो यह तुम्हें अच्छी नींद देगा, अच्छी तन्दरुस्ती, अच्छा स्वास्थ्य। लेकिन यदि तुम इसी तरह जप जारी रखते हो, तो तुम अचेतन में जा पड़ोगे। तब तुम सम्मोहन-संचालित मूढ़, झोम्बी बन जाओगे, और यह बहुत ही बुरी बात है। यह बात ठीक नहीं होती।

मंत्र का प्रयोग किया जा सकता है सम्मोहन विद्या की भांति। यदि तुम्हारा ऑपरेशन किया जा रहा है अस्पताल में तो यह ठीक है। क्लोरोफार्म लेने की अपेक्षा, सम्मोहित हो जाना अच्छा होता है। यह कम बुराई है। यदि तुम निद्रालु अनुभव नहीं करते, तो यह जप करना बेहतर है ट्रैंक्विलाइजर लेने की अपेक्षा। यह कम खतरनाक होता है, कम हानिकारक होता है। लेकिन यह ध्यान नहीं है।

अतः पतंजलि निरन्तर जोर देते हैं, 'दोहराओ और ध्यान करो ओम् पर।' दोहराओ और अपने चारों तरफ ओम् की ध्वनि निर्मित कर लो लेकिन इसी में खो मत जाना। यह इतनी मीठी ध्वनि होती है, तुम खो सकते हो। सचेत बने रहो। अधिकाधिक जागरूक बने रहो। ध्वनि जितनी ज्यादा गहरे में जाती है, उतने ही और अधिक तुम जाग्रत होते जाते हो। तब ध्वनि तनावहीन कर देती है तुम्हारे स्नायु-तंत्र को, लेकिन तुम्हें नहीं। ध्वनि तुम्हारे शरीर को हलका कर देती है, लेकिन तुम्हें नहीं। ध्वनि तुम्हारे सारे शरीर को और शारीरिक व्यवस्था को निद्रा में भेज देती है, लेकिन तुम्हें नहीं।

तब दोहरी प्रक्रिया शुरू हो जाती है—ध्वनि तुम्हारे शरीर को शान्त अवस्था में गिरा देती है और जागरूकता तुम्हारी मदद करती है परम चेतना की ओर उठने में। शरीर अचेतन की ओर बढ़ता है, बेजान बन जाता है, गहरी निद्रा में होता है, और तुम परम चेतन अस्तित्व हो जाते हो। तब तुम्हारा शरीर तल में पहुंच जाता है और तुम शिखर तक पहुंच जाते हो। तुम्हारा शरीर बन जाता है घाटी और तुम बन जाते हो शिखर। और यही बात है समझने की।

दोहराओ और ध्यान करो। ओम् को दोहराना और ओम् पर ध्यान करना सारी बाधाओं का विलीनीकरण ले आता है और एक नयी चेतना का जागरण होता है।

नवचेतना ही चौथी चेतना है—वह परम चेतना—तुरीय। लेकिन ध्यान रहे, मात्र दोहराना ठीक नहीं।

दोहराना तो बस तुम्हें मदद देता है ध्यान करने में। दोहराव निर्मित करता है विषय को और सबसे अधिक सूक्ष्म विषय होता है ओम् की ध्वनि। और यदि तुम सबसे अधिक सूक्ष्म के प्रति जागरूक हो सकते हो, तो तुम्हारी जागरूकता भी सूक्ष्म हो जाती है।

जब तुम स्थूल वस्तु पर ध्यान देते रहते हो, तुम्हारी जागरूकता स्थूल होती है। जब तुम एक कामवासनायुक्त देह को देखते हो, तो तुम्हारी जागरूकता काम बन जाती है। जब तुम किसी ऐसी चीज को देखते, उस पर ध्यान देते हो जो लोभ की वस्तु होती है तो तुम्हारी जागरूकता लोभ बन जाती है। जो कुछ तुम देखते रहते हो, तुम वही हो जाते हो। निरीक्षण करने वाला निरीक्षित बन जाता है—इसे खयाल में ले लेना।

कृष्णमूर्ति फिर-फिर जोर देते हैं कि निरीक्षक निरीक्षित बन जाता है। जिस पर तुम ध्यान देते हो, तुम वही हो जाते हो। अतः यदि तुम ओम् की ध्वनि पर ध्यान करते हो, वह ध्वनि जो गहनतम ध्वनि है, जो परम संगीत है, जो अनाहत है, वह नाद जो अस्तित्व का ही स्वभाव है, यदि तुम इसके प्रति जागरूक हो जाते हो, तो तुम यही हो जाते हो—तुम परम नाद बन जाते हो। तब दोनों ही, विषय और विषयी मिलते हैं और घुल-मिल जाते हैं और एक हो जाते हैं। यह होती है परम चेतना, जहां विषय और विषयी विलीन हो चुके होते हैं; जहां ज्ञाता और ज्ञेय नहीं रहे। केवल एक बना रहता है, विषयी और विषय किसी सेतु से बंध गये हैं। यह एकात्म्यता योग है।

यह शब्द योग आया है 'युज' धातु से। इसका अर्थ है मिलना, एक साथ जुड़ना। ऐसा घटता है जब विषयी और विषय वस्तु एक साथ आ जुड़ते हैं। अंग्रेजी शब्द 'योक' भी आता है 'युज' से, उसी मूल से जहां से योग आया। जब विषयी और विषय वस्तु साथ जुड़ जाते हैं, एक साथ सी दिये जाते हैं जिससे कि वे फिर अलग नहीं रहते, बंध जाते हैं, अंतराल मिट जाता है। तुम परम चेतना को उपलब्ध होते हो।

यही अर्थ है पतंजलि का जब वे कहते हैं : 'ओम् को दोहराना और ओम् पर ध्यान करना सारी बाधाओं का विलीनीकरण और एक नवचेतना का जागरण लाता है।'

प्रवचन 16

मैं एक नूतन पथ का प्रारंभ हूं

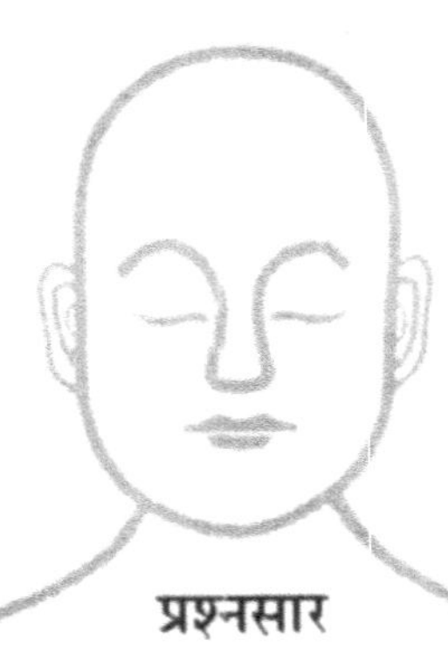

प्रश्नसार

- क्या आप किसी गुरुओं के गुरु द्वारा निर्देश ग्रहण करते हैं ?
- गुरुओं को किसी प्रधान गुरु द्वारा निर्देश पाने की क्या आवश्यकता होती है ?
- हम अपनी मूर्च्छित और अहंकारग्रस्त अवस्था में हमेशा गुरु के संपर्क में नहीं होते लेकिन क्या गुरु हमेशा हमारे संपर्क में होता है ?
- इच्छाओं का दमन किये बगैर उन्हें कैसे काटा जा सकता है ?

क्या आप किसी गुरुओं के गुरु द्वारा निर्देश ग्रहण करते हैं ?

मैं किसी प्राचीन मार्ग पर नहीं हूं, अतः कुछ बातें समझ लेनी हैं। मैं महावीर की भांति नहीं हूं जो चौबीस तीर्थंकरों के लंबे क्रम के अंतिम छोर थे। वे चौबीसवें थे। अतीत में, पिछले तेईस में से प्रत्येक तीर्थंकर गुरुओं का गुरु हो गया था, भगवान हो गया था, उसी मार्ग पर, उसी विधि से उसी जीवन-क्रम से, उसी उपाय से।

प्रथम तीर्थंकर थे ऋषभ और अंतिम थे महावीर। ऋषभ के पास निर्देश लेने को अतीत में कोई न था। मैं महावीर की भांति नहीं, ऋषभ की ही भांति हूं। मैं एक परंपरा का आरंभ हूं, अंत नहीं। बहुत आ रहे होंगे इसी मार्ग पर। इसलिए मैं निर्देशों के लिए किसी की प्रतीक्षा नहीं कर सकता; ऐसा होना संभव नहीं। एक परंपरा जन्मती है और फिर वह परंपरा मर जाती है, बिलकुल ऐसे ही जैसे व्यक्ति जन्म लेते हैं और मर जाते हैं। मैं आरंभ हूं, अंत नहीं। जब कोई श्रृंखला के मध्य में होता है या अंत में होता है, तो वह गुरुओं के मूल गुरु से निर्देश प्राप्त करता है।

मैं किसी मार्ग पर नहीं हूं इसका कारण यह है कि मैंने बहुत सारे गुरुओं के साथ कार्य किया है, लेकिन मैं शिष्य कभी नहीं रहा। मैं एक घुमक्कड़, एक यायावर था। बहुत सारी जिंदगियों में से भ्रमण करता रहा, बहुत परंपराओं को आड़े-तिरछे ढंग से पार करता रहा, बहुत समुदायों के साथ, संप्रदायों के साथ, विधियों के साथ रहा लेकिन किसी के साथ संबंधित कभी नहीं हुआ। मुझे प्रेम सहित स्वीकारा गया, लेकिन मैं हिस्सा कभी न बना। ज्यादा से ज्यादा मैं एक मेहमान था, रात भर ठहरनेवाला! इसीलिए मैंने इतना ज्यादा सीख लिया। तुम एक मार्ग पर इतना ज्यादा नहीं सीख सकते; यह बात असंभव है।

यदि तुम एक मार्ग पर बढ़ते हो, तो तुम उसके बारे में सब कुछ जानते होते हो लेकिन किसी और चीज के बारे में कुछ नहीं जानते। तुम्हारा सारा अस्तित्व इनमें समाविष्ट हो जाता है। मेरा ढंग ऐसा नहीं रहा। मैं एक भौंरे की भांति एक फूल से दूसरे तक जाता रहा हूं, बहुत सुरभियां एकत्रित करता रहा हूं। इसीलिए मैं झेन के साथ एक लय में हूं, मोहम्मद के साथ एक लय में हूं, जीसस के साथ एक लय में हूं, यहूदियों के साथ एक लय में हूं, पतंजलि के साथ एक लय में हूं—भिन्न मार्गों के साथ जो कई बार बिलकुल ही विपरीत होते हैं।

लेकिन मेरे लिए, एक छिपी हुई स्वरसंगति बनी रहती है। इसीलिए वे लोग जो किसी एक मार्ग का अनुसरण

करते हैं, मुझे समझने में असमर्थ हैं। वे एकदम चकरा जाते हैं, हक्के-बक्के रह जाते हैं। वे किसी एक विशिष्ट तर्क को जानते हैं, एक विशिष्ट ढांचे को। यदि बात उनके ढांचे में ठीक बैठती है, तो वह ठीक होती है यदि वह ठीक नहीं बैठती तो वह गलत होती है। उनके पास सीमित-संकुचित कसौटी होती है। मेरे लिए कोई कसौटी अस्तित्व नहीं रखती। क्योंकि मैं बहुत से ढांचों के साथ रहता रहा हूं। मैं कहीं भी निश्चिंत रह सकता हूं। कोई मेरे लिए पराया नहीं है और मैं किसी के लिए अजनबी नहीं। लेकिन यह बात एक समस्या बना देती है। मैं किसी के लिए अजनबी नहीं हूं, लेकिन हर कोई मेरे प्रति अजनबी बन जाता है; ऐसा ही होना होता है।

यदि तुम एक विशिष्ट पंथ से संबंधित नहीं होते तो हर कोई तुम्हारे बारे में यूं सोचता है जैसे कि तुम कोई शत्रु हो। हिंदू मेरे विरुद्ध होंगे, ईसाई मेरे विरुद्ध होंगे, यहूदी मेरे विरुद्ध होंगे, जैन मेरे विरुद्ध होंगे, और मैं किसी के विरुद्ध नहीं। क्योंकि वे अपना ढांचा मुझमें नहीं पा सकते, वे मेरे विरुद्ध हो जायेंगे।

और मैं किसी एक ढांचे की बात नहीं कर रहा, बल्कि मैं ज्यादा गहरे ढांचे के बारे में कह रहा हूं जो सारे ढांचों को पकड़े रखता है। एक ढांचा होता है, दूसरा ढांचा होता है, फिर दूसरा ढांचा—ऐसे लाखों ढांचे हैं। फिर सारे ढांचे किसी छिपी हुई चीज द्वारा पकड़ लिये जाते हैं जो कि ढांचों का मूल ढांचा होती है—जो है छिपी हुई समस्वरता। वे इसे देख नहीं सकते, लेकिन वे गलत भी नहीं हैं। जब तुम एक निश्चित परंपरा के साथ जीते हो, एक निश्चित दर्शन के साथ, चीजों को देखने के एक निश्चित ढंग के साथ, तो तुम उसके साथ समस्वर में होते हो।

एक ढंग से, मैं कभी किसी के साथ मिला हुआ नहीं था; इतना ज्यादा नहीं कि मैं उनके ढांचे का एक हिस्सा बन सकता। एक अर्थ में यह दुर्भाग्य है, लेकिन दूसरे अर्थ में यह बात वरदान साबित हुई। जिन्होंने मेरे साथ कार्य किया उनमें से कईयों ने मुक्ति प्राप्त कर ली मुझसे पहले ही। मेरे लिए यह दुर्भाग्य था। मैं पीछे देर लगाता रहा और देर लगाता रहा, इस कारण कि कभी समग्र रूप से किसी के साथ कार्य नहीं किया, बढ़ता रहा एक जगह से दूसरी जगह।

जिन्होंने आरंभ किया मेरे साथ उनमें से बहुत उपलब्ध हो गये। जिन्होंने मेरे बाद आरंभ किया उनमें से भी कुछ मुझसे पहले ही पा गये। यह दुर्भाग्य था, लेकिन एक दूसरे अर्थ में यह बात वरदान रही क्योंकि मैं हर घर को जानता हूं। हो सकता है मैं किसी घर से संबंधित न होऊं, लेकिन मैं परिचित हूं हर किसी से।

इसलिए मेरे लिए कोई गुरुओं का प्रधान गुरु नहीं। मैं कभी शिष्य न था। गुरुओं के गुरु से निर्देशित होने के लिए, तुम्हें किसी निश्चित गुरु का शिष्य होना होता है। तब तुम निर्देशित किये जा सकते हो। तब तुम जान लेते हो उस भाषा को। अतः मैं किसी के द्वारा निर्देशित नहीं किया जाता हूं बल्कि बहुतों द्वारा मदद पाता हूं। इस भेद को समझ लेना है। मैं निर्देशित नहीं होता। मैं ग्रहण नहीं करता इस प्रकार की आज्ञाएं—'यह करो या कि वह मत करो।' बल्कि मैं बहुतों द्वारा मदद पाता हूं।

शायद जैन यह महसूस न करते हों कि मैं उनसे संबंधित हूं, लेकिन महावीर इसे अनुभव करते हैं। क्योंकि कम से कम वे देख सकते हैं ढांचों के मूल ढांचे को। जीसस के अनुयायी शायद मुझे समझने के योग्य न हों, लेकिन जीसस समझ सकते हैं। तो मैं बहुतों से पाता रहा हूं मदद। इसीलिए बहुत लोग विभिन्न स्रोतों से आ रहे हैं मेरे पास। इस समय तुम खोजियों का ऐसा समूह इस पृथ्वी पर कहीं और नहीं पा सकते। यहूदी हैं, ईसाई हैं,

मुसलमान, हिंदू, जैन, बौद्ध, सभी हैं, संसार भर से आये हुए। और भी बहुत ज्यादा जल्दी ही आते होंगे।

बहुत सारे गुरुओं से मिलने वाली मदद है यह। वे जानते हैं कि मैं उनके शिष्यों के लिए सहायक हो सकता हूं, और वे भेज रहे होंगे और भी बहुतों को। लेकिन निर्देश कोई नहीं, क्योंकि मैंने शिष्य के रूप में किसी गुरु से कोई निर्देश कभी नहीं पाये। अब कोई जरूरत भी नहीं। वे तो बस मदद भेज देते हैं। और वह बेहतर है। मैं ज्यादा स्वतंत्र अनुभव करता हूं। कोई इतना स्वतंत्र नहीं हो सकता जितना कि मैं।

यदि तुम महावीर से निर्देश ग्रहण करते हो, तो तुम इतने स्वतंत्र नहीं हो सकते जितना कि मैं हूं। एक जैन को जैन ही रहना पड़ता है। उसे बौद्धत्व के विरुद्ध, हिंदुत्व के विरुद्ध बोलते जाना होता है। उसे ऐसा करना पड़ता है, क्योंकि बहुत सारे ढांचों और परंपराओं का एक संघर्ष होता है। और परंपराओं को संघर्ष करना होता है यदि वे जीवित रहना चाहती हैं तो। शिष्यों के लिए उन्हें विवादप्रिय होना होता है। उन्हें कहना ही होता है कि वह गलत है, क्योंकि केवल तभी एक शिष्य अनुभव कर सकता है, यह ठीक है। गलत के विरुद्ध, शिष्य अनुभव कर लेता है कि क्या सही है।

मेरे साथ तुम असमंजस में पड़ जाओगे। यदि तुम मात्र यहां हो तुम्हारी बुद्धि के साथ, तो तुम दुविधा भरे हो जाओगे। तुम पागल हो जाओगे क्योंकि इस क्षण मैं कुछ कहता हूं और अगले क्षण मैं इसके विपरीत कह देता हूं। क्योंकि इस क्षण मैं एक परंपरा की बात कर रहा था, और दूसरे क्षण में दूसरे के बारे में कह रहा होता हूं। और कई बार मैं किसी परंपरा के बारे में नहीं कह रहा होता हूं; मैं अपने बारे में कह रहा होता हूं। तब तुम इसे नहीं पा सकते कहीं किसी शास्त्र में।

लेकिन मैं मदद पा लेता हूं। और यह मदद सुंदर होती है क्योंकि इसका अनुसरण करने की मुझसे अपेक्षा नहीं की जाती है। मैं इसके पीछे चलने को बाध्य नहीं हूं। यह मुझ पर है। मदद बिना शर्त दी जाती है। यदि मैं इसे लेने जैसा अनुभव करता हूं तो ले लूंगा इसे; यदि मैं ऐसा अनुभव नहीं करता, तो मैं नहीं लूंगा इसे। किसी के प्रति मेरा कोई आबंध नहीं है।

लेकिन यदि तुम किसी दिन संबोधि को उपलब्ध हो जाते हो, तो तुम निर्देश प्राप्त कर सकते हो। यदि मैं देह में न रहूं, तब तुम मुझसे निर्देश प्राप्त कर सकते हो। ऐसा सदा घटता है पहले व्यक्ति के साथ, जब परंपरा प्रारंभ होती है। यह एक प्रारंभ होता है, एक जन्म। और तुम जन्मने की प्रक्रिया के निकट होते हो। और यह सुंदरतम बात होती है जब कोई चीज जन्म लेती है क्योंकि तब यह सर्वाधिक जीवंत होती है। धीरे-धीरे जैसे कि बच्चा बढ़ता है, तो वह बच्चा मृत्यु के और-और निकट पहुंच रहा होता है। परंपरा सबसे ज्यादा ताजी होती है जब वह जन्मती है। इसका एक अपना ही सौंदर्य होता है जो अतुलनीय होता है, बेजोड़ होता है।

जो लोग ऋषभ को सुनते थे, प्रथम जैन तीर्थंकर को, उनकी गुणवत्ता अलग थी। जब लोगों ने महावीर को सुना, परंपरा हजारों वर्ष पुरानी हो गयी थी। वह तो बस मरने के किनारे पर ही थी। महावीर के साथ ही वह मर गयी।

जब किसी परंपरा में और गुरु उत्पन्न नहीं होते, तब वह मृत हो जाती है। इसका अर्थ होता है कि परंपरा अब और नहीं बढ़ रही। जैनों ने इसे बंद कर दिया। चौबीसवें के बाद वे बोले, 'अब और गुरु नहीं, और तीर्थंकर नहीं।' नानक के साथ होना सुंदर था क्योंकि कुछ नया बाहर आ रहा था गर्भ से—ब्रह्मांड के गर्भ से। यह बच्चे

को पैदा होते देखने जैसा ही था। यह रहस्य है—अज्ञात का ज्ञात में अवतरित होना, अमूर्त का मूर्त रूप में आना। यह ओस कणों के समान ताजा है। जल्दी ही हर चीज ढंक जायेगी धूल से। जल्दी ही, जैसे-जैसे समय गुजरता है, चीजें पुरानी पड़ती चली जायेंगी।

लेकिन सिखों के दसवें गुरु के समय तक, दसवें गुरु तक चीजें मृत हो गयीं। तब उन्होंने श्रृंखला बंद होने की घोषणा की और वे बोले, 'अब और गुरु नहीं। अब धर्मग्रंथ स्वयं ही होगा गुरु।' इसीलिए सिख अपने धर्मग्रंथ को कहते हैं, 'गुरु ग्रंथ।' अब और व्यक्ति वहां नहीं होंगे; अब तो बस मरा हुआ शास्त्र ही गुरु होगा। और जब कोई शास्त्र मृत हो जाता है, तब वह व्यर्थ हो जाता है। न ही केवल व्यर्थ होता है, वह विषैला होता है। किसी मरी हुई चीज को अपने में मत आने दो। यह विष उत्पन्न करेगी; यह तुम्हारी समस्त व्यवस्था को विनष्ट कर देगी।

यहां कुछ नया जन्मा है; यह एक प्रारंभ है। यह ताजा है लेकिन इसीलिए बहुत कठिन भी है इसे समझना। यदि तुम गंगोत्री पर जाते हो गंगा के स्रोत तक, यह इतना छोटा होता है वहां—ताजा होता है निस्संदेह; फिर कभी गंगा इतनी ताजी नहीं होगी क्योंकि जब यह बहती है तो बहुत सारी चीजें एकत्रित कर लेती है, संचित कर लेती है, और-और अधिक गंदी होती जाती है। काशी में यह सबसे अधिक गंदी होती है, लेकिन वहां तुम इसे कहते हो 'पवित्र गंगा' क्योंकि अब यह इतनी बड़ी होती है। यह इतनी अधिक बढ़ती जाती है। अब एक अंधा आदमी भी देख सकता है इसे। गंगोत्री पर, प्रारंभ पर, स्रोत पर तुम्हें बहुत संवेदनशील होने की जरूरत होती है। केवल तभी तुम इसे देख सकते हो, वरना तो यह टपकती बूंदों की क्षीण धारा ही होती है। तुम विश्वास भी नहीं कर सकते कि बूंदों से बनी यह क्षीण धारा गंगा हो जाने वाली है। यह बात अविश्वसनीय होती है।

बिलकुल अभी यह देख पाना कठिन है कि क्या घट रहा है क्योंकि यह बहुत ही छोटी धारा है, बच्चे की भांति ही। लोग चूक गये ऋषभ के साथ, उन प्रथम जैन तीर्थंकर के साथ, लेकिन वे पहचान सकते थे महावीर को—समझे न? पहले के—ऋषभ के प्रति जैनों के मन में कोई बहुत श्रद्धा नहीं है। वस्तुतः वे अपनी सारी श्रद्धांजलि देते हैं महावीर को। तथ्य यह है कि पश्चिमी मन के अनुसार, महावीर प्रवर्तक हैं जैन धर्म के। क्योंकि भारत में महावीर पर इतनी श्रद्धा रखी जाती है, तो कैसे दूसरे अनुभव कर सकते हैं कि कोई और है प्रवर्तक? ऋषभ विस्मृत हो गये हैं, कोई दंतकथा हो गये हैं, भुलाये जा चुके हैं। शायद वे हुए हों, शायद न हुए हों। वे ऐतिहासिक नहीं प्रतीत होते। वे धुंधले अतीत के हैं, और तुम उनके बारे में ज्यादा कुछ जानते नहीं। महावीर ऐतिहासिक हैं और वे हैं गंगा की भांति, बनारस के निकट की गंगा—जो बहुत विस्तृत होती है।

ध्यान रहे कि प्रारंभ छोटा होता है, लेकिन फिर कभी रहस्य इतना गहन न होगा जितना कि शुरू में होता है। प्रारंभ जीवन है और अंत में मृत्यु। महावीर के साथ जैन परंपरा में मृत्यु प्रविष्ट हो जाती है। ऋषभ के साथ जीवन प्रविष्ट होता है, ऊंचे हिमालय से उतर आता है पृथ्वी तक।

मेरे पास कोई नहीं जिसके प्रति मैं उत्तरदायी बनूं, कोई नहीं है जिससे कि निर्देश पाऊं, लेकिन बहुत मदद उपलब्ध है। और यदि इसे तुम इसकी समग्रता में लेते हो, तब यह उससे कहीं बहुत ज्यादा है जो कि कोई एक गुरु बता सकता है। जब मैं पतंजलि के विषय में बोल रहा होता हूं, तो पतंजलि सहायक होते हैं। मैं ठीक उसी तरह बोल सकता हूं जैसे कि वे यहां बोल रहे होते। वस्तुतः, मैं नहीं बोल रहा हूं; ये कोई व्याख्याएं नहीं हैं। यह तो वे स्वयं मेरा उपयोग माध्यम की भांति कर रहे हैं। जब मैं हेराक्लतु के विषय में बोल रहा होता हूं, वे होते हैं

वहां, लेकिन सिर्फ एक मदद के रूप में। यह बात तुम्हें समझ लेनी है, और तुम्हें अधिक संवेदित हो जाना है ताकि तुम प्रारंभ को देख-समझ सको।

जब कोई परंपरा बहुत बड़ी शक्ति बन जाती है तो उसमें बढ़ना कोई ज्यादा सूक्ष्म दृष्टि और संवेदनशीलता की मांग नहीं करता है। उस समय आना कठिन है जब चीजें प्रारंभ हो रही हों, एकदम प्रभातकालीन हों। सांझ होने तक बहुत आ जाते हैं। लेकिन तब वे आते हैं क्योंकि चीज बहुत बड़ी और शक्तिशाली बन चुकी होती है। सुबह में केवल थोड़े-से चुनिंदा लोग आ जाते हैं जिनके पास यह अनुभव करने की संवेदना होती है कि कोई महान चीज उत्पन्न हो रही है। तुम बिलकुल अभी इसे प्रमाणित नहीं कर सकते। समय प्रमाणित करेगा इसे। क्या-क्या जनम ले रहा था इसे प्रमाणित होने में हजारों साल लगेंगे, लेकिन यहां होने में तुम सौभाग्यशाली हो। और अवसर को, सुयोग को खोना मत। क्योंकि यह एक सबसे ज्यादा ताजी बात है और सर्वाधिक रहस्यमय।

यदि तुम इसे अनुभव कर सको, यदि तुम इसे अपने में गहरे उतरने दो, तो बहुत सारी चीजें संभव हो जायेंगी बहुत थोड़े समय में ही। यह अभी प्रतिष्ठा की बात नहीं है मेरे साथ होना; यह कोई प्रतिष्ठापूर्ण नहीं है। वस्तुतः केवल जुआरी मेरे साथ हो सकते हैं जो परवाह नहीं करते और इसकी फिक्र नहीं लेते कि दूसरे क्या कहते हैं। जो लोग दुनिया में सम्मानित हैं वे नहीं आ सकते। कुछ वर्षों पश्चात, जब परंपरा धीरे-धीरे मृत हो जाती है, तो वह प्रतिष्ठित हो जाती है; तब वे आयेंगे—अहंकार के कारण।

तुम यहां अहंकार के कारण नहीं हो; बल्कि मेरे साथ इसलिए हो क्योंकि कम से कम अहंकार के लिए प्राप्त करने को तो कुछ नहीं है। तुम गंवाओगे। ऋषभ के साथ केवल वही व्यक्ति बहे थे जो जीवंत थे और साहसी थे और निर्भीक थे और जीवट थे। महावीर के साथ थे, मृत व्यापारी—जुआरी नहीं। इसलिए जैन लोग व्यापारी समुदाय बन चुके हैं। उनका सारा समाज व्यापारी समाज है, वे और कुछ नहीं करते सिवाय व्यापार के। व्यापार संसार की सबसे कम साहसिक बात है। इसीलिए व्यापारी लोग कायर बन जाते हैं। पहले से ही वे कायर थे; इसीलिए वे व्यापारी बने।

एक किसान ज्यादा साहसी होता है, क्योंकि वह अज्ञात के साथ जीता है। वह नहीं जानता, क्या घटने जा रहा है। बारिश होगी या नहीं होगी, कोई नहीं जानता। और कैसे तुम बादलों पर विश्वास कर सकते हो ? तुम विश्वास कर सकते हो बैंकों पर, लेकिन तुम बादलों पर विश्वास नहीं कर सकते। कोई नहीं जानता, क्या घटित होने जा रहा है; वह अज्ञात पर निर्भर रहता है। लेकिन वह ज्यादा साहसी जीवन जीता है—एक योद्धा की भांति।

महावीर स्वयं एक योद्धा थे। जैनों के चौबीसों तीर्थंकर योद्धा थे। और कैसा दुर्भाग्य घटा, क्या हुआ कि सारे अनुयायी व्यापारी बन गये ? महावीर के साथ वे व्यापारी हो गये क्योंकि वे केवल महावीर के साथ ही आये थे—जब परंपरा ख्याति पा गयी थी, जब पहले से ही उसके पास एक पौराणिक अतीत था उसके बाद आये; जबकि वह पहले से ही एक दंतकथा जैसी बन चुकी थी और उसके साथ होना प्रतिष्ठादायक था।

मृत व्यक्ति केवल तभी आते हैं जब कोई चीज मृत हो जाती है। जीवंत व्यक्ति केवल तब आते हैं जब कोई चीज जीवंत होती है। युवा व्यक्ति ज्यादा आयेंगे मेरे पास। यदि कोई वृद्ध मेरे पास आता भी है तो वह हृदय से युवा ही होता है। ज्यादा उम्र के लोग तलाश करते हैं प्रतिष्ठा की, सम्मान की। वे जायेंगे मुरदा चर्च और मंदिरों की तरफ, जहां कुछ नहीं है सिवाय रिक्तता के और बीते हुए अतीत के। अतीत है क्या ? एक रिक्तता ही तो !

कोई चीज जो जीवंत है वह यहीं और अभी है। और जो चीज जीवंत है उसका भविष्य होता है। भविष्य उसमें से उपजता है। जिस क्षण तुम अतीत की तरफ देखना प्रारंभ करते हो, कोई विकास नहीं हो सकता।

क्या आप किसी गुरुओं के गुरु से निर्देश ग्रहण करते हैं ?

नहीं। फिर भी मैं ग्रहण करता हूं मदद, जो ज्यादा सुंदर है। और मैं रहा हूं एकाकी, एक बिना घर का बंजारा—सीखता, आगे बढ़ता, घूमता कहीं एक स्थान पर न रुकता। अतः मेरे ऊपर कोई नहीं जिससे मैं आदेश पाऊं। यदि मुझे कुछ खोजना होता, तो मुझे स्वयं ही खोजना पड़ता। बहुत मदद मौजूद थी, लेकिन मुझे स्वयं श्रमपूर्वक उसका हल निकालना पड़ता था। और एक तरह से वही बड़ी मदद बन जाने वाली है क्योंकि तब मैं निर्भर नहीं करता किसी नियमावली पर। मैं शिष्यों पर ध्यान देता हूं। कोई नहीं है मेरा गुरु जिस पर मैं निर्भर रहूं। मुझे शिष्य की ओर ज्यादा गहराई से देखना पड़ता है कोई सूत्र पा लेने को। कौन-सी चीज मदद देगी तुम्हें, इसके लिए मुझे तुममें झांकना पड़ता है।

इसीलिए मेरी उपदेशना, मेरी विधियां, हर शिष्य के साथ अलग हैं। मेरे पास कोई सार्वभौमिक, सार्वकालिक फार्मूला नहीं है। मेरे पास हो नहीं सकता। कोई बिना किसी मूलाधार के मुझे ही उत्तर देना पड़ता है। मेरे पास पहले से ही तैयार बना-बनाया कोई अनुशासन नहीं है; बल्कि एक विकसित होने वाली घटना है। प्रत्येक शिष्य इसमें कुछ जोड़ देता है। जब मैं नये शिष्य के साथ कार्य करना शुरू करता हूं, तो मुझे उसमें झांकना पड़ता है, खोजना पड़ता है, पता लगाना होता है कौन-सी चीज उसे मदद देगी, कैसे वह विकसित हो सकता है। और हर बार हर शिष्य के साथ, एक नयी नियमावली उत्पन्न हो जाती है।

तुम सचमुच बड़ी उलझन में पड़ने वाले हो मेरे जाने के बाद—क्योंकि हर शिष्य की ओर से इतनी ज्यादा कहानियां होंगी और तुम कोई ताल-मेल नहीं बना पाओगे, कोई ओर-छोर इसमें से नहीं बना पाओगे। क्योंकि मैं हर व्यक्ति से बोल रहा हूं एक व्यक्ति के रूप में। पद्धति उसके द्वारा ही निर्मित हो रही है। और यह विकसित हो रही है बहुत-बहुत दिशाओं में। यह एक विशाल वृक्ष है। बहुत सारी शाखाएं हैं, जो समस्त दिशाओं में जा रही हैं।

मैं कोई निर्देश गुरुओं द्वारा ग्रहण नहीं करता। मैं निर्देश ग्रहण करता हूं तुमसे ही। जब मैं तुममें झांकता हूं, तुम्हारे अचेतन में, तुम्हारी गहराई में, मैं वहां से निर्देश पाता हूं और मैं इसे कार्यान्वित करता हूं तुम्हारे लिए। यह सदा ही नया उत्तर होता है।

गुरुओं को किसी प्रधान गुरु द्वारा निर्देश पाने की आवश्यकता क्यों होती है ? जब वे संबोधि प्राप्त कर लेते हैं तो क्या वे स्वयं में काफी नहीं होते ? क्या सम्बोधि की भी अवस्थाएं होती हैं ?

नहीं, वस्तुतः अवस्थाएं नहीं होतीं, लेकिन जब गुरु देह में होता है, और जब गुरु देह छोड़ देता है और देहविहीन हो जाता है, तो इन दो बातों में भेद होता है—लेकिन ये वास्तव में अवस्थाएं नहीं हैं। यह तो ऐसा है जैसे तुम वृक्ष

के नीचे सड़क के किनारे खड़े हुए हो—तो तुम देख सकते हो सड़क का एक टुकड़ा, लेकिन तुम उस टुकड़े के पार नहीं देख सकते। फिर तुम वृक्ष पर चढ़ते हो। तुम वही रहते हो, तुममें या तुम्हारी चेतना में कुछ नहीं घट रहा। लेकिन तुम चढ़े हो वृक्ष पर, और वृक्ष से तुम अब मीलों तक इस ओर से देख सकते हो और मीलों तक उस ओर से देख सकते हो।

फिर तुम हवाई जहाज में उड़ान भरते हो। कुछ नहीं घटा है, तुममें; तुम्हारी चेतना वैसी ही बनी रहती है। लेकिन अब तुम हजारों मील तक देख सकते हो। देह में तुम सड़क पर हो—सड़क के किनारे होने जैसे हो—देह से सीमित। देह अस्तित्व का निम्नतम बिन्दु है क्योंकि इसका अर्थ होता है पदार्थ के साथ ही प्रतिबद्ध होना। शरीर और पदार्थ है सबसे नीचे का बिन्दु और परमात्मा है उच्चतम बिन्दु।

जब कोई गुरु देह में रहते हुए सम्बोधि को उपलब्ध होता है, तो देह को परिपूर्ति करनी होती है अपने कर्मों की, पिछले संस्कारों की। हर खाता बन्द करना पड़ता है, केवल तभी देह को छोड़ा जा सकता है। यह इस प्रकार होता है—तुम्हारा हवाई जहाज आ पहुंचा है, लेकिन तुम्हारे पास बहुत सारे काम पड़े हैं समाप्त करने को। सारे लेनदार वहां मौजूद हैं, और तुम्हारे चले जाने से पहले वे खाता बन्द करने की मांग कर रहे हैं। और लेनदार बहुत हैं, क्योंकि बहुत जन्मों से तुम वचन दे रहे हो, कई चीजें कर रहे हो—कर्म कर रहे हो और व्यवहार कर रहे हो—कई बार अच्छा, कई बार बुरा; कई बार पापी की भांति और कई बार संत की भांति। तुमने बहुत कुछ एकत्रित कर लिया है। इससे पहले कि तुम चले जाओ, सारा अस्तित्व मांग करता है कि तुम हर चीज सम्पूर्ण कर दो।

जब तुम सम्बोधि प्राप्त कर लेते हो तो तुम जानते हो कि तुम देह नहीं हो, लेकिन तुम देह के और भौतिक संसार की बहुत चीजों के ऋणी होते हो। समय की आवश्यकता होती है। बुद्ध सम्बोधि को उपलब्ध होने के पश्चात चालीस वर्ष तक जीवित रहे, महावीर भी लगभग चालीस वर्ष ही जीवित रहे, चुकाने को ही—वह हर चीज चुका देने को जिसके वह देनदार होते थे; वह हर चक्र पूरा कर देने को जो उन्होंने शुरू किया था। कोई नया कर्म नहीं है, लेकिन पुरानी लटकने वाली चीजें समाप्त करनी ही होती है; पुराना मंडराता हुआ प्रभाव समाप्त करना ही पड़ता है। जब सारे खाते बन्द हो जाते हैं, तो अब तुम तुम्हारे हवाई जहाज पर चढ़ सकते हो।

अब तक पदार्थ सहित, तुम क्षैतिजिक गति से बढ़ रहे थे—बैलगाड़ी में ही थे जैसे। अब तुम ऊर्ध्व गति से बढ़ सकते हो। अब तुम ऊपर की ओर जा सकते हो। इसके पहले, तुम हमेशा आगे जा रहे थे या पीछे ज़ा रहे थे; कोई ऊर्ध्व गति नहीं थी। परमात्मा या गुरुओं का गुरु वह उच्चतम बिन्दु है जहां से बोध समग्र होता है। चेतना वही है; कुछ नहीं बदला है। सम्बोधि को उपलब्ध हुए व्यक्ति की वही चेतना है जैसे कि परम अवस्था की चेतना की होती है—जैसे कि एक भगवान की होती है। चेतना का कोई भेद नहीं लेकिन बोध, बोध का क्षेत्र, वह भिन्न होता है। अब वह चारों ओर देख सकता है।

बुद्ध और महावीर के समय में एक बड़ा विवाद हुआ था, इस प्रश्न के लिए; इस बिन्दु पर उसे समझ लेना उपयोगी होगा। एक विवाद हुआ था—महावीर के अनुयायी कहा करते थे कि महावीर सर्वशक्तिमान हैं, सर्वज्ञ हैं, सर्वव्यापी हैं, सब कुछ जानते हैं। एक तरह से वे सही हैं। क्योंकि एक बार तुम पदार्थ और देह से मुक्त हो जाते हो तो तुम भगवान हो जाते हो। लेकिन एक तरह से वे गलत थे, क्योंकि देह से तो तुम शायद मुक्त हो सकते

हो, लेकिन तुमने अभी भी इसे छोड़ा नहीं है। तादात्म्य टूट चुका है; तुम जानते हो कि तुम देह नहीं हो। पर फिर भी तुम हो तो उसी में।

यह ऐसा है जैसे कि तुम किसी घर में रहते हो; फिर अचानक तुम जान जाते हो कि यह जो घर है, तुम्हारा नहीं है। यह किसी और का घर है और तुम तो बस इसमें रह रहे थे। लेकिन फिर भी, घर छोड़ने के लिए तुम्हें व्यवस्थाएं तो करनी पड़ेंगी, तुम्हें कुछ चीजें हटानी पड़ेंगी। और इसमें समय लगेगा। तुम जानते हो यह घर तुम्हारा नहीं, इसलिए तुम्हारा भाव बदल गया है। अब तुम्हें इस घर की चिन्ता नहीं, इसकी चिन्ता नहीं कि इसका क्या होगा। यदि अगले दिन यह गिर जाता है और खण्डहर हो जाता है, तो तुम्हें इससे कुछ नहीं होता। यदि अगले दिन तुम्हें इसे छोड़ना है और आग लग जाती है, तो इससे तुम्हें कुछ नहीं होता। यह किसी और का है। कुछ देर पहले ही तुम्हारा घर के साथ तादात्म्य बना हुआ था; वह तुम्हारा घर था। यदि आग लगती, यदि मकान गिर जाता, तुम चिंतित हो जाते। अब वह तादात्म्य टूट गया है।

एक अर्थ में महावीर के अनुयायी सही हैं, क्योंकि जब तुम स्वयं को जान लेते हो, तो तुम सर्वज्ञ बन चुके होते हो। लेकिन बुद्ध के अनुयायी कहा करते थे कि यह बात सही नहीं है। बुद्ध जान सकते हैं यदि वे चाहते ही हों कुछ जानना, लेकिन तो भी वे सर्वज्ञ नहीं हैं। वे कहा करते थे कि यदि बुद्ध चाहें, वे अपना ध्यान किसी भी दिशा में केन्द्रित कर सकते हैं। और जहां कहीं वे अपना ध्यान केन्द्रित करते हैं, वे जानने में सक्षम होंगे। वे सर्वत्रता पाने में सक्षम हैं, लेकिन वे सर्वज्ञ नहीं हैं। भेद सूक्ष्म है, नाजुक है, मगर सुन्दर है। वे कहते थे कि यदि बुद्ध हर बात और सारी चीजें निरंतर रूप से जानते, तो वे पगला ही जाते। यह शरीर इतना ज्यादा बरदाश्त नहीं कर सकता है।

वे भी ठीक हैं। देहधारी बुद्ध कोई भी चीज जान सकता है यदि वह उसे जानना चाहे तो। उनका चैतन्य देह के कारण एक टॉर्च की भांति होता है। तुम टॉर्च लेकर अंधेरे में जाते हो, तुम कुछ भी जान सकते हो यदि उसे कहीं तुम फोकस कर दो, केन्द्रीभूत कर दो; प्रकाश तुम्हारे साथ है। लेकिन एक टॉर्च टॉर्च ही है, वह कोई ज्योति नहीं है। ज्योति तमाम दिशाओं में प्रकाश पहुंचायेगी, टॉर्च एक विशिष्ट दिशा में केन्द्रित होती है—जहां कहीं तुम चाहो वहीं। एक टॉर्च का कोई चुनाव नहीं होता। तुम उसे उत्तर की ओर केन्द्रित कर सकते हो, और तब यह उत्तर को उद्‌घाटित कर देगी। तुम इसे दक्षिण की ओर केन्द्रित कर सकते हो, और तब यह दक्षिण को उद्‌घाटित कर देगी। लेकिन चारों की चारों दिशाएं एक साथ उद्‌घाटित नहीं होती हैं। यदि तुम टॉर्च को दक्षिण की ओर घुमा दो, तब उत्तर बंद हो जाता है। यह प्रकाश का एक सीमित प्रवाह होता है।

यह बुद्ध के अनुयायियों का दृष्टिकोण था। महावीर के अनुयायी कहा करते थे कि वे टॉर्च की भांति नहीं हैं, वे दीपक की भांति हैं; सारी दिशाएं उद्‌घाटित हो जाती हैं। लेकिन मैं पसन्द करता हूं बुद्ध के अनुयायियों के दृष्टिकोण को। जब देह होती है तो तुम संकुचित हो जाते हो। देह सीमित होती है। तुम टॉर्च की भांति बन जाते हो क्योंकि तुम हाथों से तो देख नहीं सकते, तुम केवल आंखों से देख सकते हो। यदि तुम केवल आंखों से देख सकते हो, तो तुम तुम्हारी पीठ से नहीं देख सकते क्योंकि वहां तुम्हारी कोई आंखें नहीं होती हैं। तुम्हें अपना सिर घुमाना ही पड़ता है।

शरीर के साथ तो हर चीज केन्द्रित हो जाती है और सीमित हो जाती है। चेतना तो अकेन्द्रित होती है और सब

दिशाओं में बह रही होती है। लेकिन यह माध्यम, यह शरीर, सभी दिशाओं में प्रवाहित नहीं हो रहा। यह हमेशा केन्द्रित होता है, अतः तुम्हारी चेतना भी इसकी ओर अधोगामी होकर संकुचित हो जाती है। लेकिन जब देह नहीं बच रहती, जब बुद्ध देह छोड़ चुके होते हैं, तब कोई समस्या नहीं रहती। सारी दिशाएं एक साथ उद्घाटित हो जाती हैं।

यही सारी बातें हैं समझने की। इसीलिए संबोधि को उपलब्ध व्यक्ति भी निर्देशित किया जा सकता है, क्योंकि वह संबोधि को उपलब्ध व्यक्ति अभी तक देह की खूंटी से बंधा है, देह में ही लंगर डाले हुए है, सीमित है देह में ही। और एक देहरहित भगवान अनबंधा होता है, उच्चतम आकाश में तैरता हुआ, प्रवाहित होता हुआ। वहां से वह सारी दिशाओं को देख सकता है। वहां से वह अतीत देख सकता है,-भविष्य देख सकता है, वर्तमान देख सकता है। वहां उसकी दृष्टि साफ होती है, धुंधली नहीं होती। इसीलिए वह मदद कर सकता है।

देह से आयी तुम्हारी दृष्टि, चाहे तुम संबोधि को उपलब्ध हो भी जाओ, धुंधले आवरण से घिरी ही होती है। देह तुम्हारे चारों ओर बनी है। चेतना की स्थिति वैसी ही होती है, चेतना का अंतरतम यथार्थ वही होता है, प्रकाश की गुणवत्ता वही होती है। लेकिन एक प्रकाश देह से बंध जाता है और सीमित-संकुचित हो चुका होता है, और एक प्रकाश है जो किसी चीज से बिलकुल ही नहीं बंधा हुआ होता है। यह मात्र तैरता हुआ प्रकाश होता है। उच्चतम खुले आकाश में मार्ग-निर्देशन संभव होता है।

'गुरुओं को क्यों आवश्यकता होती है किसी प्रधान गुरु के निर्देशन की?' यही है कारण। 'क्या वे स्वयं में काफी नहीं होते, जब वे संबोधि को उपलब्ध हो चुके हों; या संबोधि की भी अवस्थाएं होती हैं ?'

वे बहुत काफी हैं। वे काफी हैं शिष्यों का मार्ग-निर्देशन करने को; वे पर्याप्त हैं शिष्यों की मदद करने को। किसी चीज की जरूरत नहीं है। लेकिन फिर भी वे बंधे होते हैं। और जो अनबंधा होता है वह सदा ही एक अच्छी मदद होता है। तुम नहीं देख सकते सारी दिशाओं में, लेकिन वह देख सकता है।

गुरु भी कार्यवाही कर सकता है और देख सकता है, तो भी यह करना पड़ता है। यही तो कर रहा हूं मैं—कोई निर्देशक ऊपर नहीं; मुझे निर्देश देने को कोई नहीं है; मुझे निरंतर कार्य में बढ़ते रहना पड़ता है। इस और उस दिशा से देख रहा हूं, इस दिशा से और उस दिशा से ध्यान दे रहा हूं। तुम्हारी ओर देख रहा हूं बहुत सारे दृष्टिकोणों से जिससे तुम्हारी समग्रता देखी जा सके। मैं तुम्हारे आर-पार देख सकता हूं, लेकिन मुझे तुम्हारे चारों ओर गतिमान होना पड़ता है। मात्र एक झलक, एक सरसरी दृष्टि मदद न देगी क्योंकि वह झलक देह द्वारा सीमित हो जायेगी। मैं टॉर्च लिये हुए हूं और तुम्हारे चारों ओर घूम कर देख रहा हूं, हर संभव दृष्टिकोण से देख रहा हूं।

एक तरह से यह कठिन है क्योंकि मुझे ज्यादा कार्य करना पड़ता है। एक तरह से यह बहुत सुंदर है कि मुझे ज्यादा कार्य करना पड़ता है और यह कि मुझे प्रत्येक संभव दृष्टिकोण से देखना पड़ता है। मैं बहुत सारी चीजों को जान लेता हूं जिन्हें बने-बनाये तैयार आदेश अपने में नहीं समा सकते हैं। और जब गुरुओं के गुरु, जो पतंजलि की विचारधारा में भगवान हैं—अनुदेश देते हैं, तो वे कोई व्याख्या, कोई स्पष्टीकरण नहीं देते; वे तो मात्र अनुदेश दे देते हैं। वे केवल कह देते हैं, 'यह करो; वह मत करो।'

जो इन अनुदेशों के पीछे चलते हैं, वे ऐसे लगेंगे जैसे कि वे बने-बनाये तैयार हों। ऐसा होगा ही क्योंकि वे कहेंगे, 'ऐसा करो।' उनके पास स्पष्टीकरण नहीं होगा। और बहुत सांकेतिक अनुदेश दिये जाते हैं। स्पष्टीकरण

बहुत कठिन होता है। और उसकी कोई जरूरत भी नहीं होती, क्योंकि जब अनुदेश दिये जाते हैं उच्चतर दृष्टिकोण से तो वे ठीक ही होते हैं। मात्र आज्ञाकारी ही होना होता है।

गुरु आदेशग्राही होता है गुरुओं के गुरु के प्रति, और तुम्हें गुरु के आदेश का पालन करना होता है। आज्ञापालन पीछे चला ही आता है। यह सेना-तंत्र की भांति है; बहुत ज्यादा स्वतंत्रता नहीं होती। ज्यादा की अनुमति नहीं दी जाती। आज्ञा तो आज्ञा है। यदि तुम स्पष्टीकरण की मांग करते हो, तो तुम विद्रोही होते हो और यही है समस्या, बड़ी समस्याओं में से एक है जिसका सामना अब मानवता को करना है। अब मनुष्य आज्ञाकारी नहीं हो सकता उस तरह, जैसे कि अतीत में था। कोई एकदम ही नहीं कह सकता, 'यह मत करो।' स्पष्टीकरण की आवश्यकता होती है। और कोई साधारण स्पष्टीकरण काम न देगा। बड़ी प्रामाणिक स्पष्टता की जरूरत होती है क्योंकि मानवता का मन ही आज्ञाकारी नहीं रहा है। अब विद्रोहात्मकता भीतर ही निर्मित हुई होती है; अब एक बच्चा जन्मजात विद्रोही होता है।

बुद्ध और महावीर के समय में यह समग्ररूपेण विभिन्न बात थी। अब हर एक को सिखाया जाता है व्यक्ति होना, स्वयं अपने बल पर होना, स्वयं में विश्वास करना। आस्था कठिन बात हो गयी है। आज्ञापरायणता संभव नहीं रही। यदि कोई बिना पूछे अनुसरण कर लेता है, तो तुम समझते हो, वह अंधानुयायी है। वह निंदित हो जाता है। तो अब केवल वह गुरु ही जिसके पास सारी व्याख्याएं हैं—जितनी तुम्हें चाहिए उससे ज्यादा, जो तुम्हें पूरी तरह थका सके, तुम्हारी मदद कर सकता है। तुम पूछते चले जाओ—वह दिये जा सकता है उत्तर। एक घड़ी आती है जब तुम पूछने से थक जाते हो, और तुम कहते हो, 'ठीक, मैं अनुसरण करूंगा।'

पहले कभी ऐसा न था। बात सीधी-सरल थी। जब महावीर ने कहा था, 'यह करो', हर एक ने किया था। लेकिन अब यह संभव नहीं क्योंकि आदमी ही इतना अलग हो गया है। आधुनिक मन विद्रोही मन है, और तुम इसे बदल नहीं सकते। विकास क्रम ने इसे इसी तरह का बना दिया है और कुछ गलत नहीं है इसमें। इसीलिए पुराने गुरु मार्ग से अलग पड़ रहे हैं। कोई नहीं सुनता उनकी। तुम जाओ उनके पास। उनके पास आदेश हैं सुंदर आदेश, लेकिन वे कोई व्याख्या देते नहीं हैं, और पहली चीज ही व्याख्या होती है। अनुदेश तो तर्कसरणी के साथ ही पीछे आना चाहिए। पहले सारा स्पष्टीकरण, सारी व्याख्याएं दे दी जानी चाहिए, और तब गुरु कह सकता है, 'इसीलिए यह करना है।'

यह लम्बी प्रक्रिया है, लेकिन ऐसी ही है। कुछ नहीं किया जा सकता। और एक अर्थ में यह सुंदर विकास है, क्योंकि जब तुम मात्र आस्था रखते हो, तो तुम्हारी आस्था में कोई त्वरा नहीं होती, कोई तीव्रता नहीं होती। तुम्हारी आस्था में कोई तीखापन नहीं होता। वह एक मिली-जुली खिचड़ीनुमा चीज होती है—आकारविहीन। किसी रंगरूप का विन्यास नहीं होता; इसमें कोई रंग नहीं होता। यह मात्र धुंधली होती है। लेकिन जब तुम संदेह कर सको, जब तुम तर्क कर सको, और सोच-विचार कर सको और गुरु तुम्हारे सारे तर्कों को, विवादों को और संदेहों को संतुष्ट कर सकता हो, तब उदित होती है आस्था जिसका कि अपना एक सौंदर्य होता है क्योंकि इसे उपलब्ध किया गया है संदेह की पृष्ठभूमि से।

सारे संदेहों के विपरीत इसे उपलब्ध किया है, सारी चुनौतियों के विरुद्ध इसे पाया गया है। यह बात एक संघर्ष बनी रही है। यह कोई सीधी या सस्ती बात नहीं थी; यह मूल्यवान बात बनी रही है। और जब तुम कुछ प्राप्त करते

हो लंबे संघर्ष के बाद, तो उसका एक अपना ही अर्थ होता है। यदि तुम इसे सड़क पर ही पा लेते हो, जब यह वहां पड़ा ही होता है और तुम इसे घर ले जाते हो, तो इसका कोई सौंदर्य नहीं होता। यदि कोहिनूर संसार भर में पड़े होते, तो कौन फिक्र करता उन्हें घर ले जाने की ? यदि कोहिनूर मात्र एक साधारण पत्थर होता कहीं भी पड़ा हुआ, तो कौन करता परवाह ?

पुराने समय में आस्था उन कंकड़-पत्थरों की भांति थी जो सारी पृथ्वी पर पड़े रहते हैं। अब यह होती है एक कोहिनूर। अब इसे होना होता है कोई कीमती उपलब्धि। आदेश काम न देंगे। गुरु को अपने स्पष्टीकरण में, व्याख्या में इतने गहरे जाना होता है कि वह तुम्हें थका देता है। इसलिए मैं तुमसे कभी नहीं कहता कि मत पूछो। वस्तुतः विपरीत है अवस्था। मैं तुमसे कहता हूं पूछो और तुम्हें प्रश्न मिलते नहीं हैं।

मैं तुम्हारे अचेतन से सारे संभव प्रश्न ले जाऊंगा बाहरी तल तक, और मैं उन्हें सुलझा दूंगा। कोई तुमसे न कह पायेगा कि तुम अंधानुगामी हो। और मैं तुम्हें एक भी अनुदेश नहीं दूंगा, तुम्हारे तर्क को, बुद्धि को पूरी तरह संतुष्ट किये बिना—नहीं; क्योंकि वह बात किसी तरह तुम्हें मदद नहीं देने वाली।

निर्देश दिये जाते हैं गुरुओं के गुरु द्वारा, लेकिन वे होते हैं मात्र उद्धृत शब्द—सूत्र : 'यह करो, वह मत करो।' नये युग में यह बात काम न देगी। आदमी अब इतना बुद्धिवादी हो गया है कि चाहे तुम अतर्कमयता ही सिखा रहे हो तो भी तुम्हें इसके बारे में तर्कयुक्त होना होता है। यही कर रहा हूं मैं—तुम्हें सिखा रहा हूं असंगत, अतार्किक, तुम्हें सिखा रहा हूं कुछ गूढ़ बात—और तर्क द्वारा। तुम्हारे तर्क का, बुद्धि का इतना ज्यादा प्रयोग कर लेना है कि तुम स्वयं जागरूक हो जाओ कि यह व्यर्थ है, तो तुम फेंक दो इसे। तुम्हारे तर्क के बारे में तुमसे इतना ज्यादा कहना होता है कि तुम इसके साथ थककर चूर हो जाते हो। तुम गिरा देते हो इसे स्वयं ही; किसी निर्देश द्वारा नहीं।

निर्देश दिये जा सकते हैं, लेकिन तुम चिपक जाओगे। वे काम न देंगे। मैं तुमसे नहीं कहने वाला कि, 'केवल आस्था रखो मुझ पर।' मैं संपूर्ण स्थिति का निर्माण कर रहा हूं जिसमें कि तुम कुछ और कर ही न सको। तुम्हें रखनी ही होगी आस्था। इसमें समय लगेगा। थोड़ा ज्यादा समय; तब चली आयेगी सीधी-सरल आज्ञापरायणता। लेकिन यह मूल्यवान होगी।

हम अपनी मूर्च्छित और अहंकारग्रस्त अवस्था में हमेशा गुरु के संपर्क में नहीं होते लेकिन क्या गुरु हमेशा हमारे साथ संपर्क में होता है ?

हां, क्योंकि गुरु तुम्हारी चारों परतों के साथ संपर्क रखता है। तुम्हारी चेतन परत मात्र एक है चार परतों में से। लेकिन यह तभी संभव है जब तुमने समर्पण कर दिया हो और उसे अपने गुरु के रूप में स्वीकार कर लिया हो, उससे पहले यह संभव नहीं। यदि तुम मात्र एक विद्यार्थी होते हो, सीख रहे होते हो, तब जब तुम संपर्क में होते हो तभी गुरु संपर्क में होता है; जब तुम संपर्क में नहीं होते तब वह भी संपर्क में नहीं होता।

इस घटना को समझ लेना है। तुम्हारे चार मन होते हैं—वह परम मन जो भविष्य की संभावना है जिसके तुम केवल बीज लिये हुए हो। कुछ प्रस्फुटित नहीं हुआ; केवल बीज होते हैं, मात्र क्षमता होती है। फिर होता है चेतन

मन—एक बहुत छोटा टुकड़ा जिसके द्वारा तुम विचार करते हो, सोचते हो, निर्णय करते हो, तर्क करते हो, संदेह करते हो, आस्था करते हो। यह चेतन मन गुरु के साथ संपर्क में होता है जिसे तुमने समर्पण नहीं किया है। तो जब भी यह संपर्क में होता है, गुरु संपर्क में होता है। अगर यह संपर्क में नहीं, तो गुरु संपर्क में नहीं। तुम एक विद्यार्थी हो, और तुमने गुरु को गुरु के रूप में नहीं धारण किया है। तुम अब भी एक शिक्षक के रूप में ही उसके बारे में सोचते हो।

शिक्षक और विद्यार्थी चेतन मन में अस्तित्व रखते हैं। कुछ नहीं किया जा सकता क्योंकि तुम खुले हुए नहीं हो। तुम्हारे दूसरे तीनों द्वार बन्द हैं। परम चेतना मात्र एक बीज होती है। तुम इसके द्वार नहीं खोल सकते।

उपचेतन जरा ही नीचे है चेतन से। वह द्वार खुलना संभव है यदि तुम प्रेम करो। यदि तुम यहां मेरे साथ हो केवल तुम्हारी तर्कणा के कारण, तो तुम्हारा चेतन द्वार खुला हुआ है। जब कभी तुम खोलते हो इसे, तो मैं वहां होता हूं। यदि तुम इसे नहीं खोलते, तो मैं बाहर होता हूं। मैं प्रवेश नहीं कर सकता। चेतन के नीचे ही उपचेतन है। यदि तुम मेरे प्रेम में हो, यदि यह मात्र शिक्षक और विद्यार्थी का संबंध नहीं है बल्कि कुछ ज्यादा आत्मीयता का संबंध है, यदि यह प्रेम-जैसी घटना है, तो उपचेतनीय द्वार खुला होता है। बहुत बार चेतन द्वार तुम्हारे द्वारा बंद हो जायेगा। तुम मेरे विरुद्ध तर्क करोगे; कई बार तुम नकारात्मक हो जाओगे; कई बार तुम मेरे विरुद्ध हो जाओगे। लेकिन वह बात महत्व नहीं रखती। प्रेम का उपचेतनीय द्वार खुला होता है, और मैं सदा रह सकता हूं तुम्हारे संपर्क में।

लेकिन वह भी एक संपूर्ण श्रेष्ठ द्वार नहीं है क्योंकि कई बार तुम मुझसे घृणा कर सकते हो। यदि तुम मुझे घृणा करते हो, तो तुमने वह द्वार भी बंद कर दिया है। प्रेम है वहां, लेकिन वह विपरीत बात घृणा भी वहां है। यह हमेशा होती है प्रेम के साथ। द्वितीय द्वार ज्यादा खुला होगा प्रथम से, क्योंकि पहला तो अपनी मनोदशा इतनी तेजी से बदलता है कि तुम जानते ही नहीं कि क्या घट सकता है। किसी भी क्षण यह बदल सकता है। एक क्षण पहले यह मौजूद था यहां; अगले क्षण यह यहां नहीं होता। क्षणमात्र की घटना होती है।

प्रेम थोड़ी ज्यादा देर बना रहता है। यह भी अपनी भावदशाएं बदलता है, लेकिन इसकी मनोदशाओं की थोड़ी ज्यादा लंबी तरंगें होती हैं। कई बार तुम मुझे घृणा करोगे। तीस दिनों में करीब आठ दिन ऐसे रहते होंगे—कम से कम एक सप्ताह तो होता ही होगा—जिसके दौरान तुम मुझे घृणा करोगे। लेकिन तीन सप्ताह के लिए तो वह द्वार खुला होता है। बुद्धि के साथ एक सप्ताह बहुत लंबा है। यह एक अनंतकाल होता है। बुद्धि के साथ एक क्षण तुम यहां होते हो, दूसरे क्षण तुम विरुद्ध होते हो। पक्ष में होते हो, फिर विरुद्ध, और यही चलता जाता है। यदि दूसरा द्वार खुला होता है और तुम प्रेम में होते हो, चाहे तर्क का द्वार बंद भी हो, तो मैं संपर्क में बना रह सकता हूं।

तीसरा द्वार उपचेतन के नीचे होता है—जो है अचेतन। तर्क प्रथम द्वार खोल देता है—यदि तुम मेरे साथ कायल होने का अनुभव करो। प्रेम द्वितीय द्वार खोल देता है जो पहले से ज्यादा बड़ा होता है। यदि तुम मेरे प्रेम में होते हो—कायल नहीं, बल्कि प्रेम में होते हो, एक घनिष्ठ संबंध अनुभव करते हो, एक समस्वरता, एक स्नेही भाव अनुभव करते हो।

तीसरा द्वार खुलता है समर्पण द्वारा। यदि तुम मेरे द्वारा संन्यस्त हुए हो, यदि तुम संन्यास में छलांग लगा चुके

हो, यदि तुमने छलांग लगा दी है और मुझसे कह दिया है, 'अब—अब तुम होओ मेरे मन। अब तुम थाम लो मेरी बागडोर। अब तुम मेरा मार्ग-निर्देशन करो और मैं पीछे चलूंगा।' ऐसा नहीं है कि तुम इसे हमेशा ही कर पाओगे, लेकिन मात्र यह चेष्टा ही कि तुमने समर्पण किया, तीसरा द्वार खोल देता है।

तीसरा द्वार खुला रहता है। हो सकता है तार्किक रूप से तुम मेरे विरुद्ध होओ। इससे कुछ फर्क नहीं पड़ता; मैं संपर्क में होता हूं। हो सकता है तुम मुझे घृणा करो। इससे कुछ फर्क नहीं पड़ता; मैं संपर्क में होता हूं। क्योंकि तीसरा द्वार सदा खुला रहता है। तुमने समर्पण कर दिया है। और तीसरे द्वार को बंद करना बहुत कठिन होता है, बहुत-बहुत कठिन। खोलना कठिन है, बंद करना भी कठिन है। खोलना कठिन होता है, पर इतना कठिन नहीं जितना कि इसे बंद करना। लेकिन वह भी बंद किया जा सकता है क्योंकि तुमने इसे खोला है। वह भी किया जा सकता है बंद। किसी दिन तुम निर्णय कर सकते हो तुम्हारे समर्पण को लौटा लेने का। या तुम जा सकते हो और स्वयं का समर्पण किसी दूसरे के प्रति कर सकते हो। लेकिन ऐसा कभी नहीं, करीब-करीब कभी नहीं घटता है। क्योंकि इन तीनों द्वारों सहित गुरु चौथे द्वार को खोलने का कार्य कर रहा होता है।

अतः लगभग असंभव संभावना होती है कि तुम तुम्हारा समर्पण वापस लौटा लोगे। इससे पहले कि तुमने इसे लौटा लिया हो, गुरु अवश्य चौथा द्वार खोल चुका होता है, जो तुम्हारे बाहर होता है। तुम इसे खोल नहीं सकते, तुम इसे बंद नहीं कर सकते। जो द्वार तुम खोलते हो, इसके तुम मालिक रहते हो और तुम उसे बंद भी कर सकते हो। लेकिन चौथे को तुमसे कुछ लेना-देना नहीं होता है। वह है परम चेतना। इन तीनों द्वारों को खोलना आवश्यक है। जिससे कि गुरु चौथे द्वार के लिए चाबी गढ़ सके, क्योंकि तुम्हारे पास नहीं है चाबी। अन्यथा तुम स्वयं उसे खोलने के योग्य हो जाते। गुरु को इसे गढ़ना होता है। यह एक जालसाजी, एक फोर्जरी है क्योंकि स्वयं मालिक के पास चाबी नहीं है।

गुरु का सारा प्रयास यही है कि इन तीनों द्वारों से चौथे में प्रवेश करना और चाबी गढ़ना और इसे खोलना, इसके लिए उसे पर्याप्त समय मिले। एक बार यह खुल जाता है, तो तुम नहीं रहते। अब तुम कुछ नहीं कर सकते। तुम तीनों के द्वार बंद कर सकते हो, लेकिन उसके पास चाबी है चौथे की और वह हमेशा संपर्क में है। तब चाहे तुम मर भी जाओ इससे कुछ नहीं होता। यदि तुम पृथ्वी के बिलकुल अंत तक चले जाओ, यदि तुम चांद पर चले जाओ, इससे कोई अंतर नहीं पड़ता; उसके पास चौथे की चाबी है। और वस्तुतः सच्चा गुरु कभी भी चाबी रखता नहीं। वह सिर्फ खोल देता है चौथे को और चाबी फेंक देता है समुद्र में। अतः कोई संभावना नहीं होती इसे चुराने की या कुछ करने की। कुछ नहीं किया जा सकता।

मैंने तुममें से बहुतों के चौथे द्वार की चाबी गढ़ ली और फेंक दी है। अतः स्वयं को नाहक परेशान मत करो; यह व्यर्थ है। अब कुछ नहीं किया जा सकता। एक बार चौथा द्वार खुल जाता है तो कोई समस्या नहीं रहती। सारी समस्याएं इससे पहले की ही होती हैं। ठीक अंतिम क्षण गुरु तैयार कर रहा होता है चाबी क्योंकि चाबी कठिन होती है।

लाखों जन्मों से द्वार बंद रहा है, इसने तमाम तरह की जंग इकट्ठी कर ली है। यह दीवार की भांति लगता है, द्वार की भांति नहीं। ताला कहां है, इसे खोजना कठिन होता है। और हर किसी के पास अलग ताला है। अतः कहीं कोई मास्टर-की, कोई परम कुंजी नहीं है। एक चाबी काम न देगी क्योंकि हर कोई उतना ही अनूठा है जितना

कि तुम्हारे अंगूठे का चिह्न। कोई दूसरा वह चिह्न कहीं नहीं पा सकता—न तो अतीत में, न ही भविष्य में। तुम्हारे अंगूठे का चिह्न तो बस तुम्हारा होगा, एकमेव घटना। यह कभी दोहराई नहीं जाती है।

तुम्हारे अंतर-कोष्ठ का ताला भी तुम्हारे अंगूठे के चिह्न की भांति ही होता है। यह नितांत वैयक्तिक होता है। कोई परम कुंजी मदद नहीं कर सकती। इसीलिए गुरु की जरूरत होती है, क्योंकि परम कुंजी खरीदी नहीं जा सकती है। वरना एक बार चाबी तैयार हो जाये, तो हर किसी का द्वार खोला जा सकता है। नहीं, प्रत्येक व्यक्ति के पास अलग ढंग का द्वार है, अलग प्रकार का ताला है। उस ताले के बंद होने, खुलने का अपना ढंग होता है। गुरु को ध्यान देना है और खोजना है और चाबी गढ़नी है—कोई विशिष्ट चाबी।

एक बार तुम्हारा चौथा द्वार खुल जाता है, तब गुरु सतत तुम्हारे साथ गहन संपर्क में होता है। तुम चाहे उसे बिलकुल ही भूल जाओ; इससे कोई अंतर नहीं पड़ता है। तुम उसे याद न करो, इससे कुछ फर्क नहीं पड़ता। गुरु देह छोड़ दे, इससे कुछ फर्क नहीं पड़ता। जहां कहीं वह हो, जहां कहीं तुम हो, द्वार खुला ही होता है। और यह द्वार समय-स्थान के पार रहता है। इसीलिए यह परम मन है, यह परम चेतन है।

'हम अपनी मूर्च्छित और अहंकारी अवस्था में, सदा ही गुरु के संपर्क में नहीं होते, लेकिन गुरु क्या सदा हमारे संपर्क में होता है ?'—हां, लेकिन सिर्फ तभी, जब चौथा द्वार खुला हो। अन्यथा तीसरे द्वार पर, वह कुछ अंश तक संपर्क में होता है। दूसरे द्वार पर करीब आधे समय वह संपर्क में होता है। पहले द्वार पर, वह केवल क्षणमात्र संपर्क में होता है।

अतः मुझे तुम्हारा चौथा द्वार खोलने दो। और चौथा द्वार एक निश्चित घड़ी में ही खुलता है। वह घड़ी आती है जब तुम्हारे तीनों द्वार ही खुले हों। यदि एक भी द्वार बंद हो, तो चौथा द्वार नहीं खुल सकता है। यह एक गणित भरी पहेली है। और ऐसी अवस्था की जरूरत होती है—कि तुम्हारा पहला—वह चेतन द्वार खुला रहना चाहिए। फिर तुम्हारा दूसरा द्वार खुला होना चाहिए—तुम्हारा उपचेतन, तुम्हारा प्रेम। यदि तुमने समर्पण कर दिया है, यदि तुमने दीक्षा में कदम रख लिया है, तब तुम्हारा तीसरा, अचेतन द्वार खुला होता है।

जब तीनों द्वार खुले होते हैं, जब तीनों के तीनों द्वार खुले होते हैं तो एक निश्चित घड़ी में चौथा द्वार खोला जा सकता है। तो ऐसा घटता है कि जब तुम जागे हुए होते हो, चौथा द्वार कठिन है खोलना। जब तुम सोये हुए होते हो, केवल तभी। अतः मेरा वास्तविक कार्य दिन में नहीं होता। यह रात्रि में होता है जब तुम गहरी नींद में खर्राटे भर रहे होते हो, क्योंकि तब तुम कोई मुश्किल नहीं खड़ी करते। तुम गहरी नींद में सोये होते हो, इसीलिए तुम उल्टे तर्क नहीं करते। तुम तर्क करने की बात भूल चुके होते हो।

गहरी नींद में तुम्हारा हृदय ठीक कार्य करता है। तुम इस समय ज्यादा प्रेममय होते हो उसकी अपेक्षा, जिस समय कि तुम जागे हुए हो। क्योंकि जब तुम जागे हुए होते हो, बहुत सारे भय तुम्हें घेर लेते हैं। और भय के कारण ही प्रेम संभव नहीं हो पाता। जब तुम गहरी नींद में सोये हुए होते हो, भय तिरोहित हो जाते हैं, प्रेम खिलता है। प्रेम एक रात्रि-पुष्प है। तुमने देखा होगा रात की रानी को—वह फूल जो रात्रि में खिलता है। प्रेम रात की रानी है। यह रात में खिलता है—तुम्हारे कारण ही; और कोई दूसरा कारण नहीं। यह खिल सकता है दिन में, लेकिन तब तुम्हें स्वयं को बदलना होता है। इससे पहले कि प्रेम दिन में खिल सके, भारी परिवर्तन की आवश्यकता होती है।

इसीलिए तुम देख सकते हो कि जब लोग नशे की मस्ती में होते हैं तो वे ज्यादा प्रेममय होते हैं। चले जाओ किसी मधुशाला में जहां लोगों ने बहुत ज्यादा पी रखी हो; वे लगभग सदा ही प्रेममय होते हैं। देखना दो शराबियों को सड़क पर चलते हुए एक-दूसरे के कंधों पर झूलते हुए––इतने प्रेममय—जैसे कि एक हों। वे सोये हुए हैं।

जब तुम भयभीत नहीं होते, तब प्रेम खिलता है। भय है विष। और जब तुम नींद में गहरे उतरे होते हो तो तुम पहले से ही समर्पित हो ही, क्योंकि निद्रा है ही समर्पण। और यदि तुमने गुरु को समर्पण कर दिया है, तो वह तुम्हारी निद्रा में प्रवेश कर सकता है। तुम सुन भी न पाओगे उसकी पगध्वनि। वह चुपचाप प्रवेश कर सकता है और कार्य कर सकता है। यह एक कूट-रचना, एक फोर्जरी है, बिलकुल वैसी है जैसे कि चोर उस समय रात में प्रवेश करे, जबकि तुम सोये होते हो। गुरु एक चोर है। जब तुम गहरी निद्रा में होते हो और तुम नहीं जानते कि क्या घट रहा है, वह प्रवेश करता है तुममें, और चौथा द्वार खोल देता है।

एक बार चौथा द्वार खुल जाता है, तो कोई समस्या नहीं रहती। हर कोशिश और हर मुसीबत जो तुम बना सकते हो, तुम उसे निर्मित कर सकते हो केवल चौथे के खुलने से पहले ही। वह चौथा द्वार ना-वापसी है। एक बार चौथा खुल जाता है, तो गुरु चौबीसों घंटे तुम्हारे साथ रह सकता है। तब कोई मुश्किल नहीं है।

कोई इच्छाओं को दबाये बिना उन्हें कैसे काट सकता है ?

इच्छाएं सपने हैं, वे वास्तविकताएं नहीं हैं। तुम उन्हें परिपूर्ण नहीं कर सकते और तुम उन्हें दबा नहीं सकते, क्योंकि तुम्हारे किसी निश्चित चीज को परिपूर्ण करने के लिए उसके वास्तविक होने की जरूरत होती है। तुम्हारे किसी निश्चित चीज को दबाने के लिए भी उसके वास्तविक होने की आवश्यकता होती है। आवश्यकताएं परिपूर्ण की जा सकती हैं और आवश्यकताएं दबायी जा सकती हैं। इच्छाएं न तो परिपूर्ण की जा सकती हैं और न ही ये दबायी जा सकती हैं। इसे समझने की कोशिश करना क्योंकि यह बात बहुत जटिल होती है।

इच्छा एक सपना है। यदि तुम इसे समझ लो, तो यह तिरोहित हो जाती है। इसका दमन करने की कोई जरूरत नहीं होगी। इच्छा का दमन करने की क्या जरूरत है ? तुम बहुत प्रसिद्ध होना चाहते हो—यह एक सपना है, इच्छा है, क्योंकि शरीर को परवाह नहीं रहती प्रसिद्ध होने की। वस्तुतः शरीर बहुत ज्यादा दुख उठाता है जब तुम प्रसिद्ध हो जाते हो। तुम्हें पता नहीं शरीर किस तरह दुख पाता है जब तुम प्रसिद्ध हो जाते हो। तब कहीं कोई शांति नहीं। तब निरंतर दूसरों द्वारा तुम परेशान किये जाते हो, पीड़ित किये जाते हो क्योंकि इतने प्रसिद्ध हो तुम।

वोल्तेयर ने कहीं लिखा है, जब मैं प्रसिद्ध नहीं था, तो मैं हर रात ईश्वर से प्रार्थना किया करता था कि 'मुझे प्रसिद्ध बना दो। मैं ना-कुछ हूं, अतः मुझे 'कुछ' बना दो। और फिर मैं प्रसिद्ध हो गया। फिर मैंने प्रार्थना करनी शुरू कर दी, बस, बहुत हो गया। अब मुझे फिर से ना-कुछ बना दो क्योंकि इससे पहले, जब मैं पेरिस की सड़कों पर जाया करता था, कोई मेरी ओर नहीं देखता और मुझे इतना बुरा लगता था। कोई मेरी ओर जरा भी ध्यान नहीं देता था, जैसे कि मैं बिलकुल कोई अस्तित्व नहीं रखता था। मैं रेस्तराओं में घूमता-फिरता रहता और बाहर चला आता। कोई नहीं, बैरे तक मेरी ओर ध्यान नहीं देते थे।'

फिर राजाओं की तो बात ही क्या ? उन्हें पता ही नहीं था कि वोल्तेयर विद्यमान था। 'फिर मैं प्रसिद्ध हो गया'

लिखता है वह, 'तब सड़कों पर घूमना कठिन हो गया था क्योंकि लोग इकट्ठे हो जाते। कहीं भी जाना कठिन था। कठिन था रेस्तरां में जाना, और आराम से खाना खा लेना। भीड़ इकट्ठी हो जाती।'

एक घड़ी आयी जब उसके लिए घर से बाहर निकलना लगभग असंभव हो गया क्योंकि उन दिनों पेरिस में, फ्रांस में एक अंधविश्वास चलता था कि यदि तुम किसी बहुत प्रसिद्ध व्यक्ति के कपड़े का टुकड़ा ले सको और उसका लॉकेट बना लो, तो यह अच्छी किस्मत होती थी। तो जहां-कहीं से वह चला जाता, वह लौटता वस्त्रविहीन होकर क्योंकि लोग उसके कपड़े फाड़ देते! और वे उसके शरीर को भी हानि पहुंचा देते। जब वह कहीं जाता या किसी दूसरे शहर से वापस लौटता पेरिस, पुलिस की जरूरत पड़ती उसे घर वापस लाने को।

अतः वह प्रार्थना किया करता था, 'मैं गलत था। बस मुझे फिर से ना-कुछ बना दो, क्योंकि मैं जा नहीं सकता और नदी को देख नहीं सकता। मैं बाहर नहीं जा सकता और सूर्योदय नहीं देख सकता। मैं पहाड़ों पर नहीं जा सकता; मैं घूम-फिर नहीं सकता। मैं एक कैदी बन गया हूं।'

जो प्रसिद्ध हैं वे हमेशा कैदी ही होते हैं। शरीर को जरूरत नहीं है प्रसिद्ध होने की। शरीर इतनी पूरी तरह से ठीक है, उसे इस प्रकार की किन्हीं निरर्थक चीजों की जरूरत नहीं होती है। उसे भोजन जैसी सीधी-सादी चीजों की आवश्यकता होती है। उसे जरूरत होती है पीने के पानी की। इसे मकान की जरूरत होती है जब बाहर बहुत ज्यादा गरमी होती है। इसकी जरूरतें बहुत, बहुत सीधी होती हैं।

संसार पागल है इच्छाओं के कारण ही, आवश्यकताओं के कारण नहीं। और लोग पागल हो जाते हैं। वे अपनी आवश्यकताएं काटते चले जाते हैं, और अपनी इच्छाएं उपजाये और बढ़ाये चले जाते हैं। ऐसे लोग हैं जो हर दिन का, एक समय का भोजन छोड़ देना पसंद करेंगे, पर वे अपना अखबार नहीं छोड़ सकते। सिनेमा देखने जाना नहीं बंद कर सकते; वे सिगरेट पीना नहीं छोड़ सकते। वे किसी तरह भोजन छोड़ देते हैं। उनकी आवश्यकताएं गिरायी जा सकती हैं, उनकी इच्छाएं नहीं। उनका मन तानाशाह बन चुका है।

शरीर हमेशा सुंदर होता है—इसे ध्यान में रखना। यह आधारभूत नियमों में एक है जिसे मैं तुम्हें देता हूं—वह नियम जो बेशर्त रूप से सत्य है, परम रूप से सत्य है, निरपेक्ष रूप से सत्य है—शरीर तो हमेशा सुंदर होता है, मन है असुंदर। वह शरीर नहीं है जिसे कि बदलना है। इसमें बदलने को कुछ नहीं है। यह तो मन है, जिसे बदलना है। और मन का अर्थ है इच्छाएं। शरीर आवश्यकता की मांग रखता है, लेकिन शारीरिक आवश्यकताएं वास्तविक आवश्यकताएं होती हैं।

यदि तुम जीना चाहते हो, तो तुम्हें भोजन चाहिए। प्रसिद्धि की जरूरत नहीं होती है जीने के लिए, इज्जत की जरूरत नहीं है जीवित रहने के लिए। तुम्हें जरूरत नहीं होती बहुत बड़ा आदमी होने की या कोई बड़ा चित्रकार होने की—प्रसिद्ध होने की, जो सारे संसार में जाना जाता है। जीने के लिए तुम्हें नोबेल पुरस्कार विजेता होने की जरूरत नहीं है, क्योंकि नोबेल पुरस्कार शरीर की किसी जरूरत की परिपूर्ति नहीं करता है।

यदि तुम आवश्यकताओं को गिराना चाहते हो, तो तुम्हें उनका दमन करना होगा—क्योंकि वे वास्तविक होती हैं। यदि तुम उपवास करते हो, तो तुम्हें भूख का दमन करना पड़ता है। तब दमन होता है। और हर दमन गलत है क्योंकि दमन एक भीतरी लड़ाई है। तुम शरीर को मारना चाहते हो, और शरीर तुम्हारा लंगर होता है, तुम्हारा जहाज जो तुम्हें दूसरे किनारे तक ले जायेगा। शरीर खजाना सम्हाले रखता है, तुम्हारे भीतर ईश्वर के बीज को

सुरक्षित रखता है। भोजन की आवश्यकता होती है उस संरक्षण के लिए, पानी की आवश्यकता होती है, मकान की आवश्यकता होती है, आराम की आवश्यकता होती है—शरीर के लिए। मन को किसी आराम की जरूरत नहीं होती है।

जरा आधुनिक फर्नीचर को देखो; यह बिलकुल आरामदेह नहीं होता। लेकिन मन कहता है, 'यह आधुनिक है और तुम यह क्या कर रहे हो, पुरानी कुर्सी पर बैठे हो ? जमाना बदल गया है और नया फर्नीचर आ गया है।' आधुनिक फर्नीचर सचमुच ही भयंकर (वीयर्ड) होता है। तुम उस पर बैठे बेचैनी महसूस करते हो; तुम बहुत देर उस पर नहीं बैठ सकते। पर फिर भी यह आधुनिक तो होता है। मन कहता है आधुनिक को तो वहां होना ही चाहिए क्योंकि कैसे तुम पुराने हो सकते हो ? आधुनिक होना है !

आधुनिक पोशाकें असुविधा भरी होती हैं, लेकिन तो भी वे आधुनिक हैं, और मन कहता है कि तुम्हें तो फैशन के साथ ही चलना है। और आदमी बहुत सारी भद्दी चीजें कर चुका है फैशन के ही कारण। शरीर कुछ नहीं चाहता; ये मन की मांगें हैं और तुम उन्हें पूरा नहीं कर सकते—कभी नहीं, क्योंकि वे अवास्तविक होती हैं। केवल अवास्तविकता ही परिपूर्ण नहीं की जा सकती। कैसे तुम अवास्तविक आवश्यकता को परिपूर्ण कर सकते हो जो कि वस्तुतः वहां हो ही नहीं ?

प्रसिद्धि की क्या आवश्यकता है ? जरा ध्यान करना इस बात पर। आंखें बंद करो और देखो। शरीर में इसकी आवश्यकता कहां पड़ती है ? यदि तुम प्रसिद्ध हो तो क्या तुम ज्यादा स्वस्थ हो जाओगे ? क्या तुम ज्यादा शांतिपूर्ण, ज्यादा मौन हो जाओगे, यदि प्रसिद्ध हो जाओ तो ? क्या मिलेगा तुम्हें इस बात से ?

सदा शरीर को बनाना कसौटी। जब कभी मन कुछ कहे, शरीर से पूछ लेना, 'क्या कहते हो तुम ?' और यदि शरीर कहे, 'यह मूढ़ता है', तो उस बात को छोड़ देना। और इसमें दमन जैसा कुछ नहीं है क्योंकि यह एक अवास्तविक बात है। कैसे तुम अवास्तविक बात का दमन कर सकते हो ?

सुबह तुम बिस्तर से उठते हो और तुम याद करते हो कोई सपना। क्या तुम्हें इसका दमन करना होता है या कि तुम्हें इसे परिपूर्ण करना होता है ? उस सपने में तुमने देखा कि सारे संसार के सम्राट हो गये हो। अब क्या करोगे ? क्या तुम्हें इसे एक यथार्थ बना देने की कोशिश करनी होगी ? वरना प्रश्न उठता है, यदि हम कोशिश नहीं करते, तो यह दमन हो जाता है। लेकिन सपना तो सपना होता है। कैसे तुम सपने का दमन कर सकते हो ? सपना तो स्वयं ही तिरोहित हो जाता है। तुम्हें तो केवल सजग रहना है। तुम्हें केवल जानना है कि यह एक सपना था। जब सपना एक सपना हो और उसी रूप में जाना जाता हो, तो यह तिरोहित हो जाता है।

खोजने का प्रयत्न करो कि इच्छा क्या होती है और आवश्यकता क्या होती है। आवश्यकता देहोन्मुखी है, इच्छा की अवस्थिति देह में नहीं होती है। इसकी कोई जड़ें नहीं होतीं। यह मन में तैरता विचार-मात्र है। और लगभग हमेशा ही तुम्हारी शारीरिक आवश्यकताएं तुम्हारे शरीर से आती हैं और तुम्हारी मानसिक आवश्यकताएं दूसरों से आती हैं। कोई एक सुंदर कार खरीदता है। किसी दूसरे ने एक सुंदर कार खरीद ली है, एक इंपोर्टेड कार, और अब तुम्हारी मानसिक आवश्यकता उठ खड़ी होती है। कैसे तुम इसे बरदाश्त कर सकते हो ?

मुल्ला नसरुद्दीन कार चला रहा था और मैं उसके साथ बैठा हुआ था। बहुत गर्मी का दिन था वह। जिस घड़ी वह पड़ोस में दाखिल हुआ, उसने तुरंत कार की सारी खिड़कियां बंद कर दीं। मैंने कहा, 'क्या कर रहे हो ?'

वह बोला, 'आपका मतलब क्या है ? क्या मैं अपने पड़ोसियों को पता चलने दूं कि मेरे पास एअरकंडीशंड कार नहीं है ?'

वह पसीने से तरबतर था, और मैं भी उसके साथ-साथ पसीना बहा रहा था। भट्टी की भांति थी जगह, एकदम गर्म, लेकिन फिर भी पड़ोसियों को यह कैसे जानने दिया जाये कि तुम्हारे पास एअर-कंडीशंड कार नहीं है ? यह होती है मन की जरूरत। शरीर तो कहता है. 'गिरा दो इसे। क्या तुम पागल हुए हो ?' इसे पसीना आ रहा है, यह कह रहा है, 'नहीं। शरीर की सुनो; मत सुनो मन की।' मन की जरूरतें दूसरों द्वारा निर्मित होती हैं जो कि तुम्हारे चारों ओर होते हैं। वे मूर्ख हैं, मूढ़ हैं, जड़बुद्धि हैं।

शरीर की आवश्यकताएं सुंदर होती हैं, सीधी-सरल। शरीर की जरूरतें पूरी करना, उनका दमन मत करना। यदि तुम उनका दमन करते हो, तो तुम अधिकाधिक रुग्ण और अस्वस्थ हो जाओगे। एक बार तुम जान लो कि कुछ बातें मन की जरूरतें हैं, तो मन की आवश्यकताओं की परवाह मत करना। और जानने में क्या कोई बहुत ज्यादा कठिनाई होती है ? कठिनाई क्या है ? यह इतना सुगम है जानना कि कोई बात मन की जरूरत ही है। शरीर से पूछ भर लेना; शरीर में जांच-पड़ताल कर लेना; जाओ और ढूंढ़ लो जड़ को। क्या वहां कोई जड़ है इसकी ?

तुम नामसझ मालूम पड़ोगे। तुम्हारे सारे राजा और सम्राट नासमझ हैं। जोकर हैं—जरा देखना! हजारों पदकों से, तमगों से सजे हुए, वे मूढ़ जान पड़ते हैं ! क्या कर रहे हैं वे ? और इसके लिए उन्होंने बहुत लंबा दुख उठाया है। इसे प्राप्त करने को वे बहुत तकलीफों से गुजरते रहे हैं और फिर भी वे तकलीफ में ही हैं। उन्हें होना ही होता है दुखी। मन है नरक का द्वार, और द्वार कुछ नहीं है सिवाय इच्छा के। मार दो इच्छाओं को। तुम उनसे कोई रक्त रिसता हुआ नहीं पाओगे क्योंकि वे रक्तविहीन होती हैं।

लेकिन आवश्यकता को मारते हो तो रक्तपात होगा। आवश्यकता को मार दो, और तुम्हारा कोई हिस्सा मर जायेगा। इच्छा को मार दो, और तुम नहीं मरोगे। बल्कि इसके विपरीत, तुम ज्यादा मुक्त हो जाओगे। इच्छाओं को गिराने से ज्यादा स्वतंत्रता चली आयेगी। यदि तुम इच्छाओं से शून्य और आवश्यकता युक्त बन सकते हो, तो तुम मार्ग पर आ ही चुके हो। और तब स्वर्ग बहुत दूर नहीं है।

प्रवचन 17

ध्यान की बाधाएं

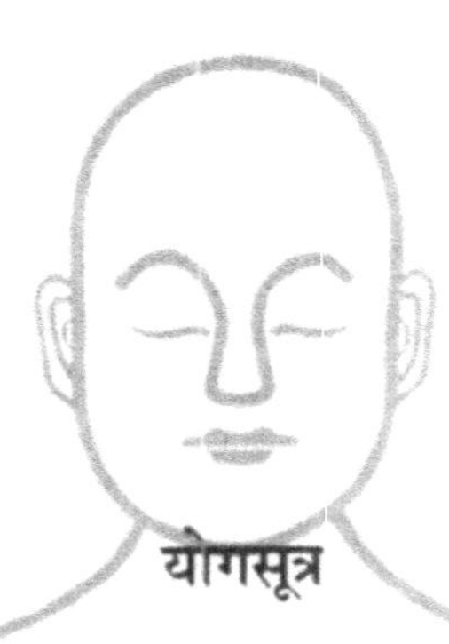

योगसूत्र

व्याधिस्त्यानसंशयप्रमादालस्याविरति भ्रांतिदर्शन
अलब्धभूमिकत्वानवस्थितत्वानि चित्तविक्षेपास्तेऽन्तरायाः ।। ३० ।।

रोग, निर्जीवता, संशय (संदेह), प्रमाद, आलस्य, विषयासक्ति, भ्रांति, दुर्बलता और अस्थिरता वे बाधाएं हैं जो मन में विक्षेप लाती हैं।

दुःखदौर्मनस्यांगमेजयत्वश्वासप्रश्वासा विक्षेपसहभुवः ।। ३१ ।।

दुख, निराशा, कंपकंपी और अनियमित श्वसन विक्षेपयुक्त मन के लक्षण हैं।

तत्प्रतिषेधार्थमेकतत्वाभ्यासः ।। ३२ ।।

इन बाधाओं को दूर करने के लिए एक तत्व पर ध्यान करना।

पतंजलि विश्वास करते हैं—और केवल विश्वास ही नहीं करते, वे जानते भी हैं—कि ध्वनि अस्तित्व का आधारभूत तत्व है। जिस प्रकार भौतिकीविद कहते हैं कि विद्युत है आधारभूत तत्व, योगी कहते हैं कि ध्वनि है, नाद है आधारभूत तत्व। सूक्ष्म तौर पर वे परस्पर सहमत होते हैं।

भौतिकीविद कहते हैं, ध्वनि और कुछ नहीं है सिवाय विद्युत के रूपांतरण के। और योगी कहते हैं कि विद्युत कुछ नहीं है सिवाय ध्वनि के रूपांतरण के। दोनों सही हैं। ध्वनि और विद्युत एक ही घटना के दो रूप हैं। और मेरे देखे, वह घटना अभी तक जानी नहीं गयी है और कभी जानी जायेगी नहीं। जो कुछ भी हम जानते हैं, इसका रूपांतरण मात्र ही होगा। चाहे तुम इसे विद्युत कह लो, चाहे तुम इसे ध्वनि कह लो। हेराक्लतु की भांति तुम कह सकते हो इसे अग्नि; तुम इसे लाओत्सु की भांति कह सकते हो पानी। वह तुम पर निर्भर करता है। लेकिन ये सब रूपांतरण ही हैं—अरूप के रूप हैं। वह अरूप, वह निराकार सदा अज्ञात ही बना रहेगा।

कैसे तुम जान सकते हो निराकार को ? ज्ञान सम्भव होता है केवल जब एक रूप या आकार होता है। जब कोई चीज प्रकट हो जाती है, तब तुम जान सकते हो उसे। तुम अप्रकट को, अदृश्य को ज्ञान का विषय कैसे बना सकते हो ? अदृश्यता का पूरा स्वभाव ही यही है कि इसे विषयगत नहीं बनाया जा सकता। जहां यह होता है, जो यह होता है, तुम इसका ठीक-ठीक पता नहीं लगा सकते। केवल कोई प्रकट हुई चीज एक विषय बन सकती है।

अतः जब कभी कोई चीज ज्ञात हो, तो वह मात्र एक रूपांतरण होगी अज्ञात का। अज्ञात बना रहता है अज्ञात ही। यह अज्ञेय होता है। तो जिस नाम से तुम इसे बुलाते हो, तुम पर निर्भर करता है। और यह निर्भर करता है उस उपयोगिता पर जिसमें कि तुम इसे रखने जा रहे हो। योगी के लिए विद्युत असंगत है, वह अंतस की, स्व-सत्ता की प्रयोगशाला में कार्य कर रहा है। वहां नाद का ज्यादा महत्व है, क्योंकि ध्वनि द्वारा वह भीतर बहुत घटनाएं बदल सकता है और ध्वनि द्वारा वह आंतरिक विद्युत भी बदल सकता है। योगी इसे कहते हैं 'प्राण'—आंतरिक जीव-ऊर्जा या प्राण-विद्युत। ध्वनि द्वारा वह तुरंत परिवर्तित की जा सकती है।

इसीलिए जब शास्त्रीय संगीत को सुन रहे होते हो, तुम अनुभव करते हो एक निश्चित मौन तुम्हें घेरे हुए है; तुम्हारी आंतरिक देह-ऊर्जा बदल चुकी है। एक पागल को सुनो और तुम अनुभव करोगे कि तुम पागल हुए जा रहे हो। क्योंकि पागल व्यक्ति देह-ऊर्जा की अव्यवस्था में है और उसके शब्द तथा ध्वनियां उस विद्युत को तुम तक ले आते हैं। किसी बुद्ध पुरुष के पास बैठो और अचानक तुम अनुभव करते कि तुम्हारे भीतर की हर चीज

एक लय में डूब रही है। अचानक तुम अनुभव करते हो ऊर्जा की एक अलग ही गुणवत्ता तुममें जाग रही है।

इसीलिए पतंजलि कहते हैं कि ओम् का दोहराया जाना और इस पर ध्यान किया जाना सारी बाधाओं को समाप्त कर देता है। बाधाएं होती कौन-सी हैं ? अब वे प्रत्येक बाधा की व्याख्या करते हैं, और बताते हैं कि कैसे वह समाप्त की जा सकती है ओम् के नाद को दोहराने द्वारा और उस पर ध्यान करने द्वारा। हमें उस पर विचार करना होगा।

'रोग, निर्जीवता, संदेह, प्रमाद, आलस्य, विषयासक्ति, भ्रांति, दुर्बलता और अस्थिरता हैं वे बाधाएं, जो मन में विक्षेप लाती हैं।'

प्रत्येक पर विचार करो—पहले है, रोग। पतंजलि के लिए, रोग का अर्थ है आंतरिक जीव-ऊर्जा का गैर-लयात्मक ढंग। तुम बेचैनी अनुभव करते हो। यदि बेचैनी, यह रोग, लगातार जारी रहे तो कभी न कभी यह सब तुम्हारे शरीर को प्रभावित करेगा।

पतंजलि अकुपंक्चर के साथ पूर्णतया सहमत होंगे और सोवियत रूस में किरलियान नामक व्यक्ति पतंजलि से सहमत होगा पूरी तरह से। अकुपंक्चर का संबोधि के साथ कोई संबंध नहीं है, अकुपंक्चर का तो सिर्फ संबंध है इसके साथ कि किस प्रकार शरीर रोगग्रस्त हो जाता है, कैसे अस्वस्थता घटित होती है। और अकुपंक्चर ने शरीर में सात सौ बिन्दु ऐसे खोज लिये हैं जहां आंतरिक प्राण-ऊर्जा स्पर्श करती है भौतिक शरीर को। ये सात सौ स्पर्श-बिंदु शरीर में सर्वत्र हैं।

जब कभी विद्युत वर्तुल में प्रवाहित नहीं हो रही होती, इन सात सौ बिंदुओं में कुछ अंतराल होते हैं, कुछ बिंदु-स्थल कार्य ही नहीं कर रहे होते, कुछ स्थलों द्वारा विद्युत अब गतिमान नहीं हो रही होती, अवरुद्धता आ जाती है वहां। विद्युत अलग हो जाती है, वर्तुल नहीं रहा यह—तब रोग घटता है। अतः अकुपंक्चर पांच हजार वर्षों से विश्वास करता आया है कि बिना किसी इलाज के, यदि तुम प्राण-ऊर्जा के प्रवाह को एक वर्तुल बनने दो, तो रोग तिरोहित हो जाता है। अकुपंक्चर लगभग उसी समय के दौरान पैदा हुआ जब पतंजलि जीवित थे।

जैसा कि मैंने कहा था तुमसे, ढाई हजार वर्षों के बाद मानव-चेतना का शिखर आ पहुंचता है। चीन में ऐसा हुआ लाओत्सु और च्वांगत्सु के साथ, कन्फ्यूशियस के समय में; भारत में बुद्ध, महावीर तथा औरों के साथ घटा; ग्रीस में हेराक्लतु के साथ, ईरान में जरथुस्त्र के साथ, शिखर-घटना घटित हुई। जो धर्म तुम अब देखते हो संसार में, वे उत्पन्न हुए मानव-चेतना के उसी महत्वपूर्ण घड़ी में। उस शिखर से, हिमालय से, सारे धर्मों की सारी नदियां बहती आ रही हैं इन्ही ढाई हजार वर्षों से।

इसी प्रकार बुद्ध से ढाई हजार वर्ष पूर्व शिखर-घटना घटी थी। पतंजलि, ऋषभ—जैनवाद के प्रवर्तक, वेद, उपनिषद, चीन में अकुपंक्चर, भारत में योग और तंत्र, ये सब घटित हुए। एक शिखर, एक ऊंचाई थी। फिर कभी उस शिखर से ऊंचा शिखर नहीं छुआ गया। और उसी सुदूर अतीत द्वारा, पांच हजार वर्ष पहले, योग, तंत्र अकुपंक्चर बहते रहे हैं नदियों की भांति।

एक निश्चित घटना है जिसे जुंग ने कहा है 'सिंक्रॉनिसिटी', समकालिकता। जब कोई निश्चित सिद्धांत जन्म

लेता है, केवल एक व्यक्ति ही उसके प्रति सजग नहीं होता, बल्कि पृथ्वी पर बहुत से हो जाते हैं सचेत—जैसे कि सारी पृथ्वी तैयार होती है इसे ग्रहण करने को। सुना जाता है कि आइंस्टीन ने कहा था, यदि मैंने सापेक्षता का सिद्धांत न खोजा होता, तो एक वर्ष के भीतर ही किसी और ने इसे खोज लिया होता। क्यों ? क्योंकि सारी पृथ्वी पर बहुत लोग इसी दिशा में कार्य कर रहे थे।

जब डार्विन ने क्रम विकास का सिद्धांत खोजा, कि आदमी बंदरों द्वारा विकसित हुआ है, कि निरंतर संघर्ष होता है योग्यतम के जीवित रहने के लिए, एक दूसरा व्यक्ति—वैलेस रसेल—उसने इसे खोज लिया था। वह फिलिपाइन्स में था, और दोनों मित्र थे। लेकिन बहुत वर्षों से एक-दूसरे की खास खबर न थी। डार्विन लगातार बीस वर्षों तक काम करता रहा था, लेकिन वह एक सुस्त किस्म का आदमी था। उसके पास बहुत सारे अंश थे और हर चीज तैयार थी, लेकिन वह इनके द्वारा पुस्तक तैयार नहीं करता था और उन दिनों की साइंटिफिक सोसाइटी के सामने वह इसे प्रस्तुत नहीं करता था।

मित्र फिर-फिर अनुरोध करते, करो यह काम वरना और कोई कर लेगा इसे। और तब एक दिन, फिलिपाइन्स से एक पत्र आया और सारा सिद्धांत उस पत्र में रसेल द्वारा प्रस्तुत कर दिया गया था। और वह मित्र था, लेकिन वे दोनों अलग-अलग अपना कार्य कर रहे थे। वे बिलकुल नहीं जानते थे कि दोनों एक ही चीज पर कार्य कर रहे थे। और फिर वह भयभीत हो गया। अब क्या करूं ? मित्र आविष्कारक बन जायेगा, और बीस वर्षों से वह जान चुका था सिद्धांत। वह तो तेजी से जुट गया। किसी प्रकार उसने विवरण लिखने की व्यवस्था की, और उसने इसे वैज्ञानिक संघ के सामने प्रस्तुत कर दिया।

तीन महीने पश्चात हर कोई जान गया कि रसेल ने भी इसे खोज लिया था। रसेल वस्तुतः बहुत अद्भुत व्यक्ति था। उसने घोषणा कर दी कि आविष्कार का श्रेय डार्विन को मिलना चाहिए क्योंकि बीस वर्षों से वह कार्य कर चुका था इस पर, चाहे उसने इसे प्रस्तुत किया या नहीं। आविष्कारक तो वही था।

और ऐसा बहुत बार घटा है। अकस्मात कोई विचार बहुत प्रभावशाली हो जाता है, जैसे कि वह विचार कहीं कोई गर्भधारण करने की कोशिश कर रहा हो। और जैसा कि प्रकृति का स्वभाव है, वह कभी जोखम नहीं उठाती। हो सकता है कि एक आदमी चूक जाये, तब बहुत आदमियों को करनी होती है कोशिश। प्रकृति कभी खतरा नहीं लेती। एक वृक्ष लाखों बीज गिरायेगा। एक बीज चूक सकता है; शायद वह सही भूमि पर न गिरे, शायद वह नष्ट हो जाये। लेकिन लाखों बीज हों तो कोई संभावना नहीं होती कि सारे के सारे बीज नष्ट ही हो जायेंगे।

जब स्त्री-पुरुष संभोग करते हैं, तो एक वीर्य-स्खलन में पुरुष द्वारा लाखों बीज फेंके जाते हैं। उनमें से एक पहुंचेगा स्त्री के डिम्बाणु तक, पर फिर भी थे तो लाखों। एक स्खलन में एक आदमी लगभग उतने ही बीज छोड़ देता है जितने कि अभी पृथ्वी पर आदमी हैं। एक आदमी एक स्खलन में संपूर्ण पृथ्वी को जन्म दे सकता है, पृथ्वी की सारी जनसंख्या को जन्म दे सकता है। प्रकृति कोई जोखम नहीं उठाती है। यह बहुत तरीके आजमाती है। एक चूक सकता है, दो चूक सकते हैं, लाख चूक सकते हैं, लेकिन लाखों में कम से कम एक तो पहुंचेगा और जीवंत होगा।

जुंग ने एक सिद्धांत खोजा जिसे उसने कहा, 'सिंक्रॉनिसिटी'—समकालिकता। यह विरल चीज है। हम एक

सिद्धांत जानते हैं कारण और कार्य का—कारण उत्पन्न करता है कार्य को। समकालिकता कहती है जब कभी कोई चीज घटती है, तो इसके समानांतर बहुत-सी उसी प्रकार की चीजें घटती हैं। हम जानते नहीं क्यों ऐसा घटता है, क्योंकि यह कोई कारण और कार्य की घटना तो है नहीं। वे परस्पर संबंधित नहीं हैं कारण और कार्य द्वारा।

कैसे तुम बुद्ध और हेराक्लतु का संबंध बैठा सकते हो ? लेकिन सिद्धांत वही है। बुद्ध ने हेराक्लतु के विषय में कभी सुना नहीं; हम कल्पना तक नहीं कर सकते कि हेराक्लतु कभी बुद्ध को जानते भी थे। वे अलग-अलग संसारों में जीते थे। कोई संपर्क-संबंध न था। लेकिन दोनों ने संसार को एक ही सिद्धांत दिया। जो था गति का सिद्धांत, नदी-समान अस्तित्व का, क्षणभंगुर अस्तित्व का। वे एक-दूसरे को प्रेरित नहीं कर रहे थे। वे समानांतर थे। एक समकालिकता अस्तित्व रखती है; जैसे कि उस क्षण सारा अस्तित्व ही किसी निश्चित सिद्धांत को तैयार कर देना चाहता हो और उसे प्रकट कर देना चाहता हो, व्यक्त करना चाहता हो। अतः यह व्यक्त हो जाता है। और ऐसा केवल बुद्ध पर या केवल हेराक्लतु पर ही निर्भर नहीं करेगा, सिद्धांत बहुतों पर आजमाइश करेगा। और दूसरे भी थे, जो गुमनामी में चले गये। वे इतने प्रतिष्ठित नहीं थे। बुद्ध और हेराक्लतु सबसे अधिक प्रमुख बन गये। वे सबसे अधिक शक्तिशाली गुरु थे।

पतंजलि के समय में एक सिद्धांत का जन्म हुआ। तुम इसे 'प्राण' का सिद्धांत कह सकते हो—प्राण-ऊर्जा। चीन में इसने अकुपंक्चर का रूप ले लिया, भारत में इसने रूप ले लिया योग की संपूर्ण पद्धति का। यह किस प्रकार घटता है कि देह-ऊर्जा ठीक प्रकार से नहीं गतिमान हो रही होती तो तुम असुविधा अनुभव करते हो ? ऐसा है क्योंकि तुममें एक अभाव विद्यमान होता है, एक अनुपस्थिति। और तुम अनुभव करते हो कोई चीज चूक रही है। यह आरंभ में डिस-ईज—गैर-सुविधा अर्थात अस्वस्थता होती है। पहले यह अनुभव किया जायेगा मन में। जैसा मैंने तुमसे कहा था, पहले यह अनुभव किया जायेगा अचेतन में।

हो सकता है तुम्हें इसकी खबर न हो, लेकिन यह पहले तुम्हारे सपनों में चली आयेगी। तुम्हारे सपनों में तुम देखोगे बीमारी, रोग, किसी का मरना, कुछ गलत बात। दुःस्वप्न घटेगा तुम्हारे अचेतन में क्योंकि अचेतन देह के निकटतम है और प्रकृति के निकटतम है। अचेतन से यह आ पहुंचेगा उपचेतन तक; तब तुम चिड़चिड़ाहट अनुभव करोगे। तुम अनुभव करोगे कि भाग्य कुछ साथ नहीं दे रहा, कि जो कुछ तुम करते हो गलत हो जाता है। तुम किसी व्यक्ति से प्रेम करना चाहोगे और तुम करते हो कोशिश प्रेम करने की लेकिन तुम प्रेम नहीं कर सकते। तुम किसी की मदद करना चाहते हो, तो भी तुम केवल बाधा ही डालते हो। हर चीज गलत पड़ जाती है।

तुम सोचते हो यह कोई दुष्प्रभाव है, दूर ऊंचे आकाश के किसी नक्षत्र का प्रभाव, लेकिन नहीं, यह उपचेतन में ही कुछ बेचैनी है वहां। तुम चिड़चिड़े हो जाते हो, क्रोधित हो जाते हो, और कारण होता है कहीं अचेतन में। तुम कहीं और ढूंढ़ रहे होते हो कारण। फिर कारण चेतन तक आ पहुंचता है। तब तुम अनुभव करने लगते हो कि तुम बीमार हो, और फिर यह शरीर तक सरक आता है यह सदा सरकता रहा है शरीर तक, और अचानक तुम बीमार महसूस करते हो।

सोवियत रूस में एक फोटोग्राफर है, एक अनूठा वैज्ञानिक है, किरलियान; उसने आविष्कार किया है कि इससे पहले कि व्यक्ति बीमार हो, छह महीने पहले से ही बीमारी का चित्र लिया जा सकता है। और यह बीसवीं शताब्दी

के संसार के महानतम आविष्कारों में से एक आविष्कार होने वाला है। यह मनुष्य की संपूर्ण धारणा का रूप परिवर्तित कर देगा—रोग का, दवाइयों का, हर चीज का रूप परिवर्तित करेगा। यह एक क्रांतिकारी अवधारणा है। और वह तीस वर्षों से इस पर काम करता रहा है। उसने लगभग सिद्ध ही कर दिया है वैज्ञानिक रूप से कि जब रोग शरीर तक आ पहुंचता है, तो पहले यह आता है शरीर के चारों ओर के विद्युत-घेरे तक। एक खाली जगह बन जाती है।

शायद ऐसा हो कि तुम्हारे पेट में छह महीने बाद ट्यूमर होने वाला हो। बिलकुल अभी कोई आधार विद्यमान नहीं। कोई वैज्ञानिक तुम्हारे पेट में कोई गड़बड़ी नहीं पा सकता। हर चीज ठीक होती है; कोई समस्या नहीं है। तुम पूरी तरह से जांच करवा सकते हो और ऐसा पाया जा सकता है कि तुम पूरी तरह से ठीक हो। लेकिन किरलियान शरीर का चित्र खींचता है बहुत सूक्ष्म प्लेट पर; उसने विकसित की है सर्वाधिक संवेदनशील सूक्ष्म प्लेटें। उस प्लेट पर केवल तुम्हारे शरीर का ही चित्र नहीं खिंचता, बल्कि शरीर के चारों ओर का प्रकाश-वर्तुल जिसे कि तुम हमेशा साथ लिये रहते हो, इसका भी चित्र खिंच जाता है। उस प्रकाश वर्तुल में पेट के निकट, एक सूराख होगा। यह ठीक-ठीक तौर पर भौतिक शरीर में नहीं होता, लेकिन कोई चीज अस्त-व्यस्त हो जाती है।

अब वह कहता है कि वह भविष्यवाणी कर सकता है कि छह महीने के भीतर वहां ट्यूमर हो जायेगा। और छह महीने पश्चात, जब ट्यूमर हो जाता है शरीर में, एक्स-रे बता देगा वही चित्र जो वह खींच चुका था छह महीने पहले। अतः किरलियान कहता है कि अभी तुम बीमार हुए भी नहीं होते, कि बीमारी की भविष्यवाणी की जा सकती है। और यदि दैहिक-ऊर्जा वृत्त ज्यादा संचारशील हो जाता है, तो यह दूर की जा सकती है इससे पहले कि यह कभी शरीर तक आये। वह नहीं जानता कि यह कैसे ठीक हो सकती है, लेकिन अकुपंक्चर जानता है, पतंजलि जानते हैं कि कैसे यह ठीक की जा सकती है।

पतंजलि के विचार से दैहिक-ऊर्जा वृत्त में, प्राण में, प्राण-ऊर्जा में, शरीर-विद्युत में किसी गड़बड़ी का होना ही रोग का होना है। इसलिए यह ठीक हो सकता है ओम् द्वारा। कभी अकेले बैठ जाओ किसी मंदिर में। किसी पुराने मंदिर में जाकर अनुभव करो जहां कोई नहीं जाता और बैठ जाओ वहां गुम्बज के नीचे। वृत्ताकार गुम्बज ध्वनि को परावर्तित करने के लिए ही होता है। तो बैठ जाना उसी के नीचे, जोर से उच्चारण करना ओम् का और ध्यान करना उस पर। ध्वनि को वापस परावर्तित होने देना और उसे बरसने देना स्वयं पर बरखा की भांति। और कुछ क्षणों बाद अकस्मात तुम पाओगे कि तुम्हारा सारा शरीर शांत, स्थिर, मौन हो रहा है; देह-ऊर्जा स्थिर हो रही है।

पहली बात है रोग। यदि तुम बीमार हो, तुम्हारे प्राणों में, तुम्हारी ऊर्जा में तो तुम ज्यादा दूर नहीं जा सकते। तुम्हारे चारों ओर बादल के समान लटकी हुई बीमारी के साथ, तुम ज्यादा दूर कैसे जा सकते हो ? तुम ज्यादा गहरे आयामों में प्रवेश नहीं कर सकते। एक निश्चित स्वास्थ्य की जरूरत होती है। यह भारतीय शब्द 'स्वास्थ्य' बहुत अर्थपूर्ण है। इस शब्द का अर्थ है स्व में स्थित हो जाना, केन्द्रित हो जाना। अंग्रेजी शब्द 'हेल्थ' भी सुंदर है। यह आया है उसी शब्द से, उसी मूल से, जहां से 'होली' या 'होल' आते हैं। जब तुम 'होल' अर्थात संपूर्ण होते हो तो तुम 'हेल्दी' होते हो और जब तुम 'होल' होते हो तो 'होली' अर्थात पवित्र भी होते हो।

शब्द के मूल तक चले जाना सदा अच्छा होता है क्योंकि वे उभरते हैं मानवता के लंबे अनुभव से। शब्द

संयोगिक रूप से नहीं आये हैं। जब कोई व्यक्ति संपूर्ण अनुभव करता है, तब उसकी दैहिक ऊर्जा वर्तुल में गतिमान हो रही होती है। वर्तुल संसार की सबसे ज्यादा पूर्ण चीज है। 'पूर्ण वर्तुल परमात्मा का एक प्रतीक है। ऊर्जा व्यर्थ नहीं हो रही यह चक्र में घूमती है बार-बार। यह चक्र की भांति स्वयं बनी रहती है।

जब तुम 'होल' होते हो तो तुम स्वस्थ होते हो, और जब तुम स्वस्थ होते हो तो पवित्र भी होते हो। क्योंकि वह शब्द 'होली' भी आता है 'होल' से। एक संपूर्णतया स्वस्थ व्यक्ति पवित्र होता है। लेकिन तब समस्याएं खड़ी होंगी। यदि तुम चले जाओ मठों में, वहां तुम पाओगे सब प्रकार के बीमार व्यक्ति। स्वस्थ व्यक्ति तो पूछेगा कि उसे किसी मंदिर-मठ में क्या करना है ! बीमार लोग जाते हैं वहां, अस्वाभाविक लोग जाते हैं वहां। बुनियादी तौर से कुछ गलत होता है उनके साथ। इसीलिए वे दुनिया से पलायन करते और वहां चले जाते हैं।

पतंजलि इसे पहला नियम बना लेते हैं कि तुम्हें स्वस्थ होना चाहिए, क्योंकि अगर तुम स्वस्थ नहीं हो तो तुम ज्यादा दूर नहीं जा सकते। तुम्हारी बीमारी, तुम्हारी बेचैनी, तुम्हारा आंतरिक ऊर्जा का टूटा हुआ वर्तुल, तुम्हारे गले को घेरता-दबाता हुआ एक पत्थर होगा। जब तुम ध्यान करते हो, तुम अनुभव करोगे अशांति, बेचैनी। जब तुम प्रार्थना करना चाहोगे, तब तुम न कर पाओगे प्रार्थना। तुम आराम करना चाहोगे। ऊर्जा का निम्न-तल होगा वहां। और किसी ऊर्जा के न रहते कैसे तुम आगे जा सकते हो ? कैसे तुम परमात्मा तक पहुंच सकते हो ? और पतंजलि के लिए परमात्मा दूरतम तत्व है। ज्यादा ऊर्जा की आवश्यकता होती है। स्वस्थ शरीर, स्वस्थ मन, स्वस्थ स्व-सत्ता की आवश्यकता होती है। रोग 'डिसीज' है डिस-ईज—देह-ऊर्जा में असहजता। ओम् मदद देगा और दूसरी चीजें भी। हम उनकी चर्चा करेंगे। लेकिन यहां पतंजलि बात कर रहे हैं इस विषय में कि ओम् की ध्वनि किस प्रकार भीतर तुम्हें मदद देती है संपूर्ण हो जाने में।

पतंजलि के लिए और बहुतों के लिए जिन्होंने गहरे रूप से मानव-ऊर्जा में खोज की है, एक तथ्य तो बहुत सुनिश्चित हो चुका है, और तुम्हें इसके बारे में जान लेना चाहिए—वह यह कि, जितने ज्यादा तुम बीमार होते हो, उतने ज्यादा तुम विषयासक्त होते हो। जब तुम पूर्णतया स्वस्थ होते हो तो तुम विषयासक्त नहीं होते। साधारणतया हम एकदम विपरीत सोचते हैं—कि एक स्वस्थ व्यक्ति को विषयासक्त, कामुक और बहुत कुछ होना होता है। उसे संसार और शरीर में रस लेना होता है। ऐसी नहीं है अवस्था। जब तुम बीमार होते हो, तब ज्यादा विषयासक्ति, ज्यादा कामवासना तुम्हें जकड़ लेती है। जब तुम पूर्णतया स्वस्थ होते हो, तो कामवासना और विषयासक्ति तिरोहित हो जाती है।

क्यों घटता है ऐसा ? क्योंकि जब तुम संपूर्णतया स्वस्थ होते हो तुम स्वयं के साथ ही इतने प्रसन्न होते हो कि तुम्हें दूसरे की आवश्यकता नहीं होती। जब तुम बीमार होते हो, तब तुम इतने अप्रसन्न होते हो तुम्हारे साथ कि तुम्हें दूसरा चाहिए होता है। और यही है विरोधाभास; जब तुम बीमार होते हो, तुम्हें दूसरे की आवश्यकता होती है, और दूसरे को भी तुम्हारी आवश्यकता होती है जब वह बीमार होता है या वह बीमार होती है। और दो बीमार व्यक्तियों के मिलने पर बीमारी दुगुनी ही नहीं होती, वह कई गुना बढ़ जाती है।

ऐसा ही विवाह में घटता है—दो बीमार व्यक्तियों का मिलन बीमारी को कई गुना बढ़ा देता है और फिर सारी बात ही कुरूप हो जाती है। और एक नरक बन जाता है। बीमार व्यक्तियों को दूसरों की जरूरत होती है। और वे ठीक वही व्यक्ति हैं जो मुसीबत खड़ी कर देंगे जब वे संबंधित हो जायें तो। एक स्वस्थ व्यक्ति को आवश्यकता

नहीं है। यदि स्वस्थ व्यक्ति प्रेम करता है, तो यह कोई आवश्यकता नहीं होती है, यह तो हुआ, परस्पर बांटना। सारी घटना बदल जाती है। उसे किसी की जरूरत नहीं रहती। उसके पास इतना ज्यादा है कि वह बांट सकता है।

एक बीमार व्यक्ति को जरूरत होती है कामवासना की, स्वस्थ व्यक्ति तो प्रेम करता है। और प्रेम समग्र रूपेण अलग बात है। और जब दो स्वस्थ व्यक्ति मिलते हैं, तो स्वस्थता कई गुना बढ़ जाती है। तब वह परम सत्य को पाने में एक-दूसरे के सहायक बन जाते हैं। वह परम सत्य के लिए एक साथ मिलकर कार्य कर सकते हैं, परस्पर सहायता करते हुए। लेकिन मांग समाप्त हो जाती है, यह अब कोई निर्भरता न रही।

जब कभी तुम्हें कोई असुविधाजनक अनुभूति हो स्वयं के साथ, तो इसे कामवासना में और विषयासक्ति में डुबोने की कोशिश मत करना। बल्कि और ज्यादा स्वस्थ होने की कोशिश करना। योगासन मदद करेंगे। हम बाद में उनकी चर्चा करेंगे जब पतंजलि उनकी बात कहें। अभी तो वे कहते हैं, यदि तुम ओम् का जाप और उसी का ध्यान करो, तो रोग तिरोहित हो जायेगा। और वे सही हैं। न ही केवल रोग जो कि वहां था वही तिरोहित हो जायेगा, बल्कि वह रोग भी जो भविष्य में आने को था, वह भी तिरोहित हो जायेगा।

यदि आदमी एक संपूर्ण जाप बन सकता है जिससे कि जाप करने वाला पूर्णतया खो जाये, यदि वह केवल एक शुद्ध चेतना बन सकता है—प्रकाश की एक अग्निशिखा—और चारों ओर होता है जाप ही जाप, तो ऊर्जा एक वर्तुल में उतर रही होती है। तो वह एक वर्तुल ही बन जाती है। और तब तुम्हारे पास होता है जीवन का सबसे अधिक सुखात्मक क्षणों में से एक क्षण। जब ऊर्जा एक वर्तुल में उतर रही होती है और एक आंतरिक समस्वरता बन जाती है तो कोई विसंगति नहीं रहती, कोई संघर्ष नहीं होता। तुम एक हो गये होते हो। लेकिन साधारणतया भी, रोग एक बाधा बनेगा। यदि तुम बीमार हो, तो तुम्हें इलाज की आवश्यकता होती है।

पतंजलि की योग-प्रणाली और चिकित्सा-शास्त्र की हिन्दू-प्रणाली, आयुर्वेद, साथ-साथ इकट्ठी विकसित हुई। आयुर्वेद समग्रतया विभिन्न है एलौपैथी से। एलोपैथी रोग के प्रति दमनात्मक होती है। एलोपैथी ईसाइयत के साथ ही साथ विकसित हुई; यह एक उप-उत्पत्ति है। और क्योंकि ईसाइयत दमनात्मक है, यदि तुम बीमार हो तो एलोपैथी तुरंत बीमारी का दमन करती है। तब बीमारी कोई और कमजोर स्थल आजमाती है जहां से उभर सके। फिर किसी दूसरी जगह से यह फूट पड़ती है। तब तुम इसे वहां दबाते हो, तो फिर यह किसी और जगह से फूट पड़ती है। एलोपैथी के साथ, तुम एक बीमारी से दूसरी बीमारी तक पहुंचते जाते हो, दूसरी से तीसरी तक, और एक कभी न खत्म होने वाली प्रक्रिया होती है।

आयुर्वेद की अवधारणा पूर्णतः अलग ही होती है। अस्वस्थता को दबाना नहीं चाहिए, यह मुक्त की जानी चाहिए। रेचन की जरूरत होती है। बीमार आदमी को आयुर्वेदिक दवा दी जाती है इसलिए कि बीमारी बाहर आ जाये और फेंकी जाये। यह एक रेचन होता है। इसलिए हो सकता है कि प्रारंभिक आयुर्वेद की खुराक की मात्रा तुम्हें और ज्यादा बीमार कर दे, और इसमें बहुत लंबा समय लग जाता है क्योंकि यह कोई दमन नहीं है। यह बिलकुल अभी कार्य नहीं कर सकती—यह एक लंबी प्रक्रिया होती है। बीमारी को फेंक देना होता है, और तुम्हारी आंतरिक ऊर्जा को एक समस्वरता बन जाना होता है ताकि स्वस्थता भीतर से उमग सके। दवाई बीमारी को बाहर फेंकेगी और स्वास्थ्यदायिनी शक्ति उसका स्थान भरेगी तुम्हारे अपने अस्तित्व से आयी स्वस्थता द्वारा।

आयुर्वेद और योग एक साथ विकसित हुए। यदि तुम योगासन करते हो, यदि तुम पतंजलि का अनुसरण करते हो तो कभी मत जाना एलोपैथिक डॉक्टर के पास। यदि तुम पतंजलि का अनुसरण नहीं कर रहे, तब कोई समस्या नहीं है। लेकिन यदि तुम अनुसरण कर रहे हो योग-प्रणाली का और तुम्हारी देह-ऊर्जा की बहुत सारी चीजों पर कार्य कर रहे हो, तो कभी मत जाना एलोपैथी की ओर क्योंकि दोनों विपरीत हैं। तब ढूंढ़ना किसी आयुर्वेदिक डॉक्टर को या होम्योपैथी या प्राकृतिक चिकित्सा को खोज लेना—कोई ऐसी चीज जो विरेचन में मदद करे।

लेकिन यदि बीमारी है तो पहले उससे जूझ लेना बीमारी के साथ रहना मत। मेरी विधियों के साथ यह बहुत सरल होता है बीमारी से छुटकारा पा लेना। पतंजलि की ओम् की विधि, जाप करने की और ध्यान करने की, वह बहुत मृदु है, सौम्य है। लेकिन उन दिनों वह पर्याप्त सशक्त थी क्योंकि लोग सीधे-सच्चे थे। वे प्रकृति के साथ जीते। अस्वस्थता असामान्य बात थी, स्वास्थ्य सामान्य बात थी। अब बिलकुल विपरीत है अवस्था—स्वस्थता है असामान्य और अस्वस्थता है सामान्य। और लोग हैं बहुत जटिल, वे प्रकृति के करीब नहीं रहते।

लंदन में एक सर्वेक्षण हुआ। एक लाख लड़के-लड़कियों ने गाय नहीं देखी थी। उन्होंने केवल तस्वीरें ही देखी हुई थीं गाय की। धीरे-धीरे, हम मनुष्य निर्मित संसार के चौखटे में बंध जाते हैं—कंकरीट की इमारतें, तारकोल की सड़कें, टेक्नालॉजी, बड़ी मशीनें, कारें, सब मनुष्य निर्मित चीजें हैं। प्रकृति कहीं अंधकार में फेंक दी गयी है। और प्रकृति है एक उपचार-शक्ति। तो आदमी अधिकाधिक जटिल होता जाता है। वह अपने स्वभाव की नहीं सुनता है। वह सुनता है सभ्यता की मांगों की, समाज के दावों की। वह सर्वथा संपर्करहित हो जाता है अपने स्वयं के आंतरिक अस्तित्व के साथ।

तो पतंजलि की मृदुल विधियां कुछ ज्यादा मदद न देंगी; इसीलिए हैं मेरी सक्रिय, अराजक विधियां। क्योंकि तुम तो लगभग पागल हो, तुम्हें चाहिए तीव्र पागल विधियां जो उस सबको बाहर ला सकें और बाहर फेंक सकें जो कि तुम्हारे भीतर दबा हुआ है। लेकिन स्वास्थ्य एक जरूरी बात है। वह जो चल पड़ता है लंबी यात्रा पर उसे देख लेना चाहिए कि वह स्वस्थ हो। बीमार के लिए, शय्याग्रस्त के लिए आगे बढ़ना कठिन होता है।

दूसरी बाधा है निर्जीवता। निर्जीवता संकेत करती है उस आदमी की ओर जिसका कि बहुत निम्न ऊर्जा तल होता है। वह ढूंढ़ना और खोजना चाहता है लेकिन उसकी बहुत निम्न ऊर्जा है—शिथिल। वह विलीन हो जाना चाहता है, लेकिन यह बात संभव नहीं होती। ऐसा व्यक्ति सदा बात करता है ईश्वर की, मोक्ष की, योग की, इसकी और उसकी, लेकिन वह केवल बातें ही करता है। निम्न ऊर्जा तल द्वारा तो तुम केवल बातें कर सकते हो; उतना भर ही तुम कर सकते हो। यदि तुम कुछ करना चाहते हो, तो तुम्हें चाहिए होती है इसके लिए अपार ऊर्जा।

ऐसा एक बार हुआ कि मुल्ला नसरुद्दीन गया किसी शहर में अपने घोड़े और बग्घी को साथ लेकर। वह एक ग्रीष्म-दिवस था और मुल्ला पसीने से तर था। अकस्मात सड़क पर घोड़ा रुक गया, पीछे मुल्ला को देखा और बोला, 'अरे राम-राम, बहुत गर्मी है।' मुल्ला इस पर विश्वास नहीं कर सका। उसने सोचा कि वह पागल हो गया है इस गर्मी के कारण, क्योंकि घोड़ा कैसे कुछ कह सकता है ? घोड़ा कैसे बोल सकता है ?

उसने चारों ओर देखा यह जानने को कि किसी और ने सुना था क्या ? लेकिन कोई न था वहां सिवाय उसके कुत्ते के जो बग्घी में बैठा हुआ था। किसी को न पाकर, बस सिर्फ इस बात से छुटकारा पाने को, वह कुत्ते से

बोला, 'क्या तुमने सुना जो वह बोला ?' कुत्ता कहने लगा, 'ओह, वह तो आम आदमी की भांति ही है—हमेशा बातें करते रहता है मौसम की और करता कुछ नहीं।'

यह है निर्जीव व्यक्ति—बात कर रहा है हमेशा ईश्वर की और कर कुछ नहीं रहा। वह सदा बात करता है महान विषयों की। और यह बातचीत होती है जख्म को छुपाने भर के लिए ही। वह बात करता है जिससे कि वह भूल सके यह बात कि इस बारे में वह कुछ नहीं कर रहा है। बातों की धुंध में से वह पलायन कर जाता है। फिर-फिर उसके बारे में बात करते हुए, वह सोचता है कि वह कुछ कर रहा है। लेकिन बातचीत कोई कार्य नहीं है। तुम किये चले जा सकते हो मौसम की बातें। तुम ईश्वर के बारे में बातें किये जा सकते हो। लेकिन यदि तुम कुछ करते नहीं, तो तुम मात्र अपनी ऊर्जा व्यर्थ गंवा रहे हो।

इस प्रकार का व्यक्ति धर्मगुरु बन सकता है, पादरी-पुरोहित, पंडित बन सकता है। वे मंद ऊर्जा के व्यक्ति हैं। और वे बहुत निपुण बन सकते हैं बातों में—इतने निपुण कि वे धोखा दे सकते हैं, क्योंकि वे हमेशा सुंदर और महान चीजों के विषय में बोलते हैं। दूसरे उन्हें सुनते हैं और धोखे में आते हैं। उदाहरण के लिए दार्शनिक हैं—ये तमाम लोग हैं निर्जीव, शिथिल। पतंजलि कोई दार्शनिक नहीं हैं। वे स्वयं एक वैज्ञानिक हैं, और वे चाहते हैं दूसरे भी वैज्ञानिक हो जायें। ज्यादा प्रयास की आवश्यकता है।

ओम् के जप द्वारा और उस पर ध्यान करने द्वारा, तुम्हारा निम्न ऊर्जा तल उच्च हो जायेगा। कैसे घटता है ऐसा ? क्यों तुम सदा मंद ऊर्जा-तल पर होते हो, हमेशा निढाल अनुभव करते हो, थके हुए होते हो ? सुबह को भी जब तुम उठते हो, तुम थके होते हो। क्या हो रहा होता है तुम्हें ? कहीं शरीर में सुराख बना है; तुम ऊर्जा टपकाते रहते हो। तुम्हें होश नहीं, पर तुम हो सुराखोंवाली बाल्टी की भांति। रोज-रोज तुम बाल्टी भरते, तो भी वह खाली ही रहती, खाली ही होती जाती है। यह टपकाव, यह रिसाव बंद करना ही पड़ता है।

ऊर्जा शरीर से कैसे बाहर रिसती है, ये गहरी समस्याएं हैं जीव-ऊर्जा शास्त्रियों के लिए। ऊर्जा हमेशा रिसती है हाथों की उंगलियों से और पैरों से, और आंखों से। ऊर्जा सिर से बाहर नहीं निकल सकती है। यह तो वर्तुलाकार होता है। कोई चीज जो गोलाकार, वर्तुलाकार है, शरीर की ऊर्जा को सुरक्षित रखने में मदद देती है। इसीलिए योग की ये मुद्राएं तथा आसन, सिद्धासन, पद्मासन—ये सब शरीर को एक वर्तुल बना देते हैं।

वह व्यक्ति जो सिद्धासन में बैठा होता है, अपने दोनों हाथ इकट्ठे जोड़ कर रखता है क्योंकि देह-ऊर्जा उंगलियों से बाहर निकलती है। यदि दोनों हाथ एक-दूसरे के ऊपर साथ-साथ रखे जायें, तो ऊर्जा एक हाथ से दूसरे हाथ तक घूमती है। यह एक वर्तुल बन जाती है। पैर की टांगें भी एक-दूसरे पर रखी जाती हैं जिससे कि ऊर्जा तुम्हारे अपने शरीर में बहती रहती है और रिसती नहीं है।

आंखें बंद रहती हैं क्योंकि आंखें बाहर छोड़ती हैं तुम्हारी प्राण-ऊर्जा के लगभग अस्सी प्रतिशत को। इसीलिए यदि तुम लगातार यात्रा कर रहे होते हो और तुम कार या रेलगाड़ी से बाहर देखते रहते हो, तो तुम बहुत थका हुआ अनुभव करोगे। यदि तुम आंखें बंद रख यात्रा करते हो, तो तुम ज्यादा थकान अनुभव नहीं करोगे। और तुम अनावश्यक चीजों की ओर देखते जाते हो, दीवारों के विज्ञापनों तक को पढ़ते हो ! तुम अपनी आंखें बहुत ज्यादा इस्तेमाल करते हो, और जब आंखें थकान से भरी होती हैं तो सारा शरीर थका हुआ होता है। आंखें यह संकेत दे देती हैं कि अब यह बहुत हुआ।

जितना ज्यादा से ज्यादा संभव हो, योगी आंखें बंद किये रखने की कोशिश करता है। साथ ही हाथों और टांगों को परस्पर मिलाये रहता है, ताकि इन हिस्सों से ऊर्जा इकट्ठी पहुंचे। वह रीढ़ की हड्डी सीधे किये बैठा रहता है। यदि रीढ़ सीधी होती है और तुम बैठे हुए हो, तो तुम ज्यादा ऊर्जा बनाये रखोगे किसी अन्य तरीके की अपेक्षा। क्योंकि जब रीढ़ सीधी बनी रहती है, तो पृथ्वी का गुरुत्वाकर्षण तुममें से बहुत ऊर्जा नहीं ले सकता। गुरुत्वाकर्षण रीढ़ के आधार पर केवल एक स्थल का स्पर्श करता है। जब तुम झुकी हुई मुद्रा में बैठे हुए होते हो, अधलेटे झुके हुए, तो तुम सोचते हो, तुम आराम कर रहे हो। लेकिन पतंजलि कहते हैं, तुम ऊर्जा बाहर निकाल रहे हो, क्योंकि तुम्हारे शरीर का ज्यादा भाग तो गुरुत्वाकर्षण के प्रभाव में होता है।

यह बात मदद नहीं देगी। सीधी रीढ़ सहित, साथ जुड़े हाथों और टांगों सहित, आंखें बंद रखे हुए तुम एक वर्तुल बन चुके होते हो। वह वर्तुल, वह चक्र निरूपित होता है शिवलिंग द्वारा। तुमने देखा है न शिवलिंग—लिंग-प्रतीक, जिस रूप का वह पश्चिम में जाना जाता है। वस्तुतः वह है आंतरिक प्राण-ऊर्जा का घेरा, बिलकुल अंडे के आकार का।

जब तुम्हारी देह-ऊर्जा ठीक प्रकार से प्रवाहमान होती है, तो यह अंडाकार हो जाती है। अंडे की भांति ही आकार होता है, ठीक एकदम अंडे की भांति। वही प्रतीक के रूप में उतरता है शिवलिंग में। तुम हो जाते हो शिव। जब ऊर्जा बार-बार तुममें प्रवाहित होती है, बाहर नहीं जा रही होती तब निर्जीवता तिरोहित हो जाती है। यह बातें करने से नहीं होगी तिरोहित, यह शास्त्र पढ़ने द्वारा तिरोहित नहीं होगी, यह चिंतन-मनन करने से तिरोहित नहीं होगी। यह केवल तभी तिरोहित होगी जब तुम्हारी ऊर्जा बाहर न जा रही हो।

इसे सुरक्षित रखने की, संजोए रखने की कोशिश करना। जितना ज्यादा तुम इसे बनाये रहते हो, उतना ही अच्छा होता है। लेकिन पश्चिम में बिलकुल विपरीत बात ही सिखायी जा रही है—कि कामवासना द्वारा ऊर्जा को निष्कासित कर देना अच्छा होता है। किसी न किसी बात द्वारा ऊर्जा मुक्त कर देना। ऐसा अच्छा होता है यदि तुम इसका किसी दूसरे तरीके से प्रयोग नहीं कर रहे होते; अन्यथा तो तुम पागल हो जाओगे। और जब कभी बहुत ज्यादा हो जाती है ऊर्जा तो उसे कामवासना द्वारा निष्कासित कर देना बेहतर ही है। कामवासना सरलतम विधि है इसे मुक्त करने की।

लेकिन इसका उपयोग हो सकता है। इसे सृजनात्मक बनाया जा सकता है। यह तुम्हें पुनर्जन्म दे सकती है, पुनर्जीवन दे सकती है। इसके द्वारा तुम लाखों सुखद अवस्थाओं को जान सकते हो; इसके द्वारा तुम ज्यादा और ज्यादा ऊंचे उठ सकते हो। यह सीढ़ी है परमात्मा तक पहुंचने की। यदि तुम इसे हर रोज निष्कासित किये जाते हो, तो तुम कभी परमात्मा की ओर पहला कदम बढ़ाने के लिए भी पर्याप्त ऊर्जा का निर्माण नहीं कर पाओगे। इसे संचित करो।

पतंजलि कामवासना के विपरीत हैं। और यही भेद है पतंजलि और तंत्र में। तंत्र कामवासना का प्रयोग एक विधि की भांति करता है; पतंजलि चाहते हैं तुम इससे कतरा कर इसके बाजू से आगे निकल आओ। और ऐसे लोग हैं, लगभग पचास प्रतिशत जिन्हें तंत्र अनुकूल पड़ेगा। और लोग हैं वे भी पचास प्रतिशत हैं, जिनके अनुकूल होगा योग। व्यक्ति को खोजना पड़ता है कि उसके क्या अनुकूल पड़ेगा। दोनों का ही प्रयोग किया जा सकता है और दोनों के द्वारा लोग पहुंचते हैं। और न तो कोई गलत है और न ही कोई सही है। यह तुम पर निर्भर

करता है। एक तुम्हारे लिए ठीक होगा, और कोई एक गलत होगा तुम्हारे लिए—पर खयाल रहे, तुम्हारे लिए ही। यह परम निरपेक्ष कथन नहीं होता है।

कोई बात तुम्हारे लिए सही हो सकती है और किसी के लिए गलत। और दोनों प्रणालियां—तंत्र और योग, दोनों एक साथ जन्मी थीं। ठीक एक समय पर ही। वे जुड़वां प्रणालियां हैं। यही है समकालिकता। जैसे स्त्री और पुरुष को एक-दूसरे की आवश्यकता होती है, तंत्र और योग को एक-दूसरे की आवश्यकता है। वे एक संपूर्ण चीज बनते हैं। यदि केवल योग ही अस्तित्व में आया होता, तो केवल पचास प्रतिशत ही पहुंच सकते थे। दूसरे पचास प्रतिशत तो तकलीफ में पड़ जाते। यदि केवल तंत्र ही होता तो भी केवल पचास प्रतिशत पहुंच सकते थे। बाकी दूसरे पचास प्रतिशत तकलीफ में पड़ गये होते। और ऐसा घट चुका है।

कभी यदि तुम गुरु के बिना चलते हो न जानते हुए कि तुम कहां बढ़ रहे हो, तुम क्या कर रहे हो, कौन हो तुम और क्या अनुकूल होगा तुम्हारे, तो तुम मुश्किल में पड़ जाओगे। हो सकता है तुम एक स्त्री हो पुरुष के रूप में सजे हुए, और तुम स्वयं को सोचते हो एक पुरुष; तब तो मुश्किल में पड़ोगे। हो सकता है कि तुम पुरुष हो स्त्री के वेश में सजे हुए, और तुम सोचते हो स्वयं को स्त्री; तुम मुश्किल में पड़ोगे।

मुश्किल खड़ी होती है तब जब तुम नहीं समझते कि तुम हो कौन। गुरु की जरूरत होती है तुम्हें एक सुस्पष्ट दिशा देने को ही कि क्या-क्या है तुम्हारे अनुरूप। तो खयाल रहे, जब कभी मैं कहता हूं कि यह या वह तुम्हारे लिए है, तो उसे दूसरे तक मत फैलाना। क्योंकि इसे विशेष रूप से कहा गया है तुम्हें ही। लोग तो कुतूहलभरे हैं। यदि तुम उन्हें यह कह देते हो, तो वे इसे आजमायेंगे। हो सकता है यह उनके लिए न हो। यह हानिकारक भी हो सकता है। और ध्यान रखना, यदि यह लाभकर नहीं तो यह हानिकर ही होनेवाला है। दोनों के बीच की कोई बात नहीं होती है। कोई चीज या तो सहायक होती है या गैर सहायक।

शिथिल निर्जीवता सबसे बड़ी बाधाओं में से एक है, लेकिन यह तिरोहित हो जाती है ओम् के जप द्वारा। ओम् तुम्हारे भीतर निर्मित करता है शिवलिंग को, अंडाकार ऊर्जा-वृत्त को। अब तुम्हारा बोध सूक्ष्म हो जाता है। तुम इसे देख भी सकते हो। यदि कुछ मास तक आंखें बंद करके ओम् का जप करते हो, ध्यान करते हो, तो तुम इसे तुम्हारे भीतर देख पाओगे। तुम्हारी देह तिरोहित हो चुकी होगी। वहां होगी मात्र प्राण-ऊर्जा ही, वह विद्युत-घटना ही। और वह आकार होगा शिवलिंग का आकार।

जिस घड़ी ऐसा तुम्हें घटता है, तो शिथिल निष्क्रियता तिरोहित हो चुकी होती है। अब तुम एक उत्तुंग ऊर्जा होते हो। अब तुम पर्वत-शिखरों की ओर बढ़ सकते हो। अब तुम अनुभव करोगे कि बातचीत काफी नहीं है, कुछ करना ही है। और ऊर्जा का स्तर इतना ऊंचा है कि अब कुछ किया जा सकता है। लोग मेरे पास आते हैं और वे पूछते हैं, क्या करना होगा ? मैं तो सिर्फ उनकी ओर देखता हूं और मैं देखता हूं : वे ऊर्जा बहा रहे हैं; वे कुछ नहीं कर सकते। पहली बात है इस बहाव को, रिसाव को गिरा देना। केवल तभी पूछो कि क्या किया जा सकता है, जब तुम्हारे पास ऊर्जा हो।

'संशय'—संस्कृत में बहुत सारे शब्द हैं संशय के लिए; अंग्रेजी में मात्र एक शब्द है डाउट। तो समझने की कोशिश करना। मैं इसकी व्याख्या करूंगा। एक संदेह है जो उठता है आस्था के विरुद्ध। संस्कृत में इसे कहा जाता है 'शंका'। यह एक युग्म है—आस्था के विरुद्ध शंका। फिर एक संदेह है जो कहलाता है संशय। अभी

पतंजलि संशय के विषय में कह रहे हैं—निश्चितता के, दृढ़ता के विरुद्ध है संशय। अनिश्चितता से भरा व्यक्ति, वह व्यक्ति जो दृढ़ नहीं होता, संशय में होता है। यह आस्था के विरुद्ध नहीं क्योंकि आस्था है किसी में आस्था रखना। यह एक अलग ही बात है।

तो जो कुछ भी तुम करते हो, तुम निश्चित नहीं होते कि तुम इसे करना चाहते भी हो या नहीं। अनिश्चितता होती है। अनिश्चित मन के साथ तुम मार्ग पर प्रवेश नहीं कर सकते, पतंजलि के मार्ग पर तो बिलकुल ही नहीं। तुम्हें निश्चित होना होता है, निर्णायक होना होता है। तुम्हें निर्णय लेना ही पड़ता है। यह कठिन होता है क्योंकि तुम्हारा एक हिस्सा सदा नहीं कहे चला जाता है। तो कैसे लोगे निर्णय ? इसके बारे में जितना सोच सकते हो सोच लेना; इसे तुम जितना समय दे सकते हो देना। सारी संभावनाओं पर विचार कर लेना, सारे विकल्पों पर, और फिर निर्णय कर लेना। और तब, एक बार जब तुम निर्णय कर लेते हो समस्त संशय को गिरा देना।

इससे पहले इसका प्रयोग कर लो—संशय को लेकर तुम जो कुछ भी कर सकते हो कर लेना। सारी संभावनाओं पर विचार करना और फिर चुन लेना। निस्संदेह, यह बात कोई समग्र निर्णय नहीं बनने वाली है, आरंभ में ऐसा संभव नहीं होता। यह एक बहुमत का निर्णय होगा। तुम्हारे मन का बहुमत, अधिकांश कहेगा हां, एक बार तुम निर्णय ले लो, तो कभी संशय नहीं करना। संशय उठायेगा अपना सिर। तो तुम कह भर देना, 'मैंने निर्णय कर लिया है।' बात खत्म हो गयी। यह समग्र निर्णय नहीं होता; सारे संशय फेंके नहीं गये। लेकिन जो कुछ भी किया जा सकता था, तुमने कर लिया। जितना संभव हो सकता था तुमने इसके बारे में उतनी संपूर्णता से सोच लिया है और तुमने चुनाव कर लिया है।

एक बार चुन लेते हो तुम तो फिर संशय को कोई सहयोग मत देना, क्योंकि तुम्हारे सहयोग द्वारा संशय बना रहता है तुममें। तुम उसे ऊर्जा दिये चले जाते हो, और फिर-फिर तुम इसके बारे में सोचने लगते हो। तब एक अनिश्चितता निर्मित हो जाती है। अनिश्चितता एक बहुत बिगड़ी हुई अवस्था होती है। तब तुम बहुत बिगड़े हुए आकार में होते हो। यदि तुम किसी बात का निर्णय नहीं ले सकते, तो कैसे तुम कुछ कर सकते हो ? किस प्रकार तुम कार्य कर सकते हो ?

'ओम्'—निनाद और ध्यान—कैसे देगा मदद ? यह देता है मदद, क्योंकि एक बार तुम निस्तरंग, मौन हो जाते हो, तो निर्णय लेना ज्यादा आसान हो जाता है। तब तुम एक भीड़ न रहे, अब कोई अव्यवस्था न रही। अब बिना तुम्हारे जाने कि कौन-सी आवाज तुम्हारी है, बहुत सारी आवाजें इकट्ठी नहीं बोलतीं। ओम् सहित—उसका जप करते हुए, उस पर ध्यान करते हुए—आवाजें शांत, मौन हो जाती हैं। अब तुम समझ सकते हो कि सारी आवाजें तुम्हारी नहीं हैं। तुम्हारी मां बोल रही होती है, तुम्हारे पिता बोल रहे होते हैं, तुम्हारे भाई, तुम्हारे शिक्षक बोल रहे होते हैं। आवाजें तुम्हारी नहीं हैं। उन्हें तुम आसानी से अलग कर सकते हो क्योंकि उन्हें मनोयोग से संभालने की जरूरत नहीं होती है।

जब ओम् के जप तले तुम शांत हो जाते हो, तो तुम आश्रय पा जाते हो; शांत, मौन, एकजुट हो जाते हो। उसी स्वाभाविक सुव्यवस्था में तुम देख सकते हो कि तुमसे आ रही वह वास्तविक आवाज कौन-सी है, जो कि प्रामाणिक है। इसे ऐसा समझो जैसे कि तुम बाजार में खड़े हुए हो, और बहुत लोग बातें कर रहे हैं और बहुत सारी चीजें चल रही हैं वहां, और तुम निर्णय नहीं ले सकते कि क्या घट रहा है। शेयर मार्केट में लोग चिल्लाते रहते

हैं। उन्हें अपनी भाषा का पता रहता है, लेकिन तुम नहीं समझ सकते कि क्या हो रहा है—कि वे पागल हो गये हैं या नहीं।

फिर तुम जाते हो हिमालय के आश्रय की ओर। तुम एक गुफा में बैठ जाते हो और बस जप करते हो। तुम मात्र शांत कर लेते हो स्वयं को और सारी घबड़ाहट गायब हो जाती है। तुम एक हो जाते हो। उस क्षण में निर्णय लेना संभव होता है। तब निर्णय करना और फिर वापस मुड़कर नहीं देखना। फिर भूल जाना। निर्णय हो गया है। अब वापस लौटना नहीं होगा। अब आगे बढ़ जाना।

कई बार संशय पीछे आयेगा। यह एक कुत्ते की भांति ही भौं-भौं करेगा तुम पर। लेकिन यदि तुम मत सुनो, यदि तुम कोई ध्यान न दो, तो धीरे-धीरे यह समाप्त हो जाता है। इसे मौका देना। जो संभव है उन तमाम संभावनाओं पर विचार कर लेना, और एक बार तुम निर्णय ले लेते हो, तो गिरा देना संशय को। और ओंकार, ओम् का ध्यान तुम्हारी मदद करेगा निश्चितता तक आ पहुंचने में। यहां संशय का अर्थ है अनिश्चितता।

तीसरी बाधा है असावधानी। संस्कृत शब्द है प्रमाद। प्रमाद का अर्थ होता है, वह अवस्था जो कि ऐसी होती जैसे कोई नींद में चल रहा है। असावधानी इसी का हिस्सा है। ठीक-ठीक बात का ऐसा अर्थ होगा, 'जीवित शव मत बनो। सम्मोहनावस्था के अंतर्गत मत चलो।'

लेकिन तुम हिप्नॉसिस में, सम्मोहनावस्था में जीते हो, इसे बिलकुल न जानते हुए। सारा समाज तुम्हें सम्मोहित करने का प्रयत्न कर रहा है कुछ निश्चित बातों के लिए, और यह बात प्रमाद निर्मित करती है। यह तुममें एक निद्रावस्था निर्मित कर देती है। क्या होता होगा ? तुम्हें होश नहीं। अन्यथा तुम एकदम चकित हो जाओगे उस पर जो कि घट रहा है। यह इतना जाना-पहचाना है। इसीलिए तुम जाग्रत नहीं होते। तुम बहुत सारे होशियारों द्वारा चलाये जा रहे होते हो। और उनकी विधि तुम्हें चालाकी से प्रभावित करने की यह होती है कि तुममें हिप्नॉसिस को, सम्मोहन को निर्मित कर देते हैं।

उदाहरण के लिए, हर रेडियो पर, हर टी.वी. पर, हर फिल्म में, हर अखबार और पत्रिका में, विज्ञापक किसी निश्चित चीज को विज्ञापित किये जाते हैं—उदाहरण के लिए 'लक्स टॉयलेट साबुन।' तुम सोचते हो तुम प्रभावित नहीं होते, लेकिन प्रतिदिन तो तुम सुनते हो, 'लक्स टॉयलेट साबुन, लक्स टॉयलेट साबुन, लक्स टॉयलेट साबुन।' यही एक निरंतर गान। रात्रि में सड़कों पर नियॉन बिजलियां कहतीं—'लक्स टॉयलेट साबुन।' और अब वे इस बात का पता पा गये हैं कि यदि तुम बिजली को झिलमिल करो तो यह अधिक प्रभावकारी होती है। यदि यह जलती-बुझती रहती है, तो यह और भी प्रभावकारी हो जाती है क्योंकि तब तुम्हें इसे फिर पढ़ना होता है—'लक्स टॉयलेट साबुन।' फिर बिजली जाती और फिर आ जाती, और तुम्हें इसे फिर पढ़ना पड़ता है—'लक्स टॉयलेट साबुन।'

तुम जप करते हो ओम् का। यह तुम्हारे उपचेतन में ज्यादा गहरे उतर रहा होता है। तुम सोचते हो तुम प्रभावित नहीं हुए, तुम सोचते हो तुम इन लोगों द्वारा फुसलाये नहीं गये—ये सब सुंदर नग्न स्त्रियां लक्स टॉयलेट साबुन के निकट खड़ी हुई हैं और कह रही हैं, 'मैं सुंदर क्यों हूं ? मेरा चेहरा इतना सुंदर क्यों है ? लक्स टॉयलेट साबुन के कारण।' तुम सोचते हो कि तुम सुंदर नहीं हो, अतः तुम प्रभावित हो जाते हो। अचानक, एक दिन तुम बाजार चले जाते हो, दुकान पर जाते हो, और तुम लक्स टॉयलेट साबुन के बाबत पूछते हो। दुकानदार पूछता है,

'कौन सा साबुन ?' तो अकस्मात यह बात बाहर फूट पड़ती है, 'लक्स टॉयलेट साबुन !'

तुम व्यापारियों, राजनेताओं, शिक्षाविदों, पंडित-पुरोहितों द्वारा सम्मोहित हो रहे हो। क्योंकि अगर तुम सम्मोहित हुए हो तो हर किसी ने तुम पर कोई घेरा डाला है। तब तुम इस्तेमाल किये जा सकते हो। राजनेता कहे चले जाते हैं, 'यह मातृभूमि है, और अगर मातृभूमि कठिनाई में है तो जाओ युद्ध पर, बनो शहीद।'

कैसी नासमझी है ! सारी पृथ्वी तुम्हारी माता है। क्या पृथ्वी भारत, पाकिस्तान, जर्मनी, इंग्लैंड में बंटी हुई है, या यह एक है ? लेकिन राजनेता निरंतर तुम्हारे मन पर इसकी चोट कर रहे हैं कि पृथ्वी का केवल यही हिस्सा तुम्हारी माता है और तुम्हें इसे बचाना ही है। यदि तुम्हारा जीवन भी चला जाये, तो यह बहुत अच्छी बात है। और वे और-और कहते जाते हैं—'देश की सेना, राष्ट्रीयवाद, देशभक्ति'—सारी मूढ़ताभरी परिभाषाएं। लेकिन यदि वे निरंतर ठोक-पीट किये जाते हैं, तो तुम सम्मोहित हो जाते हो। तब तुम स्वयं का बलिदान कर सकते हो।

तुम सम्मोहनावस्था में तुम्हारी जिंदगी का बलिदान कर रहे होते हो नारों के कारण ही। झंडा, एक साधारण टुकड़ा कपड़े का, सम्मोहन द्वारा इतना ज्यादा महत्वपूर्ण हो जाता है। यह हमारा राष्ट्रीय झंडा है, अतः लाखों लोग मर सकते हैं इसके लिए। यदि दूसरे ग्रहों पर प्राणी हैं, और यदि उन्हें कभी पृथ्वी पर देखना होता हो, तो वे सोचते होंगे, 'ये लोग तो एकदम पागल हैं।' कपड़े के लिए—कपड़े के एक टुकड़े के लिए—तुम मर सकते हो क्योंकि किसी ने हमारे झंडे का अपमान कर दिया है, और इसे बरदाश्त नहीं किया जा सकता।

फिर धर्म तुम्हें उपदेश दिये चले जाते हैं कि तुम ईसाई हो, हिंदू हो, कि मुसलमान हो, कि यह हो और वह हो। वे तुम्हें अनुभव करवा देते कि तुम ईसाई हो, और फिर तुम धर्मयुद्ध में होते हो—'उन दूसरे लोगों को मार दो जो ईसाई नहीं हैं। यह तुम्हारा कर्तव्य है।' वे तुम्हें ऐसी बेतुकी बातें सिखाते हैं, लेकिन तुम फिर भी उनमें विश्वास करते हो क्योंकि वे उन्हें कहे जाते हैं। एडॉल्फ हिटलर ने कहा है अपनी आत्मकथा 'मेन कैम्फ' में, कि यदि तुम निरंतर किसी झूठ को दोहराओ तो वह सच बन जाता है। और वह जानता है। कोई इस तरह नहीं जानता जिस तरह वह जानता है क्योंकि उसने स्वयं दोहराया झूठ को और एक चमत्कृत करने वाली घटना का निर्माण कर दिया।

प्रमाद का अर्थ है सम्मोहन की वह अवस्था जिसमें तुम चालाकी से चलाये जाते हो, खोये हुए जी रहे होते हो। तब असावधानी आयेगी ही क्योंकि तुम, तुम नहीं होते। तब तुम हर चीज बिना किसी सावधानी के करते हो। तुम जैसे ठोकर खाते चलते हो। चीजों के, व्यक्तियों के संबंध में, तुम निरंतर ठोकर खा रहे हो; तुम कहीं नहीं पहुंच रहे। तुम तो बस शराबी की भांति हो। लेकिन हर आदमी तुम्हारी भांति ही है, अतः तुम्हारे पास अवसर नहीं इसे अनुभव करने का कि तुम शराबी हो।

सचेत रहना। ओम् सचेत होने में किस प्रकार मदद करेगा तुम्हारी ? यह तुम्हारा सम्मोहन गिरा देगा। वस्तुतः यदि तुम मात्र ओम् का जप किये जाओ बिना ध्यान किये, तो यह बात भी एक सम्मोहन हो जायेगी। मंत्र का साधारण जप करने में और पतंजलि के मार्ग में अंतर यही है। इसका जप करो और सचेत बने रहो।

यदि तुम ओम् का जप करते हो और सचेत हुए रहते हो, तो यह ओम् और इसका जप सम्मोहन दूर करने की शक्ति बन जायेगा। यह तोड़ देगा उन तमाम सम्मोहनावस्थाओं को जो तुम्हारे चारों ओर बनी रहती हैं; जो तुममें निर्मित होती रही हैं समाज द्वारा और चालाकियों से प्रभावित करने वालों द्वारा और राजनेताओं द्वारा। यह होगा

सम्मोहन दूर करना।

एक बार ऐसा पूछा गया था अमरीका में, किसी ने पूछा था विवेकानंद से, 'साधारण सम्मोहन और तुम्हारे ओम् के जप में क्या अंतर है ?' वे बोले, 'ओम् का जप सम्मोहन को दूर करता है। यह विपरीत गियर में सरकना है।' प्रक्रिया वैसी ही मालूम पड़ती है, लेकिन गियर विपरीत होता है। और कैसे यह उल्टा हो जाता है ? यदि तुम ध्यान भी कर रहे हो, तो धीरे-धीरे तुम इतने शांत हो जाते हो और इतने जाग्रत, इतने सावधान हो जाते हो, कि कोई तुम्हें सम्मोहित नहीं कर सकता। अब तुम इन विषैले पुरोहितों और राजनेताओं की पहुंच से परे होते हो। अब पहली बार तुम एक व्यक्ति होते हो, और तब तुम सचेत, सावधान हो जाते हो। फिर तुम सावधानी से आगे बढ़ते हो; तुम हर कदम सावधानी से उठाते हो क्योंकि तुम्हारे चारों ओर लाखों फंदे होते हैं।

'आलस्य'। बहुत आलस्य तुममें इकट्ठा हो चुका है। यह कुछ कारणवश चला आता है। क्योंकि तुम कुछ करने की कोई तुक नहीं समझ पाते। और यदि तुम कुछ करते भी हो, तो कोई प्राप्ति नहीं होती। यदि तुम नहीं करते, तो कुछ गंवाया नहीं जाता। तब आलस्य हृदय में पैठ जाता है। आलस्य का मात्र इतना अर्थ है कि तुमने जीवन के प्रति उत्साह खो दिया है।

बच्चे आलसी नहीं होते हैं। वे ऊर्जा से लबालब भरे होते हैं। सोने के लिए तुम्हें उन्हें मजबूर करना पड़ता है; तुम्हें उन्हें मजबूर करना पड़ता है चुप रहने के लिए; तुम्हें उन्हें विवश करना पड़ता है कि वे कुछ मिनटों के लिए शांत बैठ जायें जिससे कि वे आराम कर लें; तुम्हें लगता है कि वे तनावपूर्ण नहीं हैं। वे ऊर्जा से भरे हुए हैं। इतने छोटे प्राणी और इतनी ज्यादा ऊर्जा ! कहां से आती है यह ऊर्जा ? वे अभी हताश नहीं हैं। वे नहीं जानते कि इस जीवन में, चाहे जो भी कर लो, तुम्हें कुछ नहीं प्राप्त होता है। वे अजाग्रत होते हैं—आनंदपूर्ण अजाग्रत; इसीलिए होती है इतनी ज्यादा ऊर्जा।

और तुम करते रहे हो बहुत कुछ, और कुछ भी प्राप्त नहीं हुआ है। इसीलिए आलस्य की परत जम जाती है। मानो तुममें धूल इकट्ठी होती है—तुम्हारी सारी असफलताओं और हताशाओं की धूल, हर उस सपने की धूल जो कीचड़ हो गया। तो यह जम जाता है। तब तुम आलसी हो जाते हो। सुबह तुम सोचते हो, 'किसलिए उठें फिर ? आखिर किसलिए ?' कोई उत्तर नहीं है। तुम्हें उठना होता है क्योंकि किसी भी तरह रोटी तो पानी है और फिर पत्नी है, और बच्चे हैं, और तुम जाल की पकड़ में आ गये हो। किसी तरह तुम ऑफिस की ओर चलते हो, जैसे-तैसे वापस लौटते हो। कोई उत्साह नहीं। तुम धकेले जाते हो। कोई बात करते हुए तुम खुश नहीं होते।

ओम् का जप और उस पर किया ध्यान कैसे मदद करेगा ? यह मदद देता है। निश्चित ही यह बात मदद करती है क्योंकि जब पहली बार तुम ओम् का जप करते और ध्यान देते और ध्यान करते, तुम्हारे जीवन का यह ऐसा प्रयास होता है जो परिपूर्णता लाता हुआ मालूम पड़ता है। इसका जप करते हुए तुम इतनी प्रसन्नता अनुभव करते हो, इसका जप करते हुए तुम इतना आनंदमय अनुभव करते हो, कि प्रथम प्रयास सफल हुआ है।

अब नया उत्साह उदित हुआ है। धूल फेंक दी गयी है। एक नया साहस, एक नया विश्वास उपलब्ध हुआ है। अब तुम सोचते हो कि तुम भी कुछ कर सकते हो, तुम भी कुछ उपलब्ध कर सकते हो। हर चीज असफलता ही नहीं है। हो सकता है बाहरी यात्रा एक असफलता हो, लेकिन भीतरी यात्रा असफलता नहीं है। पहला चरण

भी बहुत सारे फूलों को ले आता है। अब आशा उमग आती है। भरोसा फिर से आ बसता है। तुम फिर से एक बालक हो आंतरिक संसार के। यह एक नया जन्म होता है। तुम फिर से हंस सकते हो, खेल सकते हो। फिर से हुआ है तुम्हारा जन्म।

इसे हिंदू कहते हैं द्विजन्मा—द्विज। यह है अगला जन्म, दूसरा जन्म। एक बाहरी संसार में हुआ था, वह असफल सिद्ध हुआ; इसीलिए तुम इतना निर्जीव अनुभव करते हो। और जब तक कोई चालीस की उम्र तक पहुंचता है, मृत्यु की सोचने लगता है—कैसे मरूं, कैसे समाप्त होऊं, इसकी सोचने लगता है।

यदि लोग आत्महत्या नहीं करते, तो ऐसा नहीं है कि वे खुश हैं। ऐसा मात्र इसीलिए है कि वे मृत्यु में भी कोई आशा नहीं देखते। मृत्यु भी आशारहित जान पड़ती है। वे आत्महत्या नहीं कर रहे तो इसलिए नहीं कि वे बड़ा प्रेम करते हैं जीवन से—नहीं। वे इतने हताश हैं कि वे जानते हैं मृत्यु भी कोई चीज देने वाली नहीं। तो क्यों अनावश्यक तौर से ही आत्महत्या करें ? क्यों मुसीबत उठायें ? तो जैसा है, जो है चलाते चलो।

'विषयासक्ति'; क्यों तुम अनुभव करते हो विषयासक्त, कामुक ? तुम कामयुक्त अनुभव करते हो क्योंकि तुम संचित कर लेते हो ऊर्जा, अप्रयुक्त ऊर्जा; और तुम जानते नहीं कि क्या करना है उसका। अतः स्वभावतया काम के पहले केंद्र पर वह इकट्ठी हो जाती है। और तुम्हें किन्हीं दूसरे केंद्रों का पता नहीं है। और कैसे ऊर्जा ऊपर की ओर बहती है यह तुम जानते नहीं।

यह ऐसा है कि जैसे तुम्हारे पास हवाई जहाज है, लेकिन तुम जानते नहीं कि यह है क्या। इसलिए तुम उसकी जांच करते हो। फिर तुम सोचते हो, 'इसके पहिये हैं, तो यह किसी प्रकार का वाहन ही होगा।' तब तुम उसके साथ घोड़े जोत देते हो और उसका प्रयोग करते हो बैलगाड़ी की भांति। इसका प्रयोग हो सकता है इस ढंग से। फिर किसी दिन संयोगवशात, तुम खोज लेते हो कि बैलों की जरूरत नहीं। इसमें इसका एक अपना इंजन है, तो तुम इसका प्रयोग कर लेते हो मोटरकार के रूप में। फिर तुम तुम्हारी खोज में गहरे और गहरे उतरते जाते हो। फिर तुम्हें आश्चर्य होता कि ये पंख हैं क्यों ? फिर एक दिन तुम इसका प्रयोग वैसे ही करते हो जैसे कि इसका प्रयोग किया जाना चाहिए—हवाई जहाज की भांति ही।

जब तुम भीतर उतरते हो, तो तुम बहुत चीजें खोज लेते हो। लेकिन यदि तुम नहीं उतरते, तो वहां केवल कामवासना ही होती है। तुम ऊर्जा इकट्ठी कर लेते हो, फिर तुम नहीं जानते कि उसका करना क्या है। तुम बिलकुल ही नहीं जानते कि तुम ऊपर की ओर उड़ान भर सकते हो। तुम एक छकड़ा, एक बैलगाड़ी बन जाते हो—कामवासना छकड़े की भांति व्यवहार कर रही होती है। तुम ऊर्जा एकत्रित कर लेते हो। तुम भोजन करते हो, तुम पानी पीते हो और ऊर्जा निर्मित होती है, ऊर्जा इकट्ठी हो जाती है। यदि तुम उसका उपयोग नहीं करते तो तुम पागल हो जाओगे। तब ऊर्जा तुम्हारे भीतर तीव्रता से घूमती है। यह तुम्हें पगला देती है। तुम्हें कुछ करना ही पड़ता है। यदि तुम कुछ नहीं करते, तो तुम पागल हो जाओगे, तुम विस्फोटित हो जाओगे। कामवासना सबसे आसान सेफ्टी वाल्व है। इसके द्वारा ऊर्जा प्रकृति में लौट चलती है।

यह मूढ़ता है क्योंकि ऊर्जा आती ही है प्रकृति से। तुम भोजन करते हो; यह है प्रकृति को खाना। तुम पानी पीते हो—यह प्रकृति को ही पिया जा रहा है। तुम धूपस्नान करते हो—यह है सूर्य का भोजन। निरंतर ही तुम प्रकृति को खा रहे हो और फिर तुम ऊर्जा बाहर फेंक देते हो प्रकृति में। सारी बात ही असंगत, व्यर्थ, अर्थशून्य

लगती है। क्या उपयोग है इसका ? तो तुम आलसी हो ज़ाते हो।

ऊर्जा को ज्यादा ऊंचे जाना चाहिए। तुम्हें रूपांतरकार होना होगा। तुम्हारे द्वारा प्रकृति को दिव्य प्रकृति हो जाना चाहिए; केवल तभी वहां होता है कोई अर्थ, कोई सार्थकता। तुम्हारे द्वारा विषय को मन बनना है; मन को बनना है उच्च मन। तुम्हारे द्वारा स्वभाव को पहुंचना चाहिए परम स्वभाव तक, निम्नतम को बनना होगा उच्चतम। केवल तभी वहां कोई महत्ता होती है—एक अनुभवित महत्ता।

तब तुम्हारे जीवन का कोई गहरा, गहन अर्थ होता है। तुम व्यर्थ नहीं रहते; तुम मैली धूल की भांति नहीं होते। तुम एक ईश्वर होते हो। जब तुम्हारे स्वयं के द्वारा तुमने स्वभाव को परम स्वभाव तक पहुंचा दिया हो, तो तुम भगवान हो गये होते हो। पतंजलि हैं भगवान। तुम हो जाते हो गुरुओं के गुरु।

लेकिन साधारणतया कामुकता का, विषयासक्ति का अर्थ है ऊर्जा का एकत्रित हो जाना। और तुम्हें इसे बाहर फेंक देना होता है। तुम्हें मालूम नहीं कि क्या करना है इसका। पहले तुम इसे इकट्ठा कर लेते हो। पहले तुम जाते हो भोजन खोजने। बहुत प्रयास करते हो रोटी की जुगाड़ करने में। फिर तुम रोटी पचा लेते हो और ऊर्जा निर्मित कर लेते हो। काम-ऊर्जा सबसे परिष्कृत ऊर्जा होती है तुम्हारे शरीर की, सर्वाधिक सूक्ष्म। और तुम बाहर फेंक देते हो इसे, और तब तुम फिर से चक्र में जा पड़ते हो।

यह एक दुष्चक्र है। तुम बाहर फेंक देते हो ऊर्जा, और शरीर को आवश्यकता होती है ऊर्जा की। तुम खाते हो, जमा करते हो, फेंक देते हो। कैसे तुम अनुभव कर सकते हो कि तुम्हारे पास कोई अर्थ है ? तुम उस लीक में पहुंच गये जान पड़ते हो जो कहीं नहीं ले जा रही। किस प्रकार मदद देगा यह ओम् ? इस पर ध्यान करना कैसे मदद देगा ? एक बार जब तुम ओम् का ध्यान करने लगते हो, दूसरे केंद्र क्रियान्वित होने लगते हैं।

जब ऊर्जा भीतर बहती है, तो यह एक वर्तुल बन जाती है। तब कामवासना का केंद्र ही एकमात्र ऐसा केंद्र नहीं होता जो क्रियान्वित होता है। तुम्हारा संपूर्ण शरीर एक वर्तुल हो जाता है। काम-केंद्र से ऊर्जा दूसरे केंद्र की ओर उठती है, तीसरे की ओर, चौथे की ओर, पांचवें की ओर, छठे की ओर, और फिर सातवें केंद्र की ओर। दोबारा यह छठे पर जाती, पांचवें पर, चौथे पर, फिर तीसरे पर, दूसरे पर, फिर पहले पर। यह एक आंतरिक वर्तुल बन जाती है और यह दूसरे केंद्रों से गुजरती है।

ऊर्जा संचित हो जाती है इसीलिए यह ऊंची उठती है—ऊर्जा का स्तर ऊंचा होता चला जाता है। यह किसी बांध की भांति होता है। पानी नदी से आता जाता है, और बांध इसे बाहर नहीं जाने देता। तब पानी ऊंचा उठता है। और दूसरे केंद्र, तुम्हारे शरीर के दूसरे चक्र, खुलने शुरू हो जाते हैं। क्योंकि जब ऊर्जा बहती है तो वे केंद्र सक्रिय शक्तियां बन जाते हैं—डायनामो। वे क्रियान्वित होने लगते हैं।

यह ऐसा है जैसे कि झरना और डायनामो कार्य करने लगें। जब झरना सूखा होता है, डायनामो नहीं शुरू हो सकता। जब ऊर्जा ऊपर की ओर बहती है, तुम्हारे उच्चतम चक्र कार्य करने लगते हैं, क्रियान्वित होने लगते हैं। इसी प्रकार ही मदद देता है ओम्। यह तुम्हें एक कर देता है, शांत बना देता है, प्रकृतिस्थ। ऊर्जा ऊंची उठती है; विषयासक्ति तिरोहित हो जाती है। कामवासना अर्थहीन हो जाती है, बचकानी हो जाती है। यह अभी गयी नहीं लेकिन यह बचकानी बात लगने लगती है। तब तुम विषयासक्त हुआ अनुभव नहीं करते; तुममें इसके लिए कोई ललक नहीं होती।

यह अभी भी है वहां। यदि तुम सावधान नहीं होते तो यह तुम्हें फिर से जकड़ लेगी। तुम गिर सकते हो, क्योंकि यही परम घटना नहीं है। तुम अभी केन्द्रीभूत नहीं हुए हो, लेकिन झलक घट चुकी है और अब तुम जानते हो कि ऊर्जा तुम्हें आंतरिक आनंदपूर्ण अवस्था दे सकती है और कामवासना निम्नतम आनंदोल्लास है। उच्चतर आनंद संभव है। जब उच्चतर संभव हो जाता है, तो निम्न अपने आप ही तिरोहित हो जाता है। तुम्हें उसे त्यागने की आवश्यकता नहीं पड़ती। यदि तुम त्यागते हो, तो तुम्हारी ऊर्जा ऊंची नहीं बढ़ रही। यदि ऊर्जा ऊंची बढ़ रही है, तो कोई जरूरत ही नहीं होती त्यागने की। यह बिलकुल व्यर्थ हो जाती है। यह एकदम स्वयं ही गिर जाती है। यह निष्क्रिय हो जाती है। यह एक भ्रम होती है।

जैसे कि तुम हो, यदि तुम सपने देखना बंद कर दो तो मनोविश्लेषक कहते कि तब तुम पागल हो जाओगे। सपनों की आवश्यकता होती है। भ्रांतियों की, भ्रामकताओं की, भ्रमों की, सपनों की जरूरत है क्योंकि तुम सोये हुए हो। और नींद में, सपने एक आवश्यकता हैं।

वे अमरीका में प्रयोग करते रहे हैं और उन्होंने पाया है कि यदि तुम्हें सात दिन तक सपने न देखने दिये जायें, तो तुम तुरंत भ्रम पूर्ण यात्रा शुरू कर देते हो। जो चीजें हैं ही नहीं, वे तुम्हें दिखाई पड़ने लगती हैं। तुम पागल हो जाते हो। बस सात दिन गुजरते हैं बिना सपनों के, और तुम भ्रमित हो जाते हो। भ्रांतियां घटित होने लगती हैं। तुम्हारे सपने एक रेचन हैं; एक अंतर्निर्मित रेचन। तो हर रात तुम स्वयं को बहका लेते हो। सुबह होने तक तुम कुछ शांत हो जाते हो, लेकिन शाम तक फिर तुमने बहुत ऊर्जा एकत्रित कर ली होती है। रात को तुम्हें सपने देखने ही होते हैं और इस ऊर्जा को बाहर फेंकना ही पड़ता है।

ऐसा घटता है ड्राइवरों के साथ, और इसी कारण बहुत-सी दुर्घटनाएं होती हैं। रात को चार बजे के करीब दुर्घटनाएं घटती हैं—सुबह चार बजे, क्योंकि ड्राइवर सारी रात गाड़ी चलाता रहा है। वह सपना नहीं देख सका, अब स्वप्न-ऊर्जा संचित होती है। वह गाड़ी चला रहा है और खुली आंखों से भ्रांतियां देखने लगता है। 'सड़क सीधी है', वह कहता है, 'कोई नहीं है, कोई ट्रक नहीं आ रहा।' खुली आंखें लिये ही वह किसी ट्रक से जा भिड़ता है। या, वह देखता है किसी ट्रक को आते हुए और केवल उससे बचने को ही—और कोई ट्रक था नहीं वहां—केवल उससे बचने को वह अपनी कार की टक्कर लगवा लेता है पेड़ के साथ।

बहुत खोज की गयी है इस पर कि क्यों चार बजे के करीब इतनी सारी दुर्घटनाएं होती हैं। वस्तुतः चार बजे के करीब तुम बहुत सपने देखते हो। चार से लेकर पांच या छह बजे तक, तुम ज्यादा सपने देखते हो, यह होता है स्वप्न-काल। तुम अच्छी तरह सो चुके हो; अब नींद की कोई आवश्यकता नहीं, तो तुम सपने देख सकते हो। सुबह तुम सपने देखते हो। और यदि उस समय तुम सपने नहीं देखते या तुम्हें सपने नहीं देखने दिये जाते तो तुम भ्रम निर्मित कर लोगे। तुम खुली आंखों से सपने देखने लगोगे।

भ्रम का अर्थ होता है—खुली आंखों का सपना। लेकिन हर कोई इसी ढंग से सपने देख रहा है। तुम एक स्त्री को देखते और तुम सोचते हो कि वह परम सुंदरी है। हो सकता है ऐसी बात न हो। तुम शायद भ्रम को उस पर प्रक्षेपित कर रहे हो। हो सकता है कामवासना के कारण तुम भूखे हो। तब ऊर्जा होती है और तुम मोहित होते हो। दो दिन के बाद, तीन दिन के बाद स्त्री साधारण दिखने लगती है। तुम सोचते हो तुम्हें धोखा दिया गया है। कोई नहीं दे रहा है तुम्हें धोखा सिवाय तुम्हारे स्वयं के। तुम सम्मोहित हो गये थे। प्रेमी एक-दूसरे को मोहित करते

हैं। वे सपने देखते हैं खुली आंखों से और फिर वे हताश हो जाते हैं। किसी का दोष नहीं होता। ऐसी तुम्हारी अवस्था ही है।

पतंजलि कहते हैं भ्रम तिरोहित हो जायेगा यदि तुम ध्यानपूर्वक ओम् का जप करो। कैसे घटेगा यह ? भ्रम का अर्थ होता है स्वप्नमयी अवस्था—वह अवस्था जहां तुम खो जाते हो। तुम अब होते ही नहीं, केवल सपना होता है वहां। यदि तुम ओम् का ध्यान करो, तो तुम ओम् का नाद निर्मित कर लेते हो और तुम होते हो एक साक्षी। तुम हो वहां। तुम्हारी मौजूदगी किसी सपने को घटित नहीं होने दे सकती। जब कभी तुम मौजूद हो, कोई सपना नहीं होता। जब कभी सपना मौजूद होता है, तुम नहीं होते हो। दोनों साथ-साथ नहीं हो सकते। यदि तुम होते हो वहां तो सपना तिरोहित हो जायेगा या तुम्हें तिरोहित होना होगा। तुम और सपना, दोनों एक साथ नहीं बने रह सकते। स्वप्न और जागरूकता कभी नहीं मिलते। इसीलिए भ्रम तिरोहित हो जाता है ओम् के नाद का साक्षी बनकर।

असमर्थता—असमर्थता, दुर्बलता भी निरंतर अनुभव की जाती है। तुम स्वयं को निस्सहाय अनुभव करते हो—यही है असमर्थता। तुम अनुभव करते हो कि तुम कुछ नहीं कर सकते, कि तुम व्यर्थ हो, किसी काम के नहीं। तुम दिखावा करते होओगे कि तुम कुछ हो, लेकिन तुम्हारा दिखावा भी दिखाता है कि गहरे में तुम उस ना-कुछपन को महसूस करते हो। तुम शायद दिखावा करो कि तुम बहुत शक्तिशाली हो, लेकिन तुम्हारा दिखावा और कुछ नहीं है सिवाय एक छुपाव के।

मुल्ला नसरुद्दीन एक शराबखाने में दाखिल हुआ अपने हाथ में एक कागज लिये हुए और घोषणा कर दी, 'ये रहे उन लोगों के नाम जिन्हें मैं पीट सकता हूं।' कोई सौ नाम थे वहां। एक आदमी खड़ा हो गया, वह छोटा-सा आदमी था; मुल्ला उसे पीट सकता था। लेकिन उस आदमी के पास उसकी पेटी के इर्द-गिर्द दो पिस्तौलें थीं। वह अपने हाथ में पिस्तौल लिये निकट आया और कहने लगा, 'क्या मेरा नाम भी है वहां ?'

मुल्ला ने उसकी ओर देखा और बोला, 'हां।' वह आदमी कहने लगा, 'तुम मुझे पीट नहीं सकते।' मुल्ला बोला, 'तुम्हें पक्का विश्वास है ?' वह आदमी बोला, 'बिलकुल पक्का विश्वास है जरा देखो तो।' और उसने पिस्तौल दिखा दी। मुल्ला बोला, 'तो ठीक है। मैं इस सूची में से तुम्हारा नाम काट दूंगा।'

तुम दिखावा कर सकते हो कि तुम बहुत शक्तिशाली हो, लेकिन जब कभी तुम्हें सामना करना पड़ता है तब तुम अनुभव करने लगते हो निस्सहायता और शक्तिविहीनता। आदमी दुर्बल है क्योंकि केवल संपूर्ण ही शक्तिशाली हो सकता है, आदमी नहीं। कोई अंश शक्तिशाली नहीं हो सकता। केवल परमात्मा है शक्तिशाली; आदमी होता है दुर्बल।

जब तुम ओंकार का जप करते हो, ओम् के नाद का, तो पहली बार तुम अनुभव करते हो कि तुम अब कोई द्वीप न रहे। तुम संपूर्ण सर्वव्यापक नाद का एक हिस्सा बन जाते हो। पहली बार तुम स्वयं को शक्तिमय अनुभव करते हो, लेकिन अब इस शक्तिमयता को हिंसात्मक होने की आवश्यकता नहीं होती, आक्रामक होने की आवश्यकता नहीं होती। वस्तुतः एक शक्तिशाली आदमी कभी भी आक्रामक नहीं होता—केवल दुर्बल व्यक्ति आक्रामक हो जाते हैं अपने को सिद्ध करने के लिए—यह दिखाने के लिए कि वे शक्तिशाली हैं।

'....और अस्थिरता है उन्हीं बाधाओं में से एक जो मन में विक्षेप लाती हैं।'

तुम एक चीज आरम्भ करते हो और फिर छोड़ देते हो। तुम आगे बढ़ते और हटते हो। तुम फिर से प्रारंभ करते और फिर छोड़ देते हो। कोई चीज संभव नहीं होती इस अस्थिरता के साथ। व्यक्ति को सतत प्रयास करना होता है, निरंतर उसे एक ही स्थान पर गड्ढा खोदते चले जाना होता है। यदि तुम अपना प्रयास छोड़ देते हो, तो तुम्हारा मन ऐसा है कि कुछ दिनों बाद तुम्हें फिर से क, ख, ग, से प्रारंभ करना होगा। मन स्वयं को उलटा चला लेता है, वह फिर से लौट जाता है। थोड़े दिनों तक तुम कुछ करते हो, फिर तुम इसे छोड़ देते हो। तुम वापस फेंक दिये जाओगे कार्य के तुम्हारे पहले दिन पर ही—फिर से क,ख,ग से शुरू करना होगा। या तुम बहुत कुछ करोगे बिना कोई चीज प्राप्त किये ही। ओम् तुम्हें कुछ अलग ही चीज का स्वाद देगा।

क्यों तुम आरंभ करते और रुक जाते हो ? लोग मेरे पास आते हैं और कहते हैं कि उन्होंने एक वर्ष तक ध्यान किया, फिर उन्होंने बंद कर दिया। और मैं पूछता हूं उनसे, 'कैसा अनुभव कर रहे थे तुम ?' 'हम बहुत-बहुत अच्छा अनुभव कर रहे थे।' मैं पूछता हूं उनसे, 'तो फिर भी तुमने क्यों बंद कर दिया ? कोई बंद नहीं करता जब कोई बहुत अच्छा अनुभव कर रहा हो तो !' वे कहते हैं, 'हम बहुत खुश थे; फिर हमने बंद कर दिया।' मैं उनसे कहता हूं, 'यह असंभव है। यदि तुम प्रसन्न थे, तो कैसे कर सकते हो तुम बंद ?' तब वे कह देते हैं, 'एकदम प्रसन्न तो नहीं।'

तो वे मुश्किल में पड़े होते हैं। वे दिखावा भी कर लेते हैं कि वे प्रसन्न हैं। यदि तुम किसी निश्चित बात में प्रसन्न होते हो, तो तुम उसे बनाये रहते हो। तुम केवल तभी बंद करते हो जब वह उबाऊ बात होती है, एक ऊब, एक अप्रसन्नता होती है। पतंजलि कहते हैं, ओम् के द्वारा तुम पहला स्वाद पाओगे, संपूर्ण समष्टि में समा जाने का। वही स्वाद तुम्हारी प्रसन्नता बन जायेगा और अस्थिरता चली जायेगी। इसीलिए वे कहते हैं कि ओम् का जप करने से, उसका साक्षी बनने से सारी बाधाएं गिर जाती हैं।

दुख, निराशा, कंपकंपी और अनियमित श्वसन विक्षेपयुक्त मन के लक्षण हैं।

ये होते हैं लक्षण। दुख का अर्थ ही होता है कि तुम सदा तनाव से भरे होते हो, चिंताग्रस्त होते हो, सदा बंटे-बिखरे होते हो। हमेशा चिंतित मन लिये, हमेशा उदास, निराश-भाव में होते हो। तब सूक्ष्म कंपकंपी होती है देह-ऊर्जा में, क्योंकि जब देह-ऊर्जा एक वर्तुल में नहीं चल रही होती; तुममें होता है सूक्ष्म कंपन, कंपकंपी, और अनियमित श्वसन। तब तुम्हारा श्वसन लयबद्ध नहीं हो सकता। यह एक अनियमित श्वासोच्छ्वास होता है।

ये लक्षण हैं विक्षेपयुक्त मन के। और इसके विपरीत लक्षण होते हैं उस मन के जो केन्द्रीभूत होता है। ओम् का जप तुम्हें केन्द्रित बनायेगा। तुम्हारा श्वसन लयबद्ध हो जायेगा। तुम्हारी शारीरिक कंपकंपाहटें तिरोहित हो जायेंगी, तुम घबड़ाये हुए नहीं रहोगे। उदासी का स्थान एक प्रसन्न अनुभूति ले लेगी। एक प्रसन्नता। तुम्हारे चेहरे पर एक सुकोमल आनंदमयता होगी, बिना किसी कारण के ही। तुम बस प्रसन्न होते हो। तुम्हारे होने मात्र से तुम प्रसन्न होते हो; मात्र सांस लेते हुए ही तुम प्रसन्न होते हो। तुम कुछ बहुत ज्यादा की मांग नहीं करते। तब संताप, मनोव्यथा की जगह आनंद होगा।

इन बाधाओं को दूर करने के लिए एक तत्व पर ध्यान करना।

विक्षेपयुक्त मन के ये लक्षण हटाये जा सकते हैं एक सिद्धांत पर ध्यान करने द्वारा। वह एक सिद्धांत है—प्रणव, ओम्; वह सर्वव्यापी नाद।

प्रवचन 18

ओम् के साथ विसंगीत से संगीत तक

प्रश्नसार

● यह मार्ग तो शांति और जागरूकता का मार्ग है, फिर आपके आस-पास का हर व्यक्ति और हर चीज इतनी अव्यवस्था में क्यों है ?

● ओम् की साधना करते समय इसे मंत्र की तरह दोहरायें या एक आंतरिक नाद की तरह सुनें ?

● पहले आप 'हूं' के मंत्र पर जोर देते थे, अब 'ओम्' पर क्यों जोर दे रहे हैं ?

● हमें आपके पास कौन-सी चीज ले आयी—शरीर की आवश्यकता या मन की आकांक्षा ?

● क्या योग और तंत्र के बीच कोई संश्लेषण खोजना संभव है ?

● आपके सान्निध्य में ऊर्जा की लहरों का संप्रेषण और हृदय-द्वार के खुलने का अनुभव—यह कैसे घटता है ? और इसे बारंबार कैसे घटने दिया जाये?

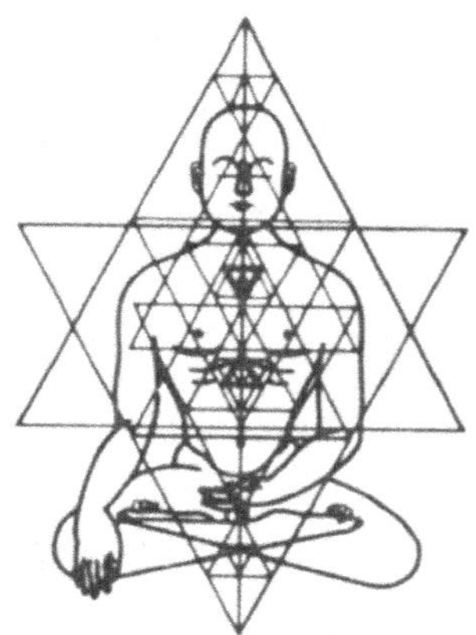

यह मार्ग तो जान पड़ता है शांति और जागरूकता की ओर जाता हुआ। लेकिन आपके आस-पास का हर व्यक्ति और हर चीज इतनी अव्यवस्थित है ? अव्यवस्था में क्यों है ?

क्योंकि मैं एक अव्यवस्था हूं। और केवल अव्यवस्था से ही सुव्यवस्था जन्म लेती है; और कोई मार्ग नहीं है। तुम पुराने, बहुत पुराने, प्राचीन भवनों की भांति हो, तुम्हें नया नहीं किया जा सकता। लाखों जन्मों से तुम यही हो। पहले तो तुम्हें पूर्णतया मिटा देना होता है, और केवल तभी तुम पुनर्निर्मित हो सकते हो।

जीर्णोद्धार संभव है, लेकिन वह बहुत समय तक काम न देगा। वह केवल सतह को सजाना भर ही होगा। तुम्हारी गहन बुनियादी तहों में तुम पुराने ही बने रहोगे, और सारा ढांचा सदा अस्थिर ही बना रहेगा। वह किसी भी दिन गिर सकता है। नयी बुनियादों की जरूरत होती है। हर चीज नयी ही होनी चाहिए। तुम्हें संपूर्णतया पुनर्जन्म लेना होता है; अन्यथा यह एक बाह्य रूप बदलना ही होगा। तुम बाहर से रंग दिये जा सकते हो, लेकिन भीतर को रंगने का कोई उपाय नहीं। भीतर वैसा ही रहेगा—वही पुरानी सड़ी हुई चीज।

एक गैर-सातत्य की आवश्यकता होती है। तुम्हारे सातत्य को बना नहीं रहने दिया जाना चाहिए। एक अंतराल की आवश्यकता है। पुराना तो बस मर जाता है। और उसमें से—उस मृत्यु में से बाहर आता है नया। और एक अंतराल होता है नये और पुराने के बीच, अन्यथा पुराना निरंतर बना रह सकता है। सारे परिवर्तन वस्तुतः पुराने को बचाने के लिए ही होते हैं, और मैं कोई रूपांतरकार नहीं हूं। और तुम्हारे लिए अव्यवस्था ही बनी रहेगी अगर तुम प्रतिरोध करते हो तो। तब यह लंबा समय लेती है।

यदि तुम इसे घटित होने दो, तो बात एक क्षण में भी घट सकती है। यदि तुम इसे घटने दो, तो पुराना मिट जाता है और नयी स्व-सत्ता आ जाती है अस्तित्व में। वह नया अस्तित्व ईश्वरीय होगा क्योंकि वह अतीत में से नहीं आया होगा; वह समय, काल में से नहीं आया होगा। वह समयशून्य होगा—कालातीत। वह तुममें से नहीं आयेगा; तुम उसके जनक नहीं होओगे। यह अकस्मात ही आसमान से फूट पड़ेगा।

इसीलिए बुद्ध जोर देते हैं कि यह सदा आता है शून्य से। तुम कुछ हो—यही है दुख। वस्तुतः तुम हो क्या ? मात्र अतीत ही तो। तुम संचित किये चले जाते हो अतीत को; इसीलिए तुम खंडहरों की भांति बन गये हो—बहुत प्राचीन खंडहर। जरा बात को देखो और पुराने को बनाये रखने की कोशिश मत करो। गिरा दो उसे।

इसीलिए मेरे चारों ओर सदा अव्यवस्था ही बनी रहने वाली है क्योंकि मैं लगातार मिटाये जा रहा हूं। मैं विध्वंसात्मक हूं क्योंकि वही एकमात्र तरीका है सृजनात्मक होने का। मैं हूं मृत्यु की भांति क्योंकि केवल तभी तुम मेरे द्वारा पुनर्जीवित हो सकते हो। यह बात सही है—-अव्यवस्था तो है। यह हमेशा बनी रहेगी क्योंकि नये लोग आ रहे होंगे। तुम मेरे आस-पास ठहरी हुई व्यवस्था कभी न पाओगे। नये लोग आ जायेंगे और मैं उन्हें मिटाता रहूंगा।

अव्यवस्था तुम्हारे लिए समाप्त हो सकती है व्यक्तिगत तौर पर। यदि तुम मुझे तुम्हें संपूर्णतया खत्म करने दो, तो तुम्हारे लिए अव्यवस्था तिरोहित हो जायेगी। तुम बन जाओगे सुव्यवस्था, एक आंतरिक समस्वरता, एक गहन व्यवस्था। तुम्हारे लिए तिरोहित हो जायेगी अव्यवस्था। आस-पास तो यह जारी रहेगी क्योंकि नये लोग आते होंगे। ऐसा ही होता है; यह इसी तरह होता रहा है सदा से।

यह पहली बार नहीं हुआ कि तुमने मुझसे ऐसा पूछा है। यही पूछा गया था बुद्ध से; यही पूछा गया था लाओत्सु से; यही पूछा जायेगा बार-बार क्योंकि जब भी सद्‌गुरु होता है तो तुम्हारा पुनर्जन्म हो इसके लिए वह मृत्यु का एक विधि की भांति प्रयोग करता है। तुम्हें मरना ही होगा; केवल तभी तुम पुनर्जीवित हो सकते हो।

अव्यवस्था सुंदर है क्योंकि यह गर्भ है। और तुम्हारी तथाकथित व्यवस्था असुंदर है क्योंकि वह बचाव करती है केवल मृत का। मृत्यु सुंदर होती है; मृतक सुंदर नहीं होता; यह भेद ध्यान में रखना। मृत्यु सुंदर है, मैं फिर से कहता हूं, क्योंकि मृत्यु एक जीवंत शक्ति है। मृतक सुंदर नहीं क्योंकि मृत वह स्थान है जहां से जीवन जा ही चुका है। वह तो मात्र खंडहर है। मृत व्यक्ति मत बनो; अतीत को मत ढोते रहो। गिरा दो उसे, और गुजर जाओ मृत्यु में से। तुम भयभीत हो मृत्यु से, लेकिन फिर भी तुम मृतवत होने से भयभीत नहीं हो।

जीसस ने दो मछुओं को पुकारा, पीछे चले आने को कहा। और जिस घड़ी वे शहर छोड़ रहे थे एक आदमी दौड़ता हुआ आ पहुंचा। वह मछुओं से बोला, 'कहां जा रहे हो तुम ? तुम्हारे पिता मर गये हैं। वापस चलो।' उन्होंने जीसस से पूछा, 'हमें कुछ दिनों के लिए रुकने दें, ताकि हम जा सकें और जो कुछ करना है कर सकें। हमारे पिता मर गये हैं और अंतिम संस्कार करना है।' जीसस बोले, 'मृतवत लोगों को ही संस्कार करने दो उनके मृतक का। तुम चिंता में मत पड़ो। तुम मेरे पीछे चले आओ।' क्या कहते हैं जीसस ? वे कह रहे हैं कि सारा शहर मुरदा है, तो उन्हें ही ध्यान रखने दो—मुरदों को ही अंतिम-क्रिया करने दो मुरदे की। तुम मेरे पीछे चले आओ।

यदि तुम अतीत में जीते हो तो तुम मुरदा होते हो। तुम कोई जीवंत शक्ति नहीं होते। और केवल एक ही तरीका है जीवंत होने का, और वह है अतीत के प्रति मरना, मृत के प्रति मरना। और ऐसा अंतिम रूप से नहीं घटने वाला। एक बार तुम रहस्य जान लेते हो, तो हर क्षण तुम्हें अतीत के प्रति मरना होता है, जिससे कि तुम पर कोई धूल न जमे। तब मृत्यु बन जाती है एक सतत पुनर्जीवन, एक सतत पुनर्जन्म।

हमेशा ध्यान रखना—अतीत के प्रति मरना। जो कुछ भी गुजर गया, वह गुजर गया है। वह अब नहीं रहा, वह कहीं नहीं रहा। वह केवल तुम्हारी स्मृति से चिपका हुआ है। वह केवल तुम्हारे मन में है। मन जमा रखने वाला है उस सबको जो मृत है। इसीलिए मन जीवन के प्रवाहित होने में एकमात्र बाधा है। मृत ढांचे इकट्ठे होते रहते हैं प्रवाह के चारों ओर; वह बन जाती है जमी हुई बाधा।

मैं यहां जो कुछ कर रहा हूं वह इतना ही, कि तुम्हें मरने की कला सिखा रहा हूं। क्योंकि वह पुनर्जन्म का पहला पहलू है। मृत्यु सुंदर है क्योंकि जीवन उसमें से आता है—ओस कणों की भांति, एकदम ताजा। इसलिए अव्यवस्था का उपयोग हो रहा है, और तुम इसका अनुभव मेरे आस-पास करोगे। और ऐसा हमेशा ही रहेगा क्योंकि कहीं न कहीं मैं किसी को मिटा रहा होता हूं। हजारों तरीकों से—जो तुम्हें ज्ञात है और जो तुम्हें ज्ञात नहीं हैं—मैं तुम्हें मिटा रहा हूं। मैं तुम्हारी मृत्यु में से तुम्हें झकझोर रहा हूं, तुम्हारे अतीत में से तुम्हें झकझोर रहा हूं, तुम्हें ज्यादा जागरूक और ज्यादा जीवंत बनाने की कोशिश कर रहा हूं।

पुराने प्राचीन शास्त्रों में ऐसा कहा जाता है कि गुरु मृत्यु है। वे जानते थे कि गुरु को मृत्यु ही होना है, क्योंकि उसी मृत्यु में से चली आती है क्रांति, उत्क्रांति, रूपांतरण, अतिक्रमण। मृत्यु एक कीमिया है। प्रकृति इसका प्रयोग करती है। जब कोई बहुत वृद्ध और पुराना हो जाता है तो प्रकृति उसे मार देती है।

तुम भयभीत हो क्योंकि तुम अतीत से चिपकते हो। अन्यथा तुम प्रसन्न हो जाओगे और मृत्यु का स्वागत करोगे। तुम प्रकृति के प्रति अनुगृहीत अनुभव करोगे क्योंकि प्रकृति सदा मार देती है पुराने को, अतीत को, मृत को, और तुम्हारा जीवन एक नयी देह में प्रवेश कर जाता है।

एक वृद्ध व्यक्ति एक नवजात शिशु बन जाता है—अतीत से बिलकुल अछूता। इसीलिए प्रकृति तुम्हारी मदद करती है अतीत को याद न रखने में। तुम्हें बीते हुए को न याद रखने देने के लिए प्रकृति तरीके इस्तेमाल करती है; वरना जिस क्षण तुम जन्मते हो उसी क्षण बूढ़े हो जाओगे। बूढ़ा आदमी मरता है और जन्म ले लेता है नये बच्चे के रूप में। इसलिए यदि वह अतीत याद रख सकता हो तो वह पहले से ही बूढ़ा होगा। सारा प्रयोजन ही खो जायेगा

प्रकृति तुम्हारे लिए अतीत को बंद कर देती है, अतः प्रत्येक जन्म नया जन्म जान पड़ता है। लेकिन तुम फिर संचित करने लगते हो। जब यह बहुत ज्यादा हो जाता है, प्रकृति तुम्हें फिर मार डालेगी। कोई व्यक्ति अपने पिछले जन्मों को जानने में सक्षम होता है केवल तभी, जब वह अतीत के प्रति मर चुका हो। तब प्रकृति द्वार खोल देती है। तब प्रकृति जानती है कि अब उसे तुमसे छुपाने की जरूरत न रही। तुम सतत नवीनता को, जीवन की ताजगी को उपलब्ध हो चुके। अब तुम जानते हो कि कैसे मरा जाये। प्रकृति को तुम्हें मारने की आवश्यकता नहीं।

एक बार तुम जान लेते हो कि तुम अतीत नहीं हो, तुम भविष्य नहीं हो बल्कि चीजों की सच्ची वर्तमानता हो, तब सारी प्रकृति अपने रहस्यद्वारों को खोल देती है। तुम्हारा संपूर्ण अतीत, बहुत-बहुत ढंग से जीये हुए लाखों जन्म, सब उद्‌घाटित हो जाते हैं। अब यह अतीत उद्‌घाटित हो सकता है क्योंकि तुम इसके द्वारा बोझिल नहीं होओगे। अब कोई अतीत तुम्हें बोझ नहीं दे सकता। और अगर तुमने निरंतर नये बने रहने की कीमिया जान ली है तो यह तुम्हारा अंतिम जन्म होगा, क्योंकि तब तुम्हें मारने की और पुनर्जन्म लेने में तुम्हें मदद देने की कोई आवश्यकता ही न रही। कोई आवश्यकता नहीं। तुम स्वयं ही यह कर रहे हो हर क्षण।

बुद्ध के मिटने और फिर कभी वापस न लौटने का, बुद्ध पुरुष के फिर कभी जन्म न लेने का यही है अर्थ; यही है रहस्य। ऐसा होता है क्योंकि अब वह मृत्यु को जानता है, और वह निरंतर इसका उपयोग करता है। हर क्षण जो कुछ गुजर गया, वह गुजर गया और मर चुका। और वह उससे मुक्त रहता है। हर क्षण वह मरता है अतीत

के प्रति और जन्म लेता है पुनः। यह बात एक प्रवाह बन जाती है; नदी का ऐसा प्रवाह, जो हर क्षण ताजा जीवन पा रहा है। तब प्रकृति को कोई आवश्यकता नहीं रहती सत्तर वर्षों की मूढ़ता, सड़ांध एकत्र करने की और आदमी की इस जर्जरता को नष्ट करने की, उसे फिर जन्म लेने में सहायता देने की और उसे फिर से उसी चक्र में डालने की कोई आवश्यकता नहीं रहती। वह फिर वही कूड़ा-करकट एकत्र करेगा।

यह एक दुष्चक्र है। हिंदुओं ने इसे कहा है 'संसार'। संसार का अर्थ है चक्र। वह चक्र फिर-फिर उसी मार्ग पर घूमता जाता है। बुद्ध पुरुष वही होता है जो बाहर गिर चुका है, बाहर हो चुका है उस चक्र से। वह कहता है, 'अब और नहीं। प्रकृति को मुझे मारने की कोई आवश्यकता नहीं क्योंकि अब मैं हर क्षण मारता हूं स्वयं को।'

और यदि तुम ताजे होते हो, तो प्रकृति को तुम्हारे लिए मृत्यु का उपयोग करने की आवश्यकता नहीं होती। लेकिन तब जन्म पाने की भी कोई भी आवश्यकता नहीं होती। तुम निरंतर जन्म का उपयोग कर रहे हो। हर क्षण तुम अतीत के प्रति मरते हो और वर्तमान में जन्म लेते हो। इसीलिए तुम बुद्ध के पास एक सूक्ष्म ताजगी का अनुभव पाते हो, जैसे कि उन्होंने बिलकुल अभी स्नान किया हो। तुम उनके निकट आते हो और तुम्हें एक सुवास अनुभव होती है—ताजेपन की सुवास। तुम उन्हीं बुद्ध को फिर से नहीं मिल सकते। हर क्षण वे नये होते हैं।

हिंदू बहुत समझदार हैं क्योंकि हजारों वर्षों से बुद्धों, जिनों—जीवन के विजेताओं, संबोधि को उपलब्ध व्यक्तियों, जाग्रत प्रज्ञा पुरुषों का साक्षात्कार करने के कारण वे बहुत सारे सत्य जान चुके हैं। उनमें से एक सत्य तुम हर कहीं देखोगे। कोई बुद्ध वृद्ध के रूप में चित्रित नहीं किया गया, कोई महावीर चित्रित नहीं किया गया वृद्ध के रूप में। उनकी वृद्धावस्था की कोई मूर्ति या तस्वीर अस्तित्व नहीं रखती। कृष्ण, राम, बुद्ध, महावीर, उनमें से कोई वृद्ध की भांति चित्रित नहीं हुआ।

ऐसा नहीं है कि वे कभी वृद्ध नहीं हुए। वे हुए वृद्ध। बुद्ध हुए ही थे वृद्ध जब वे अस्सी वर्ष के हुए। वे उतने ही वृद्ध थे जितना कि कोई भी अस्सी वर्ष का व्यक्ति होगा। लेकिन उनका चित्रण वृद्ध के रूप में नहीं किया गया है। कारण आंतरिक है। क्योंकि जब कभी कोई उनके निकट आयेगा, वह उन्हें युवा और ताजा ही पायेगा। तो पुरानापन मात्र शरीर में था, उनमें नहीं था। और मुझे तुम्हें मिटाना पड़ता है क्योंकि तुम्हारा शरीर युवा हो सकता है, लेकिन तुम्हारा आंतरिक अचेतन बहुत-बहुत पुराना और प्राचीन है। यह एक खंडहर है—पर्सेपोलिस के ग्रीक खंडहरों और कई दूसरे खंडहरों की भांति ही।

तुम्हारे भीतर अचेतन का एक खंडहर है। इसे मिटाना ही है। और मुझे तुम्हारे लिए एक अग्नि कुंड, एक अग्नि, एक मृत्यु होना है। केवल इसी भांति मैं मदद कर सकता हूं और तुम्हारे भीतर एक सुसंगति, एक व्यवस्था ला सकता हूं। और मैं तुम पर किसी सुव्यवस्था को लादने का कार्य नहीं कर रहा हूं क्योंकि वह बात मदद न करेगी। कोई व्यवस्था जो बाहर से थोपी जाती है, मात्र एक आधार होगी पुराने-प्राचीन खंडहर के लिए। यह मदद न देगी।

मैं आंतरिक सुव्यवस्था में विश्वास करता हूं। वह घटता है तुम्हारी अपनी जागरूकता और पुनर्जीवन के साथ। वह आता है भीतर से और फैलता है बाहर की ओर। एक फूल की भांति यह खिलता है और पंखुड़ियां फैलती हैं बाहर, केंद्र से बाह्य सतह की ओर। केवल वह सुव्यवस्था ही वास्तविक और सुंदर होती है जो तुम्हारे भीतर खिलती है और फैल जाती है तुम्हारे सब ओर। यदि व्यवस्था, संगति बाहर से लागू की जाती है, यदि 'यह

करो और वह न करो', का अनुशासन तुम्हें दे दिया जाता है और तुम कैदी होने को बाध्य होते हो, तो यह बात मदद न देगी क्योंकि यह तुम्हें बदलेगी नहीं।

बाहर से कुछ नहीं बदला जा सकता है। क्रांति केवल एक ही होती है, और वह वही होती है जो भीतर से आती है। लेकिन इससे पहले कि वह घटे, तुम्हें पूरी तरह से मिटना होगा। केवल तुम्हारी कब्र पर ही कुछ नया जन्म लेगा। इसीलिए मेरे आसपास एक अव्यवस्था है—क्योंकि मैं हूं एक अव्यवस्था। और मैं अव्यवस्था का एक विधि की भांति उपयोग कर रहा हूं।

ओम् की साधना करते समय, इसे मंत्र की तरह दोहराना अधिक अच्छा होता है या इसे आंतरिक नाद की भांति सुनने का प्रयत्न करना अच्छा है ?

ओम् का मंत्र तीन अवस्थाओं में करना होता है। पहले तुम्हें इसे बहुत जोर से दोहराना चाहिए। इसका अर्थ है यह शरीर से आना चाहिए। पहले शरीर से आना चाहिए क्योंकि शरीर ही है मुख्य द्वार। और शरीर को पहले इसमें सराबोर होने दो, डूबने दो।

अतः इसे जोर से दोहराओ। मंदिर में चले जाओ या तुम्हारे कमरे में, या वहां कहीं जहां तुम जितना चाहो उतने जोर से इसे दोहरा सको। पूरे शरीर का उपयोग करो इसे दोहराने में; अनुभव करो जैसे कि हजारों लोग तुम्हें सुन रहे हैं माइक्रोफोन के बिना। और तुम्हें बहुत प्रबल होना पड़ता है ताकि सारा शरीर कंप पाये, इसके साथ हिल जाये। और कुछ महीनों के लिए, लगभग तीन महीनों के लिए तुम्हें किसी दूसरी चीज की फिक्र नहीं लेनी चाहिए। पहली अवस्था बहुत महत्वपूर्ण होती है क्योंकि यह दे देती है बुनियाद। जोर से जप करो, जैसे तुम्हारे शरीर का प्रत्येक अणु यही चिल्ला रहा है और इसी का जप कर रहा है।

तीन महीनों के बाद जब तुम अनुभव करते हो कि तुम्हारा शरीर संपूर्णतया आपूरित हो गया है, तब गहन तल पर यह शारीरिक कोशाणुओं में प्रवेश कर चुका होगा। और जब तुम इसे जोर से कहते हो, तो यह केवल मुंह से ही नहीं आता; सिर से लेकर पांव तक, सारा शरीर इसे दोहरा रहा होता है। यह घटता है। यदि तुम प्रतिदिन कम से कम एक घंटा निरंतर दोहराते हो इसे, तो तीन महीनों के भीतर तुम अनुभव करोगे कि मुंह ही नहीं दोहरा रहा है इसे; सारा शरीर ही दोहरा रहा है। ऐसा घटता है। ऐसा बहुत बार घटा है।

यदि तुम वस्तुतः ईमानदारी से करते हो ऐसा, प्रामाणिक रूप से, और तुम स्वयं को धोखा नहीं दे रहे होते, यदि यह शिथिल नहीं होता बल्कि सौ डिग्री की घटना होता है, तब दूसरे भी सुन सकते हैं। वे अपने कान लगा सकते हैं तुम्हारे पांव की ओर, और जब तुम इसे जोर से कहते हो, वे इसे तुम्हारी हड्डियों से आता हुआ सुन लेंगे, क्योंकि सारा शरीर आत्मसात कर सकता है नाद को और सारा शरीर निर्मित कर सकता है नाद को। कोई समस्या नहीं इसमें। तुम्हारा मुंह तो एक हिस्सा ही है शरीर का, एक विशिष्ट हिस्सा, बस इतना ही। यदि तुम प्रयास करो, तो तुम्हारा सारा शरीर इसे दोहरा सकता है।

ऐसा हुआ कि एक हिंदू संन्यासी, स्वामी राम, बहुत वर्षों से जोर से जपते थे राम-राम। एक बार वे अपने एक मित्र के साथ हिमालय के किसी गांव में ठहरे हुए थे। मित्र था सुप्रसिद्ध सिख लेखक सरदार पूर्णसिंह। आधी

रात को अकस्मात पूर्णसिंह ने सुना 'राम-राम-राम' का जप। वहां और कोई नहीं था—केवल थे स्वामी राम, और वह स्वयं। वे दोनों सो रहे थे अपने बिस्तरों पर, और गांव था बड़ी दूर—लगभग दो या तीन मील दूर। कोई न था वहां।

पूर्णसिंह उठा और झोपड़े के चारों ओर घूम आया, लेकिन कोई न था वहां। और जितना ज्यादा वह स्वामी राम से दूर गया, कम और कम होता गया नाद। जब वह वापस लौटा, तो नाद फिर से ज्यादा सुनाई दिया। फिर वह ज्यादा निकट आ गया राम के जो गहरी नींद सोये थे। जिस क्षण वह ज्यादा निकट आया, नाद और भी ऊंचा हो गया। फिर उसने राम के शरीर के एकदम निकट रख दिया कान। सारा शरीर प्रकम्पित हो रहा था राम के 'नाद' से।

ऐसा होता है। तुम्हारा सारा शरीर आपूरित हो सकता है। यह तीन महीने या छह महीने का पहला चरण है, किंतु तुम्हें आपूरित होने का अनुभव करना चाहिए। और यह आपूरण उसी भांति है जैसे तुमने भोजन किया हो भूखे रहने के बाद, और तुम अनुभव करते हो इसे जब पेट भरा हुआ संतुष्ट होता है। शरीर संतुष्ट किया जाना चाहिए पहले। और यदि तुम जारी रखते हो इसे, तो यह घट सकता है तीन महीने या छह महीने में। तीन महीने एक औसत सीमा है। कुछ लोगों के साथ ऐसा पहले भी घटित हो जाता है, कुछ के साथ यह बात थोड़ा ज्यादा समय लेती है।

यदि यह सारे शरीर को आपूरित करता है, तो कामवासना पूर्णतया तिरोहित हो जायेगी। सारा शरीर इतना संतोषमय होता है, यह इतना शांत हो जाता है प्रदोलित नाद के साथ, कि ऊर्जा को बाहर फेंकने की आवश्यकता ही नहीं रहती। उसे विमुक्त करने की जरूरत नहीं रहती, और तुम बहुत-बहुत शक्तिशाली अनुभव करोगे। लेकिन इस शक्ति का उपयोग मत करना। क्योंकि तुम इसका उपयोग कर सकते हो, और तमाम उपयोग दुरुपयोग ही सिद्ध होगा। क्योंकि यह तो एक पहला चरण ही होता है।

ऊर्जा को एकत्रित होना ही होता है जिससे तुम दूसरा कदम उठा सको। तुम कर सकते हो इसका प्रयोग। क्योंकि शक्ति इतनी ज्यादा होगी कि तुम बहुत चीजें करने योग्य हो जाओगे। तुम कुछ कह सकते हो और वह सच हो जायेगा। इस अवस्था में तुम्हारे लिए सक्रिय होना निषिद्ध है। तुम्हें कुछ नहीं कहना चाहिए। तुम्हें क्रोध में किसी से नहीं कहना चाहिए, 'मर जाओ।' क्योंकि यह घट सकता है। तुम्हारा नाद इतना शक्तिशाली बन सकता है कि जब यह जुड़ जाता है तुम्हारी संपूर्ण देह-ऊर्जा सहित तो यह कहा जाता है कि इस अवस्था में कोई नकारात्मक बात नहीं कही जानी चाहिए—अनजाने में भी नहीं। कोई नकारात्मक बात नहीं कहनी चाहिए।

तुम हैरान होओगे, पर फिर भी तुमसे कह देना उचित होगा। हम इस घर के पिछवाड़े एक छत बना रहे थे, और वह गिर पड़ी। वह गिर पड़ी तुममें से बहुतों के कारण। तुम ध्यान में जबरदस्त प्रयास कर रहे हो और कम से कम बीस आदमी ऐसे थे जो सोच रहे थे कि वह गिर जायेगी। उन्होंने मदद की। उसे गिरने में मदद की उन्होंने। कम से कम बीस व्यक्ति लगातार सोच रहे थे कि यह गिर जायेगी। जब वे थे वहां, वे उसकी ओर देखते और वे सोचते कि यह गिर जायेगी, क्योंकि उसका आकार ऐसा था कि उनके हिसाब से यह बात असंभव थी कि वह बनी रह सकती।

वह गिर गयी। और जब वह गिरी, उन्होंने सोचा, 'निस्संदेह, हम सही थे।' यह है दुष्चक्र। तुम्हीं हो कारण

और तुम सोचते हो तुम सही थे। और तुम सब बहुत प्रयास कर रहे हो ध्यान में। जो कुछ तुम सोचते हो, घट सकता है। जब तुम ध्यान कर रहे हो तो नकारात्मक विचार पर कभी मत विचारो। उसका सच हो जाना संभव है क्योंकि तुम्हें कुछ शक्ति प्राप्त है। और फिर मुझे कुछ लेना-देना नहीं कि छत गिर गयी। इसके गिरने के कारण तुममें से बहुतों ने शक्ति की एक निश्चित मात्रा खो दी है, और इसी बात का ज्यादा ध्यान है मुझे। तुम्हारी शक्ति प्रयुक्त हुए बिना कुछ नहीं घटता।

जो कह रहे थे कि यह गिर जायेगी उन्हीं के कारण वह छत गिर गयी। और वे स्वयं देख सकते हैं। कुछ दिनों तक वे बहुत अशक्त, उदास, निराश रहे। उन्होंने अपनी शक्ति खो दी। शायद वे सोच रहे होंगे कि वे उदास थे क्योंकि छत गिर गयी है, पर नहीं। वे उदास थे क्योंकि उन्होंने शक्ति की एक निश्चित मात्रा खो दी। और जीवन है एक ऊर्जात्मक घटना।

जब तुम ध्यान नहीं करते, तो कोई ज्यादा मुश्किल नहीं होती। तुम जो चाहो कह सकते हो क्योंकि तुम अशक्त होते हो। पर जब तुम ध्यान करते हो, तुम्हें जागरूक होना चाहिए उस एक-एक शब्द के प्रति जो तुम कहते हो, क्योंकि हर एक शब्द कुछ निर्मित कर सकता है तुम्हारे चारों ओर।

पहला चरण है सारे शरीर को आपूरित करने का जिससे कि सारा शरीर एक नाद-शक्ति बन जाता है। जब तुम संतुष्ट अनुभव करते हो, तब दूसरा चरण बढ़ाना। और कभी प्रयोग मत करना इस शक्ति का क्योंकि यह शक्ति एकत्रित करनी होती है और प्रयुक्त करनी होती है दूसरे चरण के लिए।

दूसरा चरण है अपने मुंह को बंद करो और दोहराओ और मन ही मन जप करो ओम् का—पहले शारीरिक रूप से और फिर मानसिक रूप से। अब शरीर का उपयोग बिलकुल नहीं होना चाहिए। गला, जीभ, होंठ, हर चीज बंद रहनी चाहिए। सारा शरीर बंद होना चाहिए और जप होना चाहिए केवल मन में ही। लेकिन जितना संभव हो उतना जोर से ही। वही प्रबलता रहे जैसी तुम शरीर के साथ प्रयोग कर रहे थे। अब मन को जुड़ने दो इसके साथ। फिर तीन महीने के लिए अब मन को संपृक्त होने दो इस नाद से।

उतना ही समय मन लेगा जितना शरीर द्वारा लिया जाता रहा। यदि तुम शरीर सहित एक महीने के भीतर आपूरण प्राप्त कर सकते हो, तो तुम मन सहित भी एक महीने के भीतर प्राप्त कर लोगे। यदि तुम शरीर द्वारा सात महीनों में प्राप्त कर सकते हो, तो सात महीने ही लगेंगे मन द्वारा, क्योंकि शरीर और मन ठीक-ठीक दो नहीं हैं बल्कि वे हैं एक मनोशारीरिक, साइकोसोमैटिक घटना। एक भाग है शरीर, दूसरा भाग है मन। शरीर है प्रकट मन, मन है अप्रकट शरीर।

अतः दूसरे हिस्से को, तुम्हारे अस्तित्व के सूक्ष्म हिस्से को आपूरित होने दो। भीतर ओम् को जोर से दोहराओ। जब मन परिपूर्ण होता है, और भी शक्ति खुलती है तुम्हारे भीतर। पहली अवस्था के साथ कामवासना तिरोहित हो जायेगी। दूसरी के साथ, प्रेम तिरोहित हो जायेगा। वह प्रेम जो तुम जानते हो। वह प्रेम नहीं जिसे बुद्ध जानते हैं, सिर्फ तुम्हारा प्रेम तिरोहित हो जायेगा।

कामवासना दैहिक अंश है प्रेम का और प्रेम है कामवासना का मानसिक अंश। जब प्रेम तिरोहित होता है, तब और भी खतरा है। तुम बहुत-बहुत घातक होते हो दूसरों के प्रति। यदि तुम कुछ कहते तो वह तुरंत घट जायेगा। इसीलिए दूसरी अवस्था के लिए समग्र मौन लक्षित किया गया है। जब तुम दूसरी अवस्था में होते हो,

संपूर्णतया मौन हो जाओ।

और प्रवृत्ति होगी शक्ति का प्रयोग करने की, क्योंकि तुम बहुत जिज्ञासु होओगे इसके प्रति। बचकाने भाव से भरे हुए होओगे। और तुम्हारे पास इतनी ज्यादा ऊर्जा होगी कि तुम जानना चाहोगे कि क्या घट सकता है। पर इसका उपयोग मत करना, और बाल-उत्साह मत बरतना, क्योंकि तीसरा सोपान अभी भी बाकी है और ऊर्जा की आवश्यकता है। इसलिए कामवासना तिरोहित हो जाती है। क्योंकि ऊर्जा को संचित करना होता है। प्रेम तिरोहित हो जाता है, क्योंकि ऊर्जा को संचित करना होता है।

अतः तीसरा सोपान मन को आपूरित अनुभव करने के बाद आता है। और तुम इसे जान लोगे जब यह घटता है; पूछने की जरूरत नहीं है कि कोई इसे कैसे अनुभव करेगा ? यह है भोजन करने की भांति। तुम अनुभव करते हो कि 'अब पर्याप्त है।' मन अनुभव कर लेगा जब यह पर्याप्त होता है। तब तुम तीसरे चरण का प्रारंभ कर सकते हो। तीसरे में, न तो शरीर का और न ही मन का उपयोग करना होता है। जैसे शरीर को बंद किया, अब तुम मन को बंद कर देते हो।

और यह आसान होता है। जब तुम तीन या चार महीनों से जप कर रहे होते हो, तो यह बहुत आसान होता है। तुम शरीर को ही बंद कर दो, और तुम सुनोगे तुम्हारे अपने अंतरतम से तुम तक आते हुए उस नाद को। ओम् होगा वहां जैसे कि कोई और जप कर रहा है और तुम मात्र सुनने वाले हो। यह होता है तीसरा चरण। और यह तीसरा चरण तुम्हारे समग्र अस्तित्व को बदल देगा। सारी बाधाएं गिर जायेंगी और सारी अड़चनें तिरोहित हो जायेंगी। अतः यह प्रक्रिया औसत रूप से लगभग नौ महीने ले सकती है यदि तुम तुम्हारी समग्र ऊर्जा इसमें डाल देते हो तो।

ओम् की साधना करते हुए इसे मंत्र की भांति दोहराना बेहतर है या अंतर्नाद की भांति इसे सुनने का प्रयत्न करना बेहतर है ?

बिलकुल अभी तो तुम इसे अंतर्नाद की भांति नहीं सुन सकते। अंतर्नाद है वहां, लेकिन बहुत मौन है, बहुत सूक्ष्म, और तुम्हारे पास वह कान नहीं है इसे सुनने के लिए। कान को विकसित करना होता है। जब शरीर आपूरित होता है, और मन आपूरित होता है, केवल तभी तुम्हारे पास होगा वह कान—अर्थात तीसरा कान। तब तुम सुन सकते हो उस नाद को जो सदा वहां होता है।

यह सर्वव्यापी नाद है। यह अंदर और बाहर है। अपना कान वृक्ष से लगा दो और यह वहां होता है; अपना कान चट्टान से लगा दो और यह वहां होता है। लेकिन पहले तुम्हारे शरीर और मन का अतिक्रमण हो जाना चाहिए और तुम्हें अधिकाधिक ऊर्जा प्राप्त कर लेनी चाहिए। सूक्ष्म को सुन पाने के लिए विराट ऊर्जा की आवश्यकता पड़ेगी।

पहले चरण के साथ कामवासना तिरोहित हो जाती है, दूसरे चरण के साथ प्रेम तिरोहित हो जाता है और तीसरे चरण के साथ हर वह चीज जिसे तुम जानते हो, तिरोहित हो जाती है। यह ऐसा होता है जैसे कि तुम बचे ही नहीं, मृत हो, जा चुके हो, समाप्त हो गये हो। यह एक मृत्यु की घटना होती है। ऐसा घटता है यदि तुम पलायन नहीं

करो और घबड़ाओ नहीं। क्योंकि तुममें हर प्रवृत्ति उठेगी पलायन करने की। क्योंकि यह अगाध शून्य की भांति लगता है, और तुम इसमें गिर रहे हो। और वह अथाह-अतल है जिसका कोई अंत नहीं जान पड़ता। तुम अतल-अथाह में पड़ते हुए एक पंख की भांति बन जाते हो—गिर रहे हो और गिर रहे हो, और इसका कोई अंत आता नहीं जान पड़ता।

तुम घबड़ा जाओगे। तुम इससे भाग जाना चाहोगे। यदि तुम इससे भागते हो, तो सारा प्रयास ही व्यर्थ हो जायेगा। और यह भागना ऐसा होगा कि तुम फिर ओम् के मंत्र का जप करने लगोगे। तुम वहां से भागने लगोगे तो पहली बात जो तुम करोगे वह यही होगी—ओम् का जप। क्योंकि यदि तुम जप करते हो तो तुम मन में ही लौट आते हो। यदि तुम जोर से जप करते हो तुम शरीर में लौट आते हो।

तो जब कोई ओम् का नाद सुनना शुरू कर देता है तो उसे जप नहीं करना चाहिए, क्योंकि वह जप करना एक पलायन हो जायेगा। मंत्र का जप करना होता है और फिर उसे गिरा देना होता है। मंत्र केवल तभी संपूर्ण होता है जब तुम उसे गिरा सको। यदि तुम उसका जप किये ही जाते हो, तो तुम एक आश्रय के रूप में उससे चिपके रहोगे। तब जब कभी तुम भयभीत होओगे; तुम फिर वापस आओगे और इसका जप करोगे।

इसीलिए मैं कहता हूं इसका जप इतनी गहराई से करो कि शरीर आपूरित हो जाये। तब फिर से शरीर में इसका जप करने की कोई आवश्यकता न रहेगी। यदि मन आपूरित हो जाता है, तो इसका जप करने की कोई आवश्यकता नहीं रहती। यदि यह परिपूर्णता से उमड़ रहा हो, तो कोई जगह नहीं बचती इसमें ज्यादा जप उड़ेलने की। तो तुम पलायन नहीं कर सकते। केवल तभी उस अनाहत नाद को सुनना संभव होता है।

एक और मित्र ने पूछा है—'इससे पहले, आप 'हू' के मंत्र के बारे में बात किया करते थे। तो अब आप 'ओम्' के मंत्र पर क्यों जोर दे रहे हैं ?'

मैं जोर नहीं दे रहा हूं। मैं मात्र तुम्हें समझा रहा हूं पतंजलि के बारे में। मेरा जोर तो 'हू' पर ही है। और जो कुछ मैं 'ओम्' को लेकर कह रहा हूं, वही प्रयुक्त होता है 'हू' पर। लेकिन मेरा जोर 'हू' पर ही है।

जैसा कि मैंने तुमसे कहा, पतंजलि हुए पांच हजार वर्ष पहले। लोग सीधे-सरल थे, बहुत सीधे, निर्दोष। वे सरलता से आस्था कर सकते थे; उनके पास इतना उलझा हुआ मन न था। वे मस्तिष्कोन्मुखी नहीं थे; वे हृदयोन्मुखी थे। ओम् एक सौम्य नाद है, शांत है, गैर-हिंसात्मक है, अनाक्रमक है। यदि तुम ओम् का जप करते हो, यह कंठ से हृदय तक जाता है, उससे नीचे कभी नहीं। उन दिनों में वे हृदयपूर्ण लोग होते थे। ओम् उनके लिए काफी होता था। एक हल्की खुराक, होम्योपैथिक खुराक उनके लिए पर्याप्त होती थी।

तुम्हें इससे ज्यादा मदद न मिलेगी। तुम्हारे लिए 'हू' ज्यादा सहायक होगा। 'हू' एक सूफी मंत्र है। उसी भांति जैसे कि ओम् एक हिंदू मंत्र है, 'हू' सूफी मंत्र है। 'हू' सूफियों द्वारा विकसित हुआ उस देश और जाति के लिए जो बहुत आक्रामक, हिंसात्मक थी—उन लोगों के लिए जो सीधे-सादे न थे, निर्दोष न थे, बल्कि चालाक और होशियार थे, जो योद्धा थे। उनके लिए 'हू' खोजा गया था।

'हू' अल्लाह का अंतिम भाग है। यदि तुम लगातार दोहराते हो 'अल्लाह-अल्लाह-अल्लाह', तो धीरे-धीरे

यह रूप ले लेता है 'अल्लाहू-अल्लाहू-अल्लाहू' का। तब धीरे-धीरे पहला भाग गिर जाने देना होता है। यह बन जाता है 'लाहू-लाहू-लाहू।' फिर 'लाहू' भी गिर जाने देना है। यह हो जाता है 'हू-हू-हू।' यह बहुत शक्तिशाली होता है और यह सीधे तुम्हारे काम-केंद्र पर चोट करता है। यह तुम्हारे हृदय पर चोट नहीं करता है, यह तुम्हारे काम-केंद्र पर चोट करता है।

तुम्हारे लिए 'हू' सहायक होगा क्योंकि अब तुम्हारा हृदय लगभग निष्क्रिय हो गया है। प्रेम तिरोहित हो चुका है; केवल वासना बच रही है। तुम्हारा काम-केंद्र सक्रिय है, तुम्हारा प्रेम-केंद्र नहीं। तो ओम् कोई ज्यादा मदद न करेगा। 'हू' ज्यादा गहरी मदद देगा क्योंकि अब तुम्हारी ऊर्जा हृदय के निकट नहीं है। तुम्हारी ऊर्जा निकट है काम-केंद्र के, और काम-केंद्र पर सीधी चोट पड़नी चाहिए जिससे कि ऊर्जा ऊपर उठे।

कुछ समय तक 'हू' पर कार्य करने के बाद तुम अनुभव कर सकते हो कि अब तुम्हें उतनी ज्यादा मात्रा की आवश्यकता नहीं है। तब तुम ओम् की ओर मुड़ सकते हो। जब तुम अनुभव करना शुरू कर देते हो कि अब तुम हृदय के निकट रह रहे हो, काम-केंद्र के निकट नहीं, केवल तभी तुम प्रयोग कर सकते हो ओम् का, उसके पहले नहीं। लेकिन कोई जरूरत नहीं। 'हू' सब कुछ संपन्न कर सकता है।

फिर भी यदि तुम ऐसा करना चाहो, तुम इसे बदल सकते हो। यदि तुम अनुभव करते हो कि अब कोई जरूरत न रही और तुम कामवासना अनुभव नहीं करते; कि कामवासना तुम्हारे लिए चिंता का विषय नहीं और तुम उसके बारे में नहीं सोचते; यह कोई मस्तिष्कगत कल्पना नहीं है और इसके द्वारा वशीभूत नहीं हो। एक सुंदर स्त्री गुजर जाती है और तुम मात्र इतना ही देख पाते हो कि 'हां, एक स्त्री गुजर गयी है।' लेकिन तुम्हारे भीतर कुछ उठता नहीं; तुम्हारे काम-केंद्र पर चोट नहीं पड़ती और कोई ऊर्जा तुममें हलचल नहीं करती; तब तुम ओम् का आरंभ कर सकते हो।

लेकिन कोई आवश्यकता नहीं। तुम जारी रख सकते हो 'हू' को। 'हू' एक ज्यादा सशक्त मात्रा है। जब तुम 'हू' पर कार्य करते हो, तब तुम तुरंत अनुभव कर सकते हो कि यह पेट में पहुंचता है—हारा के केंद्र पर और फिर काम-केंद्र पर। यह तुरंत बाध्य करता है काम-ऊर्जा को ऊपर की ओर पहुंचने के लिए। यह काम-केंद्र पर चोट करता है।

लेकिन तुम मस्तिष्कोन्मुखी ज्यादा हो। ऐसा हमेशा घटता है : लोग, देश, सभ्यताएं, जो सिर की ओर ज्यादा झुके हैं, कामुक होते हैं—हृदयोन्मुखी व्यक्तियों से कहीं ज्यादा कामुक। हृदयोन्मुखी व्यक्ति प्रेमपूर्ण होते हैं। कामवासना प्रेम की छाया की भांति आती है; यह स्वयं में महत्वपूर्ण नहीं होती है। हृदयोन्मुखी लोग अधिक नहीं सोचते। क्योंकि वस्तुतः यदि तुम चौबीस घंटे ध्यान दो, तो तुम देखोगे कि तेईस घंटे तुम कामवासना के विषय में ही सोच रहे हो।

हृदयोन्मुखी लोग कामवासना के विषय में बिलकुल ही नहीं सोचते। जब यह घटित होता है, तो होता है। यह मात्र शारीरिक आवश्यकता की भांति होती है। और यह प्रेम की छाया के रूप में पीछे चली आती है। यह सीधे तौर पर कभी नहीं घटती। वे मध्य में रहते हैं। हृदय, सिर और काम-केंद्र के बीच मध्य में होता है। तुम सिर में और कामवासना में रहते हो। तुम इन्हीं दो अतियों में घूमते रहते हो; तुम मध्य में कभी नहीं रहते। जब कामवासना तृप्त हो जाती है, तुम मन की ओर बढ़ते हो। जब कामवासना की इच्छा उठती है, तो तुम काम-केंद्र

की ओर जा सकते हो; लेकिन तुम मध्य में कभी नहीं ठहरते। पेंडुलम दायें-बायें घूमता रहता है; यह मध्य में कभी नहीं ठहरता।

पतंजलि ने ओम् के जप की विधि विकसित की थी बहुत सीधे-सरल लोगों के लिए—प्रकृति के साथ रहने वाले निर्दोष ग्रामीणों के लिए। तुम आजमा सकते हो इसे। यदि यह मदद करता है तो अच्छा है। लेकिन तुम्हारे बारे में मेरी समझ ऐसी है कि यह तुममें से एक प्रतिशत से ज्यादा लोगों की मदद न करेगा। निन्यानबे प्रतिशत सहायता पायेंगे 'हू' द्वारा। यह तुम्हारे ज्यादा निकट है।

और ध्यान रहे, जब 'हू' सफल होता है, जब तुम सुनने के बिंदु तक पहुंचते हो, तब तुम सुनोगे ओंकार को, 'हू' को नहीं। तुम ओम् को सुनोगे। परम घटना वही होगी। 'हू' की आवश्यकता है केवल जब तुम मार्ग पर होते हो, क्योंकि तुम लोग कठिन हो। ज्यादा बलवान मात्रा की जरूरत है; बस इतना ही। लेकिन परम अवस्था में तुम उसी घटना को अनुभव करोगे।

मेरा जोर रहता है 'हू' पर क्योंकि मेरा जोर तुम पर निर्भर है—जो तुम्हारी जरूरत है उस पर। मैं न तो हिंदू हूं और न ही मुसलमान। मैं कोई नहीं, अतः मैं मुक्त हूं। मैं कहीं से किसी भी चीज का उपयोग कर सकता हूं। एक हिंदू ग्लानि अनुभव करेगा अल्लाह का उपयोग करने में; मुसलमान अपराध अनुभव करेगा ओम् का उपयोग करने में। लेकिन मैं ऐसी बातों को लेकर उलझता नहीं हूं। यदि अल्लाह से मदद मिलती है तो यह सुंदर है; यदि ओंकार मदद करता है तो यह सुंदर। मैं तुम्हारी आवश्यकता के अनुसार तुम तक हर विधि ले आता हूं।

मेरे देखे, सारे धर्म एक ही ओर ले जाते हैं, साध्य एक ही है। और सारे धर्म एक ही चरम शिखर की ओर ले जा रहे मार्गों की भांति हैं। शिखर पर हर चीज एक हो जाती है। अब यह तुम पर निर्भर करता है कि तुम कहां हो। और कौन-से मार्ग के ज्यादा निकट पड़ोगे। ओम् बहुत दूर होगा तुमसे, 'हू' बहुत निकट है। यह तुम्हारी आवश्यकता है। मेरा जोर तुम्हारी आवश्यकता पर निर्भर करता है। मेरा जोर कोई सैद्धांतिक बात नहीं है; यह सांप्रदायिक नहीं है। मेरा जोर नितांत रूप से व्यक्तिगत है। मैं तुम्हें देखता हूं और फिर निर्णय करता हूं।

आपने कहा कि आवश्यकताएं शरीर से जुड़ी हैं और आकांक्षाएं मन से। इन दोनों में से कौन-सी चीज हमें आप तक ले आयी ?

इससे पहले कि मैं इसका उत्तर दूं, एक बात और समझ लेनी है; तब तुम्हारे लिए इस प्रश्न के उत्तर को समझना संभव होगा। तुम केवल शरीर और मन ही नहीं हो, तुम कुछ और भी हो—आत्मा हो, आत्म-तत्व हो। तुम हो आत्मन। शरीर की आवश्यकताएं हैं; आत्मा की भी आवश्यकताएं होती हैं। इन दोनों के ठीक बीच में मन है जिसकी आकांक्षाएं हैं। शरीर की आवश्यकताएं हैं—भूख-प्यास को परितृप्त करना। सिर पर छत की जरूरत है, भोजन की आवश्यकता है, पानी की आवश्यकता है। शरीर की आवश्यकताएं हैं लेकिन मन के पास आकांक्षाएं हैं। इसे किसी चीज की जरूरत नहीं, तो भी मन झूठी आवश्यकताएं गढ़ लेता है।

आकांक्षा एक झूठी आवश्यकता है। यदि तुम इसकी ओर ध्यान नहीं देते, तो तुम हताशा अनुभव करते हो, किसी असफल की भांति ही। यदि तुम इसकी ओर ध्यान देते हो तो कुछ प्राप्त नहीं होता। क्योंकि पहली बात,

वह कभी आवश्यकता थी ही नहीं। आवश्यकता की भांति कभी अस्तित्व न था उसका।

तुम परिपूर्ण कर सकते हो आवश्यकता को; तुम आकांक्षा को पूर्ण नहीं कर सकते। आकांक्षा एक सपना है। सपने को परिपूर्ण नहीं किया जा सकता; इसकी जड़ें नहीं हैं—न धरती में, न ही आकाश में। इसकी जड़ें नहीं हैं। मन एक स्वप्नमयी घटना है। तुम प्रसिद्धि की, मान-सम्मान की मांग करते हो। और यदि तुम प्राप्त कर भी लेते हो तो तुम पाओगे कुछ भी नहीं क्योंकि प्रसिद्धि किसी आवश्यकता को संतुष्ट न कर पायेगी। यह कोई आवश्यकता नहीं है। तुम हो सकते प्रसिद्ध। यदि सारा संसार तुम्हारे बारे में जान ले, तो क्या—फिर क्या ? क्या घटेगा तुम्हें ? क्या कर सकते हो इसका ? यह न तो भोजन है और न पानी। जब सारा संसार तुम्हें जान लेता है, तब तुम हताश अनुभव करते हो। क्या करोगे इसका ? यह व्यर्थ है।

आत्मा की भी आवश्यकताएं हैं। जैसे कि शरीर को आवश्यकता है भोजन की, बिलकुल उसी तरह आत्मा को आवश्यकता है भोजन की। निस्संदेह तब भोजन परमात्मा है। तुम्हें याद होगा जीसस बहुत बार अपने शिष्यों से कहते रहे, 'मुझे खाओ। मैं हूं तुम्हारा भोजन। और मुझे ही होने दो तुम्हारा पेय।' क्या मतलब है उनका ? यह एक बिलकुल ही भिन्न आवश्यकता है। जब तक कि यह संतुष्ट न हो, जब तक तुम परमात्मा का भोजन न कर सको, उसे खाकर जब तक तुम परमात्मा ही न हो जाओ, उसे आत्मसात न कर लो, जब तक वह रक्त की भांति तुम्हारी आत्मा में प्रवाहित ही न होने लगे, जब तक वह तुम्हारी चेतना ही न बन जाये—तुम असंतुष्ट ही बने रहोगे।

आत्मा की आवश्यकताएं हैं; धर्म उन आवश्यकताओं को परिपूर्ण करता है। शरीर की आवश्यकताएं हैं, विज्ञान उन आवश्यकताओं को पूरा करता है। मन की आकांक्षाएं हैं और वह उन्हें पूरा करने का प्रयत्न करता है, लेकिन वह उन्हें पूरा कर नहीं सकता है। मन तो मात्र सीमास्थल है जहां देह और आत्मा का मिलन होता है। जब देह और आत्मा पृथक होते हैं, तब मन बिलकुल तिरोहित हो जाता है। उसका अपना कोई अस्तित्व नहीं है।

अब इस प्रश्न को ही लो—*'आपने कहा कि आवश्यकताएं शरीर से जुड़ी हैं और आकांक्षाएं मन से। इन दोनों में से कौन-सी चीज हमें आप तक ले आयी ?'*

यहां मेरे आस-पास तीन प्रकार के व्यक्ति हैं। एक वे हैं जो आये हैं उनकी शारीरिक आवश्यकताओं के कारण। वे कामवासना के कारण हताश हैं, प्रेम के कारण हताश हैं, शरीर के साथ दुखी हैं। वे आते हैं और उनकी मदद की जा सकती है। उनकी समस्या ईमानदार है। और एक बार उनकी शारीरिक आवश्यकताएं तिरोहित हो जाती हैं, तो आत्मिक आवश्यकताएं उठ खड़ी होंगी।

फिर है दूसरा वर्ग, जो आया है आत्मिक आवश्यकताओं के कारण। उनकी मदद भी की जा सकती है क्योंकि उनके पास वास्तविक आवश्यकताएं हैं। वे अपनी कामवासना की समस्याओं के लिए नहीं पहुंचे हैं, प्रेम की समस्याओं या शारीरिक बेचैनियों या बीमारियों के कारण नहीं आये। वे इसके लिए नहीं आये। वे सत्य को खोजने आये हैं। वे जीवन के रहस्य में प्रवेश करने को आये हैं, वे जानने को आये हैं कि यह अस्तित्व है क्या।

और फिर है एक तीसरा वर्ग, और तीसरा ज्यादा बड़ा है इन दोनों से। वे लोग आये हैं अपने मन की

आकांक्षाओं के कारण। उनकी मदद नहीं की जा सकती है। वे कुछ समय तक मेरे आस-पास बने रहेंगे और फिर गायब हो जायेंगे या, यदि वे ज्यादा समय तक मेरे पास बने रहे तो मैं उन्हें या तो शारीरिक आवश्यकताओं तक ला सकता हूं या आत्मिक आवश्यकताओं तक, लेकिन उनकी मनोगत आवश्यकताओं की पूर्ति नहीं हो सकती। क्योंकि पहली बात तो यह है कि वे आवश्यकताएं हैं ही नहीं।

कुछ लोग जो यहां हैं, वे अहंकार के कारण हैं। संन्यास उनके लिए एक अहंकार-यात्रा है। वे विशिष्ट बन गये हैं। असाधारण। वे जीवन में असफल हो चुके हैं। वे राजनैतिक शक्ति नहीं पा सके; वे सांसारिक प्रसिद्धि तक नहीं पहुंचे; वे धन, सम्पति और भौतिक पदार्थ प्राप्त नहीं कर सके। वे स्वयं को कुछ नहीं अनुभव करते, और अब मैं उन्हें दे देता हूं संन्यास। अपनी ओर से कुछ किये बिना वे महत्वपूर्ण हो गये हैं, कुछ विशिष्ट। मात्र गैरिक वस्त्र धारण करने से वे सोचते हैं कि अब वे साधारण व्यक्ति न रहे। वे कुछ चुनिंदा हैं, दूसरे लोगों से भिन्न। वे संसार में जायेंगे और हर किसी की निंदा करेंगे। यह कह कर कि 'तुम मात्र सांसारिक प्राणी हो। तुम सर्वथा गलत हो। हम उद्धारित व्यक्ति हैं, थोड़े-से चुने हुओं में से।'

ये हैं मन की आकांक्षाएं। ध्यान रहे, किन्हीं आकांक्षाओं के कारण यहां मत रहना। अन्यथा तुम बिलकुल व्यर्थ कर रहे हो तुम्हारा समय; उन्हें परिपूर्ण नहीं किया जा सकता। मैं यहां हूं तुम्हारे सपनों में से तुम्हें बाहर ले आने के लिए। मैं यहां तुम्हारे सपनों की पूर्ति के लिए नहीं हूं। ये लोग यहां सब प्रकार की राजनीतियां ले आते हैं क्योंकि वे अपनी अहंकार-यात्राओं पर निकले हुए हैं। वे सब प्रकार के संघर्ष ले आयेंगे, वे गुट निर्मित करेंगे। वे एक छोटा संसार बना लेंगे यहां, और एक ऊंच-नीच का तंत्र वे निर्मित करेंगे। यह कहेंगे कि 'मैं ज्यादा ऊंचा हूं तुमसे, ज्यादा पवित्र हूं तुमसे।' वे खेलेंगे सदा ऊंचा दिखने के खेल को।

लेकिन वे मूढ़ हैं। पहली बात तो यह कि उन्हें यहां होना ही नहीं चाहिए। उन्होंने अपनी अहंकार यात्राओं के लिए गलत स्थान चुन लिया है क्योंकि मैं यहां हूं उनके अहंकारों को संपूर्णतया मार देने के लिए, उन्हें तोड़ देने के लिए। इसीलिए तुम मेरे आस-पास इतनी ज्यादा अव्यवस्था का अनुभव करते हो।

ध्यान रहे, तुम ठीक स्थान पर हो सकते हो गलत कारणों से। तब तुम चूक जाते हो, क्योंकि सवाल जगह का नहीं है। सवाल है : तुम यहां हो क्यों ? यदि तुम अपनी शारीरिक आवश्यकताओं के कारण यहां हो, तो कुछ किया जा सकता है, और जब तुम्हारी शारीरिक आवश्यकताएं पूरी हो जाती हैं, तो तुम्हारी आत्मिक आवश्यकताएं जाग्रत हो जायेंगी।

यदि तुम यहां मन की इच्छाओं के कारण हो, तो गिरा देना उन इच्छाओं को। वे आवश्यकताएं नहीं हैं, वे सपने हैं। उन्हें जितनी संपूर्णता से गिराना संभव हो, गिरा देना। और मत पूछना कि उन्हें कैसे गिराना है क्योंकि उन्हें गिरा देने को कुछ किया नहीं जा सकता है। मात्र इतनी समझ कि वे मन की आकांक्षाएं हैं, काफी है; वे स्वतः गिर जाती हैं।

क्या योग और तंत्र के बीच कोई संश्लेषण खोजना संभव है ? क्या एक मार्ग दूसरे तक ले जाता है ?

नहीं, यह असंभव है। यह उतना ही असंभव है जितना कि स्त्री और पुरुष के बीच कोई संश्लेषण खोजने का

प्रयत्न करना। तब क्या बनेगा संश्लेषण ? एक तीसरा लिंग—एक नपुंसक व्यक्ति होगा संश्लेषण। और वह न तो पुरुष होगा न ही स्त्री। ऐसा व्यक्ति जड़विहीन होगा। वह व्यक्ति कहीं का न होगा।

तंत्र सर्वथा विपरीत है योग के—विपरीत ध्रुव है। तुम कोई संश्लेषण निर्मित नहीं कर सकते। और ऐसी चीजों के लिए कभी प्रयत्न मत करना क्योंकि तुम अधिकाधिक भ्रमित हो जाओगे। एक ही काफी है तुम्हें भ्रमित करने को; दो तो बहुत ज्यादा होंगे। और वे विभिन्न दिशाओं की ओर ले जाते हैं। वे एक ही चोटी तक पहुंचते हैं। संश्लेषण है ऊंचाई पर, चरम शिखर पर, लेकिन पहला कदम जहां पड़ता है उस आधार पर जहां यात्रा प्रारंभ होती है, वे सर्वथा भिन्न हैं। एक जाता है पूर्व की ओर, दूसरा जाता है पश्चिम की ओर। वे एक-दूसरे को विदा कह देते हैं; परस्पर पीठ किये हुए हैं वे। वे पुरुष और स्त्री की भांति हैं। उनकी मनोवृत्तियां अलग हैं।

अपनी भिन्नता में वे सुंदर हैं। यदि तुम संश्लेषण बनाते हो, तो वह असुंदर हो जाता है। एक स्त्री, स्त्री ही होती है—इतनी ज्यादा स्त्री कि वह पुरुष के लिए एक विपरीत ध्रुव बन जाती है। अपनी ध्रुवताओं में वे सुंदर हैं क्योंकि अपनी विपरीतताओं में वे परस्पर आकर्षित हुए रहते हैं। उनकी अपनी ध्रुवताओं में वे पूरक होते हैं, लेकिन तुम संश्लेषण नहीं कर सकते। संश्लेषण तो मात्र दुर्बल होगा, संश्लेषण तो अशक्त ही होगा। उसमें कोई बल न होगा।

शिखर पर वे मिलते हैं, और वह मिलन है चरम सुख का बिंदु। जब स्त्री और पुरुष मिलते हैं, जब उनके शरीर विलीन हो जाते हैं, जब वे दो नहीं रहते, जब 'यिन' और 'यांग' एक होते हैं, तो ऊर्जा एक वर्तुल का रूप ले लेती है क्षण भर को। प्राण-ऊर्जा की उस पराकाष्ठा पर, वे मिलते और फिर से वे दूर होते हैं।

यही बात घटती है तंत्र और योग के साथ। तंत्र स्त्रैण है, योग पौरुषेय है। तंत्र है समर्पण, योग है संकल्प। तंत्र है प्रयासविहीनता, योग है प्रयास, जबरदस्त प्रयास। तंत्र निष्क्रिय है, योग है सक्रिय। तंत्र है धरती की भांति, योग है आकाश की भांति। वे मिलते हैं पर कोई संश्लेषण नहीं है। शिखर पर वे मिल जाते हैं, लेकिन आधारतल पर जहां यात्रा प्रारंभ होती है, जहां तुम सभी खड़े हो, तुम्हें मार्ग चुनना पड़ता है।

मार्ग संश्लिष्ट नहीं किये जा सकते हैं। और जो लोग इसके लिए प्रयत्न करते हैं, वे मानवता को भ्रमित कर देते हैं। वे दूसरों को बहुत गहरे तौर पर भ्रमित करते हैं और वे सहायक नहीं होते। वे बहुत हानिकारक होते हैं। मार्गों का संश्लेषण नहीं किया जा सकता, केवल अंत को संश्लिष्ट किया जा सकता है। एक मार्ग को दूसरे मार्ग से अलग होना ही होता है—पूर्णतया अलग, अपने पूरे भाव-रंग में ही अलग, अपने अस्तित्व में अलग। जब तुम तंत्र का अनुसरण करते हो, तो तुम यौन के द्वार से आगे बढ़ते हो। वह है तंत्र का मार्ग। तुम प्रकृति का समग्र समर्पण होने देते हो। यह होने देना है। तुम लड़ाई नहीं करते; यह एक योद्धा का मार्ग नहीं है। तुम संघर्ष नहीं करते; तुम समर्पण करते हो, भले ही प्रकृति तुम्हें कहीं भी ले जाये। यदि प्रकृति काम-भाव में ले जाती है, तुम काम-भाव को समर्पण कर देते हो। तुम संपूर्णतया इसमें उतरते हो बिना किसी अपराध-भाव के, बिना पाप की किसी धारणा के।

तंत्र के पास पाप की धारणा नहीं, कोई अपराध-भाव नहीं। तो कामवासना में उतरते हो। मात्र सचेत बने रहो, जो घट रहा है उसके प्रति जागरूक बने रहो। सचेत, जो हो रहा है उसके प्रति सावधान। लेकिन उसे नियंत्रित करने का प्रयत्न मत करना; स्वयं को रोकने की कोशिश मत करना। प्रवाह को चले आने दो। स्त्री में

गति करो और स्त्री को गति करने दो तुम्हारे भीतर; उन्हें एक वर्तुल बनने दो। और तुम साक्षी बने रहो। इसी देखने और होने देने द्वारा, तंत्र रूपांतरण को प्राप्त कर लेता है। कामवासना तिरोहित हो जाती है। यह एक तरीका है प्रकृति के पार जाने का क्योंकि कामवासना के पार जाना प्रकृति के पार जाना है।

सारी प्रकृति कामयुक्त है। फूल हैं क्योंकि वे कामभावमय हैं। समस्त सौंदर्य विद्यमान है किसी कामभाव की घटना के कारण। एक निरंतर खेल चल रहा है। पेड़ एक-दूसरों को आकर्षित कर रहे हैं, पक्षी एक-दूसरे को पुकार रहे हैं। हर कहीं कामक्रीड़ा चल रही है। प्रकृति काम है, और पुरुष-स्त्री के वर्तुल को पाना काम के पार जाना है। लेकिन तंत्र कहता है काम का उपयोग सीढ़ी की भांति करो। उसके साथ संघर्ष मत करो। उसका उपयोग करो और उससे बाहर हो जाओ। उसमें से आगे बढ़ो, उसमें से गुजरो, और अनुभव द्वारा रूपांतरण को उपलब्ध हो जाओ। ध्यानपूर्ण अनुभव रूपांतरण बन जाता है।

योग कहता है ऊर्जा व्यर्थ मत गंवाना। काम से पूर्णतया दूर हट कर बाहर निकल जाना। इसमें जाने की कोई जरूरत नहीं। तुम एकदम इससे कतरा कर निकल सकते हो। ऊर्जा को सुरक्षित रखो, और प्रकृति के धोखे में मत आओ। प्रकृति के साथ संघर्ष करो। संकल्पशक्ति ही बन आओ। नियंत्रित जीव हो जाओ जो कहीं नहीं बह रहा। योग की सारी विधियां इसलिए हैं कि तुम्हें ऐसा बनाया जाये जिससे कि प्रकृति में बहने की जरूरत न हो। योग कहता है प्रकृति को अपने रास्ते जाने देने की कोई जरूरत नहीं। तुम इसके मालिक हो जाओ और तुम अपने से चलो—प्रकृति के विरुद्ध। यह योद्धा का मार्ग है—'निर्दोष योद्धा' जो लगातार लड़ता है, और लड़ने द्वारा वह रूपांतरित होता है।

ये समग्रतया विभिन्न हैं। दोनों एक ही लक्ष्य की ओर ले जाते हैं, अतः एक को चुन लेना। संश्लेषण करने का प्रयत्न मत करना। कैसे तुम कर सकते हो संश्लेषण ? यदि तुम सेक्स द्वारा बढ़ते हो, योग गिरा दिया जाता है। संश्लेषण कैसे कर सकते हो तुम ? यदि तुम सेक्स को छोड़ते हो तो तंत्र गिर जाता है। कैसे तुम संश्लेषण कर सकते हो ? पर ध्यान रहे, दोनों एक ही लक्ष्य की ओर ले जाते हैं; वह लक्ष्य है—अतिक्रमण।

तुम्हें कौन-सा मार्ग चाहिए यह तुम पर निर्भर करता है—तुम्हारे ढंग पर। क्या तुम योद्धा के ढंग के हो ? वह व्यक्ति हो जो लगातार संघर्ष करता है ? तब योग है तुम्हारा मार्ग। यदि तुम योद्धा के प्रकार के नहीं हो, यदि तुम निष्क्रिय हो, सूक्ष्म तौर पर स्त्रैण, यदि तुम किसी के साथ लड़ना पसंद न करोगे, यदि तुम वस्तुतः अहिंसक हो, तब तंत्र है मार्ग। और चूंकि दोनों एक ही लक्ष्य की ओर ले जाते हैं, इसलिए संश्लेषण करने की कोई जरूरत नहीं।

मेरे देखे, संश्लेषणकारी, लगभग हमेशा गलत होते हैं। सारे गांधी गलत हैं। जो कोई संश्लेषण करता है गलत है। क्योंकि यह एलोपैथी को आयुर्वेद से संश्लेषित करना है, यह होम्योपैथी को एलोपैथी से संश्लेषित करना है; यह हिंदू और मुसलमान को संश्लेषित करना है, यह बुद्ध और पतंजलि को संश्लेषित करना है। संश्लेषण करने की कोई जरूरत नहीं। हर मार्ग स्वयं में पूर्ण है। प्रत्येक मार्ग स्वयं में इतना संपूर्ण है कि इसमें कुछ जोड़े जाने की कोई जरूरत नहीं है। और कोई भी जोड़ खतरनाक हो सकता है। क्योंकि एक हिस्सा जो शायद एक खास मशीन में कार्य कर रहा हो, दूसरी में बाधा बन सकता है।

तुम इम्पाला कार से एक हिस्सा ले सकते हो जो उसमें ठीक कार्य कर रहा था। लेकिन यदि तुम इसे फोर्ड में

लगा सकते, तो यह शायद समस्याएं खड़ी कर दे। एक हिस्सा एक ढांचे में कार्य करता है। हिस्सा ढांचे पर निर्भर करता है, संपूर्ण पर। तुम एक हिस्से मात्र का उपयोग नहीं कर सकते कहीं। और ये संश्लेषणकर्ता क्या करते हैं ? वे एक ढांचे से एक हिस्सा उठा लेते हैं, दूसरा हिस्सा दूसरे ढांचे से, और वे सब घोल-मेल बना देते हैं। यदि तुम इन व्यक्तियों के पीछे चलते हो, तो तुम एक घोलमेल ही बन जाओगे। संश्लेषण करने की कोई जरूरत नहीं। सिर्फ तुम्हारा ढांचा खोज लेने का प्रयत्न करो; तुम्हारे ढांचे को अनुभव करो। और कहीं कोई जल्दी नहीं है। ध्यान से अपने ढांचे को अनुभव करो।

क्या तुम समर्पण कर सकते हो ? प्रकृति को समर्पण कर सकते हो ? तो कर देना समर्पण। यदि तुम अनुभव करते हो ऐसा असंभव है, कि तुम समर्पण नहीं कर सकते, तो निराश मत हो जाना क्योंकि एक दूसरा मार्ग है जो इस ढंग से समर्पण की मांग नहीं करता; जो तुम्हें तमाम अवसर देता है संघर्ष करने के। और दोनों एक ही बिंदु पर ले जाते हैं शिखर पर। जब तुम गौरीशंकर पर पहुंच चुके होते हो, धीरे-धीरे जैसे तुम शिखर के और-और निकट पहुंचते हो, तुम देखोगे कि दूसरे भी पहुंच रहे हैं जो कि विभिन्न मार्गों पर यात्रा कर रहे थे।

मनुष्यता के पूरे इतिहास में रामकृष्ण ने महानतम प्रयोगों में से एक प्रयोग करने का प्रयत्न किया। उनके संबोधि प्राप्त करने के पश्चात, उनकी संबोधि के पश्चात, उन्होंने बहुत सारे मार्गों को आजमाया। किसी ने कभी ऐसा नहीं किया क्योंकि कोई जरूरत नहीं है। यदि तुमने शिखर पा लिया है, तो क्यों फिक्र लेनी कि दूसरे मार्ग उस तक पहुंचते हैं या नहीं ? किंतु रामकृष्ण ने मानवता पर बड़ा उपकार किया। वे फिर से आधारतल तक नीचे लौट आये और दूसरे मार्गों को आजमाया, देखने को कि वे भी शिखर तक पहुंचते हैं या नहीं। उन्होंने बहुतों को आजमाया, और हर बार वे उसी शिखर बिंदु तक पहुंचे।

यह उन्हीं की उपमा है—कि आधारतल पर मार्ग अलग होते हैं। वे विभिन्न दिशाओं की ओर बढ़ते हैं और विपरीत भी लगते हैं, परस्पर विरोधी भी, लेकिन शिखर पर वे मिल जाते हैं। संश्लेषण घटता है शिखर पर। प्रारंभ में विविधताएं होती हैं, बहुलताएं होती हैं; अंत में होता है एकत्व, ऐक्य।

संश्लेषण की परवाह मत करना। तुम सिर्फ तुम्हारा मार्ग चुन लेना और उस पर बने रहना। और दूसरों द्वारा प्रलोभित मत होओ, जो अपने मार्गों पर तुम्हें बुला रहे होंगे इस कारण, कि वह लक्ष्य तक ले जाता है। हिंदू पहुंचे हैं, मुसलमान पहुंचे हैं, यहूदी पहुंचे हैं, ईसाई पहुंचे हैं। और परम सत्य की कोई शर्त नहीं है जो कहे कि यदि तुम केवल हिंदू हो तो ही पहुंचोगे।

केवल एक बात जो चिंता करने की है वह यह कि तुम्हारे प्रकार को, ढांचे को पहचानना और चुनाव करना। मैं किसी बात के विरुद्ध नहीं हूं; मैं हर बात के पक्ष में हूं। जो कुछ भी तुम चुनो, मैं उसी ढंग से तुम्हारी मदद कर सकता हूं। लेकिन कोई संश्लेषण नहीं चाहिए। संश्लेषण के लिए प्रयत्न मत करना।

कई बार जब आप हमसे बातें करते हैं, तब ऊर्जा की लहरें हम तक उमड़ कर आती हैं और हमारा हृदय खोल देती हैं और कृतज्ञता के आंसू ले आती हैं। आपने कहा है कि आप हमें भर देते हैं जब हम खुले हों। और कई बार यह शक्तिपात सदृश घटना एक ही समय बहुत लोगों को घटती है। आप हमें यह अद्‌भुत अनुभव और अधिक बार क्यों नहीं देते ?

यह तुम पर है। यह ऐसा नहीं है कि मैं तुम्हें कोई अनुभव दे रहा हूं। यह तुम पर है। तुम ग्रहण कर सकते हो इसे। यह कोई देना नहीं है क्योंकि मैं तो दे ही रहा हूं हर समय। यह तुम पर निर्भर है कि खुले रहो और ग्रहण करो। और यह ठीक है, कि ऐसा बहुत बार बहुत लोगों को एक साथ घटता है। तब तर्कसंगत मन कहता है कि मैं ही कुछ कर रहा होऊंगा, वरना क्यों ऐसा एक साथ घट रहा है बहुत लोगों को ?

नहीं, मैं कुछ नहीं कर रहा। लेकिन जब कोई खुला होता है, तो वह किसी का खुलना संक्रामक होता है। दूसरे तुरंत शुरू कर देते हैं खुलना। यह ऐसा है जैसे जब कोई खांसना शुरू करता है, तो दूसरे भी खांसना शुरू कर देते हैं। यह संक्रामक होता है। एक खुलता है, और तुम अकस्मात अनुभव करते हो तुम्हारे चारों ओर घट रहा है कुछ, तो तुम भी खुले हो जाते हो।

मैं निरंतर मौजूद हूं। जब कभी तुम खुले होते हो, तुम मुझमें शामिल हो सकते हो, मुझे ग्रहण कर सकते हो, जब तुम बंद होते हो, तब तुम ग्रहण नहीं कर सकते। और यह मुझ पर ही निर्भर नहीं करता, यह तुम पर निर्भर करता है कुछ करना। निस्संदेह ऐसा घटता है जब तुम इकट्ठे होते हो क्योंकि एक खोल देता है दूसरों को। और फिर यही चलता जाता है। और यह बात जलप्रवाह-सदृश कोई घटना बन सकती है।

इंडोनेशिया में एक विशिष्ट विधि है जो जानी जाती है 'लतिहान' के नाम से। वे 'खुलना' शब्द का उपयोग करते हैं। वह जो खुला है दूसरों को खोल सकता है। वह गुरु अभी इस धरती के उन बहुत-बहुत महत्वपूर्ण व्यक्तियों में से एक है—लतिहान का गुरु, वह व्यक्ति है बापाक सुबुद। उसने कुछ लोगों को खोला, और फिर उसने उन लोगों से कह दिया पृथ्वी भर घूमने को और दूसरों को खोलने को।

और क्या करते हैं वे ? बहुत सरल विधि अपनाते हैं। तुम समझ पाओगे क्योंकि तुम उसी तरह की रूपरेखा की बहुत सारी विधियां कर रहे हो। बापाक सुबुद के द्वारा जो खुल गया है, वह नये साधक के साथ होता है—जिसे खुलना है उसके साथ, उस शिष्य के साथ। वे एक बंद कमरे में खड़े होते हैं। वह जो पहले से ही खुला है, वह अपने हाथों को आकाश की ओर उठा देता है। वह स्वयं को खोलता है, और दूसरे सिर्फ वहां खड़े रहते हैं। कुछ पलों के भीतर दूसरे कंपित होने लगते हैं। कुछ घट रहा है। और जब वह खुला होता है, असीम आकाश के प्रति खुला, उस पार की अपरिसीम ऊर्जा के प्रति, तब दूसरों को खोलने की उसे अनुमति दी जाती है।

और कोई नहीं जानता कि वे क्या कर रहे होते हैं। स्वयं करने वाला भी कभी नहीं जानता कि वह क्या कर रहा है। वह तो बस वहां खड़ा रहता है और दूसरा, नवागत मात्र खड़ा रहता है निकट। वे नहीं जानते क्या घट रहा है, अतः वे बापाक सुबुद को पूछते हैं, 'क्या है यह ?' वे करते हैं; यह घटता है। किंतु बापाक सुबुद कभी कोई व्याख्या नहीं करता। वह उस ढंग का आदमी नहीं है। वह कहता है, 'तुम सिर्फ ऐसा करो। इसकी फिक्र मत लेना कि ऐसा क्यों घटता है। बस यह घटता है।'

वही कुछ यहां घटता है। कोई एक खुलता है। अकस्मात ऊर्जा उसके चारों ओर गतिमान हो उठती है, वह एक वातावरण निर्मित कर देती है। तुम उसके निकट हो, और अचानक तुम ऊर्जा के एक उमड़ाव को ऊपर उठता अनुभव करते हो। आंसू बहने लगते हैं, तुम्हारा हृदय भरा हुआ है। तुम खुलते हो, तब तुम दूसरे को मदद देते हो। यह बात एक श्रृंखलाबद्ध प्रतिक्रिया बन जाती है। सारा संसार खुल सकता है। और एक बार तुम खुले

हुए हो जाते हो, तब तुम इसका गुर जान लेते हो। यह कोई विधि न रही। तुम इसका गुर ही जान लेते हो। तब तुम अपने मन को एकदम रख देते हो एक निश्चित स्थिति में; तुम रख देते हो अपनी स्व-सत्ता को एक निश्चित ढंग में। यही है जिसे मैं कहता हूं प्रार्थना।

मेरे लिए प्रार्थना कोई शाब्दिक संवाद नहीं है ईश्वर के साथ। कैसे तुम भाषा को साथ लिये संपर्क कर सकते हो ईश्वर के साथ ? दिव्यता की कोई भाषा नहीं होती। और जो कुछ भी कहते हो तुम, वह समझ में नहीं आयेगा। तुम्हें भाषा द्वारा नहीं समझा जा सकता है, बल्कि तुम्हारे अस्तित्व द्वारा समझा जा सकता है। अंतस अस्तित्व ही है एकमात्र भाषा।

एक छोटी प्रार्थना-विधि आजमाना। रात्रि में, जब तुम सोने जा रहे होते हो, बस घुटने टेक बैठ जाना बिस्तर के समीप। बिजली बुझा देना, अपने दोनों हाथ उठा लेना, आंखें बंद रहें, और मात्र अनुभव करना जैसे तुम किसी झरने तले हो, आकाश से उतरती ऊर्जात्मक जलधार तले। प्रारंभ में यह बात एक परिकल्पना होती है। दो या तीन दिनों के भीतर तुम अनुभव करने लगोगे कि यह एक वास्तविक घटना है। जैसे कि तुम वास्तव में ही जलधार तले हो; और तुम्हारा शरीर आंदोलित होने लगता है। तुम तेज हवा के झोंके में पड़े पत्ते की भांति अनुभव करते हो। और वह जलधार इतनी सशक्त और प्रबल होती है कि तुम उसे भीतर सम्हाल नहीं सकते। यह तुम्हारे रोएं-रोएं को आपूरित करती है, सिर से लेकर पांव तक। तो तुम एक खाली पात्र ही होते हो, और वह तुम्हें पूरी तरह से भरने लगती है।

जब तुम कम्पन्नों को अपने तक पहुंचता अनुभव करते हो, तो उसके साथ सहयोग देना। कम्पन्नों को ज्यादा होने में मदद देना, क्योंकि जितने ज्यादा तुम आंदोलित होते हो, तुममें असीम ऊर्जा उतर आने की उतनी ही ज्यादा संभावना होती है। क्योंकि तुम्हारी अपनी अंतरऊर्जा सक्रिय हो जाती है। जब तुम सक्रिय होते हो, तुम सक्रिय शक्ति से मिल सकते हो। जब तुम गतिहीन होते हो, तब तुम सक्रिय शक्ति से नहीं मिल सकते।

जब तुम आंदोलित होते हो, तब ऊर्जा तुम्हारे भीतर निर्मित हो जाती है। ऊर्जा अधिक ऊर्जा को खींचती है। पात्र हो जाओ—शून्य पात्र, और फिर आपूरित हो जाओ, पूरी तरह आप्लावित। जब तुम अनुभव करते हो कि अब यह बहुत हुआ, असह्य है, कि जलधार बहुत ज्यादा हुई और तुम और ज्यादा इसे सह नहीं सकते, तो धरती की ओर झुक जाओ, धरती को चूम लो और मौन हुए रहो जैसे कि तुम धरती में ऊर्जा उंडेल रहे हो।

आकाश से ग्रहण करो; वापस दे दो धरती को। तुम बीच में केवल माध्यम बन जाओ। पूर्णतया झुक जाओ, फिर से खाली हो जाओ। जब तुम अनुभव करो कि अब तुम खाली हो, तो तुम अनुभव करोगे—बहुत मौन, बहुत शांत, बहुत सहज। फिर दोबारा अपने हाथ उठा लो। ऊर्जा को अनुभव करो। नीचे झुको और चूम लो जमीन को—ऊर्जा को वापस धरती को लौटा दो।

ऊर्जा है आकाश, ऊर्जा है धरती। वे दो प्रकार की ऊर्जाएं हैं। आकाश सर्वदा पुरुष-तत्व कहलाता है क्योंकि वह देता है, और धरती सर्वदा स्त्री-तत्व कहलाती है क्योंकि वह ग्रहण करती है। वह है गर्भ की भांति। अतः ग्रहण करो आकाश से और दे दो धरती को। और ऐसा सात बार करना है, इससे कम नहीं, क्योंकि हर बार ऊर्जा तुम्हारे शरीर के किसी एक चक्र में आयेगी। और सात चक्र होते हैं।

हर बार ऊर्जा तुममें ज्यादा गहरे चली जायेगी; तुम्हारे भीतर वह ज्यादा गहरे तलों को अनुप्राणित करेगी। सात

बार करना जरूरी है। इससे कम नहीं; क्योंकि यदि तुम कम बार करते हो तो सो न पाओगे। ऊर्जा वहां होगी भीतर और तुम बेचैनी अनुभव करोगे। इसे सात बार दोहराना। तुम अधिक भी कर सकते हो। ज्यादा करने में कोई हानि नहीं है, लेकिन कम नहीं। ऐसा सात बार या इससे ज्यादा बार करना।

और जब तुम पूर्णतया खाली अनुभव करो तब सो जाना। तुम्हारी संपूर्ण रात्रि एक अंतस घटना बन जायेगी। नींद में तुम अधिकाधिक शांत हो जाओगे। सपने समाप्त हो जायेंगे। सुबह, तुम पूर्णतया नये जीवन को उठता हुआ अनुभव करोगे, जैसे कि तुम पुनर्जीवित हुए हो। तुम अब वही पुराने न रहे। अतीत गिर चुका है; तुम ताजे और युवा हो।

हर रात ऐसा करना। तीन महीने के भीतर बहुत सारी चीजें संभव हो जायेंगी। तुम खुले होओगे। और तब तुम दूसरों को खोल सकते हो। तीन महीने तक खोलने की इस घटना को क्रियान्वित करने के बाद तुम किसी के पास खड़े होने और स्वयं को खोलने के बिलकुल योग्य हो जाओगे। और तुरंत तुम अनुभव करोगे कि दूसरा कंपायमान हो रहा है, आंदोलित हो रहा है। चाहे दूसरा जानता भी न हो, दूसरे के जाने बिना भी तुम किसी को खोल सकते हो। लेकिन ऐसा करना मत क्योंकि दूसरा तो सिर्फ घबड़ा ही जायेगा। वह सोचेगा कि कुछ भयावह घट रहा है।

एक बार खुल जाते हो, तो तुम दूसरों को खोल सकते हो। यह एक संक्रामकता है। और सुंदर संक्रामकता है; संक्रामकता संपूर्ण स्वास्थ्य की, किसी रोग की नहीं। समग्रता की संक्रामकता है, पवित्रता की संक्रामकता, एक संक्रामकता पावनता की।

प्रवचन 19

समुचित मनोवृत्तियों का संवर्धन

योगसूत्र

मैत्रीकरुणामुदितोपेक्षाणां सुखदुःखपुण्यापुण्यविषयाणां भावनातश्चित्तप्रसादनम् ।। ३३ ।।

आनंदित व्यक्ति के प्रति मैत्री, दुखी व्यक्ति के प्रति करुणा, पुण्यवान के प्रति मुदिता तथा पापी के प्रति उपेक्षा—इन भावनाओं का संवर्धन करने से मन शांत हो जाता है।

प्रच्छर्दनविधारणाभ्यां वा प्राणस्य ।। ३४ ।।

बारी-बारी से श्वास बाहर छोड़ने और रोकने से भी मन शांत होता है।

विषयवती वा प्रवृत्तिरुत्पन्ना मनसः स्थितिनिबंधनी ।। ३५ ।।

जब ध्यान से अतींद्रिय संवेदना उत्पन्न होती है तो मन आत्मविश्वास प्राप्त करता है और इसके कारण साधना का सातत्य बना रहता है।

विशोका वा ज्योतिष्मती ।। ३६ ।।

उस आंतरिक प्रकाश पर भी ध्यान करो, जो शांत है और सभी दुखों के बाहर है।

वीतरागविषयं वा चित्तम् ।। ३७ ।।

या, जो वीतरागता को उपलब्ध हो चुका हो उसका ध्यान करो।

आनंदित व्यक्ति के प्रति मैत्री, दुखी व्यक्ति के प्रति करुणा, पुण्यवान के प्रति मुदिता तथा पापी के प्रति उपेक्षा—इन भावनाओं का संवर्धन करने से मन शांत हो जाता है।

इससे पहले कि तुम इस सूत्र को समझो, बहुत सारी चीजें समझ लेनी हैं। पहली, स्वाभाविक मनोवृत्ति—जब कभी तुम किसी को प्रसन्न देखते हो, तो तुम अनुभव करते हो ईर्ष्या—प्रसन्नता नहीं, प्रसन्नता हरगिज नहीं। तुम दुखी अनुभव करते हो। यह है स्वाभाविक मनोवृत्ति। यह अभिवृत्ति तुम्हारे पास पहले से ही है। और पतंजलि कहते हैं मन शांत हो जाता है प्रसन्न के प्रति मित्रता का भाव करने से। यह बहुत कठिन होता है। जो प्रसन्न है उसके साथ मैत्रीपूर्ण होना जीवन की सर्वाधिक कठिन बातों में से एक है।

साधारणतया तुम सोचते हो, यह बहुत सरल है। यह सरल नहीं है। ठीक इसके विपरीत है अवस्था। तुम ईर्ष्या अनुभव करते हो, तुम दुखी अनुभव करते हो। हो सकता है तुम प्रसन्नता दर्शाओ, लेकिन वह मात्र एक ऊपरी बात होती है; एक दिखावा, एक मुखौटा होती है। कैसे प्रसन्न हो सकते हो तुम ? कैसे हो सकते हो तुम शांत, मौन, यदि तुम्हारी ऐसी भावावस्था हो तो ?

सारा जीवन उत्सव है, सारे संसार भर में लाखों प्रसन्नताएं घटित हो रही हैं, लेकिन यदि तुम्हारी मनोवृत्ति ईर्ष्या की है तो तुम दुखी होओगे, तुम सतत एक नरक में होओगे। और तुम ठीक नरक में होओगे क्योंकि सब ओर स्वर्ग है। तुम स्वयं के लिए एक नरक निर्मित कर लोगे—एक निजी नरक—क्योंकि सारा अस्तित्व उत्सव मना रहा है।

यदि कोई प्रसन्न होता है तो सबसे पहले तुम्हारे मन में क्या बात आती है ? ऐसा होता है जैसे कि प्रसन्नता तुमसे ले ली गयी हो, जैसे कि वह जीत गया और तुम हार गये हो, जैसे कि उसने तुम्हें छल लिया हो। प्रसन्नता कोई प्रतियोगिता नहीं है, अतः चिंतित मत होना। यदि कोई प्रसन्न होता है, इसका यह अर्थ नहीं है कि तुम प्रसन्न नहीं हो सकते, कि उसने ले ली तुम्हारी प्रसन्नता इसलिए अब तुम प्रसन्न नहीं हो सकते। प्रसन्नता कहीं एक जगह अस्तित्व नहीं रखती। अतः यह प्रसन्न व्यक्तियों द्वारा खत्म नहीं की जा सकती है।

तुम क्यों अनुभव करते हो ईर्ष्या ? यदि कोई धनवान है, हो सकता है तुम्हारे लिए धनवान होना कठिन हो, क्योंकि धन-दौलत परिमाण में विद्यमान होती है। यदि कोई व्यक्ति भौतिक ढंग से शक्तिशाली है, तो शायद तुम्हारे लिए कठिन हो शक्तिशाली होना क्योंकि शक्ति के लिए प्रतियोगिता होती है। लेकिन प्रसन्नता कोई प्रतियोगिता

नहीं है। प्रसन्नता अस्तित्व रखती है अपरिसीम मात्रा में। कोई व्यक्ति कभी इसे समाप्त करने के योग्य नहीं हुआ; कोई प्रतियोगिता बिलकुल ही नहीं है। यदि कोई व्यक्ति प्रसन्न होता है तो क्यों तुम ईर्ष्या अनुभव करते हो ? और ईर्ष्या के साथ नरक तुममें प्रवेश करता है।

पतंजलि कहते हैं, जब कोई व्यक्ति प्रसन्न हो, तो प्रसन्नता अनुभव करो, मैत्रीपूर्ण अनुभव करो। तब तुम्हारे स्वयं में तुम भी द्वार खोलते हो प्रसन्नता की ओर। जो प्रसन्न होता है उसके प्रति तुम अगर मैत्रीपूर्ण अनुभव कर सकते हो, तो सूक्ष्म ढंग से तुरंत तुम उसकी प्रसन्नता में हिस्सेदार बनने लगते हो; वह तुम्हारी भी हो जाती है। तत्क्षण ही। और प्रसन्नता कोई ऐसी चीज नहीं है कि कोई उससे चिपका रह सके। तुम उसे बांट सकते हो। जब एक फूल खिलता है, तो तुम उसमें हिस्सेदार बन सकते हो। जब कोई पक्षी चहचहाता है, तुम उसमें हिस्सा ले सकते हो। जब कोई व्यक्ति प्रसन्न होता है, तो तुम उसमें हिस्सा ले सकते हो।

और इसका सौंदर्य ऐसा है कि यह उस व्यक्ति के बांटने पर निर्भर नहीं करता है। यह तुम्हारे उसमें सम्मिलित होने पर निर्भर है।

यदि यह उसके बांटने पर निर्भर करता, इस पर कि वह बांटता है या नहीं, तब यह कोई बिलकुल ही अलग बात होती। हो सकता है वह बांटना पसंद न करे। लेकिन इसका तो बिलकुल कोई सवाल ही नहीं; यह उसके बांटने पर निर्भर नहीं करता है। जब प्रातः सूर्योदय होता है तो तुम प्रसन्न हो सकते हो, और सूर्य इस विषय में कुछ नहीं कर सकता है। वह तुम्हें प्रसन्न होने से रोक नहीं सकता है। कोई प्रसन्न है, तुम मैत्रीपूर्ण हो सकते हो। यह समग्ररूपेण तुम्हारा अपना भाव है, और वह अपनी प्रसन्नता न बांटकर तुम्हें रोक नहीं सकता है। तुरंत तुम खोल देते हो द्वार, और उसकी प्रसन्नता तुम्हारी ओर भी प्रवाहित होती हैं।

तुम्हारे चारों ओर स्वर्ग निर्मित कर लेने का यही राज है। और केवल स्वर्ग में तुम शांत हो सकते हो। नरक की ज्वाला में कैसे तुम शांत हो सकते हो ? और कोई दूसरा निर्मित नहीं कर रहा है उसे, तुम कर रहे हो उसे निर्मित। अतः बुनियादी बात समझ लेनी है कि जब कभी दुख हो, नरक हो, तुम्हीं हो उसके कारण। कभी किसी दूसरे पर जिम्मेदारी मत फेंकना क्योंकि वह जिम्मेदारी का फेंकना आधारभूत सत्य से भागना है।

यदि तुम दुखी हो, तो केवल तुम, नितांत तुम ही जिम्मेदार हो। भीतर देखो और उसका कारण ढूंढ़ो। और कोई दुखी नहीं होना चाहता है। यदि तुम तुम्हारे स्वयं के भीतर कारण खोज लो, तो तुम उसे बाहर फेंक सकते हो। कोई तुम्हारे रास्ते में नहीं खड़ा है तुम्हें रोकने को। कोई भी बाधा नहीं है तुम्हें प्रसन्न होने से रोकने के लिए।

प्रसन्न व्यक्तियों के प्रति मैत्रीपूर्ण होने से तुम प्रसन्नता के साथ अपना स्वर साध लेते हो। वे खिल रहे हैं और तुम मित्रता से भर जाते हो। हो सकता है वे न हों मैत्रीपूर्ण; इससे तुम्हारा कुछ लेना-देना नहीं। हो सकता है वे तुम्हें जानते भी न हों; इससे कुछ नहीं होता। लेकिन जहां कहीं खिलाव है, जहां आनंद है, जहां कोई खिल रहा है, जब कोई नाच रहा है और खुश है और मुस्करा रहा है, जहां कहीं उत्सव है, तुम स्नेहपूर्ण हो जाओ, तुम उसके हिस्से बन जाओ। तब वह तुम्हारे भीतर प्रवाहित होने लगता है। और कोई नहीं रोक सकता उसे। और जब तुम्हारे चारों ओर प्रसन्नता होती है, तुम शांत अनुभव करते हो।

प्रसन्न व्यक्ति के प्रति मैत्रीपूर्ण भावना का संवर्धन करने से मन शांत हो जाता है.... ।

प्रसन्न व्यक्ति के साथ तुम ईर्ष्या अनुभव करते हो—एक सूक्ष्म प्रतियोगिता के रूप में। प्रसन्न लोगों के साथ तुम स्वयं को निम्न अनुभव करते हो। तुम आस-पास रहने को उन लोगों को चुन लेते हो सदा जो अप्रसन्न हैं। तुम मित्रता बनाते हो अप्रसन्न व्यक्तियों के साथ क्योंकि अप्रसन्न व्यक्तियों के साथ तुम अपने को ऊंचा अनुभव करते हो। तुम हमेशा उस किसी को चुन लेते हो जो तुमसे नीचे है। तुम हमेशा अधिक ऊंचे से भयभीत हो जाते हो; तुम हमेशा किसी निम्न को चुन लेते हो। और जितना तुम ज्यादा निम्न को चुनते हो, उतना नीचे तुम गिरोगे। तब फिर और ज्यादा निम्न व्यक्तियों की आवश्यकता होती है.।

उनका साथ खोजो जो तुमसे ज्यादा ऊंचे हों—विवेक में ऊंचे, प्रसन्नता में ऊंचे, शांति में, मौन में, एकजुट होने में। हमेशा ज्यादा ऊंचे का साथ खोज लेना क्योंकि उसी तरह ही तुम ज्यादा ऊंचे हो सकते हो। तुम घाटियों के पार हो सकते हो और ऊंचे शिखरों तक पहुंच सकते हो। यह बात सीढ़ी बन जाती है। सदा ज्यादा ऊंचे का साथ खोज लेना, सुंदर का, प्रसन्न का साथ। जब तुम ज्यादा सुंदर हो जाओगे; तुम ज्यादा प्रसन्न हो जाओगे।

और एक बार रहस्य जान लिया जाता है, एक बार तुम जान लेते हो कि कैसे कोई ज्यादा प्रसन्न होता है, कि कैसे तुम दूसरों की प्रसन्नता के साथ अपने लिए भी प्रसन्न होने की स्थिति निर्मित कर सकते हो, फिर कोई अड़चन नहीं रहती। तब तुम जितना चाहो उतना आगे बढ़ सकते हो। तुम हो सकते हो भगवान जिसके लिए कोई अप्रसन्नता अस्तित्व ही नहीं रखती।

कौन होता है भगवान ? वह होता है भगवान जिसने कि जान लिया है यह रहस्य, कि संपूर्ण विश्व के साथ, प्रत्येक फूल के साथ और प्रत्येक नदी के साथ और प्रत्येक चट्टान के साथ और प्रत्येक तारे के साथ किस प्रकार प्रसन्न रहना है। वह जो इस सतत चिरंतन उत्सव के साथ एक हो गया है; जो उत्सव मनाता है, जो चिंता में नहीं पड़ता कि यह किसका उत्सव है; जहां कहीं होता है उत्सव, वह भाग लेता है। प्रसन्नता में भाग लेने की यह कला बुनियादी बातों में से एक बात है—यदि तुम प्रसन्न होना चाहते हो तो इसी का अनुसरण करना है।

तुम बिलकुल विपरीत बात करते रहे हो। यदि कोई प्रसन्न होता है, तो तुरंत तुम्हें झटका लगता है कि यह कैसे संभव है ? कैसे हुआ कि तुम प्रसन्न नहीं हो और वह प्रसन्न हो गया है ? यह तो अन्याय हुआ। यह सारा संसार तुम्हें धोखा दे रहा है और परमात्मा कहीं है नहीं। यदि परमात्मा है तो यह कैसे हुआ कि तुम अप्रसन्न हो और दूसरे प्रसन्न हुए जा रहे हैं ? और ये व्यक्ति जो प्रसन्न हैं, वे शोषक हैं, चालाक हैं, धूर्त हैं। वे तुम्हारे रक्त पर पलते हैं। वे दूसरों की प्रसन्नता चूस रहे हैं।

कोई किसी की प्रसन्नता नहीं चूस रहा है। प्रसन्नता एक ऐसी घटना है कि उसे चूसने की कोई जरूरत नहीं है। यह एक आंतरिक खिलना है; यह बाहर से नहीं आता है। प्रसन्न व्यक्तियों के साथ प्रसन्न होने मात्र से तुम वह स्थिति निर्मित कर लेते हो जिसमें तुम्हारा अपना अंतर्पुष्प खिलने लगता है।

मन शांत होता है, मित्रता की मनोवृत्ति का संवर्धन करने से...। पर तुम निर्मित कर लेते हो शत्रुता की मनोवृत्ति। तुम उदास व्यक्ति के साथ मित्रता अनुभव करते हो, और तुम सोचते यह बहुत धार्मिक बात है। तुम उस किसी के साथ मित्रता अनुभव करते हो जो निराश होता है, दुख में होता है। और तुम सोचते हो यह कोई धार्मिक आचरण है, कोई नैतिकता जिसे तुम संपन्न कर रहे हो। लेकिन तुम क्या कर रहे हो, तुम्हें पता नहीं।

जब तुम मित्रता अनुभव करते हो उसके साथ जो उदास होता है, निराश, अप्रसन्न, दुखी होता है तो तुम स्वयं

के लिए दुख निर्मित कर लेते हो। पतंजलि का यह विचार बहुत अधार्मिक मालूम पड़ता है। ऐसा नहीं है, क्योंकि जब तुम उनका संपूर्ण दृष्टिकोण समझोगे तो तुम उसे अनुभव करोगे जो अर्थ वे देते हैं। वे अत्यंत वैज्ञानिक हैं। वे कोई भावुक व्यक्ति नहीं हैं। और भावुकता तुम्हारी मदद न करेगी।

तुम्हें बहुत साफ, स्पष्ट होना है '....दुखी के प्रति करुणा'....। मित्रता नहीं, करुणा। करुणा एक भिन्न गुणवत्ता है और मित्रता एक अलग ही गुणवत्ता है। मैत्रीपूर्ण होने का अर्थ है, तुम एक स्थिति निर्मित कर रहे हो जिसमें कि तुम वही होना चाहोगे जैसे दूसरा व्यक्ति है। तुम उसी भांति होना चाहोगे जैसा तुम्हारा मित्र है। करुणा का अर्थ है कि कोई अपनी अवस्था से गिर गया है। तुम उसकी मदद करना चाहते हो, किंतु उसकी भांति नहीं होना चाहोगे। तुम उसे हाथ दे देना चाहोगे, तुम उसका ध्यान रखना चाहोगे, उसे प्रसन्न करना चाहोगे लेकिन तुम उस भांति नहीं होना चाहोगे क्योंकि वह कोई सहायता न होगी।

कोई रो रहा है और बिलख रहा है, और तुम निकट बैठ जाते हो और तुम रोना-चीखना शुरू कर देते हो—क्या तुम उसकी मदद कर रहे हो ? किस ढंग की है यह मदद ? यदि कोई दुखी है और तुम भी दुखी हो जाओ, तो क्या तुम उसकी मदद कर रहे हो ? तुम तो उसका दुख दुगुना कर रहे होओगे। वह अकेला ही दुखी था; अब दो व्यक्ति हो गये हैं जो दुखी हैं। बल्कि दुखी के प्रति सहानुभूति प्रकट करने से तो तुम फिर एक चालाकी चल रहे होते हो। तुम दुखी के प्रति सहानुभूति दिखाते हो, किंतु ध्यान रहे, गहरे में सहानुभूति कोई करुणा नहीं है, सहानुभूति मैत्रीपूर्ण बात है। जब तुम सहानुभूति और मित्रता दिखाते हो निराश, उदास, दुखी व्यक्ति के प्रति, तो गहरे तल पर तुम प्रसन्नता अनुभव कर रहे होते हो। वहां हमेशा प्रसन्नता की अंतर्धारा होती है। उसे वहां होना ही है क्योंकि यह एक सीधा-साफ गणित है—जब कोई व्यक्ति प्रसन्न होता है, तुम दुखी अनुभव करते हो; अतः जब कोई दुखी होता है, गहरे तल पर तुम बहुत प्रसन्न अनुभव करते हो।

लेकिन तुम यह बात दर्शाते नहीं। यदि तुम गहराई से ध्यानपूर्वक देखो, यदि सहानुभूति प्रकट करते हो तो ऐसा पाया जायेगा कि तुम्हारी सहानुभूति में भी प्रसन्नता की सूक्ष्म धारा है। तुम अच्छा अनुभव करते हो कि तुम सहानुभूति दिखाने की स्थिति में हो। वस्तुतः तुम प्रसन्न अनुभव करते हो कि यह तुम नहीं हो जो अप्रसन्न है। तुम तो ज्यादा ऊंचे हो, बेहतर हो।

लोग हमेशा अच्छा अनुभव करते हैं जब वे दूसरों के प्रति सहानुभूति दिखाते हैं। वे हमेशा इस बात से खुश हो जाते हैं। गहरे तौर पर वे अनुभव करते हैं कि वे बहुत दुखी नहीं हैं, कृपा है परमात्मा की। जब कोई मरता है, तो तुरंत तुममें एक अंतःप्रवाह उमड़ आता है, जो कहता है कि कृपा है परमात्मा की कि तुम अभी जिंदा हो। और तुम सहानुभूति प्रकट कर सकते हो। इसमें कोई कीमत नहीं लगती। सहानुभूति दिखाने में तुम्हारा कुछ खर्च नहीं होता। लेकिन करुणा एक अलग बात है।

करुणा का अर्थ है कि तुम दूसरे व्यक्ति की मदद करना चाहोगे। तुम वह करना चाहोगे जो कुछ किया जा सकता है। उसे उसके दुख में से बाहर लाने में तुम उसकी मदद करना चाहोगे। तुम उसके कारण प्रसन्न नहीं हो, किंतु तुम दुखी भी नहीं हो।

ठीक इन दोनों के बीच है करुणा। बुद्ध करुणामय हैं। वे तुम्हारे साथ दुखी अनुभव नहीं करेंगे क्योंकि उससे किसी को मदद नहीं मिलने वाली। और वे प्रसन्न भी नहीं अनुभव करेंगे। क्योंकि प्रसन्नता अनुभव करने में कोई

तुक नहीं है। जब कोई दुखी ही न हो, तो वह कैसे प्रसन्न अनुभव कर सकता है ? लेकिन वे अप्रसन्न भी अनुभव नहीं कर सकते क्योंकि उससे मदद नहीं मिलने वाली। वे करुणा अनुभव करेंगे। करुणा है ठीक इन दोनों के बीच में। करुणा का अर्थ है, तुम्हारे दुख में से तुम्हें बाहर लाने में मदद करना चाहेंगे। करुणा का अर्थ है, वे तुम्हारे लिए हैं, लेकिन विरुद्ध हैं तुम्हारे दुख के। वे तुम्हें प्रेम करते हैं, तुम्हारे दुख को नहीं। वे तुम पर ध्यान देना चाहेंगे, लेकिन तुम्हारे साथ लगे तुम्हारे दुख पर नहीं।

जब तुम सहानुभूतिपूर्ण होते हो, तब तुम दुख को प्यार करने लगते हो, दुखी को नहीं। और यदि अकस्मात वह व्यक्ति प्रसन्न हो जाता है और कहता है, कोई फिक्र नहीं, तो तुम्हें झटका लगेगा। क्योंकि वह तुम्हें अब अवसर नहीं देता सहानुभूतिपूर्ण होने का और उसे दिखा देने का कि तुम कितने ज्यादा ऊंचे, बेहतर और प्रसन्न व्यक्ति हो।

जो दुखी है उस व्यक्ति के साथ दुखी मत हो जाना। इसमें से बाहर आने में मदद देना उसे। दुख को कभी प्रेम का विषय मत बनाना, दुख को कोई स्नेह मत देना। क्योंकि यदि तुम इसे स्नेह देते हो और इसे प्रेम का विषय बनाते हो, तो तुम इसके लिए एक द्वार खोल रहे होते हो। देर-अबेर तुम दुखी होओगे। अलगाव बनाये रहो।

करुणा का अर्थ है, तटस्थ बने रहो। हाथ बढ़ा दो अपना, पर अलग बने रहो। करो मदद, लेकिन दुखी अनुभव मत करना और सुखी अनुभव मत करना; क्योंकि दोनों एक ही हैं। जब सतही तौर पर किसी व्यक्ति के दुख में तुम दुखी अनुभव करते हो, गहरे तल पर सुखी होने की धारा दौड़ जाती है। दोनों बातें ही गिरा देनी हैं। करुणा तुम तक मन की शांति ले आयेगी।

बहुत लोग आते हैं मेरे पास जो समाज-सुधारक हैं, क्रांतिकारी हैं, राजनेता हैं, आदर्शवादी हैं। और वे कहते हैं, 'कैसे जब संसार में इतना ज्यादा दुख है तो आप लोगों को ध्यान और मौन सिखा सकते हैं ?' वे मुझसे कहते हैं, 'यह स्वार्थ है।' वे चाहते हैं कि मैं लोगों को दुखियों के साथ दुखी होने की शिक्षा दूं। वे नहीं जानते कि वे क्या कह रहे हैं। लेकिन वे बहुत अच्छा महसूस करते हैं। समाजसुधार का कार्य करने से, समाज-सेवा करने से वे बहुत अच्छा अनुभव करते हैं। और यदि अकस्मात यह संसार स्वर्ग बन जाये, और ईश्वर कहे, 'अब हर चीज ठीक हो जायेगी', तो तुम समाज-सुधारकों और क्रांतिकारियों को परम कष्ट में पड़ा पाओगे, क्योंकि उनके पास करने को कुछ नहीं होगा !

खलील जिब्रान ने एक छोटी-सी कथा लिखी है। एक शहर में, एक बड़े शहर में, एक कुत्ता था जो उपदेशक और मिशनरी था और वह दूसरे कुत्तों को उपदेश दिया करता था, 'भौंकना बंद करो। हमारी करीब निन्यानबे प्रतिशत ऊर्जा हम अनावश्यक रूप से गंवा देते हैं भौंकने में। इसलिए हम विकसित नहीं हो रहे। बेकार भौंकना बंद करो।'

लेकिन यह भौंकना बंद करना कठिन है कुत्तों के लिए। यह एक स्वनिर्मित प्रक्रिया है। वस्तुतः वे केवल तभी सुखी अनुभव करते हैं जब वे भौंकते हैं, जब वे भौंक चुके होते हैं। फिर भी उन्होंने सुनी नेता की, उस क्रांतिकारी की, स्वप्नद्रष्टा की जो देवताओं के राज्य के बारे में सोच रहा था, या कुत्तों के राज्य के बारे में—जो कहीं आने वाला है किसी भविष्य में, जहां हर कुत्ता सुधर चुका होगा और धार्मिक बन गया होगा; जहां कहीं कोई भौंकना इत्यादि न होगा, न कोई लड़ाई होगी, और हर चीज शांत होगी। वह मिशनरी जरूर कोई शांतिवादी रहा होगा !

लेकिन कुत्ते कुत्ते ही हैं। उन्होंने सुनी उसकी और वे बोले, 'तुम एक महान जीव हो, और जो कुछ तुम कहते हो सच है। लेकिन हम निस्सहाय हैं। क्षुद्र कुत्ते ! हम इतनी बड़ी बातें नहीं समझते।' तो सारे कुत्तों ने स्वयं को अपराधी अनुभव किया क्योंकि वे भौंकना बंद नहीं कर सकते थे। और वे नेता के संदेश में विश्वास रखते थे। और वह सही था, तर्कसंगत था, वे अनुसरण कर सकते थे। लेकिन शरीरों का क्या करें ? शरीर अतर्क्य हैं। जब कभी कोई अवसर होता—कोई संन्यासी पास से जा रहा होता, कोई पुलिस का आदमी, कोई डाकिया, तो वे भौंकते, क्योंकि वे वर्दियों के विरुद्ध होते हैं !

यह उनके लिए लगभग असंभव था। और उन्होंने यह बात तय कर ली थी कि वह कुत्ता एक महान प्राणी है, पर फिर भी हम उसके पीछे नहीं चल सकते। वह अवतार की भांति है। दूसरे किनारे का कोई जीव ! इसलिए हम उसे पूजेंगे, पर हम अनुसरण कैसे कर सकते हैं उसका ? और वह नेता अपने वचनों के प्रति सदा सच्चा रहता था। वह कभी नहीं भौंका। लेकिन एक दिन पांसा पलट गया। एक रात, एक अंधेरी रात कुत्तों ने निर्णय लिया कि 'यह महान नेता हमेशा हमें बदलने की कोशिश में रहा है, और हमने इसकी कभी नहीं सुनी। वर्ष में कम से कम एक बार नेता के जन्म दिवस पर हमें पूर्ण उपवास रखना चाहिए और कोई भौंकना वगैरह नहीं होगा—परम मौन चाहे कितना ही कठिन क्यों न लगे। कम से कम वर्ष में एक बार हम ऐसा कर ही सकते हैं।' उन्होंने कर लिया निश्चय।

और उस रात एक भी कुत्ता नहीं भौंका। वह नेता देखने को जाता रहा, इस कोने से उस कोने तक, इस गली से उस गली तक, क्योंकि जहां कुत्ते भौंकते हों, वह उपदेश देगा। वह बहुत दुखी अनुभव करने लगा क्योंकि कोई नहीं भौंक रहा था। सारी रात वे पूरी तरह चुप थे, जैसे कि कोई कुत्ता रहा ही न हो। वह बहुत स्थानों पर गया, देखता रहा। और आधी रात होने पर बात उसके लिए इतनी कठिन हो गयी, वह एक अंधेरे कोने में सरक गया और भौंकने लगा।

जिस घड़ी दूसरे कुत्तों ने सुना कि कोई एक शांति भंग कर चुका है, वे बोले, 'अब कोई समस्या न रही।' वे जानते न थे कि नेता ने ऐसा किया था। उन्होंने सोचा कि उन्हीं में से किसी एक ने तोड़ दिया है वचन। तो अब उनके लिए असंभव था स्वयं को रोके रखना। सारे शहर में भौंकने की आवाज गूंज उठी ! वह नेता बाहर आया और उसने उपदेश देना शुरू कर दिया।

यह होगी हालत तुम्हारे सामाजिक क्रांतिकारियों की, सुधारकों की, गांधीवादियों की, मार्क्सवादियों की और भी दूसरों की—सारे वादों की। यदि यह संसार वास्तव में ही बदल जाये तो वे बहुत कठिनाई में पड़ जायेंगे। यदि संसार वस्तुतः उनके मन के आदर्श लोक की बातों को और परिकल्पनाओं को परिपूर्ण कर दे, तो वे आत्महत्या कर लेंगे या पागल हो जायेंगे। या, वे बिलकुल उल्टी बात सिखानी शुरू कर देंगे, एकदम विपरीत; ठीक उसके उल्टी जो कि वे अभी सिखा रहे होते हैं।

वे मेरे पास आते हैं और कहते हैं, 'कैसे आप लोगों से कह सकते हैं शांत होने के लिए जब कि संसार इतने दुख में है ?' क्या वे सोचते हैं कि पहले दुख मिटा देना होता है और फिर लोग शांत होंगे ? नहीं, यदि लोग शांत होते हैं तो ही दुख मिटाया जा सकता है, क्योंकि केवल शांति ही दुख मिटा सकती है। दुख एक दृष्टिकोण है। इसका संबंध भौतिक अवस्थाओं से कम होता है, ज्यादा संबंध होता है अंतर्मन से, अंतर्चेतना से। एक गरीब

आदमी भी प्रसन्न हो सकता है और तब बहुत सारी चीजें एक क्रम में घटनी शुरू हो जाती हैं।

जल्दी ही वह दरिद्र न रहेगा। कैसे कोई दरिद्र हो सकता है जब वह खुश हो तो ? जब तुम प्रसन्न होते हो, तो सारा संसार तुम्हारे साथ सम्मिलित होता है। जब तुम अप्रसन्न होते हो हर चीज गलत हो जाती है। तुम तुम्हारे चारों ओर ऐसी स्थिति निर्मित कर लेते हो जो तुम्हारी अप्रसन्नता को वहां बने रहने देने में मदद करती है। यह मन का गति-विज्ञान है। यह एक स्वविनाशी ढंग है। तुम दुखी अनुभव करते हो, तब ज्यादा दुख तुम्हारी ओर खिंचा चला आता है। जब ज्यादा दुख खिंचा चला आता है तो तुम कहते हो, 'कैसे मैं शांत हो सकता हूं ? इतना दुख है !' तब और भी दुख तुम्हारी ओर खिंच जाता है। तब तुम कहते हो, 'अब यह असंभव है। और वे जो कहते हैं कि वे आनंदित हैं, जरूर झूठ बोलते होंगे। वे बुद्ध, वे कृष्ण—वे जरूर झूठे होंगे। क्योंकि जो वे कहते हैं, वह कैसे संभव हो सकता है इतने ज्यादा दुखों के बीच ?'

तब तुम एक स्व-पराजयी व्यवस्था में होते हो। तुम दुख को आकर्षित करते हो और न केवल तुम इसे आकर्षित करते हो अपने लिए बल्कि जब एक व्यक्ति दुखी होता है, तो वह दूसरों की भी मदद करता है दुखी होने में। क्योंकि वे भी मूढ़ हैं तुम्हारी भांति ही। तुम्हें दुख-तकलीफ में देखकर, वे सहानुभूति प्रकंट करते हैं। जब वे सहानुभूति प्रकट करते हैं, तो वे खुले हुए हो जाते हैं। तो यह ठीक ऐसा है जैसे कि एक बीमार व्यक्ति सारे समूह को संदूषित कर देता है।

मुल्ला नसरुद्दीन के डॉक्टर ने उसे बिल भेजा। वह बहुत ज्यादा था। उसका बच्चा बीमार था। नसरुद्दीन का छोटा बेटा बीमार था। उसने डॉक्टर को फोन किया और कहने लगा, 'यह तो बहुत ज्यादा हुआ।' डॉक्टर बोला, 'किंतु मुझे नौ बार आना पड़ा तुम्हारे बेटे को देखने के लिए, इसलिए उसका हिसाब भी तो रखना है।' नसरुद्दीन बोला, 'और यह मत भूलिए कि मेरे बेटे ने सारे गांव में छूत फैला दी, और आप बहुत ज्यादा कमाते रहे हैं। वास्तव में आपको मुझे देना चाहिए कुछ !'

जब एक आदमी दुखी होता है, तब वह संक्रामक होता है। जैसे प्रसन्नता संक्रामक है ऐसे ही दुख संक्रामक है। और जैसे कि तुम हो, तुम दुख के प्रति खुले हुए हो क्योंकि तुम अनजाने ही हमेशा खोज रहे हो इसे। तुम्हारा मन दुख खोजता है क्योंकि दुख के साथ तुम सहानुभूति अनुभव करते हो। प्रसन्नता के साथ तुम्हें ईर्ष्या अनुभव होती है।

मुल्ला नसरुद्दीन की पत्नी एक बार मुझसे कहने लगी, 'सर्दियां आ रही हैं, इसलिए अगर आप नयी दिल्ली जा रहे हों तो मेरे लिए ड्रॉप-डेड कोट लेते आयें।' मैं चकित हुआ। मैं नहीं समझा, क्या था उसका मतलब। फिर भी मैंने उससे कहा, 'मैं कोट इत्यादि के विषय में ज्यादा जानता नहीं तो भी मैंने ऐसे किसी कोट के बारे में तो कभी सुना भी नहीं। कैसा होता है यह 'ड्रॉप-डेड कोट ?' वह बोली, 'आपने कभी नहीं सुना इसके बारे में ?' फिर उसने हंसना शुरू कर दिया और कहने लगी, 'ड्रॉप-डेड कोट वह कोट होता है, जिसे आप पहनते हैं, तो उसे देखकर पड़ोसी तत्क्षण मर कर गिर जाते हैं।'

जब तक कि दूसरे मरने जैसी हालत में न हों, तुम जीवित अनुभव नहीं करते। जब तक दूसरे दुख में न हों, तुम प्रसन्न अनुभव नहीं करते। लेकिन कैसे तुम प्रसन्न अनुभव कर सकते हो जब दूसरे अप्रसन्न हों ? और कैसे तुम वास्तव में जीवंत अनुभव कर सकते हो जबकि दूसरे मुरदा हों ? हम एक साथ अस्तित्व रखते हैं और कई बार

तुम कारण बन सकते हो बहुत लोगों के दुख का। तब तुम अर्जित कर रहे होते हो कोई कर्म फल। हो सकता है तुमने सीधे कोई चोट न की होगी उन्हें; तुम उनके प्रति हिंसात्मक न रहे होओगे। सूक्ष्म है यह नियम। जरूरी नहीं कि तुम हत्यारे ही हो, लेकिन यदि तुम अपने दुख द्वारा मात्र संक्रामक होते हो लोगों के प्रति, तो तुम उसमें सम्मिलित हो रहे हो; तुम दुख निर्मित कर रहे हो। और तुम इसके लिए जिम्मेदार होते हो। और तुम्हें कीमत चुकानी होगी इसकी। बहुत सूक्ष्म होती है यह प्रक्रिया।

अभी दो या तीन दिन पहले ही ऐसा हुआ कि एक संन्यासी ने आक्रमण कर दिया लक्ष्मी पर। तुमने शायद ध्यान भी न दिया हो कि तुम सब जिम्मेदार हो इसके लिए। क्योंकि तुममें से बहुत लोग शत्रुता अनुभव कर रहे थे लक्ष्मी के प्रति। वह संन्यासी तो.मात्र प्रभावित है, पीड़ित है सिर्फ, एक दुर्बलतम कड़ी है तुम्हारे बीच की। उसने तुम्हारे विरोध को ही अभिव्यक्त कर दिया है, बस। वह सबसे दुर्बल था। वह प्रभावित हो गया। और अब तुम्हें लगेगा कि वही जिम्मेदार है। यह सच नहीं है। तुमने भी इसमें हिस्सा लिया है। सूक्ष्म है नियम।

कैसे लिया तुमने हिस्सा ? जब कभी कोई व्यवस्था सम्हाल रहा होता है—और यहां की तमाम चीजों की व्यवस्था लक्ष्मी सम्हाल रही है। तो बहुत सारी स्थितियां होंगी जिनसे गहरे तल पर तुम प्रतिरोध अनुभव करोगे। जिनके लिए उसे तुम्हें 'नहीं' कहना होगा; जिनमें तुम आहत अनुभव करोगे कि पर्याप्त ध्यान नहीं दिया जा रहा है तुम्हारी ओर; जिनमें तुम अनुभव करोगे कि तुम्हें ऐसा समझा जा रहा है जैसे कि तुम कुछ नहीं हो। इससे बचा नहीं जा सकता है। तब तुम्हारा अहंकार चोट अनुभव करेगा और तुम शत्रुता अनुभव करोगे।

अगर बहुत सारे लोग किसी एक व्यक्ति के प्रति शत्रुता अनुभव करते हैं, तो उसमें से सबसे दुर्बल व्यक्ति शिकार बन जायेगा; वह कुछ करेगा। वह तुममें सर्वाधिक पागल था, यह ठीक है, लेकिन केवल वह अकेला ही जिम्मेदार नहीं है। यदि तुमने कभी भी लक्ष्मी के प्रति विरोध अनुभव किया हो, वह इस बात का हिस्सा बना और तुमने अर्जित कर लिया एक कर्म। इसलिए जब तक तुम बहुत सूक्ष्म रूप से जागरूक नहीं हो जाते, तुम संबोधि को उपलब्ध नहीं हो सकते। चीजें बहुत उलझी हुई हैं।

अब तो पश्चिम में भी मनोविश्लेषकों ने जान लिया है कि यदि एक व्यक्ति पागल हो जाता है तो सारा परिवार जिम्मेदार होता है—समस्त परिवार। अब वे सोचते हैं कि सारे परिवार का इलाज करना होता है, किसी एक व्यक्ति का नहीं। क्योंकि जब एक व्यक्ति पागल हो जाता है तो इससे केवल यही प्रकट होता है कि सारे परिवार में आंतरिक तनाव है। यह व्यक्ति उन सबमें सर्वाधिक दुर्बल है, अतः तुरन्त वह सारी बात ही प्रकट कर देता है। वह सारे परिवार की अभिव्यक्ति बन जाता है। और अगर तुम उसका इलाज करते हो तो यह बात मदद न देगी। अस्पताल में वह शायद ठीक भी हो जाये, लेकिन घर लौटने पर वह फिर बीमार पड़ जायेगा क्योंकि सारे परिवार में आंतरिक तनाव हैं और वह सबसे दुर्बल है।

बच्चे बहुत ज्यादा कष्ट पाते हैं माता-पिता के कारण। माता-पिता लड़ते-झगड़ते रहते हैं; घर में वे हमेशा चिंता तथा तनाव ही बनाते रहते हैं। सारा घर शांतिपूर्ण समूह के रूप में अस्तित्व नहीं रखता, बल्कि आंतरिक युद्ध और संघर्ष का रूप बना होता है। बच्चा ज्यादा नाजुक होता है। वह अजीब-अजीब तरीकों से व्यवहार करना शुरू कर देता है। और अब तुम्हारे पास बहाना होता है कि तुम तनावयुक्त और चिंतित हो बच्चे के ही कारण। अब मां और बाप दोनों बच्चे को लेकर चिंतित हो सकते हैं। वे उसे मनोविश्लेषक के पास और डॉक्टर के पास ले

जायेंगे। और इस तरह वे अपना संघर्ष भूल सकते हैं।

यह बच्चा एक जोड़ने वाली शक्ति बन जाता है। अगर वह बीमार होता है, तो उन्हें ज्यादा ध्यान देना होता है उसकी ओर। और अब उनके पास एक बहाना है इसके लिए कि क्यों वे चिंतित हैं और तनावपूर्ण हैं और व्यथित हैं—क्योंकि बच्चा बीमार है। वे नहीं जानते कि बात ठीक उल्टी है। वे चिंतित हैं, तनावपूर्ण हैं और संघर्षरत हैं इसलिए बच्चा बीमार है। बच्चा निर्दोष होता है, सुकोमल। वह तुरंत प्रभावित हो सकता है। उसके चारों ओर उसके पास अभी कोई बचाव नहीं है। और अगर बच्चा वास्तव में स्वस्थ हो जाता है, तो माता-पिता ज्यादा कठिनाई में पड़ जायेंगे। क्योंकि तब कहीं कोई बहाना नहीं है।

यह एक अंतरंग समुदाय है। तुम यहां एक परिवार के रूप में रहते हो। बहुत सारे तनाव होंगे ही, इसलिए सजग रहना। उन तनावों के प्रति सचेत रहना क्योंकि तुम्हारे तनाव एक शक्ति निर्मित कर सकते हैं। वे संचित हो सकते हैं और अकस्मात ही जो व्यक्ति दुर्बल हो, भेद्य हो, सीधा-सरल, वह आश्रय-स्थल बन सकता है संचित शक्ति के लिए। तब वह किसी न किसी ढंग से प्रतिक्रिया करेगा ही। और तब तुम सब उस पर जिम्मेदारी लाद सकते हो। लेकिन ऐसा ठीक नहीं है। अगर तुमने कभी प्रतिरोध अनुभव किया हो, तो तुम उसका हिस्सा होते हो। और यही बात सच होती है ज्यादा बड़े संसार में भी।

गोडसे ने गांधी की हत्या कर दी, तो भी मैं कभी नहीं कहता कि गोडसे जिम्मेदार है। वह दुर्बलतम कड़ी था; यह बात सच है। पर सारा हिंदू मानस था जिम्मेदार। गांधी के विरुद्ध धाराएं थीं हिंदू प्रतिरोध की। यह भाव कि वे मुसलमानों की ओर हैं, संचित हो रहा था। यह एक वास्तविक घटना है। विरोध संचित हो जाता है। बादल की भांति यह मंडराता है। और फिर कहीं कोई कमजोर हृदय, कोई बहुत अरक्षित व्यक्ति शिकार बन जाता है। बादल उसमें एक आधार पा लेते हैं और फिर विस्फोट। और तब हर कोई मुक्त हो जाता है। गोडसे जिम्मेदार है गांधी की हत्या करने के लिए; अतः तुम मार सकते हो गोडसे को और खत्म कर सकते हो बात। तो सारा देश एक ही ढंग से चलता है, और हिंदू-मन वही बना रहता है। कोई परिवर्तन नहीं। सूक्ष्म है नियम।

हमेशा खोज लेना मन के गति-विज्ञान को। केवल तभी तुम्हारा रूपांतरण होगा; अन्यथा नहीं।

'मन शांत होता है आनंदित के प्रति मित्रता, दुखी के प्रति करुणा, पुण्यवान के प्रति मुदिता.... ।' जरा ध्यान दो। पतंजलि सीढ़ियां बना रहे हैं। सुंदर और बहुत सूक्ष्म सीढ़ियां, लेकिन एकदम वैज्ञानिक। 'पुण्यवान के प्रति प्रसन्नता, पापी के प्रति उपेक्षा।' जब तुम अनुभव करते हो कि कोई भला, धार्मिक व्यक्ति है, प्रसन्नचित्त है, तो साधारण रवैया यही होता है कि वह जरूर धोखा दे रहा होगा। कैसे कोई तुमसे ज्यादा भला हो सकता है ? इसलिए इतनी ज्यादा आलोचना चलती रहती है।

जब कभी कोई ऐसा व्यक्ति होता है जो कि भला और गुणवान होता है, तुम तुरंत आलोचना करना शुरू कर देते हो, तुम उसकी बुराइयां खोजने में लग जाते हो। किसी न किसी तरह तुम्हें उसे नीचे लाना होता है। वह भला आदमी हो नहीं सकता। तुम यह मान नहीं सकते। पतंजलि कहते हैं, 'पुण्यवान के प्रति प्रसन्नता', क्योंकि अगर तुम पुण्यवान व्यक्ति की आलोचना करते हो, तो गहरे तल पर तुम पुण्य की आलोचना कर रहे होते हो। अगर तुम अच्छे आदमी की आलोचना कर रहे हो, तो तुम उस बिंदु तक पहुंच रहे हो जहां तुम मानोगे कि इस संसार में अच्छाई असंभव है। तब तुम निश्चिंत अनुभव करोगे। तब तुम अपने दुष्ट तरीकों द्वारा आसानी से चलोगे।

क्योंकि 'कोई नहीं है भला और नेक, हर कोई मेरी भांति ही है, मुझसे भी बदतर।' इसीलिए इतनी ज्यादा निंदा चलती रहती है—आलोचना और निंदा।

यदि कोई कह देता है, 'वह फलां व्यक्ति बहुत सुंदर है', तो तुरंत तुम कुछ खोज लेते हो आलोचना करने को। इसे तुम बरदाश्त नहीं कर सकते। क्योंकि अगर कोई गुणवान है और तुम गुणवान नहीं हो, तो तुम्हारा अहंकार चकनाचूर हो जाता है। तब तुम्हें लगने लगता है, 'मुझे अपने को बदलना है और यह तो एक कठिन प्रयास है।' आसान बात यही होती है कि निंदा करो; आसान यही होता है कि आलोचना करो। आसान बात यही है कि कहो, 'नहीं। सिद्ध करो इसे। क्या कह रहे हो तुम? पहले सिद्ध करो कि वह कैसे पुण्यवान है।' और पुण्य को सिद्ध करना कठिन होता है, और किसी चीज की निंदा कर उसे अस्वीकार करना बहुत आसान होता है। सिद्ध करना बहुत कठिन है।

महान रूसी कथा लेखकों में से एक है तुर्गनेव। उसने एक कहानी लिखी है। कहानी है कि एक छोटे गांव में एक व्यक्ति को मूर्ख समझा जाता था, और वह था मूर्ख। सारा शहर उस पर हंसता था। उसे समझा जाता था मात्र एक मूढ़, और शहर का प्रत्येक व्यक्ति उसकी मूर्खता का मजा लेता। पर वह अपनी मूर्खता से थक गया था, इसलिए उसने एक विद्वान व्यक्ति से पूछा, 'क्या करूं मैं?'

वह बुद्धिमान व्यक्ति बोला, कुछ नहीं। बस यही करो कि चाहे कोई किसी की प्रशंसा कर रहा हो, तुम उसकी निंदा करो। यदि कोई कह रहा हो। 'वह पुरुष तो संत है', तो कह देना तुरंत, 'नहीं। मैं अच्छी तरह से जानता हूं कि वह एक पापी है।' यदि कोई कहे, 'यह पुस्तक बड़ी महान है।' तुरंत कह दो, 'मैंने पढ़ा है इसे और अध्ययन किया है इसका।' इसकी चिंता में मत पड़ना कि तुमने इसे पढ़ा है या नहीं। मात्र कह देना, 'रद्दी है यह।' यदि कोई कह रहा हो, 'यह पेंटिंग कला की उत्कृष्ट रचनाओं में से एक है', तो एकदम कह देना, 'लेकिन कैसी है यह—मात्र कैनवास और रंग! एक बच्चा बना सकता है इसे।' आलोचना करो, नकारो, प्रमाण मांगो, और सात दिन बाद मेरे पास आना।

सात दिनों के भीतर शहर ने अनुभव करना शुरू कर दिया कि यह आदमी तो बड़ा प्रतिभावान था। वे कहने लगे, 'हम कभी न जानते थे उसकी प्रतिभाओं के बारे में। और हर चीज की इतनी प्रतिभा उसमें है। तुम उसे कोई पेंटिंग दिखाओ और वह दिखा देता है उसके अवगुण। तुम उसे कोई बड़ी किताब दिखाओ और वह बता देता है गलतियां। उसके पास इतना महान विवेचनात्मक मन है। एक विश्लेषक है। एक महान प्रतिभावान।'

सातवें दिन वह उस बुद्धिमान व्यक्ति के पास आया और वह कहने लगा, 'अब तुमसे सलाह लेने की कोई जरूरत न रही। तुम नासमझ हो।' सारा शहर उस विद्वान पंडित में विश्वास रखता था, और वे सभी कहने लगे, 'हमारे प्रतिभा संपन्न विशिष्ट व्यक्ति ने कहा है कि वह नासमझ है, तो वह ऐसा जरूर होगा ही।'

लोग हमेशा नकारात्मक में आसानी से विश्वास कर लेते हैं क्योंकि 'नहीं' को असिद्ध करना बहुत कठिन होता है। कैसे तुम सिद्ध कर सकते हो कि जीसस ईश्वर का बेटा है? कैसे करोगे तुम इसे प्रमाणित? दो हजार वर्ष हो चले और ईसाई धर्म-शास्त्र सिद्ध करता आ रहा है इसे बिना सिद्ध किये हुए ही। लेकिन कुछ ही पलों के भीतर यह सिद्ध हो गया था कि वह अपराधी है, आवारा आदमी, और उन्हें मार दिया गया—कुछ ही पलों में। कहा था किसी ने, 'मैंने इस आदमी को वेश्या के घर से बाहर आते देखा था।' बस खत्म! किसी ने यह जानने की

परवाह नहीं की थी कि यह व्यक्ति जो कह रहा है, 'मैंने देखा है', विश्वास करने योग्य है या नहीं ? किसी ने नहीं की परवाह।

नकारात्मक का सदा ही सरलता से विश्वास कर लिया जाता है क्योंकि वह तुम्हारे अहंकार को पोषित कर रहा होता है। विधायक पर विश्वास नहीं होता।

तुम नकार सकते हो जब कहीं अच्छाई होती है। पर तुम अच्छे व्यक्ति को हानि नहीं पहुंचा रहे हो, तुम अपने को ही हानि पहुंचा रहे होते हो। तुम आत्म-घातक हो। तुम वस्तुतः धीमी आत्महत्या कर रहे हो, स्वयं को विषाक्त कर रहे हो। जब तुम कहते हो, 'यह आदमी अच्छा नहीं है, वह आदमी भला नहीं है', तो वस्तुतः तुम क्या निर्मित कर रहे होते हो ? तुम एक वातावरण निर्मित कर रहे हो जिसमें तुम विश्वास कर पाओ कि अच्छाई असंभव ही है। और जब अच्छाई असंभव होती है, तो कोई जरूरत नहीं होती उसके लिए प्रयास करने की। तब तुम नीचे गिर जाते हो। तब तुम वहीं ठहर जाते हो जहां तुम होते हो। विकास असंभव हो जाता है। और तुम जड़ होना, ठहर जाना चाहोगे, लेकिन तब तुम दुख में विजड़ित होते हो क्योंकि तुम दुखी हो।

तुम सब पूरी तरह ठहर चुके हो। यह ठहरना, यह जड़ता तोड़नी है; तुम्हें अपनी जगह से हिलना है। जहां भी तुम हो वहां से तुम्हें उखड़ना होता है और अधिक ऊंचे तल पर पुनर्आरोपित होना होता है। और यह तभी संभव होता है जब तुम गुणवान के प्रति प्रसन्नता अनुभव करते हो।

पुण्यवान के प्रति मुदिता (प्रसन्नता) और बुरे के प्रति उपेक्षा।

निंदा भी मत करना बुराई की। निंदा करने का प्रलोभन तो होगा। तुम अच्छाई की भी निंदा करना चाहोगे। लेकिन पतंजलि कहते हैं बुराई की निंदा मत करना। क्यों ? वे मन के आंतरिक गति-तंत्र को जानते हैं कि यदि तुम बुराई की बहुत ज्यादा निंदा करते हो, तो तुम बहुत ज्यादा ध्यान देते हो बुराई पर। और धीरे-धीरे तुम ताल-मेल बिठा लेते हो उसके साथ, जिस किसी पर तुम ध्यान देते हो। यदि तुम कहते हो, 'यह गलत है', वह गलत है तो तुम गलत पर बहुत ज्यादा ध्यान दे रहे हो। तुम गलत के साथ आसक्त हो जाओगे। यदि तुम किसी चीज पर बहुत ज्यादा ध्यान देते हो, तो तुम सम्मोहित हो जाते हो। और जिस किसी चीज की तुम निंदा कर रहे हो, तुम उसे करोगे। क्योंकि वह बात एक आकर्षण बन जायेगी, एक गहन आकर्षण। अन्यथा क्यों चिंता करनी ? वे दुष्ट हैं, पापी हैं, लेकिन तुम कौन होते हो उनके बारे में चिंता करने वाले ?

जीसस कहते हैं, 'तुम मूल्यांकन मत करना।' यह अर्थ करते हैं पतंजलि उपेक्षा का—किसी भी ढंग से आलोचना मत करना, तटस्थ बने रहना। मत कहना हां या नहीं। मत करना निंदा, मत करना प्रशंसा। बस इसे छोड़ देना दिव्यता पर। इससे कुछ लेना-देना नहीं है तुम्हारा। एक आदमी चोर है, यह उसका काम है। यह उसकी और ईश्वर की बात है। उन्हें स्वयं निर्णय करने दो; तुम मत पड़ो बीच में। कौन कह रहा है तुम्हें बीच में पड़ने को ? जीसस कहते हैं, 'तुम आलोचना मत करो।' पतंजलि कहते हैं, 'तुम तटस्थ बने रहो।'

एमिल कुए संसार के सबसे बड़े सम्मोहनविदों में से एक था। उसने एक नियम खोजा—सम्मोहन का एक नियम। वह इसे कहता है उल्टे परिणाम का नियम। अगर तुम किसी चीज के बहुत ज्यादा विरुद्ध होते हो, तो

तुम उससे प्रभावित हो जाओगे। जरा सड़क पर किसी नये आदमी को साइकिल चलाना सीखते हुए देखना। वह सड़क शायद साठ फीट चौड़ी होती हो लेकिन मील का पत्थर होता है सड़क के किनारे। भले ही तुम बहुत अच्छे साइकिल चलाने वाले हो और तुम पत्थर को अपना निशाना बना लेते हो। तुम सोचते हो कि मैं जाकर टकरा जाऊंगा पत्थर से। शायद कई बार तुम चूक जाओ लेकिन नया सीखने वाला नहीं चूकता। कभी नहीं। वह मील के पत्थर को चूकता नहीं। अनजाने तौर से, उसकी साइकिल पत्थर की ओर ही बढ़ती है। और वह सड़क होती है साठ फीट चौड़ी। तुम्हारी आंखों पर पट्टी भी बंधी हो तो तुम बढ़ सकते हो बिना पत्थर से टकराये। चाहे कोई भी न हो सड़क पर और वह संपूर्ण रूप से निर्जन हो, और कोई न चल-फिर रहा हो।

क्या घटता है इस नौसिखिए को ? एक नियम काम कर रहा होता है। एमिल कुए इसे कहता है, विपरीत परिणाम का नियम। अभी वह सीख रहा है इसलिए वह घबड़ाया हुआ है; इसलिए वह आस-पास देखता है यह देखने को कि कहां है खतरे का स्थल, वह स्थल, जहां वह भूल कर सकता है। सारी सड़क ठीक है, लेकिन यह पत्थर, कोने का यह लाल पत्थर—यही खतरनाक है। वह ऐसा सोचता है, 'शायद मैं इससे टकरा जाऊं।' अब एक जोड़ने वाली बात निर्मित हो जाती है। अब उसका ध्यान पत्थर की ओर लगा है; सारी सड़क भूल जाती है। और वह एक नौसिखिया ही होता है। उसके हाथ कांपते रहते हैं, और वह देख रहा होता है पत्थर की ओर। धीरे-धीरे वह अनुभव करता है कि साइकिल अपने से चल रही है।

साइकिल को तो तुम्हारे मन के ध्यान का अनुसरण करना है। साइकिल का अपना कोई संकल्प नहीं है। यह तुम्हारे पीछे आती है—जहां भी तुम जा रहे होते हो। तुम अपनी आंखों का अनुसरण करते हो और तुम्हारी आंखें एक सूक्ष्म सम्मोहन का, एक एकाग्रता का। तुम देख रहे हो पत्थर की ओर, और हाथ उसी तरफ सरकते हैं। तुम और ज्यादा भयभीत होते जाते हो। जितने ज्यादा तुम भयभीत होते हो, उतने ज्यादा तुम पकड़ में आ जाते हो, क्योंकि अब पत्थर कोई अनिष्टकारी शक्ति मालूम पड़ने लगता है। जैसे कि पत्थर तुम्हें खींच रहा हो। सारी सड़क भुलायी जा चुकी है, साइकिल भुला दी गयी है, सीखने वाला खो गया है। केवल वह पत्थर है वहां; तुम सम्मोहित हो गये हो। तुम जा टकराओगे पत्थर से। अब तुमने अपने मन की बात पूरी कर ली। अगली बार तुम ज्यादा भयभीत होओगे। तो फिर कैसे छुटकारा पाओगे इस चक्र से ?

जाओ मंदिर-मठों में और सुनो साधु-संतों को कामवासना की निंदा करते हुए। कामवासना मील का पत्थर बन चुकी है। चौबीसों घंटे वे इसके बारे में सोच रहे हैं। इससे बचने की कोशिश करना है, इसके बारे में सोचते रहना है। जितना ज्यादा तुम इससे बचने की कोशिश करते हो उतने ज्यादा तुम सम्मोहित हो जाते हो। इसीलिए पुराने शास्त्रों में यह बताया है कि जब संत एकाग्रता साध रहा होता है, तो स्वर्ग की अप्सराएं आ पहुंचती हैं, उसकी मनोदशा को भंग करने का प्रयत्न करती हैं। क्यों आकृष्ट होंगी सुंदर अप्सराएं ? अगर कोई व्यक्ति आंखें मूंदे वृक्ष के तले बैठा हुआ है तो क्यों रुचि लेंगी वे सुंदरियां इस आदमी में ?

कोई नहीं आता कहीं से, लेकिन व्यक्ति ही कामवासना के इतना विरुद्ध होता है कि यह बात एक सम्मोहन बन जाती है। वह इतना ज्यादा सम्मोहित होता है कि अब सपने सच्चे हो जाते हैं। वह अपनी आंखें खोलता है और देखता है कि एक सुंदर नग्न स्त्री खड़ी हुई है वहां। तुम्हें कामवासना से भरी अश्लील किताब चाहिए होती है नग्न स्त्री देखने के लिए। लेकिन यदि तुम मंदिर-मठों में जाओ तो कामवासना से भरी किताब की जरूरत न रहेगी

तुम्हें। चारों तरफ तुम स्वयं निर्मित कर लेते हो तुम्हारी नग्न कामवासना। और तब वह मुनि, वह व्यक्ति जो एकाग्रता साध रहा था, ज्यादा भयभीत हो जाता है। वह अपनी आंखें बंद कर लेता है और अपनी मुट्ठियां भींच लेता है। अब वह स्त्री भीतर खड़ी हुई है।

और तुम इतनी सुंदर स्त्रियां इस धरती पर नहीं पा सकते क्योंकि वे स्वप्न की निर्मितियां हैं, सम्मोहन द्वारा उपजी हैं। और जितना ज्यादा वह भयभीत होता है, उतनी ज्यादा वे वहां होती हैं। वे उसके शरीर के साथ आ सटेंगी, वे उसके सिर का स्पर्श करेंगी। वे उससे चिपक जायेंगी और उसे आलिंगनबद्ध करेंगी। वह तो पूर्णतया पागल हुआ है, पर ऐसा घटता है। ऐसा तुम्हें भी घट रहा है। मात्राओं का भेद हो सकता है, लेकिन ऐसा ही है कुछ जो घट रहा है। जिस किसी के तुम विरुद्ध होते हो, गहरे तल पर उसके साथ जुड़ जाओगे।

किसी चीज के विरुद्ध मत होना। बुराई के विरुद्ध होना उसी का शिकार हो जाना है। तब तुम बुराई के हाथ पड़ रहे होते हो। तटस्थता बनाये रखना। यदि तुम तटस्थता का अनुसरण करते हो, इसका अर्थ हुआ कि जो कुछ घट रहा है उससे तुम्हारा कोई संबंध नहीं। कोई चोरी कर रहा है तो यह उसका कर्म है। वह समझ लेगा इसके बारे में और वह दुख भोगेगा ही। इससे तुम्हें जरा भी लेना-देना नहीं। तुम इसके बारे में कुछ मत सोचना, इस पर कोई ध्यान मत देना। यदि कोई वेश्या है और वह अपना शरीर बेच रही है, तो वह उसकी समस्या है। तुम अपने भीतर कोई निंदा मत बना लेना; अन्यथा तुम आकर्षित हो जाओगे उसकी ओर।

ऐसा हुआ, और यह बहुत पुरानी कथा है कि एक साधु और एक वेश्या एक साथ रहते थे। वे पड़ोसी थे, और फिर वे मर गये। वह साधु बहुत प्रसिद्ध था। मृत्यु आ पहुंची और साधु को नरक की ओर ले चलने का प्रयत्न करने लगी। वे दोनों एक ही दिन मरे थे। वह वेश्या भी मर गयी थी।

साधु तो चकित था क्योंकि वेश्या को स्वर्ग के मार्ग पर ले जाया गया था। अतः वह कहने लगा, 'यह क्या है ? कुछ भूल हो गयी मालूम पड़ती है। असल में मुझे ले जाया जाना चाहिए था स्वर्ग की ओर। और यह तो एक वेश्या है।'

'श्रीमान यह बात हम जानते हैं', उससे ऐसा कह दिया गया। 'लेकिन अब, अगर आप चाहें तो इसे हम आपको समझा सकते हैं। कोई भूल नहीं हुई। यही है आज्ञा, कि वेश्या को स्वर्ग ही लाना है और साधु को फेंक देना है नरक में।' वह साधु कहने लगा, 'लेकिन क्यों ?' वह वेश्या भी इस पर विश्वास न कर सकती थी। वह बोली, 'कोई न कोई भूल जरूर हुई है। मुझे स्वर्ग भेजना है ? और वे एक साधु हैं, एक महान साधु। हम उन्हें पूजते रहे हैं। उन्हें ले जाओ स्वर्ग।'

मृत्यु बोली, 'नहीं, यह संभव नहीं, क्योंकि वह मात्र सतह पर ही साधु था। वह निरंतर सोच रहा था तुम्हारे बारे में। जब तुम रात्रि में गाना गाती, वह आता और तुम्हें सुनता। वह बिलकुल अहाते के निकट आ खड़ा होता और तुम्हें सुनता। लाखों बार उसने चाहा होगा जाकर तुम्हें देखना, तुम्हें प्यार करना, लाखों बार उसने तुम्हारा सपना देखा। वह लगातार तुम्हारे बारे में सोच रहा था। उसके होठों पर तो नाम रहता भगवान का; उसके हृदय में छबि होती थी तुम्हारी।'

और यही बात ठीक दूसरे छोर से वेश्या के साथ थी। वह अपना शरीर बेच रही होती, तो भी हमेशा सोच रही होती कि वह इस साधु के समान जीवन पाना चाहेगी, जो कि मंदिर में रहता है। कितना शुद्ध है वह। वह यही

सोचती। वह साधु का सपना देखती, शुचिता का, संतत्व का, उस अच्छाई का सपना देखती जिसे कि वह चूक रही थी। और जब ग्राहक जा चुके होते, तब वह भगवान से प्रार्थना करती, 'अगली बार फिर मत बनाना मुझे वेश्या। मुझे पुजारी बना देना; मुझे ध्यानी बना देना। मैं मंदिर में समर्पित हो सेवा करना चाहूंगी।'

और बहुत बार उसने मंदिर जाने की बात सोची, लेकिन उसे लगा कि वह पाप में इतनी फंसी हुई है कि मंदिर में प्रवेश करना ठीक नहीं।

'वह स्थान इतना पवित्र है और मैं इतनी पापी हूं', वह ऐसा सोचती। और बहुत बार उसने चाहा साधु के चरणों को छू लेना, लेकिन उसने सोचा कि यह अच्छा न होगा। मैं इतनी योग्य नहीं कि उनके चरणों को स्पर्श करूं, वह सोचती रहती। तो जब साधु वहां से गुजरता, वह केवल धूल संजो लेती उस मार्ग की जहां उसके चरण पड़े थे, और वह पूजा करती उस चरणरज की, उस धूल की।

बाहर से तुम क्या हो इसका सवाल नहीं। जो तुम्हारा आंतरिक सम्मोहन है वह तुम्हारे जीवन के भावी क्रम को निश्चित करेगा। बुराई के प्रति तटस्थ रहना। तटस्थता का, उपेक्षा का अर्थ भावशून्यता नहीं है, इतना ध्यान रहे। ये सूक्ष्म भेद हैं। तटस्थता का अर्थ भावशून्यता नहीं है। इसका अर्थ यह नहीं कि तुम अपनी आंखें मींच लो। क्योंकि अगर तुम उन्हें मींचते भी हो तो एक दृष्टिकोण बना लेते हो, एक मनोवृत्ति। इसका अर्थ यह नहीं होता कि परवाह ही मत करो, क्योंकि वहां भी, एक सूक्ष्म निंदा उसमें छुपी हुई होती है। तटस्थता इतना ही सूचित करती है, 'तुम कौन होते हो निर्णय करने वाले, मूल्यांकन करने वाले ?' तटस्थता के साथ तुम सोचते हो तुम्हारे स्वयं के बारे में, 'कौन हो तुम ? कैसे बता सकते हो तुम कि क्या बुरा है और क्या अच्छा है ? कौन जानता है ?'

जीवन इतना संश्लिष्ट है कि बुराई अच्छाई बन जाती है और अच्छाई बुराई बन जाती है। वे परिवर्तित होती रहती हैं। पापी को परम सत्य तक पहुंचते पाया गया है; साधु-संतों को नरक में फेंक दिया पाया गया है। तो कौन जानता ? और तुम कौन हो ? कौन पूछ रहा है तुमसे ? तुम अपने को ही सम्हालो। यदि तुम यह भी कर सको तो तुमने बहुत कर लिया। तुम हो जाओ अधिक सचेत और जागरूक; तब तटस्थता तुम तक चली आती है बिना किसी पूर्वविचार के।

ऐसा हुआ कि विवेकानंद अमरीका जाने से पहले और संसार-प्रसिद्ध व्यक्ति बनने से पहले, जयपुर के महाराजा के महल में ठहरे थे। वह महाराजा भक्त था विवेकानंद और रामकृष्ण का। जैसे कि महाराजा करते हैं, जब विवेकानंद उसके महल में ठहरने आये, उसने इसी बात पर बड़ा उत्सव आयोजित कर दिया। उसने स्वागत-उत्सव पर नाचने और गाने के लिए वेश्याओं को भी बुला लिया। अब जैसा महाराजाओं का चलन होता है; उनके अपने ढंग के मन होते हैं। वह बिलकुल भूल ही गया कि नाचने-गाने वाली वेश्याओं को लेकर संन्यासी का स्वागत करना उपयुक्त नहीं है। पर कोई और ढंग वह जान सकता नहीं था। उसने हमेशा यही जाना था कि जब तुम्हें किसी का स्वागत करना हो, तो शराब, नाच-गान, यही सब चलना चाहिए।

विवेकानंद अभी परिपक्व न हुए थे, वे अब तक पूरे संन्यासी न हुए थे। यदि वे पूरे संन्यासी होते, यदि तटस्थता बनी रहती, तो फिर कोई समस्या ही न रहती; लेकिन वे अभी भी तटस्थ नहीं थे। वे अब तक उतने गहरे नहीं उतरे थे पतंजलि में। युवा थे, और बहुत दमनात्मक व्यक्ति थे। अपनी कामवासना और हर चीज दबा रहे थे। जब उन्होंने वेश्याओं को देखा तो बस उन्होंने अपना कमरा बंद कर लिया और उससे बाहर आते ही न थे।

महाराजा आया और उसने क्षमा चाही उनसे। वह बोला, 'हम जानते न थे। इससे पहले हमने किसी संन्यासी के लिए उत्सव आयोजित नहीं किया। हम हमेशा राजाओं का अतिथि-सत्कार करते हैं, इसलिए हमें राजाओं के ढंग ही मालूम हैं। हमें अफसोस है, पर अब तो यह बहुत अपमानजनक बात हो जायेगी, क्योंकि यह सबसे बड़ी वेश्या है इस देश की, और बहुत महंगी है। और हमने इसे इसका रुपया दे दिया है। उसे यहां से हटने को और चले जाने को कहना तो अपमानजनक होगा। और अगर आप नहीं आते तो वह बहुत ज्यादा चोट महसूस करेगी। इसलिए बाहर आयें।'

किंतु विवेकानंद भयभीत थे बाहर आने में। इसीलिए मैं कहता हूं कि वे तब तक अप्रौढ़ थे, तब तक भी पक्के संन्यासी न हुए थे। अभी भी तटस्थता मौजूद नहीं थी, मात्र निंदा थी। एक वेश्या ?—वे बहुत क्रोध में थे, और वे बोले, 'नहीं।' फिर वेश्या ने गाना शुरू कर दिया उनके आये बिना ही। और उसने गाया एक संन्यासी का गीत। गीत बहुत सुंदर है। गीत कहता है, 'मुझे मालूम है कि मैं तुम्हारे योग्य नहीं, तो भी तुम तो जरा ज्यादा करुणामय हो सकते थे। मैं राह की धूल सही; यह मालूम है मुझे। लेकिन तुम्हें तो मेरे प्रति इतना विरोधात्मक नहीं होना चाहिए। मैं कुछ नहीं हूं, मैं अज्ञानी हूं, एक पापी। पर तुम तो पवित्र आत्मा हो, तो क्यों मुझसे भयभीत हो तुम ?'

कहते हैं, विवेकानंद ने अपने कमरे में सुना। वह वेश्या रो रही थी और गा रही थी, और उन्होंने अनुभव किया—उस पूरी स्थिति को अनुभव किया उन्होंने कि वे क्या कर रहे थे। बात अप्रौढ़ थी, बचकानी थी। क्यों हों वे भयभीत ? यदि तुम आकर्षित होते हो तो ही भय होता है। तुम केवल तभी स्त्री से भयभीत होओगे यदि तुम स्त्री के आकर्षण में बंधे हुए हो। यदि तुम आकर्षित नहीं हो तो भय तिरोहित हो जाता है। भय है क्या ? तटस्थता आती है बिना किसी विरोधात्मकता के।

वे स्वयं को रोक न सके, इसलिए उन्होंने खोल दिये थे द्वार। वे पराजित हुए थे वेश्या के द्वारा। वेश्या विजयी हुई थी; उन्हें बाहर आना ही पड़ा। वे आये और बैठ गये। बाद में उन्होंने अपनी डायरी में लिखा, 'ईश्वर द्वारा एक नया प्रकाश दिया गया मुझे। भयभीत था मैं। जरूर कोई लालसा रही होगी मेरे भीतर, इसीलिए भयभीत हुआ मैं। किंतु उस स्त्री ने मुझे पूरी तरह पराजित कर दिया था, और मैंने कभी नहीं देखी ऐसी विशुद्ध आत्मा। वे अश्रु इतने निर्दोष थे और वह नृत्य-गान इतना पावन था कि मैं चूक गया होता। और उसके समीप बैठे हुए, पहली बार मैं सजग हो आया कि बात उसकी नहीं जो बाहर होता है। महत्व उसी का है कि भीतर क्या है।'

उस रात उन्होंने लिखा अपनी डायरी में, 'अब मैं उस स्त्री के साथ बिस्तर में सो भी सकता था और कोई भय न होता।' वे उसके पार जा चुके थे। उस वेश्या ने उन्हें मदद दी पार जाने में। यह एक अद्‌भुत घटना थी। रामकृष्ण न कर सके मदद, लेकिन एक वेश्या ने कर दी मदद।

अतः कोई नहीं जानता कहां से मदद आयेगी। कोई नहीं जानता, क्या है बुरा और क्या है अच्छा ? कौन कर सकता है निश्चित ? मन दुर्बल है और निस्सहाय है। इसलिए कोई दृष्टिकोण तय मत कर लेना। यही है अर्थ तटस्थ होने का।

मन शांत होता है बारी-बारी से श्वास छोड़ने और रोके रखने से भी।

पतंजलि देते हैं दूसरे विकल्प भी। अगर तुम आनंदित व्यक्ति के साथ प्रसन्न और मैत्रीपूर्ण हो सको, दुखी के प्रति करुणा, पुण्यवान के प्रति मुदिता और पापी के प्रति उपेक्षा रख सको—अगर यह संभव हो तो मन परम मन में रूपांतरित होना शुरू हो गया है। यदि तुम ऐसा नहीं कर सकते—और यह कठिन है, सरल नहीं है—तो दूसरे मार्ग हैं। निराश मत होना।

पतंजलि कहते हैं, 'बारी-बारी से श्वास छोड़ने और रोके रखने द्वारा भी मन शांत होता है।' तब तुम शरीर विज्ञान के द्वारा प्रवेश करते हो। पहली बात है मन के द्वारा प्रवेश, दूसरी बात है शरीर-विज्ञान के द्वारा प्रवेश।

श्वास और विचार गहरे रूप से संबंधित हैं, जैसे कि वे एक ही चीज के दो छोर हों। यदि तुम थोड़ा भी ध्यान देते हो तो कई बार तुम भी जान लेते हो, कि जब कभी मन परिवर्तित होता है, श्वास परिवर्तित हो जाती है। उदाहरण के लिए, तुम क्रोधित हो—तुरंत श्वसन-क्रिया बदल जाती है; लय जा चुकी। श्वास की अलग गुणवत्ता है। यह लयबद्ध नहीं है।

जब तुम भावातिरेक में होते, कामातुर होते हो, जब कामवासना वशीभूत कर लेती है, तब श्वसन-क्रिया बदल जाती है। यह उत्तेजित हो जाती है, विक्षिप्त। जब तुम मौन होते हो, कुछ नहीं कर रहे होते, बिलकुल विश्राम अनुभव कर रहे होते हो, तो श्वास की अलग ही लय होती है। यदि तुम गहराई से ध्यान दो, तुम जान सकते हो किस प्रकार की श्वास-लय किस प्रकार के मन को निर्मित करती है। यदि तुम मैत्रीपूर्ण अनुभव करते हो, तो श्वसन-क्रिया अलग होती है। यदि तुम प्रतिकूल, क्रोधित, अनुभव करते हो तो श्वास-क्रिया अलग होती है। इसलिए या तो मन को बदलो और श्वास-क्रिया बदल जायेगी, या तुम इसके विपरीत कर सकते हो—श्वास-क्रिया बदलो और मन बदल जायेगा। श्वास की लय बदलो, और मन तुरंत बदल जायेगा।

जब तुम अनुभव करते हो प्रसन्न, मौन, आह्लादित, तो श्वास की लय को ध्यान में रखना। अगली बार जब क्रोध आये तो श्वास को बदलने मत देना। जब तुम प्रसन्न होते हो तो जो लय होती है उसी लय को बनाये रखना। तब क्रोध संभव नहीं होता क्योंकि श्वास-क्रिया स्थिति का निर्माण कर देती है। श्वास-क्रिया नियंत्रित करती है शरीर की उन ग्रंथियों को जो रक्त में रसायन छोड़ती हैं।

इसीलिए तुम लाल हो जाते हो जब तुम क्रोध में होते हो। निश्चित रसायन पहुंच चुके होते हैं रक्त में। और ज्वरित उत्तेजना से भर जाते हो। तुम्हारा तापमान बढ़ जाता है। शरीर तैयार होता है संघर्ष करने को या पलायन करने को। शरीर आपातस्थिति में होता है। श्वास की चोट पड़ने से यह परिवर्तन घटता है।

श्वास को मत बदलना। बस बनाये रखना श्वास की उसी लय को जो मौन में होती है। श्वास-क्रिया को तो मौन ढांचे का अनुसरण भर करना है; तब क्रोधित होना असंभव हो जायेगा। जब तुम बहुत आवेश अनुभव कर रहे होते हो, कामातुर होते हो, कामवासना पकड़ लेती है तब अपने श्वसन में शांत होने का प्रयत्न करना और तुम अनुभव करोगे कि कामवासना तिरोहित हो गयी है।

पतंजलि एक विधि का सुझाव देते हैं—'बारी-बारी से श्वास बाहर निकालने और रोकने द्वारा भी मन शांत होता है।' जब कभी तुम अनुभव करते हो कि मन शांत नहीं, वह तनावपूर्ण है, चिंतित है, शोर से भरा है, निरंतर सपने देख रहा है, तो एक काम करना—पहले गहरी सांस छोड़ना। सदा प्रारंभ करना सांस छोड़ने द्वारा ही। जितना हो सके उतनी गहराई से सांस छोड़ना; वायु बाहर फेंक देना। वायु बाहर फेंकने के साथ ही मनोदशा बाहर

फेंकी जायेगी, क्योंकि श्वसन ही सब कुछ है।

फिर जितना संभव हो, श्वास को बाहर निकाल देना। पेट को भीतर खींचना और उसी तरह बने रहना कुछ सेकेंड के लिए, सांस मत लेना। वायु को बाहर होने देना, और कुछ सेकेंड के लिए सांस मत लेना। फिर शरीर को सांस लेने देना। गहराई से सांस भीतर लेना जितना तुमसे हो सके। फिर दोबारा ठहर जाना कुछ सेकेंड के लिए। यह अंतराल उतना ही होना चाहिए जितना बाहर श्वास छोड़ने के बाद तुम बनाये रखते हो। यदि तुम श्वास छोड़ने को तीन सेकेंड के लिए बनाये रहते हो, तो श्वास को भीतर भी तीन सेकेंड तक बनाये रखना। इसे बाहर फेंको और रुके रहो तीन सेकेंड तक। इसे भीतर लो और रुके रहो तीन सेकेंड तक। लेकिन इसे पूर्णतया बाहर फेंक देना होता है। समग्रता से सांस छोड़ो और समग्रता से सांस लो, और एक लय बना लो। सांस खींचने के बाद रुके रहना, सांस छोड़ने के बाद रुके रहना। तुरंत तुम अनुभव करोगे कि एक परिवर्तन तुम्हारे संपूर्ण अस्तित्व में उतर रहा है। वह मनोदशा जा चुकी होगी। एक नयी आबोहवा तुममें प्रवेश कर चुकी होगी।

क्या घटता है ? क्यों ऐसा होता है ? बहुत-से कारण हैं—एक, जब तुम यह लय निर्मित करने लगते हो, तब तुम्हारा मन पूर्णतया उस ओर मुड़ा हुआ होता है। तुम क्रोधित नहीं हो सकते, क्योंकि एक नयी बात शुरू हो गयी। और मन एक साथ दो चीजें नहीं कर सकता। तुम्हारा मन अब श्वास छोड़ने, भीतर लेने, रोकने, लय निर्मित करने से भरा होता है। तुम पूरी तरह डूब चुके होते हो इसमें, इसलिए क्रोध के साथ सहयोग टूट जाता है—यह एक बात हुई।

श्वास छोड़ना और श्वास भीतर लिया जाना शुद्ध करता है सारे शरीर को। जब तुम श्वास बाहर छोड़ते हो और तीन सैकेंड तक या पांच सैकेंड तक रोके रहते हो—जितना ज्यादा तुम चाहते हो, जितना ज्यादा तुमसे हो सकता हो—तो क्या घटता है भीतर ? सारा शरीर उस सबको फेंक देता है जो-जो विषाक्त होता है रक्त में। वायु बाहर हो गयी और शरीर के पास एक अंतराल है। उस अंतराल में ही सारे विष बाहर फेंक दिये जाते हैं। अक्सर वे हृदय तक आ पहुंचते हैं; वे वहां संचित हो जाते हैं—नाइट्रोजन, कार्बन डाइ-आक्साइड, ये जहरीली गैसें, ये सब वहां एक साथ एकत्रित हो जाती हैं।

अक्सर तुम उन्हें अवसर नहीं देते वहां एक साथ एकत्रित होने का। तुम सांस बाहर-भीतर किये जाते हो बिना किसी अंतराल के या ठहराव के। ठहराव के साथ एक अंतराल निर्मित हो जाता है, एक शून्यता निर्मित हो जाती है। उसी शून्यता में, हर चीज भीतर प्रवाहित हो जाती है और उसे भर देती है। फिर तुम गहरी श्वास भीतर लेते हो और फिर तुम रोके रहते हो। वे सारी विषैली गैसें श्वास के साथ घुलमिल जाती हैं; तब तुम फिर सांस बाहर छोड़ते और उन्हें बाहर निकाल देते। फिर तुम विराम देते। विषाक्त चीजों को एकत्र होने दो। यह एक तरीका है चीजों को बाहर फेंक देने का।

मन और श्वसन, दोनों बहुत ज्यादा संबंधित हैं। उन्हें होना होता है क्योंकि श्वास जीवन है। एक आदमी बिना मन के हो सकता है, लेकिन वह श्वास लिये बिना नहीं रह सकता। श्वास-क्रिया ज्यादा गहरी है मन से। तुम्हारे मस्तिष्क की पूरी शल्य-क्रिया हो सकती है; तुम जीवित रहोगे अगर तुम श्वास ले सको तो। यदि श्वसन बना रहे तो तुम जीवित रहोगे। मस्तिष्क पूरी तरह बाहर निकाला जा सकता है। तुम निष्क्रिय जीवन लिये पड़े रहोगे, तो भी तुम जीवित रहोगे। तुम आंखें नहीं खोल पाओगे या बात नहीं कर पाओगे या कुछ नहीं कर पाओगे,

लेकिन बिस्तर पर पड़े हुए तुम जीवित रह सकते हो और जीवन बिता सकते हो वर्षों तक। लेकिन मन जीवित नहीं रह सकता। यदि श्वास थम जाती है तो मन तिरोहित हो जाता है।

योग ने खोज लिया था यह आधारभूत तथ्य—कि श्वास-क्रिया ज्यादा गहरी होती है विचार से। यदि तुम श्वास परिवर्तित करते हो, तो तुम सोचना परिवर्तित कर देते हो। और एक बार तुम पा लेते हो कुंजी कि श्वास के पास है कुंजी तो फिर तुम जो दशा चाहो बना सकते हो—यह तुम पर निर्भर है। जैसे तुम श्वास लेते हो, यह उस ढंग पर निर्भर है। बस एक काम करना—सात दिन तक तुम केवल विवरण लिख लेना उन विभिन्न प्रकार की श्वास-क्रियाओं के जो अलग-अलग मनोदशाओं के साथ घटती हैं। तुम क्रोधित होते हो—एक नोटबुक लेना और तुम्हारी श्वास को गिनना—कितनी तुम भीतर भरते हो और कितनी बाहर छोड़ते हो। यदि पांच की गिनती तक श्वासें तुम भीतर खींचते हो और तीन गिनती तक बाहर छोड़ते हो, तो इसे लिख लेना।

कई बार तुम बहुत सुंदर अनुभव करते हो, अतः लिख लेना कि सांस लेने और छोड़ने का अनुपात कितना है, क्या वहां कोई विराम है। लिख लेना इसे और सात दिन तक एक डायरी ही बना लेना अपनी स्वयं की श्वास-क्रिया अनुभव करने के लिए, कि कैसे यह तुम्हारी मनोदशाओं के साथ संबंधित होती है। तब तुम इसे छांट सकते हो। तब जब कभी तुम कोई मनोदशा गिरा देना चाहते हो, तो ठीक इसका विपरीत ढांचा प्रयुक्त करना। या, अगर तुम किसी मनोदशा को उत्पन्न करना चाहते हो, तो इसके ही ढांचे का प्रयोग करना।

अभिनेता, जाने या अनजाने, यह जान लेते हैं क्योंकि कई बार उन्हें क्रोधित होना होता है बिना क्रोधित हुए ही। तो क्या करते होंगे वे ? उन्हें उपयुक्त श्वसन-ढांचा निर्मित करना होता है। शायद उन्हें पता भी न होता हो, पर वे शुरू कर देते हैं ऐसा श्वास लेना जैसे कि वे क्रोधित हों। तब जल्दी ही रक्त तेजी से दौड़ने लगता है और विष प्रवाहित हो जाते हैं। बिना उनके क्रोधित हुए ही उनकी आंखें लाल हो जाती हैं, और वे एक सूक्ष्म क्रोधावस्था में होते हैं बिना क्रोधित हुए ही। उन्हें प्रेम करना होता है बिना प्रेम में पड़े ही; उन्हें प्रेम प्रकट करना पड़ता है बिना प्रेम अनुभव किये ही। यह कैसे करते होंगे वे ? वे एक निश्चित रहस्य जानते हैं योग का।

इसलिए मैं हमेशा कहता हूं कि एक योगी सर्वश्रेष्ठ अभिनेता हो सकता है। वह होता ही है। उसका मंच विशाल है; बस यही। वह अभिनय कर रहा होता है। किसी रंगमंच पर नहीं, बल्कि संसार के रंगमंच पर। वह अभिनेता होता है, वह कर्ता नहीं है। और भेद यही है कि वह एक विशाल नाटक में भाग ले रहा होता है और वह उसका साक्षी बन सकता है। वह अलग बना रह सकता है और निर्लिप्त रह सकता है।

जब ध्यान से अतींद्रिय संवेदना उत्पन्न होती है तो मन आत्मविश्वास प्राप्त करता है और इसके कारण साधना का सातत्य बना रहता है।

अपने श्वसन-ढांचे को जानो, और मन के वातावरण को किस प्रकार परिवर्तित किया जाता है, मनोदशाओं को कैसे बदला जाता है इस बात की कुंजियां तुम पा जाओगे। और यदि तुम दोनों छोरों से कार्य करते हो, तो ज्यादा बेहतर होगा। प्रसन्न के प्रति मैत्रीपूर्ण होने का प्रयत्न करो, बुरे के प्रति तटस्थ होने का, और तुम्हारे श्वसन-ढांचे को भी बदलना और रूपांतरित करना जारी रखो। तब चली आयेगी अतींद्रिय संवेदना।

यदि तुमने एल एस डी, मारिजुआना, हशीश लिया हो, तो तुम जान लेते हो कि अतींद्रिय संवेदना जगती है। तुम साधारण चीजों की ओर देखते हो, और वे असाधारण हो उठती हैं।

अल्डुअस हक्सले अपने संस्मरणों में कहता है कि जब उसने एल एस डी पहली बार ली थी, तब वह एक साधारण कुर्सी के सामने बैठा हुआ था। और जब वह अधिकाधिक जुड़ता गया नशे के साथ, जब उस पर चढ़ गया नशा, तो कुर्सी तुरंत रंग बदलने लगी। वह चमक उठी। एक साधारण कुर्सी जिस पर कभी उसने कोई ध्यान न दिया था इतनी सुंदर हो गयी, उसमें से बहुत सारे रंग फूटने लगे। वह ऐसी हो गयी थी जैसे वह हीरों की बनी हुई हो। इतने सुंदर आकार और सूक्ष्म घटाएं थीं वहां कि अपनी आंखों पर विश्वास न कर सका। वह उस पर विश्वास न कर सका जो घट रहा था। बाद में उसे ध्यान आया कि यही घटित हुआ होगा वॉन गॉग को, क्योंकि उसने एक कुर्सी का चित्र बनाया था जो करीब-करीब बिलकुल वैसा ही था।

एक कवि को कोई जरूरत नहीं है एल एस डी लेने की। उसके पास अंतर्निर्मित व्यवस्था होती है शरीर में एल एस डी उंडेलने की। यही है भेद एक कवि और एक साधारण व्यक्ति में। इसीलिए कहा जाता है कि कवि जन्मजात होता है, बनाया नहीं जाता। क्योंकि उसके पास असाधारण शारीरिक ढांचा होता है। उसके शरीर के रसायनों में अलग ही परिमाण और गुणवत्ता होती है। इसीलिए जहां तुम्हें कोई चीज दिखायी नहीं पड़ती, वह अद्‌भुत चमत्कार देख लेता है। तुम देखते हो एक साधारण वृक्ष, और वह देखता है कुछ अविश्वसनीय। तुम देखते हो साधारण बादल, लेकिन एक कवि, यदि वह वास्तव में ही कवि है, वह कभी नहीं देखता कोई साधारण चीज। हर चीज असाधारण रूप से सुंदर हो उठती है।

यही घटता है योगी को। क्योंकि जब तुम अपने श्वसन को और अपनी मनःस्थितियों को बदलते हो, तो तुम्हारे शारीरिक रसायन अपना ढांचा बदलते हैं; तुम रासायनिक रूपांतरण में से गुजरते हो। और तब तुम्हारी आंखें साफ हो जाती हैं, एक नयी संवेदनक्षमता घटती है। वही पुराना वृक्ष एकदम नया हो जाता है। तुम कभी न जान पाये थे इसकी हरीतिमा। यह आलोकित हो जाता है। तुम्हारे चारों ओर का सारा संसार नया रूपाकार ले लेता है। अब यह एक स्वर्ग हो जाता है; वही साधारण पुराना रद्दी संसार नहीं रहता।

तुम्हारे चारों ओर के लोग अब वही न रहे। तुम्हारी साधारण पत्नी सबसे सुंदर स्त्री हो जाती है। तुम्हारी अनुभूति की स्पष्टता के साथ ही हर चीज बदल जाती है। जब तुम्हारी दृष्टि बदलती है तो हर चीज बदल जाती है।

पतंजलि कहते हैं, 'जब ध्यान अतींद्रिय संवेदना जगाता है, तो आत्मविश्वास प्राप्त होता है और यह बात मदद देती है साधना में सातत्य बनाये रखने में।' तब तुम आश्वस्त हो जाते हो कि तुम सम्यक मार्ग पर हो। संसार और-और सुंदर हो रहा है, असुंदरता तिरोहित हो रही है। संसार अधिकाधिक एक घर बन रहा होता है; तुम इसमें और ज्यादा निश्चित अनुभव करते हो। यह मित्रता से भरा होता है। तुम्हारे और ब्रह्मांड के बीच एक प्रेम-क्रीड़ा चलती है। तुम ज्यादा आश्वस्त, ज्यादा आत्मविश्वासी होते हो और ज्यादा धैर्य चला आता है तुम्हारे प्रयास में।

उस आंतरिक प्रकाश पर भी ध्यान करो, जो शांत है और सभी दुखों से बाहर है।

ऐसा केवल तभी किया जा सकता है जब तुमने संवेदनक्षमता की एक निश्चित गुणवत्ता प्राप्त कर ली होती है। तब आंखें बंद कर सकते हो और पा सकते हो उस अग्नि को—हृदय के पास की वह सुंदर अग्निशिखा—एक नीला प्रकाश। लेकिन बिलकुल अभी तो तुम उसे नहीं देख सकते। वह है वहां; वह सदा से ही है वहां। जब तुम मरते हो, तब वह नीला प्रकाश तुम्हारे शरीर से बाहर चला जाता है। लेकिन तुम उसे नहीं देखते तब क्योंकि जब तुम जीवित थे तब नहीं देख सकते थे उसे।

और दूसरे भी नहीं देख पायेंगे कि कोई चीज बाहर जा रही है, लेकिन सोवियत रूस में किरलियान ने बहुत संवेदनशील फिल्म द्वारा तस्वीरें उतारी हैं। जब कोई व्यक्ति मरता है तब कुछ घटता है उसके चारों ओर। कोई जीवऊर्जा, कोई प्रकाश जैसी चीज छूट जाती है, चली जाती है और तिरोहित हो जाती है ब्रह्मांड में। प्रकाश सदा है वहां; वह तुम्हारे अस्तित्व का केंद्र बिंदु है। यह हृदय के समीप होता है एक नीली ज्योति के रूप में।

जब तुम्हारे पास संवेदनशीलता हो तब तुम देख सकते हो तुम्हारे चारों ओर के सुंदर संसार को—जब तुम्हारी आंखें साफ होती हैं। फिर तुम उन्हें बंद कर लेते हो और हृदय के ज्यादा करीब बढ़ते हो। तुम जानने का प्रयत्न करते हो, वहां क्या है। पहले तो तुम अंधकार अनुभव करोगे। यह ऐसा है जैसे कि तुम किसी गर्मी के दिन बाहर के तेज प्रकाश से कमरे के भीतर आ जाओ, और तुम अनुभव करो कि हर चीज अंधकारमयी है। लेकिन प्रतीक्षा करना। अंधकार के साथ आंखों को समायोजित होने दो, और जल्दी ही तुम देखने लगोगे घर की चीजों को।

तुम लाखों जन्मों से बाहर ही रहे हुए हो। जब पहली बार तुम भीतर आते हो तो वहां अंधकार के और शून्यता के सिवाय कुछ नहीं होता। लेकिन प्रतीक्षा करना। थोड़ा समय लगेगा इसमें। कुछ महीने भी लग सकते हैं, लेकिन प्रतीक्षा करना। आंखें बंद कर लेना और भीतर झांकना हृदय में। अकस्मात एक दिन यह घटता है—तुम देख लेते हो प्रकाश को, उस ज्योति को। तब एकाग्रता करना उस अग्नि की ज्योति पर।

और कुछ इससे ज्यादा आनंदमय नहीं। और कुछ भी ज्यादा नृत्यपूर्ण और गानपूर्ण नहीं है। और कुछ भी तुम्हारे हृदय के भीतर के इस अंतर प्रकाश से ज्यादा संगीतपूर्ण या सुसंगत नहीं होता है। और जितने ज्यादा तुम एकाग्र होते हो, उतने ज्यादा हो जाते हो शांतिमय, मौन, प्रशांत, एकजुट। फिर तुम्हारे लिए कहीं कोई अंधकार नहीं रहता। जब तुम्हारा हृदय प्रकाश से भरा होता है, तो समस्त लोक प्रकाश से भरा होता है। इसीलिए 'अंतस के प्रकाश पर भी ध्यान करो, जो उज्जवल और शांत है और सभी दुखों के बाहर।'

या, जो वीतरागता को उपलब्ध हो चुका है उसका ध्यान करो।

यह भी ! सभी विकल्प पतंजलि तुम्हें दे रहे हैं। वीतराग वह है, जो सारी आकांक्षाओं के पार जा चुका होता है—उस पर भी ध्यान करो। महावीर, बुद्ध, पतंजलि या वह जो तुम्हारी पसंद हो—जरथुस्त्र, मोहम्मद, क्राइस्ट या कोई भी, जिसके प्रति तुम लगाव और प्रेम अनुभव करते हो। उस पर ध्यान केंद्रित करो, जो आकांक्षाओं-इच्छाओं के पार जा चुका हो। तुम्हारे सद्‌गुरु पर ध्यान केंद्रित करो, जो इच्छाओं के पार जा चुका है। यह कैसे मदद देगा ? यह बात मदद देती है, क्योंकि जब तुम ध्यान करते हो उसका जो आकांक्षाओं के पार जा चुका होता है, तो वह तुम्हारे भीतर एक चुंबकीय शक्ति बन जाता है। तुम उसे तुम्हारे भीतर प्रवेश करने देते

हो; वह तुम्हें तुम्हारे से बाहर खींचता है। यह बात उसके प्रति तुम्हारा खुलापन बन जाती है।

यदि तुम ध्यान करते हो उस पर जो आकांक्षाओं के पार जा चुका होता है, तो तुम देर-अबेर उसी की भांति हो जाओगे। क्योंकि ध्यान तुम्हें ध्यान की विषयवस्तु की भांति ही बना देता है। यदि तुम ध्यान लगाते हो धन पर, तो तुम धन की भांति हो जाओगे। जाओ और देखो किसी कंजूस को—उसके पास अब आत्मा नहीं बची है। उसके पास केवल बैंक-बैलेंस है; भीतर कुछ नहीं है उसके। यदि तुम ध्यान से सुनो, तुम सिर्फ सुनोगे नोटों, रुपयों की आवाज। तुम न सुन पाओगे हृदय की किसी धड़कन को।

जिस किसी पर तुम अपना ध्यान देते हो, उसी की भांति हो जाते हो। अतः जागरूक रहना। किसी ऐसी चीज पर ध्यान मत देना जिसकी भांति तुम होना ही न चाहते हो। केवल उसी चीज पर ध्यान देना जिसकी भांति तुम होना चाहते हो, क्योंकि यही है प्रारंभ। बीज बो दिया गया है, ध्यान सहित, और जल्दी ही वह वृक्ष बन जायेगा।

तुम नरक के बीज बोते हो और जब वे वृक्ष बन जाते हैं तब तुम पूछते हो, 'मैं इतना दुखी क्यों हूं ?' तुम हमेशा गलत चीज पर ध्यान लगाते हो, तुम हमेशा उसकी ओर देखते हो जो नकारात्मक है। तुम हमेशा ध्यान देते हो, दोषों पर, तब तुम दोषपूर्ण हो जाते हो।

दोष पर ध्यान मत देना। सुंदर पर देना ध्यान। क्यों गिनना कांटों को ? क्यों नहीं देखते फूलों को ? क्यों गिनना रातों को ? क्यों नहीं महत्व देते दिनों को ? यदि तुम केवल रातों को ही गिनते हो, तब दो रातें होती हैं, और केवल एक ही दिन होता है इन दोनों के बीच। यदि तुम दिनों को महत्व देकर उनकी गणना करते हो, तब दो दिन होते हैं और उन दोनों के बीच केवल एक ही रात्रि होती है।

और इससे बहुत अंतर पड़ता है।

यदि तुम प्रकाश होना चाहते हो तो प्रकाश की ओर देखना। अंधेरे की ओर देखना यदि तुम्हें अंधकार ही होना हो तो।

पतंजलि कहते हैं, 'उस पर ध्यान केंद्रित करो जो वीतरागता को उपलब्ध हो चुका है।'

सद्‌गुरु खोजना; सद्‌गुरु को समर्पण करना। उसके प्रति एकाग्र रहना। उसे सुनना, देखना, खाना और पीना। उसे प्रवेश करने दो तुममें, अपने हृदय को उससे आपूरित होने दो। जल्दी ही तुम यात्रा पर चल पड़ोगे, क्योंकि तुम्हारे ध्यान का विषय अंततः तुम्हारे जीवन का लक्ष्य बन जाता है। और सजग दर्शन एक रहस्यपूर्ण संबंध है। एकाग्र ध्यान द्वारा तुम तुम्हारे ध्यान का विषय बन जाते हो।

कृष्णमूर्ति कहे जाते हैं, 'द्रष्टा दृश्य बन जाता है।' वे ठीक हैं। जो कुछ तुम ध्यान से देखते हो, तुम वही बन जाओगे। इसलिए सचेत रहना। सजग रहना। कोई ऐसी चीज मत देखने लगना ध्यान से, जो तुम होना ही न चाहते हो। क्योंकि जो तुम देखते हो वही तुम्हारा लक्ष्य होता है। तुम बीज बो रहे होते हो।

वीतरागी के निकट रहना, उस व्यक्ति के जो सारी आकांक्षाओं के पार जा चुका है। उस व्यक्ति के सान्निध्य में रहना जिसके पास यहां पूरा करने को अब कुछ नहीं रहा; जो परिपूर्ण हो चुका। उसकी वही पूर्णता ही तुम्हें आप्लावित कर देगी, और वह एक उत्प्रेरक बन जायेगा।

वह कुछ भी नहीं करेगा। क्योंकि वह व्यक्ति जो आकांक्षातीत है, कुछ नहीं कर सकता है। वह तुम्हारी मदद भी नहीं कर सकता क्योंकि मदद भी एक आकांक्षा ही है। उससे बहुत ज्यादा मदद मिलती है, फिर भी वह नहीं

करता है तुम्हारी मदद। उत्प्रेरक बन जाता है कुछ किये बिना ही।

यदि तुम उसे आने देते हो, वह तुम्हारे हृदय में उतर आता है। और उसकी वही मौजूदगी तुम्हें जोड़ देती है, एक बना देती है।

प्रवचन 20

प्रथम ही अंतिम है

प्रश्नसार

- जिस तरह नकारात्मक विचार दुर्घटनाओं के रूप में मूर्त हो जाते हैं उसी तरह क्या विधायक विचार भी शुभ घटनाएं बन सकते हैं?

- जिसे आध्यात्मिक सिद्धि प्राप्त हुई हो ऐसे व्यक्ति में और बुद्धपुरुष में विकासात्मक अंतर क्या होता है ?

- आप एक साथ हम सब शिष्यों पर कैसे काम कर सकते हैं ?

- अधिकतम लोग प्रेम की मूलभूत आवश्यकता पूरी क्यों नहीं कर सकते ?

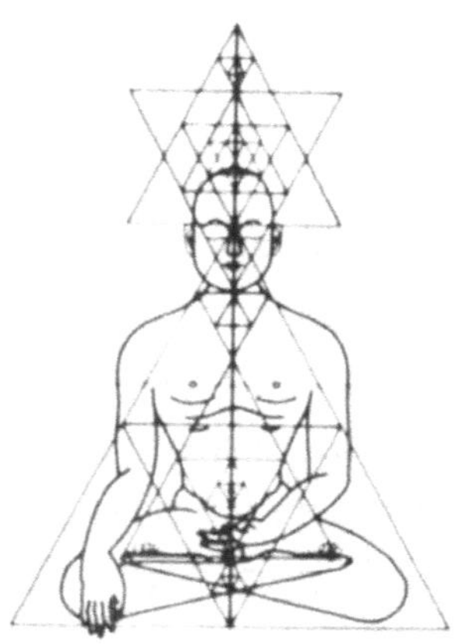

आपने कहा कि नकारात्मक विचार खतरनाक होते हैं क्योंकि वे घटनाओं के घटने को कार्यान्वित कर सकते हैं। क्या विधायक विचार भी वास्तविक घटनाओं का मूर्त रूप ले सकते हैं ? उदाहरण के लिए यदि कोई संबोधि की अभिलाषा करता है तो क्या यही परिणामस्वरूप घट सकती है ?

यह तो विधायक विचारों से बहुत ज्यादा मांग करने की बात हो गयी क्योंकि संबोधि द्वंद्वातीत है। यह न तो निषेधात्मक है और न ही विधायक। जब दोनों ध्रुवताएं गिर जाती हैं, तो यह घटती है। विधायक विचारों के साथ बहुत सारी बातें संभव हैं, लेकिन संबोधि नहीं। तुम प्रसन्न हो सकते हो, पर आनंदित नहीं। प्रसन्नता आती और चली जाती है; विपरीत इसके साथ हमेशा अस्तित्व रखता है। जब तुम प्रसन्न होते हो, तो प्रसन्नता के ठीक साथ ही अप्रसन्नता प्रतीक्षा में खड़ी होती है। वह पंक्ति में खड़ी होती है। जब तुम प्रेम करते हो, वह विधायक बात है, लेकिन घृणा प्रतीक्षा कर रही होती है अपने समय की।

विधायक द्वैत के पार नहीं जा सकता। यह अच्छा है जहां तक बन पड़े, लेकिन इससे संबोधि की मांग करना तो बहुत ज्यादा हुआ। कभी अपेक्षा मत करना इसकी। नकारात्मक को गिरा देना होता है विधायक को पाने के लिए। विधायक को भी गिरा देना है अनंत को, पार के उस असीम को पाने के लिए। पहले गिरा देना निषेधात्मक को, फिर गिरा देना विधायक को। तब कुछ नहीं बचा रहता। वह 'कुछ नहीं' ही संबोधि है। तब कोई मन बचता नहीं।

मन या तो नकारात्मक होता है या स्वीकारात्मक, प्रसन्न होता है या अप्रसन्न, प्रेममय होता है या घृणापूर्ण, क्रोधी होता है या करुणामय; जकड़ा हुआ होता है रात और दिन से, जीवन और मृत्यु से। सारी चीजें संबंधित होती हैं मन से लेकिन फिर भी तुम नहीं हो संबंधित मन से। तुम उसके पास होते हो। मन के खोल में होते हो, लेकिन उसके पार होते हो।

संबोधि मन की नहीं होती। वह तुम्हारी होती है। यह ज्ञान कि 'मैं मन नहीं हूं'—संबोधि ही है। यदि तुम नकारात्मक बने रहते हो तो तुम मन के खाई वाले हिस्से में होते हो। यदि तुम विधायक होते हो, तो तुम मन के शिखर अंश को प्राप्त कर लेते हो। लेकिन इन दोनों में से कोई भी तुम्हारे अस्तित्व के मानसिक तल को पार नहीं कर सकता। दोनों को गिरा दो।

विधायक को गिराना कठिन होता है। नकारात्मक को गिराना सरल होता है क्योंकि नकारात्मक तुम्हें पीड़ा और

कष्ट देता है। यह एक नरक होता है, इसलिए तुम गिरा सकते हो इसे। लेकिन जरा देखो तो दुर्भाग्य, तुमने उसे भी नहीं गिराया है। तुम नकारात्मक से भी चिपके रहते हो। तुम दुख से भी ऐसे चिपके रहते हो, जैसे कि वह कोई खजाना हो! तुम चिपकते हो तुम्हारी अप्रसन्नता से मात्र इसलिए क्योंकि यह एक पुरानी आदत हो गयी है। और तुम्हें कुछ न कुछ चाहिए चिपकने को। कोई चीज न पाकर, तुम चिपक जाते हो तुम्हारे नरक से ही। लेकिन ध्यान रहे, नकारात्मक को गिराना आसान है, चाहे यह कितना ही कठिन क्यों न जान पड़ता हो। विधायक को गिराने की तुलना में यह बहुत आसान है क्योंकि वह दुख है, पीड़ा है।

विधायक को गिराने का अर्थ है प्रसन्नता को गिरा देना; विधायक को गिराने का अर्थ हुआ कि उस सबको गिरा देना जो फूलों की भांति जान पड़ता है, वह सब जो सुंदर होता है। नकारात्मक असुंदर होता है; विधायक सुंदर। नकारात्मक है मृत्यु; विधायक है जीवन। लेकिन यदि तुम नकारात्मक को गिरा सकते हो, तो पहला कदम बढ़ाना। पहले दुख का अनुभव पाओ। कितना दुख दिया जाता है तुम्हें तुम्हारी नकारात्मकता द्वारा। जरा ध्यान दो कि कैसे दुख उभरता है इसमें से। मात्र देखो और अनुभव करो। वही अनुभूति कि नकारात्मक बात दुख निर्मित कर रही है एक अलगाव, एक गिराव बन जायेगी।

लेकिन मन के पास एक बहुत गहन चालाकी है। जब कभी तुम दुखी होते हो, तो यह हमेशा कहता है कि कोई दूसरा है जिम्मेदार। सावधान रहना, क्योंकि यदि इस चालाकी के शिकार हो जाते हो तो फिर नकारात्मक को कभी नहीं गिराया जा सकता। इसी भांति ही नकारात्मक स्वयं को छिपा रहा होता है। तुम क्रोधित होते हो तो मन कहता है कि किसी ने तुम्हारा अपमान कर दिया इसलिए क्रोध में हो। यह बात सही नहीं है। किसी ने किया होगा तुम्हारा अपमान लेकिन वह तो मात्र बहाना हुआ। तुम पहले से ही क्रोधित होने की प्रतीक्षा में थे। क्रोध तुम्हारे भीतर संचित हो रहा था। वरना, कोई तुम्हारा अपमान कर देगा और क्रोध नहीं आयेगा।

अपमान इसका एक स्पष्ट कारण दिख सकता है, लेकिन वास्तव में यही नहीं होता कारण। तुम भीतर उबल रहे होते हो। वस्तुतः वह व्यक्ति जो तुम्हारा अपमान करता है, तुम्हें मदद पहुंचाता है। वह तुम्हें मदद पहुंचाता है तुम्हारे भीतर की अशांति को बाहर ले आने में और उसे समाप्त करने में। तुम इतनी बुरी अवस्था में हो कि अपमान भी मदद पहुंचाता है। शत्रु तुम्हारी मदद करता है क्योंकि वह सारी नकारात्मकता को बाहर ले आने में तुम्हें मदद देता है। कम से कम तुम कुछ समय के लिए तो निर्बोझ हो ही जाते हो।

मन के पास सदा से यह चालाकी है—तुम्हारी चेतना को दूसरे की ओर मोड़ देना। जैसे ही कुछ गलत होता है और तुम खोजना शुरू कर देते हो यह जानने को कि किसने किया है ऐसा। तो उसी खोजने में ही चूक जाते हो, और वास्तविक अपराधी कहीं पीछे छुपा हुआ होता है।

इसे एक परम नियम बना लेना कि जब कभी कुछ गलत हो तो तुरंत अपनी आंखें बंद कर लेना और वास्तविक अपराधी की खोज करना। और तुम उसे देख पाओगे क्योंकि वह एक सत्य है। वह एक वास्तविकता है। यह सच है कि तुम क्रोध संचित कर लेते हो और इसीलिए तुम क्रोधित हो जाते हो। यह सत्य है कि तुम घृणा संचित करते हो और इसीलिए तुम घृणा अनुभव करते हो। कोई दूसरा नहीं है वास्तविक कारण। संस्कृत में दो शब्द हैं। एक शब्द है कारण—वास्तविक कारण, और दूसरा शब्द है निमित्त—अवास्तविक कारण। और यह निमित्त, अवास्तविक कारण जो कारण की भांति जान पड़ता है लेकिन फिर भी कारण नहीं होता है, तुम्हें ठग लेता

है। यह तुम्हें ठग रहा होता है बहुत-बहुत जन्मों से।

जब कभी तुम अनुभव करो कि कुछ दुखदायक घट रहा है तो तुरंत अपनी आंखें बंद कर लेना और भीतर जा पहुंचना, क्योंकि वही होती है असली घड़ी अपराधी को रंगे हाथों पकड़ने की। अन्यथा तुम नहीं पकड़ पाओगे उसे। जब क्रोध तिरोहित हो जाता है, तुम अपनी आंखें बंद करो। तुम कुछ नहीं पाओगे वहां। किसी अत्यंत क्षुब्ध स्थिति में, यह बात मत चूकना। इसे ध्यान बना लेना।

और हो सकता है तुम अनुभव करने लगो कि नकारात्मक को गिराने के लिए किसी विधि की कोई जरूरत नहीं है। नकारात्मक इतना असुंदर होता है और एक ऐसा रोग होता है कि आश्चर्य तो यह है कि कैसे तुम वहन करते हो इसे। इसे गिराना तो कुछ भी नहीं है; इसे वहन करना आश्चर्यजनक है। कैसे इसे तुम वहन किये रहते हो, यही बात पहेली बनी रही है सारे बुद्ध-पुरुषों के लिए। और क्यों तुम अपनी सारी बीमारियों को इतने प्रेमपूर्वक ढोये फिरते हो ? तुम उनकी इतनी फिक्र लेते हो; तुम बचाये रहते हो उस सबको जो गलत है। बचाव पाकर सुरक्षा पाकर, वह नकारात्मक ज्यादा और ज्यादा गहरी जड़ें मजबूत कर लेता है तुममें।

एक बार तुम जान लेते हो कि यह तुम्हारी अपनी नकारात्मकता है जो कि समस्या खड़ी करती है, तो यह अपने से गिर जाती है। और जब नकारात्मक मन अपने से गिरता है तो वहां सौंदर्य होता है। यदि तुम उसे गिराने की कोशिश करो तो वह चिपकेगा। क्योंकि उसे गिराने का प्रयास ही बता देता है कि तुम्हारी समझ प्रौढ़ नहीं है। सारे त्याग अप्रौढ़ताएं हैं। तुम उसके लिए पके नहीं, तैयार नहीं हुए। इसीलिए प्रयास की जरूरत है इसे गिराने को। यदि तुम कूड़ा-करकट ढो रहे हो, तो क्या उसे गिरा देने को तुम्हें किसी प्रयास की जरूरत होती है, या मात्र इस समझ की कि यह कूड़ा है ? यदि तुम्हें प्रयास चाहिए इसे गिरा देने के लिए, तो इसका मतलब यह हुआ कि तुम अपनी समझ बढ़ा रहे हो प्रयास सहित। समझ अपने में काफी नहीं है; इसीलिए प्रयास की जरूरत आ पड़ती है।

जिन्होंने जाना है, वे सब कहते हैं कि प्रयास की जरूरत है क्योंकि तुम्हारी समझ मौजूद नहीं है। वह एक बौद्धिक चीज रही होगी, लेकिन तुमने वस्तुतः अनुभव नहीं किया है स्थिति को; वरना तो तुम एकदम ही गिरा देते नकारात्मकता को। एक सांप गुजर जाता है रास्ते से, तो तुम घबड़ाकर एकदम उछल पड़ते हो। उस उछलने में कोई प्रयास नहीं होता। तुम उछलने के लिए निर्णय नहीं लेते, तुम तुम्हारे भीतर कोई तार्किक नियम नहीं बनाते—'सांप है वहां, और जहां कहीं सांप है वहां खतरा है; इसलिए मुझे उछलकर दूर होना ही चाहिए।' तुम कोई धीरे-धीरे बनाया जाने वाला तर्कपूर्ण नियम नहीं बना लेते हो। अरस्तू भी उछलेगा। बाद में वह बना सकता है कोई तर्क-सरणी, पर बिलकुल अभी, जब सांप होता है वहां, सांप फिक्र नहीं करता तुम्हारे तर्क की। सारी स्थिति इतनी खतरनाक होती है कि यह समझ ही कि वह स्थिति खतरनाक है, काफी होती है।

नकारात्मक को गिराने के लिए, किसी प्रयास की जरूरत नहीं, मात्र समझ की जरूरत है। तब वास्तविक समस्या उठ खड़ी होती है—विधायक को कैसे गिरायें ? और यह इतना सुंदर होता है ! और तुम्हारे लिए जिसने कि पार का सत्य जाना नहीं है, यही है प्रसन्नता का चरम बिंदु। यह तुम्हें इतना ज्यादा आनंद देता जान पड़ता है। जरा प्रेम में पड़े प्रेमियों को देखो। उनकी आंखों को देखो। जिस ढंग से वे हाथ में हाथ लिये चलते हैं, वे प्रसन्न होते हैं। उनसे कहना इस विधायक मन को गिरा देने को और वे सोचेंगे, 'क्या तुम पागल हुए हो ?' इसी की तो प्रतीक्षा करते रहे हैं वे और अब यह घटित हुआ। और कोई बुद्ध आते हैं और वे कह देते हैं, 'गिरा दो इसे।'

जब कोई सफलता पा रहा होता है, ज्यादा और ज्यादा ऊंचे पहुंच रहा होता है सीढ़ी पर, उसे गिरा देने की बात कहने की कोशिश करना। वही तो है उसका उद्देश्य, उसकी दृष्टि में। और यदि वह सोचता भी है इसे गिराने की, तो वह जानता है वह जा पड़ेगा दुख में, क्योंकि विधायक से हटकर कहां बढ़ेगा वह ?

तुम जानते हो केवल दो संभावनाएं—विधायक या नकारात्मक। यदि तुम गिराते हो विधायक को, तो तुम सरकते हो नकारात्मक की ओर। इसीलिए तो नकारात्मक को पहले गिरा देना है। नकारात्मक से कहीं और सरकने को तुम्हारे पास और कुछ नहीं रहता। अन्यथा यदि तुम सकारात्मक को गिरा देते हो, तो तुरंत नकारात्मक प्रवेश कर जाता है। यदि तुम प्रसन्न नहीं होते तो क्या होओगे तुम ? अप्रसन्न। यदि तुम मौन नहीं होते हो, तो क्या होओगे तुम ? बातूनी।

इसलिए पहले तो नकारात्मक को गिरा देना जिससे एक विकल्प, एक द्वार तो बंद हो जाये। तुम उस रास्ते पर अब गतिमान हो नहीं सकते। अन्यथा ऊर्जा की वही बंधी-बंधायी गति होती है—विधायक से नकारात्मक की ओर, नकारात्मक से विधायक की ओर। यदि नकारात्मक का अस्तित्व होता है, तो हर संभावना रहती है कि जिस क्षण तुम विधायक को गिराओ, तुम नकारात्मक हो जाओगे।

जब तुम प्रसन्न नहीं होते, तब तुम होओगे अप्रसन्न। तुम नहीं जानते कि एक तीसरी संभावना भी होती है। वह तीसरी संभावना खुलती है केवल तब जब नकारात्मक तो गिराया जा चुका होता है और जब तुमने विधायक भी गिरा दिया होता है। कुछ देर को वह ठहराव होगा। ऊर्जा कहीं नहीं जा सकती; वह नहीं जानती कि कहां प्रवेश करना है। नकारात्मक द्वार बंद हो चुका, विधायक बंद हो चुका है। क्षण भर के लिए तुम मध्य में होओगे, और वह क्षण जान पड़ेगा शाश्वत की भांति। वह जान पड़ेगा बहुत-बहुत लंबा, अनंत।

क्षण भर को तुम ठीक मध्य में होओगे, न जानते हुए कि क्या करना है, कहां जाना है। यह क्षण विक्षिप्तता की भांति लगेगा। यदि तुम न विधायक हो और न ही नकारात्मक, तो क्या हो तुम ? क्या है तुम्हारी पहचान ? तुम्हारा व्यक्तित्व, नाम और रूप गिरा जाता है विधायक और नकारात्मक के साथ ही। अकस्मात तुम ऐसे कोई नहीं होते जिसे कि तुम पहचान सको—मात्र एक ऊर्जा-घटना होते हो। और तुम नहीं कह सकते कैसा अनुभव कर रहे होते हो तुम। कोई अनुभूति होती नहीं। यदि तुम इसे बरदाश्त कर सको, यदि तुम सह सकते हो इस क्षण को, तो यही सबसे बड़ा त्याग है, सबसे बड़ी तपश्चर्या है। और संपूर्ण योग तुम्हें तैयार करता है इसी घड़ी के लिए। अन्यथा प्रवृत्ति होगी कहीं न कहीं जाने की, लेकिन इस शून्य में नहीं रहने की। वह होगी विधायक या नकारात्मक होने को अनुभव करने की, पर इस शून्य में होने की नहीं। तुम कुछ नहीं हो। यह ऐसा है जैसे कि तुम तिरोहित हो रहे हो। एक विराट शून्य खुल गया है, और तुम उसमें गिरते जा रहे हो।

इसी घड़ी में गुरु की आवश्यकता होती है जो कह सकता हो, 'प्रतीक्षा करो। भयभीत मत होना। मैं हूं यहां।' यह तो एक झूठ ही होता है, लेकिन फिर भी तुम्हें जरूरत रहती है इसकी। कोई नहीं है वहां। कोई गुरु भी नहीं हो सकता है वहां, क्योंकि जब तुम्हारा मन समाप्त होता है तो गुरु भी समाप्त हो जाता है। अब तुम नितांत अकेले होते हो, लेकिन अकेले होना इतना भयंकर होता है, इतना डरावना, इतना मृत्यु की भांति, कि कोई चाहिए तुम्हें साहस देने को। यह मात्र एक क्षण की ही बात होती है, और झूठ मदद कर देता है।

और मैं कहता हूं तुमसे, सारे बुद्ध झूठ कहते रहे हैं मात्र तुम्हारे प्रति करुणा होने के कारण ही। गुरु कहता है,

'मैं हूं यहां। तुम मत करना चिंता; तुम आओ आगे।' तब आश्वासन मिल जाता है तुम्हें और तुम लगा देते हो छलांग। यह क्षण भर की बात होती है और हर चीज वहीं लटक रही होती है। सारा अस्तित्व आ टिका होता है वहीं; वह पार होने की सीमा रेखा है, उबाल आने का स्थल। यदि तुम कदम उठा लेते हो, तो तुम हमेशा के लिए खो जाते हो मन के प्रति। फिर कभी न कुछ विधायक होगा, न नकारात्मक होगा।

तुम भयभीत हो सकते हो। तुम फिर से वापस लौट सकते हो और प्रवेश कर सकते हो नकारात्मक में या विधायक में जो कि सुखद होता है, आरामदेह होता है, जाना-पहचाना होता है। तुम्हें अज्ञात में प्रवेश करना होता है—यही होती है समस्या। पहले तो समस्या होती कि नकारात्मक को कैसे गिरायें, जो कि सरलतम बात है—एक पकी हुई समझ की जरूरत होती है। और तुम वह भी नहीं कर पाये हो।

फिर समस्या होती है कि सकारात्मक को कैसे गिरायें जो इतना सुंदर होता है और जो तुम्हें इतनी प्रसन्नता देता है। लेकिन यदि तुम नकारात्मक को गिरा देते हो, यदि तुम उतने ज्यादा परिपक्व हो जाते हो, तो तुम दूसरी समझ भी पा लोगे, दूसरा रूपांतरण, जहां तुम देख पाओगे कि यदि तुम विधायक को नहीं गिराते तो नकारात्मक लौट आयेगा।

तब विधायक अपनी सारी विधायकता खो देता है। यह विधायक था केवल नकारात्मकता की तुलना में ही। एक बार नकारात्मक फेंक दिया जाता है, तो विधायक भी हो जाता है नकारात्मक क्योंकि अब तुम देख सकते हो कि यह सारी प्रसन्नता क्षणिक होती है। और जब यह क्षण खो जाता है, तो कहां होओगे तुम ?

नकारात्मक फिर से प्रवेश करेगा। इससे पहले कि नकारात्मक प्रवेश करे उसे गिरा देना। नरक सदा पहुंचता है स्वर्ग के द्वार से ही। स्वर्ग तो मात्र द्वार होता है, वास्तविक स्थान तो नरक है। स्वर्ग द्वारा और स्वर्ग की आस द्वारा तुम प्रवेश करते हो नरक में। वास्तविक स्थान नरक है; स्वर्ग तो मात्र द्वार है। कैसे तुम सदा के लिए द्वार पर ही टिके रह सकते हो ? देर-अबेर तुम्हें प्रवेश करना ही है। विधायक से हटकर तुम और जाओगे कहां ?

एक बार नकारात्मक गिर जाता है, तो तुम देख सकते हो कि विधायक उसका दूसरा पहलू मात्र ही है—वस्तुतः विरोधी नहीं है, न ही विपरीत, बल्कि दोनों एक गठबंधन में होते हैं। वे दोनों ही जुड़े होते हैं किसी संधि से; वे इकट्ठे ही होते हैं। जब यह समझ जाग उठती है कि विधायक नकारात्मक बन जाता है तब तुम गिरा सकते हो इसे।

वास्तव में यह कहना ठीक नहीं कि तुम इसे गिरा सकते हो, यह गिर ही जाता है। यह भी नकारात्मक बन जाता है—तब तुम जान लेते हो कि इस जीवन में प्रसन्नता जैसा कुछ है ही नहीं। प्रसन्नता एक चालबाजी है अप्रसन्नता की ही। यह अंडे और मुर्गी के संबंध की भांति ही है। मुर्गी होती क्या है ? यह मार्ग है अंडे को लाने का। और अंडा क्या है ? यह एक मार्ग है मुर्गी को ले आने का।

विधायक और नकारात्मक वास्तविक विपरीतताएं नहीं हैं। वे अंडे और मुर्गी की भांति ही हैं; मां और बच्चा। वे एक दूसरे की सहायता करते और एक-दूसरे से आते हैं। लेकिन यह समझ केवल तभी संभव होती है जब नकारात्मक गिरा दिया जाता है। तब तुम गिरा सकते हो विधायक को भी। और तब तुम ठहर सकते हो उस संक्रमण के क्षण में, जो कि महानतम क्षण होता है अस्तित्व में ! तुम और कोई क्षण नहीं अनुभव करोगे जो इतना लंबा हो। यह ऐसा होता है जैसे कि वर्ष गुजर रहे हों—खालीपन के कारण। तुम सारे अर्थ, सारे पहलू खो देते

हो; सारा अतीत खो जाता है। अचानक हर चीज खाली हो जाती है। तुम नहीं जानते—तुम कहां होते हो, तुम कौन होते हो, क्या घट रहा होता है।

यह पागलपन की घड़ी होती है। यदि तुम इस घड़ी पर पहुंचकर लौट आने का प्रयत्न करते हो, तो तुम सदा पागल रहोगे। बहुत लोग पागल हो जाते हैं ध्यान के द्वारा। इसी घड़ी से वे पीछे हटने लगते हैं। और अब कुछ नहीं होता हट कर सहारा लेने को क्योंकि विधायक और नकारात्मक गिरा दिये गये होते हैं; वे अब विद्यमान नहीं रहते; 'घर' अब नहीं रहा वहां। एक बार तुम 'घर' छोड़ देते हो तो वह तिरोहित हो जाता है। वह तुम पर निर्भर करता था; वह कोई पृथक तत्व नहीं होता है।

मन एक पृथक तत्व नहीं है। वह तुम पर निर्भर करता है। एक बार तुम छोड़ देते हो उसे, वह वहां नहीं रहता। तुम लौट नहीं सकते या उसका सहारा नहीं ले सकते। यह पागलपन की दशा होती है। तुम्हें अतिक्रमण उपलब्ध नहीं हुआ है, फिर भी तुम वापस आ जाते हो और मन को खोजते हो और तुम पाते हो वह बचा ही नहीं है। 'घर' तिरोहित हो चुका है।

इस अवस्था में होना बहुत ही कष्टदायक है। पहली बार वास्तविक व्यथा घटती है। इसलिए तो गुरु की जरूरत होती है; सद्‌गुरु की, जो तुम्हें वापस न लौटने दे, जो तुम्हें बाध्य कर दे आगे जाने को ही, क्योंकि एक बार तुम वापस मुड़ जाते हो तो फिर से तुम्हें उस जगह लाने में बहुत ज्यादा प्रयास की जरूरत पड़ेगी। हो सकता है उसे तुम बहुत जन्मों तक चूकते रहो क्योंकि अब समझने को भी कोई मन वहां नहीं है।

सूफीवाद में यह भावदशा कहलाती है 'मस्त' की भावदशा—पागल की दशा। यह दशा वास्तव में ही कठिन होती है समझने के लिए क्योंकि व्यक्ति होता है और नहीं भी होता—दोनों ही बातें होती हैं। वह एक साथ हंसता और रोता; वह खो देता है सारी निर्धारित स्थितियां। वह नहीं जानता रोना क्या होता है और हंसना क्या होता है। क्या कहीं कोई असंगति भी है ? वह मारता है स्वयं को और आनंद मनाता है। वह उत्सव मनाता है, स्वयं को मारते हुए। वह नहीं जानता क्या कर रहा है वह, कि वह बात हानिकारक है या नहीं है। वह पूर्णतया आश्रित हो जाता है। वह एक छोटे बच्चे की भांति हो जाता है, उसका खयाल रखना पड़ता है।

बिना सद्‌गुरु के यदि कोई ध्यान में उतरता है तो यही हो सकता है उसका परिणाम। सद्‌गुरु के साथ, सद्‌गुरु अवरोध बनकर तुम्हें रोकेगा। वह खड़ा होगा बिलकुल तुम्हारे पीछे ही और वह तुम्हें वापस नहीं जाने देगा। वह एक चट्टान बन जायेगा। और वापस लौटने का कोई रास्ता न पाकर, तुम्हें छलांग लगा ही देनी होगी। तुम्हारी जगह कोई दूसरा नहीं लगा सकता यह छलांग। उस क्षण तुम्हारे साथ कोई नहीं हो सकता। लेकिन एक बार यह छलांग तुम लगा जाते हो तो तुम सभी द्वैत पार कर जाते हो। नकारात्मक और विधायक दोनों चले जाते हैं, और यही है संबोधि।

मैं बात करता हूं विधायक की, ताकि तुम नकारात्मक को गिरा सको। एक बार तुम गिरा देते हो नकारात्मक को तो तुम फंदे में आ जाते हो। तब विधायक गिराना ही होता है। एक चरण दूसरे चरण की ओर इस ढंग से ले जाता है कि यदि तुम पहला चरण पा लेते हो तो दूसरा आ ही पहुंचेगा। यह एक श्रृंखला होती है। वस्तुतः पहला चरण ही पाना होता है। फिर सारी दूसरी बातें पीछे चली आती हैं। यदि तुम समझ जाओ, तो पहला ही होता है, अंतिम। आरंभ ही है समाप्ति; प्रथम ही है अंतिम।

ऐसा आध्यात्मिक व्यक्ति जिसने कि उच्च जागरूकता की एक निश्चित मात्रा उपलब्ध कर ली होती है विशिष्ट मानसिक सिद्धियां और योग्यता भी प्राप्त कर ली होती है; और एक पूर्णतया संबोधि-प्राप्त व्यक्ति, एक जीवंत बुद्ध—कृपया बतायें कि इन दोनों के बीच विकास की दृष्टि से क्या अंतर होता है ?

यही है भेद—वह व्यक्ति जो बिलकुल विधायक बन चुका होता है आध्यात्मिक उपलब्धि का व्यक्ति होता है। वह व्यक्ति जो नितांत नकारात्मक हो गया है सबसे अधिक अवनत व्यक्ति होता है। जब मैं कहता हूं नकारात्मक, मेरा मतलब होता है निन्यानबे प्रतिशत नकारात्मक, क्योंकि परम नकारात्मकता संभव नहीं होती। न ही संभव होती है परम विधायकता। दूसरे की जरूरत रहती है। परिमाण बदल सकता है, मात्राएं तो भेद रखती ही हैं।

जो व्यक्ति निन्यानबे प्रतिशत निषेधात्मक हो और एक प्रतिशत विधायक, वह सर्वाधिक अवनत व्यक्ति होता है, जिसे ईसाई कहते हैं पापी। वह केवल एक प्रतिशत ही विधायक होता है। उसकी भी जरूरत होती है। उसकी निन्यानबे प्रतिशत नकारात्मकता को मदद देने के लिए ही। वह हर चीज में नकारात्मक होता है। जो कुछ भी तुम कहते हो, केवल नकार में ही होती है प्रतिक्रिया। अस्तित्व कुछ भी पूछे, उसका उत्तर केवल 'नहीं' ही होता है। वह वैसा ही नास्तिक होता है जो किसी चीज के प्रति हां नहीं कह सकता; जो हां कहने में अक्षम हो चुका है; जो आस्था नहीं रख सकता। यह आदमी नारकीय दुख उठाता है। और क्योंकि वह हर चीज के प्रति 'नहीं' कहता है, वह एक नकार ही बन जाता है। एक मुंह फाड़ती नकार—क्रोध की, हिंसा की, दमन की, उदासी की—सब एक साथ। वह बन जाता है एक साकार नरक।

ऐसा व्यक्ति खोजना कठिन होता है क्योंकि ऐसा व्यक्ति होना कठिन है। बहुत कठिन है निन्यानबे प्रतिशत नरक में रहना। लेकिन तुम्हें समझाने भर को ही मैं बता रहा हूं यह। यह एक गणित के हिसाब से संभावना है। व्यक्ति ऐसा बन सकता है यदि वह ऐसी कोशिश करता है तो। तुम ऐसा व्यक्ति कहीं नहीं पाओगे। हिटलर भी इतना विध्वंसक नहीं है। सारी ऊर्जा ध्वंसात्मक बन जाती है। केवल दूसरों की ही नहीं, बल्कि स्वयं की भी। संपूर्ण अभिवृत्ति ही आत्मघाती होती है। जब एक व्यक्ति आत्महत्या करता है तो वह क्या कर रहा होता है ? वह अपनी मृत्यु द्वारा जीवन को नकार रहा है। वह 'नहीं' कह रहा है परमात्मा के प्रति। वह कह रहा है, 'तुम निर्मित नहीं कर सकते मुझे। मैं नष्ट कर दूंगा स्वयं को।'

सार्त्र—इस युग के महान विचारकों में से एक—उसने कहा था कि आत्महत्या एकमात्र स्वतंत्रता है—ईश्वर से स्वतंत्रता। ईश्वर से स्वतंत्रता किसलिए ? क्योंकि तब कोई स्वतंत्रता नहीं होती। तुम्हारे पास कोई स्वतंत्रता नहीं होती तुम्हारा अपना निर्माण करने की। जब भी तुम होते हो, तुम स्वयं को पहले से ही निर्मित हुआ पाते हो। जन्म तुम नहीं ले सकते। वह तुम्हारी स्वतंत्रता नहीं है। सार्त्र कहता है, 'फिर भी मृत्यु तुम ला ही सकते हो; वह तो तुम्हारी स्वतंत्रता है।' तब तुम निश्चित रूप से कम से कम एक बात तो कहते हो ईश्वर से कि 'मैं स्वतंत्र हूं।' यह आदमी जो सदा आत्मघात के महागर्त के समीप जीता है, सबसे निम्न है, सबसे बड़ा पापी है।

अस्तित्ववाद में, जिसका कि उपदेश देता है सार्त्र, ये शब्द बड़े अर्थपूर्ण हो गये हैं—संत्रास, ऊब, उदासी। उन्हें होना ही है अर्थपूर्ण क्योंकि ऐसा आदमी तीव्र पीड़ा में, ऊब में रहेगा ही। एक प्रतिशत विधायकता की जरूरत रहती है। वह हां कहेगा ऊब को, आत्मघात को, पीड़ा को। केवल इन्हीं बातों के लिए ही उसे हां कहने की

जरूरत पड़ती है। ऐसा है आधुनिक आदमी जो अंतिम किनारे के और-और निकट आ रहा है। दूसरे शिखर पर अस्तित्व होता है आध्यात्मिक व्यक्ति का। पहला, प्रथम छोर पर पहुंच रहा व्यक्ति पापी है, पतित है। दूसरा शिखर है—निन्यानबे प्रतिशत विधायक तत्व, एक प्रतिशत निषेधात्मकता। वही है आध्यात्मिक व्यक्ति। वह हां कहता है हर चीज को। उसके पास केवल एक 'नहीं' होती है और वह नहीं होती 'नहीं' के विरुद्ध ही; बस इतना ही नकार। वरना वह एक हां है। लेकिन क्योंकि समग्र 'हां' का अस्तित्व हो ही नहीं सकता, तो उसे जरूरत पड़ती है नहीं कहने की।

ऐसा आदमी बहुत चीजें प्राप्त कर लेता है क्योंकि विधायक मन तुम्हें लाखों चीजें दे सकता है—यह आदमी प्रसन्न रहेगा, अकंप, सहज, शांत और मौन रहेगा और इन्हीं बातों के कारण मन खिलेगा और अपनी सारी विधायक गुणवत्ताएं दे देगा उसे। उसके पास विशिष्ट शक्तियां हो जायेंगी। वह तुम्हारे विचारों को पढ़ सकता है, वह तुम्हें स्वास्थ्य दे सकता है। उसका आशीष एक शक्ति बन जायेगा। उसके निकट होने मात्र से ही तुम्हें लाभ पहुंचेगा। सूक्ष्म उपायों से वह आशीष दे रहा होता है।

सारी सिद्धियां—वे सारी शक्तियां जिनकी बात योग करता है, और आगे पतंजलि बात करेंगे जिनके बारे में—वे उसे आसानी से उपलब्ध होंगी। वह चमत्कारों से भरा व्यक्ति होगा; उसका स्पर्श चमत्कारिक होगा। कोई भी चीज संभव होगी क्योंकि उसके पास निन्यानबे प्रतिशत विधायक मन होता है। विधायकता एक सामर्थ्य है, एक शक्ति। वह बहुत शक्तिशाली होगा। लेकिन फिर भी वह संबोधि को उपलब्ध तो नहीं है। और वास्तविक बुद्ध की अपेक्षा इस व्यक्ति को तुम आसानी से बुद्ध कहना चाहोगे। क्योंकि संबोधि को उपलब्ध व्यक्ति तो तुम्हारे पार ही चला जाता है। तुम नहीं समझ सकते उसे; वह अगम्य हो जाता है।

वस्तुतः संबोधि को उपलब्ध व्यक्ति के पास कोई शक्ति नहीं होती क्योंकि कोई मन नहीं होता उसके पास। वह चमत्कारी नहीं होता। उसका कोई मन नहीं, वह कुछ कर नहीं सकता। वह गैर-क्रियात्मक होने का शिखर है। चमत्कार घट सकते हैं उसके पास। लेकिन वे घटते हैं तुम्हारे मन के कारण ही, उसके कारण नहीं; और यही भेद होता है। एक आध्यात्मिक व्यक्ति चमत्कार कर सकता है; एक प्रज्ञा-पुरुष ऐसा नहीं कर सकता। चमत्कार संभव होते हैं; लेकिन वे घटेंगे तुम्हारे ही कारण, उसके कारण नहीं। तुम्हारी श्रद्धा, तुम्हारी आस्था करेगी चमत्कार। क्योंकि उस घड़ी तुम हो जाते हो एक विधायक मन।

एक स्त्री ने जीसस के चोगे को छू लिया था। वे चल रहे थे भीड़ में, और वह स्त्री गरीब थी और इतनी बूढ़ी कि वह विश्वास न कर सकती थी कि जीसस उसे आशीष देंगे। इसलिए उसने सोचा, जब जीसस गुजरें वहां से, तो उनका चोगा छूने के लिए भीड़ में रहना ही अच्छा होगा। उसने सोचा, यह उनका चोगा है, और वह स्पर्श ही पर्याप्त है। और मैं इतनी गरीब हूं और इतनी बूढ़ी, कौन ध्यान देगा मुझ पर, कौन परवाह करेगा ? बहुत सारे लोग होंगे वहां, और जीसस उन्हीं की ओर ध्यान देंगे। इसलिए उसने बस छू भर लिया चोगे को।

जीसस ने पीछे देखा, और वह बोली, 'मैं स्वस्थ हो गयी।' जीसस बोले, 'यह तुम्हारी आस्था के कारण हुआ है। मैंने कुछ नहीं किया है, तुमने यह स्वयं ही किया है।'

बहुत सारे चमत्कार घट सकते हैं, लेकिन जो संबोधि को उपलब्ध होता है वह व्यक्ति कुछ नहीं कर सकता है। मन ही है कर्ता—सब चीजों का कर्ता। जब मन नहीं होता तो घटनाएं होती हैं लेकिन कोई क्रिया नहीं होती।

संबोधि को उपलब्ध व्यक्ति, वस्तुतः अब होता ही नहीं है। वह अनस्तित्व के रूप में जीवित होता है—शून्यता की भांति। वह एक खाली गर्भगृह होता है। तुम उसमें प्रवेश कर सकते हो, लेकिन तुम उससे मिलोगे नहीं। वह ध्रुवताओं के पार जा चुका होता है, वह बड़ा विराट अपरिसीम है। तुम खो जाओगे उसमें, पर उसे तुम पा नहीं सकते।

आध्यात्मिक शक्ति से भरा व्यक्ति अभी भी संसार में है। वह ध्रुवीय तौर पर तुम्हारे विपरीत होता है। तुम निस्सहाय अनुभव करते हो; वह शक्तिशाली अनुभव करता है। तुम अस्वस्थ अनुभव करते हो, वह तुम्हें स्वस्थ कर सकता है। ऐसा होगा ही। तुम निन्यानबे प्रतिशत निषेधात्मक हो; वह निन्यानबे प्रतिशत विधायक होता है। वह मिलन ही होता है असमर्थता और सामर्थ्य के बीच। और तुम बहुत ज्यादा प्रभावित हो जाओगे ऐसे आदमी से। और यही बात एक खतरा बन जाती है उसके लिए। जितने ज्यादा तुम प्रभावित होते हो उसके द्वारा, उतना ज्यादा अहंकार मजबूत होता है। नकारात्मक व्यक्ति के साथ, अहंकार बहुत ज्यादा नहीं बना रह सकता क्योंकि अहंकार को चाहिए होती है विधायक शक्ति।

इसीलिए पापियों में तुम बहुत विनम्र व्यक्ति पा सकते हो, लेकिन साधु-महात्माओं में कभी नहीं पा सकते। साधु-महात्मा तो हमेशा ही बड़े अहंकारी होते हैं। वे 'कुछ' होते हैं—शक्तिशाली, चुनिंदा, सर्वोत्कृष्ट, ईश्वर के संदेशवाहक, पैगम्बर। वे कुछ खास होते हैं। पापी तो विनम्र होता है—स्वयं से ही भयभीत। वह सावधानीपूर्वक बढ़ता है जैसे वह जानता हो कि वह क्या है। ऐसा बहुत बार हुआ कि पापी ने सीधी छलांग ले ली और संबोधि को उपलब्ध हो गया, लेकिन आध्यात्मिक शक्ति वाले व्यक्ति के लिए यह बात कभी सरल नहीं रही क्योंकि वह शक्ति ही बाधा बन जाती है।

पतंजलि इस बारे में बहुत कुछ बतायेंगे। उनके पास संपूर्ण अध्याय है 'विभूतिपाद'—शक्ति के इस आयाम को समर्पित सूत्रों का। और उन्होंने यह सारा खंड लिया है तुम्हें खतरे से सावधान करने के लिए ही। क्योंकि अहंकार बहुत सूक्ष्म होता है। यह एक बड़ी सूक्ष्म घटना है और अत्यंत वंचक शक्ति है। और जहां कहीं शक्ति होती है यह उसे सोख लेती है। यह अहंकार एक सोखने की घटना है। इसलिए संसार में, अहंकार खोज लेता है राजनीति, सम्मान, शक्ति, धन-सम्पत्ति। तब यह किसी को भरता है। तब तुम किसी देश के राष्ट्रपति होते हो या प्रधानमंत्री। तब तुम कुछ होते हो या तुम्हारे पास लाखों रुपये होते हैं तो तुम कुछ होते हो। अहंकार मजबूत हो जाता है।

खेल वही चलता रहता है क्योंकि विधायक तत्व इस संसार से बाहर नहीं है। विधायक संसार के ही भीतर है। यह निषेधात्मक तत्व से बेहतर है, लेकिन फिर खतरा भी ज्यादा है। एक व्यक्ति जो स्वयं को बहुत महान मानता है, इस कारण क्योंकि वह प्रधानमंत्री है या राष्ट्रपति है या कि बहुत धनवान है, तो यह भी जानता है कि वह यह धन-दौलत मृत्यु के पार नहीं ले जा सकता है। लेकिन वह व्यक्ति जो शक्तिशाली अनुभव करता है मानसिक शक्तियों के कारण—अतींद्रिय संवेदनक्षमता, विचार पढ़ लेना, अतींद्रिय दर्शन, अतींद्रिय श्रवण, सूक्ष्म शरीर से यात्रा करना और दूसरों को स्वस्थ कर देने के कारण—ज्यादा अहंकारी अनुभव करता है। वह जानता है कि ये शक्तियां मृत्यु के पार ले जा सकता है। और हां, वे ले जायी जा सकती हैं, क्योंकि यह मन ही होता है जो पुनर्जीवित होता है, और ये शक्तियां मन से ही संबंधित होती हैं।

धन संबंध रखता है शरीर से, मन से नहीं। तुम इसे अपने साथ नहीं बनाये रख सकते। राजनैतिक शक्ति शरीर से संबंधित होती है। जब तुम मर जाते हो, तब तुम कुछ नहीं रहते। लेकिन ये शक्तियां, ये आध्यात्मिक शक्तियां, मन से संबंध रखती हैं, और मन एक शरीर से दूसरे शरीर में प्रवेश करता है। यह वहन किया जाता है। अगले जन्म में बिलकुल प्रारंभ से ही चमत्कारी बच्चे के रूप में पैदा होओगे। एक करिश्मा ! तुम्हारे पास होगी एक चुंबकीय शक्ति। इसलिए ज्यादा आकर्षण होता है, और ज्यादा खतरा भी।

ध्यान रहे, आध्यात्मिक होने का प्रयास मत करना। आध्यात्मिक है भौतिक के विपरीत; जैसे कि नकारात्मक होता है विधायक के विपरीत। वस्तुतः वे विपरीत हैं नहीं। दोनों की गुणवत्ता एक ही होती है। एक श्रेष्ठ और सूक्ष्म है; दूसरा स्थूल और निम्न है। लेकिन दोनों हैं एक ही। आध्यात्मिक शक्तियों द्वारा धोखे में मत आना। और जब कभी आध्यात्मिक शक्तियां तुममें उदित होने लगती हैं, तो तुम्हें हमेशा से ज्यादा सचेत हो जाना पड़ता है। और वे उदित होंगी। जितना ज्यादा तुम ध्यान करते हो, उतना ज्यादा मन सूक्ष्म हो जायेगा। और जब मन सूक्ष्म हो जाता है, तो जो बीज तुम हमेशा अपने भीतर लिये हो वे अंकुराने लगते हैं। अब भूमि तैयार है और मौसम आ गया है। और वे फूल सुंदर होते हैं।

जब तुम किसी को छूकर तुरंत स्वस्थ कर सकते हो उसे, तो कठिन होता है उस प्रलोभन को रोक लेना। जब तुम लोगों का बहुत भला कर सकते हो, जब तुम महान सेवा कर सकते हो, तो इस बात के आकर्षण को रोक लेना बहुत कठिन होता है। और प्रलोभन तुरंत उठ खड़ा होता है। और तुम तर्क बिठा लेते हो और कहते हो कि यह तो मात्र लोगों की सेवा के लिए तुम ऐसा कर रहे हो। लेकिन भीतर झांक लेना—लोगों की सेवा करने से अहंकार उठ रहा होता है, और अब सबसे बड़ी बाधा खड़ी हो जायेगी।

भौतिकता कोई उतनी बड़ी बाधा नहीं है। यह तो ठीक नकारात्मक मन की भांति है। गिराने की दृष्टि से कोई बड़ी बाधा नहीं। यह दुख है। कठिन है विधायक को गिराना, आध्यात्मिकता को गिराना कठिन है। तुम शरीर को सरलता से गिरा सकते हो, लेकिन मन को गिराना वास्तविक समस्या है। लेकिन जब तक तुम भौतिक और आध्यात्मिक दोनों को ही नहीं गिरा देते, जब तक न तो एक रहता है न ही दूसरा, जब तक तुम दोनों के पार नहीं चले जाते, तुम संबोधि को उपलब्ध न हुए।

वह व्यक्ति जो संबोधि को उपलब्ध है, बहुत साधारण हो जाता है। उसके पास कुछ विशिष्ट नहीं है। और यही होती है विशिष्टता। वह इतना साधारण होता है कि सड़क पर तुम उसके पास से गुजर सकते हो। तुम आध्यात्मिक व्यक्ति के पास से यूं ही गुजर नहीं सकते। वह अपने चारों ओर एक लहराती तरंग ले आयेगा, वह तरंगायित ऊर्जा होगा। यदि वह सड़क पर तुम्हारे पास से गुजर जाये तो तुम एकदम स्नान कर लोगे उससे चली आयी बौछारों द्वारा। वह आकर्षित करता है चुंबक की भांति।

लेकिन तुम बुद्ध के पास से यूं ही गुजर सकते हो। यदि तुम नहीं जानते हो कि वे बुद्ध हैं, तो तुम नहीं ही जान पाओगे। लेकिन तुम रास्पुतिन से नहीं बच सकते। और रास्पुतिन कोई बुरा व्यक्ति नहीं—रास्पुतिन एक आध्यात्मिक व्यक्ति है। तुम रास्पुतिन से बचकर नहीं निकल सकते। जिस घड़ी तुम देखते हो उसे, तुम चुंबकीय आकर्षण में बंध जाते हो। तुम उसी के पीछे चलोगे सारी जिंदगी। ऐसा घटित हुआ ज़ार को। एक बार उसने देखा रास्पुतिन को तो वह तो गुलाम हो गया उसका। उसके पास जबरदस्त शक्ति थी। वह हवा के तेज झोंके की

भांति आता होगा; कठिन था उसके आकर्षण से बचना।

बुद्ध के प्रति आकर्षित होना कठिन था। बहुत बार तुम उनसे किनारा काट कर निकल सकते हो। वे इतने सीधे-सरल और इतने साधारण थे ! और यही तो होती है असाधारणता। क्योंकि अब नकारात्मक और विधायक दोनों खो जाते हैं। वह व्यक्ति अब विद्युत-क्षेत्र के अंतर्गत नहीं रहता। वह बस है। वह होता है चट्टान की भांति, वृक्ष की भांति। वह होता है आकाश की भांति। वह तुममें प्रवेश कर सकता है, यदि तुम उसे ऐसा करने दो। वह तुम्हारे द्वार तक नहीं खटखटायेगा—नहीं। वह उतना भी सक्रिय नहीं होगा। वह एक बहुत ही मौन घटना के रूप में होता है—वह 'नाकुछ' है।

लेकिन वह एक महान बात है उपलब्ध करने की क्योंकि केवल वही जानता है कि क्या होता है अस्तित्व। केवल वही जानता है, क्या है परम तत्व। विधायक और नकारात्मक के साथ तो तुम मन को ही जानते हो। नकारात्मक दुर्बल है, विधायक होता है शक्तिशाली। आध्यात्मिक होने का प्रयास कभी मत करना। वह तो अपने से ही घटेगा। तुम्हें उसके लिए प्रयास करने की जरूरत नहीं। और जब ऐसा हो जाये तो उससे अलग हो जाना।

बहुत-सी कहानियां प्रचलित हैं प्राचीनकाल से। बुद्ध का एक चचेरा भाई था—देवदत्त। उसने बुद्ध से दीक्षा ली। वह चचेरा भाई था और निस्संदेह, गहरे में ईर्ष्या थी उसे। और वह बहुत शक्तिशाली व्यक्ति था रास्पुतिन की भांति ही। जल्दी ही उसने एकत्र करना शुरू कर दिया अपना शिष्य-समुदाय, और वह कहने लगा लोगों से, 'मैं बहुत कुछ कर सकता हूं और ये बुद्ध कुछ नहीं कर सकते।'

अनुयायी बार-बार आते बुद्ध के पास और कहते, 'यह देवदत्त एक अलग पंथ निर्मित करने का प्रयत्न कर रहा है और वह कहता है कि वह ज्यादा शक्तिशाली है।' और वह ठीक कहता था, पर उसकी शक्ति संबंधित थी विधायक मन से। उसने बहुत-सी बातों के लिए प्रयत्न किये। बुद्ध को मारने के बहुत से प्रयत्न कर डाले। उसने मस्त हाथी बनाया। जब मैं कहता हूं उसने मस्त हाथी बनाया, तो मेरा मतलब होता है कि उसने अपनी विधायक शक्ति का प्रयोग किया और यह इतनी शक्तिशाली घटना थी कि हाथी मदमस्त हो गया। वह पागल हुआ दौड़ने लगा; उसने बहुत वृक्ष गिरा दिये। देवदत्त बहुत प्रसन्न हुआ क्योंकि उन वृक्षों के बिलकुल पीछे ही तो बुद्ध बैठे हुए थे, और वह हाथी पागल हुआ जा रहा था। वह तो एक बिलकुल पागल ऊर्जा थी। लेकिन जब हाथी बुद्ध के निकट आया, तो उसने बुद्ध को देखा और शांत होकर बैठ गया गहरे ध्यान में। देवदत्त तो उलझन में पड़ गया।

क्या घट गया था ? जब शून्यता होती है तो हर चीज अवशोषित हो जाती है। शून्यता की कोई सीमा नहीं होती। पागलपन सोख लिया गया था। ऐसा नहीं था कि बुद्ध ने कुछ कर दिया था। उन्होंने कुछ नहीं किया था—वे मात्र शून्य थे। हाथी आया और खो दी अपनी ऊर्जा उसने। वह शांत हो गया। वह इतना शांत हो गया कि ऐसा कहा जाता है कि देवदत्त ने बहुत बार कोशिश की, लेकिन फिर वह पागल नहीं बना सका हाथी को।

संबोधि को उपलब्ध व्यक्ति कोई व्यक्ति ही नहीं होता—यह है एक बात। और दूसरी बात—वह है ही नहीं। लगता है कि वह है, पर वह है नहीं। जितना ज्यादा तुम उसे खोजते हो उतनी ही कम संभावना होती है उसे पाने की। उस खोज में ही तुम खो जाओगे। वह ब्रह्मांड बन चुका होता है। आध्यात्मिक व्यक्ति फिर भी एक व्यक्ति ही होता है।

तो ध्यान रखना, तुम्हारा मन आध्यात्मिक होने की कोशिश करेगा। तुम्हारे मन में ललक रहती है और ज्यादा शक्तिशाली होने की। 'ना कुछ' लोगों के इस संसार में कुछ हो जाने की ललक। इस बात के प्रति सचेत रहना। यदि इसके द्वारा बहुत लाभ भी पहुंचा सकते हो, तो भी यह खतरनाक है। लाभ होता है केवल सतह पर ही। गहरे में तो तुम मार रहे होते हो स्वयं को। और जल्दी ही वह बात खो जायेगी, और तुम फिर से जा पड़ोगे नकारात्मक में ही। वह एक खास ऊर्जा है। तुम उसे खो सकते हो। तुम उपयोग कर सकते हो उसका, फिर वह चली जाती है।

हिंदुओं के पास अत्यंत वैज्ञानिक वर्गीकरण है; अन्यत्र कहीं भी वैसा वर्गीकरण नहीं है। पश्चिम में वे नरक और स्वर्ग की शब्दावली में सोचते हैं—मात्र दो चीजें ही। हिंदू सोचते हैं तीन वर्गों की बात—नरक, स्वर्ग और मोक्ष। तीसरे शब्द को पश्चिमी भाषाओं में अनुवादित करना कठिन है क्योंकि कोई और वर्ग अस्तित्व नहीं रखता। तुम कहते हो उसे 'लिबरेशन', पर यह वह भी नहीं है। यह एक भाव देती है उसकी एक सुगंध मात्र देती है लेकिन तो भी यह ठीक-ठीक वही नहीं है।

नरक और स्वर्ग होते है वहां। तीसरी अवस्था वहां है ही नहीं। नकारात्मक मन अपनी पराकाष्ठा में एक नरक ही है; स्वर्ग यानी परम विधायक मन। लेकिन पार की बात कहां है ? भारत में वे कहते हैं कि यदि तुम अध्यात्मवादी हो, तो जब तुम मरोगे तो तुम स्वर्ग में उत्पन्न होओगे। तुम लाखों वर्ष वहां सुखपूर्वक रहोगे, परम सुख भोगोगे हर चीज का। लेकिन फिर तुम्हें वापस आना पड़ेगा फिर से इसी धरती पर। ऊर्जा खो जाने पर तुम्हें वापस आना ही पड़ेगा। तुमने एक विशिष्ट ऊर्जा अर्जित की थी, फिर तुमने उसका उपयोग कर लिया। तुम फिर से आ पड़ोगे उसी परिस्थिति में।

इसीलिए भारतीय कहते हैं कि मत खोजना स्वर्ग को। यदि लाखों वर्ष तक भी तुम सुखी रहो, तो वह सुख सदा के लिए टिकने वाला नहीं होता। तुम गंवा दोगे उसे; तुम वापस लुड़क आओगे। वह प्रयास योग्य नहीं है। ये वही हैं जिन्हें हिंदू 'देवता' कहते हैं। वे जो स्वर्ग में रहते हैं, वे लोग जो स्वर्ग में निवास करते हैं।

वे मुक्त नहीं हैं, संबोधि को उपलब्ध नहीं हैं। लेकिन वे विधायक हैं। वे पहुंच चुके हैं अपनी विधायक ऊर्जा के शिखर तक, मनस-ऊर्जा के शिखर तक। वे उड़ान भर सकते हैं आकाश में; वे आकाश के एक स्थल से दूसरे स्थल तक तुरंत जा सकते हैं समय के किसी अंतराल के बिना ही। जिस क्षण वे किसी बात की आकांक्षा करते हैं; तुरंत वह पूरी हो जाती है समय के किसी अंतराल के बिना ही। यहां तुम करते हो आकांक्षा और वहां अगले क्षण वह पूर्ण हो जाती है। उनके पास सुंदर, नित्य युवा देह होती है। वे कभी वृद्ध नहीं होते। उनके शरीर स्वर्णमय होते हैं। वे स्वर्णनगरियों में युवा स्त्रियों के साथ रहते हैं; मदिरा, स्त्रियां और नृत्य। और वे निरंतर सुखी रहते हैं। वस्तुतः केवल एक ही मुसीबत होती है वहां, और वह है ऊब। वे ऊब जाते हैं। केवल वही होती है नकारात्मक बात। एक प्रतिशत नकारात्मक और निन्यानबे प्रतिशत सुख-चैन। वे बिलकुल ऊब जाते हैं, और कई बार वे कोशिश भी करते हैं पृथ्वी पर आने की। वे आ सकते हैं, और वे आते ही हैं। और ऊब से बचने के लिए ही वे कोशिश करते हैं मानव-प्राणियों के साथ मिलने-जुलने की।

लेकिन अंततः वे वापस आ गिरते हैं। यह ऐसा होता है जैसे कि आखिरकार तुम सपने से, सुंदर सपने से बाहर आ जाते हो, वह खत्म हो जाती है बात। हिंदुओं के अनुसार स्वर्ग एक सपना है—एक सुंदर सपना। नरक भी

सपना है—एक दुःस्वप्न। लेकिन दोनों हैं सपने ही क्योंकि दोनों मन से ही संबंधित हैं। इस परिभाषा को खयाल में रखना—वह सब जो मन से संबंधित है, सपना ही है। विधायक, निषेधात्मक कुछ भी हो, मन सपना है। सपने के पार जाना, जाग जाना, बुद्ध हो जाना है।

कठिन होता है बुद्ध पुरुष के विषय में कुछ भी कहना, क्योंकि उसे परिभाषित नहीं किया जा सकता। परिभाषा संभव होती अगर वहां कोई सीमा हो। वह अपार है आकाश जैसा; परिभाषा संभव नहीं है। संबोधि को उपलब्ध व्यक्ति को जानने का एकमात्र तरीका है, संबोधि को उपलब्ध व्यक्ति हो जाना। आध्यात्मिक व्यक्ति की व्याख्या की जा सकती है। उसकी अपनी सीमाएं हैं। वह है मन के भीतर ही, उसकी परिभाषा करने में कोई कठिनाई नहीं।

जब हम विभूतिपाद तक आयेंगे—सिद्धियों, शक्तियों के विषय में कहे गये पतंजलि के सूत्रों तक, तो हम जानेंगे कि वे पूर्णतया व्याख्यायित किये जा सकते हैं। और पश्चिम में वैज्ञानिक खोज चल रही है। जिसे कि वे कहते हैं साइकिक, परामनोवैज्ञानिक अनुसंधान। परामनोवैज्ञानिक संस्थाएं संसार भर में विद्यमान हैं। बहुत-से विश्वविद्यालयों में अब परामनोवैज्ञानिक अनुसंधान की प्रयोगशालाएं है। जो पतंजलि कहते हैं, वह कभी न कभी वैज्ञानिक रूप से वर्गीकृत हो ही जायेगा और सिद्ध हो जायेगा।

एक तरह से यह अच्छा ही है। यह अच्छा है क्योंकि तब तुम जान पाओगे कि यह मन की ही बात होती है जिसका परीक्षण किया जा सकता है यांत्रिक साधनों द्वारा भी। जो कोटिबद्ध और प्रमाणित की जा सकती है। किसी यांत्रिक साधन द्वारा तुम्हें संबोधि की झलक नहीं मिल सकती। यह शरीर की या मन की घटना नहीं है। यह बहुत दुर्बोध है, बहुत रहस्यपूर्ण है।

एक बात खयाल में ले लेना—कभी प्रयत्न मत करना किन्हीं आध्यात्मिक शक्तियों को पाने का। चाहे वे तुम्हारे मार्ग पर स्वयं भी चली आयें तो जितनी जल्दी संभव हो गिरा देना उन्हें। उनके संग-साथ मत बढ़ना और उनकी चालबाजियों को मत सुनना। आध्यात्मिक व्यक्ति तो कहेंगे, 'इसमें गलत क्या है ? तुम दूसरों की मदद कर सकते हो; तुम एक महान उपकारक बन सकते हो।' वह मत बनना। यही कह देना, 'मैं शक्ति की खोज में नहीं हूं और कोई किसी की मदद नहीं कर सकता है।' तुम एक मनोरंजन भरा तमाशा बन सकते हो शक्ति के द्वारा, लेकिन तुम किसी की मदद नहीं कर सकते।

और कैसे तुम मदद कर सकते हो किसी की ? हर कोई चलता है उसके अपने कर्मों के अनुसार ही। वस्तुतः यदि कोई आध्यात्मिक शक्तिसंपन्न व्यक्ति तुम्हें छू लेता है और रोग मिट जाता है, तो घटता क्या है ? किसी न किसी ढंग से गहरे में तिरोहित होना ही था तुम्हारे रोग को; तुम्हारे कर्म पूरे हो गये थे। यह तो मात्र एक बहाना है कि रोग तिरोहित हुआ आध्यात्मिक व्यक्ति के स्पर्श द्वारा। किसी भी तरह उसे तो तिरोहित होना ही था। क्योंकि तुमने कुछ किया था, इसीलिए रोग था। फिर वह समय आ गया उसके मिट जाने का।

तुम किसी ढंग से किसी की मदद नहीं कर सकते। केवल एक ही होती है मदद, और वह है तुम्हारा वही हो जाना जैसा कि तुम चाहते हो हर कोई हो जाये। तुम बस वही हो जाओ। तुम्हारी मौजूदगी सहायक होगी, न कि तुम्हारा कुछ करना।

बुद्ध क्या करते हैं ? वे सिर्फ वहां हैं, मौजूद हैं प्रवाह की भांति, नदी की भांति। वे जो प्यासे होते हैं, वे आते हैं। नदी चाहे तुम्हारी प्यास तृप्त करना भी, तो यह असंभव ही होता है यदि तुम तैयार न हो। यदि तुम अपना

मुंह नहीं खोलते, यदि तुम झुकते नहीं पानी लेने के लिए, तो चाहे नदी बहती भी हो, तुम रह सकते हो प्यासे ही। और यही है जो घट रहा है। नदी बह रही है और तुम प्यासे ही बैठे हो किनारे पर। अहंकार तो हमेशा प्यासा रहेगा, भले ही वह जो भी प्राप्त कर ले। अहंकार है प्यास। परितृप्ति आत्मा की होती है, अहंकार की नहीं।

आप एक ही समय में हम इतने सारे व्यक्तियों पर कार्य कर लेते हैं; क्या है इसका रहस्य ?

क्योंकि मैं कार्य करता ही नहीं ! मैं तो बस होता हूं। इससे कुछ फर्क नहीं पड़ता कि मेरे पास कितने लोग हैं। यदि मैं कार्य कर रहा होता, तो निस्संदेह किस प्रकार एक ही समय में इतने लोगों पर कार्य कर सकता ? मेरे कार्य की गुणवत्ता भिन्न है। वस्तुतः यह कार्य नहीं है। मुझे इन शब्दों का उपयोग करना पड़ता है तुम्हारे कारण। मैं तो मात्र हूं यहां; चीजें घटेंगी अगर तुम भी हो यहीं। मैं सुलभता से मौजूद हूं, यदि तुम भी सुलभ हो, तो चीजें अपने से ही घटेंगी; कुछ करने की जरूरत नहीं है।

दो प्राप्यताओं के, दो मौजूदगियों के मिलन की आवश्यकता होती है; तब बातें घटती हैं अपने से ही। जब तुम बीज बोते हो धरती में तो तुम क्या करते हो ? क्या करते हो तुम ? वहां तो बीज और धरती का मिलन ही होता है, और चीजें अपने से घटती हैं। बस ऐसे ही।

मैं यहां हूं। यदि तुम भी यहां हो तो कुछ घटता है। लेकिन यही है समस्या—शायद ऐसा लगता हो कि तुम यहां हो और तुम यहां नहीं होते हो। तब कुछ नहीं घटता। मैं यहां हूं। यदि तुम भी होते हो यहां, तो चीजें अपने से घटती हैं। बस ऐसा ही होता है, मैं नहीं कर रहा होता कुछ। यदि इससे भिन्न कुछ होता, तो मैं तुमसे थक गया होता, लेकिन मैं कभी नहीं थकता क्योंकि मैं कुछ नहीं कर रहा। तुम मुझे नहीं थका सकते; मैं ऊबा हुआ नहीं हूं। यदि इससे अन्यथा कुछ होता तो मैं थक गया होता। तुम स्वयं से भी ऊबे हुए हो—तुममें से बहुत ऊबे हुए हैं।

ऐसा हुआ, यहूदी संप्रदाय में कि एक रबाई ने चले जाने की धमकी दे दी। पवित्र दिवस करीब आ रहे थे और ट्रस्टी लोग चिंतित थे इस बारे में कि क्या करना चाहिए। अभी यह कठिन था, तत्काल ही किसी रबाई को खोज लेना, नये रबाई को खोजना। और वह पुराना वाला तो अपनी बात पर अटल बना हुआ था। उन्होंने उसे राजी कराने का प्रयत्न किया। उन्होंने तीन ट्रस्टियों का एक प्रतिनिधि मंडल भेजा, और उन्होंने ट्रस्टियों से कहा कि उससे कहें, 'यदि वह ज्यादा वेतन चाहता है, तो स्वीकार कर लेना। या उससे कहना कि वह कम से कम कुछ सप्ताह ही रुक जाये। फिर वह जा सकता है। फिर हम किसी और को ढूंढ़ पायेंगे।' तो गये वे, और उन्होंने रुकने के लिए राजी किया और उन्होंने हर ढंग से कोशिश की। वे कहते रहे, 'हम प्रेम करते हैं आपसे और सम्मान करते हैं आपका। क्यों छोड़कर जा रहे हैं आप ?' पर रबाई बोला, 'यदि आपकी तरह के पांच व्यक्ति यहां होते, तो मैं यहीं रहता।'

उन्होंने बड़ा सम्मानित अनुभव किया क्योंकि उसने कह दिया था, 'यदि आपकी तरह के पांच व्यक्ति यहीं होते, तो मैं यहीं रहता।' उन्होंने बहुत अच्छा अनुभव किया और वे बोले, 'तो ऐसा कोई बहुत मुश्किल तो नहीं होगा। हम तीन तो यहां हैं ही। दो और खोजे जा सकते हैं।' वह रबाई बोला, 'यह मुश्किल नहीं है; यही तो अड़चन

है। आपकी तरह के दो सौ व्यक्ति यहां हैं, और यह बहुत ज्यादा है।'

तुम स्वयं से ही ऊबे हुए हो। जरा देख लेना दर्पण में—तुम ऊबे हुए हो अपने चेहरे से। और तुम कितने सारे हो यहां! फिर मुझे तो भयंकर रूप से ऊब जाना चाहिए। और तुम रोज मेरे पास वही-वही समस्याएं लिये चले आते हो। लेकिन मैं कभी नहीं ऊबता क्योंकि मैं कार्य नहीं कर रहा हूं। यह कोई कृत्य जरा भी नहीं है। तुम इसे प्रेम कह सकते हो, लेकिन कार्य नहीं। प्रेम कभी नहीं ऊबता है। हजार बार तुम मेरे पास फिर-फिर वही समस्याएं ला सकते हो। बहुत समस्याएं होती ही नहीं हैं।

मैं हजारों लोगों को देखता रहा हूं। वही समस्याएं बार-बार दोहराते रहते हैं। तुम्हारी समस्याएं सप्ताह के सात दिनों की भांति ही हैं—उससे कुछ ज्यादा नहीं। फिर सोमवार आता है, फिर से मंगलवार आता है—ऐसा ही चलता चला जाता। लेकिन मैं जरा भी ऊबा हुआ नहीं हूं क्योंकि मैं कार्य नहीं कर रहा हूं। यदि कोई कार्य कर रहा हो, तो निस्संदेह यह बहुत कठिन होता है। तो इसलिए मैं कर सकता हूं काम—क्योंकि मैं कुछ कर नहीं रहा।

तो तुम सब लोगों से, तुमसे ही कुछ अपेक्षित है, मुझसे नहीं। तो तुम ऊब सकते हो किसी दिन मुझसे; वैसी संभावना है। तुम शायद मुझसे भागना चाहो; यह संभव हो सकता है। केवल एक चीज अपेक्षित है तुमसे। यदि तुम वह कर सको, तब कुछ करने की जरूरत नहीं—न तो मेरी तरफ से और न ही तुम्हारी तरफ से। वह चीज है तुम्हारी सुलभ मौजूदगी। तुम अभी और यहीं बने रहो। और फिर इससे कुछ अंतर नहीं पड़ता कि तुम यहां इस शहर में हो, इस आश्रम में हो, या कि संसार के किसी दूसरे कोने में हो।

यदि तुम्हारी मौजूदगी सुलभ हो, तो बीज अंकुरित होंगे ही। मैं हर कहीं मौजूद हूं। कहीं होने की बात नहीं है। चाहे मैं इस शरीर में भी नहीं रहूं, मैं प्राप्य होऊंगा। लेकिन तब तुम्हारे लिए अधिकाधिक कठिन होगा, क्योंकि तुम तो अभी मौजूद नहीं हो जब मैं यहां और अभी इस शरीर में हूं और तुमसे बातें कर रहा हूं। तुम ध्यान देकर नहीं सुन रहे हो। निस्संदेह तुम सुन रहे हो, पर ध्यान नहीं दे रहे हो। तुम मेरी ओर देख रहे हो, पर 'मुझे' नहीं देख रहे हो। मुझे देखो।

यह कोई कार्य नहीं है। यह मात्र एक सुलभ प्रेम है, और प्रेम द्वारा हर चीज संभव होती है, हर रूपांतरण संभव होता है।

आपने बताया कि प्रेम एक आवश्यकता है। बहुत लोगों के लिए यह मुख्य आवश्यकता पूरी करनी इतनी कठिन क्यों होती है?

बहुत सारी बातें संबंधित हैं। पहली एक बात है—समाज प्रेम के विरुद्ध है क्योंकि प्रेम सबसे बड़ा संबंध है, और प्रेम तुम्हें अलग कर देता है समाज से। दो प्रेमी स्वयं में ही एक संसार बन जाते हैं; वे किसी और की परवाह नहीं करते। इसीलिए समाज प्रेम के विरुद्ध है। समाज नहीं चाहता कि तुम प्रेम करो। विवाह अनुमत है, पर प्रेम नहीं। क्योंकि जब तुम किसी से प्रेम करते हो तो तुम स्वयं में ही एक संसार बन जाते हो—अलग। तुम चिंता नहीं करते कि संसार में दूसरों को क्या घट रहा है। तुम तो उन्हें भूल ही जाते हो। तुम निर्मित कर लेते हो

तुम्हारा अपना ही एक निजी संसार।

प्रेम एक ऐसी सृजनात्मक शक्ति है कि वह एक संपूर्ण विश्व बन जाती है। तब तुम अपने केंद्र के चारों ओर ही घूमने लगते हो। और यह बात समाज बरदाश्त नहीं कर सकता है। तुम्हारे माता-पिता, तुम्हारा प्रेम बरदाश्त नहीं कर सकते क्योंकि यदि तुम प्रेम में पड़ते हो तो तुम उन्हें बिलकुल ही भूल जाते हो, जैसे कि वे कभी थे ही नहीं। तब वे सीमांत पर रहते हैं, कहीं बहुत दूर। कैसे वे करने दे सकते हैं तुम्हें प्रेम ? वे तुम्हारे विवाह का इंतजाम कर देंगे। वह इंतजाम उनका ही होगा। तब तुम जीयोगे उस परिवार के एक हिस्से के रूप में।

मुल्ला नसरुद्दीन एक स्त्री के प्रेम में पड़ गया। वह बहुत खुश-खुश घर आया, और जब परिवार के लोग रात्रि का भोजन ले रहे थे, वह कहने लगा उनसे, 'मैंने तय कर लिया है।' पिता तुरंत बोले, 'यह संभव नहीं। यह तो असंभव है। मैं ऐसा नहीं होने दे सकता क्योंकि लड़की के परिवार ने उसके लिए एक पैसा भी नहीं छोड़ा है। वह दिवालिया है। बेहतर लड़कियां मिल रही हैं बेहतर दहेज के साथ। नासमझ मत बन।'

मां बोली, 'वह लड़की ? हम कभी सोच भी न सकते थे कि तुम इतने नासमझ हो सकते हो। वह ऊटपटांग उपन्यासों को पढ़ने के सिवाय कभी कुछ नहीं करती। वह किसी काम की नहीं। वह खाना नहीं पका सकती, वह घर साफ नहीं कर सकती। जरा देखो तो कितने गंदे घर में वह रहती है !'

और इसी भांति और आगे बातचीत चलती गयी। अपनी-अपनी धारणाओं के अनुसार हर सदस्य ने उसे अस्वीकार कर दिया। छोटा भाई बोला, 'मैं नहीं सहमत उसकी नाक के कारण। नाक इतनी भद्दी है।' हर किसी की अपनी राय थी।

तब नसरुद्दीन बोला, 'पर उस लड़की के पास एक चीज है जो हमारे पास नहीं है।' वे सब इकट्ठे समवेत स्वरों में ही पूछने लगे, 'क्या है वह ?' वह बोला, 'परिवार ! उसके पास परिवार नहीं। उसके साथ वह एक सुंदर बात है।'

माता-पिता प्रेम के विरुद्ध होंगे। वे एकदम प्रारंभ से ही तुम्हें प्रशिक्षित करेंगे। ऐसे ढंग से प्रशिक्षित करेंगे तुम्हें कि तुम प्रेम में पड़ो ही मत। क्योंकि प्रेम विपरीत पड़ेगा परिवार के। और समाज कुछ नहीं है सिवाय एक ज्यादा बड़े परिवार के। प्रेम समाज के, सभ्यता के, धर्म के, पंडित-पुरोहितों के विपरीत पड़ता है। प्रेम एक ऐसी अंतर्ग्रस्तता है, एक ऐसी समग्र प्रतिबद्धता है कि यह हर किसी के विपरीत पड़ता है। और हर किसी की तुमसे अपेक्षाएं जुड़ी हैं।

नहीं, यह बात नहीं होने दी जा सकती। तुम्हें प्रेम न करना सिखाया जाता रहा है। और यही है कठिनाई, यही है अड़चन। यह कठिनाई चली आती है समाज से, संस्कृति से, सभ्यता से—उस सबसे जो कि तुम्हारे आसपास है। लेकिन यही सबसे बड़ी कठिनाई नहीं है। इससे भी बड़ी एक कठिनाई है जो तुमसे ही आती है और वह है कि प्रेम को चाहिए समर्पण। प्रेम की मांग है कि तुम्हें अहंकार गिरा देना चाहिए।

और तुम भी प्रेम के विरोध में हो। तुम चाहते हो प्रेम, तुम्हारे अहंकार का ही एक उत्सव बन जाये; तुम चाहोगे प्रेम तुम्हारा अहंकार सजाने का एक आभूषण बन जाये। तुम चाहोगे प्रेम कुत्ते की भांति तुम्हारे पीछे चले, लेकिन प्रेम कभी किसी के पीछे कुत्ते की भांति नहीं चलता। प्रेम तुमसे चाहता है संपूर्ण समर्पण। ऐसा नहीं है कि स्त्री समर्पण करती है पुरुष को या कि पुरुष समर्पण करता है स्त्री को—नहीं। दोनों समर्पण करते हैं प्रेम को। प्रेम

परमात्मा है। वास्तव में प्रेम ही एकमात्र परमात्मा है। और यह तुम्हारी मांग करता है, दोनों प्रेमियों की, वे इसके प्रति संपूर्णतया समर्पित हो जायें।

लेकिन प्रेमी—क्या कर रहे हैं वे ? पति कोशिश करता है कि पत्नी को उसे समर्पण करना चाहिए और पत्नी की कोशिश रहती है कि पति को उसके प्रति समर्पण कर देना चाहिए। तो प्रेम कैसे संभव है ? प्रेम कुछ और ही बात है। उसके प्रति दोनों को ही समर्पण करना चाहिए। और दोनों को उसमें विलीन हो जाना चाहिए।

यही बात सबसे बड़ी बाधा बन जाती है। तुम प्रेम नहीं कर सकते तुम्हारे ही कारण। इस भांति दो अहंकारों के साथ होने से, प्रेम असंभव हो जाता है। और यदि प्रेम असंभव हो जाता है तो प्रार्थना असंभव हो जाती है। यदि प्रेम असंभव हो जाता है तो परमात्मा असंभव हो जाता है। वह सब जो सुंदर है, प्रेम द्वारा ही उपजता है। प्रेम की आधारभूमि तो चाहिए ही; अन्यथा तुम अपंग रह जाओगे। और तब तुम इसकी पूर्ति करने की और पूरी करने की कोशिश करते हो दूसरे तरीकों से, लेकिन कोई चीज इसका अभाव पूरा नहीं कर सकती। कोई प्रतिस्थापन अस्तित्व नहीं रखता।

तुम प्रार्थना किये जा सकते हो, लेकिन तुम्हारी प्रार्थना में कमी होगी उस प्रसाद की, जो तभी आता है जब कोई प्रेम का अनुभवी हो। कैसे कर सकते हो तुम प्रार्थना ? तुम्हारी प्रार्थना तो मात्र कूड़ा-करकट ही होगी—एक शाब्दिक घटना। तुम भगवान से कुछ कहोगे और उससे बोलोगे कुछ, और सो जाओगे, लेकिन इसमें कमी रहेगी किसी आवश्यक गुणवत्ता की। कैसे कर सकते हो तुम प्रार्थना जब तुमने प्रेम ही न किया हो तो ? प्रार्थना आती है हृदय से। और तुम्हारा हृदय रहा है बंद, इसलिए तुम्हारी प्रार्थना आती है सिर से। सिर नहीं बन सकता है हृदय।

इसलिए तो संसार भर में लोग प्रार्थनाएं किये जा रहे हैं। वे मात्र कुछ शारीरिक भंगिमाएं कर रहे होते हैं, मौलिक तत्व वहां होता ही नहीं। जड़विहीन प्रार्थना होती है वह। प्रेम भूमि तैयार करता है। वह आधार तैयार करता है प्रार्थना के अंकुरित होने के लिए। प्रार्थना और कुछ नहीं सिवाय ऊंचे प्रेम के। वह प्रेम जो व्यक्तियों के पार जाता है, वह प्रेम जो व्यक्ति का अतिक्रमण कर जाता है; वह प्रेम जो विकसित होता है समष्टि होने के लिए ही। वह कोई एक अंश नहीं। तो भी तुम्हें जरूरत है अंश के साथ ही सीखने की।

तुम एकदम छलांग नहीं लगा सकते समुद्र में। तैरना तालाब में ही सीखना। प्रेम एक तालाब है जहां तुम सुरक्षित होते हो। वहां तुम सीख सकते हो, तब तुम जा सकते हो सागरों तक, उछलती लहरों वाले विराट सागरों तक। तुम सीधे ही तो छलांग नहीं लगा सकते विराट सागरों में। यदि तुम ऐसा करते हो, तो तुम खतरे में पड़ोगे। वैसा संभव नहीं है। प्रेम एक छोटा तालाब है; वहां केवल दो व्यक्ति हैं। सारा संसार बहुत छोटा हो जाता है। दो के लिए एक दूसरे में प्रवेश करना संभव होता है।

वहां भी तुम भयभीत होते हो। तालाब में भी तुम डरे हुए हो कि तुम कहीं खो न जाओ, डूब न जाओ। तो फिर समुद्र की तो बात ही क्या करनी ? प्रेम प्रथम आधार-स्थल है। पहली तैयारी है ज्यादा बड़ी छलांग लगाने की। मैं तुम्हें सिखाता हूं प्रेम। और मैं कहता हूं तुमसे कि जो कुछ लगता हो दांव पर उसकी परवाह मत करना। उसे त्याग देना, चाहे वह कुछ भी हो। सम्मान, धन, परिवार, समाज, संस्कृति, कुछ भी लगता हो दांव पर, उसकी चिंता मत करना। जुआरी हो जाओ क्योंकि प्रेम की भांति और कुछ नहीं है। यदि तुम हर चीज गंवा दो तो भी

तुम कुछ नहीं गंवाते यदि तुम प्रेम पा लेते हो तो। यदि तुम प्रेम को खो देते हो, तो तुम कुछ भी प्राप्त कर लो, तुम कुछ भी प्राप्त नहीं करते। इन दोनों बातों से सावधान रहना।

समाज तुम्हारी मदद नहीं करेगा, वह प्रेम का विरोधी है। प्रेम एक समाज विरोधी शक्ति है। और समाज प्रेम का दमन करने का प्रयत्न करता है। फिर तुम्हारा उपयोग बहुत तरीकों से किया जा सकता है। उदाहरण के लिए यदि तुम वास्तव में ही प्रेम में पड़ते हो, तो तुम्हें सिपाही नहीं बनाया जा सकता है, तुम्हें युद्ध पर नहीं भेजा जा सकता। वैसा असंभव है क्योंकि तुम्हें इन चीजों की परवाह ही नहीं रहती। तुम कहते, 'देश क्या ? देश-भक्ति क्या ? मूढ़ताएं हैं।' प्रेम इतना सुंदर फूल है कि जिसने इसे जान लिया, उसे देशभक्ति, राष्ट्रीयवाद, देश और झंडा, ये तमाम बातें मूढ़ताएं दिखने लगती हैं। वास्तविक बात तो तुम चूक ही गये हो।

समाज प्रेम को किसी दूसरी दिशा में मोड़ने की कोशिश करता है। वास्तविक चीज का तो स्वाद ही नहीं लेने दिया जाता। तब तुम ललकते हो प्रेम के लिए, और तुम्हारा प्रेम किसी दिशा की ओर मोड़ा जा सकता है। वह देशभक्ति बन सकता है; तब तुम हो सकते हो शहीद। तुम मूढ़ हो, क्योंकि तुम व्यर्थ गंवा रहे हो स्वयं को। तुम जा सकते हो और मर सकते हो, क्योंकि तुम्हारा प्रेम दूसरे मार्ग पर ले जाया जा चुका है। यदि तुम प्रेम नहीं करते, तो तुम्हारा प्रेम धन का प्रेम बन सकता है। तब तुम एक संचयकर्ता, एक जमाखोर बन जाते हो। तब तुम्हारा परिवार प्रसन्न रहता है क्योंकि तुम सुंदर ढंग से चल रहे हो।

तुम तो सीधे आत्मघात ही कर रहे हो, और परिवार प्रसन्न रहता है क्योंकि तुम इतना ज्यादा धन इकट्ठा कर रहे हो। उन्होंने अपने जीवन गंवा दिये, अब वे तुम्हें विवश कर रहे हैं तुम्हारा जीवन गंवा देने के लिए। और वे ऐसा इतने प्रेममय ढंग से करते हैं कि तुम ना भी नहीं कर सकते। वे तुम्हें अपराधी अनुभव करवा देते हैं। यदि तुम धन इकट्ठा करते हो तो वे प्रसन्न होते हैं। लेकिन वह व्यक्ति धन कैसे जमा कर सकता है, जो कि प्रेम करता है ? यह कठिन है। प्रेमी जमाखोर कभी नहीं होता। प्रेमी तो बांटता है, वितरित करता है, दिये चला जाता है। एक प्रेमी जमा कर ही नहीं सकता।

जब प्रेम नहीं रहता तो तुम कृपण बन जाते हो क्योंकि तुम भयभीत होते हो। तुम्हारे पास प्रेम का आश्रय नहीं होता, इसलिए तुम्हें जरूरत रहती है किसी और की। धन एक अभाव पूर्ति बन जाता है। समाज भी चाहता है तुम जमा करके रखो, क्योंकि धन किस प्रकार बनाया जाता है ? यदि हर कोई प्रेमी बन गया होता, तो समाज बहुत-बहुत समृद्ध हो जाता, लेकिन समृद्ध होता संपूर्णतया अलग ढंग से। वह भौतिक रूप से दरिद्र हो सकता है, लेकिन आध्यात्मिक रूप से वह समृद्ध ही होगा।

फिर भी, वह समृद्धि दिखाई नहीं देती। समाज को चाहिए आंखों से दिखने वाला धन। तो सारे संसार में, धर्म, समाज, संस्कृति एक साजिश में हैं क्योंकि तुम्हारे पास तो होती है केवल एक ही ऊर्जा—वह है प्रेम-ऊर्जा। यदि यह ठीक तरह प्रेम में बहती है तो इसे विवश नहीं किया जा सकता कहीं और बहने के लिए। यदि तुम प्रेम नहीं करते, तो तुम्हारे प्रेम का अभाव ही विज्ञान का कोई अनुसंधान बन सकता है।

फ्रायड ने सत्य की बहुत-सी झलकियां पायीं। वह वस्तुतः ही एक अनूठा व्यक्ति था, इसलिए बहुत सारी अंतर्दृष्टियां घटित हुईं उसे। उसने कहा था कि जब कभी तुम किसी चीज में गहरे उतरते हो, तो वह होता है स्त्री में गहरे उतरना ही। और यदि स्त्री न मिले, तो तुम किसी और चीज में गहरे रूप से उतरने की कोशिश करोगे।

तुम शायद देश के प्रधानमंत्री बनने की ओर बढ़ने लगो।

तुम राजनेताओं को प्रेमी के रूप में कभी नहीं पाओगे। वे हमेशा प्रेम का बलिदान कर देंगे अपनी सत्ता-शक्ति की खातिर। वैज्ञानिक कभी न होंगे प्रेमी, क्योंकि यदि वे प्रेमी हो जायें तो वे विश्रांत रहें। उन्हें चाहिए होता है तनाव, एक निरंतर आवेश। प्रेम विश्रांति अनुभव करता है, निरंतर आवेश संभव नहीं होता। वे पागलों की तरह जुटे रहते हैं अपनी प्रयोगशालओं में। वे आविष्ट होते हैं, काम द्वारा अभिभूत होते हैं। रात-दिन वे काम करते रहते हैं।

इतिहास जानता है कि जब किसी देश की प्रेम-आवश्यकता परिपूर्ण हो जाती है, तो देश कमजोर हो जाता है। तब वह पराजित किया जा सकता है। इसलिए प्रेम की चाह परिपूर्ण नहीं होनी चाहिए। तब देश खतरनाक हो जाता है क्योंकि हर कोई पगलाया हुआ होता है और लड़ने को तैयार रहता है। जरा-सा कारण पाकर ही हर कोई तैयार हो जाता है लड़ने के लिए। यदि प्रेम की आवश्यकता पूरी हो जाती है तो किसे परवाह रहती है ? जरा सोचना, यदि वास्तव में ही सारा देश प्रेम में पड़ गया हो और कोई आक्रमण कर दे। तो उस देश के लोग उससे कहेंगे ठीक है, तुम भी आ जाओ और रह जाओ यहीं। क्यों परेशानी उठा रहे हो ! हम इतने सुखी हैं, तो तुम भी आ जाओ। देश बहुत विशाल है, तो तुम भी आ जाओ यहां और सुखी बनो। और यदि तुम शासक ही होना चाहते हो तो हो जाओ शासक। कुछ गलत नहीं, यह ठीक है ही। तुम ले लो जिम्मेदारी। यह अच्छा है।

लेकिन जब प्रेम की आवश्यकता परिपूर्ण नहीं होती है, तब तुम हमेशा लड़ने को ही तैयार रहते हो। तुम जरा खयाल में लेना यह बात। अपने मन को ही देखने का प्रयत्न करना। यदि तुमने कुछ दिन अपनी स्त्री से प्रेम नहीं किया होता, तो तुम निरंतर चिड़चिड़े रहते हो। यदि तुम प्रेम करते हो, तो तुम विश्रांति में होते हो। चिड़चिड़ाहट चली जाती है। और तुम इतना ठीक अनुभव करते हो कि तुम क्षमा कर सकते हो। प्रेमी हर बात के लिए क्षमा कर सकता है। प्रेम एक गहन आशीष बना है उसके लिए। तो वह सब क्षमा कर सकता है जो गलत है।

नहीं, नेता तुम्हें प्रेम नहीं करने देंगे क्योंकि फिर सिपाही निर्मित नहीं किये जा सकते। तब तुम कहां पाओगे युद्धखोरों को, विक्षिप्त लोगों को, पागल लोगों को जो कि विध्वंस ही करना चाहेंगे ? प्रेम सृजन है। यदि प्रेम की आवश्यकता परिपूर्ण हो जाती है, तो तुम सृजन करना चाहोगे, विध्वंस नहीं। तब सारा राजनैतिक ढांचा ही ढह जायेगा। यदि तुम प्रेम करते हो, तो फिर सारा पारिवारिक ढांचा समग्र रूप से अलग होगा। यदि तुम प्रेम करते हो तो अर्थव्यवस्था और अर्थशास्त्र अलग होंगे। वस्तुतः यदि प्रेम आने दिया जाये, तो सारा संसार समग्रतया अलग ही रूप ले लेगा। लेकिन उसे आने नहीं दिया जा सकता क्योंकि इस ढांचे के अपने न्यस्त स्वार्थ हैं। हर ढांचा स्वयं को आगे की ओर धकेलता है, और यदि तुम कुचले जाते हो तो वह परवाह नहीं करता।

सारी मानवता कुचली गयी है, और सभ्यता का रथ चलता चला जाता है। इसे समझो, इसे देखो, जागरूक हो जाओ इसके प्रति। और फिर प्रेम इतना सीधा-साफ होता है। कुछ और ज्यादा सीधा नहीं होता उससे। सारी सामाजिक आवश्यकताएं गिरा देना—सिर्फ तुम्हारी आंतरिक आवश्यकताओं का ध्यान रखो। यह कोई समाज के विरुद्ध हो जाना नहीं है। तुम तो बस तुम्हारे अपने जीवन को समृद्ध करने की कोशिश ही कर रहे हो। तुम यहां किसी दूसरे की अपेक्षाएं पूरी करने को नहीं हो। तुम यहां हो तुम्हारे अपने लिए, तुम्हारी अपनी परिपूर्णता के लिए।

प्रेम को प्रथम चीज बना लेना, मौलिक आधार और दूसरी चीजों की परवाह मत करना। पागल लोग तुम्हारे चारों ओर हैं। वे तुम्हें पागलपन की तरफ धकेलेंगे। समाज के विरुद्ध हो जाने की कोई जरूरत नहीं है। मात्र बाहर आ जाना इसकी अपेक्षाओं से, बस इतना ही।

विद्रोही होने की, क्रांतिकारी होने की तुम्हें कोई जरूरत नहीं, क्योंकि वैसा करना फिर से उसी जगह आ जाना है। यदि तुम्हारा प्रेम परिपूर्ण नहीं होता है तो तुम क्रांतिकारी हो जाओगे, क्योंकि वह भी छिपे रूप में एक विध्वंस ही होता है। और फिर आती है वास्तविक समस्या—तुम्हारे अपने अहंकार को गिरा देने की। प्रेम चाहता है संपूर्ण समर्पण।

इसे होने देना, क्योंकि कुछ और नहीं है जो तुम्हें घट सकता हो। यदि तुम इसे नहीं घटने देते हो तो तुम्हारा जीना व्यर्थ है। और यदि तुम इसे घटने देते हो, तो और बहुत-सी चीजें संभव हो जाती हैं। एक बात दूसरी बात तक ले जाती है। प्रेम सदा प्रार्थना की ओर ले जाता है। इसीलिए जीसस जोर देते हैं कि परमात्मा प्रेम है।

ओशो—एक परिचय

सत्य की व्यक्तिगत खोज से लेकर ज्वलंत सामाजिक व राजनैतिक प्रश्नों पर ओशो की दृष्टि उनको हर श्रेणी से अलग अपनी कोटि आप बना देती है। वे आंतरिक रूपांतरण के विज्ञान में क्रांतिकारी देशना के पर्याय हैं और ध्यान की ऐसी विधियों के प्रस्तोता हैं जो आज के गतिशील जीवन को ध्यान में रख कर बनाई गई हैं।

अनूठे ओशो सक्रिय ध्यान इस तरह बनाए गए हैं कि शरीर और मन में इकट्ठे तनावों का रेचन हो सके, जिससे सहज स्थिरता आए व ध्यान की विचार रहित दशा का अनुभव हो।

ओशो की देशना एक नये मनुष्य के जन्म के लिए है, जिसे उन्होंने 'ज़ोरबा दि बुद्धा' कहा है—जिसके पैर जमीन पर हों, मगर जिसके हाथ सितारों को छू सकें। ओशो के हर आयाम में एक धारा की तरह बहता हुआ वह जीवन-दर्शन है जो पूर्व की समयातीत प्रज्ञा और पश्चिम के विज्ञान और तकनीक की उच्चतम संभावनाओं को समाहित करता है। ओशो के दर्शन को यदि समझा जाए और अपने जीवन में उतारा जाए तो मनुष्य-जाति में एक़ क्रांति की संभावना है।

ओशो की पुस्तकें लिखी हुई नहीं हैं बल्कि पैंतीस साल से भी अधिक समय तक उनके द्वारा दिए गए तात्कालिक प्रवचनों की रिकार्डिंग से अभिलिखित हैं।

लंदन के 'संडे टाइम्स' ने ओशो को 'बीसवीं सदी के एक हजार निर्माताओं' में से एक बताया है और भारत के 'संडे मिड-डे' ने उन्हें गांधी, नेहरू और बुद्ध के साथ उन दस लोगों में रखा है, जिन्होंने भारत का भाग्य बदल दिया।

ओशो इंटरनेशनल मेडिटेशन रिजॉर्ट

ओशो मेडिटेशन रिजॉर्ट का निर्माण इसलिए किया गया ताकि लोग जीने की नई कला का सीधा अनुभव ले सकें—अधिक होशपूर्वक होकर, हास्य और आराम के साथ। यह भारत के मुंबई शहर से सौ मील दक्षिण पूर्व में पूना के कोरेगांव पार्क में वृक्षों से परिपूर्ण चालीस एकड़ आवासीय क्षेत्र में स्थित है। रिजॉर्ट सौ से अधिक देशों से हर साल आने वाले हजारों लोगों के लिए अलग-अलग तरह के कार्यक्रम प्रस्तुत करता है। नवनिर्मित ओशो गेस्ट हाउस परिसर में लोगों के लिए आवास की सुविधा उपलब्ध है।

मेडिटेशन रिजॉर्ट में मल्टीवर्सिटी कार्यक्रम प्रसिद्ध झेन उद्यान, ओशो तीर्थ से सटे पिरामिड परिसर में संचालित होते हैं। ये कार्यक्रम व्यक्तिगत रूपांतरण के लिए व लोगों को जीने की एक नई कला सिखाने के उद्देश्य से तैयार किए गए हैं—एक जाग्रत अवस्था जिसे वे दैनिक जीवन में उतार सकते हैं। आत्म-खोज सत्र, सैशन, कोर्स और अन्य ध्यान प्रक्रियाएं पूरे साल चलती हैं। शरीर को स्वस्थ रखने के लिए एक खूबसूरत व्यवस्था का प्रावधान है जिसमें झेन प्रक्रिया के साथ खेल और मनोरंजन का अनुभव लिया जा सकता है।

मुख्य ध्यान सभागार में सुबह छह बजे से रात ग्यारह बजे तक प्रतिदिन सक्रिय व अक्रिय ध्यान विधियां होती हैं, जिसमें रोज संध्या-सभा ध्यान भी शामिल है। रात को रिजॉर्ट का बहुसांस्कृतिक जीवन खिल उठता है-मित्रों के संग खुले आकाश के नीचे भोजन-स्थल और अक्सर संगीत व नृत्य के साथ। रिजॉर्ट की साफ व शुद्ध पीने के पानी की अपनी व्यवस्था है और यहां परोसे गए भोजन में रिजॉर्ट के अपने फार्म हाउस में उगाई गई सब्जियों का प्रयोग होता है।

मेडिटेशन रिजॉर्ट का ऑन लाइन टूर, साथ ही यात्रा और कार्यक्रमों की जानकारी www.osho.com से प्राप्त की जा सकती है। यह अलग-अलग भाषाओं में विस्तार में दी गई वेबसाइट है, जिसमें हैं—ऑन लाइन ओशो टाइम्स पत्रिका, ऑडियो व वीडियो वेबकास्टिंग, ऑडियो बुक क्लब, ओशो प्रवचनों के संपूर्ण अंग्रेजी व हिंदी अभिलेख और ओशो के वीडियो, ऑडियो व पुस्तकों की संपूर्ण सूची। साथ ही हैं ओशो द्वारा विकसित किए गए सक्रिय ध्यानों की जानकारी जो ज्यादातर वीडियो प्रदर्शन के साथ हैं।

मेडिटेशन रिजॉर्ट में सहभागी होने व अधिक विस्तृत जानकारी के लिए संपर्क करें:

ओशो इंटरनेशनल मेडिटेशन रिजॉर्ट

17 कोरेगांव पार्क, पुणे-411001, महाराष्ट्र, फोन: 020-56019999 फैक्स: 020-56019990

e-mail - resortinfo@osho.net Website - www.osho.com

